Constant von Wurzbach

Biographisches Lexikon des Kaiserthums Oesterreich

51. Theil

Anatiposi

Constant von Wurzbach

Biographisches Lexikon des Kaiserthums Oesterreich

51. Theil

Unveränderter Nachdruck der Originalausgabe von 1885.

1. Auflage 2023 | ISBN: 978-3-38200-689-1

Anatiposi Verlag ist ein Imprint der Outlook Verlagsgesellschaft mbH.

Verlag: Outlook Verlag GmbH, Zeilweg 44, 60439 Frankfurt, Deutschland
Vertretungsberechtigt: E. Roepke, Zeilweg 44, 60439 Frankfurt, Deutschland
Druck: Books on Demand GmbH, In de Tarpen 42, 22848 Norderstedt, Deutschland

Biographisches Lexikon

des

Kaiserthums Oesterreich,

enthaltend

die Lebensskizzen der denkwürdigen Personen, welche seit 1750 in den österreichischen Kronländern geboren wurden oder darin gelebt und gewirkt haben.

Von

Dr. Constant von Wurzbach.

Einundfünfzigster Theil.

Villata — Urbna.

Mit vier genealogischen Tafeln.

Mit Unterſtützung des Autors durch die kaiſerliche Akademie der Wiſſenſchaften.

Wien.

Druck und Verlag der k. k. Hof- und Staatsdruckerei.

1885.

B.

Villata von **Villatburg**, Franz Ritter von (k. k. Feldmarschall-Lieutenant, geb. in Mailand am 7. Mai 1781, gest. zu Innsbruck 11. September 1843). Kaum fünfzehn Jahre alt, trat er als Freiwilliger in die damalige lombardische Legion, in welcher er sich schon im sechzehnten Jahre so auszeichnete, daß er zum Lieutenant im ersten Regimente der Jäger zu Pferde avancirte. 1802 rückte er zum Oberlieutenant, 1803 zum Adjutantmajor in der königlichen Garde vor. Im Feldzuge gegen Preußen erkämpfte er sich 1806 die eiserne Krone und wurde Capitän bei den Dragonern derselben Garde, in welchem ausgezeichneten Corps das Avancement weit langsamer vor sich ging, als in der Linie. 1811 zum Escadronscommandanten bei dem obgenannten Jäger-Regimente befördert, über welches sein älterer Bruder als Oberst befehligte, wurde er 1812 Major und für seine ausgezeichnete Haltung in der Schlacht bei Culm (30. August 1813) Oberst dieses Regiments. Nach Auflösung der italienischen Armee im Jahre 1814 erfolgte Villata's Uebernahme in das k. k. österreichische Heer, und zwar in seiner Eigenschaft als Oberst, eine Auszeichnung, welche nur als Würdigung seiner hervorragenden militärischen Dienstleistung unter den italienischen Waffen angesehen werden muß, weil sonst der Uebertritt nur in geringerer als der bekleideten Charge gewährt wurde. Zunächst, 1815, in das Regiment Kaiser-Küraffiere Nr. 1 als zweiter Oberst eingetheilt, dann 1817 in gleicher Eigenschaft in das 2. Küraffier-Regiment und 1818 in das 1. Dragoner-Regiment als Commandant desselben übersetzt, stieg er 1828 zum General-major auf, als welcher er das Commando der Székler-Brigade in Siebenbürgen erhielt. Als im genannten Jahre an der Grenze dieses Landes die Pest auftauchte, traf er bei Aufstellung des Cordons die zweckmäßigsten Anstalten, und in der That, als dieser in drei Monaten aufgelassen ward, zeigte sich die Seuche, deren Verschleppung auf solche Weise völlig verhindert worden war und welche im Ganzen nur eilf Opfer gefordert hatte, als vollkommen erloschen. 1835 wurde Villata Feldmarschall-Lieutenant und Divisionär in Hermannstadt, kam 1838 in gleicher Eigenschaft nach Kaschau in Oberungarn und 1842 als Militär-Commandant von Tirol und Vorarlberg nach Innsbruck, nachdem er schon 1840 zum zweiten Inhaber des 2. Küraffier-Regiments, damals Erzherzog Franz d'Este Herzog von Modena, ernannt worden war. Das Abaujváter und Zempliner Comitat aber hatten den General zum Honorar-Gerichtstafelbeisitzer erwählt. Im October 1842 traf Villata in Tirol ein, aber nicht lange blieb es ihm vergönnt, in dieser letzten Dienstleistung zu wirken, um die Mitte des folgenden Jahres befiel ihn ein Leiden, welchem er bald darauf erlag.

Wiener Zeitung. 1843. Nr 233

Wohl ein Sohn des Obigen ist **Guido** von Villata, welcher im Sommer-Feldzuge des Jahres 1849 in Ungarn als Rittmeister des Kürassier-Regiments Nr. 7 mit demselben bei der Südarmee des Banus stand und für sein ausgezeichnetes Verhalten vor dem Feinde den Orden der eisernen Krone dritter Classe erhielt. 1854 wurde er Major bei Großherzog von Toscana-Dragonern Nr. 8. 1857 Oberst-lieutenant. In der Folge zum Generalmajor befördert, trat er als Titular-Feldmarschall-Lieutenant in den Ruhestand und lebt noch gegenwärtig zu Wien.

Villata von Villatburg, Johann von (k. k. Generalmajor, geb. zu Mailand 29. December 1777, gest. zu Vicenza 23. November 1843), Bruder des Franz von Villata. Frühzeitig trat er als Cadet in ein k. k. Dragoner-Regiment und wurde in demselben in weniger als Jahresfrist zum Unterlieutenant befördert, als welcher er den Feldzug 1796 in der kaiserlichen Armee mitmachte. Durch den Frieden von Campoformio verlor Oesterreich die lombardischen Provinzen, welche sich als cisalpinische Republik, freilich unter voller Abhängigkeit von Frankreich, constituirten. Zu jener Zeit erbat Villata seinen Abschied aus der österreichischen Armee und erhielt ihn auch im Mai 1798. Nicht lange blieb er müßiger Zuseher der Ereignisse, welche sich in seinem Vaterlande abspielten, und da sich ihm in den Reihen der Armee desselben günstige Aussichten darboten, trat er als Lieutenant in das erste Regiment der cisalpinischen Dragoner. Bald wurde er aus diesem abberufen und in den Generalstab des Obersten Lahoz, damaligen Flügeladjutanten des Gene-

rals Buonaparte, eingetheilt. In seinem Regimente zum Capitain vorgerückt, kam er als solcher zum General-stabe des Generals Fantuzzi, mit dem er sich nach Nizza begab. 1802 treffen wir ihn als militärischen Abgeordneten auf der Consulta zu Lyon, dann, um die Mitte dieses Jahres, als Mitglied einer Militärcommission, welche in Bologna zusammentrat, um über die Urheber einer versuchten Erhebung zu richten, und noch im November desselben Jahres rückte er zum Escadronschef im 1. Huszaren-Regimente vor. 1803 wurde er nach Bergamo geschickt, um dort die für die Conscription angeordneten Maßregeln auszuführen, ein unter den damaligen Verhältnissen, bei den nichts weniger als geordneten territorialen Zuständen um so schwierigerer Dienst, als das benachbarte Venedig und Dalmatien Allen, die sich dem Waffendienste zu entziehen suchten, treffliche und kaum erreichbare Zufluchts-stätten boten. Nachdem er die heikliche Mission zur Zufriedenheit des Ministe-riums beendet hatte, wurde er zum zweiten Schwadronschef der Präsidenten-garde ernannt und verfügte sich zur Uebernahme seines Commandos nach Verona. Das correcte Verhalten, welches Villata in der nun folgenden Friedens-epoche an den Tag legte, indem er sich von allen zu jener Zeit nicht seltenen Parteiungen fern hielt, würdigte Napoleon im Mai 1806 durch Verleihung des Commandeurkreuzes des Ordens der eisernen Krone. 1807 wurde Villata Flügeladjutant des Vicekönigs und bald darauf Oberst des ersten Regiments Jäger zu Pferde, mit welchem er zur Division Pino abrückte, die in Schweden unter dem Armeecorps des Marschalls Brune stand. Von da zog er mit seinem Corps nach Catalonien, auf dessen

Schlachtfeldern er sich mit Pino und Palombini [Bd. XXI, S. 250] Lorbern sammelte. Er verrichtete dort Wunder der Tapferkeit und bewährte in den verhängnißvollsten Verhältnissen jenes denkwürdigen Krieges eine Umsicht ohne Gleichen. Das in den Quellen bezeichnete Werk Lombrofo's enthält eine ausführliche Darstellung der Waffenthaten des Obersten Villata in Spanien. Zu Anfang des Jahres 1811 übernahm derselbe das Commando einer Brigade leichter französischer Cavallerie, welche aus dem 2. und 3. Regimente Jäger zu Pferde bestand. Als es 1812 in den Feldzug gegen Rußland ging, wurde General Villata in das 4. Armeecorps, das Prinz Eugen commandirte, eingetheilt. Er focht da mit Auszeichnung in allen Kämpfen, welche in der Nähe von Witebsk stattfanden, dann bei Wieliz und brachte namentlich den Kosaken empfindliche Niederlagen bei. In der Folge aber durchlebte er auch alle Schreckenscenen des grauenhaften Rückzuges, mit welchem der Niedergang der napoleonischen Gewaltherrschaft seinen Anfang nahm. Nachdem er sein Vaterland wieder erreicht hatte, genoß er einige Zeit der so nöthigen Ruhe. dann aber, April 1813, trat er zu Forli das Commando der 4. Militärdivision an. Im Jänner 1814 an die Spitze einer Brigade in der Division Zucchi zu Mantua gestellt, nahm er am 1. März nach blutigem Kampfe mit dem bei Guastalla aufgestellten Feinde diese Stadt und machte viele Gefangene. Nach dem Sturze der napoleonischen Regierung erhielt er von dem k. k. General Bellegarbe mehrere Aufträge, die er vollführte, worauf ihm von demselben am 16. Juli letztgenannten Jahres eröffnet wurde, daß seine Eintheilung in die k. k.

österreichische Armee in der Eigenschaft als Generalmajor erfolgt sei, und so übernahm er denn noch im nämlichen Jahre das Commando einer Infanterie-Brigade, mit welcher er im Elsaß operirte und sich in einem Gefechte in der Nähe von Bedfort so auszeichnete, daß er von General Grafen Colloredo schriftlich eine Anerkennung seines ausgezeichneten Verhaltens zugesandt erhielt. Nach einiger Zeit trat General Villata in den Ruhestand, den er zu Vicenza noch eine ziemliche Reihe von Jahren genoß.

Lombroso (Jacopo). Vite dei primarii generali ed officiali italiani dal 1796 al 1815 (Milano 1842. gr. 8º.) tomo II, p. 307 et s.

Grabschrift. In der Generalscapelle auf dem Friedhofe zu Vicenza liest man folgende Grabschrift: „Giovanni Villata da Milano | Cavaliere Barone Generale | probo dotto cortese | morto sessantenne | in Vicenza sua patria seconda | il XXIII novembre del MDCCCLIII | Alvise da Schio figliocelo battesimale | Q. M. P.

Ville de Canon, Karl Marquis de, siehe: De Ville [Bd. III, S. 272].

Villecz, Friedrich von (k. k. Oberst, Ort und Jahr seiner Geburt unbekannt). Zeitgenoß. Wann derselbe in die Reihen der k. k. Armee eingetreten ist, wissen wir nicht. 1848 diente er als Lieutenant, 1863 als Hauptmann erster Classe im Infanterie-Regimente Prinz von Preußen Nr. 34, am 24. October 1874 wurde er Oberst und Commandant des Infanterie-Regiments Bernhard Herzog von Sachsen-Meiningen Nr. 46. Schon während der Feldzüge 1848 und 1849 in Italien und Ungarn that er sich so hervor, daß er mit dem Orden der eisernen Krone dritter Classe ausgezeichnet wurde. Im italienischen Feldzuge 1859 erkämpfte er sich als Hauptmann das Militär-Verdienstkreuz mit der Kriegsdecoration. Den bosnischen Feldzug 1878 machte er als Oberst-Brigadier mit und zeichnete sich insbesondere im August bei dem Vormarsche auf Han Belalowatz aus. Schon am 15. August waren die Unseren in Kenntniß, daß sich der Feind im Waldbefilé zwischen Ovciluka und dem vorgenannten Han gesammelt habe. Die aus vier Bataillons und einer Gebirgsbatterie bestehende rechte Flügelcolonne befehligte Oberst Villecz. Er rückte mit ihr gegen Stina vor. Wegen des schwierigen Fortkommens gewann sie nur sehr langsam Terrain. Am 16. August um halb 6 Uhr Morgens brach er mit ihr aus dem Bivouak bei Stina auf und traf nach glücklicher Ueberwindung außerordentlicher Bewegungshindernisse bald nach eilf Uhr auf dem Hange südlich von Belalowatz im Rücken des Feindes in dem Augenblicke ein, als beträchtliche Insurgentenkräfte, nichts Schlimmes ahnend, im Abkochen begriffen waren. Sofort fuhr seine Batterie auf und bewarf das Lager mit Hohlgeschossen. Der vollkommen überraschte Feind ließ Alles liegen und stehen und eilte nach den bewaldeten Hügeln jenseits der Straße. An dieser panikähnlichen Flucht nahmen auch die zur eigentlichen Vertheidigung des Gebirgssattels bestimmten Insurgenten Theil, welche ihre verschanzte und vorbereitete Position in Eile aufgaben. Als Oberst Villecz mit seiner Brigade um halb 3 Uhr auf dem Lagerplatze des Feindes anlangte, erbeutete er an zwanzig Zelte, zahlreiche Waffen, große Munitions- und Lebensmittelvorräthe, Kleider, Wagen, Pferde u. d. m. Dieses energische Vorrücken führte die glänzende Entscheidung des auch auf den anderen Seiten bereits begonnenen und hartnäckig währenden Kampfes herbei. Oberst Villecz aber wurde für sein ebenso umsichtiges als tapferes Verhalten in diesem Feldzuge mit dem Orden der eisernen Krone zweiter Classe ausgezeichnet.

Thürheim (Andreas Graf). Gedenkblätter aus der Kriegsgeschichte der k. k. österreichisch-ungarischen Armee (Wien und Teschen 1880, K. Prochaska, Ler.-8°.) Bd. I, S. 229. 281, 306. — Allgemeine Zeitung (Augsburg, Cotta, 4°.) 1878, Nr. 233: „Aus Oesterreich 19. August".

Vilney, nach Anderen auch **Vilnay**, Anton (ungarischer Schriftsteller, geb. in Ungarn um 1815). Nach Beendigung der Vorbereitungsstudien widmete er sich an der Hochschule zu Wien der medicinischen Wissenschaft und lebte dann als Arzt in dieser Stadt. Neben seinem Lebensberufe trieb er schöne Literatur und gab in deutscher Sprache Romane heraus, die entweder in seinem Vaterlande spielen, oder deren handelnde Personen Ungarn sind. Die Titel dieser Romane lauten: „Toni. Ein Gemälde aus Ungarns Gegenwart" (Mannheim 1844, Bassermann, 8°.); — „Adolay. Ein Gemälde aus Kaukasiens Gegenwart" (ebd. 1845, 8°.). Außerdem sammelte er ungarische Volkslieder, die er in eigener Uebersetzung unter dem Titel veröffentlichte: „Ungarische Volkslieder, in einer Auswahl gesammelt. 1. Folge" (Leipzig, 1848, Arnold Ruge, 16°.). Während Kertbeny die Seitenzahl dieser Sammlung, welche 44 Volkslieder und darunter einige nach Petöfi enthält, mit 93 angibt und den Verfasser ein Mal Vilnay (mit a), das andere Mal Vilney (mit e) schreibt, findet sich derselbe in Kayser's Bücherlexikon (Theil X, S. 464 und Theil XII, S. 502) immer Vilney geschrieben und die Seitenzahl der Volkslieder mit VIII und 102 angegeben.

Kertbeny (K. M.). Bibliographie ungarischer nationaler und internationaler Literatur 1441 bis 1876 In zwölf Fachheften redigirt — — (Budapeth 1876, P. Tettey) erstes Heft S. 3, Nr. 24; S. 64, Nr. 146.

Binak, Vincenz (Tonsetzer und Musikgelehrter, geb. zu Divišov nächst Beneschau im Taborer Kreise Böhmens am 7. Februar 1833). Sein Vater, Organist zu Divišov, war ein ausgezeichneter Musicus aus der Schule des berühmten Tomaschek; er ertheilte dem Sohne Unterricht im Piano- und Orgelspiel, dann auch im Gesange. Vincenz, welcher sich ganz der Musik widmete, wirkte in noch jungen Jahren schon als Pianofortelehrer zu Jungbunzlau, später als Organist in Turnau, wo er seine theoretischen Studien in der Musik beendete. Einem Rufe des Directors Pitsch [Bd. XXII, S. 370], damaligen Leiters und ersten Lehrers an der Prager Orgelschule folgend, begab er sich 1855 nach Prag und besuchte daselbst dieses Institut, an welchem er von seinem Meister zu besten Abjuncten und in der Kirche St. Nicolaus, an welcher Pitsch als Organist fungirte, zum Stellvertreter ernannt wurde. Unter dieses Lehrers Leitung entfaltete sich Binak's Talent im Orgelspiele immer schöner, und nachdem derselbe seinen Lehrcurs glänzend bestanden hatte, erhielt er durch Johann Friedrich Kittl [Bd. XI. S. 340], damaligen Director des Prager Conservatoriums, zugleich mit der Stelle eines Chordirectors ein Lehramt an der Musikschule zu Petrinia in Croatien. Cardinal Haulik, welcher den trefflichen Musicus bald lieb gewann, ernannte ihn im August 1857 zum Organisten an der Kathedrale in Agram. Daselbst entfaltete nun

Binak auch als Componist eine Thätigkeit, die seinen Namen in musikalischen Kreisen bald bekannt machte, und bei seiner immer wachsenden Beliebtheit gelang ihm auch die Absicht, eine croatische Anstalt zur Erlernung des Pianospiels und Gesanges zu errichten. Im Frühlinge 1861 als Stadtorganist und Capellmeister nach Chrudim in Böhmen berufen, gründete er daselbst den Gesangverein „Slavoj“, welcher sich in kürzester Zeit zu einem der bedeutendsten Gesangvereine in Böhmen aufschwang. Etwas über ein Jahr hatte er in seiner neuen Stellung gewirkt, als auf Veranlassung des Starosten des Prager Vereines „Sokol“ seine Ernennung zum Director der Capelle desselben erfolgte. Noch Ende des Jahres 1861 wurde er Chordirector an der Heiligengeistkirche in Prag. Wie schon oben erwähnt, trat Binak bereits während seines Aufenthaltes in der croatischen Hauptstadt als Compositeur auf, und zwar brachte er zu Pfingsten 1857 — damals ein 22jähriger Mann — seine große Festmesse in der Agramer Kathedrale zur Aufführung. Dann componirte er zu Ehren des Banus Sokčevic einen großen Marsch, und zur Begrüßung des neuen Banus Grafen Coronini setzte er eine von Heinrich Terebelský [Bd. XLIII, S. 287] gedichtete Hymne in Musik, und zwar für gemischten Chor mit Begleitung des großen Orchesters. Seine nächsten größeren Arbeiten aber waren: ein *„Ave Maria“*, welches er dem Domherrn Alfred Grafen Skurlowski in Krakau widmete, und ein großes Orgelconcert für den Agramer Bürger A. Felbinger. Von seinen übrigen Compositionen sind im Druck erschienen, 1862: *„Slovan. Směs z pisní slovanských“*, d. i. Der Slave. Potpourri über slavische Lieder, für das

Pianoforte (Prag, Schalek und Wetzler;
3. Aufl. 1868); — „Berounanka" und
„Katynka Polka. Třasák" (beide bei
Fleischer in Prag); — 1863: „Protiklus
Kvapik" (ebb.); — 1869: „Pochod
ku slavnosti odhalení pomníku Füg-
nerova ku dni 18. července 1869",
d. i. Marsch zur Feier der Enthüllung
des Fügner-Denkmals am 18. Juli 1869
(Prag, Schindler). Außerdem schrieb er
viele Vocal- und Instrumental-Messen
und sonstige Kirchenmusikstücke, welche
noch ungedruckt sind. Ferner componirte
er die Opern: „Vodník", d. i. Der
Wassermann, und „Husitská žena",
d. i. Das Weib des Hussiten, beide
Manuscript, und zahlreiche Chöre für
Männergesang, darunter einen Festchor
anläßlich der Grundsteinlegung des čechischen Nationaltheaters. Aber auch als
Musikschriftsteller trat Vinař auf, und
zwar gab er die „Nauka o instrumen-
taci", d. i. Instrumentationslehre (Prag
1864, Kober) heraus, das erste theoretische Werk über diesen Gegenstand in
čechischer Sprache; veröffentlichte im
ersten Jahrgange der Zeitschrift „Česká
Thalia", d. i. Čechische Thalia, die
Abhandlung: „Slovo o Kontrapunktu",
d. i. Ein Wort über den Contrapunkt;
im achten Jahrgange der Musikzeitung
„Dalibor" die Abhandlung: „Slovo
o varhanách a hře na varhany", d. i.
Ein Wort über Orgel und Orgelspiel
und in beiden genannten Blättern Referate über Opernaufführungen und Anzeigen, Besprechungen und Kritiken der
erscheinenden Musikwerke und Compositionen. — Sein älterer Bruder Franz
(geb. zu Divišov 1825) bildete sich zu
einem ausgezeichneten Pianisten aus,
machte Kunstreisen und trat an verschiedenen Orten in Polen, Rußland und in
der Türkei auf, nahm dann die Stelle

eines Professors an dem Musikinstitute
in Jassy an, wo er zwanzig Jahre blieb,
bis er eine glänzende Anstellung in
Odessa erhielt. Ob er auch componirt,
ist nicht bekannt.

Vinazer, die Künstlerfamilie. Es sind
nicht weniger denn acht Träger dieses
Namens: Christian, Dominik,
zwei Joseph, Margarethe, Martin, Matthias und Melchior, deren
genauen verwandtschaftlichen Zusammenhang wir nicht angeben können, da wir
nur wissen, daß Martin und Dominik Brüder, Melchior und Matthias deren Söhne, Christian, der
eine Joseph, welcher in Wien arbeitete,
und Margarethe nach Nagler Geschwister waren; nach Staffler dagegen wäre Joseph ein Neffe Chri-
stians; wie der zweite Joseph, der
nach Spanien ging, zu den Uebrigen
in verwandtschaftlicher Beziehung steht,
darüber brachten wir nichts in Erfahrung. Wir geben nun über Sämmtliche in
der alphabetischen Folge ihrer Taufnamen die uns bekannt gewordenen biographischen Nachrichten. 1. **Christian** Vinazer (geb. auf dem Hofe zu St. Paul
nächst der Gemeinde St. Ulrich, Land-
gerichtsbezirk Kastelrut im Kreise an
der Etsch in Südtirol, am 26. October
1709, gest. in Wien 2. December
1782). Bruder, nach Anderen Oheim
Josephs. Frühzeitig verlegte er sich
daheim auf die Holzschnitzerei, und da er
gute künstlerische Anlagen zeigte, kam er
bald nach Wien, wo er sich der Graveur-
kunst widmete, welche man zu jener Zeit
nicht unpassend Erzverschneidung nannte.
Er erreichte auch darin einen so hohen
Grad von Vollendung, daß er 1777 als
kaiserlicher Medaillengraveur angestellt
und zugleich zum Mitgliede der k. k. Aka-

demie der bildenden Künste in Wien erwählt wurde. Er hat schöne Schau-
münzen geschnitten, leider sind wir nicht
im Stande, eine vollständige Uebersicht
seiner Arbeiten zu geben. Wir können
nur folgende anführen: Medaille mit
dem Bildniß des Kaisers Joseph II.
nach dem Stiche von Mannsfeld; —
Medaille mit dem Bildniß des Erzherzogs Maximilian, nach dem Stiche
von Qu. Mark; — Medaille zur Erinnerung an den Tod der Kaiserin
Maria Theresia mit ihrem Bildnisse;
die Reversseite ist von J. N. Wirt; —
Medaillen auf den Fürsten Kaunitz und
den Grafen Kolowrat, beide nach
Stichen von Mannsfeld; — Medaille auf Gedeon Freiherrn von Loudon und eine auf den Grafen Hab-
dik, beide nach Stichen von Adam; —
Medaille auf den kaiserlichen Leibarzt
und Chirurgen Brambilla, nach einem
Stiche von Albert; — Medaille auf
den Grafen Karl von Pellegrini, nach
einem Stiche von Q. Mark im Jahre
1782. Außerdem ist von Christian
Vinazer noch ein Bildniß des Kaisers
Joseph en basrelief bekannt, welches
sich in der k. k. Akademie der bildenden
Künste zu Wien befindet. — 2. **Dominik**,
welcher im achtzehnten Jahrhundert lebte,
erhielt zu Venedig Unterricht im Zeichnen
und in der Bildhauerkunst. Als Johann
von Metz (1703) die Holzschnitzerei
unter den Thalbewohnern des Bezirks
Kastelrut in Südtirol einführte, waren
Dominik und dessen Bruder Martin
daselbst die ersten Figurenschnitzer. Heute
zählt das berühmte Grödener Thal, in
welchem der Bezirk Kastelrut gelegen
ist, an 3000 Schnitzer und Schnitzerinen.
Dominik ließ sich zu Precesta nieder.
Er arbeitete, wie später auch sein Sohn,
meist für Kirchen und leistete Vorzüg-

liches. — 3. **Joseph** (geb. in St. Paul
1738, gest. zu Schemnitz 1804), nach
Einigen, wie schon oben bemerkt, Chri-
stians Bruder, nach Anderen dessen
Neffe, welch letztere Angabe im Hinblick
auf die Geburtsjahre [Christians
1709, Josephs 1738] auch die
richtige sein dürfte. Joseph lag anfangs unter Leitung seines Vaters der
Holzschnitzerei ob. Dann ging er gleichfalls nach Wien, wo er sich an der Akademie in der Gravierkunst ausbildete.
Für ein Basrelief von Silber, welches
die Wiederkunft Ulyssens zur Penelope
vorstellt, wurde er 1781 mit dem ersten
Preise ausgezeichnet. Seinen Ruf als
Medailleur begründete er durch die Medaille, die er aus Anlaß der Ankunft des
Papstes Pius VI. in Wien verfertigte.
Sie zeigte das Bildniß des heiligen
Vaters auf der Aversseite, und bezeichnete man dasselbe als das ähnlichste.
1781 wurde Joseph von der Akademie
zum Mitgliede erwählt. In der Folge
erhielt er die Stelle als erster k. k. Münz-
graveur in Schemnitz, wo er nach Staffler bereits 1804 starb, nach Nagler
aber um 1812 noch am Leben war. —
4. Der oben erwähnte zweite **Joseph**
Vinazer (gest. in Spanien 1804; vielleicht hat dies Todesjahr zur Angabe
bei Staffler geführt, daß der vorige
Joseph im Jahre 1804 gestorben sei).
In Rede Stehender begab sich nach
Spanien und nahm dort seinen bleibenden Aufenthalt. Er galt als ein ganz
bedeutender Bildhauer, der in Holz und
Marmor arbeitete. Seine in spanischen
Kirchen, Gärten und Palästen befindlichen Statuen wurden als vortreffliche Werke des Meißels bezeichnet. —
5. **Margarethe**, eine Schwester Chri-
stians, lebte auch in St. Ulrich im Grödener Thale und machte Figuren aus Ala-

baster, wie solcher in Gröden bricht und
eine sehr glänzende Politur annimmt. —
6. Martin lebte in der zweiten Hälfte
des siebzehnten und zu Beginn des achtzehnten Jahrhunderts. Er wie sein
Bruder Dominik [siehe Nr. 2] waren,
wie schon bemerkt, die ersten Bildschnitzer
im Grödener Thale. Er ließ sich in
Bleschen nieder, wo er für Kirchen
arbeitete. Gleich den Werken seines
Bruders Dominik wurden auch die
seinigen gelobt. — 7. Martins und
Dominiks Söhne **Matthias** und
Melchior Vinazer übten gleichfalls
die Kunst ihrer Väter und schnitzten
Altäre und Figuren im Großen. Muster
der Kunstleistungen der Familie Vinazer
befinden sich im Nationalmuseum zu
Innsbruck. Verfasser dieses Lexikons
wollte während seines Aufenthaltes
daselbst im September 1883 diese
Arbeiten ansehen, aber das Museum
war eines Umbaues wegen für längere
Zeit geschlossen.

Die Künstler aller Zeiten und Völker
u. s. w. Begonnen von Professor Fr. Müller,
fortgesetzt und beendet durch Dr. Karl Klun-
zinger und A. Seubert (Stuttgart 1864,
Ebner und Seubert, gr. 8°.) Bd. III, S. 792.
— Nagler (G. K. Dr.). Neues allgemeines
Künstler-Lexikon (München 1839 E. A. Fleisch-
mann, 8°.) Bd. XX, S. 274. — Sammler
für die Geschichte und Statistik von Tirol
(Innsbruck, 8°.) Bd. II (1807), S. 1: „Die
Grödener". Von J. Steiner. — Staffler
(Johann Jacob). Das deutsche Tirol und
Vorarlberg, topographisch mit geschichtlichen
Bemerkungen (Innsbruck 1847, Felician Rauch,
8°.) Bd. II, S. 1048. — Tirolisches
Künstler-Lexikon oder kurze Lebens-
beschreibung jener Künstler, welche geborene
Tiroler waren oder eine längere Zeit in Tirol
sich aufgehalten haben. Von einem Verehrer
der Künste (geistlicher Rath Leman] (Inns-
bruck 1830, Fel. Rauch, 8°.) S. 263. —
Tschischka (Franz). Kunst und Alterthum
im österreichischen Kaiserstaate geographisch
dargestellt (Wien 1836, Fr. Beck, gr. 8°.)
S. 53, 54, 196 und 405.

Vinařický, Karl Alois (čechischer
Schriftsteller, geb. zu Schlan in
Böhmen am 24. Jänner 1803, gest. am
3. Februar 1869). Sein Vater Joseph,
der einige Zeit als Mitglied einer beliebten Musikcapelle in Wien gelebt
hatte, war seines Zeichens ein Schuster,
die Mutter Antonie geborene Payer
von deutscher Abkunft. Nachdem Karl
von einem tüchtigen Lehrer, der übrigens
die Strumpfwirkerei betrieb, einen guten
häuslichen Unterricht genossen, kam er
1809 in die Normalschule der Piaristen
in seinem Geburtsorte. Da von der
zweiten Classe an in der deutschen
Sprache gelehrt wurde, gab es für den
Knaben, der im Elternhause nur čechisch
gelernt hatte, schwere Tage, und dieser
Umstand war es vor Allem, der ihn in
späteren Jahren veranlaßte, vornehmlich
darauf zu bringen, daß in den Schulen
in der Muttersprache vorgetragen werde.
1813 bezog er das Gymnasium, auf
welchem er aber wieder eben durch die
Kenntniß des deutschen Idioms den
Vorrang über die anderen Schüler behauptete. In den höheren Classen des
Gymnasiums betrieb er selbst das Studium der deutschen Sprache und Literatur und versuchte sich sogar 1815 bis
1817 in kleineren Dichtungen, welche
welche er später freilich, als das nationale
Gefühl überwog, wieder vernichtete. Als
dann 1816 eine Verordnung der Stu-
dien-Hofcommission den Gebrauch der
čechischen Sprache an den Gymnasien
gestattete, und Uebersetzungsübungen
aus den lateinischen Classikern ins
Čechische eingeführt wurden, da versuchte er sich zunächst an einigen Bruch-
stücken aus dem Terentius. Dabei erwachten in ihm immer wieder und mit
nur größerem Nachdruck das Vaterlands-
gefühl und das Verlangen nach der ge-

nauteren Kenntniß der vaterländischen Geschichte, zu welcher der nachmalige Archäolog Franz Miltner [Bd. XVIII, S. 331], ein gebürtiger Schlaner und zu jener Zeit Studiosus der Rechte, seinen jüngeren Landsmann ermunterte. So nahm denn dieser zunächst die berühmte nationale Chronik des Hagecius (Hajek) vor und schöpfte aus ihr die Gesetze der čechischen Rechtschreibung und des Styls, während er aus Pelzl's Geschichte das chronologische Detail der Geschichte seines Vaterlandes kennen lernte. In den Ferienmonaten wieder durchstreifte er die Umgebungen seines Geburtsortes, machte sich mit den alterthümlichen Ueberresten derselben bekannt und betheiligte sich an den dilettantischen Theaterübungen seiner Schlaner Collegen, wobei er dann öfter die Rolle des Souffleurs übernahm. Trefflich vorbereitet, bezog er 1818 die Prager Hochschule, um an derselben die philologischen Studien zu beginnen. In der Großstadt ging ihm ein neues Leben auf, und in den Vorträgen Bolzano's [Bd. II, S. 33], die ihn vor allen anderen fesselten, fand sein empfänglicher Geist um so reichere Nahrung, als er schon durch genauere geschichtliche Studien einen guten Grund gelegt hätte. Mit dem ganzen Feuereifer des Jünglings stürzte er sich in die Lectüre von Büchern und Zeitschriften, namentlich seiner heimischen Literatur. In einem um diese Zeit, 1819 und 1820, meist in deutscher Sprache geführten Tagebuche merkt er das Erscheinen jedes neuen čechischen Werkes als ein förmliches Ereigniß an. Während der Ferien des Schuljahres 1819 besuchte er seinen Oheim, den Prior des Klosters Kukus bei Königinhof, wo Hanka zwei Jahre früher den für Zeugenschaft einer uralten čechischen Literatur ausgebeuteten, freilich, wie es sich später nach sorgfältiger Kritik herausstellte, künstlich in die Scene gesetzten Fund der vielerörterten Königinhofer Handschrift gemacht hatte. Daß der mächtig nationalangehauchte Jüngling vor dieser Stätte wie vor einem Heiligthume stand und von den Schauern einer großen čechischen poetischen Vergangenheit erfüllt, Alles, was an dieser Fundstätte gelegen, mit begehrlichen Blicken betrachtete, braucht kaum näher erklärt zu werden, und so erschien ihm denn auch ein Pfeil, den ihm ein Caplan als eines von den Dingen gab, unter welchen der kostbare (?) Fund Jahrhunderte geruht, als eine werthvolle Reliquie, die lange einen Schmuck seines Heims bildete, bis er die etwas zweifelhafte Kostbarkeit später dem čechischen Museum zum Geschenke verehrte. Im dritten Jahre seiner philosophischen Studien folgte er dem Rufe eines in Wien lebenden Onkels, zu welchem er sich um so lieber begab, als der gemaßregelte Bolzano vom Lehramte entfernt worden war. Während er nun in Wien seinen philosophischen Studien oblag, trieb er nebenbei mit großem Fleiße Philologie und Geschichte, von letzterer vornehmlich ihre Hilfswissenschaften Archäologie, Numismatik und Diplomatik, ohne jedoch die Pflege der čechischen Literatur aufzugeben, für welche ihm die kaiserliche Hofbibliothek ihre Schätze erschloß. Dabei trat er mit anderen, später zum großen Theile zu einiger Bedeutenheit gelangten Landsleuten in Verbindung, wodurch er nicht nur sein nationales Gefühl überhaupt stärkte, sondern sich auch in seiner Muttersprache übte. Nachdem er die philosophischen Studien beendet hatte, begab er sich in den Ferien 1821 nach Prag, um seinen festgesetzten

Entschluß, Theologie zu studiren, zu verwirklichen. Er trat nun in das erzbischöfliche Seminar. Mit gleichgesinnten Freunden wurden da nationale Gefühle ausgetauscht und durch patriotische Reden und Gesänge wohl in etwas stärkerem Grade gepflegt, als es mit dem priesterlichen Berufe und der vorgeschriebenen Hausordnung seines geistlichen Heims sich schicken wollte. Ein solches nicht ganz correctes Verhalten erregte die Aufmerksamkeit seiner Seminarvorsteher, und einer derselben verwies ihm dieses unpassende Verhalten als mit dem Berufe, dem er sich widme, unverträglich. Der Erfolg dieser Vorstellung blieb nicht aus, Vinařický widmete sich nun mit wahrem Feuereifer seinen Studien, und jener Vorsteher, der das frühere Verhalten des Alumnen gerügt, sah sich jetzt veranlaßt, denselben der Grafenfamilie Schlik, welche einen Religionslehrer für ihre Kinder suchte, als solchen warm zu empfehlen. In dieser Stellung aber erwarb sich Vinařický in kurzer Zeit so sehr das Vertrauen der gräflichen Familie, daß diese die ganze Erziehung ihrer Kinder anvertraute. Er trat nun aus dem Seminar und trieb als Externist das Studium der Theologie, und zwar den größten Theil des Jahres auf den Schlik'schen Gütern, vornehmlich in Kopidlno. Für die Pflege des čechischen Idioms fand er inmitten einer ländlichen Bevölkerung reichlich Gelegenheit, und er unterließ es nicht, die Liebe für dasselbe auch im Kreise der gräflichen Familie zu wecken, deren Mitglieder sich denn gern bei den čechischen Theatervorstellungen einfanden, welche in Kopidlno gegeben wurden. Die Stellung im Hause des Grafen als Erzieher hatte aber noch einen anderen Einfluß auf den jungen Priester. Sie bildete eben seine Schule auf dem Gebiete der Pädagogik, auf welchem er in der Folge so nachhaltig zu wirken berufen war. 22 Jahre alt, beendete Vinařický 1825 seine theologischen Studien. Obwohl er das zum Empfange der Priesterweihe nöthige Alter noch nicht erreicht hatte, unterzog er sich nichtsdestoweniger der Prüfung für ein Pfarramt. Der damalige Erzbischof Chlumczanský, welchem bereits die Tüchtigkeit und Anstelligkeit des jungen Theologen durch die Seminardirectoren bekannt geworden, berief nun denselben zu sich und verlieh ihm alsbald die Stelle seines Ceremoniarius. Mit schwerem Herzen verließ Vinařický die ihm lieb gewordene Erzieherstelle im gräflichen Hause und begab sich nach Břežan, dem Sommersitze des Erzbischofs, der ihm dort persönlich die Priesterweihe verlieh. Bald darauf wurde er von diesem Kirchenfürsten nach Měcholup, einer Herrschaft des damaligen Oberstburggrafen Franz Anton Grafen Kolowrat-Liebsteinský, gesandt, um den daselbst erkrankten Pfarrer zu vertreten; aber noch im November des nämlichen Jahres folgte er der Berufung als Exhortator für die Hörer der Technik in Prag. Während er nun in dieser Stadt seinem geistlichen Amte oblag, bot sich ihm die günstige Gelegenheit, mit den Koryphäen der nationalen Literatur in engeren Verkehr zu treten. Da waren es denn die beiden Jungmann, mit denen er viel zusammenkam, auch befreundete er sich mit Čelakovský und Chmelenský und fand sich auch zu den abendlichen Versammlungen im Hause des erzbischöflichen Buchdruckers Spinka ein, bei welchen die Förderung nationaler Werke und überhaupt der Aufschwung nationalen Lebens den

Hauptgegenstand der Unterhaltung oder Verhandlungen bildeten. Aber auch mit auswärtigen Patrioten knüpfte er Verbindungen an und unterhielt mit Kamaryt, Prochazka, Čermák, Zahradník und Anderen fleißigen Briefwechsel. So stand er bald in der vordersten Reihe jener čechischen Männer, welche im ersten Viertel des laufenden Jahrhunderts den nationalen Geist in der Stille förderten, ihm immer neue Kräfte zuführten und ihn allmälig und unbemerkt so kräftigten, daß derselbe, als der Augenblick erschienen war, sich geltend zu machen, in seiner ganzen drohenden Gestalt sich erhob und mit Gewalt die Stellung einnahm, die er sich entzogen glaubte. Indessen blieb Binařický auch literarisch nicht unthätig, übersetzte lateinische und griechische Classiker, schrieb Gedichte und nahm Hauptantheil an der im Jahre 1828 erfolgten Gründung des „Časopis pro katolické duchovenstvo", d. i. Zeitschrift für die katholische Geistlichkeit. Am 1. Jänner 1829 wurde er zum Geheimsecretär des Erzbischofs Chlumczansky ernannt, und behielt diesen Posten auch bei dessen Nachfolger, dem Erzbischof Alois Joseph Kolowrat-Krakowsky, bis derselbe am 28. März 1833 das Zeitliche segnete. In jenen Tagen arbeitete Binařický gemeinschaftlich mit Jungmann die Denkschrift aus, in welcher er auf das durch Unterdrückung der Landessprache in Schulen und Aemtern der Nation zugefügte Unrecht hinwies, welche Denkschrift dem Kaiser Franz I. vorgelegt wurde. Ein solcher Schritt in jener Zeit war unbedingt ein nicht geringes Wagniß, und in den nächstbetheiligten Kreisen ward Binařický nicht eben mit freundlichen Augen angesehen. Am 24. April 1833 erhielt er auf seine Bewerbung die erledigte Pfarre Kowan nächst Jungbunzlau. Dort lebte er nun ganz seinem geistlichen Berufe und seinen literarischen Studien, in denen er durch seine gleichgesinnten Freunde Čelakovský, Stanek, Šafařík, Machaček und Andere, wenn er auf seinen Besuchen in Prag, oder an den Orten, wo sie eben lebten, mit ihnen zusammentraf, immer wieder ermuntert und gefördert wurde. Vornehmlich betrieb er damals abwechselnd sprachliche, geschichtliche und geographische Studien. Auch bewarb er sich um diese Zeit zugleich mit Čelakovský um die Professur der čechischen Sprache an der Prager Hochschule, ein Umstand, welcher, da die Chancen sich sehr zu Gunsten Binařický's stellten, eine allerdings nur vorübergehende Trübung des freundschaftlichen Verhältnisses zwischen Beiden zur Folge hatte. Unter den schriftstellerischen Arbeiten, welche er während seines Aufenthaltes in Kowan vollendete, nennen wir seine čechische Uebertragung der „Aeneide" [die bibliographischen Titel seiner Schriften folgen auf S. 14], ferner die bereits in Prag begonnene Schrift über Bohuslav Hasenstein von Lobkovic, Uebersetzungen des Strabo, Ptolomäus und der „Germania" des Tacitus, welche er in der „Museal-Zeitschrift" 1839 und 1840 veröffentlichte; in das Jahr 1842 fällt die Uebertragung der „Heiligen Perlen" von Ladislaus Pyrker, in das folgende jene des ersten Gesanges der „Ilias" und des ersten Gesanges der „Odyssee", von denen jedoch nur erstere in der „Museal-Zeitschrift" 1843 erschien, letztere aber Handschrift blieb. 1847 gab er dann unter dem Pseudonym K. W. Slanský — nach seinem Geburtsorte Schlan — das dramatische Werk „Johann der Blinde" heraus, welches auch

in Prag zur erfolgreichen Aufführung gelangte. Eine andere dramatische Arbeit,
„Der h. Wenzel", befand sich ungedruckt
in seinem Nachlasse. In Kovan entstanden ferner mehrere Gelegenheitsgedichte, so an Holly, an den Karls-
bader Arzt Ritter de Carro, an Cardinal Mezzofanti, letzteres gedichtet
im Namen der Geistlichkeit der Leitmeritzer Diöcese und in Gold gedruckt in
čechischer, deutscher und lateinischer
Sprache; endlich seine Schrift über
Gutenberg unter dem Titel: „Johann
Gutenberg, zu Kutenberg in Böhmen
1412 geboren, Baккalaureus der freien
Künste an der Universität zu Prag, promovirt am 18. November 1443, Erfinder
der Buchdruckerkunst zu Mainz 1450",
welche Dr. Carro ins Französische übersetzte und 1847 in Brüssel herausgab,
ohne daß es dem Autor und Uebersetzer
gelungen wäre, der gelehrten Menschheit
endgiltig zu beweisen, daß der Erfinder
der Buchdruckerkunst ein Böhme gewesen. Neben diesen Arbeiten nahm
einen beträchtlichen Theil der Thätigkeit
Binařický's die Schule in Anspruch,
mit welcher er sich mit so großer Vorliebe
beschäftigte, daß er es nicht zu geringe
fand, für seine Kleinen ein ABC-Buch,
ein Gebetbuch und entsprechende Lesebücher herauszugeben. In Anerkennung
seiner Verdienste als Priester und Schulmann wurde er von dem bischöflichen
Consistorium zu Leitmeritz am 10. December 1845 durch Ernennung zum
Ehrendechanten ausgezeichnet. So nahm
er denn zu den Märztagen in der
čechischen Literatur eine hervorragende
Stellung ein, kein Wunder also, daß
sich in den Stürmen des Bewegungs-
jahres Aller Augen auf ihn richteten, als
es einen Vermittler galt zwischen den
Aufständischen und der Regierungs-

gewalt. So stand er nach der verhängnißvollen Pfingstwoche an der Spitze der
von Jungbunzlau entsendeten Deputation, um im Namen dieser Stadt und
der Stadt Bydžow von dem obersten
Befehlshaber Schonung für Prag zu
erbitten; und auch später wirkte er mit
mannhaftem Muthe dem Fürsten Win-
bischgrätz und dem damaligen Statthalter Leo Grafen Thun gegenüber für
die Verlängerung des Waffenstillstandes,
dadurch schweres Wehe von der Hauptstadt Böhmens abwendend, und sprach
in gleich versöhnlicher und beschwich-
tigender Weise vor der eigens abgeschickten Hofcommission, um Prag vor
den unabsehbaren Folgen des Bürger-
krieges zu bewahren. Als dann die
Wahlen für den österreichischen Reichsrath stattfanden, wurde er von dem
Wahlbezirke Jungbunzlau in denselben
entsendet und nahm seinen Platz erst in
Wien, später in Kremsier ein, wo er zu
den entschiedensten Vertretern der slavischen Partei gehörte. Als er aber im
Jänner 1849 die Dechantei zu Teyn an
der Moldau erhielt, legte er sein Reichs-
rathsmandat nieder und begab sich an
seinen neuen Bestimmungsort. Da er
hier mehrere Hilfspriester hatte, blieb ihm
auch mehr Zeit übrig für seine literarischen Arbeiten, und besonders nahm ihn
die Uebersetzung der „Aeneide" in Anspruch, welche er für den Druck vorbereitete. Auch unterzog er sich damals,
vom Unterrichtsministerium dazu aufgefordert, der Bearbeitung entsprechender Unterrichtsbücher für die čechischen
Volksschulen, und zwar mit so günstigem
Erfolge, daß seine Schulbücher lange im
Gebrauche blieben und auch als Muster
dienten für die Schulbücher anderer Provinzen der Monarchie. 1863 folgte er
einem Rufe des Ministeriums in den

damals neu errichteten Unterrichtsrath, in welchem er das Referat für die böhmischen Schulen übernahm. Als später der bekannte Austritt der čechischen Abgeordneten aus dem Reichsrathe erfolgte, legte Binařický mit noch mehreren anderen seiner böhmischen Collegen seine Stelle nieder. Aber auch in seinem engeren Wirkungskreise erwarb er sich manches Verdienst um die Schule, erst durch ansehnliche Erweiterung der Ortspfarrschule und später, als sich die Räumlichkeiten derselben noch immer zu enge und ganz und gar nicht der Gesundheit der Kinder zuträglich erwiesen, durch Erbauung einer neuen. Die Gemeinde würdigte dieses humanistische Wirken ihres Seelenhirten im Jahre 1866 durch Verleihung des Ehrenbürgerrechts. Als 1850 in seiner Pfarre die Cholera ausbrach, welcher in Kürze der eine seiner Capläne erlag, übte er, da auch seine beiden anderen Capläne aufs Krankenlager geworfen wurden, allein die Seelsorge im ganzen Umkreise seiner Dechantei, tröstete und ermuthigte die Leute und alle von der Seuche Befallenen mit echt priesterlicher Hingebung. Im Jahre 1855 ernannte ihn sein Bischof Johann Valentin Jirsik [Bd. X, S. 186] zum Vicar von Sobieslaw und übertrug ihm gleichzeitig die Oberaufsicht über das Schulwesen der ganzen Diöcese. Längere Zeit versah Binařický dieses anstrengende Amt, mit welchem er noch das eines Conservators für den Budweiser Kreis und eines Mitgliedes der Budweiser Landwirthschaftsgesellschaft verband. Allmälig begannen die Kräfte des nahezu sechzigjährigen Priesters zu erlahmen, und sein Wunsch nach einem ruhigen Posten ging auch bald in Erfüllung, indem er 1859 zum Canonicus auf dem Vyšehrad er-nannt wurde. Auch während der vorerwähnten anstrengenden Dienste war Binařický literarisch nicht unthätig geblieben. Er vollendete die Uebersetzung der „Eklogen" und „Georgica" von Virgil, jene von zwölf Oden des Horaz, welche in der „Museal-Zeitschrift" (1852) abgedruckt erschienen, und mehrere die Sprache und ihren Unterricht betreffende Artikel, so: „Ueber den Unterricht der čechischen Sprache in Volksschulen", „Die čechische Sprache im Hause, in der Kirche, in der Schule und in der Literatur", „Ueber Lehrerinnen an den Pfarrschulen" u. d. m., sämmtlich in der „Museal-Zeitschrift" (1857 und 1858) abgedruckt. Wenn sich nun Binařický, wie oben erwähnt, nach Ruhe sehnte, so fand er sie doch nicht in seiner Stellung als Domherr auf dem Vyšehrad. Als 1860 die Versammlung der katholischen Vereine in Prag stattfand, gab er den Anlaß zur Gründung der Bruderschaft des h. Prokop, einer Gesellschaft, welche es sich zur Aufgabe machte, gute und billige theologische Bücher in čechischer Sprache herauszugeben, und deren Vorstand er wurde; jetzt begann er von Neuem auch die Herausgabe der schon oben erwähnten Zeitschrift für katholische Geistlichkeit (Časopis pro katolické duchovenstvo), an deren Begründung er 1828 vornehmlich thätig gewesen, die aber 1852 eingegangen war. Von 1860 bis 1867 redigirte er sie allein, später in Gemeinschaft mit Dr. Borový; 1861 wurde er zum Capitelpfarrer ernannt, in welcher Eigenschaft ihm nicht geringe Beschäftigung erwuchs; 1863 nahm ihn auch das Predigtamt in Anspruch; dabei aber nahm er regen Antheil an dem sich in Prag immer mächtiger entwickelnden geistigen Leben der čechischen Nation, wohnte den Versammlungen der verschiedenen wissenschaftlichen Vereine bei, so jenen des čechischen Museums, der čechischen Matica, des Svatobor, des čechischen historischen Vereines u. s. w., arbeitete in der Commission zur Herstellung entsprechender Unterrichtsbücher in den Volksschulen, entwickelte für die Förderung der landwirthschaftlichen Vereine, die bereits immer mehr und mehr einen politischen Charakter, der freilich meist heimlich genährt wurde, annahmen, eine rege Thätigkeit, arbeitete nebenbei als Gemeinderath und beschäftigte sich mit der Gründung einer neuen Schule und der Beischaffung einer Fundation für eine zu errichtende Mädchenlehranstalt. Für alle diese Verdienste fand er im Jahre 1868 eine neue Würdigung, als ihn der Cardinal-Erzbischof Fürst S ch w a r z e n b e r g zum Ehrenrathe seines Consistoriums ernannte. Bei allen diesen Beschäftigungen aber blieb er immer noch schriftstellerisch thätig, veranstaltete in dieser Zeit eine neue und vermehrte Auflage seines „Landtages der Thiere", eine Sammlung seiner Gedichte, betitelt „Das Vaterland", schrieb zwei polemische Broschüren in deutscher Sprache: „Der Sprachenklangmesser" und „Zur Gleichberechtigungsfrage an der Universität" und bereitete so in seiner Weise den Ausbruch des nationalen Haders vor, der zur Zeit im Lande Böhmen in voller Blüthe steht. Endlich begann er auch die Redaction einer Auswahl seiner Werke für die von K o b e r in Prag begonnene „Národní biblioteka", b. i. Nationalbibliothek. Ueber dieser Beschäftigung aber wurde er plötzlich vom Tode überrascht, so daß er nicht mehr als die Auswahl seiner kleineren Gedichte zu Stande brachte, welche den achten Band des vorgenannten Sammelwerkes bilden. Im Alter von 66 Jahren

schloß er sein inhaltreiches, den nationalen Zwecken seiner Nation gewidmetes Leben. Seine Leichenfeier war eine stattliche, und alle Orte seines Wirkens begingen dieselbe mehr oder minder festlich. In seiner Vaterstadt Schlan aber wurde am 24. Juli 1870 an seinem Geburtshause seine Gedächtnißtafel angebracht. Seine Bedeutung als Schriftsteller wird in Böhmen von allen Parteien anerkannt. Als Dichter rühmt man an ihm die tadellose Form, in welche er die reichen Gedanken einer schwungvollen Phantasie einzukleiden verstand; als Uebersetzer der alten Classiker ist er bis jetzt nicht übertroffen; als pädagogischer Schriftsteller und praktischer Pädagog förderte er vor Allem das nationale Princip. Was seine wissenschaftliche Bedeutung betrifft, so läßt sich darüber um so weniger ein endgiltiges Urtheil fällen, als gerade die bedeutendsten seiner historischen, sprachlichen und ethnographischen Arbeiten ungedruckt in seinem Nachlasse sich befinden sollen. Unten folgt eine Uebersicht seiner selbständig herausgegebenen Schriften in chronologischer Folge; der wichtigeren in Sammelwerken, namentlich in der čechischen „Museal-Zeitschrift" aufgenommenen kleineren Abhandlungen geschah bereits im Lebensabriß Erwähnung. Bei der Entschiedenheit, die einen Charakterzug V i n a ř i c k ý's bildete, war derselbe wohl frei von Gegnern und hatte er hie und da einen Strauß auszufechten, der jedoch seinen Werth in den Augen seiner Nation um so weniger verkümmerte, als diese gerade in ihm einen der beharrlichsten und energischesten Verfechter ihrer Rechte anerkannte.

Uebersicht der selbständig erschienenen Schriften des Karl Alois Vinařický. „P. Virgilia Maróna zpevy pastýřské v české verši uvedl a vysvetlil", t. i. Des Publius Virgilius Maro Hirtengesänge ins Čechische über-

tet und erläutert (Prag 1828, erzbischöfliche
Druckerei, 8°.) — „Ueber den gegenwärtigen
Zustand der böhmischen Literatur" (Prag
1833, 8°.). — „Zpev pastýřský ku dni
3. března 1833 atd.", d. i. Hirtengesang auf
den Tag des 3. März 1833 (Prag 1833, 4°.).
— „Battus. Idylla veškerým oudům kapitoly na hradě Pražském", d. i. Battus.
Satyre an sämmtliche Mitglieder des Capitels
auf dem Prager Schlosse (Jungbunzlau 1834,
4°.). — „Pána Bohuslava Hasištejnského
z Lobkovic věk a spisy vybrané", d. i.
Zeitalter und gesammelte Schriften des Herrn
Bohuslaus Hasenstein von Lobkovic
(Prag 1836, Wenzel Heß, 12°.). — „Česká
abeceda, aneb malého čtenaře knížka
první", d. i. Čechisches ABC, oder das erste
Buch des kleinen Lesers (Prag 1838, Spinka,
gr. 12°.; die zweite Auflage, welche in Prag
1850 bei Jaroslav Pospíšil mit colorirten
Abbildungen erschien, führte den einfachen
Titel: „Čítanka malých", d. i. Lesebuch für
die Kleinen). — „Dvé básně bez dvou
konsonantů", d. i. Zwei Gedichte ohne zwei
Consonanten (Olmütz 1840, 8°.). — „Perly
posvátné J. L. Pyrkera. Přeložil", d. i.
Ladislaus Pyrker's „Heilige Perlen", d. i.
Čechische übersetzt (Prag 1840, Pospíšil,
gr. 8°.). — „Snémy zvířat. Bájka i pravda.
Od K. V. Slanského", d. i. Landtag der
Thiere. Dichtung und Wahrheit. Von K. V.
Slanský (Prag 1841, Heß, 8°.) [unter dem
Pseudonym Slanský verbirgt sich Vinařický, der eben aus Schlan gebürtig war]. —
„Kytka básníček. Dárek malým čtenářům",
d. i. Ein Sträußchen Lieder. Geschenk für
kleine Leser (Prag 1842, Spurný, 12°.). —
„Druhá kytka", d. i. Zweites Sträußchen
(ebd. 1843, erzbischöfliche Druckerei, 8°.); eine
neue und vermehrte Ausgabe beider Sträußchen erschien in Prag 1852 bei Pospíšil. —
„Varyto a Lyra, básně a písně", d. i.
Barito und Leier, Lieder und Gesänge (Prag
1843, Gottl. Haase's Söhne, 16°.) [Barito
ist der Name eines alten böhmischen Musik-
Instrumentes). — „Modlitby maličkých od
7. až do 10. roku", d. i. Gebete für die
Kleinen vom 7. bis zum 10. Jahre (Prag
1843, Gottl. Haase's Söhne, 16°.). — „Lístky
pilnosti za odměnu pro školní mládež
dílem větší dílem menší s českými průpovědmi pro chlapce a děvčata", d. i.
Blättchen des Fleißes zur Belohnung für die
Schuljugend u. s. w. (Prag, erzbischöfliche
Druckerei, 1843). — „Jan Slepý. Historický

truchlohrej v pěti jednáních", d. i. Johann
der Blinde. Historisches Trauerspiel in fünf
Aufzügen (Prag 1847. J. Pospíšil, 12°.) —
„Spisy básnické Virg. Maróna. Z latiny
přeložil. Obsah: „Aeneida. Zpevy pastýřské. Zpevy rolnické", d. i. Die Dichtungen
des P. Virgilius Maro. Aus dem Lateinischen übersetzt. Inhalt: Aeneide. Eklogen
(zehn bukolische Gedichte). Georgica (didak-
tisches Gedicht über den Landbau) (Prag
1851, Verlag des böhmischen Museums, gr. 8°.)
— „Slabikář a první čítanka pro katolické
školy v cís. Rakouském", d. i. Namenbüchlein und erstes Lesebuch für katholische
Schulen im österreichischen Kaiserstaate (Prag
1853, Schulbücherverlag, kl. 8°.); erschien
ohne Angabe seines Namens. — „Plavba z
Týna do Prahy v květnu 1854", d. i.
Wasserfahrt von Teyn nach Prag im Mai
1854 (Prag 1854, Gottl. Haase's Söhne, 8°.).
— „Čítanka druhá a mluvnice pro katolické
školy v císařství rakouském", d. i. Zweites
Leser und Sprachbuch für katholische Schulen
im österreichischen Kaiserstaate (Prag 1857,
Schulbücherverlag, 8°.); im Vereine mit noch
Anderen von Vinařický zusammengestellt.
— „Snémy zvířat. Druhé vydání rozmnožené a opravené", d. i. Der Landtag der
Thiere. Zweite vermehrte und verbesserte Auflage (Prag 1863, Kober, 1.°). — „Zpráva
o Dědictví sv. Prokopa, spolku k vydávání knih theologických v jazyku česko-
slovanském", d. i. Bericht über die Bruderschaft des h. Prokop. Verein zur Herausgabe theologischer Bücher in čechoslavischer
Sprache (Prag 1862, Rohlíček, 8°.); Vinařický gab diesen Bericht als Obmann des
Vereines heraus. — „Vlast. Skládání", d. i.
Das Vaterland. Gedichte (Prag 1863, 16°.)
— „List pana Zdeňka Lva z Rožmitála
zaslaný 31. června 1527 děkanu Karlovo-
Týnskému Václavovi Hájkovi z Libočan. Vysvětlen s církevního stanoviska",
d. i. Brief des Herrn Zdenko Leo von Rožmital, entsendet am 31. Juli 1527 an den
Dechanten von Karlstein Wenzel Hajek von
Libočan. Erläutert vom kirchlichen Standpunkte (Prag 1864, Rohlíček, 8°.); stand vorher im „Časopis katol. duchovenstva",
1864. — „Jaro, léto jeseň a zima; pak
Korhan a Milina, romane", d. i. Frühling,
Sommer, Herbst und Winter. Korhan und
Milina, Romanen (o. J. u. O., 8°.). — In
mehreren aus feierlichen Anlässen, so zur Ankunft des Kaisers Franz I. in Prag 1833; zur

40jährigen Regierung des Kaisers Franz I. im Jahre 1832; zur Anwesenheit des Kaisers Ferdinand I. und der Kaiserin Maria Anna in Prag 1835; zur Krönung beider Majestäten im Jahre 1836, unter den Titeln: „Hlasy wlastencóů", d. i. Stimmen der Patrioten, „Hlasy duchowenstwa", d. i. Stimmen der Geistlichkeit, „Hlasy wěrných Čechů", d. i. Stimmen aufrichtiger Čechen u. s. w. erschienenen Festschriften war auch Vinařický immer durch Beiträge vertreten. Und vom Jahre 1860 redigirte er den „Časopis katolického duchovenstva", d. i. Die Zeitschrift für die katholische Geistlichkeit, anfangs allein, vom Jahre 1867 in Gemeinschaft mit Dr. Karl Borový. Schließlich sei hier noch seiner deutschen in Dr. Adolph Schmidl's „Oesterreichischen Blättern für Literatur und Kunst" [1844, 2. Quartal, S. 27 u f] abgedruckten Abhandlung „Zur Geschichte der böhmischen Sprache" gedacht, worin er bereits als streitbarer Kämpfe für seine Muttersprache eintritt und zu beweisen sucht, daß die čechische Sprache in den böhmischen Erbländern eine positive Grundlage habe, daß ihre Nothwendigkeit höchsten Ortes anerkannt und ihre erneuerte Pflege zuerst von der Regierung ausgegangen sei.

Quellen zur Biographie. Frankl (Ludw. Aug.). Sonntagsblätter (Wien, gr. 8°) 1843, S. 1018, in der Rubrik „Literarische Streiflichter": „Gutenberg dennoch ein Böhme" [eine jener literarisch-historischen Phantasien, welche die Slaven zu Griechen, Shakespeare aus Kecskemét gebürtig und Gutenberg zu einem Čechen machen wollen] — Neue Freie Presse (Wiener polit. Blatt) 1867, Nr. 922, im Artikel: „Böhmische Nationalwahlen". [Daselbst heißt es wörtlich: neben den genannten beiden Grafen Thun wurden noch als Candidaten der conservativen Partei der Großgrundbesitzer P. Vinařický, Tomek am Vyšehrad, und Vieterin Fürst Windischgrätz in die Liste aufgenommen. Unter anderen Verhältnissen... hätte man nicht jenen nationalgesinnten Priester gewählt, der offenkundig mit der Nation in Zwiespalt lebt, weil er als Schriftsteller für die Jesuiten eingetreten und weil ihm nicht viel hochherziger Sinn nachgerühmt wird, indem es bekannt ist, daß er sich bei der Einsegnung des Leichensteines eines nationalen Schriftstellers von der armen Witwe die Auslagen für einen Wagen, um auf den Kirchhof zu

fahren, bezahlen ließ".] — Oesterr. Jahre 1840. Von einem österr. Staatsmanne (Leipzig 1840, Otto gr. 8°.) Bd. II, S. 327. [Daselbst Vinařický's irrig Vinařický aber folgendermaßen charakterisirt: sich besonders auf Uebertragungen in Dichtungen verlegt und seine Aufgabe jetzt so meisterhaft gelöst, daß wo leicht ein anderes Volk so trefflich gesetzten aufzuweisen hat(?). Er ist ein bedeutendes poetisches Talent".] — S... (Adolph Dr.). Oesterreichische Blätter für Literatur und Kunst (Wien, gr. 4°) S. 502 [über Vinařický's Werk: und Schriften des Herrn Bohuslav stein von Lobkovic"]. — Wenzig (Joseph). Blicke über das böhmische Volk, Geschichte und Literatur mit einer Auswahl von Literaturproben (Leipzig, Friedr. Brandstetter, 8°.) S. 142 [charakterisirt ihn folgendermaßen: „Verfasser ausgezeichneter Lesebücher für die Volksschulen werthvoller Dichter besonders für die Jugend und vortrefflicher Uebersetzer aus dem Lateinischen und Deutschen"]. — Hlasy pro katol. duchovenstvo, d. i. Die Zeitschrift für die katholische Geistlichkeit XXI. Jahrg., S. 4. — Jungmann (Jos.). Historie literatury české. Druhé vydání, d. i. Geschichte der čechischen Literatur 1849. Řivnáč, 4°.) Zweite, von Tomek besorgte Ausgabe. S... — Přecechtěl (Rupert M.). Rozhled českoslovanské literatury a životopisy českoslovanských výtečníkův, d. i. Blick auf die Geschichte der čechoslavischen Literatur und Lebensbeschreibungen čechoslavischer Koryphäen (Kremsier 1872, Josef..., 12°.) S. 210—216. — Šembera (Alois Vojtěch). Dějiny řeči a literatury slovenské. Věk novější, d. i. Geschichte der čechoslavischen Sprache und Literatur. Neuere Zeit (Wien 1868, gr. 8°.) S... — Slovník naučný. Redaktoři Dr. Lad. Rieger a J. Malý, d. i. Conversations-Lexikon. Redigirt von Dr. Lad. Rieger und J. Malý (Prag 1872, Kober, Lex.-8°.) Bd. IX. S. 1102. — Světozor. Čechische illustrirte (Prag, fl. Fol.) 1868, S. 469, 473 im „Karl Alois Vinařický".

Porträt. Holzschnitt im „Světozor" S. 463. Zeichnung von J. V... nach Photographie.

Vincent, Karl Freiherr (k. k. General der Cavallerie und Commandeur des Maria Theresien-Ordens, geb. zu Florenz 1757, gest. zu Biancourt in Lothringen 14. October 1834). Der Sproß einer alten lothringischen Familie, trat er, 19 Jahre alt, als Lieutenant bei Latour-Dragonern Nr. 7 in die k. k. Armee. Bei Eröffnung des Feldzuges gegen die niederländischen Insurgenten 1788 hatte er es bereits zum Rittmeister gebracht. Als solcher führte er bei einer Recognoscirung in der Gegend von Habessin seine erste glänzende Waffenthat aus. Es war am 18. Mai 1790, als er eine im Vorrücken befindliche feindliche Colonne von 700 Mann mit einem halb so starken Commando aus eigenem Antriebe angriff, ihre Flanke durchbrach, sie zum Rückzuge zwang und bis Ichippe verfolgte. Daselbst nahm er seine Aufstellung und behauptete sie ungeachtet der hartnäckigsten Anstrengungen des Gegners, ihn aus derselben zu werfen, so lange, bis er Verstärkungen an sich ziehen konnte, dann ergriff er von Neuem die Offensive und jagte den Feind in regellose Flucht. Da diese glückliche Unternehmung für die folgenden Operationen unserer Armee von entscheidendem Einflusse war, erhielt Vincent in der 23. Promotion vom 19. December 1790 das Ritterkreuz des Maria Theresien-Ordens. 1794 wurde er zum Major und Flügeladjutanten bei dem Feldzeugmeister Grafen Clerfayt ernannt und im folgenden Jahre in gleicher Eigenschaft bei dem General der Cavallerie Grafen Wurmser verwendet. In dieser Stellung that er sich am 29. October 1795 vor Mannheim bei der Einnahme des Galgenforts in ausgezeichneter Weise hervor. Nun folgte er dem General Wurmser nach Italien, wo dieser an Beaulieu's Stelle das Commando antrat. Im August 1796 sendete ihn sein Chef mit der Nachricht von der Entsetzung Mantuas, zu welcher Buonaparte gezwungen worden war, an das kaiserliche Hoflager in Wien. Daselbst lenkte der ebenso tapfere als begabte Officier die Aufmerksamkeit des Kaisers Franz auf sich, welcher ihn zum Obersten ernannte und als Generaladjutanten in seiner unmittelbaren Nähe behielt. Im März 1798 wurde Vincent Mitglied einer in Wien zusammengesetzten Commission, welche bestimmt war, ein neues Reglement für die Armee zu entwerfen; im September desselben Jahres ward er der russischen Hilfsarmee entgegengeschickt, um ihren Marsch durch die kaiserlichen Staaten zu regeln. Bei Ausbruch des Krieges bat er um seine Eintheilung in die Armee und kam nun als zweiter Oberst zu dem Savoyen-Dragonern, aber schon im nächsten Jahre als erster Oberst und Commandant zum 13. Dragoner-, nachmaligen 10. Uhlanen-Regimente. Noch im nämlichen Jahre zum Generalmajor befördert, erhielt er eine Brigade in Vicenza. Bei Eröffnung des Feldzuges 1805 stand er bei der Armee in Italien, und als nach der Schlacht von Caldiero am 30. October dieses Jahres unsere Armee den Rückzug in die Erbstaaten antrat, führte er das wichtige Commando über die Arrièregarde. Es galt damals, die Vereinigung des von Erzherzog Karl commandirten Armeecorps mit jenem, welches Erzherzog Johann aus Tirol zurückführte, zu bewerkstelligen. Vincent löste die ebenso wichtige, als schwierige Aufgabe in glänzenbster Weise. Um unserer Armee Zeit zu lassen, daß sie ihren Marsch ohne Störung fortsetze, wußte er immer den nachrückenden Feind zu beschäftigen.

Mehrere Male mußte er hitzige Kämpfe mit Masséna's Truppen bestehen, aber stets leistete er dem Gegner tapferen Widerstand. Am 15. November zog er sich mit seiner Nachhut auf das linke Isonzoufer, welches er so lange halten sollte, bis das Gros unserer Armee einen Vorsprung auf der Straße von Görz nach Prewald gewänne. Die französischen Divisionen Molitor, Gardanne und Partonneaux vereinigten sich mit den Cavalleriedivisionen Mermet und d'Espagne und versuchten mit aller Gewalt den Uebergang bei Görz zu erzwingen und die Stadt zu gewinnen, aber vergebens. Während dieses Frontal-angriffes sollten drei andere französische Divisionen sich der Brücke von Rubia am Zusammenflusse der Wippach und des Isonzo bemeistern und durch rasches Vorrücken auf Cernizza dem General-major Vincent die Rückzugslinie auf Heidenschaft abschneiden. Letzterer jedoch vereitelte dieses Vorhaben des über-mächtigen Feindes, indem er denselben durch bei Görz vortheilhaft aufgestellte Batterien den ganzen Tag hindurch am rechten Isonzoufer aufhielt, den Einbruch der Nacht aber benützte, um ungefährdet den Rückzug auf Cernizza auszuführen. Seine Absicht gelang vollkommen, und einen am 18. November mit Ungestüm ausgeführten Angriff des Feindes schlug er noch siegreich, demselben große Ver-luste beibringend, zurück. Nicht besser erging es den Franzosen am folgenden Tage bei Santa Croce, wo er Stellung genommen hatte. Zwei Stunden lang hielt er sich mit bewunderungswürdiger Tapferkeit gegen den immer mächtiger andrängenden Gegner, und erst als sein rechter Flügel durch die Chasseurdivision Merlin mit Umgehung bedroht wurde, rat er den Rückzug auf Heidenschaft an.

Hier aber nahm er von Neuem Stellung, leistete den wiederholten Angriffen der Franzosen unerschütterlichen Widerstand und gewann ohne Verlust die Höhe von Wippach. Jetzt gelangte Masséna zur Ueberzeugung, daß alle ferneren An-griffe auf unsere Arrièregarde unter der Führung eines solchen Commandanten erfolglos seien, und stand von jeder weiteren Verfolgung derselben ab. So setzte dann Vincent unbehelligt den Weitermarsch fort. In Würdigung dieses ausgezeichneten, das Gros unserer Armee so erfolgreich schützenden Rückzuges wurde er Inhaber des 7. Dragoner-Regiments, in welchem er vor 27 Jahren seine mili-tärische Laufbahn begonnen hatte, und außerdem erhielt er im April 1806 im 71. Capitel zugleich mit Karl Fürsten Schwarzenberg das Commandeur-kreuz des Maria Theresien-Ordens. Im Jahre 1809 stand er, bereits zum Feld-marschall-Lieutenant vorgerückt, bei der Armee in Deutschland und befehligte eine Division im 6. Armeecorps Hiller. Am 20. April kam er auf dem Marsche gegen Rohn bei Rottenburg mit den Franzosen zuerst ins Gefecht, kämpfte dann bei Landshut und Neumarkt, deckte im Treffen bei Ebelsberg, am 3. Mai, mit einem Cavallerie- und zwei Infanterie-Regimentern die Brücke der Traun und den Uebergang der noch von Linz herabrückenden Truppen, folgte im steten Kampfe dem Feinde über die Brücke und stellte sich jenseits bei Asten auf, so den Marsch der Armee Hiller's unterstützend. Noch nahm er ausgezeichneten Antheil an den Schlach-ten von Aspern und Wagram, aber dann erschien er nicht mehr auf dem Kriegs-schauplatze, sondern in diplomatischer Verwendung, in welcher er bereits früher wiederholt gestanden, und zwar im April

1797, als er in Gemeinschaft mit Generalmajor Merveldt die Friedenspräliminarien mit Buonaparte und Clarke im Schlosse Eggenwald bei Leoben unterzeichnete, und im März 1807, wo er während des Krieges zwischen Napoleon und Preußen in das Hauptquartier des französischen Kaisers geschickt wurde, um des Kaisers von Oesterreich Vermittelung zwischen den kriegführenden Mächten anzutragen, welche Mission jedoch an den Verhältnissen scheiterte. Nach dem Friedensschlusse im Jahre 1809 fand er neuerdings Verwendung auf diplomatischem Felde. Als dann die Befreiungskriege begannen, ernannte ihn die kaiserliche Regierung zum Bevollmächtigten der unter dem Kronprinzen von Schweden stehenden Nordarmee. Im Jahre 1814 wurde er bis zur endgiltigen Lösung der großen politischen Fragen und vor Errichtung des Königreichs der vereinigten Königreiche Belgien und Holland mit dem Generalgouvernement dieser Länder betraut. Dann wohnte er als kaiserlicher Bevollmächtigter im Hauptquartiere Wellington's der Schlacht bei Waterloo (18. Juni 1815) bei, wo er sich exponirte und verwundet wurde. Darauf versah er eilf Jahre lang den Posten eines außerordentlichen Botschafters am königlich französischen Hofe. In der Zwischenzeit, im September 1818, ging er mit dem Fürsten von Metternich als Gesandter Oesterreichs auf den Congreß von Aachen, wo hauptsächlich die Frage über die Räumung Frankreichs von den Truppen der Alliirten verhandelt wurde. Bis 1825 verblieb er auf seinem Posten in Paris und zog sich als General der Cavallerie nach fünfzigjähriger Dienstleistung in doppelter Stellung, als Soldat und Diplomat, in den Ruhestand zurück. Denselben verlebte er

noch nahezu ein Jahrzehnt zu Biancourt in Lothringen, wo er auch im hohen Greisenalter starb. Zu den bereits angeführten Auszeichnungen, die er sich erwarb, fügen wir noch hinzu, daß er 1810 das Commandeurkreuz des Leopoldordens und bei seinem Uebertritte in den Ruhestand, 1825, das Großkreuz des St. Stephansordens erhielt. Auch wurde ihm von Kaiser Franz bereits 1807 in Würdigung seiner als Soldat wie als Diplomat geleisteten Dienste die Donation einer auf 200.000 fl. bewertheten Herrschaft in Galizien verliehen. Als er sich dann nach Lothringen zurückzog, übertrug er seine Inhaberrechte an den Feldmarschall Grafen Bellegarde, welcher sie auch, aber in Vincent's Namen, ausübte.

Majláth (Johann Graf). Geschichte des österreichischen Kaiserstaates (Hamburg 1850, Perthes, gr. 8°.) Bd. V, S. 268, 280 und 312. — Schlosser. Geschichte des achtzehnten und des neunzehnten Jahrhunderts bis zum Sturze des französischen Kaiserreichs. Dritte Auflage (Heidelberg, 8°.) Bd. VII. S. 259 u. f., 394, 374 und 1137. — Biographie des hommes vivants etc. (Paris 1819, L. G. Michaud, 8°.) tome V, p. 520. — Biographie nouvelle des Contemporains ou Dictionnaire historique et raisonné de tous les hommes qui, depuis la révolution française, ont acquis de la célébrité etc. Par M. M. A. V. Arnault, A. Jay, E. Jouy, J. Norvins etc. (Paris 1823. librairie historique. 8°.) tome XX, p. 228.

Noch ist des französischen Legationssecretärs Vincent zu gedenken, welcher dem französischen Gesandten am Wiener Hofe Marquis von Mirepoix um die Mitte des vorigen Jahrhunderts beigegeben war. Als Letzterer am 17. September 1745 abberufen wurde, blieb Vincent als Minister und Resident zurück, um künftig die französischen Interessen zu wahren. Bald danach erhielt er aber Befehl, binnen dreimal 24 Stunden Wien zu verlassen, welcher kurze Termin auf seine Vorstellungen zu drei Wochen verlängert wurde. [Ranfft. Genealogisch-historische Nachrichten aller Begebenheiten, welche sich an den europäischen Höfen zugetragen haben (Leipzig 1739. Heinsius. 8°.) Bd. II, S. 638; Bd. V, S. 1059.]

Vincenti, Karl Ferdinand Ritter von (Schriftsteller, geb. bei Baden-Baden am 14. December 1835). Der Sproß eines altadeligen aus Sardinien nach Deutschland eingewanderten Geschlechtes, über welches die Quellen S. 21 näheren Aufschluß geben. Der jüngste Sohn des 1837 verstorbenen Ferdinand Anton Ritter von Vincenti, erhielt er eine sehr sorgfältige Erziehung, widmete sich dann auf den Hochschulen zu Heidelberg, Göttingen, Wien und Paris den Sprachwissenschaften, der Philosophie und Jurisprudenz, gab jedoch letztere bald wieder auf und verlegte sich mit besonderem Eifer auf Sprachforschung und ethnographische Studien. Sein Hauptaugenmerk wendete er den orientalischen Idiomen zu, deren Anfangsgründe er sich in früher Jugend aneignete. Schon im ersten Jünglingsalter führte ihn eine unwiderstehliche Reiselust nach Frankreich, Italien, Oesterreich u. s. w., und zwanzig Jahre alt, unternahm er eine große Reise nach Schweden, Norwegen, Finnland und der Lappmark bis zum Nordcap. Nach seiner Rückkehr lag er in Paris und Wien längere Zeit dem Studium der orientalischen Sprachen, vornehmlich der arabischen, ob und verbrachte dann mehrere Jahre hindurch auf Reisen in Vorderasien (Syrien, Euphratländer), ferner in Aegypten, Nubien u. s. w., wobei es ihm besonders gelang, das Oasen- und Wüstenleben näher kennen zu lernen und praktische Sprachstudien zu treiben, deren Ergebnisse er in einer Grammatik der arabischen Vulgärdialekte niederzulegen

beabsichtigte. Von diesen Lebensfahrten brachte er reiches Material mit, das noch zum Theile der Bearbeitung in seinem Pulte harrt. Harte Schicksalsschläge, Vermögensverluste und eigenthümliche Lebensfügungen zerstörten seine glänzendsten Aussichten und Pläne. Nach einem Aufenthalte in Algier und Spanien nahm er, reich an Erinnerungsschätzen, aber sonst vielfach geprüft, bald seinen ständigen Aufenthalt in Oesterreich. Im October 1871 ließ er sich in Wien nieder, wo er seitdem auch auf schriftstellerischem und journalistischem Gebiete thätig ist. Nachdem er zwei Jahre als einer der Hauptredacteure des politischen Parteiblattes „Der Wanderer" fungirt hatte, übernahm er das Kunstreferat in der kaiserlichen „Wiener Zeitung", später auch in der „Deutschen Zeitung", und führte es bis 1880. Zu Beginn des Jahres 1876 wurde er zur Mitbegründung des illustrirten Familienblattes „Die Heimat" berufen, welches er drei Jahre als Chefredacteur leitete und unter den illustrirten Blättern zu wirklicher Bedeutung brachte, welche erst dann so recht erkannt wurde, als nach Vincenti's Austritte der allmälige Verfall des Blattes immer sichtbarer sich herausstellte. Mitte 1880 legte er die Redaction der „Heimat" nieder und trat in das Bureau der „Neuen Freien Presse" ein, in welchem er noch zur Stunde arbeitet. Ueberdies ließ er während dieser Zeit eine Reihe selbstständiger Werke erscheinen, deren Titel sind: „Die Tempelstürmer Pacharadiens" Roman, drei Bände (Berlin 1873, Janke, 8°.). Dieser culturhistorische Roman, den Vincenti seiner Gemalin gewidmet, wurde von der deutschen Kritik allgemein mit sehr großem Beifalle aufgenommen. „In diesem Buche', so äußert sich der noch immer nicht, wie er es verdient, gewürdigte Ferdinand Kürnberger. „ist zum ersten Male der erfolgreiche Versuch gemacht, einen orientalischen Roman aus dem vollen Leben zu schreiben. Fast alle Gestalten dieser farbenprächtigen Dichtung sind dem Verfasser thatsächlich auf seinen Reisen im Orient in entsprechenden Typen begegnet". Auf „Die Tempelstürmer" folgten: „Der Roman eines Entketterten" (Berlin 1870, Janke); — „Unter Schleier und Maske. Orientalische Novellen" (Stuttgart 1874, Simon); — „In Gluk und Eis. Novellen und Geschichten" zwei Bände (Dresden 1876, Baensch); — „Wundergeschichten der Liebe" (Wien 1880, Manz); — „Astralmann" (Dresden 1877, Baensch). Seit 1873 beschäftigte sich Vincenti wieder sehr eingehend mit Kunststudien, die er schon im Oriente mit großer Vorliebe getrieben, und deren Resultate er in zahlreichen Correspondenzen niedergelegt hatte. Diese vorherrschende Neigung veranlaßte ihn in letztgenannten Jahre, das Wiener Kunst- und Theaterreferat für die frühere Augsburger, jetzt Münchener „Allgemeine Zeitung" zu übernehmen, welches er seitdem ohne Unterbrechung führt, so daß seine v. V. gezeichneten umfassenden Referate, welche zu benützen Verfasser dieses Lexikons mehrfach Gelegenheit hatte, bis 5. August 1884 eine stattliche Nummer (LXXVII) erreichen und eine Fülle biographischen, kunst und culturhistorischen Materials enthalten. Im Jahre 1876 erschien selbständig eine Reihe kunstkritischer Studien und Skizzen unter dem Titel: „Wiener Kunst-Renaissance. Studien und Charakteristiken" (Wien, Gerold's Sohn, 8⁰., VIII und 464 S.), wozu der mittlerweile verstorbene Laufberger [Band XIV, S. 220] ein reizendes Titelblatt

gezeichnet hat. Ebenso finden wir Vincenti unter den ständigen Mitarbeitern des in Wien seit 1872 erscheinenden literarischen Jahrbuches „Die Dioskuren", welches, wie kein zweites derartiges Unternehmen, eine Fülle des mannigfaltigsten Materials für Cultur- und Literaturgeschichte Oesterreichs aufweist. Seit vielen Jahren hat unser Schriftsteller, als einer der Redner des deutschen Vereinsverbandes für öffentliche Vorträge, das Vortragswesen, welches er schon in früheren Jahren gepflegt, wieder aufgenommen und über seine Reisen und Studien im Orient und culturhistorischen Studien in Deutschland und Oesterreich zahlreiche Vorträge gehalten, von denen sich jene im Wiener „Orientalischen Museum" besonders günstiger Aufnahme erfreuten. Seine alljährlichen Vortragsreisen führten ihn bisher wohl in mehr als hundert Städte, in denen er über zweihundert öffentliche Vorträge gehalten.

Zur Genealogie der Ritter von Vincenti. Die Vincenti sind eine alte italienische (sardinische), im Jahre 1728 nach Deutschland eingewanderte Familie. Dieselbe zählt eine Reihe von hervorragenden Männern in der Geistlichkeit, im Krieger- und Gelehrtenstande. 1. So lebte ein Peter Vincenti zu Beginn des siebzehnten Jahrhunderts als Rechtsgelehrter und Archivar an der königlichen Münze zu Neapel. Man verdankt ihm nachstehende noch heute geschätzte Schriften: „Historia della famiglia Cantelma" (Neapel 1604, 4⁰.); — „Teatro degli uomini illustri che furono protonotarii del Regno" (ib. 1607, 4⁰.); — „Supplementa ad genealogiam Sfortiae familiae" (Milano 1611, Fol.) und „Teatro degli uomini illustri, che furono grandi ammiragli nel Regno di Napoli" (Neapel 1624, 4⁰.). — 2. Alessandro Vincenti, berühmter venetianischer Typograph in der Mitte des siebzehnten Jahrhunderts, leistete in Notendrucken so Treffliches, daß dieselben noch in späteren Tagen von einer Anna Renzi — der Malibran und Catalani des siebzehnten Jahr-

in Prag zur erfolgreichen Aufführung gelangte. Eine andere dramatische Arbeit,
„Der h. Wenzel", befand sich ungedruckt
in seinem Nachlasse. In Kowan entstanden ferner mehrere Gelegenheitsgedichte, so an Holly, an den Karls-
bader Arzt Ritter de Carro, an Cardinal Mezzofanti, letzteres gedichtet
im Namen der Geistlichkeit der Leitmeritzer Diöcese und in Gold gedruckt in
čechischer, deutscher und lateinischer
Sprache; endlich seine Schrift über
Gutenberg unter dem Titel: „Johann
Gutenberg, zu Kutenberg in Böhmen
1412 geboren, Bakkalaureus der freien
Künste an der Universität zu Prag, promovirt am 18. November 1445, Erfinder
der Buchdruckerkunst zu Mainz 1450",
welche Dr. Carro ins Französische übersetzte und 1847 in Brüssel herausgab,
ohne daß es dem Autor und Uebersetzer
gelungen wäre, der gelehrten Menschheit
endgiltig zu beweisen, daß der Erfinder
der Buchdruckerkunst ein Böhme gewesen. Neben diesen Arbeiten nahm
einen beträchtlichen Theil der Thätigkeit
Vinařický's die Schule in Anspruch,
mit welcher er sich mit so großer Vorliebe
beschäftigte, daß er es nicht zu geringe
fand, für seine Kleinen ein ABC-Buch,
ein Gebetbuch und entsprechende Lesebücher herauszugeben. In Anerkennung
seiner Verdienste als Priester und Schulmann wurde er von dem bischöflichen
Consistorium zu Leitmeritz am 10. December 1845 durch Ernennung zum
Ehrendechanten ausgezeichnet. So nahm
er denn schon vor den Märztagen in der
čechischen Literatur eine hervorragende
Stellung ein, kein Wunder also, daß
sich in den Stürmen des Bewegungs-
jahres Aller Augen auf ihn richteten, als
es einen Vermittler galt zwischen den
Aufständischen und der Regierungs-

gewalt. So stand er nach der verhängnißvollen Pfingstwoche an der Spitze der
von Jungbunzlau entsendeten Deputation, um im Namen dieser Stadt und
der Stadt Bydzow von dem obersten
Befehlshaber Schonung für Prag zu
erbitten; und auch später wirkte er mit
mannhaftem Muthe dem Fürsten Win-
dischgräz und dem damaligen Statthalter Leo Grafen Thun gegenüber für
die Verlängerung des Waffenstillstandes,
dadurch schweres Wehe von der Hauptstadt Böhmens abwendend, und sprach
in gleich versöhnlicher und beschwich-
tigender Weise vor der eigens abgeschickten Hofcommission, um Prag vor
den unabsehbaren Folgen des Bürger-
krieges zu bewahren. Als dann die
Wahlen für den österreichischen Reichsrath stattfanden, wurde er von dem
Wahlbezirke Jungbunzlau in denselben
entsendet und nahm seinen Platz erst in
Wien, später in Kremsier ein, wo er zu
den entschiedensten Vertretern der slavischen Partei gehörte. Als er aber im
Jänner 1849 die Dechantei zu Teyn an
der Moldau erhielt, legte er sein Reichs-
rathsmandat nieder und begab sich an
seinen neuen Bestimmungsort. Da er
hier mehrere Hilfspriester hatte, blieb ihm
auch mehr Zeit übrig für seine literarischen Arbeiten, und besonders nahm ihn
die Uebersetzung der „Aeneide" in Anspruch, welche er für den Druck vorbereitete. Auch unterzog er sich damals,
vom Unterrichtsministerium dazu aufgefordert, der Bearbeitung entsprechender Unterrichtsbücher für die čechischen
Volksschulen, und zwar mit so günstigem
Erfolge, daß seine Schulbücher lange im
Gebrauche blieben und auch als Muster
dienten für die Schulbücher anderer Provinzen der Monarchie. 1863 folgte er
einem Rufe des Ministeriums in den

damals neu errichteten Unterrichtsrath, in welchem er das Referat für die böhmischen Schulen übernahm. Als später der bekannte Austritt der čechischen Abgeordneten aus dem Reichsrathe erfolgte, legte Binařický mit noch mehreren anderen seiner böhmischen Collegen seine Stelle nieder. Aber auch in seinem engeren Wirkungskreise erwarb er sich manches Verdienst um die Schule, erst durch ansehnliche Erweiterung der Ortspfarrschule und später, als sich die Räumlichkeiten derselben noch immer zu enge und ganz und gar nicht der Gesundheit der Kinder zuträglich erwiesen, durch Erbauung einer neuen. Die Gemeinde würdigte dieses humanistische Birken ihres Seelenhirten im Jahre 1866 durch Verleihung des Ehrenbürgerrechts. Als 1850 in seiner Pfarre die Cholera ausbrach, welcher in Kürze der eine seiner Capläne erlag, übte er, da auch seine beiden anderen Capläne aufs Krankenlager geworfen wurden, allein die Seelsorge im ganzen Umkreise seiner Dechantei, tröstete und ermuthigte die Leute und alle von der Seuche Befallenen mit echt priesterlicher Hingebung. Im Jahre 1855 ernannte ihn sein Bischof Johann Valentin Jirsik [Bd. X, S. 186] zum Vicar von Sobieslaw und übertrug ihm gleichzeitig die Oberaufsicht über das Schulwesen der ganzen Diöcese. Längere Zeit versah Binařický dieses anstrengende Amt, mit welchem er noch das eines Conservators für den Budweiser Kreis und eines Mitgliedes der Budweiser Landwirthschaftsgesellschaft verband. Allmälig begannen die Kräfte des nahezu sechzigjährigen Priesters zu erlahmen, und sein Wunsch nach einem ruhigen Posten ging auch bald in Erfüllung, indem er 1859 zum Canonicus auf dem Vyšehrad er-

nannt wurde. Auch während der vorerwähnten anstrengenden Dienste war Binařický literarisch nicht unthätig geblieben. Er vollendete die Uebersetzung der „Eklogen" und „Georgica" von Virgil, jene von zwölf Oden des Horaz, welche in der „Museal-Zeitschrift" (1852) abgedruckt erschienen, dann mehrere die Sprache und ihren Unterricht betreffende Artikel, so: „Ueber den Unterricht der čechischen Sprache in Volksschulen", „Die čechische Sprache im Hause, in der Kirche, in der Schule und in der Literatur", „Ueber Lehrerinen an den Pfarrschulen" u. s. m., sämmtlich in der „Museal-Zeitschrift" (1857 und 1858) abgedruckt. Wenn sich nun Binařický, wie oben erwähnt, nach Ruhe sehnte, so fand er sie doch nicht in seiner Stellung als Domherr auf dem Vyšehrad. Als 1860 die Versammlung der katholischen Vereine in Prag stattfand, gab er den Anlaß zur Gründung der Bruderschaft des h. Prokop, einer Gesellschaft, welche es sich zur Aufgabe machte, gute und billige theologische Bücher in čechischer Sprache herauszugeben, und deren Vorstand er wurde; jetzt begann er von Neuem auch die Herausgabe der schon oben erwähnten Zeitschrift für katholische Geistlichkeit (Časopis pro katolické duchovenstvo), an deren Begründung er 1828 vornehmlich thätig gewesen, die aber 1852 eingegangen war. Von 1860 bis 1867 redigirte er sie allein, später in Gemeinschaft mit Dr. Borový; 1861 wurde er zum Capitelpfarrer ernannt, in welcher Eigenschaft ihm nicht geringe Beschäftigung erwuchs; 1863 nahm ihn auch das Predigtamt in Anspruch; dabei aber nahm er regen Antheil an dem sich in Prag immer mächtiger entwickelnden geistigen Leben der čechischen Nation, wohnte den Versammlungen der verschiedenen wissenschaftlichen Vereine bei, so jenen des čechischen Museums, der čechischen Matica, des Svatobor, des čechischen historischen Vereines u. s. w., arbeitete in der Commission zur Herstellung entsprechender Unterrichtsbücher in den Volksschulen, entwickelte für die Förderung der landwirthschaftlichen Vereine, die bereits immer mehr und mehr einen politischen Charakter, der freilich meist heimlich genährt wurde, annahmen, eine rege Thätigkeit, arbeitete nebenbei als Gemeinderath und beschäftigte sich mit der Gründung einer neuen Schule und der Beischaffung einer Fundation für eine zu errichtende Mädchenlehranstalt. Für alle diese Verdienste fand er im Jahre 1868 eine neue Würdigung, als ihn der Cardinal-Erzbischof Fürst S c h w a r z e n b e r g zum Ehrenrathe seines Consistoriums ernannte. Bei allen diesen Beschäftigungen aber blieb er immer noch schriftstellerisch thätig, veranstaltete in dieser Zeit eine neue und vermehrte Auflage seines „Landtages der Thiere", eine Sammlung seiner Gedichte, betitelt „Das Vaterland", schrieb zwei polemische Broschüren in deutscher Sprache: „Der Sprachenklangmesser" und „Zur Gleichberechtigungsfrage an der Universität" und bereitete so in seiner Weise den Ausbruch des nationalen Haders vor, der zur Zeit im Lande Böhmen in voller Blüthe steht. Endlich begann er auch die Redaction einer Auswahl seiner Werke für die von K o b e r in Prag begonnene „Národní biblioteka", d. i. Nationalbibliothek. Ueber dieser Beschäftigung aber wurde er plötzlich vom Tode überrascht, so daß er nicht mehr als die Auswahl seiner kleineren Gedichte zu Stande brachte, welche den achten Band des vorgenannten Sammelwerkes bilden. Im Alter von 66 Jahren

schloß er sein inhaltreiches, den nationalen Zwecken seiner Nation gewidmetes Leben. Seine Leichenfeier war eine stattliche, und alle Orte seines Wirkens begingen dieselbe mehr oder minder festlich. In seiner Vaterstadt Schlan aber wurde am 24. Juli 1870 an seinem Geburtshause seine Gedächtnißtafel angebracht. Seine Bedeutung als Schriftsteller wird in Böhmen von allen Parteien anerkannt. Als Dichter rühmt man an ihm die tadellose Form, in welche er die reichen Gedanken einer schwungvollen Phantasie einzukleiden verstand; als Uebersetzer der alten Classiker ist er bis jetzt nicht übertroffen; als pädagogischer Schriftsteller und praktischer Pädagog förderte er vor Allem das nationale Princip. Was seine wissenschaftliche Bedeutung betrifft, so läßt sich darüber um so weniger ein endgiltiges Urtheil fällen, als gerade die bedeutendsten seiner historischen, sprachlichen und ethnographischen Arbeiten ungedruckt in seinem Nachlasse sich befinden sollen. Unten folgt eine Uebersicht seiner selbständig herausgegebenen Schriften in chronologischer Folge; der wichtigeren in Sammelwerken, namentlich in der čechischen „Museal-Zeitschrift" aufgenommenen kleineren Abhandlungen geschah bereits im Lebensabriß Erwähnung. Bei der Entschiedenheit, die einen Charakterzug V i n a ř i c k ý's bildete, war derselbe nicht frei von Gegnern und hatte er hie und da einen Strauß auszufechten, der jedoch seinen Werth in den Augen seiner Nation um so weniger verkümmerte, als diese gerade in ihm einen der beharrlichsten und energischsten Verfechter ihrer Rechte anerkannte.

Uebersicht der selbständig erschienenen Schriften des Karl Alois Vinařický. „P. Virgilia Maróna zpevy pastýřské v české verše uvedl a vysvětlil", t. . Des Publius Virgilius Maro Hirtengesänge ins Čechische über iſat und erläutert (Prag 1828, erzbiſchöfliche Druckerei, 8°.). — „Ueber den gegenwärtigen Zuſtand der böhmiſchen Literatur" (Prag 1833, 8°.). — „Zpev paſtýſký ko dni 3. března 1833 atd", d. i. Hirtengeſang auf den Tag des 3. März 1833 (Prag 1833, 4°.). — „Battus. Idylla veškerým oudům kapitoly na hrade Pražſkém", d. i. Battus. Sendſchreiben an ſämmtliche Mitglieder des Capitels auf dem Prager Schloſſe (Jungbunzlau 1834, 4°.). — „Pána Bohuslava Haſiſtejného z Lobkovic vek a ſpiſy vybrané", d. i. Zeitalter und geſammelte Schriften des Herrn Bohuslaus Haſenſtein von Lobkovic (Prag 1836, Wenzel Heß, 12°.). — „Česká abeceda, aneb malého čtenáře knižka první", d. i. Čechiſches ABC, oder das erſte Buch des kleinen Leſers (Prag 1838, Spinka, gr. 12°.; die zweite Auflage, welche in Prag 1850 bei Jaroslav Poſpíſil mit coloritten Abbildungen erſchien, führte den einfachen Titel: „Čítanka malých", d. i. Leſebuch für die Kleinen). — „Dvě báſné bez dvou konſonantů", d. i. Zwei Gedichte ohne zwei Conſonanten (Olmütz 1840, 8°.). — „Perly poſvátné J. L. Pyrkera. Přeložil", d. i. Ladislaus Pyrker's „Heilige Perlen". Ins Čechiſche überſetzt (Prag 1840, Poſpíſil, gr. 8°.). — „Snémy zvířat. Bájka i pravda. Od K. V. Slanſkého", d. i. Landtag der Thiere. Dichtung und Wahrheit. Von K. V. Slanſký (Prag 1841, Heß, 8°.) [unter dem Pſeudonym Slanſký verbirgt ſich Vinařický, der eben aus Schlan gebürtig war]. — „Kytka báſniček. Dárek malým čtenářům", d. i. Ein Sträußchen Lieder. Geſchenk für kleine Leſer (Prag 1842, Spurný, 12°.). — „Druhá kytka", d. i. Zweites Sträußchen (ebd. 1843, erzbiſchöfliche Druckerei, 8°.); eine neue und vermehrte Ausgabe beider Sträußchen erſchien in Prag 1852 bei Poſpíſil. — „Varyto a Lyra, báſné a píſne", d. i. Varito und Leier, Lieder und Geſänge (Prag 1843, Gottl. Haaſe's Söhne, 16°.) [Varito iſt der Name eines alten böhmiſchen Muſik-Inſtrumentes). — „Modlitby maličkých od 7. až do 10. roku", d. i. Gebete für die Kleinen vom 7. bis zum 10 Jahre (Prag 1843, Gottl. Haaſe's Söhne, 16°.). — „Liſtky pilnoſti za odměnu pro ſkolní mládež dílem větſí dílem menſí s českými průpovědmi pro chlapce a děvčata", d. i. Blättchen des Fleißes zur Belohnung für die Schuljugend u. ſ. w. (Prag, erzbiſchöfliche Druckerei, 1843). — „Jan Slopý. Hiſtorický truchlohej v pěti jednáních", d. i. Johann der Blinde. Hiſtoriſches Trauerſpiel in fünf Aufzügen (Prag 1847, J. Poſpíſil, 12°.) — „Spiſy báſnické Virg. Maróna. Z latiny přeložil. Obſah: „Aeneida. Zpevy paſtýſké. Zpévy rolnické", d. i. Die Dichtungen des P. Virgilius Maro. Aus dem Lateiniſchen überſetzt. Inhalt: Aeneide. Eklogen (zehn buťoliſche Gedichte). Georgica (didaktiſches Gedicht über den Landbau) (Prag 1851, Verlag des böhmiſchen Muſeums, gr. 8°.) — „Slabikář a první čítanka pro katolické ſkoly v cis. Rakouském", d. i. Namenbüchlein und erſtes Leſebuch für katholiſche Schulen im öſterreichiſchen Kaiſerſtaate (Prag 1853, Schulbücherverlag, Fl. 8°.); erſchien ohne Angabe ſeines Namens. — „Plavba z Týna do Prahy v květnu 1854", d. i. Waſſerfahrt von Tenn nach Prag im Mai 1854 (Prag 1854, Gottl. Haaſe's Söhne, 8°.). — „Čítanka druhá a mluvnice pro katolické ſkoly v cínařſtví rakouském", d. i. Zweites Leſe- und Sprachbuch für katholiſche Schulen im öſterreichiſchen Kaiſerſtaate (Prag 1857, Schulbücherverlag, 8°.); im Vereine mit noch Anderen von Vinařický zuſammengeſtellt. — „Snémy zvířat. Druhé vydání rozmnožené a opravené", d. i. Der Landtag der Thiere. Zweite vermehrte und verbeſſerte Auflage (Prag 1863, Kober, 1.°.) — „Zpráva o Dědictví ſv. Prokopa, ſpolku k vydávání kněh theologických v jazyku česko-ſlovanském", d. i. Bericht über die Bruderſchaft des h. Procop, Verein zur Herausgabe theologiſcher Bücher in čechoſlaviſcher Sprache (Prag 1862, Rohlíček, 8°.); Vinařický gab dieſen Bericht als Obmann des Vereines heraus. — „Vlas'. Skládáni", d. i. Das Vaterland. Gedichte (Prag 1863, 16°.) — „Liſt pana Zdeňka Lva z Rožmitála zaſlaný 31. července 1527 dekanu Karlovo-Týnſkému Václavovi Hájkovi z Libočan. Vyſvetlen s církevního ſtanoviska", d. i. Brief des Herrn Zdenko Leo von Rožmital, entſendet am 31. Juli 1527 an den Dechanten von Kalſtein Wenzel Hajek von Libočan. Erläutert vom kirchlichen Standpunkte (Prag 1864, Rohlíček, 8°.); ſtand vor bei im „Časopis katol. duchovenſtva" 1864. — „Jaro, léto jeſeň a zima; pak Kochan a Milina, romance", d. i. Frühling, Sommer, Herbſt und Winter. Kochan und Milina, Romanzen (o. J. u. O., 8°.). — In mehreren aus feierlichen Anläſſen, ſo zur Ankunft des Kaiſers Franz I. in Prag 1833; zur

40jährigen Regierung des Kaisers Franz I. im Jahre 1832; zur Anwesenheit des Kaisers Ferdinand I. und der Kaiserin Maria Anna im Prag 1835; zur Krönung beider Majestäten im Jahre 1836, unter den Titeln: „Hlasy wlasteneů", d. i. Stimmen der Patrioten, „Hlasy duchowenstwa", d. i. Stimmen der Geistlichkeit, „Hlasy wěrných Čechů", d. i. Stimmen aufrichtiger Čechen u. s. w. erschienenen Festschriften war auch Binařický immer durch Beiträge vertreten. Und vom Jahre 1860 redigirte er den „Časopis katolického duchovenstva", d. i. Die Zeitschrift für die katholische Geistlichkeit, anfangs allein, vom Jahre 1867 in Gemeinschaft mit Dr. Karl Borový. Schließlich sei hier noch seiner deutschen in Dr. Adolph Schmidl's „Oesterreichischen Blättern für Literatur und Kunst" [1844, 2. Quartal, S. 27 u f] abgedruckten Abhandlung „Zur Geschichte der böhmischen Sprache" gedacht, worin er bereits als streitbarer Kämpe für seine Muttersprache eintritt und zu beweisen sucht, daß die čechische Sprache in den böhmischen Erbländern eine positive Grundlage habe, daß ihre Nothwendigkeit höchsten Ortes anerkannt und ihre erneuerte Pflege zuerst von der Regierung ausgegangen sei.

Quellen zur Biographie. Frankl (Ludw. Aug.). Sonntagsblätter (Wien; gr. 8°) 1845, S. 1018, in der Rubrik „Literarische Streiflichter": „Gutenberg dennoch ein Böhme" [eine jener literarisch-historischen Phantasien, welche die Slaven zu Griechen, Shakespeare aus Kreßheim gebürtig und Gutenberg zu einem Čechen machen wollen] — Neue Freie Presse (Wiener polit. Blatt) 1867, Nr. 922, im Artikel: „Böhmische National-wahlen". [Daselbst heißt es wörtlich: „Außer den genannten beiden Grafen Thun wurden noch als Candidaten der conservativen Partei der Großgrundbesitzer P. Binařicky, Tombert am Unsebrad, und Victorin Fürst Windischgrätz in die Liste aufgenommen. Unter anderen Verhältnissen... hätte man nicht jenen nationalgesinnten Priester gewählt, der offenkundig mit der Nation in Zwiespalt lebt, weil er als Schriftsteller für die Jesuiten eingetreten und weil ihm nicht viel hochherziger Sinn nachgerühmt wird, indem es bekannt ist, daß er sich bei der Einsegnung des Leichensteines eines nationalen Schriftstellers von der armen Witwe die Auslagen für einen Wagen, um auf den Kirchhof zu fahren, bezahlen ließ".] — Oesterreich im Jahre 1840. Von einem österreichischen Staatsmanne (Leipzig 1840, Otto Wigand, gr. 8°.) Bd. II, S. 327. [Daselbst wird Binařický irrig Binavický genannt, aber folgendermaßen charakterisirt: „Er hat sich besonders auf Uebertragungen lateinischer Dichtungen verlegt und seine Aufgabe bis jetzt so meisterhaft gelöst, daß wohl nicht leicht ein anderes Volk so treffliche Uebersetzungen aufzuweisen hat(?). Er ist auch ein bedeutendes poetisches Talent."] — Schmidl (Adolph Dr.). Oesterreichische Blätter für Literatur und Kunst (Wien, gr. 4°.) 1845, S. 502 [über Binařický's Werk: „Leben und Schriften des Herrn Bohuslav Hasenstein von Lobkovic"]. — Wenzig (Joseph). Blicke über das böhmische Volk, seine Geschichte und Literatur mit einer reichen Auswahl von Literaturproben (Leipzig 1855, Friedr. Brandstetter, 8°.) S. 142 [charakterisirt ihn folgendermaßen: „Verfasser ausgezeichneter Lesebücher für die Volksschuljugend, werthvoller Dichter besonders für die Jugend und vortrefflicher Uebersetzer aus dem Lateinischen und Deutschen"]. — Hlas. Časopis pro katol. duchovenstvo, d. i. Die Stimme. Zeitschrift für die katholische Geistlichkeit, XXI. Jahrg., S. 4 — Jungmann (Jos.). Historie literatury české. Druhé wyd.inf, d. i. Geschichte der čechischen Literatur (Prag 1849, Riwnáč, 4°.). Zweite, von W. W. Tomek besorgte Ausgabe, S. 651. — Přecechtel (Rupert M.). Rozhled dějin českoslovanské literatury a životopisy českoslovanských výtečníkův, d. i. Ueberblick auf die Geschichte der čechoslavischen Literatur und Lebensbeschreibungen čechischer Koryphäen (Kremsier 1872, Jos. Sverdlin, 12°.) S. 210—216. — Sembera (Alois Vojtěch). Dějiny řeči a literatury českoslovanské. Vék novější, d. i. Geschichte der čechoslavischen Sprache und Literatur. Neuere Zeit (Wien 1868, gr. 8°.) S. 304 — Slovník naučný. Redaktoři Dr. Frant. Lad. Rieger a J. Malý, d. i. Conversations-Lexikon. Redigirt von Dr. Franz Lad. Rieger und J. Malý (Prag 1872, J. L. Kober, gr. 8°.) Bd. IX, S. 1102—1106 — Světozor. Čechische illustrirte Zeitschrift (Prag, fl. Fol) 1868, S. 469, 473 und 481: „Karl Alois Binařický".

Porträt. Holzschnitt im „Světozor", 1868, S. 463. Zeichnung von J. B. nach einer Photographie.

Vincent, Karl Freiherr (k. k. General der Cavallerie und Commandeur des Maria Theresien-Ordens, geb. zu Florenz 1757, gest. zu Blancourt in Lothringen 14. October 1834). Der Sproß einer alten lothringischen Familie, trat er, 19 Jahre alt, als Lieutenant bei Latour-Dragonern Nr. 7 in die k. k. Armee. Bei Eröffnung des Feldzuges gegen die niederländischen Insurgenten 1788 hatte er es bereits zum Rittmeister gebracht. Als solcher führte er bei einer Recognoscirung in der Gegend von Habessin seine erste glänzende Waffenthat aus. Es war am 18. Mai 1790, als er eine im Vorrücken befindliche feindliche Colonne von 700 Mann mit einem halb so starken Commando aus eigenem Antriebe angriff, ihre Flanke durchbrach, sie zum Rückzuge zwang und bis Ichippe verfolgte. Daselbst nahm er seine Aufstellung und behauptete sie ungeachtet der hartnäckigsten Anstrengungen des Gegners, ihn aus derselben zu werfen, so lange, bis er Verstärkungen an sich ziehen konnte, dann ergriff er von Neuem die Offensive und jagte den Feind in regellose Flucht. Da diese glückliche Unternehmung für die folgenden Operationen unserer Armee von entscheidendem Einflusse war, erhielt Vincent in der 23. Promotion vom 19. December 1790 das Ritterkreuz des Maria Theresien-Ordens. 1794 wurde er zum Major und Flügeladjutanten bei dem Feldzeugmeister Grafen Clerfayt ernannt und im folgenden Jahre in gleicher Eigenschaft bei dem General der Cavallerie Grafen Wurmser verwendet. In dieser Stellung that er sich am 29. October 1795 vor Mannheim bei der Einnahme des Galgenforts in ausgezeichneter Weise hervor. Nun folgte er dem General Wurmser nach Italien, wo dieser an

Beaulieu's Stelle das Commando antrat. Im August 1796 sendete ihn sein Chef mit der Nachricht von der Entsetzung Mantuas, zu welcher Buonaparte gezwungen worden war, an das kaiserliche Hoflager in Wien. Daselbst lenkte der ebenso tapfere als begabte Officier die Aufmerksamkeit des Kaisers Franz auf sich, welcher ihn zum Obersten ernannte und als Generaladjutanten in seiner unmittelbaren Nähe behielt. Im März 1798 wurde Vincent Mitglied einer in Wien zusammengesetzten Commission, welche bestimmt war, ein neues Reglement für die Armee zu entwerfen; im September desselben Jahres ward er der russischen Hilfsarmee entgegengeschickt, um ihren Marsch durch die kaiserlichen Staaten zu regeln. Bei Ausbruch des Krieges bat er um seine Eintheilung in die Armee und kam nun als zweiter Oberst zu den Savoyen-Dragonern, aber schon im nächsten Jahre als erster Oberst und Commandant zum 13. Dragoner-, nachmaligen 10. Uhlanen-Regimente. Noch im nämlichen Jahre zum Generalmajor befördert, erhielt er eine Brigade in Vicenza. Bei Eröffnung des Feldzuges 1805 stand er bei der Armee in Italien, und als nach der Schlacht von Caldiero am 30. October dieses Jahres unsere Armee den Rückzug in die Erbstaaten antrat, führte er das wichtige Commando über die Arrièregarde. Es galt damals, die Vereinigung des von Erzherzog Karl commandirten Armeecorps mit jenem, welches Erzherzog Johann aus Tirol zurückführte, zu bewerkstelligen. Vincent löste die ebenso wichtige, als schwierige Aufgabe in glänzendster Weise. Um unserer Armee Zeit zu lassen, daß sie ihren Marsch ohne Störung fortsetze, wußte er immer den nachrückenden Feind zu beschäftigen.

Mehrere Male mußte er hitzige Kämpfe mit Masséna's Truppen bestehen, aber stets leistete er dem Gegner tapferen Widerstand. Am 15. November zog er sich mit seiner Nachhut auf das linke Isonzoufer, welches er so lange halten sollte, bis das Gros unserer Armee einen Vorsprung auf der Straße von Görz nach Prewald gewänne. Die französischen Divisionen Molitor, Gardanne und Partonneaur vereinigten sich mit den Cavalleriedivisionen Mermet und d'Espagne und versuchten mit aller Gewalt den Uebergang bei Görz zu erzwingen und die Stadt zu gewinnen, aber vergebens. Während dieses Frontal-angriffes sollten drei andere französische Divisionen sich der Brücke von Rubia am Zusammenflusse der Wippach und des Isonzo bemeistern und durch rasches Vorrücken auf Cernizza dem General-major Vincent die Rückzugslinie auf Heidenschaft abschneiden. Letzterer jedoch vereitelte dieses Vorhaben des über-mächtigen Feindes, indem er denselben durch bei Görz vortheilhaft aufgestellte Batterien den ganzen Tag hindurch am rechten Isonzoufer aufhielt, den Einbruch der Nacht aber benützte, um ungefährdet den Rückzug auf Cernizza auszuführen. Seine Absicht gelang vollkommen, und einen am 18. November mit Ungestüm ausgeführten Angriff des Feindes schlug er noch siegreich, demselben große Ver-luste beibringend, zurück. Nicht besser erging es den Franzosen am folgenden Tage bei Santa Croce, wo er Stellung genommen hatte. Zwei Stunden lang hielt er sich mit bewunderungswürdiger Tapferkeit gegen den immer mächtiger andrängenden Gegner, und erst als sein rechter Flügel durch die Chasseurdivision Merlin mit Umgehung bedroht wurde, rat er den Rückzug auf Heidenschaft an.

Hier aber nahm er von Neuem Stellung, leistete den wiederholten Angriffen der Franzosen unerschütterlichen Widerstand und gewann ohne Verlust die Höhe von Wippach. Jetzt gelangte Masséna zur Ueberzeugung, daß alle ferneren An-griffe auf unsere Arrièregarde unter der Führung eines solchen Commandanten erfolglos seien, und stand von jeder weiteren Verfolgung derselben ab. So setzte dann Vincent unbehelligt den Weitermarsch fort. In Würdigung dieses ausgezeichneten, das Gros unserer Armee so erfolgreich schützenden Rückzuges wurde er Inhaber des 7. Dragoner-Regiments, in welchem er vor 27 Jahren seine mili-tärische Laufbahn begonnen hatte, und außerdem erhielt er im April 1806 im 71. Capitel zugleich mit Karl Fürsten Schwarzenberg das Commandeur-kreuz des Maria Theresien-Ordens. Im Jahre 1809 stand er, bereits zum Feld-marschall-Lieutenant vorgerückt, bei der Armee in Deutschland und befehligte eine Division im 6. Armeecorps Hiller. Am 20. April kam er auf dem Marsche gegen Rohn bei Rottenburg mit den Franzosen zuerst ins Gefecht, kämpfte dann bei Landshut und Neumarkt, deckte im Treffen bei Ebelsberg, am 3. Mai, mit einem Cavallerie- und zwei Infanterie-Regimentern die Brücke der Traun und den Uebergang der noch von Linz herabrückenden Truppen, folgte im steten Kampfe dem Feinde über die Brücke und stellte sich jenseits bei Asten auf, so den Marsch der Armee Hiller's unterstützend. Noch nahm er ausgezeichneten Antheil an den Schlach-ten von Aspern und Wagram, aber dann erschien er nicht mehr auf dem Kriegs-schauplatze, sondern in diplomatischer Verwendung, in welcher er bereits früher wiederholt gestanden, und zwar im April

1797, als er in Gemeinschaft mit Generalmajor Merveldt die Friedenspräliminarien mit Buonaparte und Clarke im Schlosse Eggenwald bei Leoben unterzeichnete; und im März 1807, wo er während des Krieges zwischen Napoleon und Preußen in das Hauptquartier des französischen Kaisers geschickt wurde, um des Kaisers von Oesterreich Vermittelung zwischen den kriegführenden Mächten anzutragen, welche Mission jedoch an den Verhältnissen scheiterte. Nach dem Friedensschlusse im Jahre 1809 fand er neuerdings Verwendung auf diplomatischem Felde. Als dann die Befreiungskriege begannen, ernannte ihn die kaiserliche Regierung zum Bevollmächtigten der unter dem Kronprinzen von Schweden stehenden Nordarmee. Im Jahre 1814 wurde er bis zur endgiltigen Lösung der großen politischen Fragen und vor Errichtung des Königreichs der vereinigten Königreiche Belgien und Holland mit dem Generalgouvernement dieser Länder betraut. Dann wohnte er als kaiserlicher Bevollmächtiger im Hauptquartiere Wellington's der Schlacht bei Waterloo (18. Juni 1815) bei, wo er sich exponirte und verwundet wurde. Darauf versah er eilf Jahre lang den Posten eines außerordentlichen Botschafters am königlich französischen Hofe. In der Zwischenzeit, im September 1818, ging er mit dem Fürsten von Metternich als Gesandter Oesterreichs auf den Congreß von Aachen, wo hauptsächlich die Frage über die Räumung Frankreichs von den Truppen der Alliirten verhandelt wurde. Bis 1825 verblieb er auf seinem Posten in Paris und zog sich als General der Cavallerie nach fünfzigjähriger Dienstleistung in doppelter Stellung, als Soldat und Diplomat, in den Ruhestand zurück. Denselben verlebte er

noch nahezu ein Jahrzehnt zu Biancourt in Lothringen, wo er auch im hohen Greisenalter starb. Zu den bereits angeführten Auszeichnungen, die er sich erwarb, fügen wir noch hinzu, daß er 1810 das Commandeurkreuz des Leopoldordens und bei seinem Uebertritte in den Ruhestand, 1825, das Großkreuz des St. Stephansordens erhielt. Auch wurde ihm von Kaiser Franz bereits 1807 in Würdigung seiner als Soldat wie als Diplomat geleisteten Dienste die Donation einer auf 200.000 fl. bewertheten Herrschaft in Galizien verliehen. Als er sich dann nach Lothringen zurückzog, übertrug er seine Inhaberrechte an den Feldmarschall Grafen Bellegarde, welcher sie auch, aber in Vincent's Namen, ausübte.

Majláth (Johann Graf). Geschichte des österreichischen Kaiserstaates (Hamburg, 1850, Perthes, gr. 8°.) Bd. V, S. 268, 280 und 342. — Schlosser. Geschichte des achtzehnten und des neunzehnten Jahrhunderts bis zum Sturze des französischen Kaiserreichs. Dritte Auflage (Heidelberg, 8°.) Bd. VII. S. 259 u. f., 394, 374 und 1137. — Biographie des hommes vivants etc. (Paris 1819, L. G. Michaud, 8°.) tome V, p. 320. — Biographie nouvelle des Contemporains ou Dictionnaire historique et raisonné de tous les hommes qui, depuis la révolution française, ont acquis de la célébrité etc. Par M. M. A. V. Arnault. A. Jay, E. Jouy, J. Norvins etc. (Paris 1825, librairie historique. 8°.) tome XX, p. 228.

Noch ist des französischen Legationssecretärs Vincent zu gedenken, welcher dem französischen Gesandten am Wiener Hofe Marquis von Mirepoir um die Mitte des vorigen Jahrhunderts beigegeben war. Als Letzterer am 17. September 1745 abberufen wurde, blieb Vincent als Minister und Resident zurück, um künftig die französischen Interessen zu wahren. Bald danach erhielt er aber Befehl, binnen dreimal 24 Stunden Wien zu verlassen, welcher kurze Termin auf seine Vorstellungen zu drei Wochen verlängert wurde. [*Ranfft. Genealogisch-historische Nachrichten aller Begebenheiten, welche sich an den europäischen Höfen zugetragen haben* (Leipzig 1739. Heinsius, 8°.) Bd. II, S. 638; Bd. V, S. 1059.]

Vincenti, Karl Ferdinand Ritter von (Schriftsteller, geb. bei Baden-Baden am 14. December 1835). Der Sproß eines altadeligen aus Sardinien nach Deutschland eingewanderten Geschlechtes, über welches die Quellen S. 21 näheren Aufschluß geben. Der jüngste Sohn des 1837 verstorbenen Ferdinand Anton Ritter von Vincenti, erhielt er eine sehr sorgfältige Erziehung, widmete sich dann auf den Hochschulen zu Heidelberg, Göttingen, Wien und Paris den Sprachwissenschaften, der Philosophie und Jurisprudenz, gab jedoch letztere bald wieder auf und verlegte sich mit besonderem Eifer auf Sprachforschung und ethnographische Studien. Sein Hauptaugenmerk wendete er den orientalischen Idiomen zu, deren Anfangsgründe er sich in früher Jugend aneignete. Schon im ersten Jünglingsalter führte ihn eine unwiderstehliche Reiselust nach Frankreich, Italien, Oesterreich u. s. w., und zwanzig Jahre alt, unternahm er eine große Reise nach Schweden, Norwegen, Finnland und der Lappmark bis zum Nordcap. Nach seiner Rückkehr lag er in Paris und Wien längere Zeit dem Studium der orientalischen Sprachen, vornehmlich der arabischen, ob und verbrachte dann mehrere Jahre hindurch auf Reisen in Vorderasien (Syrien, Euphratländer), ferner in Aegypten, Nubien u. s. w., wobei es ihm besonders gelang, das Oasen- und Wüstenleben näher kennen zu lernen und praktische Sprachstudien zu treiben, deren Ergebnisse er in einer Grammatik der arabischen Vulgärdialekte niederzulegen

beabsichtigte. Von diesen Lebensfahrten brachte er reiches Material mit, das noch zum Theile der Bearbeitung in seinem Pulte harrt. Harte Schicksalsschläge, Vermögensverluste und eigenthümliche Lebensfügungen zerstörten seine glänzendsten Aussichten und Pläne. Nach einem Aufenthalte in Algier und Spanien nahm er, reich an Erinnerungsschätzen, aber sonst vielfach geprüft, bald seinen ständigen Aufenthalt in Oesterreich. Im October 1871 ließ er sich in W.en nieder, wo er seitdem auch auf schriftstellerischem und journalistischem Gebiete thätig ist. Nachdem er zwei Jahre als einer der Hauptredacteure des politischen Parteiblattes „Der Wanderer" fungirt hatte, übernahm er das Kunstreferat in der kaiserlichen „Wiener Zeitung", später auch in der „Deutschen Zeitung", und führte es bis 1880. Zu Beginn des Jahres 1876 wurde er zur Mitbegründung des illustrirten Familienblattes „Die Heimat" berufen, welches er drei Jahre als Chefredacteur leitete und unter den illustrirten Blättern zu wirklicher Bedeutung brachte, welche erst dann so recht erkannt wurde, als nach Vincenti's Austritte der allmälige Verfall des Blattes immer sichtbarer sich herausstellte. Mitte 1880 legte er die Redaction der „Heimat" nieder und trat in das Bureau der „Neuen Freien Presse" ein, in welchem er noch zur Stunde arbeitet. Ueberdies ließ er während dieser Zeit eine Reihe selbstständiger Werke erscheinen, deren Titel sind: „Die Tempelstürmer Hocharabiens" Roman, drei Bände (Berlin 1873, Janke, 8°.). Dieser culturhistorische Roman, den Vincenti seiner Gemalin gewidmet, wurde von der deutschen Kritik allgemein mit sehr großem Beifalle aufgenommen. „In diesem Buche", so äußert sich der noch immer nicht, wie er es verdient, gewürdigte Ferdinand Kürnberger, „ist zum ersten Male der erfolgreiche Versuch gemacht, einen orientalischen Roman aus dem vollen Leben zu schreiben Fast alle Gestalten dieser farbenprächtigen Dichtung sind dem Verfasser thatsächlich auf seinen Reisen im Orient in entsprechenden Typen begegnet". Auf „Die Tempelstürmer" folgten: „Der Roman eines Erkalteten" (Berlin 1870, Janke); — „Unter Schleier und Maske. Orientalische Novellen" (Stuttgart 1874, Simon); — „In Gluth und Eis. Novellen und Geschichten" zwei Bände (Dresden 1876, Baensch); — „Wundergeschichten der Liebe" (Wien 1880, Manz); — „Auferstanden" (Dresden 1877, Baensch). Seit 1873 beschäftigte sich Vincenti wieder sehr eingehend mit Kunststudien, die er schon im Oriente mit großer Vorliebe getrieben, und deren Resultate er in zahlreichen Correspondenzen niedergelegt hatte. Diese vorherrschende Neigung veranlaßte ihn im letztgenannten Jahre, das Wiener Kunst- und Theaterreferat für die frühere Augsburger, jetzt Münchener „Allgemeine Zeitung" zu übernehmen, welches er seitdem ohne Unterbrechung führt, so daß seine v. V. gezeichneten umfassenden Referate, welche zu benützen Verfasser dieses Lexikons mehrfach Gelegenheit hatte, bis 5. August 1884 eine stattliche Nummer (LXXVII) erreichten und eine Fülle biographischen, kunst- und culturhistorischen Materials enthalten. Im Jahre 1876 erschien selbständig eine Reihe kunstkritischer Studien und Skizzen unter dem Titel: „Wiener Kunst-Renaissance. Studien und Charakteristiken" (Wien, Gerold's Sohn, 8°, VIII und 464 S.), wozu der mittlerweile verstorbene Laufberger [Band XIV, S. 220] ein reizendes Titelblatt

gezeichnet hat. Ebenso finden wir Vincenti unter den ständigen Mitarbeitern des in Wien seit 1872 erscheinenden literarischen Jahrbuches „Die Dioskuren", welches, wie kein zweites derartiges Unternehmen, eine Fülle des mannigfaltigsten Materials für Cultur- und Literaturgeschichte Oesterreichs aufweist. Seit vielen Jahren hat unser Schriftsteller, als einer der Redner des deutschen Vereinsverbandes für öffentliche Vorträge, das Vortragswesen, welches er schon in früheren Jahren gepflegt, wieder aufgenommen und über seine Reisen und Studien im Orient und culturhistorischen Studien in Deutschland und Oesterreich zahlreiche Vorträge gehalten, von denen sich jene im Wiener „Orientalischen Museum" besonders günstiger Aufnahme erfreuten. Seine alljährlichen Vortragsreisen führten ihn bisher wohl in mehr als hundert Städte, in denen er über zweihundert öffentliche Vorträge gehalten.

Zur Genealogie der Ritter von Vincenti. Die Vincenti sind eine alte italienische (sardinische), im Jahre 1728 nach Deutschland eingewanderte Familie. Dieselbe zählt eine Reihe von hervorragenden Männern in der Geistlichkeit, im Krieger- und Gelehrtenstande. 1. So lebte ein **Peter** Vincenti zu Beginn des siebzehnten Jahrhunderts als Rechtsgelehrter und Archivar an der königlichen Münze zu Neapel. Man verdankt ihm nachstehende noch heute geschätzte Schriften: „Historia della famiglia Cantelma" (Neapel 1604, 4°.); — „Teatro degli uomini Illustri che furono protonotarii del Regno" (ib. 1607, 4°.); — „Supplementa ad genealogiam Sfortiae familiae" (Milano 1611, Fol.) und „Teatro degli uomini Illustri, che furono grandi ammiragli nel Regno di Napoli" (Neapel 1624, 4°.). — 2. **Alessandro** Vincenti, berühmter venetianischer Typograph in der Mitte des siebzehnten Jahrhunderts, leistete in Notendrucken so Treffliches, daß dieselben noch in späteren Tagen von einer Anna Renzi — der Malibran und Catalani des siebzehnten Jahr-

hunderts — allen anderen vorgezogen wurden.
Aus seiner Preſſe gingen 1631 mehrere Hefte
der „Madrigale" des berühmten Venetianer
Componiſten Monteverde hervor, ferner
die zwei-, drei-, vier-, acht- und zwölfſtim-
migen Meſſen und Pſalmen Francesco Cavalli's, und des Capellmeiſters der Dogen-
capelle in Venedig Aleſſandro De Grandi
zahlreiche, in den Jahren 1618 und 1621
erſchienene Muſikwerke, als: mehrſtimmige
Meſſen, Litaneien, Motetten mit Begleitung
der Orgel und mehrerer Inſtrumente. — 3. Ein
Johann Vincenti war ein Schüler des
berühmten Orazio Benevoli, ein geſchickter
Componiſt und viele Jahre Capellmeiſter am
heiligen Hauſe zu Loretto. Um 1683 zog er
ſich nach Rom zurück und lebte daſelbſt von
den Intereſſen ſeines Vermögens. — 4. Ein
Hippolyt de Vincenti (geb. 20. Jänner
1738) war Erzbiſchof von Korinth, wurde
am 21. Februar 1794 zum Cardinal ernannt
und nahm als ſolcher Theil am Conclave
in Venedig, aus welchem Pius VII. als
Papſt hervorging; ſpäter fungirte er als
Internuntius zu Madrid. — 5. Eine Tante
des Cardinals war die im Geruche der
Heiligkeit zu Como verſtorbene, unter dem
Namen der „Frata" oder „Santa" bekannte
Carmeliternonne **Paola Maria** de Vincenti, in die im genannter Stadt gezeigt wurde. — 6. Von den Brüdern der
„Frata" wanderte einer, Namens **Peter** de
Vincenti, in die Rheinpfalz ein. Seinem
Sohne **Karl Jacob** wurde als kurpfälzi-
ſchem Kriegsrathe unter gleichzeitiger Aner-
kennung des altangeſtammten italieniſchen
Adels und Wappens der deutſche Reichs-
ritterſtand verliehen. Das von dem Kurfürſten
Karl Theodor, damaligem Reichsvicar,
unterzeichnete Diplom iſt vom 17. September
1790 datirt. Karl Jacobs Vetter ſtand
als Generallieutenant und Comthur des
Annunziatenordens in ſardiniſchen Dienſten.
Von Karl Jacobs zwölf Kindern gelangten die meiſten zu hervorragenden Lebens-
ſtellungen. — 7. Generallieutenant **Franz
Xaver Jacob** ſtarb als Stadtcommandant
von Mannheim 1830; er war vermält mit
der Ulmer Patriziertochter Maria von Hail-
bronner. — 8. **Theodor Andreas** ſtarb
als Generallieutenant und Stadtcommandant
von München. — 9. **Wilhelm Aloiſius**
war königlich bayeriſcher Generalauditor und
10. **Johann Wilhelm** einer der ausgezeich-
netſten Juriſten Bayerns. Des Letzteren Sohn

lebte als königlich bayeriſcher Hofrath und
quiescirter Notar bei München. — 11. General
Karl Joſeph (vermält mit Marianne von
Belval) galt als einer der ſchönſten Männer
ſeiner Zeit, und ein Fräulein von Ick-
ſtadt ſtürzte ſich ſeinetwegen von einem der
Thürme der Münchener Frauenkirche herab. Er
fand im ruſſiſchen Feldzuge den ehrenvollen
Soldatentod. — 12. Die beiden letzten Gene-
rationen der Familie gehören ebenfalls ausſchließlich dem militäriſchen und juridiſchen
Stande an. Die Familie iſt in Bayern und
Baden anſäſſig. **Ferdinand Anton** Ritter
von Vincenti, königlich bayeriſcher Major
und Flügeladjutant des Königs, wurde in
der Schlacht bei Hohenlinden ſchwer verwundet, worauf er ſeinen Abſchied nahm
und ſich mit glücklichem Erfolge der Be-
wirthſchaftung ſeiner im badiſchen Schwarz-
walde gelegenen Beſitzungen, insbeſondere
Eiſenwerke, widmete. Dieſer Ferdinand
Anton hatte zehn Kinder; der jüngſte
Sohn iſt **Karl Ferdinand**, deſſen ausführlichere Lebensſkizze S. 20 mitgetheilt wurde.
— 13. Zwei ſeiner Brüder dienten als Officiere in der k. k. öſterreichiſchen Armee; einer
von ihnen, **Julius** (vermält mit Anna Freiin
von Reichlin-Meldegg), war Generalſtabsofficier
und wurde als Oberlieutenant für Auszeichnung
in deren Feldzügen 1848 und 1849 in Italien
und Ungarn mit dem Militärverdienſtkreuze
geſchmückt; der andere, **Ferdinand**, welcher
eine Tochter aus dem alten ungariſch ſieben-
bürgiſchen Adelsgeſchlechte der Mikſa heim-
führte, lebt zur Zeit als Gutsbeſitzer in Siebenbürgen. — 14. **Karl Ferdinand** iſt der
Einzige in der Familie, welcher ſich der
ſchriftſtelleriſchen Laufbahn zugewendet hat.
In der ergreifenden Novelle „Berengaria"
ſchildert er ſein Familienhaus. Er iſt mit
Ottilie, einer Tochter des k. k. Majors Anton
Blöm, vermält, aus welcher Ehe eine einzige
Tochter, **Renée**, hervorging. Eine Schweſter,
Marie von Vincenti, iſt die Witwe des
k. k. Generalmajors Simon von Reiche-Froßnegg.
So hat denn die Familie Vincenti zahlreiche Beziehungen in Oeſterreich und haben
einzelne Mitglieder derſelben im Kaiſerſtaate
ihre zweite Heimat gefunden.

Vinchant de Gontroeul, Karl Phi-
lipp Graf (k. k. Generalmajor und
Commandeur des Maria Thereſien-
Ordens, geb. zu Mons 1753, geſt. zu

Wien 15. Juli 1798). Der Sohn eines Obersten im Infanterie-Regimente Murray Nr. 55, begann er im Alter von eilf Jahren als Cadet die militärische Laufbahn. Mit dreizehn Jahren wurde er Lieutenant, mit achtzehn Hauptmann bei Vierset-Infanterie Nr. 58 und im April 1786 Major. Als Oberstlieutenant bei Prinz De Ligne · Infanterie Nr. 30 stand er mit seinem Bataillon den niederländischen Insurgenten gegenüber und bewies schon hier jene Umsicht und Tapferkeit, welche nachmals seinen Namen mit solchem Glanze umgab. Als unsere Truppen aus den Niederlanden in die Provinz Luxemburg sich zurückzogen, that er, der Erste, durch die Behauptung seines Postens bei Roumont dem Vordringen des Feindes Einhalt, nahm an den Gefechten bei St. Leonard und Raffogne — 1. Jänner 1790 — hervorragenden Antheil und zwang, indem er auf seine Localkenntniß und richtige Beurtheilung der feindlichen Absichten seinen Angriffsplan gründete, nach einem siegreichen Gefechte bei Mirwart am 24. Mai 1790 die Insurgenten, die Provinz Luxemburg zu räumen. In Würdigung seines ausgezeichneten Verhaltens in diesem Kampfe wurde er noch im Juli 1790, also im Alter von erst 37 Jahren, Oberst im 38. Infanterie-Regimente Württemberg und verblieb mit demselben bei der Armee in den Niederlanden. Im Mai letztgenannten Jahres wohnte er auch dem Gefechte bei Savay bei und deckte dann im December mit seinem Regimente die Provinz Geldern. Als Anfangs März 1793 Feldmarschall-Lieutenant Graf Latour den Feind aus Ruremonde vertrieben und letzterer auf seiner Flucht die Brücke über die Maas zerstört hatte, erbot sich Oberst Vinchant, der bereits Brigadier-

dienste versah, da es sich um schleunige Uebersetzung unserer Truppen handelte, er aber' genaue Localkenntnisse besaß, sofort für die Passage Sorge zu tragen. In kürzester Zeit führte er seine Aufgabe aus, und die sonst nothwendig gewordene Forcirung des Flusses wurde durch seine Umsicht und Energie vermieden. Als wenige Tage danach, am 18. März, die Unseren unter Prinz Coburg den von Dumouriez befehligten Franzosen eine entschiedene Niederlage beibrachten, hatte er durch Erstürmung des Dorfes Oberwinden an dem Siege entschiedenen Antheil. Am 23. Mai von dem Feldherrn dazu ausersehen, die vor Vicogne im Walde aufgeführten feindlichen Batterien und Retranchements zu nehmen, griff er an, vertrieb den Gegner, eroberte ein Geschütz und behauptete ungeachtet der immer wieder erneuerten feindlichen Anfälle den Tag über seinen Stand. Noch im nämlichen Jahre, in den Monaten October und November, vertheidigte er den Posten Merbes le Château mit aller Bravour gegen die häufigen Angriffe des Feindes und nahm Anfangs Mai 1794 das verlorene Harlebeque wieder. Im Treffen bei Hooglede wurde er verwundet. In der 34. Promotion, welche am 7. Juli 1794 stattfand, erhielt er dann für seine Waffenthaten das Ritterkreuz des Maria Theresien-Ordens. Im März 1796 zum Generalmajor vorgerückt, befehligte er eine Brigade bei der Armee in Italien, auf deren Rückzug er sich in dem Treffen bei Tarvis am 23. März 1797 neue Lorbern erfocht. Bereits war dieser wichtige Ort von General Ocskay, der dafür mit seiner Pensionirung büßte, aufgegeben und von den Franzosen am 21. März besetzt worden. Auf seinem Marsche gegen Ternova erhielt nun auf der Zwischenstation Caporetto General Binchant Meldung von Ocskay's Mißgriff, welcher unserer im Isonzothale marschirenden Colonne den Weg abschnitt. Sofort erbot er sich, mit vier Bataillons und zwei Escadrons Erdödy-Huszaren, welche Oberstlieutenant Fedak [Bd. IV, S. 156] befehligte, den Feind in dessen Stellung zu Tarvis anzugreifen. Er betachirte zunächst fünf Compagnien nach Raibel und Breth, um die Verbindung mit General Bajalich [Bd. I, S. 123] zu erhalten, dann eilte er am 22. mit dem Reste seiner Truppen — im Ganzen etwa 2500 Mann — nach Tarvis, griff dort die Franzosen an und nahm ihnen den Ort, an 100 Mann und 25 Pferde ab. Daselbst kam ihm auch die Nachricht zu, daß herwärts Pontafel an 7000 Mann feindlicher Truppen aufgestellt seien. Bald war sein Entschluß gefaßt: Tarvis um jeden Preis zu halten, damit die Artilleriereserve Zeit gewinne, unter Oberstlieutenant Schubay [Bd. XXXII, S. 141] über Raibel und Weißenfels auf der Straße nach der Wurzen zu entkommen. Am 23. Morgens rückte Massena gegen Binchant, welcher das zwischen Tarvis und Pontafel gelegene Saifniß mit zwei Bataillons besetzt hatte, mit Uebermacht an und nöthigte ihn um zwei Uhr Nachmittags zum Rückzuge. Die Brigade Ocskay, etwa 1200 Mann stark, welche Binchant zu Hilfe gekommen war und bei Tarvis stand, wollte sich in einiger Entfernung als Rückhalt aufstellen. In diesem Momente, es war die vierte Nachmittagsstunde, erschien Erzherzog Karl selbst auf dem Kampfplatze und befahl der Brigade Ocskay, sofort das Gefecht wieder aufzunehmen. Um den schon weit vorgedrungenen Feind aufzuhalten,

stellten sich Binchant und des Erzherzogs Adjutant Graf Bratislaw an die Spitze der Cavallerie und führten sie zum Angriffe vor. Beide wurden aber verwundet, und zwar Binchant schwer. Dies brachte in den Kampf eine traurige Wendung, die Infanterie gerieth in Unordnung und sammelte sich erst in Goggau wieder, um den Weg nach der Wurzen zu erreichen, auf welchem die Artilleriereserve nach Aßling zog. Der Angriff war mißlungen, aber die Artillerie gerettet, denn ohne den tapferen und anhaltenden Widerstand, welchen Binchant der weit überlegenen Streitmacht Massena's entgegengesetzt hatte, würde sie rettungslos in die Hände des Feindes gefallen sein. Wohl erhielt Binchant auf Veranlassung des Erzherzogs Karl am 15. April 1797 das Commandeurkreuz des Maria Theresien-Ordens. Aber diese äußere Anerkennung genügte dem Helden nicht, der es erkannt hatte, daß er jene Unfälle nur pflichtwidrigen Unterlassungen einzelner Commandanten beizumessen habe. Wenn Jeder, dem tapferen und entschiedenen Beispiele seines Commandanten folgend, seine Pflicht gethan hätte, so würde der Ausgang so furchtbarer Kämpfe, so heldenmüthigen Widerstandes nur ein siegreicher gewesen sein. Er war es nicht. Wer trug die Schuld? Binchant, über diesen Mißerfolg empört, der durch Unterlassung verschiedener von ihm gegebener Befehle veranlaßt worden, forderte eine strenge Untersuchung. Der Ausgang derselben war, wie es bei solchen Vorfällen oft vorzukommen pflegt, nichts weniger als befriedigend. Dies stachelte den edlen, aber doch überspannten Ehrgeiz des jungen Generals; in einem Anfalle höchster Ueberreizung brachte sich Binchant selbst Wunden bei, an denen er in Wien am 15. Juli 1798, im Alter von erst 45 Jahren verblutete, so einem Leben vorzeitig ein Ende machend, welches noch zu den höchsten Erwartungen berechtigte und wohl hohe Ziele erreicht haben würde.

Thürheim (Andreas Graf). Gedenkblätter aus der Kriegsgeschichte der k. k. österreichisch-ungarischen Armee (Wien und Teschen 1880, A. Prochaska, gr. 8°.) Bd. I, S. 198, Jahr 1790; Bd. II, S. 332, Jahr 1793 [durch einen Druckfehler heißt hier der Graf Vincant de Gontrout: Gontrout de Vierchant] und S. 456.

Bindys, Joseph (theologischer Schriftsteller, geb. zu Reichenau im Bunzlauer Kreise Böhmens am 15. October 1782, gest. zu Nechánitz im Königgrätzer Kreise am 24. December 1857). Das Gymnasium und die Humanitätsclassen besuchte er zu Leitmeritz, dann setzte er die Studien zu Brünn und zuletzt an der Prager Hochschule fort, auf welcher er die Philosophie und Theologie beendete. Nachdem er am 30. August 1806 die Priesterweihe empfangen hatte, nahm er eine Erzieherstelle in der Familie des Grafen Schaffgotsch zu Bělohrad an, als aber sein Zögling bald darauf starb, folgte er Anfangs 1807 einem Rufe als Caplan nach Dreéno. Noch im nämlichen Jahre wurde er von seinem Bischof nach Zwole zur Administration der dortigen Localie geschickt, an welcher er bis zur Ankunft des neuen Seelenhirten verblieb, worauf er als Caplan nach Dreéno zurückkehrte und in dieser Eigenschaft bis Mitte 1810 wirkte. Hierauf erfolgte seine Ernennung zum Administrator der Localie Strácow und später zum wirklichen Pfarrer an derselben. Im December 1816 wieder berufen, die Pfarre zu Chotebor für den dortigen Pfarrer, der in Ruhestand über-

getreten war, zu versehen, ging er von da Ende 1820 als Pfarrer nach Nechánitz bei Byster, wo er 37 Jahre als solcher wirkte. In der Zwischenzeit fungirte er auch als Secretär des Vicariats und der Schuloberaufsicht des Neu-Byžžover Kreises und erhielt 1830 die Würde eines bischöflichen Notars. Bindys war als geistlicher Schriftsteller thätig und gab heraus: *„Řeč v čas cholery s potahem na bludné i škodlivé smýšlení mnohých"*, d. i. Rede zur Zeit der Cholera mit Hinblick auf die irrigen und schädlichen Meinungen Vieler u. s. w. Königgrätz 1831, Pospišil, 8°.); — *„Katechismus Řimský na rozkaz církevního sněmu Tridentského . . . . . v 4 dílech nyní přeložený . . .",* d. i. Der römische Katechismus im Auftrag des kirchlichen Concils zu Trient . . . . . in 4 Theilen nunmehr übersetzt (ebb. 1841, 8°.) Außerdem veröffentlichte er einige pädagogische Artikel in „Přítel mládeže", d. i. Jugendfreund, und in „Vídenské listy", d. i. Wiener Blätter.

Šembera (Alois Vojtech). Dějiny řeči a literatury česko-slovanské. Vek novější, d. i. Geschichte der čechoslavischen Sprache und Literatur. Neuere Zeit (Wien 1868, gr. 8°.) S. 304.

Binelli, Arminio (Maler, geb. in Corsica 1804, gest. zu Wien Anfang Februar 1868). Seine Mutter Colomba, aus Corsica gebürtig, war während einiger Monate die Amme Napoleon Buonapartes, wofür sie bis zum Sturze des nachmaligen Kaisers von diesem eine Pension bezog. Als sie 1820 starb, hinterließ sie ihrem Sohne Arminio ein kleines Vermögen. Dieser ließ sich 1829 von einem Mißbrauche, wie er in Corsica von Alters her eingewurzelt ist, hinreißen, indem er in seiner Heimat einen Act der Blutrache ausübte, in Folge dessen er flüchtig werden und lange unstet umherirren mußte, bis er um das Jahr 1838 in Wien eine bleibende Stätte fand. Daselbst brachte er sich als Porträtmaler fort. Seine Geschicklichkeit erwarb ihm einen großen Kreis von Gönnern und Freunden, aber nur Wenige waren in das Geheimniß seiner Lebensgeschichte eingeweiht. Er blieb unverheiratet und setzte seine Wirthschafterin zur Erbin seines nicht unbeträchtlichen Vermögens ein. Ueber seine Arbeiten, da er nie ausgestellt und überhaupt nichts von denselben in die Oeffentlichkeit gelangte, kann nichts Näheres berichtet werden. Doch muß er immerhin in seiner Kunst nicht unbedeutend gewesen sein, da er sich eines großen Zuspruches erfreute und — nachdem er ohne Vermögen nach Wien gekommen — ein solches hinterließ.

Fremden-Blatt. Von Gustav Heine (Wien, 4°.) 1868, Nr. 42. — Neues Wiener Tagblatt, 1868, Nr. 43.

Vinklar, Franz Gottlieb (Bohumil) (čechischer Schriftsteller, geb. zu Smřčno bei Jelemnice in Böhmen am 5. Juni 1839). Als er im Jahre 1850 seine Mutter durch den Tod verlor, wurde er von dem Vater, einem Weber von Profession, aus der Ortsschule, die er bis dahin besucht hatte, genommen und in der Werkstätte verwendet. Da nahm sich 1833 ein Oheim F. Bohuslav Hackl, später Pfarrer zu Hořic im Königgrätzer Kreise, zu jener Zeit aber Katechet an der Jelemnicer Realschule, des vierzehnjährigen Knaben an und erwirkte für ihn, daß er das Gymnasium in Königgrätz besuchen durfte. Nachdem Bohumil dasselbe 1861 beendet hatte, trat er daselbst in das bischöfliche Se-

minar. Im zweiten Jahre der Theologie kam er nach Prag, wo er sich besonders auf das Studium der slavischen Sprachen verlegte und für die Zeitschrift „Školnik", d. i. Der Schulbote, und „Blahovést", d. i. Der Evangelist, übersetzte. 1865 zum Priester geweiht, ging er zunächst als Caplan nach Budyn bei Libochovic, wo er etwas über ein Jahr verblieb. Dann zum Lehrer, 1870 aber zum Professor der Religion am akademischen Gymnasium in der Prager Altstadt ernannt, wurde er überdies an demselben zwei Monate später Convictspräfect. Außer den schon erwähnten Uebersetzungsarbeiten gab Vinklar unter dem Pseudonym F. B. Žilovický heraus: „Povídek pro mládeš česko-slovanskou", d. i. Erzählungen für die čechoslavische Jugend, 4 Hefte (Prag bei Styblo), aus dem Polnischen des Ab. A. Rosiński: „Vojenské příběhy z válek napoleonských", d. i. Kriegerische Vorfälle aus den Napoleonischen Kämpfen, 2 Theile (Prag 1864, Pospíšil) und das Andachtsbuch: „Ohlasy posvátných dob", d. i. Widerhall heiliger Zeiten (Prag 1870, Styblo), eine Uebersetzung des Andachtsbuches von Joachim Heinrich Campe. 1869 bearbeitete er nach Fischer das čechische Lehrbuch des katholischen Religionsunterrichtes für die unteren Classen der Mittelschulen (Učebná kniha katolického náboženství pro nižší třídy škol středných) und bewerkstelligte im nämlichen Jahre die Herausgabe des Sammelwerkes „Die Prediger des Slaventhums" (Kazatele slovanski), welches unter der Redaction des Wenzel Stulc mit Hilfe einiger geistlichen Mitarbeiter A. Mužik veröffentlichte. Nebenbei ist Vinklar einer der eifrigsten Förderer der Stenographie und für ihre Verbreitung unter den čechischen Studenten ungemein thätig.

Ročník českých t-snopisů, d. i. Jahrbuch der čechischen Stenographen. Jahrg. 1869 [enthält Vinklar's ausführliche Biographie].

Vinkler, Franz (čechischer Schriftsteller, geb. zu Bilovice bei Prossejov in Mähren am 18. Februar 1839). Nachdem er das Gymnasium in Olmütz beendet hatte, bezog er die Hochschule zu Wien, später jene zu Prag. Hierauf widmete er sich sofort der schriftstellerischen Laufbahn, und zwar vornehmlich der Journalistik. Noch während seiner Studien in Olmütz veröffentlichte er in der Zeitschrift „Hvézda", d. i. Der Stern, und dann zu Wien im Almanach „Dunaj", d. i. Die Donau, einige kleinere Arbeiten poetischen Inhalts und wurde dann Mitarbeiter an verschiedenen slavischen Zeitschriften. In Prag trat er als solcher bei dem von Stule redigirten politischen Blatte „Pozor" ein, darauf begann er selbst 1863 in letzterer Stadt die Herausgabe des politischen Blattes „Pravda", d. i. Die Wahrheit, welches aber bald zu erscheinen aufhörte. Nun gab er noch im nämlichen Jahre zu Jungbunzlau das Wochenblatt „Boleslavan", d. i. Der Bunzlauer, heraus, das unter seiner Redaction in Folge seiner demokratischen Haltung in Kurzem sehr große Verbreitung fand. Als aber der „Boleslavan" wegen seiner Uebergriffe verboten ward, gründete Vinkler zu Prag im Jahre 1864 die Zeitschrift „Svoboda", d. i. Die Freiheit, mit der nämlichen Tendenz wie das unterdrückte Blatt. Für verschiedene Preßvergehen, welche er sich in seinen Journalen hatte zu Schulden kommen lassen, wurde er zur gerichtlichen Verantwortung gezogen, mit neun Monaten Kerkerhaft bestraft

und sein Blatt auf vier Monate suspendirt. Nach seiner Haft im Jahre 1865 als Stellvertreter des Kreißsecretärs von Melnik berufen, redigirte er in dieser Dienstleistung längere Zeit die Beilage „Samospráv", d. i. Der Autonomist, der Zeitung „Hlas", d. i. Die Stimme, und war sonst noch Mitarbeiter verschiedener čechischen Journale. Außerdem gab er die Anregung zu der ersten großen Volksversammlung (tábor) der Čechen, dann zu einer anderen bei Georgenberg im Jahre 1868 und bot bei der bekannten Resolution seinen ganzen politischen Einfluß, den er als Märtyrer für seine suspendirten Blätter als reichlichen Ersatz eingeheimst, dazu auf, die Ziele, welche seine Partei anstrebte, zu erreichen. Hand in Hand mit seiner politischen Thätigkeit geht seine dramatische, da er die besseren deutschen und französischen Zugstücke für die čechische Bühne bearbeitet, wie: „Der Hut", „Die Helden", „Graf Esser", „Doctor Finke" (Dalibor Cermak), „Der schwarze Peter", „Ich freise bei meiner Mutter" u. a., welche zum Theile schon in den Sammelwerken „Čechische Theaterbibliothek" (Biblioteka divadelná) und „Neue dramatische Spiele" (Nové divadelní hry) abgedruckt sind. Vinkler bediente sich auch das Pseudonyms Venkryl.

Knihopisný Slovník česko-slovenský, d. i. Čecho-slavisches Bücher-Lexikon, herausgegeben von Franz Doucha mit Unterstützung von Jos. Al. Dunder und Franz Aug. Urbánek (Prag 1865, schm. 4°.) S. 288.

Vinkler, siehe auch **Winkler**.

Vinohorský, Joseph (čechischer Schriftsteller, geb. zu Prag 1824). Das Gymnasium und die philosophischen Jahrgänge beendete er in Prag, dann hörte er die Rechte an der Hochschule daselbst. Aus eigenem Antrieb aber verlegte er sich mit allem Eifer auf das Studium der čechischen Sprache und Literatur. Zur Ausbildung in benselben wurde er bann auf Empfehlung des berühmten Slavisten Šafařik im Jahre 1849 von der k. k. Regierung an das Gymnasium zu Reichenau geschickt. 1851 zum wirklichen Lehrer am Gymnasium zu Königgrätz ernannt, wirkte er an bemselben burch zwei Decennien, bis 1871. In bieser Stellung veröffentlichte er in den Programmen des Gymnasiums eine Reihe größerer Abhandlungen, hauptsächlich aus dem Gebiete der čechischen Sprache und Literatur, so: „Die scholastischen Principien des Thomas von Štitno" (Scholastické zásady Tomáše ze Štítného); — „Der Kern aus dem Leben des Daniel Abam von Veleslavin" (Jádra ze životopisu Daniele Adama z Veleslavína); — „Aesthetische Analyse der Dichtungen des Ilí Volžanin" (Krásoumný rozbor básně Ilia Volžanina); — „Unterschiede der populären und wissenschaftlichen Prosa" „Rozdíly prostonárodní a vědecké prózy); — „Grundriß des Wesens der katholischen Mystik" (Nástin poněti o katolické mystice). Selbstständig erschienen bann von ihm: „*Obrázky z dějin českoslovanských určené dítkám a jich přátelům*", b. i. Bilber aus der čechoslavischen Geschichte für Kinder und ihre Freunde (Königgrätz 1865, mit vielen Illustrationen); — „*Stanovisko Tomáše ze Štitného mudrce*", b. i. Standpunkt des Philosophen Thomas von Štitno (Prag 1867, Selbstverlag). Als 1871 auf kurze Zeit J. Jireček das Portefeuille des Unterrichtsministers inne hatte, welches geschichtliche Ereigniß Friedrich Schlögl seinerzeit im Artikel: „Im

Mistgrüberl" erläuterte, wurde Vinohorský an bie čechische höhere Oberrealschule in Prag übersetzt, an welcher er noch im Jahre 1874 angestellt war. Außer ben vorgenannten größeren Arbeiten schrieb er auch Vieles für Journale, und bie čechische Zeitschrift „Schule und Leben" (Škola a život) brachte 1871 und 1872 aus seiner Feber eine größere Folge von Aufsätzen unter bem Titel: „Krásy přírody", b. i. Die Schönheiten der Natur. Vieles aber befindet sich noch ungebruckt in seinem Pulte.

Knihopisný Slovník česko-slovenský. Vydal František Doucha přispením J. A. Dundra a Frant. Aug. Urbánka, b. i. Čechoslavisches bibliographisches Lerikon. Herausgegeben von Franz Doucha mit Unterstützung des J. A. Dunder und Franz Aug. Urbánek (Prag 1865) S 288.

Vins de, Joseph Nicolaus Freiherr, siehe: **De Vins**, Joseph Nicolaus Freiherr [Bb. III, S. 273].

Vintíř, Joseph (čechischer Schriftsteller, geb. zu Bácov im Piseker Kreise 1806, gest. 4. August 1869). Nachdem er das Gymnasium in Pisek beendet hatte, studirte er Philosophie und Rechtswissenschaft in Prag. 1833 trat er als Accessist bei bem Magistrate baselbst in den öffentlichen Dienst, in welchem er bis 1837 verblieb. In bieser Zeit schloß er Bekanntschaft mit mehreren in der juridischen Sphäre Prags hervorragenden Männern, beren einige in ihm die Liebe zur Muttersprache weckten. Am 6. Jänner 1840 kam er als Rathssubstitut nach Trautenau; am 29. März 1841 dem Prager Civilsenate zugetheilt, wurde er schon wenige Monate banach als Rathssubstitut zum Criminalgerichte und Magistrate in Jungbunzlau versetzt. Im

August 1842 kehrte er aber wieder nach Prag zurück, wo er in Civil-, politischen und Bau-Angelegenheiten arbeitete. Am 19. Mai 1846 ward er in letzterer Stadt Criminalactuar, 1848 Rathsprotokollist und zu gleicher Zeit Aushilfsreferent in Criminalsachen. Bei Einführung der neuen k. k. Gerichte erfolgte den 31. Mai 1850 seine Anstellung als Assessor am k. k. Kreisgerichte in Tabor. Daselbst gewann er alsbald das Vertrauen der Bevölkerung in so hohem Grade, daß er in den Gemeinderath gewählt wurde, in welchem er mit mannigfachem Erfolge wirkte. So drang er vor Allem auf Herstellung eines besonderen Gebäudes für die städtische Schule, und namentlich war er es, der die Errichtung eines Denkmals für den verdienstvollen Director der dortigen Hauptschule Anton Svatoš beantragte und verwirklichte. Ende September 1851 wurde er zur Aushilfe an das Kreisgericht in Prag berufen, wo er bald als Untersuchungsrichter, bald als Richter bei den Schwurgerichten in Verwendung stand, auch einige Monate bei dem Handelssenate arbeitete und in mehreren öffentlichen Verhandlungen den Vorsitz führte. Als dann die Organisation des Gerichtswesens im Kaiserstaate zur Durchführung gelangte, sah er sich zum Rathe bei dem k. k. Kreisgerichte in Tabor ernannt. Sein verdienstliches Wirken in dieser Stadt würdigte dieselbe, indem sie ihm am 10. December 1860 das Ehrenbürgerrecht verlieh. Während seiner 36jährigen amtlichen Laufbahn war Vintíř in seinem Fache in deutscher und čechischer Sprache schriftstellerisch thätig. Die Titel seiner deutschen Schriften sind: „Spiegel des constitutionellen Lebens" (Prag 1848, Kronberger, IV und 300 S., gr. 16⁰.); — „Handbuch des Depositenwesens bei den öster-

reichischen Gerichten und Bezirksämtern" (Prag 1855, Rziwnač, 8⁰.); — „Handbuch der Manipulation bei den k. k. österreichischen Gerichten erster Instanz für Concepts- und Manipulationsbeamte. Zweite vermehrte, nach den neuesten Gesetzen und Verordnungen umgearbeitete Auflage" (Prag 1855, 8⁰.); — „Der Raub im Rosenhofe, ein praktischer Straffall als Leitfaden für Untersuchungsrichter" (Prag 1857); — „Die Civilexecution in praktischen Fällen mit Formularen nach der Gerichtspraxis' (Prag 185.). Die Titel seiner čechischen Schriften sind: „Krátké vysvětlení veřejného přísežného soudu a nynějšího inquisitorního vyšetřování", d. i. Kurze Beleuchtung des wahren öffentlichen Gerichts mit Geschworenen und des jetzigen inquisitorischen Verfahrens (Prag 1848, 8⁰.); — „Příruční kniha k vedení práva čili exekuce ku pomoci soudcům a soudním vykonavatelům při cís. kr. soudech v Čechách, na Moravě ve Slezsku a na Slovensku", d. i. Handbuch zur Rechtsführung oder Execution mit Hilfe des Gerichts und der Gerichtsvollstrecker an den k. k. Gerichten in Böhmen, Mähren, Schlesien und Slovenien (Prag 1850, Pospíšil, 8⁰.); — „Prostonárodní vysvětlení trestního zákona Rakouského ode dne 27. měsíce května 1852", d. i. Populäre Erläuterung des österreichischen Strafgesetzes vom 27. Mai 1852 (Prag 1861, Kober, gr. 8⁰.). Einige juridische Abhandlungen veröffentlichte er auch im čechischen Fachblatt „Právník", d. i. Der Rechtsgelehrte. Vintíř erscheint in deutschen Werken und auch auf den Titelblättern seiner eigenen deutschen Schriften Wintíř geschrieben

Šembera (Alois Vojtech), Dějiny řeči a literatury československé. Vek novější, d. i. Geschichte der čechoslavischen Sprache und Literatur. Neuere Zeit (Wien 1868, gr. 8⁰.) S. 303.

Vintl, Johann (Tiroler Landesvertheidiger, geb. in Tirol 1793,
gest. zu Hall nächst Innsbruck am
4. März 1863). In jungen Jahren trat
er in die kaiserliche Armee, und zwar in
das Tiroler Jäger-Regiment, mit welchem
er die französischen Feldzüge und die
Expedition nach Neapel 1820 mitmachte.
Nach erhaltenem ehrenvollen Abschiede
bekam er eine Bedienstung bei der k. k.
Saline zu Hall. Als 1848 die Bewegung in Italien einen immer drohen-
beren Charakter annahm und die tirolischen Grenzen im Süden durch die italienischen Rebellen immer mehr und mehr
gefährdet erschienen, da rüsteten sich auch
die Tiroler Landesschützen und folgten
dem Rufe ihres Kaisers. Vintl zog mit
den begeisterten Schaaren als Schützen-
officier zweimal, 1848 und 1849, an die
gefährdete Landesgrenze und zeichnete
sich bei Tonale am 27. Juli 1848 durch
Muth und Entschlossenheit ganz besonders aus. Nachdem dann Radetzky
Ruhe und Ordnung gemacht hatte,
kehrten die Landesschützen heim und
Vintl zu seinem Dienste zurück. In dem
kurzen ihm gewidmeten Nachrufe wird er
überdies als „Spender vieler Wohl-
thaten an Arme im Stillen und als sorg-
licher Vater armer Waisen" gerühmt.
Die Stadtgarde und die Landesschützen
erwiesen ihrem einstigen Führer die letzte
kriegerische Ehre.

Volks- und Schützen-Zeitung (Innsbruck, 4°.) 1863, Nr. 35: „Hall, 18. März".

Vintler, Hans Ritter von (Schriftsteller, geb. zu Schlanders in Tirol
am 16. August 1837). Der Sproß eines
urtirolischen Adelsgeschlechtes [Näheres
S. 31 in den Quellen], ist er ein Sohn
des Johann Ritter von Vintler zu
Runggelstein und Platsch aus dessen

Ehe mit Magdalena geborenen von
Leimer zu Schlanders und ein Nachkomme des zu Anfang des fünfzehnten
Jahrhunderts lebenden mittelhochdeut-
schen Dichters Conrad Vintler, dessen
Lehrgedicht „Pluemen der Tugend" erst
in unserer Zeit Pius Zingerle herausgegeben hat. Hans von Vintler besuchte das Gymnasium zu Innsbruck
und kam dann, für die geistliche Laufbahn bestimmt, nach Rom, wo er einige
Zeit in einer päpstlichen Anstalt für
seinen künftigen Beruf gedrillt wurde.
Doch schien ihm derselbe nicht zuzusagen,
denn er trat aus der Anstalt und kehrte
zu den weltlichen Wissenschaften zurück.
Nachdem er nun das Studium der Philosophie an der Hochschule zu Wien
beendet hatte, widmete er sich dem Lehramte. Zunächst wurde er Realschul-
Professor in Czernowitz, später in Triest,
und zur Zeit ist er Professor an der k. k.
Oberrealschule zu Innsbruck. Zahlreiche
Gedichte seiner Feder sind zerstreut in
Almanachen, Jahrbüchern und Zeitschriften abgedruckt, darunter auch Uebersetzungen aus dem Italienischen, Französischen und Englischen. Gemeinschaftlich
mit Angelica und Ludwig von Hör-
mann und J. E. Waldfreund (Pseu-
bonym für Peter Moser) gab er eine
Sammlung Gedichte unter dem Titel:
„Frühlingsblumen aus Tirol" (Innsbruck
1863) heraus. Auch erschien von ihm
die Uebersetzung des Romans „Eros"
des sicilianischen Novellisten Giovanni
Verga, eines italienischen Poeten der
Neuzeit von zweifelhafter Bedeutung,
der es sich vornehmlich zur Aufgabe
macht, die Frauen aus der vornehmen
Welt zu schildern, aber darin so wenig
glücklich ist, daß eine Dame der high life
bezüglich der Frauen in Verga's Romanen den bezeichnenden Ausspruch that:

„Le dame del Verga sono la demi-
monde dell'aristocrazia".

Brixener Zeitung. 1856, Nr. 75: „Aus
Bozens Vorzeit. Stammtafel der Edlen von
Vintler" [eine sehr lückenhafte Arbeit, die
von allem Möglichen, nur von den Vintlern
sehr Mangelhaftes berichtet]

Zur Genealogie der tirolischen Adelsfamilie
Vintler. Die Vintler von Platsch Freiherren zu Rungglstein, wie sie früher sich
schreiben, sind eine alte tirolische Familie.
Vormals an der Biatl im Pusterthale ses-
haft, siedelte sie später zu den Patrizierfamilien
Bozens, wo ein Dietlin Vintler bereits
1112 urkundlich vorkommt. Weil sie ihr
Schloß in der Nähe eines Thores erbaut
hatte, so wurde dies das Vintlerthor genannt.
Ein Matthias Vintler, der 1276 zum
ersten Male auftritt, kaufte 1293 denen von
Wangen die Gerichtsbarkeit der Wangener-
gasse in Bozen ab. Conrad Vintler lebte
u. Brun 1301—1336. Nicolaus Vintler,
Ritter und Pfandeinhaber der Güter Gries,
Stein, Rutten, Sarnthein u. s. w., herzoglich österreichischer Rath, Statthalter und
Landeshauptmann an der Etsch, baute 1386
das verfallene Schloß Rungelstein wieder
auf und erhielt darauf 1393 einen Adelsbrief,
den König in seinem „Reichs-Archiv" abgedruckt hat. Er starb ohne männliche Erben,
dagegen pflanzten seine beiden Brüder Hans
und Franz den Stamm fort; des Letzteren
Nachkommenschaft erlosch in Bälde, nicht so
jene des Ersteren, welcher zwei Söhne,
Hans und Leopold, hinterließ. Hans war
1399—1408 des Herzogs Friedrich IV. in
Österreich Oberstschatzmeister von Meranien
und Hauptmann an der Etsch. Durch eine
kaiserliche Gesandtschaft an die Republik
Venedig trat er sich so hervor, daß ihn der
Kaiser 1418 mit einer goldenen Krone auf
dem Helme begnadete. Sein Bruder Leo-
pold aber brachte durch seine Gemahlin
Katharina von Platsch das Schloß gleichen
Namens sammt den dazu gehörigen Gütern,
welche er 1402 von dem Stifte Brixen zu
Lehen erhielt, an die Familie. Leopolds
Sohn Conrad (gest. 1483) war Rath des
Fürstbischofs Georg von Trient, bis 1433
Pfleger im Sarnthale, 1466 Hofmeister der
Landesfürstin Königin Eleonore von Schott-
land und Pfleger zu Taur, dann Rath des
Landesfürsten Sigmund und Oberstamt-

mann an der Etsch; seine zweite Gemalin
Agnes Anich von Alleben war Oberstbofmeisterin
der Landesfürstin. Er hinterließ sechs Söhne:
Hans, Nicolaus, Georg, Christoph,
Thomas und Cyprian. Hans war Haupt-
mann zu Brixen, Hofrichter und Rath des
Bischofs daselbst. — Nicolaus stand als Ober-
schenk in Diensten des Herzogs Sigmund.
Von seinen Söhnen lebte Ambros als
Hauptmann zu Brixen, und mit dessen Urur-
enkel Georg Walthasar, welcher des deutschen Ordens Comthur zu Störzingen und
Kammerherr des Salzburger Erzbischofs und
Cardinals Guidobald Grafen von Thun
war, erlosch dieser Zweig. Des Nicolaus
zweiter Sohn Johann war Doctor der
Rechte, Regierungsrath und Vicebefspräsident
zu Innsbruck. Mit dessen Söhnen: Christoph
Vintler zu Halsberg, der 1614 als er-
herzoglicher Kammerpräsident zu Innsbruck
aus dem Leben schied, und Georg Nicolaus, Landcomthur des deutschen Ordens
der Balley an der Etsch, starb auch diese
Nebenlinie aus. — Der dritte Sohn Georg
war bischöflicher Rath zu Brixen. Von dessen
Kindern Matthias und Georg befand sich
Ersterer 1582 als erzherzoglicher Gesandter
am Hofe des Herzogs von Braunschweig.
Georgs Enkel Johann Georg fungirte
als Rath bei Erzherzog Maximilian, und
von seinen Söhnen waren: der ohne Nachkommen gestorbene Andreas Generalmajor
der tirolischen Milizen, Virgilius des deutschen Ordens Comthur zu Störzingen, Generalmajor und erzherzoglicher Kammerherr, und
Johann Anton kaiserlicher Hauptmann.
Des Letzteren Sohn Johann Adam war
kaiserlicher Oberst, um das Jahr 1678 Gouverneur zu Rheinfelden und erster Freiherr von Rungglstein (Rungglstein). — Der vierte Sohn Christoph
Vintler von Platsch pflanzte gleichfalls seine Linie fort, und sein Enkel Georg
diente 1586 als Kammerherr am Hofe des
Herzogs von Ferrara, Georgs Bruder
Wolfgang aber starb 1604 als Capitän zu
Neapel. Des Letzteren Enkel Georg lebte
als Pfleger in Zalern und Niedervintl, und
wahrscheinlich ein Sohn desselben ist Wilhelm Vintler Freiherr von Rungglstein,
Herr in Platsch, Weihbischof von Megara
und Dompropst zu Trient. — Zur Familie
gehören auch der tirolische Poet Conrad
Vintler, der 1411 nach einem italienischen
Buche das Gedicht: „Buch der Tugend", rich-

tiger „Blume der Tugend", niederschrieb, welches 1466 zuerst gedruckt und in neuerer Zeit von Ignaz Zingerle in dessen „Beiträgen zur älteren tirolischen Literatur. II." (Wien 1871) und im vollständigen Wiederabdruck unter dem Titel: „Die pluemen der Tugent" (Innsbruck 1874, Wagner, XXXII und 493 S.) wieder herausgegeben wurde; — dann der Jesuit **Johann Bapt.** Vintler (geb. zu Velturns 1707, gest. zu Graz 4. Mai 1765), welcher viele Jahre das Lehramt der Philosophie folgerecht zu Klagenfurt, Wien, Fyrnau und Graz versah und ein „Euchiridion Domunici Viva S. J. de Jubileo praesertim Anni Sancti" (Tyrnaviae 1750, 8°.) und das „Tyrocinium theologicum P. Balthasari Francolini S. J. recentibus curis auctum" (o. J.) herausgab. Der Name Vintler lebt auch noch in verschiedenen tirolischen Stiftungen fort. So stiftete **Conrad**, der Vater der oben angeführten sechs Söhne, ein jährliches Almosen zu Bozen, welches später nach Platsch überging; außerdem rühren aus den Jahren 1373 und 1390 große Stiftungen der Vintler her, und **Conrads** Sohn **Nicolaus** bedachte auch reichlich die Kirche. Die Jahrgänge 1877 und 1880 des „Genealogischen Taschenbuches der Ritter- und Adelsgeschlechter" (Brünn, Buschek und Irrgang, 32°.) geben einige, aber ziemlich lückenhafte Nachrichten über die Familie, deren freiherrliche Linie schon lange erloschen ist.

Wappen. Quadrirter Schild. 1 und 4: in Roth zwei aufrechtstehende silberne Bärentatzen; 2 und 3: in Gold drei (zwei über einer) liegende schwarze Bärentatzen (wahrscheinlich von Rungelstein, das Nicolaus Vintler und sein Bruder Franz von ihrem Schwager (Cyprian von Villanders zu Bradel im Jahre 1397 kauften. Auf dem Schilde ruhen zwei Helme. Aus der Krone des rechten erheben sich zwei silberne, auf jener des linken zwei schwarze Bärentatzen. Helmdecken. Die des rechten Helmes roth mit Silber, jene des linken schwarz mit Gold unterlegt.

Vintschgau, Max Ritter von (Naturforscher, Ort und Jahr seiner Geburt unbekannt), Zeitgenoß. Ein jüngerer Gelehrter der Gegenwart, wahrscheinlich ein geborener Tiroler, der nach Beendigung der medicinischen Studien sich dem Lehramte widmete, ein solches zuerst an einer Lehranstalt in Triest oder Venedig, später, wie es scheint, in Prag bekleidete, zur Zeit aber o. ö. Professor der Physiologie an der Leopold-Franzens-Universität in Innsbruck und Vorstand des physiologischen Institutes daselbst ist. Er hat bereits mehrere Abhandlungen in gelehrten Sammelwerken erscheinen lassen, so zuerst in den „Atti dell'Istituto Veneto": „Risultamenti di alcune sperienze sulla fava del Calabar" [tomo IX, 1864]; — in den Sitzungsberichten der kaiserlichen Akademie der Wissenschaften mathematisch-naturwissenschaftlicher Classe: „Ricerche sulla struttura microscopica della Retina dell'uomo, degli animali vertebrati e dei Cefalopodi. Con una tavola [Bd. XI, S. 943 u. f.]; — „Osservazioni chimiche sulle relazioni per le quali la cristallina si dovrebbe distinguere dall'Albumina" [Bd. XXIV, S. 504]; — „Intorno all'azione esercitata da alcuni gas sul sangue" [Bd. XXXVII, S. 366]; — „Presenza del zucchero nell'urina di volpe" [Bd. XLII, S. 323]; — „Intorno ai sussidj meccanici meglio acconci a determinare con precisione il numero delle pulsazioni cardiache negli nigli" [Bd. L, 2. Abtheilung, S. 418], diese Abhandlung schrieb Vintschgau in Gemeinschaft mit G. P. Blacovich; — „Intorno all'azione dell'urina sulla soluzione di iodio e sulle colla d'amido"]Bd. LIV, 2. Abthlg., S. 288], in Gemeinschaft mit R. Cobelli; — „Ueber die Wirkung des Physostigmins auf die Amphibien" [Bd. LV, 2. Abthlg., S. 49]; — „Ueber die Hoffmann'sche Thyrosinreaction und über die Verbindungen des Thyrosins mit Quecksilberoxyd" [Bd. LX,

2. Abthlg., S. 276] und „Untersuchungen über das Verhalten der Temperatur im Magen und im Rectum während der Verdauung", mit 3 Tafeln [Bd. LX, 2. Abthlg., S. 697], diese Abhandlung gab der Autor in Gemeinschaft mit R. Dietl heraus. Alle genannten Abhandlungen erschienen auch in Sonderabdrücken, die jedoch fast sämmtlich vergriffen sind. Bintschgau ist auch Mitglied der kaiserlich Leopoldinischen Akademie Naturae Curiosorum.

Violand, Ernst Ritter von (Deputirter des österreichischen Reichstages im Jahre 1848, geb. zu Wolkersdorf im V. u. M. B. in Niederösterreich 1821, gest. zu Peoria im nordamericanischen Staate Illinois am 5. December 1875). Er widmete sich dem Studium der Rechtswissenschaft an der Wiener Hochschule, an welcher er die juridische Doctorwürde erlangte und sich als Docent in seinem Fache habilitirte. Bald aber ging er als k. k. niederösterreichischer Landrechtsauscultant in den Staatsdienst über. Im Vormärz trat er in Wildner's „Jurist" auch als Fachschriftsteller mit der kleineren Abhandlung auf: „Gegenbemerkungen wider den im „Juristen" enthaltenen Aufsatz unter dem Titel: Noch einige Worte über die Bedeutung des Ausdruckes: Genehmigung im §. 635 des a. b. Gesetzbuches, die Onerirung des Fideicommißdritttheils betreffend" [Band XIV, S. 230]. Die freiheitliche Bewegung des Jahres 1848 brachte auch Violand bald in den Vordergrund, und zwar zunächst als Mitarbeiter des „Radicalen", der unter Dr. J. A. Becher's Redaction und der Mitarbeiterschaft Messenhauser's, Dr. Tausenau's und Joseph Tuvora's am 16. Juni zu erscheinen begann und mit

Nr. 111 am 26. October einging. Ungleich größere Thätigkeit aber entfaltete Violand als Abgeordneter des österreichischen Reichstages und als Mitglied des der französischen Revolution der Neunziger-Jahre des vorigen Jahrhunders nachgebildeten Sicherheitsausschusses. Im constituirenden Reichstage, welcher im Juli 1848 nach Wien berufen wurde, nahm er, von dem Bezirke Korneuburg in denselben entsendet, seinen Platz auf der äußersten Linken zwischen Anton Füster und Dr. Adolph Fischhof ein. Bei der Zusammenstellung der Ausschüsse wurde er am 31. Juli mit Letzterem und Goldmark in den Constitutionsausschuß gewählt. Im Reichstage selbst trat er zum ersten Male entschieden hervor, als es sich in der vorbereitenden Sitzung vom 10. Juli um die Annullirung der Prager Wahlen handelte, welche unter dem Einflusse des über die Hauptstadt Böhmens verhängten Belagerungszustandes stattgefunden, und welche die Führer der čechischen Partei trotz alledem anerkannt sehen wollten. Da widerlegte er zugleich mit Brestel und Anderen alle Beweisführungen der čechischen Führer, aber vergebens, indem der Vorsitzende über eine unter den damaligen Verhältnissen doppelt wichtige Frage durch Erheben von den Sitzen abstimmen ließ, wobei sich gegen jenes politische Lebensprincip eine Mehrheit ergab, nicht aus Ueberzeugung, sondern aus maschinenmäßiger Uebung, wie es eben den Stimmenden in den Sinn kam, bald sitzen zu bleiben, bald sich zu erheben. Als dann der Alterspräsident den Reichstag für constituirt erklärte und der Geschäftsordnung gemäß die Wahlen der definitiven Vorstandschaft sogleich vornehmen lassen wollte, da wünschte, während die deutsche Partei für die Wahl am folgenden Tage einstand, die čechische eine weitere Hinausschiebung derselben. Trotz aller Anstrengungen der Deputirten Violand, Brestel, Fischhof, Löhner ging die Vertagung der Präsidentenwahl mit 144 gegen 136 Stimmen durch, was vom Publicum für eine Widersetzung der Čechen gegen die Constituirung des Reichstages angesehen wurde und das Gerücht der Auflösung desselben veranlaßte. Diese zweite Niederlage der deutschen Partei gleich am ersten Parlamentstage entfesselte den Unwillen der Bevölkerung in solcher Weise, daß, als nach aufgehobener Sitzung der Abgeordnete Rieger auf der Straße erschien, ihn die Volksmenge mit Zischen und Pfeifen empfing und mit Gewaltthätigkeiten bedrohte, welche nur durch das Dazwischentreten deutscher Abgeordneten abgewendet wurden. Als in der Reichstagssitzung am 24. Juli Minister Doblhoff die auf die Bitte des Ministeriums: daß Seine Majestät in die Reichshauptstadt zurückkehren möge, eingelangte ablehnende Antwort des Kaisers verlesen hatte, beschloß das Haus die Absendung einer Adresse an den Monarchen, in welcher demselben die dringende Nothwendigkeit baldiger Rückkehr nach Wien vorgestellt werden sollte. Nach verschiedenen Versuchen der Gegenpartei, eine Debatte des Adreßentwurfes zu vereiteln, brachte der Abgeordnete Klaudy [Bd. XII, S. 18] den Antrag ein, daß der Adreßentwurf nebst voller Anerkennung der März- und Mairevolution die Vorstellung zur Rückkehr an den Kaiser in einem ernsten und entschiedenen Tone ausspreche. Die Zeit des Bittens, hieß es in diesem Antrage, ist vorüber, die Vertreter des Volkes müssen die Freiheit des Kaisers, seine Unabhängigkeit von der Camarilla garantirt sehen und seine Rückkehr nicht erbitten, sondern fordern, und zwar im Namen des Gesetzes, des Volkes". Stürmischer Beifall erscholl, in den auch die Minister Doblhoff und Hornbostel einstimmten, und Violand, sowie nach ihm noch andere Abgeordnete traten für Klaudy's Ansicht ein, sie mannigfach erläuternd und mit zum Theile trefflichen Gründen unterstützend und empfehlend. Ueber die abzusendende Adresse aber entspann sich eine Debatte, welche mit dem Beschluß endete, daß weder bei der verfaßten zu verbleiben, noch eine neue zu verfassen sei. Gegen diesen ganz unconstitutionellen Vorgang protestirte nun Violand in seinem und noch einiger Mitglieder Namen. Eine nach stürmischen Hin- und Widerreden verlangte Abstimmung blieb, da die demokratische Partei, Löhner an der Spitze, noch früher den Saal verlassen hatte, resultatlos. Die weitere Folge davon war, daß nun mehrere Adreßentwürfe und darunter auch einer Violand's zum Vorscheine kamen, und dieser letztere legte ohne weitere Rücksicht Alles bloß, was eben der Radicalismus in Betreff des angeregten Gegenstandes dachte und fühlte. Am 26. Juli brachte Kublich den ebenso denkwürdigen als verhängnißvollen Antrag auf völlige Aufhebung des Unterthänigkeitsverhältnisses sammt allen daraus entspringenden Rechten und Pflichten ein. Die Verhandlung über diese so wichtige Frage dehnte sich über den 11. August hinaus, so daß eine Unzahl von Verbesserungsanträgen eingebracht und die an sich sonst einfache Frage immer mehr und mehr verwirrt wurde. Da stellte Violand am 12. August mit dem Hinweise auf das allseitig „so ziemliche Belehrtsein über

den Gegenstand" das Begehren auf Abstimmung darüber, ob der Schluß der
Verhandlung stattfinden solle, ob nicht?
Das Begehren wurde verneint und in der
weiteren Begründung aller im Grunde
doch nutzlosen Anträge fortgefahren.
Hier sei nun noch nebenbei bemerkt, daß
ein Brief Kudlich's an Violand uns
Aufschluß gibt, wodurch Ersterer zur
Stellung seines denkwürdigen Antrages
eben bewogen wurde. Die betreffende
Stelle des Briefes finden wir im zweiten
Bande von Moriz Smets' "Das Jahr
1848. Geschichte der Wiener Revolution" S. 496 in der Anmerkung. Als
endlich über zwei am 30. August ein-
gebrachte Collectivanträge, von denen
der eine die Entschädigung als Princip
aufstellte, der andere dieselbe in der
Schwebe belassen wollte, am folgenden
Tage die Abstimmung folgte, erhob sich
der oberösterreichische Abgeordnete Franz
Peitler und rief: "Wenn man die
Abstimmung darüber zugäbe, so sei für
die Bauern die Hauptschlacht verloren",
worauf Umlauft einen weiteren Protest
einbrachte und mit der Erklärung schloß:
"daß er und seine Gesinnungsgenossen
sich alles Abstimmens enthalten und ihren
Committenten sogleich mittheilen würden,
daß heute der Beschluß der gänzlichen
Aufhebung der Gutsunterthänigkeit und
aller Lasten gefaßt worden sei", welchem
Proteste sich Violand und mit ihm
Füster, Scherzer und Schuselka an-
schlossen. Als Kossuth am 18. September, zu jener Zeit, da der Einbruch
Jelačić's aus Croatien in Ungarn der
ganzen Situation in letzterem Lande eine
eigenthümliche Beleuchtung gab, im
ungarischen Parlamente den Antrag
stellte: "Schicken wir Gesandte nach
Wien, aber nicht an den verrätherischen
Hof, sondern an das Volk", wurde eine
Absendung von zwölf Deputirten —
darunter Deák, Eötvös, Szemere,
der blinde Wesselényi — beschlossen,
welche im Reichstagssaale zu Wien die
Anträge und Beschwerden der ungarischen
Nation und die Vermittelung der Volksvertretung Oesterreichs zwischen Krone
und Volk, zwischen Croaten und Magyaren ansprechen sollten. Die magyarische Gesandtschaft erschien, von fortwährend Jubelrufen der Menge begleitet, in Wien und kam dann vor dem
Abgeordnetenhause an, in welches ihnen
aber Präsident Strobach den Eintritt,
gestützt auf einen Paragraphen der Geschäftsordnung, entschieden verweigerte.
Daraus entsprang anfangs ein Tumult,
an diesen schloß sich eine erregte Debatte,
in welcher Violand mit Brestel,
Goldmark, Schuselka und namentlich
Löhner, der mit seinem meisterhaften
Vortrage und seiner demonstrativen
Abfertigung der slavischen Gelüste die
Palme des Tages davon trug, für die
Magyaren ins Treffen rückte, jedoch vergeblich, denn nach einer stürmischen Verhandlung wurde am folgenden Tage mit
einer Mehrheit von 78 Stimmen die Ab-
weisung der Magyaren ausgesprochen.
Der 6. October war herangekommen, die
verruchte Ermordung Latour's geschehen, der Reichstagspräsident Strobach fehlte in der Versammlung, deren
Thätigkeit nie nothwendiger war, als in
den erschütternden Verhältnissen, die nun
folgten. Da traten denn die im Reichstage anwesenden Abgeordneten auf Antrag Löhner's zusammen, erklärten sich
in Permanenz, bestimmten, daß Smolka
während derselben präsidire, und daß in
Rücksicht auf die Lösung aller Bande und
das in Brüche gegangene, nicht zusammen-
findbare Ministerium ein Sicherheitsaus-
schuß für Wien und die ganze Monarchie

aus der Mitte des Reichsrathes gewählt
werde. Jeder dieser Anträge wurde zum
Beschlusse erhoben und der Sicherheits-
ausschuß sofort aus zehn Mitgliedern:
B r e s t e l , F ü s t e r , G o l d m a r k ,
K l a u d y , L ö h n e r , Cajetan M a y e r ,
S c h u s e l k a , S t a b n i c k i , V i d u l i c h
und V i o l a n d zusammengesetzt. Als
dann im Verlaufe des Tages der Bürger-
krieg vollends ausbrach und Garden
gegen Garden kämpften, beschloß man
in der Reichstagspermanenz, dem Ver-
gießen des Bürgerblutes Einhalt zu
thun. „Wenn man das Leben eines
einzigen Bürgers rettet, erweise man
dem Vaterlande einen großen Dienst".
Mit diesen Worten schloß der Antrag-
steller, und es wurde eine Commission
von sechs Mitgliedern gewählt, welche
die kämpfenden Bürger versöhnen sollte.
Es fiel auch neben S c h u s e l k a die Wahl
auf V i o l a n d. Dann am Abend des
ereignißreichen Tages theilte Letzterer dem
in Permanenz befindlichen Reichstage
mit, es werde von der Nationalgarde
eine Petition an den Reichstag gelangen,
welche die Entfernung der Erzherzoge
F r a n z K a r l und L u d w i g und der
Erzherzogin S o p h i e auf ein oder zwei
Jahre aus Oesterreich verlange. Ueber
diesen Punkt bemerkt D u n d e r in seiner
mehr von Leidenschaft, als historischer
Wahrheitsliebe dictirten Denkschrift über
die October-Revolution in Wien: „daß
keineswegs in der Nationalgarde, wohl
aber im Studentencomité ein ähnlicher
frecher Antrag gemacht worden, und
V i o l a n d demselben das Dasein gegeben
zu haben scheint". Dieser letzte Beisatz
ohne sicheren Beweis ist eine Denunciation schlimmster Art. Als am 17. October
in ihrer Nachmittagssitzung die constituirende Reichsversammlung beschloß, in
einer Proclamation alle Völker Oester-

reichs aufzufordern, den Reichstag zu
unterstützen und ihre heiligsten Interessen
in der Bedrohung der Freiheit der Berathungen desselben gefährdet zu erklären,
stellte V i o l a n d den Zusatzantrag, in
die vorgeschlagene Proclamation auch
die Aufbietung des Landsturmes aufzunehmen, wie dies von dem „Ersten demokratischen Wiener Frauenverein" in dessen
Eingabe an den Reichstag vom 17. October gewünscht werde. Nun fand es
V i o l a n d am Ende denn doch selbst zu
komisch, sich in ernsten Angelegenheiten
unter die Alles deckende Glocke eines
Frauenrockes zu verbergen, genug, er
zog seinen Antrag zurück. In der Abend-
sitzung vom 25. October, in welche der
vom 22. October datirte kaiserliche
Erlaß gelangte, der die versammelten
Volksvertreter auffordert, alsobald ihre
Sitzungen in Wien zu unterbrechen und
sich zur Fortsetzung des Verfassungs-
werkes am 15. November in der Stadt
Kremsier einzufinden, bemerkte dann
V i o l a n d in der heftigen Debatte, welche
sich darüber entspann und welche den
Zweifel über die Abgeordneten der
Linken sich wohl dahin begeben würden,
sein eigenes Nichterscheinen im Voraus
motivirend: „daß seine Partei nicht eintreffen werde, denn die Redner der Linken
würden von der blöden Galerie des
„mährischen Gablitz" nur ausgelacht
werden". Nichtsdestoweniger aber war er
einer der Ersten am Platze, machte seinen
ankommenden Collegen, die auch das
Ausbleiben vergessen hatten, die Honneurs
und führte sie im Gasthofe zur „Sonne"
ein, der bald zum gesellschaftlichen Mittelpunkte der Linken wurde. Und noch einmal tritt V i o l a n d als Abgeordneter,
nur in minder angenehmer Beleuchtung,
in den Vordergrund, nämlich als die
Korneuburger, welche ihn gewählt, in

ihrer Adresse vom 13. December ihn mahnten: er habe „öffentlich und feierlich erklärt, daß er augenblicklich sein Mandat in die Hände seiner Wähler zurückzulegen bereit sei, sobald seine Haltung im Reichstage dem in ihn gesetzten Vertrauen nicht entspreche". Violand läugnete, eine Erklärung in solcher Allgemeinheit abgegeben zu haben, auch sei alles in dem Schriftstücke gegen ihn Vorgebrachte unwahr und unverdient, so habe er „in der Kammer nie eine zweideutige, sondern im Gegentheile eine sehr entschiedene Stellung eingenommen, seine Reden hätten niemals eine Herabsetzung des Monarchen oder eine grundlose Verdächtigung der Minister enthalten u. s. w." Er blieb auf Grund dieser Erklärung nach wie vor im Reichstage. Als dann am 7. März die Schließung desselben erfolgte, hielt sich auch Violand nicht mehr sicher in Oesterreich, er rettete sich gleich mehreren anderen Abgeordneten, welche ihre gerichtliche Verfolgung ahnten, wie Goldmark, Füster, durch die Flucht, und thatsächlich wurden auch nach ihm, Kudlich und Füster, nachdem ihre Flucht bekannt geworden, Steckbriefe erlassen. Er gründete sich in den Vereinigten Staaten von Nordamerica, zu Peoria in Illinois, wo er sich als Cigarren- und Tabakhändler etablirte, eine neue Heimat. Von einer im Jahre 1867 erlassenen Amnestie, in welcher nebst ihm Taufenau, Kudlich, Goldmark, Gritzner jun., Niederhuber, Sigmund Engländer, Wutschel, Dr. Wiesner, Ludw. Eckardt, Moriz Nahler, Kuchenbecker, Dr. Fric und Haug inbegriffen waren, machte Violand keinen Gebrauch. Er blieb in seiner neuen Heimat und starb daselbst im Alter von 55 Jahren. Zur Kenntniß der denkwürdigen Erhebung Wiens im

Jahre 1848 verdanken wir ihm zwei sehr schätzbare Schriften, und zwar „Enthüllungen aus Oesterreichs jüngster Vergangenheit" (Leipzig 185., 8º.) und „Die sociale Geschichte der Revolution in Oesterreich" (Leipzig 1850, O. Wigand, 8º.).

Das Jahr 1848. Geschichte der Wiener Revolution. 1. Band von Reschauer. 2. Band von Moriz Smets (Wien 1872, R. von Waldheim, 4º.) Bd. II, S. 443, 466, 470, 474, 496, 502, 525, 527, 533, 580 und 587. — Helfert (Jos. Aler. Freiherr von). Geschichte Oesterreich vom Ausgange des Wiener October-Aufstandes 1848 (Prag 1872, Tempsky, gr. 8º.) Bd. III, S. 289 und 414. — Dunder (W. G.) Denkschrift über die Wiener October-Revolution (Wien 1849, 8º.) S. 120, 154 und 501. — Reichstags-Galerie. Geschriebene Porträts der hervorragendsten Deputirten des ersten österreichischen Reichstages (Wien 1848, Jasper, Hügel und Manz, 8º.) Heft 2, S. 39. — Constitutionelle Vorstadt-Zeitung (Wien) 1867, Nr. 2035, im Feuilleton: „Die Volksmänner des Jahres 1848".

Porträt. Auf einem Blatte zugleich mit Brauner, Rieger, Umlauft und Klaudy. Holzschnitt in der im Waldheim'schen Verlage zu Wien erschienenen „Geschichte der Wiener Revolution".

Virág, Benedict (ungarischer Poet, geb. zu Nagy-Bajom im Sümegher Comitate 1752, gest. in Pesth 23. Jänner 1830). Obgleich es ungarische Adelsfamilien des Namens Virág gibt, so scheint doch in Rede Stehender keiner solchen anzugehören, denn sonst würde er wohl in Ivan Nagy's Adelswerke „Magyarország családai" zu finden sein. Benedict, der seine Gymnasialbildung in Kanizsa und Fünfkirchen genoß, trat 1775, 23 Jahre alt, zu Pesth in den Paulinerorden, in welchem er daselbst Philosophie und dann zu Fünfkirchen Theologie studirte. Nach Empfang der Priesterweihe dem Lehrberufe sich widmend, wurde er 1781 Professor am

Gymnasium zu Stuhlweißenburg, wo er fünf Jahre später die Auflösung seines Ordens erlebte. Jedoch verblieb er in seinem Lehramte, bis er häufiger Kränklichkeit halber sich 1794 in den Ruhestand versetzen ließ. Er zog sich darauf nach Pesth, später nach Ofen zurück und lebte daselbst bis zu seinem Hinscheiden ausschließlich literarischen Arbeiten. Obgleich sein Tod in natürlicher Weise erfolgte, war er doch von gräßlichen Umständen begleitet. In entsagender Armut verbrachte nämlich Virág 36 Jahre in völliger Abgeschiedenheit von der Welt und ward als 78jähriger Greis in der Nacht vom Schlage getroffen. Erst als sein Nichterscheinen auffiel und man nach einigen Tagen die Thür seiner Wohnung sprengte, fand man ihn von seinen Hausthieren, einer Katze und einem Raben, fast zernagt. Virág, der anfangs Stephan Paul Anyos [Bd. I, S. 50] zum Vorbilde nahm, war frühzeitig literarisch thätig, doch trat er erst 1788 im „Magyar Museum" mit einigen Oden öffentlich auf. Als er nach Niederlegung seines Lehramtes sich ausschließlich literarischen Arbeiten widmen konnte, gab er seine „Poétai munkái", d. i. Poetische Werke (Pesth 1799), heraus, von denen 23 Jahre später eine zweite auf zwei Bücher angewachsene Ausgabe (Pesth 1822) erschien, welche ihm keinen geringeren Beinamen, als den des „ungarischen Horaz" erwarb. Dieser ersten Sammlung folgten dann noch einige andere, wie: „Poémák", d. i. Poesien (Pesth 1811), „Thalia" (ebb. 1813), „Euridice" (ebb. 1814) und „Magyar lant", d. i. Ungarische Leier, 3 Hefte (Ofen 1825), welche indeß weniger ansprachen, als seine ersten Gedichte. Außer diesen poetischen Arbeiten besitzt aber die ungarische Literatur von

ihm noch andere auf verschiedenen Gebieten, so jenen der Uebersetzung und der Geschichte, auf welchen beiden ihm von den Literaturhistorikern volle Meisterschaft eingeräumt wird. So bearbeitete er Bessenyei's [Bd. I, S. 350] Trauerspiel „Hunyadi László" (Ofen 1817), übersetzte die Fabeln des Phaedrus unter dem Titel: „Költemények Phaedruskánt" (Ofen 1819, 8º.), ferner sämmtliche Werke des Horaz: die Briefe (Horátius levelei) (Ofen 1815); — die Satyren (Hor. Satyráji) (Ofen 1820) und die Oden (Hor. Odáji) (Ofen 1824, 8º.), worin er alle seine Mitwerber verdunkelte, besorgte eine Ausgabe von Horazens „Dichtkunst" mit ungarischen Erläuterungen (Horátius poétikája) (Pesth 1801) und gab eine ungarische Prosodie unter dem Titel: „Magyar Prosodia és magyar irás" (Ofen 1821) heraus. Nicht gering ferner sind seine Verdienste um die ungarische Prosa, indem er zwei Werke Cicero's, den „Laelius" und „Cato" u. b. T.: „Laelius vagy M. T. Cicerónak beszélgetése a Barátságról" (Pesth 1802) und „Az üdösb Cato vagy M. T. Cicerónak beszélgetése az üregségről" (Pesth 1803) übersetzte. Die ungarische Geschichte bereicherte er durch eine von Kritikern als musterhaft bezeichnete pragmatische Geschichte Ungarns: „Magyar századok", d. i. Ungarische Jahrhunderte (Ofen 1808, 2. Aufl. 1816, 8º.), worin er die Geschichte Ungarns vom neunten bis zum dreizehnten Jahrhundert einschließlich behandelt und sich als ein heldentender, freimüthiger und über Vorurtheile erhabener Geschichtschreiber bewährt. Ferner erschien von ihm noch: „Második András arany bullája", d. i. Die goldene Bulle Andreas' II. (Pesth 1805) und „Magyar poéták kik Római

mértékre írtak 1540-től 1800-ig", d. i.
Ungarische Poeten, die in römischem
Versmaße geschrieben von 1540—1800
(Pesth 1804, 8⁰.). Benedict Virág
war, wie ein Kenner der ungarischen
Literatur, Gustav Steinacker, es ausspricht, nicht nur der geschickteste und
geschmackvollste Handhaber äußerer Form
unter seinen Zeitgenossen, sondern auch
zugleich der reinste Ausdruck jenes
Geistes, welchen das classische Alterthum
ein für alle Mal als Muster und Regel
aufstellt. Dann ist bei ihm die Form ein
äußerer und nothwendiger Ausdruck des
classischen Geistes, welcher bei ihm nicht
etwas erst Angeeignetes, sondern als
Keim mit ihm geboren, durch das zum
Stoicismus erziehende Mönchsleben entwickelt und durch das Stubium der ihm
geistesverwandten römischen Philosophen
und Dichter, insbesondere des Horaz,
genährt wurde. Virág ward der
Schöpfer der philosophischen und heroi-
schen Ode in der ungarischen Literatur,
wer seine Gedichte heutzutage liest, nachdem Berzsényi diese Gattung auf den
höchsten Standpunkt erhoben, wird kaum
ahnen, wie dieselben seine Zeitgenossen
frappirten als poetische, wie sie auf die
Sprache einwirkten als linguistische
Werke. Er war der Sänger der Vaterlandsliebe und Tugend; das kriegerische
und bürgerliche Verdienst, die echte
Tugend im Gegensatz zu jedem falschen
Glanze, die Freiheit mit Loyalität gepaart, bildeten die Hauptgegenstände
seiner Verherrlichung. Die zwei Haupt-
formen, in denen er sich bewegte, waren
die Ode und die poetische Epistel. Von
seinen Oden, in denen er ernst ist, gehoben, sententiös voll lyrischen Schwunges, deren Rhythmus stets klangreich,
volltönend, häufig kraftvoll dahinstür-
mend ist, in denen er aber, wie bei Be-

ginn der Geschmacksentwickelung es selbst
bei den größten Geistern vorkommt,
stellenweise zur Prosa herabsinkt, durchzogen manche, flugblattweise abgedruckt,
weit und breit das Land und waren
bereits bekannt, ehe sie gesammelt (1799)
erschienen. Seine Episteln, namentlich
die älteren, sind gehaltvoll, launig, zuweilen satyrischen Charakters, zum großen
Theile aber sind es wirkliche Briefe,
welche ohne Kenntniß der Verhältnisse
zwischen Briefsteller und Empfänger,
sowie tausend kleiner Umstände und Beziehungen, stellenweise völlig unverständ-
lich bleiben. In seinem „Magyar lant"
gab er die Psalmen aber schon mit
der Schwäche des überhandnehmenden
Alters zum Theile in der Form philosophischer Oden. Was seine Uebersetzung
des Horaz betrifft, so stellte er alle seine
Vorgänger in Schatten, sowohl hinsichtlich der Treue, mit welcher er ihn
wiedergab, da Niemand den Horaz je
besser verstand und empfand als er, als
auch bezüglich der Schönheit; und obgleich die magyarische Sprache seit
Virág unglaubliche Fortschritte gemacht, so ist bis zur Stunde eine bessere
Uebersetzung des Horaz, als die seinige,
noch nicht erschienen. Eine Gesammtausgabe der Originalwerke Virág's
besorgte erst in neuerer Zeit der ungarische Literarhistoriker Franz Toldy
unter dem Titel: „I. Magyar századok.
Harmadik kladás. Öt kötet. II. Poétai
Munkai. Egy kötetben", d. i. I. Ungarische Jahrhunderte. Dritte Auflage in
fünf Bänden. II. Poetische Werke in
einem Bande (Pesth 1863, Heckenast,
8⁰.), wovon es auch eine Ausgabe auf
Velinpapier gibt. Zum Schlusse sei noch
erwähnt, daß Virág der Lehrer des
Dichters Ladislaus Pyrker [Bd. XXIV,
S. 115] war.

Erneuerte vaterländische Blätter für den österreichischen Kaiserstaat (Wien 4°.) 1813, S. 469. — Handbuch der ungarischen Poesie... In Verbindung mit Julius Fenyéry herausgegeben von Franz Toldy (Pesth und Wien 1828, G. Kilian und K. Gerold, gr. 8°.) Bd. I, S. 238; Bd. II, S. 38. — (Hormayr's) Archiv für Geographie, Historie, Staats- und Kriegskunst (Wien, 4°.) X. Jahrg. (1819), Nr. 70: „Virág an Pyrker". — Kertbeny (C. M.). Album hundert ungarischer Dichter. In eigenen und fremden Uebersetzungen (Dresden und Pesth 1854, R. Schäfer und Hermann Geibel, 12°.) S. 41 und 524. — Oesterreichische National-Encyklopädie von Gräffer und Czikann (Wien 1835, 8°.) Bd. V, S. 359. — Ungarns Männer der Zeit. Biographien und Charakteristiken hervorragendster Persönlichkeiten. Aus der Feder eines Unabhängigen (C. M. Kertbeny) (Prag 1862, A. G. Steinhauser, 12°.) S. 252. — Kritikai lapok, d. i. Kritische Blätter (Pesth) III. Jahrg. (1833), S. 128. — Magyar irók arczképei és életrajzai, d. i. Ungarns Schriftsteller in Bildern und Biographien (Pesth 1858, Heckenast, Il. 4°.) S. 126. — Magyar irók. Életrajzgyüjtemény. Gyüjték Ferenczy Jakab és Danielik József, d. i. Ungarische Schriftsteller. Sammlung von Lebensbeschreibungen. Von Jacob Ferenczy und Joseph Danielik (Pesth 1846, Gustav Emich, 8°.) Bd. I, S. 615. — Napkelet, d. i. Der Osten (ungarisches illustrirtes Blatt, Pesth, 4°.) 1857, Nr. 13, S. 208. — Toldy (Ferencz). A magyar költészet kézikönyve a Mohácsi vésztől a legujabb Időig, d. i. Handbuch der ungarischen Dichtung von der Schlacht bei Mohács bis auf unsere Tage (Pesth 1855, Gust. Heckenast, gr. 8°.) Bd. I, S. 633. — Tudományos gyüjtemény, d. i. Wissenschaftliche Sammlung (Pesth) 1830, Bd. I, S. 129: „Nekrolog". Von Stephan Horvát. — Vasárnapi ujság, d. i. Sonntagsblätter (Pesth, gr. 4°.) 1857, Nr. 32.

Porträte. 1) Simo pinx. A. Ehrenreich sc. Medaillonbildniß. — 2) Passini gest., befindet sich im Jahrgange 1818 der „Tudományos gyüjtemény", d. i. Wissenschaftliche Sammlung — 3) Trefflicher Holzschnitt ohne Angabe des Zeichners und Xylographen in „Magyar irók arczképei és életrajzai". — 4) Holzschnitt ohne Angabe

des Zeichners und Xylographen in „Napkelet", 1857, S. 209. — 5) Holzschnitt ohne Angabe des Zeichners und Xylographen in „Vasárnapi ujság", 1857, Nr. 32. — 6) Unterschrift: „Virág Benedek". Ny. Rohn és Grund, Pesth 1864 (Fol.). Beilage des „Koszorú".

Virág, Hyacinth a Sancto Joanne Nepomuceno (ungarischer Schriftsteller, geb. zu Széesén im Neograder Comitate 1743, gest. zu Sziget am 28. Februar 1801). Zwanzig Jahre alt, trat er auf Wunsch seiner Eltern in den Orden der frommen Schulen ein, in welchem er nach Beendigung seiner Studien im Lehramte verwendet wurde. Zuerst lehrte er im Untergymnasium, und zwar zu Kecskemét, Tokay und Groß-Károlyi, dann an letzterem Orte auch in den beiden Humanitätsclassen. Hierauf kam er nach Szigeth, wo er durch zehn Jahre des Predigtamts waltete, zu gleicher Zeit aber als Vicar des Superiors und Prorectors, dann noch als Präfect der Schulen in Verwendung stand. 1783 wurde er Rector und Schulältester und wirkte als solcher, mit einer Unterbrechung von 1790 bis 1793, in welcher Zeit er als Administrator der Pfarre in Sugatok fungirte, bis zu seinem im Jahre 1801 erfolgten Tode. Nach Danielik wären von ihm im Druck erschienen: „Vasárnapi Evangeliomak és azokra való elmélkedések. Első kötés", d. i. Betrachtungen auf die Evangelien der Sonntage Erster Theil, und „Esztendő által Szentek Innepire való Evangeliomok és azokra lelki elmélkedések. Második kötés", d. i. Ueber die Evangelien auf die Feiertage des Jahres mit beigefügten Betrachtungen. Zweiter Theil. Nach Horányi aber hätte er diese beiden zusammengehörenden Werke, welche dem Grafen Anton Károlyi gewidmet sind, *in Handschrift hinterlassen, welch letztere Angabe, da wir beide Werke in den Bücherkatalogen vermissen, wir für die richtige halten.*

Brányi (Alexius). Scriptores piarum Scholarum liberaliumque artium magistri, quorum ingenii monumenta exhibet — (Budae 1809. typ. reg. Universitatis, 8°.) tom. II, p. 784. — Magyar Irók. Életrajzgyüjtemény. Gyüjték Ferenczy Jakab és Danielik József, d. i. Ungarische Schriftsteller. Sammlung von Lebensbeschreibungen. Von Jacob Ferenczy und Joseph Danielik (Pesth 1846, Gustav Emich, 8°.). Bd. I, S. 616.

Dieser Zeit gehört der ungarische Schriftsteller **Ludwig (Lajos) Virág** an, von dem bisher folgende Werke im Druck erschienen sind: „Külföldi kalauz. Németország, Belgium, Német-Alföld, Anglia, Svaje, Francziaországba utazók számára. Második kiadás", d. i. Der Führer im Auslande. Für Reisende in Deutschland, Belgien, in den Niederlanden, England, in der Schweiz und in Frankreich. Zweite Ausgabe (Pesth 1860, Osterlamm, 8°.); — „Darász-fészek. Novellák és humoreszek. 3 kötet", d. i. Das Wespennest. Novellen und Humoresken. Drei Bände (Pesth 1860, Geibel, 8°.) und „Gyözzön a jobb. Irányeszmék", d. i. Es siege das Bessere. Tendenziöse Ideen (Pesth 1864, Boldini, 8°.).

Virághalmi, Franz (magyarischer Schriftsteller, Ort und Jahr seiner Geburt unbekannt), Zeitgenoß. Kertbeny in der unten angegebenen Quelle vermuthet in diesem Namen ein Pseudonym, das bis zur Stunde nicht aufgehellt ist. Von dem in Rede stehenden Autor sind im Drucke erschienen die historischen Romane: „Törökvilág Györben. Történeti regény", 2 kötet, d. i. Türkenwelt in Raab. Geschichtlicher Roman, zwei Bände (Pesth 1860, Moriz Ráth, 16°.) und „A Király védencei. Történeti regény", 2 kötet, d. i. Die Schützlinge des Königs. Historischer Roman, zwei Bände (Raab 1862, Hennicke, 8°.).

Ungarns Männer der Zeit. Biographien und Charakteristiken hervorragendster Persönlichkeiten. Aus der Feder eines Unabhängigen (K. M. Kertbeny) (Prag 1862, A. G. Steinhauser, gr. 12°.) S 193

Virozsil, Anton Ritter von (Rechtsgelehrter, geb. zu Szemniz in Ungarn 14. April 1792, gest. zu Wien 19. Mai 1868). Nach Beendigung des Gymnasiums für den geistlichen Stand sich entscheidend, trat er 1809 unter die Cleriker der Neusohler Gespanschaft und übernahm nach Abschluß der theologischen Studien eine Erzieherstelle im Hause Gabriel Szerdahelyi's. 1816 erlangte er die philosophische Doctorwürde und schied zu gleicher Zeit aus dem geistlichen Stande, sich dem lehramtlichen Berufe widmend, indem er eine Supplentenstelle der politischen Wissenschaften an der königlichen Akademie zu Preßburg erhielt, in welcher er während der Jahre 1822 und 1823 wirkte. Nachdem er auch die juridische Doctorwürde erworben hatte, wurde er 1825 zum Professor der politischen Wissenschaften in Großwardein ernannt, mußte aber in Preßburg bleiben und daselbst wie bisher die Vorträge halten, bis seine Ernennung zum Professor des Naturrechtes an der nämlichen Akademie erfolgte. 1832 kam er in gleicher Eigenschaft an die Hochschule zu Pesth, an welcher er bis zu seiner Versetzung in den Ruhestand thätig blieb. Virozsil war Fachschriftsteller, und sind von ihm im Druck erschienen: „Jus naturae privatum methodo critica deductum, tomis tribus" (Pesth 1832—1833, 8°.); eine ungarische Bearbeitung dieses Werkes in zwei Theilen erschien unter dem Titel: „Egyetemes természet- vagy észjog elemei. I. Fórész: Magántermészetjog. Forditotta Márki József.

II. Fórész: Természetes nyilván- vagy
közjog. Forditotta H_uffmann Pál
Lajos", b. i. Elemente des allgemeinen
Natur- und Vernunftrechtes. Aus dem
Lateinischen. I. Haupttheil. Privatnatur-
recht. Uebersetzt von Joseph Márki.
II. Haupttheil. Oeffentliches Natur- und
Gemeinrecht. Uebersetzt von Paul Ludwig Hoffmann (Pesth 1861, Hecken-
aſt, gr. 8⁰.); — „Das Staatsrecht des Königreiches Ungarn vom Standpunkte der Geschichte
und der vom Beginne des Reiches bis zum Jahre
1848 bestandenen Landesverfassung wissenschaftlich dargestellt", drei Bände (Pesth 1865
bis 1867, Heckenaſt, gr. 8⁰.); dieses
Werk, das einzige in deutscher Sprache
über einen Gegenstand, der bei der eigenartigen politiſchen Stellung, welche Ungarn im Kaiferstaate einnimmt, auch von
Deutschen gekannt sein will, iſt durchgehends vom ungariſchen Geſichtspunkte
behandelt und ſo ſpecifiſch ungariſch: daß
darin unter Anderem auch die Rechts-
anſprüche Ungarns auf Galizien und
Lodomerien geltend gemacht werden!
Doch troßdem zeigt Biroſzil für
deutsche Wiſſenſchaft und Literatur die
ihnen gebührende Achtung, und es iſt
förmlich wohlthuend, zu bemerken, daß
er die claſſiſchen Dichter der „Schwaben"
mit beſonderer Vorliebe citirt und namentlich unſeren Schiller immer und immer
wieder als Mittkämpfer aufführt für die
ewigen Ideen der Freiheit und des
Rechtes. Biroſzil, während ſeiner
Thätigkeit an der Peſther Hochschule zum
Rector derſelben gewählt, wurde in
Würdigung ſeiner vieljährigen Verdienſte
in der lehramtlichen Thätigkeit in den
öſterreichiſchen Ritterſtand erhoben.

Panier (Tivadár Dr.). Emlékbeszéd néhai
  Viroszil Antal, b. i. Gedächtnißrede auf
  Anton Biroſil (Buda 1869, 8⁰, 33 S.). —
  Fejér (Georgius). Historia Academiae scien-
tiarum Pazmanianae Archi-Episcopalis ac
M. Theresianae regiae literaria (Budae
1835, 4⁰.) p. 135 und 169. — Philoso-
phiai Pályamunkák, b. i. Philoso-
phiſche Preisſchriften (Peſth 1835 u f.)
I. Jahrg (1855), S. 138.

Birfinf, Leopold Franz (theologiſcher
Schriftsteller, geb. zu Chlumecz
8. November 1787, geſt. zu Karlsbad
23. September 1844). Nachdem er ſeine
Studien zu Prag beendet hatte, widmete
er ſich dem geiſtlichen Stande. Am
12. Auguſt 1810 zum Prieſter geweiht,
trat er in die Seelſorge, zuerſt als Caplan
auf dem Lande, dann auf der Expoſitur
in Bechlin, worauf er die Localie in
Hoſtin erhielt. Danach wurde er Dechant
zu Seléan und zugleich Secretär des
Vicariats von Voticek, in der Folge
Pönitentiar auf dem Prager Schloſſe.
1829 ward ihm die Propſtei zu Raudniß,
1844 die Pfarre in der Lauſiß verliehen.
In letztgenanntem Jahre erkrankt, ſuchte
er Heilung in Karlsbad, fand aber dort
ſtatt derſelben den Tod. Birfinf war
beſonders in früheren Jahren ein ausgezeichneter Kirchenredner und ließ auch
mehrere Sammlungen ſeiner Kanzelvor-
träge im Druck erſcheinen. Die Titel
ſeiner Schriften ſind: „Výkladové neb
echorty ranní nedelní a nékteré sváteční. Dva díly", b. i. Homilien und
ſonntägliche und etliche feſttägliche Früh-
predigten, zwei Theile (Prag 1827, 8⁰.);
— „Kázaní nedelní postní a nekterá
sváteční. 3 díly", b. i. Sonntags-, Faſten-
und etliche Feiertagspredigten, 3 Bände
(Prag 1827); — „Kázaní sváteční
postní a nekterá nedélní dle Bourdaloue a Massillona vypracovaná.
3 díly". b. i. Feiertags-, Faſten- und etliche
Sonntagspredigten, bearbeitet nach
Bourdaloue und Maſillon (Prag
1828, Rohlíček, 8⁰.); — „Pote šení po-

hořelým vyřčené výkladem a kázáním
ranním po velikém ohni, který nešťatné
město Sedlčany, dne 21. dubna 1828
v popel obrátil", d. i. Trost für die Ab=
gebrannten, Vortrag mit Auslegung und
Morgenpredigt, nach dem großen Feuer,
welches das Städtchen Sedlčan am
21. April 1828 in Asche gelegt (Prag
1828, Straširypka, 8º.); — *„Duchovní*
písně zpívané o pouti k starobylému
chrámu sv. Klementa 4. listopadu
1841", d. i. Geistliche Lieder, gesungen
auf der Wallfahrt nach der alten Kirche
zum h. Clemens am 4. November 1841
(Prag 1841, Pospíšil, 8º.). Einzelnes
hat Birsink auch in den Zeitschriften
„Květy", d. i. Blüten, „Včela", d. i.
Die Biene, und „Časopis pro katolické
duchovenstvo", d. i. Zeitschrift der
katholischen Geistlichkeit, drucken lassen.

<small>*Jungmann (Jos.).* Historie literatury české,
d. i. Geschichte der čechischen Literatur (Prag
1849, Řiwnáč, 4º.). Zweite, von W. W. To=
met besorgte Ausgabe, S. 631.</small>

Birsink, siehe auch **Birsing.**

Viscardi, Giovanni (Maler, geb.
in Bergamo 1826, gest. daselbst in
den ersten Tagen des Jänner 1853). Er
bildete sich in der Malerei, vornehmlich
der Ornamentik, an der Accademia
Carrara seiner Vaterstadt Bergamo.
Bald errang er einen ausgezeichneten
Ruf. Auf der Ausstellung in der Breta
zu Mailand 1852 erregte er mit seinen
meisterhaften Fruchtstücken die Aufmerk=
samkeit der Kenner. Im schönsten Lebens=
alter von 28 Jahren wurde er vom Tode
ereilt. Ob der Folgende ihm verwandt
ist, wissen wir nicht. — Giuseppe Vis=
cardi machte seine Studien in der Bild=
hauerkunst unter Canova [Bd. II,
S. 251] in Rom und ging zu Ende der
Dreißiger-Jahre nach Mailand, wo er

Anfangs der Vierziger besonders als
Erzgießer einen bedeutenden Ruf erwarb.
Von seinen Arbeiten sind uns bekannt:
die zwei Pferde auf dem Arco della
pace in Mailand, von denen ein Kritiker
schreibt: „in questi due cavalli Vis=
cardi ha superato se stesso"; — die
nach dem Modell von Abbondio San=
giorgio in Bronze gegossene Reiter=
statue des Königs Karl Albert, welche
in Casale aufgestellt ist und das größte
Reiterbild sein soll, welches je in Italien
gegossen wurde; — ferner in Bronze
das Monument des Kaisers Franz von
Oesterreich auf dem Burgplatz in Wien,
nach dem Modell von Marchesi
[Bd. XVI, S. 417] und die gleichfalls
nach dem Modell von Abbondio San=
giorgio ausgeführte Reiterstatue von
„Castor und Pollur", von welcher das
„Album Esposizioni di belle arti in
Milano ed altre città d'Italia Anno
XI (1847)" p. 34 eine Abbildung in
einem Stiche von Gaudini gibt. Seit
Viscardi die Arbeiten in der Erz=
gießerei Manfredini zu Mailand aus=
führt, hat dieselbe den ausgezeichneten
Ruf, dessen sie immer genoß, nur noch
gesteigert.

<small>Album Esposizioni di belle arti in
Milano ed altre città d'Italia (Milano,
Canadelli, 4º.) Auno XIV (1852), p. 160
[über Giovanni Viscardi]; Anno XI
p. 55: „Cattore e Polluce... gittate in
bronzo da G. B. Viscardi", descritti da
Achille Mauri. — Bergamo ossia
notizie patrie raccolte da Agostino Loca=
telli. Almanacco per l'anno 1854 (Ber=
gamo, Cattaneo, 16º) Anno I, p. 36.</small>

Vischer, Conrad (Honvéd in den
Jahren 1848 und 1849, geb. in Sieben=
bürgen 1826). Der Sproß einer sieben=
bürgischen Széklerfamilie, obwohl der
Name auch in dieser veränderten Schrei=
bung auf deutschen Ursprung hinweist.

Aber da sich Deutsche in ihrer Meta-
morphosirungsmanie in Polen, Čechen
Magyaren verwandelt haben, ist es ja
möglich, daß sich auch einmal eine
deutsche Familie verszččlert hat. Ein
Conrad Bischer (geb. zu Csit-Szereba
am 14. April 1801), wahrscheinlich der
Vater des in Rede Stehenden, war seit
1812 Zögling der Wiener-Neustädter
Militärakademie, wurde aus derselben
1815 als Regimentscadet zu Benyowski-
Infanterie Nr. 51 ausgemustert, trat
aber schon 1818 aus dem Regimente.
— Im Jahre 1849 machte Conrad
Bischer der Sohn (?) als dreiundzwan-
zigjähriger Honvéd den Feldzug in
Siebenbürgen unter Bem mit. Nach der
Niederwerfung der Revolution wurde er
kriegsgerichtlich abgeurtheilt und in die
kaiserliche Armee als Gemeiner assentirt.
Ob er desertirte oder aber seine Entlassung erhielt, wissen wir nicht, bei Ausbruch des Krimmkrieges 1854 verschwor
er sich mit Kossuth'schen Agenten zur
Herbeirufung der Russen. Aber dieses
Mal sollte er nicht so billig wegkommen
wie das erste Mal, der Landesverräther
wurde vor das Gericht gestellt und zu
zwölfjähriger Kerkerhaft verurtheilt, aus
der ihn 1857 die Larenburger Amnestie
befreite. Während des italienischen Feldzuges 1859 blieb er bis zum Tage von
Villafranca in seiner Heimat internirt,
aber Mitte December 1860 machte er
sich auf den Weg nach Galacz, wo er
bereits etwa 60 Landsleute vorfand,
welche ein Kossuth'scher Agent, Namens
Ladislaus von Berzenczey, zu einem
Freicorps stellte, welches in Italien Verwendung finden sollte. Die Organisirung,
wie Bischer berichtet, bestand nun
darin, daß Berzenczey von den zwei
Francs Diäten, welche die sardinische
Regierung für den Kopf bewilligte, den

einen in seine eigene Tasche gleiten ließ.
Später kam ein ehemaliger Marketender,
Namens Ant. Kajbácsi, damals von
Kossuth zum Major befördert, mit
dem Auftrage nach Galacz, besonders
Magnatensöhne zur Emigration zu ver-
locken, da der Erdictator vornehme junge
Leute als Geiseln zu seinen Zwecken
brauchte. Jener Transport stach am
15. März 1851 unter Kajbácsi's Befehl in die See und warf vor Constantinopel Anker, worauf Alexander Graf
Karácsay von der dortigen Kossuth'-
schen Geheimpolizei — Ungarns Magnatensöhne schämten sich nicht, unter
einem niedriger Verbrechen beinzichtigten
Landesverräther infame Dienste zu leisten
— am Bord erschien, um die Leute in
Augenschein zu nehmen. Daselbst brachte
nun Bischer von seinen Landsleuten in
Erfahrung, daß Kossuth's Agenten in
Constantinopel mit der gesammten europäischen Polizei in Verbindung ständen,
daß sie unbehindert widerspenstige Emigranten verhaften oder auch an Oesterreich ausliefern ließen, und daß schon
mancher Widersacher Kossuth's den
Tod durch Dolch oder Gift gefunden.
Am 26. März 1861 landete Bischer in
Neapel und begab sich von dort zu der
von Vetter [Bd. I., S. 231] befehligten
ungarischen Legion in Nola. Daselbst,
schreibt Bischer, habe er die Entdeckung
gemacht, daß Kossuth und dessen ge-
fügiges Werkzeug Vetter die alten
Honvédofficiere zurücksetzten, dagegen
österreichischen Officieren, welche wegen
Diebstahls und Betrugs infam cassirt
wurden, den Vorzug gaben. Weil nur
solche Ehrlose bequeme Instrumente des
Rebellenchefs abgaben, gedachte derselbe
die Legionäre nun zu piemontesischen
Soldknechten, oder zu Handlangern für
Plonplon oder das Palais Royal zu

begrabiren, während die Honvéds sich
weder den piemontesischen Fahneneid
abzwingen lassen, noch ins Feuer gehen
wollten, ehe sie nicht sahen, daß es zu
einem Kriege käme, bei dem es sich um
das Interesse Ungarns handelte. Als
Vischer und seine Székler von einem
jener Officiere ruchbar machten, daß derselbe 1849 als Feldwebel im Urban-
schen Corps furchtbar im Széklerlande
gewirthschaftet habe, luden sie Kof-
suth's und Vetter's Zorn auf sich und
hatten deßhalb viele Unannehmlichkeiten
zu erdulden. Als endlich die Dinge
immer schlimmer wurden und Vetter
nichts unversucht ließ, Vischer und den
übrigen Széklern den piemontesischen
Fahneneid zu entlocken, kam es zur
Katastrophe. Ein gewisser Fezzel-
ményi, seines Zeichens ursprünglich
Metzger, dann Stiefelputzer Kossuth's,
gerieth mit Vetter in Haber und prü-
gelte ihn mit seinen betrunkenen Husaren
durch. Die Sache machte Aufsehen, und
da sie nicht mehr vertuscht werden
konnte, setzte Kossuth bei der italienischen Regierung es durch, daß Türr
[Bd. XLVIII, S. 91] zur Untersuchung
dieser Vorfälle beordert wurde. Dieser
kam, jagte zuerst Vetter, dann
Vischer und alle Kossuth feindlich
gesinnten Officiere fort und übergab das
Commando der Legion an Daniel von
Jhász, den Stallmeister des Exdictators.
Die übrigen Officiere kanzelte er wegen
ihres „eselhaften" Benehmens ab und
sagte ihnen, sie sollten Gott danken, daß
ihre „dumme" ungarische Sprache kein
Mensch verstehe und Seine Excellenz der
Herr Präsident (Kossuth!!!) den Scandal habe vertuschen können. Vischer
aber mußte vor seiner Entlassung erst
mehrere Monate — vom 22. Mai bis
20. December — ohne Urtheil, ohne

Verhör in einem Forte Genuas als
Häftling schmachten, weil er sich entschieden weigerte, sich nach Constantinopel schaffen zu lassen, wo „die Kof-
suth'sche Bande" ihn sofort ermordet
haben würde. Endlich um Weihnachten
1861 brachten ihn italienische Polizisten
bis an die französische Grenze, wo sie
ihn nach Einhändigung von fünfzig
Francs laufen ließen. Dies Alles und
noch mehr, was über Kossuth's und
seiner Satelliten Gebaren interessante
Aufschlüsse gibt, erzählt Conrad
Vischer in der unten angegebenen
Schrift, und wenn dieselbe auch offenbar
im Unwillen über grobe Enttäuschungen
und Nichtswürdigkeiten geschrieben ist, so
trägt sie trotz alledem überall den Stempel
der Wahrhaftigkeit und genügt, das
frevle Treiben einer Bande zu entlarven,
die dem Verrathe, der Fahnenflucht und
dem Meineide als hüllende Maske den
Tugendmantel der Vaterlandsliebe um-
hängt.

Vischer (Conrad). Kossuth und die Legion
in Italien (Leipzig 1862, Wagner, gr. 8°.).

Noch sei von Trägern dieses Namens erwähnt:
1. Der berühmte Geo- und Topograph und zugleich Zeichner **Georg Matthäus** Vischer,
welcher bereits Gegenstand eingehender Forschungen geworden, daher wir uns nur sehr
kurz zu fassen und auf dieselben um so eher
hinzuweisen brauchen, als ihr Autor seiner
Gründlichkeit wegen allgemein in der gelehrten
Welt sehr geschätzt ist. Schon im Jahre 1830
richtete J. S.(cheiger) in Nr. 61 des
von Megerle von Mühlfeld und E. Th.
Hohler herausgegebenen „Neuen Archivs für
Geschichte und Staatenkunde u. s. w." eine
Anfrage und Aufforderung an Freunde und
Kenner der österreichischen Literatur- und
Kunstgeschichte, eine Biographie des Topo-
graphen Vischer betreffend, und die Ant-
wort darauf, wenn auch erst ein Vierteljahr-
hundert später, aber um so gediegener, gab
der tüchtige Alterthumsforscher Joseph Feil.
Derselbe ließ nämlich im zweiten Bande der
„Berichte und Mittheilungen des Alterthums-

vereines in Wien" die Monographie über
Vischer erscheinen, welche dann auch im
Separatabdrucke unter dem Titel: „Ueber
das Leben und Wirken des Geographen
Georg Matthäus Vischer von Joseph
Feil" (Wien 1837, U. Pichler's Witwe und
Sohn, gr. 4°., 80 S.) herausgegeben wurde.
Feil eröffnet seine Arbeit mit einer beschreibenden Uebersicht der Werke Vischer's [S. 1
bis 32], läßt dann mit kritischen Glossen die
Quellen [S. 32—36] folgen und gibt zuletzt
[S. 36—80] einen auf gründlichen Forschun-
gen beruhenden Abriß des Lebens Vischer's.
Georg Matthäus wurde am 22. April
1628 zu Wenns im Oberinnthale Tirols geboren und starb, so weit es sich ermitteln
ließ, im Jahre 1695 zu Wien (?). Sein eigentlicher Lebenslauf ist bald erzählt. Vischer
war der Sohn eines bemittelten Bauern aus
dessen Ehe mit Margaretha geborenen
Anderer. Ueber seinen ersten Lebens- und
Bildungsgang fehlen alle Aufschlüsse. Im
Alter von fünfzehn Jahren, also um 1643, befand
er sich in Württemberg. An welcher katholischen Universität er Theologie studirte, ist
nicht mit Bestimmtheit ermittelt. Ungefähr
1652 mag er seine Studien beendet haben
und wurde dann Priester im Passauer Bis-
thume. Daß er 1666 als Beneficiat zu An-
drichsfurt im sogenannten Innviertel lebte,
steht fest, wann er zu dieser Würde gelangte,
konnte nicht ermittelt werden, aber im genannten Jahre bewarb er sich um die erledigte
Pfarrerstelle zu Leonstein in Oberösterreich,
welche ihm deren Patron Georg Sigmund
Graf von Salburg am 9. Juni 1666 auch
verlieh. Nach Ausweis der Pfarrbücher daselbst versah er nur in den Wintermonaten
persönlich sein Pfarramt, da er in den
Sommermonaten mit Vorwissen und Erlaubniß des Passauer Ordinariates sich mit seinen
topographischen Arbeiten beschäftigte. Im
Jahre 1669 resignirte er auf seine Pfarre, da
sein Patron, wie es scheint, mit dieser Theilung der Arbeit nicht zufrieden war. Nun
fand er, ohne feste Anstellung, in topographischen Arbeiten bei den niederösterreichischen
Ständen als Functionär zeitweilig
Beschäftigung. Bei den oberösterreichischen
Ständen hatte er nicht jene Billigkeit und
Würdigung die er ohne sein Verschulden
sich ihm bei seiner Aufnahme entgegenstellen-
den Hindernisse gefunden, so daß er davon
wenig erbaut schien, jedoch mochten in der
Folge die Stände zu besserer Einsicht ge-

kommen sein und einzulenken versucht haben,
wenngleich es noch immer in einer Weise
geschah, daß er für seine Arbeiten nicht entsprechend entlohnt wurde. Günstiger stand es
in diesen Punkten mit den niederösterreichischen Ständen, welche seine Arbeiten anständig
honorirten und auch zu neuen ihn aufforder-
ten, so zur Mappirung aller vier Viertel des
Landes. Im Jahre 1673 folgte er einem
Rufe der Stände Steiermarks zur Verfassung
einer Karte dieses Landes, welche er im
Herbste 1673 vollendete. Nun ging er, mit
Patent vom 24. November 1676 von den
Ständen dazu aufgefordert, an die Abzeichnung der Städte, Schlösser und Oerter des
Landes Steiermark, womit er bis 1681 zu
Stande kam, aber auch nicht ohne hinsichtlich
der Bezahlung auf mannigfache Hindernisse
zu stoßen, worüber die Verhandlungen wegen
Eintreibung der Rückstände sich bis ins Jahr
1688 hinausschoben. 1683 begann er, durch
die bisherigen Erfahrungen mit bestellten
Arbeiten gewitzigt, auf eigene Gefahr eine
Karte von Ungarn und Siebenbürgen in
zwölf Blättern zu arbeiten. Indessen war
man doch auch bei den überaus thätigen und unter-
richteten Kartographen hohen Ortes aufmerksam geworden, denn er erhielt eine Anstellung
als Mathematiker der Hofedelknaben in Wien.
Um welche Zeit dies geschah, läßt sich nicht
bestimmt festlegen, wenn nicht schon 1684, so
doch spätestens 1687 befand er sich in dieser
Stellung. In derselben schloß er mit der niederösterreichischen Landschaft am 24. März 1693
den Vertrag, von allen vier Vierteln des
Landes in vier Karten die Klöster, Herrschaften, Landgüter, Vesten, Edelsitze, Städte,
Märkte und Dörfer in verläßlicher Distanz
zu zeichnen, über welcher Arbeit aber ihn der
Tod ereilt zu haben scheint. Wir lassen nun
eine gedrängte, aber vollständige Uebersicht
sämmtlicher Arbeiten Vischer's folgen. Diese
sind: „Karte von Oberösterreich", 1666
bis 1667 aufgenommen; 21. Februar 1668
die fertige Zeichnung überreicht; 1669 den
Kupferstich vollendet; erste Auflage 1669 in
zwölf Blättern; zweite Auflage 1762; dritte
Auflage 1808; — „Karte von Unterösterreich", 1669—1670 aufgenommen; 1670
in Kupfer gestochen; erste Auflage 1670;
zweite Auflage 1697; — „Topographie
von Niederösterreich", 1670—1671 aufgenommen; 1672 in Kupfer gestochen; ein
vollständiges Exemplar der unterösterreichischen
Topographie enthält vier gestochene Titel

Blätter, vier Karten und 514 Abbildungen und
darunter sieben (Wien betreffende) größere
Folioblätter; — „Abriß der Wieselbur-
gischen Gespanschaft mit der Grafschaft Ungarisch-Altenburg". 1672;
es ist nicht festgestellt, ob davon nur eine
Zeichnung oder ein Kupferstich angefertigt
werden; — „Topographie von Oberösterreich", 1667—1668 aufgenommen;
1669—1674 in Kupfer gestochen; erste Ausgabe 1674; zweite Ausgabe 18–., Linz, bei
Eurich; die dazu gehörigen Abbildungen weisen
222 Nummern aus; doch sind sie ziemlich
mittelmäßig, einige darunter geradezu schlecht
ausgeführt; — „Allgemeine Erdbeschreibung. Relatio geographica locari senioris"
(Graß, Widmanstetter, 1674. kl. Fol.); ein
Widmungsblatt und 18 Seiten Text; —
„Ansicht der Stadt Wien", zwei gleich
große, 11 Zoll hohe und zusammengefügt
35 Zoll 4 Linien breite Kupferplatten mit
33 Nummern, Darstellungen von Kirchen und
anderen Gebäuden enthaltend (1673); —
„Große Panganficht der Hauptstadt
Graß". 1675, 35 Zoll 3 Linien breit, 19 Zoll
7 Linien hoch; — „Karte von Steiermark". 1673—1675 aufgenommen; 1678 in
Kupfer gestochen von Andreas Trost; in
zwölf gleich großen Blättern je 11 Zoll
8 Linien hoch, 16 Zoll 10 Linien breit; —
„Ansichten von Kremsier", 1679, 1690,
mit einem Widmungsblatte; ein Großfolio-
blatt mit verschiedenen Ansichten, ein Groß-
folioblatt mit in geschabter Manier ausge-
führtem Brustbilde des Fürstbischofs Liechtenstein und 33 Blättern Ansichten Krems-
iers in Kleinquerfolio, von Rypoort und
Kupferplatten geätzt; — „Topographie
von Steiermark", 1673—1676 aufgenommen, um 1681 beendigt; Graß 1681;
neue Ausgabe um 1700; Titelblatt und
442 bezifferte Bilder, gestochen von Trost,
A. Greischer, J. B. Spillmann und
Anderen; — „Karte von Ungarn", 1685,
auf zwölf Bogen. Außerdem wurden mit Zu-
grundelegung der großen Vischer'schen Karte
von Ober- und Unterösterreich angefertigt
von Vischer selbst — wenigstens entworfen: „Vier Karten der einzelnen vier
Viertel von Unterösterreich", 12 Zoll
1–4 Linien hoch, 13 Zoll 8–10 Linien breit,
1695—1697; neue Abdrücke 1755; — „Wiens
Umgebung", 1734, zu Homann's
größerem Atlas, 20 Zoll 10 Linien breit,
17 Zoll 8 Linien hoch; — „Wiens Um

gebungen", herausgegeben von Matthäus
Seutter, 19 Zoll 10 Linien breit, 16 Zoll
2 Linien hoch; — dann im Homann'schen
„Großen Atlas" Unterösterreich, Oberöster-
reich, Steiermark; — im Seutter'schen
„Großen Atlas" die genannten drei Länder.
Bis ins kleinste Detail eingehende bibliographische und literarische Angaben der oben
angeführten Arbeiten Vischer's enthält
Feil's erwähnte Monographie. [Porträt.
Unterschrift: „Haec est effigies Vischeri
externa Georgy | Nuper ab artefici sedulo
facta manu. | Omnia sed pro apto miscere
elementa colore | Posset ubi internam
pingere Apollo volet". Darunter im Facsimile der Namenszug: „Georg Matthaeus
Vischer praesentat 1684 April 26". Gürtelbild, in den vier Ecken geographische und
astronomische Embleme. Im Gürtel: „Vera
effigies Reverendissimi et doctissimi domini Georgi Mattmiae (sic) Vischer matho-
matici celeberrimi". Lithographie (Graß,
4°.).] — 2. Der Buchbinder Vischer von
Innsbruck, daselbst gestorben im Juli 1856.
erwarb sich weniger in seinem Fache, umsomehr als Kunstkenner, Gemälderestaurateur,
als Zeichner verschiedener Tiroler Monumente
und als Sammler von Kupferstichen und
Gemälden einen nicht unbedeutenden Ruf.
Als noch in der Hauptstadt Tirols ein tüchtiger Gemälderestaurateur fehlte, war Vischer
überall gesucht und benützte dies, nicht bloß
Gemälde zu putzen und zu flicken, sondern
auch nebenbei für sich solche und insbesondere
Kupferstiche zu sammeln. Trotz seines bedeutenden Handels mit denselben hinterließ
er doch eine Kupferstichsammlung von nicht
geringem Werthe, welche von Sachverstän-
digen auf wenigstens 5000 fl. geschätzt wurde.
Seine dann oben ausgesprochene Absicht,
seine Kupferstichsammlung dem Museum in
Innsbruck zu vermachen, hat er nicht verwirk-
licht, und so kam dieselbe nach seinem Tode
unter den Hammer.

Vischl, Gotthard (gelehrter Benedictiner, geb. zu Viechtach in Nieder-
bayern am 20. August 1672, gest. zu
Vorchdorf in Oberösterreich am
16. August 1745). Die ersten Studien
machte er zu München. Straubing und
Salzburg und trat dann am 9. October
1695 zu Kremsmünster in den Benedic-

tinerorden. Um die theologischen Studien zu vollenden, kehrte er darauf nach Salzburg zurück, wo er auch als Repetent der Philosophie bei den Convictreligiosen verwendet wurde. Am 18. August 1701 erlangte er die Priesterweihe. Anfangs ward er wohl im Lehramte beschäftigt, machte sich aber zugleich als ausgezeichneter Kanzelredner bemerkbar, so daß seine Oberen ihn bald mit der Seelsorge betrauten, und zwar auf den Stiftspfarren Steinakirchen und Pfarrkirchen in Oberösterreich. Nach kurzer Zeit ins Stift zurückberufen, wirkte er daselbst als Lehrer an den Humanitätsclassen und als Schulpräfect. 1704 ging er nach Salzburg, wo er Philosophie docirte, 1705 Baccalaureus, 1706 Magister der Philosophie wurde. Nun kehrte er wieder in sein Stift Kremsmünster zurück und trug den Novizen Theologie vor. 1709 erbat sich ihn die Universität in Salzburg neuerdings, damit er das Amt eines Regens im Convictscollegium übernehme, womit er zugleich Vorträge aus der Philosophie verband. 1710 vom Fürst-Erzbischof Franz Anton Grafen Harrach zum geistlichen Rath ernannt, ging er noch im nämlichen Jahre nach Passau und fungirte fünf Jahre als Nonnen-Beichtvater zu Nidernburg. Von seinem Stifte heimberufen, erhielt er 1715 die Pfarre Grünau, 1721 jene zu Vorchdorf und kam 1738 nach Schloß Scharnstein, wo er ein Egenbergisches Beneficium erhielt und daselbst im Alter von 73 Jahren starb. Auf dem Gebiete der Philosophie, und zwar der scholastischen, galt Bischl seinerzeit als eine Berühmtheit. Wohl ist die Zahl seiner Schriften eine geringe, und es erschienen von ihm nur: „*Summulae Logicae*" (Salisburgi s. a., 4º.) und „*Disputationes in universam Philosophiam. Tomi tres*" (ebb.

1706, neue Aufl. 1740). Diese letzteren aber wurden längere Zeit, selbst noch nach seinem Tode, über die Fünfziger-Jahre hinaus als Lehrbuch verwendet, bis die Wolff'sche Philosophie an die Tagesordnung kam, worauf Bischl's Lehrbuch allmälig verschwand. Ueber sein Geburts- und Sterbedatum weichen die angeführten Quellen [vergleiche diese] in ganz bemerkenswerther Weise von einander ab.

Baader (Clemens Alois). Lexikon verstorbener bayerischer Schriftsteller des achtzehnten und neunzehnten Jahrhunderts (Augsburg und Leipzig 1825, Jenisch und Stage. gr. 8º.). Zweiten Bandes zweiter Theil. S. 215 [nach diesem geboren 20. August 1622, gest. am 16. August 1720, mit dem Beisatze: in dem seltenen Alter von 98. Wir kennen die Quelle, aus welcher Baader diese von der Wahrheit so abweichenden Angaben schöpft, nicht.] — Hagn (Theodorich). Das Wirken der Benedictinerabtei Kremsmünster für Wissenschaft, Kunst- und Jugendbildung. Ein Beitrag zur Literatur- und Culturgeschichte Oesterreichs (Linz 1848, Quirin Haslinger, 8º.) S. 85, 138, 136, 208, 209, in der Anmerkung. S. 227. — Piehmayr (Marian P.). Historico-chronologica series Abbatum et Religiosorum monasterii Cremifanensis etc. (Styrae 1777, Abrah. Wimmer, Fol.) p. 604—606 [nach diesem geb. am 20. August 1745].

Bisconti, Hannibal Marchese von (k. k. General-Feldmarschall, geb. am 1. November 1660, gest. zu Mailand 1730). Der Sproß eines ansehnlichen vielverzweigten, in der Geschichte Mailands eine große Rolle spielenden Geschlechtes, in dessen Annalen freilich Dolch und Gift, Gewalt, Arglist, Unzucht und wie alle die Leidenschaften heißen mögen, Ereignisse herbeiführten, welche für unsere gesittete und geschulte Zeit kaum begreiflich erscheinen und es nur dadurch werden, daß sie als Thatsachen beglaubigt sind. Hannibal, der jüngere Sohn des Grafen Alphons und ein Bruder Julius Borromeo's, dessen Lebensskizze folgt, trat in jungen Jahren in die Kriegsdienste König Karls II. von Spanien, des letzten Habsburgers, welcher damals im Besitze des Herzogthums Mailand war. 1695 wohnte er der Belagerung von Casale bei. Nach König Karls Tode (1700) trat er in kaiserliche Dienste über. In diesen führte er in den Gefechten bei Vittoria und Crestello 1702 den Oberbefehl. Von den weit überlegenen Franzosen angegriffen, leistete er heldenmüthigen Widerstand, mußte sich aber, nachdem er ein Pferd unter dem Leibe verloren und überdies eine Wunde erhalten hatte, vor der Uebermacht zurückziehen. Im nämlichen Jahre focht er noch im Treffen bei Luzzara und eroberte Finale di Modena. 1703 marschirte er aus dem Mantuanischen zu dem Herzog von Savoyen. 1704 zum General-Feldwachtmeister ernannt, nahm er als solcher 1705 den spanischen General Foralba gefangen; machte im folgenden Jahre den Entsatz von Turin mit und trug 1707 wesentlich zum glücklichen Ausgange der Action bei Calcinato bei. 1708 stand er mit seinen Truppen in Ferrara, 1709 in Piemont und Savoyen. Schon seit 1700 war er Inhaber des Küraffier-Regiments, welches vor ihm Piccolomini, dann Montecuculi besaßen, und das 1734 in der Schlacht bei Bitonto fast ganz aufgerieben wurde. Dann wurde er Hofkriegsrath, Feldmarschall-Lieutenant, am 23. November 1711 verlieh ihm Kaiser Karl VI. die geheime Rathswürde, und 1713 erhob er ihn zum Generalintendanten aller Festungen im mailändischen Gebiete. Im Jahre 1716 ward Visconti zum General-Feldmarschall und als solcher zum Präsidenten des

geheimen Rathes in der Lombardie ernannt, im Mai 1727 zum Gouverneur und Castellan des königlichen Schlosses und Castells in Mailand. Als dann im December 1733 die Franzosen das Castell belagerten, mußte er nach vierzehntägiger tapferer Vertheidigung dasselbe am 30. dieses Monats mit vollen Kriegsehren übergeben. Als es aber wieder in den Besitz des Kaisers gelangte, kehrte er im December 1736 in seine frühere Stellung als Gouverneur und Castellan zurück und wurde nach des Kaisers Tode 1740 auch von der Kaiserin in dieser Würde bestätigt. Seine Gemalin Claudia geborene Marchesa Erba, verwitwete Marquis Pompeo Litta (geb. 15. November 1681, gest. Februar 1747) schenkte ihm drei Kinder: Albert Anton (geb. 26. October 1711), der im Rathe der Sechzig der Stadt Mailand saß; Anton Eugen (geb. 16. Juli 1713), bereits mit neun Jahren (August 1722) Abt zu S. Pietro all'Olmo; und Fulvia (geb. 9. Juni 1713) vermälte Anton Marquis Clerici [Bd. II, S. 386].

Thürheim (Andreas Graf). Feldmarschall Otto Ferdinand Graf von Abensperg und Traun. 1677—1748. (Wien 1877, Braumüller, gr. 8°.) S. 284 und 385.

Visconti Fürst von Beaumont, Julius **Borromeo** Graf (k. k. Feldzeugmeister und Ritter des goldenen Vließes, der letzte österreichische Vicekönig in Neapel, geb. in Mailand 1664, gest. daselbst 20. December 1751). Ein jüngerer Bruder Hannibals [siehe den Vorigen], diente er von jungen Jahren in der kaiserlichen Armee, in welcher er allmälig zu den höchsten Ehren gelangte, so daß er 1713 bereits wirklicher geheimer Rath, Grand von Spanien, Ritter des goldenen Vließes und kaiserlicher Feldzeugmeister war. Im selben Jahre auch zum Fürsten von Beaumont erhoben, wurde er dann Obersthofmeister und Premierminister der Erzherzogin Maria Elisabeth, einer Tochter Kaiser Leopolds I., welche Kaiser Karl VI. 1725 zur Statthalterin der österreichischen Niederlande einsetzte. Durch Visconti's Hände gingen die meisten Staats- und Regierungsgeschäfte des Brüsseler Hofes, und darin stand ihm sein Secretär Heinrich Krumpipen, ein geborener Westphale, der ein großes Geschick in Führung der Staatsangelegenheiten besaß, mit besonderem Erfolge hilfreich zur Seite. Ein schwerer Schlag traf den Fürsten, als in der Nacht vom 3. auf den 4. Februar 1731 im königlichen Palast zu Brüssel Feuer ausbrach, welches denselben mit der ganzen kostbaren Einrichtung innerhalb zwölf Stunden völlig niederbrannte. Die Statthalterin und des Grafen Gemalin, eine geborene Cusani, retteten sich mit genauer Noth in Nachttoilette. 1732 trat in Brüssel Friedrich August Gervas Graf von Harrach [Bd. VII, S. 374, Nr. 13] an die Stelle des zum Vicekönig von Neapel ernannten Visconti. Am 30. Mai hielt dieser in Rom, am 11. Juni in Neapel seinen öffentlichen Einzug. Während einer längeren Unpäßlichkeit sollte er schon 1734 durch Johann Basil Grafen von Castelvi-Cervellone vertreten werden, und reiste auch Letzterer, ausgestattet mit den nöthigen Verhaltungsmaßregeln und begleitet von dem Secretär und Agenten des spanischen Rathes Peralta, von Wien an seinen Bestimmungsort ab, fand aber bei seiner Ankunft daselbst den Fürsten Visconti bereits so weit hergestellt, daß es zu einer Uebernahme der provisorischen Regierung durch Castelvi Cervellone gar nicht kam. Neues Ungemach aber traf den Fürsten, als bald darauf die spanische Armee unter Don Carlos in Neapel einbrach. Nun war das Verhalten Visconti's nichts weniger als musterwürdig. Daß er seine Gattin nebst den Kindern und den bedeutendsten Kostbarkeiten sofort nach dem Kirchenstaate in Sicherheit brachte, ist selbstverständlich; er selbst aber blieb auch nicht länger in Neapel. Als nämlich die Spanier der Stadt Aversa sich näherten, ergriff er, in Begleitung mehrerer Tausend Mann Truppen des Kaisers und zahlreicher Anhänger desselben, über Nocera nach Carletta in Apulien, von den Spaniern verfolgt, die Flucht, denn er hatte die ansehnliche Summe von Zweihunderttausend Ducaten mitgenommen. Von Carletta setzte er die Flucht über Torento nach Brindisi fort, schiffte sich von da nach Ancona ein und machte erst in letzterer Stadt Halt. Julius Borromeo-Visconti war der letzte kaiserliche Vicekönig in Neapel. 1736 ernannte ihn Kaiser Karl zum Obersthofmeister seiner Gemahlin Elisabeth Christine, aber schon 1738 legte der Fürst dieses Ehrenamt und zog sich auf seine Güter im Mailändischen zurück, wo er auch im hohen Alter von 86 Jahren starb. An den Namen Visconti knüpft sich für Oesterreich das etwas zweideutige Andenken des Verlustes von Neapel, welcher für den Kaiserstaat wohl leicht zu verschmerzen war, aber dem Urheber eben keinen Glorienschein verleihen konnte.

Thürheim (Andreas Graf). Feldmarschall Otto Ferdinand Graf von Abensberg und Traun 1677–1748 (Wien 1877. Braumüller, gr. 8°) S. 34, 39, 57, 64 und 314.

Die Familie Visconti. Die Visconti, welche ihren Namen aus dem Lateinischen (vicem comitis gerens) ableiten — daher die Träger desselben in älteren Werken auch unter

Vicecomes zu suchen sind, wie denn auch dieser Name noch bis heute als eine Adelswürde so in Frankreich (Vicomte) und in England (Viscount), erscheint — sind ein altes lombardisches Geschlecht, das zwei Jahrhunderte hindurch die Herrschaft über Mailand behauptete und dessen Gewaltthätigkeit, Grausamkeit, Zuchtlosigkeit weit die edleren sittlichen Eigenschaften überwogen, welche dem einen und anderen Sprossen des Stammes zugeschrieben werden. Durch die Kriege, welche Mailand seit Beginn des dreizehnten Jahrhunderts mit seinen italienischen Nachbarstaaten führte, durch die Herrschaft, welche deutsche Kaiser über die Lombarden ausübten, durch die Heiraten, welche Töchter des Hauses mit Fürsten anderer und auch deutscher Länder schlossen, gewinnt dieses Geschlecht weit über die engen Grenzen des Staates, über den es eigentlich herrschte, Bedeutung. Die Geschichte eines solchen Geschlechtes läßt sich nicht in eng bemessenen Spalten eines lexikalischen Artikels erzählen; Bände des wichtigsten politischen und culturhistorischen Inhalts ließen sich mit ihr füllen. Nur kurze Andeutungen, so weit sie mit diesem Werke vereinbar sind, da die Visconti auch in Oesterreich vorkommen, mögen genügen. Die ersten historischen Spuren führen in den Anfang des eilften Jahrhunderts zurück, in welchem 1. **Eriprand** (gest. 1037), erster Vicecomes zu Mailand, im Jahre 1037 genannt wird, als Kaiser Conrad II. der Salier zum zweiten Male (das erste Mal 1026) vor Mailand erscheint und Eriprand in einem merkwürdigen Zweikampfe einen deutschen Ritter überwand. — 2. Sein Sohn Otto soll auf dem ersten Kreuzzuge bei der Belagerung Jerusalems (1099) einen vornehmen Sarazenen niedergestreckt und ihm den Helm, der mit einer Schlange geschmückt war, abgenommen haben. Die Gestalt dieser Schlange nahmen die Mailänder dann in ihr Stadtwappen auf, in welchem sich dieselbe noch zur Stunde befindet. Otto aber ward in Rom 1111 erschlagen, als er Kaiser Heinrich IV. im Kampfe mit den Römern in den Sattel half. — 3. Otto's Enkel, gleichfalls **Otto** mit Vornamen (geb. 1208, gest. 9. August 1295), gelangte durch Papst Alexanders IV. Gunst auf den Erzbischofsitz von Mailand. Darüber entbrannte der Kampf mit dem Hause Della Torre, welches diese Kirchenwürde für einen seiner Sprossen in Anspruch nahm. Otto siegte

und hielt 1277 seinen Einzug in Mailand. [Vergleiche Conrad Thurn-Valsassina Band XLV, Seite 99, Nr. 7.] Er blieb nun Herr von Mailand und hinterließ die oberste Leitung der Stadt seinem Neffen. — 4. Dieser, Namens **Matthäus I.** (geb. 1250, gest. 1323), ging aus dem Bürgerkriege beider Parteien, der Ghibellinen, deren Oberhaupt er war, und der Guelfen, wie sich die Gegner nannten, ungeachtet des päpstlichen Bannfluches als Sieger hervor. 1322 legte er zu Gunsten seines Sohnes Galeazzo das Regiment nieder und zog sich in das bei Mailand gelegene Kloster Crescenzago zurück, in welchem er im Alter von 73 Jahren, von der Geschichte mit dem Beinamen des Großen geehrt, das Zeitliche segnete. — 5. **Galeazzo I.** (geb. 1277, gest. zu Pescia im August 1328) übernahm 1322 die Regierung, wurde aber noch im nämlichen Jahre durch einen von den Guelfen angezettelten Aufstand aus Mailand verjagt. Er kehrte wohl wieder zurück, aber die im päpstlichen Solde stehenden Guelfen belagerten ihn, und hielt sich gegen sie bis (1327) zur Ankunft Kaiser Ludwigs des Bayern in Italien. Dieser ernannte ihn zum kaiserlichen Vicar. Als sich aber Galeazzo heimlich der Partei der Guelfen näherte, wurde er als Verräther von Ludwig festgenommen und in den Kerkern des Schlosses Monza zugleich mit seinem Erstgeborenen und seinen zwei Brüdern eingesperrt. Erst durch Vermittelung des berühmten Castruccio Castracani erlangte er 1328 die Freiheit, aber nicht sein Land wieder zurück, welches der Kaiser behielt. — 6. **Azzo** (geb. um 1302, gest. 14. August 1339), erstgeborener Sohn des Vorigen aus dessen Ehe mit Beatrix von Este, wurde zugleich mit seinem Vater in Monza in Haft gehalten, aber 1328 zum kaiserlichen Vicar ernannt. In kurzer Zeit trat er gegen den Kaiser auf und gewann in Papst Johann XXII. einen Verbündeten, welcher den seit Matthäus I. auf dem Hause Visconti lastenden Bannfluch wieder aufhob und Azzo zum päpstlichen Vicar machte. Letzterer trat in die Liga, welche sich gegen Johann von Böhmen, der Italien unterwerfen wollte, gebildet hatte, und erhielt als Beutetheil die Städte Bergamo, Piacenza, Cremona und die Oberherrschaft über Pavia. Er selbst unterwarf sich noch während der Jahre 1332—1337 Vigevano, Crema, Lodi, Brescia. Seinen Verwandten Ludwig Vis-

4*

conti, den er früher ob einer Verschwörung, die derselbe gegen ihn anzettelte, aus Mailand verjagt hatte, brachte er wieder auf seine Seite und entsendete ihn gegen seinen Onkel Lucchino, welcher aber seinem Gegner bei Parabiago am 20. Februar 1339 eine Niederlage beibrachte. Einen anderen Oheim, Namens Marcus, dessen Ehrgeiz und Popularität er fürchtete, ließ er während eines Gastmahls ermorden. — 7. Als Azzo, erst 37 Jahre alt, starb, folgte ihm 1339 sein Oheim **Lucchino** (gest. 24. Jänner 1349), der dritte Sohn Matthäus' des Großen und älterer Bruder Johanns, zugleich mit Letzterem, welcher Erzbischof von Mailand war, in der Regierung. Aber Lucchino führte fast allein dieselbe. Grausam und unerbittlich gegen Alle, die ihm verdächtig erschienen, hielt er andererseits die Soldatesca und den übermüthigen Adel im Zaume, wahrte den Frieden im Inneren, rief die Verbannten zurück und bemächtigte sich der Städte Parma, Asti, Locarno, Tortona und Alessandria und ging eben daran, Bologna und Genua zu erobern, als er, von seiner Gemalin Isabella Fieschi vergiftet, starb. Sie kam dadurch den strengen Maßregeln zuvor, welche er gegen sie, ihres zügellosen Lebens wegen, zu nehmen beschlossen hatte. Als sie in der Folge eingestand, daß die von ihr geborenen Kinder nicht von Lucchino seien, verloren diese das Erbrecht. — 8. Johann (gest. 1354), der vierte Sohn Matthäus' des Großen, seit 1329 Erzbischof von Mailand, übernahm nun nach dem Tode seines Bruders Lucchino die Zügel der Regierung, welche er schon 1339 mit ihm gemeinschaftlich angetreten, aber stillschweigend ihm gänzlich überlassen hatte. Er vergrößerte den Besitz, indem er von Giovanni Pepoli Bologna erwarb und 1353 zum Nachtheile Roms Genua unterwarf. Als Johann im Sterben lag, theilte er die Herrschaft unter die drei Söhne seines Bruders Stephan, des fünften Sohnes Matthäus' des Großen: Matthäus II., Galeazzo und Barnabo. — 9 **Matthäus II.** behielt für sich Monza, Lodi, Piacenza, Parma und Bologna; aber sein Neffe Giovanni d'Oleggio entriß ihm 1355 auch diese. Im nämlichen Jahre starb er, von seinen Brüdern vergiftet. Er war ein grausamer Fürst, dem keine Thräne nachgeweint wurde. — 10. **Galeazzo II.** (geb. 1319, gest. 1378), sein Bruder, erhielt für sein Theil Como, Novara, Vercelli, Asti, Tortona und Alessandria, womit er

selbst (später noch Piacenza, Bobbio, und Vigevano vereinigte. Als ihn und dessen Verbündete angriffen, fi... da er, immer kränklich, sich selbst an d... seines Heeres nicht stellen konnte, b... durch Condottieri, welche seine Unt... bedrückten. Ueber die beispiellose Gra... Galeazzos berichten die „Blätter fü... rische Unterhaltung" in ihren gesch... Miscellen: „Wie Galeazzo II. die... gegen strafte" [185.], S. 423. — 11... **nabo** (gest. 1385), Bruder Matth... und Galeazzos II., mit welcher gleich die Regierung von Mailand vereinigte mit seinem Erbe Cremona Bergamo und Brescia, (später noch L... Parma. Er war in verschiedene Käm... wickelt, aus denen er sich theils... theils durch siegreichen Erfolg hera... Um 1379 theilte er seinen Besitz ur... fünf Söhne. Aber von seines Brud... leazzo II. Sohne Johann Ga... der allein regieren wollte, wurde er... Argwohn schöpfte, überfallen, und i... Kerker auf dem Castell von Trez... sperrt, starb er an Gift. Obgleich... und ausschweifend — er besaß viel... liche Kinder — war er doch ein Gö... Wissenschaften, an seinem Hofe leb... trarca, auf dessen Rath er die Ur... von Pavia stiftete. — 12. **Johan** **leazzo** (geb. 1347, gest. 4. Septembe... ein Sohn Galeazzos II., folg... seinem Vater in der Mitregierung... eigentlich der erste Herzog von M... Nachdem er sich durch Verrath der... und der Länder seines Oheims B... bemächtigt hatte, schüchterte er diese... so ein, daß diese flohen und ihm... ganze Herrschaft von Mailand üb... 1387 fügte er seinem Besitze noch... und Verona hinzu, riß mit beispiellos... losigkeit alle Staaten des Herzogs von... an sich, mußte sie aber 1390 wieder... geben; überzog 1390—1392 Bologn... Florenz mit Krieg und bemühte f... Königreich Italien zu schaffen, ohn... dieses Ziel zu erreichen. Von Kaiser... e kaufte er um eine beträchtliche Sum... sich und seine Nachkommen den Her... von Mailand und bildete 1395 dieses... thum aus den Gebieten von Maila... cenza, Verona, Feltre, Belluno,... Arezzo und Sarzana, denen er frö... Eroberungen noch Pisa, Siena,...

Spoleto, Assisi und Nocera hinzufügte. Als Ruprecht von der Pfalz die von Kaiser Wenzel gemachten Zugeständnisse, unter anderen jenes des Herzogstitels 1401 bestritt, wurde er von Johann Galeazzos Generalen geschlagen. Letzterer nahm noch Bologna in Besitz, und eben belagerte er Florenz, als er durch einen von dieser Stadt erkauften Dominicanermönch Namens Bernhard Politianus zu Buonconvento an einer vergifteten Hostie starb. Aus seiner ersten Ehe mit Isabella, Tochter König Johanns von Frankreich, hatte er eine Tochter Valentine, welche durch ihre Vermälung mit Ludwig Herzog von Orleans die Großmutter Ludwigs XII. von Frankreich wurde, und von welcher dann Frankreich seine Ansprüche auf Mailand ableitete. — 13. **Johann Maria** (geb. 1389, gest. 1412), erstgeborener Sohn des Vorigen aus dessen zweiter Ehe mit Katharina Visconti, einer Tochter Barnabo Visconti's [S. 52, Nr. 11], wurde 1402 nach seines Vaters Tode zum Herzoge ausgerufen. Da er erst dreizehn Jahre zählte, führte seine Mutter Katharina die Regentschaft, ihre Schwäche aber stellte Alles, was die Visconti bis dahin errungen hatten, in Frage, und die von den letzten Visconti niedergehaltenem Streitigkeiten beider Parteien, der Guelfen und Ghibellinen, entbrannten um so heftiger von Neuem. Da verjagte 1404 Johann Maria die Mutter aus dem Palaste und sperrte sie in Monza ein, wo sie bald darauf an Gift starb. Seine unmenschliche Grausamkeit versetzte die Mailänder in große Furcht, endlich erhoben sie sich gegen ihn und erwählten dem Grafen Blandrata, welcher bereits Alessandria, Tortona, Vercelli und Novara genommen hatte, Einlaß in die Stadt. Astorre Visconti aber, ein natürlicher Sohn Barnabos, ermordete mit noch einigen Verschworenen den Tyrannen Johann Maria, als dieser eben in der Kirche sich befand. Als Beispiel der Grausamkeit des Herzogs sei nur erwähnt, daß er die zum Tode verurtheilten Verbrecher vor seinen Augen von Hunden zerreißen ließ. Aus seiner im Jahre 1408 mit Antonia Malatesta geschlossenen Ehe hinterließ er keine Kinder. — 14. **Philipp Maria** (geb. 1391, gest. 13. August 1447), Bruder des Vorigen, folgte demselben in der Regierung. Anfangs stand die Stadt Pavia auf seiner Seite, sonst hatte er es mit lauter Gegnern zu thun, die seit dem Tode seines Vaters Johann Ga-

leazzo sich allmälig von Mailand frei und selbständig machten. Wohl unterwarf er sich 1421 das Gebiet Gen a, das bis 1435 wieder bei Mailand blieb; als er aber den König Alphons V. von Aragonien, welchen die Genuesen zur See gefangen hatten, ohne Entgelt wieder frei ließ, ergrimmten dieselben so, daß sie ihm den Gehorsam aufkündigten. Den Besitz von Mailand konnte er sich auch nur dadurch sichern, daß er Beatrice Tenba, Facino Cave's Witwe, die man nach Johann Marias Tode als Herrin von Mailand anerkannt hatte, bei ratete, obgleich dieselbe mehrere Jahre älter war als er. Aber Philipp Maria bewährte an Beatrice die ganze Ruchlosigkeit des Visconti'schen Charakters. Schon längst hielt er ihr nicht die eheliche Treue, sondern lebte mit seiner Concubine Agnes von Maino, die aber, hiermit nicht befriedigt, als Gemalin den Platz an seiner Seite einzunehmen strebte und zur Erreichung ihres Zweckes kein Mittel zu schlecht fand. Es gelang ihr bald, Beatricen vor deren Gemal zu verdächtigen, sie eines sträflichen Einverständnisses mit einem Edelmanne Michele Orombelli, den sie selbst zum Liebhaber sich auserkoren, zu beschuldigen, und der seiner Gattin längst überdrüssige Philipp Maria, vergessend, daß er ihr die Herrschaft Mailands zu danken habe, nahm, ohne zu prüfen, den Verdacht gegen seine Gattin als erwiesen an und ließ sie enthaupten. Noch ehe Beatrice ihr Haupt auf den Henkerblock legte, rief sie aus: „Herr Gott, ich hoffe, deine Gerechtigkeit wird mein Andenken reinigen von der Schmach, die mir angethan wird". Die Geschichte hat es gethan und Beatricens Ehre in ihrer Makellosigkeit hergestellt. Mit Hilfe seines berühmten Condottiere Carmagnola gelang es Visconti, sich nach und nach aller Gebirgstheile, welche Mailand unter den Vorfahren seines Herrschers besessen, aber auch wieder verloren hatte, zu bemächtigen, nur nicht Bologna und der toscanischen Städte. Den Schweizern entriß er Bellinzona und 1442 bis 1446 das Levantiner Thal und nahm den Gedanken seines Vaters, der Errichtung eines Königreichs Italien ins Werk zu setzen, wieder auf, ohne jedoch ihn ausführen zu können. Durch Visconti's Schuld fiel Carmagnola von demselben ab und trat in die Dienste Venedigs. An dessen Stelle nahm nun der Herzog als Condottieri Piccinino und

Francesco Sforza auf, entzweite sich aber mit Letzterem, der sich in den Besitz von Ancona gesetzt hatte und dem er zuletzt seine natürliche Tochter Blanca Maria (siehe die Folgende) zur Frau zu geben gezwungen war. Auch aus seiner zweiten Ehe mit Maria von Savoyen, einer Tochter des Herzogs Amadeus VIII., gingen keine Kinder hervor. Nur seine Concubine Agnes von Maino, der es aber trotz aller Ränke nicht gelang, die Gattin zu werden, hatte ihm eine Tochter, die genannte Blanca Maria, geboren. Das tragische Geschick der unglücklichen Beatrice von Tenda hat Dichter und Künstler vielfach beschäftigt. Sie wurde namentlich in neuerer Zeit öfter zum Vorwurfe historischer Gemälde gewählt, sowie sich die Novelle und das Drama des nicht undankbaren Stoffes bemächtigten. Ja selbst die deutsche Literatur behandelte das Schicksal der unglücklichen Frau in einer Novelle, deren Autor nicht genannt ist. Dieselbe, betitelt: „Die letzte Visconti", steht in der von Dr. Aug. Diezmann redigirten „Allgemeinen Modenzeitung" (Leipzig, Baumgartner, 4°.) 1840, Nr. 40 und 41 abgedruckt. Philipp Maria Visconti war der letzte Herzog Mailands aus seinem Hause, mit seinem Tochtermanne Franz Sforza beginnt eine neue Dynastie der Herzoge von Mailand. — 13. Des Vorigen Tochter **Blanca Maria** (geb. 1425, gest. 13. August 1447) heiratete 1441, als sie sechszehn Jahre zählte, den Condottiere Franz Sforza, welcher nun die Regierung der Visconti an sich brachte. Blanca Maria wurde von den Mailändern selbst, obgleich sie eine illegitime Tochter Philipp Marias war, ungeachtet des heftigen Widerspruches der Franzosen als Erbin des Herzogthums Mailand erklärt und anerkannt. Im Allgemeinen aber läßt man die rechtmäßige männliche Nachkommenschaft der Visconti mit Philipp Maria, dem Vater Blanca Marias, für erloschen. Letztere zählt zu den gelehrten Frauen und schrieb in lateinischer Sprache die „Oratio super cadaver Francisci Sforziae" — also ihres Gatten — welche im 21. Bande der „Scriptores rerum italicarum" von Muratori abgedruckt ist. Wenn nun auch mit Blanca Maria der Name der Visconti aus der Geschichte Mailands verschwindet, so taucht er doch — zwar nur vorübergehend — noch einmal in Philipp Marias Urenkelin auf, welche

als Preis einer politischen Intrigue gelten sollte, und deren Andenken sich durch ein herrliches von Fra Bartolomeo del Fattorino, dem Freunde des unglücklichen Savonarola, gemaltes Bildniß erhalten hat. Blanca Marias Vater hatte wohl mehrere Söhne, aber sein Eidam Franz Sforza verdrängte sie alle, und mit demselben tritt an die Stelle der Dynastie Visconti jene der Sforza. Franz ließ zu seinem Unheile sich in ein Bündniß mit Frankreich ein, aber von den schweizerischen Miethtruppen verrathen, wird er von ihnen an König Ludwig XII. von Frankreich ausgeliefert und in eine französische Festung gebracht; in Italien aber beginnt die Fremdeninvasion, Mailand erhielt französische Besatzung. So standen die Dinge 1499. Noch lebte gedachte Enkelin der schon 1447 gestorbenen Blanca Maria; diese Visconti war aus den Mailänder Wirren hinweg nach Florenz in die Obhut des dortigen Gonfaloniere Sordini gebracht worden. Durch die Vermälung dieses Mädchens hoffte die oberitalienische Partei ihre politischen Erwartungen erfüllt zu sehen. Denn, so rechnete man, nähme die italienische Union, welche unter französischem Schutze ins Leben treten sollte, Mailand zur lombardischen Hauptstadt, so würde deren Regent nur derjenige sein können, dem dann die Hand der Prinzessin Visconti zufalle. Aber die politischen Combinationen zerrannen diesmal wieder, wie schon so oft, in Nichts. Von der Prinzessin Visconti hat sich nur das vorerwähnte Bildniß erhalten. Eine italienische Union kam nicht zu Stande, an ihrer Stelle überfluteten Frankreichs, Teutschlands und Spaniens Heere um die Wette das Land. Unter diesen Wirren aber segnete die uns durch Fra Bartolomeo's Pinsel im Bild erhaltene Prinzessin das Zeitliche, doch man weiß nicht, wann und wo. Das Bild kam nach dem Palazzo Visconti in Mailand, von dort nach Tirano im Veltlin. Daselbst brachte es der eidgenössische Oberstlieutenant Emil Rothpletz an sich, und in dessen Besitze befand es sich noch im Jahre 1863. Auf Holz gemalt ist es 47 Centimeter 7 Millimeter hoch, 32 Centimeter 4 Millimeter breit. Eine gute Nachbildung in trefflichen Holzschnitt aber brachte die „Leipziger Illustrirte Zeitung", Nr. 1066, 5. December 1863, S. 412, und einer Photographie von Jos. Albert. — 17. Noch müssen wir einer Oesterreich zunächst stehenden Visconti, nämlich der Prinzeſſin **Viridis** gedenken. Dieſelbe wurde 1365 mit Leopold III. von Oeſterreich [Bd. VI, S. 412, Nr. 167] dem Glorreichen vermält. Sie war eine legitime Tochter **Barnabo Visconti's** [ſiehe S. 52, Nr. 11]. Herrn von Mailand, der 1385 im Gefängniſſe an Gift ſtarb, welches ihm, wie ſchon bemerkt, ſein Neffe **Johann Galeazzo**, als derſelbe Verdacht ſchöpfte, daß der Oheim ſeiner vielen Kinder wegen auch nach dem Erbtheile des Neffen ſtrebe, hatte beibringen laſſen. Barnabo war mit **Beatrice**, Tochter des Martin della Scala von Verona, vermält, aus welcher Ehe fünf eheliche Söhne und zehn eheliche Töchter, darunter **Viridis**, hervorgingen. Außerdem hatte er zwei Maitreſſen, welche ihm zehn Kinder gebaren. Mit der einen Maitreſſe **Montanara** zeugte er den Sohn **Sagramorus Visconti**, deſſen Enkel **Octav** Graf von **Gambaterio** (geſt. 1636) ſich mit **Clara de Ligne von Aremberg** vermälte. **Viridis** ſchenkte ihrem Gatten unter anderem die Söhne: **Friedrich von Tirol**, den bekannten Friedl mit der leeren Taſche, **Leopold IV.** den Stolzen und **Ernſt** den **Eiſernen**. Wie ſchon geſagt, verſchwindet mit **Maria Blanca** der Name **Visconti** aus der Reihe der dynaſtiſchen Geſchlechter Italiens. Doch taucht derſelbe noch oft, und zwar bis in die Gegenwart, in verſchiedenen Städten Italiens, in Rom, Florenz, Mailand, aber auch in anderen Ländern, in Frankreich, in den Niederlanden, in Bayern und Oeſterreich auf. Wir kennen **Visconti di Somma**, **Visconti von Arona**, **Visconti-Beaumont**, **Visconti-Milan** u. ſ. w. Alle dieſe ſind entweder Nachkommen jener rechtmäßigen Enkel **Barnabos**, welche ſich vor den Verfolgungen ihrer Vettern ins Ausland gerettet, oder aber Nachkommen der natürlichen Söhne **Barnabos** und der anderen **Visconti**, deren es in Hülle und Fülle gab. [**Quellen.** Ueber die **Visconti** im Allgemeinen: *Barbo Soncino (Scipione)*. Sommario delle Vite de' duchi de Milano, cosi Visconti come Sforzeschi etc. (Venezia 1574, 8°., ibld. 1584, Fol.). — *Giovio (Paolo)*. Vita dei dodici Visconti che signoreggiarono Milano (Milano 1645, 4°., mit Bildniſſen). — *Biffi (Hieronymus)*. Gloriosa nobilitas illustrissimae familiae Vicecomitum (Mediolani 1671, Fol.). — **Paraenetica Appendix ad Hieronymi Biffi librum**

cui titulus: Gloriosa nobilitas illustr. familiae Vicecomitum ec. (Milano 1673, Lud. Monza, Fol.) [daran ſind als Autoren Maria Vercellino, Visconti, Coſta, Saſſi und Argellati betheiligt]. — Il Fugglioxlo (Milano, ſchm. 4°.) 1856, Nr. 34, p. 331: „Torriani e Visconti o Il Carbonehio di S. Ambrogio". — *Dandolo (Tullio)*. I Secoli dei due sommi Italiani Dante e Colombo (Milano 1852, kl. 8°.) p. 302—323: „Visconti". — Il fotografo (Milano, kl. Fol.) 1855, Nr. 19: „Della Magnificenza del Visconti". — Ueber einzelne **Visconti**. Ueber **Barnabo**: [S. 52, Nr. 11]: Der Adler (Wiener polit. Blatt, gr. 4°.) 1841, Beilage zu Nr. 198 und 199, S. 1247 und 1233: „Barnabo Visconti". — Ueber **Johann Galeazzo** [S. 52, Nr. 12]: *Rovani (Giuseppe)*. Storia delle lettere ed arti in Italia (Milano 1855, Scotti, ſchm. 4°.) tom. I, p. 102. — Ueber **Lucchino** [S. 52, Nr. 7]: Cavalero Racconto storico della Vittoria di L. Visconti a Parabiag) (1330) (Milano 1743, 4°.). — Ueber **Philipp Maria** [S. 53, Nr. 14]: *Decembrio (Pietro Candido)*. Vita Philippi Mariae vicecomitis Mediolanensis (Mediolani 1625 e 1643); — *Rovani (Giuseppe)*. Storia delle lettere ed arti in Italia (Milano 1855, Scotti, ſchm. 4°.) tomo 1, p. 163. — **Porträte der Visconti.** 1) Unterſchrift: „Gian Galeazzo Visconti" [S. 52, Nr. 12]. Focosi (lith.). 4°. — 2) a) Unterſchrift: „Filippo Maria Viscouti" [S. 53, Nr. 14]. Dal ritratto pubblicato da Antonio Campo. F. Cleri sculp., ſchm. 4°.). — b) „Filippo Maria Visconti". Eug. Silvestri inc. (tl. Fol.). — 3) Seine Gemalin **Beatrice**. Unterſchrift: „Beatrice Tenda". Dal ritratto pubblicato da Antonio Campo, G. Fusinati sculp., ſchm. 4°. [S. 53, Nr. 14, im Texte]. — 4) Seine natürliche Tochter **Blanca Maria** [S. 54, Nr. 13]. Unterſchrift: „Bianca Maria Visconti". Dal ritratto dipinto da Bonifacio Bembo Cremonese. Filippo Caporali sculp. (ſchm. 4°.). — 5) Unterſchrift: „Giovanni Viscouti" [S. 52, Nr. 8]. Eug. Silvestri inc. (tl. Fol.). — 6) Unterſchrift: „Barnabo Visconti". Eug. Silvestri inc. (tl. Fol.) [S. 52, Nr. 11]. — 7) Unterſchrift: „Gianmaria Visconti". Eugenio Silvestri inc. (tl. Fol.) [S. 52, Nr. 13]. Die vier von Eugen Silvestri geſtochenen Blätter 2, b, 5, 6 und 7, ſind ſämmtlich mit ſom-

bolischen, auf das Leben des Dargestellten
bezüglichen Emblemen sinnreich eingefaßt.

Visconti - Venosta, Emil (lombardischer Agitator, geb. zu Mailand
am 22. Jänner 1829). Der Sproß einer
alten und adeligen Veltliner Familie,
welche sich zu Beginn des laufenden
Jahrhunderts in Mailand seßhaft machte,
aber mit dem berühmten lombardischen
Geschlechte der Visconti in keinen
verwandtschaftlichen Beziehungen steht.
Sein Vater Francesco Visconti-
Venosta und Achilles Mauri waren
seine Lehrer, insbesondere Ersterer, der
sich gern mit naturgeschichtlichen Studien
beschäftigte, und dessen Werk „Cenni
sulla storia naturale della Valtellina"
(Milano 1844) die Würdigung des italienischen Gelehrten Congresses, welcher
1844 in Mailand tagte, gefunden hat.
Francesco starb bereits 1846 im
besten Mannesalter, und nun blieb die
Sorge der Erziehung seiner Söhne
Emil, Johann und Heinrich der
Mutter überlassen, einer Frau von nicht
gewöhnlichen Geistesgaben. Emil,
welcher sich durch eine besondere Lebhaftigkeit des Geistes auszeichnete, betrat
frühzeitig die literarische Laufbahn und
wurde, kaum 18 Jahre alt, Mitarbeiter
der in Mailand erscheinenden „Rivista
Europea" und des Almanachs „Vesta
Verde", dieses berühmten Jahrbuchs,
das, von Correnti 1848 bis 1859
redigirt, in der Lombardie ein Haupt-
hebel der nationalen Bewegung war
und die endlich erfolgte Erhebung vorbereiten half. Im Jahre 1848 nahm
Emil wesentlich Theil an dieser letzteren und an dem fünftägigen Kampfe
in den Straßen Mailands, welche Radetzky mit seinen Braven bändigte. Als
darauf Garibaldi aus America herbei-

eilte, trat Visconti in dessen Freischaaren, und zwar in die von Capitän
Giacomo Medici befehligte Abtheilung,
in welcher er den kurzen garibaldischen
Feldzug mitmachte, der mit den Kämpfen
bei Lucino und Murazzino ein Ende
nahm. Da seine Anwesenheit in dem
von Radetzky wiedergewonnenen Lande
nicht eben räthlich war, ging er zunächst
in die Schweiz und als in Toscana
1849 die Revolution mit der Vertreibung des Großherzogs begann, in letzteres Land. Dort finden wir ihn als Besucher der Universität Pisa, aber mehr
mit Politik, denn mit Studien beschäftigt. Als ihm dann 1849 die Rückkehr
nach Mailand ermöglicht wurde, war er
einer der Eifrigsten, welche unter dem
Deckmantel der Studien conspirirten.
Noch im nämlichen Jahre rief Carlo
Tenca in Mailand das Journal „Cre-
poscolo" ins Leben, ein Blatt, von
welchem ich in meinem amtlichen Lite-
raturberichte für 1854 mich veranlaßt
sah auszusprechen: „daß sich in der Art,
wie es seine Aufgabe löst, kein zweites
in der Monarchie an die Seite gestellt
werden könne". Für dieses Unternehmen,
an welchem sich die ersten Geister der
damaligen Lombardie betheiligten, schrieb
Visconti ausschließlich literarische Artikel. Einer derselben, über den „Kain"
von Byron, war so gehaltvoll, daß der
berühmte Literarhistoriker Maffei nicht
Anstand nahm, ihn als Vorrede seiner
Uebersetzung des englischen Gedichtes
voranzustellen. Während Visconti für
die Oeffentlichkeit Literatur trieb, betheiligte er sich heimlich an der Mazzini'schen Conspiration, welche mit dem
Processe zu Mantua 1853 ihren traurigen Abschluß fand. Seine Mitver-
schworenen, welche sämmtlich zu Kerker-
strafen verurtheilt wurden, bewahrten

ihn durch ihr hochherziges Verhalten, indem sie seine Theilnahme verschwiegen, vor dem Kerker und ermöglichten ihm die Rettung durch die Flucht. Indessen hielt er nach wie vor zu Mazzini. Aber diese Verbindung blieb nicht von langer Dauer. Mazzini's System, um die Freiheit Italiens zu erkämpfen, bestand in der Anzettelung immer neuer Aufstände in den einzelnen Volksstämmen und Provinzen dieses Landes. Ihm gegenüber stand Graf Camillo Cavour, welcher das Banner des einheitlichen Italien hoch hielt in den Händen des Hauses Savoyen, das sich seit Jahren durch Länderraub zu vergrößern verstanden hat. Als dann Mazzini 1853 in Mailand eine neue Erhebung versuchte, ein Versuch, welcher am 6. Februar sich ein klägliches Andenken bewahrte, begab sich Visconti, sobald die ersten Zeichen der Bewegung bemerkbar wurden, mit seinem Freunde und Patrioten Heinrich Besana heimlich an die Schweizer Grenze, um dem Agitator diesen unglückseligen Gedanken, der unter den damaligen Verhältnissen zu keinem Resultate führen konnte, auszureden. Aber Mazzini blieb bei seinem Vorhaben, und nun sagten sich Visconti-Venosta und noch andere Patrioten von dem mit Blindheit geschlagenen Revolutionär los, und Graf Cavour erhielt an den von demselben Abgefallenen einen namhaften Zuwachs. Aus diesem Anlasse lernten Visconti-Venosta und Graf Cavour sich kennen. Schon Anfang 1859 hatte die österreichische Polizei die Verhaftung Visconti-Venosta's, dessen politische Umtriebe ihr kein Geheimniß geblieben waren, angeordnet, aber derselbe entzog sich der ihm drohenden Gefahr durch die Flucht nach Turin, wo er mit Farini,

dem Arzt und Helfershelfer Cavour's, innige Freundschaft schloß. Letzterer indeß, welcher die Energie und Unerschrockenheit des jungen Rebellen kennen und schätzen gelernt hatte, glaubte in ihm das geeignete Werkzeug für seine weiteren Pläne zur Unificirung Italiens zu finden, und so übertrug er ihm denn die wichtige, aber auch gefährliche Stelle eines königlichen Commissärs bei General Garibaldi, als dieser dem franco-sardischen Heere voran in die Lombardie einbrach. Visconti ging mit den garibaldinischen Freischaaren über den Ticino, rückte mit ihnen in Varese, Como, Bergamo und Brescia ein und nahm im Namen Victor Emanuels Besitz von den eroberten Provinzen, sofort ihre neue Civilregierung einrichtend. Die Sache war immerhin eine gewagte, denn wenn der Einfall der Garibaldianer eben nicht gelungen wäre, so würde Visconti, als Flüchtling und österreichischer Unterthan den Gesetzen des Kriegsrechtes verfallen, kraft derselben auch sein Ende gefunden haben. Als dann nach dem Waffenstillstande von Villafranca Farini sich anschickte, seine Mission in Central-Italien auszuführen, nahm er Visconti-Venosta mit sich, und nun führten die beiden Abenteuer, dem Vertrage von Villafranca und den Absichten Europas entgegen, mit einer Verwegenheit ohne Gleichen die Annexion Central-Italiens durch. Es war dies ein organisirter Länderraub, wie er dann später auch wieder einmal im Norden vor sich ging, aber ein schlimmes Beispiel war für kriegführende Mächte späterer Zeit, die sich durch Verträge und Pacte nicht mehr für gebunden halten, sondern eben annectiren und depossediren werden, was und so lange es ihnen gerade paßt. Nun übertrug Farini an seinen Genossen die

Vertretung der auswärtigen Geschäfte, oder besser gesagt, die Verhandlungen über die mit Piemont annectirten Gebietstheile. Dies waren die ersten Schritte, welche Visconti auf dem Felde der Diplomatie machte, und Graf Cavour fand sich in seinen Erwartungen und Plänen so zufriedengestellt, daß er denselben in außerordentlicher Sendung an Napoleon III. und Gladstone schickte zum Abschluß der Verträge über diese eigenthümlichen Erwerbungen. Als dann die Einberufung des neuen sardo-lombardischen Parlaments erfolgte, wurde der mittlerweile von seiner Mission zurückgekehrte Visconti im Collegium von Tirano im Veltlin als Deputirter gewählt. Die Absicht des Grafen Cavour, Visconti als seinen Staatssecretär für die äußeren Angelegenheiten in seine unmittelbare Nähe zu berufen, vereitelte der plötzliche Tod des Premiers, und kam es zu dieser Ernennung erst später, als nämlich Conte Pasolini im Cabinet Farini das Ministerium des Aeußern übernahm. Eine neue Sendung harrte Visconti's, als er mit Giuseppe Finzi und noch einigen Abenteurern, oder wie sie, nachdem das Wagstück gelungen, heißen: Patrioten, im Jahre 1860 nach Neapel ging, um dort die Dinge vorzubereiten, welche dann Garibaldi, wie bekannt, in seiner Weise zum Austrage brachte. Hierauf wirkte er als außerordentlicher Secretär an der Seite Farini's, als dieser die Statthalterschaft des Exkönigreiches antrat. Als dann einige Monate später, am 24. Mai 1863, Graf Pasolini das Portefeuille des Aeußern niederlegte, ging dasselbe an Visconti über, welcher zu dieser Zeit 34 Jahre zählte. Nach dem Sturze dieses Ministeriums wurde derselbe 1866 von La Marmora als Gesandter Ita-

liens nach Constantinopel geschickt, von wo er aber schon wenige Monate danach auf Baron Ricasoli's Antrag zurückkehrte, um wieder das Ministerium des Aeußern zu übernehmen, da nach dem für Italien unglücklichen Tage bei Custozza die diplomatischen Verhandlungen nicht geringe Schwierigkeiten boten. Nach Ausbruch der Unruhen in Turin trat er mit dem ganzen Ministerium am 24. September 1864 zurück. Von dieser Zeit zählte er zur gemäßigten Opposition unter Lanza's Führung. Als dann dieser nach dem Rücktritte des Ministeriums Menabrea Auftrag erhielt, ein neues Cabinet zu bilden, trat Visconti am 12. December 1869 neuerdings als Minister des Aeußern in dasselbe. Er neigte sich damals zu Frankreich hin und namentlich von der Zeit an, als eine Annäherung Deutschlands und Italiens sich bemerkbar machte. Schließlich legte er sein Portefeuille nieder, nachdem er im Ganzen an zehn Jahre das Ministeramt verwaltet und bei der Abtretung Venedigs 1866, wie später bei dem Einmarsche in Rom 1873 mitgewirkt hatte. Der ehemalige Rebell und Verschwörer gegen Oesterreich hat es aber nicht verschmäht, zweimal österreichische Orden anzunehmen, zuerst 1871 das Großkreuz des Leopoldordens und 1874 jenes des St. Stephansordens.

De Gubernatis (Angelo). Dizionario biografico degli scrittori contemporanei ornato di oltre 300 ritratti (Firenzu 1879, Successori Le Monnier, Lex.-8°.) p. 1047.

Porträt. Unterschrift: „M Visconti-Venosta, Ex-Ministre des affaires étrangères". Holzschnitt ohne Angabe des Xylographen nach Photographien von Turoni und Murer, in der Pariser „L'Illustration", 1864, Nr. 1133, S. 313

Visconti-Venosta, Giovanni (Schriftsteller, geb. um 1830 in Mailand).

Ein jüngerer Bruder des vorgenannten Emil, mit dem wir ihm auf gleichen Bahnen begegnen. Anfangs betrat er das schriftstellerische Gebiet und gab hie und da satyrische und lyrische Dichtungen in Zeitschriften und Almanachen heraus. Bald ließ er auch selbstständig ein Bändchen, betitelt: „Novelle", erscheinen, worin er nach englischen Mustern, aber durch und durch italienisch in Form und Gedanken, seinen Gegenstand behandelte. Alsdann nahm er Theil mit seinem Bruder Emil an der nationalen Erhebung 1859. Zunächst im Jänner dieses Jahres einer der Urheber der politisch-patriotischen Demonstration anläßlich der Bestattung Emil Dandolo's, sah er sich wenige Tage danach genöthigt, den durch die kaiserlichen Behörden eingeleiteten Verfolgungen durch die Flucht nach Piemont zu entgehen. Bei Ausbruch des Krieges aber wurde er von der piemontesischen Regierung als königlicher Commissär in das Veltlin geschickt, um dort noch vor dem Eintreffen der Garibaldianer und der piemontesischen Truppen den Aufstand gegen die Oesterreicher zu organisiren. Nach dem Frieden von Villafranca nach Mailand zurückgekehrt, ward er zum Präsidenten des Comités der venetianischen Emigration ernannt, in welcher Stellung ihm eine Aufgabe zufiel, die bei den damaligen Verhältnissen mit nicht geringen Schwierigkeiten verknüpft war. Als 1859 die ersten Wahlen in den Mailänder Gemeinderath stattfanden, gelangte auch Visconti in denselben und blieb fortan ein Mitglied dieser Körperschaft, in welcher er mehrere Jahre hindurch auch die Stelle eines Assessors bekleidete. Vom genannten Jahre ab war er noch Mitglied der Municipalcommission, welche zunächst für das Studium der Verhältnisse der Stadt Mailand aufgestellt wurde, und nahm außerdem Theil an verschiedenen öffentlichen, den Unterricht und das Wohlthätigkeitswesen betreffenden Aemtern, Anstalten und Vereinen. Bei den Wahlen ins neue italienische Parlament 1865 ging er im ersten Collegium von Mailand als Deputirter hervor. Außerdem ist er seit Jahren Präsident der Associazione costituzionale milanese und über ein Jahrzehnt lang Vorsitzender der Associazione generale degli operai.

De Gubernatis (Angelo). Dizionario biografico degli scrittori contemporanei ornato di oltre 300 ritratti (Firenze 1877, Le Monnier, gr. 8°) p. 1047.

Noch sind mit Bezug auf Oesterreich bemerkenswerth folgende Visconti: 1. **Alphons** (geb. um 1836). Derselbe bildete sich zur Zeit, als die Lombardie noch unter Oesterreich stand, an der Brera in Mailand für die Kunst aus. Er widmete sich besonders der Bildnißmalerei, und in der Ausstellung 1856 trat er zum ersten Male mit einem Kinderporträt vor das Publicum. [Esposizione delle opere di belle arti nelle Gallerie dell'I. R. Accademia per l'anno 1856 (Milano 1856, Pirola, kl. 8°.) p. 38, Nr. 241.] — 2. **Alphons** (gest. zu Macerata 1608), aus ansehnlicher lombardischer Familie. Aus dem Juristencollegium seiner Vaterstadt Mailand an den Hof Papst Gregors XIII. berufen, wurde er von demselben zum Referendar beider Signaturen und dann zum Collector spoliorum in Portugal ernannt. Als Erzherzog Albrecht 1593 — bis dahin Vicekönig von Portugall — als Gouverneur nach den Niederlanden ging, trat er an dessen Stelle als Vicelegat. Papst Sixtus V. sandte ihn als Nuntius an den kaiserlichen Hof. Gregor XIV. machte ihn 1591 zum Bischof von Cervi, und Clemens VIII. schickte ihn als seinen Legaten nach Darien und Polen. 1598 wurde Visconti Cardinal, 1601 Bischof von Spoleto, unter Papst Paul V. verwaltete er den Gouverneurposten in Umbrien. Unter fünf Päpsten dienend, sah er sich stets in den wichtigsten Staatsgeschäften verwendet. In der Kirche zu Loreto, wo sein Leichnam beigesetzt wurde, befindet sich sein Grabdenkmal. [*Ughellus.* Italia Sacra, tom. I, p. 1269; tom. II, p. 477.] — 3. **Antonio** Visconti, den wir in den Künstler-Lexiken seiner Heimat und des Auslandes vergebens suchen, lebte in den Fünfziger-Jahren in Mailand da dasselbe noch österreichisch war, als **Landschaftsmaler** und hatte in der Contrada de' Nobili, dann auf dem Corso di P. Vercellina und zuletzt auf der Piazza di S. Ambrogio sein Atelier. In den Ausstellungen der k. k. Akademie der bildenden Künste in der Brera zu Mailand begegnen wir in den Fünfziger-Jahren wiederholt seinen in Oel gemalten Landschaften, so in den Jahren 1853 und 1856 drei idealen Landschaft.n, 1857 einer idealen Landschaft, dann einer „Ansicht der Valsassina in der Nähe von Introbbio" und einer „Ansicht des Valle Brembana in der Gegend von Zogno". [Esposizione delle opere di belle arti nelle Gallerie dell'I. R. Accademia (Milano, Pirola, kl. 8°.) 1853, p. 27, Nr. 174; 1856, p. 22, Nr. 118; 1857, p. 24. Nr. 132—134.] — 4. **Anton Eugen** Visconti (geb. zu Mailand 28. December 1713, gest. nach 1773) war italienischer Prälat, wurde Erzbischof von Ephesus in partibus und am 19. April 1773 Cardinal. Er fungirte mehrere Jahre als päpstlicher Nuntius in Wien. — 5. **Ermes** Visconti, Zeitgenoß, ist Verfasser des „Discorso dedicato Il giorno 16 Maggio 1818 per l'inaugurazione fattasi nella Biblioteca Ambrosiana del monumento consecrato alla memoria di Giuseppe Bossi pittore (Milano, Pirotta, 1818, 4°.); es ist dies jener Giuseppe Bossi, dessen Biographie dieses Lexikon im 11. Bande, S. 87 u f., enthält. — 6. **G. B.** Visconti, ein lombardischer Schriftsteller, welcher zu Ende des sechzehnten Jahrhunderts als Doctor am Collegium zu Mailand lebte und Verfasser der zu Ehren Erzherzog Albrechts und dessen Gemalin der Erzherzogin Isabella aufgeführten Dichtung ist, die unter dem Titel: „Arminia, egloga, o sia tragedia di G. B. Visconti dottore del collegio di Milano, rappresentata a spese della città per l'arrivo di Donna Isabella d'Austria e dell'arciduca Alberto" (Milano 1599, Malatesta, 4°.) im Druck erschien. — 7. **Hugo** Nobile de Visconti-Menati (geb. zu Lodi 17. August 1816, trat im October 1828 in die Wiener-Neustädter Militärakademie, aus welcher er im October 1836

als Fähnrich zu Kinsky-Infanterie Nr. 47 eingetheilt wurde. Im Jahre 1838 rückte er zum Lieutenant, 1847 zum Oberlieutenant, 1849 zum Capitän und noch im Juli dieses Jahres zum wirklichen Hauptmanne vor. Im März 1852 als Major in den Ruhestand übernommen, lebt er noch gegenwärtig zu Graz. In seinen verschiedenen Chargen mehrere Jahre als Bataillons-, dann als Regiments-Adjutant thätig, versah er 1848 auch das Referat für Civilangelegenheiten beim Militärcommando der Provinz Friaul. Er machte die Feldzüge 1848 und 1849 in Italien mit, wurde in der Schlacht bei Novara (23. März 1849) schwer verwundet und für sein tapferes Verhalten mit dem Militär-Verdienstkreuze ausgezeichnet. [Thürheim (Andreas Graf). Gedenkblätter aus der Kriegsgeschichte der k. k. österreichisch-ungarischen Armee (Wien und Teschen 1880, Prochaska, Lex.-8°.) Bd. I, S. 316, Jahr 1849.] — 8. **Justinus** Visconti nennt sich d r Verfasser der Schrift: „Mediolanum secunda Roma. Dissertatio apologetica" (Bergami 1711, apud Ruboum, 8°.). Visconti ist hier ein Pseudonym, unt r welchem sich der Somasker Johann Paul Mazzuchelli [Bd. XVII, S. 218, Nr. 4] birgt. — 9 **Karl** Visconti (Vicecomes) (geb. 1365), welcher Mitglied des großen Rathes von Mailand war und von diesem an König Philipp II. von Spanien als Gesandter abgeschickt wurde. Alsdann berief ihn Papst Pius IV. nach Rom, ernannte ihn zunächst zum Protonotario apostolico, am 5. December 1361 aber zum Bischof von Ventimiglia, in welcher Eigenschaft Visconti auch auf dem Tridentinischen Concil erschien. Für sein verdienstliches Verhalten auf demselben erhielt er von dem Papste die Cardinalswürde mit dem Titel: „S. Viti et Modesti", nebst der Administration des Bisthumes Feretri. In dieser Stellung starb er. erst 42 Jahre alt Er schrieb: „Relationes 8 Ephemerides conelli Tridentini". Es sind dies wohl die später von J. Aymon herausgegebenen: „Lettres, Anecdotes et Mémoires historiques sur le concile de Trente mis au jour en italien et en français", 2 vol. (Amsterdam 1719 und 1739, 12°.). Karl Visconti liegt zu Rom in der Kirche S. Viti und Modesti, nach welcher er den Cardinaltitel führte, begraben. und sein Grabstein befindet sich noch daselbst [*Ughellus.* Italia sacra, tom. IV. p. 310.] — 10 **Sigismund** Visconti, Zeitgenoß, ist Verfasser der Dichtung: „Per l'Incoronazione delle LL. MM. II. AA. Ferdinando primo imperator d'Austria e Maria Carolina Pia sua consorte a rè ed a regina del regno Lombardo Veneto nel duomo di Milano. Il Genio dell'Adriatico, poemetto" (Parigi 1838, dai torchi di Vinchou, 4°., 20 p.). Er übersetzte auch für das von Ladvocat herausgegebene Sammelwerk: „Les Chefs-d'oeuvre des théâtres étrangers" den Band: „Théâtre italien moderne", welcher vier Stücke, von Rossi, Nota, Giraud und Federici, enthält; und gab ferner heraus: „Précis du système planétaire pour l'intelligence des tableaux de M. M. S. Visconti et A. H. Dufour" (Paris 1839, Simonneau, 12°, mit einem Plan). — 11. **Theobald** (gest. zu Arezzo am 10. Jänner 1276), ein Sohn Uberto Visconti's, Bürgermeisters von Mailand um 1206, und am 1. September 1271 zum Papst gewählt, als welcher er den Namen Gregor X. annahm. Er regierte 1271—1276. Auf dem Concil zu Lyon 1275 suchte er einen Kreuzzug zu Stande zu bringen und eine Vereinigung mit der griechischen Kirche anzubahnen. — 12. **Wilhelm Visconti (Vicecomes)** (gest. zu Cremona 1276). Aus Cremona gebürtig, widmete er sich der Arzeneikunde und erlangte aus dieser wie aus der Philosophie die Doctorwürde. In der Folge kam er nach Wien, wo er Vorträge aus der Naturlehre hielt. Er hinterließ folgende Schriften: „De varietate malorum libri duo" und „Praxis de curandis infirmis". [*Arisius.* Cremona litterata, tom. I, p. 128. — Kestner (Christian Wilhelm). Medicinisches Gelehrten-Lexikon, darinnen das Leben der berühmtesten Aerzte sammt deren wichtigsten Schriften u. s. w. (Jena 1740, 4°.) S. 892.]

Bisetti, Alexander (Compositeur, geb. zu Padua im ersten Viertel des laufenden Jahrhunderts). In seiner Vaterstadt Padua erhielt er in jungen Jahren Unterricht in der Musik von dem als Lehrer in dieser Kunst hochgeschätzten Professor Albert Mazzucato, später von Melchior Balbi im Studium des Contrapunktes. 1842 übersiedelte er aus seiner Heimat nach Spalato in Dalma-

tien, um die Stelle des Concertmeisters an der Domkirche dieser Stadt zu übernehmen. Auf diesem Posten erlangte er bald einen ausgezeichneten Ruf, den er noch durch die Trefflichkeit seiner Vocal- und Instrumentalcompositionen steigerte. Von letzteren werden insbesondere seine Messen, Hymnen und anderen Kirchenstücke viel gerühmt und in den Kirchen Spalatos immer wieder vorgetragen. Im neuesten „Musiklexikon" von Doctor Hugo Riemann (Leipzig 1882, bibliographisches Institut) — älterer wollen wir gar nicht gedenken — kommt Bisetti nicht vor.

Pietrucci (Napoleone). Biografia degli Artisti Padovani (Padova 1838, gr. 8°.) p. 281.

Bisi, Johann Baptist (Geschichtsforscher, geb. in Mantua am 11. Mai 1737, gest. ebenda 14. November 1784). Sein Vater Ferdinand, der aus Ostiglia nach Mantua übersiedelte, übte daselbst die Advocatur aus, die Mutter Margarethe war eine geborene Fortini. Unter der Leitung des Vaters erzogen, besuchte der Sohn bann das Gymnasium in seiner Geburtsstadt und begann mit 14 Jahren auf jenem zu Reggio die philosophischen Studien. Nach Vollendung derselben kehrte er nach Mantua zurück, und voll Ehrgeiz, wie es die Jugend ist, und geblendet von den Ehren, welche man damals drei berühmten Aerzten Mantuas: Flaminio Gorghi, Giuseppe Piceo und vor Allem Vittore Bettori, erwies, faßte er bald den Entschluß, gleichfalls Medicin zu studiren, worin er wahrscheinlich von Bettori bestärkt wurde, der als Freund des Hauses viel in demselben verkehrte und wohl den bedeutendsten Einfluß auf den empfänglichen Jüngling ausüben mochte. Aber mit

dieser Wahl war der Vater, der Rechtsgelehrte, nichts weniger als einverstanden,
und mit dem Eifer, mit welchem sich der
Sohn dem ärztlichen Studium hingab,
wuchs auch der Widerstand von Seite des
Vaters, welcher endlich siegte, indem
Bifi die Medicin aufgab und der Jurisprudenz sich widmete. Wir können hier
nicht näher auf die Gründe eingehen,
welche den Vater bewogen, so hartnäckig
auf seinem Verlangen zu bestehen, es sei
nur der eine und am meisten ins Gewicht
fallende angeführt. Die Laufbahn des
Rechtsgelehrten [vergl. die Biographie
Pietro Verri Bd. I., S. 144] war in
Italien damals eine ebenso ehrenvolle,
als bei den communalen Verhältnissen der
Städte materiell sehr vortheilhafte. Dem
Rechtsgelehrten standen alle Ehren und
Würden der Magistratur offen, und
diese wurden, wie die Dinge eben lagen,
viel gesucht und umworben. Bifi hatte
das Rechtsstudium beendet und kehrte
nun nach Mantua zurück. Aber da ihm
nur zu bald die Langeweile der mono-
tonen Beschäftigung mit judiciellen Angelegenheiten widerstrebte, so suchte er
einigermaßen Ersatz dafür in literarischen
Arbeiten. Kurz, es war wieder die alte
Geschichte mit Pegasus im Joche. Bifi
fand zunächst in der Dichtung und in
ästhetischen Studien Ersatz für den mit
Widerwillen auf sich genommenen Beruf.
Zu jener Zeit ging man, wie anderwärts
in Italien, so auch in Mantua daran,
das literarische Leben, welches bis dahin
in ästhetischen Tändeleien und eitlem
Versgeklingel verflachte, geistig zu heben
und ihm einen positiven Inhalt zu verleihen. Akademien, wie sie damals bestanden, die Accademia degli Invraghiti,
dei Timidi, mochten ihrer Zeit ent-
sprochen haben, den neuen Verhältnissen,
dem neu erwachten geistigen und politi-

schen Leben genügten sie nicht mehr. Und
so entstand denn die Colonia Virgiliana,
eine Gesellschaft, welche ihre Aufgabe
ernster nahm, indem sie das Ziel sich
setzte, nicht nur gründliche wissenschaftliche, namentlich geschichtliche Studien zu
fördern, sondern auch, das Nützlichkeits-
princip stets vor Augen, die Landwirthschaft, die Industrie zu heben, kurz die
geistigen Zustände in einer den vorgerückteren praktischeren Forderungen der Zeit
angemessenen Weise zu gestalten. Mitglied dieser Gesellschaft war Bifi vom
Augenblicke ihrer Gründung an, und
jeden freien Moment, welchen er dem
ihm aufgedrungenen Berufe abringen
konnte, widmete er seinen ernsten Studien. Ganz aber sich ihnen zuwenden,
konnte er erst nach dem Tode seines
Vaters, wo er seine bisherigen richter-
lichen Arbeiten ein für alle Male aufgab
und sich nur noch mit seinem Lieblings-
gegenstande, der Geschichte und Alterthumskunde seines engeren Vaterlandes,
beschäftigte. Nun durchwanderte er die
ganze Provinz Mantua, besuchte überall
die Archive, copirte darin die für seine
Zwecke entsprechenden Urkunden und
sonstigen Documente. Anfang 1770 stellte
er das Programm auf für seine „Storia
civile ed ecclesiastica di Mantova“,
welches er dem Fürsten Kaunitz nach
Wien schickte, und nach welchem er die
Geschichte der Provinz in folgenden acht
Epochen zu schreiben beabsichtigte: 1. von
der Gründung Mantuas bis zum römischen Kaiserreiche; 2. von diesem bis zur
Ankunft der Völker aus dem Norden in
Italien; 3. von Alarich bis auf die
Zeiten Giustinianos; 4. von diesen
bis zur Vernichtung des Longobarden-
reiches; 5. von Karl dem Großen bis
Friedrich I.: 6. von der italischen
Freiheit bis zum Regierungsantritte der

Gonzaga; 7. von der Zeit der Gonzaga bis zum Berlust ihrer Staaten;
8. von Kaiser Joseph bis auf die
Gegenwart. Das Programm fand in
Wien von Seite der kaiserlichen Regierung die willkommenste Aufnahme, wie
man denn überhaupt daselbst für Alles,
was auf eine Entwickelung des geistigen,
industriellen und Kunstlebens im österreichischen Oberitalien abzielte, nicht geringes Interesse an den Tag legte. Graf
Firmian, damaliger Gouverneur der
Lombardie, ein erleuchteter Staatsmann
und Freund und Förderer der Wissenschaften, schrieb unterm 11. December
1771 an Bisi, Seine Majestät habe von
dessen Vorhaben, eine gute Geschichte
Mantuas bis auf die Gegenwart zu
schreiben. mit großem Wohlgefallen Kenntniß genommen und werde gerne bereit
sein, dieses löbliche Unternehmen nach
Kräften zu fördern und zu unterstützen,
und früher schon, im Juli 1770, hatte
Fürst Kaunitz den Gelehrten brieflich
aufgemuntert, sich immerhin an die
Arbeit zu machen, worauf er nicht ermangeln werde, dieselbe in entsprechender
und anerkennender Weise zu belohnen.
Diesen Versprechungen folgten dann auch
die Thaten, indem Bisi für jedes Jahr
eine Summe von 300 fl. angewiesen
wurde; freilich hatte er selbst bis dahin
mehr als das vierfache bereits daran gewendet. Uebrigens wurden ihm auch
sämmtliche öffentlichen Archive zur Benützung freigegeben und noch sonst manche
Förderung bei Herausgabe des Werkes
gewährt. Zwei Bände hatte Bisi von
seiner wichtigen Arbeit vollendet, ein
dritter sollte dieselbe schließen und ein
Codice diplomatico Mantovano als
Anhang beigegeben werden. Die Aufnahme der fertigen Bände. wie sie aus
Zuschriften an den Autor von Giov.

Batt. Castiglione. von Girolamo
Tiraboschi und Anderen erhellt, war
eine ungemein günstige, die Gediegenheit
der Arbeit anerkennende. Aber dies Alles
vermochte den häuslichen Jammer in der
Familie des Verfassers nicht zu beseitigen.
Von schwächlicher Gesundheit, befand sich
Bisi noch überdies in beständiger Sorge
um das tägliche Brod, wodurch seine
Kräfte nur noch mehr zerfielen. Schon
im Jahre 1779 ist er in einem Schreiben
vom 10. März an den Grafen Wilczek
genöthigt, um den Betrag von 1000 fl.
als eine Compensation für seine Arbeit
zu bitten, da die unentbehrlichen Ausgaben zur Erhaltung seiner zahlreichen
Familie, die von seinen Vorfahren dati-
renden Schulden und noch vieles Andere,
dessen er ausdrücklich in seinem Briefe
gedenkt, ihn in einen Zustand versetzt
haben, aus dem ihn nur die Gewährung
seiner nicht unbegründeten Bitte erretten
könne. Unter solchen Umständen ging es
auch mit der Bearbeitung des dritten
Bandes nicht so rasch vorwärts, da seine
Gesundheit immer schwankender, seine
Sorgen immer größer, der häusliche
Jammer, da es ja oft am Nöthigsten
fehlte, immer drückender wurde. Um
die nothwendigsten Lebensbedürfnisse zu
decken, sah er sich schon gezwungen, kost-
barere, ihm aber zur Arbeit unentbehr-
liche Werke, wie den Graevius, Gro-
novius, Burmann u. s. w., zu veräußern. Unter solchen qual- und jammer-
vollen Umständen flackerte immer matter
das Lebenslicht des geistig und körperlich
Gebrochenen, bis er im Alter von
47 Jahren die Augen schloß. Das Werk
war unvollendet geblieben, aber im Nachlasse fanden sich die Materialien dazu.
Außerdem enthielt derselbe noch andere,
nicht minder wichtige, so: „Illustrazione
di monumenti lapidarj d'antichità

romana esistenti in Mantova e nel
territorio"; — „Contra Christi san-
guinem Mantuae adservatum"; —
„Memorie della famiglia Casaloldi";
— „Memorie varie per la città e lo
stato di Mantova"; — „Adversaria
Mantuana rerum ad Mantuanam
historiam pertinentium"; — „Memorie intorno all'istoria ed ai diritti
posseduti da varj paesi del Mantovano fra quali Viadana, Gazzuolo,
Asola, Guiddizzolo, Carzedole etc.";
— „Vitae S. Simeonis Almeri et
S. Anselmi Lucensis Episcopi"; —
„Dissertazione diretta a provare che
Mantova non altri fondatori ebbe che
gli Etruschi" und außer zahlreichen
kleineren lyrischen Dichtungen eine italienische Uebersetzung des Frosch-Mäuse-
krieges: „Batracomiomachia". Leben
und Arbeiten des unglücklichen Forschers
waren lange nahezu unbeachtet geblieben,
bis der berühmte italienische Archäolog
Carlo b'Arco dieselben der Vergessenheit
entzog und darüber öffentlich einen gedrängten Bericht erstattete. Ueber Bifi's
Bibliothek gab Leopold Camillo Bolta
ein Jahr nach dessen Tode einen Katalog
unter dem Titel: „Bibliotheca Visiana
seu Catalogus librorum quos collegit
J. B. Visius" (Mantuae 1785) heraus. Der wissenschaftliche Werth der
Geschichte Mantuas von Bifi ist unbestritten kein geringer; aber wie Carlo
b'Arco ganz richtig hervorhebt, war der
Verfasser doch in Manchem behördlich
beengt, und wenn er sich auch nicht her-
beiließ, Thatsachen zu fälschen, so mußte
er doch manche verschweigen, die zur
Geschichte gehörten; aber auch nur
diese den Werth des Werkes im großen
Ganzen unwesentlich schädigende Rücksichtnahme ist das Einzige, was gegen
dasselbe sich einwenden läßt.

Cherubini (Francesco). Notizie storiche e
statistiche intorno ad Ostiglia (Milano
1826) p. 96. — Gazetta di Mantova,
1834, Nr. 82, 84 et s., im Appendice di
Varietà: „Notizie intorno alla vita ed alle
opere di Giovanni Battista Visi", del
Carlo d'Arco.

Bifiani, Robert von (Botaniker,
geb. zu Sebenico in Dalmatien 1803,
gest. 1878). Nachdem er die Arznei-
kunde in Padua studirt hatte, wirkte er
einige Zeit als Adjunct der botanischen
Lehrkanzel daselbst, darauf als Districts-
arzt zu Budua, später als solcher zu
Dernis. 1833 erfolgte seine Ernennung
zum Professor der Botanik an der Universität und zugleich zum Director des
botanischen Gartens in Padua. Nach
vieljähriger Thätigkeit in diesem Lehramte legte er dasselbe nieder und lebte
fortan ausschließlich seiner Wissenschaft,
in welcher er sich durch seine Arbeiten
bereits einen großen Ruf erworben hatte.
Die Titel seiner Schriften sind: „*Stirpium dalmaticarum specimen*" (Patavii
1826, XXIII und 57 S., 8 Tafeln, 4⁰.);
— „*Flora dalmatica sive enumeratio
stirpium vascularium quas hactenus in
Dalmatia lectas et sibi observatas de-
scripsit, digessit rariorumque iconibus
illustravit*", Volumen I—III (Lipsiae
1842—1852, Hoffmeister, 4⁰. maj.)
Vol. I, cum tab. aëneis XXV; Vol. II
X und 268 S., cum tab. aën. XXVIII;
Vol. III, IV und 390 S., cum tab
aën. IV; das ganze Werk 15 Thaler
mit color. Tafeln 20 Thaler 22 Groschen)
— „*Florae Dalmaticae supplementum
opus suum novis curis castigante et
augente*" (Venetiis 1872, Imp. 4⁰.,
189 S. mit 10 chromol. Tafeln); dieses
Werk widmete der Verfasser Sr. Majestät
dem Kaiser Ferdinand I.; — „*Sulla
vegetazione e sul clima dell'isola di*

Lacroma in Dalmazia osservazioni
(Trieſt 1863, 8⁰., mit 1 Mappe); —
„*Plantarum serbicarum pemptas, ossia
descrizione di cinque piante serbiane
illustrate con 6 tavole*“ (Venezia 1862,
4⁰.); dieſes Werk ſchrieb Biſiani gemeinſchaftlich mit R. Ruf; — „*Plántae
serbicae rariores et novae descriptae
et iconibus illustratae*“ (Venezia 1865);
gemeinſchaftlich mit Pancic; dieſes und
das vorige befinden ſich auch in den
„Atti“ und „Memorie, dell'I. R. Istituto Veneto di scienze, lettere ed
arti“; — außerdem enthält die Regens-
burger botaniſche Zeitſchrift „Flora“ folgende Abhandlungen Biſiani's: „Plantae rariores in Dalmatia recens de-
tectae“ [1828, p. 240]; — „Plantae
Dalmatiae nunc primum editae“ [1830,
p. 49]; — die „Atti dell'I. R. istituto
Veneto di scienze ec.“: „Piante fosse-
sile della Dalmazia“ [1857]; auch im
„Jahrbuche der k. k. geologiſchen Reichsanstalt“ [Jahrg. X. Verhandlungen,
S. 109]; — „Dell'utilità delle piante“,
eine Eröffnungsrede ſeiner Vorleſungen
in Padua; — und in der Zeitſchrift
„Dalmazia“: „Piante più acconcie
per rimboschire i tratti nudi della
Dalmazia“ [1846, Nr. 8]. Die gelehrte
Welt würdigte die Verdienſte Biſiani's
um die Botanik, denn das Inſtitut der
Wiſſenſchaften und Künſte in Venedig
erwählte ihn zum wirklichen Mitgliede,
die Academia Leopoldina naturae
Curiosorum nahm ihn unter dem Namen
Boccone II. unter ihre Mitglieder auf;
ferner war er Präſident der Akademie der
Wiſſenſchaften in Padua, fungirte als
Secretär in der Section für Botanik und
Pflanzenphyſiologie bei der zweiten Ver-
ſammlung der italieniſchen Naturforſcher
und als Generalſecretär bei der vierten.
Weiland der Kaiſer Maximilian von

Mexico zeichnete den Gelehrten 1866
durch das Officierkreuz des Guadeloupe-
ordens aus. Biſiani wurde in ſeinen
botaniſchen Studien und Arbeiten von
Alſchinger, Matthäus Botteri in
Leſina, Hoſt, Joſeph Kargl, Franz
Neumayer [Bd. XX. S. 293, Nr. 2],
Dr. juris Papafava, Notar in Zara,
Petter in Spalato, Kubricius in
Zara, Alois Stalio, Schulbirector in
Spalato, und General Baron Welden
auf das erſprießlichſte unterſtützt. —
Von einem Roberto be Biſiani ſind
folgende zwei Schriften erſchienen: „*Degli
Uffiziali e degli Uffici di Roma, scrit-
tura del miglior secolo della lingua*“
(Padova 1863, tipografia del Semi-
nario) und „*Vita di Demostene e com-
parazione fra Demostene e Cicerone,
tratte dal volgarizzamento antico di
Plutarco. Testo di lingua inedito*“ (ib.
e. a.). Wegen der Identität der Autor-
namen möchten wir den in Rede Stehenden für einen Sohn des Botanikers
Robert von Biſiani halten.

Gliubich di Città vecchia (Simeone Abb.),
Dizionario biografico degli uomini illustri
della Dalmazia (Vienna e Zara 1856, 8⁰.)
p. 311. — *Valentinelli (Giuseppe).* Biblio-
grafia della Dalmazia e del Montenero
(Zagrabia 1855, L. Gaj, 8⁰.) p. 11, Nr. 30;
p. 12, Nr. 55; p. 48, Nr. 230; p. 69,
Nr. 380; p. 73, Nr. 418; p. 74, Nr. 420,
421, 423; p. 132, Nr 730; p. 276, Nr. 1773;
im Supplemente, p. 19 und 20, Nr. 114;
p. 84, Nr. 670.

Porträt. Holzſchnitt nach einer Photograph e
von F. Bemaue in der „Illustrazione
italiana“, 1878, Nr. 30.

Biſini, Andreas (Rechtsgelehrter:
und Fachſchriftſteller, geb. zu Görz
am 10. November 1799, geſt. in Wien
1844). Die Normalſchulen und das Gymnaſium beſuchte er in ſeiner Vaterſtadt
Görz und ging dann 1817 nach Wien,

wo er die philosophischen und rechts-
wissenschaftlichen Studien betrieb. Nach
deren Vollendung dem judiciellen Dienste
sich zuwendend, erlangte er zunächst das
Wahlfähigkeitsdecret für das Civil- und
Criminalrichteramt, wurde 1827 als
Auscultant bei dem Criminalsenate des
Wiener Magistrates angestellt und 1832
zum Criminalgerichtsactuar daselbst befördert. Zuletzt fungirte er als geprüfter
Civil- und Criminalrichter bei dem
Wiener Criminalgerichte, wie er auf dem
vierten Bande seiner „Beiträge zur
Criminalrechtswissenschaft“, welcher 1843
erschien, sich selbst nannte. Im Jahre
1844 compromittirte er sich in einer
Untersuchung wegen Betruges gegen
galizische (Lemberger) Juden, sogenannte
Kratzer, und um sich der ihn deshalb
bedrohenden Verantwortung zu entziehen,
nahm er sich durch Gift noch im nämlichen Jahre das Leben. Bifini war in
seinem Fache auch schriftstellerisch thätig,
und verdanken wir seiner Feder einige
selbständige Werke und in Fachzeitschriften abgedruckte Abhandlungen. Selbstständig gab er heraus: „Handbuch der
Gesetze und Verordnungen, welche hinsichtlich
des österreichischen Gesetzbuches über Verbrechen vom 3. September 1803 von dem
Zeitpunkte seiner Kundmachung bis zu Ende
des Jahres 1831 nachträglich erschienen sind,
mit allen darauf Bezug nehmenden der Civil-
und Militärjustiz, dann der politischen und
Cameralgesetzgebung entlehnten Hilfsquellen“
(Wien 1832, Anton Edler von Schmid,
8⁰.); das Supplement dazu (ebenda
1839, 8⁰.); — „Handbuch der Gesetze und
Verordnungen, welche sich auf das österreichische
allgemeine bürgerliche Gesetzbuch beziehen“,
zwei Bände (Wien 1837, Gerold, 8⁰.).
Wenn die beiden eben genannten Werke
einen vorzugsweise compilatorischen Charakter an sich haben und also nur ihrer

praktischen Brauchbarkeit wegen bemerkenswerth sind, so hat er dagegen mit
seinem letzten Werke: „Beiträge zur Criminalrechtswissenschaft mit besonderer Rücksichtnahme
auf das österreichische Criminalrecht“, vier
Bände (Wien 1839—1843, Gerold, 8⁰.)
[vergl. darüber die Fachschrift „Der
Jurist“, Bd. I, S. 473 u. f., Bd. VI,
S. 484, und die „Zeitschrift für österreichische Rechtsgelehrsamkeit“, 1840,
Bd. III, S. 106 u. f.] sich als einen
scharfsinnigen Denker und sein beobachtenden Psychologen auf criminalistischem
Gebiete bewährt. Nur die Anstrengungen
seines amtlichen Berufes hinderten ihn
an der Fortsetzung dieses Werkes, dessen
vierter Band den berühmten Lafarge'-
schen Vergiftungsproceß behandelt, und
das in Fachkreisen sich bester Aufnahme
erfreute. In Fachschriften veröffentlichte
Bifini, und zwar im „Jurist“: „Bemerkungen über den §. 154, II, litt. c,
des ersten Theiles des österreichischen
Strafgesetzbuches bezüglich des Diebstahls am versperrten Gute“ [Bd. XIII
(I), S. 335—368], und in Vinc.
Wagner's „Zeitschrift für österreichische
Rechtsgelehrsamkeit“: „Abhandlung über
die Begriffe, Arten und Strafbarkeit der
Urheber, Thäter, Mitschuldigen und
Theilnehmer an der nach dem öster-
reichischen Strafgesetzbuche vom 3. Sep-
tember 1803 bestimmten Verbrechen mit
Rücksichtnahme auf das Verbrechen der
Vorschubleistung“ [1833, Bd. I, S. 295
bis 331]; — „Mord am neugeborenen
unehelichen Kinde, verübt durch dessen
Mutter Anna R*, und Abhandlung über
die Geistes- und Gemüthskrankheiten
(Seelenkrankheiten) in Bezug auf die
Criminalrechtspflege“ [1834, Bd. I,
S 12—55]; — „Criminalrechtsfall in
Beziehung auf den §. 167 des ersten Thei-
les des österreichischen Strafgesetzbuches“

[1835, Bd. I, S. 43—54]; — „Abhandlung über strafbare Tödtungen, insbesondere über Mord und Todtschlag, mit Rücksichtnahme auf die vorzüglichsten Rechtsquellen der älteren und neueren Zeit" [1835, Bd. II, S. 339 bis 368]; — „Criminalrechtsfall und Abhandlung über strafbare Tödtungen" [1836, Bd. II, S. 95—109].

Visinoni, Giuseppe (gelehrter Mönch, geb. zu Zara in Dalmatien um 1713, gest. 1805). In jungen Jahren trat er in den Franciscanerorden, in welchem er die unteren Studien zu Brescia, später die philosophischen in Mailand und zuletzt die theologischen in Capodistria machte. Bald erwarb er sich durch seine Kanzelreden einen bedeutenden Ruf, so daß er als Homilet nicht nur unter seinen Klosterbrüdern, sondern weit und breit in Italiens ersten Städten allgemein gerühmt ward. Als er dann in seine Heimat Dalmatien zurückkehrte, bedienten sich seiner die Kirchenfürsten dieses Landes, indem sie ihn bald als Theologen, als Prosynodalexaminator und Consultor des heiligen Officiums in den wichtigsten kirchlichen Angelegenheiten zu Rathe zogen. Daburch wieder stieg er immer mehr und mehr im Ansehen seiner eigenen Klosterbrüder, welche ihn auch zu wiederholten Malen zum Provincial erwählten und ihm die Würde des Generalvisitators für die ganze dalmatinische Ordensprovinz vom h. Erlöser übertrugen. Er schrieb: „Trattati di filosofia", „Trattati di Teologia", ferner „Quaresimali" in italienischer und illyrischer Sprache, und endlich eine Geschichte seines Klosters: „Storia del Convento di Zara", welche Werke sämmtlich als Handschriften im Kloster seines Ordens zu Zara, in welchem er

im hohen Alter von etwa 92 Jahren das Zeitliche segnete, aufbewahrt werden.

Fabianich (Donato P.). Storia dei frati minori dai primordi della loro istituzione in Dalmazia e Bosnia fino ai giorni nostri (Zara 1864, Fratelli Battara, gr. 8°.) Parte II, p. 37. — *Dandolo (Girolamo).* La caduta della repubblica di Venezia ed i suoi ultimi cinquant'anni. Studii storici (Venezia 1857, Naratovich, 8°.) Appendice, p. 319.

Višnić, Philipp (serbischer Volksdichter, geb. zu Trnova in Bosnien 1767, Todesjahr unbekannt). Nach dem frühzeitigen Tode seines Vaters übersiedelte er mit der Mutter in die Militärgrenze zu Verwandten. Acht Jahre alt, hatte er dort das Mißgeschick, zu erblinden. Da er aber ein ungewöhnlich gutes Gedächtniß besaß, so behielt er jedes Lied, das er irgendwo einmal hörte, und konnte es jederzeit in voller Treue vortragen. So erlernte er eine Menge Lieder, die ihm unter den Leuten auf dem Lande zu Ohren kamen, und trug sie dann, wenn sich ihm dazu die Gelegenheit bot, unter Begleitung mit der Gusla wieder vor. Und als bald darauf der serbische Aufstand unter Kara Djiordje [Bd. X, S. 463] zur Abschüttelung des Türkenjoches ausbrach, da sang Višnić die alten Heldenlieder, die er irgendwo vernommen, hiermit die Leute zum Kampfe entflammend. Aber allmälig begann er selbst Lieder zu ersinnen, und manche derselben zählen zu den Perlen der serbischen Volkspoesie und fanden Aufnahme in der berühmten Sammlung serbischer Volkslieder, welche Wuk Stephanowitsch Karadschitsch [Bd. X, S. 464] zuerst in Wien 1814 und 1815, dann in Leipzig in wiederholten Auflagen (1823 und 1841) in vier Bänden veranstaltet und die unter dem Pseudonym Talvj verborgene Frau

5*

von Jacob, verehelichte Robinſon ins Deutſche überſetzt hat. Bišnić wanderte nun, überall ſeine Lieder unter Begleitung mit der Gusla vortragend, durch ganz Bosnien, die Hercegovina, Serbien, Syrmien, Slavonien und die Bácska und fand, wo er hinkam, die freundlichſte Aufnahme. Er war ſo in der Neuzeit ein echter fahrender Sänger, ein Rhapſode in des Wortes beſter Bedeutung. Endlich ließ er ſich im Dorfe Grka in der Militärgrenze bleibend nieder, und ſtarb er auch daſelbſt. Die ſerbiſche gelehrte Geſellſchaft erinnerte ſich in der neueren Zeit des halb vergeſſenen Sängers und war bedacht, die Erinnerung an ihn durch ein zu ſeinen Ehren errichtetes Denkmal zu erhalten.

Bißanik, Michael von (Arzt, geb. zu Szathmár in Ungarn 1792, geſt. in Wien am 3. November 1873). Nach beendeten Vorbereitungsſtudien widmete er ſich an den Hochſchulen Peſth und Wien der Arzeneikunde und erlangte 1821 auf letzterer Univerſität die mediciniſche Doctorwürde, bei welcher Gelegenheit er die „*Dissertatio inauguralis medica de febri gastrica biliosa*" (Wien 1821, J. Stöckholzer, 8⁰.) veröffentlichte. Nun begann er als praktiſcher Arzt im k. k. allgemeinen Krankenhauſe zu Wien, und zwar zunächſt als Secundarius, ſeine Thätigkeit, worauf er, was bei jüngeren Aerzten nicht eben häufig vorzukommen pflegt, der Reihe nach in faſt allen damals beſtehenden öffentlichen Heilanſtalten Wiens und namentlich auch in der Irrenanſtalt Dienſte leiſtete. Als dann die verheerende Ueberſchwemmung des Jahres 1830 auf die ſanitären Verhältniſſe der Reſidenz, vornehmlich in den der Waſſersnoth beſonders ausgeſetzt geweſenen Vorſtädten, nachtheilig wirkte, war er in den meiſt von armen Leuten bewohnten Vorſtädten Roßau, Thury, Lichtenthal, Himmelpfortgrund und Althan als alleiniger Bezirksarzt thätig und hinterließ daſelbſt durch ſeine Hilfeleiſtung in dieſer bedrängten Zeit eine bleibende Erinnerung. Ein Gleiches war der Fall, als 1838 Ungarn von Waſſersnoth heimgeſucht wurde, während deren er in großmüthiger Weiſe Hilfe ſpendete. Ferner bemühte er ſich um die Förderung des Impfweſens, welches noch immer, namentlich in den unteren Kreiſen der Bevölkerung, einem kaum ausrottbaren Mißtrauen begegnete. Und als 1831 die Cholera zum erſten Male in Wien ihre Opfer forderte, in welche ſich dieſe Krankheit wie der Schreck vor derſelben theilten, da war es Bißanik, der mit noch einigen Koryphäen ſeiner Wiſſenſchaft, denen der Honorarſinn noch nicht allen Hochſinn aus der Seele getrieben, mit einer Opferwilligkeit ohne Gleichen in der beſtürzten Bevölkerung Hilfe leiſtete, die Gemüther beruhigte und den geſunkenen Muth aufrichtete. In gleicher Weiſe wirkte er dann auch in ſpäteren Cholera- und Typhusepidemien. Nun aber kommen wir zu dem Hauptpunkte ſeiner Thätigkeit, zu ſeinem Wirken auf einem bis dahin in erſchreckender Weiſe vernachläſſigten Gebiete, auf dem des Irrenweſens. Wohl bildeten die Geiſteskranken eine beſondere Abtheilung des Krankenhauſes, aber der Ort, wo dieſelben untergebracht waren, hieß wegen ſeiner Bauart der Narrenthurm, um den ſich im Volke eine ganze Kette unheimlichſter Erinnerungen, Sage und Geſchichte, emporgerankt, und welchen dieſe ſozuſagen zu einem Wahrzeichen Wiens gemacht hatten. Auf dieſer Abtheilung des Krankenhauſes war Bißanik der hilfreiche, troſt- und ſegenſpenbeide Reformator, er schaffte die Fesseln und die Zellenhaft ab, trat für die Beschäftigung der Irren, die geistige Anregung dieser unglücklichen Geschöpfe ein, kurz, rief in Behandlung der Irren jene Reformen ins Leben, deren segensreiche Wirkungen sich bald so bemerkbar machten, daß Bißanik vielfach als der Reorganisator des Irrenwesens in Oesterreich bezeichnet wird. In unserer Alles nivellirenden Zeit, in welcher die Streber und Schreier die Erinnerung an die besten Männer verdunkeln, verwirren oder gar zu streichen suchen, ist Bißanik schon so weit in die Dunkelheit gerückt worden, daß wir auch nicht einmal seinen Namen in Dr. Bernhard Hirschel's „Compendium der Geschichte der Medicin von den Urzeiten bis auf die *Gegenwart*" (Wien 1862, gr. 8⁰.) verzeichnet finden. Und doch war es er, der *auf eigene Kosten* eine Reise ins Ausland unternahm, um die verschiedensten Irrenanstalten fremder Länder zu besuchen und ihre Einrichtungen zu studiren. Und an den Heimgekehrten erging von Seite der Regierung die Aufforderung, den Plan zur Herstellung eines neuen Irrenhauses zu entwerfen, welches dann auch nach demselben auf dem sogenannten Brünnlfelde ausgeführt wurde, und er auch war es, der die Arbeiten an dem neuen Baue mit aller Energie betrieb. Aber dabei blieb er nicht stehen, er widmete seine liebevolle Fürsorge auch den geheilt aus den Irrenanstalten Entlassenen und gründete zu ihrem Besten einen besonderen Verein, dessen Wirksamkeit die segensreichsten Resultate herbeiführte. Auch verdankt ihm seine Existenz ein zweiter nicht minder ersprießlich wirkender Verein, nämlich jener zur Unterstützung der Witwen und Waisen derjenigen Aerzte, die nicht der Wiener Witwen-

societät einverleibt waren, und deren Hinterlassene also auf Unterstützung durch dieselbe keinen Anspruch haben. In der Folge wurde Bißanik zum Primararzt des allgemeinen Krankenhauses ernannt. für sein humanistisches Wirken vom In- und Ausland vielfach ausgezeichnet und ihm bei seinem Uebertritte in den Ruhestand der Hofrathstitel verliehen. Bei seiner umfassenden berufsärztlichen praktischen Wirksamkeit blieb ihm zur schriftstellerischen Thätigkeit in seinem Fache nur wenig Zeit übrig. Daher haben wir außer der schon erwähnten Inaugural-Dissertation von ihm nur noch anzuführen: „Die Anomalien der Schutzpocken in Bezug auf die Erhaltung und Fortpflanzung eines reinen, schützenden Impfkeims. Mit einer einleitenden Uebersicht der Leistungen des k. k. Schutzpocken-Hauptinstitutes in Wien" (Wien 1840, Gerold, gr. 8⁰.); . gemeinschaftlich mit Aug. Friedr. Zöhrer; — „Leistungen und Statistik der k. k. Irrenheilanstalt zu Wien seit ihrer Gründung 1784 bis 1844. Mit 14 Tabellen in gr. 8⁰. und gr. 4⁰." (Wien 1845, Mörschner's Witwe und Bianchi, gr. 8⁰.); — „Die Irrenheil- und Pfleganstalten Deutschlands. Frankreichs sammt der Cretinenanstalt auf dem Abendberge in der Schweiz. mit eigenen Bemerkungen" (Wien 1845, C. Gerold und Sohn, gr. 8⁰.); — „Unterrichtsgrundzüge zur Bildung brauchbarer, verlässlicher Irrenwärter" (Wien 1850, gr. 8⁰.). Bißanik fungirte wiederholt als Decan der medicinischen Facultät der Wiener Hochschule. Ein Freund der Studenten. war er noch lange deren Liebling. als er bereits außer jeder Verbindung mit der Facultät stand, und der Nachruf, in welchem er mit Wärme und voll Gefühl in seiner Wirksamkeit geschildert wird, enthält auch die schöne Zeile: „Bißanik war ein immer bereiter Helfer für alle Bedürftigen".

Illuſtrirtes Wiener Extrablatt, 1872, Nr. 223: „Der alte Bißanik todt".]

Porträt. Unterſchrift: Facſimile des Namens-zuges: „Dr. Michael von Bißanit, | k. k. Primararzt und Decan der mediciniſchen Fa-cultät". Unterhalb: „Aus Liebe und Ver-ehrung von den Secundarärzten und Docto-randen der Medicin gewidmet". Dauthage 1860 (lith.). Gedruckt bei Joſ. Stoufs in Wien (Fol.).

Vita, Giuſeppe be (Maler, geb. zu Spalato, das Jahr ſeiner Geburt, ſowie Ort und Zeit ſeines Todes unbe-kannt). Er lebte in der zweiten Hälfte des achtzehnten Jahrhunderts und war nach der Quelle, aus welcher wir ſchöpfen, nicht ohne Bedeutung, wenngleich die Künſtlerlexika ſeinen Namen nicht kennen. In der Villa Cataio, welche ſpäter in den Beſitz des Erzherzogs von Modena gelangte, ſah Nicolo Tommaſeo eine Fresko Vita's, welche die „Anbetung der heiligen drei Könige" darſtellte und „Jo-seph de Vita Dalmata fecit 1782" bezeichnet war. „Ein Gemälde", ſchreibt Tommaſeo, „von Vielen nicht gering im Werthe gehalten, welches mit Rück-ſicht auf die für die Kunſt traurige Zeit, in der es ausgeführt wurde, Beachtung verdient". Leider gelang es dem Ver-faſſer dieſes Lexikons nicht, in die unten benannte Quelle, welche Näheres über Vita berichtet, Einſicht zu nehmen. — Sebaſtian de Vita, ebenfalls aus Spa-lato gebürtig, war wohl ein Bruder Joſephs und gleich dieſem ein geſchick-ter Maler. Durch ein allem Anſcheine nach in Venedig gedrucktes Sonett, in welchem ein Bild Sebaſtians verherr-licht wird, das „Eine heilige Familie" dar-ſtellt, hat ſich das Andenken dieſes Künſt-lers erhalten.

Dalmazia (Dalmatiner Journal) 1845, Nr. 33: „Del pittore Vita (Spalatino) e di alcuni altri interessi dalmati-; — ebenda 1846,

Nr. 4: „I pittori de Vita Giuseppe e Sebastiano di Spalato" [der Verfaſſer zeichnet ſich G. F. C.].

Vita, Wilhelm (Bildnißmaler, geb. zu Zauchtl in Mähren 1846). Er beſuchte die k. k. Akademie der bildenden Künſte in Wien, wo er ſich unter Pro-feſſor von Angeli's Leitung in ſeinem Fache ausbildete und in demſelben bald eine Höhe erreichte, daß er als Bildniß-maler ſehr geſucht war und ihm von bedeutenden Perſönlichkeiten Aufträge ertheilt wurden. Zuerſt brachte er 1869 auf die Mai-Ausſtellung des öſterreichi-ſchen Kunſtvereines nebſt einem anderen Bildniſſe ein „Selbſtporträt" vor das Pu-blicum. Dann folgten in der erſten und zweiten großen internationalen Kunſt-ausſtellung vom Jahre 1869, reſpective 1870: „Ein Bauernjunge" und ein „Männ-liches Costumbild", nebſt einem Bildniſſe, welches mit dem Preiſe von 1600 Francs bewerthet war. Von anderen Arbeiten Vita's kennen wir ſein Bildniß des Miniſters Anton Ritter von Schmer-ling und jenes des Freiherrn von Lich-tenfels, beide 1875 gemalt und in der hiſtoriſchen Ausſtellung, welche anläßlich der Eröffnung der neuen Akademie der bildenden Künſte 1877 in derſelben ſtatt-hatte, ausgeſtellt. In den folgenden Jahren meldeten die Journale wieder-holt von ſeiner Thätigkeit, und ſind von ſeinen Arbeiten — welche jedoch ſeltener in die Ausſtellungen gelangten — zu nennen: die Bildniſſe von Vincenz Mil-ler von Aichholz, des Abgeordneten Rubinſtein, des Dr. Catharin (1879) und jenes Sr. kaiſerlichen Hoheit des Erzherzogs Karl Ludwig. In der erſten internationalen Kunſtausſtellung, welche 1882 im Künſtlerhauſe zu Wien ſtattfand, war Vita mit einem Bildniſſe vertreten.

Oesterreichische (später österreichisch‧unga‑
rische) Kunst‑Chronik. Herausgegeben und
redigirt von Dr. Heinrich Kábdebo (Wien,
Reisser und Wertheim, 4°.) I. Bd. (1878),
S. 73, 122 und 169; IV. Bd. (1880),
S. 20 und 42.

Vitàk, Anton Constantin (čechischer
Schriftsteller, geb. zu Čáslau am
9. Juli 1836). In seiner Geburtsstadt
besuchte er die Hauptschule, in Königgrätz
das Gymnasium und trat dann zu Leipnik
in Mähren in den Orden der frommen
Schulen. Noch als Novize ward er mit
dem Unterrichte der Kinder in der ersten
Classe der Normalschule betraut, als er
aber an Stelle der deutschen Fibel den
mährischen Kindern in der deutschen
Schule ein čechisches Lesebuch in die
Hand gab, erfolgte seine Versetzung nach
Nikolsburg, wo er, während er an der
Normalschule lehrte, sich selbst für das
Obergymnasium vorbereitete. Als er nun
in seinem neuen Amte gewahr wurde,
daß ein großer Theil seiner Schüler aus
den benachbarten mährischen Dörfern und
Städtchen die deutsche Sprache, in welcher
man lehrte, nicht verstehe, gab er aus
eigenem Antriebe Privatunterricht im
čechischen Idiom. In Folge seines Wider‑
standes gegen das Deutschthum sah er
sich nach Kremsier übersetzt, wo er als
Supplent in der Realschule und bei den
geschäftlichen Arbeiten des Vorstandes
im Knabenseminar Verwendung fand.
Dort beendete er auch die achte Classe
des Obergymnasiums. Bereits in Nikols‑
burg hatte er für die čechische Zeitschrift
„Škola a život“, d. i. Schule und Leben,
mitzuarbeiten begonnen. Ein Artikel nun
in diesem Blatte, betitelt: „Kroměříž,
obrázek hanáckých míst“, d. i. Krem‑
sier, ein Bild hanakischer Städte, als
dessen Verfasser er angesehen wurde, und
als welcher er sich auch bekannte, ver‑

anlaßte 1860 seinen Austritt aus dem
Piaristenorden. Nun nahm er sofort eine
Erzieherstelle in der Familie des Frei‑
herrn Wilhelm von Hanstein zu Bezko
bei Kremsier an. Aber noch im December
genannten Jahres unterzog er sich in
Brünn der Prüfung für das Lehramt an
einer Hauptschule und kam dann in dem‑
selben Monate als Lehrer an die Haupt‑
schule in einer Vorstadt Brünns. Im Mai
1861 als solcher der vierten Classe an die
Pfarrhauptschule zu Jevic in Mähren
berufen, blieb er daselbst bis 1865, wor‑
auf er in gleicher Eigenschaft an die
Mädchen‑Hauptschule in Königinhof ver‑
setzt wurde. Im September 1868 erhielt
er die erste Lehrerstelle an der Haupt‑
schule zu Laun, da er aber seine Čechi‑
sirungsversuche nicht aufgab, wurde er
endlich 1869 vom Amte suspendirt.
Wohl oder übel nahm er jetzt die Stelle
des Stadtsecretärs zu Lysa an der Elbe
an. Seine 1870 erfolgte Berufung als
Lehrer nach Libušin und Schlan erhielt
nicht die Genehmigung des Landesschul‑
rathes, und so blieb er denn auf seinem
Secretärsposten. Vitàk widmete sich
anfänglich ganz dem Erziehungsfache,
gründete und redigirte, der Erste in
Mähren, ein pädagogisches Blatt, be‑
titelt zuerst: „Péstoun moravský“,
d. i. Der mährische Erzieher, später
„Péstoun“, d. i. Der Erzieher, mit der
katechetischen Beilage „Pokladnice“,
d. i. Das Schatzkästlein. Er redigirte es
von 1862 bis 1866. Das Olmützer Consi‑
storium beschuldigte ihn in seinem Schul‑
blatte antikatholischer Haltung, und da
er in seiner Schule in čechischer Sprache
vortrug, zog er sich die Rügen des Con‑
sistoriums und der höheren Behörde zu
und hatte auch zuletzt bei seiner hart‑
näckigen Čechisirungsmanie selbst die Be‑
völkerung gegen sich, die sich ein ihr

unsympathisches Idiom gegen das edlere deutsche doch nicht aufbringen lassen wollte. Was nun Biták's schriftstellerische Thätigkeit betrifft, so sind folgende Schriften von ihm zu verzeichnen: „*Dějiny král. věnného města Dvora Králové nad Labem*", d. i. Geschichte der königlichen Leibgedingstadt Königinhof an der Elbe (Prag 1867), zur fünfzigjährigen Feier der Auffindung der Königinhofer Handschrift; — „*Dvě písně o blahosl. Janu Sarkandrovi*", d. i. Zwei Lieder von dem seligen Joh. Sarkander (1860); — „*Patero úvah o školství Brněnském*", d. i. Fünf Betrachtungen über das Brünner Schulwesen (Brünn 1861, Rohrer); — „*Nejstrucnější mluvnice česká v nížto jest možno české dobropísemnosti snadně, rychle a náležitě se naučiti*", d. i. Kurzgefaßte böhmische Grammatik, mit welcher man im Stande ist, gut, schnell und richtig böhmisch zu erlernen (Prag 1864; 2. Aufl. 1865. 3. Aufl. 1867, 8°.); — „*Školní Museum. Milým občanům královédvorkým na památku*", d. i. Schul-Museum. Den lieben Bewohnern von Königinhof zum Andenken (Prag 1868, 8°.); — „*Václav Hanka a Rukopis královédvorský. K oslavě padesátiletě památky nalezení rukopisu královédvorského*", d. i. Wenzel Hanka und die Königinhofer Handschrift. Zur Festfeier des fünfzigjährigen Andenkens an die Auffindung der Königinhofer Handschrift (Prag 1870, 8°., mit 2 Holzschnitten und 1 Steindruck), der Reinertrag war zum Besten des Hanka-Theaters gewidmet. Auch gab er noch den Lehreralmanach für 1863: „*Zápisky učitelské a kalendárium na rok 1863*" (Prag, Kober) heraus. Ueberdies ist er Mitarbeiter der čechischen pädagogischen und verschiedener anderer Zeitschriften, als:

„*Škola a život*", d. i. Schule und Leben, „*Hvězda*", d. i. Der Stern, „Moravské Noviny", d. i. Mährische Zeitung, „Moravská Orlice", d. i. Der mährische Adler, „Národné listy", d. i. Volkszeitung, „Pokrok", d. i. Der Fortschritt, und „Učitelské listy", d. i. Lehrer-Zeitung. Biták stellt uns ganz das Musterexemplar eines für sein Idiom begeisterten Schulmannes dar, und gewiß ist dasselbe durchaus nachahmenswerth; behördliche Eingriffe, priesterliche Verfolgungen sind unter solchen Umständen nicht am Platze und machen die Sache nicht besser, eher schlimmer; nur den Deutschen an jenen Orten, wo solche Escamotirungsversuche des deutschen Idioms vorkommen, wäre gleiche Zähigkeit, gleiches Gebaren dringend zu empfehlen. Denn gleiches Recht für Alle, weder die Deutschen sollen von den Čechen, noch die Čechen von den Deutschen an die Wand gedrückt werden, beide sollen nebeneinander ohne Haß und Reibung leben, wie es ja doch vor unserer Racenverfolgungsära Jahrhunderte lang gewesen.

Učitelské Listy, d. i. Pädagogische Blätter (Brünn) Der Jahrgang 1870 enthält Biták's ausführliche Selbstbiographie

Bital, Ignaz. siehe: **Bitali**, Stanislaus Edler von [S. 73, Nr. 3].

Bitali, Johann Baptist von (Schriftsteller, geb. zu Kronstadt in Siebenbürgen am 27. October 1781, Todesjahr unbekannt). Der Sproß einer vornehmen Mailänder Familie, diente sein Vater als Hauptmann in der k. k. Armee. In früher Jugend kam der Sohn in die Heimat der Eltern und wurde in Mailand erzogen. Daselbst erhielt er an der berühmten Akademie der Brera seine

Ausbildung, und kein Geringerer als Abbate Parini [Bd. XXI, S 299] war der Lehrer des Jünglings, auf dessen geistige Entfaltung derselbe bedeutenden Einfluß übte. Mit dem zu Ende seiner Studien (1799) eingetretenen Regierungswechsel kam Vitali in die Dienste der kaiserlichen Regierung, in welchen er in den Dreißiger-Jahren die Stelle eines Militärverpflegsverwalters zu Lemberg bekleidete. Nun, seine amtliche Laufbahn, die überhaupt nichts Besonderes darbietet. interessirt uns weiter nicht, wohl aber seine literarischen Arbeiten, und diese umsomehr, als er, ein Italiener, in deutscher Sprache schrieb. Er hatte sich dieselbe in Jahren so zu eigen gemacht, daß er sich ihrer ebenso geläufig in Wort und Schrift bediente, wie seiner Muttersprache. In letzterer dichtete er schon in seinen jüngeren Jahren, und zwar schrieb er, dem Zuge der damaligen Poesie in Oberitalien folgend, außer kleineren Gedichten einige Pastoraldramen; ferner übersetzte er Houwald's Drama „Das Bild", Rabener's „Der Märtyrer für die Wahrheit" und die Episode „Die Republik des weisen Blamnis" aus Wieland's „Goldenem Spiegel" ins Italienische. Was davon und wo dasselbe im Druck erschien, ist mir nicht bekannt. In späterer Zeit, namentlich nachdem er aus Italien in andere Provinzen der Monarchie kam, schrieb er nur in deutscher Sprache, und zwar versuchte er sich zunächst mit der Verdeutschung eines Trauerspiels von Pindemonte, welche auch unter dem Titel: „Die Colonisten auf Candia. Trauerspiel aus dem Italienischen" (Wien 1818) herauskam. Ein poetisches Taschenbuch, betitelt: „Der Hausfreund, allem Schönen gewidmet", welches er bei Gerold in Wien (8°., mit KK.) erscheinen ließ, gedieh nicht über die beiden Jahrgänge 1812 und 1813 hinaus. Dieses Taschenbuch und die Uebersetzung des genannten Theaterstückes von Pindemonte finden sich in den Bücherkatalogen verzeichnet, aber Vitali schrieb noch Mehreres, was wir, obgleich es in den Druck gelangte, in denselben vergebens suchen und daher nicht bibliographisch genau anführen können, so ein „Lesebuch für die Jugend". ferner die „Tagszeiten". eine Anstandslehre und eine Geschichte der Stadt Waitzen in Ungarn, in welcher er längere Zeit gelebt hatte. In späteren Jahren, als ihm amtliche Berufsarbeiten nicht gestatteten, größere Werke zu veröffentlichen, beschränkte er sich auf kleinere in Zeitschriften und Taschenbücher gelieferte Artikel, deren sich einige in der zu Pesth herausgegebenen „Iris" und in der Lemberger „Mnemosyne" finden; außerdem schrieb er noch Gedichte, Erzählungen, Novellen, Artikel statistischen und landwirthschaftlichen Inhalts für verschiedene in- und ausländische Zeitschriften. Aber auch auf dem dramatischen Gebiete arbeitete er, und zwar nicht ohne Erfolg. So wurden sein Melodram „Brennus". ferner die Lustspiele: „Die Heirat auf der Flucht", „Die Ueberraschungen". „Die Weihe des Tages". „Das Winzer-Fräulein" auf Provinzialbühnen dargestellt und fanden Beifall. Zu Anfang der Vierziger-Jahre war Vitali noch am Leben, dann verschwand er aus der Oeffentlichkeit, und nur ein paar Anthologien und Literaturgeschichten denken flüchtig seiner.

Scheyrer (Ludwig). Die Schriftsteller Oesterreichs in Reim und Prosa auf dem Gebiete der schönen Literatur von den ältesten bis auf die neueste Zeit. Mit biographischen Angaben und Proben aus ihren Werken (Wien 1858, 8°.) S. 356. — Goedeke (Karl). Grundriß zur Geschichte der deutschen Dichtung. Aus

den Quellen (Hannover 1859, Chlermann, 8°.)
Theil III, S. 168, Nr. 288. — Zeitschrift
von und für Ungarn (Pesth. 8°.) Bd. III,
1803, S. 387.

Vitali, Stanislaus Edler von (k. k.
Hauptmann, geb. zu Mailand
28. Juni 1831). Der Sproß einer
lombardischen Familie, erhielt er seine
erste Erziehung im Collegio Bianconi
zu Monza und trat dann 1846, fünfzehn Jahre alt, in die Mailänder Ca-
detencompagnie. Als Zögling derselben
folgte er bei Ausbruch der Revolution
1848, troß dringender Aufforderung
seiner in Mailand lebenden Familie, sich
dem Aufstande anzuschließen, der ab-
ziehenden k. k. Armee an und machte
darauf den Straßenkampf in leßterer
Stadt und die Erstürmung von Melegnano mit. In Verona angelangt, ließ
er sich zum k. k. 10. Jäger-Bataillon
eintheilen und betheiligte sich an allen
Schlachten und Gefechten, welche diese
ruhmreiche Truppe in der Lombardie
1848 kämpfte. Im Jahre 1850 rückte er
zum Lieutenant, 1859 zum Oberlieutenant im Infanterie-Regimente Nr. 38,
1865 zum Hauptmanne in demselben
vor und machte in dieser Eigenschaft
und als Compagniecommandant den
böhmisch-preußischen Feldzug 1866 mit,
in welchem er für sein tapferes Verhalten
mit Decret ddo. Wien 15. October 1866
die allerhöchste Belobung erhielt. Später
kam er als Hauptmann zu Hoch- und
Deutschmeister - Infanterie Nr. 4 und
trat darauf in den Ruhestand über. Mit
Diplom ddo. 23. December 1876 wurde
er in den österreichischen Adelstand mit
dem Ehrenworte „Edler von" erhoben.
Stanislaus von Vitali ist seit
28. Jänner 1863 mit Amalie geborenen
Heinz vermält, und stammen aus dieser
Ehe Stanislaus (geb. zu Theresien-

stadt in Böhmen am 16. December 1863)
und Otto (geb. ebenda am 20. Juli
1865).

Thürheim (Andreas Graf). Gedenkblätter aus
der Kriegsgeschichte der k. k. österreichischen
Armee (Wien und Teschen 1880, K. Prochaska,
Ler.-8°.) Bd. I, S. 470.

Wappen. Getheilt. In der oberen rothen
Hälfte zwei verschränkte Schwerter mit gol-
benen Griffen; in der unteren blauen ein
silbernes Pferd. Auf dem Schilde ruht ein
gekrönter Helm mit einem vorn von Roth
über Gold, hinten von Silber über Blau
getheilten Fluge. Helmdecken. Rechts roth
mit Gold, links blau mit Silber unterlegt.
Devise: „Fidelitatis praemium".

Noch seien erwähnt: 1. **Johann Vitali** (geb.
zu Mailand im ersten Decennium des laufenden Jahrhunderts). Um die Mitte der Dreißiger-Jahre zog er aus der Lombardie in die
Schweiz, wo er zunächst in Graubündten,
dann im Canton Waadt lebte. Ueber die
Ursachen seiner plötzlichen Entfernung aus
dem Vaterlande hat er sich nie geäußert;
doch mochten sie politischer Natur sein, da er
sich zu den Ansichten Silvio Pellico's,
überhaupt des jungen Italien bekannte. Im
Jahre 1840 erhielt er von der österreichischen
Regierung eine Citation nach Mailand, und
im Februar begab er sich dahin. „Der Verlust
seines Vermögens stehe auf dem Spiele",
damit erklärte er seinen Schweizer Freunden
seine Abreise in die Heimat. Von Mailand,
wo er wohl verhört wurde, im Uebrigen aber
sich unbehelligt sah, kehrte er erst 1847 wieder
in die Schweiz zurück, ging von dort nach
Paris und trat daselbst als Lehrer in Gui-
zot's Haus. Als dieser nach der Februar-
Revolution mit seiner Familie nach England
floh, blieb Vitali ohne Stelle zurück. Seine
Bemühung, eine friedliche Anstellung in der
Schweiz zu erhalten, war ohne Erfolg, und
so lebte er in der Zeitschrift von seiner
Feder. Von seinen Werken ist erwähnenswerth
die Uebersetzung der Gedichte Mathisson's;
mit einer solchen war ihm zwar schon Felice
Bellotti [Bd. I, S 247] zuvorgekommen,
doch reicht dessen Arbeit an jene Vitali's
nicht heran. Eine Uebertragung des Leßteren
von Neuffer's „Hugo von der Au" und
„Clotilde von Helfenstein" blieb ungedruckt.
Seine „Varie poesie inglesi in prosa
italiana voltate" (Mailand 1841) enthalten

Byron's „Prisoner of Chillon“, 27 kleinere
Gedichte dieses Briten, sowie 18 Gedichte
von Shakespeare, Gray, Campbell,
Cowper, Wolfe, Watts, Montgo-
mery, White und Felicia Hemans.
Seine beste Arbeit aber ist die „Anthologia
dei poeti tedeschi“, welche 1853 zu Paris
in drei Bänden erschien und die Uebersetzungen
der schönsten Dichtungen von hundert deutschen
Poeten bietet. [Meyer (J.). Das große Conversations-Lexikon für die gebildeten Stände
(Hildburghausen, New-York und Philadelphia,
gr. 8°.). Fünfter Supplementband, S. 1332.]
— 2. Josephine Vitali (geb. in Oesterreich am 14. März 1846). Ihr Vater Raphael wie ihre Mutter Claudia geborene
Zerlotti waren Sänger. Schon als Kind
zeigte sie außerordentliche Begabung für die
Musik und kam frühzeitig nach Italien, wo
sie systematisch für den Gesang ausgebildet
wurde. Erst zehn Jahre alt, componirte sie
bereits, mit siebzehn Jahren betrat sie in
Verdi's „Rigoletto“ in Modena zum ersten
Male die Bühne. Nun sang sie auf den verschiedensten Theatern Italiens und Deutschlands, dann in Paris, Madrid und in London
und kam im Jahre 1867 auch nach Prag und
seit dieser Zeit öfter in die Moldaustadt, wo
sie auf der Bühne oder in Concerten zu
wohlthätigen oder künstlerischen Zwecken sich
hören ließ, so zu Gunsten des Vereines der
h. Ludmilla, zur Errichtung eines Denkmals
für Božena Nemec, für den Bau des
čechischen Nationaltheaters, für den böhmischen Akademikerverein u. s. w., in Folge
dessen denn auch aus Dankbarkeit die erd-
ichen Journale von Bewunderung der Kunst
der Sängerin übertriefend, deren Biographie
und Bildniß brachten. [Svetozor (Prager
illustrirte Zeitung) 1869, Nr. 25, S. 207:
„Josefa Vitali“. — Porträt. Holzschnitt von
Schulz, nach einer Zeichnung von Kriehuber (ein Sohn!.] — 3. Antlingend an
den Namen Vitali ist jener des Pfarrers
zu Heiligenaich im Viertel ober dem Wiener
Walde, Ignaz Vital, der im Jahre 1798
ein Armeninstitut (welches, ist nicht genannt,
doch vermuthen wir, daß jenes zu Wien gemeint sei) zum Erben dessen ansehnlichen
Vermögens einsetzte, überdies zur Verschönerung der Kirche, welcher er vorgestanden, den
Betrag von eintausendfünfhundert Gulden
legirte und seine Büchersammlung zum Gebrauche der Pfarrgeistlichkeit von Heil.genaich
bestimmte. [Megerle v. Mühlfeld (J. G.)

Memorabilien des österreichischen Kaiserstaates
oder Taschenbuch für Rückerinnerung an die
merkwürdigsten Ereignisse seit dem Regierungsantritte Sr. Majestät des Kaisers Franz
des Ersten, das ist vom 1. März 1792 bis
zum Schluße des achtzehnten Jahrhunderts
(Wien 1825, J. P. Sollinger, kl. 8°.) S. 234.]

Vitásek, siehe: Wittasek.

Vitek, ... (Maler, geb. in
Böhmen, Ort und Jahr seiner Geburt
wie seines Todes unbekannt). Er lebte
in der zweiten Hälfte des achtzehnten
Jahrhunderts in Böhmen und hielt sich
1796 zu Wien auf. Die Erinnerung an
diesen Künstler hat sich nur durch eine
Reihe von Gemälden erhalten, welche
der Pfarrer von Porzizan im Kaurimer
Kreise Böhmens, Matthias Swoboda
besaß, bei welchem sie der Lexikograph
Dlabacz sah. Sie stellten dar den
„h. Arcadius“, den „h. Timotheus“, den
„h. Sebastian“, den „h. Johannes“, den
„h. Remigius, wie er den Frankenkönig
tauft“. die „h. Maria von Aegypten“, den
„h. Anton“ und den „h. Paulus“, endlich
das „Symbolum ecclesiae“, sämmtlich
in den Jahren 1764 und 1765 gemalt.
Dies ist Alles, was man von diesem
Künstler weiß, dessen auch Nagler gedenkt als „eines Malers aus Böhmen,
der um 1760—1770 thätig war und
religiöse Gegenstände malte“.

Dlabacz (Gottfried Johann). Allgemeines
historisches Künstler-Lexikon für Böhmen und
zum Theile auch für Mähren und Schlesien
(Prag 1815, Gottlieb Haase, 4°.) Bd. III.
Sp. 300. — Nagler (G. K. Dr.) Neues
allgemeines Künstler-Lexikon (München 1835
u. f., E. A. Fleischmann, 8°.) Bd. XX, S. 430.

Vítěz, Michael. Unter diesem Namen,
ohne irgend einen weiteren Beisatz, citirt das čechische Conversations-
lexikon (Slovník naučný) von Rieger-
Malý Bd. IX, S. 1137 einen unga-

rischen Poeten, unter welchem indeß nach den weiteren Daten nur der Dichter Csokonai gemeint ist, der wohl mit vollem Namen Csokonai Bitéz Mihály heißt, von den Magyaren selbst aber, sowie in den Literaturgeschichten, immer als Csokonai aufgeführt wird und in diesem Lexikon unter Csokonai Bitéz Michael [Bd. III, S. 62] erscheint.

Bitezić, Dominik (Mitglied des Abgeordnetenhauses des österreichischen Reichsrathes, Ort und Jahr seiner Geburt unbekannt), Zeitgenoß. Er dürfte um die Mitte der Dreißiger-Jahre in Croatien geboren sein. Nach beendeten Rechtsstudien widmete er sich dem k. k. Staatsdienste auf finanziellem Gebiete, erlangte die Doctorwürde und bekleidete dann die Stelle eines Finanzrathes und zuletzt jene eines Finanzprocurators in Zara, als welcher er in den Ruhestand übertrat. Im Jahre 1873 wurde er in Istrien als Abgeordneter der zum zweiten Gerichtsbezirke zählenden Landgemeinden Pisino, Albano, Volosca, Castelnuovo, Veglia, Cherso und Lussin in den österreichischen Reichsrath gewählt, in welchem er gleich anfangs sich der Rechtspartei anschloß und derselben auch treu blieb. Er betheiligte sich an den wichtigsten Debatten des Hauses und interpellirte unter Anderem wegen Nichtzulassung der croatischen Sprache bei den Aemtern im Küstenlande. Bitezić wurde vom h. Vater zuerst 1862 mit dem St. Gregor-, dann 1870 mit dem Commandeurkreuz des Sylvesterordens ausgezeichnet.

Porträt. Im Gruppenbilde der im Zamarski'schen Verlage zu Wien erscheinenden „Neuen Illustrirten Zeitung", VIII. Jahrg. (1880), Nr. 22.

Bitezović, Paul, siehe: **Ritter Paul** [Bd. XXVI, S. 189].

Bitkay, Paul (Botaniker, geb. zu Kubach im Zipser Comitate 1779, gest. zu Drauka 1842). Er besuchte die Schulen in Recskemét und Rosenau und bildete sich dann für den theologischen Beruf an den Seminarien in Neusohl, Preßburg und Tyrnau. Nach erlangter Weihe trat er in die Seelsorge, caplanirte 1804 zu Rosenau im Liptauer Comitate und widmete die Muße seines Amtes zu botanischen Ausflügen in die Alpen Djumbir und Choc, deren Pflanzen er durchforschte und sammelte. 1807 wurde er Pfarrer zu Dobró im Árvaer Comitate und machte dort die Flora der Bornmoore zum Gegenstande seiner Forschungen. 1814 erhielt er die Pfarre Zázriva und besuchte von derselben aus häufig die Rózsabec und Sztoch. 1828 auf sein Verlangen nach Zubrohlava versetzt, lernte er auch die Flora der Babia gora und Pilszko kennen. Schon im Jahre 1822 hatte er seine „Flora arvensis" geschrieben. Ob sie im Druck erschienen ist, konnte ich nicht auffinden; aber Nicolaus von Szontagh [Band XLII, S. 250] hat sie zu seiner „Enumeratio plantarum phanerogamicarum et cryptogamicarum vascularium comitatus Arvensis", welche 1863 in Wien herauskam, benützt.

Kanitz (August). Versuch einer Geschichte der ungarischen Botanik (Halle 1865, 8°.) S. 149.

Bitkovics, Michael (ungarischer Dichter, geb. zu Erlau 26. August 1778, gest. zu Pesth 9. September 1829). Sein Vater Peter (geb. zu Erlau 1754, gest. in Ofen 24. Jänner alten Styls 1808), eines Protopresbyters Sohn, wurde 1774 Pfarrer in seinem

Geburtsorte und kam 1804 als solcher nach Ofen; er gab ein paar einzelne Predigten in serbischer Sprache heraus, mehrere aber, welche er handschriftlich hinterließ, gingen zum Theile durch Brand, zum Theile durch Verschleppung verloren. Von Peters beiden Söhnen Johann und Michael trat Ersterer (geb. 5. September 1785, gest in Ofen 1830) in die Fußstapfen des Vaters und wurde gleich diesem Pfarrer in Ofen und bischöflicher Consistorialrath. Michael dagegen widmete sich der weltlichen Laufbahn. Schon auf dem Erlauer Gymnasium, welches er durch fünf Jahre besuchte, zeigte er poetische Anlagen, so daß er des Versemachens wegen von einem seiner Lehrer gestraft wurde. Als er dann 1796 nach Ofen kam, erwarb er sich aber durch eben dieses Talent die Zuneigung seines Lehrers, des gelehrten Wolfgang Tóth [Bd. XLVI, S. 245], der ihn unter seinen Schülern besonders auszeichnete. Nun bezog er das Erlauer Lyceum, an welchem er die philosophischen, darauf die Universität Pesth, an welcher er die rechtswissenschaftlichen Studien beendete. Die juridische Praxis trat er 1801 als beeideter Notar bei der königlichen Tafel in Pesth an. Im Juni 1803 ward er Tabularadvocat daselbst, als welcher er im schönsten Mannesalter von erst 51 Jahren starb. In die Poesie wurde der für diese Kunst begeisterte Jüngling durch den damaligen Professor der ungarischen Literatur am Erlauer Lyceum, Pápay, eingeführt, der ihn besonders zum Studium und zur Pflege der vaterländischen Dichtung aneiferte. Nebenbei betrieb er das Studium der alten Classiker, darunter der Römer Horaz, Lucrez, Seneca und des Griechen Theokrit, während unter den deutschen Autoren seine Wahl weniger

glücklich auf Blumauer fiel. Von den ungarischen Poeten aber zog ihn vor allen Kazinczy an, welcher damals bei seiner großen Vielseitigkeit die heimische Literatur beherrschte. Mit einer Ode 1804 auf den Tod des Freiherrn Joseph Orczy [Bd. XXI, S. 85, Nr. 4] trat Vitkovics zuerst vor die Oeffentlichkeit, diesem Gedichte folgte im ersten Bande des siebenbürgischen Museums (Erdélyi Museum) seine Epistel an Stephan Horvát [Bd. IX, S. 324] und zuletzt seine „Mesék és versek", d. i. Fabeln und Gedichte (Pesth 1817), unter welch letzteren insbesondere seine Epigramme Beifall fanden. Später begegnen wir seinen lyrischen Dichtungen und Epigrammen häufig in den „Hasznos mulatságok", d. i. Nützliche Unterhaltungen (1820), in der „Aurora" (1822—1829) und „Hebe" (1823—1826), in welchen Blättern vor allen seine trefflichen Uebersetzungen serbischer Volkslieder und Balladen, mit denen er seine ungarischen Landsleute der Erste bekannt machte, hervorzuheben sind. Auch leben viele seiner ungarischen Lieder im Volksmunde. Seine dramatischen Versuche, zu denen er, als das neue ungarische Theater ins Leben trat, angeregt wurde, so: „II. Rákóczi Ferenc Radostóban", d. i. Franz II. Rákóczi zu Radostó, Trauerspiel in 3 Acten; — „Mars Vénusval Murány alatt", d. i. Mars und Venus vor Murány. Nationales Ritterschauspiel in 4 Aufzügen; — „A keresztes vitézek", d. i. Die Kreuzfahrer, Schauspiel in 5 Aufzügen, nach Kotzebue; — „A pozsonyi kabát", d. i. Der Rock aus Preßburg, Lustspiel in 4 Aufzügen, nach Jünger's Lustspiel: „Das Kleid aus Lyon"; — und „A megengesztelés", d. i. Die Versöhnung, ein rührendes Schauspiel in 3 Aufzügen nach dem

Französischen, sind wohl zur Aufführung
gelangt und leisteten damals, da es mit
dem Repertoire der ungarischen Bühne
noch sehr schlimm bestellt war, ihre guten
Dienste, kamen aber weder in den Druck,
noch erhielten sie sich auf dem Theater.
Selbst von serbischer Abstammung, dichtete
Vitkovics auch in seiner Muttersprache,
aber ohne damit besonders Ruhm zu
ernten, denn ein Kenner der serbischen
Literatur, Šafařik, welcher auch unseres
Poeten in dieser Sprache herausgegebene Gedichte (1819), Fabeln, Theaterstücke und Erzählungen (1816) kennt,
bemerkt hinsichtlich dieser letzteren, daß
deren Autor „durch seine Fabeln und
andere kleine Gedichte in ungarischer
Sprache einen ungleich größeren Ruhm
erworben, als durch seine höchst mittel-
mäßigen Leistungen in der serbischen
angeborenen Mundart". Wir fügen nur
noch hinzu, daß ihn mit dem Dichter
Daniel Berzsényi [Bd. I, S. 344]
freundschaftliche Bande verknüpften, und
daß er zum Mitgliede des Ausschusses
gewählt wurde, welcher auf Anordnung
des Erzherzogs Palatin Joseph unter
des Grafen Joseph Teleki [Bd. XLIII,
S. 249] Vorsitz zusammentrat, um sich
mit den Vorarbeiten und der Abfassung
der Statuten für die zu errichtende ungarische Akademie der Wissenschaften zu beschäftigen. Auch zählte Vitkovics neben
Berzsényi, Kisfaludy und Judith
Takács-Dukai zu den Mitgliedern
des „Helikon", welches Georg Graf Festetics [Bd. IV. S. 209] zu Keszthely
gegründet hatte.

Handbuch der ungarischen Poesie u. f. w. In
Verbindung mit Julius Fenyéry. Herausgegeben von Franz Toldy (Pesth und Wien
1828, G. Kilian und K. Gerold, gr. 8°.)
Bd. II, S. 121 u. f. und 443. — Mertbeny (K. M.). Album hundert ungarischer Dichter. In eigenen und fremden Ueber-

setzungen (Dresden und Pesth 1854, Robert
Schäfer und Hermann Geibel, 16°.) S. 41
und 525. — Oesterreichische National-
Encyklopädie von Gräffer und Czi-
kann (Wien 1835, 8°.) Bd. V, S. 570 [nach
dieser geboren 26. August 1768]. — Paul
Joseph Šafařik's Geschichte der südsla-
vischen Literatur. Aus dessen handschriftlichem
Nachlasse herausgegeben von Joseph Jireček
(Prag 1865, Tempský, 8°.). III. Das ser-
bische Schriftthum. S. 342 und 388, Nr. 428;
S. 393, Nr. 463 und 465; S. 397, Nr. 493;
S. 401, Nr. 522 und 526; S. 403, Nr. 549;
S. 407, Nr. 574 (nach diesem geb. 14. August
1778, gest. 28. August 1829]. — Ungarns
Männer der Zeit. Biographien und Cha-
rakteristiken hervorragendster Persönlichkeiten
.... Aus der Feder eines Unabhängigen
(Prag 1862, A. G. Steinhauser, 12°.) S. 268.
— Magyar irók. Életrajz-gyüjtemény.
Gyüjték Ferenczy Jakab és Danie-
lik József, d. i. Ungarische Schriftsteller.
Sammlung von Lebensbeschreibungen. Von
Jacob Ferenczy und Joseph Danielik
(Pesth 1856, Gustav Emich, 8°.) Bd. I,
S. 618. — Magarország és Erdély
képekben, d. i. Ungarn und Siebenbürgen
in Bildern (Pesth, 4°.) Bd. IV (1854), S. 34.
— Toldi (Ferenc). A magyar nemzeti iro-
dalom története a legrégibb időktől a
jelenkorig rövid előadásban, d. i. Geschichte der ungarischen National-Literatur
von den ältesten Zeiten bis auf die Gegenwart (Pesth 1864, Gustav Emich, gr. 8°.)
S. 205, 206, 209, 212, 213, 217. — Derselbe. A magyar költészet kézikönyve
a Mohácsi vésztől a legújabb időig, d. i.
Handbuch der ungarischen Dichtung von der
Schlacht bei Mohács bis auf unsere Tage
(Pesth 1857, Heckenast, gr. 8°.) Bd. II,
S. 166—181. — Tudományos Gyüjtemény, d. i. Wissenschaftliche Sammlung,
1829, Bd. IX, S. 125: „Vitkovics Mihály
költő", d. i. Michael Vitkovics, der Dichter.
Von Vörösmarty. — Vasárnapi
ujság, d. i. Sonntagsblatt, (Pesth, gr. 4°.)
24. Mai 1857, Nr. 21.

Porträte. 1) Holzschnitt in „Vasárnapi
ujság", 1857, Nr. 21. — 2) Lithographie von
Rant, nach Zeichnung von Roon 1854, in
„Magyarország és Erdély képekben IV".

Vitéz de Zadány, Joseph (Kupferstecher, Ort und Jahr seiner Geburt

unbekannt). Er lebte im vorigen Jahrhunderte und ist seinem Namen nach ein
Ungar. Wie aus dem Titelblatte, welches
wir weiter unten anführen, erhellt, war
er Besitzer einer Kupferstecheranstalt (vielleicht in Pesth oder Preßburg). Er handhabte den Grabstichel nicht ohne Gewandtheit und eine gewisse Sicherheit. Wenigstens gibt das mir vorliegende Blatt einen
Beleg dafür; es stellt einen über einen
Felsenstein, den er mit dem rechten Arme
umfaßt hält, in sitzender Stellung ge-
neigten schlafenden Jüngling dar; die
Zeichnung, troß aller Verschränkung der
Glieder, ist correct, der Stich markig,
scharf und schwungvoll. Es scheint das
Titelblatt zu einer Reihe von Blättern
zu sein, die wahrscheinlich den Menschen
(vielleicht anatomisch) behandeln). Der
merkwürdige Titel des (14½ Centimeter
breiten und 11 Centimeter [Bildrand]
hohen) Blättchens lautet wörtlich:
„Homo | Quid fuisti, quid es, quid
eris? | Cogita | Fuisti sperma foeti-
dum | Es saccus stercorum | Eris
esca vermium | S. Bernardus. | Nosce
te ipsum. | Ex officina Chalcogra-
phica | Instituti Josephi Vitóz de
Zadány". Vielleicht regt vorstehende
Notiz an zu weiteren Nachforschungen
über einen in seinem Fache nicht ganz
unbedeutenden Künstler.

Eigene Notizen.

Vittinghoff, Karl Baron von (Maler
und Radirer, geb. zu Preßburg
1772, gest. zu Wien 28. Juli 1826).
Der Sproß einer alten westphälischen
Familie, über welche in den Quellen
Näheres mitgetheilt wird. Aus Neigung
der Kunst sich widmend, bildete er sich in
derselben an der Wiener Akademie aus.
Er arbeitete dann in Wien, zeichnete und
malte Landschaften mit Figuren und

Thieren und radirte ähnliche Bilder in
Kupfer. Brulliot bemerkt in einer
Note zu seinem „Dictionnaire des mo-
nogrammes", daß Vittinghoff später
unter dem Namen Fischbach bekannt
geworden sei. Wenn sich dies in der That
so verhält, so müssen wir ausdrücklich hervorheben, daß wir auch einen Landschaftsmaler Johann Fischbach (geb. 1797,
gest. 19. Juni 1871) kennen, der eine von
dem Freiherrn von Vittinghoff verschiedene Persönlichkeit ist. Bei der Bedeutenheit, welche Letzterer durch seine
radirten Blätter, sowohl hinsichtlich ihrer
Menge — denn sein ganzes Werk beläuft
sich auf mehr als britthalbhundert Blätter
— als auch ihrer geistreichen Behandlung
wegen erlangte, so wäre eine genauere
Erforschung seiner Lebensumstände und
eine Aufklärung darüber, welche Bewandtniß es mit dem von ihm angenommenen Namen Fischbach habe, gewiß
sehr erwünscht. Wie bedeutend er als
Radirer erscheint, dafür spricht die wenngleich kurze, doch sehr viel sagende Bemerkung eines Kenners wie Nagler,
welcher die Blätter Vittinghoff's nach
ihrer größeren Zahl „zu den schönsten
Arbeiten dieser Art" rechnet. Wir nennen
nun folgende Suiten: „Thierfabeln". Folge
von 32 sehr interessanten Blättern, zum
Theile mit dem Monogramm C. V. f.
versehen (gr. Qu.-8⁰.); es sind ungemein
geistvolle, ebenso reich als witzig ausgeführte Compositionen mit schönen landschaftlichen Hintergründen, nicht selten
im Charakter des Niederländers Johann
Fyt (geb. 1606, gest. 1661) gehalten;
— Folge von 27 Blättern, mit einem
Titelblatte, welches eine Landschaft mit
Viehherde und einem Felsen darstellt, auf
welchem die Worte stehen: „Der Natur
gewidmet, von Karl von Vittinghoff u. s. w. 1807; die anderen Blätter

(in Qu.-12⁰., Qu.-8⁰. und 4⁰.) sind zum Theile mit seinem Namen, zum Theile mit dem Monogramm bezeichnet und stellen Schweine, Schafe, Ziegen, Hunde, Katzen, Esel und Rindvieh, sowohl einzeln, als in Gruppen dar. Das Werk wurde im Verlage von Frauenholz in zwei Heften, eines mit 19, das andere mit 8 Blättern, herausgegeben; — „Thierstudien". eine Folge von fünfzehn Blättern, mit dem Monogramm Bittinghoff's bezeichnet (Qu.-16⁰. u. Qu. 12⁰.); — „Landschaften und Viehstücke", eine Folge von 12 Blättern in Fol. und Qu.-Fol., mit dem Monogramm C. V. f. 1808, schöne Blätter; — „Landschaften nach J. Dauvier", Folge von 6 Blättern, mit den Initialen C. v. V. bezeichnet (Qu.-8⁰.), — „Der Hirt findet Romulus bei den Ziegen" (Qu.-Fol.), seltenes Blatt; — „Nach rechts gekehrter, auf den Vorderfüssen liegender Stier", C. v. V. bezeichnet (Qu.-8⁰.), in Potter's Weise radirt; — „Das Innere eines durch eine Laterne beleuchteten Stalles mit Schafen und einem Ochsen, daneben liegt ein Bauer". mit dem Monogramm (Qu.-4⁰.); — „Diana, ein Wasserhund". lithographirt (Qu. 4⁰.); — „Ein laufender Hühnerhund". lithographirt (Qu. 4⁰.), von diesen schönen Blättern gibt es auch weiß gehöhte und braun getuschte Exemplare.

Die Künstler aller Zeiten und Völker... Begonnen von Prof. Dr Müller, fortgesetzt und beendigt von Dr. Karl Klunzinger und A. Seubert (Stuttgart 1864, Ebner und Seubert, gr. 8⁰.) Bd. III. S. 801. — Handbuch für Kupferstichsammler oder Lexikon der Kupferstecher, Maler, Radirer und Formstecher aller Länder und Schulen... Auf Grundlage der zweiten Auflage von Heller's praktischem Handbuch für Kupferstichsammler neu bearbeitet... von Dr. phil. Andreas Andresen. Nach des Herausgebers Tode fortgesetzt und beendigt von J. E. Wessely (Leipzig 1873, J. C. Weigel, Lex.-8⁰.) Bd. II, S. 676.

Zur Genealogie der Freiherren von Bittinghoff

Die Bittinghoff oder mit ihrem vollen Namen Bittinghoff genannt Scheel von Schellenberg [im „Genealogischen Almanach der freiherrlichen Häuser" finden sie sich zuerst (1853) Vietinghoff, in der Folge Bittinghof geschrieben] sind ein altes ritterbürtiges, im Hochstifte Essen und in der Grafschaft Mark in Westphalen ansässiges Geschlecht. Von da aus verbreitete sich Zweige desselben, deren mehrere bereits erloschen sind, nach Kurland, Liefland, Preußen, nach Oesterreich-Ungarn u. s. w. und unterschieden sich, während sie das alte einfache Stammwappen beibehielten, nur durch Bei- und Güternamen von einander, so: die Bittinghoff genannt Hörde, die Bittinghoff zum Broich, zu Altendorf, zu Scheppen, die Bittinghoff genannt Nortkerke, und Bittinghoff genannt Scheele, Schell von Schellenberg, welch Letztere zuerst in Belehnungsurkunden der Abtei Werden aus den Jahren 1325—1344 vorkommen. Die Sprossen der Familie bekleideten hohe Aemter in der Kirche, am Rathstische und im Heere: so lebten als Domherren: **Wilhelm Franz und Theodor Haro Ignaz** 1700 zu Paderborn. **Franz Johann** 1712 in Münster, **Hermann Arnold** 1739 zu Münster und Hildesheim; ein Bittinghoff war 1740 Landeshauptmann der Insel Oesel; ein anderer 1718 holländischer Generallieutenant und ein dritter 1718 mecklenburgischer Oberst. 1726 starb ein Bittinghoff als ältester General der Cavallerie in den Generalstaaten, 1735 diente ein solcher als General und Commandant von Danzig, und ein **Georg Friedrich von** Bittinghoff genannt Schell Herr auf Lassen. Grienwald, Weißensee und Creiden segnete 1726 als kaiserlicher Oberstlieutenant das Zeitliche, ohne Erben zu hinterlassen. — Was die Adelswürden der Familie betrifft, so erhielt dieselbe 1680 von König Christian von Dänemark den Freiherrenstand, in Schweden wurde ein **Erich** von Bittinghof am 21. December 1710 baronisirt und 1720 unter die Fribertas introducirt. Noch sei bemerkt, daß die Familie dem Deutschen wie dem Johanniter-Orden viele Comthure und Ritter gegeben hat. In welche Zeiten die in Oesterreich-Ungarn ansässigen Bittinghoff zurückreichen, dies zu bestimmen, fehlen uns alle Daten. Freiherr **Clemens August** hatte unter anderen Kindern zwei

Söhne: **Maximilian Friedrich**, königlich preußischen Kammerherren und Major im 17. Landwehr-Regimente, und **Karl Friedrich** (geb. 1786, gest. 5. August 1849). In welchen verwandtschaftlichen Verhältnissen zu den Genannten unser Künstler Karl Freiherr von Vittinghoff steht, können wir euch nicht angeben. Karl Friedrich, k. k. Kämmerer und zuletzt k. k. Major außer Dienst, war Herr der Allodialherrschaft Lischnowitz im Brünner Kreise Mährens. Aus seiner Ehe mit der k. k. Sternkreuz-Ordensdame Ludovica Freiin von Loë-Wissen (geb. 1794, gest. 4. März 1859) stammen die vier Töchter: **Alexandrine** (geb. 1819), k. k. Sternkreuz-Ordensdame und Ehrendame des königlich bayrischen Theresienordens, vermält am 18. Juni 1833 mit Paul Grafen von Coudenhove, k. k. Kämmerer und Hofrath, Witwe seit 29. März 1864; — **Sophie**, k. k. Sternkreuz-Ordensdame und Ehrendame des königlich bayrischen Theresienordens, vermält am 2. Juni 1851 mit Gabor Grafen Zichy zu Zich und Vasonykeö, k. k. Kämmerer und Major a. D.; — **Kunigunde** (geb. 1. März 1836), k. k. Sternkreuz-Ordensdame, vermält am 13. Juni 1846 mit Friedrich Freiherrn von Daßberg, k. k. Kämmerer; — und **Helene** (geb. 18. August 1836), vermält am 15. November 1860 mit Ernst Grafen von Waldstein-Wartenberg, k. k. Kämmerer. Als eine Eigenthümlichkeit dieses Geschlechtes sei schließlich bemerkt, daß die sämmtlichen jetzt lebenden Sprossen, sowohl die männlichen, als die weiblichen, unter ihren Taufnamen immer den Namen Hubert, respective Huberte tragen.

Wappen. Silberner Schild, darin ein schwarzer, mit drei goldenen Kugeln belegter schrägrechter Balken. Auf dem Schilde ruht ein offener Helm, zum runden schwarzes Turnierhütchen mit rothem Umschlage bedeckt, und auf welchem ein natürlich rother, nach rechtshin fliehender und im Rachen eine Kugel tragender Fuchs zu sehen ist. Die Helmdecken sind schwarz mit Silber belegt.

Vittorelli, Jacopo (italienischer Poet, geb. zu Bassano 10. November 1749, gest. in Mailand 12. Juni 1835). Ein Sohn vornehmer und wohlhabender Eltern, erhielt er seine Erziehung im Collegium der Adeligen zu Brescia und ging dann nach Venedig, wo er in die Dienste der Republik trat, in denen er bis zum Falle derselben verblieb. Nun begab er sich nach Padua und wurde daselbst während der Dauer des Königreichs Italien Inspector der Studien und Mitglied des damaligen Gelehrten-Collegiums. Nachdem das Königreich Italien aufgehört hatte zu sein, kehrte er in seine Heimat zurück und erhielt von der k. k. Regierung die Stelle des Büchercensors in Mailand, in welcher Eigenschaft er hochbetagt das Zeitliche segnete. Das feierliche Seelenamt fand im Mailänder Dome statt, und der bamalige Erzpriester, spätere Bischof von Udine Zacaria Bricito [Bd. II. S. 144], sein Landsmann, hielt ihm die Gedächtnißrede. Der Ruf, ja der Ruhm, dessen Vittorelli sich erfreute, ist, wie aus vorstehender Lebensskizze zu ersehen, nicht in den Leistungen seiner amtlichen Thätigkeit zu suchen, wohl aber in seinem dichterischen Schaffen, mit dem er ziemlich früh vor das Publicum trat. In Vittorelli erblickt man den letzten Repräsentanten der italienischen Dichtung des achtzehnten Jahrhunderts. Seine letzten Poesien haben dieselbe Gestalt, dieselbe Physiognomie, wie seine ersten, welche in das Jahr 1773 zurückreichen. In diesen früheren Erzeugnissen, von denen die Gedichte Il toppè, Il naso, Lo specchio, sämmtlich in den bamals beliebten Ottovarime geschrieben, beispielsweise genannt seien, gehen neben großer Lebendigkeit und Leichtigkeit in der Behandlung des Stoffes eine seltene Kenntniß und Reinheit der Sprache und ein nicht gewöhnlicher dichterischer Schwung Hand in Hand. Die Dichtungen, die er später veröffentlichte, sind zum größten Theile durch festliche Anlässe hervorgerufen, wie denn noch bis zur

Stunde die sogenannten Per le Nozze einen eigenen, von den Literarhistorikern und Forschern noch viel zu wenig berücksichtigten Zweig der italienischen Literatur bilden, der in seiner Vollständigkeit auch kaum irgendwo, selbst nicht in öffentlichen Bibliotheken, nur höchstens bei Privatsammlern anzutreffen sein dürfte. Also solche Per le Nozze brachte auch Vittorelli dar, und diese bestanden dann aus Canzonetten, Sonetten und dergleichen. Aber auch in diesen Gelegenheitsdichtungen bleibt er seinen Vorzügen: Freiheit der Gedanken, Reinheit des Styls und Anmuth des Rhythmus getreu. Italienische Literarhistoriker, unter Anderen Luigi Carrer, thun den Ausspruch, daß Vittorelli's Sonette vielleicht die vollendetsten sind, welche seit Langem in Italien geschrieben worden. Je nach ihrem Inhalt, sei derselbe düster oder heiter, leidenschaftlich oder ruhig, findet unser Poet immer den richtigen Gedanken, der zum Herzen spricht. Wenn er in der Wahl seiner Stoffe frei ist, wenn er also nicht ein ihm gegebenes, sondern ein selbstgewähltes Thema behandelt, zeigt er sich immer ganz und gar als Dichter. So zählen zu seinen schönsten Sonetten die auf seine Vaterstadt Bassano, auf die Nachtigall, an Bignola, an Sirmione, und dann in seiner späteren Lebenszeit die tiefempfundenen auf Maria, die Gnadenmutter. Wenn nun aber schon der Dichtungen Vittorelli's gedacht wird, so dürfen neben seinen vollendeten, den Gesetzen der Kunst entsprechenden nicht seine „Anacreontiche ad Irene" vergessen werden, welche ihn eben volksthümlich gemacht haben, und welche, kaum erschienen, von Mund in Mund übergingen, welche, von der großen Menge sofort begriffen und kaum bekannt geworden, auch schon ihren Com-

ponisten fanden und nun von allen Jenen gesungen wurden, die unfähig waren, dieselben zu lesen. Diese „Anacreontiche" wurden auch ins Lateinische übersetzt, und zwar zuerst von Abbate Francesco Filippi, dann von Abbate Giuseppe Trivellato, welch Letzteren unser Lexikon im 47. Bande S. 212 enthält. Man hat Vittorelli's „Anacreontiche" jenen des berühmten Metastasio [Bd. XVIII, S. 1], der bekanntlich darin Reizendes geleistet, an die Seite gestellt. Carrer in seinem literarhistorischen Essay über Vittorelli vergleicht dessen „Anacreontiche" mit jenen von Chiabrera und den kleinen Oden von Rolli und schreibt dann: „Unser Bassaneser Poet übertrifft Chiabrera in der metrischen Gestaltung und in der Flüssigkeit des Reimes, den Dichter Rolli aber in der stets gleichen Vollendung des Styls". Vittorelli's Dichtungen sind so vorzüglich, daß man sie für Arbeiten Parini's gehalten hat, so daß eines seiner Gedichte irrig in die Werke desselben aufgenommen wurde. Groß ist die Anzahl der Ausgaben der Gedichte Vittorelli's, so zählte man deren der „Anacreontiche ad Irene" bis zum Jahre 1825 nicht weniger denn 29. Die Ausgabe seiner Werke aber, welche den größten Theil seiner Dichtungen enthält, und welcher er seine eigene Erlaubniß beifügte, ist jene von Padua aus dem Jahre 1826 in zwei Octavbänden. In derselben steht dem Original gegenüber die treffliche lateinische Uebersetzung des damaligen Professors am Paduaner Seminar Giuseppe Trivellato. Nach Vittorelli's Tode wurde zu Bassano 1841 eine neue Ausgabe seiner bereits gedruckten und der nachgelassenen Dichtungen in zwei Bänden veranstaltet, welche weit vollständiger als vorige.

Unzweifelhaft die beste und vollständigste bleibt aber die im Verlage der „Encyclopedia italiana“ zu Benedig 1851 erschienene, bei welcher Carrer selbst behilflich war, und welche unter dem Titel: „Rime edite e postume del Vitorelli“ in das Sammelwerk „Biblioteca classica antica e moderna“ aufgenommen ist. Diese letzte Ausgabe vereint in sich alles in den beiden ersteren Aufgenommene. Eine deutsche Uebersetzung der „Anacreontiche“ erschien unter dem Titel: „Anakreontische Lieder. Metrisch ins Deutsche übertragen von Franz Sachse von Rothenburg“ (Olmütz 1838, 16⁰.), dessen im 28. Bande, S. 30, in den Quellen, nähere Erwähnung geschieht. Bei der Bedeutenheit Vittorelli's als italienischer Liederdichter ist es jedenfalls bemerkenswerth, daß ihn Giuseppe Maffei in seiner zu Mailand 1834 herausgegebenen „Storia della letteratura italiana“, in welcher manche dii minorum gentium, als es Vittorelli gewesen, vorkommen, auch nicht mit einer Sylbe erwähnt. Sollte Vittorelli's Eigenschaft als k. k. Büchercensor ihn um den ihm gebührenden Platz in der italienischen Literaturgeschichte gebracht haben? Immerhin möglich.

Cafi (Francesco). Della Vita e del comporre del poeta lirico J. Vittorelli Bassanese (Venezia 1833, 16⁰.). — Larber (Dre.). Vita di Jacopo Vittorelli (Padova 1837). — Mantani (Francesco Pabi). Necrologia di J. Vittorelli (Roma 1835, 8⁰.). — Dandolo (Girolamo). La caduta della Repubblica di Venezia ed i suoi ultimi cinquant'anni. Studii storici (Venezia 1857, Pietro Naratovich, 8⁰.) Appendice, p. 107. — Tipaldo (Emilio de). Biografia degli Italiani illustri nelle scienze, lettere ed arti del secolo XVIII e de' contemporanei ecc. (Venezia 1835, tipogr. d'Alvisopoli, gr. 8⁰.) tomo II, p. 60–66. Von Luigi Carrer.

Porträt. Unterschrift: „Jacopo Vittorelli“. F⁰ Roberti dis. D⁰ Conte incise all'acqua, 4⁰., schönes seltenes Blatt.

Vittori, Bernhard de (k. k. Rittmeister der deutschen Garde, geb. zu Porbenone im Venetianischen 1793, gest. zu Wien im Februar 1869). Er diente ursprünglich in der kaiserlichen Armee und stand zuletzt als Garde- und Unterlieutenant in der k. k. ersten Arcièren-Leibgarde. Er war ein ausgezeichneter Pomolog, Blumen- und Bienenzüchter und betrieb zugleich mit Vorliebe die „rationelle“ Cultur der Weichselschößlinge für Pfeifenröhre, in dieser Beziehung das Ideal der Drechsler, welche in ihm den Tschibukreformator verehrten, denn das Weichselrohr, durch welches allein der Tabak den beißenden unangenehmen Geschmack, den er, durch andere Rohre geraucht, entwickelt, völlig verliert und einen förmlich aromatischen Beigeschmack erhält, hat allmälig alle anderen Röhre verdrängt, und zwar vornehmlich durch Vittori's Cultur der Weichselschößlinge. Bei den mitunter nicht immer einträglichen landwirthschaftlichen Experimenten, welche Vittori vornahm, büßte derselbe allmälig einen großen Theil des Vermögens ein, welches ihm seine erste Gattin, die Tochter reicher Eltern in die Ehe gebracht hatte. Aber noch in einer Hinsicht ist er bemerkenswerth, er war seinerzeit Oesterreichs größter Mann, nicht nach geistigen Anlagen, sondern nach dem Längenmaße seines Körpers, denn er maß siebenthalb Schuh. Eine Erscheinung ganz aparter Art bot er dar, wenn er, der uniformierte Riese, mit seinem Weibchen, das ihm nur bis zum Ellbogen reichte, über die Straßen Wiens ging. Dem größten Manne, der mit dem bebuschten Gardehelm noch größer erschien, mit der kleinsten Frau blickte Alles

6 *

in berechtigter Neugierde nach. Rittmeister Bittori, der auch Mitglied der
k. k. niederösterreichischen Landwirthschaftsgesellschaft war, hatte sich in
Breitensee nächst Wien angekauft, wo er
sich mit seinen kostspieligen landwirthschaftlichen Versuchen beschäftigte. Mit
ihm zu gleicher Zeit lebte in Wien der
ebenfalls durch seine Körpergröße bekannte, aber auch sonst sehr populäre
Peter Baron Braun, einige Zeit Leiter
und Verwalter der beiden Wiener Hoftheater, den, wie den Rittmeister Bittori,
ein förmlicher Nimbus lustiger Anekdoten
umgab, die sich alle auf die Körpergröße
der beiden Männer, „gleich den Hyper-
beln auf Wahl's ungeheuere Nase", bezogen.

Neues Wiener Tagblatt, 1869, Nr. 61,
im Feuilleton: „Der größte Mann des Jahrhunderts".

Bitturi, siehe: **Michieli-Bitturi Conte
Rados** [Bd. XVIII, S. 219].

Bittych, Edward (Componist, geb.
in Prag am 16. August 1819). Mit
Talent für die Musik begabt, kam er auf
das Prager Conservatorium, in welchem
er sich in der Violine ausbildete. Nachdem er dieses Institut verlassen hatte,
nahm er eine Stelle als Violinist im
Orchester des Prager Theaters an. Er
ist auch als Compositeur thätig. Doch
kennen wir von ihm nur den Männerchor: „Lov krále Václava IV.", d. i.
Die Jagd König Wenzels IV., im
Trauerspiele: „Katovo poslední dílo",
d. i. Des Henkers letztes Werk. Ob diese
Composition im Stich erschienen ist,
wissen wir nicht, das Original wird in
der Prager k. k. Bibliothek aufbewahrt.

Průvodce v oboru českých tištěných
písní pro jeden neb více hlasů. Sestavili
Em. Melis a Jos. Bergmann, d. i.

Führer auf dem Gebiete čechischer im Druck
erschienener Gesänge für eine und mehrere
Stimmen (Prag 1863), S. 140; Nr. 358
und S. 222.

Bitvar, Joseph (theologischer Schriftsteller, geb. zu Urbic in Böhmen am
9. März 1831, gest. in Wien am
26. August 1869). Nachdem er in seinem
Vaterlande die theologischen Studien
beendet hatte, erlangte er 1856 die
Priesterwürde. 1859 wurde er Doctor
der Theologie an der Wiener Hochschule
und 1860 Caplan an der Anima in
Rom. Im folgenden Jahre kam er als
Supplent für semitische Sprachen und
höhere Exegese des alten Testaments an
die theologische Facultät der Wiener
Universität, an welcher er 1863 die
ordentliche Professur dieser Fächer erhielt.
Noch in demselben Jahre wurde er zugleich k. k. Hofcaplan und Studiendirector in der k. k. höheren Bildungsanstalt
für Weltpriester zum h. Augustin in Wien.
In seinem Fache auch schriftstellerisch
thätig, lieferte er Beiträge für verschiedene theologische Blätter des Kaiserstaates, so für die Wiener „Allgemeine
Literatur-Zeitung", welche einen streng
katholischen Standpunkt einnahm, für
die Wiedemann'sche „Vierteljahrschrift", die vormals S. Brunner'sche
„Kirchen-Zeitung" und die böhmische
„Theologische Zeitschrift". In seinem
anstrengenden Berufe hatte er bei ge-
wissenhafter Pflichterfüllung seinen Körper so sehr geschwächt, daß er vor der
Zeit, im Alter von erst 38 Jahren, das
Zeitliche segnete. Seine irdischen Ueberreste wurden nach seiner Heimat in
Böhmen überführt und dort auf dem
Friedhofe der Pfarrkirche zu Hradicko
(bei Jičin) bestattet.

Literarischer Handweiser zunächst für das
katholische Deutschland. Herausgegeben von

Franz Hülskamp und Hermann Rump in Münster (Theissing'sche Buchhandlung, chm. 4°.) 16. März 1867, Nr. 53: „Die gegenwärtigen Lehrer der katholischen Theologie in Deutschland und ihre Hauptschriften".

Vivenot, Alfred Ritter von (Geschichtschreiber, geb. in Wien am 6. August 1836, gest. ebenda 9. Juli 1874). Ueber die Familie der Edlen von Vivenot geben die Stammtafel S. 89 und die Genealogie S. 88 nähere Auskunft. Alfred ist der zweitgeborene Sohn des Wiener Arztes Rudolph von Vivenot sen. aus dessen erster Ehe mit Josephine geborenen Freiin von Metzburg. Nach sorgfältiger, im Elternhause genossener Erziehung widmete er sich der militärischen Laufbahn, und 1859, erst 23 Jahre alt, diente er schon als jüngster Hauptmann bei Benedek-Infanterie Nr. 28, worauf er als Professor an der Militärakademie zu Wiener-Neustadt in Verwendung kam. Zur Zeit des Ausbruches des österreichisch-preußischen Krieges 1866 stand er im Infanterie-Regimente Graf Khevenhüller-Metsch Nr. 35. Nach der unglücklichen Schlacht bei Königgrätz (3. Juli 1866) und dem Rückzuge des österreichischen Hauptheeres gegen Olmütz befand sich das Corps, zu welchem er gehörte, in der Festung Josephstadt. Dieser Platz aber war im Augenblicke abgeschnitten und cernirt. Am 11. Juli wurde Vivenot von dem Festungscommandanten Generalmajor von Gaisler mit wichtigen Depeschen an den in Olmütz stehenden Benedek geschickt, um eine Correspondenz mit dem Hauptquartier herzustellen. Von drei Unterofficieren nach seiner Wahl begleitet, passirte er die ganze preußische Armee, überall sich glücklich durchwindend oder durchschlagend. In Olmütz angekommen, entwarf er eine Denkschrift über Organisation des Landsturms, freilich zu spät, denn wäre derselbe zur rechten Zeit organisirt worden, so würden die Dinge sich wohl anders gestaltet haben, als es leider der Fall gewesen. Der Organisationsplan lag nun fertig vor, bedurfte aber, um ihn ins Leben treten zu lassen, der kaiserlichen Genehmigung. Vivenot mußte indessen nach Josephstadt zurück. Als er sich unterwegs mit seinen drei Corporalen in Gabel befand, rückten eben die Preußen im Orte ein. Der größten Gefahr ausgesetzt, stürmte er mit seinen Begleitern entschlossen die Stiege des Hauses, in welchem sie einquartiert lagen, hinab und mitten durch die Feinde zur Stadt hinaus, insurgirte die Förster der Gegend und traf am 13. Juli in Josephstadt wieder ein. Daselbst legte er dem versammelten Kriegsrath — während er der kaiserlichen Genehmigung des Landsturms harrte — einen Entwurf vor zur Errichtung eines freiwilligen Jägercorps in den böhmisch-mährisch-schlesischen Gebirgen. Dabei soll er, wie eine Quelle berichtet, sich anerboten haben, das Corps auf eigene Kosten zu erhalten. Der Entwurf wurde angenommen. Zunächst meldeten sich ein Officier, 5 Unterofficiere, 34 Gemeine und der Münchener Maler Vollinger, der auf diesem Streifzuge leicht verwundet wurde, und diese Truppe machte sich am 20. Juli unter Vivenot's Führung auf den Weg. Da die ganze Strecke gegen Olmütz von den Preußen bereits besetzt war, so mußte dieses Streifcommando zumeist beschwerliche Seitenwege und Fußsteige, und zwar letztere größtentheils nur bei Nacht einschlagen, um dem Feinde nicht in die Hände zu gerathen. Nun war es seine nächste Aufgabe, mit seiner Truppe dem Feinde größtmöglichen Schaden zuzufügen. Zuerst wurde in

Senftenberg der preußische Feldtelegraph
an mehreren Stellen zerstört; eine preußische Patrouille aufgehoben und ein
österreichischer Officier aus der Gefangenschaft befreit; bei dem Orte Pretau
erbeutete er zwölf und bei Gabel zehn
preußische mit Fourage beladene Wagen.
Bei Rothwasser ward ein Convoi, der
aus 180 Wagen mit 80 Mann Bedeckung bestand und die malitiöse Auf-
schrift: „Hauptquartier Wien" führte,
Nachts überfallen und genommen. Ein
Theil der Bedeckung rettete sich durch die
Flucht, die Uebrigen erlagen im Kampfe.
Ein anderer Ueberfall gelang Vivenot
in Niklasdorf auf eine 15 Mann starke
preußische Patrouille, von welcher nur
zwei ihr Heil in der Flucht fanden, während vier gefangen genommen und die
anderen niedergemacht wurden. Am
25. Juli traf Vivenot mit seiner
Schaar in Olmütz ein, wo er die mittlerweile angelangte kaiserliche Genehmigung
des Landsturms und seine Ernennung
zum Commandanten desselben für Böhmen, Mähren und Oesterreichisch-Schlesien vorfand. Zu diesem Zwecke wurden
ihm 170 Mann von den Infanterie-
Regimentern Kaiser und Gruber und ein
Zug Uhlanen zugetheilt. Der Marsch
ging anfänglich per Wagencolonne, die
aus sämmtlichen Olmützer Fiakern und
zehn Bauernwagen bestand. Man hatte
sie in der Stille des Abends plötzlich auf-
geboten, und der Generalstabschef der
Festung führte sie aus derselben in
dunkler Nacht über Mährisch-Neustadt,
Friedrichsdorf, Hohenhaide, Peterstein,
Altvater nach Karlsbrunn. Daselbst
blieb das Streifcommando ungefähr
6—7 Tage, unternahm Streifungen
nach allen Seiten, bis nach Troppau,
wo ihm preußische Quartiermacher nebst
einem Officier und einem Landrathe in

die Hände fielen. Der Truppe, die
mittlerweile bis auf 500 Mann angewachsen war, gelang es, den Feind
zur Räumung ganz Nordmährens und
des oberen Theiles von Schlesien zu
zwingen. Aber mitten in der besten Thätigkeit und als Vivenot, seines Er-
folges sicher, im Begriffe stand, in
Preußisch-Schlesien einzufallen, kam die
Nachricht vom Waffenstillstande und den
Friedenspräliminarien mit dem gemes-
senen Befehle, alle militärischen Maßregeln einzustellen. Wie sehr der Feind
die Organisation des Landsturms zu
würdigen wußte, beweist die Thatsache,
daß er einen Preis auf Vivenot's Kopf
setzte und das Corps wie den Landsturm
nach Abschluß des Waffenstillstandes verfolgte. Aber glücklich brachte der Führer
die Mannschaft seines Corps über die Demarcationslinie. Hauptmann Vivenot,
welcher noch vor Uebernahme des Land-
sturmcommandos mit Entschließung
vom 14. Juli durch das Militär-Verdienstkreuz ausgezeichnet worden war,
widmete sich in der diesem Kriege folgenden Zeit wissenschaftlichen Arbeiten,
welche weiter unten angeführt werden
sollen; er wurde auch aus dem Regimente zuerst dem Generalstabe zugetheilt,
auf seine Bitte aber aus letzterem im
Juni 1871 in die Reserve versetzt. Es
geschah dies, um ihm den Uebertritt in
die diplomatische Sphäre zu erleichtern.
Thatsächlich erfolgte auch derselbe in
nur wenigen Tagen, und zwar in der
Stellung eines Legationsrathes im Ministerium des Aeußern, in welcher er
dann auch, erst 38 Jahre alt, ein vor-
schnelles Ende fand. Im Gebäude des
Ackerbauministeriums, wo er in dienstlichen Angelegenheiten um Mittagszeit
verweilte, befiel ihn ein Schwindel;
während er die ihm zu Hilfe Eilenden,

welche ihn in ein Fauteuil setzten, mit den Worten, es habe ihn nur ein leichtes vorübergehendes Unwohlsein ergriffen, noch beruhigte, sank er auch schon mit einem tiefen Seufzer zurück und war todt. Ein Herzschlag hatte dem jungen so hoffnungsvollen Leben ein jähes Ende gemacht. Wir erwähnten bereits, daß sich Vivenot in den Tagen des Friedens mit geschichtlichen Arbeiten beschäftigte, und in der That erregt es unser Staunen, welche große Anzahl er in verhältnißmäßig kurzer Zeit — sein erstes historisches Werk erschien 1864 — veröffentlichte. Die Titel seiner Schriften sind in chronologischer Folge: „Herzog Albrecht von Sachsen-Teschen als Reichs-Feldmarschall. Ein Beitrag zur Geschichte des Reichsverfalls und des Baseler Friedens. Nach Originalquellen bearbeitet" 1. Band: Jänner bis October 1794; 2. Band, 1. und 2. Abtheilung: November 1794 bis December 1795 (Wien 1864—1866, Braumüller, Band I, XXIV und 438 S. und ein lithographirtes Portr.; Bd. II, 1. Abtheilung, XIX und 650 S. und ein Portr.; 2. Abtheilung: VII und 635 S., gr. 8⁰. und eine Karte, 4⁰.); — „Thugut, Clerfayt und Wurmser. Originaldocumente aus den k. k. Haus-, Hof- und Staatsarchiv und dem Kriegsarchiv in Wien von Juli 1793 bis Februar 1797. Mit einer historischen Einleitung" (Wien 1869, Braumüller, CXXXI und 633 S., gr. 8⁰.); — „Franz Graf Ehrenhüller-Metsch, k. k. Feldzeugmeister. Eine biographische Skizze" (Wien 1870, Braumüller, gr. 8⁰., 24 S.); — „v. Korssakoff und die Betheilung der Russen an der Schlacht bei Zürich 25. und 26. September 1799" (Wien 1870, Braumüller, Lex.-8⁰., 23 S.), früher in der „Oesterreichisch-militärischen Zeitschrift"; — „Thugut und sein politisches Sy-

stem. Urkundliche Beiträge zur Geschichte der deutschen Politik des österreichischen Kaiserhauses während der Kriege gegen die französische Revolution. I und II" (Wien 1870, Gerold's Sohn, I: 130 S.; II: 97 S., gr. 8⁰.), II ist auch im „Archiv für Kunde österreichischer Geschichtsquellen" abgedruckt; — „Zur Geschichte des Rastadter Congresses. Urkundliche Beiträge zur Geschichte der deutschen Politik Oesterreichs während der Kriege gegen die französische Revolution. October 1797 bis Juli 1799" (Wien 1871, Braumüller, XII und 391 S., gr. 8⁰.); — „Vertrauliche Briefe des Freiherrn von Thugut, österreichischen Ministers des Aeussern. Beiträge zur Beurtheilung der politischen Verhältnisse Europas in den Jahren 1792—1801 ausgewählt und herausgegeben nach den Quellen der k. k. österreichischen Staats- und mehrerer Privat-Archive" 2 Bände (Wien 1871, Braumüller, XX, 434 und 536 S., gr. 8⁰.); — „Quellen zur Geschichte der deutschen Kaiserpolitik Oesterreichs während der französischen Revolutionskriege 1790—1801. Urkunden, Staatsschriften, diplomatische und militärische Actenstücke, ausgewählt und herausgegeben nach bisher ungedruckten Originaldocumenten der k. k. österreichischen Archive" 2 Bände (Wien 1873 und 1874, Braumüller, gr. 8⁰.) Bd. I: „Die Politik des österreichischen Staatskanzlers Fürsten Kaunitz-Rietberg unter Kaiser Leopold II. bis zur französischen Kriegserklärung. Jänner 1790 bis April 1792" (XVII und 618 S.); Bd. II: „Die Politik des österreichischen Vice-Staatskanzlers Grafen Philipp von Cobenzl unter Kaiser Franz II. Von der französischen Kriegserklärung und dem Rücktritte des Fürsten Kaunitz bis zur zweiten Theilung Polens. April 1792 bis März 1793" (VII und 608 S.); — „Zur Genesis der zweiten Theilung

Polens 1792—1793" (Wien 1874, Braumüller, 47 S., gr. 8⁰.). Was nun Vivenot's schriftstellerische Thätigkeit auf
geschichtlichem Gebiete betrifft, so besteht
der Werth derselben nach dem Urtheil
der competenten Fachkritik in der Auf-
deckung reichen und bis dahin nahezu
ganz unbekannten Materials; aber in
seinem patriotischen Streben, durch acten-
mäßige Darstellung der deutschen Geschichte zur Zeit der ersten französischen
Revolution einer bis dahin von den
Berliner und anderen preußischen Histo-
rikern beliebten einseitigen Auffassung der
Politik Oesterreichs entgegen zu treten,
verfällt er gerade in den Fehler seiner
Gegner; wie diese die Geschichte specifisch
preußisch darstellen, so faßt sie Vivenot specifisch österreichisch auf und ist
daher ebenso einseitig wie jene. Aber
ohne Zweifel haben seine Arbeiten viel
zu einer richtigeren Auffassung der Verhältnisse beigetragen und der vielge-
schmähten, absichtlich verlästerten österreichischen Politik zu ihrem Rechte ver-
holfen. Höchsten Ortes wurde seine verdienstliche Thätigkeit durch Verleihung
des Ordens der eisernen Krone dritter
Classe gewürdigt; durch eine andere Auszeichnung aber sah er sich geehrt aus
wissenschaftlichen Kreisen, als ihm 1867
die philosophische Facultät der Universität Leipzig auf Grund seines Werkes
„Herzog Albrecht von Sachsen-Teschen
als Reichs-Feldmarschall", und zwar nach
der neuen Promotionsordnung, deren
Bedingungen schwieriger waren, als die
früheren, die philosophische Doctorwürde
verlieh. Alfred von Vivenot hatte
sich am 29. November 1860 mit Mathilde Englerth, einer Mannheimerin
und Schwester der Frau seines Bruders
Rudolph vermält. Ueber die Kinder
dieser Ehe vergleiche die Stammtafel.

Fremden-Blatt. Von Gust. Heine (Wien,
4⁰.) 1867, Nr. 111, in den Tagesnotizen. —
Der Wanderer (Wiener polit. Blatt) 1869,
Nr. 150, im Feuilleton: „Verdummung aus
Patriotismus". — Neue Freie Presse
(Wiener polit. Blatt) 1865, Nr. 446: „Welfen
und Ghibelinen"; 1871, Nr. 2440; 1874,
Nr. 3543: „Legationsrath Ritter von Vivenot".
— Hoffinger (J. v.). Lorbern und Cy-
pressen von 1866. Nordarmee (Wien 1868,
Aug Brandel, kl. 8⁰.) S. 202 u. f. — All-
gemeine Zeitung (Augsburg, Cotta, 4⁰.)
1869, Nr. 101—107, Beilage. — Zarncke
(Friedrich) Literarisches Centralblatt (Leipzig,
Avenarius, 4⁰.) 1866, Sp. 411; 1869, Sp. 817.
— Magazin für Literatur des Auslandes
(Leipzig, 4⁰.) 1864, S. 270: „Oesterreichische
Geschichtschreiber".

Zur Genealogie der Ritter und Edlen von
Vivenot. Die Vivenots sind eine luxem-
burgische Familie; in Frankreich kommen sie
noch heute vor, und war 1879 ein Vivenot
im Departement der Maas gewähltes Mitglied des französischen Parlaments; sein
Bildniß brachte die Pariser „Illustration"
am 15. Februar 1879. Wenn man die vorhandenen Bildnisse der Familie Vivenot
mit einander vergleicht, so ist auf jenem des
Franzosen der Familientypus unverkennbar.
Die Vivenots kamen zur Zeit der Kaiserin
Maria Theresia nach Oesterreich, und der
Erste, dem wir daselbst begegnen, ist Nicolaus, mit welchem auch unsere Stammtafel
beginnt. Seine beiden noch lebenden Enkel:
Rudolph und Eduard begründeten die
beiden noch blühenden Hauptlinien, die ältere
von Ersterem, die jüngere von Letzterem
gestiftet. Den Adel mit dem Ehrenworte:
„Edler von" brachte bereits des Nicolaus Sohn, der Wiener Arzt Dominik,
in die Familie, denn derselbe wurde für seine
Verdienste als Arzt von Kaiser Franz mit
Diplom ddo. 22. April 1833 in den Adelstand erhoben. Dominik's Sohn Rudolph
erhielt nach vorausgegangener Verleihung des
Ordens der eisernen Krone 1867 mit Diplom
vom 23. März dieses Jahres den Ritterstand Auch wurde der Familie laut Be-
schlusses des ungarischen Landtags (Artikels
XLIX) vom Jahre 1836 und mit Bestätigung des Königs Ferdinand V. zum Andenken an die Verdienste Dominik's der
ungarische Adel und das ungarische
Indigenat verliehen. Nebstbei ist Doctor

Stammtafel der Ritter und Edlen von Vivenot.

Nicolaus v.
Josepha geborene Mappes.

Dominik [S. 90]
geb. 23. December 1764,
† 9. Mai 1833.
Francisca Edle von Vogel
geb. 16. October 1788,
† 4. October 1835.

Aeltere Linie.
Ritter von Vivenot.

Rudolph [S. 91]
geb. 3. Juli 1807.
1) Josephine geborene Freiin von Aichberg
† 16. Juli 1838.
2) Antonie geborene Bürger von Bergenthal
geb. 1820, † 11. December 1846
3) Mathilde geborene Amalosch
geb. 19. September 1823.

Eine Tochter
geb. 1811, † 1818.

Eduard
geb. 9. April 1835.

Rudolph [S. 91]
geb. 4. October 1834,
† 7. April 1866.
Clotile geborene Englerth
geb. 21. August 1840.

Alfred [S. 85]
geb. 6. August 1836,
9. Juli 1874.
Mathilde geborene Englerth
geb. 3. Mai 1838.

Ernst [S. 90. Nr. 1]
geb. 14. Jänner 1837.
Helene von Brzy
geb. 1846.

Dominik
geb 1838, † 1839.

Ernst
geb. 22 Juni 1872.

Matenna
geb. 30. Juni 1847,
† 14. Jänner 1847.

Mathilde
geb. 9. Juni 1833,
von Alfred Ritter
von Finkheim.

Gabriele
geb. 29. März 1862.

Egon
geb. 30. November 1862.

Thekla
geb. 29. October 1861.

Alexandrine
geb. 1864, †.

Hans Eugen
geb. 18. October 1863.

Rudolph
geb. 29. October 1861.

Josephine Mathilde
geb. und † 1862.

Jüngere Linie.
Edle von Vivenot.

Eduard
geb. 22. December 1809.
Marie geborene Freiin von Suart
geb. 10. Juli 1810, † 1. Juli 1856.

Franz [S. 90. Nr. 2]
geb. 30. December 1848.
Bertha von Oberwald Gärtler von Kärtlein
geb. 3. Februar 1851.

Anna Maria
geb. 19. Jänner 1873.

Franz Eduard
geb. und † 1876.

Clarissa
geb. 11 Juli 1856,
von Wilhelm
von Finkheim.

Oskar
geb. 29 September
1859.

Mathilde Marie
geb. 12. Mai 1872.

Manfred
geb. 29. November 1868.

Marie
geb. 27. November 1869.

Rudolph Ritter von Vivenot Vater tablabiró des Torontaler Comitates, Ehrenbürger des Marktes Lilienfeld und Besitzer des Gutes Berghof daselbst, welches früher dem österreichischen Dichter Castelli gehörte. Die ältere Linie — die Ritter von Vivenot — spaltet sich durch Rudolphs Söhne aus erster Ehe: **Rudolph und Alfred** in zwei Nebenzweige. Ebenso scheidet sich die jüngere Linie — die Edlen von Vivenot — durch ihres Begründers Eduard zwei Söhne: **Ernst und Franz**, in zwei Zweige. Der ganze Familienstand ist aus der Stammtafel ersichtlich.

Wappen. Quadrirter Schild. 1 und 4: in Roth eine silberne golddamascirte Schale, aus welcher eine fünfmal der Länge nach geringelte, mit Kopf und Rücken einwärts gekehrte Schlange in ihrer (grünen) Naturfarbe trinkt. 2 und 3: in Silber auf grünem Rasen je ein Rappe in vollem Laufe, beide nach innen gekehrt. Auf dem Schilde ruhen zwei Turnierhelme. Die Krone des rechten trägt einen offenen, rechts von Silber über Roth und links abgewechselt quer getheilten Adlerflug, aus jener des linken Helmes wächst der Rappe von 2 und 3. Die Helmdecken sind zu beiden Helmen roth mit Silber unterlegt. Unter dem Schilde verbreitet sich ein blaues Band mit der Devise in goldener Lapidarschrift: „Acri studio mente temperata".

Außer den in besonderen ausführlicheren Biographien gedachten Sprossen dieser Familie seien noch erwähnt: 1. **Ernst Edler von Vivenot** (geb. 14. Jänner 1837) von der jüngeren Linie, ein Sohn Eduards aus dessen Ehe mit Marie geborenen Freiin von Knorr. Derselbe trat gleich seinem Vetter Alfred in die kaiserliche Armee, wurde 1859 Unterlieutenant im 11. Jäger-Bataillone, 1863 Oberlieutenant und machte, im Juli 1866 zum Hauptmanne im Bataillon befördert, den Feldzug dieses Jahres in Böhmen gegen Preußen mit. Er wurde in den amtlichen Ausweisen als todt angegeben, doch stellte es sich später heraus, daß er nur leicht verwundet in Pflege nach Wien kam. Er ist zur Zeit k. k. Major in seinem Bataillon. — 2. Des Vorigen jüngerer Bruder **Franz** (geb. 30. December 1848) widmete sich den Studien, erlangte die philosophische Doctorwürde und wurde 1870 zum k. k. Sections-Geologen ernannt. In der Folge wendete er sich dem Consulatsdienste zu und ist zur Zeit kaiserlich deutscher Viceconsul. Wir begegnen ihm schon als Mitarbeiter am officiellen Ausstellungsberichte für das Berg- und Hüttenwesen in Oesterreich, und dann veröffentlichte er im „Jahrbuche der k. k. geologischen Reichsanstalt", Bd. XIX (1869): „Beiträge zur mineralogischen Topographie für Oesterreich-Ungarn".

Vivenot, Dominik Edler von (Arzt, geb. zu Wien 25. December 1764, gest. daselbst 9. Mai 1833). Sein Vater war Erzieher der beiden Söhne des Staatskanzlers Fürsten von Kaunitz, die Mutter eine geborene von Rappon. Dominik erhielt im Elternhause eine sorgfältige Erziehung, an den Wiener Schulen seine wissenschaftliche Vorbildung. Aus Neigung widmete er sich dem medicinischen Studium, welches er an der Wiener Hochschule beendete, an der zu jener Zeit Männer, wie van Swieten, Jacquin, Stoll und Barth lehrten. Am 20. October 1787 zum Doctor promovirt, verfolgte er, als Armenarzt beginnend, seine mühevolle Laufbahn mit Ernst und Eifer, allmälig verbreitete sich seine Praxis, durch gelungene Curen wuchs sein Ruf als Arzt bei allen Ständen und wurde seine Hilfe in verwickelten und gefährlichen Krankheitsfällen neben jener der ersten Aerzte Wiens in Anspruch genommen. So geschah es, daß Kaiser Franz II. während der Abwesenheit seines ersten Leibarztes, des Freiherrn von Stifft, bei den eingetretenen gefährlichen Krankheitserscheinungen des Erzherzogs Kronprinzen Ferdinand 1832 zugleich mit dessen Leibarzt Dr. von Raimann und dem berühmten Professor Hartmann auch Vivenot zu Rathe zu ziehen befahl. Als dann auch die Reichshauptstadt von der Cholera heimgesucht wurde und mit derselben sich der Schrecken in die Opfer theilte, als Aerzte bereits der Seuche erlagen, die immer verheerender auftrat, da war Vivenot der Erste, welcher sich zur unentgeltlichen Uebernahme eines Choleraspitals freiwillig erbot und dasselbe von der Stunde, da es errichtet worden, bis zum völligen Erlöschen der Epidemie mit unermüdlicher Aufopferung als Primararzt besorgte. Gleichzeitig trat er auch als berathendes Mitglied ein in die aus Aerzten und Fachmännern zusammengesetzte Commission, welche einerseits über die gegen die Bekämpfung der furchtbaren Krankheit zu ergreifenden Maßregeln, anderseits über die Errichtung von Krankenhäusern für die von der Seuche befallenen Personen und über Beistellung des erforderlichen Hilfspersonals zu berathen hatte. Aber nicht blos als praktischer Arzt entwickelte Vivenot eine umfassende und segensreiche Thätigkeit, er wirkte auch als Prüfungscommissär der medicinischen Fächer an der Wiener Hochschule, dann als Mitglied des Vereines zur Unterstützung würdiger, jedoch bedürftiger Studenten, in welcher Eigenschaft er das Patronat über mehrere Hörer der Medicin und Chirurgie persönlich übernahm und zu diesem Zwecke reiche Spenden darbrachte. In seinem Nachrufe lautet eine Stelle: „Sein Wirken und sein Lob lassen sich in zwei Worte zusammenfassen: Vivenot war von ganzer Seele „Arzt" und „Menschenfreund"". Seine Verdienste um die leidende Menschheit wurden von Seite des Kaisers gewürdigt durch Erhebung in den Adelstand mit dem Ehrenworte: „Edler von", welche wenige Tage vor seinem Tode am 22. April 1833 erfolgte. Vivenot hatte sich 1806 mit Josepha, der Tochter des geheimen Conferenz- und Staatsrathes Johann Nepomuk

Edlen von Vogel, vermält. Aus dieser Ehe stammen drei Kinder, von denen die 1811 geborene Tochter im Alter von erst sieben Jahren (1818) starb, die beiden Söhne aber, Rudolph und Eduard, das Geschlecht fortpflanzten und zwei Linien bildeten — die ältere, deren Stifter der Erstere ist, und die jüngere, welche der Letztere begründete.

Medicinisch-chirurgische Zeitung (Wien) 1833, Nr. 84. — Neuer Nekrolog der Deutschen (Weimar 1835, Bernh. Fr. Voigt, kl. 8°.) XI. Jahrg. (1833), I. Theil, S. 353, Nr. 151. — Oesterreichische National-Encyklopädie von Gräffer und Czikann (Wien 1835 u. f., 8°.) Bd. V, S. 571 [diese gibt als Geburtsjahr des Sohnes Rudolph 1790 an; in Wahrheit ist es 1807].

Porträt. Unterschrift: „Vivenot". Lithographie ohne Angabe des Zeichners und Lithographen (Wien, 4°.) [aus der Suite der zu Wien in Friedrich Beck's Verlage erschienenen berühmtesten Aerzte Oesterreichs].

Vivenot, Rudolph Ritter von, Vater (Arzt und Musikdilettant, geb. in Wien 3. Juli 1807). Nach der „Oesterreichischen National-Encyklopädie" von Gräffer und Czikann [Bd. V, S. 571] wäre in Rede Stehender bereits 1790 geboren; da sich aber sein Vater Dominik [siehe den Vorhergehenden] erst 1806, und zwar mit Josepha von Vogel vermälte, so dürfte unsere obige Angabe, daß der Sohn 1807 zur Welt gekommen, die richtige sein. Rudolph widmete sich der ärztlichen Laufbahn, beendete die medicinischen Studien an der Wiener Hochschule, erlangte an derselben die Doctorwürde daraus und betrat nun die Praxis, welche ihm durch den Ruf seines Vaters in den höheren Kreisen der Residenz gleichsam geebnet vorlag. Bald war er selbst einer der gesuchtesten und beliebtesten Aerzte. Der schriftstellerischen Thätigkeit sich hinzugeben, blieb ihm bei seiner ausgebreiteten Praxis nur wenig Zeit, und so besitzen wir von ihm blos die Schrift: „Andertungen über Gastein und dessen Anstalten zu Wildbad und Hofgastein. Für Aerzte und Curgäste" (Wien 1839, Mörschner's Witwe, gr. 8⁰.). Im denkwürdigen Jahre 1848, als die Wogen der Bewegung immer höher schlugen und politische Parteien sich zu bilden anfingen, trat auch Vivenot's Name für einen Augenblick in den Vordergrund. Es war in den ersten Tagen des September, als die Parteien ihren politischen Ansichten durch Farben Ausdruck zu geben begannen. Zu dieser Zeit kamen zum ersten Male das Blutroth, Schwarz-roth-gold und Schwarz-gelb an die Tagesordnung. Ueber diese interessante Episode der Wiener Revolution 1848 gibt das unten angeführte Werk von Freiherrn von Helfert erschöpfenden Aufschluß. Es galt, gegen die überwuchernden, von den radicalen Journalen und auswärtigen Emissären beeinflußten „Hetzer, Wühler, Terroristen und Republicaner", wie sie in der Zeitschrift „Die Geißel" Nr. 44 vom 12. September zusammengefaßt werden, damals die deutsche (schwarz-roth-goldene) Partei, eine patriotische österreichische Partei zu bilden. Dieser Riesenaufgabe in der allen möglichen Zielen, nur nicht jenen einer gesetzlichen Ordnung zusteuernden Bevölkerung Wiens unterzog sich Dr. Rudolph Vivenot in Gemeinschaft mit Julius von Zerboni de Sposetti. Beide zusammen gründeten in den ersten Tagen des September den „constitutionellen monarchischen Verein", der als Abzeichen Bänder mit den Farben des österreichischen Kaiserhauses, Schwarz und Gold, annahm, woraus dann das Stichwort

„Schwarz-gelb" entstand, mit dem man später Jeden bezeichnete, der nicht mit der Revolution ging. Kaum war die Bildung des Vereines bekannt geworden, als sich auch schon Tausende und aber Tausende hinzudrängten, um Mitglieder desselben zu werden. Da traf es sich am 15. September, daß wie auf Verabredung auf den beliebtesten Mittelpunkten der inneren Stadt Alles in Schwarz-gold erschien: es lag in den Schaufenstern der Band- und Modewaarenhandlungen aus, elegante Herren trugen es im Knopfloch, Fiaker hatten es an ihrer Kleidung oder auf ihren Hüten. Unter anderen sah man aber auch einen riesigen Menschen, gleichsam zur Parodirung des Fahnen- und Cocardenstreites mit Bändern von allen Farben behängt, wie einen wandelnden Auslagkasten sich breit und ungeschlacht durch die gaffende Menge Platz machen. Allein es blieb nicht beim Anstarren. Einige Herren, die sich in der Herrengasse und auf dem Michaelerplatze mit den kaiserlichen Farben zeigten, empfingen einen Gänsemarsch, so daß sie, um die unbequeme Nachfolge los zu werden, entweder in die nächsten Häuser traten, oder aber ihre Bänder einsteckten. An anderen Orten gab es Püffe und Schläge, ein „schwarz-gelber" Fiaker soll von drei „deutschen" Fiakern durchgeprügelt worden sein. Auch dem vorerwähnten Riesen ward von allen Seiten so zugesetzt, daß er es zuletzt gerathen fand, sich aus dem Staube zu machen. Der Spectakel, der gegen 7 Uhr Abends begonnen, währte bis in die Nacht hinein und hatte am Vormittag des 16. noch allerhand Nachspiele. So gelangte durch den „constitutionellen monarchischen Verein" der Gegensatz von Oesterreichisch und Deutsch, von Schwarz-gold (Schwarz-gelb) und Schwarz-roth-

gold zum vollen Ausdruck, und durch die
Taktik der revolutionären Partei, der
einzigen, welche sich damals ihrer Ziele
bewußt war und mit einer Consequenz,
die einer besseren Sache würdig gewesen
wäre, auf ihr letztes Ziel, ein allgemeines
Chaos, um dann in Raub und Plünderung ihre Ernte zu halten, lossteuerte,
wurden Schwarz-gold und Schwarz-roth-
gold verdrängt und das Blutroth an ihre
Stelle gesetzt. Während diese Unfüge auf
den Straßen stattfanden, der Haber der
Parteien schon die Nationalgarde zu zerreißen drohte und der Vivenot'sche
Verein unter solchen Umständen schon
den Todeskeim in sich trug, sah, wie
Helfert bemerkt, die Regierung diesem
tollen Treiben unthätig zu, weder Lust
habend, noch Zeit findend, sich in diesen
„Bandlkrieg" zu mischen. Diese Helfert'sche Glosse trifft denn doch nicht zu,
im Gegentheil, das Verhalten der Regierung war ein durchaus haltloses. Die
„Wiener Zeitung" erklärte im Abend-
blatte, daß das Schwarz-gelb bereits
einen anderen Sinn erhalten, als es
früher gehabt, doch trotzdem noch immer
einen zweideutigen Sinn habe! Sie
erklärte ferner, daß das Provociren,
das eine kleine Partei für nothwendig er-
achte, um zu zeigen, daß sie existire, nicht
nöthig sei!! Also die Regierung mischte
sich in höchst kläglicher Weise in diesen
„Bandlkrieg", und sie würde besser gethan haben, wenn sie, wie Herr von
Helfert irrthümlich voraussetzt, wirklich
unthätig geblieben wäre. Dr. Vivenot,
verstimmt über diese Wendung der Dinge,
die vielleicht nicht würde eingetreten sein,
wenn der Verein nicht erst im September,
sondern schon im Mai oder Juni sich zu
bilden begonnen hätte, legte die Leitung
nieder. Der Verein aber, unter einer
neuen Leitung, welche es an noch schlim-

meren Ungeschicklichkeiten nicht fehlen
ließ, löste sich unter den blutigen
Wirren der Octobertage von selbst auf.
Seit diesem verunglückten Versuch, in
bewegter Zeit eine patriotisch-politische
Partei zu bilden, beschränkte sich Dr. Vivenot nur noch auf seine ärztliche
Praxis und sein humanistisches Wirken,
nach welch letzterer Richtung seine Gründung des Erzherzogin Sophien-Spitals
zu gedenken ist. Zuweilen, da er ein ausgezeichneter Musikdilettant ist, trat er
mit einigen Compositionen vor das
Publicum. Eine Uebersicht dieser letzteren, so weit sie dem Verfasser dieses
Lexikons bekannt geworden, folgt. Die
Gesammtzahl der im Druck erschienen
Nummern dürfte sich auf etwa 40 be-
laufen. Dr. Vivenot hat sich dreimal
vermält, zuerst am 16. Mai 1832 mit
Josephine geborenen Freiin von Metzburg; dann 1841 mit Antonie geborenen Berger von Bergenthal und
zuletzt am 6. Februar 1850 mit Ma-
thilde geborenen Swatosch. Letztere,
ehe sie Vivenot's Gattin wurde, ent-
zückte als Opernsängerin unter dem
Namen Mathilde Hellwig das
Publicum des Wiener Hofoperntheaters,
namentlich in heiteren Partien [Bd. VIII,
S. 297, in den Quellen]. Ueber den
Familienstand aus diesen drei Ehen vergleiche die angeschlossene Stammtafel.
Dr. von Vivenot ist Director des
Unterstützungsvereines für Witwen und
Waisen des medicinischen Doctoren-
Collegiums in Wien. Er ist seit dem
Jahre 1866 Ritter des Ordens der
eisernen Krone dritter Classe, außerdem
aber von Brasilien, Belgien, Hessen-
Darmstadt, Preußen, Sachsen und Schwe-
ben durch Orden ausgezeichnet.

Uebersicht einiger Compositionen des Dr. Rudolph Ritter von Vivenot, Vater. „Elegie"

Von J. Fischel. Für 1 Singst., mit Pianobegl. Op. 4. — „Die Bergstimme". „Die Wasserfahrt". „Der Traurige". Drei Lieder für 1 Singst., mit Pianobegl. Op. 5. — „Romanze: Fare well! By Lord Byron". Für 1 Singst., mit Pianobegl. Op. 6. — „Das Abendroth". Lied für 1 Singst., mit Pianobegl. Op. 7. — „Was willst du mehr?" Gedicht von J. N. Vogl. Für 1 Singst., mit Begl. des Pianoforte und Horn (oder Violoncell). Op. 10.• — „An meinen Vogel". Gedicht von Rochelmann. Für 1 Singst. mit Begl. des Pianoforte und Violonc. Op. 12. — „Ich denk' an dich". Gedicht von Turteltaub. Für 1 Singst., mit Pianoforte, Horn oder Violoncello. Op. 14. — „Der Fischer". „Nachtigall und Rose". „Jägers Abendlied". „Herzensfrühling". Aus Saphir's „Wilden Rosen". Für 1 Singst., mit Pianobegl. Op. 15. — „Zwei Gedichte in der österreichischen Mundart". Von Baron von Klesheim. Für Sopran und Tenor (Erinnerung ans Schwarzblattl. 's Mailüfterl) Op. 16. — „Souvenir de Winar". Polka de Salon. In D. Op. 18. — „Schlummerlied". Gedicht von L. Tieck (Ruhe, Süßliebchen, im Schatten). Für Sopran oder Tenor. Op. 24. — „Abschied". Gedicht von Mosenthal. Für 1 Singst., mit Pianobegl. Op. 27. — „Romanze". Aus dem Spanischen übersetzt. Für 1 Singst., mit Pianobegl. Op. 28. — „Abendläuten". Gedicht von G. Fr. Blaul (Auf grünbemoostem Steine). Op. 30. — „Soldatenliebe". Gedicht von W. Hauff (Steh' ich in finst'rer Mitternacht). Op. 31. — „Parademarsch". Für die Nationalgarde, in F. Op. 33. — „Zum Siegeskampf fürs Vaterland". Defilirmarsch, in D. Op. 38. Ohne Opuszahl: „Dubliner Galopp". Für Pianoforte. — „Edinburger Galopp". — „Malvinen-Polka". Für Pianoforte allein, und auch für Pianoforte und zwei Violinen.

Quellen. Helfert (Freiherr von). Die Wiener Journalistik im Jahre 1848 (Wien 1877, Manz, gr. 8°.) S. 179—187: „Schwarz-gelb und hochroth". — Das Jahr 1848. Geschichte der Wiener Revolution (Wien 1872, R. von Waldheim, 4°.) Bd. II, von Moritz Smets, S. 323: „Die Bandmännerhetze". — Majláth (Graf Johann). Geschichte des österreichischen Kaiserstaates (Hamburg, Fried-

rich Perthes, gr. 8°.) Bd. V, S. 436. — Sárkady (István). Hajnal. Arczképekkel és életrajzokkal diszített Album", d. i. Die Heimat. Bilder- und Biographienalbum (Wien 1867, Sommer, gr. 4°.) Bogen 13.

Porträt. 1) „Rudolph Edler von Vivenotsen. Nach dem Leben" gezeichnet und lithographirt von Joseph Bauer (Wien, Peter Käser, kl. Fol., Kniestück mit Facsimile). — 2) Unterschrift: „JD. Dr. Vivenot Rudolph, Lovag. Marastoni 1867" (lith.) Wien 1867, Reiffenstein und Rösch 1867 (gr. 4°.).

Vivenot, Rudolph Ritter von, Sohn, (Arzt und Fachschriftsteller, geb. zu Wien am 4. October 1834, gest. daselbst am 7., und nicht, wie es im „Genealogischen Taschenbuche der adeligen Häuser", 1883, steht, am 9. April 1870). Aeltester Sohn des Arztes Rudolph Ritter von Vivenot [siehe den Vorhergehenden] aus dessen erster Ehe mit Josephine geborenen Freiin von Metzburg und Bruder des Historikers und Legationsrathes Alfred [S. 85]. In die Fußstapfen seines Vaters tretend, widmete er sich der ärztlichen Laufbahn, beendete die Berufsstudien an der Wiener Hochschule und erlangte an derselben 1856 die medicinische Doctorwürde. Sein Hauptaugenmerk richtete nun der junge Arzt auf die Klimatologie und die Einflüsse, welche sie auf den menschlichen Körper übt, unternahm zu diesem Zwecke 1859 eine Reise nach Palermo, studirte dort die klimatischen Verhältnisse dieser Stadt, dieselben mit jenen Deutschlands, der übrigen Länder Italiens, Nordafrikas und Madeiras vergleichend, und entwickelte nach dieser Richtung eine fruchtbare literarische Thätigkeit, welche zuletzt die Errichtung eines besonderen Lehrstuhles für Klimatologie an der medicinischen Facultät der Wiener Hochschule zur Folge hatte, welcher denn auch 1862 dem jungen Arzte verliehen wurde, der fich um das Studium dieser noch so jungen Disciplin ein namhaftes Verdienst erworben, welches auch von verschiedenen gelehrten Gesellschaften des In- und Auslandes durch Ernennung Vivenot's zu ihrem Mitgliede anerkannt wurde. Besonders in Italien, welches er zu seinen wissenschaftlichen Zwecken zu wiederholten Malen besuchte, fand er eine sehr entgegenkommende Aufnahme und wurden dem jungen Wiener Arzte von Seite der berühmtesten Aerzte der Halbinsel mannigfaltige wissenschaftliche Ehren erwiesen. Leider war diesem vielversprechenden Wirken ein kurzes Ende gesetzt. Am 7. April 1870, als Vivenot sich eben auf dem Wege zu einem Kranken befand, stürzte er auf offener Straße plötzlich zusammen und hauchte, ehe Hilfe kam, die Seele aus. Durch einen Herzschlag fand er, wie vier Jahre später sein jüngerer Bruder Alfred im Alter von 38 Jahren, 36 Jahre alt, einen frühen Tod. Wir lassen nun zuerst Vivenot's selbständige Schriften, dann seine in Fachblättern zerstreut gedruckten Abhandlungen folgen. Selbständige Werke: „Palermo und seine Bedeutung als klimatischer Curort mit besonderer Berücksichtigung der allgemeinen klimatischen Verhältnisse von Deutschland, Italien, Sicilien, Nord-Africa und Madeira" (Erlangen 1860, Enke, Lex.-8°., XVI und 191 S., mit 46 Taf., 3 [lith.] graphischen Darstellungen und 1 [lith.] Situationsplan von Palermo und dessen Umgebung); — „Beiträge zur Kenntniss der klimatischen Evaporationskraft und deren Beziehung zu Temperatur, Feuchtigkeit, Luftströmungen und Niederschlägen" (Erlangen 1866, Enke, VII und 103 S., mit eingebr. Holzschn., 8 Steintaf., 1 Tabelle in Lex.-8°., 4°., und Fol.); — „Zur Kenntniss der physiologischen Wirkungen und der therapeutischen Anwendung der verdichteten Luft. Eine physiologisch-therapeutische Untersuchung" (Erlangen 1868, Enke, XII und 626 S., Ler.-8°.); — in Fachschriften zerstreute Abhandlungen, und zwar: in der „Wiener medicinischen Wochenschrift": „Die Temperaturverhältnisse von Palermo" [1859, Nr. 20 und 22]; — *„Ueber die Messung der Luftfeuchtigkeit zur richtigen Würdigung der Klimata" [1864, Nr. 37—43]; — im „Wochenblatt der k. k. Gesellschaft der Aerzte in Wien": „Ueber die therapeutische Anwendung der verdichteten Luft und die Errichtung eines Luftcompressionsapparates in Wien" [1862, Nr. 28]; — in der „Wiener medicinischen Zeitung": „Ueber die Aufstellung eines pneumatischen Apparates in Wien" [1863, Nr. 5 und 6]; — „Ueber A. E. Foley's 1863 in Paris erschienenes Werk: Die Arbeit in comprimirter Luft" [1866, Nr. 19]; — in den „Medicinischen Jahrbüchern der k. k. Gesellschaft der Aerzte in Wien": „Ueber den Einfluß des verstärkten und verminderten Luftdruckes auf den Mechanismus und Chemismus der Respiration. Vorläufige Mittheilung" [1863, Mai-Heft]; — „Ueber das Verhalten der Körperwärme unter dem Einflusse des verstärkten Luftdruckes" [1866, Februar- (2.) Heft]; — in den „Mittheilungen der k. k. geographischen Gesellschaft": „Vergleichende klimatologische Skizze über die Niederschlags- und Temperaturverhältnisse von Deutschland, Italien, Sicilien, Nord-Africa und Madeira" [IV. Jahrg. (1860), 1. Heft]; — in den „Sitzungsberichten der mathematisch-naturwissenschaftlichen Classe der kaiserlichen Akademie der Wissenschaften": *„Ueber einen neuen Verdunstungs-

messer und das bei Verdunstungsbeobach-
tungen mit demselben einzuschlagende
Beobachtungsverfahren", mit 2 Tafeln
[Bd. XLVIII, 2. Abthlg., S. 110 u. f.];
— „Beobachtungen über die Verdunstung
und deren Beziehung zur Temperatur,
Feuchtigkeit, Luftströmungen und Niederschlägen" [Bd. XLIX, 2. Abthlg., S. 3];
— in Virchow's „Archiv für patho-
logische Anatomie und Physiologie und für klinische Medicin":
„Ueber den Einfluß des veränderten
Luftdruckes auf den menschlichen Organismus" [Bd. XIX. 5. und 6. Heft]; —
„Ueber die Zunahme der Lungen-Capa-
cität bei therapeutischer Anwendung der
verdichteten Luft" [Bd. XXXIII, 2. Heft];
— „Ueber die Veränderungen im arteriel-
len Stromgebiete unter dem Einflusse des
verstärkten Luftdruckes" [Bd. XXXIV,
4. Heft]; — in dem zu Palermo herausgegebenen Journal „La Sicilia":
„Osservazioni meteorologiche sulla
temperatura od umidità dell'aria e
sulla evaporazione in Palermo" [1865,
Nr. 1 und 6]; — „Il fumo dell'Etna
in rapporto alla anemometria" [1865,
Nr. 5]; — im „Bullettino meteo-
rologico dell'osservatorio del
Collegio Romano": „Sulla impor-
tanza di registrare certi fenomeni
meteorologici di apparenza secon-
daria. Lettera al P. Angelo Secchi"
[Vol. IV (1865), Nr. 7]; — im „Bullettino meteor. del R. Osserv.
di Palermo": „Idee sulla natura
dello stato nebbioso del cielo a
Palermo e la sua relazione al Sci-
rocco. Lettera al Dir. Pfre. Gaet.
Cacciatore" [1865, Nr. 10]; darüber
hatte Dr. Vivenot auch in der österreichischen meteorologischen Gesellschaft
in Wien am 2. December 1865 einen
deutschen Vortrag gehalten; — „Con-

fronto fra la evaporazione osservata
a Palermo in due luoghi differenti"
[1865, Nr. 2]; — in der „Allgemeinen balneologischen Zeitung":
*„Ueber die Temperatur des Meeres im
Golfe von Palermo". Schließlich stammen
in der „Allgemeinen medicinischen Zeitung" aus seiner Feder die ärztlichen
Berichte aus dem Spitale der k. k.
Gartenbaugesellschaft und des patriotischen Hilfsvereines anläßlich des österreichisch-preußischen Krieges 1866 [1866,
Nr. 37, 44, 46 und 47]. Die mit einem
Stern (*) bezeichneten Abhandlungen
sind auch in Sonderabdrücken erschienen.
Diese wissenschaftliche Thätigkeit Vivenot's wurde, wie bereits bemerkt, in
gelehrten Kreisen durch Verleihung von
Mitgliedschaftsdiplomen gewürdigt; und
mehrere fremde Regierungen, so Baden,
Belgien, Hessen-Darmstadt, Italien,
Preußen und Rußland, zeichneten ihn
durch ihre Orden aus. Im Jahre 1861
vermälte er sich zu Eltville am Rhein
mit Thekla gebornen Englerth,
deren ältere Schwester Mathilde sein
jüngerer Bruder Alfred bereits im
December 1860 zum Altar geführt hatte.
Der Familienstand aus dieser Ehe ist aus
der Stammtafel ersichtlich.

Fremden-Blatt. Von Gustav Heine (Wien,
4°.) 1865. Nr. 36. — Neues Wiener
Tagblatt, 1870, Nr. 100. — Sárkady
(István). Hajnal. Arczképekkel és Életrajzokkal díszített album, d. i. Die Heimat.
Album mit Bildern und Biographien (Wien
1867, Prop. Sommer, 4°.) Bogen 17/a.

Porträt. Unterschrift: „JFJ. Dr. Vivenot
Rudolf". Jos. Bauer 1867 (lith.) (Wien,
Reiffenstein und Rösch, 1867, gr. 4°.).

Vivorio, Augustin (Mathematiker, geb. zu Vicenza 1744, gest.
daselbst am 25. August 1822). Der
Sohn eines Goldarbeiters und Juwe-

liers, erhielt er seine Erziehung in der Schule der Jesuiten, wo er seine Muttersprache, dann Latein und etwas Mathematik erlernte. Auf den Wunsch des Vaters sollte er sich für dessen Gewerbe ausbilden und wurde zu diesem Zwecke nach Venedig geschickt, wo die Goldschmiedekunst immer auf hoher Stufe stand; aber Vivorio hatte einen Widerwillen gegen dies Geschäft, und um seinen vorherrschend geistigen Neigungen leben zu können, trat er in den Orden der Augustiner-Mönche, und zwar zunächst in das Kloster zu Vicenza, aus welchem er zur Beendigung des Noviziates nach Pavia kam. Hierauf schickten ihn seine Oberen nach Ravenna, wo er die philosophischen Studien begann, die er dann unter der Leitung vortrefflicher Lehrer in Verona fortsetzte. Schon zu jener Zeit trat seine große Vorliebe und besondere Eignung zu mathematischen Studien an den Tag, und so jung er war, schrieb er über Gleichungen des dritten und vierten Grades eine lateinische Abhandlung, welche den Beifall seiner Lehrer fand. Durch sein mathematisches Talent gewann er besonders die Theilnahme zweier ausgezeichneten Mathematiker, welche als Professoren am Militärcollegium zu Verona angestellt waren, nämlich Leonardo Salimbeni's und des Cavaliere von Lorgna [Bd. XVI, S. 47], eines kaiserlichen Genieofficiers von ganz ungewöhnlicher Bedeutung. Nun kehrte er nach Vicenza zurück und trat zunächst als Erzieher in die Familie des Grafen Leonardo Thiene ein. Seine pädagogische Beschäftigung ließ ihm aber immer noch Zeit zu seinem Lieblingsstudium, der Mathematik, und er veröffentlichte in dieser Zeit mehrere darauf bezügliche Arbeiten. Nachdem sein Erzieheramt im Hause des Grafen Thiene seinen Ab-

schluß gefunden hatte, ging er in gleicher Eigenschaft zur Familie Folco, und nun waren vornehmlich die schönen Künste und die Pädagogik Gegenstand seiner eindringlichsten Studien. Um sich in ersteren an Ort und Stelle zu vervollkommnen und namentlich an den Werken des Alterthums sich zu läutern, reiste er nach Florenz und Rom. Als dann Cavaliere Lorgna 1782 nach dem Muster der französischen Gelehrten-Gesellschaft der Vierzig die Società italiana gründete und dazu die ersten Gelehrten seines Vaterlandes als Mitglieder erwählte, berief er Vivorio als Secretär an seine Seite und erwirkte bei der Regierung, daß demselben die Lehrkanzel der schönen Literatur, Geschichte und Geographie am erwähnten Militärcollegium zu Verona verliehen wurde. In dieser Zeit beschäftigte sich Vivorio vornehmlich mit pädagogischen Untersuchungen und war nach dieser Richtung auch schriftstellerisch thätig, zugleich erfand er damals ein sehr sinnreiches Instrument, durch welches jede beliebige Länge sofort in ganz genau gleiche Theile getheilt werden konnte. Als mit den veränderten politischen Verhältnissen auch das Veroneser Collegium aufgelöst wurde, kehrte er, um so mehr als Cavaliere Lorgna gestorben war, in seine Heimat Vicenza zurück. Dort aber fand er sofort eine seinen Kenntnissen entsprechende Verwendung, er wurde Vorstand einer zur Regelung der öffentlichen Straßen und Brücken aufgestellten, sowie Mitglied einer mit den Regulirungsarbeiten der durch Zerstörungen berüchtigten Brenta betrauten Commission, und Director der Straßen und Wasserbauten in der Provinz Vicenza. In dieser letzteren Stellung legte er der Regierung mehrere wichtige den Straßen- und

Wasserbau betreffende Denkschriften vor. Als dann nach des Grafen Otto·Calderari [Bd. II, S. 237] 1803 erfolgtem Tode der Beschluß gefaßt wurde, die Zeichnungen dieses berühmten Architekten zu sammeln und zu veröffentlichen, nahm Vivorio an der Redaction derselben, welche unter dem Titel: „Disegni e scritti di architettura" in drei Bänden erschienen, thätigen Antheil. Im Alter von 78 Jahren, nachdem er die letzten im Ruhegenuß verbracht hatte, schied er aus diesem Leben. Die Titel seiner Schriften sind: „Augustini Vivorii eremitae Augustiniani, de cubicis ac biquadraticis aequationibus tractatus. Accedit nova regulae Cartesianae qua numerus affirmativarum et negativarum radicum in aequationibus dignoscitur, demonstratio" (Veronae 1769, 4⁰., cum fig.); — „Sublimioris Geometriae opuscula" (Venetiis 1772, 4⁰., cum fig.); — „Sopra i corpi delle arti, risposta ad un quesito accademico" (Verona 1792, 8⁰.); — „Istromento divisore" (ib. 1794, 8⁰.) und auch im 18. Bande der zu Mailand herausgegebenen „Opuscoli scelti delle Scienze ed Arti"; es ist dies die beschreibende Erklärung des in der Biographie erwähnten von Vivorio erfundenen Theilungsinstrumentes; — „Discorsi della vita sobria di Luigi Cornaro, con ragionamento ec." (ib. 1788, 12⁰.); — „Forza delle impressioni nella prima età" (Vicenza 1810, 8⁰.); — „Educazione morale" (ib. 1814, 8⁰.); — „Prima educazione intellettuale" (ib. 1815, 8⁰.); — im Jahrgange 1777 des von Elisabeth Caminer [Bd. II, S. 245] herausgegebenen „Giornale enciclopedico" befinden sich auch etliche Abhandlungen seiner Feder.

Poggendorff (J. C.). Biographisch literarisches Handwörterbuch zur Geschichte der exacten Wissenschaften (Leipzig, K. Ambros. Barth, schm. 8⁰.) Bd. II, Sp. — Tipaldo (Emilio de). Biografia Italiani illustri nelle scienze, lettere ed arti del secolo XVIII e de' contemp. Venezia 1837 et sequ., gr. 8⁰.) tomo p. 23.

Vizer, Adam (gelehrter Theolog), geb. zu Fünfkirchen um die Mitte des achtzehnten Jahrhunderts, gest. 2. Februar 1803). Aus adeliger Familie. Nach Fejér wäre er am 28. Dec. 1793 geboren und 1803, also im Alter von zehn Jahren, gestorben, was im Hinblick auf seine wissenschaftliche Thätigkeit, die den gereiften Mann voraussetzt, nicht stimmt. Nachdem er die theologischen Studien im Seminar zu Fünfkirchen beendet und die philosophische und canonische Doctorwürde erlangt hatte, widmete er sich dem Lehramte und zuerst 1774 zu Tyrnau, dann zu und zuletzt in Preßburg bis 1788 griechische Sprache und Hermeneutik des neuen Testamentes vor. Hierauf wurde er Abt zu U. L. F. von Kompolt. Domherr an der Kathedrale zu Fünfkirchen und Präfect der bischöflichen Bibliothek daselbst, als welcher er im Jahre 1803 starb. Als Fachschriftsteller thätig, gab er heraus: „Praenotiones Hermeneuticae Novi Testamenti" (Tyrnaviae 1777, 8⁰., 355 S.); — „Hermeneutica sacra novi Testamenti, tres partes divisa" Budae et Posonii 1784—1785, 8⁰., I.: 428 S.; II.: 382 und 387 S.; III: 310 S.); „Adoratio S. Eucharistiae" 8⁰. min.; — „Ad status et Ordines incl. Comitatus Baranyensis pro Religiosis fratribus Ordinis S. Joannes de Deo, qui anno 1796 die 27. in Lib. Reg. Civitate Quinqueecclesiensi

domicilium invenerunt" (Quinque-
ecclesiae, 4⁰.). Außerdem fanden
sich von ihm handschriftlich vor: einige
historisch-theologische Abhandlungen, eine
Harmonie der vier Evangelien u. m. a.
Als er sein Lehramt niederlegte, geschah
es unter großem Bedauern der Preßburger Cleriker, welche ihren Gefühlen
in einer Reihe poetischer Ergüsse, die im
Druck erschienen sind, Ausdruck gaben.
Rerlur von Ungarn (Pesth, 8⁰.) 1786,
S. 1053. — Fejér (Georgius). Historia
Academiae scientiarum Pazmanianae Archi-
episcopalis ac M. Theresianae regiae
literaria (Budae 1835, 4⁰.) p. 123. —
Scriptores facultatis theologicae, qui
ad e. r. scientiarum universitatem Pestinensem ab ejus origine a 1635 ad annum
1858 operabantur (Pestini 1859, Jos.
Gyurian, 8⁰.) p. 37.

Vizer. Stephan von (Mathematiker und Kartograph, geb. in Ungarn,
Geburtsjahr unbekannt, gest. 1856).
Wohl ein Sohn des zu Pesth am 1. April
1816 im Alter von 63 Jahren verstorbenen gleichnamigen Stephan von
Vizer. Er widmete sich mit besonderem
Eifer dem Studium der Mathematik, der
Physik und der Naturwissenschaften überhaupt, bildete sich zum praktischen Geo-
meter aus und wirkte als ungarischer
Ingenieur im Komorner Comitate. Die
allgemeine Aufmerksamkeit der gelehrten
Welt richtete sich auf ihn, als er eine
astronomisch-geographische Karte der
Veszprimer bischöflichen Diöcese veröffentlichte. Diese Karte, welche auch
von der Société de Géographie zu
Paris in anerkennender Weise gewürdigt
wurde, erstreckt sich von der astrono-
mischen Sternwarte auf dem Blocksberge
bei Ofen bis zu den Grenzen Slavoniens
und Croatiens und zeichnet sich durch
große Genauigkeit der Aufnahme, sorgfältige Durchführung, schönen Stich und

eine auch sonst geschmackvolle Ausstattung
aus. Sie erschien auf Kosten des damaligen Primas von Ungarn und Erzbischofs von Gran, Joseph von Ko-
pácsy, vormaligen Bischofs von Vesz-
prim. Der bibliographische Titel dieser
Karte lautet: *„A veszprémi egyház-
megyét ábrázoló a csillagászat és há-
romszögtan elvei mellet a stereogra-
phiai rendezere alapított astronomico-
geographiai abrosza"* (Pesth 1842).
Vizer beschäftigte sich auch mit einer
physikalisch-geologisch-geognostischen Beschreibung der Karpathen in Ungarn, und
die Abhandlung: „A Kárpátok". d. i.
Die Karpathen, welche im Jahrgange
1844 des „Tudománytár". d. i. Wissenschaftliche Sammlung (S. 117, 154,
195, 259 und 364), erschien, dürfte wohl
ein Fragment oder eine Probe dieser
Arbeit gewesen sein. In L. A. Frankl's
„Sonntagsblättern" (Wien, 8⁰.) II. Jahrgang (1843) wird auf S. 619 der Belobung eines ungarischen Mathema-
tikers und Geographen durch die Société
de Géographie zu Paris, Namens Stephan von Vizor, ziemlich ausführlich
gedacht. Derselbe ist, richtig gestellt, der
obige Stephan von Vizer.
Nemzetiképes naptár, d. i. Nationaler
Bilderkalender (Pesth) II. Jahrg. (1857).
S. 120.

Vizkelety. Béla (Historienmaler
geb. in Ungarn 1825, gest. zu Pesth
am 22. Juli 1864). Ein Sohn des
besoldeten Temescher Gerichtstafelbei-
sitzers Ignaz Vizkelety. Bei seinem
ausgesprochenen Talent für die Kunst
widmete er sich derselben und bildete sich
in Wien zum Geschichtsmaler aus, in
welcher Eigenschaft er dann in Pesth
thätig war. Von seinen historischen
Bildern sind bekannt: „Kinizsi's Sieg

auf dem Schlachtfelde"; — „Das Siegesfest des Hauses Hunyady"; — „Máthyás der Gerechte"; — „Einzug Stephan Báthory's in Krakau"; — „Die Völker der h. ungarischen Krone". Auch zeichnete er für verschiedene illustrirte Blätter, wie „Napkelet", d. i. Der Osten, „Vasárnapi ujság", d. i. Das Sonntagsblatt, und „Az ország tükre", d. i. Der Reichsspiegel, aus welch letzterem wir des Gemäldes „Hroswitha" und des die Unterschrift: „Emesö álma" führenden Bildes, die beide gleich trefflich sind, gedenken. Der Künstler starb im schönsten Mannesalter von 39 Jahren, aus seiner Ehe mit einer geborenen Bojatsek keine Kinder hinterlassend. Er war Mitglied des Pesther ungarischen Vereines für bildende Künste, welchem er mehrere interessante Manuscripte über die alten Trachten testamentarisch vermachte. Seine Büchersammlung aber wurde für die Vereinsbibliothek angekauft. Noch haben wir von ihm eine ungarische Abhandlung zu verzeichnen, nämlich: „Skizzen zur Geschichte ungarischer Trachten", welche in dem Werke: „Magyarország képekben", d. i. Ungarn in Bildern, 1867, S. 247 und 298, von Illustrationen seiner Hand begleitet, erschienen ist.

Az ország tükre, d. i. Der Reichsspiegel (Pesth, 4º.) 1864, Nr. 27: „Biographie".

Porträt. Unterschrift: „Vizkelety Béla (Született 1825-ben, † 1864, jul. 22-én)". Marastoni Jos. 1864 (lith.); auch im vorbenannten „Az ország tükre".

Kertbeny in seinem Werke: „Ungarns Männer der Zeit. Biographien und Charakteristiken hervorragendster Persönlichkeiten", welches er anonym 1862 in Prag bei Steinhauser (12º.) herausgegeben, gedenkt auf S. 132 eines Alexander Vißkelety, den er um 1830 geboren sein läßt und als einen sehr gewandten Zeichner in allerlei Genren, im Modejournal, in Caricaturen, in Nationalscenen u. s. w., bezeichnet. Wir glauben kaum

fehl zu gehen, wenn wir in diesem Alexander Vißkelety unseren Béla erkennen, denn einen Alexander gibt es nach der Stammtafel in Joán Nagy's „Magyarország családai czimerekkel és nemzékrendi táblákkal", Bd. XII, S. 235 und 236 in der Familie Vizkelety nicht. — Derselben Familie gehört auch Franz Vizkelety (geb. in Ungarn 25. Jänner 1789, gest. zu Wien 9. Mai 1873) an, der viele Jahre als Professor des canonischen Rechtes an der Pesther Universität wirkte und, mit dem Hofrathstitel ausgezeichnet, in den Ruhestand übertrat, welchen er zu Wien verlebte, wo er auch im hohen Alter von 86 Jahren starb. Aus seiner Ehe mit Josepha gebornen Vißüberlebten ihn zwei Söhne: Franz und Joseph, Ersterer Advocat, Letzterer Richter. Des Hofrathes Franz Vizkelety Bildniß mit Facsimile des Namenszuges ist im Jahre 1836, von Barabás lithographirt, bei Reiffenstein und Rösch in Wien (Fol.) erschienen.

Vlacovich, Giampaolo (Arzt und Fachschriftsteller, geb. auf der Insel Lissa in Dalmatien 1825). Nachdem er in Spalato und Zara seine Gymnasialbildung erlangt hatte, widmete er sich an der Wiener Hochschule dem Studium der Medicin, aus welcher er daselbst auch die Doctorwürde erwarb. Der lehramtlichen Laufbahn sich zuwendend, übernahm er die Stelle des Assistenten für die Lehrfächer der Anatomie und Physiologie an der medicinischen Facultät der Wiener Universität. Nach längerer Wirksamkeit auf diesem Posten kam er 1852 als Professor der Anatomie an die Universität Padua, an welcher er jetzt noch unter der italienischen Regierung bedienstet zu sein scheint. Er ist auch als Fachschriftsteller thätig, und haben wir von ihm folgende Werke zu verzeichnen: „Dell'apparecchio sessuale dei monotremi" (Wien 1852, 8º.); — „Relazione sopra alcuni studii anatomici" (Padova 1861); — „Osservazione miologiche" I. e II. (Venezia 1865 e 1875); — „*Annotazioni intorno alcune proprietà dei corpuscoli oscillanti del bombice del gelso. Con una tavola*" (Venezia 1864); — „*Annotazioni sui corpuscoli oscillanti che infestano gli umori ed i tessuti del bombice del gelso afflitto dall'atrofia*" (ib. 1864, 8º.); — „*Sui corpuscoli oscillanti del bombice del gelso. Nuove osservazioni*" (ib. 1866); — „*Osservazioni anatomiche sulle vie lagrimali*" (Padova 1871); — „*Sul muscolo sterno-cleido mastoideo*" (Venezia 1876); — „*Sul fascio sternale del muscolo sterno-cleido mastoideo*" (ib. 1878); — und in Gemeinschaft mit dem schon S 32 dieses Bandes erwähnten Max Ritter von Bintschgau die Abhandlung: "*Intorno ai sussidj meccanici meglio acconci a determinare con precisione il numero delle pulsazioni cardiache nei conigli*" (Wien 1865). Diese letztere Abhandlung erschien zuerst in den „Sitzungsberichten der mathematisch-naturwissenschaftlichen Classe der kaiserlichen Akademie der Wissenschaften in Wien"; während einige der vorbenannten auch in den Atti dell'Istituto Veneto zum Abdruck gelangten. — Ein Nicolaus Blacovich, vielleicht ein Bruder oder doch naher Verwandter des Obigen, früher Professor der Chemie, zur Zeit Director der Communal-Oberrealschule in Triest, ist gleichfalls als Fachschriftsteller thätig, und sind von ihm herausgekommen: „*Sulla scarica istantanea della bottiglia di Leyda*" (Wien 1865), früher abgedruckt in den „Sitzungsberichten der mathematisch-naturwissenschaftlichen Classe der kaiserlichen Akademie der Wissenschaften in Wien"; — „*Cenni sulla fabbricazione dell'olio d'oliva ed in particolare sui vantaggi dell'uso de' torchi idraulici*

nella medesima. Con una tavola" (Trieste 1865, Col. Coen, 8º.) — und „*Nozioni preliminari allo studio della Chimia*" (ib. 1865).

Vlad, siehe: **Vlad**, Alois.

Vladimirovich, Lucas (Minoritenmönch, gebürtig aus Dalmatien, Ort und Jahr seiner Geburt wie seines Todes unbekannt). Er lebte im achtzehnten Jahrhundert und ist der Sproß einer alten und vornehmen dalmatinischen Adelsfamilie, über welche Lucius Marentinus im „Chronicon archivale continens brevem descriptionem principii et continuationis venerabilis conventus Sanctae Mariae Zaostrogiensis" (Venetiis 1770) eine „Brevis descriptio almae antiquissimae domus Comitum et Equitum Vladimirovich" mittheilt. Dem geistlichen Berufe sich widmend, trat er in jungen Jahren in den Minoritenorden der dalmatinischen Provinz. Wegen seiner großen Geistesgaben wurde er öfter in wichtigen Angelegenheiten der Klöster im Küstenlande nach Venedig geschickt und gelangte auch in einer Sendung zum Papste Clemens XIII., der die Bedeutenheit des Mönches erkannte und ihn zum Generallector und Missionär des Ordens des h. Franciscus machte. Von ihm sind in lateinischer, italienischer und slavischer Sprache viele Schriften erschienen, deren Titel wir leider nicht alle kennen. Wir verzeichnen von ihm: „*Cvit mirosa razlicnoga karšćanskoga*" (U Zakinu o. J., Nicolaus Baluffi); — „*Život svetoga Sime Zadranina za bratju karšćane i rišćane u kratko skupljen*", d. i. Leben des h. Simeon von Zara u. s. w. (Venedig 1765, 12º.); — „*Razmišljania*

karstjanska svaki dan od miseca",
d. i. Chriſtliche Gedanken auf jeden Tag
des Monats (ebb. 1765, 12⁰.); —
„Slavodobitje karstjansko", d. i. Chriſt-
licher Triumph (ebb. 1765, 16⁰.); —
„Cvit nauka karstjanskoga", d. i. Blüte
der Chriſtenlehre (ebb. 1771); —
„Svárhu likarstva" (ebb. 1775). Lucas
Vladimirovich ſtand bei seinen Landsleuten in hohem Ansehen, und Prudentius
Narentinus widmete ihm ein die
Familie der Vladimirovich betreffen-
des Elogium.

Fabianich (Donato P.). Storia dei frati Minori
dai primordi della loro istituzione in
Dalmazia e Bosnia fino ai giorni nostri
(Zara 1864, Battara, 8⁰.) tom. II, p. 289.
— De regno Bosniae. Opus Prudentii
Narentini, p. 95—135: „Vetustissimae
ac perillustris familiae Comitum et Equitum Vladimirovich elogium historicum
dicatum Lucae Vladomirovich". — *Gliubich (la Città vecchia (Simeone 166.).* Dizionario biografico degli uomini illustri della
Dalmazia (Vienna e Zara 1856, 8⁰.) p. 312.

Derselben Familie gehören an: 1. **Anton
Vladimirovich**, der zu Beginn des siebzehnten Jahrhunderts lebte, und von welchem
ein „Compendio di storia della Dalmazia"
(Venezia 1607) im Druck erschienen ist. —
2. **Daniel Vladimirovich**, um 1531
zum Bischof von Tuvno erwählt, Frühzeitig
trat er in den Menoritenorden, in welchem
er seiner Geistesgaben wegen bald in hohem
Ansehen stand. Auf die Nachricht von dem
Bedrängnissen, welchen die Diöcese von
Macarsca preisgegeben war, beschloß der
Papst, dieselbe unter die Oberaufsicht des
benachbarten Bischofs von Tuvno, als welcher
zu jener Zeit eben Daniel Vladimirovich regierte, zu stellen. Kaum aber nahm
Letzterer die Visitation genannter Diöcese
vor, als auch sofort die Verfolgungen der
Türken gegen ihn begannen. Um denselben
zu entgehen, flüchtete er sich vorab nach dem
Küstenlande und schiffte sich dann von dort
auf jener Nachen nach der Insel Curzola
ein. Doch die Türken holten ihn in dem bei
dieser Insel befindlichen Canale ein, bemächtigten sich seiner, führten ihn nach Vergoraz
und warfen ihn daselbst in einen Kerker, in
welchem er unter grausamster Behandlung
so lange verblieb, bis er mittels des von den
Türken geforderten hohen Lösegeldes, welches
seine Ordensprovinz zusammenbrachte, aus
der Sclaverei zurückgekauft wurde Schließlich
erlitt er doch im Jahre 1563 den Märtyrertod. Sein Leichnam wurde in der Katharinenkirche des Klosters zu Gliubuski beigesetzt,
und die Türken selbst wallfahrteten zum
Grabe des Märtyrers, dessen Ruf der Heiligkeit sich bald weit verbreitet hatte. [*Fabianich
(Donato P.).* Storia dei frati Minori dai
primordi della loro istituzione in Dalmazia
e Bosnia fino ai giorni nostri (Zara 1864,
Battara, 8⁰.) tom. II. p. 231.] — 3. **Peter
Vladimirovich**, gleichfalls Franciscaner-
mönch der minderen Obseroanz und der Erste,
der auf Einladung des Fürsten Unéti Besitz
nahm von dem Kloster Mariae-Empfängniß
zu Zaostrog. Er reiste nach Rom, wo er für
die Klöster im Küstenlande und für das bos-
nische Vicariat viele Privilegien, für letztere
auch den Titel einer besonderen Ordensprovinz, vom Papste erwirkte. In der Folge
zum Bischof von Mostar ernannt, starb er
als solcher den Märtyrertod, den er durch
die Ungläubigen erdulden mußte.

Vladisavljevic, Demeter (serbischer
Schriftsteller, geb. zu Kuzmin im
Syrmier-Comitate 1788, gest. in Trieſt
am 23. Jänner 1838). Das Gymnasium
und die theologischen Studien beendete
er zu Karlovitz, dann für den lehramtlichen Beruf sich entscheidend, wurde er
zuerst Lehrer in Fiume, später in Trieſt,
wo er auch im Alter von fünfzig Jahren
starb. Im Druck gab er heraus: „Otac
ili misli čedoljubivog otca", d. i. Der
Vater oder Gedanken eines kinderlieb-
den Vaters (1832); viele Jahre nach
seinem Tode erschien von ihm: „Priprava
za istoriju sreya svijeta". d. i. Einleitung zur Geschichte seiner Zeit (1864);
auch veröffentlichte er mehrere Gedichte
in den Beilagen zu der von Demeter
Davidović, einem Arzte, der im
ersten Viertel des laufenden Jahrhunderts
in Wien lebte und sich der Förderung

ſerbiſcher Intereſſen widmete, daſelbſt in den Jahren 1813—1816 herausgegebenen ſerbiſchen Zeitung, und eine theoretiſch-praktiſche italieniſch-ſerbiſche Grammatik hinterließ er in Handſchrift. — Ein Michael Vladiſavljevic (geb. zu Bukovár im Syrmier Comitate 1759, geſt. zu Semlin 1831) verſah im Banate und an mehreren Orten Syrmiens, namentlich zu Jrog daſelbſt über vierzig Jahre lang die Stelle eines Normalſchullehrers und ſtarb, 72 Jahre alt, im Penſionsſtande. In ſerbiſcher Sprache gab er Poetiſches, darunter etliche Gelegenheitsgedichte, heraus, welche Šafařik in dem unten bezeichneten Werke anführt.

Paul Joſeph Šafařik's Geſchichte der ſüdſlaviſchen Literatur. Aus deſſen handſchriftlichem Nachlaſſe herausgegeben von Joſeph Jireček (Prag 1865, Tempſký, gr. 8°.). III. Das ſerbiſche Schriftthum, II. Abtheilung, S. 338, 372, Nr. 345; S. 409, Nr. 393; S. 440, Nr. 789; S. 325, 380, Nr. 390; S. 382, Nr. 399.

Vlaſák, Anton Norbert (čechiſcher Schriftſteller, geb. zu Wlaſchim am 10. Jänner 1812). Vier Jahre nach ſeiner Geburt überſiedelten die Eltern nach Přčic, wo er ſpäter die unteren Schulen beſuchte und auch den Geſang erlernte. Im October 1822 wurde er im Prager Kloſter Strahov, in welchem eine beſondere Stiftung für Sängerknaben errichtet iſt, als ſolcher aufgenommen. 1824 bezog er das Gymnaſium auf der Prager Kleinſeite, 1830 die Univerſität als Hörer der Philoſophie und fand 1833, für den geiſtlichen Stand ſich entſcheidend, Aufnahme im erzbiſchöflichen Seminar zu Prag. Am 7. Auguſt 1836 zum Prieſter geweiht, trat er im October deſſelben Jahres als Caplan in ſeinem Geburtsorte in die Seelſorge. Die Liebe für ſeine Mutterſprache ge-

wann er aus der Lecture čechiſcher Bücher, die Liebe für ſeine Nation aus den Geſchichtswerken über dieſelbe. Nun war er auch bald über alle Maßen thätig, den nationalen Geiſt in ſeiner nächſten Umgebung nach Kräften zu fördern, verſchaffte ſich, unterſtützt von einigen Freunden, ſämmtliche damals erſcheinenden čechiſchen Zeitſchriften, gewann einige Mitglieder der böhmiſchen „Matica", legte eine Schulbibliothek an, welche in wenigen Jahren zu großer Reichhaltigkeit anwuchs, kurz, entwickelte in der oben erwähnten Weiſe eine unermüdliche Thätigkeit. Auf Anregung ſeines Dechanten Anton Wender legte er ein Buch der Denkwürdigkeiten der Dechantei an. In demſelben trug er alle weltlichen und geiſtlichen Begebenheiten ein, welche im Sprengel der Dechantei von der Zeit des Beſtandes derſelben vorfielen. Dieſe Arbeit, in welcher ihm große Förderung ward durch den Fürſten Carlos Auersperg, der ihm zu dieſem Zwecke die Benützung der fürſtlichen Bibliothek geſtattete, brachte ihn nachgerade zu einer anderen, nämlich zur Beſchreibung aller hiſtoriſchen und archäologiſchen Dertlichkeiten der ehemaligen Herrſchaft Wlaſchim; auch begann er Materialien zu einer kirchlichen Topographie Böhmens im Allgemeinen und des Erzbiſthums Prag im Beſonderen zu ſammeln. Als er dann im Jahre 1844 Schloßpfarrer in Wlaſchim wurde, vertiefte er ſich immer mehr und mehr in ſeine Forſchungen, Studien und Sammlungen für eine kirchliche Topographie, womit ſich unwillkürlich eingehende genealogiſche, archäologiſche und heraldiſche Studien verknüpften. Hiervon geben Zeugniß ſeine zahlreichen Abhandlungen und Artikel in Zap's: „Památky archaeologické a místopisné", d. i. Archäologiſche und

topographiſche Denkwürdigkeiten, im
„Časopis pro katol. duchovenstva",
d. i. Zeitſchrift für die katholiſche Geiſtlichkeit, und in dem von Maly-Rieger
redigirten „Slovník naučný", d. i. Čechiſches Converſationslexikon, zu deſſen
eifrigſten Mitarbeitern er zählte. Selbſt-
ſtändig gab er heraus: „Beneſov. Děje-
pisný nástin", d. i. Beneſchau. Geſchichtliche Skizze (Prag 1853), vorher im
„Lumír" abgedruckt; — „Býralé panství Vlašimské", d. i. Ehemalige Herrſchaften von Blaſchim (1863) und „Ko-
stelec nad Černými lesy", d. i. Koſtelec
am Schwarzwald [Schwarzkoſtelec]
(1863), beide Abhandlungen waren vorher in den „Památky archaeologické"
erſchienen. In Würdigung dieſer Thätigkeit auf kirchengeſchichtlichem, archäo-
logiſchem und topographiſchem Gebiete
wurde Blaſák vom čechiſchen Muſeum,
vom wiſſenſchaftlichen čechiſchen Verein
für deſſen archäologiſche Abtheilung und
von vielen anderen gelehrten Vereinen
zum correſpondirenden Mitgliede gewählt. Außerdem iſt er ſeit mehreren
Jahren Ausſchuß-Stellvertreter des Bezirkes Blaſchim und Ehrenbürger von
Domaſchin und Klabrub.

Sembera (Alois Vojtech). Dějiny řeči a
literatury českoslovenaké. Vek novější,
d. i. Geſchichte der čechoſlaviſchen Sprache und
Literatur. Neuere Zeit (Wien 1868, gr. 8⁰.)
S. 303.

Blaſák, Franz (čechiſcher Schriftſteller, geb. zu Malkovice in Böhmen am 2. Februar 1827). Der jüngere
Bruder Anton Norberts [S. 103].
Er beſuchte zunächſt die Pfarrſchule zu
Přeic, wo ſeine Eltern lebten. 1837
nahm ihn ſein älterer Bruder zu ſich
nach Blaſchim; im folgenden Jahre bezog
Franz in Prag das Altſtädter Gymnaſium, auf welchem er mit beſtem Er-

folge die Studien beendete. 1844 kam
der Lemberger Erzbiſchof Franz be Paula
Piſtek [Bd. XXII, S. 354], aus
Přeic in Böhmen gebürtig, in ſeine
Hermat auf Beſuch und ſtiftete dort ein
Spital und ein Kloſter für barmherzige
Schweſtern. Daſelbſt ſtellte ſich ihm
Blaſák vor, und der Erzbiſchof, bei
ſich von ihm befriedigt zeigte, forderte
ihn auf, mit ihm nach Lemberg zu
kommen, wozu Franz auch ſofort bereit
war. Dort beendete derſelbe die philo-
ſophiſchen Studien. Als er aber durch
den Tod des Erzbiſchofs Piſtek An-
fangs Februar 1846 mit einem Male
ſeinen Gönner verlor, kehrte er nach
Böhmen zurück, wo er in Prag das
Studium der Theologie begann. Das
Bewegungsjahr 1848 trieb ihn aus dem
Seminar, und nun arbeitete er unter
Picek [Bd. XXII, S. 219] und
Prauſek [Bd. XXII, S. 220] bei
der „Pražské Noviny", d. i. Prager
Zeitung, einige Jahre, dann wurde er
Soldat, und endlich widmete er ſich der
Schriftſtellerei, nebenbei als Corrector in
Druckereien zu Wien und Brünn be-
ſchäftigt. Während ſeines Aufenthaltes
in Galizien erlernte er die polniſche
Sprache, machte ſich auch mit ihrer
Literatur bekannt, und als eine Frucht
dieſer Zeit iſt ſeine Ueberſetzung der
ſchönen polniſchen Dichtung von Mal-
czewſki: „Maria", einer poetiſchen
Erzählung im Lord Byron'ſchen Geiſte
anzuſehen, welche er unter dem Titel:
„Marie. Povest ukrajinská. Z pol-
ského Ant. Malczewského přeložil Frant. Vlasák", d. i. Marie.
Ukrainiſche Erzählung (Prag 1852,
Itivnáč, 16⁰.) herausgab. Ferner erſchien
von ihm: „Krátký Životopis c. k.
polního marſalka hr. Jos. v. Ra-
deckého z Radce. Vydal V. T.",

d. i. Kurze Biographie des k. k. Feld-marschalls Grafen Joseph Radecký von Rabec (Prag 1858, Rohlíček, 8°., mit Porträt), blos mit den Chiffern seines Namens bezeichnet; und „Staro-česká šlechta a její potomstvo po třice-tileté válce. Příspěvky rodopisné" (Prag 1856, Jaroš. Pospíšil, kl. 8°.), welche größere Abhandlung vorher in den „Pa-mátky archaeologické" abgedruckt war und zehn Jahre später von Blasák selbst verbessert in deutscher Bearbeitung erschien unter dem Titel: „Der altböh-mische Adel und seine Nachkommenschaft nach dem dreißigjährigen Kriege. Histo-risch-genealogische Beiträge" (Prag [1866], B. Stýblo, 16°.).

Šembera (Alois Vojtěch). Dějiny řeči a literatury česko-slovanské. Vek novější, d. i. Geschichte der čechoslavischen Sprache und Literatur. Neuere Zeit (Wien 1868, gr. 8°.) S. 305.

Blasák, Joseph Wenzel (čechischer Schriftsteller, geb. zu Choboulice im Leitmeritzer Kreise Böhmens 14. April 1802). Nach Beendigung der unteren Schulen bereitete er sich für das Lehramt vor und wirkte dann zunächst als zweiter Unterlehrer an der Schule zu Trebnitz, später an jener zu Račinov bei Raudnitz. Im Čechischen, vornehmlich in der Schrift, nicht gerade sehr fest, hatte er in seinem Amte einen schweren Stand, aber unter Beihilfe des Geistlichen Havranek aus Blazkov, den er kennen lernte, brachte er es bald so weit, daß er die Mutter-sprache gründlich schrieb. 1822 wurde er Unterlehrer an der Pfarrschule in Smichov und blieb daselbst zwölf Jahre. Indessen hatte er sich im Unterrichts- und Erziehungswesen so ausgebildet, daß er 1833 sich der Prüfung für eine Lehrer-stelle an einer Hauptschule unterzog, und da er nun auch im Čechischen in jeder

Hinsicht tactfest war, so kam er 1834 nach Melnik, wo er als erster Lehrer an der Pfarrhauptschule volle 31 Jahre wirkte. Nach 48 mühseligen im Lehr-amte verbrachten Dienstjahren trat er in den Ruhestand über und zog sich nach Leitmeritz zurück. Noch zu Beginn der Siebenziger-Jahre lebte er als Geschäfts-führer der čechischen Beseda. 1825 begann Blasák mit seiner schriftstellernden Thä-tigkeit, und zwar war die Uebersetzung der Erzählung: „Das Täubchen" von Christoph Schmid die erste Arbeit, mit welcher er vor das Publicum trat. In der Druckerei von Špinka [Bd. XXXVI, S. 173] wurde er mit den Matadoren der čechischen zeitgenössischen Literatur bekannt, mit Chmelenský, Jung-mann, Hanka, Vinařický, Franta-Šumavský, später mit Malý, To-micek; Tyl, Zap, und diese waren es, die dem strebsamen Lehrer mit Rath und That und vornehmlich dadurch unter-stützten, daß sie ihm čechische Bücher liehen. In Tomsa's „Čechoslav", dann aber in anderen Zeitschriften, wie im „Poutník slovanský", d. i. Sla-vischer Wanderer, „Jindy a Nyní", d. i. Einst und Jetzt, u. m. a. veröffentlichte er seine ersten Arbeiten. Blasák ent-wickelte als Schriftsteller eine große Frucht-barkeit, und zwar nach zwei Seiten, als Kinderschriftsteller und als Philolog. In ersterer Beziehung brachte er Eigenes und eine Auswahl der besten Jugend-schriften der deutschen Literatur, allen voran von Christoph Schmid, dann aber von Ambach, Baron, Hof-mann, Niedergesäß und Anderen. Als Philolog erfreute er sich der günstigsten Aufnahme, denn die meisten seiner Hand-bücher über die čechische Sprache sind in mehreren Auflagen erschienen, so die „Česká i německá mluvnice v příkla-

dech", d. i. Čechische und deutsche
Sprachlehre in Beispielen, welche 1848
in Prag zum ersten Male herauskam,
1857 die siebente und jetzt bereits die
zehnte Auflage zählt; — „Krátká mluvnice a pravopis jazyka českého pro
dům i školy venkovské", d. i. Kurze
Sprachlehre und Rechtschreibung der
čechischen Sprache fürs Haus und für
Landschulen (9. Aufl., Prag 1866); —
„Böhmische und deutsche Sprachlehre in Beispielen" (5. Aufl., Prag 1860); —
„Vzory k úlohám písemním při cvičení
slohovém. Ku prospěchu žáků národ-
ních škol", d. i. Aufgaben zu schriftlichen
Aufsätzen bei den Stylübungen, 2 Hefte
(Prag 1866, Pospíšil). Was nun seine
Jugendschriften betrifft, so gab er eine
„Bibliotéka mládeže", d. i. Eine Jugend-
bibliothek, in 4 Heften (Prag bei Spinka)
und eine Fortsetzung derselben in 6 Heften
(ebd. bei Pospíšil) heraus; ferner „Písně
nábožné pro celý rok", d. i. Geistliche
Lieder auf das ganze Jahr (Prag 185.).
Von dem berühmten deutschen Jugendschriftsteller Christoph Schmid übersetzte
er die beliebtesten Geschichten, so:
„Der Weihnachtsabend", „Das hölzerne
Kreuz", „Eustachius", „Das Täubchen",
„Das Bild im Walde", „Die biblischen
Geschichten" (in 5 Auflagen) u. a.,
welche theils in einzelnen Ausgaben,
theils in dem von Mikulas und
Knapp in Prag verlegten Sammelwerke: „Besedy pro mládež" erschienen
sind.

*Jungmann (Joseph). Historie literatury české,
d. i. Geschichte der čechischen Literatur (Prag
1849, J. Řivnáč, schm. 4⁰.). Zweite von
W. W. Tomek besorgte Auflage, S. 632.
— Knihopisný slovník česko-slo-
venský... Vydal František Doucha
přispěním Jos. Al. Dundra a Frant.
Aug. Urbánka", d. i. Čecho-slavisches
Bücherlexikon. Herausgegeben von Franz
Toucha mit Unterstützung von Alexander*

Dunder und Franz Aug. U
(Prag 1863, Kober, schm. 4⁰., S.
293). — Šembera (Alois Vojtěch)
Řeči a literatury česko-slovensk
novější, d. i. Geschichte der čecho-
Sprache und Literatur. Neuere Ze
1868, gr. 8⁰.) S. 303.

Noch sei hier in Kürze erwähnt: **Dar**
š á š von Hlaváčov (geb. zu Re
Böhmen 1513, gest. 1586), bekann
dem Namen Crinitus. Durch Ver
des Johann von Hodějow erbii
Stadtschreiberstelle zu Rakonitz; ein z
lateinischer Poet, wurde er von Kais
milian II. zum Dichter gekrönt un
Adelstand erhoben. Von ihm sind
erschienen: „Davidis regis et p
psalmi septem, qui poenitentia
cupantur in odas precatorias lati
micas redacti a Davide Crinit
mucaeo ab Hlavvaczova etc." (P
ofše. Nigriana Anno M.D.IC.,
„Davidis regii prophetae Psalm
Beati immaculati in via" (ib.); -
tulus animae e floribus conqu
annuis dominicalium evangeliori
copis concinnatus ex lemmatis rhy
Czechicis pro usu pubis boëmi
stratus, partes duae" (Pragae 159
grinus, 12⁰.). — Dieser Crinitu
zu verwechseln mit dem Pfarrer
St. Nicolauskirche auf der Prager
welcher in der ersten Hälfte des š
Jahrhunderts lebte, mehrere Anda
und Erklärungen der Psalmen in la
und čechischer Sprache herausgab un
mund Stříbrský Crinitus bi

Vlassits, Franz Freiherr (k. k
marschall-Lieutenant, Bo
Croatien, Slavonien und Dalmat
Ritter des Maria Theresien-
geb. zu Dombóvár im Tolnae
tate Ungarns am 24. April 17í
zu Agram am 16. Mai 184(
Sohn adeliger Eltern, trat er, t
er sich anfangs dem Studium de
gewidmet hatte, 1784, im Al
achtzehn Jahren als Cadet in b
Huszaren-Regiment Emmerich
házy), in welchem er 1785 Unt

nannt, 1790 Oberlieutenant, noch im nämlichen Jahre erster Rittmeister wurde; 1803 zum Major bei Kaiser-, 1806 zum Oberstlieutenant bei Erzherzog Ferdinand b'Este-, 1808 zum Obersten bei Liechtenstein-Huszaren befördert, rückte er 1813 zum Generalmajor, 1824 zum Feldmarschall Lieutenant vor. In letzterem Jahre verlieh ihm der Kaiser das Uhlanen-Regiment Fürst Schwarzenberg Nr. 2 als zweiter Inhaber, ernannte ihn 1831 zum commandirenden General in Peterwardein und 1832 zum Banus und commandirenden General in Croatien, systemgemäß zugleich zum Inhaber beider Banal-Regimenter, zum Bantafel-Präsidenten und Obergespan des Agramer Comitates. In den Rahmen dieser vorherrschend militärischen, aber in seinen letzten Lebensjahren auch politischen Laufbahn fallen eine Reihe von Waffenthaten, welche seinem Namen eine bleibende Erinnerung in der Kriegsgeschichte Oesterreichs sichern, wie denn auch seine politische Thätigkeit im Lande Croatien in ungetrübtem Andenken lebt. Von 1792 ab machte er alle Kriege gegen Frankreich mit, wurde in denselben mehrmals verwundet, in den Armeerelationen aber auch öfter unter den Helden des Tages genannt. Nach der Schlacht bei Neerwinden, 18. März 1793, in welcher Prinz Coburg die Franzosen unter Dumouriez schlug, besetzte er als Oberlieutenant Brüssel, hielt dort den Aufstand nieder und rettete dem Staate mehrere Magazine. Dann griff er bei Gent, später bei Brügge den weit überlegenen Feind an und machte namhafte Beute. Noch focht er in diesem Jahre bei Jemappes, Eschweiler, Löwen, Quievrain. Famars und auf dem Caesarsfelde. Im Jänner 1794, um welche Zeit er bereits Rittmeister war, kam er zum kaiserlichen Hilfscorps, das unter dem Oberbefehle des Herzogs von York stand. In den Treffen und Gefechten bei Chatillon, Château-Cambresis, Tournay, Templeuve wurde sein Name immer mit Auszeichnung genannt, und in einem dieser Kämpfe half er auch eine Batterie von zehn Geschützen erobern. Im weiteren Verlaufe der Kriege focht er und zeichnete sich aus an der Ruhr, bei der Belagerung von Mannheim, bei Rastatt, am Lech, bei Neersheim, Griffingen, Biberach an der Kinzing, bei Schlingen und während der Belagerung des Brückenkopfes bei Hüningen. 1796 kam er zur Armee in Italien, 1799 wieder zu jener in Deutschland, wo er bei Ostrach und Stockach die Aufmerksamkeit des Erzherzogs Karl auf sich zog und dessen Zufriedenheit erwarb. Als dann im Jahre 1800 nach den Schlachten und Gefechten bei Heitersheim, Engen, Moskirch und Oettingen unsere Armee den Rückzug antreten mußte, befand sich Blassits bei der Arrièregarde und trug zur Rettung des Gepäckes und verschiedener Aerarialgüter, dann auch zur Befreiung von Gefangenen bei. 1803 focht er bei Neuhaus und Maria Zell mit ausgezeichneter Bravour. Am 31. October 1805 im Treffen zwischen Steinakirchen und Kremsmünster schmolz das Regiment Kaiser-Huszaren, in welchem er als Major diente, nach heldenmüthiger Ausdauer auf zweihundert Mann herab und verlor dabei auch seinen Commandanten, den Obersten Baron Graffen. Doch in der Drei-Kaiser-Schlacht am 2. December erntete es nichtsdestoweniger unter Blassits' Führung bei der hartnäckigen Vertheidigung der Posten zu Kostel und Bilowitz, zur Deckung der linken Flanke der Armee gegen die Angriffe der französischen Mar-

ſchälle Davouſt und Mortier, großen
Ruhm. Im Feldzuge 1809 zeichnete ſich
Blaſſits an der Spitze ſeines Regiments vorerſt bei Landshut aus, dann
bei Aspern, wo er in den Gefechten der
Avantgarde die Infanterie, ſobald es
das Terrain nur einigermaßen geſtattete,
auf das kräftigſte unterſtützte; ferner bei
Wagram unter General Wallmoden;
endlich auf dem Rückzuge nach Mähren
drang er in unwiderſtehlicher Tapferkeit
auf den Gegner ein und hielt am 9. Juli
bei Hollabrunn glorreich Stand gegen
die überlegene feindliche Reiterei. Er
war es eben, welcher dieſen herrlichen
Soldatengeiſt dem erſt vor wenigen
Jahren aufgeſtellten Regimente einzu-
flößen verſtanden hatte. Nicht minder
that er ſich mit demſelben 1812 im
Kriege gegen Rußland hervor. Im Frühlinge 1813 zum Generalmajor befördert,
wurde er dem nach Tirol operirenden
Corps des Feldmarſchall-Lieutenants
Fenner beigegeben, welcher den rechten
Flügel der von dem Feldmarſchall-Lieutenant Hiller befehligten Armee von
Inneröſterreich commandirte. Als Letzterer am 26. October den Aufruf an
die Völker Italiens erließ, war Fenner ſchon über Trient und Motorello
gegen Volano und Caliano vorgerückt
und hatte die feindliche Diviſion Gifflenga zum Rückzuge auf Serravalle
hinter Roveredo gezwungen, mußte aber,
dabei durch einen Schuß im Arme verwundet, das Commando an Blaſſits
übergeben. Dieſer nahm nun bei San
Marco vorwärts, Feldmarſchall-Lieutenant Sommariva aber bei Roveredo
Stellung. Da griff am 27. October General Gifflenga die Unſeren nochmals
an, und zwar bei San Marco, ſei es,
daß er die Tags vorher empfangene
Schlappe rächen, oder nur das Vor-

bringen unſerer Truppen nach dieſe
Seite hindern, oder aber ſelbſt gege
Trient vorrücken wollte, um das dortig
von den Unſeren bereits beſchoſſen
Caſtell zu entſetzen. Sein Angriff lie
ſich auch anfangs zu ſeinen Gunſten an
Aber als Blaſſits Verſtärkung erhiel
dann die Attaque einer Schwadron Fri
mont-Huſzaren unter Rittmeiſter Ske
letz vom beſten Erfolge war, und über
dies ein von Verona gekommenes feind
liches Reſervebataillon die Flucht ergriff
wurden die Abtheilungen Gifflenga'
erſchüttert und begannen in ordnungs
loſer Haſt zurückzuweichen. Am Abend
nahm Letzterer hinter Ala Stellung, abe
Blaſſits rückte auch bis zu dieſem Ort
vor. Die Gefechte an dieſem und an
dem vorangegangenen Tage koſteten den
Diviſion Gifflenga tauſend Mann
darunter fünfhundert Gefangene. So
hatte Blaſſits mit einer nur geringe
Truppe dem weit überlegenen Feinde
kräftigen und erfolgreichen Widerſtand
geleiſtet und dadurch die Räumung Süd
Tirols weſentlich gefördert. Mit aller
höchſtem Handſchreiben ddo. 8. November
1813 erhielt er außer Capitel für ſein
mannhaftes und erfolgreiches Verhalten
das Ritterkreuz des Maria Thereſien
Ordens. Er blieb bei der Armee in
Italien. Mit der Vorhut des rechten
Flügels rückte er am 4. Februar 1814,
nachdem Feldmarſchall Graf Belle
garde, der Nachfolger Hiller's, ſein
Hauptquartier nach Verona verlegt hatte,
nach Caſtelnuovo und dann nach
Peschiera vor, um dieſe Feſtung am
Garbaſee einzuſchließen. Am 16. April
ging dieſelbe in Folge der Capitulation
an Oeſterreich über. Während der
Schlacht am Mincio am 8. Februar
hielt Blaſſits mit den Vortruppen des
Feldmarſchall-Lieutenants Sommariva

die Angriffe des Generals Palombini auf den Höhen von Cavalcaſelle und Salionze aus, und nachdem ihm Verſtärkungen zugekommen waren, warf er den Feind wieder unter die Kanonen von Peschiera zurück. Hier enden nun die Waffenthaten des wackeren Generals. Während der darauf folgenden Friedensepoche wirkte er mehrere Jahre als Brigadier, von 1824 ab als Diviſionär theils in Ungarn, theils in den angrenzenden Ländern, bis er nach dem Hinſcheiden des Feldzeugmeiſters Grafen Gyulay zu deſſen Nachfolger in der Würde des Banus im Februar 1832 berufen wurde. Als im Laufe des letztgenannten Jahres die Zuſtände in Siebenbürgen eine ſolche Wendung genommen hatten, daß die Autorität der kaiſerlichen Regierung im gewöhnlichen Wege ſich nicht mehr aufrecht erhalten ließ, entſendete der Kaiſer den Ban, der früher ſchon als Diviſionär in Siebenbürgen geſtanden und alſo in dieſem Lande bekannt war, als bevollmächtigten königlichen Commiſſär dahin. Am 16. April 1833 traf Blaſſits daſelbſt ein, aber ſo ruhig und beſonnen er vorging, um die Angelegenheiten in Siebenbürgen in ein richtiges Geleiſe zu bringen, dem Hader und der Willkür der verſchiedenen Parteien gegenüber blieb er doch machtlos, und endlich müde der ſchiefen Stellung, in die man ihn verſetzt hatte, bat er mit allem Nachdrucke um ſeine Enthebung von dieſer frucht- und erfolgloſen Miſſion. Im Februar 1835 wurde ihm denn auch hierin willfahrt, und er kehrte auf ſeinen früheren Poſten in Agram zurück. In den nun folgenden Jahren kränkelte der alte General in Folge der vielen in den Kriegen erhaltenen Wunden, ſo daß er die 1832 übernommene Obergeſpanswürde des

Agramer Comitates niederlegen mußte. Anfangs 1840 erkrankte er ſchwer, erholte ſich aber ſcheinbar wieder, doch mit Beginn des Mai aufs neue von ſeinem Leiden ergriffen, erlag er demſelben nach vierzehn Tagen im Alter von 74 Jahren. Die ausgezeichneten Verdienſte des Soldaten und Staatsmannes würdigte der Monarch durch die Verleihung der geheimen Rathswürde und des Großkreuzes des Leopoldordens, und aus eigener Bewegung durch die Erhebung in den Freiherrenſtand, der übrigens dem General als Ritter des Maria Thereſien-Ordens ſtatutengemäß zukam. So hatte der greiſe Krieger nach 32 Kriegs- und 25 Friedensjahren, nachdem er in fünfzig und mehr Schlachten tapfer gekämpft und mehrere Wunden erhalten, ſein thatenreiches Leben beſchloſſen. Er wurde in feierlichſter Weiſe in der Agramer Katharinenkirche am 23. Mai 1840 unter dem Donner der Kanonen zur Ruhe beſtattet.

Hirtenfeld (J.). Der Militär-Maria-Thereſien-Orden und ſeine Mitglieder (Wien 1857, Staatsdruckerei, ſchm. 4⁰.) S. 1255 und 1749. — Thürheim (Andreas Graf). Die Reiter-Regimenter der k. k. öſterreichiſchen Armee (Wien 1862, Geitler, 8⁰.) Bd. II: „Die Huſzaren“. S. 32, 60, 71 und 187; Bd. III: „Die Uhlanen“, S. 79. — Höfel und Boor. Oeſterreichs Ehrenſpiegel (Wien, 4⁰.) Blatt 10.

Porträt. Unterſchrift: „Franz Freiherr von Blaſſits“ (Wien, 4⁰.). In Reliefmanier von Boor und Höfel.

Blaſſits, Franz Freiherr (k. k. Feldzeugmeiſter, geb. zu Eiſenſtadt in Ungarn 1827, geſt. zu Penzing bei Wien am 16. Juni 1884). Ein Sohn des Vorigen, trat er 1840 in die Ingenieurakademie und 1845, achtzehn Jahre alt, aus derſelben als Lieutenant in das Ingenieurcorps. 1848 dem General-

stabe des Feldzeugmeisters d'Aspre zugetheilt, machte er in der Brigade Sta-
bion die Feldzüge 1848 und 1849 in
Italien, dabei die Cernirung von Mantua,
mit und erhielt für seine Verdienste den
Orden der eisernen Krone dritter Classe.
1850 bereits Hauptmann des Generalstabes, wurde er 1851 der deutschen
Bundescommission in Frankfurt a. M.
zugewiesen. Nach dem italienischen Feldzuge 1859, an dem er Theil genommen,
zum Major im Generalstabe ernannt,
fand er Verwendung bei der Landes-
beschreibung in Böhmen. 1862 zum
Oberstlieutenant befördert, 1863 in der
Generaladjutantur Seiner Majestät des
Kaisers angestellt, kam er bei Ausbruch
des Krieges gegen Dänemark 1864 zum
Corps des Generals der Cavallerie
Baron Gablenz als Generalstabschef
und wurde für seine in diesem und den
vorangegangenen Jahre vor dem Feinde
geleisteten Dienste mit dem Leopold-
orden decorirt und außer seinem Range
zum Obersten und Commandanten des
Infanterie-Regiments König der Belgier
Nr. 27 ernannt, an dessen Spitze er den
Feldzug 1866 in ausgezeichneter Weise
mitmachte. Mit seinem Regimente lag
er dann drei Jahre zu Preßburg in
Garnison, bis im Mai 1869 seine Berufung als Sectionschef im Reichskriegsministerium erfolgte. 1871 zum Generalmajor mit Belassung in seiner Anstellung
vorgerückt, erhielt er auch in Würdigung
seiner in demselben erworbenen Verdienste
den Orden der eisernen Krone zweiter
Classe. Im April 1875 wurde er in
seiner Anstellung zum Feldmarschall-
Lieutenant, 1877 zum wirklichen geheimen Rathe erhoben und 1878 in
Anerkennung der während der Occupation Bosniens geleisteten außerordentlichen Dienste mit dem Commandeur-

kreuze des St. Stephanordens ausgezeichnet. In den Jahren 1880 bis 1882
arbeitete er an der Heeresorganisation,
wofür er sich den Orden der eisernen
Krone erster Classe erwarb. Im Mai
1883 rückte er zum Feldzeugmeister vor
und trat gleichzeitig das Commando des
zehnten Corps mit dem Titel eines commandirenden Generals zu Brünn an.
Schon seit dem Schlußmanöver im September 1883 kränkelnd, versah er doch
seinen Dienst, bis sein verschlimmerter
Zustand ihn zwang, auf Urlaub zu gehen.
Aber noch während desselben starb er
nach längerem Leiden im Alter von
57 Jahren. Mit Plaffits verlor die
kaiserliche Armee einen ihrer tüchtigsten
und angesehensten Führer, der berufen
war, im Ernstfalle eine bedeutende Rolle
zu spielen. Ein Nachruf schreibt über
den General: „Baron Plaffits war
nicht nur ein hochgebildeter, leutseliger
und charakterfester General, sondern
auch eines der wenigen organisatorischen
Talente, welche die neue Epoche in
unserer Armee gezeitigt hat. Es war
ihm vergönnt, seine Befähigung sowohl
praktisch auf dem Schlachtfelde zu bethätigen, als auch sich bleibende Verdienste um die Organisation in der Armee
in seiner langjährigen Wirksamkeit als
Sectionschef im Reichskriegsministerium
zu erwerben. Plaffits ist der Schöpfer
des Territorialsystems des Heeres und
der Löser des schwierigen Problems, eine
kriegsbereite Besatzungstruppe des Occu-
pationsgebietes in einfacher und billiger
Weise zu schaffen. Zu seinen wirklich
bedeutsamen Fähigkeiten gesellten sich ein
unermüdlicher Fleiß, rastlose Thätigkeit
und eine Gewissenhaftigkeit, welche selten
die volle Würdigung genossen." So sein
Nachruf, dem wir nur hinzufügen, daß
die aufopfernde Berufsthätigkeit nicht in

geringem Maße dazu beigetragen, die kräftige Körperbeſchaffenheit des Generals vor der Zeit zu ſchwächen und ihn einem frühen Tode entgegenzuführen.

Oeſterreichiſcher Reichsbote (Wien, 4°.) Nr. 78, 21. Juni 1884 und Nr. 81, 12. Juli 1884 — Thürheim (Andreas Graf). Gedenkblätter aus der Kriegsgeſchichte der k. k. öſterreichiſch-ungariſchen Armee (Wien und Teſchen 1880, Prochaska, gr. 8°.) Bd. I, S. 467; Bd. II, S. 492 und 498

Porträt. Holzſchnitt nach einer Zeichnung von J. W. Unterſchrift: „Feldzeugmeiſter Freiherr von Blaſſits" Im „Oeſterreichiſchen Reichsboten", Nr. 81, S. 18.

Die Blaſſits, auch Blaſich, Blaſſich und Blaſié geſchrieben, ſind ein ungariſches Geſchlecht, welches von König Karl III. 1718 den Adel erhielt. Auf die Freiherrenwürde, welche mit dem Feldmarſchall-Lieutenant Franz von Blaſſits in die Familie kam, hatte derſelbe durch das Ritterkreuz des Maria Thereſien-Ordens, welches er ſich 1814 erkämpfte, ſtatutengemäß Anſpruch. Er erhielt aber den Freiherrenſtand aus des Kaiſers Franz II. eigener Bewegung 1832 zugleich mit der geheimen Rathswürde. Ueber die Familie fehlen uns alle näheren Angaben. Im „Genealogiſchen Taſchenbuche der freiherrlichen Häuſer" finden wir ſie nicht angeführt, und die Angaben Iván Nagy's in deſſen Werke über ungariſche Adelsfamilien („Magyarország családai" u. ſ. w.) ſind auch ſehr dürftig. Außer den beiden erſten Empfängern des Adels im Jahre 1718, **Peter** und **Georg** Blaſſits, gedenkt Nagy noch eines **Johann** Blaſſits, der 1774 als Pfarrer zu Szerdahely, dann als Domherr zu Badvár lebte und 1787 Pfarrer zu Német-Gönöſe und Domherr zu Steinamanger wurde; ferner eines **Joſeph** Blaſſits, der 1787 Erzdiakon von St. Feſérvári und Domherr war; endlich eines Kanzleirathes **Michael** Blaſſits, der 1787 vorkommt und wohl identiſch ſein dürfte mit dem galiziſchen Gubernialrathe Blaſics, welchem Kaiſer Joſeph II. für einen mit Eifer und Umſicht verfaßten Reiſebericht auf Antrag des Staatsrathes im Jahre 1787 ein namhaftes Geldgeſchenk verabfolgen ließ, ein Umſtand, inſofern bemerkenswerth, als dieſer Kaiſer eben kein großer Freund beſonderer Ermunterungen

war und dieſelben nur in den ſeltenſten Fällen gewährte.

Noch aber ſind folgende Perſonen dieſes Namens erwähnenswerth: 1. **Andreas** Blaſſics Derſelbe lebte in der zweiten Hälfte des achtzehnten Jahrhunderts und war 1779 Hofrath bei der königlich ungariſchen Hofkanzlei. Von ihm erſchien im Druck: „Oratio quam occasione sibi clementer concreditae Installationis neo-erectae Lib. et Reg. Civitatis Maria Theresiopolis prius Oppidi Regio-Cameralis Szent-Maria nuncupati die 1.Septemb. 1779 dixit." (Posonii, typis Franc. Aug. Patzkó, s. a., 4°., 14 p.). — 2. **Joſeph Anton** Blaſié, der in der zweiten Hälfte des achtzehnten Jahrhunderts lebte und Pfarrer zu Kamenic und Erzdiakon des ſirmiſchen Bisthums war. Derſelbe gab ſeine Ueberſetzung des von Papſt Innocenz III. verfaßten Gedichtes „Contemptus mundi" unter dem Titel: „Contemptus Mundi t. j. Preziranje svieta od Innocentia III., na Iliricki prevedena piesma" (Eſſeg 1785, 8°., 382 S.) heraus. [Šafařík (Paul Joſeph). Geſchichte der ſlaviſchen Sprache und Literatur nach allen Mundarten (Prag 1869, Tempský, gr. 8°.). Zweiter Abdruck, S. 266.] — 3 **Julius** Blaſſics, ein zeitgenöſſiſcher ungariſcher Schriftſteller, von dem in der ungariſchen Zeitſchrift „Századok", d. i. Die Jahrhunderte, abgedruckt waren: Bd. IV (1870), S. 161 u. f.: „Szalavári régi apátság", und Bd. V (1871), S. 202 u. f.: „Ungarn unter Maria Thereſia und Joſeph II. 1740—1790". — 4 **Nicolaus** Blaſſich, deſſen Blasianich in dem unten bezeichneten Werke mit den Worten gedenkt: „Er war aus Ktarra gebürtig, Laienbruder des Minoritenkloſters der Babia auf Curzola. Zu Trau lebte er viele Jahre im Gerucke der Heiligkeit; er beſaß die Gabe, Gnaden zu empfangen und die Zukunft vorauszuſagen. und ſtarb um die Mitte des achtzehnten Jahrhunderts. [Fabónich (Donato Padre). Storia dei frati minori dai primordi della loro istituzione in Dalmazia e Bossnia fino ai giorni nostri (Zara 1864, Battara, gr. 8°.) Parte seconda, Vol. II, p. 110.]

Vlček (ſprich Weltſchek), **Johann Baptiſt Joſeph** (čechiſcher Schriftſteller, geb. zu Gitſchin in Böhmen am 27. Auguſt 1805). Den erſten Unterricht genoß er in der Hauptschule seiner Vaterstadt. Die deutsche Sprache erlernte er von seiner in Dresden erzogenen Mutter, die čechische auf dem Gymnasium durch Professor Chmela [Bd. XI, S. 380]. Während er dasselbe besuchte, verwendete er auch viel Fleiß auf die classischen Sprachen, vornehmlich auf die griechische, und übersetzte einige Gesänge der „Ilias" von Homer ins Lateinische. Als er dann in die Humanitätsclassen vorrückte, setzte er an die Stelle des čechischen die Pflege des deutschen Idioms, und in dieser Zeit hat er auch ein Schauerdrama: „Berthold von Krach" in deutschen Versen verbrochen. Das Čechische aber betrieb er zu Hause, wo sein Vater einen kleinen Schatz guter čechischer Bücher besaß, so die Melantrische Bibel, das Kräuterbuch von Beleslavin, das Labyrinth von Comenius u. dgl. m., und so bildete er durch Lecture vaterländischer Werke sich selbst in der Sprache und Literatur seines Volkes. Den philosophischen Curs hörte er in Prag, wohin sein Vater ihm zu Liebe übersiedelte. Daselbst wurde er in den seinerzeit vielgepriesenen Orden der Kreuzherren mit dem rothen Sterne aufgenommen und beendete bei denselben auch die theologischen Studien, trat aber dann in den Stand der Weltgeistlichen über, erlangte am 7. December 1828 die Priesterweihe und widmete sich der Seelsorge. Er ging als Caplan zunächst nach Binař, 1830 nach Zlonice und 1832 nach Benatek an der Iser; dann an die Pfarre St. Castulus in Prag, an welcher er neun Jahre verblieb, und von dieser an die Pfarre St. Stephan daselbst, an welcher er zehn Jahre wirkte, bis der angestrengte Dienst seine Gesundheit so angriff, daß er die Seelsorge aufgeben mußte. Seit 1854 lebt er als Schloß-

caplan zu Komotau. Frühzeitig literarisch thätig, trat er auf den verschiedensten Gebieten der Literatur theils mit Originalarbeiten, theils mit Uebersetzungen in die Oeffentlichkeit. Wir führen seine Schriften, so weit sie uns bekannt, Originale wie Uebertragungen, in chronologischer Ordnung auf: „Hesiodovy nauky domácí českým hlaholem vydané", d. i. Hesiod's „Werke und Tage" in čechischen Klanglauten wiedergegeben (Prag 1835, Špinka, 8⁰.); — „Staročeský zpěv o umučení p. našeho Ježíše Krista, z dávného rukopisu pro svou prostotu a milost... poprvé na světlo daný", d. i. Altböhmisches Lied vom Leiden unseres Herrn Jesus Christus, aus einer alten Handschrift seiner Einfachheit und Lieblichkeit wegen... zum ersten Male ans Licht gebracht (Prag 1837, J. Spurný, 8⁰.); mit Beigabe einer alten Composition und des dazu gehörigen Orgelsatzes (8⁰.); — „Píseň ke mši sv. za zesnulé", d. i. Gesang zur h. Messe für Verstorbene (Prag 1837) dann auch noch andere Lieder auf den h. Wenzel, den h. Prokop, den h. Adalbert u. s. w.; — „Theofrastovy Povahopisy přeložil a rysrestlil", d. i. Theophrast's „Charaktere", übersetzt und erläutert (Prag 1838, W. Heß, 8⁰.) — „Hanička s kuřátky. Idyllicko-epická báseň", d. i. Hannchen mit den Küchlein (Prag 1840, W. Heß, 12⁰.); Uebersetzung der berühmten Idylle: „Hannchen und die Küchlein" von A. Ch. Eberhard; — „Homerova Iliada. Přeložením", d. i. Homer's „Ilias". Uebersetzt (Prag 1842, J. Spurný, gr. 8⁰.); bildet den ersten Band der „Classiker-Bibliothek" („Bibliotéka klassikův"); — „Mythologie čili bájesloví u Řekü a Řimanů", d. i. Mythologie oder Göttergeschichten ber Griechen und Römer (Prag 1843); — „Vlezvěd aneb poroden Prašská r. 1845 fraška", d. i. Der Allwisser oder die Prager Ueberschwemmung im Jahre 1845. Posse (Prag 1845); — „Bílá paní aneb Sladká kaše. Národní fraška v 1 jednání", d. i. Die gewesene Frau oder der süße Brei. Volksposse in einem Acte (Prag 1845, Wenzel Heß, 12⁰.); — „Jeftovna aneb slib vevody, tragedie v 5 dějství", d. i. Jeste oder das Gelöbniß des Woiwoden. Tragödie in fünf Handlungen (Prag 1845, J. Spurný, 8⁰.); — „Pohled na staro-rěvu Prahu na okolíny její na vý-chodě a na západě", d. i. Blick auf das alte Prag, seine Umgebung nach Ost und West (Prag 1848, J. Spurný, 8⁰.); — „Aratova Fainomena", d. i. Des Aratus aus Soli Lehrgedicht: „Phae-nomena", im ersten Theile von Amer-ling's „Orbis pictus". Ferner schrieb er zu J. Jaroslav Kalina's „Básnické spisy z pozůstalosti", d. i. Poetische Schriften aus dem Nachlasse J. Ja-roslav Kalina's (Prag 1852), den das Werk einleitenden Lebensabriß des Poeten und war Mitarbeiter der čechischen belletristischen Blätter: „Květy", d. i. Blüten, „Včela", d. i. Die Biene, und „Krok". Druckbereit hat er die von ihm redigirte und mit dem Lebensabriß der Dichterin versehene Zusammenstellung der Gedichte Anna Hašek's; ferner ein altčechisch-lateinisches Wörterbuch in drei Theilen, wie dasselbe vor 200 Jahren von einem Jesuiten in Gitschin verfaßt wurde, und das insbesondere deshalb sehr schätzbar ist, weil es viele Original-ausdrücke für Naturproducte enthält. Ueberdies bewahrt er in Handschrift zahlreiche Arbeiten aus verschiedenen Fächern. Schließlich sei noch bemerkt, daß Vlček seine vorerwähnten Schriften

unter den verschiedenen hier folgen-den Pseudonymen: Blčovský, Blčkovský, Blčkovec und Sy-kyška herausgegeben hat.

Šembera (Alois Vojtěch). Dějiny řeči a lite-ratury československé. Vek novější, d. i. Geschichte der čechoslavischen Sprache und Literatur. Neuere Zeit (Wien 1868, gr. 8⁰.) S 30.. — Jungmann (Jos.). Historie literatury české, d. i. Geschichte der čechischen Literatur (Prag 1849, Řimnáč, 4⁰.). Zweite von W. W. Tomek besorgte Auflage, S. 652.

Vlček, Wenzel (čechischer Volks-schriftsteller, geb. zu Strechow in Böhmen am 1. September 1839). Bauernsohn. Die Eltern ließen ihn die Schule besuchen; aber ehe er noch das Altstädter Gymnasium in Prag beendete, sah er sich ohne Unterstützung vom Hause auf sich selbst gestellt; nichtsdestoweniger setzte er die Studien mit bestem Erfolge fort. Als dann Bilimek das Witzblatt „Humoristické listy", d. i. Humori-stische Blätter, gründete, arbeitete Vlček an demselben unter allen möglichen Pseudonymen mit und gerieth seiner aggressiven Artikel wegen nicht selten mit der Polizei in Conflict. Dabei liebte er es, alle freie Zeit auf dem Lande zu-zubringen, wo er dann das Leben des Landvolkes nach dessen ganzer Eigen-thümlichkeit studirte. Und eben darin zeigt er auch seine eigentliche Stärke als Schriftsteller. Aus diesen ländlichen Stu-dien gingen zuerst seine „Geschichten vom Lande" (Povídky z kraje) hervor, welche im „Poutník z Prahy", d. i. Der Wanderer von Prag, und seine „Bilder aus unserem Dorfe" (Obrázky z naši vesnice), die in dem von Stulc herausgegebenen „Pozor", dessen Mit-arbeiter er wurde, zum Abdruck ge-langten. Im Jahre 1861, als er noch an der Prager Universität Philologie hörte, bewarb er sich mit seinem ersten dramatischen Versuche „Soběslav" um den Fingerhut'schen Preis, erhielt aber, während dieser dem Drama „Vukašín" von Halek zufiel, das zweite Accessit. Anfang 1863 erschien von ihm der erste selbständig ausgegebene Roman: „Po půlnoci", d. i. Nach Mitternacht, 2 Theile (Prag 1863, B. Styblo, kl. 8⁰.), welcher in americanischen čechischen Journalen wiederholt nachgedruckt wurde. Als nun Vlček gegen Ende 1863 seine Studien an der Universität abgeschlossen hatte, wendete er sich dem Lehramte zu und übernahm eine Supplentenstelle am Altstädter akademischen Gymnasium, zwei Jahre später aber eine solche am Gymnasium zu Budweis. Daselbst trug er in allen Classen des Obergymnasiums das Čechische vor, hielt aber auch aus freien Stücken Vorträge an der höheren Mädchenschule und vor einem ausgewählten Kreise der Stadtbewohner. An der zu Budweis herausgegebenen Zeitschrift „Budivoj" betheiligte er sich als fleißiger Mitarbeiter und veröffentlichte in derselben seinen Roman „Lidumil", d. i. Der Volksfreund; zugleich rief er ein Dilettantentheater ins Leben und dirigirte es selbst. 1866 erhielt sein neues Drama „Eliška Přemyslovna", d. i. Elisabeth, die Přzemyslidin, den zweiten Fingerhut'schen Preis. Als dann um die nämliche Zeit der Buchhändler Kober für eine Erzählung, welche in seinem Kalender „Posel z Prahy" abgedruckt werden sollte, einen Preis ausschrieb, erwarb Vlček denselben mit seinem „Ondřej Puklice", und wurde diese Dichtung für das Beste, was die čechische Literatur in dieser Gattung aufzuweisen hatte, erklärt. Im December 1867 legte er sein Lehramt nieder und begab sich nach Prag. Anläßlich seines Abganges

dahin ernannte ihn die Budweise čechische Beseda zu ihrem Ehrenmitgliede Nun trat Vlček bei der Redaction de „Národné listy", d. i. Nationalzeitung ein und besorgte zugleich die Zusammen stellung des politischen Theiles im Jour nal „Hlas", d. i. Die Stimme, welche aber in Folge des Ausnahmszustande bald unterdrückt wurde. Dann kam er al Hauptmitarbeiter zur Zeitung „Obrana" b. i. Die Gegenwehr, einem Volksblatte dessen Redaction er später übernahm Da ihm bei dieser Beschäftigung imme noch Zeit übrig blieb, schrieb er für di „Matice lidu", d. i. Volksmatice welche gleich im ersten Jahrgang von ihm eine größere Arbeit brachte „O národní osvětě", d. i. Von de Volksaufklärung, worin er die Bildun des Volkes und die Erziehung der Kinde behandelt und zur allseitigen Gründun von Tabors anregte. Auch nach anderen Richtungen wirkte er durch Wort und Schrift für die Entwicklung des natio nalen Lebens, so schrieb er über di Förderung und Hebung der nationaler Bühne, über den Patriotismus bei Frauen u. s. w., kurz, schlug alle Saiten an, welche den Čechismus nach und nach und in unmerklicher Weise das Uebergewicht über die deutsche Partei ir Böhmen gaben, die freilich in ihrem apa thischen Gebaren und gleichgiltigen Zu sehen die Macht des Gegners unter schätzte und erst dann erkennen lernte als es — zu spät war. Nebenbe pflegte er mit Vorliebe die historisch Novelle und ließ eine ganze Reihe seine Erzeugnisse in dieser Dichtungsart ir verschiedenen Zeitungen erscheinen, so ir ben „Kvety", d. i. Blüten: „Jar Svehla", „Dalibor", „Ctibor Hlava" im „Světozor": „Jan Hvězda z Ve cimilie", „Dominik" und in bei

„Matice lidu": „Jan Pasek z Vrat", „Paní Lichnická" und im Jahre 1878: „Věnec vavřínový", d. i. Der Lorberkranz. Hinsichtlich der Bühne war er nach zwei Seiten thätig: als Theaterreferent, indem er in den „Národné listy" die Theaterkritik der čechischen Bühne besorgte, und als Poet, indem er Dramen dichtete, so 1868 das Trauerspiel „Milada", welches, wie sein schon genanntes „Elise, die Přemyslibentochter" mit Erfolg aufgeführt wurde. 1809 schrieb er die dramatische Satyre: „Rebelice v Kocourkově", d. i. Der Aufruhr in Krähwinkel, welche bei der Bewerbung um den von der dramatischen Genossenschaft in Prag ausgeschriebenen Preis denselben davontrug. Diese Genossenschaft, welche zahlreiche Mitglieder aus Böhmen und Mähren zählte, berief Blček zu ihrem Geschäftsleiter. 1871 übernahm derselbe die Redaction der Monatschrift „Osvěta", d. i. Aufklärung. Im Uebrigen ist er als Schriftsteller sehr thätig, und außer den bereits genannten Werken hat er im Druck herausgegeben: „Přemysl Otokar. Truchlohra v pěti jednáních", d. i. Přemysl Otokar. Trauerspiel in 5 Acten (Prag 1864, Styblo, 12⁰.); — „Sobělav. Dramatický obraz z dějin českých v pěti jednáních", d. i. Sobjeslav. Dramatisches Gemälde aus der čechischen Geschichte in 5 Acten (ebb. 1864, kl. 8⁰.); — „Šachy. Veselohra ve třech jednáních", d. i. Die Schachpartie. Lustspiel in 3 Aufzügen (ebb. 1864, kl. 8⁰.); — „Eliška Přemyslovna. Truchlohra v 5 jednáních", d. i. Elisabeth die Přemyslibin. Tragödie in 5 Aufzügen (Budweis 1866, 8⁰.); — „Jan Pašek z Vratu. Obraz z dějin českých věku šestnáctého", d. i. Johann Pašek von Vrat. Bild aus dem sechzehnten Jahrhunderte der böhmischen Geschichte (Prag 1867, Matice lidu); — „O národní osvětě hledíc obzvláště k literatuře české", d. i. Ueber das nationale Bewußtsein, hauptsächlich mit Rücksicht auf die böhmische Literatur (Prag 1868, Matice lidu, 8⁰.); — „Paní Lichnick-i. Pověst z počátku XVI. století", d. i. Frau Lichnicky. Sage aus dem Anfange des sechzehnten Jahrhunderts (Prag 1870, Matice lidu, 8⁰.); — „Milada. Truchlohra v pěti jednáních", d. i. Milada. Tragödie in 5 Aufz. (2. Aufl. Prag 1869, Selbstverlag); wurde am 2. Juli 1868 zum ersten Male auf dem böhmischen Theater aufgeführt. Ueberdies finden sich seine Erzählungen zerstreut in den čechischen Blättern: „Boleslavan", d. i. Der Boleslauer, „Pozor", d. i. Habt Acht, „Poutník z Prahy", d. i. Der Wanderer aus Prag, „Horník", d. i. Der Bergmann, „Hlas", d. i. Die Stimme, „Budivoj", d. i. Der Budweiser, „Květy", d. i. Blüten, „Světozor", und in anderen. Wie Herr Bornmüller in seinem „Schriftsteller-Lexikon der Gegenwart" (1882) uns berichtet: „hätte Blček mit seiner „Osvěta", der ersten čechischen Revue, sehr viel zur Aufklärung der gesammten čechischen Literatur beigetragen."

De Gubernatis (Angelo). Dizionario biografico degli scrittori contemporanei ornato di oltre 300 ritratti (Firenze 1879, successori Le Monnier, schm. 4⁰.) p. 1052. — *Magazin für die Literatur des Auslandes (Leipzig, 4⁰.) 1879, Nr. 22, S. 344; Nr. 23, S. 357.*

Porträt. Holzschnitt ohne Angabe des Zeichners und Xolographen, im vorgenannten Werke von Gubernatis.

Noch sind besonders erwähnenswerth: 1. **Wenzel Blček von Činov** (geb. im dritten Viertel des fünfzehnten Jahrhunderts, gest. bald nach 1510). Einer der bedeutendsten čechischen Kriegsmänner des fünfzehnten Jahrhunderts.

8*

Der Sproß einer alten im Rakoniter Kreise Böhmens angesessenen und reich begüterten Familie — wir haben es hier wohl mit einem Ahn der heutigen Grafen Wilczek zu thun — bildete er sich ebenso in den Wissenschaften, wie in dem zu jener Zeit als besonders edel und vornehm geltenden Waffenhandwerke aus, und schon 1463 befand er sich unter den im Solde des Kaisers Friedrich III. stehenden Anführern der Truppen im Kampfe gegen dessen Oheim Albrecht VI. den Verschwender. Später, 1465, sehen wir Wenzel Vlček im Solde Zdeneks von Sternberg [Bd. XXXVIII, S. 283, Nr. 44], im folgenden Jahre aber in Diensten des böhmischen Königs Georg von Podiebrad. Im Kriege der Böhmen und Ungarn 1468—1470 that sich Vlček in seinen Unternehmungen bei jeder Gelegenheit durch Umsicht und Tapferkeit hervor, besonders bei der Belagerung von Trebitsch und bei jener des Klosters Hradisch wurde sein Name rühmvoll genannt. Beim Landesaufgebot im Jahre 1470 erhielt er die Stelle des Hetmans in einem Gebiete des Rakoniter Kreises und für seine bis dahin geleisteten Dienste die Burg Helfenburg, nach welcher er sich nun Vlček auf Helfenburg schrieb. Von 1480 bis 1487 stand er in den Diensten Kaiser Friedrichs III. in den Erzherzogthümern und in Steiermark, später in Ungarn, und stellte ihm eine Truppe von 3000 Mann Fußvolk zur Verfügung! Bezüglich der Bezahlung seiner Söldner hatte er immer Schwierigkeiten, da des Kaisers Cassen in jenen bedrängnißvollen Tagen, in denen Krieg und Fehden einander die Hand boten, meist leer waren. Indeß fanden zwischen ihm und dem Kaiser doch immer wieder Vereinbarungen statt, und Vlček wurde 1489 durch neue Besitzthümer entschädigt, denn 1490 schreibt er sich nicht mehr, wie bisher, Vlček auf Helfenburg, sondern Vlček auf Opočno. In der nun folgenden Zeit geschieht seiner noch 1510 (Erwähnung, worauf der Schluß begründet ist, daß er erst nach diesem Jahre das Zeitliche segnete, wie denn d'es auch aus der lateinischen Inschrift des Grabdenkmals ersichtlich, welches ihm sein Freund und Nachbar Bohuslav Hasenstein von Lobkowitz setzen ließ. Diese Inschrift rühmt ihn als einen der hervorragendsten Kriegsführer seiner Zeit und bemerkt, daß es keinen Krieg, keinen Kampf in jenen Tagen gegeben, an denen er nicht mitgefochten, sei es an der Elbe (Böhmen)

ober an der Donau (Oesterreich und an der Weichsel oder am Dnieper und Rußland). Leider sind über seine in den beiden letzterem Ländern Verrichten auf uns gekommen. Die räumen Wenzel Vlček auf dem der Kriegskunst einen Ehren ihrer Literatur ein, welchen er sich du für jene Tage nicht unbedeutende „Naučení kterak se mají šikovati pěší i vozy", d. i. Unterricht in Stellung des Fußvolkes, der Reiterei Geschützes, sowie durch seine Briefe in denen sich ein heller denkender G eine militärische Thatkraft von nicht licher Bedeutung kundgibt. Sein vorer Werk über die Kriegskunst ist im „ českého Museum". Jahrgang 182 getheilt. [Časopis českého Museum gang 1828. — Chmel (J.). Regeste Friedrichs IV. — Památky a: logické, d. i. Archäologische Denk keiten (Prag, 4°.) Bd V. — Die L (Wiener illustr. Blatt, 4°.) III. (1878). S. 60: „Ein Ahnenbild".] — K. Vlček hat sich durch eine Vio bekannt gemacht, welche er in deutsc oechtischer Ausgabe erscheinen ließ. unter dem Titel: „Erörterte und e Geheimnisse der Violine zum Beh lernenden als geübteren Violinspiel Liebhaber dieses Instruments" (Pra fürstb. Druckerei gr. Qu.4°., 24 S.); „Vyskoumané a vyjádřené tajnosti jak pro ucence tak i vycvičenej sllaty a milovníky téhož stroje niho" (Prag 1833. W. Heß, 4°.)

Vočadlo, Johann (čechischer S steller, geb. in Prag am 11. F 1814). Schon auf dem Gymn welches er 1827 auf der Kleinse Prag bezog, zeigte er eine besonder liebe für Erlernung fremder Spr beren er sich in der Folge nicht gewandt als des čechischen Idion diente. Nachdem er zu Prag Philo und Jurisprudenz studirt hatte, t 1838 in die Familie des Grafen Waldstein als Erzieher ein. Bal gab er diese Stelle auf, um sich stört zur Richteramtsprüfung bereiten, welche er später auch ablegte. Zunächst wurde er nun Praktikant bei dem Criminalgerichte zu Prag, 1841 aber Conceptspraktikant bei dem Fiscalamte daselbst. Da ihm der Staatsdienst gar keine, oder doch nur schlechte Aussichten bot, verließ er denselben und verlegte sich mit allem Eifer auf den Unterricht fremder Sprachen. So wurde er denn 1849 zunächst Docent der französischen Sprache an der Universität in Prag, dann hielt er abwechselnd sprachliche Vorträge an der čechischen Realschule, am Altstädter Gymnasium, an der höheren städtischen Mädchenschule und am Kleinseitner Realgymnasium. Dabei trat er 1850 wieder in den Staatsdienst und arbeitete einige Jahre bei der Oberstaatsanwaltschaft und dann bei dem Oberlandesgerichte in Prag. 1852 wurde er zum beeideten Gerichtsdolmetsch der französischen und italienischen, (später auch der englischen Sprache ernannt. Während er überdies noch andere Sprachen sich aneignete, wirkte er auch als Schriftsteller und gab zuerst den „*Český sekretář*", d. i. Der böhmische Secretär (Prag 1849, Preisler, gr. 8⁰.), heraus, welcher später in veränderter Form als „*Český právník*", d. i. Der böhmische Rechtsfreund (Prag 1852, Pospíšil), erschien. 1860 übernahm Kober den Verlag dieses praktischen Handbuches und gab die zweite vermehrte Auflage, 1862 die dritte umgearbeitete und vermehrte, 1865 die vierte Auflage in zwei Abtheilungen u. s. w. heraus. Bei den späteren Ausgaben führte aber Dr. Jacob Starda, unterstützt von J. Hlavatý, J. Rank und K. Stehlik, die Redaction dieses Werkes, und die fünfte Auflage, an welcher von Vočadlo's Werke nur noch der Titel geblieben war, übergab Karl Stehlik dem Drucke. Ferner

ließ Vočadlo erscheinen: „*Vyučování francouzskému jazyku obzvláštně pro samouky*", d. i. Unterricht in der französischen Sprache. Besonders für Selbstlernende (Prag 1860, Jeřabek, 16⁰.); zweite umgearbeitete und vermehrte Auflage (ebb. 1863, gr. 16⁰.); — „*Cnosti v příkladech. Sbírka zábavných a poučných povídek pro mládeš*", d. i. Die Jugend in Beispielen. Sammlung unterhaltender und belehrender Geschichten für die Jugend (Prag 1853).

Slovník naučný. Redaktoři Dr. Frant. Lad. Rieger a J. Malý, d. i. Conversations-Lexikon. Redigirt von Dr. Franz Ladisl. Rieger und J. Malý (Prag 1872, J. L. Kober, Lex.-8⁰.) Bd. IX, S. 307 [nach diesem geb. am 11. Februar 1814]. — Šembera (Alois Vojtěch). Dějiny řeči a literatury česko-slovenské. Vek novější, d. i. Geschichte der čechoslavischen Sprache und Literatur. Neuere Zeit (Wien 1869. gr. 8⁰.) S. 306 [nach diesem geb. am 13. Februar 1814]

Vocedálek, Franz (čechischer Naturdichter, geb. in Böhmen — Geburtsort unbekannt — um das Jahr 1755, gest. zu Nová Ves 1845). Franz erlernte das Schneiderhandwerk; später übte er in dem Dorfe Nová Ves, welches am Fuße des Riesengebirges liegt, auch die Schusterei aus; ja als er bereits fünfundfünfzig Jahre zählte, hantirte er sogar als Maurer; es galt, wie es den Anschein hat, unter allen Umständen den Lebensunterhalt zu erwerben, und ging es nicht mit dem einen Geschäfte, so versuchte er es mit dem anderen. Erst 1802, im Alter von 47 Jahren, erlernte er lesen und schreiben. Eine Bibel, welche er zufällig in die Hand bekam, machte ihn so lernbegierig, daß er sich diese Grundelemente alles Wissens aneignete. Jung verheiratet, hatte er aus seiner Ehe mehrere Söhne, deren einer in der kaiserlichen Armee diente und zu Prag in Garnison sich befand. Im Jahre 1809 besuchte der Vater denselben und wohnte bei dieser Gelegenheit zum ersten Male im Leben einer theatralischen Vorstellung bei. Der Eindruck, den er da erhielt, war jedenfalls ein mächtiger, denn, heimgekehrt, konnte er sich des Gedankens nicht erwehren, ein Schauspiel zu verfassen, ähnlich demjenigen, welches er in Prag gesehen, und nun benützte er seine freien Stunden an Sonn- und Feiertagen zur Ausführung seines Vorhabens. So vollendete er 1811 seine erste dramatische Arbeit, für welche er den Stoff der Bibel entnommen. Das Stück, welches den Titel „**Moses**" führte, wurde noch im nämlichen Jahre alle Sommersonntage auf dem Bauerntheater in Nová Ves unter freiem Himmel auf grüner Wiese gespielt. Es hat sich jedoch von dieser Dichtung nur ein Bruchstück erhalten. Aus demselben theilt Alf. Waldau in seinem Schriftchen „Böhmische Naturdichter", S. 124—130, eine Probe in deutscher Uebersetzung mit, aus welcher das Talent des Bauerndramatikers unverkennbar hervorleuchtet. Im Sommer 1812 brachte Vocedálek ein anderes biblisches Schauspiel: „**Tobias**". im Sommer 1813 ein drittes: „**David**". zur Aufführung. Ersteres ist verloren gegangen, dagegen hat sich letzteres, betitelt: „*Nova komedia o Daridora*", vollständig erhalten, und auch von diesem Stücke gibt Waldau im benannten Werke eine Probe in deutscher Uebersetzung. Noch zwei andere Dramen: „**Daniel**" und „*Nová komedia o svatém Petru a Pavlu*", d. i. Neue Komödie vom heiligen Petrus und Paulus, sind unversehrt auf uns gekommen, ebenso das weltliche Stück: „*Nová komedia o Libuši*", d. i.

Neue Komödie von Libuša, welches Vocedálek am 12. März 1816 vollendete In die genannten Dramen hat der Dichter auch eine kleine Anzahl von Liedern eingeflochten, welche meist didaktisch-moralische Betrachtungen und christlich-erbauliche Gedanken enthalten. Wenn Waldau den eigentlichen poetischen Werth derselben minder hoch anschlägt so wollen sie ihm doch besser gefallen als die Dichtungen jenes Theiles der „modernen böhmischen Dichterschule" der durch „Krankhaftigkeit des Geistes forcirte Gewalt, gereiztes Pathos, Disharmonie, Extravaganz, Zerfahrenheit der Composition und farbenschillernde Blasirtheit der Gedanken" nicht eben zu seinem Vortheile charakterisirt wird.

Der Bote von der Eger und Biela (4° 1860, Nr. 30: „Ein Dramendichter aus dem Volke".

Vocel, siehe: **Vocel**, Joh. Erasmus

Vocelka, Franz (Compositeur geb. zu Mouchovan 1820, gest. zu Hostim bei Mährisch-Budweis am 12. Februar 1869). Nach Beendigung der Schulen dem Lehramte sich widmend, versah er die Stelle eines Unterlehrers einige Zeit zu Jaromiř, dann zu Mährisch-Krumlau, worauf er den Posten eines Lehrers im Hause des Freiherrn Hagen in Galizien annahm. Daselbst machte er sich die polnische Sprache eigen und wurde dann selbständiger Lehrer zu Hostim. Er war ein geschickter Musiker und spielte ebenso gut die Orgel, als er sang. Um sich einer Lehramtsprüfung zu unterziehen, begab er sich nach Wien wo er sich den Keim der Krankheit geholt haben mochte, welcher er bald nach seiner Rückkehr im schönsten Mannesalter erlag Er versuchte sich auch als Schriftsteller und in den früheren Jahrgängen des von Pospíšil in Prag und Königgräß 1834—1848 verlegten Unterhaltungs-blattes „Květy", d. i. Blüten, hat er Einiges drucken lassen. Bekannter ist er als Compositeur; außer etlichen Tänzen, darunter mehrere Polka, schrieb er auch Kirchenstücke, so Gradualen und Offertorien. Seine letzte Composition führt den ominösen Titel: „Cis- und Cranspolka". — Auch ein **Eduard Vocelka**, vielleicht Bruder oder doch Verwandter des Vorigen, tritt als Liedercomponist auf, und sind von ihm bei Glöggl in Wien 1860: „Lieder aus der Luft" von X. Riebl, für eine Singstimme mit Begleitung des Pianoforte componirt, erschienen. Das Heft enthält drei Liedercompositionen.

Vocel, Joseph (Schriftsteller, geb. zu Strakonitz am 17. Jänner 1823). Nachdem er das Gymnasium zu Pisek beendet hatte, trat er bei der Artillerie in die k. k. Armee. Daselbst besuchte er die Regimentsschule, aus welcher er 1843 zu dem damals bestehenden Bombardiercorps in Wien kam. In dieser Truppe zum Lieutenant befördert, machte er als solcher den Krieg in Ungarn 1848/49 mit. 1853 erhielt er seine Bestimmung als Lehrer in der Artillerieschule zu Verona, in welcher er durch sechs Jahre die čechische Sprache vortrug. 1854 avancirte er zum Oberlieutenant, 1859 zum Hauptmanne im Raketencorps. Im italienischen Feldzuge 1859 diente er als Commandant einer Raketenbatterie und wurde noch im nämlichen Jahre zum Professor der höheren Geschützlehre im Untererziehungshause zu Weißkirchen im Banat ernannt. 1861 kam er als Batteriecommandant zur Armee im Venetianischen, 1865 nach Wien und 1866 nach Königgräß. Aus letzterer Stadt 1867 nach Komorn übersetzt, trat er 1868 in den Ruhestand über und ging zunächst nach Prag, wo er zwei Jahre verweilte, bis er 1870, wieder als Lehrer der Mathematik, an die Brünner Cadetenschule berufen wurde, wo er längere Zeit wirkte. Schon von 1848 ab war Vocel auf schöngeistigem Gebiete, und zwar in deutscher Sprache, schriftstellerisch thätig, und die damaligen beliebtesten Unterhaltungsblätter Oesterreichs: die Bäuerle'sche „Theater-Zeitung", der Seyfried'sche „Wanderer", der Saphir'sche „Humorist", brachten zahlreiche, doch anonyme Beiträge seiner Feder. Später wurde er sich seiner nationalen Sendung bewußt und lieferte Beiträge zur čechischen Terminologie in der Kriegswissenschaft. In Handschrift bewahrte er eine Uebersetzung des „Unterrichtes in der heutigen Geschütz-kunde", dessen Herausgabe, wie der „Slovník" berichtet, das Ministerium Potocki nicht gestattete.

Slovník naučný. Redaktoři Dr. Frant. Lad. Rieger a J. Malý, d. i. Conversations-Lexikon. Redigirt von Dr. Franz Lad. Rieger und J. Malý (Prag 1872, J. L. Kober, Lex.-8°) Bd. IX, S. 1203.

Ein **Ignaz Vocel**. Zeitgenoß, ist zweiter Vocalist an der St. Jacobskirche in Prag und hat sich wiederholt als Compositeur versucht. Von ihm sind erschienen: die Composition zu Jar. Vicek's Gedicht: „Kytka vlastenkam", im IV. Jahrg. (1838) des „Věnec", d. i. Der Kranz, zu demselben „Radosti venkovské", ebenda, beide Lieder componirt für Bariton, und zu demselben „Ocekáváni", gleichfalls im „Věnec", V. Jahrgang (1839), für eine Sopranstimme.

Vočitka, Franz Xav. (Violoncell-virtuos und Componist, geb. in Wien um das Jahr 1730, gest. zu München 1797). Von böhmischen Eltern, welche zur Zeit seiner Geburt in

Wien lebten. Wahrscheinlich ein Sohn des berühmten Fagottisten Tobias Bočitka, der 1712—1752 an der Hofcapelle Kaiser Karls VI. und der Kaiserin Maria Theresia angestellt war und bei Köchel unter dem irrigen Namen Woschitzka erscheint. Ueber Franzens Jugend und Bildungsgang fehlen alle Nachrichten. Im Jahre 1756, da er als Kammermusiker des Großherzogs von Mecklenburg-Schwerin hervortritt, war er bereits ein fertiger Künstler. Von Schwerin kam er in gleicher Eigenschaft an die Hofcapelle in München, wo er bis zu seinem Tode thätig blieb. In Gerber's Lexikon wird er unter die „größten Virtuosen seiner Zeit auf dem Violoncell" gezählt. Er war ebenso als Componist wie als Lehrer geschätzt. Seine verschiedenen „wohlgearbeiteten Solos und Concerte" sind ungedruckt geblieben. Von seinen Schülern aber errang der nachmalige Mecklenburg-Schwerin'sche Capellmeister Karl August Westenholz (geb. 1736, gest. 1789) ausgebreiteten Ruhm.

Gerber (Ernst Ludwig). Historisch-biographisches Lexikon der Tonkünstler u. s. w. (Leipzig 1792, Breitkopf gr. 8°) Bd. II, Sp. 822. — Derselbe. Neues historisch-biographisches Lexikon der Tonkünstler (Leipzig 1812, gr. 8°) Bd. IV, Sp. 597. — Gaßner (F. S. Dr.). Universal-Lexikon der Tonkunst. Neue Handausgabe in einem Bande (Stuttgart 1849, Franz Köhler, schm. 4°) S. 901. — Meusel (Joh. G.). Deutsches Künstler-Lexikon oder Verzeichniss der jetzt lebenden Künstler (Lemgo 1778 u. f.). — Burney (Karl). Tagebuch einer musicalischen Reise durch Frankreich und Italien Aus dem Englischen (Hamburg 1772, 8°) S. 781. — Köchel (Ludwig Ritter von). Die k. k. Hofmusikcapelle in Wien von 1543 bis 1867. Nach urkundlichen Forschungen (Wien 1869, Beck, gr. 8°) S. 79, Nr. 970 und S. 84, Nr. 1095. [S. 79, unter dem unrichtigen Namen Woschitzka, der auf S. 84 als Woschitta zum Theile richtig gestellt ist, denn in voller Richtigkeit heißt er Bočitka (sprich Botschitka).

Bockel, Friedrich Siegmund Freiherr von (Landwirth und Fachschriftsteller, geb. zu Dresden am 9. November 1772, gest. zu Zbislawitz am 13. August 1829). Des in Rede Stehenden Vater, gleichfalls Friedrich Siegmund mit Vornamen, war General und später bis zu seinem Tode Hessen-Darmstädt'scher Gesandter am kaiserlichen Hofe zu Wien, die Mutter eine Tochter des Reichshofrathes Freiherrn von Moll. Der Sohn erlangte seine wissenschaftliche Ausbildung in der k. k. Theresianischen Ritterakademie zu Wien. Nachdem er 1794 seine Studien beendet hatte, ging er auf Reisen durch ganz Deutschland mit absichtlichem Ausschluß des nicht dazu gehörigen Auslandes. 1795 bezog er das von seinen Eltern ererbte Lehengut Manschatz in Sachsen, trat es aber schon nach einem Jahre an einen Verwandten ab, um im August 1796 nach Wien, seiner zweiten Heimat, zurückzukehren. Daselbst verweilte er nun bis zum September 1797. Um diese Zeit wurde er von Ferdinand von Geißlern, dem Besitzer von Hoschtitz und Pächter des gräflich Magnis'schen Gutes Przestawlk in Mähren, für die Landwirthschaft gewonnen, welcher er auch zeit seines Lebens treu blieb. Mit Geißlern begab er sich auf dessen vorgenanntes Pachtgut, widmete sich dort von 1797 bis 1800 mit allem Eifer landwirthschaftlichen Arbeiten und Studien und verließ es am 6. Juni 1800, um sich zur Uebernahme des von Freiherrn von Raschnitz mittlerweile erkauften Gutes Zbislawitz vorzubereiten. Mit Antritt dieses neuen Besitzes wurde er nun auch ein festes Glied jener für die landwirthschaftliche Entwickelung Mährens so überaus wichtigen und merkwürdigen Kette von ausgezeichneten Landwirthen, welche von Zbaunek im hradischer Kreise Mährens unter Freiherrn von Kaschnitz ihren Anfang nahm und sich zunächst blos durch diesen Kreis zog, dann aber nach allen Seiten durch die anderen Gebiete bis tief nach Ungarn hinab verlief. An jener Gebirgskette, an und auf welcher die durch landwirthschaftliche Cultur so rühmlich bekannten Besitzungen und Güter Littentschitz, Hoschtitz, Zbislawitz, Zborowitz, Zbaunek, Wekel, Kwassitz, Napagedl, Kallenowitz, Zlin, Blauda, letzteres namentlich in Bezug auf seine vorgerückte Forstcultur, und andere liegen, bildete sich schon in den Neunziger-Jahren des vorigen Jahrhunderts, zwar nicht nach Form und Statut, aber de facto ein zwangloser Verein zur Beförderung der Waldzucht, des Ackerbaues, der Viehzucht und insbesondere ein so thätiger Schafzüchter-Verein, wie ihn in gleicher Lebendigkeit und Forschungslust kaum zweite Gegend in Oesterreichs und Deutschlands Fluren gleichzeitig aufweisen kann. Die Berathungen dieses Vereines gestalteten sich von selbst. Wir lassen nach den Worten eines Landwirthes die anmuthende Mittheilung, wie dies Alles so einfach und doch so segensreich war, an dieser Stelle folgen: „Die Schwiegersöhne besuchten den Vater Kaschnitz zu Zbaunek, die Verwandten sich gegenseitig, die Freunde und Wißbegierigen den Freund und Forscher Freiherrn von Geißlern in Hoschtitz. Jeder zündete seine Kerze an dem Lichte des Anderen an, wenn er dort, wo es für ihn dunkel war, klarer sehen wollte. Selbst im vertraulichen, zur Kurzweil und zum Ergötzen arrangirten Spiele ward der Landwirthschaft nicht vergessen. Andere spielen um Spielmarken und geben diesen eine willkürliche Bedeutung im Gelde, wenn sie ihre Geschäftssorgen auf einige Zeit mit allen ihren Qualen in den Hintergrund drängen wollen. In Zbaunek und seinen benachbarten Schlössern war nicht selten in jener Periode der dämmernden wissenschaftlichen Schafzucht im Eifer des Spieles der Preis desselben irgend ein ausgezeichnetes, Pan's Söhnen nach seinen Leistungen wohlbekanntes Schaf. Vockel, wie Augenzeugen berichten, gewann im Conversationsspiele von seinem Schwiegervater Kaschnitz manches werthvolle Mutterschaf, manchen Widder, den er in anderer Weise um keine Geldsumme aus dessen Stalle gebracht hätte." Gar fruchtbar ist der geistige Boden an jener landwirthschaftlichen classischen Berglehne, an welcher auch das schöne Zbislawitz liegt, für die Nähe und für die größte Ferne geworden. Während Rudolph André [Bd. I, S. 37] bei seiner Rückkehr aus Sachsen im Februar 1821 öffentlich in den „Oekonomischen Neuigkeiten" versicherte, dort wisse man in den ersten Schäfereien noch nichts von individuell eingeleiteter Paarung, von Descriptions-, Sprung- und Ablämmerungsregistern, von einer Anleitung der Schäfersleute zu besserer Pflege des Schafes, dort finde man noch das Mengvieh des Hirten unter der Heerde des Herrn, dort würde mit den Merinos bei Nacht gepfercht, waren in den Schäfereien jener classischen Gegend um Hoschtitz, Zbislawitz und Zbaunek schon mit Beginn dieses Jahrhunderts jene Grundsätze und Verfahrungsarten in der höheren Schafzucht gemeinüblich, von welchen, jedoch nicht in der Bedeutung des Tadels, eine Feder in den „Oekonomischen Neuigkeiten" behauptete, Rudolph André habe sie durch seine im Jahre 1816 erschienene Anleitung

zur Veredlung des Schafviehes an das
Ausland verrathen. Als Freiherr von
Bockel die Bewirthschaftung von Zbislawitz persönlich übernahm, erkannte er
die ihm gewordene Aufgabe ganz gut.
Mit dem Körnerbau allein, deß war
er sich bewußt, ließ sich wenig erzielen,
denn der kleinste Bauer, bei seiner sehr
geringen Regie, ist in diesem Punkte dem
größten Güterbesitzer, bei dessen sehr
großen, oft den ganzen Reinertrag auf-
zehrenden Verwaltungskosten, weit überlegen; also hauptsächlich in der verbesserten und vermehrten Viehzucht lag für
Bockel der Schatz begraben, den er auf
dem Zbislawitzer Gebiete heben sollte
und in der That gehoben hat. Wir lassen
hiermit nur in einem allgemeinen Ueber-
blicke die Ergebnisse des Barons folgen,
alle für den Landwirth immerhin sehr
interessanten, dem Laien doch wenig ver-
ständlichen Einzelheiten, als nicht hieher
gehörig, übergehend. Als fundus in-
structus übernahm Bockel mit dem
Gute Zbislawitz achtzehn Stück Rindvieh, und zwar zwölf Stück Original-
Schweizerkühe aus Graubündten und
sechs Stück Kalbinen als deren Abkömm-
linge. In kurzer Zeit war diese Zahl
auf sechzig vermehrt, wobei man auf
besonders edle Racen Rücksicht genommen. Dabei wurden an überzähligem
Zuchtvieh aus der Zbislawitzer Rinder-
stammheerde jährlich an zwölf Stück
beiderlei Geschlechtes an Fremde, und an
Fleischer etwa vier Stück Brackvieh oder
auch Stiere verkauft. So trug Freiherr
von Bockel gleich den anderen benachbarten Gutsbesitzern, welche ebenfalls
das überzählige Zuchtvieh weiter verkauften, dadurch wesentlich zur Beförderung der vaterländischen Rindviehzucht
bei. Besonders aber machte er sich um
Förderung der Schafzucht verdient. An

Schafvieh übernahm er 350 Stück aller
Wahrscheinlichkeit nach in beiden Geschlechtern von echter spanischer Original
Merinosrace. Nun kaufte er von Zei
zu Zeit, seit 1803 bis 1814, zur schnelleren
Hebung seiner Schäfereien in den Licita
tionen zu Holitsch Stähre aus de
kaiserlichen Mannersdorfer Heerde, tha
dann 1818 und 1827 zur Förderung de
Reinzucht aus der fürstlich Lichnowsky
schen und der freiherrlich Bartenstein
schen Schäferei Widder ein. So ver
mehrte er die übernommenen 350 au
1600 Stück der edelsten Sorten. Außer
dem wurden aber jährlich an 250 bi
300 Stück Mütter und Widder nicht nu
nach allen Theilen der Monarchie, son
dern auch nach Preußen, Sachsen un
Mecklenburg von Zuchtviehkäufern ge
holt. Wie Freiherr von Bockel dies
seine Zucht auffaßte, erfahren wir au
einer Antwort, die er gab, als ma
seinen schönen, fast luxuriösen Schafstal
in Zbislawitz bewunderte und erstaunte
wie man solche Auslagen für Stallunge
machen könne, da nach den Baukoste
fast 7 fl. W. W. Stallzins per Stü
entfalle. „Nun", meinte der Baror
„mit diesem Stalle spreche ich mein
Dankbarkeit für die Thiere aus, ich geb
ihnen damit einen Theil dessen zurüd
was sie mir verdient haben. Mein Leibes
erbe wird den schönen Stall lieber übe
nehmen als einen schlechten." So sprid
ein echter Cavalier. Auch im Feld- un
Futterbau führte der Freiherr große Ver
änderungen ein, indem er die bisherig
Dreifelderwirthschaft mit einer vornehm
lich auf Erzeugung von vielem Viehfutte
hinwirkenden freien Wirthschaft ver
tauschte. Doch übergehen wir auch hie
das nur für den Landwirth interessant
und verständliche Detail. Großes leistet
Bockel auch in Verbesserung des Boden

und Entwässerung sumpfiger Flächen. Und in ähnlicher Weise war er theils auf Herstellung neuer nutzbarer Bauten zum landwirthschaftlichen Betriebe, so neuer Höfe, Wirthschafts- und Vorraths- schupfen, Scheuern, Keller, Tennen u. s. w., wie auch auf den Ausbau und die übrige Verschönerung des Schlosses und der anstoßenden Gärten bedacht, und Hand in Hand mit all dem Gesagten ging die Obstcultur, welche die Unter- thanen, von dem Beispiele des Schloß- herrn angeregt, mit Erfolg aufnahmen. In seiner Doppeleigenschaft als Land- wirth und Schafzüchter begegnen wir auch in den „Verhandlungen der mährisch- schlesischen Landwirthschaftsgesellschaft", deren correspondirendes Mitglied er war, wiederholt seinen Arbeiten, und zwar im Jahrgange 1816 einer sehr schätzbaren Begutachtung des Rudolph André'schen Unterrichtes für Schäfer, im Jahrgange 1817 einer von Sachkennern als sehr begründet bezeichneten Opposition gegen die Ansichten des Freiherrn von Ehren- fels über die Stallfütterung der Schafe. Namentlich betonte er im Hinblick auf einen bei Landwirthen noch immer vor- kommenden Brauch: daß die beständige Haus- oder Stallfütterung der Zucht- böcke ein Fehler sei, weil sie dadurch faul zum Sprunge würden und wahr- scheinlich an Fruchtbarkeit und Ver- mehrungsfähigkeit verlören. Als 1816 Altgraf Salm und Appellationsrath Graf Auersperg den schon früher wiederholt ausgesprochenen, aber in Folge der Zeitereignisse fallen gelassenen Ge- danken, in Brünn ein Landesmuseum zu errichten, wieder anregten, da war es Freiherr von Vockel, welcher im Vereine mit dem Grafen Serényi, dem Ritter von Herring und dem Freiherrn von Grimm durch Herbeischaffung reicher

Mittel das Entstehen des Museums wesentlich förderte. Außerdem brachte er dem Museum eine ebenso großartige als kostbare Spende dar, indem er demselben die Moll'sche Kartensammlung — an 13.000 Blätter Karten, Grundrisse und Ansichten — verehrte. Wie wir im Ein- gange der Lebensskizze bemerkten, war Vockel's Mutter eine geborene Freiin von Moll. Freiherr von Vockel war mit einer Tochter des Anton Valentin Freiherrn von Kaschnitz, eines berühm- ten Schafzüchters seiner Zeit, vermält. Als er nach im Bade Pistján vergeblich gesuchter Linderung seiner Leiden im Alter von nicht vollen 56 Jahren starb, wurde er im Hochtiger Friedhofe beerdigt, später aber übertrug man seine Leiche in das mittlerweile neu erbaute Grabmal im Zdislawitzer Schloßgarten.

Mittheilungen der mährisch-schlesischen Acker- baugesellschaft (Brünn, 4°) 1838, Nr. 38 und 39. Von Professor Kestler.

Vockenberger, Franz Seraphin (Me- chaniker, geb. zu Kleinhöpfling am Zörergute der Pfarre Berndorf im Salz- burgischen, am 3. Mai 1763, Todesjahr unbekannt, er lebte noch 1821). Bauern- sohn. Nachdem er den gewöhnlichen Schul- besuch beendet hatte, begann er, ohne irgend eine Anleitung empfangen zu haben, von sich selbst hölzerne Uhren auszubessern; nach und nach aber, da er bei dieser Arbeit den inneren Mechanis- mus der Uhren genau kennen gelernt, auch neue anzufertigen. Als er siebzehn Jahre zählte, reiste er mit sogenannten Krautschneidern (Montafonern) nach Wien, wo er Dienste suchte und sich eine Zeit lang als Taglöhner durchbrachte. Seine Geschicklichkeit führte ihn bald in den Dienst eines k. k. Generals, und mit diesem zog er in den Türkenkrieg (1788

und 1789) und wohnte der Belagerung
Belgrads unter Loudon Anfangs September 1789 bei, welche Stadt sich am
9. October dieses Jahres ergab. Nach
Beendigung des Feldzuges kehrte er nach
Wien zurück und trat nun in die Dienste
des k. k. Ministers Freiherrn von König.
In beiden Diensten, sowohl in jenen des
Generals, als in denen König's, beschäftigte er sich mit Ausbesserung und
mit Verfertigung von Uhren. Da ihm
einige neue besonders schön gelangen,
wuchs seine Kundschaft, und bald erwarb
er so ansehnliche Summen, daß er schon
nach einigen Jahren sich in der Lage
befand, ein eigenes Haus um mehrere
tausend Gulden zu kaufen. Indessen sah
die berufsmäßige Wiener Uhrmacherzunft
diesem sie beeinträchtigenden Treiben des
Autodidakten, nicht ohne ihrer Verstimmung Ausdruck zu geben, zu und beein-
trächtigte, so weit sie konnte, seine
Arbeiten. Aber all dem machte Baron
König ein Ende, indem er für seinen
Schützling das Meisterrecht als Spiel-
uhrenfabrikant erlangte. Nun konnte
Vockenberger sich ganz seinem Geschäfte widmen, und das erste Werk, mit
welchem er Aufmerksamkeit erregte, war
ein musicalisches Uhrwerk, welches das
zu jener Zeit eben von Canova vollendete Grabmal der Erzherzogin Christine darstellte und zwölf große Orgel-
stücke spielte. Mit dieser Uhr reiste er
nach Ungarn und Böhmen, und in nicht
zu langer Zeit gelang es ihm, dieselbe
an einen reichen Edelmann um eine ansehnliche Summe zu verkaufen. Der
glückliche Erfolg dieses ersten Unternehmens gab ihm Muth, sich an ein
zweites, noch größeres Kunstwerk zu
wagen. Dasselbe stellte den Saturn als
Sinnbild der Zeit in vollster Mannes-
größe von sechs Schuh drei Zoll dar;

die Gestalt des Gottes barg ein völl
aus Metall — Messing und Stahl -
gearbeitetes Uhrwerk, welches ein vo
kommen reines harmonisches Orgelsp
von 48 Tönen enthielt und mit seine
ebenso originellen als sinnreichen Mech
nismus den ganzen Körper des Saturn
in eigenthümlicher Weise in Bewegu
setzte. Der Kopf wandte sich alle dr
Minuten, ebenso der Körper mit b
beiden Händen. Durch die Augen zeig
Saturn unter allen Richtungen b
Kopfes die Stunden, mit dem Mun
und der Zunge aber die Minuten a
Jede Viertel- und ganze Stunde schlä
Saturn an die Erdscheibe mit voller Kra
und zeigt dabei mittelst einer Schlang
die um seinen Arm sich windet, auf be
glänzenden Halbmonde die Mondc
phasen an. Auf seinem Haupte trägt d
Gott eine Sanduhr, welche nach Verlar
einer Stunde von selbst sich umkehr
und im gleichen Momente erklingen ar
dem Innern der Uhr wechselnd ve
schiedene der beliebtesten Tonstücke vc
Mozart, Haydn und Anderen. Dies
für jene Zeit originelle und als We
eines Dilettanten bewundersworthe Kun
werk erntete allgemeines Lob. Vocke
berger erhielt ein Patent, bereiste m
seinem Schaustück ganz Deutschland ur
ging zuletzt nach St. Petersburg. n
Kaiser Alexander das Uhrwerk u
den stattlichen Betrag von 80.000 |
kaufte. Aber der Monarch ließ es dab
nicht bewenden, sondern der Künstl
mußte ein halbes Jahr noch auf beste
Kosten in St. Petersburg bleiben, bo
Mechanismus des Uhrwerkes erklär
und Andere in der Behandlung desselb
unterrichten. Vockenberger kehr
dann nach Wien zurück, wo er 182
noch am Leben war und in seinem eigen
Hause in der Josephstadt mit zahlreiche

Gesellen Kunstuhren verfertigte, welche in ferne Länder versendet wurden. Auch fertigte er auf Verlangen Stockuhren mit Orgelspiel auf Stahlfedern u. dgl. m. Also wieder eine Industrie, in welcher Oesterreich voranging, denn die Heller'schen Spieluhren in der Schweiz datiren aus viel späterer Zeit.

Pillwein (Benedict). Biographische Schilderungen oder Lexikon salzburgischer theils verstorbener, theils lebender Künstler u f. w. (Salzburg 1821. 8º.) S. 243.

Im Bockenberger, Zeitgenos, lebte als praktischer Arzt in Gratz, zu den ersten Aerzten dieser Stadt zählend. Auch erwarb er sich um die Entwickelung des Musikvereines daselbst große Verdienste. Er starb im Jänner 1862.

Vodička. Man findet diesen Namen sowohl mit **B** (**Bodička**) als mit **W** (**Woditschka**), aber auch in folgenden Variationen: **Bodizka**, **Bodiska**, **Boditschka** geschrieben. Wir fassen alle Träger desselben unter der gemeinsamen Schreibart **Vodička** zusammen, ordnen sie nach dem Alphabet ihrer Taufnamen und fügen in Klammer die Schreibweise bei, in der sie gewöhnlich verzeichnet stehen.

Vodička, Franz (čechischer Schriftsteller, geb. zu Červená Lhota in Mähren am 15. December 1812). Das Gymnasium und die theologischen Studien beendete er in Olmütz, wo er auch die Priesterweihe erlangte. Vom Jahre 1838 an übte er die Seelsorge als Caplan zu Wiesenberg, von 1843 ab als solcher zu St. Moriz in Olmütz, wo er auch einige Zeit an der Universität Pastoraltheologie vortrug. 1853 wurde er zum Pfarrer in Przemislovice, 1868 aber zum Dechanten in Kanitz ernannt. Im folgenden Jahre als Abgeordneter in den mährischen Landtag gewählt, schloß er sich der bekannten Declaration der čechisch-mährischen Abgeordneten vom 22. August 1868 an und ging dann mit noch 29 anderen Declaranten seines Mandates verlustig. Am 23. Juni 1870 erfolgte indessen nichtsbestoweniger im nämlichen Wahlbezirk seine Wiederwahl, bei welcher Gelegenheit er über den Regierungscandidaten den Sieg davon trug. Neben seinem Seelsorgerberufe und politischer Agitation widmete Vodička seine Muße der Schriftstellerei und gab im Druck heraus: „*Nevesta Krista Pána. Modlitby a rozjímání pro nábožné pohlaví ženské*", d. i. Die Braut Christi. Gebete und Betrachtungen für fromme Christinnen (Olmütz 1859, Holzel, 8º.); zweite vermehrte Aufl. (ebb. 1865, 8º., 520 S.) und ein Auszug daraus (ebb. 1865, 376 S.); — „*Tisíciletá památka svatých apoštolů slovanských Cyrilla a Methoda*", d. i. Tausendjähriges Andenken der heiligen Slavenapostel Chrill und Methobius (Olmütz 1863, Holzel kl. 8º.); — „*Hora Oliwetská. Modlitby a rozjímání k potřebě mužského pohlaví*", d. i. Der Oelberg. Gebete und Betrachtungen für fromme Christen (ebb. 1865, Holzel, 8º.); — auch gab er eine čechische Uebersetzung von J. Deharbe's „Katholischem Katechismus" unter dem Titel : „Katolický katechismus s připojeným nákresem historie náboženství" (ebb. 8º.) heraus, von welcher bis 1860 drei Auflagen erschienen.

Šembera (Alois Vojtěch). Dějiny řeči a literatury česko-slovenské. Věk novější, d. i. (Geschichte der čechoslavischen Sprache und Literatur. Neuere Zeit (Wien 1869, gr. 8º.) S. 306.

Noch sind bemerkenswerth: 1. **Adam Vodička**, auch **Vodňanský von Radkov** genannt (geb. zu Žatec in Böhmen um 1520, gest. 19. November 1560 in der Prager Neustadt). Seine Eltern übersiedelten von Vodňan nach

Žatec, wo er häuslichen Unterricht erhielt.
Zur weiteren Ausbildung nach Deutschland
geschickt, studirte er auf den Universitäten
Leipzig und Wittenberg und erwarb sich an
letzterer auch die Magisterwürde. Heimgekehrt,
widmete er sich in Prag dem Lehramte und
wurde im Frühling 1546 auf Grund seines
Wittenberger Diploms unter die Meister und
Lehrer der Prager Hochschule aufgenommen.
Nach einiger Zeit erlangte er die Stelle eines
Oberschreibers oder Kanzlers in der Prager
Neustadt. In Folge seines adeligen Wesens,
seiner reichen Kenntnisse und verschiedener
dem Kaiser erwiesener Dienste erhielt er 1556
das Wappen und den Titel von Radkov für
sich und seine jüngeren vier Brüder Johann, Wenzel, Gregor und Sylvester.
— 2. **Anton** (Woditschka) (Ort und Jahr
seiner Geburt unbekannt), Zeitgenoß. Ein
Botaniker der Gegenwart, der sich durch nach-
stehendes Werk bekannt gemacht: „Die Gift-
gewächse der österreichisch-ungarischen Alpenländer und der Schweiz mit besonderer Berücksichtigung der Steiermark. Nebst Angabe
der Standorte, der Blütezeit und der Dauer,
sowie auch ihrer Eigenschaften und Wirkungen,
der durch sie hervorgerufenen Vergiftungs-
erscheinungen und der ersten Hilfeleistung bei
Vergiftungen. Ein unentbehrliches Handbuch
für Schule und Haus. Zweite theilweise umgearbeitete und vermehrte Auflage. Mit
122 color. Abbildungen auf 92 (Stein-)
Tafeln" (Graz 1874, Cieslar, gr. 8°.). Die
erste Auflage erschien 1867. — 3. **Johann**
(geb. zu Leber an der Sazava um 1570,
Todesjahr unbekannt). Nach seinem Geburtsorte Leber erscheint er auch unter dem Namen
Ledecký. Die Studien beendete er an der
Prager Hochschule, wo er auch das Bacca-
laureat der Theologie erlangte. Hierauf dem
Lehramte sich zuwendend, unterrichtete er
einige Zeit die Schuljugend, bis er für den
geistlichen Stand sich entschied. Er empfing
die Priesterweihe und wirkte dann in der
Seelsorge zu Kuttenberg, Lobošiz u. a. O.
Er wurde als trefflicher Prediger gerühmt,
desgleichen als guter Sänger; auch schrieb
er mehrere geistliche Lieder. Durch den Druck
veröffentlichte er: „Písně chval božích na
evangelia a epištoly přes celý rok, pod
jisté melodie uvedené, dva díly", d. i.
Lieder zur Ehre Gottes nach den Evangelien
und Episteln des ganzen Jahres, nach den
bereits bekannten Melodien eingerichtet (Prag
1609, 4°.); — „Spis o večeři, umučení a

vzkříšení Páně", d. i. Buch vom Abend-
von dem Leiden und der Auferstehung des H
(Prag 1607); diese Schrift gab er unter
Namen Johann Ledecký heraus. [J
mann (Joseph). Historie literatury če
d. i. Geschichte der böhmischen Literatur (
1849, F. Řivnáč, schm. 4°.). Zweite
W. W. Tomek besorgte Ausgabe, S.
— 4. **Johann** Vodička, gebürtig
Prag, lebte gegen Ende der zweiten H
des sechzehnten Jahrhunderts in Olmütz,
zwar, wie es den Anschein hat, in Die
des dortigen Bischofs oder doch eines an
hohen geistlichen oder weltlichen Herrn
dieser Stadt arbeitete zu jener Zeit Ba
lomäus Paprocki, der berühmte pol
Genealog, an seinem großen genealogi
Werke: „Spiegel der Markgrafschaft Mähr
des čechischen Idioms nicht mächtig ge
schrieb er dies Werk in polnischer Spr
nieder und forderte seinen Freund Vodi
auf, es ins Čechische zu übersetzen. Letz
ein Freund und Kenner der vaterländi
Geschichte, sagte diesem Verlangen gern
und so erschien das Werk unter dem T
„Zrcadlo slawného markrabstwí mo
ského, v kterémž každý staw wzácne
povinnost swau uhledá" (Olmütz 1593, M
thaler. 448 Bl. Fol.). Ueber Vodič
weiteres Leben und Schaffen fehlen alle N
richten. — 3. **Johann** Vodička von L
serstein, aus Rakonitz in Böhmen gebür
Prager Baccalaureus, war 1618 Chor
an der Pfarrkirche St. Martin in Prag.
Dlabacz „haben diesem würdigen M
die Böhmen viele Melodien zu ihren Kir
liedern und Gesängen zu danken". [Appl
aus gratulatorius XVII. Juvenib. pr
Philos. laurea insignitis (Pragae 1
typ. Pauli Sessii, 4°.).] — 6. **Joh.**
Christoph (geb. in Böhmen am 3.
cember 1714, gest. zu Zittau am 10. Jä
1789). Ein Sohn protestantischer El
widmete er sich der theologischen Laufb
und wurde evangelischer Prediger der
Zittau exilirten böhmischen Gemeinde.
erhielt er seines vorgerückten Alters w
Joh. Caplovics zum Amtsgehilfen.
Druck gab er heraus eine čechische Ue
setzung von Karl Gottlob Hofmann's (
19. September 1774) Auslegung der F
stücke M. Luther's in 27 Buß- und Ab
mahls-Andachten unter dem Titel: „V
swětlení křesťanských zpowědných otá
Lutherowých" (o. O. 1746, 12°.). D

bička beſchäftigte ſich viel m:t Correcturen
der bei Scharf in Löbau verlegten čechiſchen
Schriften. Ueberdieß ſchrieb er zahlreiche
deutſche und čechiſche geiſtliche Lieder. Sein
Weihnachtslied: „Čas radosti, veselosti
svêta nastal nyní“ wurde noch zu Ende der
Dreißiger-Jahre in der ganzen Umgegend von
Zittau geſungen, ein ſo beliebtes Lied war es.
— т. Ž. (Bodiczka). Wenn auch nirgends
über ſeine Geburt und das Land, dem er
angehört, Nachrichten ſich finden, ſein Name
läßt ihn ohne Zweifel als Böhmen erſcheinen,
woran auch der Umſtand, daß er im Auslande thätig geweſen, nichts ändert. Er ſelbſt
nennt ſich Kapelen Muzick Meester tot
Wenen und gab heraus: „Korte Instructie
voor de Viool in't Hoogdultsch opgesteld
en uit dat origineel in't frausch en Neder-
dultsch vertaald door Jac. Wilh. Lustig“
(Amsterdam 1757, Olofſen). Von dem Originale findet ſich nirgends eine Anzeige.
[Boekzaal der geleerde Waerelt,
Tom. 86, p. 313; tom. 85, p. 722.] —
4. Victor Bodiczka, ein dramatiſcher
Schriftſteller der Gegenwart, von welchem
„Dramatiſche Zaubermärchen“, zwei Hefte
(Wien 1869, Leo, 8°.) erſchienen ſind. Das
erſte führt den Titel: „Narciſſe die Blumen-
fee oder die drei Zaubergeſchenke“. Roman-
tiſches Feenmärchen mit Geſang, Tanz, Tableaux und Evolutionen“, in vier Abtheilungen, das zweite: „Der Ring des Gnomen-
königs oder Vetter Hanſens Abenteuer und
ſein Glück. Zaubermärchen mit Geſang und
Tanz“, in drei Abtheilungen und ſechs Bildern. — 9. Eines Wenzel (Bodiczka, auch
Bodička genannt), gedenkt Gerber in ſeinem
alten Muſiklexikon als eines Tonkünſtlers und
Violiniſten, der um die Mitte des achtzehnten
Jahrhunderts lebte. Derſelbe befand ſich 1738
als Kammermuſicus, zunächſt im Range des
Concertmeiſter, an der kurfürſtlichen Capelle
in München. Verſchiedene Violinſolos und
Concerte ſind — aber nur handſchriftlich —
von ihm um das Jahr 1750 bekannt geworden.
Ob die in Preſton's Katalog als geſtochen
angeführten Violinſolos eines Bodiczka dem
in Rede ſtehenden oder einem anderen Bodiczka angehören, muß dahingeſtellt bleiben.
[Gerber (Ernſt Ludwig). Hiſtoriſch-biogra-
phiſches Lexikon der Tonkünſtler u. ſ. w.
(Leipzig 1792, Breitkopf, Lex.-8°.) Theil II,
Sp. 821.] — 10. Wenzel Bodička, auch
Bodžanský von Radkov (geb. zu Žatec
um 1322, geſt. daſelbſt 1563). Ein jüngerer

Bruder des Adam Bodička [S. 123,
Nr. 1], beſuchte er die Schulen ſeiner Heimat
und ſtudirte dann auf den Univerſitäten Baſel
und Wittenberg, wo er mit Luther, Melanchthon, Siegmund Zelenský und
anderen Gelehrten und Häuptern der Reformation bekannt wurde und ſich in den äſthetiſchen, theologiſchen und politiſchen Wiſſenſchaften ausbildete. In ſein Vaterland zurückgekehrt, fungirte er längere Zeit als Verweſer
der Schule zu Žatec, welche damals zu den
beſten Lehranſtalten in Böhmen zählte, und
aus welcher bedeutende Gelehrte und Poeten
hervorgingen. Er dichtete viele lateiniſche
Lieder (cantilenae), die ſein Freund Melanchthon mit einer werthvollen Vorrede
einbegleitete, in welcher derſelbe ausführlich
über den Volksſtamm der ſlaviſchen Heneter
oder Wenden und über Siegmund Zelenský
von Zelenich ſchreibt. Später legte Bodička
ſein Schulamt nieder und wurde Schreiber
beim Stadtrath in Žatec, in welcher Eigenſchaft er wegen ſeiner Gewandtheit, Tüchtigkeit, Erfahrung in den heimiſchen Geſetzen
und Rechtsbräuchen eine ebenſo nützliche als
allgemein gewürdigte Thätigkeit entfaltete. In
Folge deſſen erhielt er zugleich mit ſeinem
Bruder Adam den Adel mit dem Prädicate
Radkov. Er ſtarb 1363, ein Opfer der Peſt,
die zu jener Zeit das Land verwüſtete, und
ſein Hingang wurde von ſeinen Mitbürgern
allgemein beklagt und in Trauerliedern, ſo
von Johann Roſinus und Petrus Codi-
cillus, beſungen.

Bodnařik, Eduard (čechiſcher
Schriftſteller, geb. zu Pacslovice
in Mähren am 4. December 1837). Er
war oder iſt noch ſtändiſcher Beamter in
Brünn. Von ihm erſchienen im Druck:
„Mluvnice jazyka maď'árského“, d. i.
Grammatik der ungariſchen Sprache
(Brünn 1867, 8°.), mit Unterſtützung
des mähriſchen Landesausſchuſſes herausgegeben; außerdem widmete er ſeine
Aufmerkſamkeit der ungariſchen Roman-
literatur und führte ſchon wiederholt
Werke von Baron Jòſika und Jókai
dem čechiſchen Publicum in Ueberſetzung
vor, ſo von Jòſika: „A könnyel-
müek“, d. i. Die Leichtſinnigen, unter

dem Titel: „Lehkovážní", welcher
Roman in dem von Wilhelm Foustka zu
Brünn seit 1864 herausgegebenen Sammelwerke „Zábavné Večery", d. i. Angenehme Abende, zum Abdruck gelangte,
und von Jókai: „Szegény gazdások",
d. i. Die armen Reichen, unter dem
Titel: „Ubozí boháči" im Feuilleton
des „Moravské Orlice", d. i. Der mährische Adler, veröffentlicht.

Šembera (Alois Vojtěch). Dějiny řeči a litera-
tury česko-slovenské. Vek novejší, d. i.
Geschichte der čechoslavischen Sprache und
Literatur. Neuere Zeit (Wien 1869, gr. 8°.).

Vodnik, Valentin (slovenischer
Sprachforscher und Poet, geb. in
Oberschischka, einem nächst Laibach
gelegenen Dorfe, am 3. Februar 1758,
gest. am 8. Jänner 1819). In Rede
Stehender zählt mit Anton Alexander
Auersperg (Anastasius Grün), Kopitar, Meschutar, Vega, Pres-
hern zu jenen Größen Krains, deren
Name weit über die Grenzen der Heimat
gedrungen ist und einen vollen schönen
Klang hat. Ueber die Familie Vodnik's
vergleiche die Quellen S. 135. Joseph,
der Vater unseres Valentin, besaß in
Oberschischka nächst Laibach das sehr
beliebte Gasthaus „zum Zibert" oder
„zum steinernen Tisch", wie der Vulgär-
name desselben lautete. Die Mutter
Gertrud war eine geborene Pance.
Bis zum neunten Jahre führte der
Knabe ein ziemlich ungebundenes Leben.
Lesen und Schreiben lehrte ihn 1767 der
Schulmeister Kolenec, für die erste
Schule bereitete ihn sein Vetter Marcell
Vodnik, Franciscaner zu Neustadtl in
Unterkrain, in den Jahren 1768 und
1769 vor, der auch Valentins Vater
aufforderte, den begabten Sohn ernstlich
zum Schulbesuch anzuhalten. Von 1770

bis 1775 besuchte Vodnik die sechs
lateinischen Schulen bei den Jesuiten in
Laibach. Krainisch, so berichtet er selbst,
lehrte ihn seine Mutter, Deutsch und
Latein die Schule, der eigene Eifer aber
Italienisch, Französisch und die übrigen
slavischen Dialekte. 1775 trat er, dem
Beispiele seines Oheims folgend, zu Laibach in den Orden des h. Franciscus
und nahm in demselben den Klosternamen Marcellianus an. Das stille
Klosterleben verschaffte ihm hinlängliche
Muße, sich mit allem Eifer auf seine
Muttersprache zu verlegen, für welche
seine Begeisterung und das wissenschaftliche Interesse sich nur noch mehr stei-
gerten, nachdem er den Barfüßer-Augu-
stiner P. Marcus Pochlin [Bd. XXII,
S. 449], diesen um die Förderung der
krainischen Sprache so hochverdienten
Forscher, kennen gelernt hatte. Durch
denselben wurde der junge Mönch nicht
nur zum Studium der Muttersprache an-
geeifert, sondern auch zu poetischen Versuchen, deren einige zuerst 1780, dann
1781 in den von Pochlin herausgegebenen „Pisanice od lepeh Umetnost"
erschienen. Indessen setzte Vodnik als
Klosternovize die Studien fort, beendete
die Philosophie und Theologie, empfing
die Priesterweihe, wurde aber schon 1784
von dem damaligen Laibacher Bischofe
Johann Karl von Herberstein [Band
S. 344] säcularisirt. Nun wirkte er in
der Seelsorge, und zwar vom 10. April
1784 bis 15. Februar 1785 als Hilfspriester in der Pfarre Zeyer, vom
11. März 1785 bis 1786 als Subsidia-
rius und vom 12. December 1786 bis
17. October 1788 als Cooperator in der
Pfarre Veldes. Im Jahre 1793 finden
wir ihn dann als Cooperator in Reifnitz,
aus welcher Zeit noch seine von ihm
eigenhändig niedergeschriebene slovenische,

durch Kürze, Kraft und Kernhaftigkeit der Gedanken sich auszeichnende Predigt: „Homilia in Evangelium Dominicae duodecimae post Pentecostem. Lucae C. 10, V. 23 et sequ." vorhanden ist. Im Februar 1793 kam Bodnik auf die Localcaplanie Koprivnik oder Gorjuše in der Wochein, wo er mit Sigmund Zois Freiherrn von Edlstein über bekannt wurde. Es heißt, daß er auf Wunsch des Letzteren, der für den imbsamen intelligenten Priester sich lebhaft interessirte, und der in der Wochein seine Berg- und Hüttenwerke besaß, von seinem Erzbischof Brigido dahin versetzt worden sei. Gewiß ist es, daß Baron Zois, wie vielen anderen vaterländischen Gelehrten und Künstlern, so auch unserem Bodnik ein hochherziger Mäcen gewesen, und ein vorhandener Briefwechsel Beider bezeugt, wie sich diese zwei verwandten Geister nahe standen. In Koprivnik, einem von der Natur mit allen nur denkbaren Reizen ausgestatteten und vom Getriebe der Welt entfernten Orte, entfaltete sich erst recht Bodnik's poetischer Geist, auch fand er da Zeit, sich seinen sprachlichen Studien hinzugeben und ein neues, jenes der Mineralogie, zu beginnen, wozu ihn die an den seltensten Mineralien, Erzen und Gesteinen so reichen Wocheiner Gebirge unwillkürlich anregten. Er machte daher sofort nach seiner Ankunft Ausflüge in die Nähe und Ferne, bestieg mit dem damaligen Linzer Bischof Sigismund Grafen Hohenwarth [Band IX, Seite 206] den Triglau und sammelte überall seltene und merkwürdige Gesteine, mit denen er dann das Cabinet seines Gönners und Freundes Zois bereicherte. In Koprivnik blieb er bis um die Mitte 1796. Aus den dortigen Kirchenbüchern erhellt, daß er am 30. März 1796 daselbst den Letzten begraben, am 11. Mai dieses Jahres das letzte Kind getauft habe. Um jene Zeit begann er, vornehmlich von Linhart und Baron Zois angeregt, die Herausgabe eines slovenischen Bauernkalenders, wobei er die Absicht hatte, dem Landvolke nützliche Kenntnisse beizubringen [die bibliographischen Titel seiner Werke folgen S. 131] und der slovenischen Zeitung „Novice", von welch ersterem drei Jahrgänge erschienen, während die letztere mit dem vierten Jahrgange ein Ende nahm. Indessen wuchs seine Sehnsucht, aus der Wochein fort und nach Laibach zu kommen, und endlich erfüllte sich dieselbe denn auch, indem er am 1. August 1796 als Caplan und Beneficiat an die Hauptstadtpfarre St. Jacob in Laibach versetzt wurde. Etwas über zwei Jahre blieb er auf diesem Posten, bis im November 1798 seine Ernennung zum Professor der Poesie am Laibacher Gymnasium erfolgte. In dieser Stellung nahm er seit 1801 an der slovenischen Bibelübersetzung mit den bedeutendsten theologischen Gelehrten und Slavisten entscheidenden Antheil; versah nach Florian Thanhauser's Tode 1806 einige Zeit Präfectendienste und gab seine Sammlung slovenischer Gedichte und das slovenische Volkslied von den Rittern Lamberg und Pegam heraus. Im November 1807 wurde er Lehrer der Geographie und Geschichte in Laibach. Um diese Zeit bearbeitete er mehrere der Collin'schen Landwehrlieder zu slovenischen Liedern, auch schrieb er auf amtliche Aufforderung eine Geschichte Krains, doch löste sich die in Aussicht gestellte „entsprechende Belohnung" in Nichts auf. Als dann nach dem Wiener Frieden 1809 Krain an Frankreich abgetreten wurde, erfolgte von Seite der französischen Regierung Vodnik's Ernennung zum Director der Latein-, Industrie- und Kunstschulen, wie auch der Normal-schulen. In dieser Stellung war es nun, daß er das berühmte Gedicht „Ilirja oshiv-ljena", d. i. Das wiedererwachte Illy-rien, niederschrieb, es entstand nämlich in der Begeisterung über die Fürsorge der französischen Regierung für Pflege und Bildung der Landessprache, und er ließ es seiner 1811 herausgegebenen sloveni-schen Grammatik vordrucken. Der damals in Laibach erschienene „Télégraphe offi-ciel" brachte in Nr. 61 vom 31. Juli 1811 den Urtext und eine lateinische Uebersetzung des Gedichtes, von welchem er sagte: „l'amour de la patrie respire dans chacun de ces vers et c'est un feu sacré qui échauffe, anime la pièce entière". Als dann nach dem Schluß acte des Wiener Congresses, 9. Juni 1815, Krain an Oesterreich zurückfiel, wurde Vodnik für vorerwähnten Frevel entlassen. Er erhielt eine Pension und bald darauf — jedoch nur provisorisch — die Lehrkanzel der italienischen Sprache und Literatur am Lyceum zu Laibach. Auch betraute man ihn in dieser letzten Zeit mit der Uebersetzung der allerhöchsten Patente und Verordnungen ins Slovenische, wofür er eine mäßige Remuneration bekam. In dieser Stel-lung ereilte ihn ein plötzlicher Tod. Vodnik, noch heute in Krain einer der volksthümlichsten Namen, an welchem, trotz oberwähnten poetischen Frevels (?), auch nicht der geringste Schatten haftet, war von seinen Zeitgenossen allgemein hochgeachtet, geehrt und geliebt. Er ver-einte in sich eine Menge von Kenntnissen, und zwar nicht als Dilettant in der einen und der anderen Wissenschaft, sondern als gründlicher Gelehrter, er war Phi-lolog, wie keiner seiner Zeit in Krain.

nicht nur in den slavischen Dialekten mit seltener Gründlichkeit bewandert, son-dern auch der italienischen, französi-schen und ungarischen Sprache mächtig; er war Theolog und als solcher von rührender Duldsamkeit und Herzensgüte, und in den Gemeinden, in denen er wirkte, von Alt und Jung, von Män-nern und Frauen wie ein Vater, als welcher er sich auch Allen erwies, hoch-verehrt; er war Poet, und wenn auch in dieser Hinsicht seine Bedeutung von einigen Hyperpatrioten übertrieben wird, so schmälert dies nicht seinen Werth, er war der erste slovenische und ein überaus glücklicher Volksdichter, ohne indessen der Fähigkeit zu ermangeln, sich zu fast Pindarischem Schwunge zu er-heben, wie dies seine zwei Gedichte: „Ilirja oshivljena" und das Gegenstück dazu: „Ilirja zvelicana" bezeugen; — er war Geschichtschreiber, und so klein das Büchlein, in welchem er die Geschichte Krains und des Küstenlandes und zwar zunächst zum Schulgebrauche niederschrieb, die Arbeit ist nichtsdesto-weniger eine gründliche, aus Quellen ge-schöpfte, wie es aus den im Manuscripte am Rande beigefügten Anmerkungen, welche im Drucke weggeblieben sind, er-hellt; — er war ein Alterthums-forscher; er beschrieb viele römische Denkmale seines Vaterlandes mit eben-solcher Genauigkeit als kritischer Umsicht, er sammelte Münzen, und wenn seine Sammlung auch nur aus 362 Stücken bestand, so hatte sie dennoch für die Geschichte von Krain deßhalb einen un-schätzbaren Werth, weil jedes Stück von Vodnik im Lande gefunden, von ihm geschichtlich beschrieben und dabei auch der Fundort angegeben war. Leider kam diese Sammlung, wie auch der briefliche und literarische Nachlaß Vodnik's unter

den Hammer und wurde jene — an wen
ist nicht bekannt — um 83 fl. versteigert!
— Vodnik war auch Naturforscher,
und zwar ein sehr eifriger; wie er die
Sammlung des Freiherrn Zois mit kostbaren Stücken vermehrte, wurde bereits
erwähnt, dann trug er auf allen seinen
Wanderungen auf fliegenden Blättern in
lateinischer, slovenischer und deutscher
Sprache geognostische Bemerkungen über
die eben begangene Gegend ein; auch
Pflanzen erregten sein Interesse, und mit
Hilfe der beiden Brüder Freiherren Zois,
Siegmund und Karl, welch Letzterer
einer der vorzüglichsten Botaniker Krains
ist, ward Vodnik in den Stand gesetzt,
die Namen von mehr denn sechshalb-
hundert Pflanzen, vielen Fischen, Mineralien und aller im Lande erscheinenden
heimischen sowohl als vorbeiziehenden
Vögel, deren er über zweihundert nach
den angenommenen Systemen der Naturgeschichte geordnet hatte, zu sammeln.
Vodnik's ausgezeichnete Verdienste um
die krainische Literatur überhaupt und
um die slovenische Sprachforschung insbesondere fanden nicht nur in seinem
Vaterlande, sondern auch bei den stamm-
und sprachverwandten Slovenen in Kärnthen und Steiermark Würdigung und
Anerkennung. Seit den letzten Neunziger-
Jahren des vorigen Jahrhunderts wurde
er als vorzüglichster krainischer Schriftsteller betrachtet, als der Mann, von dem
für die krainische Sprache und Literatur
am meisten und vielmehr Alles zu erwarten war. Vollends nach Kopitar's
Abzug nach Wien (1808) stand Vodnik
allein da und war der einzige Gelehrte,
zu dem man in dieser Hinsicht Zutrauen
hatte. Im Uebrigen als Mensch und
Priester, als Lehrer und Gelehrter edel-
müthig, anspruchslos und wohlthuend,
zählt er zu der kleinen Auswahl von

Männern, welche ihrem engeren Vaterlande Glanz und Ruhm für alle Zeiten
verliehen, einen Glanz, der nicht blendet,
sondern dem Auge wohl thut, einen
Ruhm, den selbst die unheimlichen Pro-
tuberanzen des Nationalitätenschwindels
nicht zu verdunkeln vermögen.

Vodnik's Werke. „Velika pratika ali
Kalendar sa tu lejtu 1795—1797",
d. i. Große Bauernpraktik oder Kalender für
die Jahre 1795—1797 (Laibach bei J. F.
Eger, 4⁰.); als Zugabe enthält er häusliche
und hauswirthschaftliche Beschäftigungen und
war ein löblicher Versuch — leider von zu
kurzer Dauer — dem krainischen Landmanne
nützliche Kenntnisse beizubringen. — „Lu-
blanske Novize od vsih krajov
zeliga sveta v' lejti 1797 — 1800",
d. i. Laibacher Nachrichten aus allen Orten
der ganzen Erde, 1797—1800; die erste politische krainische Zeitung, welche im ersten
Jahre wöchentlich zweimal zu einem halben
Bogen in 4⁰. erschien, ebenso 1798. Für die
Jahre 1799 und 1800 kam sie wöchentlich
nur einmal heraus. Nach 1800 bis 1818 ist
kein weiterer Versuch, ein Blatt in krainischer
Sprache herauszugeben, gemacht worden. —
„Kuharsko bukve is Nemskiga
preslovenjeno", d. i. Kochbuch aus dem
Teutschen ins Slovenische übertragen von
V. V. (Laibach 1799, Kleinmayr, 8⁰.); es
erscheint fast befremdend, daß der Poet mit der
Uebersetzung eines Werkes über die Kochkunst
sich befaßt; weniger, wenn man der Förderer
der damals sehr im Argen liegenden krainischen
Sprache ins Auge faßt, der das verderbte, von
Germanismen und Italianismen wimmelnde
Krainische auch in den unteren Volksschichten
der Mägde ernstlich reinigen und verbessern
will. — „Pesme sa pokushino", d. i.
Gedichte (Laibach 1806, Jos Neuer, kl. 8⁰.),
zweite vermehrte Ausgabe 1816; eine neue,
aber wenig correcte Ausgabe besorgte Andreas
Smole im Jahre 1840. — „Pesmi sa
brambovze", d. i. Landwehrlieder (s. l.
[Laibach] 1809, 8⁰., 1 Bogen), dies Buch enthält eine Vorrede in Proja und fünf Lieder,
von denen das letzte: „Kar >m mi bram-
bovzi= (Denn wir sind Landwehrmänner)
eigentliches Volkslied wurde (es ist nach
H. J. von Collin's: „Zeit ich ein Wehr-
mann bin", sowie auch die übrigen nach

9*

dessen Wehrmannsliedern frei bearbeitet. Diesen Umstand verschweigen die meisten Krainer, die über Vodnik schrieben. Wir glauben dadurch, daß wir der Wahrheit die Ehre geben, des wackeren Vodnik Verdienste als Dichter nicht um ein Jtüpfelchen zu schmälern. — Geschichte des Herzogthums Krain, des Gebietes von Triest und der Grafschaft Görz" (Wien 1809, Schulbücherverschleiß bei Sanct Anna); die zweite 1820 erschienene Auflage ist von Professor Richter bis zum Jahre 1820 ergänzt worden. — Pismenost ali perve shole", d. i. Sprachlehre oder Grammatik für die Primärschulen (Laibach 1811, 8°., 8 Bl. und 190 S.). Diese Sprachlehre war während der kurzen Invasion der Franzosen in Krain das Lehrbuch in den krainischen Primärschulen. S. 168 u. f. befindet sich die Erklärung der neugebildeten Kunstwörter. Das vorangedruckte Gedicht: „Ilirja oshivljena", d. i. Das wiedererstandene Illyrien, ist historisch merkwürdig, denn Vodnik feiert darin begeistert die Fürsorge der französischen Regierung für Pflege und Bildung der Landessprache, was nach der Revindication Krains seine Entlassung zur Folge hatte. Exemplare mit diesem Gedichte und jetzt sehr selten. — „Kershanski navuk sa Ilirske deshole, vsét is Katehisma na vse zerkve francoskiga Zesarstva", d. i. Christenlehre für die illyrischen Provinzen, entnommen dem Katechismus für alle Kirchen des französischen Kaiserreichs (o. O. [Laibach] 1811, H. W. Morn, 8°.). — „Pocetek gramatike, to je pismenosti francoske gospoda L'Homouda (Élémens de la grammaire française par L'Homond). Za latinsko francoske shole v Ilirii", d. i. Anfangsgründe der Grammatik, d. i. Französische Sprachlehre des Herrn L'Homond. Für lateinisch-französische Schulen in Jllirien (Laibach 1811). — „Abeceda ali Azbuka za perve shole", d. i. ABC-Buch oder Handbuch für die erste Schule (o. O. 1812). — „Babishtvo ali porodnizharski vuk sa babize, pisal Or. (sie) Janes Mathosek... (prestavil Valentin Vodnik)", d. i. Geburtshilfe oder Entbindungslehre für Hebammen. Verfaßt von C. J. Matosek (übersetzt von Vodnik, Laibach 1818, Jos. Skarbina), auch diese Uebersetzung hat in den oben beim Kochbuch

angeführten Gründen ihre Entsteh sache. — Die Mittheilungen des trischen Vereines für Krain (Kleinmayr, 4°.) enthalten im 3 1848, S. 87: „Copia eines Manu des Valentin Vodnik. Itineraria und folgende" [mit zahlreichen geol und archäologischen Notizen]. — Da bacher Wochenblatt, 1848, Nr. 21, 23, 25, 26, 29, 30, 34, 37—39 enthält Vodnik's Lesarten römische: male, welche als Resultate mehrjährig schungen und einer kritischen Sicht noch vielfach ungenauen Lesarten Be verdienen. Die Zahl der Inschriften, Vodnik aufzählt, beträgt in Laibach dem Laibacher Felde 3, an den Ufern der — „Slovar némshko-slove latiuski", d. i. Deutsch-slovenis nisches Wörterbuch. Handschrift 1812. nik arbeitete seit vielen Jahren an Wörterbuche. Schon 1802 wurde das Nr. 63 des „Brünner patriotische blattes" als der Vollendung nahe o bigt; er arbeitete aber immer noch b daran fort; so gelang es ihm, an deutsche Wörter mit seltener Genaui seinem Werke durch slovenische wieder Zur Grundlage seines Lexikons dien Adelung's großes Wörterbuch. In b des ereignißreichen Jahres 1813 ließ Ankündigung seines Werkes sammt tus — es sollte 80 Bogen in Medi umfassen — im „Télégr. officiel" (1 1813) drucken, allein der eingetretem gegen Napoleon vereitelte das Er des Wörterbuchs. Nach Vodnik's brachte es Matthäus Ravnikar [Bd S. 43], damals Director der philoso Studien in Laibach, nachmaliger Bisch Triest, an sich, überließ es aber zur r digen Ausarbeitung an Franz M [Bd. XVIII, S. 21], dieser wieder Jarnit [Bd. X. S. 103]. Zuletzt w bei dem auf Kosten des Laibacher Alois Wolf herausgegebenen zweib „Deutsch-slovenischen Wörterbuch" — Der (sie) Turnier zwische beiden Rittern Lamberg und P ein krainisches Volkslied mit deutscher Uebersetzung" (Laibad Egar, 23 Z.) irrthümlich unserem V zuaeschrieben, ist nur ein altes Be welches der Marburger Gymnasialp J. A. Zupancic mit einer beinah

lichen Uebersetzung versah, Valentin Vodnik aber abbrucken ließ. Čelakowský hat
diese Ballade in seine „Slovenske narodny
plane" im 2. Theile, S. 186 aufgenommen.

**Quellen zur Biographie. A. Biographien und
Biographisches.** 1) Deutsche: „Biogra-
phische Skizze". Von Dr. C. H. Costa
[im „Vodnik-Album", S. 1]. — Carinthia
(Klagenfurter Unterhaltungsblatt, 4°.) 1824,
Nr. 13 und 14. Biographie von F. X. v.
Andrioli). — Carniolia (Laibacher
Unterhaltungsblatt, 4°.) I. Jahrg. (1838/39).
Nr. 378: „Biographie". — (Hormayr's)
Archiv für Geschichte u. s. w. (Wien, 4°.)
1819, Nr. 13 und 14: „Nekrolog". Von Prof.
Richter. — Illyrisches Blatt (Beiblatt
der „Laibacher Zeitung") 1819, Nr. 4: „Vod-
nik's Nekrolog". Von Prof. Richter. —
Dasselbe, 1828, Nr. 2: „Biographie" [ein
wenig veränderter Abdruck der Andrioli'schen
Biographie]. — Dasselbe, 1844, Nr. 31
und 32: „Biographie". — Kopitar (Bar-
tholomäus). Kleinere Schriften. Herausgegeben
von Dr. Franz Miklosich (Wien 1857,
Beck, 8°.) Bd I, S. 8 [in Kopitar's Selbst-
biographie]. — Laibacher Zeitung, 1858,
Nr. 26: „Zur Biographie des Valentin
Vodnik". — „Miscellen" (zu Vodnik's
Biographie). Von Elias Rebitsch und
J. Babnigg. [„Vodnik-Album", S. 42.] —
Oesterreichische National-Encyklo-
pädie von Gräffer und Czikann (Wien
1837, 8°.) Bd. V, S. 372. — Paul Jos.
Šafařík's Geschichte der südslavischen Litera-
tur. Aus dessen handschriftlichem Nachlasse
herausgegeben von Joseph Jireček (Prag
1865, Tempský, gr. 8°.) I. Slovenisches und
glagolitisches Schriftthum. S. 29, 39, 69, 73,
76, 83, 87, 93, 95 und 119. — Slavische
Jahrbücher. Herausgegeben von Dr. J. P.
Jordan (Leipzig, gr. 8°.) III. Jahrg. (1845),
S. 121. — „Valvasor und Vodnik".
Von Anton Jellouschek [im „Vodnik-
Album", S. 40; ein Beitrag zur Familiengeschichte Vodnik's]. — „Vodnik's letzte
Stunden". Aus den noch unedirten Lebens-
erinnerungen von Dr. Heinrich Costa, [„Vodnik-Album", S. 15.] — „Vodnik und seine
Zeit". Von Peter Petruzzi [im „Vodnik-
Album", S. 9]. — „Die Ziege. Moment
aus Valentin Vodnik's Leben". Von J. A
Babnigg [„Vodnik-Album", S. 71]. —
2) Slovenische und andere: Kole-
darček slovenski za navadno leto

1834. Na svitlo dal Dr. J. Bleiweis,
d. i. Slovenischer Kalender für das Jahr
1834. Herausgegeben von Dr. J. Bleiweis
(Laibach, 12°.) S. 29—37: „Biographie von
Karl Dežman". — „Koprivnek". Von
Dr. Lovro Toman. [Koprivnek ist der
Name der in der krainerischen Wochein ge-
legenen Localcaplanei, an welcher Vodnik
von 1792 bis 1797 caplanirte, und wo er
mit seinem Mäcen Siegmund Baron Zois
bekannt wurde. „Vodnik-Album", S. 228.]
— Novice gospodarske obertniske
in narodne, d. i. Landwirthschaftliche Zei-
tung u. s. w. (Laibach, 4°.) 1838, Nr. 5:
„Erinnerung an Valentin Vodnik". Von
C. H. Costa. — Slovník naučný.
Redaktoři Dr. Frant. Lad. Rieger a
J. Malý, d. i. Conversations-Lexikon. Redigirt von Dr. Franz Lad. Rieger und
J. Malý (Prag 1872, J. L. Kober, Lex.-8°.)
Bd. IX, S. 1209. „Vodnikova palica
i pa klobuk", d. i. Vodnik's Stock und Hut.
Von M. Slomšek. [„Vodnik- Album",
S. 212.] — Osservatore triestino,
1838, Nr. 27, im Feuilleton: „Valentino
Vodnik". — Vodnik-Album. Herausgegeben von Ethbin Heinrich Costa (Laibach
1859, 4°.). — **B. Literarisches und Kritisches.** 1) Deutsch: „Briefe des Freiherrn Siegmund Zois an Vodnik".
[„Vodnik-Album", S. 45. Es sind deren
neun; der erste datirt Laibach 20. März 1794,
der letzte 30. November 1793. Diese Briefe
befinden sich im Laibacher Museum; sie sind
literarischen Inhalts und sowohl hinsichtlich
des Schreibers als des Adressaten interes-
sant] — Deutsch-slovenisches Wörterbuch. Herausgegeben auf Kosten des ......
Fürstbischofs von Laibach Anton Alois Wolf
(Laibach 1860, Blasnik, gr. 8°.) Vorrede,
S. V u. f. — Dobrowský (Jos.). Slovanka. Zur Kenntniß der alten und neuen
slavischen Literatur, der Sprachkunde nach
allen Mundarten, der Geschichte und der Alterthümer (Prag 1813) Bd. I, S. 234 u. f. —
„Jugenderinnerung". Von Fidelis Ter-
pinz. [„Vodnik-Album", S. 219.] — Laibacher Wochenblatt, 1806. Doppel-
nummer XXV und XXVI: „Nachricht über
Vodnik's slovenisches Wörterbuch". — Metelko (Franz). Lehrgebäude der slovenischen
Sprache im Königreiche Illyrien und in den
benachbarten Provinzen (Laibach 1825, 8°.)
S. XXV. — „Vodnik als Archäolog
und Historiker". Von August Dimitz.

[„Vodnik-Album", S. 37.] — 2) Slovenisch: Novice gospodarske. u. s. w.,
1860, Nr. 7: „So neki Vodnikov spoml-
nek" [enthält einen glossirten Bericht über
einen Ausspruch des Dr. Seb. Brunner
über Vodnik]. — Dieselben, 1858,
Nr. 6 und 7: „Ueber die Herausgabe der
Schriften Vodnik's. Von Hicinger. —
„Pregled Vodnikovih pesem", d. i.
Umschau auf Vodnik's Gedichte. Von Peter
Hicinger. [„Vodnik-Album", S. 23.] —
„Vodnikove Novice. Čertica k živ-
ljenjopisu Vodnikovemu", d. i. Vodnik's
Zeitung Novice. Ein Beitrag zur Biogra-
phie Vodnik's. Von Dr. J. Bleiweis.
[„Vodnik-Album", S. 31.] — „Valentinu
Vodniku veselomu slovenskomu pesniku
i ucenomu novinarju blagopomen", d. i.
Von Valentin Vodnik, dem heitern sloveni-
schen Sänger u. s. w. Von Matthias Majar.
[„Vodnik-Album", S 179] — „Valentin
Vodnik slovenski pisatelj", d. i.
Valentin Vodnik, slovenischer Schriftsteller.
Von Franz Metelko. [„Vodnik-Album",
S. 21.] — „Vodnik in Slovénščina",
d. i. Vodnik und das Slovenenthum. Von
Franz Malavašic. [„Vodnik · Album",
S 15.] — „Vodniku za spomin, Slo-
vecom na korist", d. i. An Vodnik, zur Er-
innerung, den Slovenen zum Nutzen. Von
J. Navratil. [„Vodnik-Album", S. 186.]

Vodnik's Säcularfeier. Durch Dr. Lovro Toman veranstaltet, fand dieselbe am 3. Februar
1858 in mehrerwähnten einst den Eltern
des Dichters gehörigen Gasthause „zum steinernen Tische" in Oberschischka nächst Laibach
statt. (Es waren zahlreiche Vertreter der slovenischen Literatur, viele angesehene und hoch-
gestellte Personen und auch Damen zu dem
Feste erschienen, welches durch die Gegenwart
des Statthalters Grafen Chorinský ver-
herrlicht wurde. Die Musikcapelle des Regiments Kaiserjäger intonirte festliche Weisen.
Die Begrüßung des Dr. Toman, der den
Statthalter empfangen hatte, erwiderte dieser
mit dem Ausdrucke seiner Freude, an diesem
erhabenen Feste, in welchem ein edler Krainer
gefeiert werde, theilzunehmen, und mit mehreren
auf dasselbe Bezug habenden Worten. Bei
der Enthüllung der an der Straßenfronte
des Geburtshauses eingemauerten Gedenktafel
wurde ein von Dr. Toman verfaßter slovenischer Männerchor unter Leitung Nedved's
vorgetragen, dem Statthalter aber ein Exem-

plar der Gedichte Vodnik's überreicht.
Abends war das mit Transparenten geschmückte Geburtshaus festlich beleuchtet, im
Innern aber sangen die zahlreichen Verehrer
des Dichters Vodnik'sche Lieder. — Laibacher Zeitung 1858, Nr. 26: „Die
Vodnik-Feier in Oberschischka". — Novice
gospodarske u. s. w., 1858, Nr. 6 und
7: „Das hundertjährige Geburtstagsfest des
Valentin Vodnik, Vaters der slovenischen
Dichtkunst". — „Slovésnosti, obhajane
v spomin stoletnega rojstnega dneva Valentina Vodnika očeta slovenskega pes-
nîtva", d. i. Feierlichkeit, abgehalten zur
Erinnerung an den hundertsten Geburtstag
Valentin Vodnik's, des Vaters der slovenischen Dichtung. Von Franz Malavašic.
[„Vodnik Album", S. 63.]

Gedichte an Vodnik. 1) Deutsche: „An
Vater Vodnik". Von Leopold Korbesch.
[„Vodnik-Album". S. 120.] — „An Vater
Vodnik". Von Franz Berbnjak. [„Vod-
nik-Album", S. 241.] — „Elegie auf den
Tod Vodnik's". In der krainisch-slavischen
Sprache gedichtet von Franz Bile, seinem
Freunde. [„Vodnik-Album", S. 43.] —
„Heimat · Denkmal". Von Dr. Karl
Dežel. [„Vodnik-Album", S. 246.] — „Nach-
ruf an Vodnik". Von Joseph Lein-
müller. [„Vodnik-Album", S. 166.] —
„Valentin Vodnik und Dr. Franz
Prešern". Von Karl Melzer. [„Vodnik-
Album", S. 181.] — „Zu Valentin
Vodnik's Gedächtniß". Von August
Dimiz. [„Vodnik · Album", S. 90.] —
„Lateinische Distichen auf Vodnik".
Von Georg Miklautschitsch. [„Vodnik-
Album", S. 43, mitgetheilt von Kastelic.]
— 2) Slovenische: „Pesmi", d. i. Ge-
dichte. Von A. Praprotnik. [Ein Akrostichon
und ein Gedicht, beide an Vodnik. „Vodnik-
Album", S. 197.] — „Predgovor", d. i.
Prolog. Von Dr. Toman. [„Vodnik-Album",
S. 67. Dieser Prolog wurde anläßlich der
Säcularfeier der Geburt Vodnik's bei einer
zu diesem Zwecke veranstalteten öffentlichen
Festlichkeit vorgetragen] — „Gedicht" an
Vodnik. Von Dr. L. Toman. [„Vod-
nik-Album". S. 64.] — „Spomin na
Valentina Vodnika slovenskega
pevca", d. i. Erinnerung an Valentin Vod-
nik den slovenischen Sänger. Von J. Kosmač.
[„Vodnik-Album", S. 128.] — „Trojno-
petje, d. i. Drei Lieder. 3 Februar 1788.

(Vodnik's Geburtsdatum); 8. Jänner 1819 (Vodnik's Sterbedatum); 3. Februar 1858 (Säcularfeier der Geburt Vodnik's). Von Thomas Zupan. [„Vodnik-Album", S. 213.] — „Venec Vodniku pevuku slovenskemu", d. i. Ein Kranz für Vodnik dem slovenischen Sänger. Von Jos. Virk. [„Vodnik-Album", S. 253.] — „Vodniku", d. i. An Vodnik. Von Miroslav (Bilbar). [„Vodnik-Album", S. 183.] — „V. Vodniku", d. i. An Vodnik. Von Fr. Kegnar. [„Vodnik-Album", S. 79.] — „Vodniku v zahvalmi spomin", d. i. Zu Vodnik's ruhmvollem Andenken. Von Anton Slomšet. [„Vodnik-Album", S. 211.] — „Vodniku", d. i. An Vodnik. Von Blaf. Potočnik. [„Vodnik-Album", S. 264.] — „Valentinu Vodniku o vesell stoletnici 3. Februarja 1858", d. i. An Valentin Vodnik zur Säcularfeier am 3. Februar 1858. Von Joh. Bilc. [„Vodnik-Album", S. 74.] — „Valentinu Vodniku 3. Februarje 1858", d. i. An Valentin Vodnik. Zum 3. Februar 1858. [„Vodnik-Album", S. 217.] — „Valentinu Vodniku", d. i. An Valentin Vodnik. Von M. Kastelic. [„Vodnik-Album" S. 116.] — „Valentinu Vodniku v spomin", d. i. Zur Erinnerung an Valentin Vodnik. Von Fr. Svetličič. [Vodnik Album", S. 218.] — „V spomin Valentina Vodnika o stoletniei rojstva", d. i. Zum Andenken an Valentin Vodnik. Zur Säcularfeier seiner Geburt. Akrostichon. Sonett von Matth. Hladnik. — Spominki", d. i. Erinnerung. Von Ebendemselben. [Beide im „Vodnik-Album", S. 100.]

Grabdenkmal und Gedächtnißtafel an Vodnik's Geburtshaus. Vodnik's Grabdenkmal. Der Dichter wurde auf dem Laibacher Friedhofe neben dem berühmten krainischen Geschichtschreiber Linhart [Bd. XV, S. 213] bestattet. Aus einer von seinen Schülern und Verehrern veranstalteten Sammlung ward ihm daselbst ein Denkmal aus schwarzem inländischem Marmor gesetzt: ein säulenartiges Piedestal, auf dessen Knaufe sich eine Urne aus Gußeisen erhob, um welche eine Schlange als Sinnbild der Ewigkeit, sich wand. Die Inschrift lautet: „Valentino Vodnik; Slavo Carniolo | VI. Idibus Januarii | Sexagenario | vita defuncto | amici posuerunt | MDCCXIX". [Illyrisches Blatt, 1827, Nr. 41.] Die Aufstellung dieses Denkmals erfolgte eingetretener Hindernisse wegen erst

am 8. October 1827. Im Jahre 1839 wurde es durch ein anderes Denkmal ersetzt, welches nachstehende Inschrift trägt: „Valentin Vodnik | rojen 3 svečana 1758 v Šiški, vmerl 8. prosenca | 1819 v Ljubljani | Ne hčere, ne sina | Po meni ne bo | Dovolj je spomina | Me pesmi pojó. | Postavili 1819, popravili 1839 prijatlji". Zu einem größeren Denkmal erließ mit Bezug auf die Säcularfeier der Geburt Vodnik's Dr. Lovro Toman im November 1857 einen Aufruf, in Folge dessen bereits eine ansehnliche Summe eingesendet wurde. Ueber den Ausgang der Sache sind wir nicht unterrichtet. — Gedächtnißtafel. Zur Erinnerung an den hundertjährigen Geburtstag Vodnik's wurde am 2. Februar 1858 die an seinem Geburtshause in der Oberšiška nächst Laibach (pri Žibertu — beim steinernen Tisch) angebrachte Gedenktafel feierlich enthüllt. Die einfache Inschrift lautet: „Tuse je rodil 3. svečana 1758 | Valentin Vodnik | pervi slovenaki pesnik". (Hier wurde geboren am 3. Februar 1758 Valentin Vodnik, der erste slovenische Sänger.)

Porträte. 1) Bildniß, gemalt von J. J. Grund am 21. September 1804. befand sich vordem in der Lycealbibliothek in Laibach, ist aber aus derselben verschwunden und nicht wieder vorgefunden worden. — 2) Unterschrift: Facsimile des Namenszuges „V. Vodnik". Zinkographie (gr. 12º.). — 3) Ovalbild. Ohne Schrift. Rechts und links um das Medaillon ein Lorberzweig. Maringer lith. Lithogr. J. Blaznik (4º).

Facsimilien der Handschrift Vodnik's. Ein Facsimile in slovenischer Sprache, das Fragment seiner Selbstbiographie enthaltend, aus dem Jahre 1796 und das Facsimile eines Briefes in deutscher Sprache ddo. Laibach 24. Juli finden sich als Beilagen im „Vodnik-Album".

Curiosum. (Wie Vodnik seiner eigenen Säcularfeier beiwohnt.) Zur Zeit, als die Säcularfeier der Geburt Vodnik's (3. Februar 1858) in Sicht stand, brachten viele Wiener und deutsche Blätter die curiose Notiz, „daß der „„slovenische"" (sie) Dichter Vodnik in Laibach seinen hundertjährigen Geburtstag im Kreise seiner zahlreichen Verehrer feiern werde!" [Wohl als Revenant, da Vodnik schon am 8 Jänner 1819 gestorben.]

Ueber Vodnik's Familie. Aus einem Kaufvertrage, welcher aus dem Ende des siebzehnten

Jahrhunderts stammt, erfahren wir Einiges über Vodnik's Vorfahren. Der berühmte krainische Topograph und Geschichtschreiber Georg Siegfried Freiherr von Valvasor war in Folge seiner kostspieligen und nicht eben einträglichen literarischen Unternehmungen um einen großen Theil seines Vermögens gekommen und genöthigt; nachdem er alle seine Besitzungen verkauft hatte, seinen Wohnsitz in Gurkfeld aufzuschlagen. Daselbst wohnte 1693 ein Jacob Vodnik als Eigenthümer des Hauses Nr. 83. Dieses Gebäude sammt Garten kaufte nun Baron Valvasor im September genannten Jahres von Jacob Vodnik ab. Letzterer war vor allem Anscheine nach einer der Vorfahren unseres Sprachforschers und Poeten, denn es ist bekannt, daß dessen Voreltern, welche früher in Unterkrain — wo Gurkfeld liegt — ansässig waren, ihren Besitzstand daselbst verkauften. Dieser Jacob Vodnik mag nun von Gurkfeld nach St. Jacob jenseits der Save übersiedelt sein und sich daselbst seßhaft gemacht haben. Von dort kam ein **Georg** Vodnik (geb. 1689) durch Verehelichung nach Trota und Vodaora ob Traufe nächst Laibach zum „Zibert". Er kaufte später in der Schischka nächst Laibach ein Haus, welches den Vulgärnamen pri Zibertu erhielt; in der Folge wurde es den Bewohnern Laibachs als gernbesuchtes beliebtes Gasthaus „zum steinernen Tisch" noch bekannter. **Georg** Vodnik starb daselbst 1774, im Alter von 85 Jahren mit Hinterlassung eines Sohnes **Joseph**, welcher sich mit Gertraud Panze verehelichte. Aus dieser Ehe ging unser Sänger und Sprachforscher **Valentin** Vodnik, nach Valvasor's „Ehre in Krain" die „zweite Ehre Krains", hervor. Von einem Bruder des genannten Joseph stammte aber der Franciscaner **Marcell** Vodnik ab, der nicht ohne Einfluß auf seinen Vetter Valentin geblieben, doch nicht zu verwechseln ist mit dem Dichter, der als er in den Franciscanerorden getreten, auch den Klosternamen Marcellinus annahm.

Vodopich, Matteo (illyrischer Dichter, geb. in Ragusa 1816). Nach beendeten Vorbereitungsstudien für den geistlichen Stand sich entscheidend, studirte er zu Padua Theologie. Zum Priester geweiht, versah er zuerst Caplans-dienste in seiner Heimat, bis er um die Mitte der Fünfziger-Jahre Pfarrer zu Grubbe in Canali, einem durch die Cadmus- oder Aesculap-Grotte bekannten Thale Dalmatiens, wurde. Neben seinem geistlichen Berufe beschäftigte er sich viel mit Studien über sein Vaterland, zunächst aber über die Sitten der Bewohner des Thales, in welchem er sein Pfarramt ausübte, der Canalesen, die er in einem kleinen Romane schildern wollte, den er in den Fünfziger-Jahren unter der Feder hatte und unter dem Titel; „Maria" herauszugeben beabsichtigte. Außerdem verfaßte er viele illyrische Gedichte, moralische Erzählungen, Predigten und dergleichen mehr, welche zerstreut gedruckt erschienen, deren Titel wir aber bei dem völligen Mangel an bibliographischen Behelfen über Dalmatien nicht anzugeben vermögen. Ueberhaupt zählt der **Name** Vodopich zur Dalmatia docta **und,** wie aus den Quellen ersichtlich, zu den angesehensten Familien Dalmatiens, vornehmlich Ragusas.

1. Ein anderer **Matteo** Vodopich, gleichfalls aus Ragusa gebürtig, lebte bereits im achtzehnten Jahrhunderte und wohnte im Heere der Kaiserin Elisabeth von Rußland (geb. 1709, gest. 1762) dem Kampfe bei Velletri und der Eroberung Neapels bei. Unter dem Commando des Marchese von Squillace marschirte er nach Spanien. Besonders geschickt in der Civil- und Kriegsbaukunst, fand er Anstellung im spanischen Ingenieurcorps und brachte es in dieser Waffe bis zum Brigadier. Unter seiner Leitung wurde zu Cartagena in der spanischen Provinz Murcia das königliche Arsenal mit den beiden großen Becken im Innern desselben erbaut, ein Werk, an dem sich französische und spanische Ingenieure vergeblich gemüht, bis endlich die Ausführung desselben dem Dalmatiner gelang. Ferner erbaute Vodorich fünf Forts und die Mauern dieser Festung, sowie das ebenso prächtige als großartige Hospital der Stadt Zuletzt erreichte er die hohe Stelle eines General-

directors der königlichen Bauten in den Provinzen Murcia und Valenzia. — 2. Ein dritter **Matteo** Bodopich, Zeitgenoß, war früher Pfarrer in Ragusa vecchia (Captat), einem dalmatinischen Flecken an der Stelle der alten Stadt Epidaurus. Zur Zeit ist er Pfarrer in Gravosa und Ehrendomherr des Bisthums Ragusa. 1873 wurde er mit dem Ritterkreuze des Franz Joseph-Ordens ausgezeichnet. Von ihm erschien im Druck: „Piesan Vldu Maslaéu", d. i. Gedicht an Leit Maslać (Ragusa 1843 Martechini). — 3. Ein **Blaho (Blasius)** Bodovich veröffentlichte durch den Druck zwei Hefte über alte croatische Lieder („U starih pjesnieih hrvatskih") (Agram 1838).

Völk, August (Blumenmaler, Ort und Jahr seiner Geburt unbekannt), Zeitgenoß. Schon Wolny in seiner „Kirchlichen Topographie von Mähren" gedenkt (Olmützer Diöcese, Bd. V, S. 215) eines Malers Ferdinand Völk. Dessen Vater Johann Georg Bartholomäus Völk, welcher, zu Ochsenfurth am Main 1747 geboren, sich 1770 in Würzburg niederließ und daselbst 1815 starb, malte historische Darstellungen, Landschaften und Bildnisse, letztere in der Weise des berühmten B. Denner. Auch seine beiden Söhne Karl und Ferdinand widmeten sich der Malerei, welche sie unter seiner Leitung und an der Dresdener Akademie erlernten. Beide verlegten sich auf Bildnisse in Oel, Pastell und Miniatur, Ferdinand auch auf historische Darstellungen, Altar- und Genrebilder. Letzterer, der auch in Mähren gemalt hatte, lebte lange zu Ratibor in Schlesien und starb um 1825. Sein Bruder Karl übte die Malerkunst in Ungarn. Leider fehlen über dessen Thätigkeit daselbst alle Nachrichten. Wohl ein Sohn oder naher Verwandter dieses Letzteren möchte obiger Blumenmaler August Völk sein, welcher in Wien malte, und dem wir auf der Jahresaus-

stellung 1848 der Akademie der bildenden Künste bei St. Anna zuerst begegnen. Er war auf derselben mit einem „Fruchtstück" (30 fl.) vertreten und hatte zu jener Zeit sein Atelier in der Josephstadt (Kaiserstraße Nr. 221). Dann erscheint er noch einmal auf der April-Ausstellung 1851 des österreichischen Kunstvereines, und zwar wieder mit einem Fruchtstück: „Trauben und anderes Obst". Nach dem Preise dieses Bildes (150 fl.) zu urtheilen, mußte er ein nicht unbedeutender Blumenmaler sein. Nachrichten über späteres Schaffen des Künstlers fehlen.

Kataloge der Jahresausstellungen der k. k. Akademie der bildenden Künste bei St. Anna in Wien (8°.) 1848, S. 16, Nr. 247. — Verzeichniß der April-Ausstellung des österreichischen Kunstvereines.

Vörösmarty, Michael (ungarischer Dichter, geb. zu Puszta-Nyék im Stuhlweißenburger Comitate Ungarns am 1. December 1800, gest. zu Pesth am 19. November 1855). Von seinem Vater, einem Wirthschaftsbeamten des Grafen Nádasdy, hatte er den ernsten patriotischen Sinn, von seiner Mutter, einer durch Gemüthstiefe und sinniges Wesen ausgezeichneten Frau, Anlage und Neigung zur Poesie empfangen. Bei den unzulänglichen Mitteln im Elternhause früh auf sich selbst angewiesen, erwarb er sich noch bei Lebzeiten des Vaters in Stuhlweißenburg, wo er einige Classen des Gymnasiums besuchte, einen Theil seines Bedarfs durch Unterrichtgeben. Als 1816 der Vater starb, trat Michael, siebzehn Jahre alt, als Erzieher in die Familie Alexander Perczel's in Pesth. Die Söhne des Hauses: Alexander, Moriz, der nachmals in der ungarischen Rebellion 1848 49 berühmt gewordene Honvédgeneral [Band

XXI, S. 461], und Nicolaus [ebenda S. 468, im Texte] waren seine Zöglinge. Acht Jahre, von November 1817 bis November 1822 und dann von November 1823 bis August 1826 oblag er seinem Berufe als Pädagog in der Familie Perczel. Während der ersten drei Jahre wohnte er mit derselben in Pesth und beendete daselbst an der Universität die philosophischen Studien. Als dann die Familie Ende 1820 auf ihr Gut in Börzsöny übersiedelte, zog auch Vörösmarty dahin und legte privat binnen zwei Jahren die für die öffentlichen Hörer auf sechs Semester festgesetzten juridischen Studien zurück, was für ihn bei dem anstrengenden Erzieheramte mit schwerer Mühe verbunden war. Nichtsdestoweniger reifte dabei sein poetisches Talent, ohne daß er jedoch mit den zu jener Zeit in Pesth lebenden poetischen Größen seiner Nation in persönliche Berührung gekommen wäre. Nur ein Student der Medicin, Namens Stephan Maróthy [Bd. XVII, S. 9, im Texte], der sich zum Zwecke einer Reise in den Orient mit orientalischen Sprachen beschäftigte, bildete seinen Umgang und weckte auch in ihm die Wanderlust, der er jedoch unter den Verhältnissen, in denen er lebte, nicht nachgeben konnte. Aber schon trug er sich mit der Idee zu seinem Epos „Zalán futása", d. i. Die Flucht Zalán's" [die Uebersicht seiner Werke folgt S. 145]. Gleichzeitig begann er auch an dem Drama „König Salamon" zu arbeiten und knüpfte an dessen Vollendung große Hoffnungen. Als er dann mit der Familie Perczel nach Börzsöny, das eigentlich nur eine Puszta im Gebiete von Bányhid ist, übersiedelte, fand er an drei dort in der nächsten Umgebung lebenden Geistlichen, an Anton Egyed [Bd. IV, S. 5], La-

dislaus Teslér und Jacob Klivényi, mitstrebende treue Genossen, die ihn mit Büchern unterstützten, an seinen Arbeiten theilnahmen und durch ihr Urtheil ihn förderten. Um als Rechtspraktikant zu fungiren, gab er im November 1822 seine Erzieherstelle für ein Jahr auf und arbeitete in Görbö an der Seite des Tolnaer Vicegespans Franz Csehfalvay. Auch dort traf er aufmunternde Freunde, doch anderer Art, als es die drei katholischen Priester waren, deren wir vorhin gedachten. Ueberhaupt bewährte sich die niedere katholische Geistlichkeit Ungarns, welche ihre Pröpste und Bischöfe den Haber mit den Protestanten auskämpfen ließ, dafür aber desto mehr für die Pflege der Literatur wirkte, in jener Zeit und auch später als ein sehr mächtiger Förderer der Poesie. Indessen bekümmerten Vörösmarty jetzt die seit dem Tode ihres Gatten gänzlich verarmte Mutter, die traurigen Verhältnisse seines Vaterlandes, in dessen Comitaten der Kampf um Aufrechthaltung der Verfassung auf- und niederwogte, und endlich auch noch geheimer Liebesgram. Es begannen die politischen Verhältnisse in Ungarn in den Jahren 1821 und 1822, als man im Verordnungswege Recruten stellte und erhöhte Steuern ausschrieb, ohne erst den in dergleichen Dingen allein competenten Reichstag einzuberufen, immer drohender zu werden. Durch Lecture der Gedichte und Schriften von Berzsényi, Nicolaus Zrinÿ und Clemens Mikes nährte Vörösmarty seine patriotischen Gefühle, denen er in Gedichten Luft machte, welche bei den damals bestehenden Censurverhältnissen ungedruckt bleiben mußten. Aber durch sein großes episches Gedicht „Zalán futása", dessen wir schon gedacht, wollte er, während es in der Vergangenheit spielte, zur Gegenwart sprechen, während er den Ruhm der Ahnen seines Volkes besang, an den Verfall des gegenwärtigen Geschlechtes erinnern. Unter solchen Eindrücken arbeitete er an dem Epos, welches die Eroberung Ungarns durch Árpád zum Gegenstande hatte. und fühlte sich durch des Székler Poeten Alexander Székely [Bd. XLII, S. 13] fragmentarisches Gedicht: „A Székelyek Erdélyben", d. i. Die Székler in Siebenbürgen, noch besonders dazu angeregt. Als er im Herbste 1823 nach Pesth kam, um daselbst aufs Neue die Erziehung der Söhne Perczel's zu übernehmen, wurde er auch Jurat der königlichen Tafel. Zuerst practicirte er bei einem Verwandten, dem Advocaten Franz Vörösmarty. Von seinem kärglichen Einkommen unterstützte er seine arme, ganz auf ihn angewiesene Mutter. Den Tag über nahm ihn sein Erzieheramt und seine Advocatenbeschäftigung in Anspruch, so blieb ihm nur die Nacht übrig, in welcher er am Epos und hin und wieder an einem der Dramen arbeitete, welche er noch in Görbő begonnen hatte. Am 20. December 1824 legte er die Advocatenprüfung ab, übte aber nicht die Advocatenpraxis aus, sondern behielt seine Erzieherstelle im Perczel'schen Hause. Nun aber begann sich in Pesth neben dem politischen auch ein höheres geistiges Leben zu entwickeln. Das unter dem Protectorate des Palatins stehende Marczibányi-Institut mit seinen jährlichen Preisen wirkte in sichtlicher Weise. Die wissenschaftliche Zeitschrift „Tudományos Gyüjtemény". d. i. Wissenschaftliche Sammlung, ein belletristischer Almanach, „Aurora" von Karl Kisfaludy, waren gegründet worden, Alles Anfänge vielversprechender Art. Als er um diese Zeit, 1824, in

Pesth weilte, wurde er bald in literarischen Kreisen bekannt; auch mit Franz Deák, der sich einer Proceßangelegenheit wegen in der Hauptstadt aufhielt, kam er zusammen, und bald verknüpfte das geistig verwandten Charaktere das innige Band der Freundschaft. Er hatte Deák aus seinem Epos „Zalán futása" vorgelesen, und dieser war ebenso von der schwungvollen Sprache, wie von dem in der Dichtung waltenden hohen Nationalgefühl ergriffen worden. Das nun fertige Werk erschien im August 1825 gedruckt. Die Wirkung sowohl in literarischen Kreisen als im gebildeten Publicum war eine außerordentliche. Der Umstand noch, daß kurz nach Erscheinen der Dichtung auch endlich der Reichstag zusammentrat, trug wesentlich dazu bei, den jungen hochbegabten Poeten in den Vordergrund zu stellen. Sein dichterischer Ruhm verbreitete sich bald über das ganze Land, und Vörösmarty wurde ein Liebling der Pesther literarischen Kreise. 1826 trat er aus dem Perczel'schen Hause und schwankte anfänglich, welchem praktischen Berufe er sich zuwenden sollte. Mehrere Monate bekleidete er eine neue Erzieherstelle, dann machte er Erholungsreisen im Lande, beabsichtigte darauf, in Stuhlweißenburg als Advocat sich niederzulassen, endlich aber entschied er sich für seinen bleibenden Aufenthalt in Pesth, wo er 1828 die Redaction der wissenschaftlichen Zeitschrift „Tudományos Gyüjtemény" übernahm und nebenbei für den Buchdrucker und Verleger Károlyi „Tausend und eine Nacht" ins Ungarische übersetzte. Und so, wie mit einem Male sein Beruf ein rein literarischer war, lebte er auch ausschließlich in literarischen Kreisen, besonders aber in jenem, welcher sich um Karl Kisfa-

luby, den Redacteur und Herausgeber
des Taschenbuches „Aurora", gebildet
hatte, in dem sogenannten Aurorakreise.
In demselben nahm er durch seine Eigenart eine hervorragende Stellung ein. In
der „Aurora" erschienen auch seine anderen Epen und epischen Gedichte: „Der
Zerreichenhügel", „Das Feenthal", „Die
Südinsel", „Erlau", „Die Ungarburg",
„Die Ruine", „Csák", „Die zwei Nachbarburgen" und „Schön Helena". Während Bajza und Kisfaludy den
deutschen Einfluß auf sich einwirken
ließen und die damals in ihrer Blüte
stehende romantische Schule mächtig auf
dieselben wirkte, hatte Vörösmarty
bis dahin am stärksten dem Einflusse der
deutschen Dichtung widerstanden, und
war doch selbst der romantischeste unter
seinen Genossen. Die Lecture Tasso's,
Ariosto's, Shakespeare's, Ossian's,
dann seines Landsmannes Zrinyi, endlich die politischen Verhältnisse und sein
eigener Genius gaben ihm diese Richtung. Mit der deutschen und spanischen
Romantik wurde er erst, als er nach
Pesth gekommen, bekannt. 1824 las er
Houwald und Müllner, 1825
Schlegel's Dramaturgie, Calderon.
Klopstock's „Messiade" konnte er nicht
zu Ende lesen, er bekam Kopfschmerzen
davon. So ist denn der Einfluß der
deutschen Romantik nur an einzelnen
seiner balladenartigen Erzählungen und
an seinem Drama „Die Schatzgräber"
wahrzunehmen. Mehr Spuren hinterließ in
ihm die orientalische Poesie, besonders genährt durch die phantasiereichen Märchen
von „Tausend und eine Nacht", die er,
während er sie, zumeist wohl um Geld
zu verdienen, übersetzte, gründlich kennen
lernte, und dann durch Lecture einiger
orientalischer Poeten in deutscher Uebersetzung, welche ihm Kisfaludy ge-

schenkt hatte. Ueberdies war sein Genius
schon von selbst dem Phantastischen und
Ungeheuerlichen, wie ja solches Ungarns
Vorgeschichte in Hülle und Fülle enthält,
zugewandt. Aber die Theorie der Romantik und der modernen Kunstgattun-
gen, mit welcher sich die ungarischen
Dichter und Schriftsteller seiner Zeit zu
beschäftigen liebten, blieb ihm selbst fast
gänzlich fremd. Und erst später verwendete er ein eingehenderes Studium
auf das Drama, welches aber, so sehr er
sich auch dieser Dichtungsart mit Vorliebe zuwandte, nie seine starke Seite
war. Bis dahin befand er sich in nichts
weniger als glänzenden Verhältnissen.
Das literarische Leben in Pesth begann
erst zu keimen, und der Verdienst eines
Schriftstellers war ein sehr karger. Erst
mit dem Jahre 1830 besserte sich Vörösmarty's Lage, besonders dann, als ihn
die Akademie der Wissenschaften in ihrer
constituirenden Versammlung am 17. November 1830 zum zweiten ordentlichen
Mitgliede und nach dem einige Tage
später erfolgten Tode Karl Kisfaludy's zum ersten Mitgliede mit einem
Jahresgehalte von fünfhundert Gulden
Conventions-Münze erwählte. 1832 verkaufte er auch die erste gesammelte Ausgabe seiner Werke an den Verleger
Károlyi um die Summe von Ein-
tausendeinhundert Gulden, ein für jene
Zeiten ansehnliches Honorar. 1834 erhielt er dann von dem Marczibányi-
Institute den ihm bereits 1828 zuer-
kannten Preis von 400 fl. für sein
Epos „Zalán futása". Alle diese, wenngleich mäßigen, aber in Rücksicht auf
seine Mittellosigkeit immerhin bemerkenswerthen pecuniären Zuflüsse gestalteten
seine Lage freundlicher und ermöglichten
es ihm, seine Mutter beträchtlicher zu
unterstützen. Dieselbe starb übrigens

noch in dem nämlichen Jahre, während er mit seinem Freunde, dem Bildhauer Stephan Ferenczy [Bd. IV, S. 183], Niederungarn bereiste. Die nun folgenden Jahre des Dichters gingen in literarischem und poetischem Schaffen auf. Es war für beides durch den großartigen Umschwung im politischen und nationalökonomischen Leben Ungarns ein ungemein günstiger Zeitpunkt. Die oben erwähnte erste Gesammtausgabe der bis 1832 erschienenen Werke Vörösmarty's enthält seine Jugendversuche, die bis dahin abgesondert erschienenen Dramen und Alles, was er bis Ende 1832 schrieb. Man kann also sagen, etwa die — jedoch schwächere — Hälfte dessen, was er während seines Lebens geschaffen, die aber doch nichts desto weniger herrliche Proben einer nicht gewöhnlichen Dichterkraft enthält. Um diese Zeit trat er besonders als dramatischer Dichter und als Kritiker auf. Hatte er schon früher, und zwar seit 1821, angefangen, Dramen zu schreiben, so wendete er sich jetzt vollends diesem Gebiete der Dichtung zu und blieb ihm treu bis zum Jahre 1844. So dichtete er in der genannten Zeit nebst dem bereits erwähnten „König Salamon" die dramatischen Werke: „Der Triumph der Treue", „Kont", später unter dem veränderten Titel „Die Heimatlosen" erschienen, „Die Cillier und die Hunyaden", welches den ersten Theil einer Trilogie bilden sollte, sämmtlich Arbeiten von unleugbarem, theils hochpoetischem Werthe, bei welchem aber die Glanzseiten des Epikers und Lyrikers dem dramatischen Dichter zum Nachtheile gereichten. Auch beschäftigte er sich damals viel mit dem Studium der Werke Shakespeare's, deren hohen Werth erkennend, er nicht anstand auszusprechen:

daß eine gute Uebersetzung Shakespeare's mindestens so viel werth sei, wie die Hälfte selbst der reichsten Literatur. So übertrug er denn zunächst den „Julius Cäsar". Auch nahm ihn die Theaterkritik stark in Anspruch, und er ist der Erste, der die höchsten Fragen des Dramas, wenn auch nicht erschöpfend, so doch eingehend behandelt, und besonders in diesen Kritiken lenkt er die Aufmerksamkeit der Schriftsteller und des Publicums auf den großen englischen Dramendichter. Merkwürdigerweise waren seine Theaterkritiken indirect von nicht geringem Einfluß auf das gesellschaftliche und dann auch auf das politische Leben in Pesth. Er trat mit den Schauspielern und den dramatischen Schriftstellern in ein näheres Verhältniß; man kam nach den Vorstellungen in einem Gasthause zum Abendessen zusammen, und der Kreis, der sich so bildete, wuchs allmälig dermaßen an, daß er den ganzen ersten Stock dieses Gasthauses („zur Schnecke" auf dem Sebastianiplatze) miethen mußte und sich daselbst zuerst als Nationalclub (Nemzeti kör), dann als Oppositionsclub (Ellenzéki kör) constituirte, der im gesellschaftlichen und politischen Leben der Hauptstadt immer eine bedeutende Rolle spielte. Vörösmarty war bald der Mittelpunkt und zugleich der erste Präsident dieses Clubs, später mehrmals Vicepräsident und jederzeit das einflußreichste Mitglied. Bei alledem war Vörösmarty kein eigentlicher Politiker, er trat nie als politischer Redner auf, aber er beschäftigte sich doch mit den auf der Tagesordnung stehenden Fragen, und die ersten politischen Notabilitäten waren seine Freunde, seine guten Bekannten. Auch schwang er sich nie zum politischen Schriftsteller auf, jedoch ging er mit seiner Lyra jenem großen nationalen

Kreuzzuge bald zur Seite, bald voran, welcher im Jahre 1848 sein Ende und in Vörösmarty's „Szózat" (1830) seine höchste poetisch-politische Leistung fand. Neben diesem Liede schrieb unser Poet auch noch andere patriotische Gedichte, die im Herzen seiner Nation einen Nachklang fanden, aber zu der Wirkung des „Szózat" erhob sich außer dem „Fóti dal" kein drittes. Am 9. Mai 1843 vermälte sich Vörösmarty in Pesth mit Laura Csajághy, an welche eine Reihe seiner schönsten Poesien gerichtet ist. Förderlich für sein dichterisches Schaffen war diese wenngleich höchst glückliche Ehe nicht, denn nach seiner Heirat schuf er keine größeren Werke mehr; auch begann sich der Druck seiner immerhin sehr precären Lage fühlbar zu machen. Von Redactionsgeschäften hatte er sich zurückgezogen, und nur in einigen belletristischen Blättern veröffentlichte er von Zeit zu Zeit eines und das andere seiner neueren Gedichte. Das Honorar für dieselben bildete eine Quelle seines jährlichen Einkommens, betrug aber, obgleich er anständig gezahlt wurde, kaum einige hundert Gulden. Sein Hausstand ward dabei immer größer, und Sorgen stellten sich ein. Mit Zweitausendsechshundert Gulden, die er 1843 als Honorar für seine auf zehn Jahre verkauften sämmtlichen Werke vom Buchhändler Kilian erhielt, trat der Dichter in das eheliche Leben, doch dieses Geld ging binnen wenigen Jahren auf. Willkommen war ihm daher der Auftrag, den ihm die Statthalterei ertheilte, für Mittelschulen ungarische Sprachlehren zu schreiben, zu deren Ausarbeitung er sich mit Czuczor [Bd. III, S. 120] verband. Eine wahre Hilfe bot ihm ferner Casimir Graf Batthyányi, der ihm auf seiner Herrschaft Bicske zwei Gründe schenkte, diese aber

später gegen eine jährliche Rente von fünfhundert Gulden von ihm zurücknahm. Ende 1847 begann Vörösmarty mit der Uebersetzung des „König Lear" und verband sich dann mit Petöfi und Arany zur Uebertragung der hervorragendsten Dramen Shakespeare's. Unter solchen Verhältnissen kam das ereignißreiche Jahr 1848 heran, welches er, da er als Poet vor 1848 immer auf Seite der Opposition gestanden, mit großer Begeisterung begrüßte, denn mit der Reform der Verfassung, um welche die Nation so lange gekämpft, war ja doch der Sieg errungen. Wohl starb dem Dichter im April 1848 das jüngste Söhnlein Michael, und dieser Verlust schlug seinem Herzen eine tiefe Wunde, aber unter den starken Eindrücken der bewegten Zeit machte sie sich, wenn sie auch nicht völlig vernarbte, doch weniger fühlbar, und mit Interesse verfolgte er den Gang der immer bedenklicher sich gestaltenden öffentlichen Angelegenheiten. Seiner politischen Stellung nach gehörte er zur damaligen Regierungspartei. Die Minister waren zum Theile seine Freunde, zum Theile seine Verehrer. Sympathie und gewohnte Parteidisciplin schlossen ihn an die ehemalige Opposition, die jetzt am Ruder stand. Die Regierung sah den Dichter des „Szózat" gern an ihrer Seite und hätte ihm auch gern ein Amt gegeben; allein er nahm nichts an und wies sogar den Lehrstuhl für ungarische Sprache und Literatur an der Universität zurück, den ihm Joseph Baron Eötvös, der Cultus- und Unterrichtsminister, anbot. Im Frühling 1849 wurde er zum Assessor des sogenannten „Begnadigungs-Obergerichtes" erwählt, wozu er bei seiner milden und hochsinnigen Denkungsweise am besten taugte. Es war sein einziger Wunsch, zum Abgeordneten gewählt zu werden. Er wollte keine Rolle spielen, betrachtete aber das Vertrauen seiner Mitbürger als den Lohn für seine patriotische Dichtung. Sein Wunsch ging in Erfüllung. Am 19. Juni wurde er zu Jankovácz im Almáser Bezirke des Bács-Bodroger Comitates einstimmig zum Abgeordneten ausgerufen an der Stelle Kossuth's, nachdem dieser auch in Pesth ein Mandat erhalten hatte. Vörösmarty war das schweigsamste Mitglied des Parlaments. Kein oratorisches Talent, pflegte er nur im Club oder in der Akademie Reden zu halten. Aber trotz seiner bescheidenen Zurückgezogenheit konnte er einem Angriffe der neuen Opposition nicht entgehen. Der Kriegsminister, General Mészáros, hatte einen Gesetzentwurf eingebracht, nach welchem er die zu ergänzenden Regimenter, sobald die Verhältnisse es gestatten würden, auf ungarischen Fuß einzurichten, bis dahin aber in ihrem früheren Zustande, unter ihren bisherigen Officieren und unter deutschem Commando zu belassen gedachte; nur die neu zu errichtenden Honvéd-Regimenter sollten sofort ganz auf ungarischen Fuß hergestellt werden. Die Opposition griff diesen Gesetzentwurf heftig an, verlangte ungarisches Commando, mißtraute den früheren Officieren und drang auf eine vollständige Umgestaltung der Armee. Das Ministerium hielt diese Forderung während des Krieges für unausführbar und lehnte die Verantwortlichkeit dafür ab. Der Reichstag nahm daher den Gesetzentwurf (am 21. August) an, und auch Vörösmarty hatte mit der Majorität gestimmt, obwohl, wie er selbst eingestand, nicht ohne Schwanken. Nun war es um den Poeten geschehen. Petöfi, wahrscheinlich zum Danke, daß Vörösmarty es war, der ihn in die

Literatur einführte und unterstützte [Band XXII, Seite 86], veröffentlichte in Folge dieses Votums gegen denselben ein Gedicht mit dem Refrain: „Nicht ich riß dir den Lorber von der Stirne, nur du allein rissest dir ihn herab". Daraus entstand zwischen den zwei Dichtern eine Polemik, die selbst in jener geräuschvollen Zeit Aufmerksamkeit erregte. Aber der Lorber blieb auf dem Haupte des Poeten. Vörösmarty folgte dem Reichstage auf dessen Wanderungen, und nach der Katastrophe bei Világos flüchtete er zugleich mit Bajza [Bd. I, S. 127] in das Szathmárer Comitat. Vier Monate irrten beide Poeten in diesem entlegenen Comitate umher. Ueberall fanden sie gastliche Zuflucht; ein Gutsbesitzer schickte sie dem anderen zu, bis die Verfolger die Spur der Flüchtlinge verloren. Es kam auch vor, daß die Poeten unter freiem Himmel schliefen, einige Male mußten sie sich auch in Waldhütten verbergen, und an der Thür einer solchen waren noch lange die Worte Virgil's zu lesen: „Nos patriam fugimus", welche Vörösmarty mit Bleistift hingeschrieben hatte. In dieser kummer- und drangsalvollen Zeit erfuhr unser Dichter, daß eines seiner Töchterchen gestorben. Zu seinem Seelenschmerze gesellte sich nun auch körperliches Leiden. Er litt an Störungen der Blutcirculation, und zwar in Folge der Strapazen und der ungeordneten Lebensweise. Kertbeny schreibt sogar: „Vörösmarty hatte nicht einmal eine Schreibfeder mehr im Hause, Vergessenheit im Blut der Reben suchend". Als der Dichter Anfangs 1850 nach Fegyvernek kam, um mit seiner Gattin zusammenzutreffen, war er beinahe ganz grau und sehr zusammengebrochen. Auf den Rath seiner Freunde ging er nach

Pesth und meldete sich beim Militärgerichte, deffen Strenge bereits nachzulaffen begann. Man verhörte ihn und ließ ihn bis zur Urtheilsfällung frei. Im Sommer 1850 wurde er von Haynau begnadigt. Von da ab bis zum Frühlinge 1853 lebte er in Bajacska, bis zum Herbste 1855 aber in seinem Geburtsorte Nyék als Pächter. Diese fünf Jahre feines Lebens waren nur ein langsames Sterben. Bei seinem körperlichen Siechthum verfiel er auch in Melancholie und Apathie, deren Spuren sich bereits 1849 in Debreczin gezeigt hatten und wohl nur Symptome seines inneren Leidens waren. Trotzdem beendete er die 1847 begonnene und dann durch die Zeitereigniffe unterbrochene Ueberfetzung des „König Lear", schuf auch noch 1854 einige Gedichte, darunter den „alten Zigeuner" [siehe unter: Deutsche Ueberfetzungen der Gedichte Vörösmarty's]. Von dem damals ausgebrochenen ruffischtürkischen Kriege glaubte er, daß derselbe auf das Schickfal Ungarns von günftigem Einfluß sein werde. Sein Dichtergeist flammte noch einmal kraftvoll auf. Da er nicht zu seiner Nation sprechen konnte, so apostrophirte er sich selbst; er, der alternde Dichter, ift der „alte Zigeuner", dem er zuruft, daß „die Welt noch einmal ein Feft feiern werde". Indeffen nahm Vörösmarty's Krankheit immer mehr zu, und gegen Ende October 1855 traten beforgnißerregende Erscheinungen ein. Starke Anfälle nöthigten ihn, ein paar Wochen das Bett zu hüten. Er glaubte nicht, wieder aufftehen zu können, und fagte zu feiner in Thränen aufgelösten Gattin wiederholt: „Ich weiß nicht, wie es euch ergehen wird, aber möge euch was immer zuftoßen, fo wendet euch an Franz Deák, er wird euch nicht verlaffen!" Er erholte fich auch

und befchloß auf das Zureden feiner Gattin, gänzlich nach Pefth zu überfiedeln, wo er fortwährend ärztliche Hilfe haben konnte. Die ganze Familie zog nun nach Pefth und ftieg im Gafthofe „zum goldenen Adler" ab, bis eine Wohnung gefunden fein würde. Vörösmarty befand fich etwas wohler. In der Gefellfchaft feiner Freunde, darunter Franz Deák, die ihn oft befuchten, fchien er fich etwas aufzuheitern. Am 17. November bezog die Familie eine Wohnung im Kappel'fchen Haufe in der Waitznergaffe, in demfelben, in welchem vor fünfundzwanzig Jahren Karl Kisfaludy geftorben war. Vörösmarty ging zu Fuß, er erkannte das Haus, in welchem fein Freund geftorben, doch ahnte er nicht, daß er felbft an der Schwelle des Todes ftehe. Kaum war er einige Treppen hinangeftiegen, als er zufammenfank. Ein Hirnfchlag hatte ihn getroffen. Man trug ihn hinauf, legte ihn ins Bett, und er kam nicht mehr zur Befinnung bis zu feinem Tode, der am 19. November Mittags um ein Uhr erfolgte. Eine Ueberlieferung erzählt, daß derfelbe zu gleicher Zeit eingetreten fei, als in der neuerbauten Bafilika zu Gran die eben eingeweihte Glocke zum erften Male geläutet wurde. Wenn nicht wahr, fo doch finnig erfunden. Sein Leichenbegängniß fand am 21. November 1855 unter ungewöhnlich zahlreichem Geleite ftatt. Wohl über zwanzigtaufend Menfchen und eine unabfehbare Reihe von Wagen folgten dem Sarge. Die Bevölkerung Pefths erwies fo feinem großen Dichter die verdiente letzte Ehre. Die Journale erfchienen mit einem Trauerrande; daß dagegen die Behörden einfchritten, ift eine Behauptung der Radicalen, welche des Beweifes entbehrt. Doch auch noch in anderer

Weise gab sich die Theilnahme der Nation an dem Dahingange seines Dichters kund. Vörösmarty hinterließ eine Witwe und drei Kinder: Béla, Jlonka und Elisabeth, denen er nichts zu vererben hatte, als seine Werke und seinen Dichterruhm. Ihr Vormund Franz Deák forderte die bemittelteren Patrioten im Privatwege zu Spenden auf, und binnen wenigen Tagen waren an hunderttausend Gulden beisammen. Vörösmarty's sterbliche Ueberreste ruhen im Friedhofe an der Kerepeser Straße, unter einem Denkmal, das seine Gattin ihm errichtete. Unter den Namen der besten Männer der Regenerationsperiode Ungarns wird der seinige fortleben. Er hat an Allem Theil, was diese Epoche an Kämpfen, Ruhm und traurigen Erinnerungen aufzuweisen. Zum Schlusse sei noch bemerkt, daß Vörösmarty eine Unzahl von kleineren Gedichten, Erzählungen, kritischen und wissenschaftlichen Aufsätzen unter den Pseudonymen Szeplak und Csaba geschrieben. Ueber seine literarische Bedeutung, die deutschen Uebertragungen seiner Dichtungen, über seine Bildnisse, seine Denkmale u. s. w. vergleiche die Quellen.

Michael Vörösmarty's Werke in chronologischer Folge. Bis zum Jahre 1823 war Vörösmarty seinen Landsleuten nur durch einige lyrische Gedichte und poetische Briefe, welche in den Taschenbüchern „Szép literaturai ajándék", d. i. Geschenk aus der schönen Literatur, „Aspasia" und „Aurora" öfter unter dem Pseudonymn Szeplak und Csaba erschienen sind, bekannt geworden. Nun kamen selbständig heraus: „Zalán futása", d. i. Die Flucht Zalán's. Epos in zehn Gesängen (Pesth 1825). — Diesem folgten: „Cserhalom", d. i. Der Zerreichenhügel. Episches Gedicht in einem Gesange; abgedruckt im Taschenbuche „Aurora", 1826. — „Tündérvölgy", d. i. Das Feenthal. Volksepos; in der „Aurora", 1827; von Literaturkennern als Vörösmarty's tadelloses Werk erkannt. — „A Délszi-

get", d. i. Die Südinsel. Heldengedicht; in der „Aurora", 1827. — „Eger", d. i. Erlau. Episches Gedicht in drei Gesängen; in der „Aurora", 1828. — „Széplak". Poetische Erzählung in einem Gesange; abgedruckt in „Muzárion", Bd. III (1829/30). — „Magyarvár", d. i. Die Ungarburg, im Almanach „Koszorú", d. i. Der Kranz, 1828. — „A rom", d. i. Die Ruine. Geschichtliche Erzählung in einem Gesange; in der „Aurora", 1831. — „Csák", d. i. Csák der letzte Árpád; in der „Minerva", 1828. — „Homonna völgye", d. i. Das Thal von Homonna; in der „Aurora", 1827. — „Salamon Király, szomorújáték", d. i. König Salamon. Trauerspiel (Pesth 1827; von dem Dichter bereits 1821 geschrieben). — „A Bujdosók", d. i. Die Heimatlosen (Stuhlweißenburg 1830); dieses bereits in den Zwanziger-Jahren geschriebene fünfactige Drama führte anfänglich den Titel: „Kont", und erst als es im Druck erschien, gab ihm der Dichter diesen neuen Titel. — „Csongor és Tünde". Schauspiel in fünf Aufzügen (Stuhlweißenburg 1831). — „Kurzgefaßte ungarische Sprachlehre für Deutsche, nebst einer Auswahl deutsch-ungarischer Uebungsstücke. Aus der ungarischen Handschrift des M. Vörösmarty" (Pesth 1832). Diese Arbeit entstand, da Vörösmarty Mitglied der ungarischen Akademie der Wissenschaften war und als solches besonders in der sprachwissenschaftlichen Abtheilung, in welche er gewählt worden, arbeitete. Er nahm den thätigsten Antheil an den Arbeiten dieser Abtheilung, so an der „Rechtschreibung und Suffixion", an der „Satzlehre der ungarischen Sprache" und an dem „Ungarisch-deutschen Handwörterbuche". — Ezeregy Éjszaka. Arab regék. V. forditotta, d. i. Tausend und eine Nacht. Arabische Märchen übersetzt. Eilf Bändchen (Pesth 1829—1833). Die folgenden übersetzten, und zwar das zwölfte Ladislaus Szalay, das dreizehnte bis sechzehnte Lencsés und das siebzehnte und achtzehnte David Szabó. „A két szomszédvár", d. i. Die zwei Nachbarburgen. Episches Gedicht in vier Gesängen; in der „Aurora", 1832. — „A kincskeresök", szomorújáték 4 felv., d. i. Die Schatzsucher. Trauerspiel in vier Aufzügen; in der „Aurora", 1833. — „A fátyol titkai, vigjáték 5 felv.", d. i. Die Geheimnisse des Schleiers. Lustspiel in fünf Aufzügen; in der „Aurora", 1833. — „Orlay, regényes történet",

d. i. Orlay. Geschichtliche Erzählung; in der „Aurora", 1837. — „Szózat", d. i. Aufruf; das in viele lebende Sprachen übersetzte patriotische Gedicht, welches Vörösmarty's Namen in der Weltliteratur am bekanntesten gemacht; in der „Aurora", 1837. — „Vörösmarty Mihály Munkái", d. i. Werke des Michael Vörösmarty, Bd. I—III; enthalten seine früheren Gedichte bis zum Jahre 1832, das Epos: „Zalán's Flucht" und seine kleineren Epen und epischen Gedichte, darunter außer den schon genannten: „A szép Ilonka", d. i. Die schöne Helena, „Az ösz bajnok", d. i. Der graue Held, „Kemény Simon", d. i. Simon Kemény, „Az özvegy", d. i. Die Witwe, „A hű lovag", d. i. Der treue Ritter, „A katona", d. i. Der Soldat, „Csik ferko" und andere. — „Vérnász, szomorújáték 5 felv.", d. i. Die Blutrache. Tragödie in fünf Aufzügen (Buda 1834 und wieder 1837); von der Akademie mit dem Preise von hundert Ducaten betheilt. — „Erdödy Bán", d. i. Banus Erdödy (1838). — „Áldozat, szomorújáték 5 felv.", d. i. Das Opfer. Trauerspiel in fünf Aufzügen (1839) — „Árpád ébredése, előjáték a pesti magyar szinház megnyitásának ünnepére", d. i. Árpád's Erwachen Vorspiel zur Eröffnung des ungarischen Nationaltheaters (Pesth 1847) — „Marót Bán, szomorújáték 5 felv.", d. t. Banus Marót. Drama in fünf Aufzügen (Buda 1838). — „Vörösmarty Mihály újabb munkái, 4 kötet", d. i. Michael Vörösmarty's neuere Werke, vier Bände (Buda 1840). Diese neue Ausgabe wurde als das Beste, was die ungarische Literatur bisher aufzuweisen hatte, von der Akademie mit dem großen Preise von zweihundert Ducaten honorirt — „Julius Caesar". Uebersetzung der Tragödie von Shakespeare (1840). — „Cillei és a Hunyadiak, történeti dráma 5 felv.", d. i. Die Cillier und die Hunnaden. Geschichtliches Drama in fünf Aufzügen (Pesth 1845); das erste Drama einer von dem Dichter beabsichtigten Trilogie. — „Vörösmarty Mihály minden munkái", d. i. Michael Vörösmarty's sämmtliche Werke. Zehn Bände (Pesth 1845—1848). Diese Gesammtausgabe besorgten die Dichters Freunde Bajza und Toldy; sie enthält seine sämmtlichen Gedichte, darunter das berühmte „Szózat", d. i. Aufruf; „Fóti dal", d. i. Das Fóter Lied,

das schönste ungarische Trinklied, im reizenden Parke des Grafen Stephan Károlyi zu Fót entstanden, daher sein Name; „Hontlan", d. i. Der Heimatlose; „Liszt Ferenczhez", d. i. An Franz Liszt; „Uri hölgyhöz", d. i. An eine hohe Frau; „Honszeretet", d. i. Vaterlandsliebe; „A merengöhez", d. i. An die Träumerin; „Országháza", d. i. Das Ständehaus, sämmtlich Gedichte, die zu den Perlen der ungarischen Dichtung gehören. — „Három rege", d. i. Drei Märchen (Pesth 1851). — „Lear király", d. i. König Lear. Aus dem Englischen Shakespeare's übersetzt (Pesth 1856). Die lyrischen Gedichte Vörösmarty's umfassen zusammen 334 Nummern, welche Bajza in drei Perioden abtheilt, von denen die erste von 1818 bis 1823 77, die zweite von 1824 bis 1831 99, die dritte von 1832 bis 1844 136 Gedichte enthält. In der Zeit von 1844 bis 1847 schrieb Vörösmarty nur achtzehn und nach der Revolution bis zu seinem Tode nur vier Gedichte. Seine schönsten Gedichte fallen in die zweite und dritte Periode. Dramen schuf er im Ganzen eilf; außerdem übersetzte er mustergiltig die schon genannten Dramen Shakespeare's: „Julius Cäsar" und „König Lear"; auch beschäftigte er sich in letzter Zeit mit der Uebertragung von „Romeo und Julie". Ein Trauerspiel: „Zsigmond király", d. i. König Siegmund, schon 1824 vollendet, blieb ungedruckt. An bedeutenderen Epen und epischen Dichtungen haben wir von Vörösmarty im Ganzen neun, vier größere und fünf kleinere. Seiner sprachlichen Arbeiten wurde in der Biographie gedacht. 1828 gründete er auch das belletristische Blatt „Koszorú", d. i. Der Kranz, dessen eifrigster Mitarbeiter er war, und seiner lebhaften Betheiligung an den beiden encyklopädischen Zeitschriften „Athenaeum" und „Tudományos gyüjtemény" und am Almanach „Aurora" wurde auch schon Erwähnung gethan. Außerdem schrieb er einige Novellen und Erzählungen in Zschokke's Manier, wie: „Abenteuer des Martin Schnecke" („Csiga Márton"), „Die Mondnacht", „Das Ziegenfeld", „Junter Wind" und andere, unter denen „Orlan" wohl die beste und von eigenthümlichem Gepräge ist.

Uebersetzungen der Dichtungen Vörösmarty's ins Deutsche. Aufruf! Ungarisch, deutsch, französisch, italienisch (Pesth 1856. R. Lampel). [Es ist das berühmte Gedicht „Szózat".] —

Bán Marót. Tragödie in 5 Acten. Von Michael Vörösmarty. Metrisch übersetzt von Dr. Michael Ring (Pesth 1872, L. Aigner, 8°.). — Cserhalom. Episches Gedicht aus dem Ungarischen des Michael Vörösmarty. Im Versmaße der Urschrift übersetzt von Faust Pachler (Wien 1878, 20 S., gr. 8°.). [Früher schon abgedruckt im VII. Jahrgange der „Dioskuren".] — Die Dioskuren. Literarisches Jahrbuch des ersten allgemeinen Beamtenvereines der österreichisch-ungarischen Monarchie (Wien, Hof- und Staatsdruckerei, gr. 8°.) Bd. II enthält von Vörösmarty: „Der alte Zigeuner", übersetzt von L. Dóczy; Bd. VII: „Cserhalom", übersetzt von Faust Pachler [siehe eben] — Gedichte. Von Michael Vörösmarty. In eigenen und fremden Uebersetzungen herausgegeben von K. M. Kertbeny (Pesth 1857, K. Lampel, XLV und 156 S., 12°.). Is Bodenstedt gewidmet, enthält das Büchlein 26 Gedichte Vörösmarty's in Uebersetzungen von Tretter, Greguß, Dux und Steinacker. — Handbuch der ungarischen Poesie... In Verbindung mit Julius Fenyéry herausgegeben von Franz Toldy (Pesth und Wien 1828, G. Kilian und K. Gerold, gr. 8°.) [enthält im zweiten Bande folgende Uebersetzungen von Vörösmarty: S. 317: „Das schöne Mädchen"; S. 318: „Cserhalom. Vers 1—312"; S. 330: „König Salamon" 1. Aufzugs 1. Scene.] — Kertbeny (K. M.). Album hundert ungarischer Dichter. In eigenen und fremden Uebersetzungen (Dresden und Pesth 1854, Rob. Schäfer und Hermann Gribel, gr. 32°.) S. 88, 100, 225 und 272 [enthält folgende Uebersetzungen: „Der Wolf", von Buchheim und Falke; „Der Heimatlose", von G. Steinacker; „An eine Trübsinnige", von einem Ungenannten; „Das Buch der armen Frau", von einem Ungenannten]. — Lieder von Vörösmarty. Deutsch von H. L. Pech, im Jahrgang 1841 der „Pesther Zeitung". — Literarische Berichte aus Ungarn über die Thätigkeit der ungarischen Akademie der Wissenschaften und ihrer Commissionen, des ungarischen Nationalmuseums u. s. w. Herausgegeben von Paul Hunfalvy (Budapesth, Franklin-Verein, gr 8°.) III. Jahrg. (1879), S. 197—213; „Cserhalom. Epische Dichtung von Michael Vörösmarty". Im Versmaße des Originals übersetzt von G. Stier in Zeitschr. — Oesterreichische Gartenlaube (Graz, 4°.) III. Bd. Beilage zu

Nr. 43: „Der armen Frau Gebetbuch", Gedicht von Vörösmarty, übersetzt von B. Weiß. — Pesther Lloyd, 1855, Nr. 273, im Feuilleton: „Das treue Liebchen". Nach Vörösmarty. Von Adolph Dur. — Schlesische Zeitung (Breslau, Fol.) 1860, Nr. 441, im Feuilleton: „Das Szózat". [Uebersetzung dieses populärsten Liedes Vörösmarty's von einem Ungenannten.] — Vörösmarty Szózata, görögül és adalék a görög vers történetéhez. Forditotta és irta Télfy János, d. i. Vörösmarty's Aufruf ins Griechische übersetzt (Pesth 1861) Második kiadás. Zweite Auflage (ebd. 1862, Lampel, 36 S.). — Zuruf. Deutsch von J. von Machik (Pesth 1861, Gust. Emich, gr. 8°.) [siehe oben „Aufruf"]. — Außer den bisher angeführten Uebersetzungen Vörösmarty's enthalten deren noch die nachstehenden Anthologien, Gedichtsammlungen u. s. w. Album für die Jugend. Album az ifjuság számára (redigirt von Mansuet Riedl (Prag 1860, Kober) — Blumenlese aus ungarischen Dichtern. In Uebersetzungen von Gruber, Grafen Majláth, Paziazi, Petz, Grafen Fr. Teleki, A. Tretter u. A. Ges. von Franz Toldy (Pesth und Wien 1828, Kilian und Gerold, gr. 8°.). — Gedichte aus Ungarn, patriotisch-lyrischen Inhalts. Uebertragen durch Stephan Grafen Pongrácz (Pesth 1857 12°.). — Gisela. Auswahl ungarischer Dichter. Deutsch von Jos. von Machik (Pesth 1838, Lampel, 12°.). — Herzensklänge. Von G. Treumund (Steinacker) Leipzig 1843, 2. Ausg. ebd. 1847 [selten, da 1831 dieselbe vernichtet wurde]. — Magyarische Gedichte. Uebersetzt von Johann Grafen Majláth (Stuttgart und Tübingen 1825, Cotta, 8°.). — Nationalgesänge der Magyaren. Deutsch von Adolph Buchheim und Oskar Falke. 3 Hefte (Cassel 1850—1851, Raabé, kl. 8°.). — Pannonia. Blumenlese auf dem Felde der neueren magyarischen Lyrik in metrischen Uebertragungen von Gust. Steinacker. I. Abtheilung (Leipzig 1840, Brandstätter gr. 12°.). — Sechsundzwanzig ungarische Gedichte nach Berzsényi, Kölcsey Vörösmarty. Deutsch von Gottlieb Stier Halle 1850, Ib. Schmidt, gr. 8°.). — Ein Sträußchen aus ungarischen Dichtergärten. Nachgebildet von P. Zalesius Lomanik (Wien 1869, Zarteri, 16°.). — Ungarische Heimats-, Liebes- und Heldenlieder,

10*

(überſetzt) von G. M. Henning (Peſth, Wien und Leipzig 1874, Hartleben, 12°.), — Ungariſche Lyriker der letzten fünfzig Jahre. Metriſch übertragen und mit biogra⸗ phiſchen Einleitungen. Von Guſtav Stein⸗ acker (Leipzig 1857, Barth. 8°.). — Ungari⸗ ſche Volkslieder. Deutſch von A. Gre⸗ guß (Leipzig 1846, Wigand, 12°.). — Un⸗ gariſche Nationallieder. Ueberſetzt von Vaſfi und Bentö (Eisler und Kertbeny) (Braunſchweig 1852, Jäger, 16°.). — Ungari⸗ ſche Dichtungen. Deutſch von A. Dur (Presburg und Leipzig 1854, A Knapp und W. Baenich, kl. 16°.). — Ungariſche Ge⸗ dichte. Ueberſetzt von Julius Nordheim (Peſth 1872, Samuel Zilahy, kl. 8°.).

Zur äſthetiſchen Charakteriſtik Vörösmarty's. Die ungariſche Kritik hat ſich beim Auftreten Vörösmarty's durch den nationalen Ton, den er in ſeinen Werken anſchlug, ſo ver⸗ blüffen laſſen, daß ſie in ſeinem einſtimmigen Lobe Chorus machte und die nicht wegzu⸗ leugnendrn Mängel in allen Zweigen ſeiner Dichtung gar nicht gewahr wurde oder doch nicht gewahr werden wollte. Aber eben, wenn man erwägt, was die ungariſche Dichtung vor ihm war, und wie ſie nach ihm und vornehmlich durch ihn ſich gehoben hat, da erkennt man auch, daß es nicht angeht, an ſolche Werke den rein äſthetiſchen Maßſtab anzulegen. In ſolcher Poet erſcheint immer wie eine koloſſale Statue, welche man nur in einer gewiſſen Entfernung auf ſich wirken laſſen muß, um einen richtigen Geſammtein⸗ druck zu empfangen. Wir laſſen nun einige Urtheile ungariſcher Kritiker über unſeren Dichter folgen. P. Gyulai über Vörös⸗ marty. Gyulai, deſſen Biograph und wohl der feinfühligſte Kritiker Ungarns in der Jetzt⸗ zeit, ſchreibt über ihn: „Vörösmarty's Schaffen erſtreckt ſich auf die drei Haupt⸗ gattungen der Poeſie: Epos, Drama und Lyrik. Aber vor dem Epiker in ihm ver⸗ ſchwindet der Dramatiker, und über den Epiker gewinnt der Lyriker die Oberhand. Auch ſeine in einer Gattung geſchriebenen Werke ſind nicht durchgehends von gleichem Werthe. Bei einer Analyſe kann man in denſelben beträchtliche Mängel erkennen, ob⸗ gleich man zugeben muß, daß die Mängel oft von Schönheiten verhüllt ſind. Seine Geſammtwirkung, welcher kaum mehr ein anderer Dichter nahe kommt bildet eine ſeiner bedeutendſten Glanzſeiten. Er befreite

die ungariſche Poeſie theils vom Joche der claſſiſchen, theils der deutſchen Dichtkunſt, und während er dem nationalen Geiſte einen kräftigeren poetiſchen Ausdruck verlieh, ſanc⸗ tionirte er zugleich die Freiheit der Phantaſie. (Er flößte unſerer Poeſie nationalen Geiſt und Selbſtgefühl ein; ſie wurde unter ſeinem Ein⸗ fluſſe nationaler und, indem ſie kühner werden lernte, wurde ſie originaler und reicher... Vörösmarty übte auf den literariſchen Umſchwung einen entſcheidenden Einfluß aus; dieſer Umſchwung beginnt eigentlich mit ihm; Karl Kisfaludy hatte ihn zwar ſchon ver⸗ kündigt, aber Vörösmarty erhob ihn zu einer umfaſſenderen Bewegung. Der Sieg ſeiner Poeſie war der Sieg des National⸗ geiſtes und der dichteriſchen Freiheit. Das iſt das glorreichſte Denkmal ſeines Genies, welches, ſo lange der Ungar der National⸗ geiſt beſeelt, weder durch eine Veränderung des Geſchmacks, noch durch Meiſterwerke der Zukunft verdunkelt werden kann. — Für das Drama und die Bühne hatte er ſchon von ſeiner erſten Jugend große Vorliebe. Von 1821 bis 1844 hörte er nicht auf, Dramen zu ſchreiben, ja, als er ſeine Epen mehr dichtete, beſtanden ſeine größeren Werke nur in Dramen. Auch als Kunſtüberſetzer trat er nur auf dem dramatiſchen Felde auf. Selbſt der verhältnißmäßig geringe Erfolg ſeiner Stücke vermochte ſeine Leidenſchaft nicht ab⸗ zukühlen. Seine Schattenſeiten treten in ſeinen Dramen ſtärker hervor als in ſeinen anderen Dichtungen. Die Fehler der Compoſition laſſen ſich überall beſſer verbergen als im Drama, und die Compoſition war ſelbſt im Epos nicht Vörösmarty's ſtärkſte Seite. Seine glänzende Diction, ſein lyriſches Pathos ſtand beinahe im Gegenſatze zur dramatiſchen Sprache, die eine gewiſſe Ungleichheit, Abge⸗ brochenheit erheiſcht. Er verſtand es, zu indi⸗ vidualiſiren, aber nicht mit den großen und ſtarken Zügen des Dramas, und war ebenſo wenig im Stande, die Manifeſtation des Charakters, die Leidenſchaft zu concentriren, wie die Fäden der Handlung. Die lyriſche Stimmung, die ſchwungvoll beſchreibende Manier riß ihn fort, und manchmal ſpricht er ſtatt anſtatt ſeiner Perſonen. Treffend ſagt er in einem gegen ſich ſelbſt gerichteten Epi⸗ gramm von ſeinen Helden, daß ſie vor vielem Reden nicht Zeit zum Handeln haben. Trotz⸗ dem waren ſeine Formen auf die ungariſche dramatiſche Literatur nicht ohne wohlthätigen Einfluß. Karl Kisfaludy hat die rohe

Sprache der Bühne gestürzt, aber sie nicht
zu einer wahrhaft poetischen erhoben. Vörösmarty machte die Sprache der Bühne
wenn auch nicht zu einer dramatischen, doch
wenigstens zu einer poetischen. Von ihm
haben alle späteren dramatischen Dichter
Jamben schreiben gelernt. In seinen historischen oder doch mit einem historischen Hintergrunde ausgestatteten Dramen finden wir
zuerst eine lebendige Zeitschilderung, eine
höhere Auffassung, eine poetische Diction.
Auch mit seinen Stoffen wirkte er aneifernd
auf seine Genossen. Auch hier führte er
romantische Elemente ein, half er der nationalen Richtung zum Siege, und verkündigte
er der mechanischen Fabrication von Theaterstücken gegenüber laut, daß auch dem dramatische Schriftsteller ein Dichter sein müsse. —
Als Theaterkritiker lenkt er zuerst die
Aufmerksamkeit der Schriftsteller und des
Publicums auf Shakespeare, Er ist der
erste Erklärer und eigentl. che Kunstübersetzer
Shakespeare's in der ungarischen Literatur. Eine nicht minder charakteristische Seite
seiner Theaterkritiken ist es, daß er gegen das
deutsche Drama Opposition macht, unter dessen
Herrschaft die ungarische Bühne seufzte (!!!)
und das französische neue Drama in Schutz
nimmt (!!!!!!), welchem die deutsche Kritik
so sehr Opposition macht. Vörösmarty
scheint überhaupt fortwährend bald instinct-
mäßig, bald selbstbewußt gegen den über-
wiegenden Einfluß der deutschen Poesie und
Kritik anzukämpfen. Seine dichterischen und
patriotischen Neigungen trieben ihn dazu gleich-
mäßig an; er wünschte, daß wir uns selbstständig entwickeln und nicht allein der Literatur unserer deutschen Nachbarn, sondern ganz
Europas unsere Aufmerksamkeit zuwenden.
Und um deutsche Leser noch mit der Bedeutung des berühmten und viel — meist jedoch
mittelmäßig — übersetzten „Szózat" bekannt
zu machen, schließen wir Gyulai's Charakteristik mit dessen Worten über dies Gedicht:
„Daß der Ungar eine Zukunft habe, verkündigte zuerst nicht ein poetisches Werk,
sondern eine politische Broschüre, Széchényi's
„Hitel" (Credit) im Jahre 1830. [Man vergleiche bezüglich dieser Schrift des Grafen
Stephan Széchényi Biographie in diesem
Lexiton, Bd. XLI, S. 258 u. f. und S. 269].
Die Dichter blickten ebenso überrascht auf
Széchényi wie die ganze Nation. Der
Ruhm der Vergangenheit war ihnen so heilig,
wie der der Zukunft, mit einer Hand nach

der Vergangenheit, mit der anderen auf die
Zukunft deutend, begeisterten sie für die Kämpfe
der Gegenwart. Dies war die Stimmung der
Nation, als Vörösmarty sein „Szózat"
brachte, worin er dieselbe aufs kräftigste aus-
drückte und zu reinerer Begeisterung erhob.
Das „Szózat" umfaßt Alles, was den Ungar
im Regenerationskampfe begeistern kann, und
die Saiten der Hoffnung und Erinnerung,
der Zuversicht und trauriger Ahnung rührend,
mengt es in Alles das Gefühl des Selbst-
vertrauens und der Größe. Keine Entmuthi-
gung mehr, wir können der Zukunft kühn
ins Auge schauen. Wir gehen einer großen
Krise entgegen, es muß eine bessere Zukunft
kommen, wenn aber nicht, wenn wir verloren sind, so können wir nicht mehr elend
zu Grunde gehen. Gewiß ist, daß wir so
(1830) nicht weiter leben können. Vörösmarty hebt die ungarische Lyra gänzlich
heraus aus ihrer bisherigen Verzweiflung;
noch singt er nicht den Ruhm der Zukunft,
aber er fühlt, daß die Gegenwart entscheidend
sei; er giebt mit seinem Zorn aus über die
blasirte Nation, sie ist zum Leben erwacht,
und er begeistert sie zu Thaten und zu patriotischer Treue. Und nicht nur an die Nation
wendet er sich, sondern auch an Europa
(welches jedoch bei dem heutigen Verhalten
der Magyaren gegen die in dem Lande wohnenden verschiedenen Nationalitäten sich für das
„Volk des Ostens" nicht eben zu erwärmen
vermag), für dessen Leben er kämpft; er
verlangt für sie eine würdige Stelle unter
den übrigen Völkern, begehrt die Zukunft
als Preis für ihre vergangenen Dienste (daß
sie die Türken ins Land riefen) und gegenwärtige Bestrebungen (Slovaten, Croaten,
Siebenbürger und Walachen um ihre ver-
brieften Rechte zu bringen), Theilnahme für
ihre Kämpfe und eine Thräne auf ihr Grab,
wenn es ihr beschieden sein sollte, zu Grunde
zu gehen (gewiß, wenn sie auf dem betretenen
Wege fortfährt), aber sie wird nicht feige
fallen, bei ihrem Begräbnisse wird ein Land
in Blut stehen. Welches Selbstgefühl und in
wie viel Schmerz getaucht, wie viel Zuversicht mitten unter schlimmen Ahnungen, und
wie sehr herrscht Entschlossenheit über beide!
Seit Ungarns Lyra sich nicht mehr die Ideen
des Katholicismus und Protestantismus mit
dem patriotischen Gefühle verband, seit sie
vom Gefühle der europäischen Solidarität
losgelöst, Vörösmarty verband diese
beiden Elemente wieder; indem er sich auf

Europa, auf die Heimſtätte der Völker beruft, vereinigt ſich der ſpecifiſch ungariſche Patriotismus mit den Intereſſen der Menſchheit. Dieſes Gedicht wurde der Nationalhymnus des ſich verjüngenden Ungarn.“ So Gyulay. Das lieſt ſich prächtig auf dem Papier, aber man gehe nur hinab ins Land der Theiß und lerne an Ort und Stelle, wie die Magyaren dieſe hochſinnigen Tendenzen verwirklichen und die Gleichberechtigung praktiſch üben! — Eines der geiſtvollſten Urtheile über Vörösmarty fällt Székely [wohl Joseph Székely, Bd. XLII, S. 19]. Er nennt Vörösmarty „eine ſouveräne Größe“; mit dem Edelmuthe und der Kraft des Löwen vereinigt ſich in ſeinem Herzen die Milde der Taube, in das ſich nie die Galle ergoß. Dem Adlerſchwunge ſeiner Phantaſie, welche die reine Luft der Höhen ſuchte, ſchloß ſich herrlich ſeine wohlthuende Gemüthsinnigkeit an, die unwiderſteblich anzog und entzückte. Und hätte er ſonſt nichts gethan, als daß er Petöfi in die Literatur einführte, ſo würde dieſer Schritt allein den ſchönen Namen, den er trug, Dichtervater, rechtfertigen. (Und wie hat es ihm Petöfi vergolten! Und das nennt ſich Poet, das wie Wolf über Hund herfällt und ihn zerfleiſcht!) Vörösmarty's Lyrik beſitzt gewiß kein ſo volksthümliches Element als Petöfi; dieſer ſtolze Reiher übertrifft vielleicht den Schwan ſtiller Teiche, des Letzteren Lieder ſind vielleicht nicht ſo friſch und üppig, doch durchweht auch ſie der Athem ewiger Jugend. Nicht jedes Lied Petöfi's iſt ein Stern, jedes Lied Vörösmarty's aber iſt eine goldene Aehre. Iſt Petöfi mächtiger in der Form, ſo iſt Vörösmarty in dem Gedanken überwältigend. In jenem ſprüht Feuer, Muthwille, Flatterſinn, an dieſem zeigt ſich Tiefe, Innigkeit und Correctheit, in jenem herriſch ſchrankenloſer Ehrgeiz, dräuender Zorn, in dieſem Mäßigung und frommer Sinn, in jenem Schönheit, in dieſem Anmuth, in jenem Liebe, in dieſem Zärtlichkeit, in jenem Höhe, in dieſem Majeſtät; bei jenem beſtechen glänzende Bilder, prickelnde Funken, bei dieſem zieht Ruhe und Gefühlsinnigkeit unwiderſteblich an; jener iſt ein brennender Wald, dieſer ein Hain, der in den Strahlen der Sonne badet; jener iſt ein Nordlicht, dieſer die Sonne auf ihrem Zenith. Vörösmarty's epiſche Ader entquoll keiner ſo unbedingten Quelle, als die Arany's; er ſteigt nicht hinab in die niederſten Schichten des Volkes, ſchöpft nicht ſo oft aus den

Volksſagen, benützt keine gebrauchte Form, beſitzt keine ſo große Technik, die poetiſche Conception iſt vielleicht weniger unabhängig, beruht nicht auf ſo klarem pſychologiſchen Grunde, doch um ſo mächtiger und ſchöner iſt die Sprache, die er ſchreibt, der Gegenſtand größer, den er beſingt, der Horizont feenhafter, in dem er ſich bewegt, die Menſchen markirter, das Pathos tragiſcher und beredter ſeine Phantaſie. Die Helden Arany's ſtehen in Eiſen da, doch iſt bei Vörösmarty's Helden das Herz eiſern, die Bruſt von Stahl. Was jener durch ſeinen Humor bezwingt, das beſiegt dieſer in einem regelrechten Zweikampfe. Vörösmarty's dramatiſche Poeſie verſenkt ſich bei weitem nicht ſo tief in die Nationalgeſchichte, gehört auch nicht jener Schule an, der Katona gehuldigt; iſt im Zeichnen nicht ſo prägnant wie dieſer, iſt auch nicht ſo objectiv, doch hat er ein Verdienſt, welches Katona — obwohl er ganz Geniales und Urſprüngliches ſchuf — nicht beſitzt, Vörösmarty hat die dramatiſche Sprache geſchaffen. Als Rovelliſt iſt Vörösmarty vielleicht nur mit dem einzigen Jókai zu vergleichen. Er hat wohl das Romanſchreiben weder in dieſem Umfange, noch in dieſer Productivität verſucht, er beſitzt ſie nicht, dieſe zügelloſe Phantaſie, dieſe myſtiſche Sprache, den roſigen Humor, die glücklichen Geſtalten; doch iſt das Gemüth verwandt, Gedanke und Gefühl entſtrömen in dieſen beiden Schriftſtellern einer Quelle. Jókai ſcheint alle jene Eigenſchaften, die Karl Kisfaludy, Paul Kovács, Kuthy, Eötvös, Kemény, Ignaz Nagy, Pálffy, Jóſika und Anderen als Novelliſten und Romanſchreibern eigen ſind. in ſich zu vereinen, ohne daß er ſeine enorme Kraft mit immer gleichem Glück benützen könnte, oder daß er ein ſo geregeltes Talent wäre, wie Kemény oder Eötvös; Vörösmarty vereint die Glanzſeiten all dieſer Schriftſteller in ſich, und wenn er auch, wie bereits erwähnt, von einem oder dem andern in einer gewiſſen Richtung überragt wird, kann ſich jedoch, was Vielſeitigkeit, Sprache, Gedankenreichthum anbetrifft, Niemand mit ihm meſſen. Als Proſaiſt iſt er nur mit Bajza, der das ſchönſte Ungariſch ſchreibt, und dem glänzenden Styliſtiker Cſengery zu vergleichen. Als Etymologen haben ihn nur Czuczor und Hunfalvy erreicht. An Gelehrſamkeit wetteifert er mit Toldy.“ —Baron Kemény über Vörös

marty. Siegmund Baron Kemény in seiner
Gedächtnißrede, welche er auf Vörösmarty
in der Jahresversammlung der Kisfaludy-
Gesellschaft am 6. Februar 1864 gehalten,
stimmt in seinem Urtheile über denselben im
Wesentlichen mit Gyulai und Székely
überein, nur in ein paar Punkten spricht er
sich energischer aus, und zwar im Punkte der
Lyrik und — zugleich auch sachlicher —
in jenem der Sprache Vörösmarty's.
Nach einer fesselnden Einleitung, in welcher
er mit kurzen, aber scharfen Zügen das
Werden der ungarischen Dichtung zeichnet,
Kazinczy den Vorläufer Széchényi's
nennt und über Johann Kis, Virág,
Berzsényi, Kisfaludy, Kölcsey und
Katona auf Vörösmarty kommt, schildert er nun die Triumphe, die Letzterer in
der Lyrik feiert, welcher sich derselbe seit 1831
mit all seiner poetischen Kraft zuwandte.
„Vörösmarty", schreibt Kemény, „zählte
schon damals, als er sich hauptsächlich mit
der epischen Dichtung beschäftigte, zu Ungarns
Lyrikern ersten Ranges, aber seine entschei-
dendsten Triumphe feierte er doch erst nach
seiner epischen Periode. Kein ungarischer
Lyriker hat sich in einem so weiten Kreise
bewegt, wie er. Vom Lied bis zur Dithyrambe und Ode, vom Genrebild und der
Malerei von Situationen und Stimmungen,
von der Fabel, Parabel, Allegorie bis zur
phantastischen Schilderung, von der Romanze
und poetischen Erzählung bis zur Ballade
und der dem epischen Genre sich nähernden
Novelle in Versen, bis zur didaktischen Betrachtungen bis zum Epigramm, auf das
ganze Gebiet der Lyrik erstreckte sich seine
gewaltige Inspiration. Gedenken wir des
Königs aller Trinklieder, jener kühnen und
phantastischen Dithyrambe, welche den ganzen
Gefühls- und Gedankenkreis des zechenden
ungarischen Táblabiró umfaßt, des „Fóti
dal" — seiner Volkslieder, in welchen sich
das kindliche Gemüth des Volkes mit un-
verfälschter Treue ausspricht, seiner vortrefflichen Balladen, seiner anmuthigen poetischen Erzählungen, seines unverwüstlich-hu-
moristischen Genrebildes „Tót deák dala",
d. i. Das Lied des slovakischen Studenten,
das mit den Meisterwerken der niederländischen Genremalerei wetteifert, und schließlich
seines einfach erhabenen Gedichtes „Szegény
asszony könyve", d. i. Das Buch der armen
Frau, in welchem uns das Bild der Mutter
unseres unsterblichen Dichters vor Augen

tritt. Es bleibt nur noch übrig, die Stelle zu
bezeichnen, welche Vörösmarty in der
schönen Literatur einnahm, und ein Bild
seines literarischen Charakters zu geben. Vörösmarty hat mit seinem Auftreten den
Sprachenkampf sofort zu Gunsten der Neo-
logen entschieden. Diesen Triumph förderte
er mit seiner Dichtergröße in großartigem
Maßstabe; indeß muß man gestehen, daß die
Sprache, mit welcher er das Publicum
eroberte und die Gegenwirkung der alten
Schule entwaffnete, streng genommen nicht
die Wörter brechselnde, glatte, steife, fremde
Ausdrücke übersetzende, deutsche Wortfügungen
verpflanzende und Fabrikarbeit verrathende
Sprache war, welche den mit dem Alten
brechenden und das Volksthümliche verwer-
fenden Meistern eigen ist. Vörösmarty's
Sprache ist volltönend, kühn, farbenreich,
kräftig und wo es nöthig war, schmiegsam,
weich und wohlklingend. Er liebte es, neue
Ausdrücke zu gebrauchen, aber immer nur
solche, die dem Genius der ungarischen
Sprache angemessen waren, und hütete sich,
fremde Wort- und Satzbildungen einzubür-
gern Er durchforschte die alten Sprachschätze,
um seine Poesie zu bereichern. Er nahm die
volksthümlichen Ausdrücke und zuweilen auch
Dialektwörter in Anspruch, um treffend, mit
Unmittelbarkeit kinnlich, und wo es am Ort
ist, derb sprechen zu können, und wenn auch
die malerischen Epitheta und charakteristischen
Wortfügungen seine Diction zuweilen über-
laden und schwülstig machten, so verliehen sie
derselben doch zuweilen wieder außerordentlichen Reiz und glänzenden Farbenreichthum.
Vörösmarty brachte es in der Eigenheit
Berzsényi's, der bekannten Wörtern oft
eine neue oder tropische Bedeutung gab, zu
einer noch größeren Vollkommenheit und verfiel nie in den Fehler, daß er deshalb, wie
es bei Berzsényi oft der Fall war, nicht
verstanden wurde. Kurz, Vörösmarty war
entschieden Neolog; doch er gebrauchte ebenso
gut richtige Archaïsmen, wie neue Wörter
und originelle Satzfügungen. Daher ist es zu
erklären, daß der durch Kazinczy begonnene
lange Sprachenkampf nach Vörösmarty's
Auftreten bald beendet wurde. In diesen
Urtheilen der drei Kritiker Paul Gyulai,
J. Székely und Baron Kemény ist die
vollständigste Charakteristik des großen Dichters und Menschen Vörösmarty, der unter
allen Umständen ein sehr bedeutender Poet
bleibt, zusammengefaßt. Sein ablehnendes

Verhalten gegen das Deutschthum ist ihm als Vollblutmagyaren um so mehr nachzusehen, als er ja doch durch die damals herrschende Erziehungsmethode von deutscher Weise und deutschem Wesen so durchsickert war, daß er es selbst gar nicht mehr bemerkte; und weil eben das Deutschthum sich in ihm magnarisirt hatte, war er im Stande, so Herrliches zu leisten.

Zur Kritik der Schriften Vörösmarty's. Kertbenn (K. M.). Album hundert ungarischer Dichter. In eigenen und fremden Uebersetzungen (Dresden und Pesth 1854, Schäfer und Geibel, gr. 32°.) S. 88, 100, 223, 272 und 525. — Literarische Berichte aus Ungarn. Ueber die Thätigkeit der ungarischen Akademie der Wissenschaften und ihrer Commissionen u. s. w. Herausgegeben von Paul Hunfalvy (Budapesth 1878, Franklin-Verein, gr. 8°.) II. Jahrg. (1878), S. 85 u. f. im Aufsatz: „Ungarische Dichtungen in deutscher Gestalt". Von Gustav Heinrich. Daselbst wird Vörösmarty's berühmtes Web über „Cserhalom" auf Grund der Bachler'schen Uebersetzung einer kritischen Beleuchtung unterzogen. — Pesther Lloyd (polit. Blatt. gr. Fol.) 1864, Nr. 135, im Feuilleton: „Vörösmarty als Kritiker". — Ungarische Post (Pesth) 1855, Nr. 135, im Feuilleton: „Ein Nachruf der Pietät". Von Demeter Dudumi. — Wanderer (Wiener polit. Parteiblatt, Fol.) 1866, Nr. 122, im Feuilleton: „Ein ungarischer Dichter". Von W. — Toldy (Ferencz). A magyar nemzeti irodalom története a legrégibb időktől a jelenkorig rövid előadásban, d. i. Geschichte der ungarischen National-Literatur von den ältesten Zeiten bis auf die Gegenwart (Pesth 1854 u. f., Gustav Emich, gr. 8°.) S. 189, 229, 233, 239—243, 363, 371, 395.

Porträte. In der ungarischen Akademie der Wissenschaften befindet sich das von Barabás gemalte Oelbild Vörösmarty's. Außerdem sind vorhanden folgende Stiche, Lithographien und Holzschnitte: 1) Unterschrift: Facsimile des Namenszuges „Vörösmarty Mihály". Barabás 1857 (del.). Josef Armann sculps. (gr. 8.) [zeigt den Dichter in seinem besten Mannesalter] — 2) Auf dem ersten Blatte des im Jahre 1856 von Barabás lithographirten Gruppenbildes „Magyar irók arczképcsarnoka" (Fol.). —

3) Unterschrift: „Vörösmarty Mihály. | Szül. dec. 1. 1800, megh. nov. 19. 1855" |. Darunter: „Mindenható egyesség istene | ki összetartod a világokat! | Engedd, hogy bármi sorsnak ellene | Vezessen egy nemes a nagy gondolat: | Hogy nemzetünknek mindenek nyomára | Ragyogjon ember-méltóság sugára!" |. Darunter das Facsimile des Namenszuges: „Vörösmarty Mihály". Darüber in einem Lorberkranze, auf dem unten eine von einem Trauerschleier überhängte Lyra ruht, Vörösmarty's Bildniß, gezeichnet von Aug. Canzi in Pesth, gedruckt von Engel und Mandello. In den Blättern des Lorberkranzes, der Vörösmarty's Bildniß umgibt, liest man die Namen seiner berühmtesten Dichtungen: „Zalán", „Cserhalom", „Bujdosók", „Szózat", „Vén cigány", „Hunyadiak", „Tündérvölgy" und „Eger" (Fol.). — 4) Holzschnitt ohne Angabe des Zeichners. Hahn &c. in Landerer's „Pesther Bote" S. 68. — 5) Vörösmarty's Porträt. Lithographirt von E. Kaiser (Wien 1860, kl. Fol. bei Fr. Paterno). — 6) Unterschrift: „Vörösmarty 1844". Barabás ryl. Preisel metsz. acélba. Kiadta Kilián György Pesten (4°.). — 7) Unterschrift: Facsimile des Namenszuges: „Vörösmarty Mihály". Lith. (Barabás?) (4°.). — 8) Unterschrift: „Vörösmarty laka Nyéken. Főmunkatársuk Jókai Mór saját rajza után". Vörösmarty's Geburtshaus zu Nyék. In einem Lorberkranze, geschlossen von Emblemen der Dichtung und Schriftstellerei, befindet sich ein von Rosen umkränztes Medaillon mit Vörösmarty's Bildniß und darüber in dem größeren Kranze die Ansicht seines Geburtshauses zu Nyék. Das Ganze sehr sauber in Holzschnitt ausgeführt. — 9) Unterschrift: „Vörösmarty". Lithographie ohne Angabe des Zeichners und Lithographen (Wien, Druck von Haller, Verlag von Fr. Paterno, Fol.). [Vörösmarty ist im Brustbilde und in den besten Mannesjahren dargestellt] — 10) Unterschrift: „Michael von Vörösmarty † 19. Nov. (1855)". Holzschnitt ohne Angabe des Zeichners und Xplographen [ungemein schöner Holzschnitt, Vörösmarty im schönsten Mannesalter darstellend, auch in der „Illustrirten Zeitung", Nr 649]

Vörösmarty's Tod und Leichenfeier. Magyar Sajtó-, d. i. Ungarische Presse (Pesth, Fol.)

1853, Nr. 129: „Todtenfeier in Stuhlweißen-
berg". — Ebenda Nr. 144: „Todtenfeier
u. Feskeruet". — Vasárnapi ujság,
d. i. Sonntagsblätter (Pesth. gr. 4°.) 9. December 1855, Nr. 49: „Vörösmarty sir-
beszentelése". Holzschnitt von ℋℬ. — Dieselben, 25. November 1855, Nr. 47: „Vörösmarty sirjánál", d. i. An Vörösmarty's
Grabe. Von Mor. Jókai. — Dieselben,
3. October 1858, Nr. 40: „Vörösmarty
siremléke", d. i. Vörösmarty's Grabdenkmal (mit Abbildung im Holzschnitt). —
Unterschrift: „Vörösmarty siremléke", d. i.
Vörösmarty's Grabdenkmal. Lithographie,
gedruckt bei Rohn, (Pesth 1858. gr. 4°.
(Farbendruck).

**Denkmäler, Geburtshaus und Ansichten des-
selben.** Vörösmarty's Denkmal zu
Stuhlweißenburg. Bald nach dem Tode
des Dichters trat ein Comité, mit Eugen
Grafen Zichy an der Spitze, zusammen, um
dem Dahingeschiedenen ein Denkmal zu setzen
und die dazu erforderlichen Mittel aufzubringen. Der Gedanke fand beifällige Aufnahme, auch floß das nöthige Geld bald ein.
Um das Zustandebringen des Denkmals
machten sich neben vorgenannten Grafen
Zichy noch Baron Splényi und Deák
besonders verdient. Von den eingelaufenen
Skizzen fiel die Wahl auf jene des Barons
Nicolaus Vay jun., dessen im Parke des
Nationalmuseums aufgestellte Büsten Ber-
zsényi's und Kazinczy's so für den
Künstler eingenommen hatten, daß ihm die
Ausführung des Denkmals zufiel. Am 6. Mai
1866 fand in Beisein einer großen Menschenmenge, welche von Nah und Fern herbeige-
strömt war, die feierliche Enthüllung statt, eine
Feier, welche in der alten Krönungsstadt der
Árpáden seit 1527, der letzten dort vorgenommenen Krönung, ihres Gleichen nicht hatte.
Um zehn Uhr begann der Act. Nachdem
Graf Eugen Zichy eine kurze Anrede an
die Versammlung gehalten, gab er das
Zeichen zum Niederlassen der Hülle, und von
dem lauten Jubel des Volkes wurde die frei
gewordene Statue begrüßt. Nun kamen die
üblichen Reden an die Reihe, von denen nur
jene von Lorenz Tóth, dem Vertreter der
Akademie, von Bedeutung war, dann verlas
der Comitatsnotar Johann Fekete die Geschichte des Monuments, endlich folgte der
Vortrag jener Gelegenheitsgedichte, welche

die von den Stuhlweißenburger Frauen zu
diesem Zwecke gestifteten Preise errungen
hatten. Eines dieser Festgedichte, das von
Samuel Knilas, trug Michael Boros
vor, Gabriel Egressy das von Geza Ud-
vardy, welches mit dem ersten Preise gekrönt war. Zum Schluß des feierlichen Actes
sang die ganze versammelte Menge das
„Szózat". An einem Festbankett im Saale
der neuen Schießstätte betheiligten sich gegen
300 Personen. Die Toaste, welche kein Ende
nahmen, eröffnete Baron Splényi mit
einem Toaste auf den Kaiser und König,
dann toastete Stadtrichter Jámbory auf das
Vaterland und den Reichstag, Vicepräsident
Zent auf Stuhlweißenburg, Karl Szász
auf die Frauen, Béla Perczel auf Vörösmarty, Illés auf Arany. Die Statue
ist acht Fuß hoch und erhebt sich auf einem
etwa eilf Schuh hohen Piedestal von ge-
schliffenem Granit. Die Gestalt des Dichters
in ungarischer Tracht ist aufrecht, in der
linken herabgelassenen Hand hält er ein Buch,
die zur Brust gewendete Rechte einen Griffel.
Der marmorne zweistufige Sockel trägt die
einfache Inschrift: „Vörösmarty Mihálynak
1865". Die Urtheile über die Statue lauten
sehr verschieden. Wir beschränken uns auf die
Angabe dieser Thatsache. Die Statue wurde
in der Fernkorn'schen Gießerei zu Wien
gegossen und daselbst auch die Ciselirung ausgeführt. — Wanderer (Wien) 1866,
Nr. 126, im Feuilleton: „Zur Vörösmarty-
Feier". — Presse (Wiener polit. Blatt)
1866, Nr. 126, im Feuilleton: „Die Enthüllungsfeier des Vörösmarty-Monumentes"
Von Dr. (Dur). — Neue Freie Presse
(Wiener polit. Blatt) 1866, Nr. 607: „Die
Enthüllung des Vörösmarty-Denkmals" —
Ungarische Nachrichten (Pesth. Fol.)
1862, Nr. 177, im Feuilleton: „Neue Monumente in Ungarn". Von Fr. Kempf [betrifft
die Statuen Vörösmarty's und Kazinczy's, beide von Nicolaus Baron Vay,
Sohn] — Uebersetzt: „Emlékláp". — Ansichten von Standbildern Vörösmarty's,
seinem Geburtshause zu Nyék, rechts von
demselben die Muse des epischen Gedichts,
links jene der Lyrik. Holzschnitt in „Magyarország és Nagy világ" 1866, Nr. 18,
S. 276. — „Képes ujság", d. i. Bilder-
Zeitung (Pesth. gr. 4°) 1866, Nr. 479 enthält eine Abbildung der Statue Vörösmarty's, welche in Stuhlweißenburg aufgestellt wurde. Das im Holzschnitt ausge-

führte Standbild zeigt den Dichter in ganzer
Gestalt, stehend, im ungarischen offenen Pelz-
rock, bespornten Stiefeln, in der erhobenen
an die Brust gedrückten Rechten den Griffel,
in der herabfallenden Linken ein Buch hal-
tend]. — Unterschrift: „Inauguration du
monument élevé au poëte Michel Voros-
maaty (sic) à Szelkes Tehewar (sic) [Albe
Royale]". D'après un croquis de M. I.
Rigondaud in der Pariser „Illustration"
1866, Nr. 1215, S. 357. — „Vörösmarty
laka Nyéken", d. i. Vörösmarty's Geburtshaus zu Nyék. Abbildung in „Nemzeti
képes naptár" 1857, S. 99. Holzschnitt,
Riewel sc. — Unterschrift: „Vörösmarty-
völgy Ugósca-megyében", d. i. Das Vörös-
marty-Thal in der Gegend von Ugócs. Lithographie ohne Angabe des Zeichners in
„Magyarország és Nagy világ", I. Jahrg.
S. 117. Beschreibung S. 122.

Gedichte an Vörösmarty. Pesther Sonntagsblatt (4°.) 1853, Nr. 47: „Am Grabe
Vörösmarty's". Von Levitschnigg. —
Ungarische Post (Pesther polit. Blatt)
1853, Nr. 135, im Feuilleton: „Vörösmarty's
Heimkehr". Von Aler. Ezeke. — „Magyarország és Nagy világ", d. i. Ungarn
und die große Welt. 1866, Nr. 18, S. 275:
„Vörösmarty Mihály emlékezete", d. i.
Andenken an Michael Vörösmarty. Von
Emmerich Zilahy - Vasárnapi
ujság, d. i. Sonntagsblätter. 20. Juli
1856, Nr. 29: „Vörösmarty Halálára Tisza
Domokostól", d. i. Auf den Tod Vörösmarty's, von Dominik Tisza.

Verschiedenes. Vörösmarty's Krönungs-
gedicht. Mit dem 19 November 1856 war
das erste Jahr seit dem Sterbetage Vörösmarty's abgelaufen. Das ungarische Journal
„Magyar Sajtó" feierte diesen Tag durch
Veröffentlichung eines noch ungedruckten Gedichtes Vörösmarty's. Es war eine Ode
an Seine Majestät Kaiser Ferdinand I.,
als Ungarkönig Ferdinand V., anläßlich
der Krönung desselben zum Könige von
Ungarn, welche am 28. September 1830
stattfand. Bei dieser Gelegenheit wurde der
König, das aus fünfzigtausend Ducaten bestehende Krönungsgeschenk zur Hälfte dem
Gründungsfonde der ungarischen Akademie,
zur anderen Hälfte den bedürftigen Bewohnern des Landes übermitteln zu lassen. —
Das Lied von Föt. Jeder der dreißig

Verse dieses 1845 erschienenen Gedi[chts]
Vörösmarty wurde von der S[...]
Gesellschaft mit einem Ducaten. [...]
Gedicht mit dreißig Ducaten honor[...]
von C. Hoffmann damals ver[...]
deutsche Uebersetzung enttäuschte [...]
sehr, und da man weder gewaltige [...]
noch kühne Wendungen und [...]
Schwung im Gedichte fand, so [...]
Werth desselben vornehmlich in s[...]
Beziehung bestehen. Die magyarisch[...]
nale, denen es, wenn es einen be[...]
gilt, in Uebertreibung nicht bald Ei[...]
thut, vergleichen Vörösmar[...]
Byron, der, wie bekannt, auch [...]
Vers einen Ducaten erhielt. Nun, de[...]
Sannazaro wurden für sein Epig[...]
Venedig, das aus drei Distichen (sech[...]
bestand, sechshundert Ducaten decre[...]
dust. Persiens Dichterkönig, er[...]
Schah für jeden Doppelvers seine[...]
buches, das aus 60 000 besteht, ein [...]
— Für Vörösmarty's Wit[...]
nach dem Tode des Dichters b[...]
Alles, die Zukunft der in den [...]
Verhältnissen zurückgebliebenen W[...]
sichern. Die Absicht ging dahin [...]
Capital von fünfzigtausend Gul[...]
durch Sammlung zu Stande kam[...]
reichen. In der That gaben Einzel[...]
tende Spenden, ein Graf Karol[...]
zehntausend Gulden, ein Herr vo[...]
rédn tausend Gulden. Dem lebende[...]
der, wie bekannt, sich meist in den u[...]
Verhältnissen befand, würden die be[...]
Beiträge, welche wir eben erwähnte[...]
Erziehung seiner Kinder nicht geri[...]
theils gewährt haben. Doch das [...]
des Poeten Horaz, der im B[...]
seines Lebens den Mäcen fand, [...]
Wenzen zutheil. Es ist immer [...]
Duett zwischen Genie und Public[...]
Genie singt: Lindert ihr nicht ba[...]
Noth, | So sterb' ich noch den Hu[...]
Das Publicum erwidert: Gedulde [...]
noch eine Weile, | Stirbst du, sei[...]
eine Säu'e.

Biographische Quellen. a) Deutsch
aus aus Ungarn. (Von Alb.
(Leipzig 1843, Otto Wigand, gr. 12°.
[A. Hugo charakterisirt ihn folgen[d]
„Einer der ersten jetzt lebenden
Europas, den man an Victor Hu[go]
Miczkiewicz' Seite reihen kann

hiker unübertroffen, als Lyriker vortrefflich, im Drama mittelmäßig. Hat neuerer Zeit wie ein Vaudeville mit einer Heirat geendigt." Nicht ganz verständlich.] — Donau (Wiener polit. Blatt, 4°.) 1855, Beilage zu Nr. 542: "Vörösmarty". Von Alexander von Török. — Dudumi (Demeter), Pesther Briefe über Literatur, Kunst, Theater und gesellschaftliches Leben (Pesth 1856, Lauffer und Stolp, 8°.). Zweite (letzte) Lieferung, S. 14, 30, 36, 44—49 und 87. — Dur (Adolph). Aus Ungarn. Literar- und culturgeschichtliche Studien (Leipzig 1880, Hermann Zolb, 8°.) S. 30—66: "Michael Vörösmarty". — Fata Morgana (Pesther Blatt, 4°.) 1865, Nr. 23 und 24: "Michael Vörösmarty". Von Max Nordau [wohl eine der ersten Arbeiten des damals sechzehnjährigen, heute vielgenannten Schriftstellers, welcher zu Pesth als der Sohn eines jüdischen Gelehrten geboren wurde]. — Handbuch der ungarischen Poesie... In Verbindung mit Julius Fenyéry herausgegeben von Franz Toldy (Pesth und Wien 1828, Kilian und Gerold, gr. 8°.) Bd. II, S. 310 und 517. — Jetztzeit. Redigirt von Dr. Hermann Weynert (Wien, Ler.-8°.) 1855, Nr. 52, S. 820: "Michael von Vörösmarty". — Illustrirte Zeitung (Leipzig, J. J. Weber, kl. Fol.) Nr. 649, 8. December 1855, S. 379: "Michael von Vörösmarty". — Kertbeny (K. M.) Silhouetten und Reliquien. (Erinnerungen an Albach, Bettina, Grafen Louis und Casimir Batthyányi u. s. w. (Prag 1863, J. L. Kober, 8°.) Bd. II, S. 197: Uebersetzung des "Szózat" [mittelmäßig]; S. 209: "Vörösmarty" [Biographisches]. — Literarische Berichte aus Ungarn über die Thätigkeit der ungarischen Akademie der Wissenschaften und ihrer Commissionen, des ungarischen Nationalmuseums u. s. w. Von Paul Hunfalvy (Budapesth, Franklin-Verein, gr. 8°.) II. Jahrg. (1878), S. 581—608: "Michael Vörösmarty". Von Adolph Dux. — Oesterreichische National-Encyklopädie von Gräffer und Czikann (Wien 1837 8°.) Bd. V, S. 573. — Oesterreichische Zeitung (Wiener polit. Blatt) 1855, Nr. 484: "Biographie". — Pesther Bote (Pesth, Landerer, Kalender, schm. 4°.) 1857, S. 68: "Michael Vörösmarty". — Pesther Lloyd, 21. November 1855, im Feuilleton: "Michael Vörösmarty". Von A. D. (ur). — Derselbe, 1856, Nr. 5, im Feuilleton: "Sonntagsbrief". Von A. D. [eine Reihe Berichtigungen einer

Correspondenz der Augsburger "Allgemeinen Zeitung" über Vörösmarty]. — Derselbe, 1864, Nr. 38, 39 und 40: "Denkrede des Barons Siegmund Kemény auf Michael Vörösmarty, gehalten in der Jahresversammlung der Kisfaludy-Gesellschaft am 6. Februar 1864". — Pesth-Ofener Kundschaftsund Auctionsblatt, 68. Jahrg., 23. November 1855, Nr. 94: "Nekrolog". Von W. Sz. — Programm des fürsterzbischöflichen Obergymnasiums zu Tyrnau. Veröffentlicht am Schluße des Schuljahres 1856 durch den Director des Gymnasiums Dr. Sigismund Szuppan (Tyrnau 1856, Siegmund Winter, 4°.) S. 1: "Vörösmarty Mihály, der Ungarn Lieblingsdichter". Von Franz Zsidovics. [Diese übertriebene, jeden kritischen Blickes ermangelnde und das Urtheil der Jugend nicht klärende, sondern trübende Lobhudelei schließt mit den ekstatischen Worten: "Die Fluth der Zeiten kann uns Alles wegspülen, aber Vörösmarty's classische Werke werden ähnlich dem Ararat aus dieser Fluth hervorragen!] — Allgemeine Theater-Zeitung. Von Adolph Bäuerle (Wien, gr. 4°.) XLI. Jahrg. 1848, Nr. 61, S. 247: "Biographie". — Theater-Zeitung (Wien, gr. 4°.) 1856, Nr. 13, S. 51: "Bunte Notizen" [aus "Vörösmarty's letzte Lebenstage". Von Das Gereben] — Ungarische Nachrichten (Pesther Blatt) 1864, Nr. 32, 33, 34, 33, 37 und 38: "Denkrede auf Vörösmarty. Aus der vierzehnten Generalversammlung der Kisfaludy-Gesellschaft. Gehalten von Baron Siegmund Kemény" [Die im "Pesther Lloyd" nur im Auszuge mitgetheilte Denkrede Kemény's ist hier vollständig wiedergegeben.] — Ungarns Männer der Zeit. Biographien und Charakteristiken der hervorragendsten Persönlichkeiten u. s. w. Aus der Feder eines Unabhängigen [Kertbeny] (Prag 1862, Steinhauser, 12°.) S. 185 und 273. — Wanderer (Wiener polit. Parteiblatt) 1856, Nr. 73, 75, 97 und 103, im Feuilleton: "Zwei Nationaldichter. II. Vörösmarty". Von Stöfel. [Der erste der hier besprochenen Poeten ist der Pole Mickiewicz.] — b) Magyarische: Gyulai (Pál). Vörösmarty életrajza, d. i. Vörösmarty's Biographie (Pesth 1865, Moriz Ráth, 8°.) [bildet auch den einleitenden Band zu der von Gyulai bewerkstelligten Gesammtausgabe der Werke des Dichters] — Toldy (Ferenc). Aesthetikai levelek Vooroesmarty Mihály epikus muukjáiról", d. i. Aesthetische

Briefe über Vörösmarty's epische Werke
(Pesth 1827, 8°.). — Arckép Album,
d. i. Bilder-Album. Beigabe des Moden-
blattes „Hölgyfutár", II. Jahrg. (1856),
Nr. 3. — Budapesti Szemle, d. i.
Pesth-Ofener Revue (Pesth) IV. Jahrg.
(1858), S. 493. — Eötvös (József). Magyar
irók és államférfiak. Emlékbeszédei, d. i.
Ungarische Schriftsteller und Staatsmänner.
Gedächtnißreden (Pesth 1868, Moriz Ráth,
gr. 8°.) S. 69—83. — Hazánk, d. i. Zu
Hause (Pesth) Bd. I, 1858, S. 526: „Erinnerung". Von Joseph Székely. — Dasselbe, Bd. II, 1860, S. 109: „Gedächtnißrede". Van Baron Joseph Eötvös. —
Hirmondó, d. i. Der Bote (Pesth, kl. Fol.)
1860, Nr. 27, S. 240: „Vörösmarty Mihály"
[mit des Dichters Bildniß und der Ansicht
seines Grabdenkmals in Holzschnitt]. — Kisfaludy Társaság Evlapjai, d. i.
Jahrbücher der Kisfaludy-Gesellschaft (Pesth).
Neue Folge, Bd. II, 1863/64—1864/65,
S. 82: „Gedächtnißrede". Von Baron Ke-
ménv. — Magyar irók. Életrajz-
gyüjtemény. Gyüjték Ferenczy Jakab
és Danielik József, d. i. Ungarische Schriftsteller. Sammlung von Lebensbeschreibungen.
Von Jacob Ferenczy und Joseph Danielik
(Pesth 1856, Gustav Emich, 8°.) Bd. I, S. 618
u. f. — Magyar koszorúsok Albuma
(Pesth) 1863. S. 53. — Magyarország
és Erdély képekben, d. i. Ungarn
und Siebenbürgen in Bildern, Bd III,
1854, S. 91. — Magyar Sajtó, d. i.
Die ungarische Presse (Pesth, Fol.) 1855,
Nr. 118, im Feuilleton: „Magyar irók
csarnoka. Vörösmarty Mihály". Von Lorenz
Tóth. — Magyar tudományos Aka-
démia Évkönyvei, d. i. Jahrbücher der
ungarischen Akademie (Pesth) Bd. IX (1848
bis 1859), S. 29. Von Joseph Freiherrn
Eötvös. — Nemzeti képes naptár.
1857-dik közönséges évre. Szerkeszté
Tóth Lörincz, d. i. National-Bilderkalen-
der. Redigirt von Lorenz Tóth (Pesth, Heckenast und Landerer, schm. 4°.) II. Jahrg. (1857)
S. 97: „Vörösmarty Mihály". — Toldy
(Ferenc). A Magyar költészet kézikönyve
a Mohácsi vésztöl a legújabb Ideig, d. i.
Geschichte der ungarischen Dichtung von der
Schlacht bei Mohács bis auf unsere Tage
(Pesth 1857, Gust. Heckenast, gr. 8°.) Bd. II,
S. 530—610. — Vahot (Imre). Nagy Nap-
tára, d. i. Emmerich Vahot's Großer Ka-
lender (Pesth) 11. Jahrg. (1856), S. 240.

— Vasárnapi ujság, d. i. S
blätter (Pesth, 4°.) 8. April 1855,
„Vörösmarty Mihály". Von Moriz
— Dasselbe Blatt, 6. Juli 1856
„Vörösmarty laka Nyéken", d. i
marty's Geburtshaus zu Nyék. Von
J.(ókai).

Stammtafel der Familie Vörösma
Familie Michael Vörösmarty's
zu verwechseln mit einer zweiten, n
Veresmarty schreibt, und aus
schon zu Ende des sechzehnten und z
des siebzehnten Jahrhunderts ein
Veresmarty bemerkenswerth. de
unten in Kürze gedacht ist. Die L
des Dichters Vörösmarty sind
dessen Urgroßvater bekannt, und die
tafel der Familie stellt sich, wie fol;

Vörösmarty U.

U.		f
Michael, Wirthschafts- beamter zu Nyék. Anna Csáty.		1816 in '
Michael, geb. 1. Dec. 1800, † 19. Nov. 1855. Laura Csajághy.	Johann, Wirthschafts- beamter, geb. 1802.	
Béla. Helene. Elisabeth.		U zwei ji

Obgedachter **Michael** Veresmarty
Baranyer Comitate um 1370) wur
38 Jahre alt, durch Peter Pázmán
vielen anderen Ungarn, welche den
lischen Glauben anhingen, in den
der katholischen Kirche zurückgeführt,
eifrigsten Anhänger er nunmehr zäl
zum Priester geweiht, unterzeichnete
die unter Lóin zu Stande gef
Synodalbeschlüsse mit seinem Ra
Canonicus von Presburg und Abt
Gleichzeitig im Interesse der christli
Religion schriftstellerisch thätig, gab e:
Werke heraus: „Tanácskozás mellye
a különböző vallások közül vál
d. i. Rath, welche Religion man wä
(Presburg 1615), wovon schon im
Jahre eine zweite Auflage und
dritte mit einem Anhange vermehrt
— „Intő 's tanító levél, melybe
keresztyén hitben a Bátaiakat
Apáturok", d. i Ermahnender unt

ter Brief, in welchem die Aebte die Bewohner von Béla in ihrem chriftlichen Glauben beftärten (Preßburg 1639, 8°.), diefes Werk hat ber Verfaffer dem Cardinal und Primas Peter Pázmándy gewidmet; — „Az cretnekaek adott hitnek meg tartásáról. És az Iatennek adott hitnek meg tartásáról mellyeket egy tudós. ember irásábúl Magyarra", d. i. Von der Haltung des geduldeten Glaubens der Ketzer. Und von der Erhaltung der von Gott gegebenen Religion u. f w. (Preßburg 1641), — und „Az lateul tiszteletnek tiszta tüköre", d. i. Reiner Spiegel der cöulichen Verehrung (ebd. 1638). Die Familie Veresmarty scheint mit jener des Dichters in keinen verwandtschaftlichen Beziehungen zu stehen. — Von einem Samuel Veresmarty erschienen zwei Leichenreden, eine auf Clara Kajali (1747) und eine auf Joseph Grafen Teleki (1797).

Börtel. Friedrich Wilhelm (Glasmaler, geb. zu Dresden 1793, gest. in Stuttgart 1844). Ein nicht geringer Theil der Thätigkeit dieses in seinem Fache ausgezeichneten Künstlers spielt sich in Oesterreich ab, so daß wir ihm eine Stelle in unserem Werke einräumen müssen. Sein eigentlicher Name ist Viertel, vom Jahre 1829 ab nannte und schrieb er sich aber selbst immer Börtel. Anfangs erwarb er sich durch Notenstechen und kleinere Arbeiten auf Glas und Porzellan seinen Lebensunterhalt, bis er an dem älteren Mohn, der selbst ein geschickter Glasmaler war, einen Lehrer fand, unter deffen Anleitung er mit dem Geheimniffe der Bereitung von Schmelzfarben und mit der Art und Weife, diefelben auf Glas aufzutragen, bekannt wurde. Aus diefer friedlichen Beschäftigung riß ihn der Krieg, der 1813 Alt und Jung zu den Waffen rief. Börtel trat als Freiwilliger in eine sächfische Schützencompagnie ein und marschirte mit derselben nach Frankreich. Nach dem Parifer Frieden (30. Mai 1814) kehrte er in seine Heimat zurück,

nahm seine alte Beschäftigung wieder auf und widmete sich an der Dresdener Akademie auf das eifrigste seinen Kunststudien. Vor Allem bildete er sich im Landschaftsfache aus, half aber auch seinem Lehrer Mohn bei deffen Arbeiten in der Glasmalerei, welche jedoch damals meist auf Wappen an Trinkgeschirren und Fenftertafeln u. dgl. m. beschränkt blieben. Als dann Mohn der Vater 1815 starb, fand Börtel an deffen Sohne Gottl. Samuel [Bd. XVIII, S. 435] einen nicht minder freundlichen Förderer und ging 1817 nach Wien, wo er diefem Künftler bei den Glasmalereien, mit deren Ausführung im Schloffe Larenburg nächft Wien derselbe betraut war, als Gehilfe zur Seite stehen sollte. Der Aufenthalt in der Residenz erwies sich für unseren Kunstjünger auch noch in anderer Weise förderlich, indem er daselbst Gelegenheit fand, sich an dem polytechnischen Institute dem Studium der Chemie zu widmen, welches ihm bei der Bereitung aller zur Glasmalerei erforderlichen Farben manche Geheimniffe enthüllte, die auf deren Mischung, Nuancirung, Glanz und Pracht Bezug hatten. Bald nahm ihn Mohn auch nach dem Brandhofe, dem in Steiermark unter dem nördlichen Gipfel des Seeberges gelegenen Landgute des Erzherzogs Johann, mit, um ihn dort mehrere Fenftergemälde ausführen zu laffen. Gemeiniglich werden nur Mohn und Kothgaffer als die Glasmaler genannt, welche den Brandhof mit Bildern ausschmückten; aber in Wahrheit fällt doch ein gut Theil auf Börtel. 1821 kehrte Letzterer nach Dresden zurück und setzte dafelbft seine Kunststudien und Arbeiten fort. Er malte nun meift auf weißen Glastafeln mit dem Pinfel in allen Farben. Eine solche Tafel aus dieser Zeit stellt die „Himmelfahrt

Mariä", nach einem Stiche von Sadeler, bar. Auf derselben waren das Orange im Gewande Christi, das Blau in jenem Marias und das Violett in jenem Gottvaters seine Farbenentdeckungen. Eine andere Glastafel zeigt die schöne Philippine Welser mit dem Erzherzog Ferdinand, über Beiden das Wappen von Tirol. Beide Bilder erregten durch ihren Farbenschmelz großes Aufsehen, und schon glaubte man damals, das im Laufe der Zeit verloren gegangene Geheimniß der alten Glasmaler, den Farben Glanz und Feuer zu verleihen, sei wieder gefunden, was jedoch unserem Künstler erst später gelang. 1826 erhielt Börtel mit seinem Collegen Scheinert den Auftrag, die Weinbergvilla des damaligen Königs von Sachsen mit einem Glasgemälde zu schmücken, bei welcher Gelegenheit alle bisherigen Errungenschaften in dieser Kunst in Anwendung gebracht werden sollten. Er selbst stellte zwei Bildnisse österreichischer Regenten, dann die zwei Flußgötter der Donau und Elbe dar; die Bildnisse der zwei Sachsenfürsten und das Medaillon mit der Madonna sind von Scheinert. 1828 erhielt er wieder einen Ruf nach Wien, um, da Mohn mittlerweile gestorben war, die Reihe der Glasgemälde in Laxenburg, welche noch auszuführen war, zu vollenden. Auch hier erscheint meist nur Mohn als Künstler genannt, während in Wirklichkeit ein großer Theil der Gemälde Börtel's Arbeit ist. 1829 ging Letzterer nach München, wo er lange Jahre arbeitete, unter anderen viele Bilder für Dr. Melchior Boifferée meist nach altdeutschen Gemälden, darunter vier Fensterflügel mit acht Aposteln nach Meister Wilhelm von Köln, die übrigen nach van Eyk, Hemling, Johann von Mehlem, Hugo van der Goes. Alle

diese Bilder sind auf einzelnen Glastafeln ohne Bleiverbindung copirt und von seltener Farbenpracht und zeigen eine zarte, reine und sichere Behandlung, Einfachheit und Wärme der Töne. Von anderen Glasbildern Börtel's nennen wir: Madonna del Sisto nach Raphael, Madonna nach Murillo, aus der Galerie von Leuchtenberg, Fenster mit Christus und den Aposteln für die Fürstencapelle in Meiningen u. m. a. Die Bereitung der Schmelzfarben und des Flusses ist seine Erfindung, auch löste er durch die schwierigsten und nicht ungefährlichen Versuche die Aufgabe, alle Farben mit dem Pinsel auf weißes Glas aufzutragen und einzuschmelzen. Dabei war er als Privatmann ganz auf sich selbst angewiesen. Namentlich seine späteren Werke sind von seltener Schönheit. Die Zahl seiner kleineren Bilder ist eine ziemlich bedeutende. Aber bei seinen Versuchen, insbesondere mit dem Farbenschmelz, hatte der Künstler durch Einathmung gefährlicher Gase seine Gesundheit geopfert. Um sich zu kräftigen, brachte er den Winter 1842 auf 1843 im südlichen Tirol und den Herbst des letzteren Jahres des milderen Klimas wegen in Stuttgart zu, aber ohne Erfolg, denn schon im Herbst 1844 wurde er in der Vollkraft seiner Jahre — er zählte deren erst 50 — vom Tode dahingerafft. In der Geschichte der neueren Glasmalerei behält er eine bleibende und hervorragende Stelle.

Porträt. Gemalt von dem Dresdener Hofmaler Vogel von Vogelstein in dessen Sammlung von Bildnissen berühmter Menschen, welche über ein halbes Tausend umfaßt.

Böscher, Heinrich Leopold (Landschaftsmaler, geb. in Wien im Jahre 1830, gest. in der Wiener Landes-Irrenanstalt am 1., nach Anderen am 2. Februar 1877). Er zeigte schon in jungen Jahren große Anlage für die Kunst, zu welcher er die erste Anregung durch den tüchtigen Landschaftsmaler Anton Hansch [Bd. VII, S. 325] empfing, der ihn auch später noch mehr beeinflußte, indem er ihn vom Malen ab-, aber um so mehr zum Zeichnen anhielt. Sechzehn Jahre alt, trat er als Zögling in die k. k. Akademie der bildenden Künste zu Wien, in welcher er drei Jahre später, 1849, den ersten Preis gewann. 1851 verließ er dieses Kunstinstitut und widmete sich die nächste Zeit vornehmlich der Ausbildung im Zeichnen. Aber schon 1852 erscheint er in den Monatsausstellungen des österreichischen Kunstvereines mit seinen Arbeiten vor dem Publicum, auf die man dann von der Mitte der Fünfziger-Jahre sehr oft in den Ausstellungen trifft. [Wir lassen unten eine Uebersicht der Bilder folgen, welche er ausgestellt hat.] Gleich in den Anfange ließen seine Arbeiten eine nicht gewöhnliche Künstlerkraft erkennen und fanden die beifälligste Aufnahme. 1859 bis 1863 bereiste er zu seinen Studien nach der Natur die gesammten Alpengegenden Oesterreichs, Deutschlands, Oberitaliens und der Schweiz. 1864 aber übersiedelte er aus unbekannten Gründen nach München und lebte daselbst bis kurz vor seinem Tode. Auch die Ausstellungen des Münchener Kunstvereines brachten die Schöpfungen seines Pinsels, in denen sich eine geniale Auffassung der Natur mit vollendeter Technik aussprach. Eine eigentliche Stärke jedoch beruhte in der Wiedergabe von Alpenlandschaften, ihren Zauber, für den er einen ungewöhnlichen Scharfblick besaß, verstand er mit seltener Treue auf die Leinwand zu bannen. Seine seit 1852 im österreichischen Kunstvereine ausgestellten Bilder sind: 1852 im Juli: „Gosantha"

mit der Ansicht des Donnerkogels" [um 130 fl. vom Kunstverein angekauft]; — im September: „Wasserfall" [60 fl.]; 1853 im April: „Gebirgspartie aus Krain" [280 fl.]; — im Juni: „Ansicht des Dachsteins" [180 fl.]; — „Grimming im Ennsthal" [um 160 fl. vom Kunstverein angekauft]; — im December: „Der Watzmann bei Berchtesgaden" [280 fl.]; 1854 im Februar: „Landschaft aus Kärnthen" [200 fl.]; — im Mai: „Ansicht des Triglan in der Wochein Krains"; — „Der hohe Göll" [Eigenthum des Grafen Saint-Genois]; — „Bayerische Gebirgslandschaft" [200 fl.]. — „Partie am Königssee"; — 1855 im Jänner: „Partie aus dem Salzburgischen" [um 360 fl. vom Kunstverein angekauft]; — im März: „Aus dem Salzachthale"; — im April: „Gebirgslandschaft aus dem Pinzgau" [120 fl.]; — „Partie aus dem Pinzgau" [Eigenthum des Grafen Saint-Genois]; — 1856 im April: „Haidelandschaft mit wandernden Krämern"; — im Mai: „Waldes Ende" [700 fl.]; — 1857 im October: „Landschaft aus Krain" [180 fl.]; — 1858 im Jänner: „Gebirgspartie"; — „Ruine Hardegg im Thayathale"; — im April: „Gebirgslandschaft" [vom Kunstverein angekauft um 300 fl.]; — im Juni: „Ein Gebirgsthal" [250 fl.]; — im September: „Gebirgssee" [60 fl.]; — 1859 im Mai: „Ideale Landschaft" [400 fl.]; — im September: „Gebirgsthal" [300 fl.]; — „Aus dem Mollthale" [80 fl.]; — im December: „Landschaft aus der Schweiz" [500 fl.]; — 1860 im Mai: „Partie aus der südlichen Schweiz" [400 fl.]; — 1861 im Mai: „Ideale Landschaft" [350 fl.]; — im September: „Gebirgslandschaft" [100 fl.]; — 1862 im Februar: „Aus den penninischen Alpen" [475 fl.]; — im April: „Das Matterhorn" [200 fl.]; — im September: „Gebirgsthal" [200 fl.]; — 1863 im

Jänner: „Landschaft aus dem Etschthale"
[300 fl.]; — im März: „Erinnerung an
die Schweizer Alpen" [120 fl.]; — im
April: „Motiv aus dem Lago di Lugano";
— 1864 im Jänner: „Gebirgspartie aus
dem Pinzgau" [400 fl.]; — im Februar:
„Gebirgslandschaft" [500 fl.]; — im Juli:
„Landschaft aus dem Canton Tessin" [650 fl.];
— 1865 im Februar: „Gebirgspass"
[450 fl.]; — im Juni: „Motiv aus dem
Engadin" [400 fl.]; — 1866 im März:
„Hochgebirgspartie" [450 fl.]; — im Mai
und Juni: „Landschaften" [400 und
200 fl.]; — 1867 im März: „Italienische Landschaft"; — im Juni: „Motiv
aus dem Valtellina" [500 fl.]; — 1868
im Jänner: „Auf dem Wege nach dem Rhone-
Gletscher" [300 fl.]; — „Mühle am Brenner
in Tirol" [400 fl.]; — im Februar: „Das
Wetterhorn" [200 fl.]; — „Der Oberser"
[200 fl.]; — im Juli: „Wasserfall";
im August: „Der Benediger im Pinzgau"
[200 fl.]; — „Dachau in Bayern"; —
1869 im Februar: „Landschaft im Ober-
vintschgau" [300 fl.]; — im Mai: „Naturstudie" [80 fl.]; — im December: „Castell im Veltellthale" [1000 fl.]; — 1870
im Juli: „Gebirgspass in der Schweiz"
[280 fl.]; — im December: „Landschaft
im Canton Schwyz mit dem Vierwaldstädtersee";
— 1871 im Jänner: „Aus dem Etschthale
in Tirol" [350 fl.]; — „Gebirgsgegend"
[150 fl.]; — im Februar: „Grindelwald
mit dem Wetterhorn" [350 fl.]; — im
Mai: „Am Comersee" [320 fl.]; — im
Juni: „Landschaft am Luganersee" [350 fl.];
— 1872 im Juni: „Landschaft im Oberpinzgau" [450 fl.]; in diesem Jahre übersiedelte der Künstler nach München, und
dort waren im Kunstverein von ihm ausgestellt in demselben Jahre: „Wasser-
leitung"; — 1873: „Partie aus den Berner
Hochalpen"; — „Gruppe vom Monte Rosa";
— „Landschaft am Genfersee"; — „Piz

Rosegg. Piz Bernien und Rosegg-Gletscher im
Engadin". In Gemäldeauctionen kamen
auch öfter Böscher's Arbeiten vor, so in
jener des Triester Sammlers Marcus
Amadeo (1870): „Landschaftsmotiv aus
Südtirol" [signirt, 38 Ctm. hoch, 56 Ctm.
breit]; — in der Plach'schen Auction
(1859): „Eine hügelige Landschaft mit einem
Flusse" [Leinwand, 16 3. hoch, 21¹⁄₂ 3.
breit]; — in jener des Sammlers
Dr. Max Joseph Schüler (1870):
„Motiv aus Oberkärnthen" [signirt, Leinwand, 36 Ctm. breit, 23 Ctm. hoch];
— in der Sedelmayer'schen Auction
(1861): „Eine ebene Landschaft"; — in
der Auction moderner Meister, welche
Friedrich Schwarz Ende März und
Anfangs April 1873 veranstaltete:
„Strassenmotiv" [signirt, Leinwand, 21 3.
hoch, 28 3. breit]; — „Die Jungfrau"
[signirt, auf Holz, 25 3. hoch, 36 3.
breit]. Manche Bilder des Künstlers
wanderten ins Ausland, so zwei der
schönsten. „Monte Rosa" und „Ortler",
beide im Besitze des Dr. Wilh. Brinton
in London. Durch Illustrationen im Holzschnitt sind dem großen Publicum die
Landschaften Böscher's nicht bekannt
geworden, dagegen besitzt Schreiber dieses
zwei herrliche Originalradirungen desselben in Folio, eine erschien im Wiener
Künstler-Album 1858 und heißt: „Aus
den Kärnthner Alpen". Das Original-
gemälde befindet sich im Besitze des
Dr. F. C. von Preschern; die zweite
mit dem Titel: „Aus den Alpen" erschien
im Selbstverlage des Künstlers; beide
Blätter aber sind meisterhaft in der k. k.
Staatsdruckerei gedruckt. Böscher war
ein Künstler von ungewöhnlichem Talent:
groß veranlagt, insbesondere in Darstellungen der imposanten Alpennatur, in
welcher Richtung er vornehmlich in den
Fünfziger-Jahren und in der ersten

Hälfte der Sechziger Ausgezeichnetes leistete und Bilder von unvergleichlicher Schönheit malte. Im Ganzen herrscht in denselben Stimmung, und treffliche Einzelheiten zeigen seinen feinen Sinn für Naturwahrheit, ein luftig freies Herausragen der Gegenstände, eine ungemein zarte Empfindung für Terrains charakterisiren seine Landschaften. In der Folge — trug vielleicht überhäufte Arbeit, oder Ueberreizung seiner Nerven daran Schuld — macht sich eine Leichtfertigkeit in seinen Bildern bemerkbar, die denselben ungemein schadet, dann wieder erscheinen bei der zu weit getriebenen Eleganz des Farbenauftrages einzelne Partien förmlich gläsern, und zuletzt verfiel er gänzlich in Manierirtheit, wenn auch noch immer seine gründlichen Studien und correcte Zeichnung aus jedem seiner Bilder hervorblicken. 1864 übersiedelte der Künstler nach München — über die Gründe seines Heimatwechsels sprach man damals Verschiedenes — und blieb daselbst zehn Jahre, bis er, gehirnleidend, nach Wien zurückkehrte, wo er im Irrenhause starb. Die künstlerische Bedeutenheit Vöscher's genügte nicht, den Corpsgeist der Wiener Maler wachzurufen, denn als man die Leiche des Armen, für den der Tod eine Erlösung war, zu Grabe trug, folgte ein Einziger seiner Jugend- und Kunstgenossen dem Sarge!

Jellner's Blätter für Theater, Musik und Kunst (Wien, kl. Fol.) X. Jahrg. (1864), Nr. 44: „Ausstellung der k. k. Akademie der Künste". — Der Botschafter (Wiener polit. Blatt) 1865, Nr. 33, im Feuilleton: „Kunstverein". — Kataloge der Monatsausstellungen des österreichischen Kunstvereines (Wien, 8°.) 1852, Juli, September; 1853, April, Juni, October, December; 1854, Februar, Mai, October; 1855, Jänner, März, April, Juli; 1856, April, Mai; 1857, Juni, November; 1858, Jänner, April, Juni, September; 1859, Mai, September; 1860, Februar, Mai, October; 1861, Mai, September, October; 1862, Februar, April, September, October; 1863, Jänner, März, April, October; 1864, Jänner, Februar, Mai, Juli; 1865, Februar, Juni; 1866 März, Mai, Juni; 1867, Jänner, März, Juni; 1868, Jänner, Februar, Mai, Juni; 1872, Juni. — Auctionskataloge der Sammlung Marcus Amadeo's in Triest (1870), des Dr. Mor Joseph Schüler (1870) und anderer von Blach, Miethke und Sedelmaier veranstalteten Auctionen. — Die Künstler aller Zeiten und Völker.... Begonnen von Prof. Fr. Müller, fortgesetzt und beendigt von Dr. Karl Klunzinger und A. Seubert (Stuttgart 1860, Ebner und Seubert, gr. 8°.) Bd. III, S. 806 [fertigt den bedeutenden Künstler in zwei Zeilen ab und gibt ihm noch zum Ueberfluß den falschen Taufnamen Ludwig].

Vöstner, Anton (Tiroler Landesvertheidiger, geb. in Tirol um 1775, gest. zu Brixen am 18. August 1861). Seines Zeichens Seiler, rückte er 1797 mit der Klausener und Lasfonser Schützencompagnie nach Spinges, wo der berühmte Reinisch von Wolders [Bd. XXV, S. 230], ein zweiter Winkelried, seinen Heldentod fand. Dort half er die Höhen so tapfer mitvertheidigen, daß er in Würdigung seines Heldenmuthes mit der Verdienstmedaille ausgezeichnet wurde. Nicht minder wacker hielt er sich im denkwürdigen Jahre 1809, als er unter Führung des berühmten Bozener Schützenhauptmannes Gasser nach Lavis und Trient zog und in beiden Ortschaften mehrere hitzige Treffen mit den Franzosen bestand. Ob seiner Unerschrockenheit, Umsicht und Ausdauer wurde er von seinem Hauptmanne öffentlich belobt. 1810 ließ er sich in Brixen als Seilermeister nieder und trat, nachdem Tirol 1816 wieder an Oesterreich gefallen, in die zu jener Zeit von dem Hauptmanne Leichter, von Stickler und Prager errichtete Bürgergarde, in welcher er bis 1838 diente. Als noch im selben Jahre von Hauptmann Johann von Kemptner eine neue Standschützencompagnie errichtet wurde, erhielt er in derselben die Stelle eines Unterjägers. In den Reihen dieses Corps blieb er bis in sein hohes Alter und wurde auch, als er starb, mit allen kriegerischen Ehren begraben.

Volks- und Schützen-Zeitung (Innsbruck, 4°.) 28. August 1861, Nr. 103: "Brixen 24. August".

Vogel und Vogl. Um dem Leser das Auffinden der Träger dieses Namens zu erleichtern, reihen wir dieselben nach der alphabetischen Ordnung ihrer Taufnamen, ohne Rücksicht darauf, ob sie mit e (Vogel) oder ohne e (Vogl) sich schreiben.

1. **Vogel**, Albrecht Karl (protestantischer Theolog, geb. in Dresden am 10. März 1822). Wir finden diesen Gelehrten bald unter Albrecht, bald unter Karl, und dann auch unter Albrecht Karl, A. oder G. A. Vogel aufgeführt. In seiner Vaterstadt besuchte er das Gymnasium und studirte zu Leipzig und Berlin Theologie. Nach beendigten Studien war er einige Zeit als Privatlehrer — auch bei dem Prinzen von Thurn und Taxis — in Dresden thätig. Im October 1848 erlangte er die philosophische Doctorwürde. Im August 1849 ging er nach Berlin, um an der königlichen Bibliothek seinen wissenschaftlichen Arbeiten obzuliegen, und kam im Februar 1849 nach Jena, wo er zum Licentiaten der Theologie promovirte, am 1. November 1850 sich als Privatdocent der Theologie habilitirte und im Sommer 1840 zum außerordentlichen Professor ernannt wurde. Von Seiner Majestät dem Kaiser mit ah. Ent-

schließung vom 8. September 1861 zum ordentlichen öffentlichen Professor der Exegese des neuen Testaments an der k. k. evangelisch-theologischen Facultät in Wien ernannt, bekleidete er an derselben im Jahre 1866/67 die Würde des Dekans und 1867/68 die eines Prodekans. Vogel ist in seinem Fache schriftstellerisch thätig, außer vielen Artikeln in der Herzog'schen "Encyklopädie" und einigen Aufsätzen in den Ullmann'schen "Studien und Kritiken" sind von ihm selbständig erschienen: *"De Bonizonis episcopi Sutrini vita et scriptis"* (Jenae 1830), Vogel's Inauguraldissertation; — "Ratherius von Verona und das zehnte Jahrhundert" 2 Bände (Jena 1854, Maucke, 8°.); — "Peter Domiani. Ein Vortrag" (ebb. 1856); — "Der Kaiser Diocletian. Ein Vortrag" (Gotha 1857); — "Fünf Predigten, gehalten und mit einem Vorwort herausgegeben" (Weimar 1859, Böhlau, gr. 8°.); — "Beiträge zur Herstellung der alten lateinischen Bibelübersetzung. Zwei handschriftliche Fragmente aus dem Buch: des Ezechiel und den Sprichwörtern Salomons, zum ersten Male herausgegeben". Mit einer lith. Tafel (Wien 1867, Braumüller, 8°.); — "Festrede am 25. April 1871 bei der Feier des fünfzigjährigen Bestehens der k. k. evangelisch-theologischen Facultät in Wien" (Jena 1871, Fr. Fromman, 8°.); — "Die Semisäcularfeier der k. k. evangelisch-theologischen Facultät in Wien am 25. April 1871. Im Auftrage des Professorencollegiums" (Wien 1872, Braumüller, 8°.). Daß A. G. Vogel, der die "Reden Vinet's über religiöse Gegenstände. Nach der 2. Ausgabe übersetzt" (Frankfurt 1835, Schmerber, gr. 8°.) herausgegeben, mit unserem Albrecht Karl Vogel nicht identisch, erhellt schon daraus, daß Letzterer, als die Reden Vinet's erschienen, erst dreizehn Jahre alt war; ob aber

A. G. Vogel, welcher mit Fr. Wagner gemeinschaftlich die vergleichende Zusammenstellung der Evangelien des Matthäus, Marcus und Lucas mit den entsprechenden Stellen aus Johannes nach Dr. Mart. Luther's Uebersetzung* (Frankfurt a. M. 1840, Brönner, Lex. 8°.) veröffentlichte, mit unserem Professor Vogel identisch, können wir nicht sagen, halten jedoch genannten A. G. Vogel und den Uebersetzer Binet's für eine und dieselbe Person. Professor Albrecht Karl Vogel wurde 1856 bei Gelegenheit des vierhundertjährigen Jubiläums der Universität Greifswalde zum Doctor der Theologie Honoris causa ernannt. Von Seiner Majestät dem Kaiser ist ihm aber der Regierungsrathtitel verliehen worden.

Taufrath (Michael). Kurze Nachrichten über die k. k. evangelisch-theologische Facultät in Wien... (Wien 1871, Braumüller, 8°.) S. 19 [nach obigen sind die Angaben Taufrath's zu ergänzen].

2. **Vogl**, Alexander, diente im Jahre 1843 als Hauptmann im Kaiser-Infanterie-Regimente Nr. 1 bei der italienischen Armee, mit welcher Radetzky am 4. August, nachdem er den welschen Verräthern die siegreichen Schlachten bei Custozza, Volta und Santa Lucia geliefert hatte, gegen Mailand vorrückte. Während das zweite Armeecorps Rosebo erstürmte und Bajano besetzte, wurde Vigentino vom Feinde noch auf das hartnäckigste vertheidigt. Da griff Hauptmann Vogl vom Kaiser-Regimente den Kirchhof des letzteren Ortes und Cortina della Valle an, nahm beide Punkte im Sturme, und der Feind floh in Unordnung gegen Vigentino. Hier stellte er sich und leistete Widerstand, aber Hauptmann Vogl ließ ihm keine Zeit, schritt abermals zum Sturme und eroberte den Ort. In der Brust schwer verwundet, traf der Tapfere sitzend, mit der Ruhe eines echten Helden, noch alle weiteren Anordnungen zur Behauptung des gewonnenen Postens. Unsere Brigade rückte nun vor, und unsere Geschütze brachten die vor Porta Vigentina auffahrenden feindlichen Geschütze zum

Schweigen. Hauptmann Vogl wurde noch im nämlichen Jahre zum Major im Regimente befördert und mit dem Militär-Verdienstkreuze ausgezeichnet. Am 29. April 1851 avancirte er zum überzähligen Oberstlieutenant und kam noch im November dieses Jahres zum Platzcommando in Mailand.

Oesterreichischer Soldatenfreund (Wien, 4°.) 1834, S. 674 und 706. — Carinthia (Klagenfurter Blatt, 4°.) 1856, Nr. 29, S. 113: „Aus den Erinnerungen vom Jahre 1848". — Oesterreichischer Militär-Kalender. Von Mennert und Hirtenfeld (Wien 8°.) II. Jahrg. (1851), S. 132, im Aufsatze: „Skizze des Feldzuges der Oesterreicher in Italien 1848".

3. **Vogel** von Krauern (auch Kreilheim), Anton (geb. in Wien 1666, gest. daselbst am 21. September 1751). Er trat 1689 zu Wien in den Orden der im Jahre 1787 säcularisirten Benedictiner de Monte Serrato (der nach ihrem schwarzen Habit sogenannten Schwarzspanier). Zur Zeit, als die Hauptstadt des Reiches von den Türken belagert wurde (1683), noch Novize, rettete er, nachdem der Prior Rudesin Steger unter den tödtlichen Streichen der Tataren gefallen und das Kloster aus Vertheidigungsgründen auf Rüdiger Starhemberg's Befehl angezündet worden, das aus dem Benedictinerstifte Montserrat dahin gebrachte Madonnenbild in die kaiserliche Hofburg. Dann wanderte er zu Fuß nach Italien, bis an den Vesuv, nach Spanien und Portugal, und heimgekehrt, baute er aus den gesammelten Geldern die Kirche von Neuem auf. Die Grundsteinlegung fand am 11. Juli 1690 unter Abt Tibacus von Canvero statt. Nach dessen Tode wurde Vogel zum Abte gewählt und als solcher bestätigt. Am 8. September 1739 beging er sein fünfzigjähriges Priesterjubiläum. Eine ausführliche Schilderung dieser Feier findet sich im Wiener Diarium vom 12. September 1739. Abt Vogel war auch der Erbauer der durch Blitzschlag am 10. September 1733 stark beschädigten (Glockenthurmes genannter Kirche, welche, nach Aufhebung des Klosters im Jahre 1787 in Militärbettenmagazin umgewandelt, zufolge Ministerialerlasses vom 2. Februar 1861 die Bestimmung als k. k. evangelische Garnisonskirche erhielt. Vogel starb im hohen Alter von 81 Jahren.

Der Altergrund und die ursprünglichen

Besitzungen des Benedictinerstiftes Michelbeuern am Wildbache Als (Wien 1861, Sommer).

4. **Vogel**, Anton, Zeitgenoß, ist ein ausgezeichneter Kunsthandwerker, Drechsler und Bildhauer zugleich, über dessen Lebens- und Bildungsgang wir nicht unterrichtet sind. Von seinen Arbeiten waren im k. k. österreichischen Museum für Kunst und Industrie im Jahre 1871 ausgestellt: ein „schwarzer Kasten mit Elfenbeineinlagen"; — ein „Trinkhorn von Elfenbein mit Silbereinfassung"; — „zwei Elfenbeinkannen"; — „Hülse und Deckel an einem Pocal". Viel früher schon richtete sich die Aufmerksamkeit auf den Künstler durch eine andere, auch im österreichischen Museum (1864) aufgestellte Arbeit. Er hatte nämlich die seinerzeit vielgenannten „Schauspielercaricaturen" des Malers Gustav Gaul [Bd. V, S. 109] in Relief mit meisterhafter Treue nachgeschnitten und zu einem in Silber montirten Pocal verwendet. Von anderen Arbeiten des Künstlers, der sich mit den genannten in die erste Reihe der Vertreter des modernen Kunsthandwerkes gestellt, ist uns nichts bekannt.

Katalog der österreichischen Kunstgewerbe-Ausstellung im neuen Museumsgebäude Stubenring 5. Zweite vermehrte und vervollständigte Auflage. Ausgegeben am 16. November 1871 (Wien, Verlag des k. k. österreichischen Museums. kl. 8°.) S. 34.

5. **Vogel**, Anton, ist ein vortrefflicher Reiterofficier des vorigen Jahrhunderts. Bereits 1783 Major im 8. Husaren-Regimente, damals Wurmser-Husaren, lag er im Feldzuge 1792 mit demselben am Rhein, wo er in den zahlreichen Gefechten bei Landau, Bellingen, Merxkirchen, Oberleuken sich durch seine Bravour glänzend hervorthat. Im Feldzuge 1793 zeichnete er sich vornehmlich Anfangs April aus, als er mit seinen Husaren die Franzosen von Homburg und Karlsberg aus dem Zweibrücken'schen vertrieb. 1796 rückte er zum Oberstlieutenant im Regimente, im folgenden Jahre zum Obersten und Regimentscommandanten bei Blankenstein-Husaren Nr. 6 vor und wurde 1799 zum Generalmajor befördert.

6. **Vogl**, Anton, vielleicht ein Sohn des Vorigen, diente 1829 als Major im 2. Infanterie-Regimente Kaiser Alexander von

Rußland. 1832 wurde er Oberstlieutenant in demselben und 1834 Oberst und Commandant bei Mariássy-Infanterie Nr. 37. Zu jener Zeit lag dieses Regiment zu Lemberg in Garnison, und ich hatte als Lieutenant bei Rugent-Infanterie Nr. 30 im dienstlichen Verkehre oft Gelegenheit, diese ritterliche, ungemein anziehende, durch humanes Auftreten sehr für sich einnehmende Erscheinung zu sehen. Im Jahre 1841 wurde Vogl Generalmajor und Brigadier zu Sambor, später kam er in gleicher Eigenschaft nach Lemberg, wo er 1848 zum Feldmarschall-Lieutenant und Divisionär vorrückte. Während der Bewegung, welche in dieser Stadt eine besonders hochgradige und durch französische und polnische Emissäre genährt, sehr bedenkliche war, that er sich durch seinen Tact und seine Energie rühmlich hervor und trug wesentlich dazu bei, daß die Erhebung im Ganzen unblutig verlief. 1849 ging er zum Divisionär nach Temesvár, noch im nämlichen Jahre als Ablatus zum vierten Armeecommando in Galizien. Am 16. Mai 1851 vom Kaiser zum zweiten Inhaber des 14. Infanterie-Regiments Großherzog Ludwig von Hessen ernannt, blieb er es bis zu seinem 1871 erfolgten Tode. Für sein ausgezeichnetes Verhalten in den Bewegungsjahren 1848 und 1849 erhielt er das Militär-Verdienstkreuz mit der Kriegsdecoration und die Geheimrathswürde. In den letzten Jahren lebte er zu Troppau.

Thürheim (Andreas Graf). Die Reiter-Regimenter der k. k. österreichischen Armee (Wien 1862, J. B. Geitler, gr. 8°.) Bd. II: „Die Huszaren", S. 162, 201 und 222; Bd. III: „Die Uhlanen". S. 79.

7. **Vogl**, Anton, siehe: **Vogl**, Johann Anton [S. 172, Nr. 24].

8. **Vogl**, Anton, ist ein Tonsetzer der Gegenwart, der bereits mehrere Tanz- und Gesangstücke seiner Composition durch Wiener Firmen der Oeffentlichkeit übergeben hat. Wir kennen von ihm: „Impromptu-Walzer" (Wien 1861, Wessely und Büsing); — „Frühlingslied. Von Barth. Für Männerchor" (Wien 1863, A. Pichler's Witwe und Sohn), auch als Beilage zu Nr. 4, 1869, der „Blätter für Kirchenmusik und Männergesang"; — „Bauernregel. Von Uhland. Für vier Männerstimmen mit Pianoforte" (Wien 1867, Glöggl); — „Reiterlied. Von Lenau. Für

Männerstimmen mit Pianoforte" (ebd.), dieses und die zwei vorgenannten auch mit Partitur und Stimmen ausgegeben; — „Das kranke Kind. Lied für eine Singstimme mit Piano-begleitung" (Prag 1869, Hoffmann).

9. **Vogl,** August, ein Naturforscher der Gegenwart, welcher an der Wiener Hochschule das Studium der Medicin beendete und, in dieser Wissenschaft zum Doctor promovirt, als Assistent beim Lehrfache der Naturgeschichte an der k. k. medicinisch-chirurgischen Josephs-Akademie in Wien wirkte. Zur Zeit ist er ordentlicher öffentlicher Professor der Pharma-kologie und Pharmakognosie an der medi-cinischen Facultät der Wiener Hochschule, an welcher er auch bereits als Dekan dieser Facultät fungirte. In den „Sitzungsberichten der mathematisch-naturwissenschaftlichen Classe der kaiserlichen Akademie der Wissenschaften in Wien" erschienen von ihm mehrere Ab-handlungen, welche auch in Sonderdrucken herauskamen, und zwar: „Ueber die Ent-mischung des Weingeistes in Folge spontaner Verdunstung. Mit einer Tafel" [Bd. XXX, S. 281 u. f.]; — „Ueber die Intercellular-substanz und die Milchgefäße in der Wurzel des gemeinen Löwenzahns. Mit zwei Tafeln" [Bd. XLVIII, 2. Abthlg., S. 668 u. f.]; — „Photohistologische Beiträge. I. Komala. Mit einer Tafel und einem Holzschnitt" [Bd. XLIX, 1. Abtlg., S. 141 u. f.]; — „Die Blätter der „Sarracenia purpurea Linn. Mit zwei Tafeln" [Bd. L, 1. Abthlg., S. 281 u. f.]; — „Ueber das Vorkommen von Gerb- und verwandten Stoffen in unter-irdischen Pflanzentheilen" [Bd. LIII, 2. Ab-theilung, S. 156] Selbständig gab er heraus: „Die Chinarinden des Wiener Großhandels und der Wiener Sammlungen. Mikroskopisch untersucht und beschrieben" (Wien 1867, Gerold, gr. 8°., VIII und 134 S.); — be-theiligte sich an dem mit F. C. Schneider [Bd. XXXI, S. 20] gemeinschaftlich heraus-gegebenen „Commentar zur österreichischen Pharmakopöe", drei Bände (Wien 1869, Manz, gr. 8°.), worin in der ersten Band: „Pharma-kognostischer Theil. Mit 84 in den Text ge-druckten Holzschnitten" [XXIV und 478 S.] allein und im dritten Band: „Text der neuen Pharmakopöe in deutscher Uebersetzung mit Bemerkungen" [XII und 230 S.] mit F. C. Schneider gemeinschaftlich bearbeitete; — ließ dann als Festschrift der k. k. zoolo-gisch-botanischen Gesellschaft in Wien er-

scheinen: „Beiträge zur Kenntniß der soge-nannten falschen Chinarinden. Mit einer lith. Tafel" (Wien 1876), und zum allgemeinen sowie zum speciellen Gebrauche für Apo-theker, Droguisten, Sanitätsbeamten u. s. w. das Werk: „Nahrungs- und Genußmittel aus dem Pflanzenreiche. Anleitung zum richtigen Erkennen und Prüfen der wichtigsten im Handel vorkommenden Nahrungsmittel, Ge-nußmittel und Gewürze mit Hilfe des Mikro-skops. Mit 116 (eingedruckten) Holzschnitt-bildern" (Wien 1872, Manz, VIII und 138 S.).

Literarisches Centralblatt. Heraus-gegeben von Dr. Fried. Zarncke (Leipzig, Avenarius) 1868, Nr. 20, Sp. 533.

10. **Vogl,** Augustin (geb. zu Salz-burg), widmete sich der Malerkunst unter Georg Hammer in München, der als Histo-rienmaler daselbst lebte und 1610 das Zeit-liche segnete. Vogel zeigte 1600 in München sein Probstück vor und starb nach dem Stadtzunftbuche im Jahre 1616. Ein Schüler Vogel's war Niclas Reiter, der auch zu München malte. Doch wissen wir über die Werke des Meisters und seines Schülers nichts Näheres, auch ist Vogel im Salz-burger Museum durch kein Werk seines Pin-sels vertreten.

Lipowsky (Felix Jos.). Baierisches Künstler-lerikon, 2 Bände (München 1810, Fleisch-mann, gr. 8°.) Bd. II, S. 238 und 273.

11. **Vogl,** Bernhard, siehe: **Vogl,** Johann Chrysostomus [S. 172, Nr. 23, im Texte].

12. **Vogl,** Berthold (62. Abt des Benedictinerstiftes Kremsmünster, geb. zu Hall in Oberösterreich 1706, gest. zu Kremsmünster am 25. April 1771). Ein Sohn des Sacristans und Chor-directors zu Hall nächst Kremsmünster, Johann Jacob Vogl, aus dessen Ehe mit Maria Katharina geborenen Freundl, erhielt er in der Taufe die Namen Johann Martin, welche er später mit dem Klosternamen Berthold vertauschte. Die erste Erziehung genoß er im Elternhause. Dann kam er in das Stift Kremsmünster, aus welchem er zur

Fortsetzung seiner Studien nach Salzburg ging, wo er das Magisterium der
Philosophie erlangte. In das Stift
zurückgekehrt, trat er im October 1725
in den Orden und empfing im December
1731 die Priesterweihe. 1734 ward ihm
von seinem Abte die Pfarre Ried übertragen, welche er aber schon im nächsten
Jahre mit der Lehrkanzel der Philosophie
an der Hochschule Salzburg vertauschte.
Da den Universitätsgesetzen gemäß noch
immer nach Aristoteles gelehrt werden
mußte, so richtete er in den akademischen
Vorträgen, welche von seinen Zeitgenossen viel gerühmt wurden, an seine
Zuhörer oft die eindringliche Mahnung,
sich vorzugsweise dem Studium der
neueren Philosophie, der Experimental-
physik und der dazu unentbehrlichen Mathematik hinzugeben. 1737 erhielt er die
Lehrkanzel der Ethik und Weltgeschichte,
1740 wurde er Doctor der Theologie,
erzbischöflicher geistlicher Rath und Professor der Moral, 1741 aber nach erfolgter Studienreform, an welcher er
selbst wesentlichen Einfluß geübt hatte,
übernahm er das Lehramt der Dogmatik.
Bei der Rectorwahl im Jahre 1744
schlug er aus dem Grunde, weil die Aebte
die Dogmatik und die neue Philosophie
aus den Vortragsfächern entfernt wissen
wollten, die in dreimaliger Kugelung
immer wieder auf ihn gefallene Wahl mit
aller Entschiedenheit aus, und erst auf
Zureden des Erzbischofs ließ er sich zur
Annahme derselben bewegen. Als dann
1747 Letzterer die Wiederaufnahme der
scholastischen Doctrin und Methode in
Antrag brachte, stemmte sich Vogl mit
der ganzen Macht seines Ansehens gegen
diese die alte Verdunkelung fördernde
und vom scholastischen Formelwesen
unterstützte Einzwängung des menschlichen Geistes. So war er denn, zu den

in seinem Stande nicht zu häufig anzutreffenden Geisteskämpfern zählend, für
das Wohl der Universität nach jeglicher
Richtung hin bedacht. In der Zeit seiner
Lehrthätigkeit in Salzburg schrieb er
nachstehende philosophische und theologische Werke: „*Dissertatio de figuris
syllogismorum*" (Salisburgi 1736, 8⁰.);
— „*Dissertatio de speculatione et
praxi*" (ib. 1736); — „*Dissertatio
de corporum elementis*" (ib. 1737,
8⁰.); — „*Philosophia scholastica peri-
patetico-thomistice expensa*" Partes 2
(ib. 1737, 4⁰.); — „*Prologomenon
sacrae theologiae seu introductio in
theologiam scholastico - dogmaticam*"
(ib. 1743, 4⁰.); — „*Ecclesia seu
appendix introductionis in theologiam
scholastico - dogmaticam*" (ib. 1744,
4⁰.); — „*Disquisitio de romano itinere
atque primatu S. Petri contra Sec-
tarios et Duppinium*" (...); über
diese Schriften und ihren Verfasser
schreibt Ziegelbauer: „Vir exquisite
doctus scribit opera dogmaticae theologiae plurimum lucis allatura". Am
22. Februar 1759 traf ihn die Wahl zum
Abte seines Stiftes, und nun beginnt auf
anderem Gebiete eine neue Periode seiner
verdienstlichsten Thätigkeit. Selbst seit
jeher ernsten Studien ergeben, beförderte
er dieselben an den Schulen seines in der
Geschichte der Wissenschaften so hervorragenden Stiftes, er vermehrte und erweiterte die Lehrfächer, führte öffentliche
Prüfungen ein und widmete insbesondere
der Akademie seine Fürsorge; die Sternwarte verdankt ihm ihre kostspielige Einrichtung und Ausstattung. Der gelehrte
P. Sigismund Fellöcker gibt in seiner
„Geschichte der Kremsmünsterer Sternwarte" S. 27 u. f. ein anschauliches
Bild dessen, was Vogl in dieser Richtung Alles gethan hat; auch die astrono-

mische Bibliothek bereicherte der Prälat mit den kostbarsten Werken, unter Anderem mit den Memoiren der Pariser Akademie. Was nun seine übrige Thätigkeit als Abt betrifft, so sind unter seinen Bauten das noch bestehende Albenserhaus, die Caplanstöckchen zu Pfarrkirchen und Viechtwang (1760) und das für einen als Missionär gegen die Protestanten aufgestellten Stiftsgeistlichen bestimmte Haus zu St. Conrad, jetzt Pfarrhof, anzuführen. Die Besitzungen des Stiftes vergrößerte er durch den Ankauf von Biberbach und Weyer (1769) in der Pfarre Kematen. Für den religiösen Unterricht sorgte er durch Vermehrung der Seelsorgerstellen. Auch schaffte er die der wahren Religiosität widersprechenden und unziemlichen profanen Charfreitagsumzüge und die sogenannten Ostermärlein auf seinen Pfarreien ab. Für sein verdienstliches, ebenso das Wohl der Bewohner seiner umfangreichen Abtei, als den Patriotismus förderndes Wirken zeichnete ihn die Kaiserin Maria Theresia durch Verleihung der geheimen Rathswürde (1760) und eines mit Smaragden und Diamanten reich besetzten Pectoralkreuzes (1767) aus. Berthold Vogl wirkte 46 Jahre als Capitular des Stiftes, 40 als Priester, 13 als Abt, und die Klostergeschichte zählt den Prälaten, der in der kurzen Zeit seiner Regierung so Nützliches geschaffen, zu den besten Aebten von Kremsmünster.

Pachmayr (Marian P.). Historico-chronologica series abbatum et religiosorum Monasterii Cremifanensis... (Styrae 1777, Abr. Wimmer, kl. Fol.) p. 806—827. — Hagn (Theodorich). Das Wirken der Benedictiner-Abtei Kremsmünster für Wissenschaft, Kunst und Jugendbildung (Linz 1848, 8°) S. 78, 85. 90 155, 206 und 209. — *Ziegelbauer (Magnoaldus).* Historia rei litterariae ordinis s. Benedicti (Augsburg 1754) tom. III, p. 338; tom. IV, p. 407.

13. **Vogel,** Cajetan (Tonsetzer, geb. zu Konojed in Böhmen um 1750, gest. in Prag am 27. August 1794). Den ersten musicalischen Unterricht erhielt er in der Schule seines Geburtsortes, dann kam er, da er eine hübsche und gut geschulte Stimme besaß, 1763 als Chorknabe zu den Jesuiten in Breslau, bei denen er zunächst als Altist, später aber als Organist angestellt wurde. Nachdem er daselbst die Humanitätsclassen beendet hatte, kehrte er nach Prag zurück, wo er nach einiger Zeit in den Servitenorden trat, in welchem er Philosophie und Theologie hörte und zuletzt die Priesterweihe erlangte. Nach Aufhebung seines Klosters ging er in den Stand der Weltgeistlichen über, wurde als deutscher Prediger an der Pfarrkirche zur h. Dreifaltigkeit in Prag angestellt und wirkte in diesem Amte bis zu seinem im besten Mannesalter erfolgten Tode. Wie schon bemerkt, besaß Vogel Talent und Neigung zur Musik und betrieb dieselbe neben seinen Studien auf das eifrigste. Vornehmlich übte er die Violine und benützte jede Gelegenheit, den Unterricht guter Meister zu genießen. Zu jener Zeit, als er, bereits ein ziemlich guter Violinspieler, von Breslau nach Prag zurückkehrte, nahm er bei Johann Habermann [Bd. VI, S. 116] Unterricht im Contrapunkt und in der Composition. Da ihm aber die Methode dieses Lehrers nicht zusagte, verlegte er sich mit allem Eifer auf das Studium der besten Meister seiner Zeit, eines Myslivecžek, Haydn, Zimmermann und Anderer, und als der berühmte Violinspieler Franz Anton Ernst [geb. 1745, gest. 1806] von seinen Kunstreisen nach Prag

zurückkehrte, nahm Vogel Unterricht bei demselben. Ob der Tüchtigkeit in seinem Fache mit der Direction der Musik an der Ordenskirche zum h. Michael in der Altstadt Prag betraut, leistete er in zwölfjähriger Wirksamkeit daselbst Ausgezeichnetes als Musikleiter und Componist. Schon frühzeitig versuchte er sich in kleinen Compositionen, und als er Contrapunkt und Compositionslehre vollkommen inne hatte, schrieb er zahlreiche Kirchen- und profane Musikstücke, welche von seinen Zeitgenossen viel gerühmt wurden. Von seinen Werken sind anzuführen: eine solenne große Messe und ein Te Deum, beide Werke geschrieben 1781 anläßlich der Jubilarprimiz des Fürsten Erzbischofs von Prag Anton Peter Grafen Przichowský von Przichowitz und unter seiner eigenen Direction mit großem Orchester am h. Dreieinigkeitsfeste in der Prager Metropolitankirche aufgeführt. Außerdem sind von ihm vorhanden: 12 große, 14 kleine Messen, 12 Stationes theophoricae, 2 Violinconcerte, 4 Concerte für das Waldhorn, je eines für Oboe, für Flöte und für Clarinette, 6 Quartette mit Begleitung des Pianoforte, 6 Quartette für 2 Violinen, Viola und Violoncell, dann mehrere Partien für Blasinstrumente; auch componirte er eine deutsche Oper, betitelt: „Durchmarsch".

Dlabacz (Gottfried Johann). Allgemeines historisches Künstler-Lexikon für Böhmen und zum Theile auch für Mähren und Schlesien (Prag 1815. Haase, 4º.) Bd. III, Sp. 304. — Oesterreichische National-Encyklopädie von Gräffer und Czikann (Wien 1835, 8º.) Bd. V, S. 575. — Gaßner (F. S Dr.). Universal-Lexikon der Tonkunst. Neue Handausgabe in einem Bande (Stuttgart 1849. Franz Köhler, schm. 4º.) S. 872. — Neues Universal-Lexikon der Tonkunst. Für Künstler, Kunstfreunde und alle Gebildeten. Angefangen von Dr. Julius Schla[d]e-

bach, fortgesetzt von Ed. Bernsdorf (Offenbach 1861, Joh. André, gr. 8º.) Bd. III, S. 817.

14. Vogl Caspar (enthauptet am 8. November 1606). Dreißig Jahre stand er als Pfleger zu Zell im Dienste des Salzburger Erzbischofs Wolf Dietrich von Raitenau, mit aller Treue und Thätigkeit, in allen seinen Handlungen ein ebenso verständiger als für das Wohl seiner Gemeinde eifrig besorgter Beamte. Im Sommer 1606 wurden nun Jacob Friedrich Riß zu Grub und der fürsterzbischöfliche Kammerrath Sebastian Lueger von dem Erzbischofe in das Gebirge geschickt, mit dem Auftrage, eine ausführliche Urbarsbeschreibung vorzunehmen und zum Behufe der eingeführten Vermögenssteuer alle Güter und Gründe der Unterthanen zu beschreiben und zu schätzen. Die beiden erzbischöflichen Commissäre schätzten nun in amtlicher Wohldienerei die Güter meist höher, als dieselben in der Steuer angesagt wurden, und nach diesem Verhältnisse erfolgte auch die Steigerung der Abgaben. Das aber wollte den Bauern nimmer gefallen, und sich zu Tarenbach und Zell zusammenrottend, waren sie entschlossen, dieser Maßregel mit Gewalt sich zu widersetzen. Sobald der Erzbischof davon Kunde erhielt, traf auch er seine Anstalten Longinus Walther von Walthersweil, Hof- und Kriegsrath, erhielt den Befehl über einen ansehnlichen Haufen Mannschaft und rückte über Werfen und Tarenbach nach Zell. Die Entwaffnung der Bauern wurde in Kürze ausgeführt, die Mehrzahl derselben unter ernster Vermahnung und Androhung hoher Geldstrafen entlassen, und nur einige Rädelsführer, sieben Bauern von Tarenbach und Zell, zog man gefänglich ein und verhängte über sie die peinliche Untersuchung. Aber auch der Pfleger zu Zell, Caspar Vogl, wurde unter der Beschuldigung, durch seine Nachsicht den Aufstand befördert zu haben, nach Salzburg gerichtlich vorgeladen. Seiner Schuld sich bewußt, stellte er sich, obwohl er leicht hätte fliehen können, vor dem Gerichte, das am 6. November 1606 über ihn und zwei Bauern Namens Hans Abeill und Sterban Guetbund mit Mehrheit der Stimmen das Todesurtheil fällte, welches der Erzbischof bestätigte. „Das Caspar Vogl, gewester Pfleger zu Zell, dann Hans Abeill und Stephan Guetbund secundum majora vota pro seditiosis und Aufwieglern erkannt und bewogen ad poenam capitalem condemnirer worden. Placuit", heißt es im Hofgerichts-protokolle vom 6. November 1606. Am 8. November um 8 Uhr Morgens fand auf der sogenannten Scharte, wo man von der Hauptfestung auf den Mönchsberg hinübergeht, die Hinrichtung Vogl's und der beiden Bauern durch das Schwert statt. Keiner wußte von dem Tode des Anderen: denn sobald einer enthauptet war, ebnete man den Richtplatz wieder mit weißem Sande, so daß kein Blut oder anderes Zeichen einer Hinrichtung zu sehen war. Dann wurden die Opfer, jedes in eigener Truhe, auf dem St. Petersfriedhofe neben der St. Margarethencapelle christlich bestattet. Diese Hinrichtung machte im Lande großes Aufsehen, und besonders bedauerte man den allgemein geachteten Caspar Vogl. Nach der Hand soll der Erzbischof seine übereilte Handlung öfter bereut haben. Das über Vogl's Verlassenschaft am 20. November 1606 errichtete Inventar befand sich noch zu Anfang dieses Jahrhunderts in der Registratur des Pfleggerichts zu Zell im Pinzgau, dagegen fehlte das Tagebuch, das Vogl im Kerker geschrieben, und die Briefe, die er aus demselben an seine Frau und seine Freunde gerichtet.

Zauner (Judas Thaddäus Dr.). Neue Chronik von Salzburg (Salzburg 1813, Mayr, 8°.) I. (des ganzen Werkes VI.) Theil, S. 97 u. f. und S. 198 u. f.

15. **Vogl**, Emil, ist ein zeitgenössischer Naturforscher, welcher 1863 Assistent des Lehrcantes für Botanik an der k. k. Joseph-Akademie zu Wien war und in seinem Fache einige Beiträge in dem von Alexander Skofitz seit 1851 herausgegebenen „Oesterreichischen botanischen Wochenblatt" veröffentlichte, und zwar im dritten Jahrgange (1853): „Wanderung durch das Tepliter Thal bei Weißkirchen" (über das Tepliter Bad und Angabe der Pflanzen) [S. 147, 153 und 161] und „Botanische Notizen aus Kremsier" [S. 213, 262, 333 und 374]. Weitere Nachrichten über seine botanische Thätigkeit haben wir nicht.

Bericht über die österreichische Literatur der Zoologie, Botanik und Paläontologie aus den Jahren 1850—1853 (Wien 1855, 8°.) S. 173 [erscheint daselbst als A. Vogl, während er in d'Elvert's „Zur Culturgeschichte Mährens und Schlesiens" (Brünn

1868, gr. 8°.) II. Theil, S. 300 ausdrücklich Emil Vogl heißt]

16. **Vogl**, Franz A. (geb. zu Rudig in Böhmen am 20. November 1821). Da er Talent und Neigung für die Musik zeigte, trat er als Zögling in das Prager Conservatorium ein, in welchem er seine künstlerische Ausbildung erhielt. Gegenwärtig wirkt er als Professor des Gesanges an demselben. Er ist auch als Componist aufgetreten und hat mehrere Lieder und vierstimmige Gesänge veröffentlicht, und zwar: „Jahodnice avé"; „Joží licu", dieses und das vorige für eine Baritonstimme (beide Lieder Prag, bei Rob. Veit); — in dem im Verlage von A. Christoph und Kubé in Prag herausgegebenen musicalischen Sammelwerke „Zaboj" die Viergesänge: „Kovářská", von F. L. Rieger [Bd. II, Heft 4]; — „Zpev jinochů. I." [Bd. II, Heft 1]; — „Zpev jinochu. II." [Bd. II, Heft 5]. — und „Zpev jinochu. III." [Bd. I, Heft 1], alle drei von J. Jahn.

17. **Vogl**, Georg, ein Historienmaler, welcher in der zweiten Hälfte der Dreißiger-Jahre zu Wien in der Gumpendorfer Hauptstraße Nr. 56 sein Atelier hatte und auf die Jahresausstellung 1838 der k. k. Akademie der bildenden Künste bei St. Anna das Historienbild: „Erzherzog Maximilian I. nimmt Abschied von seiner Gemalin Maria von Burgund" brachte. Später erscheint der Künstler, über dessen Lebens- und Bildungsgang alle Nachrichten fehlen, nicht wieder.

Kunstwerke, öffentlich ausgestellt im Gebäude der österreichisch-kaiserlichen Akademie der vereinigten bildenden Künste bei St. Anna. Im Jahre 1838 (Wien, A. Strauß' sel. Witwe, 8°.) S. 23, Nr. 326.

18. **Vogl**, Gustav, diente in der kaiserlichen Armee 1859 als einer der ältesten Hauptleute im Infanterie-Regimente Erzherzog Wilhelm Nr. 12. Im Feldzuge genannten Jahres in Italien erhielt er für sein ausgezeichnetes Verhalten vor dem Feinde das Militär-Verdienstkreuz mit der Kriegsdecoration. Als Major seines Regiments machte er den Krieg 1866 gegen die Preußen in Böhmen mit, wo er in der Schlacht bei Königgrätz am 3. Juli den Heldentod fürs Vaterland starb. Dem Gefallenen wurde nachträglich die allerhöchste Belobung zutheil.

Thürheim (Andreas Graf). Gedenkblätter aus

der Kriegsgeschichte der k. k. österreichisch-
ungarischen Armee (Wien und Teschen 1880,
Karl Prochaska, gr. 8°.) Bd. I, S. 73,
Jahr 1859; S. 74, Jahr 1866; S. 464,
Infanterie-Regiment Nr. 12.

19. **Vogel**, Hilarius, ein zeitgenössischer
Schriftsteller, der gegenwärtig die Stelle eines
Professors an der k. k. Oberrealschule auf der
Landstraße in Wien bekleidet. Nebenbei ist er
schriftstellerisch thätig, und die Titel der von
ihm veröffentlichten Werke sind: „Geographie
für Schule und Haus mit besonderer Berücksichtigung des Kaiserthums Oesterreich. Mit
38 Karten und anderen graphischen Darstellungen" (Brünn 1862, Winkler, X u 458 S.;
die zweite verbesserte Auflage dieses Hand-
buchs erschien unter dem Titel: „Geographie
für Mittelschulen und ähnliche Anstalten"
(Brünn 1870, Buschak und Irrgang, gr. 8°,
VII und 334 S.); — „Ayren. (Eine vaterländische Rhapsodie" (ebd. 1863, 12°, 105 S.)
eine geschichte Beschreibung der „blutigen
Pfingsten" zu Ayren (21. und 22. März
1809), den letzten Zehn vom Jahre 1809
gewidmet; — „Aufgefaßte praktisch-theore-
tische Formen- und Satzlehre der deutschen
Sprache für Haupt-, Bürger- und Unterreal-
schulen, sowie ähnliche Anstalten" (Brünn
1864, Buschak und Irrgang, gr. 8°, 122 S.);
— und „Leitfaden der Geographie für Volks-
und Bürgerschulen" (Wien 1873, Gerold's
Sohn 8°).

20. **Vogel**, auch **Vogl**, Jacob (Jesuit und Beichtvater der Kaiserin
Maria Theresia, geb. zu Graz am
19. Jänner 1700, Todesjahr unbekannt,
er lebte aber noch 1773). Im Alter von
achtzehn Jahren trat er in den Orden
der Gesellschaft Jesu ein, in welchem er
die Gelübde ablegte, die philosophischen
und theologischen Studien beendete und
aus beiden die Doctorwürde erlangte.
Hierauf im Lehramte verwendet, lehrte
er durch sechs Jahre zu Graz die Dicht-
und Redekunst und sämmtliche Theile
der Philosophie, dann zu Linz drei Jahre
Moralphilosophie, endlich zu Wien die
heilige Schrift. Von 1751 ab versah er
die Stelle des Beichtvaters bei dem weib-

lichen Hofstaate der Kaiserin Maria
Theresia. Die Titel der von ihm durch
den Druck veröffentlichten Werke sind:
„*Spectacula Sapientum seu Virtutes
profanorum Graeciae Sophorum*"
(Graecii 1733, Widmanstetter, 8°.);
— „*Spectacula Sapientum seu Vir-
tutes sacrorum in Ecclesia Philosopho-
rum*" (ib. 1734, 8°.); — „*Cosmo- et
Geographiae liber unicus, Neophilo-
sophorum praecipue usui accommo-
datus*", Partes duo (Graecii 1737 und
1738); — „Abhandlung über Laster und
Antugenden" (Wien 1764); — „Abhandlung
über die Tugenden" (ebd. 1765). Nach
Winklern hätte er auch noch lateinische
Reden und Betrachtungen, ferner elegische
Gedichte geschrieben.

Peinlich (Richard Dr.). Geschichte des Gymnasiums in Graz in den Jahresberichten des
k. k. ersten Staatsgymnasiums zu Graz von
1869, S. 79, 96 [schreibt ihn Vogl] —
Stoeger (Joh. Nep.). Scriptores Provinciae
Austriacae Societatis Jesu (Viennae et
Ratisbonae 1865, Manz, schm. 4°.) p. 383
[schreibt ihn Vogel]. — Winklern
(Joh. Bart. von). Biographische und literarische Nachrichten von den Schriftstellern und
Künstlern, welche in dem Herzogthume Steiermark geboren u. s. w. (Graz 1810, 8°.) S. 241
[schreibt ihn Vogl].

21. **Vogel**, Ignaz, diente im österreichischen Heere während der Belagerung von
Raab (1803) als Corporal im 4. Artillerie-
Regiment. Als in jenen Tagen eine feindliche Haubitzgranate in das Pulvermagazin
fiel, befand er sich eben in demselben, um
Munition zu holen. Mit einer Geistesgegenwart und Entschlossenheit ohne Gleichen
rettete er nicht nur das Magazin, sondern
auch einen großen Theil der Stadt vor
unausbleiblicher Vernichtung, denn er rollte
die niedergefallene Granate ruhig zur Thür
hinaus, wo sie, ohne Schaden zu thun," zer-
sprang.

(Hormayr's) Archiv für Geographie, Historie
u. s. w., 25. und 27. März 1811 Nr. 36
und 37, S. 160; in der Rückerinnerung an
österreichische Helden. Von J. W. Ridler.

22. **Vogl**, Johann, einen akademischen Statuar, der im Jahre 1836 in Wien lebte, erwähnt Tschischka in dem unten angegebenen Werke. Ueber die Arbeiten dieses Künstlers Näheres zu erfahren, waren meine Nachforschungen vergeblich. Auch sonst wird in keinem Werke über Kunst und Künstler Oesterreichs seiner gedacht. Nun lebte 1818 in Wien ein k. k. akademischer Bildhauer Johann Vogl, der zugleich Mechaniker war. Er hatte eine neue Gattung Stelzfüße erfunden, die ebenso ihrer bequemen Brauchbarkeit als ihres geringen Gewichtes wegen allen anderen Instrumenten dieser Art vorgezogen wurden. So verfertigte er für einen im Wiener Invalidenhause befindlichen Mann, welcher in Folge des Verlustes beider Füße jahrelang im Bette zubringen mußte, zwei künstliche Füße, mit denen derselbe nun ohne Krücke zu gehen im Stande war. Und als auch ein Hauptmann, Freiherr Kreß von Kreßenstein, mit bestem Erfolge sich eines von Vogl construirten Fußes aus Holz bediente, ließen sich viele Officiere und Soldaten von dem Künstler ähnliche Stelzfüße herstellen, welche alle bis dahin im Gebrauche gewesenen übertrafen. Die berühmten mechanischen Gliedmaßen des Bauern Joseph Herschitsch [Bd. L, S. 150] mögen wohl erst später bekannt geworden sein und jene Vogl's verdrängt haben. Ob nun dieser Bildhauer, der gleichzeitig Mechaniker ist, und der oben genannte Statuar Johann Vogl, dessen Tschischka gedenkt, eine und dieselbe Person sind, kann Verfasser dieses Lexikons nicht bestimmen.

Tschischka (Franz). Kunst und Alterthum in dem österreichischen Kaiserstaate geographisch dargestellt (Wien 1836, Fr. Beck, gr. 8°.) S. 406. — Erneuerte vaterländische Blätter für den österreichischen Kaiserstaat (Wien, Strauß, 4°.) 5. August 1818, Nr. 62, im Intelligenzblatt. S. 248: "Stelzfüße neuer Erfindung".

23. **Vogl**, Johann Edler von (k. k. Hauptmann, geb. zu Wien 3. November 1782, gest. zu Salzburg 8. April 1858). Der Sohn des k. k. geheimen Staats- und Conferenzrathes Johann Anton Edlen von Vogl [S. 172, Nr. 24], besuchte er die k. k. Theresianische Ritterakademie und erhielt, da er besondere Neigung zum Waffendienste zeigte, seine weitere Ausbildung in der k. k. Ingenieur-Akademie. Im Alter von siebzehn Jahren zum Fähnrich bei Wenzel Graf Colloredo-Infanterie Nr. 56 ernannt, machte er mit diesem Regimente den Feldzug 1800 mit. Als dasselbe zur Bewachung der Gebirgspässe Tirols bei Kufstein stand, zeichnete sich Vogl am 8. December als Freiwilliger bei einer Recognoscirung in so hohem Grade aus, daß er außer seinem Range zum Unterlieutenant vorrückte. Nach beendetem Feldzuge kam er 1801 zur Marrirung nach Westgalizien, und da gelang es ihm, durch Convention im Jahre 1804 eine Capitänlieutenantstelle im Regimente Kreß-Gerz Nr. 35 an sich zu bringen. Bei Ausbruch des Feldzuges 1805 wurde er zu Welß in Oberösterreich als Führer einer Colonne des unter General Kutusow stehenden russischen Auxiliarcorps beigegeben, in welchem er sich in der Schlacht bei Austerlitz durch seine Tapferkeit besonders auszeichnete. Im Jahre 1806 dem topographischen Bureau des Generalquartiermeisterstabes zugewiesen, arbeitete er in demselben bis zum Ausbruche des Feldzuges 1809. In diesem Jahre avancirte er zum wirklichen Hauptmanne im 3. Jägerbataillon. Im vierten Armeecorps eingetheilt, überschritt dasselbe am 16. April als Vorhut auf der Straße nach Straubing bei Landau die Isar, und Hauptmann Vogl verlor im Gefechte seine Bagage und drei Reitpferde. Nach der siegreichen Schlacht bei Aspern, welcher er beiwohnte, erhielt er das Verotcommando zu Obra in Mähren. Nach dem Friedensschlusse in Folge der Armeereduction im Infanterie-Regimente Graf Colloredo Nr. 33 eingetheilt, kam er wieder zum topographischen Bureau, in welchem er bis August 1812 blieb. Seiner zerrütteten Gesundheit wegen trat er Anfangs December 1812 in den zeitlichen Pensionsstand. Während des Wiener Congresses 1814/15 leistete er Gardedienste, und im Juni 1815 zum dritten Male dem topographischen Bureau zugewiesen, arbeitete er in demselben zwei Jahre lang. 1817 bewarb er sich um den in Salzburg errichteten k. k. Tabakverlag und bekam ihn auch. 1824 mußte er auf den Militärcharakter verzichten, erhielt aber denselben wieder, als er nach dreißig in letzterem Dienste zugebrachten Jahren 1847 um Versetzung in den Ruhestand bat. Ueber ein Decennium hatte er diesen genossen, als er 1858 im hohen Alter von 76 Jahren starb.

Militär-Zeitung. Herausgegeben von J. Hirtenfeld (Wien, gr. 4°.) 1858

S. 468: „Nekrolog". Von A Ritter von Schallhammer.

24. **Vogel,** Johann Anton Edler von (geb. zu Günzburg 1743, gest. in Wien am 17 März 1800). Nachdem er das Studium der Rechte an der Wiener Universität beendet hatte, suchte er Verwendung im Auditoriat. In kurzer Zeit zum Regimentsauditor ernannt, trat er später in die Privatdienste des Staatsministers Grafen Blümegen über, auf dessen Empfehlung er schon 1768 als Concipist im Staatsrathe Anstellung fand. Im October 1785, nach Uebersetzung des Hofrathes Joseph von Koller, bisherigen Directors der Staatsrathskanzlei, zur böhmisch-österreichischen Hofkanzlei, erfolgte Vogel's Ernennung an dessen Stelle. Als man 1790 nach dem Regierungsantritte des Kaisers Franz den Wirkungskreis des Staatsrathes neu regelte und festsetzte, ferner auch die Personenfrage, welche neuen Staatsräthe zu ernennen wären, in Erwägung zog, wurde Vogel, durch langwierige Dienstleistung in dieser Kanzlei mit allen Staatsgeschäften vertraut, in Antrag gebracht, und am 24. Juni 1796 zum Staatsrathe ernannt, trat er als solcher die Führung der inländischen Geschäfte an. Schon 1777 wurde er seiner ausgezeichneten Verdienste wegen in den Adelstand erhoben. Die Landstände von Krain, von Görz, Gradisca, von Tirol und vom Breisgau nahmen ihn tarfrei zu ihrem Mitstande auf. Johann Antons Sohn ist der k. k. Hauptmann Johann Edler von Vogel [S. 171, Nr. 23].

Der Oesterreichische Staatsrath (1760—1848). Eine geschichtliche Studie vorbereitet und begonnen von Dr. Karl Freiherrn von Hock, aus dessen literarischem Nachlasse fortgesetzt und vollendet von Dr. Hermann Ignaz Bidermann (Wien 1879, Braumüller, gr. 8°.) S. 103, 636, 642, 649 und 60.

Vogl, Johann Bernhard, siehe: **Vogl,** Johann Chrysostomus [den Folgenden, Nr. 25, im Texte]

25. **Vogl,** Johann Chrysostomus (Maler geb. zu Graz, gest. daselbst am 8. December 1745). Er trat 1677 in die Schule zu Maria Rast nächst Marburg und wurde 1745 Mitglied der Malerconfraternität in Graz. 1719 malte er ein Gewölbe und die Antonicapelle bei den Franciscanern in genannter Stadt (um 150 fl.), 1723 das heilige Grab daselbst (um 16 fl.), 1721 die Fresken in der Kirche Maria Rast; 1728 die Xavericapelle der Pfarrkirche zu Tüffer; 1737 die Kreuzcapelle letzterer Kirche. Ferner rühren von seiner Hand die Fresken in der vordersten linken Seitencapelle der Barmherzigenkirche zu Graz. Auf der etwas über einem Meter breiten Seitenfläche zeigen dieselben auf einer Seite hinter einer offenen Thür einen beichthörenden Priester, auf der anderen die Aussicht ins Freie. Oben links sieht man Christus, welcher der h. Maria erscheint, rechts Christus als Gärtner und die h. Maria. Unseres Künstlers gleichfalls aus Graz gebürtiger Bruder **Bernhard,** der zugleich mit demselben die Schule zu Maria Rast besuchte, war seines Zeichens auch Maler, wie ein ebenfalls in Graz geborener **Johann Bernhard** Vogl, welcher sich 1693 auf der Schule in Maria Rast befand und in der Chronik dieser Anstalt als Nobilis Graecensis bezeichnet wird.

Wastler (Joseph). Steirisches Künstler-Lexikon (Graz 1883, Verlag des Lenkam. 8°.) S. 176 und 177 über alle drei Obengenannten.

26. **Vogl,** Johann Heinrich, ist ein Maler unserer Zeit, der für die Ausstellung, welche die k. k. Akademie der bildenden Künste im polytechnischen Institute zu Wien 1843 veranstaltete, mit einem in Oel gemalten Genrebilde: „Kastelbinder" beschickte. Sein Atelier befand sich zu jener Zeit in der k. k. Burg. Weiteres über diesen Künstler und seine Arbeiten wissen wir nicht.

Werke der Kunstausstellung, welche die österreichische kaiserliche Akademie der vereinigten bildenden Künste im Gebäude des k. k. polytechnischen Institutes im Jahre 1843 veranstaltet hat (Wien, A. Strauß' sel. Witwe und Sommer, 8°.) S. 29. Nr. 419.

27. **Vogl,** Johann Michael (Sänger, geb. in Stadt Steyr in Oberösterreich am 10. August 1768, gest. zu Wien am 20., nach Anderen am 19. November 1840). Der Sohn eines Schiffmeisters, verlor er frühzeitig seine Eltern, worauf ihn der Bruder seines Vaters ins Haus nahm. Durch eine

klare Stimme und richtige Intonation erregte der fünfjährige Knabe die Aufmerksamkeit des Chorregenten an der Pfarrkirche in Steyr, und in Folge dessen erhielt er gründlichen Musikunterricht und zwei Jahre später die Stelle eines besoldeten Sopransängers. Dabei wurde seine übrige Ausbildung um so weniger vernachlässigt, als er immer große Lust zum Lernen zeigte. So hinlänglich vorbereitet, kam er ins Stift Kremsmünster, dessen Bildungsanstalten schon zu jener Zeit einen trefflichen Ruf besaßen, und daselbst beendete er mit gutem Fortgange die Gymnasialclassen und philosophischen Studien. Im Stifte bot sich ihm auch die Gelegenheit dar, sein — übrigens von der Natur nichts weniger als begünstigtes — Darstellertalent zu erproben, indem er an den kleinen geistlichen Schau- und Singspielen, welche daselbst aufgeführt wurden, mitwirkte. Er als Sänger und der junge Süßmayer [Bd. XL, S. 290] als Componist bildeten bald eine große Anziehungskraft für die Bewohner der Umgegend, welche zu den kirchlichen Aufführungen im Stifte in Massen herbeieilten. Innige Freundschaft verband auch die beiden jungen Künstler, welche nun beschlossen, gemeinschaftlich nach Wien zu ziehen. Dort begann Vogl die juridischen Studien und trat nach deren Beendigung beim Magistrat in die amtliche Praxis. Aber bald nahm seine Laufbahn eine andere, seinen künftigen Lebenslauf entscheidende Wendung. Auf Antrieb seines Freundes nämlich, der indessen Capellmeister geworden war, erhielt der junge Beamte einen Ruf an die Hofoper, welchem er auch ohne Zaudern folgte. Am 1. Mai 1794 wurde Vogl dem Künstlerkreise der deutschen Oper einverleibt. In Alxinger's „Die gute Mutter“,

mit der Musik von Branitzky, trat er zum ersten Male auf; und nun widmete er dieser Bühne durch mehr als 28 Jahre seine besten Kräfte. Es war die goldene Zeit der deutschen Sangkunst, die Zeit, in welcher man noch die herrlichen Partien eines Haydn und Mozart sang und nicht die endlosen Wagner'schen Leitmotive abbrüllte. Die damalige Wiener deutsche Oper verfügte über seltene Kräfte, von denen genannt seien: Baumann, Forti, Gottdank, Sebastian Mayer, Saal, Weinmüller, Wild und die Frauen Anna Buchwieser, Anna Milber, Wilhelmine Schröder, Karoline Unger. Sehr viel zu Vogl's künstlerischer Ausbildung im Gesange, in welcher er es zu einer Bedeutung brachte, daß man noch nach Jahrzehnten in ihm den eigentlichen und ersten deutschen Gesangsmeister erkennen wollte, trug der Umstand bei, daß er gleich im Beginn seiner Laufbahn auch für kleinere Partien der italienischen Oper verwendet wurde, wobei er mit Crescentini, einem berühmten Castraten, in ein freundliches Verhältniß gerieth und nun Gelegenheit fand, von dieses Sängers trefflicher, den italienischen Gesangskünstlern überhaupt eigener Methode Manches in sich aufzunehmen. Er studirte den Italiener mit großer Aufmerksamkeit, versuchte es, gleich ihm, deutlich zu articuliren, wußte der Stimme haushaltend, die geeigneten Momente zum versteckten Athemholen aufzufinden und zu benützen und jede Geschmacklosigkeit in den Coloraturen, worin oft berühmte Sänger in übelverstandener Bravour wetteifern, zu vermeiden. So eignete er sich denn durch fleißiges Studium und treue Beobachtung die Vorzüge der italienischen Gesangsmethode an, vermied aber auch sorgfältig die Fehler, an benen dieselbe nicht selten krankt: das hohle Pathos und die ganz regelwidrige Verwendung des Concertgesanges auf der Bühne. Dadurch erreichte er Triumphe neben dem künstlerisch weit minder ausgebildeten Wild, der aber dafür den Zauber der Jugend voraus hatte und schon durch den wunderbaren Schmelz seiner Tenorstimme sich Aller Herzen leicht gewann. Aber dabei war Vogl frei von dem berüchtigten Künstlerneide, die glänzenden Gaben und Vorzüge seines jungen Nebenbuhlers — Wild war 24 Jahre jünger — stets anerkennend, gerieth er nur über das Publicum dann in Harnisch, wenn es den Fehlern und Unarten seines Lieblings beinahe noch mehr zujubelte, als dessen wirklich guten und lobenswerthen Leistungen. So trat er denn in italienischen, französischen und deutschen Opern und Singspielen auf, feierte in ersteren Triumphe, wie solche deutsche Sänger nur selten ernten, stand aber in den beiden letzteren als eine künstlerische Größe da, welche in der Folge angehenden Sängern als Muster vorgehalten wurde. Von den schönsten italienischen Rollen, in denen er zu jener Zeit glänzte, nennen wir den Darius in der Oper „Palmyra", den Agamemnon in „Achille", den Capitano in „L'Amor marinaro", den Figaro in Paisiello's „Barbiere di Seviglia". Für die deutsche Oper war damals ein nicht eben genialer, aber immerhin bedeutender Meister erstanden, Weigl, ein klarer, besonnener, gediegener Componist, reich an Erfindung und Melodie und dabei ungemein sorgfältig in der Ausführung. Noch war es wirkliche Musik, die man allgemein lobte, und nicht die Ohren betäubende Instrumentation, die sich später zum Hohn aller Gesetze der Himmelstochter Musik Bahn brach und verwüstend im Reiche der Töne wirkte. In Weigl's Opern: „Das Waisenhaus" und „Die Schweizerfamilie" feierte Vogl mit der Milder glänzende Triumphe. Von anderen deutschen Partien, in welchen er mit gleichem Erfolge sang, seien genannt: Graf Dunois in „Agnes Sorel" von Gyrowetz, im December 1806; — Orest in „Iphigenie auf Tauris" von Gluck, am Neujahrstage 1807, in welcher Rolle er von erschütternder Wirkung war; — der Oberst im „Augenarzt" von Gyrowetz; — Milton in Spontini's gleichnamiger Oper; — Kreon in Cherubini's „Medea" — und Jacob in Mehul's „Joseph und seine Brüder". Nur selten verstand es ein Sänger, gleich Vogl jede Rolle in ihrer eigentlichsten Wesenheit aufzufassen. „Es lassen sich kaum", bemerkt Bauernfeld", dem man überhaupt das Wesentlichste über Vogl und dessen Leben verdankt, „zwei verschiedenere Persönlichkeiten erdenken, als die des Telasko in „Ferdinand Cortez" und des Grafen Almaviva in „Nozze di Figaro"". Wenn Vogl als wilder Mexicaner durch seine leidenschaftliche Glut hinriß, so zwang der stolze vornehme Graf nach seiner Arie im zweiten Acte einem Theaterenthusiasten dem Ausruf ab: „So und nicht anders singt ein spanischer Grande erster Classe". Von Vogl's Leistungen aus den letzten Jahren seien erwähnt: der Prophet Daniel in „Baal's Sturz" von Weigl und seine letzte, eine sogenannte Nebenrolle, der alte Castellan in Gretry's Oper „Blaubart", welche 1821 neu in Scene gesetzt und 1822 unter Barbaja's Direction wiederholt wurde. Im Jahre 1821 ging das Hofoperntheater in Pacht über, und Ende 1822 trat Vogl in

Pension, aber mit ihr noch lange nicht in den Ruhestand, denn innerlich mit seiner Kunst verwachsen, widmete er derselben auch jetzt wieder, wenngleich in anderer Richtung, seine noch immer bedeutenden Kräfte. Schubert war damals erstanden, und Vogl, kann man sagen, hat diese Wiener Nachtigall gleichsam entdeckt und dem Wiener Publicum vorgeführt. In einem Concerte nämlich, welches im Kärnthnerthortheater am 7. März 1821 stattfand, sang Vogl den „Erlkönig“ von Schubert, und damit war der Erfolg des jungen, zuvor nur im engsten Kreise einiger Freunde und Kunstdilettanten bekannten Componisten gesichert. Bald fühlten sich Sänger und Componist zu einander hingezogen, und die Vorurtheile des auch kritisch gereiften Meisters gegen die sprudelnden Erzeugnisse eines jungen Talentes — Vogl zählte zu jener Zeit 53, Schubert 24 Jahre — waren bald überwunden und auch durch die That widerlegt. Ersterer sang auf den Wunsch bewährter Kunstfreunde gern jene fast dramatischen Lieder bis in sein höheres Alter in den Kreisen des gebildeten Mittelstandes. Schubert übernahm dann immer die Begleitung am Clavier; ohne eigentlich Virtuos zu sein, reichte er im Accompagnement vollkommen aus, durch Geist und Empfindung ersetzend, was ihm etwa an technischer Vollendung fehlte. Schubert's „Memnon“, „Philoktet“, „Wanderer“, „Orest“, „Ganymed“, „An Schwager Kronos“, „Der Einsame“, „Die Müllerlieder“, „Die Winterreise“ und noch andere Meisterwerke dieses Schwans der Donau waren für Vogl's Weise und Vortrag wie geschaffen. Kleine Aenderungen und Ausschmückungen, die sich der gewandte und effectkundige Sänger erlaubte, erhielten

dann auch öfter die Zustimmung des Tonsetzers, gaben aber nicht selten Veranlassung zu freundschaftlichen Controversen. Das Vorgehen Vogl's, wenn derselbe dann mit anderen jungen Tonsetzern Schubert'sche Lieder sang, ist in der Biographie Vesque's von Püttlingen [Bd. L, S. 198] geschildert. Im Jahre 1826 überraschte der achtundfünfzigjährige Sänger seine Freunde durch die Mittheilung, daß er sich vermält habe; wir sagten überraschte, da man aus seinen Aeußerungen immer zu entnehmen glaubte, daß er zeitlebens unverheiratet zu bleiben gedenke. Indessen hatte er Jahre her mit einem fast außer Zusammenhang mit der Welt erzogenen weiblichen Wesen in einer Art von ethisch-pädagogischem Verhältniß gestanden, wobei er sich als berathender Freund und Lehrer benahm, während ihm das sanfte Gemüth des nicht mehr ganz jungen Mädchens mit leidenschaftlicher Verehrung zugethan war. Dieser im Spätherbste seines Lebens geschlossenen Verbindung entstammte ein Töchterlein. Aber schon vor dieser Heirat wurde Vogl oft von Leiden gequält, die Gicht war es, welche sich in verschiedenen Formen äußerte, und gegen welche er mannigfache meist fruchtlose Heilversuche anwendete. So reiste er denn auch im Herbste 1825 nach Italien, wo er bis zum nächsten Frühjahre verweilte, und bei seiner Rückkehr schritt er zur Ehe, in welcher er 14 Jahre lebte, die letzten aber unter so furchtbaren Schmerzen, daß es der ganzen himmlischen Geduld seiner sanften und frommen Frau bedurfte, um weder in der Krankenpflege, noch im Zusprechen und Trösten völlig zu ermatten. Endlich, im Alter von 72 Jahren, wurde er durch den Tod von seinen qualvollen Leiden erlöst. Ueber Vogl's künstlerische Laufbahn und Leistungen haben wir schon berichtet. Noch Einiges und nicht Unwesentliches bleibt über Vogl den Menschen zu sagen, der nicht von der Art Anderer, sondern vielmehr ein Sonderling war, der überdies dadurch, daß er der Bühne angehörte und eine klösterliche, dabei aber gründliche Ausbildung erhalten hatte, ein ganz eigenartiges Gepräge zur Schau trug, was wohl Anlaß gab zu dem öfter abfälligen, indeß nichts weniger als gerechten Urtheile, das Manche über ihn fällten. Seiner äußeren Erscheinung nach war Vogl eine imposante, kräftige Persönlichkeit, mit ausdrucksvoller Miene und freiem eblen Anstande. Dabei aber erschienen die Bewegungen der Hände und Füße nicht immer als die anmuthigsten, auch war hie und da eine Stellung, z. B. in einer griechischen Heldenrolle, etwas zu sichtlich der Antike entnommen. Im Gesange verfolgte er mit strenger Consequenz und mit vollem Bewußtsein den einzig richtigen Weg der echt dramatischen Gesangskunst. Er besaß ein feines Ohr für den Rhythmus der Verse und hatte das seitdem, allem Anscheine nach, verloren gegangene Geheimniß des recitativen Vortrages vollkommen inne. Auch die Gesetze der Harmonie waren ihm nicht fremd. In der Darstellung des Charakteristischen, in der künstlerischen Verbindung der Wahrheit mit der Schönheit, Meister, fand er auch nur Freude an Rollen, die es ihm möglich machten, einen entschiedenen Charakter darzustellen, während ihm z. B. die Nebengestalten der modernen italienischen Oper geradezu ein Gräuel waren. Man brauchte Vogl nur in einer einzigen Rolle zu sehen, um sofort zu erkennen, daß er nicht ein gewöhnlicher Mensch sei. Seine künstlerische Ausbildung sowohl

als Sänger wie als Darsteller erlangte er größtentheils durch sich selbst. Die klösterliche Erziehung aber, welche er in seiner Jugend eine Reihe von Jahren hindurch genossen, hatte nicht geringen Einfluß auf seinen Charakter geübt, eine gewisse, schon in den Reimen seines Wesens gelegene Beschaulichkeit genährt und gepflegt und so den sonderbarsten Contrast mit seinem Stande und seinen äußeren Verhältnissen gebildet. Der Grundton seines Inneren war eine moralische Skepsis, ein grübelndes Zergliedern seines Selbst, so wie der Welt; der Trieb, von Tag zu Tag besser, vollkommener zu werden, verfolgte ihn durch sein ganzes Leben. Wenn ihn die Leidenschaft, wie alle kräftigen reizbaren Naturen, zu gefährlichen, ja frevelhaften Schritten hinriß, so ward er nicht müde, sich darüber selbst anzuklagen, zu zweifeln, zu verzweifeln; ein neuer Fehltritt — neue Vorwürfe, Zerknirschung, Gewissensbisse. Lecture und Studium standen natürlich mit dieser Lebensrichtung im innigsten Zusammenhange. Das alte und neue Testament, die Evangelien, die Stoiker, Marc Aurel's „Betrachtungen" und Epiktet's „Enchiridion", Thomas a Kempis, Tauler hatte Vogl zu steten Begleitern und Rathgebern seines Lebensganges gewählt. Das Buch „Von der Nachfolge Christi" übersetzte er und ließ diese Arbeit in Abschriften unter ähnlich gesinnten Freunden vertheilen. Ein Werk von Epiktet hatte er eigenhändig in vier Sprachen — griechisch, lateinisch, englisch und deutsch — copirt. Doch glaube man nicht, daß erst der lebensmüde Greis zu solcherlei Art von Tröstung seine Zuflucht nahm; der religiös-philosophische Faden spann sich im Kloster an und zog sich durch Vogl's ganzes Leben ununterbrochen fort. Nun war es freilich eine wunderliche Erscheinung, wenn man den gefeierten Theatersänger im Costum des Agamemnon, des Orest, oder sonst eines heidnischen Heros in der Garderobe sitzen und mit Aufmerksamkeit in einem griechischen Buche blättern sah! Wer aber die Langeweile des Lebens hinter den Coulissen kennt, wessen Ohr die schalen Reden, die allabendlich dort zu hören sind, jemals vernahm, der wird es begreiflich finden, daß sich ein geistreicher Mann von seiner lästigen Umgebung auf jede Weise zu befreien suchte und lieber für einen Sonderling gelten, als sich dem völlig Geistlosen, ja Rohen und Absurden preisgeben mochte. Daß es dabei nicht an Scherzreden über den gelehrten Mimen fehlte, läßt sich denken; aber sie wurden meist hinter seinem Rücken geführt, denn das bessere Wissen, wie überhaupt die ganze Wesenheit des Mannes, flößte Jedermann genügsamen Respect ein. Uebrigens wußte Vogl die Lehren der Stoa mit dem Gefühl für das Schöne sehr wohl zu vereinigen; auch war er für Kunstwerke aller Art empfänglich, die aus einem ihm sonst minder befreundeten Princip hervorgingen. So zählte er Goethe zu seinen Lieblingsautoren, der auch auf die Denk- und Anschauungsweise, wie auf den Styl Vogl's entschieden einwirkte. Er führte sein ganzes Leben hindurch Tagebücher, welche neben seinen freilich ganz schlichten Erlebnissen, neben Auszügen aus seinen Lieblingsautoren, auch zahlreiche eigene Reflexionen enthalten, die einen scharfen Denker, einen geistvollen Beobachter bekunden, wie solche nicht allzu häufig vorkommen. Sein Biograph hat aus diesen Tagebüchern etwas über ein halbes Hundert solcher Aussprüche, Ansichten und Reflexionen mitgetheilt,

welche weitere Verbreitung verdienen. Kunst, Geschichte, Moral, Natur, Menschen, Alles zieht Vogl in den Kreis seiner Betrachtung und spricht dann seine Ansicht aus. „Wir sollen nur im Anschauen, nicht im Besitze glücklich sein. So lehrt uns Natur und Welt". — „Ertragen ist schwerer als Thun". — „Wünsche sind Bekenntnisse unserer Schwäche". — „Wo man wahrhaft geachtet werden will, muß man sich nie zum Zeitvertreib brauchen lassen". — „Die größte Weisheit ist, die Anderen zufriedenzustellen". — „Wer über sich nicht Meister werden kann, für den ist jeder Herr der Rechte". Diese und ähnliche Reflexionen finden sich in Menge in seinen Tagebüchern, so daß sich eine Auswahl und Sammlung derselben verlohnte. Hält man die Bildung, die sich in diesen Betrachtungen und Selbstbekenntnissen kund gibt, mit Vogl's Wirksamkeit auf der Bühne zusammen, so begreift man leichter, wie edles Streben und Wissen in einer Kunst zum höchsten Ziele leiten konnte, deren Jünger gewöhnlich in der rohesten Empirie umher zu tappen pflegen. Die Erfahrungen, die sich ihm als Opernsänger und später als Gesanglehrer darboten, sammelte Vogl im reiferen Alter zu einem Werke, welches aber leider unvollendet blieb. Es ist nämlich eine „Singschule", welche er verfaßte, und welche einen solchen Schatz geistreicher und praktisch anwendbarer Bemerkungen enthält, da sich eine von geschickter Redaction unternommene Beendung des Werkes und dessen Veröffentlichung verlohnt hätte. So war denn Vogl als Mensch ein Charakter, wie er nicht häufig vorkommt, als darstellender Künstler aber geradezu ein weißer Rabe. Daß er als Schubert-Sänger seines Gleichen

nicht hatte, galt unter seinen Zeitgenossen
als unbestritten, und sein vorzüglichster
Schüler war ein Baron Schönstein.

Allgemeine Theater-Zeitung. Redigirt
und herausgegeben von Adolph Bäuerle
(Wien, gr. 4⁰.) 34. Jahrg., 4. und 5. Mai
1841, Nr. 106 und 107: „Erinnerung an
J. M. Vogl". Biographische Skizze von
Eduard von Bauernfeld. — Dieselbe.
21. September 1844: „Oesterreich, das Vaterland der Sänger". [Daselbst heißt es:
„Der große Sänger Vogel (sic), der vor
drei Jahren (also 1841, was auch unrichtig
ist, da Vogl 1840 aus dem Leben schied)
in Wien gestorben, ist in Kremsmünster
geboren". (Vogl kam in Stadt Steyr zur
Welt.)] — Gaßner (F. S. Dr.) Universal-
Lexikon der Tonkunst. Neue Handausgabe
in einem Bande (Stuttgart 1849, Franz
Köhler, schm. 4⁰.) S. 872. — Gesammelte
Schriften von Bauernfeld (Wien
1873, W. Braumüller, 8⁰.) Bd. XII: „Aus
Alt- und Neu-Wien" S. 94 u. f.: „Ein
Schubert-Sänger" [nach diesem wäre Vogl
am Abend des 19. November 1840 — gerade am Jahres- und Erinnerungstage von
Schubert's bereits 1828 erfolgtem Tode
— gestorben] — Hanslick (Eduard). Geschichte des Concertwesens in Wien (Wien
1869, Braumüller, gr. 8⁰.) S. 267. — Memoiren meines Lebens. Gefundenes und
Empfundenes. Von Dr. J. F. Castelli
(Wien und Prag 1861, Kober und Mar-
graf, 8⁰.) Band I. Seite 146, 148, 149
und 222 [Castelli sucht das Gesangstalent
Vogl's, in einer wohl übel angebrachten
Empfindlichkeit, mit dem Witze zu charakterisiren: „Vogl hat sich jede seiner Rollen
selbst mundrecht gemacht, weil sein Mund
nicht der rechte war".] — Neues Universal-Lexikon der Tonkunst. Für Künstler,
Kunstfreunde und alle Gebildeten. Angefangen
von Dr. Julius Schladebach, fortgesetzt
von (Ed. Bernsdorf (Offenbach 1861, Joh.
André, gr. 8⁰.) Bd. III, S. 818 und im
Nachtrag S. 346 [daselbst ist der 20 November
1840 als Vogl's Todestag angegeben, während Bauernfeld den Abend des 19. November als solchen bezeichnet]. — Oesterreichische National-Encyklopädie von
Gräffer und Eikann (Wien 1837, 8⁰.)
Bd V. S. 576. — Schilling (Gustav).
Das musicalische Europa (Speyer 1842, F. C.
Neidhard, gr. 8⁰.) S. 347.

Porträt. Unterschrift: „M. Vogl". Kriehuber (lith.) 1830. Gedruckt bei Mansfeld und Comp. (Wien, Diabelli, Fol.).

28. Vogl, Johann Rep., ist ein Wiener
bürgerlicher Bildhauer, den wir nur kurz in
den unten bezeichneten „Materialien" von
Joh. Ev. Schlager erwähnt finden; doch
muß er ein Künstler von nicht gewöhnlicher
Bedeutung gewesen sein, da er für einen
Stichfuß, welchen er für die Kaiserin Elisabeth im Jahre 1740 verfertigte, die beträchtliche Summe von 80 fl. 30 kr. ausgezahlt
erhielt.

Archiv für Kunde österreichischer Geschichtsquellen. Herausgegeben von der zur Pflege
vaterländischer Geschichte aufgestellten Commission der kaiserlichen Akademie der Wissenschaften (Wien 1850, Staatsdruckerei, gr. 8⁰.)
Bd. V. S. 763, im Aufsatze: „Materialien
zur österreichischen Kunstgeschichte mit einer
Uebersichtstabelle u. s. w.". Von Joh. Ev.
Schlager.

29. Vogl, Johann Repomuk (lyrischer
und epischer Dichter, geb. in Wien
7. Februar 1802, gest. daselbst 16. November 1866). Sein Vater Martin,
aus Hollabrunn in Niederösterreich gebürtig, war ein allgemein geachteter Lein-
wandhändler und Hausbesitzer in Wien;
seine Mutter Anna, eine geborene
Lensch, erblickte zwar zu Frauenkirchen
am Neusiedlersee in Ungarn das Licht
der Welt, aber als ein Kind deutscher
Eltern, daher der ungarische Zug, den
Einige in unseres Dichters Zügen entdecken wollten, auf einer Illusion beruhte, denn in seinen Adern floß kein
Tropfen magyarischen Blutes. In früher
Jugend zeigte Johann Repomuk
ein ausgesprochenes Maltalent, aber zu
nichts weniger als zur Förderung desselben neigten die positiven Anschauungen
des praktischen Vaters. Als nun dieser
seinen älteren Sohn Alois bereits im
eigenen Geschäfte verwendete, sollte der
jüngere, um einer für alle Eventualitäten
gesicherten Zukunft entgegenzugehen, die

Laufbahn des Staats- oder Landschafts-
beamten einschlagen. Auf das Fürwort
des damaligen Landmarschalls Grafen
Gavriani, welcher in Vogl's Hause
wohnte und für den lebhaften und talentvollen Jüngling sich interessirte, kam
derselbe im Alter von 17 Jahren, nach
beendeten Elementarstudien, als Beamter
in die Kanzlei der niederösterreichischen
Stände. In diesem Wirkungskreise verblieb er bis zum Jahre 1859, in welchem
er auf sein eigenes Ansuchen nach 40jäh-
rigem Dienste in den Ruhestand versetzt
wurde. Ueber seine Leistungen als stän-
discher Beamter schweigt die Geschichte,
nur einer seiner Biographen schreibt
darüber höchst bezeichnend: „seine Stellung als Beamter war immer eine
so angenehme, wie sie nur äußerst selten
einem vom Glück begünstigten Schriftsteller geboten wird. Die Herren Stände
und seine Vorgesetzten berücksichtigten
stets in dem Beamten den Dichter, und
seine Berufsbeschäftigung war kein
Hemmniß für seine literarische Thätigkeit.
Dazu kam noch, daß er Joseph Hanusch [Bd. VII, S. 324] zum Kanzleidirector und zu dessen Stellvertreter
Franz Fitzinger [Bd. IV, S. 258],
Bruder des Naturforschers Leop. Joseph
Fitzinger (gest. November 1884), hatte,
welche Beide als Schriftsteller ihrem Kunst-
bruder auf alle Weise den Dienst zu erleichtern bemüht waren. Daß in einem so glücklichen Dienstverhältnisse die Muse eine ungewöhnliche Fruchtbarkeit entwickelte, ist
wohl leicht begreiflich". Wann Vogl zu
dichten begann, läßt sich nicht nachweisen,
doch muß es sehr frühzeitig gewesen sein,
wenngleich das erste Gedicht, welches aus
seiner Feder im Druck erschien, aus dem
Jahre 1825 datirt, in welchem er bereits
23 Lenze zählte. Dasselbe, mit des
Dichters vollem Namen gezeichnet, kam

in Schickh's (später Witthauer's)
„Wiener Zeitschrift für Kunst, Literatur,
Theater und Mode" am 28. Juli 1825
heraus und trägt den Titel: „Pilgers
Sehnsucht". Diesem Gedichte folgten
dann im genannten Blatte noch mehrere;
auch Freiherr von Hormayr öffnete
dem jungen Poeten die Spalten seines
„Vaterländischen Archivs", in welchem
sich manche Schriftsteller des Kaiserstaates ihre ersten Sporen verdienten.
Früher noch als auf die ideale Muse,
richteten sich aber des Jünglings Blicke
auf eine anmuthige leibliche Jungfrau,
auf Sophie Mathieu, die Tochter
eines Emigranten, der in der österreichischen Armee diente. Auch ging der junge
Poet in dieser Angelegenheit mit stürmischer Energie vor und erschien, nachdem
eine geplante Entführung gescheitert, mit
der Pistole vor den Vater seiner Geliebten, diesem die Alternative stellend,
entweder in die Heirat der Tochter einzu-
willigen, oder Zeuge zu sein, daß er sich
eine Kugel durch den Kopf jage. Bei
solcher Werbung gelangte Vogl bereits
im Alter von zwanzig Jahren zu einer
Frau. Er trat auch damals mit den
meisten in Wien lebenden älteren Schriftstellern, wie: Küffner, Castelli, Deinhardstein, Hannusch, Treitschke,
Em. Veith, Weidmann, Werner,
Zach, in näheren Verkehr, zu den jüngeren aber, wie: Bauernfeld, Dul-
ler, Feuchtersleben, Fitzinger,
Groß, C. W. Huber, Rappaport,
J. G. Seidl, Schumacher, Steg-
mayer, Stoy, Em. Straube, Ulle-
pitsch und Walther, in freundschaftliche Beziehungen. Mit einem selbständigen Werke debutirte er ziemlich spät,
und zwar mit einem ganz unbedeutenden
Büchlein, vor dem Publicum. Es führt
den Titel: „Fruchtkörner aus deutschem

12 *

Grund und Boden" (Wien 1830, Adolf), womit er den Freunden alter Spruch- weise ein Festgeschenk darbrachte, das aus einer Compilation von 400 gereimten deutschen Sprichwörtern besteht. Auch das von ihm 1834 herausgegebene „Oesterreichische Wunderhorn" enthält mit Ausnahme von vier Gedichten Vogl's sämmtlich nur Beiträge Anderer. Erst mit den im Jahre 1835 erschienenen Balladen und Romanzen richten sich die Blicke der Literaturfreunde einigermaßen schärfer auf den jungen Poeten, wenn- gleich der Empfang, der ihm in Men- zel's „Literaturblatt" [1835, Nr. 88] zutheil wurde, eben kein ermunternder genannt werden kann. Doch waren die übrigen kritischen Stimmen sehr anerken- nend, und nun ging es an ein Produ- ciren, wie es in Oesterreich kein zweiter Dichter und in Deutschland nur einer, und dieser auch in ganz anderer Form- vollendung — nämlich Friedrich Rückert — aufzuweisen hat. Wir sehen in dieser biographischen Skizze von einer Auf- zählung der Dichtungen Vogl's gänzlich ab, weil wir auf Seite 183 eine vollstän- dige bibliographisch-chronologische Ueber- sicht seiner Schriften in Versen und Prosa bringen. Neben seiner erstaunlichen poe- tischen Zeugungskraft besaß Vogl eine unwiderstehliche Wanderlust, und kaum hatte er in kleineren Ausflügen die nächste Nähe kennen gelernt, als er auch schon mit Dr. Romeo Seligmann [Bd. XXXIV, S. 50] eine Reise nach Triest und dann nach Venedig unter- nahm, was zu jener Zeit immerhin für ein ganz gewaltiges Unternehmen ange- sehen wurde. Auch die Kneipe bildet ein nicht unwesentliches Moment in Vogl's Leben. Er hatte sich bald eine solche aus- gewählt: beim Wirth zur „Stadt Bel- grad" am Joserhstädter Glacis schlug

er seinen Sitz auf und versammelte einige Freunde um sich. Später vertauschte er diese Stammkneipe mit einer anderen, mit dem Ertrazimmer im Carl'schen Gasthause an der Ecke in der Mechita- ristengasse, wo seine Tafelrunde, zu welcher Dichter, Schriftsteller, Maler und Musiker gehörten, über ein Decennium bis in das Bewegungsjahr 1848 zu- sammenzukommen pflegte. Man nannte letzteres Gasthaus nach unserem Poeten das „Voglhaus", was Dr. Schmidt zwar bestreitet, aber ich hörte es oft so bezeichnen. Die Namen der Schriftsteller und anderen Anhänger, welche theils regelmäßig, theils ab und zu sich dort einfanden, führt Dr. Aug. Schmidt in seiner Lebensskizze Vogl's auf. Beson- ders gern besuchte Letzterer Ungarn, es paßte dieses an Eigenthümlichkeiten so reiche Land ganz zu des Dichters wech- selnden Stimmungen, und holte er sich dort seinen Stoffe zu seinen Gedichten, welche er dann auch in seinen „Klängen und Bildern aus Ungarn" gesammelt herausgab. Da er Stoffe aus der unga- rischen Steppe, die er aus seinen Reisen kannte, mit besonderem Glücke behan- delte, so nannten ihn die Magyaren den „Dichter der Steppe", wie ihn die österrei- chischen Literarhistoriker von ehedem den „Vater der österreichischen Ballade" nannten, welche Bezeichnung denn doch eigentlich dem Steirer Karl Gottfried Leitner gebührt, dessen gesammelte „Gedichte" mit den formvollendeten Balladen und Romanzen schon 1825, also zehn Jahre vor den von Vogl erschienenen „Balladen und Romanzen" in die Oeffentlichkeit traten. Nun aber, indem wir über dergleichen nebensäch- liche Launen der Kritik hinweggehen, verfolgen wir Vogl's Poetenlaufbahn. Diese war in jeder Hinsicht eigenartig.

Kein Gegenstand, der nur einigermaßen bemerkbar in seinen Gesichtskreis trat, blieb von ihm unbeachtet, und rasch fand er ihm eine poetische Seite ab, daher besitzen wir von ihm Klostersagen ("Karthäusernelken"), Domsagen, Soldatenlieder, Bergknappenlieder ("Aus der Teufe"), Kinderlieder, Jägerlieder, Schenken- und Kellersagen u. s. w. u. s. w ; es ist eine nahezu erschreckende Fruchtbarkeit, die sich da vor unseren Augen entwickelt, freilich nicht selten auf Kosten der Form. Aber bei dem regen Verkehre, welchen Vogl mit Wiener Tonsetzern unterhielt — denn Adolph Müller, Emil Titl, A. M. Storch, Jacob Dent, Ferdinand Kloß, Franz Ser. Hölzl und Andere gehörten ja zu den ständigen Mitgliedern seiner Tafelrunde — wurden viele seiner Lieder, die oft nur den Vorzug der Sangbarkeit besaßen, sofort in Musik gesetzt, und so gelangte sein Name aus der Kneipe in den Salon, in die Kreise der Gesangvereine und Liedertafeln und wurde allüberall genannt und bekannt, wie kaum ein zweiter. Eine andere Vorliebe Vogl's war seine Wahl grauenhafter, schauerlicher Stoffe. Mußte ihm ja in dieser Beziehung selbst Sauter, der denn doch nichts weniger als eine prüde Natur war, zurufen: „Zu oft erscheint vor deinem Tribunal | des Inquisiten Pein, der grause Henker. | Es bleiben doch dem Dichter und dem Denker | der edlern Stoffe beßre Art und Wahl". Wenn aber Vogl's Fruchtbarkeit nachzulassen begann, so griff er auch zu fremden Stoffen, übersetzte aus allen Sprachen, auch aus solchen, die er nicht kannte, indem er sich den Wortlaut des Originals übertragen ließ und dann es nach seinem Recepte in deutsche Verse brachte, in Folge dessen diese Gedichte als Uebersetzungen werth-

los und wenn sie im Ganzen gelungen, nur als Nachbildungen vielleicht bemerkenswerth sind. Bei der Popularität seines Namens geschah es denn auch, daß ihm die Redaction von Journalen, Almanachen, ja selbst die Herausgabe der Werke Ferdinand Raimund's übertragen wurde, welche er jedoch ohne alles Verständniß für eine solche Aufgabe, in wenig pietätvoller Weise besorgte. Nach dem Tode Nicolaus Oesterlein's (1. Jänner 1839) ging die Redaction des „Oesterreichischen Morgenblattes" zuerst an Dützele von Cöckelberghe und nach diesem an L. A. Frankl über. Als Letzterer, da er die „Sonntagsblätter" begründete, die Redaction jener Zeitschrift im Juli 1841 niederlegte, übernahm Vogl dieselbe am 1. August 1841 und behielt sie bis zum Jahre 1848, in welchem er das weitere Erscheinen des Blattes einstellte; ferner besorgte er durch einige Jahre die Herausgabe der Almanache „Frauenlob" und „Thalia"; gründete 1845 den „österreichischen Volkskalender", welchen er über zwei Decennien bis zu seinem Tode fortführte, weniger glücklich mit einem zweiten ähnlichen Unternehmen, dem „Soldatenkalender", der nur sechs Jahrgänge erreichte. So hatte denn Vogl in Oesterreich die höchste Volksthümlichkeit erreicht, und auch nach außen war sein Name im Publicum, welches Poeten liest und um Verse sich kümmert, gut bekannt, wird doch erzählt, daß unter den Wenigen, welche Ludwig Uhland, als seine germanischen Forschungen ihn nach Wien führten, mit seinem Besuche bedachte, Johann Nepomuk Vogl gewesen. So waren die Jahre unter Sang und Klang dahin gegangen, nach einer neuen, einer besseren Zeit, wie fast alle älteren und jüngeren Poeten Oesterreichs, sehnte sich Vogl nicht, ahnte er, daß ein freies Oesterreich über ihn und seine Balladen zur Tagesordnung übergehen werde? Genug, das Bewegungsjahr 1848 ließ ihn nicht nur gleichgiltig, er verhielt sich vielmehr ablehnend gegen die Errungenschaften jener Tage, nicht etwa in einer Vorahnung der traurigen Wendung, welche diese lenzheitere Märzbewegung nehmen würde, sondern im Bewußtsein, daß es mit der Zeit der Ballade und Romanze um sei, daß sich die Menschheit um Anderes zu kümmern beginne als um ein Vogl'sches, von Titl oder Proch oder einem Andern componirtes Lied. Was er von da ab schuf, war auch von geringer Bedeutung, das Beste brachte er noch in dem von ihm gegründeten Volkskalender, in welchem er Volksgeschichten, Sagen und historische in seiner Weise zurechtgelegte Anekdoten flott zu erzählen verstand und bei jenem Publicum, welches keine künstlerischen Ansprüche stellt, sondern um billiges Geld unterhalten sein will, freundliche Anerkennung fand. Auch fehlte es unserem Poeten im Vormärz nicht an mannigfachen Ehren, von der bedeutsamsten, daß viele seiner Gedichte in fremde Sprachen übersetzt wurden, nicht zu reden. Meine Versuche, diese Uebertragungen und die Compositionen zu seinen Liedern zusammenzustellen, scheiterten bei dem Mangel an allen dazu unerläßlichen Behelfen. An seine Witwe oder seine Angehörigen zu diesem Zwecke mich zu wenden, unterließ ich, weil ich in anderen ähnlichen Fällen die schlimmsten Erfahrungen machte. Vogl's Gedichte wurden ins Italienische, Spanische, Russische, Französische, Englische und Ungarische übersetzt. Ins Französische von dem Pariser Akademiker Mollevant, ins Englische mehrere seiner

Balladen von einer Mistreß Loyd, und soll deren Arbeit in einer prachtvoll illustrirten Ausgabe 1860 bei Houlston in London erschienen sein; seine Ungarlieder fanden ungarische Uebersetzer, welche diese Uebertragungen magyarischen Nationalmelodien anpaßten. Im Jahre 1845 ertheilte ihm die Universität Jena das Diplom eines Doctors der Philosophie; auf Grund der Uebersetzung mehrerer seiner Gedichte ins Italienische schickten ihm die Arcadier in Rom ihr Diplom, und erhielt er nach dem alten, bei dieser Gesellschaft bestehenden Brauche die Campagna Pelopidea und nach dieser den Akademikernamen Naulido Pelopideo; der Pegnesische Blumenorden in Nürnberg nahm ihn unter seine Mitglieder auf, ebenso die historischen Vereine von und für Oberbayern, für Oberpfalz und Regensburg, für Unterfranken und Aschaffenburg, für Schwaben und Neuenburg, für Steiermark, Krain, Kärnthen, die geschichts- und alterthumsforschende Gesellschaft des Osterlandes zu Altenburg, die Gesellschaft für Geschichte und Alterthumskunde der Ostseeprovinzen in Riga, dann mehrere philharmonische und Musikvereine u. s. w. Lange bewahrte Vogl seine körperliche Rüstigkeit und ließ nach seiner äußeren Erscheinung auf eine lange Lebensdauer schließen. Wider Erwarten begannen sich im Winter 1865 die Vorboten ernster physischer Störungen zu regen, welche indeß der robuste, durch einen Sommeraufenthalt in Ober-St. Veit nächst Wien gestärkte Körper überwand. Dann aber mit einem Male trat das Uebel mit unerwarteter Heftigkeit auf und raffte den Vierundsechzigjährigen im Spätherbst 1866 dahin. Vogl war zweimal vermält. Zuerst, wie bereits erwähnt, mit Sophie geborenen Mathieu. Aus dieser Ehe hatte er einen Sohn Karl Theodor und eine Tochter Sophie. Letztere, der Liebling des Vaters, starb am 31. März 1850, im Alter von 21 Jahren an der Tuberculose. Der Sohn zeigte poetische Anlagen und veröffentlichte auch einige Novellen und Gedichte, versuchte es im Staatsdienste, ohne jedoch lange in diesem zu bleiben, und schloß sich einer wandernden Schauspielertruppe an, zog mit derselben zum Herzeleid des Vaters von Land zu Land, von Stadt zu Stadt unstet umher, bis er verdarb und starb zu Agram am 7. Februar 1859 im Alter von 34 Jahren. In seiner späteren Lebenszeit vermälte sich Vogl mit der Witwe des Redacteurs Nicolaus Oesterlein, welche ihm aus erster Ehe zwei Töchter, Emma und Rosa, ins Haus brachte. An der Seite dieser Gattin verlief, wie des Dichters Biograph Dr. Aug. Schmidt schreibt, sein häusliches Leben ziemlich still und unbewegt. An dem ruhigen Temperamente dieser Frau brachen sich die Stürme, welche den Frieden des Hauses zu stören drohten, und er fühlte das Bedürfniß ihres näheren Umganges immer mehr. Sie war auch seine stete Begleiterin auf seinen späteren Reisen und Ausflügen, wo die frühere Lust an forcirten Märschen und waghalsigen Abenteuern schon dem Verlangen nach Bequemlichkeit Platz gemacht hatte. Sie ging mit ihm, ihn auch seine wunderliche Laune hinzog, und saß zuletzt auch Abends im Wirthshause mit stiller Resignation an seiner Seite. Es war dies ein Poetenleben ziemlich wilder, wenig behaglicher Art, ganz wie es seine Lieder und Balladen sind, die ein rechtes Wohlgefallen nicht aufkommen lassen. Ueber seine Bestattung, sein Grabdenkmal, seine schriftstellerische Thätigkeit, die Stimme der Kritik über den Poeten und Anderes vergleiche die Quellen.

I. **Uebersicht der Werke Johann Nep. Vogl's in chronologischer Folge.** „Fruchtkörner aus deutschem Grund und Boden. Ein Volksbüchlein. Zeitbrüche und Lebensregeln enthaltend" (Wien 1830 [Leipzig, Gnebloch], Adolph, 16°.). — „Oesterreichisches Wunderhorn. Taschenbuch der Balladen, Romanzen, Sagen und poetischen Erzählungen. Mit Beiträgen von mehr als 39 Gelehrten herausgegeben von — —" (Wien 1834, Beck, 16°.). — „Das Mädchen von Gloggnitz. Zum Besten einer durch Feuer verunglückten Familie in Gloggnitz" (Wien 1834, Ludwig, 12°.). — „Balladen und Romanzen" (Wien 1835, Wallishausser; 2. Aufl. ebd. 1841); erschienen zu Paris in französischer Uebersetzung. — „Lyrische Blätter (Wien 1836, Rohrmann, gr. 12°.); in zweiter vermehrter Auflage unter verändertem Titel: „Lyrische Dichtungen" (ebd. 1844). — „Der Minstrel. Taschenbuch erzählender Dichtungen, herausgegeben von — —. Mit Beiträgen von 29 Dichtern" (Wien 1836, Wenedikt, 16°.). — „Balladen und Romanzen. Neue Folge" (Wien 1837, Wallishausser, gr. 8°.). — „Slavische Volksmärchen" (Wien 1837, Tendler, gr. 12°.). — „Novellen" (Wien 1837, Rohrmann [und Schweigerd], 8°.). — „Der Retter. Episches Gedicht mit Musik von Capellmeister Müller. Zum Besten der durch Wasser Verunglückten in Pesth". — „Klänge und Bilder aus Ungarn. In Dichtungen". Mit dem Bildnisse des Dichters (Wien 1839, Tendler und Schäfer, gr. 12°.); öfter versetzt, auch ins Russische von Chodowski; zweite vermehrte Auflage (ebd. 1844); dritte stark vermehrte und (mit sechs Holzschnitten) illustrirte Ausgabe (Wien 1848, Pesth, Hartleben, gr. 8°.). — „Der Josephsberg bei Wien und seine Schicksale. (Erinnerungsblätter für die Besucher desselben" (Wien 1839, Pfautsch, 8°.); die zweite vermehrte Auflage erschien unter dem Titel: „Der Kahlenberg und seine Bewohner" (Wien 1845, Sommer); die dritte mit Uebersetzung der Originalurkunden der Camaldulenser (ebd. 1846). — „Der fahrende Sänger. Nachbildungen alter Legenden, Balladen und Reime aus dem Schwedischen, Englischen, Spanischen, Serbischen u. s. w." (Wien 1839, Wallishausser, gr. 8°.). — „Erzählungen

eines Großmütterchens. Mit Titel-
vignette" (Leipzig 1840 [Wien, Tendler und
Schäfer], gr. 12⁰.); zweite Auflage (ebd.
1844). — „Balladen und Romanzen.
Neueste Folge" (Wien 1841, Wallishausser,
gr. 8⁰.). — „Neue Erzählungen und
Novellen" (Wien 1841, Wallishausser,
gr. 12⁰.) [enthält: „Der tolle Geiger in Wien"
— „Die Wege der Nemesis" — „Wille und
That" — „Die beiden Venetianer" — „Der
Schließer von Norwich" — „Schwester Marguerita" — „Janko und seine neunundzwanzig
Brüder" — „Das schwarze Haus"]. — „Die
ältesten Volksmärchen der Russen"
(Wien 1841, Pfautsch, 8⁰.). — „Historische
und topographische Merkwürdig-
keiten aus der Umgegend Brünns. Mit
zehn Kupferstichen" (Wien 1841, Rotmann,
8⁰.). — „Neuer Liederfrühling" (Wien
1841, Wallishausser, 8⁰.). — „Trommel
und Zähne. Ein Liedercyclus, enthaltend:
Die kleine Marketenderin, mit Melodien von
den vorzüglichsten Capellmeistern der k. k.
österreichischen Armee" (Wien 1843); zweite
Auflage (Wien 1844, Strauß, gr. 8⁰.)
— „Neueste Dichtungen" (Pesth 1843,
Heckenost, gr. 12⁰.) — „Blätter und
Trauben. Lieder für heitere Kreise mit
Melodien von den vorzüglichsten Componisten
Oesterreichs" (Wien 1844, Strauß, gr. 8⁰.);
zweite Auflage (Wien, Jasper). — „Decla-
matorium für die Jugend" (Wien 1844,
Tendler und Schäfer, 16⁰.; zweite Auflage
unter dem Titel: „Der kleine Declamator"
(ebd.). — „Schatten. Neue Novellen und
Erzählungen" (Wien 1844, Jasper, gr. 12⁰.).
— „Marthäuernelken. Sagen und Legen-
den aus der christlichen Vorzeit" (Wien 1844,
Strauß' Witwe und Sommer, gr. 8⁰.); der
ganze Ertrag war vom Verfasser zum Besten
der durch Feuer verunglückten Steyringer
bestimmt; zweite Auflage (ebd. 1845); dritte
Auflage in prächtiger Ausstattung (ebd. 1847).
— „Domsagen. Nebst Baugeschichte und
Beschreibung des St. Stephansdoms" (Wien
1843, Haas, gr. 12⁰.); zweite Auflage (ebd.
1846, Sommer); dritte Auflage (ebd. 1847);
vierte Auflage (ebd. 1855, Zamarski) —
„Teutsche Lieder" (Jena 1845, Mauke,
gr. 8⁰.) — „Liedertafel". In zwanzig
Heften. Mit Compositionen der ersten Componisten der Gegenwart (Wien 1845, Witzen-
dorf. — „Balladen, Romanzen, Sagen
und Legenden". Dritte sehr stark vermehrte
Auflage mit dem Porträt des Verfassers

(Wien 1846, Wallishausser, 12⁰.). — „Frauen-
rosen. Erklärende Gedichte zu einer Samm-
lung von Frauenbildern, gezeichnet von
Decker und Anderen", zwei Hefte (Wien
1850; zweite Auflage im nämlichen Jahre)
— „Liedertafel. Romanzen, Lieder und
Singquartette" (Wien 1846, H. F. Müller).
— „Soldatenlieder. Mit Bildern (in
Holzschnitten) und Singweisen" (Wien 1849,
Gerold, br., gr. 8⁰.); zweite Auflage (ebd.
1849); dritte Auflage (ebd. 1856). — „Aus
der Teufe. Bergmännische Dichtungen. Mit
Bildern (in Holzschnitten) und Singweisen"
(Wien 1849, Gerold, br., gr. 8⁰.); zweite
Auflage (ebd. 1856). — „Schnadahüpfln.
Ein Beitrag zur österreichischen Volkspoesie"
(Wien 1850, Tendler, 16⁰.). — „Der Gene-
ralsbefehl. Volksdrama in drei Abthe-
lungen. (Mit Benützung eines älteren französischen Sujets)" (Wien 1850, Pichler's Witwe,
mit einer col. Lith., gr. 8⁰.) — „Scher-
haftes (Gedichte) Illustrirt von Cajetan
und C. Geiger" (Wien 1850, Sollinger,
8⁰.). — „Bilder aus dem Soldatenleben. Mit fünfzehn Illustrationen (in eingedruckten Holzschnitten)" (Wien 1851, Sollinger, hoch 4⁰.). — „Marko Kraljevits.
Serbische Heldensage" (Wien 1851, Sollinger,
gr. 8⁰.). — „Blumen. Romanzen Lieder
und Sprüche" (Wien 1852, Pfautsch und
Voß. 16⁰.). — „Passiflore. Sagencyclus"
(Wien 1854 [Leipzig, Steinacker], 4⁰.). —
„Klosterneuburg. Balladenkranz" (Wien
1854. 8⁰.). — „Twardowski, der polnische
Faust. Ein Volksbuch mit Illustrationen (Holzschnitten) von B. Mahler" (Wien 185-,
16⁰.) [vergleiche S. 192: „Zur Geschichte des
Vogl'schen Twardowski"]. — „Neue Ge-
dichte. (Epigrammatisches und Sprüchliches"
(Leipzig 1856, Kollmann, 16⁰.). — „Poesie
beim Wein" (Wien 1857, 12⁰.). — „Schen-
ken- und Kellersagen. Altes und Neues"
(Wien 1858, 8⁰.); zweite Auflage (ebd. 1860).
— „Poetisches Sylvesterbüchlein"
(Wien 1858, 8⁰.). — „Aus dem Kin-
derparadiese. Gedichte für Kinder und
Kinderfreunde. Mit 64 Illustrationen von
B. Maura" (Wien 1861, 8⁰.); zweite Auf-
lage (Wien 1863, Lechner, 8⁰.). — „Jäger-
brevier. Weidmannschierte, Waldreime und
Jägerlieder für alle Monate" (Wien 1862,
Markgraf und Comp., mit Holzschnitten, 8⁰.)
— „Blumen der Heimat in Bild und
Lied. Der erste Frühling, wilde Rosen, Wald,
Wien, Feld und Alpe. Dichtung. Mit sieben

Bildern in Oelfarbendruck nach Originalen von A. Lach" (Olmütz [Wien] 1862, Hölzel, gr. Fol.). — "Poetisch-humoristisch-satyrischer Jäger-Kalender für 1862" (Wien Markgraff und Comp., 8°.). — "Humoristischer Jäger-Kalender für 1 3. Mit Beiträgen von F. von Wiedersperg, Ferd. Botgorschek u. A." (ebd. 1863, mit Holzschnitten, 8°.). — "Schöne Geschichten aus alter und neuer Zeit. Volksbuch mit vielen schönen Bildern" (Wien 1863, Fromme, 8°.). — "Aus dem alten Wien" (Wien 1863, Prandl, gr. 8°.). — "Illustrirte Kalender-Geschichten aus alter und neuer Zeit. Volksbuch mit vielen Holzschnitten" (Wien 1863, Fromme, 8°.). — Außerdem gab er heraus: "Frauenlob". Taschenbuch für die Jahre 1835, 1836, 1837 und 1838 (Wien, Rocker, 16°.). — "Thalia", Taschenbuch für die Jahre 1843—1849; er übernahm die Herausgabe nach dem Schauspieler Ziegelhauser zum Besten der Witwe desselben; — gab Ferdinand Raimund's sämmtliche Werke in vier Theilen (Wien 1837, Rohrmann, 8°.) heraus, löste aber diese Aufgabe, welcher er ganz und gar nicht gewachsen war, auf das mißlichste; — übernahm 1842 die Redaction und Mitherausgabe des "Oesterreichischen Morgenblattes", welches vor ihm Oesterlein redigirte, und ließ diese Zeitschrift im Jahre 1848 aus eigenem Antriebe und mit Vorbehalt künftiger Herausgabe eingehen; — gründete 1845 den "Oesterreichischen Volkskalender", zur Belehrung und Erheiterung, mit Xylographien und Musikbeilagen, welches inhaltvolle treffliche Volksbuch, eine glückliche Nachahmung des Gubitz'schen und Kieris'schen "Volkskalenders", er bis zu seinem Tode fortführte; er hatte dasselbe zu solcher Beliebtheit gebracht, daß es unter Vogl's Firma noch von Anderen fortgesetzt wurde und trotz starker Concurrenz bis zum heutigen Tage sich behauptet hat; — der endlich von ihm 1850 begonnene "Soldatenkalender" (Wien, Sollinger's Witwe, mit Holzschnitten, 8°.) erschien bis zum Jahre 1856. Der vorgenannte "Volkskalender" Vogl's enthält aus dessen eigener Feder zahlreiche Dorfgeschichten, Erzählungen, Sagen u. dgl. m., deren Sammlung sich doch verlohnte, die zu des Dichters besten Arbeiten zählen. Wir nennen von diesen Prosaarbeiten Vogl's folgende: "Die Dorfbraut"; — "Aus dem Grabe"; — "Ein Werk"; — "In die weite Welt"; — "Der Garberbauernhof"; — "Die Stimme der

Todten"; — "Christl"; — "Die beiden Weinkeller"; — "Gevatterschaften"; — "Der Jer im Steg"; — "Der Zitherschlager-Franz"; — "Eine Christbescherung"; — "Der tolle Geiger von Wien. Zeitbild aus Wien vom Jahre 1349"; — "Aus jungen Jahren"; — "Eine Neujahrsnacht der Kaiserin Maria Theresia"; — "Kaiser Joseph und sein Leibkutscher"; — "Prinz Eugen und die schöne Lori"; — "Der letzte Einsiedler"; — "Von einem verschollenen Genie"; — "Aus dem Leben des Schauspielers und Entomologen Ochsenheimer"; — "Die beiden Venetianer"; — "Die Wege der Nemesis" — "Maria Theresia und der Wirth zum Wolf in der Au"; — "Kaiser Joseph und Frau Katl"; — "Beethoven im Salon, Arrest und Wirthshaus"; — "Corosan"; — "Schwester Marguerita"; — "Der Schließer von Norwich"; — "Kanne"; — "Kaiser Joseph und der Wildschütz"; — "Trenk"; — "Beethoven und der Maler Dannhauser"; — seine Volkssagen: "Das Feldkirchlein"; — "Das Kreuz mit der Haarflechte"; — "Die blasse Jungfrau"; — "Der Nachrichter von Gent"; — "Der Bettler von Bagdad"; — "Greif an dem Stein"; — "Die Nothglocke zu Zürich"; — "Entstehung des Plattensees"; — "Das rothe Käpplein" (in dramatischer Form); — "Der Steinblock zu Garrara"; — "La piedra do la madre"; — "Der Ritterkeller im Rußthäuier"; — "Die Granitsäulen auf der Piazzetta zu Venedig" — Von seinen im Nachlasse vorgefundenen Schriften in gebundener Rede und in Prosa nennen wir: "Vierzig Lieder eines armen Poeten"; — "Die Hexenjage und ihre Denkwürdigkeiten. Ein Beitrag zur Geschichte des Zauberglaubens und der Sittengeschichte des sechzehnten Jahrhunderts"; — und von seinen dramatischen Arbeiten: "Die Tochter des Thürstehers", dreiactiges Schauspiel im Taschenbuch für das Leopoldstädter Theater, 1842; — "Der Bräutigam in duplo", ebd. 1849; — die ungedruckten: "Die Todtenmütze", lyrisches Volksdrama in drei Acten; — "'s lepti Mitl", Scenen aus der österreichischen Gebirgswelt; — "Die stumme Magd", Liederspiel in zwei Acten; — "Der Gefangene in Sicilien", Schauspiel in drei Aufzügen nach dem Französischen. (Endlich unter den sechs Poeten des Collectivstückes, das unter dem Titel: "Das grüne Band" am 2. Juli 1842 im Josephstädter Theater zum Besten des Schauspielerveteranen Hölzl zur Aufführung kam, befindet sich neben Elmar, Levitschnigg, Mirani, Seidl und Told auch Vogl.

II. **Porträte.** Unterschrift: „Joh. Nep. Vogl". J. L. Apold sc. Nürn)b(er)g. 12°. [nicht ähnlich]. — Unterschrift: Facsimile des Namenszuges: „Johann N. Vogl". Darunter facsimilirt: „Dem Schlechten Trutz, dem Schönen aber hold, | Der Wahrheit treu und me ein Sclav' um Geld". Gabriel Decker 1844 (lith., Fol.). Gedruckt (in Wien) bei J. Rauh. — Unterschrift: Facsimile des Namenszuges: „Johann N. Vogl". Gezeichnet von Kabler. Vogl in ganzer Figur, den Hut in der Linken, den Stock in der Rechten, dahinschreitend in einer Landschaft. Mühle und Ruine im Hintergrunde [sehr ähnlich]. — Unterschrift: „Johann Nep. Vogl". M. Kern (radirt, 12°.) [selten]. — Unterschrift: Facsimile des Namenszuges: „Joh. N. Vogl". Stirner del. C. Kotterba sc. (8°.) [auch im „Album österreichischer Dichter"]. — Unterschrift: „Joh. Nep. Vogl". M. Läm̃mel sc. (Stahlstich, 12°.) [unähnlich]. — Unterschrift: Facsimile des Namenszuges: „Johann N. Vogl". J. Stadler 1837 (lith.). Gedruckt (in Wien) bei A. Leykum. Fol. — Unterschrift: Facsimile des Namenszuges: „Dr. Johann N. Vogl". Stirner lith. Gedruckt (in Wien) bei J. Höfelich. Fol. — Auf dem Gruppenbilde in der Leipziger „Illustrirten Zeitung", Bd. VI (1846), Nr. 132, S. 29. [Die daselbst vorgeführten Medaillons stellen die Bildnisse der von Zedlitz, Vogl, Feuchtersleben, Frankl, Halm, Ebert, Lenau, Bauernfeld, Grillparzer, Deinhardstein, Steltzhammer, Anastasius Grün, Seidl, Castelli, Vogl. Die Aehnlichkeit der mehreren, wie z. B. bei Frankl und Halm, ist eine sehr fragliche; nur gerade bei Vogl ist sie sehr glücklich gegeben. Das sonst durch seinen kräftigen Schnitt ausgezeichnete Blatt, dessen fünfzehn Medaillons in einer Umrahmung von Blättern mit verschiedenen Emblemen, wie Kreuz (bei Purker), Eule (bei Feuchtersleben), Maske (bei Bauernfeld), Pegasus (bei Lenau), Pegasus (bei Anastasius Grün) aufliegen, ist aus der X. A. von C. Kretzschmar hervorgegangen. — Holzschnitt ohne Angabe des Zeichners und Xylographen in der „Constitutionellen Volks-Zeitung" (Wien) 1866, Nr. 48 [auch nicht eine Spur von Aehnlichkeit]. — Holzschnitt ohne Angabe des Zeichners und Xylographen. Medaillenbild in Vogl's „Volkskalender" für 1868. — Unterschrift: Facsimile des Namenszuges: „Johann N. Vogl". Holzschnitt ohne Angabe des Zeichners und Xylographen [nicht ähnlich]. — Unterschrift: „Dr. J. N. Vogl. † 16. November (1866)". Holzschnitt ohne Angabe des Zeichners und Xylographen [vielleicht sein ähnlichstes Bildniß, trefflich in Holz geschnitten]. — Außerdem enthält das photographische Album der Zeitgenossen von Löscherer in München Vogl's wohlgetroffenes Bildniß. — Sein Porträt in Oel, von Schwenninger in des Dichters jüngeren Jahren gemalt, befindet sich im Besitze der Witwe desselben. — Ein anderes von Kreer gemaltes Oelbild Vogl's, wohl dessen ähnlichstes Bild, ging an Dr. August Schmitt über. — Der Bildhauer Hans Gasser führte eine lebensgroße Büste des Poeten aus. Und im Besitze der Witwe befindet sich ein Hirschbäuter in den Vierziger Jahren abgenommene Gypsmaske Vogl's. — Seine Todtenmaske wurde aber von dem Wiener Zeichner Josef Bauer in sehr gelungener Weise aufgenommen und durch Photographie vervielfältigt. Diese Abbildung kam in Tendler's Verlage zu Wien in Quart- und Visitkartenform it heraus.

III. **J. N. Vogl's Bestattung. — Sein Grabdenkmal.** J. N. Vogl's Bestattung. Die Zeitungen meldeten: „Das Leichenbegängniß des Dichters habe unter sehr lebhafter Theilnahme von Künstlern, Schriftstellern und einer zahlreichen Menschenmenge stattgefunden". Das war aber nicht der Fall. Ein Häuflein Freunde, an den Fingern zu zählen, versammelte sich an der Bahre Vogl's; Eduard Mautner, der alte Zeidl und Silberstein waren die einzigen Schriftsteller, die dem Sarge folgten. Nicht zwanzig Menschen begleiteten die Leiche des Dichters, die ohne Sang und Klang zur ewigen Ruhe geleitet wurde. Wir wollen nichts weniger, als Vogl's Ruhm über die Gebühr ausposaunen, wir halten uns nur an die Thatsache. In allen Volkskalendern, in allen Schulbüchern, Gedichtsammlungen und Anthologien sind seine Lieder zu finden; es gibt in Deutschland und Oesterreich keinen Gesangverein, der nicht ein paar Balladen und Lieder Vogl's in seinem Repertoire hätte. Hat sich von den hundert und tausend Sängern, die, wenn es eben gilt, zu Monstreferenaten sich zusammenfinden und gar nicht selten große Reisen, um sich hören zu lassen, zu machen pflegen, nicht einmal ein Quartett zusammenfinden können, um dem Dahingeschiedenen ein letztes Lied ins Grab zu singen? Wo waren sie alle, die k. k. priv. österreichischen Dichter und Schriftsteller, hatte keiner von ihnen ein Stündchen Zeit, um einem Collegen aus dem deutschen Dichterbunde die letzte Ehre zu erweisen? Und fand sich aus den vielen Künstlervereinen Wiens, die ewig gemeinschaftlich schmausen, jubilieren, declamiren, tanzen und singen, nicht ein Dutzend Künstler, um den Sarg des Mannes zu begleiten, dessen Balladen sie auf der Schulbank schon auswendig lernen mußten? Als im Jahre 1859 Bäuerle fern von der Heimat in Basel starb, zog die halbe Stadt aus und begleitete den Sarg mit feierlichem Gepränge. Es galt einem österreichischen Schriftsteller, sagten damals die Baseler, und in der Heimat läßt man die Dichter, die in Ehren grau geworden, wie ... Wir lassen uns, den Satz zu vollenden. Als der Cellist Servais, dessen „Souvenir de Spaa" den Wienern noch im Gedächtnis lebt, bestattet wurde, betheiligte sich die ganze Stadt an dem Trauerzuge. Und doch war der Verstorbene „nur ein Geiger". Aber als der Trauerzug durch die Stadt ging, waren alle Läden geschlossen, sämmtliche Vereine folgten dem Sarge, die Ecken des Bahrtuches wurden von dem Bürgermeister, dem Director des Conservatoriums, dem Adjutanten des Königs, einem Professor, einem Mitgliede der Volksvertretung und anderen Notabilitäten getragen. Und es war nur ein Geiger! Joh. Rep. Vogl war nur ein Dichter! Unter den Wenigen, welche bis zu dessen letzter Ruhestätte gingen, befanden sich zwei Jünglinge, welche auch vom Fluche der Poesie getroffen waren und sich zum Leidwesen der Familien ausschließlich der Dichtkunst widmen wollten. Da standen nun die beiden Jünglinge an der öffneren kalten Grube, in welche der Sarg mit der Leiche des Poeten sang- und klanglos hinabgesenkt wurde. Er war trotz allen Mängeln und Gebrechen ein gottbegnadeter Poet. Hatte er sich Schätze erworben? Zierten Ehrenzeichen seine Brust? Schloß die Stadt vor dem Trauerzuge ihre Läden? Trugen Honoratioren der Stadt und der Gemeinde die Zipfel des Leichentuches? Nein, nichts von allem. Ein ironisch-wehmüthiges Lächeln zuckte um die Lippen der beiden Jünglinge, sie verließen Arm in Arm den Friedhof, gingen

in ihre Wohnungen, und jeder von ihnen nahm dort seine Papiere, zierlich beschrieben mit poetischen Ergüssen, und warf sie ins — Feuer des Ofens. Der Eine trat vor seinen Vater und sagte: „Vater, ich bin bereit, Ihren Wunsch zu erfüllen, nehmen Sie mich von morgen an auf die Börse mit!" Und der Andere küßte seiner Frau Mama die Hand und sagte: „Von heute an, Mutter, widme ich mich unserem Geschäfte!" — J. N. Vogl's Grabdenkmal. Johann Nepomuk Vogl wurde auf dem Schmelzer Friedhofe beigesetzt. Wie wenig würdig seine Bestattung gewesen, darüber berichteten wir in dem Stehenden. Man suchte nachgerade die Unterlassungssünden der Wiener Schriftsteller-, Künstler- und Gesangvereine gut zu machen, und der „Wiener Sängerbund", dessen Ehrenmitglied Vogl war, nahm die Sache in die Hand und veranlaßte die Aufstellung eines Denkmals auf dem Grabe des Dichters aus Vereinsmitteln. Die Feier fand am 12. October 1867 Nachmittags um zwei Uhr auf dem Schmelzer Friedhofe statt. Die Denktafel des Grabmals, welches in gothischer Giebelform aus Kaiserstein gebildet und mit einer Kreuzrose geschmückt ist, enthält — nach des Dichters Wunsch — folgende zwei Strophen seines Liedes „Die letzte Treue":

  „Wenn ein Theures uns gestorben,
  Schmückt man sein enges Haus
  Noch mit Rosmarin und Rosen
  Und mit andern Blumen aus.

  Darum auch, wenn euch, ihr Lieben,
  Einst nur diese Hülle blieb,
  Schmückt auch mir mein Haus mit Blumen,
  Hab' die Blumen ja so lieb.

  Doch wenn just der Winter hätte
  Allen Schmuck geraubt dem Hain,
  Legt statt ihrer meine Lieder
  Mir noch in den Sarg hinein.

  Sind auch minder reich als Blumen
  Sie an Duft und Farbenglut,
  Denkt: bei seinen Kindern schlum-
      mert
  Wohl ein Vater doppelt gut."

Darunter stehen dann die Worte: „Der Wiener Sängerbund seinem Ehrenmitgliede Dr. Joh. Rep. Vogl, | geboren am 7. Februar 1802, | gestorben am 16. November 1866". Die Grabrede, welche der Vorstand des Vereines, A. Wessely, halten sollte, unterblieb.

da das bischöfliche Consistorium darin eine
Entweihung des Friedhofes erkennen wollte (!).
In Folge dessen wurde der Nachruf gedruckt
unter den Anwesenden vertheilt. Der Schluß
desselben lautet: „Den Grabhügel zieren heute
im Namen aller Sangesbrüder — ob nah,
ob ferne — im Namen jener, die ihm im
Leben nahestanden, zwei Kränze: ein Eichenkranz, dem deutschen Manne, ein Lorberkranz,
dem Dichter dargebracht; die Widmung aber
und sein Lieblingslied: „Die letzte Treue"
wurden in Stein gehauen." Diesen Worten
entsprechend, legte auch der Vorstand einen
Lorberkranz mit blau-weißer Schleife und
einen Eichenkranz mit schwarz-roth-goldenem
Bande auf das Grab, und der Chor sang das
von Titl componirte Lied: „Die letzte Treue".
Außer den Mitgliedern des Vereines wohnten
Vogl's Witwe, Schwester, andere Verwandte
und viele Freunde des Poeten der Feier bei.
— Neues Fremdenblatt (Wien, gr. 4º.)
1866, Nr. 320: „Was man in Wien erzählt".
— Neue Freie Presse, 1866, Nr. 803:
„Eines Dichters Begräbniß". Von A. Silber-
stein. — Presse, 1866, Nr. 318, Local-
anzeiger: „Das Leichenbegängniß Joh. Rep.
Vogl's". — Wanderer (Wiener polit.
Blatt, Fol.) 1867, Nr. 262, im Feuilleton:
„Grabdenkmal für Dr. J. R. Vogl".

IV. **Urtheile der Literaturhistoriker über Johann Nepomuk Vogl.** Die „Illustrirte Zeitung" schreibt: „Vogl ist ein schönes poetisches Talent, das sich oft in herrlicher Blüte
entfaltet hat, das aber auch sehr viel unnütze
Blätterzuthat auf eine Blüte häuft, so daß
man das Talent des Dichters wegen, dem es
geworden, wahrhaft beklagen muß. Es gibt
keinen schreibseligeren Dichter als Vogl —
kaum flattert die rothe Flagge einer literarischen Ankündigung irgendwo heraus, ist er
gewiß der Erste, der seine Waare um ein
Spottgeld losschlägt. Das wahre Verständniß
der Poesie — ihr letzter erhabener Endzweck
— scheint sich ihm nicht geoffenbart zu haben,
er müßte sonst Weniges und dies mit Weihe
schaffen. Vogl holt sich seine poetische Anregung nicht aus dem Leben und der Natur
— er schöpft mit hohler Hand aus fremder
Quelle, er untergräbt wie ein Maulwurf
fremde Bücher und stößt mit einem Male
ans Licht empor — ein scharfes Auge wird
aber gewiß die fremde Erde auf seinem
Haupte entdecken. Er weiß fremde Elemente
so meisterhaft zu verarbeiten, daß ein unbe-

fangener Leser ohne Bedenken sich ihm hin-
gibt. Der Balladenform ist er, wie Wenige,
Meister geworden, und wo er immer einen
herrenlos ruhenden Stoff antrifft, greift er
ihn wie ein Landstreicher auf und schlägt ihn
in die klingenden Fesseln seiner Balladen.
Durch dieses ununterbrochene Schaffen ohne
gewaltigen Drang ist er einseitig geworden und
arbeitet poetische Malereien nach hergebrachten
Patronen. Liedercomponisten finden in seinen
Gedichten einen ergiebigen Springquell, deshalb ist er nach Uhland und Heine unter
den neueren deutschen Poeten am meisten in
Musik gesetzt und so volksthümlich geworden".
— Rudolph Gottschall über J. N. Vogl:
„Neben den Humoristen (Castelli, Saphir) treten andere Wiener Volkspoeten auf,
die ebenso wenig um Stoffe verlegen sind,
und die allen diesen meistens auf der Landstraße gefundenen Stoffen eine gemüthliche
Seit abzugewinnen wissen. Zu ihnen gehört
vor Allen Joh. Rep. Vogl aus Wien, ein
unermüdlicher Balladensänger, der mit der
poetischen Leier durch die Straßen wandert
und Jedem sein Lied singt, dem Soldaten
und dem Bergmann, bald altfränkisch, bald
modern, die ganze Specialgeschichte abstäubt
und aus den verlorensten Flüssen den Sand
wäscht, um einige poetische Goldkörner zu
finden. Was im Kaiserreiche, abgesehen von
größeren historischen Perspectiven, zu denen
sich seine mehr auf die wandernden Tableaux
des Jahrmarkts beschränkte Poesie selten ver-
steigt, an mundgerechter Poesie zu finden ist:
das hat Vogl gewiß entdeckt und in „Balladen" (1837, 1846), in „Klängen und Bildern aus Ungarn" (1839), im „Fahrenden
Sänger" (1839) und anderen Sammlungen
ausgeschlemmt. Er wandert mit seiner Leier
durchs Lager und singt sein Lied bei den
Gewerbepromenaden („Soldatenlieder" 1849)
er steigt ins Bergwerk hinab und läßt im
dunklen Schachte seine Stimme ertönen
(„Aus der Teufe" 1849). In Krieg und
Frieden, über und unter der Erde, bald
epischer Poet, bald tändelnder, sentimentaler
Liedersänger („Neuer Liederfrühling" 1841)
bald patriotischer Barde („Deutsche Lieder"
1845), dem nur der Feind und die Befreiungskriege zu einem Arndt und Körner
fehlen, hat Vogl fast jede Leipziger Messe
mit einem Bändlein besucht, ein heiterer lyrischer Papageno mit einem Vogelkäfige, in
dem recht munter durcheinander gezwitschert
wird. Den Ton der Innigkeit, der Gefühls-

wärme trifft Vogl's unzweifelhafte Begabung; auch in den „Balladen" finden sich glückliche Schilderungen und ansprechende Weisen; aber das geistige Terrain seiner Poesie ist so tief gelegen, daß die Bergluft des idealen Gedankens nie befreiend darüber hinstreicht". — Hieronymus Lorm über Joh. Rep. Vogl. Er nennt ihn einen der populärsten Dichter — in Oesterreich. Wie sollte er auch nicht, erscheint doch keine noch so schlechte Zeitung, kein noch so unbedeutender Almanach, ohne eine Ballade oder ein Lied oder eine Legende von Johann Rep. Vogl zu bringen. „Vogl's Verse sind einfach und melodisch und nicht allzu sehr gedankenhaft, die Compositeure bemächtigen sich ihrer und an der Seite der Frau Muska zog J. R. Vogl in den glänzenden Salon und in die Hütte ein und wurde am Clavier wie am Schenktisch heimisch. Man könnte ihn einen der besten Schüler Uhland's nennen. Aber die Leichtigkeit des Verseschreibens verleitet ihn zur schockweisen Verfertigung von Gedichten und er übervölkert förmlich Bücher, Almanache, Journale mit seinen Liedern und Balladen, da kann es dann natürlich nicht fehlen, daß unter den schönen Blumen auch viel Unkraut aufwuchert, und daß es unter seinen zahlreichen Kindern auch sehr viele ungeratene gibt". — Wolfgang Menzel schreibt über Vogl: „Wir haben zwar schon mehr als einen Romanzenmacher von Profession, doch eignet sich unter allen Dichtungsarten die Romanze gerade am wenigsten, um über den Leisten geschlagen zu werden. Ihr Stoff ist die Volkssage, selbst ihre Form war ursprünglich das Volkslied, und den Volkston dürfen sie auch in der künstlichsten Aufputzung nicht entbehren; aber dieser Volkston ist leicht zu äffen, schwer zu treffen. Mit einem naiven Eingange: „Es war einmal" der „Zu Straßburg über die Brücke, da ging ein Mägdelein" oder „Das war der alte Ritter, der bod den Becher auf" oder „Saßen zusammen Kap' und Cul', machten ein jämmerlich Gebeull"... ist's nicht gethan. Dergleichen kleine Kunstgriffe, durch eine kindische Construction, durch eine affectirte Nachlässigkeit Eigenthümlichkeit zu erheucheln, sind zwar bald erlernt, aber das macht noch keine gute Romanze. Die armen Dichter täuschen sich. Indem sie die Sache recht rrxtüich anzufassen glauben, fallen sie gerade in die dicksten Fehler. Die Probe einer echten Romanze ist nämlich, daß sie auch nicht im Geringsten affectirt erscheine, es ist die siegreiche Bescheidenheit und Simplicität eines schönen jungen Mädchens aus dem Gebirge und beileibe nicht das à la Gurli Kindischthun einer alten städtischen Coquette. Die zweite Probe liegt im Stoff. Eine gute Romanze muß Gegenstand eines Volksliedes sein können, gesetzt auch, sie wäre nur ein Erzeugniß der gelehrten Schreibstube unserer vornehmen Poeten. Was nicht im Munde des Volkes sich fortpflanzen könnte, wäre auch keine gute Romanze. Eine dritte Probe bietet der Dichter selbst dar. Ist er ein echter Dichter, so wird er nur die Sagen eines, und zwar nur seines Volkes besingen. Sobald er auch fremde Sagen und wohl gar in fremden Weisen vorbringt, und die Romanzen feilbietet, wie neapolitanische, dänische, Pariser und einheimische Handschuhe, werden wir auch schon seinem Berufe, welche zu machen, nicht mehr trauen. An diesem Maßstab gemessen, müssen die Romanzen des Herrn Vogl viel von dem Anspruch, den sie machen, fallen lassen. Sie sind nämlich ziemlich affectirt, sie behandeln nicht durchaus volksthümliche Stoffe, und sie schweifen in allen Ländern umher. Als ihr Hauptgebrechen möchte ich die Sentimentalität bezeichnen. Je mehr die Romanzen uns rühren sollen, desto weniger dürfen die Dichter selbst gerührt sein. Die Sache muß uns rühren, nicht der rührende Beisatz, nicht die kläglichen Beiwörter; diese sind überall in der Poesie, aber zumal bei der Romanze überflüssig und von Uebel. Am unangemehmsten ist mir aber immer bei Romanzen, worin großartige Thaten besungen werden, die schwülstige Sprache aufgefallen. Die alten Volksweisen sind gerade dadurch so herrlich und herzgewinnend, daß in ihnen die größte That, die edelste Tugend in der einfachsten, bescheidensten Sprache ohne allen prahlerischen Beisatz geschildert wird, z. B.: „Prinz Eugen der edle Ritter, Wollt' dem Kaiser wied'rum liefern Stadt und Festung Belgerad". Im weiteren Verlaufe der Besprechung der Dichtungen Vogl's wird dessen Schwulst, viel sagen wollender und doch nichts sagender Wortschwall, und die Abgeschmacktheit und Abscheulichkeit der Verse, mit denen hübsche Stoffe entstellt werden, gerügt. — Zedlitz über J. R. Vogl. Er nennt ihn den Vater, den Schöpfer der Repräsentanten der echt österreichischen Ballade". Der Grundton, welcher durch

diese Balladen weht (es ist die Zeit vor
1848) ist Censur, nochmals Censur und abermals Censur, und an diesen schwarzen Faden
reiht sich ein ganzer Todtentanz von Rittern
und Damen, ein gepaartes Miserere des
Mittelalters, eine lebendig gewordene Rüst-
kammer. Es ist eigen, daß diese Dichter für
ihre Romanzen und Balladen beinahe durchgehends historische Stoffe wählen und dieses
Durchbrechen des geschichtlichen Geistes kommt
mir wie das Zahnen der Kinder vor, welches
so oft mit Krämpfen verbunden ist. Krämpfe
werden auch eintreten, bevor dieses Element
sich rein durchbilden wird, dann aber wird
es der feste Quadergrund unserer Poesie sein.
Strenge genommen sind Ballade und Romanze nur die Dichtungsarten, welche den
Hauptzweck der Poesie: Bildung durch Unterhaltung bewirken können, durch das Herauf-
beschwören einer alten Zeit entwickelt sich
spielend vor unserem Geiste das durch den
Contrast um so schärfere Hervortreten der
Unseren, und wir stehen zwischen zwei Spie-
geln, wo wir in dem vor uns auch den
hinter uns sehen. So weit hat es aber die
österreichische Balladenschule (1848) noch nicht
gebracht, sie ist leider wie jener Verdammte,
dem das Gesicht im Nacken sitzt, und der nur
rückwärts, nicht vorwärts sehen kann. Um
sich aber in etwas zu erheben, in etwas zu
modernisiren, nimmt sie die vergangene Zeit
nicht, wie sie war, sondern denkt sich mit
ihrem Gefühl in jene Zeit, und dann sieht es
freilich aus, als wenn ein ganz gewappneter
Ritter Ballschuhe an hätte. Daß aus diesem
Balladenelemente sich für die österreichische
Poesie eine neue Aera entwickeln wird, ich
bin es überzeugt, aber die Dichter dürfen
ihre Helden nur nicht immer in eine die
Rüstungen der Ambraser Sammlung stecken
und sie dann ganz modern denken lassen;
das können sie aber jetzt noch nicht, und
darum wird sobald kein österreichischer Poet
Romanzen, wie: "Der Rosenkranz" von
Uhland oder wie "Donna Clara" von
Heine, dichten. Den Oesterreichern steckt
noch zu viel Körner'sches, zu viel Stolberg'sches Blut inne, auch Schiller mit
seinen gespreizten (!!) Balladen spukt ihnen
noch immer im Kopfe herum. Uhland und
Goethe, sein "Fischer", "König in Thule",
"Gott und Bajadere", "Braut von Korinth",
das sind Evangelien für alle Tage des
Jahres. — Vogel theilt mit seinen Schülern
manchen Fehler, hat aber unendlich viel

Schönes voraus. In ihm tritt ein Streben
nach Vollendung mächtig hervor, und seine
Balladenfiguren sind mehr Charaktere als Gestalten, mehr freie selbstkräftige Figuren als
schwache schwankende Nebelhelden. Seine
Poesie neigt sich zu Uhland hin, nur ist sie
schärfer ausgeprägt, tiefer, doch roher ge-
schnitzt. Als Lyriker ist er gemüthvoll, zart
und weich und schließt sich dem trefflichen
Seidel an, der sich dafür in der Ballade
und Romanze zu Vogel hinneigt. Vogel ge-
nießt im Auslande einen bedeutenden Ruf,
aber mehr als Balladendichter, seine lyrischen
Blätter wollen, wie es scheint, nicht recht
durchdringen. Jedenfalls bleibt aber Vogl
einer unserer ausgezeichnetsten Sänger und,
wie ich oben sagte, der Stifter einer neuern
österreichischen Schule. Etwas weniger sollte
er schreiben, man begegnet ihm überall".
[Nebenbei sei bemerkt, daß hier Vogl und
Seidl immer und ganz irrig Vogel und
Seidel geschrieben erscheinen.]

V. Zur Kritik. Gottschall (Rudolph). Die
deutsche Nationalliteratur in der ersten Hälfte
des neunzehnten Jahrhunderts. Literarhistorisch
und kritisch dargestellt. Zweite vermehrte und
verbesserte Auflage (Breslau 1861, Trewendt,
8°.) Bd. III, S. 125. — Kurz (Heinrich).
(Geschichte der deutschen Literatur mit ausgewählten Stücken aus den Werken der vorzüglichsten Schriftsteller (Leipzig 1859, Teubner,
schm. 4°.) Bd. III, S. 7 a [nennt ihn da
irrig Johann Nicolaus]; S. 38 [nennt
ihn auch da Johann Nicolaus und schreibt
über Vogl als Lyriker: daß die Lieder desselben mit Ausnahme einiger weniger (z. B.
"Der Wolke Wanderung") ohne wahrhaft
poetischen Werth seien]; S. 2996 [schreibt über
den Dichter, den er hier richtig Johann
Nepomuk nennt, daß derselbe fruchtbarer,
aber weniger begabt (als Halirsch), zwar
gut zu erzählen, aber den Stoff nicht künstlerisch zu gestalten wisse]. — Laube fertigt
in seiner nicht mit Unrecht vergessenen "Geschichte der deutschen Literatur" Vogl und
Seidl mit den Zeilen ab: „... und auch
den viel singenden Hirten österreichischer und
steierischer Berge, dem Vogel (sic) und
Seidl u. s. w., gelingt in der täglichen
Uebung manch ein Lied". — Lorm (Hieronymus). Wiens poetische Schwingen und
Federn (Leipzig 1847, F. W. Grunow, 8°.)
S. 251. — Schmidl (Adolph Dr.). Oesterreichische Blätter für Literatur und Kunst

(Wien. 4°.) II. Jahrg., 26. August 1845, Nr. 107: „Oesterreichische Lyrik: Vogl, Castelli, Ebert". — Seidlitz (Julius Dr.). Die Poesie und die Poeten in Oesterreich im Jahre 1836 (Grimma 1837, J. M. Gebhard, kl. 8°.) Bd. I, S. 173. — Das Vaterland (Wiener polit. Blatt, gr. Fol.) 1861, Nr. 84, im Artikel: „Kalenderschau" [scharf, aber wahr].

VI. **Gedichte an Vogl.** Die Biene (Neutitscheiner Unterhaltungsblatt, kl. 4°.) 10 Mai 1863, Beilage Nr. 14: „An meinen lieben Freund Dr. Joh. N. Vogl, Oesterreichs hochverdienten Barden". Von Rudolph P. A. Labres. [Wie schon der abgeschmackte Titel zeigt, eine Folge von Abgeschmacktheiten in sechszeiligen gereimten Strophen] — Der Sammler (Wien, 4°.) 1839, S. 351: „An Johann Rep. Vogl". Von J. Pfundheller. [Eine übertriebene Apostrophe, die allenfalls an Uhland, Gustav Schwab, Lenau oder Anastasius Grün gerichtet sein könnte, auf Vogl aber in keiner Weise paßt.] — Der Telegraph. Oesterreichisches Conversationsblatt für Kunst, Literatur, geselliges Leben u. s. w. (Wien, 4°.) II. Jahrg., 5. Juli 1837, Nr. 67: „Meinem Freunde Johann N. Vogl, dem Dichter". Von J. Sauter. [Ein Gedicht Sauter's, welches wir in dessen Gedichtsammlung vermissen.] — „An Johann Rep. Vogl". Gedicht von Ferd Sauter. [Verschieden von dem oben erwähnten. Das eine Gedicht hebt an: „Verlange nicht des Ruhmes eitlen Zoll" und besteht aus zwölf vierzeiligen Strophen; das andere beginnt: „Es ist ein übereicher Schacht dein Geist" und ist ein vierzehnzeiliges Ghasel.

VII. **Biographien und Biographisches.** Moderne Classiker. Deutsche Literaturgeschichte der neueren Zeit in Biographien, Kritiken und Proben (Kassel 1832 u. f., Balde, 12°.) Bd. XIX: „Joh. Rep. Vogl" (100 S.) — Schmidt (August Dr.). Johann Nepomuk Vogl als Mensch und Dichter gezeichnet (Wien 1868, Karl Fromme, kl. 8°.). [Separatabdruck aus Vogl's „Volkskalender" für 1868, 48 S.] — Album österreichischer Dichter (Wien 1850, Pfautsch und Voß, 8°.) I. Serie, S. 404—418: „Johann N. Vogl". Von Julius Seidlitz. — Aesthetische Rundschau. Wochenschrift. Herausgegeben von A. Czeke (Wien, 4°.) I. Jahrg., 5. December 1866, Nr. 10, S. 74: „J. N. Vogl". — Brümmer (Franz). Deutsches Dichter-Lexikon. Biographische und bibliographische Mittheilungen über deutsche Dichter aller Zeiten. Unter besonderer Berücksichtigung der Gegenwart (Eichstätt und Stuttgart 1877, Krüll [Hugendubel], schm. 4°.) Bd. II, S. 434 [nach diesem geb. 2. Februar 1802, gest. 16. November 1866]. — Constitutionelle Vorstadt-Zeitung (Wien. Fol.) 1867, Nr. 7 u. f., im Feuilleton: „Aus einem Dichterleben" [eine Episode aus der Tafelrunde, welche J. N. Vogl allwöchentlich in der Neustiftgasse im Gasthause an der Ecke bei der Mechitaristenkirche abhielt, und an welcher neben Anderen Seraphin Hölzl [Bd. IX, S. 116], Stelzhammer [Band XXXVIII, S. 178], Alexander Schindler [Bd. XXX, S. 12], Ludw. Gottfr. Neumann [Bd. XX, S. 273], Adolph Müller Vater [Bd. XIX, S. 328], Levitschnigg [Bd. XV, S. 31] und Sauter [Bd. XXVIII, S. 290] theilzunehmen pflegten]. — Debatte (Wiener polit. Blatt) 1866, Nr. 323, im Feuilleton von Eduard Mautner. — Gartenlaube für Oesterreich (Graz, gr. 4°.) 1866, S. 176: „Johann Rep. Vogl". Von Fr. Steinebach [nach dieser geb. 7. Februar 1802, gest. 16. November 1866 um sieben Uhr Abends]. — Helfert (Freiherr von). Der Wiener Parnaß im Jahre 1848 (Wien 1882, Manz, gr. 8°.) S. IV. XXIX, XLIX, LXXX, LXXXIX, [die ganze poetische Thätigkeit J. N. Vogl's im Bewegungsjahre 1848, welche in seinen zwei radicalen Gedichten „Der Zopf ist weg" und „Ausverkauf" gipfelt, ist in diesem Buche verzeichnet, und aus dem ausführlichen Register sind die Gedichte zu entnehmen, welche von Vogl in diesem Jahre gedruckt erschienen sind. Auch der unbedeutenden Versuche seines Sohnes Karl Theodor ist darin gedacht. — Illustrirte Zeitung (Leipzig, J. J. Weber) Bd. VI (1846) Nr. 134, S. 62, im Artikel: „Oesterreichs Dichter". — Kehrein (Joseph). Biographisch-literarisches Lexikon der katholischen deutschen Dichter, Volks- und Jugendschriftsteller im neunzehnten Jahrhundert (Zürich, Stuttgart und Würzburg 1871, Leo Woerl, gr. 8°.) Bd. II. S. 220. — Klagenfurter Zeitung, 1868. Nr. 235 im Feuilleton: „Unter dem Stadtthore II.". — Konstitutionelle Volks-Zeitung (Wien, kl. Fol.) II. Jahrg., 25. November 1866, Nr. 45: „Dr. Johann Nepomuk Vogl". — Minckwitz (Johannes). Der neuhochdeutsche Parnaß. 1740—1860. Eine Grund-

lage zum besseren Verständniß unserer Literaturgeschichte (Leipzig 1861 u. s., 8°.) S. 861.
— Neue Freie Presse (Wiener polit.
Blatt) 1866, Nr. 798: „Joh. Rep. Vogl"
[enthält die beherzigenswerthen Worte: „Ein
Mann von Geschmack, welcher aus den von
ihm erschienenen Gedichten nach sorgsamer
Auswahl ein Bändchen zusammenzustellen
träfe würde sich ein wirkliches Verdienst
erwerben"]. — Oesterreichische Natio-
nal-Encyklopädie von Gräffer und
Czikann (Wien 1835, 8°.) Bd. V, S. 577.
— Presse (Wiener polit. Blatt) 1866, Nr. 317,
im Localanzeiger: „Johann Rep. Vogl". —
Dieselbe, 1866, Nr. 332, im Localanzeiger:
„Der letzte Wunsch des Dichters Joh. Rep.
Vogl". — Stern (Adolph). Lexikon der
deutschen Nationalliteratur. Die deutschen
Dichter und Prosaiker aller Zeiten, mit Berück-
sichtigung der hervorragendsten dichterisch be-
handelten Stoffe und Motive (Leipzig 1882,
Verlag des Bibliogr. Institutes, br. 12°.)
S. 374 [charakterisirt ihn kurz: „sehr leichter
Lyriker und Balladendichter"]. — Thalia.
Taschenbuch (Wien, gr. 12°.) Jahrg. 1867;
enthält eine ausführliche biographische Skizze
über J. R. Vogl von Friedrich Steine-
bach. — Unsere Zeit (Brockhaus, Lex.-8°.)
Neue Folge. III. Jahrg. (1867), S. 390.
— Waldheim's Illustrirte Blätter.
(Chronik der Gegenwart, Familienblatt zur
Unterhaltung und Belehrung (Wien, gr. 4°.)
1866, S. 380: „Ein österreichisches Dichter-
leben". Von W. von Meßerich. — Der
Wanderer (Wiener polit. Blatt) 1866,
Nr. 318, im Feuilleton: „Dr. Johann Rep.
Vogl". Von A.(uqust) S.(chmidt). — Dasselbe Blatt, 1866, Nr. 324, im Feuilleton:
„Gefallene und stille Größen". [Zu den stillen
Größen wird hier Vogl gezählt und dabei
berichtet über Uhland, als er 1842 nach
Wien kam, um in der Hofbibliothek Forschungen für seine „Sammlung hoch- und
niederdeutscher Volkslieder" anzustellen, unter
den Wenigen, welchen er Besuche machte,
auch Vogl mit einem solchen beglückte. —
Dasselbe Blatt, 1867, Nr. 282, im Feuilleton: „Der Dritte. Erinnerung an J. R. Vogl".
— Wiener Zeitung, 1866, Nr. 283, S. 324:
„Johann R. Vogl". Von H.(ermann) M.(en-
nert) [mit dem prächtigen Druckfehler: „auch
als ein Jahrzehnt später Beck's „Schein-
lied" den unschuldigen Anlaß gab, die Hirro-
graphen nach allen Richtungen in das Joch
der politischen Tirade zu spannen" — statt

„Rheinlied"]. — Zellner's Blätter für Literatur u. s. w. (Wien, kl. Fol.) 1866, Nr. 93,
S. 372: „Johann R. Vogl". — Dieselben,
1866, Nr. 96: „J. R. Vogl und seine Werke".
Von Franz Zeitler. [Wegen Aufzählung
der Werke Vogl's bemerkenswerth.]

**VIII. Einzelnes. [Ein Plagiat Vogl's. — Sein
Wahlspruch. — Handschrift. — Vogl's Twardowski. — Silhouetten.]** Ein Plagiat
Vogl's. Die Hamburger „Jahreszeiten",
ein früher vielgelesenes Blättchen, welches
Literaturhistorikern nicht genug empfohlen
werden kann — Max Waldau schrieb längere
Zeit für dasselbe — bringen in einem der
ersten Fünfziger-Jahrgänge ein pikantes Plagiat Vogl's, der dieses Mal die Anleihe bei
keinem Geringeren, als bei Heinrich Heine
gemacht. — Wahlspruch Joh. Rep.
Vogl's. Sein — wenn ich nicht irre, in das
deutsche Stammbuch geschriebener — Wahl-
spruch lautete: „In alles Unvermeidliche|
Gib dich geduldig d'rein, | Sonst steigert ins
Unleidliche | Sich dir des Lebens Pein". —
Vogl's Handschrift. Adolph Henze in
seinem Büchlein: „Die Handschriften der
deutschen Dichter und Dichterinnen mit 245
Facsimiles, kurzen Biographien und Schrift-
charakteristiken" (Leipzig 1855, Schlicke, 12°.)
charakterisirt auf S. 151 Vogl's Unterschrift,
den er übrigens irrthümlich Johann Nicolaus statt Johann Nepomuk nennt, mit
den Worten: „Kennt ihr den Finken?
Waldgewohnt, dürfend und frei!"
— Vogl's Twardowski. Es war zu
Anfang der Fünfziger-Jahre, als mich Vogl,
den ich bis dahin nur vom Sehen aus kannte,
im Bureau aufsuchte. Auf meine Frage, was
mir die Ehre seines Besuches verschaffe, erwiderte er, es sei ihm bekannt, daß ich mehrere
Jahre in Polen gelebt habe, und daß ich mich
eingehend mit der Sage über Twardowski
beschäftige. Ob ich nicht geneigt wäre, ihm
das eigentliche Wesen derselben mitzutheilen?
Ich bemerkte ihm darauf, daß mich nicht nur
diese Sage seit manchem Jahre stark beschäftige und ich einzelne Momente derselben bei
den am Fuße des galizischen Tatra lebenden
Gebirgsbewohnern gesammelt, sondern darin auch
einen herrlichen Stoff für epische Dichtungen
erkannt habe. Ich hätte mich denn auch an
eine poetische Bearbeitung des schönen Stoffes
gemacht, welche so ziemlich ihrem Ende nahe
gerückt sei und, da der Verleger dafür gefunden, auch in nicht ferner Zeit erscheinen

solle. Ich sei aber gern bereit, seinem Wunsche
zu willfahren, wenn er mich Nachmittag in
meiner Wohnung besuchen wolle. Vogl erschien auch Nachmittag zur festgesetzten Stunde
und ich erzählte ihm die Sage oder vielmehr
die Sagen über Twardowski, wie ich sie
wußte. Er hörte mir mit gespanntem Interesse zu. Da ich im Stillen dem Glauben
mich hingab, er werde aus einem oder dem
anderen mitgetheilten Momente ein Gedicht
für seinen „Volkskalender" bearbeiten, so kann
man sich vorstellen, wie groß mein Erstaunen
war, als ich im nächsten im Herbste bereits
ausgegebenen „Volkskalender" die Twar-
dowski-Sage ganz ausführlich auf über siebzig
Seiten, mit Holzschnitten illustrirt, von Vogl
erzählt, veröffentlicht fand. Ich war verblüfft!
Im folgenden Jahre erschien die Geschichte auch
noch separat in Buchform gedruckt. Später
wurde sie von Mosenthal und Hans Max
zu einem Volksstück mit Gesang verballhornt.
Als dann gar am 25. März 1855 die Verkündi-
gung der päpstlichen Bulle vom Dogma der
unbefleckten Empfängniß Mariä erfolgte —
die Mutter Gottes bildet ein großes und
hochpoetisches, offenbar von den Jesuiten
hineingebrachtes Moment in der Twardowski-
Sage — da war mir die ganze oben schon
bis nahe ihrem Ende vorgeschrittene Arbeit
verleidet, und ich nahm sie nicht wieder vor.
Nur einzelne Fragmente veröffentlichte ich,
wenn ich zu Beiträgen für ein Album oder
ein poetisches Sammelwerk aufgefordert wurde.
Ich sah in dem Vorgehen Vogl's eine wenig
lobliche Verwerthung schriftstellerischer Vertrauens. — Schwamm darüber. — Sil-
houette Vogl's von Cajetan Cerri
und Uffo Horn. Dieselbe zeichnete Cerri
in Worten in der damals von ihm redigirten
„Iris", und sie erschien im Jänner 1851 folgendermaßen lautend: „Erinnert an den
Typus der Wildniß in seinen ungenirten,
manchmal derben Manieren; übrigens ein
großer, schöner Mann mit feurigen Augen,
klingender Baßstimme, schwarzen mit grauen
stark vermischten Haaren, Schnurr- und
Knebelbart, eiserner Constitution und immer
recht poetischen Aussehen; macht stets Sieben-
meilenschritte, trägt gewöhnlich einen Mantel,
wie die Räuber in den Abruzzen; spricht
nicht, sondern schreit immer laut, rasch und
langgewaltig; liebt die Kneipen und die freie
wilde Natur; ein Schriftsteller ein unbestreit-
bares lyrisch-episches Talent, das aber an
seiner Vielschreiberei zu Grunde gehen muß;

im Ganzen ein offener, burschikoser und ruhm-
süchtiger Charakter. — Minder freundlich als
Cerri's Skizze lautet die, welche der „Oesterreichische Parnaß, bestürmt von einem
heruntergekommenen Antiquar" (Frey-
sing bei Athanasius und Comp., 8°.) S. 42 enthält. Diese, welche Uffo Horn — er gilt
als Autor dieses Pamphlets — von Vogl
entwirft, den er unrichtig Vogel schreibt und
ebenso unrichtig 1804 geboren sein läßt, lautet:
„Grobes, gemeines Aeußere, schmutziger ver-
nachlässigter Anzug, gemeine Schlächter-
manieren, hat einen großen Schnurrbart,
treibt sich in Kneipen herum, ist wenig
geachtet, und nirgends in guter Gesellschaft
zu finden. Ziemliches episch-lyrisches Talent,
sehr fruchtbar, Balladenfabrikant en gros;
ziemlich gekannt und gelesen vom österreichischen Publicum, läßt sich alle Jahre lithographiren".

30. Vogel, Johann Nicolaus von (geb.
zu Coburg 1696, gest. in Wien 1770),
bekleidete in Wien die Stelle eines bei der
böhmischen und österreichischen Hofkanzlei in-
stallirten Hofagenten. In gelehrten Kreisen
lebt sein Andenken fort durch ein noch immer
brauchbares bibliographisches Werk Dasselbe
wurde erst nach Vogel's Tode von Joseph
Wendt von Wendtenthal, Official der
kaiserlichen Hofkanzlei, herausgegeben, unter
dem Titel: „Specimen Bibliothecae Germaniae Austriacae, sive Notitia scriptorum
rerum Austriacarum quotquot auctori in-
notuerunt. Opus posthumum. Pars I geographica. Recensuit, digessit, supplemen-
tis indicibusque necessariis auxit Leo-
poldus Gruber Clericus regularis a
Scholis piis. Curante Josepho Wendt de
Wendtenthal..." (Viennae 1779);
Pars II historica (ib. 1783); Pars III
historica (ib. 1785, 8°. maj.). M. Friedrich
von Maasburg in seiner „Geschichte der
Obersten Justizstelle in Wien" (1879) schreibt
ihn Joh. Niklas Vogl; Meusel in seinem
„Lexikon der vom Jahre 1750 bis 1800 verstorbenen teutschen Schriftsteller", Bd. XIV,
S. 268. Joh. Nic. Vogel, welch letztere
Schreibung die richtige ist.

Porträt. Medaillonbild. Unterschrift: „Joan.
Nicol. De Vogel · ab agend. causis ad
supr. cons. [Imp. aul. nat. Coburgi VIII
cal. Jan. [an. CIƆIƆCLXXXVI. obiit Viennae XI [cal. Jan. CIƆIƆCCLX. aet.
LXXIII. [M. v. G. f.ᵃ (8°.).

31. Vogl, Joseph Anton von. Unter diesen Taufnamen wird in der von Karl Freiherrn von Hock begonnenen und von Hermann Bidermann beendeten geschichtlichen Studie: „Der österreichische Staatsrath" (1760 bis 1848) einmal der nachmalige Staatsrath Johann Anton von Vogl angeführt, dessen in diesem Bande schon S. 172 unter Nr. 24 gedacht ist

32. Vogl, Julius, trat in die kaiserliche Armee, in welcher er 1859 als Hauptmann im Geniestabe diente. Zur Zeit befindet er sich als Oberstlieutenant des Geniestabes in der zweiten (Genie-) Section des technischen und administrativen Militärcomités, welches zu den Hilfsorganen des Reichskriegsministeriums gehört. Für sein ausgezeichnetes Verhalten im italienischen Feldzuge 1859 erhielt er die allerhöchste Belobung.

Thürheim (Andreas Graf). Gedenkblätter aus der Kriegsgeschichte der k. k. österreichischen Armee (Wien und Teschen 1880, K. Prochaska, Ler.-8°.) Bd. II, S. 394 unter Jahr 1859.

33. Vogl, J. J. ist ein Geolog der Gegenwart, dem wir namentlich geologische Erforschungen über Joachimsthal im Erzgebirge im Saazer Kreise Böhmens verdanken, und der seine verschiedenen Arbeiten in dieser Richtung im „Jahrbuch der k. k. geologischen Reichsanstalt" veröffentlicht hat Wir nennen von denselben: „Basalte und Wacken von Joachimsthal" [Bd. VIII, S. 77]; — „Eläolit" [Bd. III. 4. Abthlg., S. 124]; — „Erfüllung der Joachimsthaler Gänge" [Bd. IV, S. 356]; — „Gangverhältnisse und Mineralreichthum Joachimsthals" [Bd. VIII, S. 369]; — „Secundäre Gangausbilde von Joachimsthal" [Bd. VII, S. 837]; — „Lavendulan und Lindakerit von Joachimsthal" [Bd. IV, S. 352]; — „Neue Mineralien von Joachimsthal" [Bd. IV. S. 220; Bd VII, S. 195 und 196]; — „Vateralit" [Bd VII, S. 195 und 196]; — „Rittingerit" [Bd III. 4 Abthlg., S. 121]; — „Silberanbruch des Geisterganges zu Joachimsthal" [Bd. V, S. 630].

34. Vogel, Irma (Pianistin, geb zu Stuhlweissenburg in Ungarn 1842) Eine Tochter des Cantors Vogel in Stuhlweissenburg, wurde sie zuerst durch denselben, später zu Pesth im Clavierspiele ausgebildet, in welchem sie eine solche Vollkommenheit erreichte, daß sie in ihrem Vaterlande an vielen Orten öffentlich auftrat und den Ruf einer ausgezeichneten Pianistin erlangte.

35. Vogl, Karl (Maler, geb. zu Wien 1820). Der Sohn eines Zimmermalers, schlug er die Laufbahn seines Vaters, doch in einer edleren Richtung ein, indem er im Juli 1833 die k. k. Akademie der bildenden Künste bezog, auf welcher er sich zum Porträtmaler heranbildete. In der Jahresausstellung dieses Institutes 1841 trat er zum ersten Male mit zwei in Oel gemalten Porträten vor das Publicum; dann in jener von 1844 noch einmal. In der Folge begegnet man seinen Bildnissen in den Ausstellungen nicht mehr. Der Künstler hatte in den genannten Jahren sein Atelier auf dem Neubau Nr. 230. — 1836 lebte zu Graz ein Porträtmaler Karl Vogel, dessen zahlreiche Einzelbildnisse und Familiengemälde ob der Feinheit und Reinheit des Pinsels, ob der Lebhaftigkeit und zarten Nuancirung auch in den kleinsten Einzelheiten, dann aber ob des Schwunges in Staffage und Faltenwurf gerühmt wurden. Haben wir es hier mit einem und demselben Künstler zu thun?

Aufnahmsprotokolle der k. k. Akademie der bildenden Künste in Wien. — Kataloge der Jahresausstellungen der k. k. Akademie der bildenden Künste bei St. Anna in Wien (8°.) 1841, S. 12, Nr. 67 und 73 und Jahrg. 1844, S. 9, Nr. 24. — Grazer Telegraph (polit. Blatt) 1836 Nr. 46: „Vaterländische Kunst".

36. Vogel, Karl (geb. zu Wien), lebte Ende des achtzehnten und zu Beginn des neunzehnten Jahrhunderts und gab Veranlassung zu einer noch heute im Volksmunde vorkommenden Redensart. Er war Besitzer des seinerzeit berühmten Gasthauses „zum großen Zeisig", welches am Burgglacis die Ecke des sogenannten Spittelberges gegen die Esplanade zu bildete. Den Beinamen groß erhielt es zur Unterscheidung von einem anderen am Spittelberge Nr. 81 gelegenen Wirthshause, welches „zum Zeisig" schlechtweg genannt wurde. Das Gasthaus „zum großen Zeisig" war sehr beliebt und verdankte sein Renommée dem ungemein jovialen Wirthe Karl Vogel, der seiner guten Geschäfte wegen von anderen Wirthen, besonders von einem zu St. Ulrich, welcher den Spottnamen „der Stieglitz" führte, sehr beneidet wurde. Dieser Letztere, eine kleine mißgestaltete

Creatur, suchte jede Gelegenheit, seinen Groll an dem Wirthe „zum großen Zeisig" auszulassen. Da kam das Jahr 1809 mit seiner Franzosennoth, und das Gasthaus „zum großen Zeisig" litt beträchtlichen Schaden, namentlich durch die Kanonenkugeln von der Burgbastei. Als dann die Uebergabe der Stadt erfolgte, hatte der Jammer wohl ein Ende, aber der Schaden, den genanntes Gasthaus erlitten, war darum nicht minder groß. Vogel wurde in der Folge plötzlich krank, und die Gäste, welche um die Rivalität des „Zeisig" und des „Stieglitz" wußten, übernahmen es, den Nebenbuhler zu ärgern, und bedienten sich dazu eines vierstrophigen Liedes, welches ein junger Musensohn, ein täglicher Besucher des Gasthauses „zum großen Zeisig" gedichtet hatte. Dieses Gedicht, dessen Schluß lautet: „Stieglitz, Stieglitz! Zeisig ist krank, | hol' mir den Bader, | laßt ihm zur Ader. | Stieglitz, Stieglitz! Zeisig ist krank", trug dann Ferdinand Raimund in Karl Meisl's Posse: „Der lustige Fritz" in der Wahnsinnsscene mit seiner bekannten Meisterschaft vor. So wurde es im großen Publicum bekannt, und die letzten Zeilen gingen in den Volksmund über und werden noch heute in Niederösterreich und auch anderwärts zum Liebende oder sonst im Freundesscherze angewendet. Ausführlicher berichtet darüber die unten angegebene Quelle.

Wiener Courier, III. Jahrg., 1857, Nr. 304: „Wiener Volksfiguren", Nr. 16: „Der Zeisig und der Stieglitz" [oft wird statt Zeisig das Diminutiv „Zeiserl" gebraucht; übrigens fehlt diese gar nicht unbäurige Redensart in Wander's „Sprichwörter-Lexikon"].

37. Vogel, Karl, Zeitgenoß, trat in die k. k. Armee und diente 1843 bereits als ältester Hauptmann in 5. Jägerbataillon. 1847 wurde er Major und Commandant desselben, aber noch im nämlichen Jahre in gleicher Eigenschaft zum 7. Jägerbataillon übersetzt, stand er mit diesem 1848 bei der Armee in Italien, wo er sich im Feldzuge letzteren Jahres am 6. August bei Lonato durch umsichtige und tapfere Führung seines Bataillons so hervorthat, daß ihn der Feldmarschall Graf Radetzky im Armeebefehl belobte; auch wurde er dann für sein ruhmvolles Verhalten in den Feldzügen 1848 und 1849 zum Oberstlieutenant befördert und noch überdies durch das Militärverdienstkreuz aus-

gezeichnet. Im Jahre 1849 rückte er zum Obersten vor.

Thürheim (Andreas Graf). Gedenkblätter aus der Kriegsgeschichte der k. k. österreichischen Armee (Wien und Teschen 1880, Prochaska, gr. 8°.) Bd. I, S. 312, Jahrg. 1848.

38. Vogl, Marx. Desselben gedenkt Joh. Ev. Schlager in den untengenannten „Materialien" als eines Wappen- und Modelschneiders in Zinn, der in der zweiten Hälfte des sechzehnten Jahrhunderts lebte und 1575 wegen Armut und Krankheit von Seite des kaiserlichen Hofes eine kleine Geldunterstützung erhielt.

Archiv für Kunde österreichischer Geschichtsquellen. Herausgegeben von der zur Pflege vaterländischer Geschichte aufgestellten Commission der kaiserlichen Akademie der Wissenschaften (Wien 1850, Staatsdruckerei, gr. 8°.) Bd. V, S. 763, im Aufsatze: „Materialien zur österreichischen Kunstgeschichte u. s. w.". Von Joh. Ev. Schlager.

39. Vogel, Max Joseph (Balneolog), lebte in der ersten Hälfte des laufenden Jahrhunderts als praktischer Arzt in Wien. Insbesondere dem Studium der Balneologie sich widmend, machte er sich durch mehrere balneologische Schriften bekannt. Die Titel derselben sind: „Das Sophienbad des Franz Morawes in Wien. (Eine Anleitung zum Gebrauche der Dampf- und Douche-Bäder für Gesunde und Kranke" (Wien 1843, Rohrmann, 12°.); — „Die trockenen und kohlensauren Gasbäder zu Kaiser-Franzensbad geschichtlich, geognostisch und medicinisch dargestellt" (Wien 1847 [Gerold], gr. 8°.); — „Die Quelle von Vöslau. Eine Anleitung für Badegäste" (Wien 1851, Gerold, gr. 8°.). Auch hat er seinen Gegenstand in einer längeren Abhandlung erörtert, welche in Dr. Adolph Schmidl's „Oesterreichischen Blättern für Literatur und Kunst", II. Jahrg. (1845), Nr. 65 und 66 unter dem Titel: „Rückblick auf die Geschichte der Bäder zur vergleichenden Beurtheilung der in Wien bestehenden Anstalten" abgedruckt ist.

40. Vogel, Peter (k. k. Officier, geb. zu Olmütz 17. October 1760, Todesjahr unbekannt). Am 29. Juni 1769 trat er in die Wiener-Neustädter Militärakademie, aus welcher er am 2. December 1782 als Fahnencadet zu Caprara-Infanterie Nr. 48 aus genrustert wurde. Ungewöhnlich rasch — innerhalb sieben Jahre — rückte er im Regimente vor, bis er 1795 als Hauptmann zu Colloredo-Infanterie Nr. 56 kam. Als solcher zeichnete er sich insbesondere im Gefechte bei Mannheim am 18. October letztgenannten Jahres durch seine Bravour aus. Er commandirte bei dieser Gelegenheit eine Grenadiercompagnie, drang an deren Spitze durch den dichtesten Kugelregen mit dem Bajonnete gegen das feindliche Lager vor und war der Erste, welcher dessen Eroberung angebahnt, denn ihm nach, von seinem Heldenmuthe begeistert, stürmten die Anderen vor, und das Lager ward genommen. Die weiteren Geschicke dieses wackeren Officiers sind uns unbekannt.

Leitner von Leitnertreu (Th. Jos.). Ausführliche Geschichte der Wiener-Neustädter Militär-Akademie (Hermannstadt 1852, Steinhausen, 8°.) S. 476. — Thürheim (Andreas Graf). Gedenkblätter aus der Kriegsgeschichte der k. k. österreichischen Armee (Wien und Teschen 1880, Prochaska, gr. 8°.) Bd. I, S. 388, Jahr 1795.

41. **Vogel**, Samuel (Weltpriester, geb. 1717, gest. zu Wien 2. November 1794). Nach beendeten theologischen Studien zum Priester geweiht, wirkte er als Lehrer in Wien, und ist von ihm das Werk: „Grundriß der Staatskunde über das Erzherzogthum Oesterreich und die demselben einverleibten teutschen Erbländer" (Wien 1776, Trattner, gr. 8°.) im Druck erschienen. In Kayser's „Bücherlexikon", Bd. VI, S. 91 wird das Erzherzogthum zum Großherzogthum gemacht.

Meusel (Joh. Georg). Lexikon der vom Jahre 1750 bis 1800 verstorbenen teutschen Schriftsteller (Leipzig 1815, Gerh. Fleischer, 8°.) Bd. XIV, S. 273.

42. **Vogel**, Siegmund (Maler, geb. zu Wolczyn 1764, gest. zu Warschau am 20. April 1826). Dieses Künstlers sei hier in Kürze gedacht, weil von seiner Hand zahlreiche Ansichten von Krakau und dessen Umgebung, und von den an beiden Ufern der Weichsel gelegenen Ortschaften und Gegenden gemalt wurden. Frühzeitig verwaist, fand er Schutz und Unterkunft im Hause der Fürsten Czartoryski. Der Genieoberst Deibl, welcher die nicht gewöhnlichen Anlagen des Knaben erkannte, unterrichtete ihn in der Mathematik, in der Civil- und Militär-

architectur und im Situationszeichnen. Dann nahm ihn der königliche Architect Nara in Kielce zu sich, später gewann der 16jährige Jüngling die Gunst des Kunstfreundes Stephan Grafen Potocki und kam durch dessen Vermittlung in die königliche Malerschule. In derselben erregte der strebende Kunstjünger die Theilnahme des Königs Stanislaw August, der ihn versprach, daß er ihn nicht vergessen wolle. Und in der That, als sich des Jünglings Maltalent immer schöner entfaltete, wurde er vom Könige 1787 auf eine Kunstreise nach Krakau und in dessen Umgebung geschickt, und dort entstanden die Ansichten von Krzeszowice, Tęczyn, Alwerna, Lipowec, Olkuß, Rabsztyn, Pieskowa Skala, Ojcow, Czerna, Lobzow, Częstochau, wofür er dann den Titel eines königlichen Cabinetszeichners erhielt. Nun bereiste er die Weichselgegenden und nahm ihre malerischen Punkte auf, ununterbrochen für den König arbeitend. Im Kriege des Jahres 1790 trat er bei der reitenden Artillerie in die königliche Armee ein und diente in derselben bis zum Untergange des Königreichs Polen. Nun kehrte er wieder zu seiner Kunst zurück. Diese, verbunden mit seinem liebenswürdigen Charakter, erwarb ihm Freunde und Gönner in den höchsten Kreisen, wir nennen nur den General Fürsten Czartoryski, den Bischof Krasicki, den Marschall Malachowski, die Grafen Ignaz und Stanislaus Potocki, den Fürsten Alexander Sapieha und den General Vincenz Krasiński, der nach dem Hinscheiden des Künstlers auf denselben in der öffentlichen Sitzung der Warschauer Gesellschaft der Freunde der Wissenschaft die Denkrede hielt. Im Jahre 1804 wurde Vogel Zeichenlehrer am Lyceum zu Warschau, 1807 Professor der Baukunst an der Bildungsschule der Artillerie und des Geniecorps und im Cadetencorps, 1817 Professor der Zeichenkunst, lehre von der Perspective und der Optik an der Warschauer Universität. Die Zahl seiner Arbeiten ist groß, und seine in Aquarell nach der Natur ausgeführten Architecturbilder werden sehr geschätzt. Von einem größeren Werke, welches die Ansichten der merkwürdigsten Gegenden, Schlösser, Ruinen u. s. w. seines Vaterlandes nach seinen Originalaufnahmen in Stichen von Joh. Frey enthalten sollte, und das er im Jahre 1806 begann, erschienen bis 1810 nur 20 Blätter, und das Werk wurde nicht vollendet. Viele seiner Arbeiten befinden sich im Privatbesitze, so in der Galerie des Grafen Mniszech zu Wiśniowce nicht weniger denn 120 Ansichten von Warschau. Nach seinen Zeichnungen wurden auch die Katafalke verstorbener ansehnlicher Würdenträger der polnischen Krone oder sonst denkwürdiger Polen, so des Fürsten Joseph Poniatowski (1813), der Generale Johann Heinrich Dabrowski (1818) und Stanislaw Mokronski (1821), des Ministers Stanislaus Grafen Potocki (1821), des Fürsten Adam Czartoryski (1823), des Dichters Alois Felinski (1821), der Gräfin Anna Pociejow und Anderer, aufgestellt, welche Zeichnungen dann auch, zum größeren Theile von Vogel selbst lithographirt — nur jene des Katafalks des Fürsten Poniatowski von J. Frey war von W. F. Schlotterbock gestochen — gesammelt herausgegeben wurden. Nach längerem Leiden starb Vogel im Alter von 62 Jahren.

Roczniki towarzystwa Warszawskiego Przyjaciół nauk, d. i. Jahrbuch der Warschauer Gesellschaft der Wissenschaftsfreunde, Bd. XX, S. 173 u. f. Denkrede des Grafen Vincenz Krasinski auf Siegmund Vogel, in welcher die Angaben Nagler's [Bd XX, S. 493] theils vervollständigt, theils berichtigt werden.

Porträt. Unterschrift: Facsimile des Namenszuges „Zygmunt Vogel". Gemalt von A. Kokular, lithogr. von J. F. Piwarski (8º und auch 4º.).

43 Vogel, Stephan (geb. in Miskolcz, Geburtsjahr unbekannt), Zeitgenoß. Wir lernen diesen Freund der Wissenschaft, der übrigens nicht der Gelehrtenzunft angehört, sondern ein einfacher Gärtner ist, aus einem Briefe kennen, welchen Dr. Franz Toldy als Secretär der ungarischen Akademie der Wissenschaften in der Sitzung vom 9 Jänner 1860 vorlas. Stephan Vogel nämlich, der, ein gebürtiger Miskolczer, sich in Constantinopel als Gärtner etablirte, wies, laut seines vom 19. December 1859 datirten an die königlich ungarische Akademie gerichteten Briefes, bei dem Bankhause Schneider und Comp. in Constantinopel zwanzig Ducaten an, als Preis für die Beantwortung einer auf die Urgeschichte Ungarns bezüglichen Frage. Diese bezieht sich auf das Tigris, dem großen am Fuße des Taurus entspringenden Nebenflusse des Euphrat, gelegene Gegend, wo

die Ungarn auf ihrer Wanderung einst sich aufgehalten haben.

Pesth-Ofener Zeitung, 1860, Nr. 8: „Ungarische Akademie".

44. Vogel, Wilhelm (dramatischer Schriftsteller, geb. zu Mannheim 24. September 1772, gest. in Wien 15. März 1843). Ein Sohn mittelloser Bürgersleute, widmete er sich dem Studium der Medicin, wendete sich aber nach Abschluß desselben der Bühne zu. Unter Böck in Mannheim, welcher zu jener Zeit Kräfte ersten Ranges auf seinem Theater vereinigte, bildete er sich in der Schauspielkunst aus und ging dann nach Hamburg, wo er bei der Truppe des berühmten Schröder Engagement fand. Ob der Menge jugendlicher Mitbewerber nur in Aushilfsrollen beschäftigt, nahm er den Antrag Dietrich's an, welcher ihn 1793 nach dem Haag berief, wo er als jugendlicher Liebhaber auftrat. 1794 folgte er dem Gegenstande seines Herzens, der Schauspielerin und Sängerin Katharina Dupont (nach dem Theaterlexikon irrig Dupert) nach Düsseldorf, und nachdem er sich daselbst mit ihr verehelicht hatte, schloß er ein Engagement für Mannheim ab. Hier ging er bereits in das Fach der Charakterrollen über, übernahm auch nach dem Tode Iffland's drei Jahre lang dessen sämmtliche Rollen und versuchte sich zum ersten Male als dramatischer Dichter mit dem Lustspiele „Gleiches mit Gleichem", welches er mit bestem Erfolge zur Aufführung brachte. Während der Kriegsunruhen gegen das Ende des achtzehnten Jahrhunderts zog er sich von der Bühne zurück und lebte einige Jahre als Privatgelehrter, Schriftsteller und Professor der Declamation, der lateinischen, französischen, englischen und italienischen Sprache. Jedoch auf Andringen

Iffland's, mit dem er im steten Briefwechsel stand, kehrte er zum Theater
zurück und übernahm 1798 die Direction
in Straßburg. Er führte sie zehn Jahre
und gab während dieser Zeit mit seiner
Truppe auch Vorstellungen in Colmar,
Freiburg, Mainz, Mühlhausen, Worms
und Speier. Als das neue Hoftheater in
Karlsruhe 1808 vollendet war, wurde
er mit seiner Gesellschaft für dasselbe
bleibend engagirt. Da jedoch die Intendantur den ihm jährlich zugesicherten
Zuschuß gleich um die Hälfte herabsetzen
wollte, gab er seine Stelle auf, verkaufte
dem Hofe alle seine Theatereffecten,
lehnte das Anerbieten einer lebenslänglichen Anstellung ab, veräußerte das daselbst käuflich erworbene eigene Haus
und ward Mittheilhaber einer Bade-
anstalt, die „Hub" genannt. Aber auch
dieses Unternehmen gab er schon nach
kurzer Zeit wieder auf und übersiedelte
1811 von Karlsruhe nach der Schweiz.
Dort, an dem malerischen Gestade des
Vierwaldstättersees, nahe bei Luzern,
kaufte er das schöne Landgut Zerleiten-
baum, ließ sich häuslich darin nieder und
machte mit seiner Gattin Ausflüge nach
den deutschen Schweizerstädten Aarau,
Bern, Luzern, St. Gallen, Solothurn,
Schaffhausen, Winterthur, Zürich und
Zug. In jeder Stadt gab er mit seiner
Gattin Declamatorien und kleine Vorstellungen mit und ohne Gesang, welche
überall große Theilnahme fanden und
lebhaften Beifalls sich erfreuten. Einer
dieser Ausflüge, auf drei Monate berechnet, dehnte sich über drei Jahre aus
und erstreckte sich sogar nach Amsterdam.
Auf dieser Kunstreise, auf welcher sie
35 Städte am Rhein und in Holland
besuchten, wurden sie von Sophie Rü-
binger, nachmaligen Madame Ze-
hischka, und später von ihren beiden

Nichten Bio unterstützt. Die ältere derselben heiratete in der Folge den Schauspieler Massow, die jüngere den talentvollen Spitzeder in München und
wurde Mutter der nachmals so berüchtigten Adele Spitzeder. Diese ebenso
vortheilhaften als sonst wechselreichen
Kunstreisen veranlaßten Vogel, sein
Besitzthum in der Schweiz, das er doch
nur zum kleinsten Theile bewohnte, zu
veräußern, und nun begab er sich nach
Wien, wo inzwischen seine Gattin und
seine jüngere Nichte Betti Bio einen
ehrenvollen Antrag für das Theater an
der Wien erhalten hatten. Er selbst
machte von Wien aus im Jahre 1819
einen Kunstausflug nach Berlin und gastirte daselbst in seinem eigenen Stücke
„Reue und Ersatz" mit solchem Erfolge,
daß ihm ein Engagement angeboten
wurde, welches er aber entschieden ablehnte, da er entschlossen war, als Darsteller die Bühne überhaupt nicht mehr
zu betreten. Er kehrte nun nach der österreichischen Hauptstadt zurück. Dort hatten
sich indessen die Verhältnisse des Theaters
an der Wien, welches Eigenthum Ferdinands Grafen Pálffy [Band XXI,
Seite 202] war und früher in artistischer
Hinsicht auf hoher Stufe gestanden, so
zum Nachtheile geändert, daß man nach
einem Manne von Sachkenntniß suchte,
der das gesunkene Institut zu dessen
voriger Bedeutung wieder emporzubrin-
gen vermöchte. Da richteten sich die
Blicke auf den eben zurückgekehrten
Vogel, dem nun verschiedene Anerbieten
gemacht wurden, welche er aber alle
immer wieder ablehnte, da ihm keiner
den Werth der Unabhängigkeit aufzu-
wiegen schien. Als man jedoch nicht aufhörte, in ihn zu dringen, und ihm die
schönste Kunstwirksamkeit in Aussicht
stellte, ließ er sich endlich herbei, im Juli

1822 die Geschäftsführung des Theaters an der Wien unter dem in dem 73er Jahre so ominös gewordenen Titel eines „Generalsecretärs" zu übernehmen. Er suchte nun, so weit es möglich, die eingerissenen Uebelstände zu beseitigen, aber er war nur Generalsecretär und nicht unumschränkter Director, und so blieb denn den früheren Leitern des Geschäftsganges Feld genug, sein bestgemeintes Wirken zur Förderung des Ganzen zu paralysiren. Wilhelm Chezy in seinen „Erinnerungen aus meinem Leben" schildert in ganz ergötzlicher Weise das Walten des alternden Vogel. Derselbe versuchte es zunächst mit wenig geschmackvollen Spectakelstücken, wie „Caspar der Thoringer", in welchem nicht weniger als fünfzig Pferde mit Geharnischten zugleich auf der Bühne erschienen, dann folgten die englischen Pantomimiker Lewin, die Kunstreiterbande Tourniaire, ferner der Seiltänzer Chiarini mit seiner Gesellschaft, später Ravel mit der seinigen, endlich der Thierdarsteller Mayerhofer und ähnliche Vertreter der Jahrmarktsgaukelei, mit welchen Elementen aber denn doch eine „Volksbühne" nicht gehoben werden konnte. Es debütirte zwar unter Vogel's Regime die nachmals große Henriette Sonntag, dann Fichtner und Andere, die in der Folge als Sterne am Wiener Theaterhimmel glänzten; auch der brave Komiker Neubrucd mit den von Vogel ausgeschriebenen „Preisstücken" konnte nichts mehr retten; das zu jener Zeit schönste Theater Wiens mußte am 31. Mai 1825 mit Grillparzer's „Ottokar" geschlossen werden. Unser Schriftsteller lebte nun als Privatmann, Theaterstücke schreibend, in Wien und verließ dasselbe erst im Februar 1834 mit seiner Gattin, um ihre bereits

kränkelnde Pflegetochter Clara Hirschmann (geb. 9. April 1813, gest. 14. November 1836) auf einer Kunstreise zu begleiten. Nachdem diese ungemein talentvolle Schauspielerin in Düsseldorf, Köln und anderen Orten gastirt hatte, war Vogel eben im Begriff, sich mit ihr nach Lübeck zu begeben, um von dort nach St. Petersburg sich einzuschiffen, wohin dieselbe einem Rufe zu einem auf Engagement abzielenden Gastspiele folgen wollte, als er in Schwerin gefährlich erkrankte und sich so veranlaßt sah, auf den Wunsch der Intendantur des dortigen Hoftheaters mit dieser einen zweijährigen Contract für Clara Hirschmann abzuschließen. Aber immer drohender trat das hektische Leiden der jungen Künstlerin auf, und ehe ihre Contractzeit zu Ende ging, entriß der Tod sie der Bühne. Die Vereinsamten nahmen nun in Schwerin zwei Schwestern Amalia und Sophie Reinecke, Bürgermädchen aus Dömitz, mit Zustimmung der Eltern derselben, ins Haus. Sophie, die jüngere, welche große Begabung für das Theater zeigte, wurde von ihrem Pflegevater für dasselbe ausgebildet, während die ältere, Amalie, die häuslichen Geschäfte besorgte. So lebte die Familie einige Jahre in Karlsruhe, bis der Zeitpunkt eintrat, Sophien in die Oeffentlichkeit einzuführen. Vogel, den um diese Zeit eben Geschäfte nach Wien riefen, nahm die Pflegetochter in die Kaiserstadt mit, damit sie dort an den Leistungen der ausgezeichneten Mimen in ihrer Kunst sich vervollkomme. Unterwegs gastirte Sophie in Mannheim. Als Vogel in Wien eintraf, zogen sich die Geschäfte wider sein Erwarten in die Länge. Anträge von Augsburg und Nürnberg, die Direction der dortigen Bühnen zu übernehmen, mußte er, weil er sich für so anstrengende Unternehmungen schon zu schwach fühlte, ablehnen. Plötzlich erkrankte er und zugleich mit ihm seine Pflegetochter. Da seine Gattin um diese Zeit zu Karlsruhe in Engagement stand und dasselbe nicht verlassen konnte, schickte sie Sophiens Schwester Amalie zur Pflege nach Wien. Die Kranken genasen, aber Vogel's Angelegenheiten in Wien wollten immer nicht zu Ende kommen, und so sah er sich genöthigt, in der Residenz zu bleiben. Noch im Herbste 1842 gab er sich der Hoffnung hin, seine Heimreise antreten zu können, aber gegen Ende desselben erkrankte er von Neuem, und zwar so ernstlich, daß er bald darauf seinem Leiden erlag. Er hatte ein Alter von 71 Jahren erreicht. Nach Schlögl's Essay: "Vom Wiener Volkstheater" wäre Vogel in Wien "so in Noth und Elend verfallen, daß, um ihn vor dem Hungertode zu retten, im Jahre 1842 eine öffentliche Sammlung veranstaltet werden mußte". Diese Nachricht ist schwer in Einklang zu bringen mit den Thatsachen, daß des Dichters Frau noch immer am Hoftheater in Karlsruhe angestellt war, daß Vogel's Stück "Ein Handbillet Friedrichs II." gerade um diese Zeit als Preisstück anerkannt, honorirt und zum Geburtstage des Königs in glänzender Weise in Scene gesetzt wurde, daß ihm die russische Kaiserin dafür mit einem sehr schmeichelhaften Schreiben eine goldene Uhr mit Kette habe überreichen lassen, und daß er im Frühjahre 1844 in Karlsruhe einzutreffen gedachte, um mit seiner Gattin die goldene Hochzeit zu feiern. Seine Pflegetochter Sophie hatte während der Krankheit ihres Ziehvaters, da er ihrer Pflege bedurfte, wiederholt vortheilhafte Anträge nach Zürich und Königsberg ablehnen

müssen. Vogel wurde auf dem Schmelzer Friedhofe beigesetzt. Eine Uebersicht seiner dramatischen Arbeiten folgt.

Uebersicht der dramatischen Arbeiten von Wilhelm Vogel. "Gleiches mit Gleichem". Lustspiel in fünf Aufzügen nach dem Italienischen des Federici. [Aufgeführt in Berlin am 12. Februar 1798 und auf vielen Bühnen mit großem Beifalle gegeben.] — "Der Schleier". Lustspiel in vier Aufzügen. [Aufgeführt in Berlin 29. November 1798; auf dem Burgtheater in Wien im Jahre 1827 unter dem Titel: "Die Dame im Schleier". "Abend-Zeitung", 1827, Nr. 270.] — "Der Um ' an r" Lustspiel in fünf Aufzügen nach dem Italienischen des Federici. [Aufgeführt Berlin 10. December 1798; Dresden 3. August 823; Augsburg 20. November 1827; Karlsruhe 1830.] — "Die Aehnlichkeit". Lustspiel in drei Aufzügen. [Aufgeführt Berlin 2. September 1799.] — "Der Bräutigam in der Irre". Lustspiel in drei Aufzügen. [Aufgeführt Berlin 29. Juni 1801.] — "Neue und e as Schauspiel in vier Aufzügen. [Aufgeführt Berlin 24. Juni 1801.] — "Nachspiele für stehende Bühnen und Privattheater", zwei Theile Frankfurt 180, 8°.) [Erster Theil: "Der Invalide"; — "Die Schildwachen auf einem Posten"; — "Der König und der Stubenheizer"; — "Das seltene Recept". — Zweiter Theil: "Die Gäste"; — "Der Hut"; — "Die Versuchung".] — "Carlo Fioras oder der Stumme in der Sierra Morena". Oper in drei Aufzügen nach dem Französischen. Musik von Fränzel. Aufgeführt Berlin 12. Februar 1813; München 1824.] — "Die heimlich Vermälten oder er wird sein eigener Richter". Lustspiel in einem Aufzuge. [Aufgeführt Berlin 15. August 1816.] — "Die Schildwachen auf einem Posten". Lustspiel in einem Aufzuge. [Aufgeführt Berlin 1. September 1817. Siehe oben: "Nachspiele.] — "Vater und Sohn". Lustspiel. [Aufgeführt Prag 1817.] — "Kleine dramatische Spiele für stehende Bühnen und Privattheater" (Aarau 1817, 8°.) [„Die Rückkehr der Krieger". — "Die junge Indianerin". — "General Moreau oder die drei Gärtner". — "Die Proceßvermittelung". — "Die heimlich Vermälten" (siehe oben) — "Die Rückkehr des Gatten"] — "Der Liebe Zauberkünste". Lustspiel in drei

Aufzügen. [Aufgeführt Dresden 23. Mai 1819.]
— „Der Fürst und der Stubenheizer“.
Schauspiel in einem Aufzuge. [Aufgeführt
Berlin 23. November 1819.] — „Unter-
haltungsstunden für Gebildete. Eine
Sammlung kleiner Romane, Erzählungen,
Anekdoten, Charakterzüge und witziger Ein-
fälle“ (Aarau 1819, Sauerländer, 12°.). —
„Gaston von Malines oder der Rache
Wechselkampf“. Drama aus dem Fran-
zösischen. („Le siège de Nancy“). [Auf-
geführt im Theater an der Wien 3. Juni
1820.] — „Die Schauspieler“. Nach dem
Französischen des Delavigne. [Aufgeführt
im Theater an der Wien 27. Juni 1820.] —
„Der eifersüchtige Künstler oder die
Annahme an Kindesstatt. Nach dem
Französischen des Théaulon: „L'artiste
ambitieux“. [Aufgeführt im Theater an der
Wien 25. September 1820.] — „Der
Schmeichler“. Lustspiel in drei Aufzügen
nach Lautier. [Aufgeführt im Theater an
der Wien 16. October 1820.] — „Hein-
rich IV. von Paris“. Drama in fünf
Aufzügen nach C. Morton (Wien 1821,
8°.). [Aufgeführt im Theater an der Wien
im Sommer 1821.] — „Der todte Gast“.
Lustspiel in fünf Aufzügen. [Aufgeführt im
Wiener Burgtheater 3. Februar 1823.] —
„Die Liebe zu Abenteuern oder die
Abenteuer aus Liebe“. Lustspiel in vier
Aufzügen. [Aufgeführt Berlin 30. Juli 1823;
Breslau 4. April 1823; Wiener Burgtheater
11. Februar 1825.] — „Der böse Rollo“.
[Aufgeführt an der Wien 5. December 1823;
später auf anderen Bühnen unter dem Titel:
„Bernhard von Abelswol“ oder: „Ubaldo
und Ulride“.] — „Liebe hilft zum Recht“.
Lustspiel in vier Aufzügen. [Aufgeführt Berlin
28. Juni 1826.] — „Der Erbvertrag“.
Dramatische Dichtung in zwei Abtheilungen.
Nach E. T. A. Hoffmann's Novelle: „Das
Majorat“ (Wien 1828, 8°.). [Aufgeführt im
Wiener Burgtheater 22. October 1825; Berlin
5. Juli 1826; Dresden 4. Februar 1827.] —
„Das Haus der Corregidor oder die
Bunt über Eck“. Lustspiel in drei Aufzügen
nach dem Französischen von Victor. [Auf-
geführt Berlin 4. October 1827; im Theater an
der Wien 9. October 1819.] — „Der letzte
Pagenstreich“. Posse. Als Fortsetzung der
Kozebue'schen Posse „Pagenstreiche“. Abge-
druckt in dem von S. W. Schiessler heraus-
gegebenen „Neuen deutschen Originaltheater“
(Prag 1826. Büchler, 12°) im zweiten Bänd-

chen. [Aufgeführt im Burgtheater 12. December
1819.] — „Abelina“. Drama in fünf Aufzügen nach dem Englischen des Lewis. Abgedruckt in S. W. Schiessler's vorerwähn-
tem „Originaltheater“, neue Folge im zweiten
Bändchen. [Aufgeführt im Wiener Burgtheater 1826; in Prag December 1826]. —
„Schlecht speculirt!“ Lustspiel in zwei
Aufzügen. [Aufgeführt Berlin 24. Mai 1832.]
— „Der alte Prognostiker oder: Hab'
ich's nicht vorhergesagt?“ Lustspiel in
einem Aufzuge. [Aufgeführt Berlin 16. Juni
1832.] — „Der Nachschlüssel“. Schauspiel
in drei Aufzügen nach Frederic und La-
querie. [Aufgeführt in Wien, München und
Dresden; in Berlin 6. September 1839.] —
„Er bat alle zum Besten“. Lustspiel in
fünf Aufzügen. [Aufgeführt im Burgtheater
December 1829.] — „Der Onkel aus
Wien oder die ungleichen Pflege-
töchter“. Schauspiel in vier Aufzügen. Frei
nach dem Italienischen (Augsburg 1839,
[Karlsruhe, Groß], 8°.). — „Christine von
Schweden“. Drama nach Van der Velde.
Abgedruckt im fünften Bande von Franck's
„Taschenbuch dramatischer Originalien“ (Leipzig 1837 u. f., Brockhaus, 8°.). — „Witzi-
gungen oder wie fesselt man die
Gefangenen?“ Lustspiel in drei Aufzügen
nach dem Englischen (Wien 1843, Wallishausser, 8°.). — „Das Duellmandat
oder ein Tag vor der Schlacht bei
Rossbach“. Drama in fünf Aufzügen (Wien
1843, 8°.). — „Ein Handbillet Friedrich des Zweiten oder die Incognitos
Verlegenheiten“. Lustspiel in drei Aufzügen (Wien 1843). Preisstück und in Berlin
zum Geburtstage des Königs aufgeführt. —
Folgende von N. H. Braemer in Hamburg
bei Herold jun. unter Vogel's Namen
im Druck erschienene Stücke: „Der Ameri-
caner“; „Pflicht und Liebe“; „Neue
und Ersatz“; „Der Schleier“ hat Vogel
selbst für unecht erklärt. Noch werden von
ihm folgende Stücke genannt: „Bettina“,
1820 auf dem Theater an der Wien gespielt,
und „Die vier Sterne“.

Allgemeines Theater-Lexikon oder Encyklopädie alles Wissenswerthen für Bühnen-
künstler, Dilettanten und Theaterfreunde
u. s. w. Herausgegeben von R. Herlos-
fohn, H. Marggraff u. A. Neue Ausgabe (Altenburg und Leipzig o. J. [1846
u. f.] kl. 8°.) Bd. VII. S. 173. — Raß-

mann (Friedrich). Pantheon deutſcher jetzt
lebender Dichter und in die Belletriſtik ein-
greifender Schriftſteller, begleitet mit kurzen
biographiſchen Notizen... (Helmſtädt 1823,
C. G. Fleckeiſen, 8°.) S. 346. — Wi-
gand's Converſations-Lexikon für alle
Stände (Leipzig 1846—1852, gr. 8°.) Band
XIV, S. 666. — Neuer Nekrolog der
Deutſchen (Weimar 1845, B. F. Voigt, 8°.)
21. Jahrg. (1843) I. Theil, S. 181, Nr. 68.
— Kehrein (Joſeph). Die dramatiſche Poeſie
der Deutſchen von der älteſten Zeit bis auf
die Gegenwart (Leipzig 1840, 8°.) Bd. II,
S. 303. — Wiener allgemeine Theater-
Zeitung. Redigirt von Adolph Bäuerle
(Wien, gr. 4°.) 36. Jahrg. (1843) Nr 98:
„Biographiſche Skizze" von W. G. K. — Er-
innerungen aus meinem Leben, von Wil-
helm Chezy (Schaffhauſen 1863, Fr. Hurter,
8°.). Erſtes Buch: „Helena und ihre Söhne".
Zweites Bändchen S. 28 u. f. — Abend-
Zeitung von Theodor Hell (Dresden,
ſchm. 4°.) 1823, Nr. 195. — Engelmann,
Bibliothek der ſchönen Wiſſenſchaften, Bd. I,
S. 453; Bd. II, S. 331.

45. **Vogel** iſt der Name eines zeitgenöſſi-
ſchen Compoſiteurs, deſſen Taufnamen wir
nicht kennen, der aber im Jahre 1877 zu
Wien ſeine Oper „Das Waldenkind des
Königs" zur Aufführung brachte. Vogel's
muſicaliſche Befähigung charakteriſirte der
„Floh" mit folgenden Zeilen: „Du haſt ge-
zeigt in deinem Stücke, | Daß ſich dein Name
für dich ſchickt; | Nachdem du wie manch
and'rer Vogel | mit fremden Federn dich ge-
ſchmückt".

Der Floh (Wiener Witz- und Caricaturen-
blatt, Fol.) 13. September 1877, Nr. 38:
„An Vogel".

Ueberſicht

der auf Seite 162 bis Seite 202 enthaltenen Lebens-
ſkizzen der Träger des Namens Vogel und Vogl,
Nr. 1 bis 45. Die Perſonen ſind gruppirt nach der
Schreibweiſe ihres Namens mit Beifügung ihres
Charakters.

Vogel, Albrecht Karl, proteſtantiſcher Theo-
log (1).
— von Krallern, Anton, Benedictiner (3).
— Anton, Kunſtbandwerker, Bildhauer (4).
— Anton, Generalmajor (5).
— Anton, Feldmarſchall-Lieutenant (6).
— Auguſtin, Maler (10).
— Cajetan, Tonſetzer (12).

Vogel, Georg, Maler (17).
— Hilarius, Schriftſteller (19).
— Jacob, Jeſuit (20).
— Ignaz, Artilleriſt (21).
— Johann Edler von, k. k. Hauptmann (22).
— Johann Anton Edler von, k. k. Staats-
rath (24).
— Johann Nicolaus, k. k. Hofagent (30).
— Irma, Sängerin (34).
— Karl, Wiener Gaſtwirth (36).
— Karl, Oberſtlieutenant (37).
— Max Joſeph, Arzt (39).
— Samuel, Theolog (41).
— Siegmund, Maler (42).
— Stephan, Gärtner (43).
— Wilhelm, Theaterdirector (44).
— Compoſiteur (45).

Vogl, Alexander, Militär (2).
— Anton, Componiſt (8).
— Anton, ſiehe: Vogl, Johann Anton (24).
— Auguſt, Naturforſcher (9).
— Bernhard, ſiehe: Vogl, Johann Chryſo-
ſtomus (23, im Texte).
— Berthold, Benedictinerabt (12).
— Caspar, Pfleger zu Zell (14).
— Emil, Naturforſcher (15).
— Franz Anton, Compoſiteur (16).
— Guſtav, Major (18).
— Jacob, Jeſuit (20).
— Johann, Bildhauer (22).
— Johann Chryſoſtomus, Maler (23).
— Johann Heinrich, Maler (26).
— Johann Michael, Sänger (27).
— Johann Nepomuk, Bildhauer (28).
— Johann Nepomuk, Poet (29).
— Joſeph Anton von, Staatsrath (31).
— Julius, Geniehauptmann (32).
— J. F., Geolog (33).
— Karl, Maler (35).
— Max, Modelleur (38).
— Peter, k. k. Hauptmann (40).

Vogelhuber, Joſeph Edler von
(Rechtsgelehrter, geb. in Wien um
1750, geſt. daſelbſt 15. September
1831). Der Sohn eines Bürgers von
Wien, legte er daſelbſt das Gymnaſium,
die philoſophiſchen und die juridiſchen
Studien zurück. Aus letzteren erlangte
er auch 1782 die Doctorwürde und
widmete ſich ſodann der Advocatur.
Nachdem er die vorgeſchriebenen Civil-

und Criminalrichteramtsprüfungen bestanden hatte, wurde er Hof- und Gerichtsadvocat in Wien und bald einer der gesuchtesten Rechtsanwälte in der Residenz, ebenso in Folge seiner Ehrenhaftigkeit, als seiner gründlichen Gesetzkenntnisse. Diese Eigenschaften, durch welche das vormärzliche Wiener Advocatengremium weit und breit eines bevorzugten Rufes genoß, verschafften ihm eine ausgedehnte Clientel, namentlich in verwickelten Erbschaftsstreitigkeiten, worin sein Rechts- und Scharfsinn bedeutende Siege erfocht. Dr. Vogelhuber war in seinem Fache auch schriftstellerisch thätig, und sind von ihm nachstehende Werke herausgegeben worden. Anläßlich seiner Promotion zum Doctor der Rechte: „*Dissertatio inauguralis juridica de duellorum origine atque progressu, nec non de eorundem moralitate et poenis*" (Viennae 1782, typ. Sonnleithneriana, 8º.); — später die: „praktische Anleitung, wie eine Verlassenschaftsabhandlung über ein freivererbliches Vermögen der Unterthanen in den k. k. deutschen Erbländern, in allen ihren Theilen nach den Rechtsgrundsätzen eingerichtet werden soll" (Wien 1789, von Mösle, 8º.); — „Vollständige und durch Stammtabellen vorgetragene Erklärung der in den gesammten k. k. deutschen Erblanden in dem freivererblichen Vermögen der k. k. Unterthanen eingeführten Rechtsordnung am 11. Mai 1786" (Wien 1786, Fol.); — neue vermehrte und verbesserte Auflage (ebd. 1789, von Mösle, Fol.); — davon erschien auch in der Folge eine italienische Uebersetzung unter dem Titel: „Spiegazione completa del nuovo diritto di successione legitima o sia intestata, con tavole genealogiche" (Venezia 1817, 8º.); — „Versuch über die Fideicommisse in den österreichisch-deutschen Erblanden" (Wien 1808, von Mösle, 8º.). Die

Achtung, welcher sich Vogelhuber in gelehrten Kreisen erfreute, beweist der Umstand, daß er 1806—1808 die Decanswürde der juridischen Facultät an der Wiener Hochschule bekleidete. Für seine Verdienste als Rechtsanwalt wurde er 1816 in den erbländischen Adelstand mit dem Ehrenworte: „Edler von" — eine damals überhaupt, vornehmlich aber in Advocatenkreisen höchst seltene Auszeichnung — erhoben. — Zu eigenthümlicher Berühmtheit brachte den Namen Vogelhuber des Vorigen Sohn. Dieser, ein von Haus aus verzogenes Kind, gab einem ihm angeborenen Hange zum Gemeinen nach, und wie er es einerseits im Salon und in der besseren Gesellschaft nicht aushalten konnte, befand er sich anderseits in der Kneipe mit Dunst und Qualm, mit Zitherklang und Gläsergeklirr, in der Gesellschaft von Männern in Hemdärmeln und Damen ohne Hut und Scham in seinem Elemente. Dabei entwickelte er eine fast erschreckende Gewandtheit im Rosselenken. Er diente einige Zeit als Reitercadet, aber da sich ihm bei seinem Naturell selbst im Reiterdienste keine Aussichten boten, trat er aus der Armee, machte als sogenanntes „Wiener Früchtl" gut und übel renommirte Gastwirthschaften unsicher und wurde nach dem Tode seiner Eltern „Fiaker". Als solcher gelangte er zu einer wenngleich zweifelhaften, aber bedeutenden localen Berühmtheit. Der Name Vogelhuber erregte das Gemüth eines Wiener Fiakers, wie der Name Napoleon einen alten französischen Gardegrenadier elektrisirte, und als unser Rosselenker schon längst unter der Erde lag, umspann seinen Namen noch ein förmlicher Mythus, auf dem Alles, was in der Fiakerwelt Erhebliches vorkam, zurückgeführt wurde. Dazu trug übrigens der

Umstand, daß ein Wiener Adeliger Fiaker geworden, nicht wenig bei. Die unten angeführten Quellen geben nähere und pikante Nachrichten über dieses Wiener Original. Vogelhuber erscheint auch öfter Voglhuber geschrieben.

Böck (Franz Heinrich). Wiens lebende Schriftsteller und Künstler und Dilettanten im Kunstfache. Dann Bücher-, Kunst- und Naturschätze und andere Sehenswürdigkeiten dieser Haupt- und Residenzstadt. Ein Handbuch u. s. w. (Wien 1821, B. Ph. Bauer, kl. 8°.) S. 54. — Levitschnigg (Heinrich Ritter von). Wien, wie es war und ist. Federzeichnungen (Pesth 1860, Hartleben. 8°.) S. 125—135: „Der nordische Herkules und Wiener Fiaker". — Wiener Courier (Localblatt, kl. Fol.) 1857, Nr. 268, im Feuilleton: „Wiener Lebensbilder. 11. Voglhuber".

Vogelsang, Christian von (k. k. Feldzeugmeister, geb. um den Anfang des achtzehnten Jahrhunderts, gest. in der Festung Luxemburg 1785). Aus einer tapferen Soldatenfamilie. Sein Vater war Oberst und Generaladjutant des Fürsten Waldeck und zeichnete sich in den Kriegen gegen Frankreich zu Beginn des vorigen Jahrhunderts so rühmlich aus, daß er 1720 in den Reichsritterstand erhoben wurde. Die militärische Laufbahn begann Christian unter dem heldenkühnen Schwedenkönige Karl XII. (geb. 1682, erschossen vor Frederikshald 30. November 1718), stand dann später als Hauptmann bei den Reichstruppen in Trier'schen Diensten und trat im Erbfolgekriege (1740—1748) zu den österreichischen Fahnen über. Unter diesen zeichnete er sich sowohl in den Kämpfen des vorgenannten, als in jenen des siebenjährigen Krieges (1756—1763) aus, ob in letzterem, ganz besonders als Oberst im Karl von Lothringen-Infanterie-Regimente Nr. 3. Proben seiner Tapferkeit in der Schlacht bei Prag (1757), in

welcher er schwer verwundet wurde, und dann in jener von Breslau. Nach letzter Schlacht zum Generalmajor befördert, erhielt er einen Elisabeth Theresien-Stiftungsplatz und rückte zuletzt zum Feldzeugmeister und Commandanten der Festung Luxemburg vor, in welcher Stellung er im hohen Greisenalter starb. Von seinen Söhnen widmeten sich zwei dem Waffendienste, der jüngere starb als k. k. Oberstlieutenant, der ältere, Ludwig, flocht in den Ruhmeskranz seines Vaters neue Lorbern. [Vergleiche die folgende Biographie.]

Vogelsang, Josephine von, siehe: **Perin** von **Gradenstein**, Josephine [Bd. XXII, S. 18].

Vogelsang, Ludwig Freiherr (k. k. Feldzeugmeister und Ritter des Maria Theresien-Ordens, geb. zu Brüssel am 12. December 1748, gest. in der Festung Josephstadt in der Nacht vom 27. auf den 28. Juni 1822). Ein Sohn des Luxemburger Festungscommandanten Christian von Vogelsang [siehe den Vorigen], erhielt er seine erste Ausbildung in der Theresianischen Ritterakademie. Aus derselben trat er als Officier in das Infanterie-Regiment Clerfayt Nr. 9, und zwar im gleich zu Beginn seiner Dienstzeit sich so hervorthat, daß ihm die Kaiserin Maria Theresia eigenhändig eine Dose mit ihrem reich in Diamanten gefaßten Bildnisse verehrte. Als dann der Krieg gegen die sogenannten niederländischen Patrioten begann, zeichnete sich Vogelsang als Major in den Gefechten von Rassegne (1. Jänner), Jchypre (18. Mai), Hogne (23. Mai), Bellemaison und Coutisse und dann bei Eroberung der feindlichen Batterie und des Lagers zu Andenne am 31. August 1790 aus. Bei diesem Lager überfiel er als Stabsofficier an der Spitze seines Bataillons den feindlichen linken Flügel und trug durch seine Tapferkeit und seine umsichtigen Dispositionen zur vollständigen Niederlage des Gegners bei. In Anerkennung dafür erhielt er in der 23. Promotion am 19. December 1790 das Ritterkreuz des Maria Theresien-Ordens. Er wurde nun zum Oberstlieutenant befördert und stand im Armeecorps des Herzogs von Sachsen-Teschen, als die Kämpfe gegen das anarchische Frankreich begonnen. Damals griff er mit seinem Regimente (Clerfayt) in Verbindung mit sechs Reiterschwadronen, welche Oberst Pforzheim befehligte, den republicanischen General Dillon auf den Höhen zwischen Gamain und Marquain, über welche sich die Feinde auf der Straße nach Tournan fortbewegen wollten, am 29. April an. Die feindliche Reiterei gerieth alsbald in völlige Verwirrung, warf sich auf ihr Fußvolk und ritt in wilder Flucht bis Lille, wo man aus Schrecken die Thore verschloß und zur Vertheidigung der Stadt und Citadelle sich bereit machte. Dillon selbst fiel auf der Flucht als Opfer seiner zügellosen Soldaten. Vogelfang, der bei allen Gelegenheiten den Feind auf das hartnäckigste beunruhigte, war seines Brigadiers, des Generals Grafen Happoncourt, wichtigste Stütze. Das Corps, zu welchem er gehörte, bewegte sich gegen Ende Mai auf Lamecroix bei Tournan, wo er sich in dem daselbst stattgefundenen Scharmützel (29. April 1792) neuerdings auszeichnete. Im folgenden Jahre trug er zur Eroberung von Marchiennes (30. October 1793) wesentlich bei. Er griff diese Stadt von Saint Amand aus an. Die feindlichen Vorposten wurden überrascht und zum Theile niedergemacht. Mit den Flüchtenden drangen die Unseren gleichzeitig in die Stadt, wo sich der Feind noch längere Zeit vertheidigte, endlich aber doch die Waffen strecken mußte. Im Feldzuge 1795 wirkte das Regiment Clerfayt bei der Erstürmung der Linien Pichegru's an der Pfrim zwischen dem Donnersberge und Worms, um die gänzliche Einschließung Mannheims zu ermöglichen, unter des Obersten Vogelfang Führung in der ausgezeichnetsten Weise mit. Sämmtliche Stellungen des Feindes an der Pfrim wurden mit dem Bajonnete genommen, und Pichegru sah sich genöthigt, mit starken Verlusten hinter die Eisbach und von da zwischen Neustadt und Türkheim sich zurückzuziehen. Als Sieger zogen die Oesterreicher in Worms ein. In der Schlacht bei Würzburg (3. September) stürmte Vogelfang im Auftrage des Erzherzogs Karl mit einer Grenadier-Brigade und einiger leichter Infanterie den Gramschatzer Wald und warf den sich aufs äußerste vertheidigenden Feind aus demselben, was den siegreichen Ausgang der Schlacht zur Folge hatte. 1799, erst 41 Jahre alt, war Vogelfang bereits Feldmarschall-Lieutenant und machte als solcher den italienischen Feldzug mit unter Oberbefehl des Feldzeugmeisters Baron Kray. Bei dem Angriffe auf Novi, am 6. November 1799, führte er das mittlere Angriffscolonne, welche aus drei Schwadronen Bussy, zwei Schwadronen Erböды und drei Bataillons Toscana bestand. Als letztere bei dem zu raschen Vorrücken sich lockerten, stürmte der feindliche General St. Cyr gegen sie mit gefälltem Bajonnet vor und durchbrach ihre Mitte. Aber sofort sammelte Vogelfang die durchbrochenen Bataillons und hielt den Feind von jeder weiteren Verfolgung derselben ab. Im nächsten Jahre befand er sich bei dem von Feldmarschall-Lieutenant Ott befehligten Bloquade-corps vor Genua. Auch da that er sich hervor, und zwar bei der Einnahme des Dorfes Rivarolo di Sotto und bei mehreren anderen während der Belagerung stattgefundenen Unternehmungen. Die Festung aber wurde nicht im Sturme, sondern, um Truppen zu schonen, durch Hunger genommen, sie capitulirte am 4. Juni. Als dann am folgenden Tage die Division Vogelsang in Eilmärschen nach Piacenza vorrückte, beschloß Buonaparte, der Vereinigung der österreichischen Armee zuvorzukommen und das Ott'sche Armeecorps anzugreifen. Vogelsang stand mit dem ersten Treffen in Casteggio, als er den Vormarsch des Feindes wahrnahm. Obwohl er nun erkannte, daß Ott mit seinem Corps zum Rückzuge vor dem weit überlegenen Gegner gezwungen sei, schlug er doch auf den Höhen von Casteggio erst fünf nacheinander folgende Angriffe der französischen Division Chamberlhac zurück, ehe er seinen Rückzug in der Richtung gegen Montebello antrat. In der Schlacht bei Marengo (14. Juni 1800) befehligte er das zweite Treffen der linken unter Ott's Befehl stehenden Colonne und stürmte mit dem Regimente Stuart das kurz zuvor von den Franzosen genommene Castell Ceriolo. Thatsächlich war auch da, wie auf den anderen Punkten des Schlachtfeldes, der Sieg zu Gunsten Oesterreichs entschieden; erst das Eintreffen des französischen Generals Desaix auf der Wahlstatt änderte die Sachlage. Nach dem Luneviller Frieden (9. Februar 1801) kam Vogelsang als Divisionär nach Hermannstadt in Siebenbürgen. Von da wurde er im Kriege des Jahres 1805 zur Armee in

Italien berufen. Dort focht er am 30. October mit seiner Division in der Schlacht bei Caldiero, in welcher sein ausgezeichnetes Verhalten die Anerkennung des en Chef commandirenden Erzherzogs Karl fand. Der Sieg, um den beide Theile in höchster Anstrengung rangen, blieb noch immer unentschieden, als er aber den Fahnen Frankreichs sich zuzuneigen schien, da rückte die zweite Brigade der Vogelsang'schen Grenadier-Division, von dem Fürsten Hohenlohe-Bartenstein geführt, mit klingendem Spiele auf das Schlachtfeld, und dieser letzte Angriff unserer Grenadiere brachte uns den Sieg. Masséna räumte im raschesten Rückzug das Schlachtfeld. Vogelsang aber, dem noch auf demselben der Höchstcommandirende für die tapfere Führung der Truppen seinen Dank persönlich ausgesprochen, erhielt in Würdigung seiner Verdienste die eben erledigte Inhaberstelle des Franz Graf Kinsky-Infanterie-Regiments Nr. 47. Bei dem in Folge der Vorfälle in Deutschland nöthig gewordenen Rückzuge des österreichischen Heeres in Italien ward ihm der Auftrag, die Stadt Vicenza eine Zeit lang gegen den Feind zu behaupten. Nur vier Grenadierbataillons, zwei Schwadronen Husaren und acht Geschütze blieben ihm zur Verfügung. Und in ritterlichster Weise löste er seine Aufgabe. Die Aufforderung des Generals Salignac, die Stadt binnen einer halben Stunde zu räumen, widrigenfalls Marschall Masséna die Stadt stürme, in Brand stecke und die Besatzung über die Klinge springen lasse, erwiderte er in angemessener Weise: „die Stadt werde bis auf den letzten Mann vertheidigt werden". Nun eröffnete — um 5 Uhr Nachmittags — Masséna eine fürchterliche Kanonade. Aber auch die Unseren

blieben nicht unthätig. Theils unſer Geſchütz, theils Elementarereigniſſe, nämlich
Waſſerflut und Brand, bewirkten, daß
die Feinde alle weiteren Verſuche, die
Stadt zu nehmen, aufgaben, und die
Einbarkirung der für Venedig beſtimmten
Verſtärkungen — ſieben Infanterie-,
fünf Grenadier-Bataillons und zwei
Escadrons — war ermöglicht. Nach
eingetretenem Frieden kam Vogelſang
als Diviſionär nach Böhmen. Im Feldzuge 1809 befehligte er bis zur Ankunft
des Generals Grafen Bellegarde das
erſte Armeecorps. In der Schlacht bei
Aspern gab er neuerdings ſolche Beweiſe
ſeines oft erprobten Muthes und ſeiner
Kaltblütigkeit, daß er außer ſeinem Range
zum Feldzeugmeiſter ernannt wurde.
Gleichzeitig in Ruheſtand verſetzt, ſah er
ſich doch bald auf einen ſeiner Würde
und ſeinen Jahren angemeſſenen Poſten
erhoben, denn es erfolgte ſeine Ernennung zum Feſtungscommandanten von
Joſephſtadt. Als 1813 Böhmens Grenzen abermals vom Feinde bedroht wurden,
erhielt er den Gouverneurtitel. Am 1. Mai
1817 beging er ſein fünfzigjähriges
Dienſtjubelfeſt. Nach einem Luſtrum ent-
ſchlief er ohne vorhergegangene Krankheit im Alter von 84 Jahren. Drei
Söhne waren vor ihm geſtorben. Ein
Enkel nur überlebte ihn. Vogelſang's
damals in Neapel ſtationirtes Regiment
beging, um dem Todten Beweiſe der
hohen Verehrung, die es ihm zollte, zu
geben, ein großes Trauerfeſt, an dem ſich
Neapels ganze Beſatzung und die an-
ſehnlichſten Bewohner der Stadt betheiligten. Der aus dieſem Anlaſſe auf-
geſtellte impoſante Katafalk mußte, um
die Schauluſt der Menge zu befriedigen,
mehrere Tage ſtehen bleiben. Vogelſang's Tochter Joſephine vermälten
Perin von Grabenſtein geſchah ſchon
in dieſem Lexikon im 22. Bande, S. 18
unter Perin nähere Erwähnung.

Oeſterreichiſche National-Encyklopädie von Gräffer und Czikann (Wien
1837, 8°.) Bd. VI, S. 614. — Hirtenfeld (J.). Der Militär-Maria Thereſien-
Orden und ſeine Mitglieder (Wien 1857,
Staatsdruckerei, kl. 8°.) Bd. I, S. 321 und
1734. — Thürheim (Andreas Graf). Gedenkblätter aus der Kriegsgeſchichte der k. k.
öſterreichiſchen Armee (Wien und Teſchen
1880, K. Prochaska, gr. 8°.) Bd. II, S. 44,
Jahr 1789; S. 48, Jahr 1790; S. 49,
Jahr 1793.

Porträt. Unterſchrift: „Lud. Freyherr v.
Vogelſang, k. k. General-Feldzeugmeiſter"
(8°.). J. Schier del. A. Machek gedr.

Ein Ludwig Freiherr von Vogelſang —
wohl des obigen Maria Thereſien-Ritters und
Feſtungscommandanten von Joſephſtadt Enkel
— diente 1843 als Oberlieutenant im Infanterie-Regimente Hoch- und Deutſchmeiſter Nr. 4.
1848 ſtand er mit demſelben in Italien und
erkämpfte ſich in dieſem und dem folgenden
Jahre als Hauptmann durch ſein ausgezeichnetes Verhalten den Orden der eiſernen Krone
dritter Claſſe. Der Freiherr Ludwig lebt
zur Zeit im Ruheſtande. — Ein Sohn dieſes
Ludwig möchte wohl der Freiherr Chriſtian von Vogelſang ſein, welcher zur
Zeit als Oberlieutenant im Tragener-Regi-
mente Albert König von Sachſen Nr. 3 dient.
— Von einem Joſeph Vogelſang, der
zur freiherrlichen Familie in keiner Beziehung
ſteht, erſchien: „Andreas Hofer und der Frei-
heitskampf Tirols im Jahre 1809. Ein Trauerſpiel in fünf Acten" (Innsbruck 1874, Wagner
in Comm., 208 S., 8°), ein Stoff, der
vor ihm ſchon von Paul Treulieb, Immermann, Pius Augetti, Berthold Auerbach, Joſ. Böhm, W. Held, Eduard
Dorn, J. G. Wörndle und Benitus
Mayr dramatiſch behandelt worden. Das
Drama Immermann's beſitzt den höchſten
poetiſchen Werth, während gegen jenes von
Auerbach der Erzherzog Johann, der mit-
handelnd in dieſem Drama auftritt, in der
officiellen Zeitung gegen die ihm unterlegten
Motive und Ausſprüche, als der Wahrheit
nicht entſprechend, Proteſt erhoben hat. Die
Dramen Wörndle's und Mayr's ſind nur
in Handſchrift bekannt.

Voget, Hermann (Journalist und Schriftsteller, geb. 1840, Geburtsort unbekannt). Ueber den Bildungsund Lebensgang des in Rede Stehenden bin ich nicht näher unterrichtet, ich weiß nur, daß Voget seit einer Reihe von Jahren in Wien lebt und daselbst journalistisch thätig ist. Ueberdies huldigt er der dramatischen Muse und hat Einiges in dieser Richtung veröffentlicht, und zwar: „Die Strelinger. Dramatisches Gedicht" (Bremen 1860, Geißler, 8⁰., 160 S.); — „Liebe und Leben. Schauspiel in fünf Aufzügen mit einem Vorspiel" (Hamburg 1864, J. P. F. E. Richter, 8⁰., 122 S.); — „Versühnt. Schauspiel in vier Aufzügen" (Wien 1878, L. Rosner, 8⁰.). Ueber letztere Dichtung macht ein Kritiker die kurze Bemerkung: „Wir haben an dem Stücke nichts zu loben, dessen einziger Vorzug es ist, daß es von einem guten Journalisten geschrieben wurde. Es ist nicht langweilig".

Eigene handschriftliche Notizen. — Allgemeine literarische Correspondenz, 1879, Bd. III, S. 108.

Voggenhuber, Vilma von (Sängerin, geb. zu Pesth 1842, nach Anderen 1845). Sie zeigte in früher Jugend nicht gewöhnliche musicalische Anlagen und eine schöne kräftige Stimme, so daß die Eltern auf eine sorgfältige musicalische Ausbildung ihres Kindes bedacht waren. Sechzehn Jahre alt, begann Vilma ernste Gesangstudien bei dem zu jener Zeit in Pesth rühmlichst bekannten Meister und Tenorsänger Stoll und lag demselben mit größtem Eifer zwei Jahre hindurch ob. Im April 1860 erhielt die junge Künstlerin ein Engagement als dramatische Sängerin am Pesther ungarischen Nationaltheater, nachdem sie auf demselben als Romeo in Bellini's „Romeo und Julie" zum ersten Male öffentlich aufgetreten war. 1861 wurde ihr Contract auf weitere drei Jahre mit dem jährlichen Gehalte von 4000 Gulden erneuert. Nach Ablauf dieses Engagements begab sie sich zum ersten Male nach Deutschland, um sich die deutsche Sprache vollständig anzueignen, trat im Sommer 1864 wiederholt mit glücklichem Erfolge auf dem Berliner Hoftheater auf und nahm im Herbste desselben Jahres ein Engagement in Stettin an, wo sie sich bald einer ausgezeichneten Aufnahme erfreute. Während der nächsten Sommersaison gewann sie Director Ernst in Aachen für seine Bühne, an welcher sie auch den Winter über verblieb. Hierauf ging sie nach einigen erfolgreichen Gastspielen in Hannover, Prag und Cöln an das deutsche Theater in Rotterdam. Für den Winter 1866 unter den vortheilhaftesten Bedingungen für die Cölner Bühne gewonnen, gastirte sie 1867 in Bremen, dann an der Wiener Hofoper und wurde während ihres Gastspieles an derselben telegraphisch für die Hofoper in Berlin engagirt. Im Frühjahre 1868 band sie sich durch einen äußerst günstigen Contract bleibend an letztere Bühne, zu deren geschätztesten Mitgliedern sie seitdem gehört, ebenso großer Gunst von Seite des Publicums, als der Kunstkenner sich erfreuend, welche das seltenen Kunstmittel und den rastlosen Fleiß der Sängerin anerkennen und würdigen. Vilma's Stimme ist ein kräftiger, besonders für dramatische Partien geeigneter Sopran, von seltener Reinheit in seiner ganzen Stimmlage. Ihren Künstlerruf begründete sie namentlich als Eleonore in „Fidelio", als Donna Anna in „Don Juan", als Norma in der gleichnamigen Oper. Zu diesen Partien gesellten sich später noch: Iphigenia, Armida, Leonore, Elisabeth, Isolde u. a. Bei der ersten Aufführung von „Tristan und Isolde" in Berlin erhielt sie den Titel einer königlichen Kammersängerin; auch wurde sie mit der herzoglich Meiningen'schen goldenen Medaille ausgezeichnet. Im März 1868 vermälte sie sich mit dem Bassisten der Berliner Hofoper Franz Krolop (geb. zu Iroja in Böhmen im September 1839) und nennt sich seitdem Boggenhuber-Krolop.

Künstler-Album. Eine Sammlung von Porträts in Stahlstich mit biographischem Texte (Leipzig 1870, Türr'sche Buchhandlung, 4°.) 9. Lieferung, S. 6 [nach diesem geb. im Jahre 1842]. — Riemann (Hugo). Musik-Lexikon. Theorie und Geschichte der Musik, die Tonkünstler alter und neuer Zeit mit Angabe ihrer Werke u. s. w. (Leipzig 1882, bibliogr. Institut, br. 12°.) S. 978 [nach diesem 1845 geb.].

Porträt. Facsimile des Namenszuges. „Wilma von Boggenhuber". Nach einer Photographie. Stich und Druck von Weger (Leipzig, Verlag der Türr'schen Buchhandlung, 4°.)

Voghera, August Marquis (k. k. General der Cavallerie, geb. in der Lombardie um das Jahr 1700, gest. 1781). Wir begegnen dem Marquis, der wohl aus dem Veronesischen stammt, wo noch Personen dieses Namens vorkommen — ein Architekt Luigi Voghera, geboren zu Verona am 26. Mai 1788, starb daselbst 1840 — zuerst in der kaiserlichen Armee als Oberst des 2. Küraffier-Regiments im siebenjährigen Kriege in der Schlacht bei Lobositz am 1. October 1756, wo er genanntes Regiment, damals Brettlach-Küraffiere, vereint mit den Regimentern Gorbua-Küraffiere, Anspach-Küraffiere und Uhlanen Nr. 6, gegen den Feind, der unsere Reiterregimenter bereits hart bedrängte, führte, denselben in volle Verwirrung brachte und zuletzt zum Rückzuge zwang. In

Anerkennung dafür wurde er unter den Ausgezeichneten des Tages genannt. Darauf focht er bei Kollin 17. Juni 1757. In einer fast an die Heldenthaten der alten Römer und Griechen gemahnenden Weise handelt aber der Oberst bei der Schlacht bei Roßbach am 5. November 1757, wo der commandirende General Prinz von Hildburghausen das Regiment zusammen mit Trauttmansdorff-Küraffieren ins Treffen führte und Voghera in der Relation wieder unter den Helden des Tages erscheint. Seine Waffenthat, welche die Aufmerksamkeit des Preußenkönigs Friedrich II. erregte, erfahren wir aus des Grafen Andreas Thürheim kriegshistorischem Werke: „Feldmarschall Karl Joseph Fürst de Ligne". Im Verlaufe eines Gespräches, welches König Friedrich II. im Sommer 1780 mit dem nach Potsdam gekommenen Fürsten de Ligne führte, lobte er den General Grafen Nádasdy [Bd. XX, S. 6] als ausgezeichneten Reiterführer, der seine Huszaren so zu enthusiasmiren verstand, daß sie ihm in die Hölle gefolgt wären. Nun fragte der König den Prinzen de Ligne noch nach einem tapferen Reiteroberften, der ihm bei Roßbach durch seine Bravour aufgefallen sei, und um deffen Namen er sich nach der Schlacht sogleich erkundigt habe. Dieser Oberst ist unser Marquis Voghera, und der Hergang jener tapferen That, welche Friedrich's Aufmerksamkeit auf sich gezogen, ist der folgende: „Marquis Voghera commandirte in der erwähnten Schlacht als Oberst das Küraffier-Regiment Brettlach, welches zur Attaque vorbeordert wurde. Von Kampfeshitze und kriegerischem Ungeftüm fortgerissen, sprengte er seinen Küraffieren weit voran, und als er in nächster Nähe des Commandanten des preußischen Cavallerie-Regiments anlangte, salutirte er wie auf dem Exercierplatze, der Gegner erwiderte diese Ehrenbezeigung, und nun stürzten sich die beiden Reiterführer wie wüthend aufeinander, einen ritterlichen Zweikampf, der Beide mit Wunden bedeckte, vor der Front ihrer Regimenter ausfechtend". Im Jahre 1758 rückte Oberst Voghera zum Generalmajor, später zum Feldmarschall-Lieutenant vor, 1766 ward er Inhaber des 4. Kürassier-Regiments, zuvor Benedict Graf Daun, welches als Czartoryski-Kürassiere 1801 reducirt wurde. Marquis Voghera starb als General der Cavallerie in hohen Jahren.

Thürheim (Andreas Graf). Die Reiter Regimenter der k. k. österreichischen Armee (Wien 1862, Gerold, gr. 8°.) Bd. I: „Küraffiere und Dragoner". S. 70, 71 und 83. — Derselbe. Gedenkblätter aus der Kriegsgeschichte der k. k. österreichischen Armee (Wien und Teschen 1880, K. Prochaska, gr. 8°.) Bd. II, S. 13. J. 1757.

Vogl, siehe unter Vogel.

Vogler, Adam (Geschichtsmaler, geb. in Wien 1822, gest. zu Rom am 10. November 1856). Einer jener Gottbegnadeten, denen, wenn sie von dem Genius der Kunst, der ihnen seinen Weihekuß gegeben, zum Bewußtsein ihres Könnens gebracht, eben mit gewaltigen Werken vor das Forum der Oeffentlichkeit treten, Staunen und Bewunderung erregend, zu gleicher Zeit Meister Tod den eisigen Kuß auf die Lippen drückt. Vogler, der in frühester Jugend ungewöhnliche Anlagen zur Malerei verrieth, kam in Wien an die k. k. Akademie der bildenden Künste, wo er sich unter der strengen, aber sicheren Führung des Historienmalers Führich in erprießlichster Weise ausbildete. Seine hervorragenden Leistungen erwarben ihm den Vorzug, als k. k. Pensionär nach Rom geschickt zu werden, wo er mehrere Jahre verweilte. Das Lebenslicht des jungen Künstlers, welcher den Keim des Todes längst in sich trug, verzehrte sich unter gewaltigem Schaffen und erlosch, als er, erst 34 Jahre alt, im Beginne einer Laufbahn stand, auf welcher er das Herrlichste zu leisten berufen schien. Auf der Jahresausstellung der k. k. Akademie der bildenden Künste 1845 begegnen wir dem Künstler zum ersten Male; es sind zwei biblische Stoffe, welche er in Oelgemälden behandelt: „Joseph erzählt den Brüdern seinen Traum" und „David kommt zu Saul". Nach einer dreijährigen Pause brachte er 1848 ebendaselbst eine „Loreley" (200 fl.) und 1850: „Erlkönig" nach Goethe (250 fl.). In der historischen Ausstellung, die anläßlich der Eröffnung der neuerbauten k. k. Akademie der bildenden Künste in Wien 1877 stattfand, sahen wir von seiner Hand „Francisca da Rimini und Paolo Malatesta im Schattenreich, zur Zeit Dante und Virgil" [Divina Com. Inferno, Canto V., Höhe 50 Centim., Breite 62·5 Centim.], welches Werk sich im Besitze eines Dr. Vict. Moravitz befindet. In der letzten Zeit, als seine weit vorgeschrittene Krankheit ihm alle Arbeit erschwerte und er nur mit der größten Anstrengung seine Ideen durch den Stift kundzugeben vermochte, entwarf er nichts destoweniger mit einer staunenswerthen Sicherheit die geistreichsten Compositionen und Skizzen voll Originalität und Schönheit. Und trotz seiner täglich wachsenden Körperschwäche unternahm er ein großes kühnes Werk, wozu ihm aus dem alten Testament das zweite Buch der Maccabäer, Capitel 5. 1—4 die Anregung gab. „Um diese Zeit rüstete sich Antiochus zu einem zweiten Zuge nach Egypten; da trug es sich zu, daß in der ganzen Stadt

m vierzig Tage lang durch die
menbe Reiter in goldenen Ge-
unb mit Spießen bewaffnet er-
auch Reiterei in Ordnung
Anläufe von beiden Seiten, Be-
n ber Schilde, eine Menge
rter mit gezückten Schwertern,
:n ber Pfeile, ber Glanz von
Waffen unb Panzern jeglicher
. Daher beteten Alle, daß bie
eichen etwas Gutes bebeuten
. Diesem Text zufolge hatte
mit ber Erscheinung ber Krieger
tfthöhe ihre Einwirkung auf bie
:n Gruppen ber Bevölkerung
ms zu einem künstlerischen Ge-
unb in weisester Anordnung ver-
Die Erscheinung hat eine burch-
ale Haltung, mit entzückender
t ber Formen unb mit einem
ben Schwung ber Bewegung.
unteren Partien ist ber Darstel-
: vollem Recht ein realistisches
aufgebrückt, mit einer, was
altigkeit unb Schärfe ber Cha-
! anbelangt, an Albrecht Dürer
nben Weise. Von maßgebender
rbe bei einer Gegenüberstellung
ogler'schen Cartons mit ber
schlacht Kaulbach's ber Aus-
:than, baß biesem maccabäischen
pfe ber entschiedene Vorzug vor
ach's wiewohl gleich großartigem,
nerhin etwas verworrenem Bilde
men sei: ba ja eben bei Vogler
istische Richtung in ben Wolken-
:, bie realistische in ben empor-
:en Bewohnern ber Erbe in
r Weise unb ganz klar gegen-
ur Geltung kommt. Der Carton
tige Monate nach bem Tobe bes
s aus bessen Nachlaß auf bie
:er-Ausstellung 1857 bes öster-
n Kunstvereines in Wien. Ein

Werk bes Künstlers erschien auch im
Jahre 1861 im Verlage ber Kunsthanb-
lung Paterno zu Wien im Tonbruck in
Folio; es ist bas Bilb: „Es ist voll-
bracht", von welchem auch colorirte
Blätter mit schwarzem unb anbere mit
Golbgrunb ausgegeben wurben.

Tagesbote aus Böhmen (Prag. Fl Fol.)
1856, Nr. 331. — Die Presse (Wiener
polit. Blatt) 1856, Nr. 276.

Ernst Förster über Vogler's Carton. Die Stimme
eines Fachmannes, wie Ernst Förster, erscheint uns zu gewichtig, um ihr nicht hier
eine Stelle einräumen zu sollen. „Im hohen
Grabe merkwürbig", schreibt Förster, „ist
bie Arbeit eines leiber gestorbenen jüngeren
Künstlers, Vogler aus Wien. Es ist ein
großer Carton, für welchen er bas Thema
aus bem zweiten Buche ber Maccabäer genommen, wo zu Anfang bes fünften Capitels
bie Vision von kämpfenben Streitern über
Jerusalem erzählt wirb. Vogler hat aus
biesem sehr unscheinbaren Stoffe eine sehr
ergreifende Darstellung gemacht, reich an
Phantasie in bem Geisterschlachtbild unb sehr
charakteristisch in Schilberung ber Wirkung
ber Vision auf bie Bevölkerung, bie voll
Angst unb Schrecken, voll Zweifel unb Nach-
benken ober auch betenb nach bem Wunber
emporschaut. Man ist versucht, zu glauben,
baß Kaulbach's „Hunnenschlacht" unb Cornelius' „Reiter" nicht ohne Einfluß auf
Vogler geblieben sinb, obschon ber originalen Kraft in ihm, bie sich in ber Energie
seiner Zeichnung besonbers kunbgibt, bamit
kein Abbruch geschehen ist". [National-
Zeitung (Berlin, Fol.) 1858, Nr. 514:
„Die allgemeine beutsche Kunstausstellung in
München". Von Ernst Förster.]

Vogler, Georg Joseph (Abbé unb
Tonsetzer, geb. zu Würzburg am
15. Juni 1749, gest. zu Darmstadt
am 6. Mai 1814). Der Sohn eines
Geigenbauers, welcher in Künstlerkreisen
eine gern gesehene Persönlichkeit war,
wurbe er frühzeitig in ber Musik, für bie
er großes Talent zeigte, unterrichtet.
Doch sollte er nicht unmittelbar in bie
Künstlerlaufbahn eingeführt werben, ba

er erst das Studium der Philosophie und des kanonischen Rechtes — denn er war für den geistlichen Stand bestimmt — vollenden mußte. Im Seminar zu Mannheim, wo er den theologischen Studien oblag, bildete er sich auch in der Musik aus und schrieb um diese Zeit, 1771, ein Ballet, durch welches er die Gunst des Kurfürsten von der Pfalz, des kunstsinnigen Karl Theodor, gewann, der ihm nun die weiteren Pfade ebnete. Denn um den Contrapunkt zu studiren und den Kirchengesang in seiner wahren Vollendung und Würde kennen zu lernen, wurde er von seinem fürstlichen Gönner nach Italien geschickt. Zunächst ging er nach Bologna, wo der berühmte Pater Martini, ein Meister des Contrapunkts und in musikhistorischen und theoretischen Streitfragen zu jener Zeit eine nicht blos in Italien, sondern auch auswärts anerkannte Autorität, den jungen Priester in sein System einführen sollte. Aber Vogler war bereits viel zu sehr selbstständiger Denker, um sich ein System, mit dem er nicht übereinstimmte, aufbringen zu lassen. Nach sechs Wochen schon trennten sich Schüler und Meister, und Ersterer pilgerte nach Padua, wo, wie Martini in Bologna, Pater Valotti einen Kreis strebsamer Jünger um sich sammelte, um dieselben in die Geheimnisse seiner Kunst, in welcher er namentlich als Kirchencompositeur Großes leistete, einzuführen. In Padua soll Vogler auch in den Orden der Jesuiten eingetreten sein, nach Anderen hätte er diesen Schritt bereits während seiner Studien in Mannheim gethan, und wieder nach Anderen wäre er nie Jesuit gewesen. Unter Valotti's Leitung widmete er sich nun ein halbes Jahr der Compositionskunst, nebenbei mit seinen Berufsstudien sich beschäftigend. Von

Padua begab er sich nach Rom, wo er nach Beendigung der letzteren die Priesterweihe erlangte und unter Myslivecžek [Bd. XVIII, S. 362] seine Musikstudien fortsetzte. Durch sein höfisches Wesen, durch seine unbestreitbar nicht gewöhnlichen Geistesgaben, insbesondere aber durch sein musicalisches Talent gewann er bald viele Freunde, deren großem Einfluß er mannigfache Ehren verdankte. So wurde er von der Gesellschaft der Arcadier zu ihrem Mitgliede erwählt und vom heiligen Vater zum Ritter vom goldenen Sporn, zum Protonotar und päpstlichen Kämmerer ernannt. Alles Würden, die an und für sich von geringem Belange, doch später dem jungen Abbé überallhin den Zutritt theils ermöglichten, theils erleichterten, da er es verstand, die ihm geworbenen Auszeichnungen in blendendster Weise zur Geltung zu bringen. 1777, im Alter von 28 Jahren, kehrte er nach Mannheim zurück und wurde daselbst Hofcaplan; bann aber, nachdem er eine Musikschule errichtet hatte, nach übereinstimmenden Aussagen aller Quellen, welche über ihn berichten, durch Benützung der Einflüsse von Jesuiten und Maitressen, neben Holzbauer zweiter Capellmeister der Hofcapelle. In dieser Stellung übersiedelte er mit dem Hofe nach München. Schon in diesen ersten Jahren seines Wirkens traten, nach der Mittheilung eines seiner Biographen, der es sich besonders angelegen sein läßt, zwischen dem Lebenslaufe Franz Liszt's und jenem Vogler's einen auffallenden Parallelismus nachzuweisen, die vornehmsten Züge seines Wesens unverkennbar hervor. Begabt bei angenehmem Aeußeren mit einer Sprache von unwiderstehlichem Klange, welche auf die Favoritin des Kurfürsten, Frau von Coudenhove, n unauslöschlichen Eindruck gemacht, er als Zögling der Jesuiten — wie : Biograph schreibt — geschult, bei : Gelegenheit die Seite seines Geistes orzuwenden, von welcher er sich die e Wirkung versprach, und erschien, y die im Orden strenge Disciplinirung ommen Herr über sich geworden, in n Aussprüchen stets gewichtig, in m Auftreten imposant und zugleich elig; oft in seinen Gewohnheiten Absicht bizarr, um, ohne Staunen zu en, jede Lebensform annehmen zu en. Nehmen wir hierzu, daß er es gut verstand, bei sonstiger ent- den großer Lehrgabe die Dunkel- n seines Ausdruckes für mystische e auszugeben und Denen gegenüber, ihn hörten, den Schein zu wahren, könne er ihnen immer nur erst einen ngen Theil des ihm Geoffenbarten theilen, wer mochte da sich wundern, a auf seinen vielen Reisen das licum sich sehr bald in zwei einander ff entgegenstehende Parteien theilte, denen die eine, die der alten Schule, verketzerte und bekämpfte, während andere, die jungen Gemüther, die er t nur im höchsten Grade zu fesseln, dem auch zu beherrschen verstand, ihn einen Propheten ansah, mit dem neue Aera für die Tonkunst an- e. In München schrieb er 1780 die sik zu dem Drama „Albert III.", he aber nicht gefiel. Aus unbekannten inden, vielleicht weil ihn die jesuiti- n Umtriebe, denen er sein erstes orkommen zu verdanken haben soll, ts weniger als angenehm anmutheten. e er seine Stelle als Hofcaplan und iter Capellmeister nieder und trat 31 seine erste Reise an, und von dieser t datirt sein europäischer Ruf. Aber seinen Reisen brachte er auch aus

seinen Forschungen über die Musik der alten Griechen und über Nationalmelo- bien der verschiedenen Völker einige kost- bare Ergebnisse mit, die er später in fort- gesetzten Studien und vervollständigten Sammlungen zu verwerthen trachtete. Die erste Reise, bei deren Antritt er be- reits in allen Beziehungen, in denen er sich geltend zu machen wünschte, bis zu einem hohen Grade von Vollendung ausgebildet und sein Ruf in musicalischen Kreisen nach verschiedenen Richtungen ein bedeutender, ja glänzender zu nennen war, führte ihn nach Paris, wo 1783 seine komische Oper „La Kermesse" aufgeführt wurde, aber durchfiel. Nun besuchte er Holland, Schweden, Däne- mark, England, Italien, Spanien, ja selbst Griechenland und Nordafrika, und diese Reisen waren alle mehr oder weniger musicalische Triumphzüge. Seine meister- haften Orgelconcerte mußten seinen Vor- trägen über sein Musiksystem die Bahn brechen; zwar nahmen seine Gegner bei diesem Orgelspiel an seiner angekündigten Musikmalerei Anstoß, indem er, ihrer Ansicht nach, nicht blos in dem Streben nach dem Charakteristischen zu weit ging, sondern den Anschein eines musicalischen Marktschreiers gewann, wenn er auf der Orgel ein Gewitter, oder gar eine See- schlacht, ja den Einsturz der Mauern von Jericho, sowie das Reisstampfen der Africaner ankündigte; jedoch seine An- hänger und die große Menge war hin- gerissen, und Vogler blieb der Gegen- stand des ehrfurchtsvollsten Staunens und der lautesten Bewunderung. So wurde er, wie einer seiner Biographen schreibt, ein etwas charlatanmäßig um- herreisender Apostel seiner Evangelien, überall meteorartig unerwartet auftau- chend, aber auch schnell verschwindend, von der Geistlichkeit überall gestützt, da-

gegen von den gewöhnlichen Musikern
von Fach, den abgesagten Feinden alles
Neueren, planmäßig angefeindet. Im
Jahre 1786 folgte er einem ehrenvollen
Rufe des Königs Gustav III. von
Schweden, um in Stockholm als Chef
de la musique du roi die musicalische
Oberleitung am Hofe zu übernehmen.
Dreizehn Jahre, freilich in der Zwischenzeit immer längere oder kürzere Reisen
ausführend, wirkte er in dieser Stelle
segensreich für die Musikwissenschaft, für
die Verbreitung gediegenen Orgelspiels,
sowie für die Vereinfachung des Orgel-
baues nach seiner sogenannten S i m p l i-
f i c a t i o n s t h e o r i e, mit welcher er eine
natürlichere Pfeifenstellung, weniger getheilten Wind und einen bequemeren An-
schlag für den Spielenden bezweckte.
Nach seiner Behauptung sollten kleinere
und einfachere Orgeln nach diesem System
die Stärke gewöhnlicher großer erhalten.
Auch besuchte er während dieser Zeit,
1790, London mit seinem Orchestrion,
einer Art Orgel, welches aus vier Cla-
vieren bestand, jedes von 63 Tasten, an
Stärke einer 16fugigen Orgel gleich. Die
besondere Construction dieses Instruments, welchem er den Namen Orchestrion gab, weil es durch Nachahmung
der Instrumente sich einem vollständigen
Orchester näherte, beruhte im Wesentlichen darin, daß durch Vermehrung oder
Verminderung der Luft jeder Ton in
eigenthümlicher Weise bestimmt wurde
und der Schall sich durch eine Oeffnung
an der Mauer gegen eine an seidenen
Schnüren hängende kupferne Wanne in
Form einer halben Pauke warf. Außer
London besuchte er in dieser Zwischenzeit
1791 den Rhein und Schwaben, in
Mannheim brachte er in diesem Jahre seine
Oper „Kastor und Pollux" mit bei-
fälligem Erfolge zur Aufführung; dann

reiste er über Hamburg nach Stockholm
zurück, wo er wenige Tage vor der Ermordung Gustavs III. seine Oper
„Gustav Adolf" in Scene setzte. Die
nächsten zwei Jahre 1795 und 1796
hielt er musicalische Vorlesungen und
blieb noch bis 1799 in der nordischen
Hauptstadt, aus welcher er dann mit einer
Pension von 500 schwedischen Thalern
schied. Noch besuchte er Dänemark und
schrieb in Kopenhagen die Musik zum
Drama „Hermann von Unna", darauf
ging er über Altona nach Berlin, wo
er sein Choralsystem herausgab und
überhaupt eine ganz bevorzugte Aufnahme
fand und von dem Könige den Auftrag
erhielt, nach seinem Simplificationssystem
in Neu-Ruppin eine Orgel zu bauen.
Auch veranstaltete er in allen größeren
Städten, die er auf seiner Reise berührte, Concerte, welche stark besucht
wurden und seinen Anhang vermehrten.
Im Mai 1801 begab er sich nach Prag,
wo er eine Aufnahme fand, wie sie hier
wenige Künstler erlebt haben. Er wurde
in den meisten Privathäusern und in den
adeligen Familien zu Gast geladen und
machte sich vornehmlich durch Improvi-
siren auf dem Piano bekannt. Im herzoglich kurländischen Palais gab ihm
die erlauchte Besitzerin desselben freies
Quartier und räumte ihm sogar den
Saal für eine öffentliche Akademie ein,
zu welcher die Billets nur durch Subscription vertheilt wurden. Bei der
Landesstelle suchte er um die Erlaubniß
an, öffentliche Vorlesungen über die
Musik auf der Universität unentgeltlich
halten zu dürfen, und erbat sich zur Aufstellung seines Orchestrions, welches er
aus Schweden kommen ließ, einen Saal
im ehemaligen Altstädter Jesuitencolle-
gium. Beides wurde ihm bewilligt und
ihm der Saal auf zehn Jahre überlassen.

Zum Behuf seiner Vorlesungen schrieb er sein Handbuch der Harmonielehre. Zur Antrittsrede fand sich das Publicum sehr zahlreich ein, es schmolz aber schon bei der nächsten und noch mehr bei den folgenden Vorlesungen so zusammen, daß er mit dem ersten Wintercurse dieselben endigte, ohne sie später wieder aufzunehmen. Indessen hatte er sein Orchestrion kommen und durch den nachmals berühmt gewordenen Orgelspieler Knecht aus Biberach aufstellen lassen. Von den 1500 Pfeifen, die in diesem kleinen, 9 Kubikschuh messenden Raume sich befanden, cassirte er 600 und erklärte, daß er mit den übrig gebliebenen 900 die nämliche Stärke hervorbringen werde, welche Simplification sein System bestätigen sollte. Während die Aufstellung des Instrumentes vor sich ging, gab er in dem ihm eingeräumten Saale eine musicalische Akademie, in welcher er die Ouverture, Marsch und Gesänge aus „Hermann von Unna", den „Aufgang der Sonne", ein Terzett, „Das Lob der Musik", von Meißner nach Rousseau's Trichordion instrumentirt, und Variationen fürs Pianoforte, Alles seine eigenen Compositionen, zur Aufführung brachte. Der Erfolg des Concertes war auch nach pecuniärer Seite ein so günstiger, daß eine Wiederholung desselben stattfand. Auf den zweiten Osterfeiertag 1802 kündete er endlich sein erstes Concert an, in welchem er sich blos auf dem vielbesprochenen Orchestrion hören lassen wollte. Ein ungemein zahlreiches Publicum, unter welchem der ganze hohe Adel glänzte, fand sich zur Vorstellung ein. Aber voller Enttäuschung verließ Alles den Concertsaal, denn der Erfolg war nahezu ein kläglicher. Die Schuld wurde auf Knecht geschoben, der sein Versprechen, das Instrument ganz fertig

aufzustellen, nicht gehalten hatte, während der sonst schon zu weit gediehenen Vorbereitungen wegen das Concert nicht mehr rückgängig zu machen war. Kurze Zeit danach ging Vogler nach Schlesien, wo er die Schweidnitzer Orgel simplificirte, dann nach Breslau, wo er die Oper des Kammerrathes Bürde „Der Rübezahl" in Musik setzte. Aus letztgenannter Stadt begab er sich mit Beginn des Jahres 1803 nach Wien. Hier nahm ihn das für musicalische Genüsse ungemein empfängliche Publicum auf das freundlichste auf. Er führte in einem Concert der musikalischen Societät mit einem aus 200 Musikern bestehenden Orchester seine Oper „Kastor und Pollur" auf, sagte für das neue Theater an der Wien die Composition einer Oper zu und brachte in der That auch die Oper „Samori" auf die Bühne. Hierbei gedachte er mit dem gefeierten Tonheros Beethoven zu concurriren, welcher den „Fidelio" zu schreiben versprochen hatte, aber freilich erst neunzehn Monate später denselben in Scene setzte. Vogler's „Samori" wurde nach 46 von dem Componisten selbst abgehaltenen Proben am 18. Mai mit der größten Pracht aufgeführt und errang trotz der gesuchten Instrumentation, als ein wahrhaft imposantes Werk entschiedenen Beifall. „Und nun", wie ein Biograph Vogler's schreibt, „versetze sich der geneigte Leser mit uns im Geiste um das Ende des Jahres 1803 nach Wien in die übervolle festlich geschmückte Peterskirche. Was ist es, was die zahllose Schaar der Andächtigen dort versammelt hat und sie mit solcher Spannung nach dem Hochaltar schauen läßt? Dort steht ein Priester von 54 Jahren. Er ist von mittlerer Gestalt mit kräftigen geistvollen Gesichtszügen. Nur eine kleine Tonsur ist an seinem

Scheitel wahrzunehmen. Aber den Priester schmückt der päpstliche Orden des goldenen Sporns, und einst hat der Abbé für den Kurfürsten von der Pfalz Karl Theodor das Weihwasser aus Rom mitgebracht. In ernster Würde steht er da am Hochaltar, consecrirend, es ist ja die Feier seines eigenen dreißigjährigen Priesterjubiläums. Dennoch verhindert ihn dies nicht, sorgsam auf die vom Orgelchore herab sich ergießenden mächtigen Tonwellen einer heiligen Musik zu lauschen. Hat er doch selbst diese Musik componirt; es ist seine Messe, geschrieben von ihm zur Feier dieses Festes. Wohin unsere Blicke schweifen, überall Staunen und Entzücken. Die Priester freuen sich eines so kunstreichen Genossen; die Tonkünstler sind nicht wenig stolz, diesen Hohenpriester zu den Ihrigen zu zählen; die Frauen sind entzückt durch seine Liebenswürdigkeit und seine Sitte; die Masse ist hingerissen von der Herablassung in seiner so einzig artigen Erscheinung. So feierte er in Wien nachhaltige Triumphe und bestätigte nach allen Seiten hin den ihm vorangegangenen Ruf als wissenschaftlicher Lehrer der Tonsetzkunst, als Componist von Massenopern und Symphonien, als großartiger Orgelspieler und hier besonders als berühmter Virtuos in der musicalischen Malerei, endlich als Akustiker und Erfinder eines Orchestrions, sowie eines Simplificationssystems bei der Orgel". Durch eine sehr glückliche Mischung von Wissen und Können, durch ein sehr glückliches Lehrtalent bei glänzender Redegabe, durch eine nie verleugnete, wenn auch nirgend lästig zur Schau getragene priesterliche Würde in Verbindung mit dem gehaltenen Wesen eines echten Denkers, aristokratischen Lebensformen und einem künstlerischen Glanze war es ihm gelungen,

einen Nimbus um sich zu verbreiten, ihn für die musicalische Masse zum Gegenstande ehrfurchtsvoller Bewunderu machte, sympathische jüngere Natu dagegen unwiderstehlich anzog. Bis 18 blieb Vogler in Wien, 1805 begal sich wieder nach München, um dasel bei der Vermälungsfeier einer königlic Prinzessin seine Oper „Kastor und Poll aufzuführen, und besuchte dann Fra furt a. M., Offenbach und verschied Städte des Rheinlandes, 1807 a folgte er einem Rufe des Großherz von Hessen, der ihn als Hofcapellmei und geheimen geistlichen Rath mit ein Jahresgehalte von 2000 fl. bei fre Mittag- und Abendessen aus der g herzoglichen Küche u. s. w. in Darmst anstellte. Dabei war er fast täglich G des Großherzogs, der ihn sehr eh Sieben Jahre verlebte er hier in gl licher Muße, ganz seinen wissenschf lichen Studien hingegeben, da der Gr herzog keinerlei dienstliche Anforderun an ihn stellte. Außerdem widmete er der Ausbildung tüchtiger Schüler. Un diesen ragen besonders hervor: P Winter, der Compositeur des „Op festes", Gottfried von Weber, Verfasser einer wissenschaftlichen Com sitionslehre, Gänsbacher in W Freiherr von Poißl in Münc Meyerbeer und Karl Maria Weber, welch Letzterer gar gr Stücke auf Vogler hielt, wie wir t aus der Biographie Karl Maria Web erfahren, welche dessen Sohn Mar Jahre 1863 herausgegeben; der Cr ponist des „Freischütz" war seinem Leh bis zu dessen Tode auf das innigste gethan geblieben. Ende 1812 bis in Mitte 1813 machte Vogler noch größere Reise durch Deutschland, d. kehrte er nach Darmstadt zurück und

schloß daselbst 1814, erst 65 Jahre alt,
sein wechselreiches Leben. Eine Uebersicht seiner theoretischen Werke, seiner
Compositionen: Opern, Kirchenstücke und
Kammermusik, eine kurze Darstellung
seiner Simplificationsmethode und der
Ausspruch der competenten Fachkritik
über Vogler's künstlerische Stellung
und Bedeutung in der Musikgeschichte
sehe in den Quellen.

I. **Des Abbé Vogler theoretische Schriften über
Musik**, theils die selbständigen, theils die in
*Fachschriften zerstreuten, in chronologischer
Folge.* „Tonwissenschaft und Tonsetzkunst" (Mannheim 1776, 86 S., 8⁰., nebst
einer Tabelle und einem musicalischen Zirkel).
— „Stimmbildungskunst" (Mannheim
1776, 8⁰., 8 Seiten und 4 Notentafeln); ist
auch mit einigen Zusätzen und Veränderungen
in seine später erschienene Tonschule aufgenommen. — „Betrachtungen der Mannheimer Tonschule. Eine Monatschrift" (Mannheim 1778, 8⁰., 206 S., nebst 30 Tabellen in
Fol.); enthält Zergliederungen verschiedener
Tonstücke; nach Gerber's altem „Musik-
lexikon" wären von dieser Monatschrift drei
Jahrgänge, welche sich doch nirgends sonst
verzeichnet finden, im Druck erschienen. —
„Churpfälzische Tonschule" (Mannheim
1778 auf Kosten des Verfassers, 8⁰., 96 S.);
nach einer Abhandlung über die Tonkunst
überhaupt folgen die Clavierschule, die Stimmbildungskunst, Singschule und Begleitungs-
kunst. Zu diesem Werke gehört gleichsam als
zweiter Theil die oben angeführte „Tonwissenschaft und Tonsetzkunst". So schwülstig und
schwerfällig auch Vogler's Schreibart ist,
so enthält dieses Werk doch wie alle anderen
unseres viel verlästerten und nie unbefangen
beurtheilten Meisters viel Wichtiges und Geist-
volles. — „Erklärung einiger (von Weiß-
beck) angetasteten... Grundsätze aus der
Vogler'schen Theorie. Nebst Anmerkungen
über Löchlein's Einleitung in den zweiten
Theil seiner Clavierschule" (Ulm 1785, 4⁰.);
zwar erscheint Justus Heinrich Knecht als
Verfasser, in Wirklichkeit ist es Vogler
selbst. — „Erste musicalische Preisaus-
theilung für das Jahr 1791, nebst vierzehn
Kupfertafeln, die aus dem Magnificat beider
Preisträger ein Stück und die Umarbeitung

beider Stücke vom Preisrichter liefern" (Frankfurt a M. 1794, Varrentrapp, 8⁰.). — „Bemerkungen über die der Musik vor-
theilhafteste Bauart eines Musik-
chors. Auszug aus einem Briefe Vogler's
von Bergen in Norwegen" [abgedruckt im
„Journal von und für Deutschland", 1792,
Stück 2, S. 103—190]. — „Essai de
diriger le Goût des amateurs de
musique et de les mettre en état d'ana-
lyser, de juger un morceau de Musique"
(Paris 1782, Joubert, 8⁰.); diese Schrift ist
wohl von Vogler verfaßt aber nicht von
ihm herausgegeben. — „Antwort... auf
verschiedene tiefgedachte, sein System betreffende, von den Herausgebern der musicalischen
Realzeitung in Speyer ihm zugeschickte Fragen"
(London Märzmonat 1790) [in der „Musicalischen Correspondenz", 1790, S. 9 u. f.].
— „Aesthetisch-kritische Zergliederung des wesentlich vierstimmigen Singe-
satzes des vom Herrn Musikdirector Knecht
in Musik gesetzten ersten Psalms" [in der
„Musicalischen Correspondenz", 1792, S. 133
und 314] — „Verbesserung der For-
kel'schen Veränderungen" (Frankfurt
a. M. 1793, Text in 8⁰. und Notentafeln in
Fol.) — „Inledning til Harmoniens
hauuedom", d. i. Einleitung zur Harmo-
niekunde (Stockholm 1797); ein ins Schwedische übersetzter Auszug aus Vogler's
Schriften. — „Organisten-Schule mit
90 schwedischen Choralen" (Stockholm 1797).
— „Clavier- und Generalbaß-Schule"
(Kopenhagen 1797, 8⁰); dieses und das
vorige Werk sind in schwedischer Sprache
verfaßt, ich konnte aber ihre Titel nicht finden.
— „Choral-System" (Kopenhagen 1800
8⁰., 103 S. und 23 Notentafeln in 4⁰.); in
sehr freimüthigem Tone kündigte Vogler
dieses Werk im Intelligenzblatte des 1. Jahr-
ganges der Leipziger „Musik Zeitung", S. 94,
an; das Werk enthält eine kritische Prüfung
der musicalischen Theorie; eine historische
Deduction über die uralte Psalmodie; eine
Verbesserung und Umarbeitung fehlerhafter
Behandlungen der sechs griechischen Tonarten
und strenge Prüfung vierstimmiger Orgel-
begleitungen der Chöre. — „Data zur
Akustik. Eine Abhandlung, vorgelesen bei
der Sitzung der naturforschenden Freunde in
Berlin den 13. December 1800" (Offenbach,
André, 58 S., 8⁰.); enthält Versuche, die
Akustik auf den Orgelbau anzuwenden, und
ertheilt zum ersten Male Nachricht von dem

Simplificationssystem Vogler's. — „Handbuch der Harmonielehre und für den
Generalbaß, nach den Grundsätzen der
Mannheimer Tonschule, zum Behufe öffentlicher Vorlesungen im Orchestrionsaale auf
der Universität zu Prag" (Prag 1802, Barth,
142 S., 8°. und 12 S. Notenbeispiele in
Folio; auch Offenbach, bei André). — „Erklärung der Buchstaben, die im Grundriß der nach dem Vogler'schen Simplificationssysteme neu zu erbauenden St. Peters-
Orgel in München vorkommen" (München
1806). — „Vergleichungsplan der vorigen
mit der neu umgeschaffenen Orgel im Hof-
bethause zu München" (ebd. 1807). —
„Gründliche Anleitung zum Clavier-
stimmen für die, welche ein gutes Gehör
haben" (Stuttgart 1807, Burglein, und Wien,
Steiner, 8°.). — „Deutsche Kirchenmusik, die vor 30 Jahren zu vier Sing-
stimmen und der Orgel herausgekommen und
mit einer modernen Instrumentalbegleitung
bereichert worden; nebst der Zergliederung
und Beantwortung der Frage: hat die Musik
seit 30 Jahren gewonnen oder verloren?"
(München 1807, 8°.). — „Ueber die harmonische Akustik (Tonlehre) und über
ihren Einfluß auf alle musicalischen Bildungsanstalten. Rede... gehalten zu München"
(München 1807, Lentner, 28 S, 4°.). —
„Vergleichungsplan der nach seinem
Simplificationssysteme umgezeichneten Neu-
Münster Orgel in Würzburg" (Würzburg
1812, Stachel, gr. 4°.). — „Uebung für
das Ueberspringen des zweiten Fingers
der linken Hand" (Dresden 1797, Hilscher).
— „Vom Zustande der Musik in Frankreich" [in Cramer's „Magazin der Tonkunst". Bd. I, S. 783 u. f.]. — „Aeußerung über Knecht's Harmonik" [in der
Leipziger „Musicalischen Zeitung", Bd. II,
S. 689]. — „System für den Fugenbau. Als
Einleitung zur harmonischen Gesangverbin-
dungslehre. Nach Vogler's hinterlassenem
Manuscripte herausgegeben" (Offenbach o. J.,
André, 73 S., 8°. nebst 35 Seiten Notenbeispiele); nach Erörterung der mathematischen Ansicht der Fuge geht Vogler im
Verlaufe der Darstellung auf die rhetorische,
logische und ästhetische über; dann liefert er
zur Vergleichung und Prüfung seiner Grund-
sätze die Arbeit des Schülers, zuletzt jene des
Meisters. Ungedruckt blieb seine in Prag am
9. November 1801 gehaltene Antrittsrede:
„Was ist Akademie der Musik?"

II. Abbé Vogler's Compositionen. A
„Der Kaufmann von St
Operette (1780). — Ouverture und
acte zum „Hamlet"; im Cla
gestochen. — „Ino". Ballet.
drebo". Melodram. — „Egle". D
bolm 1787). — „Die Dorfkir
Kermesse). Operette (1783). —
triotisme". Große Oper, von d
großen Oper zurückgewiesen. —
der Dritte von Bayern". S
fünf Aufzügen, in München aufgeführ
Chöre zu Racine's „Athalia".
aufgeführt in Stockholm 1791.
Adolf". Schwedische Oper, au
Stockholm 1791. — „Kastor und
(Mannheim 1791). Daraus das
mostre" zu Mannheim 1791 und
ture, von Kleinheins für vier
gerichtet, 1793 gestochen; die ganze
Stich bei Heckel in Mannheim.
mann von Unna". Schauspiel in
ture, Chören, einer Romanze und
ursprünglich als schwedisches Or
Musik gesetzt, dann aber 1800 ins
übertragen und erst zu Kopenhager
genden Jahre aber deutsch zu K
großem Beifalle aufgeführt. Im
zuge gedruckt Kopenhagen 1800
nich sen. und dann im nämlichen
Leipzig bei Breitkopf und H
„Samori". Große Oper für D
der Wien (1804); im Stich ersch
Artaria in Wien. — B. Kirchl
positionen. „Paradigma modoru
siasticorum". — „Ecco Panis, ei
„Deutsche vierstimmige Messe mit d
„Suscepit Israel". — „Vi
Fugen" zu Pergolese's „Stabat
— „Psalmus Miserere decantandu
bus cum organo et Bassis... co
(Speyer). — „Vesperae chorales
— „Neun lateinische Psalmen"
in D-moll". — „Kyrie cum gl
„Meditationes: Christen samme
a 4 voc.". — „Requiem in Es.
noch mehrere Messen und andere
stücke. So erschien erst in neuere
„Veni Sancto Spiritus", für vier
stimmen und Physharmonika einger
Dr. Zintes 1865 bei Glöggl
— C. Orgel- und Clavierwerke
Claviertrio". — „Sechs leichte Clav
mit Begleitung einer Violine". —
Sonaten", welche Duette, Trios,

u. f. w. von fechs verfchiedenen Arten enthalten. — „Sechs Clavierconcerte", erftes und
zweites Buch, jedes zu drei Stück. — „Sechs
Claviertrio". — Desgleichen (Paris). —
„Leichte Divertiffements mit Nationalcharak-
teren", erftes Buch. — Sechs desgleichen,
zweites Buch. — „Clavierconcert à 9", in
einem Concert vor der Königin von Frankreich vorgetragen. — „112 kleine und leichte
Präludien für Clavier und Orgel". — „Clavierconcert à 9", mit einem von L. Kor-
nacher, einem Schüler Vogler's, den er
1784 auf der Reife nach Paris begleitete,
zufammen geftochen. — „Sechzehn Variationen
aus dem C". — „Sonate für vier Hände".
— „Variations sur l'air de Marlborough
pour le Pfte. avec accompagnement de
3 V., A. et B., 2 Fl., 2 Fag. et de Cors
ad lib." (Speyer, qu. 4°.). — „Schickfal der
blinden Clavierfpielerin Paradies". Cantate
mit Accomp. (Mainz 1792). — „Concert
pour le Clav." (Paris 1792). — „Polymelos ou Charactères de Musique de
différentes Nations pour Clav. av. 2 V.,
A. et B." (Speyer 1792). — „Quartetto
concert. p. Clav. av. accomp." (Amfterdam, Schmitt; London 1792). — „Wilhelm
von Nassau, variée p. Clav. av. V., A.
et B." (Amfterdam 1792, Schmitt; auch
London). — „6 Sonates à 2 Clav." (Darmftadt 1794, qu. Fol.). — „Brouillerie entre
mari et femme, sonate caractéristique pour
Clav. av. 2 V., A. et B." (Paris 1795);
auch unter dem Titel: „Der eheliche Zwift.
Sonate fürs Pianoforte u. f. w." (Leipzig
1796). — „Notturno p. Clav., V., A. et B."
(2. Aufl. Darmftadt). — „16 Variations
in F p. le Clav." (München 1800). —
„Triehordium oder die Romanze von Rouf-
feau zu drei Tönen, dreiftimmig gefetzt"
(Leipzig 1800, Breitkopf). — „Pièces de
Clav. fac. doigt. avec Varlat." (1801). —
„Polymelos pour le Fortep. av. l'accomp.
d'un V. et Va. ad libitum comp. et déd.
à S. M. la Reine de Bavière etc. Nr. 1 et 2"
(München 1807). Diefes Werk, deffen Inhalt
im neunten Jahrgange der Leipziger „Mufi-
califchen Zeitung", S. 382, ausführlich zergliedert ift, bezeichnet Gerber als ein ganz
merkwürdiges, das mit den 19 Nationalmelodien in charakteriftifcher Ausführung ein
Non plus ultra der harmonifchen Kunft ift.
— „32 ausgeführte Präludien", für die Orgel
durch alle Tonarten nebft einer Zergliederung
in äfthetifch-rhetorifcher und harmonifcher Rück-

ficht (München 1807, Falter). — „Davids
Bußpfalm", nach Mofes Mendelsfohn's
Ueberfetzung im Choralftyl zu drei felbft-
ftändigen Singftimmen nebft der vierten
wefentlichen Stimme, dem willkürlichen Tenor
mit einer Zergliederung (München 1807). —
„Variationen fürs Pianoforte über: Ah
que dirai-je, Mama? mit V., Vo. ad lib."
(München 1807). — „Davids Pfalm: Ecce
quam bonum", für vier Männerftimmen
(ebb. 1807). — „Polonaise favorite p. Pfte."
(Leipzig, Kühnel). — „Variations sur 2 thèmes p. Pfte." (ebb.). — „Zwölf Chorale
von J. Sebaft. Bach, umgearbeitet von
Vogler, zergliedert von K. M. von Weber"
(ebb.). Von Gerber als „ein wichtiges
Werk" bezeichnet.

III. Porträte. 1) Urlaub p. Bittheufer sc.
(8°.). — 2) F. W. Durmer sc. (4°., Hüftbild). — 3) Hauber p. H. W. Eberhard sc. (8°.). — 4) Scheffner sc. (4°.).
— 5) J. M. Schramm sc. (8°.). — 6) Unter-
fchrift: „Abt Vogler". P. Wueft sc. (Zwickau,
bei den Gebrüdern Schumann, 4°.). — 7) Unter-
fchrift: „Georg Jofeph Vogler". Medaillonbild. Am unteren Medaillonrande: H. E. von
Mintter del. 1815 (Fol.) [feltenes und auch
dadurch merkwürdiges Blatt, daß es zu den
erften Verfuchen der eben zu jener Zeit von
Senefelder erfundenen Lithographie ge-
hört].

IV. Abbé Vogler's Grabdenkmal in Darmftadt. Zu Darmftadt auf dem fogenannten
alten Friedhofe erhebt fich wenige Fuß von
den Mauern einer ziemlich unanfehnlichen,
doch in ihrem Verfalle recht malerifchen
Capelle ein Würfel von grauem Marmor,
im griechifchen Styl gearbeitet, mit folgender
Infchrift: „Abt G. J. Vogler, Geiftlicher
Geheimer Rath. Geboren zu Würzburg
XV. Juni MDCCXLIX. Geftorben zu Darmftadt VI. Mai MDCCCXIV. Liegt unter
diefem Grabftein. Dem vorzüglichen Ton-
gelehrten. Und geiftvollen Componiften. Errichtet von Ludwig H. v. H." Im Laufe
der Zeit gerieth das Denkmal, um das die
Darmftädter fich nie kümmerten, obwohl die
mehrjährige Anwefenheit des bedeutenden
Künftlers und das durch ihn geweckte und
gefteigerte Mufikleben ihrer Stadt ein erhöhtes
Relief und ihm einen Anfpruch auf Dankbarkeit derfelben gegeben, in völligen Verfall. Da
ließ im Jahre 1867 der regierende Großherzog
an Stelle des alten Denkmals ein demfelben

ganz ähnliches herstellen, welcher Umtausch binnen wenigen Tagen in aller Stille vor sich ging. Nun ernannte sich auch der Verschönerungsverein der Stadt und ließ das Wohn- und Sterbehaus Vogler's mit einer Gedenktafel schmücken. [Panne's Allgemeine Illustrirte Zeitung. 1866, S. 203: „Abt Vogler's Grab".]

V. Abbé Vogler's Simplificationssystem. Daß sich ein großer Theil der künstlerischen Thätigkeit des Meisters auf dem Felde der Orgelbaukunst bewegte, wurde in der obenstehenden Lebensskizze angedeutet. Gegen Ende des vorigen Jahrhunderts stellte nun der Abbé sein sogenanntes Simplifications- (Vereinfachungs-) System auf, welches hauptsächlich darin bestand, daß sämmtliche Register auf einen sehr engen Raum zusammengedrängt wurden, wodurch die Windführung allerdings eine bedeutende Vereinfachung erfuhr; dann verwarf es die Mixturen (gemischten Stimmen in der Orgel), Tertien, Nasale u. s. w., wie auch die mehr spielerischen Stimmen, wie Cymbal u. dgl. m. Ferner stellte es die Pfeifen anders, und zwar in aufeinanderfolgenden Reihen nach Art der Saiten eines Claviers oder einer Harfe, und endlich verwarf es allen äußerlichen Zierat und alle Prachtentfaltung durch glänzende Prospectpfeifen. Wenn nun dieses System auch nicht in seiner ganzen Consequenz Eingang gefunden hat, weil es dem geschmackvollen Aufstellung alles Recht entzog und die allzu dichte Häufung der Pfeifen der vollen Entwicklung ihrer Klangfülle im Wege steht, so bewirkte es doch eine heilsame Reaction im Orgelbau überhaupt, indem es in denselben mehr Zusammenhang und Ordnung brachte und dem vorwiegenden bloßen Empirismus, nach dem die meisten Orgelbauer verfuhren, ein Ende machte und mehr zu Wissenschaftlichkeit führte.

VI. Vogler's künstlerische Bedeutung in der Musikgeschichte. Wie schon bemerkt, zählte unser Componist neben seinen zahlreichen Freunden und Verehrern nicht wenige, und zwar entschiedene Gegner, wie denn überall, wo viel Licht, sich auch Schatten lagern. Wenn man auch nicht zu leugnen ist, daß Vogler nicht frei von Eitelkeit und kluger Berechnung dessen war, wovon er sich von der Welt Erfolg versprechen konnte, daß er den Glanz und Schein liebte, daß ihm in

der Kunst oft die Form über den [...] Wirksamkeit über die Tiefe des i[...] halte ging, daß er sich mit [...] Interesse an dem sinnlich Wo[...] erfreute, ja daß er gerade auf [...] nicht selten auf Irrwege gerieth, d[...] dem höchsten Zwecke der Kunst ab[...] darf doch nicht verkannt werden, d[...] bloß ein hervorragendes Talent für [...] und deren Ausübung besaß, sonde[...] auch wirklich von glühender Begei[...] die Kunst erfüllt war. Nur so [...] seine rastlose Thätigkeit für die[...] verschiedensten Seiten hin, nur so [...] Ausdauer im Kampfe mit allen si[...] gegenstellenden Schwierigkeiten. M[...] akustischen Anordnungen in Kir[...] Sälen sich oft nicht bewährt haben [...] doch eine tiefe Kenntniß der aus r[...] calischer Erfahrung abgeleiteten J[...] Tonbildung und für die Hervo[...] tönender Klänge. Nicht bloß t[...] Grübler, war er zugleich talentv[...] seine neuen Ansichten und Principie[...] Kunstwerke lebendig werden zu la[...] dieses auch nicht auf die Dauer zu [...] kam, sondern nur die Forschung [...] Gebiete der Akustik förderte. D[...] vagirende in seinem Orgelspiel ist [...] greifen, aber der große, seit Seba[...] fast unerhörte Beherrscher der Orge[...] seiner freien Phantasie die wunder[...] wegung nicht minder auf dem E[...] Lieblichen, als des Erhabenen un[...] ternden hervorrief, wird nie verges[...] Wer kennt heute noch Vogler's O[...] dennoch waren sie für jene Zeiten [...] Mit besonderer Vorliebe für das O[...] Heroische erfüllt, und in dem nac[...] sischen Tragödie gebildeten drama[...] die Norm für die Oper sehend, w[...] den Schultern Gluck's stehend, m[...] Kenntniß der Instrumente ausger[...] gewandt genug, dieselben dem Char[...] er seinen Tonstücken geben wollte o[...] vorübergehend in Süddeutschland, [...] und München der deutsche Vorläuf[...] tini's; wie dieser verschmähte er [...] den größten Pomp der Scenerie [...] reichsten Orchestermittel nicht und n[...] ihm, unermüdet in Proben, deren [...] weilen beinahe ein halbes Hunde[...] wodurch er aber auch wie Spont[...] führungen von solcher Vollendun[...] lichte, daß gerade diese vollendete A[...]

wie bei genanntem Meister über den oft
magerren innerem Gehalt täuschte. Endlich auch
in seinen Kirchencompositionen, Messen, Requiem — Karl Mar. von Weber fällte über
dieselben ein ganz begeistertes Urtheil — verdient Vogler in Wahrheit nicht, vergessen
zu sein. Niemand, der sie unbefangen prüft,
kann in ihnen ein tiefes, echt religiöses
Gefühl verkennen. Dazu kommt einfacher,
meist schöner Gesang, harmonischer Reichthum, kunstgemäße Behandlung des Satzes
und einsichtsvolle, im edlen Sinne effect-
volle Instrumentation, in der That genug,
um den von K. M. von Weber bei der
Nachricht vom Tode Vogler's im Jahre
1814 in tiefer Bewegung des Herzens brieflich an Gänsbacher ausgesprochenen Wunsch
zu rechtfertigen: „Meinen Schmerz brauche
ich dir nicht erst zu beschreiben. Friede sei
mit seiner Asche! Ewig lebt er in unserem
Herzen. Wenn nur seine Werke nicht ver-
schleudert werden und er einen von uns,
seinen Schülern, zu seinem Erben gemacht
hat!" Leider ist dies nicht geschehen. Wie aber
Vogler seinerzeit alle Gemüther — und
nicht bloß die der großen Menge, sondern
auch der wenigen Auserwählten, denen die
Muse die Lippen gefüßt — erregte, dafür ein
Beispiel. D. F. Schubert, der Märtyrer
auf dem Hohenasperg, beginnt eine Ode an
Vogler folgendermaßen: „halt' inn' in
deinem Cherubsfluge, halt' inn', du gekostetster
Sohn der Harmonie, Orgelgeist, des ersten
Tongebäudes Beseeler, halt' inn' in deinem
Cherubsflug. Daß ich am Halß dir bang'
und weine, Ach, des Abschieds blutige Zähre".
Und so geht es noch in 22 begeisterten
Zeilen weiter.

VII. **Quellen zur Biographie.** Fröhlich
(F. Dr.). Biographie des großen Tonkünst-
lers Abt Georg Joseph Vogler, bei
Gelegenheit der Inauguration des vom historischen Vereine von Unterfranken und Aschaffenburg ihm am 3. August an seinem Geburtshause gesetzten Denksteines (Würzburg 1845).
— Dlabacz (Gottfried Johann). Allgemeines
historisches Künstler-Lerikon für Böhmen und
zum Theile auch für Mähren und Schlesien
(Prag 1815, Gottlieb Haase, 4°.) Bd. III,
Sp. 305. — Frankfurter Conversationsblatt (4°.) 8 März 1844, Nr. 67
u. f.: „Der Meister und seine Schüler" [be-
trifft Vogler, dessen vorzüglichste Schüler
Gänsbacher, K. M. von Weber, Gott-

fried Weber, Meyerbeer, Peter Winter
und Freiherr von Poißl waren]. — Fremden-Blatt. Von Gustav Heine (Wien,
gr. 4°.) 12. und 13. Februar 1869, Nr. 43
und 44, I. Beilage: „Alles schon dagewesen.
Eine musicalische Abbaten-Parallele" [Paral-
lele zwischen Abbé Vogler, nd Abbé Liszt].
— Gaßner (F. S. Dr.). Universal-Lerikon
der Tonkunst. Neue Handausgabe in einem
Bande (Stuttgart 1849, Franz Köhler, Ler.-8°.)
S. 872. — Gerber (Ernst Ludwig). Historisch-biographisches Lerikon der Tonkünstler
u. s. w. (Leipzig 1792, Breitkopf, gr. 8°.)
Bd. II, Sp. 743 u. f. — Derselbe. Neues
historisch-biographisches Lerikon der Ton-
künstler u. s. w. (Leipzig 1814, A. Kühnel,
gr. 8°.) Bd. IV, Sp. 468—481. — Hanslick
(Eduard). Geschichte des Concertwesens in
Wien (Wien 1869, Braumüller, gr. 8°.)
S. 194. [Hanslick ist der Erste, der zwischen
Vogler und Liszt eine künstlerische Paral-
lele zieht.] — Journal des Lurus und
der Moden. Herausgegeben von F. J.
Bertuch und Kraus (Wiener Industrie-
Comptoir, 8°.) Jahrg. 1804, Märzheft, S. 123
bis 129: „Abt Vogler. Sein Aufenthalt zu
Prag und Etwas zu seiner Charakteristik".
— Leipziger Lesefrüchte, gesammelt in
den besten literarischen Fruchtgärten des In-
und Auslandes von Dr. Karl Greif (Leipzig,
Hartmann, gr. 8°.) I. Jahrg. 1832, Bd. I,
S. 732: „Die Bitlinge und der Abt Vogler".
— Meusel (Joh. Georg). Künstler-Lerikon
vom Jahre 1809, Bd. II, S. 489—496. —
Morgenblatt für die gebildeten Stände
(Stuttgart, Cotta, 4°.) 1816, Nr. 222, S. 885:
„Sorget nicht für den anderen Morgen".
Von A. K. [nach Vogler's mündlicher Mit-
theilung]. — Neues Universal-Lerikon der Tonkunst. Für Künstler, Kunstfreunde und alle Gebildeten. Angefangen von
Dr. Julius Schladebach, fortgesetzt von
Eduard Bernsdorf (Offenbach 1861, Joh.
André, gr. 8°.) Bd. III, S. 819. — Oesterreichische National-Encyklopädie
von Gräffer und Czikann (Wien 1835,
8°.) Bd. V, S. 578 [nach dieser gest. am
12. Juni 1814]. — Pillwein (Benedict).
Biographische Schilderungen oder Lerikon
salzburgischer theils verstorbener, theils lebender Künstler, auch solcher, welche Kunstwerke
für Salzburg lieferten (Salzburg 1821, Mayr'-
sche Buchhandlung, 8°.) S. 246. — Riemann (Hugo Dr.). Musik-Lerikon u. s. w.
(Leipzig 1882, Bibliogr. Institut, br. 8°.)

S. 976. — Sammler (Wiener Unterhaltungsblatt, 4°.) 1814, S. 426. — Das Siebengestirn und die kleineren Sterngruppen im Gebiete der Tonkunst aus Seraph Lener's Werken (Pesth 1861, Jos. Herz, gr. 8°.) 2. Theil, S. 5. — Ziehrer's Deutsche Musik-Zeitung (Wien, gr. 4°.) 1875, Nr. 1, S. 7.

Voglsanger, Joseph (k. k. Gubernialrath, geb. zu Innsbruck am 11. November 1783, gest. daselbst am 23. Februar 1862). Bei dem frühen Tode des Vaters, des Handelsmannes und Stadtkämmerers Joseph Ignaz Voglsanger in Innsbruck, leitete die Mutter Katharina geborene Perger die Erziehung des Knaben, welcher sämmtliche Studien in seiner Geburtsstadt beendete und im Herbste 1806 zur Ausbildung in der italienischen Sprache nach Trient ging, wo er — Tirol war damals bayrisch — im October als Praktikant bei dem Kreisamte eintrat. Vom 19. April 1808 ab practicirte er bei dem Stadtgerichte Innsbruck, am 4. März 1809 wurde er von König Max zum zweiten Assessor bei dem Landgerichte Lauingen im Oberdonaukreise, am 5. März 1812 zum ersten Assessor zu Starnberg ernannt. Der Dienst an letzterem Orte, wie früher in Lauingen, war in jener bewegten kriegerischen Periode ein sehr schwerer. Im Jahre 1814, in welchem Tirol wieder österreichisch wurde, erhielt Voglsanger am 30. Mai den Posten eines ersten Kreissecretärs im Innkreise und mußte, um sein Amt anzutreten, sofort nach Innsbruck abreisen. Aber seine Stellung war keine leichte, denn es galt als Princip, die Uebernahme der bayrischen Beamten für den österreichischen Staatsdienst rundweg zu verweigern, und der allmächtige kaiserliche Hofcommissär Roschmann [Bd. XXVI, S. 352]

lehnte thatsächlich die Annahme Voglsanger's ab. So arbeitete dieser längere Zeit unentgeltlich und ohne Anspruch auf eine Anstellung in der Kanzlei des k. k. Kreisdirectors Benz, bis er endlich ein Gehalt durch besonderes Hofdecret angewiesen erhielt. Als dann 1815 die Organisation der Kreisämter in Tirol erfolgte, wurde er am 7. April dieses Jahres zum zweiten Kreiscommissär ernannt und bald danach dem Schwazer Kreisamte zur Dienstleistung zugetheilt. Anfangs Jänner 1818 kam er als zweiter Kreiscommissär nach Bregenz in Vorarlberg. Daselbst harrten seiner wichtige Arbeiten: die Untersuchung und Liquidation der bayrischen Eisenvorräthe von Bäumle, Bregenz und Feldkirch; die Durchführung des Subarrendirungs-Systems; die Verhandlungen zwischen der Stadt Bludenz und dem Kloster St. Peter, wegen alter Kriegsperäquationen aus den Jahren 1796—1810; ein ähnlicher Proceß zwischen den Gemeinden Rankweil und Zwischenwasser; die Regulirung der Umlage für die Zehentabgabe unter den Insaßen der Gemeinde Lustenau; die Begleichung der Rechnungsdifferenzen zwischen der Stadt Feldkirch und den Erben des städtischen Rechnungslegers, wodurch die ersten Familien der Stadt entzweit wurden; endlich die Regelung der Grundsteuer in Vorarlberg, welche er in so musterhafter Weise endgiltig durchführte, daß nach geschlossenem Vergleiche der Betrag von 35.728 fl. rückvergütet wurde. In den Hungerjahren 1816 bis 1817 gelang es seiner Energie, die Noth so zu lindern, daß sich kein Unglück ereignete, während in der angrenzenden Schweiz mehrere Menschen den Tod durch Hunger und Elend erlitten. Nach fünfjähriger Dienstleistung in Vorarlberg wurde er am 10. November 1820 zum Secretär am Gubernium in Innsbruck ernannt. Bei Voglsanger's Scheiden erklärte der Kreishauptmann von Bregenz: daß ihm der Vollzug eines hohen Auftrages nie so schwer gefallen, als die Versetzung eines solchen Beamten, dessen ganze Dienstleistung eine vorzügliche und in den schwierigsten Zeitumständen musterhafte gewesen sei. 1823 wurde dem Gubernialsecretär von der königlichen Hofkanzlei ein Commissarium übertragen, welches einen zwischen den Gemeinden Ritten und Wangen im Kreise Bozen einerseits, dann Villanders und Barbian andererseits, schon 300 Jahre obwaltenden viel Unglück und mißliebigste Maßregeln im Gefolge führenden Alpenstreit zum Gegenstand hatte. Voglsanger's Bemühungen gelang es nun, den alten Streit zu völligem und befriedigendem Abschluß zu bringen. In dieser Stellung sammelte er auch die tirolischen Handels- und Gewerbebestimmungen zum Gebrauche bei der Revision der Gewerbe- und Handelsverfassung der österreichischen Monarchie. Am 7. Februar 1827 erfolgte seine Beförderung zum Rathe beim tirolischen Gubernium. Als solcher nahm er die Subarrendirung des Getreides für das Arbeiterpersonal an der Saline, den Bergwerken, Hüttenwerken u. s. w. bei Hall vor; führte von 1828—1849 die Cassenscontrirung der Cameral-, Militärfonds- und Nationalbankverwechslungscassen durch; 1827 fungirte er als Vorsitzender der Gubernialcommission zur Liquidirung der tirolischen Defensionsforderungen aus den Kriegsjahren 1796—1809; 1831 als Vorstand und Leiter der in diesem Jahre zur Abwehr der Cholera aufgestellten städtischen Sanitätscommission; leitete 1838 die Huldigungsfeierlichkeiten; schlichtete 1834 den langjährigen Alpenstreit zwischen den Gemeinden Sellrain und Oberperfuß; wirkte 1847 in der zur Lösung der Forstwirren eingesetzten Commission und arbeitete die Entwürfe des Forstpolizeigesetzes, der Triftordnung, der Grenzmarkungsinstruction und der Waldbrandlöschordnung aus; 1819 übernahm er die Redaction der Provinzial-Gesetzsammlung, welche er mit 1814 begann und bis zum 33. Bande im Jahre 1848 fortführte, und zu welcher er drei Repertorien (der Jahrgänge 1814—1825, 1826—1839 und 1839—1848) anfertigte. Seit 1822 war er erster Ersatzmann bei der Vereinsdirection der Innsbrucker Sparcasse; seit 1839 Mitglied der Landwirthschaftsgesellschaft für Tirol und Vorarlberg und arbeitete als solches einen Ausweis über die von 1830—1841 in diesen beiden Ländern vorgefallenen Hagel- und anderen Elementarschäden, und eine Denkschrift über die Ausführbarkeit einer Hagelassecuranz aus; wirkte auf das eifrigste für die Förderung des Innsbrucker Nationalmuseums, bereicherte dasselbe in werthvoller Weise namentlich mit Urkunden und Handschriften, schenkte demselben eine Sammlung von Landkarten, deren Verzeichniß allein 28 Folioseiten ausmacht. Von dem großen Bürgerausschusse der Stadt Innsbruck zum Mitgliede ernannt, unterzog er in dieser Eigenschaft die Einrichtung der städtischen Armenanstalt einer eingehenden Prüfung, machte Verbesserungsanträge, Vorschläge zur Abstellung des Bettels u. d. m. Bei seiner umfassenden amtlichen Beschäftigung, von welcher in der bisherigen Darstellung nur eine kurze Skizze gegeben wurde, blieb ihm zu literarischen Arbeiten, bei allem Interesse für die Geschichtskunde Tirols, doch nur wenig Zeit; indeß besitzen wir aus seiner Feder eine Lebensskizze des Schützenmajors Joseph Speckbacher und dessen Sohnes Andreas; abgedruckt im achten Bande der „Zeitschrift des tirolischen Nationalmuseums"; — dann „Beiträge zur Geschichte des tirolischen Defensionswesens" im „Tiroler Boten"; ungedruckt sind: „Die Erzählung der Kriegsereignisse in Tirol seit 1790 bis 1810"; — die Abhandlung über den Radetzky-Stutzen, ein historisches Waffenstück, welches in den Jahren 1797, 1809 und 1848 bei der Landesvertheidigung benützt und durch eine Deputation dem Feldmarschall im September 1848 zu Mailand überreicht wurde; und eine Sammlung theils von ihm geschriebener, theils gedruckter, das Land Tirol betreffender Notizen aller Art umfaßte mehr als 200 Bände. Nachdem Voglsanger 42 Jahre und 5 Monate dem Staate gedient hatte, erbat er seine Uebersetzung in den Ruhestand, welche ihm auch am 8. April 1849 in ehrenvollster Weise gewährt wurde. Er lebte nun bleibend in Innsbruck und machte zeitweilig Erholungsreisen nach München, Lauingen und Einsiedeln in der Schweiz. Viele Sommer verlebte er zu Achenkirch im Achenthal. Zu Beginn des Jahres 1862 begann er zu kränkeln, gegen Ende Februar schloß der verdienstvolle Beamte, der edle humane Mensch für immer die Augen. Am 21. November 1813 hatte sich Voglsanger mit Theresia Baur aus Lauingen vermält, welche am 16. Jänner 1849 starb. Von sechs Kindern, drei Knaben und drei Mädchen, überlebte ihn nur eine Tochter, die treue Gefährtin seines Greisenalters.

Joseph Voglsanger, k. k. Gubernialrath zu Innsbruck. Nekrolog (Innsbruck 1862 4°), auch als Beilage zu den „Tiroler Stimmen". 1862, Nr. 160

Noch sind zu erwähnen: 1 **Ambrosius** Voglsanger (geb. zu Innsbruck 30. August 1749, Todesjahr unbekannt), ungeachtet der abweichenden Schreibweise ein Oheim des Gubernialrathes Joseph, dessen ausführlichere Lebensskizze oben mitgetheilt wurde. In Innsbruck lag er den Studien ob, trat dann am 2. Juli 1770 in den Servitenorden, in welchem er nach beendeten theologischen Studien am 8. August 1773 die Priesterweihe empfing. Er las nun seinen jüngeren Ordensbrüdern im Kloster Kirchenrecht, Dogmatik, Pastoraltheologie durch mehrere Jahre; auch mußte er wiederholt die Kanzel des Kirchenrechtes an der Universität in Innsbruck suppliren. 1818 wurde er zum Provincial der Tiroler Ordensprovinz erwählt. Im Druck erschien von ihm: „Trauerrede auf den Hintritt des Herrn Alois Paul von Trabucco, Professor, Protomedicus und Leibarzt Ihrer k. k. Hoheit Elisabeth" (Innsbruck 1782); — „Jurisdictio episcoporum proxime a Deo defluta" (Oeniponte 1779, litt. Wagnerianis). Auch soll er mehrere Schriften anonym herausgegeben haben. [Wagnenegger (Franz Joseph), Gelehrten- und Schriftsteller-Lexikon der deutschen katholischen Geistlichkeit (Landshut 1820, Jos. Thoman, 8°.) Bd. II, S. 464.] — 2. **Thomas** Voglsanger, der im achtzehnten Jahrhunderte lebte, Conventual von Stams und Pfarrcooperator in Mais war, schrieb „Mémoires de Mais" in mehreren Foliobänden, welche in der Pfarrbibliothek dieses Ortes aufbewahrt sind und viele interessante Nachrichten über die Vorfälle in der Umgebung zu seiner Zeit enthalten. [Der deutsche Antheil des Bisthums Trient. Topographisch, historisch, statistisch und archäologisch beschrieben (Stizzen 1866, Wagner, 8°) S. 103]

Vogt, Johann (Schulmann, geb. in Kronstadt am 11. August 1816). Der Sohn eines mittellosen Tuchmachers, besuchte er das Gymnasium in Kronstadt und begab sich 1840 ins Ausland, wo er bis 1843 an der Universität Berlin studirte, um vornehmlich die Vorträge des Professors Beneke zu hören und seine pädagogischen Kenntnisse zu erweitern. Nach seiner Rückkehr ins Vaterland dem Lehramte sich widmend, erhielt er eine Professur am Kronstädter evangelischen Gymnasium, zu dessen Conrector er am 2. März 1869 gewählt wurde. In seinem Fache als Schulmann auch schriftstellerisch thätig, gab er im Druck heraus im Programm des evangelischen Gymnasiums zu Kronstadt 1853/54 den Aufsatz: „Einige Bemerkungen, betreffend das Fachsystem in seinem Verhältnisse zu dem im Organisationsentwurf für österreichische Gymnasien gestellten höchsten Zwecke der Gymnasialbildung: daß aus derselben ein edler Charakter hervorgehe"; — in der „Kronstädter Zeitung" vom Jahre 1848: „Vom Senfkorn"; diesem Zeitungsartikel folgte aus der Feder des damaligen Stadtpredigers in Neustadt, Friedrich Philippi, eine Schilderung des Elends vieler Kronstädter armer Eltern und Kinder, worauf freiwillige Beiträge zur Gründung einer Waisenerziehungsanstalt einliefen. Die Angelegenheit wurde immer energischer betrieben; es bildete sich ein Frauenverein, dessen Statuten, durch die mittlerweile ausgebrochene Revolution verzögert, erst 1861 die höhere Genehmigung erhielten. Die Wirksamkeit dieses Vereines und die durch ihn bewerkstelligte Fondsvermehrung ist ausführlich dargestellt in dem Büchlein. „Vom Senfkorn. Erinnerungsblätter, gesammelt von dem Frauenvereine zur Erziehung evangelischer Waisen in Kronstadt von einigen Freunden" (Kronstadt 1864. Römer und Kamner, 12°., 34 S.). So gab der oben angeführte Zeitungsaufsatz Vogt's „Vom Senfkorn" den Anstoß zur Begründung eines humanen Vereines, dessen wohlthätiges Wirken großem Elende steuerte. Noch erschien von Vogt die Flugschrift: „Ein Brillenwischer oder die rechte Seite von den Internaten, besonders von unserm Kronstädter Internat, richtiger Alumnat.

Eine Beleuchtung der Anfälle, die auf dasselbe in Nr. 73—80, 90 und 91 der Kronstädter Zeitung gemacht worden sind" (Kronstadt 1868, Römer und Kamner, 8°., 32 S.); diese Abhandlung, welche Manche unangenehm berührte, rief eine Polemik anders gesinnter Lehrer in Kronstädter und Hermannstädter Blättern hervor und hatte schließlich den guten Erfolg, daß man von maßgebender Seite auf zeitgemäße Abstellung der wirklichen Mängel ernstlich bedacht war und dazu auch Hand anlegte. Ueberdies gab Vogt den „Kleinen Kalender" von Johann Gött und den bei Römer und Kamner erscheinenden Kalender „Der Burzenländer Wandersmann" durch mehrere Jahre heraus.

Trausch (Jos.). Schriftsteller-Lexikon oder biographisch-literarische Denkblätter der Siebenbürger Deutschen (Kronstadt 1861, Joh. Gött und Sohn, gr. 8°.) Bd. III, S. 479.

Noch sind mehrere Träger dieses Namens erwähnenswerth: 1. **Adam Vogt**, ein Künstler, der zu Beginn der Vierziger-Jahre in Wien arbeitete, wo er sein Atelier in der Alservorstadt (Herrengasse 107) hatte. Auf die Jahresausstellung 1843 der k. k. Akademie der bildenden Künste bei St. Anna in Wien brachte er ein Oelgemälde: „Nach einem Basrelief von Flammenao". Dies war die einzige Arbeit, mit welcher er vor die Oeffentlichkeit trat, später begegnen wir ihm nicht wieder. — 2. **Hieronymus Vogt**. Die vielen Unglücksfälle, die sich alljährlich durch das Feuerfangen der Kleiderstoffe, namentlich auf der Bühne oder durch Umstürzen von Petroleumlampen ereignen, veranlaßten manchen Chemiker, sich mit der Auffindung eines Verfahrens zu beschäftigen, durch welches Stoffe unverbrennbar gemacht würden. Einer von den Vielen, welche dieses Verfahren zum Gegenstande ihrer Versuche und Studien machten, ist Hieronymus Vogt, Beamter bei dem k. k. Central-Militär-Rechnungsdepartement in Wien. Derselbe theilte 1863 öffentlich mit, ein Mittel gefunden zu haben, mit welchem er Stoffe derart imprägnire, daß sie nicht hell in Flammen aufschlagen, sondern nur sehr langsam, ohne zu glühen, verkohlen;

überdies sei das Mittel ungemein billig und ohne nachtheilige Einwirkung auf Farbe und Qualität der damit zu imprägnirenden Stoffe. Nach der „Presse" sollen sich die mit diesem Mittel vorgenommenen Proben auch thatsächlich bestätigt haben. [Presse (Wiener polit.. Blatt) 1863, Nr. 72, unter „Eingesendet".] — 3. **Moritz Johann Vogt** (geb. zu Königshof im Grabfeld in Böhmen am 30. Juni 1669, gest. im Stifte Plaß am 17. August 1730). Mit seinem Vater, einem geschickten Landmeister, kam er nach Plaß wo die Cistercienser ein berühmtes Stift besaßen, dessen Entstehung in die Mitte des zwölften Jahrhunderts zurückreicht. Nachdem er die philosophischen Jahrgänge in Prag beendet hatte, trat er 1692 in dieses Stift ein, in welchem er Theologie studirte und im October 1698 die Priesterweihe erlangte. Neben seinen klösterlichen Obliegenheiten trieb er mit besonderem Eifer geographische, geschichtliche und musicalische Studien, und sein Ruf nach dieser Richtung wuchs derart, daß der Markgraf von Baden-Baden, wenn er auf seinen Gütern in Böhmen weilte, was alljährlich durch mehrere Monate zu geschehen pflegte, den Priester von dessen Klosteroberen als Gesellschafter erbat und Vogt kam stets dem Wunsche des wißbegierigen Fürsten nach. Unser Gelehrter beschäftigte sich stark mit kartographischen Arbeiten und mit Musik. Er schrieb eine „Boemia und Moravia subterranea", welche sich in Handschrift in Steinbach's Sammlung befindet. Seine Karten wurden in Nürnberg gedruckt und waren zu ihrer Zeit von Freunden dieser Wissenschaft sehr gesucht. Auch seine Studien über Musik faßte er in einem größeren Werke zusammen, in welchem er alle Gebiete dieser Kunst erörterte, und welches er unter dem Titel herausgab: „Conclave thesauri magnae artis musicae, in quo tractatur praecipue du compositione, pura musicae theoria, anatomia sonori, musica enharmonica, chromatica, diatonica, mixta nova et antiqua; terminorum musicorum nomenclatura, musica authenta, plagali, chorali, figurali, musicae historia. antiquitate. novitate, laude et vituperatione; symphonia, cacophonia, psychophonia proprietate, tropo, stylo, modo, artificii et defectu ec." (Pragae 1719. Fol.). Auch schrieb er viele Musikstücke für die Kirch. In Handschrift hinterließ er gleichfalls ein musicalisches Werk, betitelt: „Vertumnus Vanitatis musicae in XXXI fugis

delusus." Was nun das erstangeführte Werk: „Conclave thesauri etc." betrifft, so wird von Fachmännern die Vermuthung ausgesprochen, daß Vogt nur der Herausgeber desselben sei, daß es dagegen zum Verfasser den Organisten der Prager Teinkirche, Thomas Balthasar Janowka [Bd. X, S. 86 in den Quellen] habe, der seinen „Clavis ad thesaurum magnae artis musicae" als den Vorläufer einer größeren Arbeit über diesen Gegenstand veröffentlichte, und letztere eben sei das obige von Vogt herausgegebene „Conclave thesauri etc.". Bemerkenswerth ist nur, daß der in dergleichen so gründlich eingehende Dlabacz dieses Umstandes weder bei Janowka noch bei Vogt mit einer Silbe gedenkt. [Dlabacz (Gottfried Johann). Allgemeines historisches Künstler-Lexikon für Böhmen und zum Theile auch für Mähren und Schlesien (Prag 1815, Haase, 4°.) Bd. III. Sp. 308. — Brünner Wochenblatt, 1825, Nr. 76.] — 4. **Nicolaus** Vogt (Metternich's Lehrer, geb. zu Mainz am 6. December 1756, gest. zu Frankfurt a. M. am 19. Mai 1836). Als des Lehrers jenes Staatsmannes, der nahezu ein halbes Jahrhundert die Geschicke des Kaiserstaates leitete, sei des in Rede Stehenden hier in Kürze gedacht. Schon in früher Jugend eine der Zierden der Mainzer Universität als diese in ihrer schönsten und segenreichsten Blüte stand, wanderte er nach der französischen Invasion mit seinem Fürsten nach Aschaffenburg aus, wo er die Stelle eines Bibliothekars erhielt. Später wurde er Legationsrath, Archivar und Schulinspector in Frankfurt a. M. und nach Auflösung des Großherzogthums Schöffe und Senator in dieser freien Reichsstadt. Auch war er ein vielseitiger Schriftsteller und wirkte als solcher auf den Gebieten der Poesie, Geschichte, Aesthetik, der beschreibenden Geographie und der Staatswissenschaften in verdienstlichster Weise. Von seinen zahlreichen Schriften nennen wir: „Malerische Ansichten des Rheins von Mainz bis Düsseldorf", 32 RR. (Frankfurt a. M. 1807, gr. 8°.); — „Rheinische Bilder. In 24 Steinzeichnungen. Mit Balladen..." (ebd. 1819, gr. Fol.); — „Rheinische Geschichten und Sagen", drei Bände (ebd. 1817, 8°.); — „Unterhaltungen über die vorzüglichsten Epochen der alten Geschichte" (Mainz 1792, 8°.); auch gab er von 1804 bis 1809 „Europäische Staatsrelationen", vierzehn Bände, und gemeinschaftlich mit J. Weitzel

1810 bis 1812: „Rheinisches Archiv für Geschichte und Literatur" heraus. Uebrigens bieten Heinsius' und Kayser's „Bücherlexika" eine vollständige Uebersicht der schriftstellerischen Thätigkeit Nicolaus Vogt's. Bei seinem Tode berichteten die zahlreichen Nekrologe von dem schönen Verhältnisse, in welchem er als Lehrer zu dem damaligen k. k. Haus-, Hof- und Staatskanzler, dem Fürsten Metternich, gestanden. Der Fürst ließ auch in pietätvoller Erinnerung im Jahre 1838 an der inneren Wand seiner Schloßcapelle auf dem Johannisberge den sterblichen Hülle seines Lehrers ein einfach schönes, aus schwarzem Marmor gemeißeltes Denkmal setzen. Die Inschrift desselben lautet: „Hier wählte seine Ruhestätte Nicolaus Vogt, geboren zu Mainz am 6. December 1756, gestorben zu Frankfurt a. M. am 19. May 1836, dem treuen Verfechter des alten Rechts, dem begeisterten Verfechter des deutschen Vaterlands, dem eifrigen Förderer der heimatlichen Geschichte widmet diesen Grabstein, sein Freund und dankbarer Schüler C. W. L. Fürst von Metternich. R. I. P. [Wiener Zeitschrift für Mode u. s. w. Redigirt von Friedrich Witthauer (Wien, 8°) 1838, Bd. IV, S. 1213: „Nicolaus Vogt, der Lehrer Metternich's". — (Hormayr's) Archiv für Geschichte u. s. w. (Wien, 4°.) 1822, S. 107. — Porträt. Unterschrift: „Niklas Vogt". Medaillenbild. J. G. Bock sc. (8°.)]

Vogtberg, Johann Edler von (Sprachforscher, geb. zu St. Pölten in Niederösterreich am 11. August 1783, gest. zu Wien 1832). Seine Studien beendete er in Wien, insbesondere betrieb er mit allem Eifer die französische und italienische Sprache und ging, um sich mit dem Geiste derselben an Ort und Stelle vertraut zu machen, nach Frankreich und Italien. Bei seiner Rückkehr trat er in der Rechnungsabtheilung in den k. k. Staatsdienst, in welchem er zuletzt die Stelle eines Rechnungsrathes bei der k. k. Hofkriegsbuchhaltung bekleidete; aber dabei verlor er auch seine sprachlichen Studien nicht aus dem Auge, bewarb sich um ein Lehramt in diesem Fache und wurde 1811 außerordentlicher Professor der französischen Sprache an der Wiener Universität. Später hielt er mehrere Jahr hindurch Vorlesungen in französischer und italienischer Sprache. Zugleich in dieser Richtung schriftstellerisch thätig, gab er folgende Werke heraus: „Taschenbuch zum Studium der französischen Sprache, enthaltend eine vollständige Uebersicht aller Sprachregeln im Sinne der französischen Akademie, de Wailly, de Levizac etc. grammaticalisch nach Mozin bearbeitet", 1. Bändchen (Wien 1810, Schaumburg, 8°.). 2. Bändchen, enthaltend die Synonymik und eine französische Chrestomathie in Prosa; eine Abtheilung über den Ursprung und die Fortschritte der französischen Sprache (ebd. 1818, Kaulfuß); — „Französische Sprachlehre zum öffentlichen, Privat- und Selbstunterricht nebst praktischer Anleitung, in 50 Lectionen französisch lesen, schreiben und sprechen zu lernen" 2 Theile (Wien 1812; 2. Aufl. 1823; 3. Aufl. 1830, Volke, gr. 8°.); — „Nuova Grammatica volgarizzata italiana e francese" 2 tomi (Wien 1820, Volke, gr. 8°.); — „Hilfsbuch zur Beförderung des Selbstunterrichtes in der französischen Sprache und zur Erleichterung des öffentlichen Vortrages" (Wien 1824, Volke. gr. 8°.); — „Grammatica francese..." (Wien 1819, Schaumburg, gr. 8°.); — „Kurzer fasslicher Unterricht in der französischen Sprache für Anfänger" (Wien 1825, 2. Aufl. 1830, Volke, gr. 8°.); — „Kurzer fasslicher Unterricht in der italienischen Sprache für die ersten Anfänger. Durch sehr viele Sprach- und Uebersetzungsübungen versinnlicht und mit besonderer Rücksicht auf das zartere Geschlecht und Alter abgefasst" (Wien 1830, Volke. gr. 8°.); — „Supplimento ad ogni Dizionario italiano-tedesco e tedesco-italiano. Supplementband in jedem italienisch-deutschen und deutsch-italienischen Wörter-

buche" (Wien 1831, Volke, gr. 8⁰.);
— „Traité de la Prosodie et de la
Poésie française oder Taschenbuch zum Studium der französischen Sprache, enthaltend die
Prosodie und Poesie. d. i. eine vollständige
Abhandlung der Accente, der Aspiration, des
Sylbenmasses, der Homonymen, der Dichtung im
Allgemeinen und der Gedichtgattungen im Besonderen." (Wien 1628 Volke, 12⁰.). Auch
besorgte er die neue Auflage von Christoph Jos. Jagemann's italienisch-
deutschem und deutsch-italienischem
Wörterbuche unter dem Titel: „Dizionario italiano-tedesco e tedesco-
italiano. Tomi quattro. Edizione
nuova corretta, aumentata ed accen-
tuata da Professore Giov. de Vogtberg" (Wien 1816, Härtter, gr. 8⁰.).

Vogtner, Sylvester (Franciscaner-
mönch, geb. zu Gratz in Steiermark
am 22. Mai 1750, gest. am 13. Februar
1813). Nachdem er die Humanitätsclassen beendet hatte, trat er 1775 zu
Gratz in den Franciscanerorden, in
welchem er seine Studien fortsetzte, und
zwar im Ordensconvent zu Egenburg in
Niederösterreich die philosophischen und
1770—1773 in Wien die theologischen.
Im letztgenannten Jahre empfing er die
Priesterweihe. Von 1776—1785 bekleidete er abwechselnd die Lehrämter der
Humaniora, der Philosophie, der Moral,
der h. Schrift und des geistlichen Rechtes
in dem Franciscanerkloster zum h. Hieronymus in Wien. 1784—1786 führte er
die Aufsicht über die das öffentliche Studium der Theologie am k. k. Lyceum zu
Gratz besuchenden Ordenszöglinge. 1787
aus dem Orden scheidend, kam er als
Caplan und Katechet in der Vorstadt-
pfarre Karlau zu Gratz in Verwendung.
1790 wurde er Katechet an der k. k.
Hauptmusterschule genannter Stadt,

1804 ordentlicher Professor der Reli-
gionswissenschaft an dem k. k. Gymnasium daselbst. Als solcher starb er, seit
1807 förmlich säcularisirt, im Alter von
63 Jahren. Er schrieb das katechetische
Werk: „Die Religion in Erklärungen und Gesprächen nach der Anleitung des in den k. k.
Staaten eingeführten Katechismus, praktisch ab-
gehandelt" 4 Theile (Gratz 1793; 2. Aufl.
1796; 3. Aufl. 1802; 4. Aufl. 1806,
Kienreich, gr. 8⁰.). Die wiederholten
Auflagen sprechen für die praktische
Brauchbarkeit dieses Handbuches, das
sich besonders bei den Seelsorgern großer
Beliebtheit erfreute.

Vaterländische Blätter für den öster-
reichischen Kaiserstaat (Wien. 4⁰.) 1813,
S. 109: „Nekrolog". — Steiermärkische
Zeitschrift. Redigirt von Dr. G. F. Schrei-
ner, Dr. Albert von Muchar, G. G. Ritter
von Leitner, Anton Schrötter (Gratz,
8⁰.). Neue Folge, VII. Jahrg., 1. Heft
S. 34. — Winklern (Joh. Bapt.). Bio-
graphische und literarische Nachrichten von
Schriftstellern und Künstlern, welche in dem
Herzogthume Steiermark geboren sind u. s. w.
(Gratz 1810. Ferstl, 8⁰.) S. 246.

Voigt, Adauct a Sancto Germano
(gelehrter Piarist, geb. zu Ober-
Leutensdorf bei Brück in Böhmen
am 14. Mai 1733, gest. zu Nikolsburg am 18. October 1787). In der
Taufe erhielt Voigt, dessen Eltern
Arbeiter in einer Tuchfabrik waren, den
Namen Nicolaus, den er dann bei
seinem Eintritte ins Kloster mit dem
Heiligennamen Adauct a Sancto
Germano vertauschte. Nachdem er die
Schule seines Geburtsortes, in welcher
nur deutsch gesprochen wurde, besucht
hatte, kam er auf das Piaristengymnasium in Schlan, wo er sich auch die
čechische Sprache aneignete. Vier Jahre
lernte er unter den Piaristen und fand
solches Gefallen an ihnen, daß er mit der

bficht umging, in ihren Orden einzutreten. Hiermit aber war der Vater
nichts weniger denn einverstanden, und
um der Sache ein kurzes Ende zu
machen, brachte er seinen Sohn nach
Komotau, damit derselbe dort bei den
P. Jesuiten Poesie und Rhetorik be-
?he. Die Väter der Gesellschaft Jesu,
welche sich nicht leicht ein hervorragendes
Talent für ihren Orden entgehen ließen,
?hteten nun auch auf den jungen
Voigt ihr Augenmerk; aber dieser blieb
?nen Schlaner Vätern treu und setzte
?en Versuchen der Jesuiten entschie-
nen Widerstand entgegen. Er verließ
?blich Komotau und ging nach Leito-
?ischl, wo er an dem Piaristencolle-
?ium die philosophischen Studien been-
ete und 1747 in den ihm so lieb gewor-
?enen Orden eintrat. In demselben
?rte er auch die theologischen Disciplinen
?d verlegte sich mit besonderem Eifer
?f das Studium des Kirchenrechts und
?r griechischen und hebräischen Sprache.
?uch war er gleichzeitig, der Ordenssitte
?tsprechend, als Lehrer der lateinischen
?prache thätig. Nun begab er sich auf
?eheiß seiner Oberen nach Kirchberg im
?roßherzogthume Baden, wo er, längere
?eit im Predigtamte verwendet, durch
?ine duldsame und liebreiche Weise die
?ympathien sowohl der Katholischen als
?er Evangelischen gewann. Auch fand
?r daselbst zuerst Gelegenheit, mit Ge-
?ehrten in engere Beziehung zu treten,
?nd bildete sich immer mehr und mehr
?issenschaftlich aus. Hierauf von seinen
?losteroberen nach Böhmen zurückbe-
?ufen, wirkte er zunächst wieder einige
?ahre im Lehramte an verschiedenen
?rten, so 1762—1766 zu Ostrau,
1767—1769 zu Schlan, 1770 zu Cos-
manos, wo er die Ordensnovizen in
der Mathematik und classischen Philo-

logie unterrichtete, bis er endlich 1771
im Collegium seines Ordens zu Prag
das Amt des Rectors erhielt. Daselbst blieb er längere Zeit unbekannt
und unbeachtet. Als er jedoch eines
Tages über einen zu Podmokl gemachten
Fund von Goldmünzen seine Ansichten
aussprach, fand er sich mit einem Male
von Gelehrten und Forschern umgeben,
Born, Graf Waldstein. Kinsky,
Veithner, Dobner, Schaller und
Andere knüpften mit ihm an, ihn ebenso
zu weiteren Forschungen anregend, als
auch mit den erforderlichen Mitteln,
wenn es nöthig war, freigebig unterstützend. So kam seine „Beschreibung
der bisher bekannten böhmischen Münzen" — die bibliographische Uebersicht
seiner Schriften folgt auf S. 230 u. f. —
zu Stande, und es war die erste kritische
Arbeit auf dem Gebiete der böhmischen
Münzkunde. Wenn, wie es bei allen
Anfängen der Fall ist, spätere Forscher
auf dem neu erschlossenen Gebiete, wie
Mader, Sternberg und Andere, ihn
überflügelten, so räumten ihm doch die
Genannten neidlos das Vorrecht ein, der
Vater der böhmischen Münz-
kunde zu sein, der ihnen die ersten
Pfade eröffnet hatte, auf denen es ihnen
dann minder schwierig wurde, erfolgreich
weiter zu schreiten. Als damals irgendwo
im Auslande sich Stimmen erhoben,
daß in Böhmen alles höhere geistige
Leben daniederliege und von einem
wissenschaftlichen Aufschwunge gar keine
Rede sei, da ging dies unserem Voigt
sehr zu Herzen, und mit Hilfe Pelzel's,
Riegger's und Anderer schuf er seine
Werke: „Effigies virorum eruditorum"
und „Acta litteraria Bohemiae et
Moraviae", durch die er jene Anschuldigungen böhmischer Indifferenz in Sachen
der Wissenschaft und Literatur am ent-

schiedensten widerlegte. Um diese Zeit ereignete sich auch folgender Vorfall, an welchem Voigt nicht wenig betheiligt war. Ein gelehrter Prager Rabbiner hatte den festen Entschluß gefaßt, zur christlichen Religion überzutreten. Um sich in entsprechender Weise für diesen Schritt vorzubereiten, suchte er mit seiner Frau, seinen Kindern und drei jüngeren Brüdern Rath und Unterstützung bei Voigt, bei dem er solche zunächst zu finden hoffte, da derselbe nicht nur als gründlicher Kenner der hebräischen Sprache, sondern auch seiner Leutseligkeit wegen allgemein in hoher Achtung stand. Und der Rabbiner hatte in seinen Erwartungen sich nicht getäuscht. Unserem Gelehrten aber ward die Genugthuung, im Jahre 1776 die in den Schooß der christlichen Kirche aufgenommenen Israeliten nach Wien zu geleiten, sie dort der Kaiserin Maria Theresia vorzustellen und den Schutz der erlauchten Herrscherin für dieselben zu erbitten. Diese aber, von der verdienstvollen Wirksamkeit des frommen Ordensmannes längst unterrichtet, schmückte den Gelehrten eigenhändig mit einer goldenen Denkmünze, berief ihn als Professor der Geschichte an die Wiener Universität und ernannte ihn zugleich zum ersten Custos an der akademischen Bibliothek und an der kaiserlichen Münzsammlung. Im nämlichen Jahre erlangte Voigt auch die philosophische Doctorwürde. Vorgenanntes Lehramt legte er in Folge seiner stark angegriffenen Gesundheit 1783 nieder. Kurz vorher ließ er aber noch zwei größere numismatische Werke erscheinen: „Schau- und Denkmünzen unter der Kaiserin Maria Theresia" und „Teutsche Münzen des Mittelalters", welche Münzen in der kaiserlichen Münzsammlung aufbewahrt werden. Seines

Lehramtes enthoben, begab er sich, bereits sehr leidend, in das Collegium seines Ordens zu Nikolsburg. Dort blieb er ungeachtet seines körperlichen Leidens ununterbrochen wissenschaftlich thätig. Seine letzte Arbeit war die Biographie des Cardinals Dietrichstein, welche aber erst mehrere Jahre nach seinem Tode veröffentlicht wurde. Er starb im Alter von erst 54 Jahren. Der Piaristenorden verlor an ihm eines seiner edelsten und würdigsten Mitglieder, das Vaterland einen Gelehrten, der zu den Zierden der Nation zählt, die Menschheit einen würdigen Priester, der streng gegen sich selbst, tolerant und nachsichtig gegen Andere war. In seinem Nachlasse fanden sich fünfzehn wissenschaftliche Manuscripte vor. Dieser Lebensskizze lassen wir das Verzeichniß der selbständig und in gelehrten Fachschriften erschienenen Arbeiten Voigt's folgen: „Schreiben an einen Freund von den bey Pabmokl, einem in der Herrschaft Bürglitz in Böhmen gelegenen Dorfe, gefundenen Goldmünzen", mit K.K. (Prag 1771, 8".); — „Beschreibung der bisher bekannten böhmischen Münzen, nach chronologischer Ordnung, nebst einem kurzen Begriff des Lebens der Münzfürsten und anderer, auf die sie geprägt worden; mit eingestreuten historischen Nachrichten von dem Bergbaue in Böhmen". I. Bandes 1. und 2. Abtheilung (1771—1772); II. Band (1773); III. Band (1774); IV. Band (1787, 4".); — „Abbildungen böhmischer und mährischer Gelehrten und Künstler nebst kurzen Nachrichten von ihrem Leben und Wirken" 1. und 2. Theil (Prag 1773 und 1775, 8".); auch in lateinischer Sprache „Effigies virorum eruditorum atq artificum Bohemiae et Moraviae... den folgenden 3. und 4. Theil Pelzel heraus, der auch an den be ersten Antheil hat; als Einleitung dem ersten Bande eine umfassende Abhandlung: „Von der Aufnahme, dem Fortgange und den Schicksalen der Wissenschaften und Künste in Böhmen", dem zweiten Bande eine „Vorrede von dem gelehrten Adel in Böhmen und Mähren" voraus; beide Bände enthalten 58 Biographien; die Bildnisse nach Zeichnungen von J. Kleinhardt, Screta, J. Quirin Jahn, Anton Hickel, Renz sind, mit Ausnahme etlicher weniger von Karl Salzer gelieferten, von J. Balzer, doch nicht alle mit gleicher Sorgfalt gestochen; — „*Acta litteraria Bohemiae et Moraviae*", Vol. I, partes 6; Vol. II, partes 6 (Pragae 1774—1775 und 1776—1783, 8⁰.); eine wahre Fundgrube zur Würdigung älterer die böhmische Literatur betreffender Schriften, welche Voigt kritisch beleuchtet; — „Untersuchung über die Einführung, den Gebrauch und die Abänderung der Buchstaben und des Schreibens in Böhmen" (Prag 1775, 8⁰.); auch im ersten Bande der „Abhandlungen einer Privatgesellschaft in Böhmen; — „Von dem Alterthum und Gebrauch des Kirchengesanges in Böhmen" (Prag 1775, 8⁰.); auch im zweiten Bande der „Abhandlungen einer Privatgesellschaft u. s. w." und in des Abtes von St. Blasien Herbert Freiherrn von Hornau Werke: „*De cantu et musica sacra a prima ecclesiae aetate usque ad praesens tempus*" abgedruckt; — „*Hilarii Litomericensis S. Pragensis Decani disputatio cum Joanne Rokyczana coram Georgio, Rege Bohemiae, per 5 dies habita a. 1465; nunc cum manuscripto codice coaevo archivi metrop. capituli Pragensis diligenter collata, emendata, novisque post Henric. Canisium et Jac. Basnagium observationibus illustrata et cum Praefatione historica*

de statu Religionis in Bohemia tempore Georgii regis" (Pragae 1775, 8⁰. maj.); — „Schau- und Denkmünzen, welche unter ... Maria Theresia geprägt worden sind", deutsch und französisch, 1. und 2. Abtheilung (Prag 1783, Fol.); — „*Numi Germaniae medii aevi qui in numophylacio Caesareo Vindobonensi adservantur*", Pars I (Vindob. 1783, 8⁰. maj.); — „Ueber den Geist der böhmischen Gesetze in den verschiedenen Zeitaltern. Eine Preisschrift" (Dresden 1788, 4⁰.); — in den „Abhandlungen einer Privatgesellschaft in Böhmen": „Versuch einer Geschichte der Universität zu Prag von der Stiftung bis zu ihrer durch Joh. Huß veranlaßten Zerstreuung" [Bd. II (1776)]; — „Ueber den Kalender der Slaven, besonders der Böhmen" [Bd. III (1777)]; — „Nachricht von merkwürdigen böhmischen Mäcenaten und einigen ihnen sowohl von einheimischen als auswärtigen Schriftstellern bedicirten Büchern" [Bd. VI (1784)]; — in den „Abhandlungen der böhmischen Gesellschaft der Wissenschaften": „Was ist bis jetzt in der Naturgeschichte Böhmens geschrieben worden? Was fehlt in derselben noch? Welches wären die besten Mittel, sie zu mehrerer Vollkommenheit zu bringen und aus ihr den möglichsten Nutzen für das Vaterland zu ziehen? Eine Preisschrift" [Bd. I (1785)]: — „Ueber den Gebrauch der Volkssprache bei dem öffentlichen Gottesdienste" (Wien 1783, 8⁰). Voigt gab diese Schrift unter dem Pseudonym Nikl Richter heraus, nennt sich aber in der Zueignung mit seinem Namen. Nach seinem Tode erschien: „Lebensbeschreibung des Cardinals und Bischofs zu Olmütz, Dittrichstein, mit Diplomen und Münzen", herausgegeben von Fulgentius Schwab (Leipzig 1792, 8⁰.).

In Voigt's handschriftlichem Nachlasse
befanden sich ein fünfter Theil der Beschreibung böhmischer Münzen, welcher
die Münzen der berühmtesten böhmischen
Familien und merkwürdiger Männer enthält; — ein dritter Theil, gleichfalls in
6 Sectionen, der „Acta litteraria Bohemiae et Moraviae"; eine „Geschichte
der Juden in Böhmen"; eine „Geschichte
der milden Stiftungen und Armen-
anstalten in Böhmen; drei Festreden:
„De Conceptione B. V. M. sine labe
originis"; „De laudibus divi Thomae
Aquinatis Angelici Doctoris"; „De
laudibus S. Patricii Episcopi Hiber-
niarum" und drei Hefte Predigten,
welche Voigt zu Kirchberg in Baden
gehalten.

Abhandlungen der böhmischen Gesellschaft
der Wissenschaften (Prag, 4º.) Bd. III,
S. 15. Von Pelzel. — d'Elvert (Christian).
Historische Literaturgeschichte von Mähren und
Oesterreichisch-Schlesien (Brünn 1830, Rohrer,
8º.) S. 117. — Gerber (Ernst Ludwig).
Historisch-biographisches Lexikon der Ton-
künstler u. s. w. (Leipzig 1792, Breitkopf,
gr. 8º.) Bd. II, Sp. 747. — Derselbe.
Neues historisch-biographisches Lexikon der
Tonkünstler (Leipzig 1814, A. Kühnel, gr. 8º.)
Bd. IV, Sp. 482. — Horányi (Alexius).
Scriptores piarum Scholarum liberaliumque
artium magistri quorum ingenii monu-
menta exhibet Budae 1809, typis regiae
Universitatis hungaricae. 8º.) tomus II,
p. 791. — (De Luca). Das gelehrte Oester-
reich. Ein Versuch (Wien 1778, von Trattnern,
8º.) I. Bds 2. Stück. S. 231 u. f. —
Meusel (Johann Georg). Lexikon der vom
Jahre 1750 bis 1800 verstorbenen teutschen
Schriftsteller. Ausgearbeitet von — (Leipzig
1815, Gerhard Fleischer der Jüngere, gr. 8º.)
Bd. XIV, S. 279 u. f. — Oesterreichische
National-Encyklopädie von Gräffer
und Czikann (Wien 1837, 8º.) Bd. V,
S. 379. — Schaller (Jaroslaus). Kurze
Lebensbeschreibungen jener verstorbenen gelehrten Männer aus dem Orden der frommen
Schulen, die sich durch ihr Talent und be-
sondere Verdienste u. s. w. ausgezeichnet
haben (Prag 1799, Gerzabek, 8º.) S. 131

Voigt, Michael Wenzel (Schulmann und Bibliothekar, geb. zu
Friedland in Böhmen 5. October
1765, gest. zu Olmütz 24. September
1830). Die Elementarschule besuchte er
in seinem Geburtsorte, in Prag das
Gymnasium auf der Kleinseite und die
Universität. Auf letzterer hörte er neben
den vorgeschriebenen Gegenständen freiwillig auch Pädagogik. Moral und
Weltgeschichte. Anfänglich studirte er
Theologie, aber nachdem er den ersten
Jahrgang daraus vollendet hatte, änderte
er seinen Plan und widmete sich der Philologie. Im Sommer 1787 unterzog er
sich dem Concurs für eine Gymnasial-
lehrkanzel und wurde auch provisorisch
noch im August desselben Jahres an das
Gymnasium in Komotau geschickt, wo er,
im October 1788 definitiv angestellt, bis
November 1797 wirkte. Im Jänner
1798 kam er als Professor der Rhetorik
an das akademische Gymnasium auf der
Altstadt in Prag, im August 1804 als
Professor der Philosophie an die Universität Krakau, an welcher er bis zum
Wiener Frieden 1809 verblieb. Im November dieses Jahres in gleicher Eigenschaft an die Universität Lemberg berufen, erhielt er 1810 auch noch das
Lehramt der Pädagogik. Am 8. Jänner
1813 zum Bibliothekar am k. k. Lyceum
zu Olmütz und zugleich zum Director der
philosophischen Studien ernannt, wirkte
er in dieser Stellung bis an seinen im
Alter von 65 Jahren erfolgten Tod.
Eine ihn betreffende unten in den
Quellen citirte ausführlichere Lebensskizze gibt, abgesehen von diesen einzelnen
Stufen, welche er allmälig im Lehramte
erstieg, ein reiches Bild seiner ander-
weitigen Thätigkeit, wie er neben den
ihm vorgeschriebenen Lehrfächern aus
eigenem Antrieb noch eine Menge andere

Disciplinen in den Bereich seiner Vorträge aufnahm. Auch auf schriftstellerischem Gebiete thätig, gab er folgende
Werke heraus: „Aristoteles über die
Seele. aus dem Griechischen übersetzt und mit
Anmerkungen begleitet" (Frankfurt und
Leipzig [Prag] 1794, gr. 8⁰.); — „Die
Quellen der Seelenruhe, sowie sie der Mensch
in seinem Gemüthe findet. Zur innern Beruhi-
gung für denkende Männer" (Prag 1799);
— „Die Rhetorik des Aristoteles. Aus
dem Griechischen übersetzt und mit Anmerkungen.
einer Inhaltsanzeige und vollständigen Registern
versehen", 1. Band (Prag 1803, gr. 8⁰.); ob
der 2. und 3. Band, welche bereits 1815
druckbereit vorlagen, herausgekommen
sind, ist mir nicht bekannt, in den Bücherkatalogen findet man nur den 1. Band
angeführt; — „Die Art, wie die studirende
Jugend aus der Philosophie geprüft und classifi-
cirt zu werden pflegt" (Lemberg 1811, 8⁰.).
Mehreres ließ er in verschiedenen gelehrten Blättern erscheinen, so in den
Intelligenzblättern der „Haller allgemeinen Literatur-Zeitung": „Die Geschichte der Universität Krakau" [1806,
Nr. 109—112], welche aus derselben
auch in die Intelligenzblätter der „Neuen
Annalen der Literatur des österreichischen
Kaiserthums" Mai und Juni 1807 überging; — in Meißner's „Apollo":
„Das Gastrecht zu Rothenhaus", —
in Wieland's „Deutschem Merkur":
„Notizen über die Literatur in Böhmen"
u. d. m. Und als er während seines Aufenthaltes in Krakau 1804—1809 nach
dem 1807 erfolgten Tode Speiser's,
der die Katalogisirung der Krakauer
Bibliothek begonnen und eine musterhafte
Arbeit ohne Gleichen geliefert hatte, an
Stelle dieses Gelehrten provisorischer
Bibliothekar wurde, führte er die Organisation und weitere Katalogisirung
der Bibliothek in Speiser's Geiste

fort. Die Stadt Komotau verlieh ihrem
mehrjährigen Lehrer aus eigenem Antrieb das Ehrenbürgerrecht; die lateinische Gesellschaft in Jena nahm ihn im
Februar 1804 unter ihre Ehrenmitglieder
auf, und die mährisch-schlesische Gesellschaft des Ackerbaues, der Natur- und
Landeskunde ernannte ihn 1813 zum
correspondirenden Mitgliede.

Moravia (Brünn, 4⁰.) 1815, S. 167, im
Aufsatz: „Literarische Mittheilung". von
J. J. G. Czikann; S. 450 u. f.: „Biogra-
phische Nachrichten von jetzt lebenden mähri-
schen Schriftstellern". — Ebersberg.
Oesterreichischer Zuschauer (Wien, 8⁰.) 1838,
Bd. IV. S. 1212 im „Rückblick in die Ver-
gangenheit".

Noch sind anzuführen: 1. August Voigt, ein
seit Jahren in Oesterreich ansässiger Maler,
dessen Landschaften in neuerer Zeit wiederholt
die Würdigung der Kunstfreunde fanden.
Schon in der österreichischen Kunstabtheilung
auf der Pariser Weltausstellung 1878 erregten
seine Landschaften Aufmerksamkeit, weil sie
ein die Natur liebevoll und unbefangen beob-
achtendes Auge und einen durchgebildeten
Farbensinn bekundeten. Im folgenden Jahre
fesselten in Voigt's Atelier zu Wien zwei
für die Ausstellung im Künstlerhause bestimmte
Bilder: „Landschaft an einem Strome in
Beleuchtung der Morgensonne" und „Landschaft mit mehreren Landhäusern an einem
Flußufer und von zahlreichen Figürchen be-
lebt" durch die besondere Sorgfalt in Farben-
gebung und in Ausführung. [Oesterrei-
chische Kunst-Chronik. Herausgegeben
von Dr. Heinrich Kábdebo (Wien, 4⁰.)
I. Jahrg. (1879) Nr. 2, S. 24; II. Jahrg.
Nr. 10, S. 155.] — 2. Christian August
Voigt. Ein Naturforscher der Gegenwart.
Doctor der Medicin, Magister der Geburtshilfe, zur Zeit o. ö. Professor der Anatomie
an der Wiener Universität und Vorstand des
anatomischen Institutes. In den „Denkschriften der kaiserlichen Akademie der Wissenschaften mathematisch-naturwissenschaftlicher
Classe" veröffentlichte er: „Abhandlung über
die Richtung der Haare am menschlichen
Körper", mit zwei Tafeln, und „Beiträge zur
Dermato-Neurologie nebst der Beschreibung
eines Systems neuentdeckter Linien an der
Oberfläche des menschlichen Körpers", mit

1

zwei Tafeln. Auszüge beider Abhandlungen sind auch in den „Sitzungsberichten" der Akademie mathematisch-naturwissenschaftlicher Classe enthalten. — 3. **Johannes** Voigt, ein Geschichtsforscher der Gegenwart, der weder nach Geburt, noch Stellung unserem Kaiserstaate angehört, aber wiederholt einzelne Punkte der älteren Geschichte Oesterreichs zum Gegenstande seiner Forschungen gemacht und Mehreres nach dieser Richtung in den „Denkschriften" und „Sitzungsberichten", im „Archiv" und „Notizenblatte" der kaiserlichen Akademie der Wissenschaften philosophisch-historischer Classe in Wien veröffentlicht hat, und zwar: „Geschichte der Ballei des deutschen Ordens in Böhmen. Aus urkundlichen Quellen" [Denkschriften]; — „Briefwechsel des Freiherrn Zigismund von Herberstein mit dem Herzoge Albrecht von Preußen" [Archiv, Bd. XVII]; — „Briefwechsel des Hans Ungnad von Sonneck mit dem Herzoge Albrecht von Preußen. 1342—1564" [ebd., Bd. XX]; — „Das urkundliche Formelbuch des königlichen Notars Heinricus Italicus aus der Zeit der Könige Ottokar II. und Wenzel II. von Böhmen" [ebd., Bd. XXIX]; — „Urkundliche Mittheilungen aus dem deutschen Ordensarchive zu Königsberg" [Notizenblatt Bd V, S. 102, 193 und 412]; — „Schreiben Cuspinians an den Markgrafen Albrecht von Brandenburg. Wien, 19. August 1525" [ebd., Bd. VI, S. 416] Von anderen Arbeiten dieses Gelehrten, die nicht speciell österreichische Gegenstände behandeln, sehen wir ab. — 4. **Michael** Voigt (geb. zu Preßburg am 3. September 1720, Todesjahr unbekannt). Im Alter von siebzehn Jahren trat er in den Orden der Gesellschaft Jesu ein, in welchem er nach Beendigung der theologischen Studien vorerst im Lehramte, darauf im Predigtamte verwendet wurde. Letzteres versah er als Sonntags- und Fastenprediger durch achtzehn Jahre zu Preßburg, Linz, Graz und Wien. In seiner Vaterstadt wurde er schließlich Rector des Collegiums seines Ordens, nach dessen Auflösung (21. Juli 1773) er das Zeitliche segnete. Stöger zählt eine Anzahl von Voigt's Gelegenheits-, Fest- und Lobreden auf, welche sämmtlich zu Preßburg herauskamen. Sie sind in deutscher Sprache gedruckt, aber Stoeger hat ihre Titel in geschmackloser und allen Gesetzen der Bibliographie widersprechender Weise ins Lateinische übersetzt [Stoeger (Joh. Nep.). Scriptores Provinciae Austriacae Societatis Jesu (Viennae 1850, schm. 4°.) p. 384.]

Voigtländer, Johann Christoph (Optiker und Mechaniker, geb. zu Leipzig 1732, gest. in Wien am 27. Juni 1797). Der Sohn eines Tischlers, machte er in dessen Werkstätte die Lehrjahre durch, widmete sich aber dann aus eigenem Antriebe den mathematischen Wissenschaften und lenkte bald durch seine Geschicklichkeit die Aufmerksamkeit der Fachmänner auf sich. 23 Jahre alt, verließ er seine Heimat, und 1755 finden wir ihn in Oesterreich, wo er 1757 Wien zu seinem bleibenden Aufenthalte erwählte. Seine geschickten Arbeiten erwarben ihm die Theilnahme des Staatskanzlers Fürsten Kaunitz, und im Jahre 1763 erhielt er ein Commercien-Schutzdecret zur Verfertigung mathematischer Instrumente. Nun reihte sich von 1770 ab eine Erfindung an die andere, so die Eintheilungsmaschine für gerade Linien zu natürlichen und verjüngten Maßstäben, eine Kreiseintheilungsmaschine zu Gradringen, Astrolabien, Atlanten u. s. w.; eine sehr vortheilhafte Schraubenschneidemaschine und Metalldrehbank, Appreturmangen für Schafwoll- und Seidenwaarenfabriken auf neue und sehr zweckmäßige Art. Dann erbaute er mehrere Papierfabriken, die sogenannten Holländer von Eisen und Glockenmetall, und war der Erste, der einen eigenen Hobel für Metalle, besonders für Messing, Eisen und Stahl mit großem Vortheile einrichtete. Im Druck gab er nur die Schriften heraus: „Beschreibung und Gebrauch der von ihm verbesserten Pantographen" (Wien 1785) und „Anweisung, die Nivellirwaage mit einem Perspectiv richtig und genau zu rectificiren" (ebd. 1790). 1797 erhielt er in Anerkennung seines Fleißes und seiner ungemeinen Geschicklichkeit ein Landesfabriks-

befugniß mit allen Vorzügen und Be-
günstigungen, welches er aber nicht lange
überlebte, da er noch im nämlichen Jahre
das Zeitliche segnete. Sein großartiges
Geschäft wurde von seinen drei Söhnen
Johann Friedrich, Siegmund und
Wilhelm fortgeführt.

Oesterreichische National-Encyklopädie von Gräffer und Czikann
(Wien 1837, 8°.) Bd. V, S. 380 [nach diesem
gestorben am 27. Juni 1779, was unrichtig
ist, denn Voigtländer starb fast 20 Jahre
später, 1797]

Voigtländer. Johann Friedrich (Optiker und Mechaniker. geb. in Wien
21. Mai 1779, gest. daselbst 28. März
1859). Ein Sohn des Vorigen [S. 234],
erhielt er die erste vielseitige und gründliche Ausbildung in seinem Fache in den
Werkstätten seines Vaters, dann machte
er sieben Jahre hindurch Reisen im Auslande, welche er bis England ausdehnte.
Zurückgekehrt, widmete er sich vorzugsweise dem mechanischen Theile der Optik
und gründete 1808 in Wien sein Institut
für optische Instrumente, welches Jahrzehnte lang in der Rauhensteingasse sich
befand und eines Weltrufes sich erfreute.
Aus diesem Institute gingen Tuben,
achromatische Auszugsrohre, achromatische und einfache Theaterperspective,
Converlinsen, Taschenmikrostope, botanische Mikrostope, Glasscalen für Fernrohre und Mikrostope u. a., Alles in
sprichwörtlicher „Voigtländer'scher
Güte und Trefflichkeit" hervor. Johann
Friedrich verpflanzte, der Erste, nach
Oesterreich die englische Methode, Gläser
zu schleifen, und verfertigte, der Erste in
Deutschland, die periskopischen Brillen-
gläser von Wollaston für Fern- und
Kurzsichtige; auch erfand er ein Doppel-
theaterperspectiv, welches 1823 patentirt
wurde, ferner den Eriometer oder Fein-

heitsmesser, den Dynamometer oder Aus-
dehnungsmesser, beide für Schafwolle,
und eine Kupferstechmaschine; im polytechnischen Institute zu Wien stellte er
einen Comparator und Determinator für
Längenmaße auf, mittels dessen die Länge
einer Wiener Linie bis auf den eintau-
sendsten Theil bemerkt wird. Johann
Friedrich, dessen Sohn Peter Wilhelm Friedrich eine Filiale des Geschäftes auch in Braunschweig ins Leben
rief, hob den bereits erprobten Ruf seines
optischen Institutes immer mehr. Er hatte
sich die optische Richtung erwählt. Seine
beiden älteren Brüder Siegmund (geb.
in Wien 1770, gest. daselbst 1822) und
Wilhelm (geb. in Wien 1768, gest.
daselbst 1828) setzten vereint das mechanische Geschäft des Vaters fort. Nach
dem Tode des Ersteren führte es Wilhelm allein, bei dessen Hinscheiden es
aufgelassen wurde. Erst Wilhelms
Sohn, Franz, rief wieder eine Fabrik
mathematischer, optischer und physika-
lischer Instrumente (Gumpendorf, Hauptstraße 118) ins Leben, welche noch 1835
im Betriebe stand.

Voigtländer. Peter Wilhelm Friedrich von (Optiker, geb. zu Wien am
17. November 1812). Ein Sohn Johann Friedrichs [siehe den Vorigen],
erhielt er nach vollendeter Schulbildung
von seinem Vater die ersten praktischen
Anleitungen in dem Geschäfte, welches
er zu so hoher Bedeutung steigern sollte.
Zur höheren Ausbildung besuchte er das
polytechnische Institut und begab sich
dann mehrere Jahre auf Reisen durch
Deutschland, Frankreich und England,
um seine praktischen Erfahrungen und
Kenntnisse zu erweitern. 1835 übernahm
er das Geschäft seines Vaters und richtete
zunächst sein Hauptaugenmerk auf seine

eigene fernere theoretische Ausbildung. In dieser Zeit verlegte er sich eifrig auf die Berechnung des Brechungs- und Zerstreuungsverhältnisses der Glasmassen, construirte Apparate, um gegebene Halbmesser auf 0·0005 auszuführen u. d. m.; auch berechnete und führte er kleinere Fernrohre aus, denen Stampfer, Schuhmacher und Gauß Vorzüge vor den berühmten Fernrohren Frauenhofer's einräumten. Nun trat er mit Professor Petzval in Verbindung und construirte nach dessen Berechnung das erste photographische Porträtobjectiv, für welches er die Brechungs- und Zerstreuungsindices der verwendeten Glassorten lieferte. Von der Herstellung dieses ersten Porträtobjectives datirt der Aufschwung, ja der eigentliche Bestand der ganzen neueren Photographie, denn für die wenig lichtempfindlichen Präparationen jener Zeit mußte die Optik eine Abhilfe finden, sonst würde der Uebergang zu dem üblichen rasch wirkenden Kollodion niemals ermöglicht worden sein. Voigtländer führte dann die Objective mit Sachkenntniß, Energie und Solidität aus, so daß diese Instrumente seinem Namen rasch in allen Welttheilen Achtung verschafften. Die mit jedem Tage wachsende Ausdehnung des Geschäftes machte die Errichtung einer zweiten Anstalt nöthig, für welche er, mit Rücksicht auf die Heimat seiner Gattin, Braunschweig wählte, wohin er seit dem Jahre 1849 auch seinen zeitweiligen persönlichen Aufenthalt verlegte. Während aber die photographischen Apparate, die aus seinem Institute hervorgingen, doch nur für den beschränkten Kreis der Photographen berechnet waren, einen Kreis, dessen Ringe sich allerdings zu einer mächtigen, sämmtliche Länder des Erdballs umfassenden Kette verschlangen,

fanden die im Jahre 1842 von ihm construirten Perspective mit achromatischen Ocularen und Objectiven den Eingang in alle Kreise der Gesellschaft und eine Verbreitung nach allen Richtungen der Welt. Insbesondere sind sie in England unter dem Namen der „Voigtländer" bekannt und dienen dort zum Gebrauche im Theater, bei Wettrennen, sowie in der Marine und in der Armee. Die oberwähnte Verbindung Voigtländer's mit dem gelehrten Mathematiker Petzval war nicht von langer Dauer, und Ersterer sah sich genöthigt, als Letzterer die orthoskopischen Objective veröffentlichte, in einer eigenen, auch als Broschüre erschienenen Denkschrift an die Akademie der Wissenschaften den Sachverhalt darzulegen und seine eigenen Erfinderrechte zu wahren, was die bitterste Feindschaft zwischen dem Gelehrten und dem Optiker und Privilegiumsstreitigkeiten hervorrief, die sogar zu gerichtlichen Schritten führten. Aus diesem Streite erwuchs für die Fortentwickelung der Photographie in Oesterreich der sehr empfindliche Nachtheil, daß, während bis dahin in dieser Angelegenheit unser Reich sozusagen die Führung hatte, diese mit der Trennung Petzval's und Voigtländer's an die Engländer und Amerikaner überging. Im Porträtfache jedoch konnte nichts Besseres hervorgebracht werden, als das Petzval Voigtländer'sche Doppelobjectiv. Die Erzeugung desselben nahm auch ungeheure Dimensionen an. Im Jahre 1860 feierten die Arbeiter der Voigtländer'schen Fabrik in Braunschweig bei Gelegenheit der 10.000. Nummer eine große Festlichkeit, und 1865 erreichte die Zahl der Objective schon 18.000. Mehr als hundert Arbeiter beschäftigte unser Optiker in den Werkstätten zu Wien und Braunschweig mit der Anfertigung dieser Instrumente. Dabei hatte er sein Geschäft über alle Theile der Erde verzweigt und Repräsentanten desselben in allen bedeutenden Städten des Continents bestellt. Auf dieser Höhe seines Unternehmens sah er sich ohne Rivalen, nur einen gleich berühmten Collegen fand er in Simon Plößl [Bd. XXII, S. 441], der aber eben zu der Zeit starb, als Voigtländer den für unsere Industrie schwer wiegenden Entschluß faßte, sein Geschäft in Oesterreich aufzulösen. Ueber die Motive, welche ihn dazu veranlaßten, drang ins Publicum gar Verschiedenes, da aber allen diesen Nachrichten, wenn auch nicht die Glaubwürdigkeit, so doch die volle Authenticität fehlte, so können wir an dieser Stelle nicht näher darauf eingehen. Doch wie bedauerlich auch die Umstände seien, die ihn zu dem leidigen Schritte drängten, der, wenn man sich der Bedeutung Voigtländer's ganz bewußt geworden wäre, sicher noch hätte abgewendet werden können, unser Optiker bewies noch im letzten Augenblicke seinen Hochsinn in sprechender Weise. Seiner Majestät dem Kaiser von Oesterreich legte er nahe, daß, wenn man auch bedauerliche Vorgänge ihn veranlaßten, sein Haus in Wien aufzulösen, dies seiner tiefsten Ergebenheit und Dankbarkeit für Seine Majestät keinen Abbruch thue, und übergab zugleich dem ungarischen Minister zwanzigtausend Gulden mit der Bestimmung, damit eine Stiftung für industrielle Zwecke zu gründen, welche mit kaiserlicher Genehmigung den Namen des damals neugeborenen kaiserlichen Sprößlings erhielt. Früher schon hatte er für die Wiener photographische Gesellschaft mit dem Beitrage von 4500 fl. eine Stiftung gegründet, von deren jährlichen Zinsen hervorragende Leistungen auf photogra-

phischem Gebiete zu prämiiren seien. Voigtländer's Verdienste um seinen Industriezweig wurden vom In- und Auslande ehrenvoll gewürdigt; wir übergehen die Medaillen, die er auf den verschiedenen Industrieausstellungen davontrug, nur bemerkend, daß ihm auf der Pariser Ausstellung 1865, trotzdem die Jury ihn an die Spitze der Optiker sämmtlicher Länder gestellt hatte, durch die Verleihung zweier silberner Medaillen mehr ein Affront als eine Auszeichnung zugefügt ward. Schon im Februar 1866 erhielt er den Adelstand des österreichischen Kaiserstaates und später das Ritterkreuz des Franz Joseph-Ordens. Der Herzog von Braunschweig verlieh ihm Titel und Charakter eines Commerzienrathes; mehrere gelehrte Gesellschaften schickten ihm das Mitgliedsdiplom, Hessen, Sachsen-Coburg, Württemberg, Toscana, Preußen, Schweden aber schmückten ihn mit ihren Ordensdecorationen.

Arenstein (Joseph Prof. Dr.). Oesterreichischer Bericht über die internationale Ausstellung in London 1862 (Wien 1863, Staatsdruckerei, Ler. 4°.) S. 413 und 421. — Erner (Wilhelm Franz Prof. Dr.). Beiträge zur Geschichte der Gewerbe und Erfindungen Oesterreichs von der Mitte des achtzehnten Jahrhunderts bis zur Gegenwart (Wien 1873, Braumüller, gr. 8°.). Erste Reihe: „Rohproduction und Industrie", S. 313. — Fremden-Blatt. Von Gust. Heine (Wien, 4°.). Mai 1868, 1. Beilage, Nr. 122: „Wilhelm Friedrich von Voigtländer". — Neue Freie Presse (Wiener polit. Blatt) 1868, Nr. 1323 in der „Kleinen Chronik". — Oesterreichische National-Encyklopädie von Gräffer und Czikann (Wien 1835, 8°.) Bd. V, S. 330 u. f. — Payne's Allgemeine Illustrirte Zeitung (Leipzig, kl. Fol.) 1868. S. 188: „Wilhelm Friedrich v. Voigtländer". — Photographische Correspondenz. Redigirt von Ludwig Schrant (Wien, Gerold, 8°.) II. Jahrg. (1865) Nr. 17, S. 311: „Friedrich Wilhelm von Voigtländer". — Poggendorff (J. C.). Biographisch-literarisches Handwörterbuch zur Geschichte der eracten Wissenschaften, enthaltend Nachweisungen über Lebensverhältnisse und Leistungen von Mathematikern, Astronomen, Physikern, Chemikern, Mineralogen, Geologen u. s. w. aller Völker und Zeiten (Leipzig 1863. Joh. Amb. Barth, Lex. 8⁰.) Bd. II, Sp. 1226, 1227. – Presse (Wiener polit. Blatt) 1857, Nr. 242: „Voigtländer's neuestes fünfzölliges Objectiv zur Lichtbildererzeugung". – Systematische Darstellung der neuesten Fortschritte in den Gewerben und Manufacturen und des gegenwärtigen Zustandes derselben. Herausgegeben von Stephan Ritter von Kees und W. C. W. Blumenbach (Wien 1829. Gerold, 8⁰.) Bd. I, S. 668; Bd. II, S. 583, 584, 587.

Porträte. 1) Unterschrift: „Wilhelm Friedrich Voigtländer". Holzschnitt ohne Angabe des Zeichners und Xylographen in Payne's „Allgemeiner Illustrirter Zeitung" 1868, S. 185. — 3) Unterschrift: „Friedrich Wilhelm von Voigtländer, | Commerzienrath, Ritter des Franz Josephs-Ordens ꝛc." Copirt nach Negativen von L. Angerer. Aufgenommen mit Voigtländer's Doppelobjectiv. Beilage der „Photographischen Correspondenz" (8⁰.).

Voith, Karl Freiherr (k. k. Oberst, geb. um 1715, Todesjahr unbekannt). Ueber die dienstliche Laufbahn dieses berühmten und tapferen Reiterofficiers wissen wir nur, daß er 1758 als Major im Uhlanen-Regimente Löwenstein-Wertheim Nr. 7 diente, dann 1759 Oberstlieutenant und noch im nämlichen Jahre Oberst und Regiments-Commandant wurde, in welcher Eigenschaft er 1765 in Pension trat. Seine Lorbern holte sich der Oberst im siebenjährigen Kriege. Trefflich führte er im Feldzuge 1759 das Regiment am 21. Mai bei der Unternehmung auf Liebau; ebenso wacker hielt er sich in der Schlacht bei Kunersdorf am 12. August, wo das Regiment mit seltener Bravour focht, aber auch starke Verluste erlitt und sein Commandant verwundet wurde. Im Feldzuge 1760 bewährte sich Oberst Voith am

23. Juni in der Schlacht bei Landshut, wo er an der Spitze des Regiments ein feindliches Quarré sprengte und eine Kanone mit zwei Fahnen eroberte. Im Quarré befand sich der feindliche General de la Motte-Fouqué. Schon war das Pferd desselben tobt zusammengestürzt, er selbst verwundet zu Boden gefallen und in Gefahr, von den Dragonern zusammengehauen zu werden, als der Oberst herbeieilte und ihn rettete. Als Voith dem feindlichen, aus mehreren Wunden blutenden General das eigene Pferd anbot, sagte dieser, das Anerbieten ablehnend: „Ich würde das schöne Sattelzeug mit meinem Blute verderben", worauf jener in hochsinniger Weise erwiderte: „Mein Sattelzeug wird unendlich gewinnen, wenn es von dem Blute eines Helden bespritzt wird". Seinen Degen dem Obersten überreichend, bestieg Fouqué dessen Pferd und wurde als Kriegsgefangener zu General Loudon abgeführt. In der Schlacht bei Liegnitz am 15. August desselben Jahres kämpfte das Regiment, von seinem Obersten trefflich geführt, mit seiner schon öfter bewährten Bravour, und Letzterer trug neuerdings eine Wunde davon. Im Feldzuge 1762 that er sich in der Schlacht bei Freiberg am 15. October hervor. Die Preußen leisteten zu Maliegsch (?) in einer daselbst erstürmten Redoute, hartnäckigen Widerstand; da machte er mit seinem Regimente einen kühnen Angriff, drang in die Schanze und nahm drei Officiere mit dreißig Mann gefangen. Wenige Jahre später trat Oberst Voith seiner Wunden halber in den Ruhestand über.

Thürheim (Andreas Graf). Die Reiter-Regimenter der k. k. österreichischen Armee (Wien 1863, Geitler, gr. 8⁰.) Bd. III: „Die Uhlanen", S. 144, 145, 146 und 147. Streffleur. Zeitschrift ▓▓▓

„Oberst Voith und Gefangennahme
erals de La Motte-Fouqué bei Lands-
23. Juni 1760.

h von **Sterbez**, Johann Freiherr
ajor und Ritter des Maria
t-Ordens, geb. zu Aussche in
1746, gest. zu Wien am
z 1831). Zwölf Jahre alt, trat
als Gemeiner in die k. k. Artil-
welcher er die Feldzüge des
rigen Krieges und den bayeri-
folgekrieg als Unterofficier mit-
Nach Organisirung der Artillerie
772 in das 2. Regiment, wurde
nber 1784 zum Unterlieutenant
und zog 1788 in den Türken-
t diesem zeichnete er sich bei der
ithigen Vertheidigung der vetera-
höhle ganz besonders aus. Letztere
n der österreichischen Kriegs-
eine große Rolle. Sie liegt
n Donauufer, etwa fünfeinhalb
aufwärts der Festung Neu-
zwischen den Dörfern Dubowa
rischewitza. Die Donau wird her
Laufe so beengt, daß sich von
le und deren Verschanzungen
Fahrt derart sperren läßt, daß
ff es wagen darf, die Durchfahrt
ben, ohne Gefahr zu laufen, in
geschossen zu werden. Auch im
iege war es die Aufgabe der
g jenes Punktes, die feindliche
ung auf dem Strome zu hemmen,
lange die Höhle in unseren
n blieb, vollkommen erreicht
Ursprünglich bestand die Be-
aus zwei Compagnien des wala-
rischen Grenz-Regiments unter
ann Mahowacz mit eilf Kano-
ach dem Vorrücken der Türken
zppanek wurde Major Baron
XXVIII, S. 43, Nr. 10]
Infanterie Nr. 25 mit

seinem Bataillon noch dahin beordert.
Am 10. August 1788 entsendeten die
Türken dreißig Tschaiken und sechs Patrouillesschiffe donauaufwärts zum Angriffe
der Verschanzungen, mußten aber mit
einem Verluste von vier Schiffen abziehen. Gleichzeitig waren über Kuppanek
7000 Türken herangeeilt, um den Punkt
zu cerniren, was nach dem Rückzuge der
k. k. Armee keine Schwierigkeiten bot;
sie trieben alle auswärtigen Vorposten
zurück, die sich nun mit der Besatzung in
einer tambourirten Redoute vereinigten,
welche außerhalb des Berges angelegt
war. Dieselbe ward von 5000 Spahis
wiederholt angegriffen, aber jedes Mal
mit unerschütterlichem Muthe von den
Kaiserlichen vertheidigt. Major Stein,
von der höchsten Höhe Zeuge dieses
Ereignisses, zog den Rest der Mannschaft
seines Bataillons zusammen, um die
Redoute zu entsetzen. Allein die Türken
hatten mittlerweile dieselbe so umzingelt,
daß ihm nichts übrig blieb, als jene
tapfere Truppe, vier Officiere und
412 Mann, ihrem Heldenmuthe zu überlassen und sich selbst mit dem Reste seines
Bataillons in die Höhle zu werfen, deren
Erhaltung und Vertheidigung ihm anvertraut war. Der Rückzug gelang, aber die
Helden der Redoute waren das Opfer.
Aus einer Schilderung österreichischer
Kriegsscenen erfahren wir das Nähere.
Neunzehn Stürme hatten diese Helden
abgeschlagen, gegen zwanzig türkische
Tschaiken in den Grund geschossen, fünf
Aufforderungen des Großveziers, sich zu
ergeben, zurückgewiesen und sich einundzwanzig Tage — bis zum 30. August —
auf ihrem Posten gehalten, ungeachtet
die Mannschaft den bedeutendsten Mangel
an Lebensmitteln litt und jeder Einzelne
die letzten eilf Tage täglich auf ein Pfund
Mehl, aus dem man sich in der heißen

Asche eine Art von Zwieback röstete, beschränkt war. Als aber durch allerlei faulenden Stoff, den die Türken durch eine Oeffnung im Gipfel des Berges hineingeworfen, die Luft in der Höhle verpestet, der größere Theil der Besatzung in Folge dessen von einer Seuche ergriffen und zuletzt nur noch für Einen Angriff Schußbedarf vorhanden war, da glaubte Major Stein, der Ehre des österreichischen Waffenruhms und dem Andenken des Helden, von dem die Höhle den Namen führt, Genüge gethan zu haben, das Leben so vieler Braven schonen und die neue Aufforderung des Großveziers, welcher der Besatzung freien Abzug ohne Waffen verhieß, annehmen zu müssen. Leichen und Gespenstern ähnlich verließ die Mannschaft die Höhle, und die Türken standen beschämt, als sie die kleine Schaar erblickten, die so viele hundert tapfere Osmanen getödtet und deren ganzem Heere im Vorrücken einen so kräftigen Stillstand geboten hatte. Daß dies aber überhaupt gelang, war zunächst das Verdienst des Artillerielieutenants Voith. Dieser trug sich zur Vertheidigung freiwillig an. Seine sehr geschickt ausgeführten Schußarbeiten, sein aufmunterndes standhaftes Verhalten, das wohlgezielte und kräftig unterhaltene

Feuer aus seinen Geschützen erfüllte selbst den Feind mit Bewunderung, und jetzt nach erfolgter Uebergabe ließ sich der Großvezier den Commandanten der Artillerie vorstellen und war des Lobes voll für dessen ausgezeichnete Haltung. In der 15. Promotion vom 15. November 1788 erhielt Voith für seine ruhmvolle Waffenthat das Ritterkreuz des Maria Theresien-Ordens und wurde auch zum Oberlieutenant in seiner Waffe befördert. Im Jänner 1789 commandirt er in der Redoute Uj-Palanka 24 Geschütze. 1790 zum Hauptmanne vorgerückt, trat er am 16. März 1802 mit Majorscharakter in den Ruhestand, be er noch 29 Jahre genoß. Er hinterließ einen Sohn Wenzel Ferdinand, b… gleichfalls dem Waffendienste sich widmet… und zu dem Ruhmeskranze seines Vater… einen nicht weniger schönen fügte.

Taschenbuch für vaterländische Geschich… (Wien 1813, Anton Doll, 12°.) III. Jahr… S. 248. – Thürheim (Andreas Graf… Gedenkblätter aus der Kriegsgeschichte der… t. t. österreichischen Armee (Wien und Tesche… 1880, K. Prochaska, Ler.-8°.) Bd. I, S. 368 –

Zur Genealogie der Freiherren Voith von Sterbez… Den Freiherrenstand erlangte den Sta… tuten des Maria Theresien-Ordens gemäß d… Artillerieoberlieutenant Johann Voith m… t… dem Prädicate Sterbez. Sein Enkel Ferd…

Stammtafel der Freiherren Voith von Sterbez.

Johann, 1791 Baron [S. 239]
geb 1746 † 22. März 1831.

Vincenz, k. k. Hauptmann, geb. 5 April 1785, † 29. August 1845. Theresia geborene Kocz.	Wenzel Ferdinand [S. 241] geb. 29. September 1770, † 13. Mai 1827.

Ferdinand
geb. 20. Mai 1813.
Maria geb. Freiin von Herites
geb. 31. Juli 1816

Maria Theresia, Prager Stiftsdame, geb. 10.Mai 1838.	Vincenz Freiherr Voith-Herites 24. Sept. 1842.	Bertha 19. Mai 1844.	Rudolph 10. April 1848.	Hermine 30. Mai 1851.	Johann 11. Nov 1853. †.	Ferdinand 21. Februar 1856.

nand, k. k. Statthaltereirath und Kreishauptmann zu Čáslau, vermälte sich am 15. Mai 1837 mit Maria geborenen Freiin von Herites. Der älteste Sohn dieser Ehe, **Vincenz**, k. k. Hauptmann von Reisbach-Infanterie Nr. 21, wurde von dem Bruder seiner Mutter, dem k. k. Hauptmanne Thaddäus Freiherrn von Herites, adoptirt, und Vincenz Voith führt seither Namen und Wappen Voith-Herites.

Wappen der Freiherren Voith von Sterbez. Gevierter Schild. 1 und 4: in Roth ein goldener Löwe, welcher mit der rechten Pranke einen abgehauenen bluttriefenden Sarazenenkopf am Zopfe hält. 2 und 3: in Silber zwei mit ihren goldenen Spitzen aufwärts und in ein Andreaskreuz übereinander gelegte schwarze Turnierlanzen, von denen die rechts neigende mit einem rothen, die andere mit einem grünen abflatternden zweizipfligen Fähnlein besteckt ist. Auf dem Schilde ruht die Freiherrenkrone, auf welcher drei gekrönte Turnierhelme sich erheben, deren rechter die vorbeschriebenen Turnierlanzen trägt; aus dem zweiten (mittleren) Helme wächst der Löwe mit dem Sarazenenkopfe hervor; der dritte trägt einen auf dem Ellbogen aufruhenden schwertschwingenden geharnischten Arm. Die Helmdecken des rechten Helmes sind roth mit Silber belegt, des mittleren roth mit Gold, des linken roth mit Silber.

Voith von **Sterbez**, Wenzel Ferdinand Freiherr (k. k. Oberst und Ritter des Maria Theresien-Ordens, geb. zu Budweis am 29. September 1770, gest. zu Casalmaggiore am 15., nach Anderen am 16. Mai 1827). Der ältere Sohn des Hauptmannes und Maria Theresien-Ordensritters Johann Freiherrn von Voith [S. 239], trat er, sechzehn Jahre alt, als Cadet in das 2. Artillerie-Regiment, in welchem zu jener Zeit sein Vater als Artillerielieutenant diente, wohnte der Belagerung von Belgrad (April 1788), dann als Artillerielieutenant jener von Czettin (20. Juli 1790) bei; machte darauf in den Kriegen gegen Frankreich schon die ersten Feldzüge mit solcher Bravour mit, daß er für

sein besonderes Wohlverhalten im Treffen bei Weissenheim (8. December 1793), bei dem Angriffe auf Trier (18. d. M.) und in der Schlacht bei Würzburg (3. September 1796) in den Feldzugsrelationen öffentlich angerühmt wurde. Bis zum Frieden von Luneville kämpfte er in allen Feldzügen am Rheine. Beim Wiederausbruche des Krieges 1805 trat er, bereits Artilleriehauptmann, zum Generalstabe bei der Armee in Deutschland über. Bei dem Sturme der Franzosen auf Ulm am 15. October genannten Jahres gewahrte er von den Frauenberge aus, wie sehr die Sicherheit des Rückzuges der dort kämpfenden Truppen im Falle des Gelingens der Angriffe Ney's gefährdet sei. Sofort sprengte er zu dem Frauenthore, ließ es sperren und verrammeln, so daß die vom Michaelsberge sich zurückziehenden zerstreuten Abtheilungen vor dem Thore sich sammeln, die vorliegende Schanze gegen den Sturm, den der Feind bereits wiederholt unternahm, energisch vertheidigen und behaupten und die Franzosen schließlich bis an den Fuß der Höhen wieder zurückwerfen konnten. 1809 wurde Voith zum Major befördert und dem General Mesko [Bd. XVII, S. 424] bei der ungarischen Insurrection als Generalstabsofficier beigegeben. Nach der Schlacht von Raab (14. Juni 1809) sah sich das ganz abgeschnittene Corps des Generals vor Gefahr ausgesetzt, gefangen in die Hände des Gegners zu fallen. Da waren es die umsichtigen Dispositionen Voith's, die es vor diesem verhängnißvollen Geschicke bewahrten. Der Vorgang wird ganz ausführlich von J. W. Ridler in den „Oesterreichischen Kriegsscenen" [vergleiche die Quellen] dargestellt. Voith leistete in jenem kritischen Augenblicke mit Anspannung aller physischen Kräfte Unglaubliches, und sein ebenso kühnes als umsichtiges und von glücklichem Ausgange begleitetes Verhalten fand durch Verleihung des Maria Theresien-Ordens, welche mit allerh. Handschreiben vom 25. August d. J. erfolgte, die vollste Würdigung. Aber wegen zerrütteter Gesundheit mußte er nach Abschluß des Friedens um Versetzung in den Ruhestand ansuchen, und es wurde ihm dieselbe auch gewährt. Im Februar 1813 trat er wieder in die Reihen der activen Armee, und zwar bei Deutschmeister-Infanterie Nr. 4 ein und rückte dann in diesem Regimente zum Obersten und Commandanten vor. In dieser Stellung ward er 1827 auf dem Rückmarsche seines Regiments von der Occupation Neapels, wohin es 1821 gezogen war, zu Casalmaggiore vom Tode ereilt. Vater und Sohn hatten gleichzeitig das höchste militärische Ehrenzeichen, das einem Krieger Oesterreichs zutheil werden kann, getragen, aber der Vater erfuhr den Schmerz, seinen Sohn um mehrere Jahre überleben zu müssen.

(Hormayr's) Archiv für Geschichte, Statistik, Literatur und Kunst (Wien, 4°) 1811, S. 366. — Dasselbe, 1813, Nr. 131 und 132. — Taschenbuch für die vaterländische Geschichte (Wien, Anton Doll, 12°) III. Jahrg. (1813), S. 249–270, in Rieder's: „Oesterreichische Kriegsscenen: Der Rückzug des Generals Mesko nach der Schlacht bei Raab". — Hirtenfeld (J.) Der Militär-Maria Theresien Orden und seine Mitglieder (Wien 1857, Staatsdruckerei, fl. 4°) Bd. II, S. 1017 und 1747.

Vojaček, Ignaz (Tonsetzer, geb. in dem mährischen Städtchen Zlin an der Dřevnica am 4. December 1825). Ignazens Vater Caspar [siehe die Quelle S. 243] versah viele Jahre hindurch das Amt des Stadtlehrers und Capellmeisters in Zlin. 1830 übersiedelte

derselbe nach Všetin an der Bečva, und dort war es, wo ein alter Generalbaßspieler Namens Daněk in dem talentbegabten Knaben die Liebe zur Musik weckte und ihm auch den ersten Unterricht in dieser Kunst ertheilte. Vom siebenten Jahre an fand Ignaz Verwendung als Discantist, später spielte er die Flöte, auch begann er schon um diese Zeit vornehmlich volksthümliche Weisen zu componiren, an denen besonders seine Mutter große Freude hatte. Dem Wunsche seines Vaters entsprechend, sollte er das Gymnasium besuchen und kam daher im Alter von dreizehn Jahren nach Brünn, wo er anfänglich bei einem Freunde seiner Eltern Unterkunft fand; als aber dieser in der Folge verunglückte, sah sich der Jüngling plötzlich der drückendsten Noth preisgegeben, aus welcher er durch Verwendung eines Unbekannten gerissen wurde, der ihn in dem Brünner Königinkloster unterbrachte. In demselben lebte Ignaz von 1838 bis 1843 größtentheils gemeinschaftlich mit Alois Hnilička [Bd. IX, S. 68], Louis Lukes [Bd. XVI, S. 137 in den Quellen] und anderen Kunststrebenden. In diese Zeit fällt unseres Kunstjüngers wesentliche musicalische Ausbildung, bei welcher es freilich, was die Lebensumstände betrifft, nicht immer ganz glatt abließ. Da der musicalische Unterricht im Kloster nur spärlich bemessen war, lieh der vermögenslose Vater Geld aus, um des Sohnes Musiktalent mit entsprechenden Mitteln zu fördern. In den letzten zwei Jahren seines Aufenthaltes im Kloster wirkte Ignaz nicht blos als Leiter der Musikproben, sondern auch als Organist bei den barmherzigen Brüdern. Im Uebrigen waren die Verhältnisse bei den Geistlichen auch sonst nicht die erquicklichsten, die Kost war dürftig, die Aufsicht hart

strenge und das Auswendiglernen
Religionslehre und des Griechischen
übend und abspannend. Das Stu-
n der Musik, zu welchem er alle freie
benützte, und in welchem ihn die
e Musicaliensammlung des Klosters
der Umgang mit tüchtigen Musik-
kern nicht wenig förderten, bot ihm
allen Mangel und alle Beschwerden
ermaßen Ersatz. Um diese Zeit ver-
te er sich auch zuerst in Kirchenmusik,
ponirte neben weltlichen Liedern und
ren auch kleinere Messen und sonstige
enstücke. Nachdem er das Gymna-
in Brünn beendet hatte, verließ er
ten Herzens diese Stadt, die ihm
h den Aufenthalt im Kloster nicht
geworden war und begab sich nach
en, um dort die philosophischen Stu-
t zu hören. Nach einer in Gemein-
ft mit seinem Vater und seinem
nde Lukes unternommenen Reise
e Karpathen, auf welcher ihn die
ichen Volksweisen der dortigen Ge-
sbewohner bezauberten, ging er nach
n zurück, wo er an Peter Bilka,
Besitzer eines in jenen Tagen viel-
hmten Erziehungsinstitutes, einen
lwollenden Freund und Gönner
). Damals entstand ein großer Theil
er später so beliebt gewordenen Ho-
ter-Lieder und seine „Stimme vom
nik". Ein Jahr lang lag er an der
mer Universität den philosophischen
dien ob, dann nahm er einen Antrag
Gräfin Marie Bethlen an und
gab sich als Musiklehrer zu ihrer
milie nach Siebenbürgen. In diesem
nde befreundete er sich mit August
uzička [Bd. XXVII, S. 321, Nr. 3],
trieb slavische Studien, namentlich das
olnische, und mit besonderem Eifer die
ündliche Ausbildung seines vorwiegen-
en musicalischen Talents, namentlich

in der Richtung des Volksliedes. Auf
seinen Reisen durch Siebenbürgen, die er
zeitweise unternahm, und auf denen er
verschiedene Ansiedelungen der Bulgaren
besuchte, dann bei einem längeren Aufenthalte unter Slovaken, zuletzt 1846
auf Wanderungen durch den Banat,
widmete er dem Volksliede seine vorherrschende Aufmerksamkeit, suchte und
sammelte, wo er etwas für seine diese
Richtung verfolgenden Zwecke vorfand,
und beschränkte dabei seine Forschungen im Volksliede nicht auf slavische
Weisen, sondern zog allmälig magyarische, rumänische und die der Zigeuner und Siebenbürger Sachsen in seinen
Bereich. In diesen Studien und der beschaulichen Ruhe seines Aufenthaltes in
Siebenbürgen ward er plötzlich durch die
Wirren des Jahres 1848 unterbrochen,
welche dort Alles von oberst zu unterst
kehrten. Doch wurden dieselben zu einem
Wendepunkte in seinem Leben. Als er
nämlich nach dem Einrücken der russischen
Armee in Siebenbürgen Gelegenheit
fand, die russischen „Pjesenniki" mit
Begleitung der nationalen Instrumente
Zapievalo und Plesun kennen zu lernen,
erwachte in ihm das Verlangen, das nordische Slavenreich aufzusuchen, welcher
Wunsch freilich erst auf Umwegen erreicht
werden sollte. Die Zustände in Siebenbürgen gestalteten sich immer düsterer,
das Haus der Gräfin Bethlen wurde
von feindlich Gesinnten überfallen und
geplündert, Vojaček verlor sein Eigenthum und seine Musikcompositionen und
mußte ärmer, als er ins Land gekommen,
dasselbe verlassen. Ueber Bystric, Dorna,
Czernowitz, Kolomea, Lemberg, Przemysl, Krakau, Teschen gelangte er in
sein Karpathenland nach Wsetin, von da
ging er nach Brünn, wo er bis 1851
verblieb, ausschließlich der Musik sich

16*

widmend; da er aber nur slavische Weisen
vortrug, womit er begreiflicher Weise
die Deutschen nichts weniger denn befrie-
digte, sondern vielmehr gegen sich einnahm, gab er die Stelle eines Dirigenten
des Brünner Männergesangvereines auf
und beschloß, nach Rußland zu ziehen.
Vorerst aber suchte er Wien wieder heim,
um den Rath seines früheren Gönners
und Freundes P. Bilka einzuholen.
Als dann im Jahre 1853 der Director
der kaiserlich russischen Sängercapelle
Lvov in St. Petersburg einen Musiklehrer suchte, bewarb sich Vojaček um
diesen Posten und trug den Sieg über
viele Bewerber davon. Nun trat er die
Reise an und erreichte nach längerem
Aufenthalte in Warschau seinen Bestimmungsort Brzesc litewski am Bug. Da
ihm aber die Verhältnisse daselbst auf
die Dauer nicht zusagten, begab er sich
nach Petersburg und übernahm die Stelle
des Capellmeisters bei dem ersten Garde-
Regimente. Die großartigen Verhältnisse
in der Residenz wirkten mächtig auf
Vojaček, der sich nun auch im rechten
Fahrwasser befand, denn 1857 wurde er
Mitglied der Capelle des kaiserlichen
Theaters, 1862 zweiter Capellmeister der
kaiserlichen italienischen Oper und zuletzt
Professor der Instrumentation am kaiserlichen Conservatorium, in welcher Stellung er wohl noch zur Stunde thätig
sein mag. Was nun seine Compositionen
betrifft, so sind dieselben — ungeachtet
nur ein sehr geringer Theil derselben im
Druck erschienen ist — ziemlich zahlreich.
Es finden sich darunter Lieder, Chöre,
Quartette, komische Terzette, Ouverturen
und an 40 Clavierstücke. Wir lassen
unten eine Uebersicht derselben folgen,
jene, von denen uns bekannt, daß sie im
Druck erschienen sind, mit einem Stern-
chen (*) bezeichnend. Während seines

ersten Aufenthaltes in Brünn be
tigte er sich, durch seine Verhäl
dazu genöthigt, viel mit Kirchenco
sitionen. In Wien, wo die slav
Beseda Gelegenheit boten zur Au
rung von Chören, pflegte er mit l
derer Sorgfalt und nicht ohne
diese Gattung. Daneben aber comp
er auch Lieder, unter denen die
erwähnten Hofsteiner Lieder im S
1847 in Wien, dann aber auf der
artigen Beseda zu Kremsier, welche i
Friedrich Seveif [Bd. XXXIV. S.
in Scene setzte, und bei welche
seinerzeit in slavischen Kreisen
gefeierte Bariton Förchtgott T
čovský mitwirkte, großen L
fanden. In Rußland endlich war
welcher in St. Petersburg der
Concerte mit durchaus slavischen Z
stücken einführte. Bei der vo
schend nationalen Richtung in f
Compositionen ist natürlich auch
Talent in ganz einseitiges, was
bei einer Kunst, wie die Musik, d
ihren Tönen einen durchwegs kosmc
tischen Charakter besitzt, um so meh
bedauern, da dergleichen nicht aus
wahren Wesen der Kunst, die j
Gottbegnadeten, welcher Nation er
angehöre, ihren Weihekuß gibt, son
aus politischen Marotten entspr
welche alles echte Kunstgefühl ersti
Die Nationalhymnen der Römer
Griechen, wer kennt sie noch?
Kirchenlieder der ältesten Zeiten sin
Gemeingut aller Völker geworden
klingen noch in unseren heutigen Kir
liedern wieder.

**Uebersicht der Compositionen des Ignaz Voj
A. Kirchencompositionen.** Fünf Messe
Instrumentalbegleitung, eine Messe für Mä
chöre, componirt in Brünn. Sechs Chö
die Kirche Maria Schnee, neun Offert
ein Requiem für Männerstimmen, ein Re

forium, ein Pangue lingua. Seine Compofitionen kirchlichen und weltlichen Charakters,
welche zur Zeit seines Aufenthaltes in Siebenbürgen entstanden, verlor er bei der in der Biographie erwähnten Plünderung des Hauses
der Gräfin Bethlen. — **B. Weltliche
Lieder.** 1. Chöre. Die meisten derselben
hat Vojaček vor dem Jahre 1848 besonders
für die böhmischen Studirenden in Wien geschrieben. "„Ples Čechův" (Der Tanz der
Böhmen). — „Morava" (Mähren). — „Je
to večer!" (Ist das ein Abend). — "„Sláva"
(Der Ruhm). — „Bezedno" (Der Abgrund).
— „Povzbuzujicí" (Ermunterungslied).
— „Pospolitá" (Geselltschaftslied) — „Hlas z
Blaníka" (Die Stimme vom Blaník). —
"„Modlitba před bojem" (Gebet vor dem
Kampfe). — "„Vlastenka" (Die Patriotin;
abgedruckt im dritten Hefte der ersten Abthei-
lung des musicalischen Sammelwerkes „Za-
boj"). — „Studentská" (Studentenlied) —
„Modlitba vojenská" (Soldatengebet) —
„O vy hrady" (O ihr Burgen). — „Komu
bratří zazpíváme?" (Wem ihr Brüder,
sollen wir singen?). — „Modré hory" (Blaue
Berge). — „Plané růže" (Wilde Rosen) —
„Buď vule tvá" (Dein Wille geschehe). —
„Lovecká" (Jägerlied). — „Zenu česká"
(Das Böhmerland). — „Písne Hostýnské".
I—III" (Hosteiner Lieder, drei Hefte).
In Rußland componirte er: „Marnost sveta"
(Eitelkeit der Welt); — „Před nepřítelem"
(Vor dem Feinde); — „Dúteta nábožného"
(Des Frommen Zuversicht); — „Bitva" (Die
Schlacht); — „Píseň Moravanů" (Der
Mährer Lied); — „Sbor Velehradsky"
(Velehrader Chor); — „Crnogorec" (Der
Montenegriner); — „Hura!"; — „Čtvero
malych sborů" (Vier kleinere Chöre); —
„Spolevní" (Geselliger Chor); — „Kytka"
(Das Sträußchen). — 2. Quartette.
„Ludmila". — „Cyrill a Method". — „Pí-
skovi" (An Pišček). — „Radost a žalost"
(Freude und Trauer). — „Ples Čechův"
(Der Böhmen Jubel) — „Čechy krásné"
(Schönes Böhmen). — 3 Komische Ter-
zette. "„Stary pán a Student" (Der alte
Herr und der Student; eines der populärsten
Musikstücke in ganz Böhmen). — „Otec a
syn" (Vater und Sohn). — „Richtář a
baby" (Der Dorfrichter und die Weiber). —
„Zvěřinec" (Der Thiergarten). — "„Čecho-
slovanské prostonárodní písně jak se na
Moravě zpívají, trojhlasné", d. i. Čecho-
slavische volksthümliche Lieder, wie sie in

Mähren gesungen werden. Dreistimmig (Prag.
Christoph und Kubé). — 4. Sololieder.
„Krásná noe" (Die schöne Nacht). — „Lou-
cení vojína" (Kriegers Abschied). — „Domov
pravé lásky" (Der wahren Liebe Heimat).
— „Naděje" (Hoffnung). — „Hanácké"
(Hanakenlieder). — „Veselá jízda" (Die
frohe Fahrt). — „Loučení" (Scheiden). —
„Slze lásky" (Thränen der Liebe). —
„Na Moravu" (An Mähren). — „Draho-
míra". — „Chudý uhlíř" (Der arme Köhler).
— „Ranní" (Morgenlied). — „Modlitba",
im vierten Hefte des musicalischen Sammel-
werkes „Hlahol". — „Mina" (An Minna).
— „Vlast a dívka" (Vaterland und Lieb-
chen). — „Slova matky Slávy" (Mutter
Slava's Worte) — „Vyšehrad". — „Plaj.
Korabe" (Schwimme, Schifflein). — „Kde
deva má" (Wo ist mein Mädchen?). —
„Vroucí jinoch" (Der innige Bursche). —
„Sonet". — „Prosti" (Verzeih!). — „Na
tebje" (An Dich). — „Kak v noč zvjezdy"
(Wie Sterne in der Nacht) — „Ma-a na-a"
(Unsere Mascha). — „Na růži" (Auf die
Rose). — Die deutschen Lieder: „An Emma"
und „Der Wanderknabe" von dem berühmten Tenoristen Ander vorgetragen; — endlich
zehn deutsche Lieder, in Siebenbürgen componirt. — 5. Claviercompositionen. Von
den vierzig, deren in der Lebensskizze gedacht
ist, erschienen im Druck: „Krakowiak. Hu-
moresque d'après un air national polonais pour le Piano" (Prag 1861. Kubé)
und „V-etínská polka pro fortepiano"
(Brno 1854, M. Perry).

Průvodce v oboru českých tištěných písní
pro jeden neb více hlasů (od r. 1800—1862).
Sestavil Em. Meliš a Jos. Bergmann.
d. i. Führer auf dem Felde gedruckter böhmi-
scher Lieder für eine oder mehrere Stimmen.
(Vom Jahre 1800—1862). Zusammengestellt
von Em Meliš und Jos. Bergmann
(Prag 1863, 12°.) S. 15, Nr. 60; S. 122,
Nr. 484; S. 131, Nr. 519; S. 191, Nr. 762;
S. 200, Nr. 783; S. 222.

Porträt. Unterschrift: „Hynek Voja-ek".
Holzschnitt ohne Angabe des Zeichners und
Xylographen.

Ignaz' Vater Caspar Vojaček (geb. zu
Malenovice bei Napagedl in Mähren 1790,
war viele Jahre als Schullehrer in Zlin,
dann zu Bistin an der Betva thätig und
trat zuletzt in den Ruhestand über. Er war

eigene fernere theoretische Ausbildung. In dieser Zeit verlegte er sich eifrig auf die Berechnung des Brechungs- und Zerstreuungsverhältnisses der Glasmassen, construirte Apparate, um gegebene Halbmesser auf 0·0005 auszuführen u. b. m.; auch berechnete und führte er kleinere Fernrohre aus, denen Stampfer, Schuhmacher und Gauß Vorzüge vor den berühmten Fernrohren Frauenhofer's einräumten. Nun trat er mit Professor Petzval in Verbindung und construirte nach dessen Berechnung das erste photographische Porträtobjectiv, für welches er die Brechungs- und Zerstreuungsindices der verwendeten Glassorten lieferte. Von der Herstellung dieses ersten Porträtobjectives batirt der Aufschwung, ja der eigentliche Bestand der ganzen neueren Photographie, denn für die wenig lichtempfindlichen Präparationen jener Zeit mußte die Optik eine Abhilfe finden, sonst würde der Uebergang zu dem üblichen rasch wirkenden Kollobion niemals ermöglicht worden sein. Voigtländer führte dann die Objective mit Sachkenntniß, Energie und Solidität aus, so daß diese Instrumente seinem Namen rasch in allen Welttheilen Achtung verschafften. Die mit jedem Tage wachsende Ausdehnung des Geschäftes machte die Errichtung einer zweiten Anstalt nöthig, für welche er, mit Rücksicht auf die Heimat seiner Gattin, Braunschweig wählte, wohin er seit dem Jahre 1849 auch seinen zeitweiligen persönlichen Aufenthalt verlegte. Während aber die photographischen Apparate, die aus seinem Institute hervorgingen, doch nur für den beschränkten Kreis der Photographen berechnet waren, einen Kreis, dessen Ringe sich allerdings zu einer mächtigen, sämmtliche Länder des Erdballs umfassenden Kette verschlangen,

fanden die im Jahre 1842 von ihm construirten Perspective mit achromatischen Ocularen und Objectiven den Eingang in alle Kreise der Gesellschaft und eine Verbreitung nach allen Richtungen der Welt. Insbesondere sind sie in England unter dem Namen der „Voigtländer" bekannt und dienen dort zum Gebrauche im Theater, bei Wettrennen, sowie in der Marine und in der Armee. Die oberwähnte Verbindung Voigtländer's mit dem gelehrten Mathematiker Petzval war nicht von langer Dauer, und Ersterer sah sich genöthigt, als Letzterer die orthoskopischen Objective veröffentlichte, in einer eigenen, auch als Broschüre erschienenen Denkschrift an die Akademie der Wissenschaften den Sachverhalt darzulegen und seine eigenen Erfinderrechte zu wahren, was die bitterste Feindschaft zwischen dem Gelehrten und dem Optiker und Privilegiumsstreitigkeiten hervorrief, die sogar zu gerichtlichen Schritten führten. Aus diesem Streite erwuchs für die Fortentwickelung der Photographie in Oesterreich der sehr empfindliche Nachtheil, daß, während bis dahin in dieser Angelegenheit unser Reich sozusagen die Führung hatte, diese mit der Trennung Petzval's und Voigtländer's an die Engländer und Amerikaner überging. Im Porträtfache jedoch konnte nichts Besseres hervorgebracht werden, als das Petzval-Voigtländer'sche Doppelobjectiv. Die Erzeugung desselben nahm auch ungeheure Dimensionen an. Im Jahre 1860 feierten die Arbeiter der Voigtländer'schen Fabrik in Braunschweig bei Gelegenheit der 10.000. Nummer eine große Festlichkeit, und 1865 erreichte die Zahl der Objective schon 18.000. Mehr als hundert Arbeiter beschäftigte unser Optiker in den Werkstätten zu Wien und Braunschweig mit der Anfertigung dieser Instrumente. Dabei hatte er sein Geschäft über alle Theile der Erde verzweigt und Repräsentanten desselben in allen bedeutenden Städten des Continents bestellt. Auf dieser Höhe seines Unternehmens sah er sich ohne Rivalen, nur einen gleich berühmten Collegen fand er in Simon Plößl [Bd. XXII, S. 441], der aber eben zu der Zeit starb, als Voigtländer den für unsere Industrie schwer wiegenden Entschluß faßte, sein Geschäft in Oesterreich aufzulösen. Ueber die Motive, welche ihn dazu veranlaßten, drang ins Publicum gar Verschiedenes, da aber allen diesen Nachrichten, wenn auch nicht die Glaubwürdigkeit, so doch die volle Authenticität fehlte, so können wir an dieser Stelle nicht näher darauf eingehen. Doch wie bedauerlich auch die Umstände seien, die ihn zu dem leidigen Schritte drängten, der, wenn man sich der Bedeutung Voigtländer's ganz bewußt geworden wäre, sicher noch hätte abgewendet werden können, unser Optiker bewies noch im letzten Augenblicke seinen Hochsinn in sprechender Weise. Seiner Majestät dem Kaiser von Oesterreich legte er nahe, daß, wenn auch bedauerliche Vorgänge ihn veranlaßten, sein Haus in Wien aufzulösen, dies seiner tiefsten Ergebenheit und Dankbarkeit für Seine Majestät keinen Abbruch thue, und übergab zugleich dem ungarischen Minister zwanzigtausend Gulden mit der Bestimmung, damit eine Stiftung für industrielle Zwecke zu gründen, welche mit kaiserlicher Genehmigung den Namen des damals neugeborenen kaiserlichen Sprößlings erhielt. Früher schon hatte er für die Wiener photographische Gesellschaft mit dem Betrage von 4500 fl. eine Stiftung gegründet, von deren jährlichen Zinsen hervorragende Leistungen auf photogra-

phischem Gebiete zu prämiiren seien. Voigtländer's Verdienste um seinen Industriezweig wurden vom In- und Auslande ehrenvoll gewürdigt; wir übergehen die Medaillen, die er auf den verschiedenen Industrieausstellungen davontrug, nur bemerkend, daß ihm auf der Pariser Ausstellung 1865, trotzdem die Jury ihn an die Spitze der Optiker sämmtlicher Länder gestellt hatte, durch die Verleihung zweier silberner Medaillen mehr ein Affront als eine Auszeichnung zugefügt ward. Schon im Februar 1866 erhielt er den Adelstand des österreichischen Kaiserstaates und später das Ritterkreuz des Franz Joseph-Ordens. Der Herzog von Braunschweig verlieh ihm Titel und Charakter eines Commerzienrathes; mehrere gelehrte Gesellschaften schickten ihm das Mitgliedsdiplom, Hessen, Sachsen-Coburg, Württemberg, Toscana, Preußen, Schweden aber schmückten ihn mit ihren Ordensdecorationen.

Arenstein (Joseph Prof. Dr.). Oesterreichischer Bericht über die internationale Ausstellung in London 1862 (Wien 1863, Staatsdruckerei, Ler. 4⁰.) S. 413 und 421. — Erner (Wilhelm Franz Prof. Dr.). Beiträge zur Geschichte der Gewerbe und Erfindungen Oesterreichs von der Mitte des achtzehnten Jahrhunderts bis zur Gegenwart (Wien 1873, Braumüller, gr. 8⁰.). Erste Reihe: „Rohproduction und Industrie". S. 313. — Fremden-Blatt. Von Gust. Heine (Wien, 4⁰.) .. Mai 1868, I. Beilage, Nr. 122: „Wilhelm Friedrich von Voigtländer". — Neue Freie Presse (Wiener polit. Blatt) 1868, Nr. 1325 in der „Kleinen Chronik". — Oesterreichische National-Encyklopädie von Gräffer und Czikann (Wien 1835, 8⁰.) Bd. V, S. 330 u. f. — Payne's Allgemeine Illustrirte Zeitung (Leipzig, kl. Fol.) 1868, S. 188: „Wilhelm Friedrich v. Voigtländer". — Photographische Correspondenz. Redigirt von Ludwig Schrank (Wien, Gerold, 8⁰.) II. Jahrg. (1865) Nr. 17, S. 311: „Friedrich Wilhelm von Voigtländer". — Poggendorff (J. C.). Biographisch-literarisches Handwörterbuch zur Geschichte der eracten Wissenschaften, enthaltend Nachweisungen über Lebensverhältnisse und Leistungen von Mathematikern, Astronomen, Physikern, Chemikern, Mineralogen, Geologen u. s. w. aller Völker und Zeiten (Leipzig 1863, Joh. Amb. Barth, Lex. 8°.) Bd. II, Sp 1226, 1227. — Preſſe (Wiener polit. Blatt) 1857, Nr. 242: „Voigtländer's neueſtes fünfzölliges Objectiv zur Lichtbildererzeugung". — Syſtematiſche Darſtellung der neueſten Fortſchritte in den Gewerben und Manufacturen und des gegenwärtigen Zuſtandes derſelben. Herausgegeben von Stephan Ritter von Keeß und W. C. W. Blumenbach (Wien 1829, Gerold, 8°.) Bd. I, S. 668; Bd. II, S. 583, 584, 587.

Porträte. 1) Unterſchrift: „Wilhelm Friedrich Voigtländer". Holzſchnitt ohne Angabe des Zeichners und Xylographen in Payne's „Allgemeiner Illuſtrirter Zeitung" 1868, S. 185. — 3) Unterſchrift: „Friedrich Wilhelm von Voigtländer, | Commerzienrath, Ritter des Franz Joſephs-Ordens ꝛc." Copirt nach Negativen von L. Angerer. Aufgenommen mit Voigtländer's Doppelobjectiv. Beilage der „Photographiſchen Correſpondenz" (8°.).

Voith, Karl Freiherr (k. k. Oberſt, geb. um 1715, Todesjahr unbekannt). Ueber die dienſtliche Laufbahn dieſes berühmten und tapferen Reiterofficiers wiſſen wir nur, daß er 1758 als Major im Uhlanen-Regimente Löwenſtein-Wertheim Nr. 7 diente, dann 1759 Oberſtlieutenant und noch im nämlichen Jahre Oberſt und Regiments-Commandant wurde, in welcher Eigenſchaft er 1765 in Penſion trat. Seine Lorbern holte ſich der Oberſt im ſiebenjährigen Kriege. Trefflich führte er im Feldzuge 1759 das Regiment am 21. Mai bei der Unternehmung auf Liebau; ebenſo wacker hielt er ſich in der Schlacht bei Kunersdorf am 12. Auguſt, wo das Regiment mit ſeltener Bravour focht, aber auch ſtarke Verluſte erlitt und ſein Commandant verwundet wurde. Im Feldzuge 1760 bewährte ſich Oberſt Voith am

23. Juni in der Schlacht bei Landshut, wo er an der Spiße des Regiments ein feindliches Quarré ſprengte und eine Kanone mit zwei Fahnen eroberte. Im Quarré befand ſich der feindliche General de la Motte-Fouqué. Schon war das Pferd deſſelben todt zuſammengeſtürzt, er ſelbſt verwundet zu Boden gefallen und in Gefahr, von den Dragonern zuſammengehauen zu werden, als der Oberſt herbeieilte und ihn rettete. Als Voith dem feindlichen, aus mehreren Wunden blutenden General das eigene Pferd anbot, ſagte dieſer, das Anerbieten ablehnend: „Ich würde das ſchöne Sattelzeug mit meinem Blute verderben", worauf jener in hochſinniger Weiſe erwiderte: „Mein Sattelzeug wird unendlich gewinnen, wenn es von dem Blute eines Helden beſpritzt wird". Seinen Degen dem Oberſten überreichend, beſtieg Fouqué deſſen Pferd und wurde als Kriegsgefangener zu General Loudon abgeführt. In der Schlacht bei Liegniß am 15. Auguſt deſſelben Jahres kämpfte das Regiment, von ſeinem Oberſten trefflich geführt, mit ſeiner ſchon öfter bewährten Bravour, und Leßterer trug neuerdings eine Wunde davon. Im Feldzuge 1762 that er ſich in der Schlacht bei Freiberg am 15. October hervor. Die Preußen leiſteten zu Maliegſch (?) in einer daſelbſt erſtürmten Redoute, hartnäckigen Widerſtand; da machte er mit ſeinem Regimente einen kühnen Angriff, drang in die Schanze und nahm drei Officiere mit dreißig Mann gefangen. Wenige Jahre ſpäter trat Oberſt Voith ſeiner Wunden halber in den Ruheſtand über.

Thürheim (Andreas Graf). Die Reiter-Regimenter der k. k. öſterreichiſchen Armee (Wien 1863, Geitler, gr. 8°.) Bd. III: „Die Uhlanen", S. 144, 145, 146 und 148. — Streffleur. Oeſterreichiſche militäriſche Zeitſchrift (Wien, gr. 8°.) VI. Jahrg. (1865).

S 274: „Oberst Voith und Gefangennahme des Generals de La Motte-Fouqué bei Landshut am 23. Juni 1760.

Voith von Sterbez, Johann Freiherr (k. k. Major und Ritter des Maria Theresien-Ordens, geb. zu Ausche in Böhmen 1746, gest. zu Wien am 22. März 1831). Zwölf Jahre alt, trat er 1758 als Gemeiner in die k. k. Artillerie, in welcher er die Feldzüge des siebenjährigen Krieges und den bayerischen Erbfolgekrieg als Unterofficier mitmachte. Nach Organisirung der Artillerie kam er 1772 in das 2. Regiment, wurde im November 1784 zum Unterlieutenant befördert und zog 1788 in den Türkenkrieg. In diesem zeichnete er sich bei der heldenmüthigen Vertheidigung der veteranischen Höhle ganz besonders aus. Letztere spielt in der österreichischen Kriegsgeschichte eine große Rolle. Sie liegt am linken Donauufer, etwa fünfeinhalb Stunden aufwärts der Festung Neu-Orsowa, zwischen den Dörfern Dubowa und Plovischewitza. Die Donau wird h.er in ihrem Laufe so beengt, daß sich von der Höhle und deren Verschanzungen aus die Fahrt derart sperren läßt, daß kein Schiff es wagen darf, die Durchfahrt zu versuchen, ohne Gefahr zu laufen, in Grund geschossen zu werden. Auch im Türkenkriege war es die Aufgabe der Besatzung jenes Punktes, die feindliche Verbindung auf dem Strome zu hemmen, was, so lange die Höhle in unseren Händen blieb, vollkommen erreicht wurde. Ursprünglich bestand die Besatzung aus zwei Compagnien des walachisch-illyrischen Grenz-Regiments unter Hauptmann Mahowacz mit eilf Kanonen. Nach dem Vorrücken der Türken über Tuppanek wurde Major Baron Stein [Bd. XXXVIII, S. 43, Nr. 10] von Brechainville-Infanterie Nr. 25 mit seinem Bataillon noch dahin beordert. Am 10. August 1788 entsendeten die Türken dreißig Tschaiken und sechs Patrouillesschiffe donauaufwärts zum Angriffe der Verschanzungen, mußten aber mit einem Verluste von vier Schiffen abziehen. Gleichzeitig waren über Tuppanek 7000 Türken herangeeilt, um den Punkt zu cerniren, was nach dem Rückzuge der k. k. Armee keine Schwierigkeiten bot; sie trieben alle auswärtigen Vorposten zurück, die sich nun mit der Besatzung in einer tambourirten Redoute vereinigten, welche außerhalb des Berges angelegt war. Dieselbe ward von 3000 Spahis wiederholt angegriffen, aber jedes Mal mit unerschütterlichem Muthe von den Kaiserlichen vertheidigt. Major Stein, von der höchsten Höhe Zeuge dieses Ereignisses, zog den Rest der Mannschaft seines Bataillons zusammen, um die Redoute zu entsetzen. Allein die Türken hatten mittlerweile dieselbe so umzingelt, daß ihm nichts übrig blieb, als jene tapfere Truppe, vier Officiere und 412 Mann, ihrem Heldenmuthe zu überlassen und sich selbst mit dem Reste seines Bataillons in die Höhle zu werfen, deren Erhaltung und Vertheidigung ihm anvertraut war. Der Rückzug gelang, aber die Helden der Redoute waren das Opfer. Aus einer Schilderung österreichischer Kriegsscenen erfahren wir das Nähere. Neunzehn Stürme hatten diese Helden abgeschlagen, gegen zwanzig türkische Tschaiken in den Grund geschossen, fünf Aufforderungen des Großveziers, sich zu ergeben, zurückgewiesen und sich einundzwanzig Tage — bis zum 30. August — auf ihrem Posten gehalten, ungeachtet die Mannschaft den bedeutendsten Mangel an Lebensmitteln litt und jeder Einzelne die letzten eilf Tage täglich auf ein Pfund Mehl, aus dem man sich in der heißen

Asche eine Art von Zwieback röstete, beschränkt war. Als aber durch allerlei faulenden Stoff, den die Türken durch eine Oeffnung im Gipfel des Berges hineingeworfen, die Luft in der Höhle verpestet, der größere Theil der Besatzung in Folge dessen von einer Seuche ergriffen und zuletzt nur noch für Einen Angriff Schußbedarf vorhanden war, da glaubte Major Stein, der Ehre des österreichischen Waffenruhms und dem Andenken des Helden, von dem die Höhle den Namen führt, Genüge gethan zu haben, das Leben so vieler Braven schonen und die neue Aufforderung des Großveziers, welcher der Besatzung freien Abzug ohne Waffen verhieß, annehmen zu müssen. Leichen und Gespenstern ähnlich verließ die Mannschaft die Höhle, und die Türken standen beschämt, als sie die kleine Schaar erblickten, die so viele hundert tapfere Osmanen getödtet und deren ganzem Heere im Vorrücken einen so kräftigen Stillstand geboten hatte. Daß dies aber überhaupt gelang, war zunächst das Verdienst des Artillerielieutenants Voith. Dieser trug sich zur Vertheidigung freiwillig an. Seine sehr geschickt ausgeführten Schußarbeiten, sein aufmunterndes standhaftes Verhalten, das wohlgezielte und kräftig unterhaltene Feuer aus seinen Geschützen erfüllte selbst den Feind mit Bewunderung, und jetzt nach erfolgter Uebergabe ließ sich der Großvezier den Commandanten der Artillerie vorstellen und war des Lobes voll für dessen ausgezeichnete Haltung. In der 15. Promotion vom 15. November 1788 erhielt Voith für seine ruhmvolle Waffenthat das Ritterkreuz d— Maria Theresien-Ordens und wurde au— zum Oberlieutenant in seiner Waffe b— fördert. Im Jänner 1789 commandir— er in der Redoute Uj-Palanka 24 G— schütze. 1790 zum Hauptmanne vorge— rückt, trat er am 16. März 1802 m — Majorscharakter in den Ruhestand, b— et noch 29 Jahre genoß. Er hinterli— einen Sohn Wenzel Ferdinand, d— gleichfalls dem Waffendienste sich widme— und zu dem Ruhmeskranze seines Vaters einen nicht weniger schönen fügte.

Taschenbuch für vaterländische Geschichte (Wien 1814, Anton Doll, 12°.) III. Jahrg., S. 248. — Thürheim (Andreas Graf). Gedenkblätter aus der Kriegsgeschichte der k. k. österreichischen Armee (Wien und Teschen 1880, K. Prochaska, Ler.-8°.) Bd. I, S. 368.

Zur Genealogie der Freiherren Voith von Sterbez. Den Freiherrenstand erlangte den Statuten des Maria Theresien-Ordens gemäß der Artillerieoberlieutenant Johann Voith mit dem Prädicate Sterbez. Sein Enkel Ferdi-

Stammtafel der Freiherren Voith von Sterbez.

		Johann, 1791 Baron [S. 239] geb 1746 † 22. März 1831.				
	Vincenz, k. k. Hauptmann, geb. 5. April 1785, † 29. August 1845. Theresia geborene Kocj.		Wenzel Ferdinand [S. 241] geb. 29. September 1770, † 15. Mai 1827.			
		Ferdinand geb. 20. Mai 1813. Maria geb. Freiin von Herites geb. 31. Juli 1816				
Maria Theresia, Prager Stiftsdame, geb. 10. Mai 1838.	Vincenz Freiherr Voith-Herites 24. Sept. 1842.	Bertha 19. Mai 1844.	Rudolph 10. April 1848.	Hermine 30. Mai 1851.	Johann 11. Nov 1853, †.	Ferdinand 21. Februar 1856.

aud, k. k. Statthaltereirath und Kreishaupt-
ann zu Čáslau, vermälte sich am 15. Mai
37 mit Maria geborenen Freiin von Heriles.
er älteste Sohn dieser Ehe, **Vincenz**, k. k.
auptmann von Reischach-Infanterie Nr. 21,
rde von dem Bruder seiner Mutter, dem
. Hauptmanne Thaddäus Freiherrn von
rites, adoptirt, und Vincenz Voith
rt seither Namen und Wappen Voith-
rites.

pen der Freiherren Voith von Sterbez,
vierter Schild. 1 und 4: in Roth ein
benter Löwe, welcher mit der rechten Pranke
en abgehauenen bluttriefenden Sarazenen-
f am Zopfe hält. 2 und 3: in Silber zwei
r ihren goldenen Spitzen aufwärts und in
Andreaskreuz übereinander gelegte schwarze
rnierlanzen, von denen die rechts neigende
t rothen, die andere mit einem grünen
flatternden zweizipfeligen Fähnlein besteckt
. Auf dem Schilde ruht die Freiherrenkrone,
af welcher drei gekrönte Turnierhelme sich
heben, deren rechter die vorbeschriebenen
urnierlanzen trägt; aus dem zweiten (mitt-
ren) Helme wächst der Löwe mit dem Sara-
zenkopfe hervor; der dritte trägt einen auf
m Ellbogen aufrubenden schwertschwingen-
n geharnischten Arm. Die Helmdecken
t rechten Helmes sind roth mit Silber be-
gt, des mittleren roth mit Gold, des linken
rth mit Silber.

Voith von **Sterbez**, Wenzel Ferdi-
nd Freiherr (k. k. Oberst und Ritter
Maria Theresien-Ordens, geb. zu
bweis am 29. September 1770,
. zu Casalmaggiore am 15., nach
beren am 16. Mai 1827). Der ältere
hn des Hauptmannes und Maria
eresien-Ordensritters Johann Frei-
:rn von Voith [S. 239], trat er,
bzehn Jahre alt, als Cadet in das
Artillerie-Regiment, in welchem zu
ner Zeit sein Vater als Artillerieliente-
ant diente, wohnte der Belagerung von
elgrad (April 1788), dann als Artil-
erielieutenant jener von Czettin (20. Juli
1790) bei; machte darauf in den Kriegen
gegen Frankreich schon die ersten Feldzüge mit solcher Bravour mit, daß er für

sein besonderes Wohlverhalten im Treffen
bei Weissenheim (8. December 1795),
bei dem Angriffe auf Trier (18. d. M.)
und in der Schlacht bei Würzburg
(3. September 1796) in den Feldzugsrelationen öffentlich angerühmt wurde.
Bis zum Frieden von Luneville kämpfte
er in allen Feldzügen am Rheine. Beim
Wiederausbruche des Krieges 1805 trat
er, bereits Artilleriehauptmann, zum
Generalstabe bei der Armee in Deutschland über. Bei dem Sturme der Franzosen auf Ulm am 15. October genannten Jahres gewahrte er von dem Frauenberge aus, wie sehr die Sicherheit des
Rückzuges der dort kämpfenden Truppen
im Falle des Gelingens der Angriffe
Ney's gefährdet sei. Sofort sprengte er
zu dem Frauenthore, ließ es sperren und
verrammeln, so daß die vom Michaelsberge sich zurückziehenden zerstreuten
Abtheilungen vor dem Thore sich sammeln, die vorliegende Schanze gegen den
Sturm, den der Feind bereits wiederholt
unternahm, energisch vertheidigen und
behaupten und die Franzosen schließlich
bis an den Fuß der Höhen wieder zurückwerfen konnten. 1809 wurde Voith
zum Major befördert und dem General
Mesko [Bd. XVII, S. 424] bei der
ungarischen Insurrection als Generalstabsofficier beigegeben. Nach der Schlacht
von Raab (14. Juni 1809) sah sich das
ganz abgeschnittene Corps des Generals
der Gefahr ausgesetzt, gefangen in die
Hände des Gegners zu fallen. Da waren
es die umsichtigen Dispositionen Voith's,
die es vor diesem verhängnißvollen Geschicke bewahrten. Der Vorgang wird
ganz ausführlich von J. W. Ridler
in den „Oesterreichischen Kriegsscenen"
[vergleiche die Quellen] dargestellt. Voith
leistete in jenem kritischen Augenblicke mit
Anspannung aller physischen Kräfte Un-

glaubliches, und sein ebenso kühnes als umsichtiges und von glücklichem Ausgange begleitetes Verhalten fand durch Verleihung des Maria Theresien-Ordens, welche mit allerh. Handschreiben vom 25. August d. J. erfolgte, die vollste Würdigung. Aber wegen zerrütteter Gesundheit mußte er nach Abschluß des Friedens um Versetzung in den Ruhestand ansuchen, und es wurde ihm dieselbe auch gewährt. Im Februar 1815 trat er wieder in die Reihen der activen Armee, und zwar bei Deutschmeister-Infanterie Nr. 4 ein und rückte dann in diesem Regimente zum Obersten und Commandanten vor. In dieser Stellung ward er 1827 auf dem Rückmarsche seines Regiments von der Occupation Neapels, wohin es 1821 gezogen war, zu Casalmaggiore vom Tode ereilt. Vater und Sohn hatten gleichzeitig das höchste militärische Ehrenzeichen, das einem Krieger Oesterreichs zutheil werden kann, getragen, aber der Vater erfuhr den Schmerz, seinen Sohn um mehrere Jahre überleben zu müssen.

(Hormayr's) Archiv für Geschichte, Statistik, Literatur und Kunst (Wien, 4°.) 1811, S. 366. — Dasselbe, 1813, Nr. 131 und 132. — Taschenbuch für die vaterländische Geschichte (Wien, Anton Doll, 12°.) III. Jahrg. (1815), S. 249–270, in Rösler's: „Oesterreichische Kriegsscenen. Der Rückzug des Generals Mesko nach der Schlacht bei Raab". — Hirtenfeld (J.). Der Militär-Maria Theresien-Orden und seine Mitglieder (Wien 1857, Staatsdruckerei, k. 4°.) Bd. II. S. 1017 und 1747.

Bojaček, Ignaz (Tonsetzer, geb. in dem mährischen Städtchen Zlin an der Drevnica am 4. December 1825). Ignazens Vater Caspar [siehe die Quelle S. 245] versah viele Jahre hindurch das Amt des Stadtlehrers und Capellmeisters in Zlin. 1830 übersiedelte

derselbe nach Vsetin an der Bečva, und dort war es, wo ein alter Generalbaßspieler Namens Daněk in dem talentbegabten Knaben die Liebe zur Musik weckte und ihm auch den ersten Unterricht in dieser Kunst ertheilte. Vom siebenten Jahre an fand Ignaz Verwendung als Discantist, später spielte er die Flöte, auch begann er schon um diese Zeit vornehmlich volksthümliche Weisen zu componiren, an denen besonders seine Mutter große Freude hatte. Dem Wunsche seines Vaters entsprechend, sollte er das Gymnasium besuchen und kam daher im Alter von dreizehn Jahren nach Brünn, wo er anfänglich bei einem Freunde seiner Eltern Unterkunft fand; als aber dieser in der Folge verunglückte, sah sich der Jüngling plötzlich der drückendsten Noth preisgegeben, aus welcher er durch Verwendung eines Unbekannten gerissen wurde, der ihn in dem Brünner Königinkloster unterbrachte. In demselben lebte Ignaz von 1838 bis 1843 größtentheils gemeinschaftlich mit Alois Hrtička [Bd. IX, S. 68], Louis Lukes [Bd. XVI, S. 157 in den Quellen] und anderen Kunststrebenden. In diese Zeit fällt unseres Kunstjüngers wesentliche musicalische Ausbildung, bei welcher es freilich, was die Lebensumstände betrifft, nicht immer ganz glatt ablief. Da der musicalische Unterricht im Kloster nur spärlich bemessen war, lieh der vermögenslose Vater Geld aus, um des Sohnes Musiktalent mit entsprechenden Mitteln zu fördern. In den letzten zwei Jahren seines Aufenthaltes im Kloster wirkte Ignaz nicht blos als Leiter der Musikproben, sondern auch als Organist bei den barmherzigen Brüdern. Im Uebrigen waren die Verhältnisse bei den Geistlichen auch sonst nicht die erquicklichsten, die Kost war dürftig, die Aufsicht hart und strenge und das Auswendiglernen der Religionslehre und des Griechischen ermüdend und abspannend. Das Studium der Musik, zu welchem er alle freie Zeit benützte, und in welchem ihn die reiche Musicaliensammlung des Klosters und der Umgang mit tüchtigen Musikkünstlern nicht wenig förderten, bot ihm für allen Mangel und alle Beschwerden einigermaßen Ersatz. Um diese Zeit versuchte er sich auch zuerst in Kirchenmusik, componirte neben weltlichen Liedern und Chören auch kleinere Messen und sonstige Kirchenstücke. Nachdem er das Gymnasium in Brünn beendet hatte, verließ er leichten Herzens diese Stadt, die ihm durch den Aufenthalt im Kloster nicht lieb geworden war, und begab sich nach Wien, um dort die philosophischen Studien zu hören. Nach einer in Gemeinschaft mit seinem Vater und seinem Freunde Lukes unternommenen Reise in die Karpathen, auf welcher ihn die herrlichen Volksweisen der dortigen Gebirgsbewohner bezauberten, ging er nach Wien zurück, wo er an Peter Bilka, dem Besitzer eines in jenen Tagen vielgerühmten Erziehungsinstitutes, einen wohlwollenden Freund und Gönner fand. Damals entstand ein großer Theil seiner später so beliebt gewordenen Hosteiner-Lieder und seine „Stimme vom Blanik". Ein Jahr lang lag er an der Wiener Universität den philosophischen Studien ob, dann nahm er einen Antrag der Gräfin Marie Bethlen an und begab sich als Musiklehrer zu ihrer Familie nach Siebenbürgen. In diesem Lande befreundete er sich mit August Ružička [Bd. XXVII, S. 321, Nr. 3], betrieb slavische Studien, namentlich das Polnische, und mit besonderem Eifer die gründliche Ausbildung seines vorwiegenden musicalischen Talents, namentlich

in der Richtung des Volksliedes. Auf seinen Reisen durch Siebenbürgen, die er zeitweise unternahm, und auf denen er verschiedene Ansiedelungen der Bulgaren besuchte, dann bei einem längeren Aufenthalte unter Slovaken, zuletzt 1846 auf Wanderungen durch den Banat, widmete er dem Volksliede seine vorherrschende Aufmerksamkeit, suchte und sammelte, wo er etwas für seine diese Richtung verfolgenden Zwecke vorfand, und beschränkte dabei seine Forschungen im Volksliede nicht auf slavische Weisen, sondern zog allmälig magyarische, rumänische und die der Zigeuner und Siebenbürger Sachsen in seinen Bereich. In diesen Studien und der beschaulichen Ruhe seines Aufenthaltes in Siebenbürgen ward er plötzlich durch die Wirren des Jahres 1848 unterbrochen, welche dort Alles von oberst zu unterst kehrten. Doch wurden dieselben zu einem Wendepunkte in seinem Leben. Als er nämlich nach dem Einrücken der russischen Armee in Siebenbürgen Gelegenheit fand, die russischen „Pjesenniki" mit Begleitung der nationalen Instrumente Zapievalo und Plesun kennen zu lernen, erwachte in ihm das Verlangen, das nordische Slavenreich aufzusuchen, welcher Wunsch freilich erst auf Umwegen erreicht werden sollte. Die Zustände in Siebenbürgen gestalteten sich immer düsterer, das Haus der Gräfin Bethlen wurde von feindlich Gesinnten überfallen und geplündert, Vojaček verlor sein Eigenthum und seine Musikcompositionen und mußte ärmer, als er ins Land gekommen, dasselbe verlassen. Ueber Bystric, Dorna, Czernowitz, Kolomea, Lemberg, Przemysl, Krakau, Teschen gelangte er in sein Karpathenland nach Vsetin, von da ging er nach Brünn, wo er bis 1851 verblieb, ausschließlich der Musik sich

16*

widmend; da er aber nur flavifche Weifen
vortrug, womit er begreiflicher Weife
die Deutfchen nichts weniger denn befrie-
bigte, fondern vielmehr gegen fich einnahm, gab er die Stelle eines Dirigenten
des Brünner Männergefangvereines auf
und befchloß, nach Rußland zu ziehen.
Vorerft aber fuchte er Wien wieder heim,
um den Rath feines früheren Gönners
und Freundes P. Bilka einzuholen.
Als dann im Jahre 1853 der Director
der kaiferlich ruffifchen Sängercapelle
Lvov in St. Petersburg einen Mufik-
lehrer fuchte, bewarb fich Bojaček um
diefen Poften und trug den Sieg über
viele Bewerber davon. Nun trat er die
Reife an und erreichte nach längerem
Aufenthalte in Warfchau feinen Beftim-
mungsort Brzesc litewski am Bug. Da
ihm aber die Verhältniffe dafelbft auf
die Dauer nicht zufagten, begab er fich
nach Petersburg und übernahm die Stelle
des Capellmeifters bei dem erften Garde-
Regimente. Die großartigen Verhältniffe
in der Refidenz wirkten mächtig auf
Bojaček, der fich nun auch im rechten
Fahrwaffer befand, denn 1857 wurde er
Mitglied der Capelle des kaiferlichen
Theaters, 1862 zweiter Capellmeifter der
kaiferlichen italienifchen Oper und zuletzt
Profeffor der Inftrumentation am kaiferlichen Confervatorium, in welcher Stellung er wohl noch zur Stunde thätig
fein mag. Was nun feine Compofitionen
betrifft, fo find diefelben — ungeachtet
nur ein fehr geringer Theil derfelben im
Druck erfchienen ift — ziemlich zahlreich.
Es finden fich darunter Lieder, Chöre,
Quartette, komifche Terzette, Ouverturen
und an 40 Clavierftücke. Wir laffen
unten eine Ueberficht derfelben folgen,
jene, von denen uns bekannt, daß fie im
Druck erfchienen find, mit einem Stern-
chen (*) bezeichnend. Während feines

erften Aufenthaltes in Brünn befch
tigte er fich, durch feine Verhältn
dazu genöthigt, viel mit Kirchencom
fitionen. In Wien, wo die flavife
Befedas Gelegenheit boten zur Auf
rung von Chören, pflegte er mit be
derer Sorgfalt und nicht ohne G
diefe Gattung. Daneben aber compon
er auch Lieder, unter denen die fc
erwähnten Hofteiner Lieder im Jc
1847 in Wien, dann aber auf der gi
artigen Befeda zu Kremfier, welche Fr
Friedrich Sevčik [Bd. XXXIV. S. 1c
in Scene fetzte, und bei welcher
feinerzeit in flavifchen Kreifen r
gefeierte Bariton Förchtgott To
čovsky mitwirkte, großen Bei
fanden. In Rußland endlich war er
welcher in St. Petersburg der C
Concerte mit durchaus flavifchen Mi
ftücken einführte. Bei der vorh
fchend nationalen Richtung in fein
Compofitionen ift natürlich auch f
Talent ein ganz einfeitiges, was e
bei einer Kunft, wie die Mufik, die
ihren Tönen einen durchwegs kosmop
tifchen Charakter befitzt, um fo mehr
bedauern, da dergleichen nicht aus d
wahren Wefen der Kunft, die jed
Gottbegnadeten, welcher Nation er a
angehöre, ihren Weihekuß gibt, fond
aus politifchen Marotten entfprin
welche alles echte Kunftgefühl erftick
Die Nationalhymnen der Römer t
Griechen, wer kennt fie noch? 1
Kirchenlieder der älteften Zeiten find
Gemeingut aller Völker geworden t
klingen noch in unferen heutigen Kirch
liedern wieder.

Ueberficht der Compofitionen des Ignaz Voja
A. Kirchencompofitionen. Fünf Meffen
Inftrumentalbegleitung, eine Meffe für Män
chöre, componirt in Brünn. Sechs Chöre
die Kirche Maria Schnee. neun Offertoc
ein Requiem für Männerftimmen, ein Reut

foriunt, ein Pangue lingua. Seine Compofitionen kirchlichen und weltlichen Charakters,
welche zur Zeit seines Aufenthaltes in Siebenbürgen entstanden, verlor er bei der in der Biographie erwähnten Plünderung des Hauses
der Gräfin Bethlen. — **B. Weltliche
Lieder.** 1. Chöre. Die meisten derselben
hat Vojaček vor dem Jahre 1848 besonders
für die böhmischen Studirenden in Wien geschrieben. *„Ples Čechův“ (Der Tanz der
Böhmen). — „Morava“ (Mähren). — „Je
to večer!“ (Ist das ein Abend). — *„Sláva“
(Der Ruhm). — „Bezedno“ (Der Abgrund).
— „Povzbuzujeť“ (Ermunterungslied). —
„Pospolitá“ (Geselligkeitslied) — „Hlas z
Blaníka“ (Die Stimme vom Blaník). —
*„Modlitba před bojem“ (Gebet vor dem
Kampfe). — *„Vlastenka“ (Die Patriotin;
abgedruckt im dritten Hefte der ersten Abthei-
lung des musicalischen Sammelwerkes „Za-
boj“). — „Studentská“ (Studentenlied) —
„Modlitba vojenská“ (Soldatengebet). —
„O vy hrady“ (O ihr Burgen). — „Komu
bratři zazpíváme?“ (Wem ihr Brüder,
sollen wir singen?). — „Modré hory“ (Blaue
Berge). — „Plané růže“ (Wilde Rosen).
„Buď vůle tvá“ (Dein Wille geschehe).
„Lovecká“ (Jägerlied). — „Zemč česká“
(Das Böhmerland). — „Písně Hostýnské.
I—III“ (Hosteiner Lieder, drei Hefte).
In Rußland componirte er: „Marnost sveta“
(Eitelkeit der Welt); — „Před nepřítelem“
(Vor dem Feinde); — „Duvěra nabožného“
(Des Frommen Zuversicht); — „Bitva“ (Die
Schlacht); — „Píseň Moravanů“ (Der
Mährer Lied); — „Sbor Velehradský“
(Velehrader Chor); — „Crnogorec“ (Der
Montenegriner); — „Hura!“; — „Čtvero
malých sborů“ (Vier kleinere Chöre); —
„Společni“ (Geselliger Chor); — „Kytka“
(Das Sträußchen). — 2. Quartette.
„Ludmila“. — „Cyrill a Method“. — „Pí-
skovi“ (An Píšek). — „Radost a žalost“
(Freude und Trauer). — „Ples Čechův“
(Der Böhmen Jubel). — „Čechy krásné“
(Schönes Böhmen). — 3. Komische Ter-
zette. *„Starý pán a Student“ (Der alte
Herr und der Student; eines der populärsten
Kunststücke in ganz Böhmen). — „Otec a
syn“ (Vater und Sohn). — „Richtář a
baby“ (Der Dorfrichter und die Weiber). —
„Zvěřinec“ (Der Thiergarten). — *„Čecho-
slovanské prostonárodní písně jak se na
Moravě zpívají, trojhlasné“, d. i. Čecho-
slavische volksthümliche Lieder, wie sie in

Mähren gesungen werden. Dreistimmig (Prag.
Christoph und Kuhé). — 4. Sololieder.
„Krásná noc“ (Die schöne Nacht). — „Lou-
čení vojína“ (Kriegers Abschied) — „Domov
pravé lásky“ (Der wahren Liebe Heimat).
— „Naděje“ (Hoffnung). — „Hanácké“
(Hanakenlieder). — „Veselá jízda“ (Die
frohe Fahrt). — „Loučení“ (Scheiden).
— „Slzo lásky“ (Thränen der Liebe). —
„Na Moravu“ (An Mähren). — „Draho-
míra“. — „Chudý uhlíř“ (Der arme Köhler).
— „Ranní“ (Morgenlied). — *„Modlitba“,
im vierten Hefte des musicalischen Sammel-
werkes „Hlahol“. — „Mine“ (An Minna).
— „Vlast a dívka“ (Vaterland und Lieb-
chen). — „Slova matky Slávy“ (Mutter
Slava's Worte) — „Vyšehrad“. — „Plaj,
Korabe“ (Schwimme, Schifflein). — „Kde
děva má“ (Wo ist mein Mädchen?). —
„Vroucí jinoch“ (Der innige Bursche). —
„Sonet“. — „Prosti“ (Verzeih!). — „Na
tebje“ (An Dich). — „Kak v noč zvjezdy“
(Wie Sterne in der Nacht) — „Ma-a na-a“
(Unsere Maischa). — „Na růži“ (Auf die
Rose). — Die deutschen Lieder: „An Emma“
und „Der Wanderknabe“, von dem berühmten Tenoristen Ander vorgetragen; — endlich
zehn deutsche Lieder, in Siebenbürgen componirt. — 3. Glaviercompositionen. Von
den vierzig, deren in der Lebensskizze gedacht
ist, erschienen im Druck: „Krakowiak. Hu-
moresque d'après un air national polonais pour le Piano“ (Prag 1861. Kuhé)
und „Všetinská polka pro forteplano“
(Brno 1851, M. Perry).

Průvodce v oboru českých tištěných písní
pro jeden neb více hlasů (od r. 1800—1862).
Sestavili Em. Meliš a Jos. Bergmann,
d. i. Führer auf dem Felde gedruckter böhmi-
scher Lieder für eine oder mehrere Stimmen.
(Vom Jahre 1800—1862). Zusammengestellt
von Em. Meliš und Jos. Bergmann
(Prag 1863, 12°.) S. 15, Nr. 60; S. 122,
Nr. 484; S. 131, Nr. 519; S. 191, Nr. 762;
S. 200, Nr. 783; S. 222.

Porträt. Unterschrift: „Hynek Vojaček“.
Holzschnitt ohne Angabe des Zeichners und
Xylographen.

Ignaz' Vater **Caspar** Vojaček (geb. zu
Malenovice bei Napagedl in Mähren 1790),
war viele Jahre als Schullehrer in Zlín,
dann zu Wsetin an der Bečva thätig und
trat zuletzt in den Russland über. Er war

ein guter Organist und ein fleißiger Sammler von Volksliedern, dessen Sammlungen seiner zeit der bekannte Professor des Bibelstudiums in Brünn Franz Sušil [Bd. XLI, S. 1] benützte. Bojaček selbst gab heraus: „Vĕclafsky katechismus pro školy prostonárodní", d. i. Bienenwärterkatechismus für Trivialschulen (Znaim 1860).

Bojaček, Wenzel (čechischer Schulmann, geb. zu Irtin im Berauner Kreise Böhmens am 21. Juli 1821). Das Gymnasium, die philosophischen und die juridischen Studien beendete er in Prag, wo in der altclassischen Literatur Professor J. Zimmermann, in der Pflege der Muttersprache Skoda, Koubek und Hanka seine Lehrer und Führer waren. Da er für das Deutsche und eine deutsche Anstellung sich nie recht erwärmen konnte, wendete er sich 1851 dem Schulfache zu. So lehrte er in den Jahren 1851—1855 und 1858—1863 am Gymnasium zu Leutschau in Ungarn, dann nach Königgrätz übersetzt, dort sieben Jahre, worauf 1870 seine Berufung an das akademische Gymnasium in der Prager Altstadt erfolgte, an welchem er noch wirkt. Von 1855—1858 als Corrector im k. k. Haupt-Schulbücherverlage zu Wien beschäftigt, benützte er diese Gelegenheit, um an der Universität daselbst unter Bonitz und Miklosich griechische und slavische Sprachstudien zu treiben. Mit seinem Lehramts- und Correctorberufe verband er schriftstellerische Thätigkeit, und sein Hauptwerk ist: „Slovník latinsko-česko-německý latinským klasikům čítaným na gymnasiích českých a k vlastnímu studiu", d. i. Lateinisch-čechisch-deutsches Wörterbuch. Zur Lecture lateinischer Classiker auf čechischen Gymnasien und zum Selbststudium (Prag 1870, Kober, 1176 S. Lex. 8°.). — Außerdem gab er noch heraus: „Rukovĕt zprávné latiny",

b. i. Leitfaden des richtigen Latein (Königgrätz 1868, Pospišil), ein für Schüler an Ober-Gymnasien nach der Stylistik des Dr. Berger und Anderer bearbeitetes Handbuch; — und „Překladové z češtiny do latiny", d. i. Uebersetzungen aus dem Čechischen ins Lateinische (ebb. 1869, 8°.), gleichfalls zum Gebrauche für Obergymnasien; — auch auf poetischem Gebiete versuchte er sich, und es erschien von ihm: „Ludmila. Drama ve 3 dejstvich", d. i. Ludmila. Drama in 3 Aufzügen (Prag 1843) und „Václav hásen...", d. i. Wenzeslaus. Dichtung (Prag 1845). Auch gab er seine Uebersetzung der „Geschichte der Girondisten" von Lamartine unter dem Titel: „Historie Girondinů" Dil I—VIII (Prag 1851, 8°.) heraus. Schließlich beschäftigte er sich mit der Uebertragung des Werkes „Hundert Psalmen" des berühmten Homileten Dr. J. Emanuel Veith und veröffentlichte Probestücke davon in der Zeitschrift für die katholische Geistlichkeit (Časopis pro katolické duchovenstvo.

Šembera (Alois Vojtech), Dejiny řeci a literatury českoslovanské. Vek novej-i, d. i. Geschichte der čechoslavischen Sprache und Literatur. Neuere Zeit (Wien 1868, gr. 8°.) S. 306.

Bojdišek, Joseph (Schriftsteller, geb. in Pesth 1797). Nach beendeten Universitätsstudien nahm er Dienste bei dem Magistrate der Stadt Pesth, brachte es daselbst bis zum Magistratsrathe und trat später als königlicher Richter in Pension. Zwei Schriften des Grafen Stephan Széchényi übersetzte er ins Deutsche, und zwar: „Ueber den Credit" (Leipzig [Pesth, Gust. Heckenast] 1830, gr. 8°.), wovon „eine berichtigte und vermehrte Ausgabe. Nebst Anhang von einem ungarischen Patrioten" (Pesth im nämlichen Jahre, G. Heckenast, gr. 8⁰.) erschien; — dann „Ueber Pferde, Pferdezucht und Pferderennen" (ebb. 1830, gr. 8⁰.). Nach der unten angegebenen Quelle hätte er auch den Horaz trefflich ins Ungarische übersetzt; doch erwähnt Dr. Eugen Abel in seiner Abhandlung: „Die classische Philologie in Ungarn", welche in P. Hunfalvy's „Literarischen Berichten aus Ungarn" (Budapesth 1878, gr. 8⁰.) Bd. II, S. 239 u. f., abgedruckt ist, unter den magyarischen Horaz-Uebersetzern (J. Barna, Brassai, Anton Gnurits, Kazinczy, David Szabó und Karl Szász) unseren Vojdisek nicht. Nach dem Ausgleiche 1866 sah sich derselbe wie mancher Andere veranlaßt, seinen Namen zu magyarisiren, und schrieb sich fortan Vajdafi. — Ernö Vajdafi, Mitglied des Budapesther Gemeindeausschusses und zugleich Verfasser der Schrift: „A méterrendszer", d. i. Das Metersystem (Budapesth 1874, Calderoni, 8⁰.), ist wahrscheinlich ein Sohn Joseph Vojdisek's.

Petrik (A. M.). Bibliographie ungarischer national-r und internationaler Literatur. 1444 bis 1878. In zwölf Fachheften redigirt — (Budapesth 1878. Tetten und Comp., 12⁰.) 1. Heft. S. 26, Nr. 213 und 216; S. 64, Nr. 147.

Vojnović, Georg Conte (Mitglied des Abgeordnetenhauses des österreichischen Reichsrathes, geb. in Dalmatien um 1825). Der Sproß einer alten dalmatinischen Adelsfamilie, welche von der Kaiserin Maria Theresia 1751 die Erlaubniß erhielt, den Contetitel zu führen, machte er sich zu Castelnuovo, einem an der Bai von Togla gelegenen dalmatinischen Städtchen, als Notar seßhaft und wurde durch das Vertrauen seiner Mitbürger zum Podestà der Gemeinde und dann zum Abgeordneten in

den dalmatinischen Landtag gewählt. Vom 14. December 1873 bis 4. Jänner 1877 fungirte als Stellvertreter des Landtagspräsidenten, dann erhielt er nach Ljubissa den Vorsitz dieser Provinzvertretung. 1870 von derselben als Abgeordneter in den Wiener Reichsrath geschickt, verblieb er in letzterem bis 1873. Am 31. Jänner 1879 wurde er, indem er auch bezüglich des Reichsrathsmandats Ljubissa's dessen Nachfolger im Landgemeindenbezirke Cattaro-Castelnuovo geworden, neuerlich in das Abgeordnetenhaus gewählt. Als 1869 die Ausdehnung des neuen Landwehrgesetzes auf Dalmatien im Bezirke Cattaro auf Widerstand stieß, der dann in den Monaten November und December in vollen Aufruhr ausartete, brachte die „Neue Freie Presse" anläßlich des Verhaltens des Conte Vojnović in dieser verhängnißvollen Zeit einen denselben verdächtigenden Bericht aus Zara, den Vojnović in einer Zuschrift aus Wien vom 4. November 1869 in der „Triester Zeitung" in allen Punkten durch Thatsachen entkräftete, welche jenen gegen ihn erhobenen Anschuldigungen geradezu entgegengesetzt waren. Als im Frühling 1875 Seine Majestät der Kaiser die Reise nach Dalmatien unternahm, wurde Vojnović bei dieser Gelegenheit am 27. Mai 1875 mit dem Ritterkreuze des Franz Joseph-Ordens ausgezeichnet.

Neue Freie Presse. 1869, Nr. 1870.

Die Familie Vojnović. Wie schon in der Lebensskizze des Dalmatiner Abgeordneten Georg von Vojnović bemerkt wurde, sind die Vojnović eine ältere Dalmatiner Adelsfamilie, die wir auch unter dem Doppelnamen Vojnović-Užicki angeführt finden, und von welcher in der Gegenwart mehrere Sprossen ansehnliche Würden bekleiden. 1. So ist ein Conte **Constantin** Vojnović-Užicki zur Zeit Doctor der Rechte, ordent-

licher Professor des Civilrechtes an der Franz
Josephs-Universität in Agram, an welcher er
1879 die Rectorswürde bekleidete, und auch
Mitglied der k. theoretischen Staatsprüfungscommission. Zugleich ist er Mitglied des Landes-
vertretung in Croatien und Slavonien für
den Wahlbezirk Djakovar. — 2. Ein zweiter
Constantin Vojnović legte, nachdem er
nur kurze Zeit als Abgeordneter für Dalmatien im österreichischen Reichsrathe gesessen
hatte, in einem Schreiben aus Spalato vom
20. Juni 1861 an seine Wähler sein Mandat
nieder und zog sich ins Privatleben zurück.
Bei Gelegenheit seiner Mandatsniederlegung
wurde er als Gutsbesitzer, Journalist und
Schriftsteller bezeichnet. Dann dürfte er wohl
der Verfasser der „Lettere dalla Dalmazia"
sein, welche im Jahre 1849 zu Mailand
von Carlo Tenca begründete und mit seltenem Geschick redigirte literarische Oppost-
tionsblatt „Crepuscolo". 1855 Nr. 14, 16,
18—22, 26 und 29, veröffentlichte. Vojnović berichtet in diesen Briefen mit Vorliebe
über Ragusa, dann über Unterricht, Ackerbau,
Industrie, Handel, Literatur, Theater, gesell
schaftliches und culturelles Leben in Dalmatien; ferner war er Mitarbeiter der Zeitschrift:
„Rivista Dalmata", welche am 16. April
1859 bei Demarchi-Rougier in Zara zu
erscheinen begann und mit der 38. Nummer
am 31. December 1859 endete. Selbständig
gab er die Schrift: „Un voto per l'unione,
ovvero gli interessi della Dalmazia nella
sua unione alla Croazia ed all'Ungheria"
(Spalato 1861, libreria Morpurgo) heraus,
in welcher er nachzuweisen sucht, daß es die
Interessen Dalmatiens erfordern, sich an
Croatien und Slavonien anzuschließen, da es
abgetrennt von ihnen und selbständig nicht
im Stande ist, seine Rechte zu behaupten
und zu genießen. Indem er dann die Vortheile der croatisch-ungarischen Verfassung in
Erwägung zieht, erörtert er, wie die von ihm
in Vorschlag gebrachte Union sich bewerkstelligen ließe; auch befindet sich im ersten
Jahrgange (1859) des bei Morpurgo in
Spalato erschienenen „Annuario dalmatico"
ein Artikel: „Sulla camera di commercio
di Spalato 1854–1860"; und zuletzt erschien
von ihm: „Cenni statistico-economici sul
Circolo di Spalato con speciale riguardo
al quadriennio 1857–1860. Con 39 tabelle
statistiche" (Spalato 1864, Morpurgo, gr. 8°).
Auf dem Titel dieser Schrift nennt er sich
Avvocato. — 3. Ein zweiter **Georg** Voj-

nović ist zur Zeit Bischof des griechisch-
orientalischen Bisthums Temesvár und Präses
des Diöcesanconsistoriums. — 4. Ein dritter
Georg dieses Namens, mit etwas verän-
der Schreibung der Endsilbe (Bojnovits),
diente 1843 als zweiter Major im ungarischen
Infanterie-Regimente Erzherzog Franz Karl
Nr. 52 und erkämpfte sich 1848 als Oberst
des 6. Garnisonsbataillons bei Vertheidigung
der Festung Mantua das Ritterkreuz des österreichischen Leopoldordens. In der Folge trat
er als Generalmajor in den Ruhestand über,
den er zu Güns verlebte, wo er bereits gestorben sein mag, da er in den Militär-
schematismen nicht mehr genannt erscheint.

Vojtíšek, Anton Fabian Alois Johann (Compositeur, geb. zu Ratoje
in Böhmen am 20. Jänner 1771, Todesjahr unbekannt). Im Alter von acht
Jahren kam er als Sängerknabe in das
Benedictinerkloster Sazava. Nach dessen
1786 erfolgter Aufhebung bereitete er
sich an der Normal-Hauptschule zu Prag
für das Lehramt vor. Nach abgelegter
Präparandenprüfung wirkte er als Lehrer
zu Hrsovice, später als solcher zu Hosti
vař. Von da ging er wieder nach Prag,
wo er als Musiklehrer, zugleich aber auch
als Correpetitor und Souffleur bei der
italienischen Oper thätig war. 1802
erhielt er die Stelle eines Scriptors an
der Prager Universitätsbibliothek, und
1810 fand er Verwendung als Bassist
am Prager St. Veit Dome. Vojtíšek,
der von früher Jugend Musik mit besonderem Eifer getrieben und sich allmälig
in derselben ausgebildet hatte, versuchte
sich auch in der Composition von kirchlichen und weltlichen Musikstücken. So
componirte er denn zahlreiche Tänze,
Lieder, viele Messen und die komischen
Singspiele: „Prazska mlynarska", d. i.
Die Müllerin von Prag; — „Strejcek z
Podskalí", d. i. Der Vetter von Pod-
skal; — „Ponocný Libešovský", d. i.
Mitternacht zu Libeschau; — „Prodaj

nskych", d. i. Der Verkauf der eiber; — die heroische Oper „*Sieg der rur*" und viele andere Musikstücke.

Volák, Franz Pravoslav (čechischer Schriftsteller, geb. zu Libmon bei bor in Böhmen am 19. August 1829, t. 4. August 1863 in Böhmisch-übau). Das Gymnasium besuchte n Iglau, die philosophischen Studien te er zu Brünn, die Rechte zu Prag. r früher Jugend ein begeisterter Anger der Nation, stellte er sich, als die wegung des Jahres 1848 begann, die Reihen der Freiheitskämpfer. gen seiner Theilnahme an den ngstereignissen in Prag mußte er nach terdrückung des Aufruhrs diese Stadt rlassen. Im September 1848 betheite er sich mit Frič gemeinschaftlich an igen Freischärlerzügen in der Slokei und wurde in einem Kampfe bei are Turn unweit Miava im oberen utraer Comitat am 27. September wundet. Nach hergestellter Ruhe beent e er seine Studien und arbeitete dann hrere Jahre in der Redaction der rašské Noviny", für deren Feuilleton einige polnische Romane übertrug. 57 trat er beim Präsidium des k. k. erlandesgerichts zu Preßburg in den aatsdienst und kehrte im Jahre 1860, Gerichtsadjunct in Disponibilität sett, in seine Heimat zurück. Nach iger Zeit erhielt er eine Auscultantenlle in Leitomischl, wo ihm seine natiole Parteinahme von einer Seite zunde, von anderer entschiedene Gegner oarb. Bei der Organisirung des Landesschusses in Böhmen wurde ihm eine oncipistenstelle verliehen, und so hatte endlich das Ziel seiner Wünsche, Prag reicht. Aber durch die vorangegannen Strapazen und Entbehrungen war seine Gesundheit bereits an der Wurzel angegriffen, so daß seine Freunde das Schlimmste befürchteten. Als dann im Frühling 1863 das Uebel zunahm, begab er sich auf den Rath der Aerzte nach Böhmisch-Trübau, wo sich in der Pflege wohlwollender Verwandten seiner Gattin der Kranke wohl einigermaßen erholte. Doch war dies nur ein zeitweiliger Stillstand des Leidens, von welchem er endlich auch schon nach wenigen Wochen durch den Tod, im Alter von erst 36 Jahren, erlöst wurde. Als Schriftsteller war Volák vornehmlich auf dem Gebiete der Uebersetzung thätig, und verdanken ihm die Čechen eine Reihe der besseren Arbeiten der deutschen, polnischen und russischen Literatur der Kraszewski, Fredro, Korzeniowski, Bulgarin und Anderen, und zwar: „Damen und Huszaren", Lustspiel von Grafen Max Fredro im 2. Hefte der in Prag bei Pospišil vom Jahre 1852 ab herausgegebenen „Biblioteka divadelna", d. i. Theaterbibliothek; — Mich. Czajtowski's Dichtung „Kirdzali" (Prag 1852, 8⁰.); — Bulgarin's Dichtung „Mazepa" (ebb. 1854, 8⁰.); — Korzeniowski's Romane „Spekulant" (ebb 1853, 8⁰.) und „Tadeus Bezejmeny", d. i. Thaddäus ohne Namen; — Kraszewski's Roman „Der Dichter und die Welt" (Svět a básník) (ebb. 1852); — Freitag's Lustspiel „Die Journalisten" und mehreres Andere. Seinen poetischen Uebersetzungen wird Treue und Schwung der Sprache nachgerühmt.

Wiener Zeitung, 9. August 1863. Nr. 181

Volánek, Anton (Compositeur, geb. in Böhmen am 1. November 1761, Todesjahr unbekannt). Ueber seinen ersten Lebens- und Bildungsgang wissen selbst čechische Quellen nichts zu berichten. Daß er deutschen Werken über Musik und Musikkünstler unbekannt geblieben, darf ungeachtet seiner Fruchtbarkeit als Compositeur nicht Wunder nehmen. Es ist nur bekannt von ihm, daß er anfänglich Capellmeister des čechischen und deutschen Theaters in Prag war, sich 1797 und 1798 in Leipzig aufhielt, dann aber nach der Hauptstadt Böhmens zurückkehrte, wo wir ihn zuerst als Organist auf dem Wssehrad, später als Violinspieler bei St. Adalbert in der Neustadt, zuletzt als Chordirector bei St. Peter auf dem Pořič angestellt finden. Volánek hat mehrere Symphonien, Sonaten, Tänze und andere Musikstücke componirt und herausgegeben. Doch fand Verfasser dieses Lerikons in zahlreichen Musikkatalogen, in denen er nach den Arbeiten des in Rede Stehenden suchte, nicht eine derselben verzeichnet. Auch Dlabacz, der sonst sogar Leute, die nur vorübergehend in Böhmen der Kunst gehuldigt, anzuführen pflegt, gedenkt Volánek s mit keiner Sylbe.

Slovník naučný. Redaktoři Dr. Frant. Lad. Rieger a J. Malý, d. i. Conversations-Lexikon. Redigirt von Dr. Franz Lad. Rieger und J. Malý (Prag 1872, J. L. Kober, Lex.-8°.) Bd. IX, S. 1233.

Volantić. Johann Lukas (Literator, geb. zu Ragusa 1749, gest. daselbst 1808). Der Sproß einer vornehmen Familie aus Ragusa, stand er an 40 Jahre im Dienste des Senates dieser Stadt, war zuletzt Secretär der Republik und starb als solcher im Alter von 59 Jahren. Er besaß gründliche Kenntnisse der illyrischen Sprache und erwarb sich um die Literatur seines Vaterlandes unbestreitbare Verdienste. So gab er zu Ragusa 1793 Paolo Zuzzeri's illyrische Predigten mit einem literarischen

Vorworte im Druck heraus; dann sammelte er zwölf Jahre hindurch an Materialien zu einer kritischen Ausgabe des Heldengedichtes „Osman von Gundulić", berichtigte den Text und versah das ganze Poëm mit ausführlichen, theils den Text, theils die Sprache erläuternden Anmerkungen in italienischer Sprache. Ambros Markovic, dessen dieses Lerikon im XVI. Band, S. 470, Nr. 1 gedenkt, benützte letztgenannte Arbeit unseres Literators zu seiner Ausgabe des „Osman", welche 1826 zu Ragusa bei Anton Martecchini in drei Theilen erschien und ihrer Schönheit und Correctheit wegen sehr geschätzt ist.

Volckmann, siehe: **Volkmann.** S. 255.

Wolffich, Raimund (Minoritenmönch, geb. zu Buda 1733, gest. in Pratis marianis am 20. März 1808). Er trat, 21 Jahre alt, in den Minoritenorden, in welchem er die theologischen Studien beendete und 1759 die Priesterweihe empfing. Vorzüglich geistig veranlagt, verlegte er sich in der Muße seines geistlichen Berufes auf mathematische und physicalische Studien, beschäftigte sich, obgleich er ein theologisches Lehramt im Kloster versah, überdies mit mechanischen Arbeiten und verfertigte nach eigenen Principien eine mathematisch astronomische Uhr von so seltener Kunstfertigkeit, daß sie die Bewunderung Sachverständiger erregte. Sie wird im Provinzialhause des Ordens zu Preßburg als Merkwürdigkeit aufbewahrt. Als religiöser Schriftsteller verfaßte Wolffich: „Cultus veri Dei primarius et fundamentalis omnibus hominibus necessarius.." (Pestini 1785, literis Trattnerianis. 8°.); - „Ächter und gründlicher Gottesdienst für Jedermann" (ebenda 8°.) wovon 1786 ohne Angabe des

Ueberſetzers eine ungariſche Ausgabe erſchien. Welcher Ort unter Raimund Volfſich's Sterbeorte — Pratis marianis — gemeint ſei, müſſen wir der geographiſchen Kenntniß des P. Seraphin Farkas überlaſſen.

Katholikus Néplap (Peſth, 4°.) 1870, Nr. 23. — Farkas (Seraphinus P.). Scriptores Ord. Min. S. P. Francisci Prov. Hungariae Reformatae nunc S. Mariae (Posonii 1879, Angermayer et Schreiber).

Volkert, Franz (Tonſetzer, geb. zu Heimersdorf auf der Herrſchaft Friedland im Bunzlauer Kreiſe Böhmens am 2. Februar 1767, geſt. in Wien 22. März 1845). Sein Vater bekleidete die Richterſtelle in Heimersdorf. Durch den dortigen Schullehrer Ignaz Hoffmann erhielt Franz Unterricht in den Anfangsgründen der Muſik und, als er ziemlich feſt war im Geſange, auch im Violinſpiele und in den erſten Elementen des Generalbaſſes. 14 Jahre alt, kam er als Discantiſt nach Prag, wo er die Humanitätsclaſſen beendete, zu gleicher Zeit aber auch ſeine muſicaliſchen Studien fortſetzte, indem er vornehmlich Mozart's des Vaters Violinſchule gründlich durchmachte und die ſchwierigeren Stellen derſelben ſich von geſchickten Spielern erklären ließ. Dabei verſäumte er keine Gelegenheit, Concerten berühmter Violinſpieler beizuwohnen, und veranſtaltete öfter auch in ſeiner Wohnung Quartette. Neben dem Violinſpiele bildete er ſich noch auf dem Violoncell, der Viola b'alto und dem Violon in ſo ſorgfältiger Weiſe aus, daß er auch für dieſe Inſtrumente Verwendung fand. Hierauf begann er das Clavierſpiel zu üben und verſuchte ſich auch als Tonſetzer, und zwar zunächſt auf dem Gebiete der Kirchenmuſik, auf welchem mehrere von ihm componirte

Kirchenarien beifällige Aufnahme fanden. Bei ſeiner vorherrſchenden Neigung für den ernſten Kirchenſtyl verlegte er ſich nun auf gründliche Studien in dieſer Richtung, indem er ſich mit den beſten theoretiſchen Werken über Generalbaß und Compoſition vertraut machte, zugleich aber die gediegenen Compoſitionen berühmter alter Meiſter ſpielte. Durch den Verkehr mit trefflichen Tonkünſtlern und geſchickten Organiſten vollendete er ſeine muſicaliſche Ausbildung. Bald wurde er auch zu Prag bei der italieniſchen Oper als Choriſt angeſtellt und wirkte in dieſer Eigenſchaft zehn Jahre. Als dann 1790 der Königgrätzer Organiſt Ignaz Haas die Hauptſtadt Böhmens beſuchte, um ſich nach einem Gehilfen umzuſehen, wurde er mit Volkert bekannt und gewann denſelben auch bald für dieſe Stelle. In Königgrätz fand unſer Tonſetzer als Choraliſt an der Kathedralkirche ſofort Verwendung und vervollkommnete ſich unter Haas' unmittelbarer Leitung im Orgelſpiel. Nach dem Tode ſeines Vorgeſetzten (1800) wurde er deſſen Nachfolger im Amte. Nun bot ſich ihm ausreichend Gelegenheit, ſeiner Neigung zur kirchlichen Compoſition Genüge zu thun, denn er componirte jetzt fleißig kleine Meſſen, Offertorien, Arien, Litaneien, Gradualen, welche beifällige Aufnahme fanden; dabei kam er nicht ſelten in die Lage, auch für die Schullehrer der Umgegend ein und das andere Muſikſtück zu componiren. Eine ſeiner größeren Meſſen gelangte durch böhmiſche Glashändler, welche mit ihren ſehr geſuchten Waaren den Continent durchzogen, bis nach Portugal und fand ſolchen Beifall, daß er nicht lange danach von dort den Auftrag erhielt, eine Meſſe nebſt Graduale und Offertorium nach der dortigen Art zu componiren, wobei man ihm

genau die Länge eines jeden Stückes und
wie hoch jede Stimme zu setzen sei, vor-
schrieb. Seine Arbeit wurde gut aufgenommen, und nun mehrten sich die
Bestellungen, welche aber meistens nur in
Kyrie und Gloria bestanden. Dies dauerte
so lange, bis der Glashandel nach Portugal ins Stocken gerieth und dadurch
für den Bezug der Tonstücke der unmittelbare Verkehr entfiel. Wie nach
Portugal für kirchliche Zwecke, arbeitete
Volkert zu gleicher Zeit für reisende
Schauspieler, welche im Winter in Königgrätz auftraten, leichtere Gesangstücke, die
aber, wenngleich sie auch Beifall erhielten,
weiter keine Verbreitung fanden und
wenig bekannt wurden. Noch schrieb er
für seine Schüler mehrere Concerte, Variationen u. s. w. für das Fortepiano,
Einiges für Blasinstrumente, dann verschiedene Stücke für Horn, Clarinet,
Hoboe, Fagot und Violoncell, da er mit
dem Charakter des Spieles und den
Eigenthümlichkeiten eines jeden dieser Instrumente vollkommen vertraut und auch
so weit der italienischen Sprache kundig
war, um die verschiedenen Anzeigen der
Tempos und der sonstigen Charakteristik
des Tonstückes beifügen zu können. Wie
lange Volkert als Organist in Königgrätz wirkte, kann nicht genau angegeben
werden. Um das Jahr 1810 fungirt er
in Wien als Organist des Schotten-
stiftes, und nach Boeckh's „Wiens
lebende Schriftsteller, Künstler und Dilettanten im Kunstfache...“ (Wien 1821,
kl. 8°.) S. 383 ist er 1821 Capellmeister
am k. k. privil. Theater in der Leopoldstadt, und zwar in den Zwanziger-
Jahren neben Wenzel Müller [Band
XIX. Seite 407] zweiter Capellmeister,
während gleichzeitig Alois Merk, ein
Bruder des berühmten Violoncellisten
und Professors am Wiener Conserva-

torium Joseph Merk [Bd. XVII.
S. 396], als Orchesterdirector an der
genannten Bühne thätig war. In seiner
Stellung am Theater entfaltete Volkert als Volkscomponist eine ungemein
große Fruchtbarkeit, denn die Musik zu
über 100 komischen Opern, Gesangs-
possen und Pantomimen wird ihm zugeschrieben, von denen einzelne zu ihrer
Zeit sich großer Beliebtheit erfreuten;
eine vollständige Liste zusammenzustellen,
sind wir nicht im Stande, doch können
wir eine Uebersicht der beliebteren hier
mittheilen, und zwar: die Musik zu den
Possen und Zauberstücken von Alois
Gleich [Bd. V, S. 214]: „Der Ehe-
teufel auf Reisen“ (1824); — „Narrheit
und Zauberei“; — „Der alte Geist in
der modernen Welt“; — „Die goldenen
Kohlen“; — zu den Possen von Karl
Meisl: „Der lustige Fritz oder schlafe,
träume, stehe auf, kleide dich an und
bessere dich“ und „Das Gespenst auf der
Bastei“; — zu den Pantomimen von Rai-
noldi [Bd. XXIV, S. 287]: „Die
schützende Juno“; — „Perseus und
Andromeda“; — „Die Zauberscheere“;
— „Der goldene Fächer“; — „Die
Zaubermosaik“; — „Der Zaubervogel“;
— zur Pantomime des Pierrot-Darstellers
Hampel: „Die Zauberpyramiden“ und
ferner die Musik zu folgenden, deren
Verfasser wir nicht angeben können:
„Der Geisterseher“, — „Tiroler Caspar“;
— „Der verzauberte Arlequin“; —
„Der magische Hut“; — „Hermann,
der Befreier Deutschlands“; — „Die
drei wunderbaren Räthsel“; — „Der
Schiffbruch“; — „Ernst Graf von
Gleichen“; — „Die Emigrirten“; —
„Der Carneval in Wien“; — „Die
Jungfrau von Orleans“; — „Felix und
Gertrud“; — „Pygmalion“; — „Das
Pferd ohne Kopf“ u. a. Von all den

genannten ift nur das Quoblibet „Der Cheteufel auf Reifen" bei Haslinger in Wien im Stich erfchienen; von Volkert's Inftrumentalcompofitionen brachte der vorerwähnte Verlag: Trios, Variationen und 24 Cadenzen für die Orgel; bei Diabelli kamen heraus: „Leichte Präludien für die Orgel", und bereits 1802 war im Verlage des Wiener Induftrie-Comptoirs von Volkert „Sonate pour le Clar. avec Violon et Basso" im Stich erfchienen. Eine Tochter Volkert's, Antonie, lebte, einer Mittheilung des Wiener Schriftftellers Joseph Wimmer zufolge, im Jahre 1853 als Clavierlehrerin in Hernals bei Wien.

Neues Univerfal-Lexikon der Tonkunft. Angefangen von Dr. Julius Schladebach, fortgefetzt von Eduard Bernsdorf (Dresden 1857, Robert Schäfer. gr. 8°) Bd. III, S. 323. — Gerber (Ernft Ludwig) Neues hiftorifch-biographifches Lexikon der Tonkünftler (Leipzig 1812, gr. 8°) Bd. IV, Sp. 483. [Die abweichenden Angaben über Volkert's Geburtsjahr find fehr groß. Nach einem im Arch'v der Gefellfchaft der Mufikfreunde des öfterreichifchen Kaiferftaates befindlichen biographifchen Fragmente, welches er felbft eingefendet, ift er 1767 geboren, nach den übereinftimmenden Angaben in lexikalifchen Werken erft im Jahre 1780.]

Volkmann, Anton von (k. k. Generalmajor und Ritter des Maria Therefien-Ordens, geb. zu Balaffa-Gyarmáth in Ungarn 1775, geft. zu Linz am 5. April 1824). Die Laufbahn feines Vaters, eines k. k. Officiers, erwählend, trat er, 17 Jahre alt, als Cadet bei Callenberg-Infanterie Nr. 54 ein, machte den Türkenkrieg 1788 und 1789 mit Auszeichnung mit und wurde 1790 als Oberlieutenant erft zum Generalftabe, fpäter zu Wartensleben-Infanterie Nr. 28 eingetheilt. Von 1793 bis zum Luneviller Frieden (9. Fe-bruar 1801) ftand er neuerbings im Generalftabe. Im Feldzuge 1793 zeichnete er fich bei Condé am 23. Juni aus, indem er mit einer kleinen Infanterie-abtheilung und einigen Jägern die Franzofen aus ihrer gedeckten Stellung vertrieb und ihre Verfchanzungen zerftörte. Neue Beweife feiner Tapferkeit gab er als Hauptmann am 10. November 1794 bei dem Rückzuge eines Detachements über den Rhein bei Wefel; dann im Treffen bei Bemmel an der Waal am 10. Jänner 1795; ferner bei der Einnahme des Galgenberges vor Mainz; bei der Vertheidigung des Poftens von Wildftätt am 27. Juni 1796 und noch bei einigen anderen Gelegenheiten. Im Juni 1797 rückte er in Anerkennung feiner fo oft bewiefenen Tapferkeit zum Major vor, dann aber fchied er für mehrere Jahre aus den Reihen der Armee. Als der Feldzug 1805 ausbrach, in diefelbe wieder eintretend, wurde er als Oberftlieutenant im Generalftabe eingetheilt und machte dann den Feldzug 1809 zunächft als Oberft bei Johann Jelačić-Infanterie Nr. 53, vom 25. Mai ab jedoch als Oberft im Generalftabe mit. Als die Feindfeligkeiten in Italien begannen, galt es vor Allem, die Aufmerkfamkeit des Feindes von dem Punkte abzulenken, auf welchem die Hauptarmee die Abficht hatte vorzurücken. Zur Ausführung diefes Planes fiel die Wahl auf Oberft Volkmann. Er wurde nun mit einem Bataillon feines Regiments Jelačić, je einem folchen vom Franz Karl- und vom 2. Banal-Regimente nebft zwei Schwadronen Ott-Hufaren über Pontafel in das Fellathal entfendet. In demfelben fand er die Vorpoften des Feindes, drängte fie zurück und rückte am 10. April bis Refiutta vor. Am folgenden Tage erfchien er vor Venzone und stieß auf den feindlichen Vortrab unter General Broussier. Die Franzosen waren vorwärts Venzone bei dem Dorfe Pontis in vortheilhaftester Weise aufgestellt. Nichtsdestoweniger griff Volkmann den Gegner mit ebenso viel Klugheit als Entschlossenheit an, und es gelang ihm auch, denselben nach einem lebhaften Kleingewehrfeuer aus seiner Stellung zu verdrängen. Der feindliche Vortrab zog sich hinter Venzone auf die Position von Rivobianco zurück und vertheidigte sie mit 6 Bataillons und ebenso viel Geschützen. Nun eröffnete Volkmann, mit seinen Geschützen ein lebhaftes Feuer auf den Gegner wirken lassend, den Kampf. Der rechte Flügel der Franzosen, der gegen den Monte Comelico gelehnt stand, griff unseren linken an, aber das Bataillon des 2. Banal Regiments schlug diesen Angriff nicht nur ab, sondern warf mit Ungestüm den Feind zurück und besetzte, nachdem in den Reihen desselben Unordnung eingerissen war, sofort die Anhöhen auf dem rechten Flügel der Franzosen. Zu gleicher Zeit griffen die Bataillone Jelačić und Franz Karl unter Volkmann's persönlicher Führung in der Fronte an, und in einem hartnäckigem Gefechte, welches über neun Stunden dauerte, wurde endlich der weit überlegene Gegner mit großem Verluste zum Rückzuge genöthigt. Nun verfolgte auch, ohne zu säumen, Oberst Volkmann den Feind bis San Daniele und über den Tagliamento, dadurch den wichtigen Zweck erreichend, daß unsere Armee, ohne einen Schuß zu thun und ohne auf den Feind zu stoßen, nicht nur bis Cividale am 12. und 13. April vorrücken konnte, sondern erst bei Pordenone am 15. April auf Widerstand traf. Hier aber trug Oberst Volkmann, der am Fuße des

Gebirges Stellung genommen, zu dem am folgenden Tage bei Fontana Fredda erfochtenen Siege dadurch wesentlich bei, daß er, als der Feind eben beabsichtigte, unsere Position bei Villanuova über das Gebirge zu umgehen, sich mit seiner Abtheilung der nächsten Berge im Sturm bemächtigte, den Gegner angriff, verjagte und bei dieser Gelegenheit auch einen Theil der italienischen Garde vernichtete. Für dieses ebenso entschlossene als tapfere und umsichtige, von siegreichem Erfolge begleitete Vorgehen erhielt Oberst Volkmann außer Capitel mit Armeebefehl vom 24. October 1809 das Ritterkreuz des Maria Theresien-Ordens. Noch kämpfte er in den Befreiungskriegen der Jahre 1813—1815. Im September 1813 zum Generalmajor befördert und als solcher in der vereinigten österreichisch-bayrischen Armee eingetheilt, commandirte er in derselben eine Infanterie-Brigade in der Division Bach. Am 29. October 1813 rückte er über Alzenau nach Gelnhausen vor, beunruhigte den Feind ohne Unterlaß im Rücken und in den Flanken und verfolgte dessen Nachhut bis Hanau. Dort nahm er am folgenden Tage thätigen Antheil an der Schlacht und besetzte am 2. November mit der Avantgarde Frankfurt a. M. Nach dem Uebergange über den Rhein bloquirte er Schlettstadt, besetzte am 22. Februar 1814 Troyes, wo die Monarchen zur Berathung sich versammelt hatten, und wurde Tags darauf von dem französischen General Pire zur Uebergabe aufgefordert. Da er diese verweigerte, ließ General Pire die Stadt beschießen und traf Anstalten zum Sturme. Gegen zehn Uhr Abends hatten die Franzosen in das alte Gemäuer bereits Bresche geschossen und versuchten nun zu stürmen, aber drei Compagnien des Infanterie-Regiments Rudolph schlugen jeden Angriff des Feindes ab. Als dann gegen und nach Mitternacht derselbe wiederholte Versuche zu stürmen unternahm, blieben auch diese ohne Erfolg. Da ließ Napoleon, besorgend, daß die Stadt zuletzt falle, alle weiteren Angriffe einstellen und beschloß, den Morgen abzuwarten. Aber am 24. Februar um 2 Uhr Früh war Volkmann bereits aufgebrochen und hatte die Stadt dem Gegner überlassen. Noch kämpfte er in dem darauf folgenden Treffen bei Bar sur Aube (27. Februar), und zwar mit solcher Bravour, daß ihn die verbündeten Monarchen mit ihren Orden auszeichneten; besetzte dann Arcis (19. März), brach die Brücke über den schmalen Arm der Aube ab, fuhr Geschütz auf der Terrasse des Schlosses auf, verrammelte sämmtliche nach dem Flusse führenden Zugänge und traf überhaupt alle erforderlichen Vertheidigungsmaßregeln. Als dann am folgenden Tage die Schlacht stattfand, leistete er mit dem Regimente Erzherzog Rudolph und einem Bataillon Jordis-Infanterie bei dem Kampfe um Groß-Torcy Wunder der Tapferkeit. Er schlug und hielt sich wider die besten Truppen Napoleons durch viele Stunden, bis endlich gegen Abend mit der anrückenden russischen Garde die ersehnte Hilfe erschien. Der bayrisch-militärische Max Joseph-Orden war der Lohn für des Generals ausgezeichnetes Verhalten an diesem Tage. Mit demselben schließt auch Volkmann's kriegerische Thätigkeit ab, denn im folgenden Kriegsjahre 1815 stand er zuletzt als Commandant des Bloquadecorps von Neu-Breisach und Fort Mortier, später bei der Verstärkung der Belagerungstruppen von Hüningen in Verwendung. Nach beendigten Kriegen erhielt er eine Brigade in Linz, wo er auch im schönsten Mannesalter von erst 50 Jahren starb.

Thürheim (Andreas Graf). Gedenkblätter aus der Kriegsgeschichte der k. k. österreichisch-ungarischen Armee (Wien und Teschen 1880, K. Prochaska, Lex.-8°.) Bd. I. S. 356. Jahr 1809; S. 362. Jahr 1809.

Volkmann, Robert (Tonkünstler und Compositeur, geb. zu Lommatzsch in Sachsen am 6. April 1815, gest. zu Pesth am 29. October 1883). Frühzeitig legte er Proben ungewöhnlicher Begabung für die Musik ab. Aber die Unbemitteltheit des Vaters, welcher Cantor zu Lommatzsch war, trat seinem Wunsche, die Musik zum Lebensberufe zu wählen, hindernd entgegen. So besuchte er denn mehrere Classen und erhielt von Seite seines Vaters einigen Musikunterricht. Erst zwölf Jahre alt, spielte er schon mit Fertigkeit Clavier und Orgel und stand dadurch, daß er den Chorknaben die Kirchenmusik einstudirte, seinem Vater nicht unwesentlich zur Seite. Von demselben für das Lehramt bestimmt, besuchte er noch das Gymnasium, dann das Seminar zu Freiberg. Auch genoß er bei dem dortigen Stadtmusicus Friebel Violin- und Violoncell-unterricht und wirkte mit gutem Erfolge bei Streichquartetten mit, in welchen Werke von Haydn, Mozart, Beethoven und Anderen gespielt wurden. Als aber sein Vater am 2. April 1833 starb, schlug sich Robert den Gedanken, Lehrer zu werden, ganz aus dem Sinn, und da sein musicalisches Talent, welches sich auch schon in Compositionsversuchen zu erkennen gab, die Aufmerksamkeit des Freiberger Musikdirectors Anacker erregt hatte, erwählte er auf dessen Rath die Musik zum Lebensberufe. Nun ging er 1836 nach Leipzig, hörte daselbst pädagogische Vorträge und beschäftigte sich aufs eifrigste mit musicalischen Studien. Unter gründlicher Leitung widmete er sich auch contrapunktischen Uebungen und erweiterte nebenbei selbständig seine Kenntniß in verschiedenen Zweigen des Wissens. Mit seinen „Phantasiebildern", welche als Opus 1 im Jahre 1839 zu Leipzig erschienen — später gab er sie umgearbeitet in Wien noch einmal heraus — trat er zum ersten Male vor das Publicum. Sie fanden beifällige Aufnahme. Von Leipzig wandte er sich zunächst nach Prag und als Musiklehrer über Wien nach Pesth. In Wien, wo er 1841 ankam, hatte eben August Schmidt die neue „Musikzeitung" begründet, und mit Empfehlungen aus Leipzig sprach bei dem Redacteur dieses Blattes vor, dessen Erscheinen in Deutschland auf das freundlichste begrüßt wurde. Wir lassen nun über Volkmann's Auftreten in Wien Schmidt selbst sprechen, weil dieser Momente aus der Thätigkeit des Componisten erwähnt, die wir in Biographien und Nekrologen desselben vergebens suchen. „Wenig gesprächig", schreibt Schmidt, „lenkte der auch in seiner äußeren Erscheinung unauffällige junge Künstler nur geringe Aufmerksamkeit in den musicalischen Kreisen der Residenz auf sich. Desto inniger befreundete er sich hingegen Jenen, die den durch und durch gebildeten kenntnißreichen Musiker bei näherem Umgang in ihm erkennen und schätzen gelernt hatten. Mit Innigkeit schloß er sich dem Unternehmen der „Musikzeitung" an und widmete ihr seine Thätigkeit. Als er aber nach Ungarn übersiedelte, bethätigte er seine Theilnahme dadurch, daß er Correspondenzartikel über das Musikleben in Pesth und die dortigen musicalischen Ereignisse an die „Musikzeitung" einsendete. Jedoch nicht bloß

als Berichterstatter widmete er seine Mußestunden der „Musikzeitung". Er lieferte auch interessante selbständige Kunstaufsätze, sendete Compositionen für die Zeitung ein. Längere Zeit trug er sich mit dem Plane herum, ein größeres Vocalwerk, nämlich einen Frauenchor mit Solo und Orchester zu componiren, und ersuchte diesfalls den Redacteur der Zeitung, ihm zu einem passenden Texte zu verhelfen. Später jedoch ging er von dieser Idee wieder ab, um seine ungetheilte Kraft auf das Instrumentale aufzuwenden. So eifrig er sich auch im Anfang seinem Correspondenzgeschäfte unterzog, so erlahmte doch seine Thätigkeit mit der Zeit. Schon mit Ende 1843 blieben seine Correspondenzartikel aus, die mit vieler Theilnahme nicht nur in Pesth, sondern auch an anderen Orten gelesen wurden. Er erklärte, nicht mehr so viel Zeit zu erübrigen, um sich diesem Geschäfte auf die Dauer unterziehen zu können". So weit Schmidt. Volkmann blieb nun einige Jahre in Pesth, wo seine Compositionen in den Concerten die freundlichste Aufnahme fanden. Als dann 1852 sein Claviertrio in B-moll (Op. 5) und bald darauf seine Streichquartette in G-moll (Op. 14) und A-moll erschienen waren, da erkannte man in musicalischen Kreisen, daß man es mit einem Compositeur von nicht gewöhnlicher Bedeutung zu thun habe. 1854 übersiedelte der Meister nach Wien, und während seines vierjährigen Aufenthaltes daselbst hatte er hinreichende Gelegenheit, das rege Musikleben die er Stadt kennen zu lernen. 1858 kehrte er wieder nach Pesth zurück und blieb dort, ausschließlich der Composition sich widmend, bis an sein Lebensende. Er gab daselbst alle Jahre im großen Saale des Nationalmuseums ein Concert, welches in Musikkreisen immer so zu sagen ein kleines Ereigniß bildete. Die Nummern dieser Concerte bestanden aus seinen eigenen Compositionen. Zu jener Zeit, da die nationalen Gegensätze noch nicht so scharf auf einander stießen, bildete die Musik ein vermittelndes Moment, und das Publicum brachte dem genialen Componisten, obwohl er ein Deutscher war, seine vollen Sympathien entgegen. Diese wuchsen, als sich der Künstler der Nation immer mehr und mehr näherte, wie er es bei Stephan Széchényi's Tode mit seiner 1860 erschienenen Phantasie für das Clavier: „Széchényi sirjánál", d. i. Am Grabe Széchényi's (Op. 41) gethan, welches ungemein charakteristische Tonstück bald in allen Salons auflag und von Alt und Jung gespielt wurde. Dabei stieg Volkmann auch an künstlerischer Bedeutung und Ansehen im Auslande, seine Compositionen gelangten bei festlichen Gelegenheiten zum Vortrage, so auf dem großen Musikfeste des „Allgemeinen deutschen Musikvereines" 1865 in Dessau, wo neben einem Pianoforteconcert seiner Composition auch sein Phantasiestück „An die Nacht" (Op. 45) rauschenden Beifall erntete, oder in Moskau, wo seine D-moll-Symphonie (Op. 44) mit allgemeinem Entzücken aufgenommen wurde, und überdies die Musikgesellschaft, an deren Spitze Nicolaus Rubinstein stand, den Componisten durch Uebersendung eines während des Concertes selbst subscribirten Ehrenhonorars von 550 fl. auszeichnete. So feierte denn der Künstler von Jahr zu Jahr immer größere Triumphe mit seinen Werken, und in den Musikkreisen von Wien, Leipzig, Frankfurt, Petersburg stand sein Name neben den Ersten seiner Kunst. Ein Schlaganfall endete plötzlich das Leben des Tonsetzers. Die

Zahl seiner gedruckten Compositionen erhebt sich im Ganzen etwas über 80, von denen 76 mit Opuszahlen versehen sind; es finden sich darunter 2 Symphonien, 3 Serenaden für Streichorchester, 6 Streichquartette, 2 Ouverturen, 2 Trios, 2 Romanzen, 3 Sonatinen, 3 Märsche, deutsche Tänze, Improvisationen, 2 Messen, 3 geistliche und 2 religiöse Gesänge, 2 Hochzeitgesänge, eine dramatische Scene und dann Lieder für Mezzosopran, Cello und Clavier u. a. m. Der Meister hinterließ mehrere ungedruckte vollendete Werke, die bei seiner unantastbaren künstlerischen Bedeutung wohl in die Oeffentlichkeit gelangen dürften. Wir lassen unten die Uebersicht seiner uns bekannt gewordenen Compositionen, so weit dieselben mit und ohne Opuszahl gedruckt worden sind, dann die Aussprüche der Fachkritik in ihren competentesten Stimmen folgen.

A. Uebersicht der Compositionen Robert Volkmann's in der Folge der Opuszahlen. „Phantasiebilder". Op. 1 (Leipzig 1839, Schubert). — Fünf Lieder. Op. 2 (Pesth, Rózsavölgyi). [„Im Walde". „Postdornliang". „Im Vorfrühling". „Nachtbild". „Schlaflied".] — „Trio. In F.". Op. 3 (Pesth 1860, Rózsavölgyi). — „Dithyrambe und Toccata". Op. 4 (Pesth 1852; 2. Aufl. 1860, Rózsavölgyi). — „Trio. In Bm.". Op. 5 (ebd. 1860). — „Souvenir de Maroth. (?) Impromptu". Op. 6 (Wien, Spina). — „Romance". Op. 7 (Leipzig, Härtel) — „Nocturno". Op. 8 (Leipzig, Kistner). — „Streichquartett". Op. 9. — „Chant du Troubadour. Morceau de Salon pour Viol. (ou Velle.) avec Pfte.". Op. 10 (Leipzig 1860, Kistner). — „Musicalisches Bilderbuch". Sechs Stücke. 1. und 2. Heft. Op. 11 (Leipzig, Kistner). 1. Heft: „In der Mühle"; „Der Postillon"; „Die Russen kommen". 2. Heft: „Auf dem See"; „Der Kukuk und der Wandersmann"; „Der Schäfer". — „Sonate In Cm.". Op. 12 (Leipzig, Kistner). — „Drei Gedichte". Für Sopran (oder Tenor). Op. 13 (Leipzig, Kistner). [„Am Quell". „Ich will's dir nimmer sagen".

„Mein Nachtgebet".] — „Zweites Quartett. In Gm.". Op. 14 (Wien, Spina); davon auch ein Arrangement für Violine von J. Dachs. — „Allegretto capricioso pour Pfte.". Op. 15 (Leipzig 1860, Kistner). — „Drei Lieder für Mezzosopran". Op. 16 (Leipzig, Kistner). [„Reue". „Am See". „Der Traum".] — „Buch der Lieder". Drei Hefte Op. 17 (Wien, Spina) — „Deutsche Tanzweisen". Op. 18 (Pesth, Rózsavölgyi und Comp.) — Nr. 1: „Cavatine". Nr. 2: „Barcarole". Op. 19 (Wien, Wessely). — „Ungarische Lieder". Op. 20 (Pesth, Rózsavölgyi). — „Visegrad" Zwölf musicalische Dichtungen, Op. 21 (Pesth, Rózsavölgyi). Nr. 1: „Der Schwur". Nr. 2: „Waffentanz". Nr. 3: „Beim Bankett". Nr. 4: „Minne". Nr. 5: „Blumenstück". Nr. 6: „Brautlied". Nr. 7: „Die Wahrsagerin". Nr. 8: „Pastorale". Nr. 9: „Das Lied vom Helden". Nr. 10: „Der Page". Nr. 11: „Soliman". Nr. 12: „An Salamons Thurm"; davon eine Instrumentirung für Orchester von Julius Káldy und eine Bearbeitung einzelner Stücke für Pianoforte von Leopold Grützmacher. „Märsche". „Fester Sinn". „Frühlingsfahrt". „Hochländer Zug". „Todtenfeier" Op. 22 (Leipzig, Kistner). — „Wanderskizzen". Op. 23 (ebd.). Die Nummer „In der Schenke" aus den „Wanderskizzen" ist von G. Schulz-Schwerin für Orchester übertragen. „Ungarische Skizzen". Sieben Clavierstücke. Zwei Hefte. Op. 24 (Pesth, Rózsavölgyi). Heft 1: „Zum Empfange", „Das Fischermädchen"; „Ernster Gang". Heft 2: „Junges Blut"; „In der Capelle"; „Ritterstück"; „Unter der Linde". Ein Arrangement für Pianoforte zu zwei Händen erschien von Ludwig Stark. — „Intermezzo". Op. 25. In Hallberger's „Salon", Bd. I, S. 1. — „Variationen über ein Thema von Händel". Op. 26 (Pesth, Heckenast). Ein Arrangement für Pianoforte zu vier Händen erschien von August Horn in Pressburg; ein anderes von Karl Thern bei Heckenast. — „Lieder der Großmutter. Kinderstücke". Op. 27 (Pesth, ebd.). — „Erste Messe für vier Männerstimmen (mit Soli)". Op. 28 (Pesth, Heckenast) — „Zweite Messe für vier Männerstimmen (ohne Soli)". Op. 29 (Pesth, Heckenast). „Sechs Lieder für vier Männerstimmen". Zwei Hefte. Op. 30 (Pesth, Heckenast). Heft 1: „Im Gewittersturm"; „Abendlied"; „Ich halte ihr die Augen zu". Heft 2: „Jagdlied"; „An eine

Tänzerin"; „Wanderlied". — „Rhapsodie für Clavier und Violine". Op. 31 (Pesth, Rózsavölgyi, 1868). — „Drei Lieder. Für Tenor". Op. 32 (Pesth, Heckenast). [„Ruhe in der Geliebten". „Holdes Grab". „Und gestern Noth".] — „Concert. Duo für Violoncell und Pianoforte. In Am.". Op. 33 (Pesth, Heckenast, 1860). — „Drittes Streichquartett". Op. 34. — „Viertes Quartett für zwei Violinen, Viola und Violoncell. In Em.". Op. 35 (Pressburg, Heckenast); daraus das „Andantino" arrangirt für Orgel von R Schaab (ebb.); davon auch eine Uebertragung für Pianoforte vom Componisten selbst und eine von L. Stark. „Improvisationen nach Worten J. von Fajza's". Op. 36 (Pesth, Heckenast). „Fünftes Streichquartett". Op. 37. — „Drei geistliche Gesänge für gemischten Chor mit Pianoforte. Op. 38 (Pesth, Heckenast). 1: „Vertrauen auf Gott". 2: „Gottes Güte". 3: „O wunderbares tiefes Schweigen". „Die Tageszeiten". Zwölf Clavierstücke 3.er Hefte. Op. 39 (Pesth 1860, Heckenast). [1. Heft: „Der Morgen" („Morgengesang", „ABC", „Frohe Rast"). 2. Heft: „Der Mittag" („Hinaus"; „Unter blühenden Bäumen"). 3. Heft: „Der Abend" („Abendläuten"; „Ländler"; „Türkischer Zapfenstreich"). 4. Heft: „Die Nacht" („Im Mondschein"; „Zwiegespräch"; „Im Traume"; „Der Nachtwächter"). Von einzelnen erschienen Bearbeitungen für das Pianoforte von Ludwig Stark. „Drei Märsche". Op. 40 (Pesth, Heckenast); davon eine Uebertragung für Pianoforte zu zwei Händen von L. Stark. — „Au tombeau du Comte Széchényi. Fantaisie". Op. 41 (Pesth, Heckenast). „Concertstück. In C". Op. 42 (Pesth, Heckenast); davon ein Arrangement für Pianoforte zu vier Händen von August Horn; ein zweites für Pianoforte mit Begleitung des Orchesters oder eines Streichsextetts (ebb.) — „Sechstes Quartett". In Es-dur Op. 43 (Pesth, Heckenast, 1863). — „Andant und Symphonie". In Dm.. Op. 44 (Pressburg, Heckenast), davon eine Uebertragung für Pianoforte zu vier Händen vom Componisten selbst und eine von L. Stark; und eine für großes Orchester. — „An die Nacht (Gedicht von Shellen, deutsch von Loi von Pleennies). „Göttin der Nacht, ich bin über die Flut". Phantasiestück für Altsolo Orchester. Op. 45 (Pesth, Heckenast); davon auch ein Clavierauszug zu vier Händen (ei

kreis von Betti Paoli". Für
(Pesth, Heckenast). ["An dem
mittag". "Deiner Züge Reiz".
ein linder Trost". "An deiner
ne Stelle". "Kurz war die Zeit".
n Herz".] — "Offertorium
omluo Deo" ("Hosianna Gott,
tischer"). Für Sopransolo, Chor
r. Op. 47 (Pesth, Heckenast). —
der für Männerchor". Op. 48
nast). ["Morgengesang". "Wald-
:bolomäustag".] — "Sappho.
Scene für Sopransolo mit Orche-
9 (Pesth, Heckenast). — "Fest-
: zur 25jährigen Stiftungsfeier
fener Conservatoriums". Op. 50
last); ein Arrangement für Piano-
von Ludwig Stark. — "Bal-
Scherzetto". Zwei Stücke.
h, Heckenast). — "Drei Lieder
ober Sopran". Op. 52 (Pesth,
"Mir träumte von einem Königs-
Heine. "Aus dem Himmel
a Heine. "Die Nachtigall". Von
"Zweite Symphonie". In
53 (Pesth, Heckenast); davon
agung für Pianoforte zu vier
L. Stark. — "Die Bekehrte".
:e. Lied für Sopran. Op. 54
'enast). — "Rondino und
rice". Op. 55 (Pesth, Heckenast).
Lieder für Mezzosopran mit
nd Violoncello". Op. 56 (Pesth,
1: "Der Hirtenknabe am Alpen-
Schatten am Busch steh'n Blüm-
— "Sonatine". In G. Für
u vier Händen. Op. 57 (Pesth,
Zwei Lieder für Männerstim-
38 (Pesth, ebd.). [1: "Stete
n dem lüftesüßen Maien". Nach
Liechtenstein. 2: "An den
Komm, geliebte Nacht, ergieße
n Sternenschein". Von Geibel]
achtslied aus dem zwölf-
inbert": "Er ist gewaltig und
emischten Chor und Soli. Op. 59
). — "Sonatine". In Am.
und Pianoforte. Op. 60 (Pesth,
"Zweite Sonatine". In Em.
und Pianoforte. Op. 61 (Pesth,
Serenade Nr. 1". In C-dur.
rchester. Op. 62 (Pesth); davon
agung für Pianoforte zu zwei
L. Stark. — "Serenade
F-dur. Für Streichorchester.

Op. 63 (Pesth, ebd.). — "Altdeutscher
Hymnus": "Die Würze des Waldes, die
Erze des Goldes". Für Männerstimmen.
Op. 64. [Doppelchor.] (Pesth, ebd.). —
"Kirchenarie": "Suscepimus, Deus. Wir
warten in Demuth". Für hohen Baß mit
Streichquintett und Flöte. Op. 65 (Pesth,
ebd.). — "Drei Lieder für Sopran mit
Pianoforte. Op. 66 (Pesth, ebd.). [Nr. 1:
"In deiner Stimme lebt ein Klang". Von
Betti Paoli. Nr. 2: "Ich lebn' an einem
Steine". Von Altmann. Nr. 3: "Der
pächt'ge Weber": "Wo sich der Strom ins
Meer ergießt". Von Burns.] — "Sechs
Duette auf altdeutsche Texte". Für
Sopran und Tenor mit Pianoforte. Op. 66
(Pesth, ebd.). [Nr. 1: "Verlangen": "Komm,
o komm, Geliebte mein". Nr. 2: "Liebes-
reim": "Ich bin dein, du bist mein". Nr. 3:
"Der Reiter und das Mägdelein":
"Ei, soll ich zu euch sitzen, so hab' ich doch
kein Gras". Nr. 4: "Zwei Wasser": "Ach,
Elslein, liebes Elselein, wie gern wär' ich
bei dir!". Nr. 5: "Tritt zu!": "Die Brünn-
lein, die da fließen". Nr. 6: "Scheiden":
"Ach, Scheiden, immer Scheiden, wer hat
dich nur erdacht".] — "Ouverture zu
Shakespeare's Richard III. für großes
Orchester". Op. 68 (Pesth, ebd.); davon ein
Arrangement für Pianoforte (ebd.). — "Sere-
nade Nr. 3". In Dm. Für Streichorchester.
Op. 69 (Pesth, ebd.). Von dieser wie von
Serenade Nr. 2, Op. 63, sind freie Ueber-
tragungen von L. Stark, und von letzterer
eine Uebertragung für Pianoforte zu vier
Händen und Violoncellosolo (obbl.) von
G. Roßmaly erschienen. — "Zwei geist-
liche Lieder für gemischten Chor". Op. 70
(Pesth, Heckenast). ["Tischlied": "Gelobt
sei Gott, der uns erwählet". "Reiselied":
"In deinem Namen, o hoher Gott".] —
"Drei Hochzeitlieder für gemischten
Chor. Op. 71 (Pesth, ebd.). ["Vor der
Trauung": "hoher Geist der Liebe". "Beim
Ringewechseln": "Nun ist der Schwur
gethan". "Nach der Trauung": "O glück-
lich, wer ein Herz gefunden".] — "Drei
Lieder für Tenor mit Pianoforte". Op. 72
(Pesth, ebd.). [1. "Ein Lebewohl": "Fließ,
kühler Bach, zum Meeresstrand". 2. "Auf der
Stelle, wo sie saß". 3. "Das Krüglein":
"Zu dem Brunnen ging der Krug".] —
"Musik zu Shakespeare's Richard III.".
Op. 73 (Mainz, Schott) [vergl. auch Op. 68].
— "Zwei Chorgesänge für gemischte

17*

Stimmen". Op. 75 (Leipzig, Kistner). [Nr. 1:
„Schlachtbild": „Feuerbraunen Ange-
sichts". Nr. 2: „Die Luft so still".]. —
„Schlummerlied". In A. für Viola,
Violoncello und Pianoforte. Op. 76 (Mainz,
Schott); eine Bearbeitung für Harfe, Clari-
nette und Horn erschien im nämlichen Verlage.

**B. Compositionen ohne Angabe der Opus-
zahlen.** „Capriccietto" (Leipzig, Kahnt). —
„Sechs Phantasiebilder". („Nachtstück".
„Idylle". „Walpurgisnachtscene". „Heren-
tanz". „Humoreske". „Elegie".) Neue um-
gearbeitete Ausgabe (Wien, Spina). —
„Vier Lieder von Mozart für das Forte-
piano". („Das Veilchen". „Abendempfindung".
„An Chloë". „Abschiedslied".] (Wien, Spina).
— „Fünf Lieder aus dem Lieder-
cyclus: Die schöne Müllerin". Von Franz
Schubert. Für das Pianoforte übertragen.
[„Am Feierabend". „Morgengruß". „Des
Müllers Blumen". „Der Liebe Farbe".
„Trockene Blumen" (Wien, Spina). —
„Rheinweinlied". Zweite Auflage (Pesth,
Rózsavölgyi und Comp.).

Urtheile über Volkmann als Componisten.
Wir sehen von den landläufigen Stimmen
der gewöhnlichen Musikreferenten in den
Tagesblättern ab und führen nur die Worte
gediegener Fachmänner an, den Reigen mit
Hanslick beginnend, der trotz mancher Voreingenommenheit gegen den einen oder anderen
Künstler als Musikkritiker immer in erster
Reihe steht und auch denen, die ihm nicht
gerade sympathisch sind, gerecht zu werden
pflegt. Gleich in der ersten Zeit des Auftretens
Volkmann's, als derselbe seine Variationen
über ein Thema von Händel (Op. 26) herausgab, begrüßte Hanslick dieses Werk als
ein bedeutendes. „Auch in der Musik", schreibt
genannter Kritiker, „muß es freistehen, einen
alten Stoff neuerdings zu behandeln, sobald
Jemand etwas Neues und Erhebliches darüber
zu sagen weiß. Und gerade das ist bei Volkmann der Fall". Als dann Volkmann's
Concertstück für Piano und Orchester (Op. 42)
erschien, meinte Hanslick, die Vorzüge dieses
Tonstückes, die nicht blos interessant und
geistreich ist, sondern weit mehr als das,
nämlich musicalisch ist, hervorhebend: „es
könnte Schumann geschrieben haben". Und
wie bei Volkmann aus Sturm und Drang
die Klärung hervorgegangen, berichtet Hanslick anläßlich des Streichquartetts in E-moll

(Op. 35), in welchem er entdeckt, „daß die
musicalischen Anschauungen Volkmann's
sich zu einer entscheidenden Wandlung durch-
gekämpft haben. Offenbar ist im Style unseres
Componisten eine Klärung eingetreten, ein
Abschütteln der capriciösen Wunderlichkeiten
und Genieschlacken, die uns manches seiner
früheren Werke trübten. Wer das B-moll-
Trio (Op. 5) Volkmann's mit dessen
späteren Werken, z. B. mit dem vortrefflichen
Clavierconcert (Op. 42) vergleicht, wird
finden, daß derselbe aus Sturm und Drang
eine Phase der Klärung angetreten habe, etwa
wie sie mit reicheren Mitteln Schumann
nach seiner ersten Sonate vollzog". Und
welchen Einfluß das zur zweiten Heimat
gewählte Ungarn auf des Tonsetzers Schaffens-
kraft geübt, darüber erklärt sich Hanslick
anläßlich der B-dur-Symphonie (Op. 33),
welche er „eine Art musicalischen Ausgleichs
zwischen Deutschland und Ungarn" nennt.
„Volkmann, in Sachsen geboren, verleugnet
in diesem Musikstücke ebensowenig sein deutsches Vaterland (oder gar die engere Lands-
mannschaft Schumann's), als die magyarische Luft, die er seit einigen Jahren auf
seiner stillen Residenz in Ofen einathmet.
Gedachte Symphonie ist von ungarischen
Motiven durchzogen; doch hat der Componist
glücklicher Weise von diesen exotischen Reizen
keinen den Symphoniestyl compromittirenden
Gebrauch gemacht, er bleibt überall gemäß-,
ernst und deutscher Form getreu". Nach An-
hörung des Werkes kommt Hanslick zu
folgendem Schlusse: „Der Satz ist effectvo
für eine Symphonie in abstracto mag sein
Sprache etwas befremdend klingen, zu b...
Volkmann'schen Style paßt sie vortreffli
Den ihr gespendeten lebhaften Beifall verdie
sie durch ihre anziehende Eigenart, ihren
resoluten Ton und ihre von erfahrener Meist-
schaft zeugende (sic) Arbeit. Epigonenwer
ist auch sie, wie so vieles Andere, was unser
Zeit nicht entbehren kann und auch nicht entbehren möchte". — Das Bernsdorf
Schladebach'sche Musiklexikon bemerkt über
Volkmann: „Er ist unleugbar eines der
gewichtigsten Talente unserer jüngeren Compo-
nistengeneration, das neben Begabung und
Streben auch ehrenwerthe künstlerische Durch-
bildung bekundet. In seinen ersten Werken
macht sich noch viel Unvermitteltes, Zerrissenes
und Excentrisches breit; im weiteren Verlaufe
seines Producirens ist er jedoch ruhiger und
geebneter geworden. Eine gewisse Sprödigkeit

der Erfindung dürfte wohl dasjenige sein, was einer allgemeineren Verbreitung seiner Compositionen am meisten im Wege steht". — Bernhard Vogel widmet in seiner Monographie: "Robert Volkmann in seiner Bedeutung als Instrumental- und Vocalcomponist" unserem Künstler eine eingehende, bis auf die einzelnen Compositionen sich erstreckende kritische Beleuchtung. Er bezeichnet ihn als einen Componisten, der an jedes Werk mit gewissenhaftem Ernste ging und sich niemals in leichtfertiger Productivität verlor, der stets nach Veredlung strebte, und dem es auch beschieden war, Werke von echter Reise zu schaffen. Zur Universalität seines Geistes hat ihm nur eine grössere musikalisch-dramatische Manifestation gefehlt". Er scheidet dann Volkmann's Werke in Claviercompositionen zu zwei und vier Händen, in Streichquartette, Serenaden für Streichorchester, in Orchesterwerke und endlich in Vocalcompositionen. Volkmann's Clavierwerke erscheinen ihm vielfach als Nachklänge Schumann's; es sei dieselbe bald phantastische, bald träumerische Stimmung; dabei stellt er die vierhändigen Claviercompositionen besonders hoch, findet das "musicalische Bilderbuch" (Op. 11) erfindungsfrisch, die "Ungarischen Skizzen" (Op. 24) charakteristisch, die "Tageszeiten" (Op. 39) stimmungsreich und die "3 Märsche" (Op. 40) energisch, und fügt dann hinzu: "kurz sein und dabei bedeutungsvoll, hinter dieses Geheimnis ist Volkmann vorzüglich gekommen". Die zwölf musicalischen Dichtungen "Visegrad" (Op. 21) stellt er neben Schumann's "Kreisleriana" und findet in beiden wahre, tiefe Poesie und Romantik, doch legt Vogel auf Volkmann's Orchesterwerke den grössten Werth. Die Richard-Ouverture (Op. 68) bezeichnet er als ein hochbedeutendes Werk, fern von den Traditionen der Opernouverturen, eine ganz selbständige Schöpfung, welche in ähnlichem Sinne wie die Ouverturen zu "Egmont" und "Coriolan" den Ideengang der Dichtung ausschöpft und die freie Perspective in die kommende Handlung eröffnet. Dabei ist die Charakteristik des königlichen Tyrannen und die Schilderung der kriegerischen Zeit trefflich durchgeführt. Diese Ouverture, vom Concertsaal in das Schauspielhaus verlegt, müsste als würdige Einleitung zu dem furchtbaren Drama eine grossartige Wirkung auf das Publicum üben.

In vier Sätzen der D-moll-Symphonie (Op. 44) erkennt Vogel eine feste und sicher gestaltende Meisterhand. Dieses Werk, welches 1863 erschien, war es, das Volkmann's Namen zu grösserer Geltung brachte. Die thematische Gestaltung, durch welche dem scheinbar unbedeutenden Materiale die frischeste Lebenskraft eingehaucht wird, ist bewundernswerth. Die Klarheit der ganzen Durchführung, die Lieblichkeit des Andante, die rhythmische Schönheit des Scherzo, verbunden mit der vorzüglichen contrapunktischen Durchführung des ganzen Werkes sichern demselben für immer eine entschiedene Wirkung. — Volkmann's Trio in B-moll (Op. 5) und Violoncellconcert (Op. 33) bezeichnet Vogel als ebenso originelle wie tüchtige Arbeiten. er erkennt des Componisten eigentliche Stärke in der Instrumentation, und als Instrumentalist hat derselbe auch in ganz richtigem Bewusstsein seiner eigentlichen Stärke dem Orchester den grössten Theil seiner Thätigkeit gewidmet. Weniger bedeutend erscheinen genannten Kritiker die Vocalcompositionen Volkmann's und am wenigsten dessen Messen für Männerchor. Dagegen sind die Compositionen unseres Tonsetzers zu Ulrich von Liechtenstein, zum Mönche von Tegernsee und zu Johannes Fischart, von dem er ein Titz- und Reiselied componirte, kernhafte, den Vereinen nicht genug zu empfehlende Werke. Uebrigens haben Volkmann's Vocalcompositionen einen durchwegs eigenartigen, von der Schablone abweichenden Charakter. Im Ganzen räumt Vogel unserem Componisten unter den absoluten Musikern der Gegenwart eine bevorzugte Stellung ein, und lässt er ihn an "Kraft und Ursprünglichkeit" sogar Johannes Brahms überragen. Gegen dieses Urtheil wird von anderer Seite Einsprache erhoben, aber immerhin dabei bemerkt, es sei unbestreitbar, dass sich an solchen Erscheinungen, wie sie Brahms und Volkmann darbieten, der Sinn des Strebenden und des Beobachtenden erwärmen müsse. weil sie das sichere Zeichen bilden, dass das Ideale nicht untergeht.

Quellen zur Biographie. Vogel (B.), Robert Volkmann in seiner Bedeutung als Instrumental- und Vocalcomponist (Leipzig 1875, O. Wigand, 8°.). — Allgemeine Musicalische Zeitung, 1868, Nr 39—41: "R. Volkmann". Von L. Ehlert. — All-

gemeine Zeitung (München, Cotta, 4º.)
1883, S. 4309 b. — Hanslick (Eduard).
Aus dem Concertsaal (Wien 1870, Brau-
müller, gr. 8º.) S. 136, 207, 212, 235, 424
und 465. — Illustrirte Zeitung (Leipzig,
J. J. Weber, Fol.) 1872 (38. Bd.), S. 287:
Biographie; S. 288: Porträt; 1883 (81. Bd.),
S. 451: Porträt; S. 432 a: Biographie von
Hugo. — Neue Freie Presse (Wiener
pol. Blatt) 1883, Morgenblatt, Nr. 6889,
S. 4 c; Nr. 6898, Abendblatt, S. 1 und 2;
Nr. 6904, Morgenblatt, S. 5; 1884, Nr. 6937,
Morgenblatt, S. 4 c. — Nürnberger
Correspondent, 1883, Nr. 338, S. 4;
Nr. 360, S. 4; Nr. 393. — Neue Illu-
strirte Zeitung (Wien, vormals Zamarski,
kl. Fol.) XII. Jahrg., 11. November 1883,
Nr. 7, S. 109 [nach dieser gest. am 31. Oc-
tober 1883]. — Sonntags-Zeitung (Pesth,
gr. 8º.) 1836, Nr. 3: „Robert Volkmann".
— Ziehrer's Deutsche Musik-Zeitung, 1875,
Nr. 17, S. 8: „Robert Volkmann". Von
Dr. A. Frank. — Vasárnapi ujság,
d. i. Sonntagsblätter (Pesth, gr. 4º.) 17. Juni
1860, Nr. 25: „Volkmann Robert".

Porträte. 1) Unterschrift: „Volkmann Robert". Holzschnitt ohne Angabe des Zeichners
und Xylographen, in „Vasárnapi ujság",
1860, Nr. 25. — 2) Unterschrift: „Robert
Volkmann". Holzschnitt nach Zeichnung von
J. W.(eiß), ohne Angabe des Xylographen,
in der „Neuen Illustrirten Zeitung", XII. Jahrgang (1883/84), Nr. 7. — 3) Unterschrift:
Facsimile des Namenszuges: „Robert Volkmann". Holzschnitt. Zeichnung von A. v. W. A.
im „Musikalischen Wochenblatt", 1876, Nr. 1.
— 4) Nach dem Leben lithographirt von
C. Strohmayer (Pesth, Heckenast, 1862,
kl. Fol.). — 5) Auch erscheint er in letzterer
Zeit auf einem Gruppenbilde gemeinschaftlich
mit Liszt, Brahms und anderen Matadoren der Musik in der Gegenwart, wenn ich
nicht irre, im Schorer'schen „Familien-
blatte".

Volkmann Ritter von **Volkmar**, Wilhelm Fridolin (philosophischer Schriftsteller, geb. in Prag 1821, nach dem
Slovník naučný 1822, gest. ebenda
am 13., nach Anderen 14. Jänner 1877).
In Prag besuchte er das Gymnasium
auf der Kleinseite und beendete an der

Universität daselbst die philosophischen
und rechtswissenschaftlichen Studien. An
An dieser Hochschule, auf welcher er 1845
zum Doctor der Philosophie promovirt,
sich zunächst als Privatdocent der Aesthetik,
später als solcher der Psychologie habilitirte, wurde er 1856 außerordentlicher,
1861 öffentlicher ordentlicher Professor
der Philosophie. In letzterer Stellung,
neben welcher er auch die eines Präses
der Gymnasial-Prüfungscommission bekleidete und als Mitglied des Landesschulrathes wirkte, verblieb er bis an
seinen im Alter von 56 Jahren erfolgten
Tod. In seinen zwei letzteren Eigenschaften hatte er Gelegenheit, die Interessen der Mittelschulen, wie der Schulen
im Allgemeinen, und der deutschen insbesondere in Böhmen zu fördern. In
seinem Fache schriftstellerisch thätig, hat
er folgende Werke herausgegeben: „Die
Lehre von den Elementen der Psychologie als
Wissenschaft" (Prag 1850 [Leipzig, Tho-
mas] gr. 8º., IV und 107 Seiten); —
„Grundriss der Psychologie vom Standpunkte des philosophischen Realismus" 2 Bände
(Halle 1856, 2. Aufl. Köthen 1876,
gr. 8º.), Volkmann's Hauptwerk,
durch Uebersetzungen in Frankreich, Spanien und America verbreitet; — „Die
Grundzüge der Aristotelischen Psychologie, aus den Quellen dargestellt und kritisch
beleuchtet. Eine Studie" (Prag 1858, 4º.
49 S.), auch in den Schriften der königlich böhmischen Gesellschaft der Wissenschaften zu Prag, in welcher diese Abhandlung zuerst im Jahre 1857 vorgelesen wurde; — „Die Lehre des Fich-
tes in ihrer historischen Stellung" (ebb. 1861) —
Einen größeren Essai über Immanuel
Kant aus Volkmann's Feder brachten
seinerzeit J. J. Hanusch's „Kritische
Blätter für Literatur und Kunst" (Prag,
8º.) II. Jahrg. (1858) 2. Bd., Nr. 15,

16 und 17. In seinen philosophischen Ansichten erscheint Volkmann als Anhänger der Herbart'schen Richtung. Als specielles Gebiet für seine literarische Thätigkeit hatte er den Theil der angewandten Metaphysik gewählt, in welchem eben die Stärke der Herbart'schen Doctrin liegt: die Psychologie. Er war mit dem früh verblichenen philosophischen Schriftsteller Joseph Dastich [Bd. XXIV, S. 385] sehr befreundet; eine Polemik mit dem geistvollen Aesthetiker Friedrich Vischer erregte seinerzeit in gelehrten Kreisen einiges Aufsehen. Ueberdies machte er sich um das deutsche Leben in Prag sehr verdient, und ist gerade nach dieser Seite hin sein Verlust in dieser Zeit nationalen Habers sehr zu beklagen. Im Jahre 1874 war Volkmann zum correspondirenden Mitgliede der philosophisch-historischen Classe der kaiserlichen Akademie der Wissenschaften in Wien gewählt worden.

Tagebuch der Geschichte und Biographie ... Bearbeitet unter Mitwirkung von Dr. H. Preiß und Dr. H. Tod, herausgegeben von August Volm (Berlin 1881, Volm, Ler.-8°.) I. Theil, S. 33, 13. Jänner 1877.

Noch sind bemerkenswerth: 1. **Georg Anton Volckmann** (geb. in Schlesien 1664, gest. am 21. März 1721). Er ist ein Sohn des berühmten Israel Volckmann [siehe den Folgenden] und als Fortsetzer der großen Phytologie desselben bemerkenswerth. Er war Arzt und ein bedeutender Naturforscher, namentlich auf dem Gebiete der Geologie und Botanik. Von seinen Schriften sei genannt: „Silesia subterranea oder Schlesien mit seinen unterirdischen Schätzen", mit vielen KK. (Leipzig 1720, 4°.). Mehrere Abhandlungen naturwissenschaftlichen Inhalts seiner Feder sind in den Breslauischen Sammlungen abgedruckt. [Leipziger gelehrte Zeitungen, 1716 S. 336. — Mylius. Bibliotheca Anonymorum, Nr. 1743, p. 975. — Wahrendorff. Liegnitzische Merkwürdigkeiten, S. 306 u. f. und S. 427] — 2. **Israel Volckmann** (geb. am 6. December 1636 zu Nicol-

stadt im Herzogthume Liegnitz, gest. zu Liegnitz am 5. Februar 1706). Nachricht über diesen berühmten Botaniker verdanken wir dem uns Mährens und Schlesiens Geschichte nach allen ihren Richtungen so hochverdienten Christian Ritter d'Elvert, der über ihn schreibt: „Mit was für herrlichen und schönen Blumen und Kräutern unser Schlesien pranget, würde die Welt am besten sehen können, wenn das mit ungemeinem Fleiße von Dr. Israel Volckmann zu Liegnitz 1666 angefangene und bis 1685 fortgesetzte, dann von dessen Sohne Dr. Anton Volckmann [siehe den Vorigen] von 1687 bis 1710 vermehrte und vollendete Blumen und Kräuterbuch, worin viele tausend mit ihren eigenen Farben anzutreffen sind, veröffentlicht werden könnte. Es führt den Titel: „Phytologia magna" und umfaßt zehn Bände." Israel Volckmann studirte zu Breslau und Leipzig, erlangte in Padua die medicinische Doctorwürde und lebte dann im Rufe eines berühmten Arztes in Liegnitz, wo er auch im Alter von 72 Jahren starb. Zedler's „Universal-Lexikon" theilt im fünfzigsten Bande, Sp. 393 und 394, zwei dem in Rede Stehenden zu Ehren verfaßte Grabschriften mit. [d'Elvert (Christian Ritter). Zur Culturgeschichte Mährens und Oesterreichisch-Schlesiens. 2. Theil. [18. Theil der Schriften der historisch-statistischen Section der k. k. mährisch-schlesischen Gesellschaft zur Beförderung des Ackerbaues u. s. w.] (Brünn 1868, Ler.-8°.) S. 83.] — 3. **Martin Xaver Volckmann** lebte in der zweiten Hälfte des siebzehnten Jahrhunderts als Magister der Philosophie in Prag und gab das Buch: „Gloria Universitatis Pragensis" (Prag 1672, 4°.) heraus. — 4. **Wilhelm Volckmann** (geb. in Prag 1793, gest. daselbst am 10. Februar 1860) widmete sich nach beendeten Gymnasial- und philosophischen Studien dem Staatsdienste im Kanzleifache und wurde zuletzt Director des k. k. Landesgerichts-Depositenamtes zu Prag. Das Vertrauen seiner Mitbürger berief ihn auch in den Stadtrath, und er zählte zu den eifrigsten und thätigsten Repräsentanten der Stadtgemeinde; auch war er ein äußerst thätiges Mitglied mehrerer in Prag bestehenden Humanitätsvereine, und wie es in einem ihm gewidmeten Nachrufe heißt: „jederzeit bereit, nach Kräften zur Linderung menschlicher Noth beizutragen". In seinen Mußestunden beschäftigte er sich mit historischen Studien und that sich namentlich als eifrigster

Förderer der Numismatik hervor. Er hinterließ auch eine Münzsammlung, welche zu
den bedeutendsten in Prag gerechnet wurde.
[**Grazer Zeitung**, 1860, Nr. 38, S. 160,
Rubrik: „Sterbefälle".]

Volkmar, Ritter von, siehe: **Volkmann** Ritter von **Volkmar**, Wilhelm
Fridolin [S. 262 dieses Bandes].

Volkmer, Othmar (k. k. Hauptmann, geb. zu Linz 1839). Seine
militärische Ausbildung erhielt er in der
Artillerie Akademie, aus welcher er um
das Jahr 1860 in das 2. Artillerie-
Regiment Erzherzog Ludwig trat. In
demselben diente er 1863 als Unterlieutenant zweiter Classe und kämpfte im
Feldzuge in Böhmen 1866 als Oberlieutenant der Batterie Nr. 2, welche
zum 4. Artillerie-Regimente Hauslab
gehörte. In diesem zeichnete er sich
am 3. Juli bei Chlum ganz besonders
aus. Drei Stunden lang wiesen Volkmer und der Artilleriehauptmann Jacob
Kollarik durch Spitzhohlgeschosse die
feindlichen Colonnen vom Swiperwalde
zurück, vertrieben dann eine feindliche
Batterie durch Wurffeuer und warfen in
einer dritten Stellung, ungeachtet einer
auf höheren Befehl eingehaltenen Pause,
die während derselben vorgedrungenen
Feinde mit energischem Shrapnelfeuer
zurück. Als sie darauf Befehl erhielten,
sich durch den Hohlweg auf Maslowied
zu ziehen, erlitten sie, von den dort
aufgestellten preußischen Schützen angegriffen, nach verzweifelter Gegenwehr
großen Verlust an Mannschaft und Pferden. Bei allen diesen Gelegenheiten bewies Volkmer ganz besondere Bravour. Bei der Zurückweisung der feindlichen Colonnen vom Swiperwalde
sprang er nämlich wiederholt vom Pferde
und richtete selbst schnell das erste Ge-

schütz, um durch dessen Geschoßaufschla-
gen Vormeistern das Richtobject bestimmt anzugeben. Stets schlugen die
Projectile der von ihm gerichteten Geschütze mit dem ersten Schuß in die feindlichen Colonnen. Volkmer wurde für
sein ausgezeichnetes Verhalten mit dem
Militärverdienstkreuze mit der Kriegsdecoration geschmückt. Später erhielt er
das Ritterkreuz des Franz Joseph-
Ordens. Im Jahre 1879 war er als
Hauptmann erster Classe im 1. Artillerie-
Regimente Kaiser Franz Joseph dem
k. k. militär-geographischen Institute
zugetheilt.

*Thürheim (Andreas Graf). Gedenkblätter aus
der Kriegsgeschichte der k. k. österreichisch-
ungarischen Armee (Wien und Teschen 1880,
Prochaska, gr. 8°.) Bd. II, S. 375, unter
Jahr 1866*

Voll, Matthäus (Schriftsteller,
geb. in der zweiten Hälfte des achtzehnten Jahrhunderts, Todesjahr unbekannt). In dem unten bezeichneten
Werke Böckh's wird er als ein in Wien
lebender, in der schönen Literatur thätiger Schriftsteller erwähnt. Er beendete
die Studien in Wien, widmete sich dem
Staatsdienste im Kanzleifache und bekleidete 1821 die Stelle eines Regi-
stratur-Directionsadjuncten bei der k. k.
obersten Justizstelle. Selbständig gab er
nur ein für die Theatergeschichte Wiens
nicht uninteressantes, heute schon seltenes
Büchlein unter dem Titel heraus: „Chro-
nologisches Verzeichniss aller Schauspiele,
deutschen und italienischen Opern, welche seit
1793–1807 in Wien aufgeführt worden sind
u. s. w." (Wien 1807, Wallishausser,
8°.). Andere Arbeiten seiner Feder finden
sich in Wiener Blättern jener Periode zerstreut.

Böckh (Franz Heinrich). Wiens lebende Schrift-

Rücke, Künstler, Dilettanten im Kunstfache
u. s. w. (Wien 1821, Bauer, 12°.) S. 35.

Vollgold, Franz (Tonsetzer, geb.
zu Hunnersdorf in Böhmen um
1765, Todesjahr unbekannt). Mit einer
guten Stimme begabt, kam er ziemlich
jung als Discantist an die Prämonstra-
tenserkirche zu St. Benedict in der Altstadt Prag, wo er von 1782 bis 1785
im Genusse einer musicalischen Stiftung
sich befand. Nach Aufhebung des Semi-
nars setzte er in Prag seine Studien fort.
Er widmete sich nun ausschließlich der
Musik und erhielt im Jahre 1800 die
Stelle des Chorregens an der bischöflichen Kathedrale zu Königgrätz, an
welcher er noch 1815 wirkte. Nach
Dlabacz soll Vollgold diesen Posten
mit vielem Ruhme bekleidet haben. Er
war ein fleißiger Kirchencomponist, und
mögen seine Arbeiten, als da sind:
Messen, Offertorien, Arien und dergleichen
mehr, sich wohl noch im Musikarchive der
königgrätzer Kathedralkirche in Handschrift befinden. Als er im Jänner 1809
Prag besuchte, überreichte er seinem ehemaligen Chorregens an der St. Benedicts-
kirche in der Prager Altstadt, dem oben-
erwähnten Prämonstratenser Chorherrn
Gottfried Johann Dlabacz, eine seiner
Messen.

Dlabacz (Gottfried Johann). Allgemeines
historisches Künstler-Lexikon für Böhmen und
zum Theile auch für Mähren und Schlesien
(Prag 1815, Gottlieb Haase, 4°.) Bd. III.
Sp. 309.

Vollgold, Julius (Bildhauer,
Ort und Jahr seiner Geburt unbekannt).
Zeitgenoß, lebt in Brünn. Vielleicht ein
Sohn des Modellmeisters der k. Eisen-
gießerei in Berlin Friedrich Alex.
Theodor Vollgold. Lebens- und
Bildungsgang unseres Künstlers, der sich

mit seinen Werken über das Maß der
Gewöhnlichkeit erhebt, sind uns unbekannt. Von denselben erwähnen wir die
Statue des Karl Ritter von Offermann, welche als Zierde des Brünner
Augartens bestimmt ist, an dessen Verschönerung Offermann so lebhaften
Antheil genommen. Die Gesichtszüge
der in Lebensgröße aus Erz ausgeführten
Statue, welche auf einem Postament von
Stein sich erheben soll, sind mit sprechender Aehnlichkeit wiedergegeben. Ein
zweites Werk Vollgold's ist der Entwurf eines Modells zu einem Brunnen,
welcher zur Ausschmückung der Glacis-
anlagen in Brünn dienen soll. Das
Modell zeigte den auf seinem Throne
sitzenden, mit den Emblemen seiner Herrschaft geschmückten Meergott Neptun.
Unterhalb gewahrt man in lieblicher
Gruppe die vier Jahreszeiten, und im
Bassin des Brunnens spenden vier geflü-
gelte Pferde den belebenden Wasserstrahl.
Beide Werke wurden als sehr gelungene
Arbeiten gerühmt. Daß Vollgold's
Name auch in den neuesten Künstler-
lexiken fehlt, ist, da er ein Oesterreicher,
selbstverständlich.

Zellner's Blätter für Musik, Theater u. s. w.
(Wien, kl. Fol.) 1869. S. 364.

Volmar, Johann (k. k. Staatsbeamter und Schriftsteller, geb.
in Venedig am 16. August 1779, gest.
daselbst 1835). Der Umstand, daß er
als ein natürlicher Sohn von Eltern,
deren Namen nicht bekannt sind, das
Licht der Welt erblickte, übte nicht geringen Einfluß auf seine mehr düstere
Gemüthsart. Dabei war er mit nicht
gewöhnlichen Geistesgaben ausgestattet,
welche aber bei dem Makel, der
seiner Geburt anklebte, nichts weniger
als zu einer Klärung und geistigen Mil-

berung seines mehr abstoßenden Wesens beitrugen, das die Gesellschaft floh. Die erste Erziehung erhielt er von einem Privatlehrer, der weder die Elementarsätze der Pädagogik kannte, noch sonst sich geeignet erwies, ein tief empfindendes und zugleich empfindliches Kindesgemüth zu leiten und in das richtige Geleise zu bringen. So war er im Alter von vierzehn Jahren sich selbst überlassen, gerade zu einer Zeit, in welcher durch die politischen Wirren derselben die Bande der geselligen Ordnung und die von altersher durch Gesetz und Sitte gebildeten Einrichtungen aus Rand und Band gingen. Ordnungslos und unbeaufsichtigt dahinlebend, ward er nur durch einen glücklichen Zufall vor geistiger Verlotterung bewahrt. In der Buchdruckerei Zerletti's, bei welchem er sich in Kost befand, gerieth er eines Tages auf das seinerzeit geschätzte Quaresimale des Padre Ignaz Venini. Er vertiefte sich in die Lesung dieses Werkes, welches in ihm das lebhafte Verlangen nach Büchern und Studien erweckte. Von da ab beginnt sein literarisches Streben und sein schriftstellerischer Drang. Als um diese Zeit der politische Umschwung in Italiens Geschicken stattfand und Venedig französisch wurde, besaß Volmar bereits ganz tüchtige sprachliche Kenntnisse und hatte sich insbesondere das Italienische und Französische eigen gemacht. Der Antrag, einen der damaligen französischen Staatsmänner, welche in Venedig die Regierungsgeschäfte leiteten, in der italienischen Sprache zu unterrichten, kam ihm gelegen, und bald erwarb er sich den Ruf eines Sprachmeisters von nicht gewöhnlicher Bedeutung. Während er selbst lehrte, fand er reichlich Gelegenheit, selbst zu lernen, und während er damit beschäftigt war, die Wort- und

Satzlehre seinen Schülern zu erläutern, machte er sich selbst mit den Meisterwerken der italienischen und französischen Literatur, deren letztere ihn immer mehr und mehr fesselte, vertraut, und er gewann eine Kraft des Ausdrucks, die es ihm ermöglichte, aus dem Stegreife die verschiedensten Gegenstände mit ungewöhnlicher Klarheit und Sicherheit zu behandeln, so wenig er sonst sich überhaupt zu einem geistigen Verkehr und persönlicher Mittheilung geneigt zeigte. Um diese Zeit entstand seine merkwürdige Schrift: „Ueber den Selbstmord" (Suicidio), ein Thema, welches uns sofort auf die düstere Gemüthsstimmung des damals kaum 20jährigen Mannes schließen läßt. Er behandelte den nichts weniger als anmuthenden Gegenstand mit einer Gründlichkeit und Geistesschärfe ohne Gleichen, und man war allgemein geneigt, diese Schrift als eine Uebersetzung aus dem Französischen anzusehen. Als Venedig bei der neuerlichen Umgestaltung der politischen Verhältnisse in den Besitz Oesterreichs gelangte, trat Volmar in den k. k. Staatsdienst, und zwar zunächst in einem Rechnungsdepartement, aus welchem er später zum Hypothekenamte übersetzt wurde. In diesem letzteren blieb er bis an seinen im Alter von erst 56 Jahren erfolgten Tod. Bei seiner sehr schwächlichen Gesundheit konnte er sich nicht, wie es er gern gethan hätte, nach Erfüllung der Obliegenheiten seines amtlichen Berufes dem schriftstellerischen Drange, der ihn erfüllte, hingeben. Es entstanden denn in jenen Jahren nur vereinzelte Arbeiten in Poesie und Prosa, welche er ab und zu erscheinen ließ. Doch bei verfiel er, dem literarischen Ungeschmack seiner Zeit folgend, auch au schriftstellerische Spielereien, wie in den „Fünf Briefen" (Cinque lettere), in deren jedem ein Vocal fehlte, dann veröffentlichte er einige Dichtungen in sogenannten Versi sciolti, einer in Italien wegen ihrer leichteren Behandlung sehr beliebten, doch nur von Wenigen in wirklicher Vollendung ausgeübten Dichtungsart. Diese Arbeiten, von denen wir: „La Cecilia, novella" in sciolti; — „L'Adamo ed Eva alla soglia dell'Eden" in sciolti; — „La notte del fatale" in Sestinen; — „La Passione, melia" hervorheben, durchweht bald mehr, bald minder eine Wehmuth und düstere Anschauung, und sind sämmtliche — um uns eines heute stark gebräuchlichen Ausdrucks zu bedienen — vom Geiste des Pessimismus angekränkelt. Doch geht Volmar darin nicht bis zu den äußersten Consequenzen, indem er nicht alle Besserung der Zustände ausschließt, sondern vielmehr Wunsch und Hoffnung ausspricht, daß eine allmälige Besserung der sittlichen Verhältnisse der Menschheit sich vollziehe, daß die unfehlbare Vernunft zur Herrschaft gelange. Um aber diese höheren wünschenswerthen Ziele zu erreichen, sei es die Aufgabe der Schriftsteller, mitzuwirken und die Schriften, welche sie herausgeben, nicht als bloßes Lesefutter, sondern als eine geistige Seelenweide zu betrachten. Ferner übertrug Volmar das epische Gedicht „Charlemagne ou l'église délivrée en XXIV chants" von Lucian Bonaparte ins Italienische, übergab jedoch von seiner Arbeit nur einen einzigen Gesang dem Drucke. Vieles fand sich noch handschriftlich in seinem Nachlasse, und aus einer Durchsicht und Prüfung desselben ergab sich, welche ernsten und ausgedehnten Studien er gemacht hatte. Kein Gebiet des menschlichen Wissens war ihm fremd geblieben. Wie schon bemerkt, besaß er gründliche

Kenntnisse seiner Muttersprache und des Französischen und war des letzteren so mächtig, daß er es mit voller Freiheit und seltener Eleganz schrieb; außerdem sprach und verstand er das Griechische, Hebräische, Englische, Lateinische und noch andere Sprachen. In Folge eines Augenleidens, welches ihn mehrere Monate belästigte, wollte er die Grundzüge der Oculistik kennen lernen, vertiefte sich in das Studium derselben, las die bedeutendsten Schriften darüber und schrieb dann seine eigenen Ansichten über den so wichtigen Gegenstand nieder. Ueberhaupt besaß er Kenntnisse in der Medicin, welche weit über die eines Laien hinausgingen. Seine Bewandertheit in der Theologie, Hermeneutik und Homiletik war so bedeutend, daß er in denselben mit gelehrten Theologen sich messen konnte. Von dem, was sich in seinem Nachlasse noch vorfand, nennen wir zahlreiche Uebersetzungsfragmente der „Geschichte der Revolutionen Frankreichs" von Lacretelle, dann Uebertragungen in sciolti, und zwar des Gedichtes: „De partu virginis" von Sanazzaro, der „Galathea" von Cervantes und einiger Tragödien von Voltaire. In gute italienische Prosa übersetzte er den „Traité des sensations" von Etienne de Condillac, einige „Sermons" von Massillon und noch manches Andere. Unglaublich groß aber war die Zahl der Sonette und anderer Dichtungen, welche aus den Schubfächern der Pulte, der Schreib- und Arbeitstische Volmar's zu Tage kamen. Die meisten Sonette behandeln moralische Ansichten; die bei weitem größere Menge bezog sich auf die Erziehung eines Jünglings. Wenn er Alles, was er in Sonetten aussprach, in Prosa geschrieben hätte, er würde mit seinen oft originellen Gedanken und zutreffenben Ansichten ein nicht gewöhnliches pädagogisches Lehrbuch voll eingehender tiefer Ideen und Maximen über diesen wichtigen Gegenstand geschaffen haben. Es war eine auf die traurigen Verhältnisse seiner Jugend zurückzuführende Verirrung seines Geistes, daß er Alles, was er dachte, in die engeren Formen der Poesie preßte, mochte es passen oder nicht; aber für das Weh seiner mit dem Makel der Illegitimität behafteten Geburt, für die bittern, seinen Stolz und Ehrgeiz verletzenden Empfindungen und die daraus entspringenden Qualen mochte er in den weicheren Lauten der Poesie das gefunden haben, was ihm die strenge ernste Prosa versagte. Er fand in der himmlischen Weihe der Dichtung, was ihm das wirkliche Leben nicht bot: Erleichterung und Trost. Außer dieser schriftstellerischen und poetischen Thätigkeit übte er mit Vorliebe und nicht ohne Talent den Grabstichel. Er erlernte die Behandlung desselben bei dem Venetianer Kupferstecher Rosaspina, und er würde es darin zu einer nicht gewöhnlichen Fertigkeit gebracht haben, wenn nicht sein hartnäckiges Augenleiden ihn daran gehindert hätte. Rosaspina, der sich bei verschiedenen in seinem Verlage herausgegebenen Blättern des Grabstichels Volmar's bediente, hielt große Stücke auf dessen Kunstfertigkeit. Von den eigenen Stichen unseres Kupferstechers ist nur ein einziger, das Bildniß Bossuet's bekannt, ein heute schon ziemlich seltenes Blatt. Volmar war unvermält geblieben, sein bescheidenes Einkommen ließ es ihm bedenklich erscheinen, die mit jeder Ehe verbundenen Sorgen auf sich zu nehmen. In Folge eines unheilbaren Leidens, das ihn seit früher Jugend gequält, erlag er endlich einem schmerzhaften Tode. In seinem Verkehr, wenn ihn nicht Melancholie gefangen hielt, anregend, mittheilsam, eine Fülle des Wissens nach jeder Richtung bekundend, besaß er wenige, ihm aber sehr ergebene Freunde. Von seinem geringen Einkommen gab er gern dem Armen, was er entbehren konnte, und hinterließ bei den Wenigen, die ihn kannten, ein edles, ihn ehrendes Andenken.

Tipaldo (Emilio de'). Biografia degli Italiani illustri nelle scienze, lettere ed arti del secolo XVIII e de' contemporanei (Venezia 1834, tipogr. di Alvisopoli, gr. 8°.) Vol. III. p. 218: „Necrologo di Volmar". Scritta da P. Cocchetti.

Noch sind anzuführen: 1. **Franz Vollmar** (geb. zu Mirowitz bei Klattau in Böhmen 1771, gest. zu Prag am 18. März 1855) In der Knabenerziehungsanstalt des Infanterie-Regiments Nr. 25, damals Brechainville, erzogen, machte er in demselben die unteren Chargen bis zum Feldwebel durch. Nach etwa zehnjähriger Dienstzeit kam er als Unterlieutenant zur böhmischen Legion Erzherzog Karl, trat aber schon nach vier Monaten in sein früheres Regiment zurück, in welchem er nun stufenweise zum Major vorrückte. Mit diesem Regimente focht er in den Kriegen gegen Frankreich und Neapel, überall durch seine Tapferkeit vor dem Feinde sich auszeichnend; aber auch eine gefährliche Wunde, einen Bayonnetstich in den Leib, trug er davon. Nach 47jähriger ununterbrochener Dienstleistung kam er als Oberstlieutenant zum Platzcommando in Prag und ging nach dreizehnmonatiger Verwendung daselbst als Oberst in Pension In der Folge wurde er Mitglied der Elisabeth Theresen-Stiftung, welche nur für Militärs bestimmt ist, die sich durch ihr Verhalten vor dem Feinde ausgezeichnet haben und durch Verwundung im Felde untauglich geworden sind. [Militärische Zeitung (Wien, 4°.) 1855, Nr. 32, S. 237.] — 2. **Joseph Vollmar** ist ein zeitgenössischer Componist, der in Wien lebt und von dem bisher nachstehende Tonstücke herauskamen: 1863: „Veteranen-Polka-Française" (Wien, Haslinger), wovon im folgenden Jahre in nämlichem Verlage eine Bearbeitung im leichten Style und eine für Orchester und Stimmen erschienen; — 1863: „Gruß an Wien. Die Jäger. Zwei Polka Fran-

uch in Ausgabe für Orchester
- 3. **Isaak** Vollmar Frei-
:n (geb. zu Steußlingen in
gest. zu Regensburg am
). Ein Sohn des herzoglich
a Vogtes Abraham Voll-
in der Religion seines Vaters,
n Confession, getauft, eine
ung, bildete sich namentlich
ssenschaften und erlangte am
Tübingen die rechtswissen-
rwürde. 1606 kam er als
lbetorik an die Universität
?ißgau, an welcher er bis
verauf er in Dienste der
ischen Landstände trat, bei
v in Amt und Würden stand.
: in den Acten der vorder-
tgierung zu Ensisheim. Im
in Ruf als ausgezeichneter
nd gediegener Beamter war
ren Kaiser Ferdinands II.
:de er von diesem Monarchen
?of gezogen, zunächst an den
ibirenden Erzherzog Ferdi-
?en Gemal der Philippine
n Claudia von Florenz
berhaupt mit den geheim-
igsten Geschäften betraut.
im Reichshofrathe, zum ge-
ib Kanzler ernannt, fand er
trritte von der evangelischen
lischen Kirche Verwendung
en Missionen und Gesandt-
? Jahre 1634 die Festung
schwedischen General Herzog
Weimar hart belagert und
abe gezwungen wurde, stand
Commandanten der Festung
nach als kaiserl'cher Abge-
e, ihn zum hartnäckigsten
unternd. Man erzählt sich
nwart bei Reinach gam-
e, unter Anderem auch, daß
larschall Grammont, ihn
en Urheber der hartnäckigen
?eisachs erkennend, mit der
?en set, ihn aufknürsen zu
m Tode Kaiser Ferdi-
Vollmar 1637 als ge-
die Dienste Kaiser Ferdi-
m auch in jene des Erz-
nd Karl in Tirol, versah
äsidentenstelle bei der ober-
mmer und wurde 1643 als

zweiter Bevollmächtigter — Maximilian Graf
Trauttmansdorff [Bd. XLVII, S. 76,
Nr. 38] war der erste — zu den westphälischen
Friedensverhandlungen entsendet. Bei denselben entwickelte er an Trauttmansdorff's Seite, der nicht Anstand nahm, offen
die großen Verdienste seines Collegen anzuer-
kennen, eine ebenso große als tief eingreifende
Thätigke.t, und er war wohl der von der
schwedischen Partei bestgehaßte Diplomat bei
jenen das Schicksal der Protestanten namentlich in Oesterreich entscheidenden Verhandlungen. Ihm gelang es, den schwedischen
Bevollmächtigten D. Johann Salvius durch
Bestechung zu gewinnen, so daß dieser die
Angelegenheiten der Protestanten in Oester-
re ch, als deren Schützer die Schweden angesehen sein wollten, gar nicht wahrnahm, insbesondere als ihm Vollmar den begründeten Einwurf machte: wenn im Reiche die
Vorstände der evangelischen Kirche Alle, die
nicht mit ihnen gleicher Religion wären,
nöthigten, entweder das Land oder ihren
Glauben zu verlassen, so müsse doch seinem
Herrn und Kaiser ein gleiches Recht zuge-
standen werden; und so geschah es, daß, wie
günstig auch die Sache der Protestanten im
Allgemeinen stand, denselben in den kaiserlichen Erblanden doch keine Religionsfreiheit
verliehen wurde. Vollmar's entschiedenem
Auftreten, womit er immer w'eder den gegne-
rischen Unterhändlern imponirte und sie in
den wichtigsten Punkten zwang, nachzugeben,
so unter Anderem auch in der Annahme des
sogenannten Frankenthal'schen Tempe-
ramentspunktes, dem zufolge die den
Spaniern, welche Frankenthal in der Rheinpfalz
hartnäckig besetzt hielten, diese Stadt geräumt
und dieselbe der Kurpfalz wieder zurückgegeben
werden mußte, gelang es, große Zugeständnisse zu erhalten, und in Allem, was er that,
war es seine große Anhänglichkeit an das
Kaiserhaus, dem er mit Leib und Seele
ergeben, die den Sieg davontrug. Nach dem
Tode Ferdinands III. von dessen Nachfolger Leopold I. zum bevollmächtigten
Gesandten Oesterreichs in Frankfurt a. M.
ernannt, suchte er in dieser Eigenschaft die
Annahme des französischen Gesandten bei
der Kaiserwahl zu hintertreiben, in welcher
Bemühung ihm aber der Kurfürst von Mainz,
Johann Philipp von Schönborn [Band
XXXI, S. 136, Nr. 12] entgegen war.
Später wurde Vollmar Centitialgesandter
in Regensburg, als welcher er daselbst im

1

Alter von achtzig Jahren starb. Seine „Informatio de Principatus Antaustriaci Statu ad Serenissimos Principes Dominam Claudiam Matrem ac Dominum Ferdinandum Carolum filium Archiducee Austriae feliei Sidere Imperantes. Anno Domini MDCXXXVII" befindet sich in Handschrift im k. k. Hof-, Staats- und Hausarchiv zu Wien. In Anbetracht seiner Verdienste um das Kaiserhaus wurde er zuerst in den Adel-, dann in den Freiherrenstand mit dem Prädicate von Rieden, nach einem im Erzherzogthume gelegenen Schlosse und Flecken, welche ihm der Kaiser geschenkt hatte, erhoben. Eine ihm zu Ehren geprägte Gedächtnißmünze [Maretich, Münzsammlung, 17470] gibt falsch 1683 als Todesjahr Vollmar's an. Die Grabschrift derselben theilt Hormayr's „Archiv" mit. Ob das Geschlecht der Vollmar noch blüht, ist zweifelhaft. Im „Genealogischen Taschenbuche der freiherrlichen Häuser" finden wir es nicht angeführt. Isaak Vollmar Freiherr von Rieden hinterließ einen Sohn Johann Friedrich. Dessen Sohn Franz war 1680 kaiserlicher Burgau'scher Mitrobeamter und oberster Forstinspector der Markgraffschaft Burgau. 1687 ward ihm die Landvogteiverwaltung der Markgrafschaft Burgau, 1693 die wirkliche Oberregimentsrathsstelle verliehen. 1718 legte er die Landvogteiverwaltung nieder, und übernahm dieselbe sein Sohn Johann Paul Venerand. Der Freiherr Franz war im Jahre 1728 noch am Leben. Ueber spätere Nachkommen Isaak Vollmar's liegen keine Nachrichten vor. [Ludolfs Schaubühne, II. Theil, S. 633 und 1207. — Müller, Sächsische Annales, S. 396. — Mylius, Bibliotheca Anonymorum, Pars I. p. 193. — Allerneueste Nachrichten von juristischen Büchern, V. Theil, S. 391 u. f. — Struve, Bibliotheca jur., p. 675. — Winckelmann, Oldenburgische Chronik, S. 348 und 352. — Meiern, Nürnbergische Friedens-Executions-Handlungen (1736) I. Theil. — (Hormayr's) Archiv für Geographie, Historie, Staats- und Kriegskunst (Wien, 4°.) 1815, Nr. 113.]

Vollo, Giuseppe (Schriftsteller, geb. zu Venedig im Jahre 1820). Noch während der Periode der österreichischen Regierung in Venedig in Wort und That ein offener und heimlicher Agitator gegen die bestehenden Verhältniss. Der Name seiner Familie ist Volo; um unterscheidet sich sein Schriftstellernam von demselben nur durch das doppelte (Vollo). Den ersten Unterricht gen Giuseppe in Venedig, die politisch juridischen Studien machte er an der Un versität in Padua. Doch wendete er si bald der schriftstellerischen Laufbahn zu und das erste Werk, womit er vor da Publicum trat, war „Caino. Dramma (Venedig 1843), welches nicht zur Aufführung gelangte; demselben folgten „I due Foscari" (Venedig 1844), wori der berühmte Tragöde Gustav M bena einen seiner Schauspielertriumph feierte; — „Un'ora triste o un'ide fissa. Dramattino" (ebd. 1846). I Jahre 1843 übernahm er nach Luig Carrer [Bd. II, S. 292] die Redaction des literarischen Blattes „Il Gondoliere" und war Mitgründer und Mitarbeiter in Gemeinschaft mit Modena Dall'Ongaro, Valuffi und Anderen des 1848 in Venedig herausgegebenen politischen Journals „Fatti e parole". An der revolutionären Erhebung Venedigs 1848 nahm er thätigen Antheil; er kämpfte als Freiwilliger in den Truppen der Rebellen und wurde für sein Verhalten bei der Einnahme der Caserne in der Citadelle von Vicenza mit einem Ehrencarabiner ausgezeichnet. Nach Bewältigung des Aufstandes im Vaterlande nicht mehr sich sicher fühlend, wanderte er 1849 aus und ging nach Turin, wo er sich ausschließlich schriftstellerischen Arbeiten mit nächstem Hinblick auf die Bühne widmete. Damals erschienen seine Dramen: „Tutto è un sogno", zum ersten Male 1850 in Turin aufgeführt; — „Il Carcere preventivo", ebenda 1851 unter Ernesto Rossi's Mitwirkung in Scene gesetzt; bei der Aufführung in

Genua spielte Gustav Mobena; — „L'ingegno venduto", zuerst in Turin gegeben; ein Act davon wurde in den „Fasti letterarii italiani" des Professors Zoncada abgedruckt: — „Il mutuo soccorso"; — „La Birraia"; — „Maometto II.", alle drei auch in Turin zum ersten Male dargestellt. 1855 erschien sein fünfactiges Lustspiel: „I Giornali", dasselbe wurde bei dem dramatischen Preisausschreiben der Società Prima degli autori drammatici italiani mit dem Preise gekrönt, Vollo aber im genannten Jahre zum Vicepräsidenten dieser Gesellschaft gewählt. Außer diesen dramatischen Arbeiten schrieb Vollo die Romane: „Venezia nelle isole" (Mailand 1858); — „Il Gobbo di Rialto" (Turin 1861); — „Gli ospiti" (ebb. 1862); — „Samuello. Novella-dramma-polimetro" (Venedig 1862) und viele in verschiedenen Zeitschriften erschienene Novellen in Versen und Prosa. Außerdem sind von Vollo noch folgende Arbeiten anzuführen: „Biografia di Daniele Manin" (Turin 1859); — „La voce delle cose" (ebb. 1855); — „In Morte di Manzoni" (Parma und Mailand 1870 und 1874); — italienische Zeitschriften brachten aber öfter politische Gelegenheitsgedichte aus seiner Feder, so: „A Cesare Correnti"; — „In morte di L. A. Girardi"; — „Per la morte del Fratello Giovanni" u. a. — Giuseppe's Bruder Benedict (geb. in Venedig 1815, gest. zu Fermo 1877) war auch als Schriftsteller thätig, und erschien unter Anderem von ihm die epische Dichtung „Abelardo" (Venedig 1854, Cecchini) und im zweiten Hefte 1855 der in Triest vom „Oesterreichischen Lloyd" herausgegebenen „Letture di famiglia" der literargeschichtliche Essai: „Intorno ad alcuni scritti

del Conte Andr. Cittadella Vigodarzere".

Volny, siehe die Träger dieses Namens unter **B. Volny.**

Volo, siehe: **Vollo**, Giuseppe.

Volpato, Giovanni (Kupferstecher, geb. zu Bassano in der Pfarre Angaran 1733, nach Anderen 1730, 1735, 1738, gest. zu Rom 26. August, nach Dettinger's „Moniteur des Dates 30me livraison p. 162 am 21. (oder 26.) August 1803). Wohl ein Enkel oder doch naher Verwandter des Bassaneser Malers Giambattista Volpato (geb. 1633, gest. 1706), welcher, da er zwei Bilder des Jacopo da Ponte genannt Bassano mit Copien seines Pinsels vertauschte, aus dem Gebiete von Venedig, wo er als Künstler seßhaft war, verbannt wurde. Giovanni Volpato widmete sich der Kupferstecherkunst und lernte zunächst bei Joseph Wagner (geb. 1706, gest. in Venedig um 1780). Die Ansicht Nagler's, daß dieser Meister, der mehr als Bilderfabrikant zu betrachten sei, nicht eben großen Einfluß auf seinen Schüler geübt haben dürfte, ist jedenfalls stark übertrieben, da Wagner, wenngleich überwiegend Bilderhändler, denn doch selbst mit großem Geschick Radirnadel und Grabstichel handhabte und mehrere ganz schöne Blätter gestochen hat. Auch bildete er noch manchen recht tüchtigen Schüler heran, so: Berardi, Bartolozzi und Flipart. Als unser Kupferstecher in Wagner's Atelier kam, fand er daselbst Bartolozzi und befreundete sich bald mit diesem talentvollen Künstler, der gleichfalls nicht ohne Einfluß auf ihn blieb. Er copirte auch Mehreres nach demselben, so ein Bildniß des Dogen Foscarini, ein solches des Procurators Pisani und noch manches andere. Giovanni Batt. Verci berichtet in seinen „Notizie intorno alla vita ed alle opere de' pittori, scultori ed intagliatori della città di Bassano", welche 1775 zu Venedig herauskamen, daß Volpato's erste Blätter unter dem Namen Jean Renard erschienen seien. (Jean Renard wäre nur eine versuchte Französirung des italienischen Volpato.) Diese Angabe Verci's mag auch ganz richtig sein, da er durchaus in der Lage war, von der Sache Kenntniß zu haben, und kein Grund vorliegt, ihn einer Erfindung zu zeihen. Auch hat es alle Wahrscheinlichkeit für sich, daß die wenigen von einem Jean Marie Renard nach italienischen Originalen gestochenen, um die Mitte des achtzehnten Jahrhunderts in Paris erschienenen Blätter: „Eine Beschneidung Christi", nach Giulio Romano; — „Zwei Hirtenscenen", der Pompadour gewidmet, nach G. B. Piazetta; — „Die vier Welttheile", nach Amigoni; — einige „Capricci", nach Piazetta, und das 1761 gestochene Bildniß des Dr. Morgagni. Volpato's Arbeiten sind. Demzufolge müßte derselbe dann auch zwischen 1750—1761 in Paris gewesen sein, worüber freilich keine zuverlässigen Nachrichten vorliegen. Doch steht dieser Annahme wieder der eigenthümliche Umstand entgegen, daß sich auch von Dr. Morgagni ein Bildniß vorfindet, auf welchem zwei Stecher, und zwar J. Renard und J. Volpato, zugleich genannt sind, wenn dies nicht, wie es manchmal vorkommt, eine Künstlerfinte ist. Im Jahre 1769 arbeitete Volpato einige Zeit in Parma, dann kehrte er wieder nach Venedig zurück und mag dort Verschiedenes für den Eingangs dieser Lebens-

skizze erwähnten Wagner'schen Verlag gestochen haben. Manche Blätter, die er nach Raphael noch in letztgenannter Stadt gestochen, weckten sein Verlangen nach Rom zu gehen, wo er um die Mitte der Siebenziger-Jahre bereits mit Bestimmtheit weilte und in der Folge auch seinen bleibenden Aufenthalt nahm. Daselbst entstanden seine bedeutendsten Werke. Jetzt, da er nicht mehr für fremde Interessen arbeitete, sondern auf eigenen Füßen stand, trat auch das künstlerische Moment in seinen Blättern entschieden hervor, welches selbst dann nicht beeinträchtigt wurde, nachdem er eine eigene Kupferstichhandlung begründet hatte, in welcher er jedoch das Mercantilische einem Schweizer, P. du Cros, übertrug. Er übte nun seine Kunst ununterbrochen aus und bildete eine Anzahl geschickter Künstler heran, welche für seinen Verlag arbeiteten, und von denen genannt seien: Raphael Morghen, der seinen Meister, dessen Schwiegersohn er wurde, überstrahlte. Giovanni Folo [Bd. IV, S. 279] und Dominik Cunego [Bd. III, S. 75]. Dabei ging Volpato nichts weniger als handwerks- oder rein geschäftsmäßig vor. Die Kunst stand bei ihm immer in erster Linie. So ließ er denn auch die Vorlagen, nach denen seine Schüler arbeiteten, und mit denen man es bis dahin nicht eben sehr genau zu nehmen pflegte, von den vorzüglichsten Künstlern ausführen, um möglichste Correctheit in den Stichen zu erlangen. Und wenn es ihm trotz aller Scrupulosität nicht immer glückte, in den Charakter der Urbilder einzubringen, so ist die Ursache nur darin zu suchen, daß man erst zu seiner Zeit anfing, Raphael und die großen Meister des sechzehnten Jahrhunderts recht verstehen zu lernen. Er hat zwar auch die Bilder des Urbinaten geschickt verkleinert und sorgfältig gestochen, aber noch immer nicht so glücklich aufgefaßt, um es nicht künftigen Stechern zu ermöglichen, noch vollendetere Blätter zu liefern. So wollen gewiegte Kenner an seinen Stichen nach Raphael rügen, daß er in den Umrissen dieses großen Meisters nicht immer zart genug und andere Male wieder zu wenig scharf sei. Auch finden sie, daß seine Behandlung mitunter zu rauh, daß das spröde Material sich hie und da zu sehr bemerkbar mache, ja daß die Halbschatten an manchen Stellen zu schwer und undurchsichtig und die dunklen Stellen zuweilen ungenügend. Nichts desto weniger sind seine Blätter im hohen Grade beachtenswerth, und dies umsomehr, als vor ihm der Kupferstich namentlich in Italien sehr im Argen lag und durch ihn erst zu einer eigentlich künstlerischen Bedeutung gelangte. Mit einem Geschäftsleiter, dem Schweizer Künstler du Cros, in Verbindung brachte Volpato, auf dem Continent der Erste — denn in England lagen schon frühere, aber wenig gelungene Versuche vor — farbige Blätter in den Handel. In diesen sind die Umrisse geätzt, und das Uebrige ist durch die Nadel leicht angedeutet. Von derartig vorbereiteten Platten wurden dann Abdrücke gemacht und letztere in Wasserfarben sorgfältig ausgemalt. Man rühmte solchen Blättern ganz besondere Schönheit nach, wovon sich aber wirkliche Kenner nicht täuschen lassen, und wenn solche Farbenstiche als Zimmerschmuck — von einiger Ferne besehen — ihre Wirkung gewiß nie verfehlen, als Werke wahrer Kunst können sie ebenso wenig in Betracht kommen, wie heutzutage noch so schöne Chromolithographien gegenüber dem Originalölbild. Unter allen Umständen

trug Volpato durch seine Stiche und namentlich durch jene nach Raphael'schen Gemälden ungemein viel zur Verbreitung eines besseren Geschmackes in Sachen der Kunst bei. Es wäre eine müßige Aufgabe, hier eine Parallele zwischen ihm und späteren Meistern, wie Amsler, Thäter und Anderen zu ziehen. Zu seiner Zeit stand er auf einer hohen Stufe, und wenn seine Stiche nach Raphael nicht immer den künstlerischen Höhepunkt erreichen, so liegt die Schuld oft in nicht geringem Maße an dem Zeichner, so vor Allen an Tofanelli, der, wie er auch zu seiner Zeit wegen der Schönheit seiner Zeichnungen — namentlich jener in Kreide — gerühmt wurde, es doch namentlich bei den Raphael'schen Bildern mit der Correctheit der Form — worin eben der Urbinate so groß ist — nicht immer sehr genau nahm und auch auf den charakteristischen Ausdruck, welcher gerade bei Raphael noch heute einzig in seiner Art und unübertroffen ist, nicht immer streng genug eingeht. Volpato wurde über 70 Jahre alt, aber trotz seines hohen Alters ist, wenn man die Größe vieler seiner Blätter in Betracht zieht, seine Thätigkeit noch immer eine großartige. Wir verzeichnen zuerst seine größeren Werke, welche immer eine Folge von Blättern seiner Hand enthalten, und lassen dann die einzelnen Blätter folgen. Mit dem großen Canova [Bd. II, S. 231] war Volpato innig befreundet, und der berühmte italienische Bildner ließ es sich nicht nehmen, das Andenken des hingeschiedenen Freundes durch ein Denkmal seines Meißels zu verherrlichen. Dasselbe wurde einige Jahre nach Volpato's Tode, 1808, in der Vorhalle der Kirche St. Apostoli zu Rom aufgestellt und stellt die Freundschaft trauernd an

Volpato's Herme, mit großer Innigkeit des Ausdruckes dar. Ueber unseres
Künstlers Porträte, die übrigens sämmtlich selten sind, siehe S. 287.

Uebersicht der von Giovanni Volpato gestochenen Blätter.

(Die mit An. Ap. und RH. bezeichneten Blätter
werden von Andresen, Apel und Rost-
Huber genannt.)

I. Folgen und Blätter nach Raphael und ver-
schiedenen anderen Meistern. 1) „Die Ge-
mälde Raphaels in den Vaticani-
schen Stanzen nach Zeichnungen von
Tofanelli, Cades und B. Rocchi. Acht
Blätter mit der Messe von Bolsena, letztere
von Raphael Morghen gestochen (Qu.-Imp.-
Fol.), Volpato's Hauptwerk. Es gibt davon
Abdrücke a) vor der Schrift; b) mit der
Schrift im Rande, aber ohne Retouchen und
c) retouchirte Abdrücke mit der Adresse
der Calcografia Romana auf dem ersten
Blatte. ¹) „Die Schule von Athen" 1788.
[H. 1 F. 9 L.; Vr. 2 F. 4 J. An. Ap. RH.
Künstlerdruck mit Stechernamen 126 fl. —
Vor der Schrift mit den Künstlernamen
45 Rthlr. — Mit der Schrift vor der Retouche und der Adresse der Calcografia
camerale 12 Rthlr., 19¹ Rthlr., 22¹/₂ Rthlr.]
— ²) „La Disputa". Der Streit der
Kirchenväter über das heilige Sacrament.
1779. [In gleicher Größe. An. Ap. RH. Mit
der Schrift vor der Retouche 12 Rthlr.
15 Rthlr. — Mit der Retouche 8¹/₄ Rthlr.]
— ³) „Der Kirchenräuber Heliodor
wird aus dem Tempel zu Jerusalem
vertrieben". [H. 1 F. 10 Z.; Vr. 2 F.
4 J. 6 L. An. Ap. RH. Künstlerdruck mit
Stechernamen 23 Rthl. — Mit der Schrift
vor der Retouche 10 Rthlr. — Mit der Retouche 6 Rthlr., 9 Rthlr.] — ⁴) „Die Befreiung des Petrus durch den Engel
aus dem Gefängnisse". [In gleicher
Größe wie ³). An. Ap. RH. Vor der Schrift
mit den Künstlernamen Rocchi und Volpato 25 Rthlr. — Mit der Schrift vor
der Retouche 21 Mark.] — ⁵) „Incendio del
Borgo. Der Burgbrand". [H. 1 F. 9 Z. 10 L.;
Vr. 2 F. 4 J. 6 L. An. Ap. RH. Vor aller
Schr.ft 25 Rthlr. — Mit der Schrift vor
der Retouche 10 Rthlr., 12¹/₂ Thlr.]
⁶) „Die Apostel Petrus und Paulus
erscheinen dem Attila". [In gleicher
Größe wie ³) An. Ap. RH. Vor aller Schrift

25 Rthlr. — Mit der Schrift vor der Retouche
8 Rthlr., 12¹/₂ Rthlr.] — ⁷) „Apollo und
die Musen nebst den vorzüglichsten
Dichtern des Alterthums auf dem Parnaß versammelt" (gewöhnlich kurzweg
„Der Parnaß" genannt). [H. 2 F. 4 J. 6 L.;
Vr. 1 F. 9 J. 10 L. An. Ap. RH. Künstlerdruck mit Stechernamen 30 Rthlr. — Mit
der Schrift vor der Retouche 10¹/₄ Rthlr.]
Dazu gehört als 8. Blatt: „Das Wunder
der Messe von Bolsena", gest. von R. Morghen [H. 1 F. 3 J. 6 L.; Vr. 2 F. 4 J.
10 L]. Der Ladenpreis der genannten
8 Blätter betrug früher in alten Abdrücken
44 Thaler. In späteren Auctionen wurden
hohe Preise erzielt, so Deboi 870 Francs,
Winkler 70¹/₂ Thaler, Basan 360 Francs,
Weigel 60 Thaler. In Rom kostete ein
Blatt in gutem Abdruck seinerzeit 35 Zechinen.
Auch finden sich Exemplare vor, welche nach
den Originalien in Gouachefarben ausgeführt
und demnach noch theurer sind. Zur Vervoll-
ständigung der Sammlung der Raphael-
schen Stanzen gehören noch folgende Blätter: die Theologie, Poesie, Philosophie und
Justitia, 4 Blätter (Fol.) von R. Morghen
gestochen; — die Schenkung Roms, das
Concilium Leos III., die Krönung Karls
des Großen und die Landung der Sara-
cenen, 4 Blätter (Imp.-Fol.) von Fabri
gestochen; und die Taufe des Constantin —
dessen Anrede an das Heer, 2 Bl. (Imp.-Fol.)
von Salandri gestochen. — 2) Die Bilder Raphaels in den Vaticanischen
Loggien, gestochen von Volpato und
Giov. Ottaviani nach Zeichnungen
von C. Savorelli und P. Campo-
resi (Rom bei M. Pagliarini, 1782. Mit
Einschluß des Titels, Gr.-Roy.-Fol.). Dieses
Werk besteht aus 3 Abtheilungen. Der Titel
der ersten stellt die Hauptansicht der Loggien
und oben in einem Medaillon das Bild
Raphaels dar. Unten steht: „Loggie
di Raffaelle nel Vaticano". Die nächsten
Blätter geben die Ansicht der Galerie nach
dem Plan derselben, und auf den übrigen
sind die beiden Thüren und die Pilasterde-
corirungen dargestellt. Diese Abtheilung enthält 18 Blätter. — Die zweite zeigt die Darstellungen der Bilder an den 13 Gewölbe,
jedes in zwei Blättern. Der Titel besagt
den Inhalt: „Seconda parte delle Loggie
di Raffaelle nel Vaticano, che contiene
XIII volte e i loro respettivi quadri publicata in Roma l'anno MDCCLXXVI. — Der

dritte Theil zeigt die Ornamente und antiken Basreliefs unter dem Titel: Terza ed ultima parte delle Loggie di Raffaelle nel Vaticano, che contiene il complimento degli ornati e de' bassi rilievi antichi esistenti nelle Loggie medesime. Publicata a Roma l'anno MDCCLXXVII. Dieser Theil zählt 12 Blätter. Von diesem schönen Werke (Preis 90 Rthlr.) kamen auch Exemplare heraus, die, von römischen Künstlern auf das vollendetste in Farben ausgeführt, heute zu den Seltenheiten gehören und bereits mit 850, 1000 und 1050 Rthlr. bezahlt wurden. Das ist das eigentliche Werk Volpato's. Mit einem später erschienenen 4. Theile verhält es sich folgendermaßen: Der Kunstverleger P. Montagnani in Rom gab im Jahre 1790 Exemplare seiner Raphael'schen Bibel (52 Bl.), gestochen von Rochetti, Carattoni, A. Cunego, Petrini und Anderen, je zwei Bilder auf einem Bogen in gr. Fol. unter folgendem Titel heraus: „Quarta ed ultima — schon beim dritten Theile heißt es oben; terza ed ultima — parte delle Loggie di Raffaelle nel Vaticano che contiene i fatti i più celebri della sacra bibbia delle Loggie ecc. In Roma l'anno 1790". Daß dieses Werk durchaus nicht als ein vierter Theil der von Volpato und Ottaviani herausgegebenen Loggien anzusehen, ist selbstverständlich, es handelt sich dabei um nichts weiter als um eine Speculation des Kunsthändlers Montagnani. — 3) „La Collezione intera dei 52 quadri di R. Urbino ecc. disegnate da F. Bartolozzi ed intagliate da Secondo Bianchi" (gr. Fol.). In dieser unter dem Namen der „Bibel Raphaels" bekannten Folge sind die Blätter 1—13 von Volpato gestochen. Die von Denselben gestochene perspectivische Ansicht der Loggien gehört nicht zu diesem Werke, sondern zum vorigen von G. Ottaviani herausgegebenen. — 4) Eilf Blätter zur Scuola italica Picturae... cura et impensis Gav. Hamilton pictoris (Romae MDCCLXXIII, gr. Fol.). Das vollständige Werk enthält vierzig Blätter. Die eilf von Volpato gestochenen stellen Dar: „Die Sibyllen in Santa Maria della Pace". Nach Raphael 1772 (gr. Qu.-Fol.) 4 Blätter. An. Ap. RH. 5 Lire, alte Abdrücke 5½ Rthlr. — „Die Hochzeit des Alexander und der Roxane". Nach Raphael. Vormals in der Villa Raffaelle, jetzt im Palazzo

Borghese (Schm.-Gr.-Qu.-Fol.) 1772, 4 Lire. An. RH. — „Die Bescheidenheit und die Eitelkeit". Nach L. da Vinci (Fol., viereckig. RH.). — „Perseus und Andromeda". Nach Polidoro da Caravaggio (Qu.-Fol. RH.). — „Der Heiland auf dem Oelberge". Nach Correggio 1773 (gr. Qu.-Fol. 2 Lire 50 Cent. Ap. RH.). — „Christus bei Simon dem Pharisäer". Nach Paul Veronese (gr. Fol. RH.). — „Die Hochzeit zu Canä". Nach Tintoretto (gr. Qu.-Fol. RH.). — „Die Spieler (Lusores)". Nach M. A. Caravaggio (Qu.-Fol.). 4 Lire. Ap. RH. 5) Eine Folge von sechs Blättern nach G. Hamilton (Fol.). „Der Tod der Lucretia". — „Die Unschuld". — „Juno". — „Hebe". — „Die Melancholie". — „Die Heiterkeit". — 6) Folge von fünf Blättern nach Michael Angelo und nach Tofanelli's Zeichnung (gr. Fol.): „Prophet Joel". — „Prophet Zacharias". — „Sibylla Cumea". — „Sibylla Delphica". — „Sibylla Erythreia". Diese Blätter gehören zu den schönsten des Meisters. In den Verzeichnissen seiner Werke (Nagler, Huber-Rost) sind meist nur vier Blätter angeführt, die „Sibylla Erythreia" fehlt. [Es gibt Exemplare mit offener Schrift, die Künstlernamen mit der Nadel gerissen und andere mit vollendeter Schrift. Das Blatt 3 Lire, 1½, 2 und 3 Rthlr. Ap. An. HR.] — 7) Folge von vier Blättern. Amiconi pinx., Bartolozzi del. u. Volpato sc. (gr. Fol.): „Die Auffindung Mosis im Nil". — „Laban sucht seinen Götzen". — „Rebecca und Elieser am Brunnen". — „Moses errichtet einen Altar" [HR.]. — 8) Folge von zwölf Conversationsblättern nach F. Majotto (gr. Fol.). Dieselben (ihre vollständige Zahl ist zwölf. Huber-Rost gibt deren nur acht an) gehören zu Volpato's früheren Werken und sind bei R. Cavalli in Venedig erschienen; sie haben italienische Unterschriften; sie stellen dar: „Eine Gesellschaft von Rauchern". — „Junge Leute mit Aepfeln spielend". — „Die Zwiebeleſſer". — „Der Geizhals, der sein Geld zählt" — „Die Kaffeetrinker". — „Die Spieler". — „Der junge Zeichner". — „Ein junges Mädchen durch Geld verführt"; die bisher angeführten finden sich auch bei Huber-Rost, die folgenden nur fehlen: „Der Zahnbrecher". „Das Milchmädchen". — Zwei Blätter „Volksbelustigungen". Es gibt Copien von A. S., unter denen italienische Verse stehen,

II. **Prospecte. Ansichten von alten Bauten und Denkmälern. 9)** Die Farnesische Galerie mit den Gemälden der Carracci. Sechs Blätter — drei große und drei kleine — in Farben. (La Galerie du palais Farnese par Carache, composée de 3 grandes et 3 petites pièces avec les Stucs dorés). Die Blätter find fein ausgemalt und in diesen Exemplaren, in welchen auch die Stuccoarbeiten und Einfassungen in Gold gehöht find, von Volpato radirt; dann wurden die Platten von P. Bettelini mit dem Stichel vollendet. Das Exemplar kostete in Rom 36 Zechinen. — **10)** Das Museum Clementinum. Vierzehn große Blätter — zehn in die Breite, vier in die Höhe — mit Darstellungen der verschiedenen Abtheilungen des Museums und der darin befindlichen Kunstwerke. HR. Blätter in die Breite: „Vorsaal mit Apollo". — „Derselbe mit Laokoon". — „Saal mit den Musen und dem Apollo Cytharoedus". — „Zimmer mit den Thieren und dem Nil". — „Dasselbe mit dem Tiber". — „Seitengalerie mit dem Jupiter". — „Dieselbe mit der Kleopatra". — „Rotunde mit der Juno". — „Cabinet mit dem Faun". Blätter in die Höhe: „Galerie mit den Candelabern". — „Der Eingang in das Museum der ägyptischen Gottheiten". — „Der erste Absaz der Treppe". — „Der zweite Absaz der Treppe". — **11)** Der Porticus der Villa Madama von vier verschiedenen Standpunkten. Vier Blätter mit Malereien und den Verzierungen in Stucco aus Raphaels Schule. (Vues coloriées du portique de la Villa Madama avec l'architecture de Jules Romain et les ornements et les statues de l'école de Raphael.) Große in Farben ausgeführte Blätter (16 Zechinen) HR. — **12)** Prospecte von Rom mit den meisten antiken Denkmälern. (Vues et Monuments de Rome.) Einundzwanzig Blätter in gr. Fol. von P. du Gros und Volpato ausgemalt. Jedes Blatt kostete 6 Zechinen. HR. „Aeußere Ansicht der St. Peterskirche". — „Aeußere Ansicht des Pantheon". — „Das Innere des Pantheon". — „Der Tempel der Concordia". — „Der Tempel des Antonius und der Faustina". — „Der Tempel des Friedens". — „Das Amphitheater des Flavius (Colosseum)". — „Der Tempel der Minerva medica". — „Der See der Villa Borghese". — „Das Grabmal des C. Curtius". — „Das Forum Romanum". — „Der Triumphb[ogen] Septimius Severus". — „Das Ca[pitol" —] „Die Bäder des Caracalla". — „D[ie Bäder] des Colosseum". — „Der Tempel de[s] Stator". — „Der Hafen von Cività[vecchia"] — „Die Villa Medici". — „Die [Villa] aroni". — „Die Villa Pamphili". „Garten des Palastes Colonna". — [Pro-] specte von Tivoli. Acht Blätter i[n gr. Fol.] Jedes dieser Blätter kostete 3—4 HR. „Die Cascatellen von Tivoli". „Grotte des Neptun". — „Die Gr[otte der] Sirene". — „Der Tempel der Sib[ylle". —] „Innere Ansicht des Sibyllentemp[els".] „Die Brücke Acconi". — „Der P[alast des] Mäcenas". — „Innere Ansicht d[es Pa-] lastes". — **13)** Colorirte Pr[ospecte]. Vierzehn Darstellungen der [Ge-] mälder und Bauten Roms u[nd Ita-] liens. Von mittlerer Größe. D[er Preis] 6—7 Rthle. „Der Sibyllentempel zu [Tivoli". —] „Der Tempel des Jupiter to[nans". —] „Das Grabmal der Horatier und [Curiatier] zu Albano". — „Das Grabmal d[er Cecilia] Metella". — „Das Grabmal der Fa[milie] Plautius". — „Das Grabmal des P[ompejus". —] „Der Sclaventhurm" (eigentlich ei[n römisches] Grabmal). — „Das unterirdische [Innere] dieses Thurmes". — „Der erste Te[mpel zu] Paestum". — „Innere Ansicht die[ses Tem-] pels". — „Der zweite Tempel in P[aestum".] — „Innere Ansicht desselben". — „Der [dritte] dritte Tempel in Paestum" (Gym[nasium). —] „Innere Ansicht desselben". — [La città di Pesto] vine della città di Pesto ancora Posidonia. Mit Stic[heln von] Bartolozzi und Volpato (Ro[m] Fol.).

III. **Volpato's Zeichenschule. 16)** Pri[ncipes] du dessin tirés d'après les me[il-] leures statues antiques (Ron[, gr.] gr. Fol. neue Ausgabe ebd. 1833). 36 Blätter mit Abbildungen antiker [Statuen] und Angabe ihrer Maße. HR. Si[e ist] die Zeichenschule des Meisters, der [mit] Raphael Morghen zusammen be[arbeitete.] Der Preis des einzelnen Blattes [ist] 2 Zechinen. In der Frauenbe[rgischen] Handlung zu Nürnberg erschien 17[..] noch zu Lebzeiten Volpato's, ein [Werk] unter dem Titel: „Principes du [dessin] d'après les gravures qui ont été [faites] d'après les antiques statues par [Vol-] pato et R. Morghen" 36 Bl[ätter,]

XV. Einzelne Blätter. — a) **Bildnisse und Denkmäler.** „Marcus Foscarinus. Dux Venet." MDCCLXII. Joan. Volpato sc. (Oval-Gr.-Fol. ⁵/₄ Rthlr. Nach Bartolozzi. Ap. HR.). — „El Principe Gonzaga da Castiglione". Giov. Volpato sculp. (8⁰. im Profil. Ap.). — „Franciscus Pisani Divi Marci Procurator". F. Bartolozzi ad viv. del. Volpato sc. (Oval-Gr.-Fol., Halbfig. 1½ Rthlr. Ap. HR.). — „Dr. Morgagni". Titelblatt zu dessen Werke De sedibus et causis morborum. 1762 (8⁰.). — Derselb. J. Renard et G. Volpato sc. (1 Rthlr. Fol. Ap.). — „Die Statue des Papstes Clemens XIV." 1773, Fol. — „Das Grabmal des Grafen Algarotti im Campo Santo in Pisa". Von Carlo Bianconi ausgeführt. Joannes Volpatus sc. Venet. 1769 (gr. Roy.-Fol.) — b) **Mythologische und biblische Blätter nach Gemälden großer italienischer Meister,** sämmtlich Fol. und gr. Fol. — „Madonna mit dem Kinde, ein Buch haltend, und zwei Engel". Fra Bartolomeo p. In Gemeinschaft mit R. Morghen gest. (Lond., Gal. Clive, gr. Fol. Ohne den Namen des Stechers, nur mit Volpato's Adresse. 3 Lire, alte Abdrücke 2 Rthlr.). — „Judith mit dem Haupte des Holofernes". Guercino p. (gr. Fol. Abdrücke vor aller Schrift sind sehr selten). — „Die Vermälung der Maria". Guercino p. (gr. Fol.). — „Maria mit dem Leichname des Sohnes". Guercino p. — „Nox". Der Abend auf dem Wagen von zwei feurigen Rossen gezogen und gefolgt von der Nacht. Guercino p. (gr. Fol. Abdrücke vor der Dedication und die Künstlernamen mit der Nadel gerissen. Abdrücke mit voller Schrift. 3 Thlr.). — „Lucifer". Gegenstück zum vorigen Bilde. Guercino p. Beide aus der Villa Ludovisi (gr. Fol.). — „Aurora. Sie hat das Lager ihres gealterten Gatten Tithon, für welchen sie von Jupiter wohl die Unsterblichkeit, nicht aber auch die ewige Jugend erbeten hatte, verlassen und fährt Blumen streuend auf ihrem Wagen einher". Guercino p. Auch in der Villa Ludovisi. Gegenstück zu Raph. Morghen's: „Apollo mit seinem Viergespann". Rom. Reg. Calcogr. (Imp.-Qu.-Fol. I. Vor der Dedication und vor dem Wappen, die Namen der Künstler mit der Nadel gerissen. 45 Rthlr. II. Mit offener Schrift vor der Widmung 11, 19, 22, 25 Rthlr. III. Mit der Schrift und der Widmung. Erste Abdrücke 7, 12, 13, 16 Rthlr.). — „Apollo am Fuße einer Säule, wie ihm drei allegorische Figuren ein Buch reichen, auf welchem steht: Stabat mater. Zu seinen Füßen ein Löwe mit dem bayrischen Wappen". Nach J. de Laurentiis (Kl.-Qu.-Fol.). — „Die Kreuzabnahme. Der auf dem Linnen liegende Heiland von den Freunden beweint. Nach dem Bilde von Raph. Mengs im Museum zu Madrid und nach der Zeichnung von Salesa". (El descendimento de la cruz; für die Coleccion de las estampas...) (Roy.-Fol. 6½ Thlr., selten. An. Ap.). — „Daphne und Amor". Nach J. R. Rahl. Nach Geßner's Idylle (gr. Fol.). — „Amor und Phillis". Nach demselben. (Gegenstück zu dem vorigen (gr. Fol.). — „Der erste Schiffer". Zwei Blätter nach Geßner's gleichnamiger Idylle. J. Giani p. (Oval-Fol.). — „Kinderspiele". Zwei Blätter nach J. Mola (gr. Fol.). — „Die Venus". Nach Paul Veronese's Bild in der Galleria Colonna (gr. Fol. Ap.). — „Madonna della Sedia". Nach Raphael's berühmten Bilde in Florenz. — „Die Grablegung Christi". Nach Raphael's Bild in der Villa Borghese. Tofanelli del., Volpato se., gr. Fol. Weigel 1⁷/₁₂ Thlr., Schneider 3⅓ Thlr. An. — „Christus am Kreuze". Nach Guido Reni's Bilde in S. Lorenzo zu Lucina (gr. Fol., Schneider 3⅓ Rthlr., Weigel 1⁷/₁₂ Thlr. An.). — „Der h. Andreas wird zum Martyrium geführt". Guido Reni p., Tofanelli del., Volpato se. (Gr.-Imp.-Fol., Hauptblatt. Rom 4 Scudi, dann Reg. Calcogr. 15 Lire, chin. Papier 20 Lire. An.). — „Minerva in Wolken". Visitenkarte der Gräfin Cavriani. J. Volpato p. (qu. 12⁰.). — „Der h. Georg". Teniers p. (Fol.). — c) **Landschaften.** „Das Opfer des Noah und seiner Söhne nach dem Ausgange aus der Arche". Poussin p., Tofanelli del. (Qu.-Roy.-Fol. Rom Reg. Calcogr. 10 Lire, chin. Papier 15 Lire. Alte Abdrücke mit der Schrift 3 Rthlr. An. Ap.). — „Der bethlehemitische Kindermord. Poussin p., Tofanelli del., Volpato und Bettelini se. (Gr.-Qu.-Fol. Ap.). — „Mercur und Argus". Poussin p. (Qu.-Roy.-Fol. An. Ap. 10 Lire). — „Dido und Aeneas". Poussin p. Die Figuren von Albani gem. (Roy.-Qu.-Fol. Rom Reg. Calcogr. 10 Lire.

An. Ap.). — „Die Flucht nach Aegyp-
ten". Nach Claude Lorrain's berühmtem
Bilde in der Galerie Doria und nach
Boogd's Zeichnung (Fol.). — „Cephalus
et Procris". Claude Lorrain p. Nach
dem Original im Palaste Rospigliosi.
H. Boogd del. (Gr.-Qu.-Fol. 2²/₃ Rthlr.
An. Ap.). — „Apollo und Mercur"
H. Boogd del. Gegenstück zu dem vorigen
(Gr.-Qu.-Fol.). — „Landschaft mit Hirten
und Heerde im Vordergrunde". Claude
Lorrain p. (Gr.-Roy.-Qu.-Fol. 3 Thlr.
Ap.). — „Der Tempel zu Delphi".
Claude Lorrain p. (Rom. Calc. 6 Lire,
4 Rthlr.). — „Die Geburt des Adonis".
Landschaft nach Svanevelt (s. gr. Qu.-Fol.
5 Rthlr. An.). — „Der Raub des
Adonis". Landschaft nach Svanevelt
(Gegenstück zum vorigen. An. Ap.). — „Die
vor dem Silen fliehende Nymphe".
Heroische Landschaft nach Zuccarelli
(Gr.-Qu.-Fol. An.). — „Ein Bacchanal".
Heroische Landschaft nach Zuccarelli
(Gr.-Qu.-Fol. An.). — „Der Philosoph
vor dem Altare bei Ruinen auf die
Sanduhr deutend". Landschaft von Zucca-
relli (Gr.-Qu.-Fol. An.). — „Die vier
Jahreszeiten". Vier Blätter nach Zucca-
relli mit italienischen Unterschriften: Pri-
mavera, Estate, Autunno, Inverno
(Gr.-Qu.-Fol.). — „Zwei Landschaften".
Nach Brand (Gr.-Qu.-Fol.). — „Mehrere
Landschaften". Nach M. Ricci. Acht
Blätter sind bekannt (Gr.-Qu.-Fol.).

Quellen zur Biographie. Annalen der Literatur und Kunst in den österreichischen Staaten
(Wien, J. Degen, 4°.) III. Jahrg. (1804),
Bd. I, Intelligenzblatt, Jänner, Sp. 27. —
Apell (Alois). Handbuch der Kupferstichsammler oder Lexikon der vorzüglichsten
Kupferstecher des neunzehnten Jahrhunderts,
welche in Linienmanier gearbeitet haben,
sowie Beschreibung ihrer besten und gesuchtesten Blätter (Leipzig 1880, Alex. Danz,
gr. 8°.) S. 447–450. — Handbuch für
Kupferstichsammler oder Lexikon der Kupferstecher, Maler, Radirer und Formschneider
aller Länder und Schulen nach Maßgabe ihrer
geschätztesten Blätter und Werke. Auf Grundlage der zweiten Auflage von Heller's
praktischem Handbuch für Kupferstichsammler
neu bearbeitet und um das Doppelte erweitert
von Dr. phil. Andreas Andresen [beendet
von J. E. Wessely] (Leipzig 1873, T. O.

Weigel, Ler. 8°.) Bd. II, S. 683–687. -
Handbuch für Kunstliebhaber und Samml[er]
über die vornehmsten Kupferstecher und ih[re]
Werke. Vom Anfange dieser Kunst bis a[uf]
die gegenwärtige Zeit chronologisch und [nach]
Schulen geordnet nach der französisch[en]
Handschrift des Herrn M. Huber v[on]
C. C. H. Rost (Zürich 1799, Orell, Füe[ßli]
und Comp., 8°.) Bd. IV: „Italieni[che]
Schule" S. 222–231. — Magazin d[er]
Rost'schen Kunsthandlung. Herausgeg[eben]
von C. C. H. Rost [enthält das Ausfüh[r-]
lichste über Volpato's Stiche]. — Nagl[er]
(G. K. Dr.). Neues allgemeines Künstl[er-]
Lexikon (München 1850, C. A. Fleischman[n]
8°.) Bd. XX, S. 517. — Gamba (Bartol[omeo)]
Degli Artisti Bassanesi (Bassano 180[,]
8°.). — Galleria dei Letterati ed artis[ti]
dello Provincie Veneziani nel Secolo de[c]-
cimo ottavo (Venezia 1824, tipogr. [d]
Alvisopoli, 8°.). — Gustani. Memor[ie]
sulle belle arti (Roma 1803) tomo II [?]
p. 82. — Gori-Gandellini. Notizi[e]
degl'Intagliatori. — Ritratti e Biograf[ie]
d'Illustri Bassanesi (Bassano 1833, Tipo[-]
grafia Baseggio. A spese di Domenie[o]
Conte, 4°.) Nr. VII. — Nebenbei sei b[e-]
merkt, daß Raphael Morghen's Liebe z[ur]
Tochter Volpato's wiederholt den Gegen[-]
stand novellistischer Behandlung bildete.

Porträte. Unterschrift: „Giovanni Vol[-]
pato". F. Roberti del. Do. Conte, in[c.]
4°. (schönes Blatt). — Unterschrift: „Gio[-]
vanni Volpato". Dala inc. (Venedi[g]
8°.) [auch in der Galleria dei Letterati.
Veneziani]. — Angelica Kaufmann p[.]
Raph. Morghen sc. Franc. Pellegrini [p.]
Der Stich nach diesem Original, welches si[ch]
in der Akademie zu Venedig befindet, komm[t]
in Zanotti's Pinacoteca della Acca[-]
demia Veneta (Venedig 1831) vor.

Volpi, Giovanni Battista (geb. z[u]
Mantua 1756, gest. zu Mailan[d]
1821). Er widmete sich dem Studiu[m]
der Thierarzeneiwissenschaft an den Leh[r-]
anstalten zu Lyon und Alford und er[-]
langte, nachdem er sich 1804 mit Bo[-]
janus und Riem um einen Lehrstuh[l]
der Thierarzeneikunde in Wilna bewor[-]
ben, welchen jedoch ersterer Concurrent er[-]
hielt, eine Professur der Klinik an be[-]

Thierarzeneiſchule zu Mailand. 1813
gab er das Werk: „*Compendio di Medicina pratica veterinaria*" heraus,
von welchem in franzöſiſcher Sprache
ein „Extrait de l'abrégé de médecine
vétérinaire pratique, trad. de l'italien
par E. Barthélemy" (Paris 1819,
Mme. Hazard, 8⁰.) erſchien. Nach ſeinem
Tode wurde 1822 aus ſeinem Nachlaſſe
das Werk: „Trattato della esterna co-
stituzione del Cavallo e degli altri
animali domestici" herausgegeben.
Volpi hatte einen Sohn Balthaſar
[ſiehe dieſen Nr. 4], der ſich gleichfalls
der Thierarzeneiwiſſenſchaft widmete.

Biographiſch-literariſches Lexikon
der Thierärzte aller Zeiten und Länder u. ſ. w.
Geſammelt von G. W. Schrader, vervoll-
ſtändigt und herausgegeben von Eduard
Hering Med. Dr. (Stuttgart 1863, Ebner
und Seubert, gr. 8⁰.) S. 435.

Noch ſind anzuführen: Dr. A. Volpi, Ver-
faſſer des Büchleins: „Ueber den Brenner
nach Italien. Eine Skizze der Brennerbahn
für Eiſenbahnreiſende. Mit Karten" Innsbruck 1868, Wagner, 16⁰.), von welchem eine
Ausgabe in vier Sprachen (italieniſch, fran-
zöſiſch, engliſch und deutſch) und im Jahre
1869 eine zweite ſtark vermehrte Auflage im
nämlichen Verlage erſchien. Ueber jene an
Naturſchönheiten ſo reiche und im Ganzen
bis dahin völlig unbekannte Strecke iſt dieſes
Buch die erſte Monographie, durch welche
die Kenntniß eines mächtigen Gebirgsſtockes
und der um und an demſelben gelagerten
Wohnplätze erſchloſſen wird. — 2. Ein
Aleſſandro Volpi, wahrſcheinlich zur
Familie des Giovanni Battiſta, Bal-
haſar und Luigi Volpi [ſiehe dieſe
. 278 u. 280] gehörend, practicirte als Arzt
Mailand. In den Fünfziger-Jahren hielt er
ſich in Süddeutſchland — in Wien und
anderen auf, theils, wie er dem Verfaſſer
es Lexikons, den er bei ſeiner Anweſenheit
Wien, ebenſo wie der edle Valenti-
i [Bd. XLIX, S. 215] immer wieder
hte, mitgetheilt, um die deutſche Sprache
lernen, theils um Mitarbeiter oder aber
ier Subſcribenten für das große Werk
nmeln, deſſen Herausgabe er über-

nommen hatte. Eine Art wiſſenſchaftlicher
Encyklopädie der Thierarzeneikunde, ſollte es
alle in dieſelbe einſchlagenden Zweige der
Wiſſenſchaft, Kunſt u. ſ. w. umfaſſen, aus
12 bis 14 Bänden in 4⁰. beſtehen, mehrere
hundert Holzſchnitte und einen Atlas von
etwa 500 Tafeln (Lithographie und Holzſchnitte) enthalten, die Ausgabe aber im Februar 1857 beginnen und jeden Monat
2—3 Hefte à 5 Bogen erſcheinen. An der
Spitze des Unternehmens ſtand als eigentlicher
Herausgeber A. de Volpi, in Verbindung
mit Dr. Strada, Foſſati [Bd. IV,
S. 307] und Omboni. Die Encyklopädie
wurde mit einer Biographie des berühmten
Carlo Ruini, Senators von Bologna im
ſechzehnten Jahrhundert eröffnet, und ſeine
Autorſchaft des Werkes „Anatomia del
cavallo", das 1598 erſchien, gegen die mehr
und weniger begründeten Einwürfe, welche
ſie beſtreiten, vertheidigt. Für die Tafeln des
unter dem Titel „Encyclopedia economico-
agricolo-veterinaria" ausgegebenen Volpi'-
ſchen Werkes ward die Sammlung anato-
miſcher und pathologiſcher Präparate in Aus-
ſicht genommen, die Aleſſandrini in
Bologna angelegt hatte. Die politiſchen Ereigniſſe, welche Ende der Fünfziger-Jahre
Italien erſchütterten und über ein Jahrzehnt
ſich ausdehnten, ſcheinen die Encyklopädie
unterbrochen und zuletzt deren Aufhören veranlaßt zu haben. Denn nirgends in den
Katalogen iſt dieſelbe verzeichnet zu finden.
Eben dieſer A. de Volpi iſt wohl auch
der Herausgeber des „Album letterario
nella faustissima occasione delle auguste
Nozze" welches 1854 in der Seminardruckerei
zu Padua erſchien — und des „Sunto delle
principali disposizioni di Polizia Veterinaria vigenti nel Regno Lombardo-Veneto"
(Padova 1854, Bianchi). — 3. Anton
Thomas Volpi, aus Bergamo gebürtig.
Er widmete ſich dem geiſtlichen Stande,
wurde Erzprieſter in Oſio und ſtarb als
ſolcher im Jahre 1803. Durch ein großes
Werk über den Janſenismus begründete er in
theologiſchen Kreiſen ſeinen Ruf Als nämlich
der Domherr der Kathedrale von Bergamo
Luigi Conte Mozzi (geſt. 23. Juli 1813)
ſeine „Storia compendiata dello scisma della
nuova chiesa 'Utrecht' im Jahre 1785 herausgegeben hatte, eröffnete ſichte Volpi dagegen das reißbändige Werk: „La vera idea
del Giansenismo", in welchem er die An-
ſichten und Argumente Mozzi's bekämpfte. —

4. Balthasar Volpi (geb. zu Mantua 1786), ein Sohn des Thierarzeneiprofessors Johann Baptist Vol.... studirte an der Thierarzeneischule zu Mailand speciell Chirurgie im Gebiete der Veterinärkunde und wurde dann an diesem Institute zum Professor im genannten Fache ernannt. Schriftstellerisch thätig, gab er eine in Fachkreisen sehr geschätzte Operationslehre unter dem Titel: „Trattato d operazion chirurgiche per gli animali domestici" (Milano 1823) heraus. — 5. Auch sein Bruder **Luigi** (geb. 1798) besuchte die Veterinärschule zu Mailand, trat aber dann in die Dienste dieser Stadt, welche ihn zum Thierarzte del Corpi Santi ernannte. — 6. In der Literaturgeschichte Venedigs spielt der Name Volpi eine kleine Rolle. So treten nicht weniger denn vier Brüder zugleich bemerkenswerth hervor, und zwar: **Gaetano**, **Gianantonio**, **Giambattista** und **Giuseppe Rocco** Söhne es Paduaner Spereereibändlers Johann Dominik Bo... aus dessen Ehe mit Christia Zeno. Doch fallen Alle ausserhalb des Rahmens dieses Werkes. Ueber Gianantonio gibt ausführliche Nachricht Tipaldo in seinem Sammelwerke: „Biografia degli Italiani illustri etc.", Vol VIII, p. 49—54, und über Giuseppe Rocco derselbe, Vol. I, p. 280—283. — 7. Endlich über einen **Tommaso** Volpi einen berühmten Chirurgen in Pavia, wo derselbe geboren wurde und 1822 auch starb, konnten wir nichts Näheres erfahren, da uns die von Alessandro Volpi [S. 279, Nr. ..] über denselben und Andere dieses Namens in Aussicht gestellten Nachrichten nicht zugekommen sind.

Bols, Ernst (gelehrter Jesuit, geb. nach Schmutz zu Radkersburg in Steiermark am 20. December 1750, Todesjahr unbekannt). Wir sind geneigt, das angegebene Jahr seiner Geburt für das seines Todes zu halten, da er ja sonst seine Werke, die sämmtlich zwischen 1689 und 1738 fallen, vor seiner Geburt geschrieben hätte! Sechszig Jahre alt, trat er in den Orden der Gesellschaft Jesu ein, in welchem er die philosophische und theologische Doctorwürde erlangte, dann, im Lehramte verwendet.

12 Jahre Redekunst und ... folgeweise zu Wien, Graz un.... trug. Danach lehrte er meh... die Novizen im Collegium sein... zu Wien, später die Moralth... Graz und Linz, endlich die h.... letzterer Stadt, in welcher er... Jahre als Rector am Collegi... In Wien aber errichtete er au.... verschiedener Mäcene ein mat... Museum, dem er sieben Jahre... vorstand. In seinen letzten Le... beschäftigte er sich mit ver.... Studien über die verschiedenen... tare und Exegesen der h. Sc... seinen Arbeiten sind im Druck... „*l'arrus Atlas Regni I*... (1689, 8⁰.), ohne Namen b.... — „*Dialogus de Decimis, ...* *Oblationibus l. 3. Decretaliu...* Lincii 1708, Rödelmayer. „*Dialogus academicus de ...* *nibus*" ib. 1709, 4⁰.); — ... *num mathematicarum libri t* nae 1714. Schlegal, 4⁰., d... zeit gewürdigte Werk hat... Prinzen Eugen von Savo... met; — „*Architecturae Mili* *cinium*" (Neue Aufl. Al... 1738, 4⁰.) und „*Theses Canc* *Dialogo Academico de Sancti* *ginum cultu*", von welcher ... und Jahr der Herausgabe nicht ... Winklera (Joh Bapt. von), ... und literarische Nachrichten von stellern u. s. w., welche in dem Steiermark geboren sind..... Franz Aerztl, fl 8⁰.) S. 246 meinen „Collectaneen" befindlich liche Notiz gibt jedoch ohne Quelle, den 4. November 16 burgs und den 22 Juli 1730 tag des Ernst Bols an.

Volta, Alexander (Graf forscher und Director t...

phischen Facultät an der Hochschule in Pavia, geb. zu Como am 18. Februar 1745, gest. daselbst am 5. März 1827). Als Sproß eines angesehenen Geschlechtes sah er sich durch glückliche Familienverhältnisse begünstigt, seiner von Talenten unterstützten Neigung zu wissenschaftlichen Studien sich hinzugeben. Frühreif den strengsten Speculationen der Philosophie gewachsen, huldigte er doch bei seiner Empfänglichkeit für das Schöne auch in Jünglingsjahren bereits der Poesie, und wenn er in letzterer Richtung das eigentliche Genügen gefunden hätte, so würde vielleicht Italien statt eines Naturforschers an ihm einen Poeten von nicht gewöhnlicher Bedeutung gewonnen haben. Ein lateinisches Gedicht über die „Physik", welches er in jener Zeit schrieb, bewies das Uebergewicht der speculirenden Vernunft über die Einbildungskraft, und mit dem ganzen Feuereifer seines Genius wandte er sich, so jung er übrigens auch war, dem Studium der Naturwissenschaften zu und nahm durch zwei Abhandlungen, welche er 1769 und 1771 durch den Druck veröffentlichte, seinen Platz ein unter den Stimmführern der Naturwissenschaft, den er auch zeitlebens behauptete. Der Titel der ersteren Schrift lautet: „*De vi attractiva ignis electrici ac phaenomenis inde pendentibus*", welche als briefliche an J. B. Beccaria gerichtete Dissertation im Druck erschien; der Titel der zweiten aber ist: „*Novus ac simplicissimus electricorum tentaminum apparatus seu de corporibus hetero-electricus quae fiunt idio electrica, experimenta atque observationes*". 1774 wurde Volta zum Professor der Naturwissenschaften am Gymnasium seiner Vaterstadt Como erwählt. In dieser Stellung gab er seine „*Proposizioni di*

Aerologia che nel R. Ginnasio dimostrò publicamente il signor D. Giuseppe Tossi sotta la direzione del Signor D. Alessandro Volta etc." (Como 1776, 8⁰.) heraus. Als er 1779 an die Universität zu Pavia berufen wurde, boten sich seinem Scharfsinne, seiner Beobachtungsgabe und wissenschaftlichen Ausdauer die günstigsten Gelegenheiten dar, auf bisher neuen unbetretenen Wegen sich Anerkennung und in der Wissenschaft einen rühmlichen Namen zu verschaffen. Zu jener Zeit war die Electricität ein Lieblingsgegenstand der Forschung, und auch Volta gab sich ihr hin. Bei Wiederholung der schon bekannten Versuche fühlte er bald, daß es an einem Werkzeuge mangele, welches die elektrischen Kräfte mäße und dem Naturbeobachter einen Maßstab für ihre Wirkungen gäbe. Diesem Gefühle des Bedürfnisses ließ er auch in Kurzem die Abhilfe folgen. Das Elektrophor und das Elektroskop, welche Instrumente heute noch den Namen ihres Erfinders tragen, waren der Gewinn seiner Bemühungen. Vermöge dieser von ihm erfundenen Hilfsmittel stellte er die Theorie der Elektricität auf festere Grundlagen, indem er mit dem Elektrophor die Wirkungen der wechselvollen Einflüsse elektrischer Atmosphäre erwies und die stetige Elektricität von der zufälligen des Druckes unterscheiden lehrte. Durch seinen Freund P. Campi über einige Blasen mit brennbarer Luft, die sich auf einem Sumpfe erzeugt hatten, in Kenntniß gesetzt, richtete er seine Aufmerksamkeit auf diese eigenthümliche Erscheinung, und alle die merkwürdigen Entdeckungen über die Natur und Mischung der Gasarten waren der Erfolg seiner diesbezüglichen Forschungen. Sie sind zusammengefaßt in der Schrift:

„*Sull'aria inflammabile natica delle paludi. Sette lettere al P. Campi*" (Milano 1777, 8º.), von welcher schon im folgenden Jahre zu Straßburg eine französische Uebersetzung erschien. Von diesen Versuchen in seiner Studirstube ging er zur Betrachtung der großen Erscheinungen der Atmosphäre über, beobachtete die Entstehung des Hagels, überraschte so zu sagen die Natur, indem er die elektrische Ballung der Regentropfen im Augenblicke der sich lösenden Wolken nachwies. Ebenso erkannte er im Hydrogengas, welches in den höchsten Luftschichten elektrische Funken entzündet, zuerst den Ursprung der Irrlichter und Sternschnuppen. Dann die Erscheinungen aneinanderreihend, die jedem Anderen durchaus fremdartig erscheinen mochten, erinnerte er zur Bestätigung seiner Deutung an die berühmten Flammen von Velleja und Pietramala, die er in einer sehr genauen Beschreibung bekannt machte. Wir müssen es uns hier, da wir doch kein Lexikon von Naturforschern schreiben, versagen, die wissenschaftlichen Arbeiten und Untersuchungen Volta's, wie er sie nach und nach durch die Presse veröffentlichte, und wie sie dann die Runde in der gelehrten Welt machten, Schritt für Schritt zu verfolgen, und wir dürften dies wohl mit um so größerer Ruhe thun, als wir die Fachmänner auf eine gediegene Vorarbeit verweisen können, nämlich auf J. C. Poggendorff's „Biographisch-literarisches Handwörterbuch zur Geschichte der exacten Wissenschaften" (Leipzig 1873, J. Amb. Barth, gr. 8º.), in dessen zweitem Bande Sp. 1230—1233 eine chronologische Uebersicht sämmtlicher Entdeckungen und der darüber veröffentlichten Arbeiten Volta's mitgetheilt ist. Wir können also im Folgenden in einem mehr über-

sichtlichen Rundblick Volta's Wirken und Entdeckungen skizziren. Galvan's interessante Versuche richteten die Blicke der Forscher auf eine neue und ganz unerwartete Naturerscheinung, aber man kann nicht sagen, daß, wie die Dinge damals lagen, seine Entdeckungen eben geeignet waren, die bestehenden elektrischen Systeme klarer erscheinen zu lassen. Es will uns fast bedünken, daß mit demselben eine neue Verwirrung begann. Einzelne Naturforscher suchten sich aus dem Wirrwarr einfach dadurch herauszuhelfen, daß sie ein neues Fluidum annahmen, dem sie in Ermangelung einer zutreffenden Erklärung die sonderbaren Bewegungen von Froschmuskeln zuschrieben, die man mit mehreren Metallen in Berührung brachte. Dem Scharfsinne Volta's war es nun vorbehalten, durch eine bewunderungswürdige Kette von Beobachtungen und Schlüssen darzuthun: daß der galvanische Frosch nichts weiter sei, als ein thierisches Elektroskop von vorzüglicher Empfindlichkeit, und daß er vor Allem sich dazu eigne, das kleine Uebergewicht von elektrischem Stoffe darzulegen, welches durch jene Berührung hervorgebracht werde. Dann von einer Entdeckung zur anderen fortschreitend wir gewahren bei Edison eine ähnliche Erscheinung — kam er auf den glücklichen Gedanken, durch Vermehrung der Massen der verschiedenen Metalle die Erfolge zu vermehren und so erschuf er in der nach ihm benannten Säule jenes bewunderungswürdige Werkzeug, welches ein Haupthilfsmittel für die ausgezeichneten Entdeckungen wurde, die man später in der Chemie machte und noch heute macht. Dem Geschichtschreiber der Naturwissenschaften muß es vorbehalten bleiben, die Zeitpunkte der großen

Entdeckungen Volta's genau anzugeben. Poggendorff in dem oben angeführten Werke bildet dafür einen sicheren Wegweiser. Ein weiteres Hilfsmittel dafür mag die „Collezione dell'opere del Cav. Conte A. Volta" sein, welche B. Antinori zu Florenz in drei Bänden mit fünf Theilen (1816) herausgab. Jedoch ist dieselbe lange nicht vollständig, da sie manche Abhandlungen unseres Physikers nicht enthält. Indem wir nun zum äußeren Lebensgange des großen Naturforschers zurückkehren, berichten wir, daß Volta im Jahre 1777 mit seinem Mitbürger Giambattista Giovio eine Reise nach der Schweiz und Savoyen unternahm, auf welcher er bei Haller und Voltaire bewundernde Aufnahme fand; 1782 machte er in Scarpa's [Bd. XXIX, S. 15] Gesellschaft eine Reise durch Deutschland, Holland, England und Frankreich, wo ihm überall eine seinen Kenntnissen und Verdiensten entsprechende glänzende Aufnahme zutheil wurde. Bekannt ist der ehrenvolle Empfang, welchen er und sein College Scarpa von Seite des Kaisers Joseph, dieses Schätzers nicht blos der Menschheit, sondern auch der wahren Wissenschaft, fanden. Als Volta 1794 zu London einen Vortrag über den Condensator gehalten hatte, ließ die königliche Gesellschaft der Wissenschaften ihm zu Ehren eine goldene Denkmünze prägen, welche wohl nur in diesem einzigen Exemplar vorhanden sein dürfte, da sie in den reichsten Münz- und Medaillensammlungen nicht vorkommt. Eine noch größere Auszeichnung wurde ihm in Paris zutheil, das er 1801 besuchte. Im Nationalinstitute, welchem Bonaparte, damals noch erster Consul, als Präsident vorsaß, wiederholte er jene Versuche und Schlüsse, die ihn auf die Entdeckung der

nach ihm benannten galvanischen Säule geführt hatten. Allgemeine Bewunderung ward ihm gezollt, das französische Institut erwählte ihn zu seinem Mitgliede und ließ zwei Medaillen ihm zu Ehren prägen, der erste Consul aber übersandte ihm ein Geschenk von 6000 Francs. Ein Basrelief im Saale des Lyceums zu Como verewigt diesen Triumph Volta's, der ja auch ein Triumph der Wissenschaft ist. Der Auftrag, die Universität zu Pavia bei der Wahlversammlung von Lyon zu vertreten, die Würde eines Senators, der Grafentitel, die Mitgliedschaft der königlichen Gesellschaft der Wissenschaften in London, Orden und Pensionen folgten in kurzen Zeiträumen. Müde der Geschäfte, legte er bei zunehmendem Alter 1804 seine Aemter nieder und lebte auf seinem Landgute zu Como in strenger Verborgenheit. Als dann in Folge der Schlußacte des Wiener Congresses (9. Juni 1815) die Lombardei an Oesterreich zurückkam, zog Kaiser Franz den großen Gelehrten aus der selbstgewählten Abgeschiedenheit hervor und ernannte ihn noch im nämlichen Jahre zum Director der philosophischen Facultät an der Universität zu Pavia. In dieser Eigenschaft wirkte Volta noch mehrere Jahre in rühmlicher Weise. Einen an ihn gelangten glänzenden Ruf nach St. Petersburg lehnte er ab. In seinen letzten Tagen zog er sich nach seinem Geburtsorte Como zurück und starb daselbst hochbetagt nach nur zweitägiger Krankheit im Alter von 82 Jahren. 1832 ließ ihm seine Vaterstadt eine kolossale Bildsäule errichten, nachdem sie schon früher seine Büste im Lyceum an der Seite anderer berühmter Mitbürger hatte aufstellen und eine Denkmünze auf ihn prägen lassen. Am 13. August 1838 aber wurde in Mailand ein ihm erbautes Denkmal im

Beisein einer großen Menschenmenge
feierlich eingeweiht. Indem wir in Kürze
Volta's Erfindungen zusammenfassen,
ergeben sich außer der galvanischen Säule,
dem beständigen Elektrophor und dem
Elektroskop noch das elektrische Pistol,
das Eudiometer, die Lampe mit entzünd-
licher Luft, der Condensator und der
Becherapparat. Seit 1794 war Volta
mit Therese von Peregrini vermält,
welche ihm drei Söhne gebar, von denen
ihn nur zwei überlebten, während ihm
der sehr viel versprechende dritte 1814
durch den Tod entrissen wurde. Volta's
Namen aber glänzt als ein Stern ersten
Ranges am Horizont der menschlichen
Wissenschaft.

Seebeck (August). Gedächtnißrede auf
A. Volta (Dresden und Leipzig 1846, 8⁰.)
— Illustrirte Zeitung (Leipzig, J. J.
Weber) 10. März 1877, Nr. 1738: „Zum
50jährigen Todestag zweier Koryphäen der
Wissenschaft" (5. März). Pierre Simon La-
place und Alessandro Graf Volta. —
Mnemosyne (Lemberger Unterhaltungs-
blatt, 4⁰.) 1836, Nr. 137. — Oesterrei-
chische National-Encyklopädie von
Gräffer und Czikann (Wien 1837, 8⁰.)
Bd. V, S. 383. — Oesterreichischer
Zuschauer. Herausgegeben von Ebersberg
(Wien, 8⁰.) 1838, Bd. I, S. 212. —
Schläger (Frz. G. J.). Gemeinnützige
Blätter. Eine Zeitschrift zur Belebung und
Unterhaltung [Hameln [Hannover, Helwing]
4⁰.) Jahr 1828, Jänner, Nr. 4. — Spiegel
(Presburger Journal) 1831, Nr. 97. —
Wanderer (Wiener polit. Parteiblatt, 4⁰.)
1823, Nr. 2. — Westermann's Monats-
hefte, 1868 Nr. 141, Bd. XXIV, S. 326.
— Mocchetti (Francesco). Elogio del Conte
A. Volta (Como 1833, 8⁰.). — Zuccala
(Giovanni). Eloglo storico di A. Volta
(Bergamo 1827, 8⁰.). — Rovani (Giuseppe).
Storia delle lettere e delle arti in Italia
giusta le reciproche loro corrispondenze
(Milano 1857, Franc. Sauvito, schm. 4⁰.)
tomo III, p. 521—525 [mit den irrigen
Angaben des Geburtsjahres 1743 und des
Todesdatums 6 März 1826 statt 5. März
1827]. — Arago (Domin. Franç.). Eloge

d'A. Volta (Paris 1831, 8⁰.) ins Italienische
übersetzt von Giovanni Battista Menini
(Como 1835, 16⁰.).

Porträte. 1) Unterschrift: „Alessandro
Volta". Geoffroy (sc.) 4⁰. — 2) G. Ga-
ravaglia del. et sc. (Fol.). — 3) Holzschnitt in Westermann's Monatsheften,
Bd. XXIV, S. 329.

Volta, Leopold Camillo (Schriftsteller, geb. in Mantua am 23. October 1751, gest. daselbst am 25. April
1823). Seine frommen Eltern ließen
ihn die Jesuitenschulen in Mantua besuchen, in welchen sich bald seine Talente
für die schönen Wissenschaften entfalteten.
Im zarten Alter legte er eine Sammlung von trefflichen und gedankentiefen
Stellen der italienischen und lateinischen
Poeten des Alterthums an und vermehrte dieselbe fortwährend. Als Jüngling von kaum 20 Jahren stiftete er eine
Privatakademie zur Pflege seiner schöngeistigen Neigungen. Um dem Willen
seines Vaters zu genügen, widmete er
sich dem Studium der Rechtswissenschaften, erlangte daraus die Doctorwürde und zuletzt eine Advocatur.
25 Jahre alt, ging er auf den Wunsch
seines Vater nach Wien, um sich an der
Hochschule daselbst noch gründlicher in
den politisch-staatswissenschaftlichen Fä-
chen auszubilden. Zu diesem Zwecke verweilte er dort drei Jahre, innerhalb
deren er manche einflußreiche Bekanntschaft machte, selbst Zutritt bei Hofe erlangte und Gelegenheit hatte sein von
früher Jugend gepflegtes Zeichentalent
an der Kunstakademie auszubilden. Um
diese Zeit begann er auch, sich mit der
Radirnadel zu üben und die Kopf-
vignetten der beiden Journale, welche er
herausgab, sind seine eigene Arbeit in
dieser Kunst. Unter den Personen, mit
denen er während seines Wiener Auf-

)altes bekannt wurde, befanden sich
päpstliche Nuntius Cardinal Ga-
api, die Dichter Denis [Bd. III,
238] und Metaftafio [Bd. XVIII,
1] und Minister Freiherr von Sper-
[Bd. XXXVI, S. 138]. Durch die
nannten der Kaiferin Maria The-
ia empfohlen, erhielt er durch die-
t im Jahre 1778 die Stelle eines
retärs der Delegation bei der Rech-
gskammer und die eines Präfecten
Bibliothek in Mantua, welch letztere
eitlebens behielt und welche unter
r Leitung bis zu einer Höhe von
igtaufend und mehr Bänden gedieh.
der reichen Muße feiner Beschäf-
ngen trieb er schöngeistige Studien
gründete, um gleichsam die besseren
igen Kräfte der Heimat um sich zu
zen, 1793 zwei Zeitschriften, das
)rnale della letteratura italiana",
)n in den Jahren 1793—1795 fünf
be, und das „Giornale della lettera straniera", wovon 1793 zwei
be erschienen. In der Herausgabe
r Zeitschriften, über welche er sich
er mit Tirabofchi [Bd. XLV,
74] ins Einvernehmen gefetzt hatte,
)e er von feinem Bruder Johann
aphin unterftützt, der besonders in
Naturwissenschaften bewandert war
als Dechant an der Collegiatkirche
St. Barbara in Mantua fungirte.
s erhielt Volta mit kaiferlichem Dein Würdigung feiner Verdienste um
)aterländische Literatur die Präfecten-
am Museum der Alterthümer zu
ttua, welcher er aber in Folge der
darauf in ganz Oberitalien ausge-
zenen revolutionären Bewegung nur
: Zeit vorftand. Unter den neuen
)ältnissen hatte er gleich Anderen,
)e zur früheren Regierung hielten,
zu leiden, erft als nach und nach die

Verhältnisse sich zu befestigen begannen,
nahm er Dienste an, und zwar trat er
zunächst in den Municipalitätsrath der
Stadt Mantua, ging als Vertreter zu der
nach Lyon einberufenen Nationalver-
fammlung und wurde Podestà feiner
Vaterstadt; verfah aber nach wie vor die
Leitung der Bibliothek und des Mu-
feums, auch die veränderten Verhältnisse
zum Frommen beider Anftalten, fo weit
es ging, ausnützend. Wie schon früher,
beschäftigte er fich auch jetzt mit Forschungen über die Geschichte feiner Vaterstadt Mantua, über welche er dann, fo
oft fich ihm Gelegenheit darbot, einen
und den anderen Artikel in irgend einer
Zeitung veröffentlichte. Allmälig hatte
fich das Material zu einer förmlichen
Geschichte angehäuft, und er schritt zu
deren Veröffentlichung. Aber bei der Ungunst der Zeiten gedieh diefelbe nicht
über den ersten Band, welcher im Jahre
1807 erschien. Als dann Oberitalien
wieder in österreichischen Befitz gelangte,
fiel auf Volta die Wahl als Begleiter
der nach Wien gefendeten Mantuaner
Deputirten. Nach viermonatlichem Aufenthalte in der Donaustadt kehrte er
heim und gab fich feinen früheren literarischen Beschäftigungen wieder hin. Bald
darauf zum Professor der Geschichte und
Redekunst am Lyceum zu Mantua ernannt, übernahm er noch nebstbei unentgeltlich vom Jahre 1816 ab die Direction
diefer Anftalt. Da er außerdem neben
anderen Aemtern auch noch jenes des
Bibliothekars und Vorstehers des Mu-
feums verfah, fo erkrankte er endlich
unter der Bürde fo vieler Geschäfte,
welche feine ganze Thätigkeit in Anspruch
nahmen, und erlag im Alter von 71 und
einem halben Jahre feinem Leiden.
Volta hat folgende theils felbständige
Schriften, theils in gelehrten Fachwerken

abgedruckte Abhandlungen veröffentlicht: „*Panegirico in versi a Maria Teresa*" (Mantova 1774); — „*Notizie intorno alla vita di S. Giovanni Buono, Mantovano*" (ib. 1775); — „*Osservazioni storico - critiche sopra una chiave di bronzo dissoterrata in Mantova nel 1730*" (Venezia 1782); — „*Dell'origine della zecca di Mantova e delle poche monete di esse*" (Bologna 1782); — „*Descrizione storica delle pitture del R. Palazzo del Te*" (Mantova 1783); — „*Saggio storico sulla tipografia Mantovana del secolo XV.*" (Venezia 1786); — „*Compendio cronologico - critico della storia di Mantova, tomo I.*" (Mantova 1807) und „*Saggio storico sull'insigne reliquia del preziosissimo sangue di Gesù Cristo*" (Mantova 1820). In Zeitschriften zerstreut: „Elogio dell'abate Pellegrino Salandri" in der „Europa letteraria" (1772, tomo II, p. 1); — „Memoria intorno alla vita e agli scritti di Bonifazio Vitalini leggista Mantovano del secolo XV." in der „Nuova raccolta d'opuscoli scientifici e filologici" (Venezia 1776, tomo 29); — „Lettera scritta da Vienna a Francesco Antonio Coffani intorno la suddetta Memoria" in der „Nuova raccolta etc." (1778, tomo 35); — „Osservazioni sopra lo stile del Metastasio" im 11. Bande der zu Nizza 1783 erschienenen Ausgabe der Werke Metastasio's; — „Notizie storiche sull'Abate Salandri" vor der 1783 zu Mantua veröffentlichten Ausgabe der „Poesie scelte" desselben; — „Elogio del Consigliere Giovanni Antonio Scopoli" in den von Lami zu Florenz 1788 herausgegebenen „Novelle letterarie"; — „Lettera intorno la

Laurea di Filippo Vagnone poeta piemontese del secolo XV." britten Bande der „Biblioteca di Torino" (1792). Außerdem seien noch erwähnt: seine „Canzone petrarchesca", anläßlich des Besuches, welchen Erzherzog Ferdinand d'Este mit seiner Gemalin Beatrice im Jahre 1772 der Stadt Mantua abstattete; mehrere Sonette, abgedruckt in den „Rime degli Arcadi" 1781, 14. Band; ein Vortrag über mehrere Denkmäler, die sich im Museum von Mantua befinden; eine Gedächtnißrede auf Metastasio; seine „Memorie sugli scrittori Mantovani"; seine Materialien zu einer Geschichte Mantuas und seine ungedruckt im Nachlasse vorgefundenen kritischen Glossen und Bemerkungen zu mehr denn tausend Manuscripten des fünfzehnten Jahrhunderts. Auch stand Volta in gelehrtem Briefwechsel mit hervorragenden Männern seiner Zeit, wie mit Denis, Garampi, dem Affò, Zanetti, Lanzi und Tiraboschi, und war Mitglied mehrerer gelehrten Gesellschaften, so jener seiner Vaterstadt, dann von Siena, Palermo, der Arkadier in Rom und jener der Inschriften und schönen Wissenschaften in Paris. Im vorgerückten Alter, 1804, vermälte er sich zum ersten, als Greis, 1822, zum zweiten Male, doch blieben beide Ehen kinderlos.

Volta, Johann Gottfried. Der eigentliche Name des Geographen J. G. Sommer, siehe: **Sommer, Joh. Gottfried** [Bd. XXXV, S. 286].

Voltić, siehe: Voltiggi, Joseph.

Voltiggi, Joseph (Sprachforscher, geb. zu Antignana in Istrien in der zweiten Hälfte des achtzehnten Jahrhunderts, gest. in Wien um 1827). Ein

ifcher Eltern, deſſen eigentlicher
oltic iſt, verwälſchte er ben-
is unbekannten Gründen, wie
rhaupt über ſeinen Lebenslauf
ichſten Nachrichten vorliegen.
e 1810 trat er in k. k. Staats-
id verſah bis zu ſeinem Tode
iliches Amt in Wien. In der
alieniſchen Gelehrtenwelt machte
'annt durch das Werk: „*Rieco-*
Vocabolario, Wörterbuch) *Illi-*
Italianskoga i Nimacskoga
jednom pridpostavljenom
'ikom ili pismenstvom, sre ovo
i složeno od...", b. i. Wörter-
illyriſchen, italieniſchen und
Sprache mit vorangeſchickter
ik und Orthographie (Wien
utzbeck, 8°., 710 S., Gram-
X S., dann Vorrede 15 S.
graphie 2½ Bl.). Bezüglich
enſchaftlichen Werthes dieſes
chreibt ein competenter Fach-
afakik) Folgendes: „Hätte
i auch gar nichts mehr geleiſtet,
r ben *Micalia* (auch ein illy-
ikograph) burch eine bequemere
hie lesbarer machte und das
inzuſetzte, ſo würde er ſchon
ienen". In ſeiner dem Wörter-
ehängten Grammatik und An-
ur Orthographie weicht Vol-
letzterer von jener des Mi-
b *Arbelio bella Bella* [Bb. I,
bedeutend ab.

(Pietro). **Biografia degli uomini**
'Istria (Trieste 1828—1829, Ma-
8°.) Vol. II. Nr. 234. — Do-
ý (Joſ.). Slovanka. Zur Kenntniß
und neuen ſlaviſchen Literatur, der
nde an allen Mundarten, der Ge-
ind der Alterthümer (Prag 1813)
. 224 u. f.

mk. Johann Georg (Schrift-
geb. zu Braz bei Bludenz in

Vorarlberg am 5. September 1824).
Das Gymnaſium beſuchte er in Feldkirch
und Innsbruck, beendete die philoſophiſchen Studien in Pabua und hörte Theologie zu Brixen, wo er auch 1850 die
Prieſterweihe empfing. Er wendete ſich
nun bem Lehramte zu und erhielt noch
im nämlichen Jahre eine Profeſſur der
deutſchen Geſchichte und Literatur am
Gymnaſium zu Feldkirch, in der Folge
kam er in gleicher Eigenſchaft an die
Gymnaſien zu Zara, Laibach und Innsbruck. Als nach dem Umſchwunge in
Oeſterreich im Jahre 1859, nach dem
Erwachen des politiſchen Lebens und der
Entfeſſelung der Geiſter nun auch die
confeſſionellen Kämpfe begannen, welche
namentlich in Tirol eine faſt bedrohliche
Miene annahmen, da fühlte ſich Vonbank als katholiſcher Prieſter mehr denn
je in Anſpruch genommen, ſo daß er, um
ſeiner Parteiſtellung zu genügen und in
keinen Conflict mit ſeinen weltlichen Behörden zu gerathen, freiwillig im Jahre
1866 ſein Lehramt aufgab und ſich nun
ausſchließlich der katholiſchen Publiciſtik,
der Vereinsthätigkeit und ſeinen poetiſchen Neigungen widmete. Er gründete
und redigirte in Innsbruck die „Tiroler
Stimmen", ein politiſches, entſchieden cle-
ricales Blatt, und ſpäter in ſeiner Heimat
das „Vorarlbergiſche Volksblatt". Hand
in Hand mit ſeiner publiciſtiſchen Thätigkeit geht ſeine poetiſche, in welcher
nicht ſelten die leidenſchaftlichen Töne
ber erſteren nachklingen. Von ſeinen
Arbeiten ſind bisher ſelbſtändig erſchienen: „Alois Meßmer, Profeſſor der Theologie zu Brixen u. ſ. w. Ein Lebensbild, gezeichnet nach deſſen Tagebuch. Briefen u. ſ. w.
Herausgegeben von J. C. Mitterrutner"
2 Bände (Innsbruck 1860, Rauch, 8°.);
— „Sonette" (Innsbruck 1862) und
„Gedichte" (Lindau 1869). Was die poe-

tische Bedeutung Vonbank's betrifft, so rühmt der Literaturhistoriker Heinrich Kurz den „Sonetten" desselben nach, daß sie, manchen prosaischen Ausdruck und manche unbeholfene Wendung abgerechnet, im Ganzen wohlgebildet seien und sich die Form dem Gedanken glücklich anschmiege". „Ebenso", meint Kurz weiter: „müssen wir ihm unbedingt Recht geben, wenn er im „Gebet" ausruft: „Endlich siegen die Wahrheit muß, die Lüge unterliegen", nur halten wir den Jesuitismus und dessen Lockungen nicht für Wahrheit". Bezeichnend sind die Abtheilungen, in welche die Sammlung seiner 1869 erschienenen „Gedichte zerfällt: I. „Ein Kampf" (Tirol 1861, 1862); II. „Wanderung in Zeit und Raum"; III. „Silhouetten zu Dante"; IV. „Zweiter Kampf" (Vorarlberg 1868 und 1869). Man sieht, Vonbank's Göttin ist keine Siona, sondern vielmehr eine Bellona. Während seines Aufenthaltes in Zara veröffentlichte er im 7. Programm des dortigen k. k. Gymnasiums (1856/57) einen größeren Aufsatz über die „Kirchen von Zara", welcher auch in italienischer Uebersetzung des Professors Francesco Danilo unter dem Titel: „Sull'architettura delle chiese di Zara" (Zara 1857, Battara, 4⁰. 30 S.) erschien.

Brümmer (Franz). Deutsches Dichter-Lexikon. Biographische und bibliographische Mittheilungen über Dichter aller Zeiten. Mit besonderer Berücksichtigung der Gegenwart (Eichstätt und Stuttgart 1877, Krüll'sche Buchhandlung, schm. 4⁰) Seite 438. — Kehrein (Joseph). Biographisch-literarisches Lexikon der katholischen deutschen Dichter, Volks- und Jugendschriftsteller im neunzehnten Jahrhunderte (Zürich, Stuttgart und Winterthur 1871, Leo Wörl, gr. 8⁰.) Bd. II. S. 228. — Kurz (Heinrich). Geschichte der neuesten deutschen Literatur von 1830 bis auf die Gegenwart. Mit ausgewählten Stücken aus den Werken der vorzüglichsten Schriftsteller (Leipzig 1872, Teubner, schm. 4⁰.) S. 36 u. [Kurz läßt Vonbank in Graz, statt in Graz, einer Ortschaft bei Bludenz, geboren sein.] — Vorarlberger Volksblatt 1869, Nr. 96. Blätter für literarische Unterhaltung (Leipzig, Brockhaus, 4⁰.) 1863, S. 413.

Vonbun, J. F. (Arzt und Topograph, geb. zu Laas in der Pfarre Nüziders 24. November 1824, gest. zu Schruns 1870). Nachdem er die medicinischen Studien in Innsbruck beendet hatte, übte er, zum Doctor promovirt, die ärztliche Praxis aus und wurde zuletzt Gerichtsarzt zu Schruns im Thale Montavon in Vorarlberg. Angeborene Regung wie sein Beruf ließen ihn seine Blicke auf Land und Leute richten, unter denen er lebte, und seine tüchtigen Studien ermöglichten es ihm, das Geschaute in passender Form zur allgemeinen Kenntniß zu bringen. Seine zahlreichen Aufsätze über Volkscharakter, über Landesbräuche und verschiedenes Andere befinden sich zerstreut in Zeitschriften und würden gesammelt wohl einen schätzenswerthen Beitrag zur Kunde seines Heimatlandes geben, welches erst seit Eröffnung der Arlberger Bahn einer genaueren Kenntniß sich zu erschließen beginnt. Das erste Werk, mit welchem er in die Oeffentlichkeit trat, waren die „Volkssagen aus Vorarlberg" (Wien 1847, PP. Mechitaristen, VI und 92 S.), ein Büchlein, dessen mundartlichen Werth Joseph Bergmann in einer eingehenden Besprechung in Dr. Adolph Schmidl's „Oesterreichischen Blättern für Literatur, Kunst, Geschichte u. s. w." IV. Jahrg. (1847) Nr. 104 und 105 nachweist, und das 1850 in zweiter vermehrter Auflage (CXVIII und 86 S.) erschien; demselben folgten nach langer

Pauſe: „Beiträge zur deutſchen Mythologie. Geſammelt in Charrhätien" (Chur 1862, Hiß, 8°., V und 137 S.) und zuletzt: „Feldkirch und ſeine Umgebung. Hiſtoriſch-topographiſche Skizze. Ein Führer für Einheimiſche und Fremde" (Innsbruck 1868, Wagner, XVI und 171 S.), der Vorbereitung zu einer zweiten Auflage dieſer Schrift wurde er durch den Tod entzogen. Auch hatte er ſich, wie Amthor in einem „Alpenfreund" berichtet, mit der Herausgabe eines Buches über die „Naturſchönheiten Vorarlbergs" getragen und war dieſerhalb mit dem Genannten in Verbindung getreten. Die zwei Aufſätze im erſten Jahrgange des „Alpenfreund" (1870) „Auf dem Valülla" (S. 145) und „Von Bludenz auf die Scesaplana" (S. 224), mögen Fragmente aus jenem Buche ſein. Bonbun iſt der Erſte, dem wir eine genauere Kenntniß des nach ſo vielen Seiten intereſſanten Ländchens Vorarlberg zu verdanken haben.

Der Alpenfreund. Monatshefte für Verbreitung von Alpenkunde unter Jung und Alt. Herausgegeben von Dr. Ed. Amthor (Gera, gr. 8°.) Bd. I (1870) S. 256. — Der Tiroler Bote (Innsbruck, 4°.) 1870, Nr. 65: „Todesnachricht" [nennt ihn irrig Anton Bonbun].

Bondraček, ſiehe; **Boudraſchek.**

Boraczičzky, ſiehe: **Boraczieczky.**

Borbes, Thomas Anton (čechiſcher Schriftſteller, geb. zu Dneſic am . Jänner 1815). Nach dem „Slovník naučný" wäre der Ort Dneſic in der heutigen Bezirkshauptmannſchaft Přeſtice gelegen, doch geben die geographiſchen Lexica weder über Dneſic noch Přeſtice irgend einen Aufſchluß. Wegen der Mittelloſigkeit ſeiner Eltern hielt ſich Borbes bis zum ſechzehnten Jahre bei

ſeinem Großvater und als dieſer ſtarb, bei ſeinem Oheim Thomas Kovařik auf, welche Beide gute Schullehrer waren. Im Jahre 1831 kam er nach Prag, wo er nach beendeter Normalſchule in die Technik einzutreten beabſichtigte, aber durch ſeine Kurzſichtigkeit an der Ausführung dieſes Vorhabens gehindert wurde. So unterzog er ſich 1834 an der Prager Hauptſchule dem Vorbereitungscurſe für das Lehramt an einer Hauptſchule. Als er nach Beendigung dieſes Curſes nicht ſofort Verwendung fand, beſuchte er zunächſt die Kleinkinderbewahranſtalt zu Hradek bei Prag, welche der als Schulmann geſchätzte Johann Svoboda [Bd. XLI, S. 65] 1832 eröffnet hatte, und an welcher dieſer ſelbſt als Lehrer wirkte. Nachdem er zwei Jahre als Unterlehrer bei Svoboda thätig geweſen, kam er im April 1837 als Lehrer an die eben neu errichtete Kleinkinderbewahranſtalt in Königgrätz, an welcher er bis 1851 blieb. Als im Jahre 1848 das Inſtitut für den zweijährigen Lehramtscurs ins Leben trat, machte auch er denſelben mit, unterzog ſich der vorgeſchriebenen Prüfung und trug gleich Pädagogik und deutſche Sprache an dieſer Anſtalt vor, an welcher er 1851 zum wirklichen Lehrer und 1870 zum Hauptlehrer ernannt wurde. Auf ſeinem lehramtlichen Gebiete ſchriftſtelleriſch thätig, gab er heraus: „Vyučování v prvni třidé", d. i. Unterrichtsbuch für die erſte Claſſe (1857), nach dem von Hermann unter dem Titel „Die Unterclaſſe" herausgegebenen methodiſchen Handbuch bearbeitet, und „Didaktika čili Naredeni ku ryučování školnimu", d. i. Didaktik oder Anleitung zum Unterricht in der Schule (Königgrätz 1860, neue Auflage 1864). Borbes unternahm während der Jahre

1840 bis 1865 öftere Reisen, nicht nur im Kaiserstaate und in Deutschland, sondern dehnte dieselben auch in die Fremde, nach Frankreich und der Schweiz aus. Ueber diese Reisen und sonst Anderes schrieb er in den čechischen Zeitschriften „Kvéty" (d. i. Blüten), „Posel z Budče" (d. i. Der Bote aus Budweis), „Škola" (d. i. Die Schule), „Dalibor" u. a. Viele Arbeiten pädagogischen und anderen Inhaltes liegen druckbereit in Handschrift.

Borel. Der Name Borel wird nach der alt- oder neučechischen Schreibweise mit B, respective B geschrieben. Hier folgen alle Träger dieses Namens unter B. Ein Rückweis im Buchstaben B leitet auf den Gesuchten.

Borel, Joseph (Liedercomponist, geb. zu Opočno im Königgrätzer Kreise Böhmens am 13. November 1801). Das Gymnasium besuchte er in Reichenau, Philosophie und Theologie studirte er in Prag. Im August 1825 zum Priester geweiht, kam er im November desselben Jahres als Caplan nach Certhovic, von wo ihn aber schon nach einigen Monaten der Dechant von Žebrac Adalbert Nejedlý [Bd. XX, S. 162] als Caplan zu sich nahm. Da er während dieser Zeit wiederholt erledigte Pfarren administrirte, so präsentirte ihn sein Dechant für die schon seit 1696 mit der Žebracer Dechantei verbundene Expositur in Zdic. Aber noch bei Lebzeiten Nejedlý's verfügte das böhmische Landesgubernium, daß, sobald die Dechantei in Žebrac in Erledigung komme, Zdic zu einer selbständigen Pfarre umgestaltet werde. Nach Nejedlý's Tode begannen nun die auf diese Scheidung bezüglichen Arbeiten. und mit Hof-

kanzlei-Decret vom 16. Jänner 1846 wurde Borel selbständiger Pfarrer von Zdic. Neben seinem seelsorgerlichen Berufe betrieb er mit Eifer Musik und machte sich durch die Composition folgender čechischer Lieder bekannt: „Pohled na Prahu", d. i. Blick auf Prag, von J. K. Chmelenský; — „Chorál čech", d. i. Choral der Čechen, von J. K. Erben; — „Večer". d. i. Abend, von J. K. Erben; den Ertrag dieser drei Lieder für eine Singstimme mit Begleitung des Piano bestimmte der Compositeur zum Besten des Krankenhauses in Opočno; — „Píseň zimní", d. i. Winterlied, von J. K. Chmelenský; — „Píseň společenská", d. i. Gesellschaftslied von J. K. Chmelenský; dieses und das vorige im zweiten Jahrgange (1836) der Liedersammlung „Věnec", d. i. Der Kranz; — „Píseň společná", d. i. Geselliges Lied, von J. Opočenský, im vierten Jahrgange (1838) der Liedersammlung „Věnec"; — „Růže Tetínská", d. i. Die Rose von Tetin, von J. K. Chmelenský, erschien im Sammelwerke: „Zlatý zpěvník", d. i. Das goldene Gesangbuch, I. Theil, Nr. 9; und im dritten Jahrgange (1837) der Liedersammlung „Věnec"; das mit ergreifender Melancholie componirte Lied ist in den Volksmund übergegangen; — „Suchá růže", d. i. Die welke Rose, von V. J. Picek, mit deutschem und čechischem Text (Prag bei Kohlíček); — „Nárrat rytíře. Ballada", d. i. Die Rückkehr des Ritters. Ballade von J. Chmelenský, im zweiten Jahrgang (1836) der Liedersammlung „Věnec"; — „Divné věci", d. i. Wunderbare Dinge; — „Děvče jako lusk", d. i. Ein Mädchen wie eine Puppe; — „Mladičká nevěsta", d. i. Die junge Braut; — „Černé oči", d. i.

Augen; — „*Zamilovaný
*", d. i. Das verliebte Groß-
bie letztgenannten fünf Ge-
mtlich von Fr. Kamenický;
inova píśťala", d. i. Die
eife, von Fr. H. Čela-
bie letztgenannten sechs Stücke
in der Sammlung: „VI písní
a hlas s průvodem piana",
¿ Gesänge für eine Stimme
¿tung des Piano (Prag, Roh-
— „*Zpěv*", d. i. Lied, von
botný, im vierten Jahrgange
¿ *„Vénec*"; — „*Lovecká*",
Jägerin, von Zar. Picek;
¿ die folgenden sind vierstim-
r; — „*Na hvezdy*", d. i. An
; — „*Důvěra v Hospodina*",
trauen auf Gott; — „*Na
*¿. i. An die Freude; — „*Před
*¿, d. i. Vor der Berathung; bie
¿ Gedichte, sämmtlich von Jaro-
¿, sind in einer Sammlung, als
Picek (Prag 1858), gedruckt
— „*Hymnus za Pia IX.*",
Binafický (Prag 1860); —
¿", d. i. Unser Lied, von Vi-
¿lek; — „*Vojenská*", d. i.
; — „*Dennice*", d. i. Der
¿rn; dieses und das vorige von
¿¿; — „*Píseň mladého Slo-
*¿. Lied eines jungen Slaven,
¿ibilský; die letzten vier alle
¿, mit Chorbegleitung, erschienen unter dem Titel: „*Čtvero-
*J. Vorla", d. i. Viergesänge
¿rel (Prag 1861, Bellmann);
¿ý *a dlouhý čas*", d. i. Kurze
Zeit, von Therese Lichten-
britten Jahrgange (1837) des
— „*Na basu*", d. i. An die
von S. K. Machaček, im
¿rgange (1837) des „Vénec";
nemohl dál?", d. i. Warum

konnte er nicht weiter? Quartett im
Sammelwerk „Hlahol" (Prag 1867),
im 2. Heft; — „*Hornická*", d. i. Berg-
mannslied, ebenda im 18. Hefte. Vorel
erfreut sich als Liedercomponist unter
seinen čechischen Landsleuten großer Beliebtheit, und mehrere seiner sehr sang-
baren Lieder sind in den Volksmund
übergegangen.

Knihopisný Slovník česko slovenský...
Vydal František Doucha příspěním
Jos. Al. Dundra a Frant. Aug. Ur-
bánka, d. i. Čechoslavisches Bücher-Lexikon.
Herausgegeben von Franz Doucha unter
Mitwirkung von Jos. Alex. Dunder und
Franz Aug. Urbánek (Prag 1865, Kober,
schm. 4°.) S. 296.

Noch sind anzuführen: 1. **Anton Mauriz
Vorell** (gest. zu Eibenschütz in den letzten
Tagen des Monats März 1864), Bürgermeister zu Eibenschütz. Er bekleidete zugleich
die Postmeisterstelle daselbst und hatte sich
als Spargelzüchter weit über die Grenzen
seiner Heimat hinaus einen Namen gemacht.
Er versandte den von ihm selbst gezogenen
Spargel in alle Weltgegenden, zur Zeit der
Saison an den kaiserlichen Hof und täglich
an Kaiser Ferdinand in Prag. Von ihm
erschien auch eine „Anleitung zur Spargel-
cultur, nach dem Eibenschützer Culturinstem
überhaupt und insbesondere die Spargelbeete
so anzulegen, um den höchst möglichsten Ertrag und schöne starke, dem weltberühmten
Eibenschützer Spargel gleichkommende Stämm
zu erzielen" (Brünn 1864, Karafiat, 8°.).
Als Bürgermeister genoß er im oben Grad
das Vertrauen der Gemeinde, deren Interesse
er mit Würde und Festigkeit vertrat. Ein
anfangs unbeachtetes Fußhübel, das zuletzt
den Brand herbeiführte, veranlaßte Worell's
frühen allgemein tiefbetrauerten Tod. —
2. Ein **Karl Vorel** lebte im vorigen Jahrhundert als evangelischer Pfarrer in Dau-
bravic. Als theologischer Schriftsteller gab er
heraus: „Wira samospasitedlná katolická",
d. i. Der alleinig machende katholische
Glaube (Prag 1783, 8°.); dieses Buch wurde
einiger anstößiger Stellen wegen von der
Censur unterdrückt; — „Konfessí Helwetská
wyznání swýcarské Čechům k známosti",
d. i. Die Helvetische Confession, das schwei-

zerische Glaubensbekenntniß den Čechen bekannt gemacht (Prag 1784, 8°.); — „Roz-
mýšlení se wlastenco na otázku jaké wiry
se přídřzetl sluši", d. i Erwägung über
die Frage, zu welchem Glauben sich zu be-
kennen zweckmäßig sei (Prag 1784, 8°). —
3. Ein Vorel (auch Worel), dessen Taufname nicht bekannt ist, trat zu Anfang dieses
Jahrhunderts als Compositeur auf, und
zwar erschienen von ihm 1808 in der Musi-
kalienhandlung Polt in der Prager Neustadt folgende Tonstücke: „Die Belagerung.
Sechs Märsche für das Pianoforte auf vier
Hände"; — „Der Leiermann. Ländler"; —
„Sonate auf vier Hände"; dieses Tonstück
fand besonders günstige Aufnahme; —
„Zehn neue Ländler mit Coda für das
Pianoforte" Op. 12. Gespielt in Prag im
Carneval 1808. — 4. Ueber mehrere čechische
Adelsfamilien des Namens Vorel, so über
die Vorel von Kozi-Hrad, die noch im
sechszehnten Jahrhundert blühten, dann über
die Vorel von Plavec, welche gleichfalls
im sechzehnten Jahrhundert vorkommen, und
endlich über die Vorel von Vorlično, in
denen Ignaz Vorel für seine dem Staate
erwiesenen Dienste mit Diplom vom 20 November 1773 in den Adelstand mit dem
Prädicate von Vorlično erhoben wurde,
vergleiche das Nähere in Rieger-Malý's
„Slovník naučný" Bd XI, S. 282.

Vorhauser, Johann (Mineralog,
geb. zu Lueg am Brenner 1784, gest. in
Wilten 5. September 1865). Nach
Beendigung der philosophischen und technischen Studien trat er 1805 im Bau-
sache in den Staatsdienst und diente
folgeweise als Straßenmeister zu Kufstein, Nassereith, Imst, dann als Inge-
nieuradjunct und Kreisingenieur in
Schwaz, zuletzt als Baudirectionsadjunct
und Bauinspector in Innsbruck, im
Ganzen volle 53 Jahre. 1858 kam er
um Versetzung in den Ruhestand ein.
Während seiner vieljährigen Dienstzeit
erwarb er sich als tüchtiger und pflicht-
treuer Beamter die allgemeine Achtung.
Neben seinem Berufe beschäftigte er sich
mit Mineralogie, er ist der Entdecker des

Fleimser Gymnites und gab in Gemeinschaft mit dem Baudirector Liebene
das Werk: „Die Mineralien Tirols" (Innsbruck 1852, Wagner, 8°., 304 S.) heraus. Ueberdies erschien von ihm in dem
Jahrbuch der k. k. geologischen Reichsanstalt Bd. IV, S. 160 eine Arbeit über
„Pseudomorphosen aus Tirol". Zugleich
ein gewandter Musiker, spielte er mehrere
Instrumente. Am 29. Mai 1855 wurde
er durch Seine Majestät in Würdigung
der vieljährigen im Amte erworbenen
Verdienste mit dem Ritterkreuze des
Franz Joseph-Ordens ausgezeichnet. Zu
gleicher Zeit aber ehrten ihn seine Collegen durch Ueberreichung einer prachtvollen Dose und seines Bildnisses, das
sie nach einer Zeichnung des Tiroler
Malers Hellweger hatten lithographiren lassen. Aus seiner Ehe mit Agnes
Dietl, welche er am 9. April 1805
Abends, als eben die Festung Kufstein
mit Erstürmung bedroht war, zum Altar
führte, entstammen 13 Kinder.

Tiroler Stimmen (polit. Blatt, Innsbruck,
4°.) 1865, Nr. 203.

1. Ein anderer **Johann** Vorhauser (geb.
zu Kufstein in Tirol 1811), wenn Verfasser
dieses Lexikons nicht irrt, ein Sohn des vorgenannten Bauinspectors, trat nach beendeten Universitätsstudien 1833 in den Staatsdienst, und zwar bei dem tirolischen Gubernium in Innsbruck, kam dann zum Kreisamte in Trient, hierauf zur Hofkanzlei in
Wien und 1848 zur Statthalterei in Innsbruck. Als im Jahre 1854 Erzherzog Karl
Ludwig die Statthalterschaft in Tirol übernahm, wurde Vorhauser zum Vorstande
des Präsidialbureaus ernannt. 22 Jahre lang
versah er diesen schwierigen Posten, bis er
1876 zum ersten Statthaltereirathe und Stellvertreter des Statthalters vorrückte. Zur Zeit
ist er Hofrath bei gedachter Landesbehörde
Präses-Stellvertreter der k. k. Grundlasten
Ablösungs- und Regulirungs-Landescommi-
sion, desgleichen der Lehen-Allodialisirung
commission, des provisorischen Landessch)

zathes und der Landesvertheidigungs-Ober-
behörde. Die Verdienste dieses im Lande allgemein beliebten Staatsbeamten wurden von
Seiner Majestät wiederholt gewürdigt, 1861
durch Verleibung des Franz Joseph-Ordens,
1866 des Ordens der eisernen Krone dritter
Classe und 1878 des Ritterkreuzes des Leopoldordens. [Wiener Weltausstellungs-
Zeitung, II. Jahrgang, 29. Mai 1872,
Nr. 43: „Johann Vorhauser". — Porträt.
Zeichnung von (R) (alm), Angerer sc.
['n genanntem Blatt]. — 2 Johann Nepomuk Vorhauser (geb. zu Brixen am
18. August 1762, Todesjahr unbekannt).
Nachdem er in Innsbruck, wo er die philosophischen Studien beendete, aus demselben
1780 auch die Doctorwürde erlangt hatte,
hörte er zu Brixen Theologie. Am 12. Mai
1785 zum Priester geweiht, widmete er sich
dem Lehramte am Lyceum letztgedachter
Stadt. Sieben Jahre trug er an demselben
Rhetorik vor, dann zum Professor der Philosophie ernannt, noch 17 Jahre — bis zur Aufhebung dieses Institutes. — Seine Fachwissen-
schaft. 1790 erhielt er das troglianische Beneficiat im Dom zu Brixen, wurde 1812
fürstbischöflicher Caplan, 1816 Consistorialsecretär. Während seines Lehramtes gab er
heraus: „Prima artis metricae Elementa
ad componendos praecipue elegiacos ver-
sus, quibus carmina elegiaca tum sacra,
tum profana accedunt" (Brixinae 1795).
[Waitzenegger (Franz Joseph). Gelehrten-
und Schriftsteller-Lexikon der deutschen katholischen Geistlichkeit (Landshut 1820, Jos.
Thomann, gr. 8°.) Bd. II, S. 468.]

Votišek, sprich **Vorzischek**, (Roman
Wenzel (čechischer Schriftsteller, geb.
zu Horazdovic im Piseker Kreise Böhmens am 9. August 1821). Sein Name
gelangte in der čechischen Literatur dadurch einigermaßen zur Bedeutung, daß
sich an denselben der „unumstößliche" Beweis von der Echtheit der sogenannten
Grüneberger Handschrift (Zelenohorský
rukopis), eines Seitenstückes zu der von
Hanka fabricirten Königinhofer, knüpft.
Votišek besuchte das Gymnasium in
Budweis, wo er auch nach Abschluß der

philosophischen Jahrgänge 1841 Theologie studirte. Am 22. Juli 1845 zum
Priester geweiht, kam er als Caplan auf
die Pfarre Primov bei Budweis, auf
welcher Johann Marchal amtirte, der
durch Uebersetzung einiger Andachtsbücher ins Čechische nicht ganz unbekannt
in der böhmisch-theologischen Literatur ist.
1846 wurde er als Schloßcaplan nach Žin-
kov im Pilsener Kreise berufen und verblieb
daselbst bis zum Jahre 1850, in welchem
er einen Erzieherposten in Wien übernahm, den er jedoch theils kränklichkeits-
halber, theils weil ihm derselbe nicht
recht paßte, nach Jahresfrist wieder verließ. Er kehrte auf seine Stelle in Žin-
kov zurück, wo er bis zum Jahre 1867
wirkte, in welchem er die kleine Pfarre
zu Vaclavice und Beneschau im Taborer
Kreise erhielt. Mit dem Grüneberger
Funde, der in Handschrift das altčechische
Gedicht „Libussa's Gericht" enthält, hat
es folgende Bewandtniß. In den Kellern
des Schlosses zu Grüneberg fand 1817
der Rentbeamte Joseph Kovař ein
Pergamentmanuscript, bestehend aus vier
Blättern. Um sich den Inhalt desselben
erklären zu lassen, trug er es zum dortigen Dekan von St. Nepomuk Franz
Boubel. Auf der Dechantei ward es
den alten Pfarrern und den Caplänen,
welche daselbst öfter zusammenkamen,
vorgelegt, aber keiner von Allen verstand
es zu lesen und zu erklären. Auch Joseph
Zeman, Localist auf dem benachbarten
Prablo, der sich öfter bei dem ihm befreundeten Dechanten einfand, sah dort
mehrmals das Pergamentmanuscript, betrachtete es auch sorgfältig, ohne jedoch es
zu enträthseln. Am 15. April 1818 erließ
der oberste Burggraf Franz Anton Graf
Kolovrat-Liebsteinský die Kundmachung, zu Folge deren das böhmische
Museum ins Leben trat, und der ob-

tte Joseph Kovař schickte nun im
er des nämlichen Jahres diese Hand-
t, ohne anzugeben, wie, wo und von
sie gefunden worden sei, nach Prag,
man sich anfänglich auch nicht damit
echt fand. Kovař aber verheimlichte
ven Namen, weil er sich ohne Erlaub-
ß seines Gebieters, des Grafen Hiero-
ymus Colloredo-Mansfeld, in
ven Besitz des Manuscriptes gesetzt hatte
und nun besorgte, wenn die Sache bekannt würde, um seinen Dienst zu kommen. Auf der Dechantei war man wohl
von dem Vorgange des Finders in
Kenntniß, bewahrte aber aus denselben
Gründen das Geheimniß. Die böhmischen
Paläographen erklärten, daß das Manuscript nach Inhalt und Schrift in das
achte oder neunte Jahrhundert, in die
Zeit der Königin Libussa gehöre und
demnach eines der ältesten Sprachdenk-
mäler der čechischen Literatur sei. Es
wurde nach seinem Inhalte „Libussa's
Gericht" genannt. Man hatte aber —
und wie dies geschah, ist nicht zu erklären
— unterlassen, nach dem Fundorte und
dem Finder zu forschen. Mittlerweile
starben mehrere der erwähnten Pfarrer
und Caplane, welche von diesem Funde
gewußt, so auch der Dechant Boubel
im Jahre 1834, und der Rentbeamte
Kovař, der eigentliche Finder, 1848.
Gegen Ende 1846, also 28 Jahre nach
Absendung des Manuscriptes nach Prag,
kam Vořišek als Hofcaplan nach Žin-
kov und genoß öfter die Gastfreundschaft des obengenannten Zeman, der
Boubel's Nachfolger in der Dechantei
geworden. Bei einem der Besuche, welche
er dem Dechanten zwischen 1847 und
1852 abstattete, kam unter den anwesenden Geistlichen die Rede auf jenen
Manuscriptfund, und das rief auch in
ihm die Erinnerung an eine Handschrift

wach, welche in den Anfängen der čechischen Literatur erwähnt war, über welche
jedoch jede weitere Auskunft fehlte. Im
Jahre 1868 begann nun David Kuh in
dem von ihm herausgegebenen „Tages-
boten aus Böhmen" seine Angriffe gegen
die Königinhofer Handschrift und gegen
„Libussa's Gericht", ungeachtet sich Palacky zum Patron beider aufwarf.
Dieser literarische Kampf erregte die allgemeine Aufmerksamkeit, und Vořišek
verfolgte denselben um so schärfer, als
ihm nun Manches in der Erinnerung
aufdämmerte, was zur Aufklärung der
aufgeworfenen Zweifel dienen konnte.
Die Zeugen des Fundes waren meist
todt, nur der bereits auch alternde
Zeman lebte noch. Da in den letzten
Stunden erinnerte sich Vořišek, wie er
in den Jahren 1847—1852 über die
Angelegenheit von den älteren Pfarrern
hatte sprechen gehört, und unternahm es
nun, auf die Angriffe Kuh's zu ent-
gegnen und Zeugniß zu geben für die
Echtheit der Grüneberger Handschrift.
Auch berieth er sich mit dem Dechanten
Zeman, dem allmälig der volle Sachverhalt in Erinnerung kam. Die nun
über den ganzen Vorgang verfaßte, alle
die angeführten Einzelheiten aufhellende
Abhandlung schickte er am 1. Februar
1859 an Dr. W. W. Tomek, den Redacteur der „Zeitschrift des böhmischen
Museums", und darauf wurde sie im
„Lumir" im nämlichen Jahrgange
S. 135 abgedruckt. Das böhmische Museum nahm auch seinerseits die Angel-
genheit in die Hand. Dr. Tomek reis
selbst nach der Dechantei St. Nepom
nahm dort Alles in Augenschein,
Dechant Zeman berichtete treu,
er von der Sache wußte, und gab
zu Protokoll als der einzige den
der Grüneberger Handschrift überle

uge. Das böhmische Museum ernannte
n Vorlíček in Würdigung der in
fer Angelegenheit erworbenen Ver-
nfte 1863 zum Mitgliede der archäo-
.ischen Section und 1864 zum Aus-
uß für die Abtheilung der čechischen
rache und Literatur. Im Jahre 1863
rngte er auch das Synodalrecht, und
55 wurde er Conservator des Vica-
-s von St. Nepomuk. Von seinen
-ständigen Arbeiten sind zu erwähnen:
ovanská světomluva, d. i. Slavische
ltsprache (1852, Wien); — „*Ježíš*
* mistr*", d. i. Jesus unser Herr
62), ein Andachtsbuch; — „*Klášter
tojirský. Povídka pro mládež* s
ry řecké války o svobodu. S krátkým
'episem této války", d. i. Das Kloster
n St. Georg. Erzählung für die
-genb, aus der Zeit des griechischen
-zsheitskampfes. Mit einer kurzen Ge-
-ichte dieses Kampfes (Prag 1862,
16°.), eine Uebersetzung aus dem
-tschen Original des V. Walter; —
-:Frížová cesta*, d. i. Kreuzgang
-371). Außerdem arbeitete er für viele
-hische Zeitschriften, wie für: Havli-
-'ř's „*Národné noviny*", d. i. Volks-
-tung (1849), für die „*Květy*", d. i.
-.üten (1845), die „*Bohemia*" (1846),
-: „*Pražské noviny*", d. i. Prager
-:tung (1854), den „*Lumír*" (1854
-s 1862), den „*Pilsener Boten*" (1862),
-: „*Památky archeologické*" (1863
-s 1864), den „*Národ*", d. i. Das Volk
-s64—1865), und andere.

Vorlíček, siehe auch: **Vorzischek**,
▸H. Hugo.

Vorlíček, Franz Ladislaus (čechischer
Schriftsteller, geb. zu Blatno am
April 1827, gest. 20. Mai 1865).
Die Elementarschulen legte er in seinem

Geburtsorte zurück, in welchem er auch
1840—1841 die von Ferdinand Freiherrn von Hilbprandt gegründete
landwirthschaftliche Anstalt besuchte.
1842 ging er zur Fortsetzung seiner Studien nach Strakonitz. Als aber seine
Eltern mit einem Male von Feuer und
Ueberschwemmung heimgesucht wurden,
sah er sich in seinem ferneren Fortkommen
auf sich selbst angewiesen. Er bestand
daher in Strakonitz den üblichen Lehrer-
curs und nahm zunächst eine Lehrerstelle
in der Glashütte zu Weinberg an. 1846
aber begab er sich nach Prag, wo ihm
die Unterstützung des Professors Koubek
[Bd. XIII, S. 54] und des Sängers
Karl Strakatý [Bd. XXXIX, S. 225]
den Aufenthalt ermöglichte. 1849 besuchte er das eben neu ins Leben geru-
fene Lehrerseminar zu Budec, und dann
wirkte er einige Jahre lang als Privatlehrer in der Familie des Professors
Klicpera [Bd. XII, S. 88]. Später
fand er eine Stelle in der Redaction der
„Prager Zeitung" (Pražské noviny)
und richtete nun sein Hauptaugenmerk
auf das Schulwesen. Im Feuilleton aber
brachte er Uebersetzungen aus dem Polnischen, welche dann auch in Buchform
erschienen, und zwar von Korzeniowski: „Deera věřitelova. Novella",
d. i. Die Tochter des Gläubigers. Novelle (Prag), — „Novelly", d. i. Novellen (Prag 1854); — von Kraszewski: „Ďábel. Povést z času Stani-
slava Augusta", d. i. Der Teufel.
Erzählung aus der Zeit des Königs
Stanislaus August (Prag 1863);
— „Kordecký. Historická povést",
d. i. Korbecký. Historische Erzählung
(1861); — „Mistr Twardowski,
polský černoknéžník Povést z po-
dání lidu", d. i. Twardowski, der
polnische Schwarzkünstler. Erzählung

aus Volksüberlieferungen; — von Czaj-
kowski: „Švédove v Polště. Historický roman z počátku druhé polo-
vice XVII. století“, d. i. Die Schweden
in Polen. Historischer Roman aus dem
Anfang der zweiten Hälfte des siebzehnten Jahrhunderts (1862); — von
Rzewuski: „Listopad. Historický
Roman“, d. i. November. Historischer
Roman, 2 Theile (Prag 1854); —
„Samuel Zborowski, hejtman
kozákův Záporozských“, d. i. Samuel
Zborowski, Hetman der Zaporoger
Kosaken, 2 Theile (ebb. 1855). Außerdem redigirte er die Herausgabe der gesammelten Schriften von Koubek in
vier Theilen, welche 1857—1859 im
Bellmann'schen Verlag erschien. Daneben arbeitete er an čechischen pädagogischen Zeitschriften fleißig mit. Im
Jahre 1857 erhielt er eine Lehrerstelle
an der Schule zu Nymburg und blieb an
derselben, seit 1857 als ihr Director, bis
zu seinem Tode. Vorliček besitzt Verdienste um die Hebung des Volksschul-
wesens. Auf seine Veranlassung wurde
in Nymburg eine Bibliothek errichtet und
ein Fond angelegt zur Gründung einer
selbstständigen Mädchenschule. Der im
Sommer 1861 erfolgte Tod seiner
Gattin machte ihn schwermüthig, allmälig zeigten sich so bedenkliche Zeichen
von Geistesverwirrung, daß er im Herbst
1864 der Irrenanstalt in Prag übergeben werden mußte, wo er im Alter von
38 Jahren Erlösung von seinen Leiden
fand.

Lumír (Prager belletr. Zeitschrft. schm. 4°.)
1863. — Svetozor (Prager illustrirte
Zeitung, kl. Fol.) 1870. S. 179. — Zlatá
Praha, d. i. Das goldene Prag (Prager
illustrirte Zeitung) 1865, S. 131.

Ein Johann Vorliček ist ein junger čechischer Maler der Gegenwart, der sich in der
Malschule zu Gabel in seiner Kunst aus-

bildete. Unter Anderem vollendete er b...
Hochaltarblatt für die Kirche zu Sorate...
den „h. Johannes der Täufer“ und ein solches
für die Kirche in Glinsko: „Die Gebur...
Mariä“.

Vorst von Gudenau, Ernst Huber...
Joseph Maria (Mitglied des Ab...
geordnetenhauses des österreichischen...
Reichsrathes, geb. auf dem Rittergut...
Harff in der preußischen Rheinprovin...
am 17. März 1843). Der jüngere Sohn...
Richards Grafen von Mirbach-Harff...
(gest. 14. December 1853), königlich...
preußischen geheimen Regierungsrathes...
aus dessen Ehe mit Julie geborenen...
Gräfin Hoyos, erhielt er mit allerhöchster...
Entschließung Seiner Majestät des Kaisers...
Franz Joseph von Oesterreich ddo....
28. November 1868 die Bewilligung...
seinen Namen und Titel, sowie sein...
Wappen mit dem Namen, Titel und...
Wappen der freiherrlichen Familie von der...
Vorst-Gudenau zu vereinigen. Demzufolge lautet sein vollständiger Titel:
Ernst Hubert Joseph Maria Freiherr
von der Vorst-Lombeck und Gudenau, Burggraf von Drachenfels, Besitzer der Allodialherrschaft Ziadlowitz mit
den Gütern Augezd, Halb-Braune, Leren
und Kalten-Lantsch und der Allodialherrschaft Doubrawitz im Kreise Olmütz
in Mähren, sowie des Rittergutes Ingenfeld im Kreise Grevenbroich in der preußischen Rheinprovinz. Im Jahre 1878
wurde der Freiherr von dem fideicommissarischen Großgrundbesitze in Mähren in
den mährischen Landtag und am 7. Juli
1879 von dem Großgrundbesitze in den
Reichstag gewählt, in welchem er der
conservativen Partei angehörte. Freiherr
Vorst von Gudenau, gewöhnlich
Freiherr von Gudenau genannt und
als solcher auch im genealogischen Almanach der freiherrlichen Häuser aufgeführt,

lhelmine geborenen Gräfin
Hohenstein aus dem Hause
ermält, aus welcher Ehe sechs
b vier Töchter [siehe den
nb in der Genealogie] stam-
er wohnte er den Sommer
ziadlowitz nächst Blauda in
1 Winter in Wien; im Herbste
übersiedelte er auf seine Be-
. Rheinpreußen.

6. Almanach für die Session
) (Wien 1879, Hölder. 8°.) S. 123.

Familie **Vorst von Gudenau**. Die
zelche dem ältesten Adel Brabants
besaß urkundlich schon im drei-
d vierzehnten Jahrhunderte daselbst
b Herrschaft Lombeck (Loenbeck).
lteren Ahnenproben erscheint zuerst
t von der Vorst zu Lombeck,
n dem römischen Könige Ferdi-
als Reichsverweser d. d. Speier
29 wegen dem Kaiser Karl V.
in der Schlacht bei Pavia gelei-
nlichen Dienste eine Bestätigung
ergebrachten Adels und Wappens
Ihm folgen in gerader Stamm-
hann von der Vorst zu Lom-
als treuer Anhänger der spanischen
der Rebellion und bei dem Abfall
vereinigten niederländischen Pro-
n beträchtlichen Theil seines Besitz-
lor. — **Egid** von der Vorst.
Deputirter von Brabant und
r von Löwen. — **Philipp** Frei-
der Vorst zu Lombeck und
r g (gest. 1670), königlich spanischer
und Oberstallmeister des Kur-
1 Köln; er erlangte d. d. Madrid
der 1663 von König Philipp II.
en den Freiherrnstand und die
der Herrschaft Lombeck zur Ba-
erwarb durch seine Vermälung
lth Scholl von Bell Schloß und
Lüftelberg im Kurfürstenthume
Heinrich Degenhard Freiherr
Vorst-Lombeck und Gudenau,
seine Gemalin M. Alexandrine
dpoll von Bassenheim in den Besitz
chaft **Gudenau**, Burggrafschaft
) und Pfandschaft Königswinter
nahm er von der erstgenannten Herr-

schaft den Namen **Gudenau** an und bediente
sich fast ausschließlich desselben. — Sein Sohn
Clemens August, kurkölnischer Kämmerer, geheimer Rath, Oberappellationsgerichts-
Präsident, Staatsminister und Amtmann zu
Meblem, vermälte sich mit Anna Freiin Spies
von Bullesheim, und aus dieser Ehe stammen: **Joseph Clemens, Maximilian
Friedrich und Karl Otto**. Ersterer (geb.
5. November 1765) starb als Domcapitular
von Trier und Hildesheim. — **Karl Otto**
(geb. 13. September 1771), k. k. Kämmerer
und Feldmarschall-Lieutenant, vormals Adjutant des Erzherzogs Karl, that sich als
Rittmeister bei Sachsen-Teschen-Küraffieren
Nr. 3 im Feldzuge 1805, am 8. October im
Gefechte bei Wertingen durch seine Tapferkeit hervor und wurde bei dieser Gelegenheit
auch verwundet. — **Maximilian Friedrich** (geb. 13. August 1767) verließ während
der französischen Occupation die Rheinpro-
vinzen und machte sich zu Ziadlowitz in
Mähren und Pazau in Böhmen ansässig. Er
wurde k. k. Kämmerer und vermälte sich am
15. August 1800 mit Ottilie, Tochter des
Freiherrn Gerhard Johann Wilhelm
von Mirbach zu Harff (geb. 19. März
1778, gest. 1. Mai 1846). Aus dieser Ehe
stammen: **Auguste** (geb. 3. Juni 1801), vermält am 7. Juni 1821 mit **Maximilian**
Grafen von Kottonitz (gest. 3. Juli 1862);
Elisabeth (geb. 3. September 1802); **Clemens** (geb. 4. Mai 1804, gest. 18. Jänner
1857), k. k. Kämmerer und Gubernialrath zu
Brünn, vermält mit der k. k. Sternkreuzordensdame Luise geborenen Gräfin Ugarte, verwitweten Gräfin Chotek (geb. 16. März 1813);
Johanna (geb. 6. Juli 1807); **Karoline**
(geb. 3. Mai 1809, gest. 14 März 1842), k. k.
Sternkreuzordensdame, vermält am 3. Mai
1833 mit dem k. k. Kämmerer und Obersten
Clemens Grafen Kurzrock-Wellingsbüttel, und
Richard (geb. 24 August 1810, gest.
14 December 1853), Herr auf Ingenfeld in
Rheinpreußen, königlich preußischer Landrath
des Kreises Grevenbroich, vermält am 21. No-
vember 1840 mit Julie, Tochter des Grafen
Johann Ernst Hoyos-Sprinzenstein
[Bd. IX, S. 346], aus welcher Ehe zwei
Söhne: **Johann Wilhelm und Ernst
Hubert** und zwei Töchter, **Antonie und
Therese** stammen. **Johann Wilhelm**
Graf (preußischer Graf nach dem Rechte der
Erstgeburt) von Mirbach-Harff (geb.
11. Februar 1842), ist Besitzer von 25 Gütern

in der preußischen Rheinproving, Ehrenritter des Malteserordens und Oberdirector
der rheinischen Ritterakademie zu Bedburg.
Ernst Hubert Freiherr von der Vorst-
Lombeck und Gudenau [siehe die Biographie S. 296] vermälte sich am 29. August
1870 mit der k. k. Sternkreuzordensdame
Wilhelmine geborenen Gräfin von Thun-Hohenstein (geb. 9. August
1851), und aus dieser Ehe stammen: **Wilhelm** (geb. zu Zichl 2. Juli 1871) **Maria**
(geb. 8. October 1872), **Theodor** (geb. zu
Ziadlowitz 19. März 1874), **Rudolphine**
(geb. ebenda 24. December 1875), **Richard**
(geb. ebenda 1. Jänner 1877), **Franz** (geb.
ebenda 6. Mai 1878), **Nicolasine** (geb.
ebenda 17. Mai 1879), **Maximilian** (geb.
ebenda 17. Juli 1880), **Friedrich Karl**
(geb. ebenda 11. September 1881) und
Ottilie (geb. ebenda 17. März 1883). Des
Freiherrn Ernst von Vorst-Gudenau
Schwestern sind: **Antonie** Freiin von Mirbach-Harff (geb. 5. Juni 1846), vermält
am 25. Juli 1863 mit Wilderich Grafen von
Spee, königlich preußischem Landrathe zur
Diörostion, und **Therese** Freiin von Mirbach-Harff (geb. 8. April 1849), Stifts-
dame zu Bedburg.

Wappen der Freiherren 1) Vorst-Gudenau und
2) Mirbach-Harff. 1) Ein silberner Schild,
darin fünf in Form eines Kreuzes (1, 3, 1)
gesetzte schwarze Ringe, auf deren jedem
äußersten der zweiten Reihe einwärts gewendet
ein natürlich schwarzer Rabe steht. Auf dem
Schilde ruht ein gekrönter Helm. Auf der
Krone desselben steht ein offener silberner
Flug, dem ein Rabe eingestellt ist. Helmdecke. Schwarz mit Silber unterlegt. — 2) In
Schwarz ein mit der Wurzel ausgerissenes
achtendiges silbernes Hirschgeweih. Auf dem
Schilde ruht ein gekrönter Helm, auf welchem
sich das vorbeschriebene Hirschgeweih befindet.
Helmdecke. Schwarz mit Silber unterlegt.
Schildhalter. Zwei auswärts sehende
doppeltgeschwänzte silberne Löwen.

Quellen zur Geschichte und Genealogie der Vorst-
Gudenau-Mirbach. Gothaisches Genea-
logisches Taschenbuch der freiherr-
lichen Häuser auf das Jahr 1863 (Gotha,
Justus Perthes, 32°) XIII. Jahrg. S. 637
bis 645 über die Freiherren Mirbach, mit
Angabe der älteren und jüngeren Linie, ihrer
Speciallinien, noch blühenden und erloschenen

Aeste. — Dasselbe auf das Jahr 18..
(ebd.) I. Jahrg, S. 386: über die Famil...
Vorst von Gudenau; Jahrgang 18..
enthält die Stammtafel und Jahrgang 188..
S. 314 den heutigen Familienstand der Frei-
herren Vorst von Gudenau. Von älteren
Quellen sind bemerkenswerth: Gaut...
Adelslexikon Bd. I, S. 1994 u. f. — B...
ken. Trophées de Brabant, Bd. II, S. 36
Suppl.-Bd. II, S. 110. — Robens (J...
Der ritterbürtige Landstandsadel des Gr...
herzogthums Niederrhein, dargestellt in Wa...
pen und Abstammungen (Aachen 1818, gr. 8°...
Bd. I, S. 289—300.

Auch gab es eine Tiroler Familie des Name...ns
Vorst, welche im dreizehnten Jahrhunder...te
noch auf ihrem Schlosse Vorst baute, d...,
an der Straße, die von Meran nach d...in
Vintschgau führt, gelegen, noch heute in
Ruinen vorhanden ist. Dieses Geschlecht l...
nur noch in der Sage von den zwei fein...
lichen Brüdern, welche selbst am S...,
des Vaters, von dem bei der Leiche wache...
den Priester zur Eintracht ermahnt, ihr...
Leidenschaft nicht Herr werden konnten, u...
indem sie gegenseitig die Schuld der Ent...
zweiung sich aufbürdeten, darüber so in Wut...
geriethen, daß Einer den Anderen mit de...
Dolche niederstieß. J. Lechner berichtet üb...
die Ruine und den Doppelmord der beide...
Brüder in der Zeitung: „Die Wiener El...
gante" (Wien, 4°.) XX. Jahrg., 23. M...
1861, Nr. 20: „Die letzten Ritter von Vorst.
Eine Volkssage aus Meran in Südtirol".

Vorster, Anton (Priester der G...
sellschaft Jesu, geb. zu Wien a...
17. September 1706, gest. nach der 177...
erfolgten Aufhebung seines Ordens...
Fünfzehn Jahre alt, trat er in den Orde...
der Gesellschaft Jesu, in welchem er nach...
Ablegung der Gelübde die Doctorwürden...
der Philosophie und Theologie erlangte.
Im Lehramte verwendet, lehrte er zu W...
Wien Dicht- und Redekunst und unterrichtete dann in Leoben durch zwei Jahre
die Novizen seines Ordens. Darauf trug
er in Wien das Hebräische, zu Graz
durch drei Jahre Philosophie und Geschichte und wieder in Wien Controversen

und theologische Polemik vor. Zuletzt
am er nach Krems als Regens des Se-
minars und Rector des Collegiums. Im
Druck gab er heraus: „De Amicitia.
Liber I—III. Carmen didacticum"
Viennae 1738, 1739, Kalliwoda, 8⁰.:
und „De motionibus magneticis ex ope-
ribus Tertii de Landis S. J. excerp-
tum" (Graecii 1745, 8⁰.).

Veinlich (Richard). Geschichte des Gymnasiums zu Graz. (Auch: Jahresbericht des
k. k. ersten Staatsgymnasiums zu Graz 1869)
Bd. I, S. 79 und 97.

Dem Orden der Gesellschaft Jesu gehörten noch
zwei Träger des Namens Vorster an:
1. **Wilhelm** (geb. in Wien 18. October
1674, gest. daselbst 21. Juni 1742), der jung
in den Jesuitenorden trat, in welchem er,
zum Doctor der Philosophie und Theologie
promovirt, zu Tyrnau Mathe..atik vortrug
In der Folge aber zum Predigtamte berufen,
übte er daselbe über zwanzig Jahre zu Wien
im Collegium und im Profeßhause, dann zu
Klagenfurt, Graz, Linz und Preßburg mit
großem Erfolge aus. Dabei versah er auch
das Amt des Beichtigers, und erzählt man
sich von ihm, daß er einen zum Tode Verurtheilten, der bisher jeden geistlichen Trost
entschieden zurückgewiesen, zur Reue zurückgeführt habe. Zuletzt verwaltete er die Congregation seines Ordens in Wien. An einer
durch ein Wagenrad verursachten Verletzung
seines Fußes starb er im Alter von 68 Jahren.
Außer mehreren Lobreden auf den h. Domi-
tian (1707), den h. Franciscus Salesius
(1708), den h. Florian, die h. Katharina von
Bologna (1714) und auf Berthold, ersten
Abt des Benedictinerstiftes Garsten in Oberösterreich (1710) schrieb er: „Vindiciae illi-
bati Conceptus Mariani" (Tyrnaviae 1701,
4⁰.); — „Exercitium geometricum seu
brevissima eaque facillima methodus
omnem omnino planitiem unico circulo
ligneo aut metallico accurate dimetiendi"
(Viennae 1707, 4⁰., e. fig.); — „Sermo
Eucharisticus de recuperatis Montibus in
Hannonia" (Clagenfurti 709 4⁰.) und
„Sermo ad Primitias Nob. ac. Rev. D.
Francisci Xav. de Hilleprandi Ridae in
Bavaria" (Lincii 1710, 4⁰.). — 2. **Siegmund Vorster** (geb. zu Klausenburg in

Siebenbürgen 13 September 1715, gest. zu
Wien 19. Februar 1794) trat, 16 Jahre alt,
in den Orden der Gesellschaft Jesu, in
welchem er, zum Doctor der Philosophie
promovirt, zunächst in Graz als Lehrer der
Dichtkunst, dann zu Wien als solcher der
Rhetorik wirkte. Nachdem er noch verschiedene
Aemter im Orden bekleidet hatte, wurde er
Procurator im Theresianischen Collegium zu
St. Anna. Im Druck gab er heraus: „Sy-
nopsis historico genealogica Reglae Domus
Lotharingiae" Pars I⁴. (Graecii 1747, 8⁰.);
der zweite in Wien 1748 erschienene Band
hat den Jesuiten Joseph Zauchi zum Verfasser.

Voznjak, Joseph (Arzt und Mitglied des Abgeordnetenhauses des österreichischen Reichsrathes, geb. zu Schönstein bei Cilli in Steiermark am 4. Jänner
1834). Er besuchte das Gymnasium in
Cilli, dann jenes in Graz und bezog mit
dem Zeugniß der Reife die Hochschule
Wien, an welcher er den medicinischen
Studien oblag und im Jahre 1858
daraus die Doctorwürde erlangte. Hierauf wirkte er von 1859 bis 1861 als
Arzt im Krankenhause zu Laibach, ließ
sich dann als Kreisarzt zu Windisch-
Feistriz in Steiermark nieder und kehrte
später nach Laibach als Primararzt des
bortigen Zwangsarbeitshauses zurück. In
den Stunden seiner amtlichen Muße trieb
er mit aller Energie Politik. Die Slovenen zu höheren Zwecken berufen glau-
bend, hielt er es für seine Aufgabe, dieselben über ihre politischen Pflichten auf-
zuklären, und gab 1866 knapp vor den
Landtagswahlen eine slovenische Broschüre heraus welche an alle slovenischen
Wähler in Steiermark unentgeltlich vertheilt wurde, und die sozusagen sein poli-
sches Glaubensbekenntniß bildet und in
dem Gedanken gipfelt, daß aus sämmtlichen jetzt verschiedenen Kronländern angehörigen slovenischen Bezirken ein eigenes Kronland Slovenien mit der

Hauptstadt Laibach gebildet werbe. Die starke deutsche Bevölkerung, von welcher in allen diesen Kronländern die slovenische Bevölkerung durchsetzt ist, wird in dieser Broschüre, für welche die Deutschen nun einmal nicht vorhanden sind, auch nicht eines Wortes gewürdigt. Die beabsichtigte Wirkung dieses Libells blieb nicht aus. Dr. Vošnjak wurde von den Landgemeinden der Bezirke Marburg, Windisch-Feistritz u. s. w. in den steirischen Landtag gewählt. Auf demselben brachte er zunächst die in obiger Broschüre schon erörterte Bildung eines Kronlandes Slovenien vor, ohne jedoch die Sympathien des Landtags für diesen Gedanken zu gewinnen. Von dieser Zeit ab ist er für die Consolidirung und Weiterverbreitung seiner Idee auch journalistisch thätig, und die in Marburg herausgegebene slovenische politische Zeitung „Slovenski narod" zählt ihn zu ihren eifrigsten Mitarbeitern. Im Jahre 1869 gab er ein neues Libell, betitelt: „Slovenski Tabori", d. i. Slovenische Volksversammlungen, heraus, in welchem er seine bereits angedeuteten politischen Ideen in populärster Weise auseinandersetzt und als zweiten Grundgedanken erörtert, wie neben dem Königreiche Slovenien auch eine besondere slovenische Universität anzustreben sei. Aus dem Landtage, in welchen er von dem Landwahlbezirke Cilli-Raan gewählt wurde, gelangte er 1873 in das Abgeordnetenhaus. Durch seinen ärztlichen Beruf an Laibach gefesselt, vertauschte er seinen Sitz im steirischen Landtage mit einem solchen im krainischen, in welchen ihn der Landwahlbezirk Adelsberg wählte. Seit 1878 fungirt er zugleich als Mitglied des Krainer Landesausschusses. Seine Haltung im Abgeordnetenhause ist jener in den Landtagen Steiermarks

und Krains analog, und zu einer er▮▮▮ schiedenen Kundgebung seiner politisch▮▮▮ Ansichten ließ er es im November 18▮▮! bei den Verhandlungen über die Orien▮t frage kommen. In seiner Rede am 6. R▮▮o vember bemerkte er geradezu: „daß ▮▮i Slaven nur ihr volles Mißtrauen un▮▮▮ ihre Mißbilligung der Thätigkeit des ▮▮▮▮ nisters des Auswärtigen in der orienta li- schen Politik aussprechen können, da b ie- selbe im Widerspruch stehe mit dem hi▮▮ro- rischen Berufe Oesterreichs, mit b ▮en Gesammtinteressen des Staates ▮nd endlich mit den Wünschen und Interess▮en von mehr als zwei Drittheilen der B▮▮ völkerung von Oesterreich-Ungarn ▮, welche Anschuldigung vom Hause u▮ ▮t einem Oho! begleitet wurde. Doch lie▮ß sich Vošnjak in seinen Angriffen gege▮n das Ministerium nicht beirren und ge▮ langte endlich zu folgendem Schluße ▮ „Die Türkei muß stürzen, der Türke mu▮ß aus Europa hinaus! An unseren südlichen Grenzen werden sich neue christliche Culturstaaten bilden, mag sich be▮ Graf Andrássy mit Händen und Füße▮n dagegen wehren, mag der Culturträge▮ Dr. Muranda die Lebensfähigkeit de▮ Türkei noch so emphatisch preisen, möge▮n auch die Magyaren zu ihrem neuen He▮ ligen Gül-Baba wallfahren!... D▮ österreichische Diplomatie unterstützt b▮ Schliche der englischen, sie treibt A▮▮ brássy'sche, aber nicht österreichische Politik. Die Slaven in Oesterreich sin▮ preisgegeben den Deutschen und Magnaren, allen ihren Chicanen und Bedrückungen... Nicht ohne schwere Besorgniß kann der Patriot in die Zukunft blicken. Schon hat der magyarische Einfluß sich der äußeren Politik bemächtigt. Die ganze jetzt dominirende Verfassungspartei, ja diese Regierung, bestehen sie doch nur von Gnaden Andrássy's

...zeit links). Die officiöse Journa-
verbietet sich fortwährend in den
sten Schmähungen gegen die Sla-
wahrscheinlich auf Weisungen von
...aus. Von jener Seite des Hauses
uns gerathen, für die Integrität
rkei einen Krieg zu unternehmen.
...lcher Krieg gegen die Lebens-
en der christlichen Slaven in der
wäre ein Schimpf Oesterreichs,
e ein Faustschlag ins Gesicht der
...hischen Slaven, er wäre — der
vom Ende Oesterreichs!". Mit
...nsichten, welche Dr. Bošnjak's
...es Programm bilden, spricht der
...ie Zielpunkte jener Partei aus,
um jeden Preis die Bildung eines
reichs Slovenien anstreben, die
weniger leicht ausführbar, als
gesprochen und geschrieben ist.
Folge der Vergewaltigung, welche
gyaren gegen die Deutschen in
Lande, namentlich gegen die
n Schulen übten, auf Anregung
...eutschland aus der deutsche
...erein gegründet wurde, suchten
...eren Nationen des Kaiserstaates
bie Wirkungen desselben mit
Mitteln zu bekämpfen, und es
sich in Ungarn ein ungarischer,
nen ein čechischer Schulverein.
...e 1884 entstand nun in Krain
...r slovenische Schulverein,
auf katholischer Grundlage auf-
über „Gesammt-Slovenien" sich
en und speciell dem deutschen
reine entgegenwirken soll. Zu
traten die Wortführer zu Beginn
res 1885 zusammen, wählten aus
...litte ein Gründungscomité, be-
nebst Andern auch aus zwei
...ern des k. k. Landesschulrathes
...ain, deren eines Dr. Joseph
...ak ist. Zu ihm gesellten sich

noch der Weltpriester **Zupan** und der
Notar **Svetec**. Es wurden die Grund-
principien des neuen Kampfvereines und
seiner Filialen festgesetzt, und man beschloß: „daß derselbe unter dem Namen
**„Verein der Heiligen Cyrill und
Method"** eine ähnliche Organisation
erhalten solle, wie die über alle slovenischen Landestheile verbreitete „Herma-
gor's-Bruderschaft", damit auch
die unteren Volksclassen durch die Geistlichkeit herangezogen werden könne". Ab-
läße und Gebete sollen für die Land-
bevölkerung als Aneiferung zum Beitritt
dienen, Gründung und Unterstützung
nationaler Schulen an den Sprachgrenzen
wird das Ziel der Vereinigung bilden.
Das amtliche Organ des Laibacher
Landespräsidiums bezeichnet diesen Verein
als „einen überaus nothwendigen
und überaus nützlichen!!!".

Porträt. Unterschrift: „Dr. Joseph Boš-
njat". Auf dem Gruppenbilde in der in Zamarski's Verlage zu Wien erschienenen
„Neuen illustrirten Zeitung" VIII. Jahrgang
(1880), Nr. 22.

Voß, Franz A. (Secretär der
Kronstädter Handels- und Gewerbekammer, geb. zu Liebenwerda in
der preußischen Provinz Sachsen im
Jahre 1823, gest. in Kronstadt am
12. April 1863). Das Gymnasium besuchte er in Schulpforta, und 1843 bezog
er die Universität Halle, an welcher er
die philosophischen und theologischen
Studien beendete. Durch die an dieser
Hochschule gemachte Bekanntschaft mit
siebenbürgischen Studirenden veranlaßt,
nahm er 1846 einen Ruf als Erzieher in
der Familie des Gutsbesitzers Karl Zeyk
in Klausenburg an. Als aber dieselbe
bei Ausbruch der Revolution 1848 die
Hauptstadt Siebenbürgens verließ, sah er
sich mit einem Male auf sich selbst ange-

wiesen. Bei den herrschenden Umständen blieb ihm keine Wahl; dazu waren die Ideen der Freiheit, welche die Bewegung auf ihr Banner geschrieben, zu verlockend, und so entschied sich denn bald der 25jährige Voß, der während seiner Wirksamkeit als Erzieher sich die ungarische Sprache angeeignet hatte, und trat in die Honvédarmee als Officier ein. In dieser Eigenschaft lag er zu Bistritz in Garnison und nahm an einigen Gefechten Theil. Nach Bewältigung der Revolution im Jahre 1849 floh er, dem General Bem folgend, in die Türkei und wurde in eine Stadt Kleinasiens internirt. Nach einjährigem Aufenthalte daselbst erhielt er durch Vermittlung der preußischen Gesandtschaft in Constantinopel einen preußischen Regierungspaß, mittels dessen er im Herbste 1850 nach Kronstadt ging. In Folge der vorangegangenen Bewegung waren auch die Kanzleien der Aemter verödet, und da es beim Magistrat in Kronstadt an Schreibkräften fehlte, erhielt er alsbald Verwendung bei demselben und wurde dann Magistratssecretär. Mit der Rückkehr geordneter Zustände trat aber auch die Reaction auf den Schauplatz, und der ehemalige Honvédofficier mußte ob seiner Betheiligung am Aufstande Manches hören, was ihn endlich veranlaßte, seine Entlassung zu nehmen. Da er sich auf seinem Posten als tüchtig und gut verwendbar bewährt hatte, nahm ihn nun die Kronstädter Handels- und Gewerbekammer als Kanzlisten auf. Doch auch in dieser Stellung blieb er nicht unbehelligt, die Landesbehörde drang auf seine Enthebung und Entfernung von Kronstadt, und nur die kräftige Verwendung der Handelskammer erwirkte sein ferneres Verbleiben in Ort und Amt. Ein zweites Drängen der Behörden auf seine Entfernung, als er

im Jänner 1853 zum Secretär d[er] Handelskammer ernannt wurde, blie[b] auch durch Verwendung derselben ohn[e] jede Wirkung. Um nun weiteren ähn[n]lichen Vorkommnissen zu begegne[n] wollte er in den österreichischen Staat[s]verband übertreten, zumal ihm für se[in] ferneres Verbleiben in Siebenbürgen bi[s] zur Bedingung gemacht worden wa[r]. Um aber die Entlassung aus dem preuß[i]schen Staatsverbande zu erlangen, muß[te] er noch vorher seiner Pflicht als preuß[i]scher Landwehrmann genügen, und [er] begab er sich denn 1855 in seine Heim[at] zurück, wurde dort Landwehrofficier un[d] kam nach Beendigung der Uebunge[n] wieder nach Kronstadt, wo seine Auf[nahme] in den österreichischen Staats[verband] erfolgte und er auch bald banac[h] das Stadtbürgerrecht erwirkte. Von d[a] ab blieb er unangefochten in seiner Stel[lung] als Secretär der Kronstädter Handels- und Gewerbekammer und war i[n] dieser Körperschaft. wie es im Protoko[ll] der vierten Sitzung derselben am 21. April 1863 heißt: „mit Einsicht und uner[müdlichem] Fleiße" thätig. Von ihm sin[d] die Protokolle von 1853 bis Ende 1855 welche im „Satellit" 1853 und 185[4] und in der „Kronstädter Zeitung" 185[5] zum Abdruck gelangten. Die gleichfall[s] von ihm geschriebenen Protokolle von [1856—1862 erschienen ohne Titel in Kronstadt, 8°. Ferner gab er heraus: „Berichte der Handels- und Gewerbekammer in Kronstadt an das k. k. Ministerium für Handel. Gewerbe und öffentliche Bauten über den Zustand der Gewerbe, des Handels und der Verkehrsverhältnisse des Kammerbezirkes für die Jahre 1851—1856". zusammen mit mehr denn 100 Tabellen (Kronstadt bei Gött, 8°.); — „Denkschrift der Kronstädter Handels- und Gewerbekammer über die Führung einer Eisenbahn in die Walachei bis an die Donau" (ebb. 1855, 8⁰., mit 1 Tabelle); — „Nähere Erörterungen über die östliche Eisenbahnfrage, mit besonderer Rücksicht auf das Belgrad-Stambuler Bahnproject" (Wien 1856, Gerold's Sohn, 8⁰.) und „Bericht des Apostel E. Popp, Mitgliedes, und Franz A. Jess, Secretärs der Kronstädter Handels- und Gewerbekammer, über die im Auftrage derselben nach den Donaufürstenthümern Walachei und Moldau und nach Bulgarien unternommene Reise" (Kronstadt 1859, Gött, 8⁰.). Neben der Secretärstelle an der Kronstädter Handels- und Gewerbekammer versah Voß noch die des Actuars des Kronstädter evangelischen Presbyteriums der A. C. B., dann der Füleer Eisen- und der Csik-Szent-Domokoser Kupfer-Berg- und Hüttengesellschaft.

Voß, Franz Joseph Ritter von (k. k. Feldmarschall-Lieutenant und Ritter des Maria Theresien-Ordens, geb. in den Niederlanden, gest. zu Brüssel am 4. September 1783). Ueber seine früheren Dienstjahre, überhaupt seine Jugend liegen keine Nachrichten vor. Im Ingenieurcorps diente er im siebenjährigen Kriege (1756 bis 1763) bereits als Major. Vielleicht zählte er zu den französischen Militärs, welche der König von Frankreich schickte, als bei Beginn jenes Krieges die Kaiserin Maria Theresia an ihn mit der Bitte sich wendete, ihr etliche gute Artillerie- und Genieofficiere zu überlassen. Zuerst that sich Major Voß 1758 bei Sonnenstein hervor, als er durch die daselbst angelegten Werke die Feinde zum Verlassen ihrer Verschanzungen und zur Uebergabe der Festung nöthigte. Wieder zeichnete er sich dann bei der Belagerung von Dresden im September 1759 aus, indem er aus freien Stücken den Angriff auf die Osterwiese unternahm und die Bat-

terie in einer Zeit von nur acht Stunden errichtete. Dann überbrachte er die Nachricht von dem Verluste von Erfurt und wurde in Anerkennung seiner geleisteten Dienste zum Oberstlieutenant befördert. Am 13. Juli 1760 begann König Friedrich II. die Belagerung von Dresden, und da war es Voß, der dem Gegner unüberwindliche Hindernisse entgegenstellte, theils durch Verbesserung alter, theils durch Errichtung neuer Vertheidigungswerke. Bekanntlich blieben Friedrichs II. Bemühungen, die Stadt zu nehmen, fruchtlos, denn Daun entsetzte dieselbe Ende des Monats. Voß aber that sich bei der darauf folgenden Belagerung der Stadt Wittenberg aufs neue rühmlichst hervor, denn in der Zeit von 48 Stunden vollendete er mit 440 Arbeitern die Tranchéen und Parallelen in einer Länge von 1200 Klaftern und rückte sie bis auf eines Flintenschusses Weite an die Pallisaden der Stadt; dabei verließ er Tag und Nacht die Laufgräben nicht, begab sich persönlich überall hin, wo es Noth that, ohne Rücksicht auf die Gefahr, der er sich bei den Vertheidigungsmaßregeln des Feindes in drohendster Weise aussetzte, so die Unsrigen zum Ausharren ermunternd, bis endlich die Stadt zur Uebergabe gezwungen wurde. In Würdigung seines unerschrockenen und so erfolgreichen Verhaltens wurde Voß in der sechsten Promotion (vom 22. December 1761) mit dem Ritterkreuze des Maria Theresien-Ordens ausgezeichnet, nach dem Abschluß des Hubertsburger Friedens aber (15. Februar 1763) zum Obersten befördert und dem niederländischen Geniecorps zugewiesen. In demselben rückte er dann zum Generalmajor und Feldmarschall-Lieutenant vor und starb als solcher in ziemlich vorgerückten Jahren.

Thürheim (Andreas Graf). Gedenkblätter
aus der Kriegsgeschichte der k. k. österreichisch-
ungarischen Armee (Wien und Teschen 1880,
Prochaska, Ler.-8°.) Bd. II, S. 385, Jahr
1737 und S. 388, Jahr 1738.

Noch sind zwei tapfere österreichische Officiere
des Namens Voß zu erwähnen, und zwar:
1. **Eugen Graf Voß** (geb. 27. Juni 1827),
zur Zeit k. k. Rittmeister außer Dienst. Als
Oberlieutenant des Regiments Liechtenstein-
Hußaren Nr. 9 diente er im Feldzuge 1848
bis 1849, in welchem er für sein ausgezeichnetes Verhalten das Militär-Verdienstkreuz
erhielt. Graf Eugen ist Erbherr der Lehensgüter Groß- und Klein-Girwitz und Minen-
hof, sowie der Lehensgüter Schorfov und
Karlsdorf in Mecklenburg-Schwerin und k. k.
Kämmerer. Am 3. Februar 1832 vermälte er
sich mit Elise geborenen Gräfin Szapáty von
Mura-Szombath (geb. 21. März 1827), und
stammen aus dieser Ehe: Vera (geb.
30. April 1835), vermält (seit 26. September
1874) mit Johann Anton Grafen von
Bergen; Felix (geb. 29. Mai 1836),
königlich preußischer Lieutenant a. D.;
Alice (geb. 4. Jänner 1861), vermält (seit
23. August 1882) mit Olivier Freiherrn
von Loudon; Victor (geb. 31. März
1868). — 2 **Karl Freiherr von Voß** diente
1845 als Oberlieutenant, 1848 als Rittmeister
im 8. Küraffier-Regimente Graf Hardegg.
Im Feldzuge 1849 gegen Ungarn fand der
Baron den rühmlichen Soldatentod bei
Schwechat [Thürheim am bezeichneten
Orte, Bd. II, S. 216, Jahr 1849 und S. 67,
Jahr 1849.] — 3. Ein anderer **Karl Voß**,
Zeitgenot, seines Zeichens Maler, arbeitet in
Wien, und erschienen seine Stillleben wiederholt in Kunstausstellungen, und zwar zum
ersten Male zwei Stillleben auf den Monatsausstellungen des österreichischen Kunstvereines
November 1868 und Juni 1870; dann im
österreichischen Museum für Kunst und Industrie, wo er in der Kunstgewerbe-Ausstellung
1871 mit einer Blumenmalerei für eine
Salondessusporte(?), und schließlich in der
dritten großen internationalen Kunstausstellung in Wien (1871), in welcher er mit einem
„Stillleben" (150 fl.) vertreten war. —
4. Auch sei des kaiserlichen Rates und
ältesten Leibmedicus **Gisbert Voß** von
Voßenburg gedacht, dessen Andenken sich
durch eine ansehnliche Wiener Seminar-
stiftung erhalten hat. Laut Stiftsbriefes vom

letzten April 1679 widmete er ein Capit
von 12.000 fl. dem Seminarium für zwölf
studirende Knaben, von welchen sechs Grat-
Kinder, oder doch in dieser Anzahl aus
Steiermark, die anderen sechs aber aus
Amsterdam oder überhaupt aus den Niede-
landen gebürtig sein sollen. Wäre aber davon
ein Abgang, so könnten auch blos Steirer zu
den Genuß der Stiftung gelangen. Kindes
seiner Freunde und seiner Dienstboten sollten,
wenn sie es begehrten, den Vorzug haben,
welßen Landes sie immer seien. Das Recht
diese Stipendien zu vertheilen, hat die niedere
österreichische Regierung, welche bei Erledigung eines Stiftungsplatzes dem Capellmeister der St. Marienkirche am Hofe den
Auftrag gibt, einen anderen musicalischen
Stiftling in Vorschlag zu bringen. [Geu— u
(Anton Reichsritter). Geschichte der Stiftungen, Erziehungs- und Unterrichtsanstalten in
Wien von den ältesten Zeiten. Aus echten
Urkunden und Nachrichten (Wien 1803, kl. 8°.)
S. 211.] — 5. Schließlich nennen wir noch
Lothar Friedrich Bo , der aber gewöhnlich mit der lateinischen Endsilbe (Vof-
sius) geschrieben wird. Derselbe wurde zu
Berlin am 9. Mai 1721 geboren. Der Sohn
eines k. k. österreichischen Residenten daselbst,
kam er noch als Kind nach Wien, wo er die
philosophischen und juridischen Studien hörte
und sich der rechtswissenschaftlichen Laufbahn widmete. Schriftstellerisch thätig, gab er
heraus: „Legum et consuetudinum austriacarum earum potissimum, q ae infra
Anasum vigent, cum romano jure col-
latio ad ordinem digestorum, Joanni
Westenbergii principiis juris accomo-
data. Editio nova, emendata et auct
(Vindobonae 1774, 8°.). Dazu erschien in
folgenden Jahre ein Anhang: „Corollarium
in quo multa explicantur, uberius docentur
praecipue praxeos praecepta traduntur
(ib. 1775, 8°.).

Voßtřebal, Joseph (čechischer Naturdichter, geb. zu Pardubitz a
25. November 1811). Im Alter von
17 Jahren kam er nach Hohenmaut
wo er das Seifensiederhandwerk lernte
Freigesprochen ging er nach damaliger
Sitte auf Wanderschaft, und zwar durch
Böhmen und Mähren, bis er 1834

seiner Vaterstadt als Seifensiedermeister
sich niederließ. 1837 gab er jedoch dieses
Handwerk auf, um als Stellvertreter
seines Vaters die Mühle in Poblezice zu
übernehmen. 1842 wurde er Eigenthümer derselben, verkaufte sie aber bald
und erstand eine neue in Hrochova Tři-
nice. Auch diese verkaufte er im Jahre
1854, heiratete und siedelte nach Pardubitz über, wo er 1860 noch am Leben
war. Alfred Waldau, dem wir über
die čechischen Naturdichter die ausführlichsten Nachrichten verdanken, bemerkt
über Vostřebal, daß derselbe eine bedeutende Anzahl von Liedern verfaßte,
welche alle die unglückliche Liebe zu einer
Müllerstochter zum Gegenstande haben.
Genannter Kritiker bezeichnet diese Dichtungen als „tief und wahr empfunden
und von einem schönen Formsinn ausgezeichnet" und theilt auch ein paar
Proben mit. — Vostřebal's älterer
Bruder **Johann** (geb. zu Pardubitz am
8. September 1803, gest. daselbst am
7. August 1844) widmete sich der Tuch-
macherei und führte bis zu seinem Tode
einen ausgebreiteten Tuchhandel in seiner
Vaterstadt. Auch er dichtete, jedoch meist
Gelegenheitsgedichte, deren Werth Waldau gering anschlägt. Unter denselben
fand sich aber auch eine Satire auf die
Patrimonialgerichtsbeamten in Böhmen,
deren Treiben in der vormärzlichen Zeit
durch Vostřebal's poetische Laune in
eine ganz eigenthümliche nicht ganz vortheilhafte Beleuchtung gestellt wird.
„Die stellenweise Trivialität des Ausdrucks wird", wie Waldau bemerkt,
„durch den gesunden kräftigen Witz para-
lysirt". Auch von diesem Gedichte gibt
Waldau etliche Strophen als Probe.

Waldau (Alfred). Böhmische Naturdichter.
Literar-historische Studien (Prag 1860, Rath
Gerzabek, 12°.) S. 60 u. f.

Votoček. Heinrich (Bildhauer, geb.
zu Forst nächst Hohenelbe am 8. December 1828). Das Untergymnasium
besuchte er zu Reichenau und Gitschin.
Schon damals zeigte er ein nicht gewöhnliches Talent zum Schnitzen, indem er
ohne Anleitung, mit großem Geschick aus
Holz niedliche Figuren formte. Auf den
Rath des Gitschiner Gymnasialpräfecten
Kubrna, der auf das ausgesprochene
Talent des 14jährigen Knaben aufmerksam wurde, kam derselbe 1842 in die
Werkstätte des Steinmetzmeisters Eu-
chard in Novo Pac, in welchem Orte zu
jener Zeit seine Eltern wohnten. Nachdem er drei Jahre daselbst gearbeitet
hatte, ging er zur weiteren Ausbildung
nach Dresden und verblieb daselbst bis
gegen Ende 1848. Hierauf begab er sich
nach Prag, wo er einige Zeit im Atelier
des Bildhauers Joseph Mar, dann bei
einem anderen Meister arbeitete, immer
aber nebenbei auch eigene Werke ausführte. Während des Belagerungszustandes 1852 wurde er der Verbreitung verbotener Schriften beinzichtigt und
nach dem damals üblichen Verfahren sofort zu zwölf Wochen Haft auf dem
Hradschin verurtheilt nach überstan-
dener Strafe aber unschuldig erklärt.
Solche Blüten trieb der Belagerungszustand! Indessen arbeitete Votoček
unverdrossen fort, und das erste größere
Werk, welches er 1854,55 selbstständig
ausführte, und zwar im Auftrage des
Kaisers Ferdinand für die Capelle auf
Bustěhrad, war ein „Christus" in Ueber-
lebensgröße. Nun erhielt er durch die
Gnade dieses Monarchen auch andere
Arbeiten, vornehmlich die Ausführung
der Stuccaturen und die Restauration
der Altäre zu Ploskovic und Tachlovic.
Weitere Arbeiten seines Meißels sind:
eine „Maria Magdalena" für die Kirche in

Lobkowitz und ein „h. Johannes“, über
lebensgroß, nach einem Modell von
Wenzel Levy, für einen Altar in der
Kirche der barmherzigen Schwestern zu
Petrina bei Prag, eine „h. Maria“ in
Lebensgröße für die Dominicaner in
Leitmeritz, die Statuen des „h. Norbert“
und des „h. Johannes“, beide in Lebensgröße, für das Kloster Tepel, die Statue
des „h. Wenzel“, ein gothischer Altar
für die Gruft Dozauer’s in Wolschan,
zahlreiche Modelle für die Hüttenwerke
des Grafen Waldstein in Stahlov und
für die Benko’sche Fabrik in Smichov,
die Statuen des „Ziska“, „Hus“, „Comenius“, „Prokop“, „Jägner“, „Koder“ und
andere, dann ein Prachtalbum aus Holz
für Palacky zu dessen 70. Geburtstage,
ein solches für Jogelmann in Constanz
und mehrere andere Arbeiten für verschiedene Prager Galanteriehandlungen.

Votrubek, Joseph (čechischer Schriftsteller, geb. zu Dobra bei Dobruška
am 10. Mai 1842, gest. zu Prag im
April 1872). Nachdem er die Elementarschulen beendet hatte, bezog er das
Piaristencollegium in Reichenau, und
1858—1862 besuchte er das Gymnasium
zu Königgrätz. Schon auf der Schule
zeigte er einen aufgeweckten Geist, dessen
Wißbegierde sich vor Allem der Geschichte
und Culturgeschichte zuwandte. Als er
das Obergymnasium in Prag mit dem
Zeugniß der Reife verließ, entschied er
sich für die juridische Laufbahn, und nach
Abschluß der rechtswissenschaftlichen Studien an der Hochschule daselbst trat er
als Concipient in eine Advocaturkanzlei.
Indessen erlangte er 1871 die juridische
Doctorwürde. Doch schon im Vorjahre
kränkelte er, und von seinem allmälig
sich verschlimmernden Leiden wurde er
in blühenden Mannesalter von erst

30 Jahren durch den Tod erlöst. Votrubek besaß eine nicht gewöhnliche wissenschaftliche Bildung und reiches Wissen,
besonders in Literatur- und Culturgeschichte und in der Nationalökonomi[e].
Sein frühzeitiger Tod gestattete ih[m]
nicht, in größeren Werken Proben sein[es]
Talentes zu geben; aber kleinere literarische Arbeiten erschienen in verschieden[en]
Blättern seines Vaterlandes; so bracht[e]
die „Zlatá Praha“, d. i. Das golde[ne]
Prag. 1865, Fragmente seiner Ueb[er-]
setzung des Werkes „Mie prigion[i]“
von Silvio Pellico; die von Sabin[a]
redigirte „Rodinná kronika“, d. [i.]
Volkschronik, Beurtheilungen und Bruc[h-]
stücke aus Michelet’s „Bibel d[er]
Menschheit“ und der „Svetozor“ St[u-]
dien aus dem Gebiete der Nationa[l-]
Encyklopädie. Mehreres befand sich un[ge-]
gedruckt in seinem Nachlasse.

Votypka, Joseph Slavin (čechische[r]
Schriftsteller, geb. zu Vaclavic[e]
nächst Beneschau am 10. October 180[2,]
gest. zu Przibram am 14. Septembe[r]
1870). Von seinem Vater, welcher Lehre[r]
zu Vaclavice war, erhielt er den erste[n]
Unterricht, dann kam er, um Gesang un[d]
Musik zu erlernen, nach Beneschau, w[o]
er das Piaristengymnasium besuchte, un[d]
zuletzt nach Prag, wo er von 1820 un[d]
1821 Philosophie, von 1822—182[5]
Theologie studirte. Während seiner Uni-
versitätsjahre lernte er alle später in de[r]
čechischen Literatur vielgenannten Männer, wie Černý, Čelakowský, Chmelenský, Hanka, Jirsik, Jungmann, Kamaryt, Spinka, Vina-
ricky, Pešina, Slama und Andere
kennen und wurde durch ihr Beispiel an-
geeifert, mit besonderer Hingabe čechische
Sprache und Literatur zu betreiben. Vornehmlich war es Jungmann, der in

...eser Richtung eine anregende Thätigkeit entfaltete, da er etliche Male in der Woche seine Schüler um sich versammelte und ihnen über böhmische Sprache und Literatur Vorträge hielt. Zu diesen Schülern gehörte auch Votypka. Nach Beendigung des theologischen Studiums erlangte derselbe im August 1825 die Priesterweihe, worauf er in die Seelsorge trat und mehrere Jahre hindurch an verschiedenen Orten caplanirte. 1839 übertrug man ihm die Localie in Popovic, von dort wurde er zum geistlichen Dienste im Prager Blindeninstitut und aus diesem auf die Pfarre in Tuchlomiř berufen. Im Jahre 1848 als Pfarrer nach Hbit bei Przibram versetzt, erhielt er dann auch die Würde eines erzbischöflichen Notars und Vicariatssecretärs. 1864 von dem Erzbischof Cardinal Fürsten Schwarzenberg zum Vicar und Schuloberaufseher des Vicariates Przibram ernannt, versah er diese Aemter bis an seinen im Alter von 68 Jahren erfolgten Tod. Als Fachschriftsteller gab Votypka im Druck heraus: „Růženka z Jedlova pro krětoucí věk", d. i. Das Röschen von Zedlov. Erzählung für das gereiftere Alter, nach dem Deutschen von Christoph Schmid (Prag 1842); — „Svatý Jiří vojín mučedlník Páně", d. i. Der h. Georg. der Rittersmann und Märtyrer des Herrn (Prag 1843, kl. 8º.); — „Výstraha od pití páleneho, kterouž dal v děvíti poučeních r svatém postním čase roku 1840 milé osadě Poporické církevní kněz", d. i. Warnung vor dem Branntweintrinken, gegeben in neun Belehrungen in der heiligen Fastenzeit des Jahres 1840 der lieben Gemeinde in Popovic (Prag 1841); — „Život nejsvětější panny Marie", d. i. Das Leben der allerheiligsten Jungfrau Maria (Prag 1843). Außerdem veröffentlichte er in dem čechischen Kirchenblatt „Časopis pro katolické duchovenstvo", d. i. Zeitschrift für die katholische Geistlichkeit, mehrere Artikel aus dem Gebiete der praktischen Seelsorge, so: „Ueber den gemeinschaftlichen Gesang", „Der Geistliche in der Schule", „Von der wahren Andacht", „Von der Gründung wohlthätiger Vereine und von Versorgungshäusern" u. s. w. Votypka war als Priester in Verrichtung seiner geistlichen Pflichten gewissenhaft und als Seelsorger ein wahrer Vater seiner Gemeinde, welcher er nicht nur in priesterlichen Amtshandlungen, sondern auch in allen praktischen Verrichtungen, wie im Gesang, in Musik, in der Bienen- und Obstzucht und in der Landwirthschaft, als Helfer und Rathgeber zur Seite stand. Mit einem Scharfblicke, wie ihn wenige Menschen haben, begabt, erkannte er nicht nur die Bedürfnisse der Gemeinde, sondern auch die der Einzelnen in derselben, denen er dann mit Rath und That, so weit es in seinen Kräften lag, aushalf. Besonders ein großer Freund der Schule und der Jugend, brachte er als Caplan, wie als Pfarrer und Vicar nicht selten zwei bis drei Stunden in der Schule zu, persönlich die Jugend unterrichtend in der Religionslehre und in anderen nützlichen Gegenständen. Dabei hatte er ein sorgfältiges Augenmerk auf die Dorfschulen und auf die Verbesserung des damals sehr übel gestellten Lehrerstandes. Doch ließ er es nicht bei Worten bewenden, sondern stiftete sich ein bleibendes Andenken in den Herzen der Bevölkerung durch Gründung einer Versorgungsanstalt für die Witwen und Waisen der Schullehrer der Prager Diöcese. Er selbst war ein ganz tüchtiger Pädagog und ein gewandter Redner im gewöhnlichen Leben wie auf der Kanzel, und die meilenweit entfernte Bevölkerung strömte in seine Kirche, um ihn predigen zu hören, seine geistlichen Collegen aber erwählten immer ihn zum Festredner bei einer kirchlichen Feier. Die Musik war ihm von früher Zeit her eine Erholung, und als Caplan wie später als Pfarrer förderte er mit allen Kräften den kirchlichen Gesang, den er in seiner Pfarre eben durch seine Bemühungen zu einer ungewöhnlichen Vollkommenheit hob. Daher stand er nicht nur bei seinem Cardinal und den hohen Kirchenoberen, sondern auch bei seinen Collegen in der ganzen Diöcese und in seiner Gemeinde in hohem Ansehen, und wie ihn seine Mitpriester als ihren Rathgeber und Vertrauten in wichtigen Standesangelegenheiten betrachteten, so sah die seiner Leitung anvertraute Pfarrgemeinde in ihm ihren Vater und Helfer.

Vovček, Marco. Das neueste unter den Meyer'schen Fachlericis aufgenommene „Biographische Schriftsteller Lexikon der Gegenwart von Franz Bornmüller unter Mitwirkung namhafter Schriftsteller. Enthaltend die bekanntesten Zeitgenossen auf dem Gebiete der Nationalliteratur aller Völker mit Angabe ihrer Werke" (Leipzig 1882. Bibliogr. Institut, br. 8°.) führt im Verzeichniß der „Pseudonymen der neueren Literatur" auf S. 800 obigen Namen Marco Vovček als Pseudonym für Frau Markowitsch an, im Werke jedoch suchen wir leider nach dem Namen Markowitsch vergebens. Auch sonst waren meine Nachforschungen nach den literarischen Arbeiten dieser Frau im „Slovník naučný", in Sembera's „Dějiny řeči a literatury" und in anderen Schriften, welche Aufschluß geben konnten, vergeblich; ich muß mich also mit der An-

gabe des Namens **Marco Vovček** begnügen.

Vraber, Anton, Franz, Joseph, Joseph Franz, Wenzel und Wenzel Joachim, siehe: **Vraberz**.

Vrábély, Seraphine (Claviervirtuosin, geb. in Ungarn um das Jahr 1840). Ueber ihre Familie — der Name Vrábély kommt öfter in Ungarn vor (vergleiche die Quellen), auch gibt es eine Adelsfamilie Vrábel im Preßburger Comitate — besitzen wir keine Nachrichten. Da Seraphine Talent für Musik zeigte, kam sie, genügend geschult, um die letzte Hand an ihre künstlerische Ausbildung legen zu können, nach Prag, wo sie unter der Leitung des berühmten Clavierspielers Alexander Dreyschock [Bd. III, S. 382] es zur Virtuosin auf dem Piano brachte. Hierauf unternahm sie Kunstreisen, ließ sich in ihrem Vaterlande, dann 1861 in Prag öffentlich hören, wo die Trefflichkeit ihres Spieles volle Würdigung fand und man ihr nachrühmte, daß sie sich die Vorzüge der gediegenen Schule ihres Meisters in hohem Maße zu eigen gemacht habe, wobei vor Allem die Eleganz ihres elastischen Anschlages hervorgehoben und ausdrücklich bemerkt wurde, wie die talentvolle Pianistin, unterstützt von einer im hohen Grade ausgebildeten Technik, vertraut mit den Geheimnissen des Instruments, mit rollem Verständniß in die Kunstwerke eindringe und dieselben mit Klarheit und poetischem Feuer, heiße der Meister Chopin oder Stephan Heller, Liszt oder Paganini oder anders, zu Gehör bringe.

Pesth-Ofener Zeitung 1861, Nr. 280.

Noch sind erwähnenswerth: 1. **Georg Vrábélyi**, seit 1861 Stuhlrichter im Preßburger

Comitate, welcher schon bei der 500jährigen Stiftungsfeier der Wiener Universität durch sein drolliges Gebaren die allgemeine Aufmerksamkeit erregte, noch mehr aber, als er bei den Wahlen in den ungarischen Landtag 1865 im Wahlbezirke Wartberg als Candidat gegen Joseph Grafen Zichy jun. auftrat und bei dieser Gelegenheit auch sein Programm veröffentlichte. [Neue Freie Presse 1865, Nr. 429 in der „Kleinen Chronik".] — 2. **Paul Brábélyi**, zur Zeit Advocat in Preßburg, Mitglied der Advocatenkammer für die Sprengel der Gerichtshöfe Preßburg, Aranyos-Marót, Neutra und Trencsin und erneues Mitglied der staatswissenschaftlichen Staatsprüfungscommission in Preßburg. — 3. **St. Brábély**, von welchem im Jahre 1867 bei Spina in Wien als Op. 1 die Composition eines Liedes („Der Wald ist kühl") für eine Singstimme mit Begleitung des Pianoforte erschien. — 4 Endlich ein **Brábély**, dessen Taufname nicht genannt ist und welcher in der von Skofitz redigirten „Oesterreichischen botanischen Zeitschrift" botanische Correspondenzen aus Parád [Bd. XVI. 1866, S. 360] und aus Erlau [Bd. XXV. 1875, S. 33] veröffentlicht hat

Bračan, auch **Brachan** geschrieben, Joseph (croatisch-illyrischer Schriftsteller, geb. zu Agram 6. Februar 1786, Todesjahr unbekannt). Er widmete sich dem geistlichen Stande und wurde nach Beendigung der theologischen Studien Cooperator zu Zajezda, dann Altarist zu Warasdin und Katechet der Nationalschulen daselbst. Hierauf trat er zum Lehramte über und wirkte als Grammaticalprofessor zu Warasdin. Bald aber kehrte er wieder in die Seelsorge zurück und wurde am 3. November 1815 Pfarrer zu Ludbrog im Kreuzer Comitate. Auch fungirte er eine Zeit lang als Vicearchidiakon im Districte Koprivnic und als Gerichtstafelbeisitzer des Warasdiner und Kreuzer Comitates. Zuletzt war er Domherr in Agram. Im Druck gab er heraus: „*Szveti Bernard, igrokaz iz Diachkoga na Horvatzki*

preztarljen", d. i. Der h. Bernhard, Theaterstück...... (Agram 1815, 8⁰.); — „*Razlaganye szretech Evangeliumor, chetiri ztrani*", d. i. Erklärung der heiligen Evangelien, vier Theile (Warasdin 1823, 8⁰.), nach den Perikopen für Sonn- und Feiertage des Jahres. — „*Veszela domorodna peszma po szinu domorodnem zperana na den rpelyanya na ztoliczu Biskupie Zagrebechke G. Alexandra Alagavich*", d. i. Patriotisches Festlied für den Tag der ehrenvollen Berufung des Herrn Alex. Alagavic auf den Bischofsstuhl in Agram (Agram 1830, 4⁰.), und dann noch zwei Gelegenheitspredigten, nämlich eine Dankrede anläßlich der Befreiung des Papstes Pius VII (1814) und eine Leichenpredigt auf die Gräfin Anna, Gemalin des Grafen Franz Draskovic (1823). Bračan's Tod fällt nach 1830, da er in diesem Jahre noch den neuen Agramer Bischof A. Alagavic mit einer Festhymne begrüßte.

Paul Joseph Šafařik's Geschichte der südslavischen Literatur. Aus dessen handschriftlichem Nachlasse herausgegeben von Joseph Jireček (Prag 1865, Tempský, gr. 8⁰.). II. Illyrisches und croatisches Schriftthum, S. 299, 325, 330, 338, 361.

Brachien, Trifon (Büchersammler, geb. zu Cattaro in Dalmatien 1696, gest. in Venedig 1786). Der Sohn einer edlen Cattareser Familie, machte er seine Studien auf der Universität Padua, auf welcher er auch die philosophische und juridische Doctorwürde erlangte. Dann ging er nach Zara, um daselbst die Advocatur auszuüben. In dieser erlangte er bald solchen Ruhm, daß ihm die Republik Venedig das ebenso wichtige als schwierige Amt eines Consultore di stato übertrug, welches er zeitlebens behielt. Ob er als Schriftaller gewirkt, darüber liegt nichts vor, aber er war ein Gelehrter in seinem Fache, ein großer Bücherfreund und Bücherkenner und sorgfältiger Sammler. Seine Bibliothek, nicht nur hervorragend durch die große Zahl der Bände, sondern noch viel mehr durch die Seltenheit der in ihr befindlichen Werke, gestattete er mit einer bei Sammlern nicht zu häufig anzutreffenden Liberalität Gelehrten und Forschern gern zur Benützung. Marco Foscarini in seinem Werke „Della letteratura Veneziana ed altri scritti intorno ad essa" rühmt ebenso den hohen Werth dieser Sammlung als die Liberalität ihres Besitzers. Ein Werk des Ragusaers Ludovico Cervante Tuberone (geb. 1459, gest. 1527), betitelt „Commentaria de temporibus suis", gedruckt in Frankfurt a. M. 1603, welches er sonst nirgends aufzutreiben vermochte, und dessen er zu seinen Arbeiten dringend benöthigte, fand er in der Bibliothek Brachien's, der es ihm auch gern zur Einsicht überließ. Foscarini nennt den Ragusaer Lud. Cervante Tuberone wörtlich: „Scrittore il piu mordace e malevolo che giammai avesse il nome veneziano". Die obermähnten Commentare zur Geschichte seiner Zeit verfaßte dieser Cervante mit Hilfe Gregor Frangipans, Bischofs von Kalocsa in Ungarn, welcher das Material beigestellt hatte und bei seiner hohen kirchlichen Stellung über viele Dinge gut unterrichtet sein konnte. Weil nun das Werk über Vieles, was sich damals zugetragen, so namentlich auch über die Liga von Cambrai, die Wahrheit rücksichtslos offenbarte, wurde es mit Decret der Congregation des Inder vom 11. Mai 1734 verboten. [Foscarini, della letteratura Veneziana Volume unico

(Venezia 1854. Teresa Gattei, schm. 4º.) p. 282, Anmerkung 5.] Brachien erreichte das hohe Alter von 90 Jahren und wurde in der Pfarrkirche S. Maria Formosa beigesetzt, wo ein Denkstein mit ehrenvoller Inschrift die Ruhestätte des Gelehrten bezeichnet. Ueber die Bibliothek Brachien's erschien nach dessen Tode ein gedruckter Katalog: „Catalogo di libri posseduti dal Conte Vrachien, consultore della republica di Venezia" (s. a. l. i., 395 S., 8º.), die Bücher waren mit vielen Anmerkungen und Notizen von Brachien's eigener Hand versehen. Die Bibliothek selbst aber wurde durch Verkauf in alle Winde verstreut. Giuseppe Marinovich [Band XVI, S. 431, Nr. 1] beklagte den Tod des Gelehrten in einer schwungvollen Elegie.

Wir bemerkten oben, daß Brachien einer vornehmen Cattareser Familie entstamme. In der That findet sich schon zu Beginn des siebzehnten Jahrhunderts eine Trifona Brachien als Stifterin eines Nonnenklosters. Dieselbe war eine angesehene Edeldame aus Cattaro. Katharina aus Comon, einem Dorfe in Montenegro, gebürtig, nahm 1511 aus innerem Drange das Kleid des Dominicanerordens und betrog unter dem Namen Trifona eine kleine Zelle neben der Kirche S. Bartolomeo in Cattaro. Dort starb sie am 27. April 1565, und 1663 wurde sie selig gesprochen. Neben der Zelle derselben errichtete nun 1664 Trifona Brachien ein Nonnenkloster von der Regel des h. Dominicus, welches 1627 Mädchen aller Stände geöffnet wurde, und in welches die Gründerin selbst eintrat. Am 14. October 1807 ward es aufgehoben und nebst der Kirche zu militärischen Zwecken benützt. [Aus Dalmatien. Von Ida von Düringsfeld. Mit Anmerkungen von Otto Freiherrn von Reinsberg-Düringsfeld (Prag 1857. Karl Bellmann, 8º.) Bd. III. S. 315.] — Ein Conte Marino Brachien schrieb über den Weinbau, im „Giornale d'Italia spettante alla scienza naturale", welches zu Venedig herausgegeben wurde (st im 8. Bande (1772) S. 383 u. f.

der Aufsatz von ihm enthalten: „Coltivazione delle viti nel territorio detto della Bocche di Cattaro".

Bragnizzan, s. **Branyczány.** S. 312.

Vrána, Simon Bernhard (čechischer Schriftsteller, geb. zu Hracho- wist im Budweiser Kreise Böhmens am 27. October 1785, gest. am 6., nach Anderen 10. October 1856). Er besuchte das Gymnasium in Budweis, legte die philosophischen Jahrgänge in Prag zu- rück und trat dann, dem priesterlichen Berufe sich widmend, in das Budweiser bischöfliche Seminar, in welchem er das Studium der Theologie beendete und am 9. August 1810 die Priesterweihe er- langte. Nachdem er längere Zeit an ver- schiedenen Pfarren Caplansdienste ver- richtet hatte, kam er als Schloßcaplan auf die Fürst Schwarzenberg'sche Herrschaft Worlice. Nach mehrjähriger Thätigkeit daselbst erhielt er die Pfarre zu Mierwitz, wurde bischöflicher Notar und schließlich Dechant, als welcher er, in der letzten Zeit seines Lebens von Blind- heit heimgesucht, im Alter von 71 Jahren starb. Vrána war auch schriftstellerisch thätig und gab im Druck heraus: „Bi- blická historie pro odrostlejší mládež i pro dospělé" Díl I. i II., d. i. Biblische Geschichte für die reifere Jugend und für Erwachsene, zwei Bände (Budweis 1821); zweite umgearbeitete und ver- mehrte Auflage, zwei Bände (Prag 1832, 8°.); von J. Rupert Trinks, Priester aus dem Collegium der frommen Schulen zu Budweis, erschien 1856 eine deutsche Uebersetzung dieses Werkes; „Řeč pohřební na J. Osv. Karla knížete ze Svarcenberku", d. i. Grabrede auf Seine Durchlaucht den Fürsten Karl Schwarzenberg (Prag 1821), auf dem Titel erscheint Vrána irrig mit dem

Taufnamen Karl; — „Katechismus v rozmluvách k spasitedlnému poučeni a vzdělání lidu venkorského", d. i. Katechismus in Gesprächen u. s. w. Nach dem Französischen, zwei Theile (Prag 1830, im Verlag der St. Johannes- Bruderschaft); — „Utrpení a smrt nekterých svatých mučedlníků prvních století církvu křeslanského", d. i. Leiden und Tod einiger heiligen Märtyrer aus den ersten Jahrhunderten der christlichen Zeit (Prag 1840, Verlag der St. Jo- hannes-Bruderschaft, 8°.). Mehreres An- dere schrieb er in Kirchenzeitschriften, wie: „Hlasatel", d. i. Der Verkündiger, „Časopis pro katolické duchoven- stvo", d. i. Zeitschrift für die katholische Geistlichkeit. Vrána war nicht nur ein würdevoller Priester, sondern auch ein Mann von umfassendem Wissen und guter Bildung. Ein Gönner und För- derer seiner Muttersprache, bemühte er sich ernstlich für deren Entwickelung und Verbreitung, kaufte Bücher und Zeit- schriften und vertheilte sie in seiner Um- gebung, unterstützte auch aus eigenen Mitteln ärmere čechische Schriftsteller, legte die Gründung von Land- und Dorfbibliotheken an und eiferte auf das entschiedenste gegen die Entnationali- sirung seines Volkes, namentlich in den Schulen, wie solche in übelverstandenem Uebereifer vor 1848 wohl vorgekommen sein mag. Wie echt menschlich er seine priesterliche Stellung erfaßte, davon er- zählt man sich Folgendes: Ein čechischer Schriftsteller griff ihn in einem beißenden Epigramm auf das empfindlichste an. Da wurde dieser nämliche Schriftsteller durch eine Wendung des Schicksals nebst seiner Familie in völlige Dürftigkeit ver- setzt. Nun fanden sich wohl theilneh- mende Menschen, die dem sonst verdienst- lichen Manne Hilfe darboten. Aber einer

der Ersten, welche denselben unterstützten,
blieb ungenannt und nur durch einen
eigenthümlichen Zufall wurde es entdeckt,
daß Bráňa dieser stille Wohlthäter seines
Beleidigers war.

Jungmann (Jos.). Historie literatury české.
Druhé wydání, d. i. Geschichte der čechischen
Literatur (Prag 1849, Řimnáč, 4°.). Zweite
von W. W. Tomek besorgte Ausgabe,
S. 654. — *Šembera (Alois Vojtech).* De-
jiny řeči a literatury česko-slovanské.
Vek novější, d. i. Geschichte der čechosla-
vischen Sprache und Literatur. Neuere Zeit
(Wien 1868, gr. 8°.) S. 306 [nach diesem
gestorben am 10. October 1856]. — Slov-
ník naučný. Redaktoři Dr. Frant
Lad. Rieger a J. Malý, d. i. Conver-
sations-Lexikon. Redigirt von Dr. Franz Lad.
Rieger und J. Malý (Prag 1872, J. L
Kober, Lex.-8°.) Bd. IX, S. 1275 [nach
diesem gestorben am 6 October 1856]

Noch sind zu erwähnen: 1) Nicolaus Bráňa,
Baccalaureus. Derselbe lebte im sechzehnten
Jahrhundert als Bürger in Leitmeritz. Von
ihm erschien: „Komedio česká o czně a
šlechetné wdowe Judith a o Holofernowi
haitmanu krále Nabuchodonozara", d. i.
Böhmische Komödie von der tugendsamen
und edlen Witwe Judith und von Holofernes,
dem Hauptmann des Königs Nabuchodonozar
(Prag 1605 Georg Nigrinus, 8°., 3 Bogen).
Uebersetzung in zwölfsilbigen Versen aus dem
Deutschen; — auch übertrug er des arabischen Arztes Masis Tractat von den Krankheiten und Gebrechen des menschlichen Körpers aus dem Lateinischen ins Čechische; die
Handschrift aus dem Jahre 1566 befindet sich
in der Bibliothek des böhmischen Museums.
— 2) Stephan Bráňa (geb. zu Rab-
usbeln 1770, gest. zu Budapesth 5. Februar
1822). Im Jahre 1801 zum Doctor der Theologie promovirt, wurde er Examinator, später
Professor dieser Wissenschaft an der Pesther
Universität. Nach seiner Ernennung zum Canonicus von Gran im Jahre 1810 kam er
zunächst als Rector an das Seminar zum
h. Stephan in Tyrnau, dann als solcher an
das Pazman'sche Collegium in Wien. 1820
zum Präses der theologischen Facultät der
Pesther Hochschule berufen, ward er dann
Director des theologischen Studiums an derselben. In letzterer Eigenschaft starb er im

---

Alter von erst 52 Jahren. Nebst einer frommen
Messenstiftung in Neutra legirte er auch ein
Capital für den Armenfond [Memori
Basilicae Strigoniensis anno 1856 di —
31. Augusti consecratae (Pestini 1856
Kozma et Beimel, schm. 4°.) S. 182]

Branyczány - Dobrinović, Ambros
Freiherr von (k. k. Statthalterei
rath, geb. in Dalmatien am 13. October 1801, gest. 12. Juli 1870). Er
Sohn des Simon Branyczány au
dessen Ehe mit Rachilla geborenen Br
nizan und Bruder des Matthäu
Georg, Nicolaus und Johann
über welche in der Genealogie Näher
berichtet wird. Wie schon einmal im den
würdigen Jahre 1809 durch Geor
[siehe dieser S. 315], so trat wieder i
der nicht minder denkwürdigen Bewe
gung 1848 der Name der Familie Bra
nyczány durch Ambros in den Vor
dergrund, denn 1848 wurde Letzterer i
Folge seines persönlichen Ansehens un
Reichthums zur Creirung, Organisirun
und Leitung der selbständigen Finanz
angelegenheiten Croatiens berufen, welch
bis zu jener Zeit zum Ressort der könig
lich ungarischen Hofkammer gehörten.
Und als die Bewegung in Ungarn den
entschieden revolutionären Charakter an
nahm und Ban Jelačić mit der
Croaten, die treu zu ihrem Könige und
Kaiser hielten, gegen die Magyaren in
Feld zog, da war es Ambros Branyczány, welcher seinen ganzen Einfluß im
Croatien aufbot, um den offenen und
heimlichen Bestrebungen der revolutio
nären Partei entgegenzuarbeiten, und
durch ansehnliche Geldopfer die Sache
der Patrioten unterstützte. Dabei brachte
er mehr als einmal sein Leben in Gefahr
und setzte bei den gewaltsamen Maß
regeln, vor welchen die Rebellen, wie es
so viele Beispiele darthun, nicht zurück

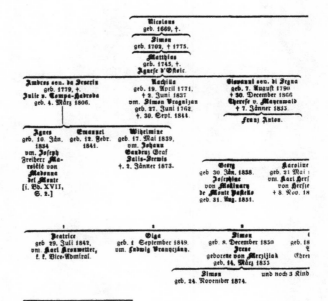

Nicolaus
geb. 1669, †.

Simon
geb. 1703, † 1775.

Matthias
geb. 1745, †.
Agnese d'Ostoic.

Ambros sen. da Severin
geb. 1779, †.
Julie v. Compa-Hadroba
geb. 4. März 1806.

Rachilla
geb. 19. April 1771,
† 2. Juni 1837.
vm. Simon Bragaizan
geb. 27. Juni 1762,
†. 30. Sept. 1844.

Giovanni sen. di Segna
geb. 7. August 1790
† 30. December 1866.
Therese v. Mayenwald
† 7. Jänner 1833.

Franz Anton.

Agnes
geb. 10. Jän.
1834
vm. Joseph
Freiherr Ma-
rsiélé von
Madonna
del Monte
[i. Bd. XVII,
S. 2.]

Emanuel
geb. 12. Febr.
1841.

Wilhelmine
geb. 17. Mai 1839,
vm. Johann
Sandruz Graf
Salis-Serwis
† 2. Jänner 1873.

Georg
geb 30 Jän. 1838.
Josephine
von Molinary
de Monte Pastello
geb. 31. Aug. 1851.

Karoline
geb. 21 Mai
vm. Karl Herf
von Herste
† 8. Nov. 18

Beatrice
geb. 29. Juli 1842,
vm. Karl Kronwetter,
k. k. Vice-Admiral.

Olga
geb. 1 September 1849,
vm. Ludwig Branycjány.

Simon
geb. 8. December 1850
Irene
geborene von Merzljiak
geb. 14. März 1853

geb. 18
†
(Ehre

Simon
geb. 24. November 1874.

und noch 3 Kind

---

*) Die in den Klammern [] befindlichen Zahlen weisen auf die ausführlichen Biogr

ber t
blieb
eigen
daß
Bele

Jung
Dr
Litt
von
S.
jin
Vel
wild
(W
geſt
n i
Lad
ſatir
Rie
Rob
dieſe

Roch f
Bac
Jahr
thut
-lee
hatti
Böhr
und
dem
(Pra
Uebe
Teut
ſchen
beiter
vers
Hand
in d
— 2)
ujbeli
1822)
logte
Profe
Univer
non e
zunäd
h. St
das y
zam '
Peſtb.
Direct
ſelben

scheuten, sein und der Seinigen Vermögen aufs Spiel. Er wurde wegen seiner antimagyarischen Thätigkeit in Croatien von Kossuth auf die Liste der zum Tode Verurtheilten gesetzt. Als es nach niedergeworfener Revolution galt, das Vertrauen zum angestammten Fürsten zu kräftigen, da war es wieder Ambros Branyczány, der seine Hand bot, um an dem neuen Aufbau mitzuwirken, und unter den Männern, welche für Recht und Gesetz mitschaffen halfen, stand er in vorderster Reihe. Als mit kaiserlichem Patent vom 5. März 1860 eine Verstärkung des mit kaiserlichem Patent vom 13. April 1851 eingesetzten Reichsrathes angeordnet wurde, befand sich unter den zeitlichen Mitgliedern dieser verstärkten Körperschaft für die Königreiche Croatien und Slavonien auch Ambros Branyczány. In der Sitzung vom 25. September 1860 sprach nun Branyczány gelegentlich der Abstimmung über den Majoritätsantrag [vergleiche zum Verständniß die Biographie des Bürgermeisters von Troppau Franz Hein im VIII. Bande, S. 215] für denselben. Er betonte dabei insbesondere, daß Croatien und Slavonien auf der alten bewährten Rechtsbasis in ihrem staatlichen Leben beharren. Wie das historische Recht dieser Königreiche aus Anlaß des angestrebten Neubaues Oesterreichs mit den etwa neuen Correlationen für die gesammte ungarische Krone in Einklang zu bringen, darüber sei die Meinung des einzuberufenden croatischen Landtages zu gewärtigen. Dabei hoffe er, daß die Militärgrenze, mit Wahrung jedoch ihres militärischen Charakters, bei dem nächsten croatischen Landtage ebenso mitwirken und vertreten sein werde, wie es bei dem letzten croatischen Landtage im Jahre 1848 bereits der Fall war.

Schließlich müsse er bemerken, daß einer der sehnlichsten Wünsche Croatiens darin bestehe, daß Dalmatien, welches nach der pragmatischen Sanction einen integrirenden Theil Croatiens bildet, mit demselben wieder vereinigt werde, in jener Art und Weise, wie sie das allerhöchste Patent vom 7. April 1850 sanctionirte. In dieser Rede, wie in seinem ganzen Gebaren im Vor- wie im März betont Branyczány mit aller Entschiedenheit das conservative Princip, welches er auch immer, sofern sich ihm dazu Gelegenheit darbietet, zur Geltung zu bringen bemüht ist. Wie er einerseits nach politischer Seite mit unentwegbarer Treue zum angestammten Regentenhause hielt und in seinen Bestrebungen nach dieser Richtung von seinen obengenannten Brüdern unterstützt wurde, ebenso wirkte er andererseits im Vereine mit ihnen nach humanitärer Seite, förderte durch ansehnliche Summen Wohlthätigkeitsanstalten und gemeinnützige Unternehmungen und trug in erfolgreicher Weise bei zur Linderung des Nothstandes, als dieser zur Cholerazeit in Croatien und dem benachbarten Dalmatien in erschreckender Weise sich kundgab. Auch sonst unterstützte er öffentliche Institute, insbesondere die südslavische Akademie, durch bedeutende Summen und war immer werkthätig zur Hand, wo und wann es gilt, die geistigen und materiellen Interessen Croatiens und Slavoniens zu fördern. Seine Majestät würdigte wiederholt diese vielseitigen Verdienste Branyczány's; derselbe wurde zum Statthaltereirathe ad honores in Agram ernannt. 1858 mit dem Orden der eisernen Krone dritter Classe, 1868 mit jenem zweiter Classe ausgezeichnet und demzufolge in den Freiherrnstand erhoben. Am 30. Jänner

1837 vermälte er sich mit **Therese**, Tochter des Georg von Mobrušan, Besitzers der adeligen Güter Jurovo und Jankovo, und dieser Ehe entstammt die einzige Tochter **Clotilde**, vermält am 16. April 1856 mit **Giovanni Conte Buratti**, Besitzer des Gutes Botincz in Croatien und Statthaltereirath a. D. Verhandlungen des österreichischen verstärkten Reichsrathes 1860. Nach den stenographischen Berichten (Wien 1860, Friedrich Manz, fl. 8°.) Bd. II, S. 220 und 393.

Zur Genealogie der Familie Vranyczány. Diese Familie, welche sich slavisch: **Branizan**, italienisch: **Vragnizan** und ungarisch: **Vranyczány** schreibt und gegenwärtig an letztere Schreibweise sich hält, leitet ihren Ursprung bis ins dreizehnte Jahrhundert zurück und erklärt sich für ein altadeliges, aus Bosnien stammendes Geschlecht, wo sie einige Zeit um das Jahr 1200 auch **Radimirović** genannt wurde, nach einem ihrer Mitglieder, welches mit dem Könige von Bulgarien einen für Bosnien vortheilhaften Frieden schloß (Radimir: Friedensstifter). König Simon Nemagna schenkte ihr urkundlich die Güter Comaje, Orca und Vranjiz, und diesen Besitz bestätigte mit Urkunde ddo. Zuticza 18. Juni 1391 König Stephan Dabissa von Serbien und Bosnien dem Comes **Georgius Dobrinović**, dann dessen Neffen **Stephan** und **Andreas**, sowie deren Nachkommen. Die ununterbrochene Stammesfolge beginnt mit **Stefano Dobrinović**, Herrn von Comae, Orca, Vragnicz, der mit Flora Vranović von Jasie vermält war und 1377 das Zeitliche segnete. Von dessen beiden Söhnen **Peter** und **Georg** pflanzte Ersterer mit seiner Gattin Lucia Conomano Milesero das Geschlecht fort. Derselbe starb 1390 und hinterließ zwei Söhne: **Stephan** und **Andreas**. Von Letzterem geht die Nachfolge in ununterbrochener Linie, und zwar: **Emanuel** Vragnizan von Scardona, der nach Griechenland übersiedelte und den Namen Calotti annahm; **Andrea**, dessen Sohn **Pietro**, der um 1538 lebte; **Gregor**, von dessen beiden Söhnen sich **Georg** auf der Insel Brazza, **Johann** auf Città vecchia ansiedelte. Letzterer hatte zwei Söhne: **Georg** und **Daimo**. Von diesen pflanzte Ersterer das Geschlecht fort, und mit seinem

Sohne **Girolamo** hebt unsere Stammtafel an, welche nach Auszügen aus dem Kirchenbuche in Città vecchia auf der dalmatinischen Insel Lesina zusammengestellt ist. In der zweiten Hälfte des fünfzehnten Jahrhunderts — nach der Eroberung Constantinopels durch die Türken, welcher zehn Jahre später auch die Eroberung Bosniens folgte — verloren jene christlichen Grundherren, welche nicht zum Islam übertraten, ihre Besitzungen. **Andreas Dobrinović** zog nach Constantinopel. Als die Familie später wieder nach Bosnien zurückkehrte, nahm sie auch die Feldbauern von Vranjiz mit, welche sie bei der Auswanderung begleitet hatten, und gelangte in die Nähe von Spalato in Dalmatien. Dort ließ sie sich, da in Bosnien die Unruhen fortdauerten, Salona gegenüber auf einer damals unbewohnten Halbinsel bleibend nieder und nannte sie nach der in Bosnien gelegenen Besitzung Vrnjiz in slavischer Mundart Vranjica, welchen Namen dieselbe zur Stunde noch führt. In Dalmatien nunmehr seßhaft, erhielt **Emanuel Dobrinović**, Sohn des vorgenannten Andreas, von dem Dogen Francesco Foscari am 14. März 1447 für seine Person, Familie und Nachkommen einen salvum conductum als Comes di Scardona. Der Generalrath des Adels von Spalato erhob ihn am 2. März 1434 unter dem Namen Vragnizan — nach italienischer Mundart — zum Patrizier, und in dieser Würde bestätigte ihn auch der Doge Foscari am 3. September 1456. Die Adelsrechte und Freiheiten der Familie wurden nun noch öfter bestätigt. So erkannte der Doge Andreas Venerio am 15. Februar 1462 das Patriziat von Spalato und Cliss für **Juane Zorzi (Johann Georg)** einen Sohn des Gregorio Vragnizan und Enkel des gedachten Emanuel, an. 1563 trennten sich die Brüder **Georg** und **Johann** Vragnizan-Calotti. Ersterer zog nach Città vecchia, Letzterer nach Vestie. Der Doge Aloiso Mocenigo ertheilte nun am 4. März 1573 dem Georg und Johann Vragnizan alle Adelsrechte und Freiheiten, welche Juane Zorzi von den Dogen Venerio erhalten hatten. Eine gleiche Bestätigung erfolgte ddo. Venedig 10. Februar 1671 für **Gregorio** und **Tomaso** Vragnizan Brazza und deren Nachkommen, und wurde ihnen das bezügliche Diplom in Lesina am 24. April 1674 zugestellt. Ferner bestätigte der Provveditore generale von Venedig am 1. Mai 1716 die erwähnten Rechte und Freiheiten dem **Vicenzo** und **Nicolo Bragnizan** und der Doge **K. Contarini** am 13. Jänner 1728 den Nachkommen des **Gregorio Bragnizan**. Nachdem ein Theil Dalmatiens bereits 1805 in Folge des Preßburger Friedens an Frankreich gefallen war, wurde im Sommer 1809 auch die Insel Lesina von den Franzosen besetzt. In der Biographie **Georg Brannczány's**, welcher zu jener Zeit achtzehn Jahre zählte, ist dargestellt, wie derselbe in Gemeinschaft mit seinem Vater **Simon** eine Erhebung zu Gunsten Oesterreichs ins Werk setzte. — Die ebenfalls aus Dalmatien nach Croatien ausgewanderten Brüder der erwähnten **Rachilla**, der Gattin Simon Bragnizan's, nämlich **Ambros sen.** Branizan von Severin und **Johann sen.** Branizan von Segna, bewarben sich um die Anerkennung ihres alten Adels in Oesterreich, welche ihnen auch Kaiser Franz I. mit allerhöchster Entschließung ddo. Verona 1. December 1822 und mit darüber ausgefertigtem Decret ddo. Wien 14. December desselben Jahres ertheilte. Außerdem erhielten sie s. d. Persenbeug 24. August 1827 den ungarischen Adelstand, bei welcher Gelegenheit der Name Bragnizan (Brantzan) in Brannczány magyarisirt wurde. Auch der schon genannte **Simon Branizan**, Rachilla's Gemal, erlangte den ungarischen Adelstand mit allerhöchster Entschließung ddo. Wien 31. Jänner 1837 und mit darüber ausgefertigtem Diplom ddo. Wien 3. Februar desselben Jahres ebenfalls mit der oben erwähnten Namensänderung. Nebenbei sei hier bemerkt, daß die Familie Brannczány in Jván Nagy's großem Adelswerke: „Magyar ország családai czimerekkel és nemzékrendi táblákkal", welches sämmtliche blühenden und erloschenen Adelsfamilien Ungarns enthält, wahrscheinlich aus nationalstaatsrechtlichen Motiven nicht vorkommt. Eine weitere Adelserhebung brachte **Ambros**, ein Bruder des vorgenannten **Georg**, in die Familie. Schon mittelst kaiserlicher Entschließung ddo. Wien 21. Februar 1846 erhielt er nebst seinen Brüdern **Georg**, **Matthäus**, **Nicolaus** und **Johann** mit dem Prädicate Dobrinović den österreichischen Ritterstand, worüber s. d. 19. Februar 1848 ein Diplom ausgefertigt wurde, und mittelst Diploms Seiner Majestät des Kaisers Franz Jo-

seph I. ddo. Wien 29. April 1862 erlangte er [vergleiche seine besondere Biographie S. 312] als Ritter des Ordens der eisernen Krone zweiter Classe den österreichischen Freiherrnstand, welcher Standesgrad zugleich auf seine vorgenannten vier Brüder wegen ihres gemeinnützigen und wohlthätigen Wirkens übertragen ward.

Wappen der Freiherren Brannczány-Dobrinović. Quer getheilt. Oben in Blau ein silbern geharnischter im Ellenbogengelenk abwärts gekrümmter freier rechter Arm, welcher mit der rechts gekehrten Faust einen golden gefaßten blanken Säbel schräge links gezuckt hat; zwischen dem Säbel und dem Arm schwebt in der Mitte ein sechsstrahliger goldener Stern. In der unteren rothen Schildeshälfte erhebt sich aus dem Fußende ein grüner Hügel, auf welchem drei sich auswärts neigende weiße Gartenlilien an grünen Stielen nebeneinander stehen. Auf dem Schilde ruht die Freiherrnkrone, auf welcher drei Turnierhelme sich erheben. Die Krone des rechten trägt den einwärts gekehrten auf dem Ellbogen ruhenden Arm, jedoch ohne Stern; aus jener des mittleren wächst ein rechtsgewandter gekrönter goldener Löwe hervor, welcher in der rechten Pranke einen sechsstrahligen goldenen Stern emporhält; die Krone des dritten Helms trägt den Hügel mit den drei Gartenlilien. Helmdecken. Die des rechten und des mittleren Helms roth mit Silber, die des linken blau mit Gold unterlegt. Schildhalter. Zwei silberne Löwen, welche auf einer goldenen Arabeskenverzierung stehen. Devise. Auf einem rothen, um die goldene Arabeskenverzierung sich schlingenden Bande in silberner Lapidarschrift: „Fratrum concordia".

Brannczány-Dobrinović, Georg Freiherr von (croatischer Edelmann, geb. in Croatien 1794, gest. zu Venedig am 22. November 1869). Der älteste Sohn des Simon von Brannczány aus dessen Ehe mit Rachilla geborenen Branizan. In Folge der durch die französische Revolution veranlaßten territorialen Veränderungen gelangte Dalmatien in den Besitz der Franzosen, welche im Sommer 1809 auch die Insel Lesina besetzten. Da war es Georg

Branyczány — damals noch Bragnizan — der im Einverständniß mit
seinem Vater Simon und im Vereine
mit Stephan Botteri, Peter Politeo
und Anton Blahovich eine Erhebung
zu Gunsten Oesterreichs plante und
zuletzt auch ins Werk setzte. Mit etwa
2000 Mann zog er in die Stadt Lesina,
welche die Franzosen, als sie diese Schaar
heranrücken sahen, in eiliger Flucht verließen, bemächtigte sich der Festung ohne
Blutvergießen und pflanzte auf den
Zinnen derselben die Flagge Oesterreichs
auf. Mittlerweile hatte Georgs Vater
sich nach Spalato begeben, theils um die
nöthigen Lebensmittel herbeizuschaffen,
damit die Befreier sich nicht genöthigt
fänden, gegen die Einwohner zu Erpressungen zu schreiten, welche immerhin
wenigstens für den mit den Franzosen
haltenden Theil zu besorgen waren;
theils um die in Spalato befindliche
österreichische Garnison von der gelungenen Besitznahme in Kenntniß zu setzen.
Sofort erschien ein von jener Besatzung
abgeordnetes Truppencommando auf
Lesina, um von Georg Stadt, Veste
und Insel zu übernehmen. Bevor dies
jedoch bewerkstelligt werden konnte, hielt
derselbe unermüdlich Tag und Nacht mit
großer Energie, Vorsicht und Klugheit
die Ordnung aufrecht und die bei solchen
Vorgängen immer zu gewaltsamem Eingreifen bereite gährende Volksmasse derart im Zaum und unter strengster Disciplin, daß keinem der Einwohner ein
Schaden zugefügt wurde. Als der zum
Aeußersten entschlossene Pöbel das Haus
Bonicelli und mehrere Häuser in Città
vecchia mit Plünderung bedrohte, stellte
sich Georg demselben mit Gefahr seines
Lebens entgegen, und als er, nachdem
mehrere Schüsse auf ihn gefeuert worden,
von denen ihn jedoch keiner traf, ohne zu

zagen Stand hielt, da gewannen seine
Unerschrockenheit und Tapferkeit solchen
Einfluß auf die erregte Menge, daß dieselbe sich allmälig zurückzog und weiter
keine Unthaten plante. So gelang es
ihm in der bedenklichsten Zeit die Ruhe
aufrecht zu erhalten und die Insel in
gesetzlicher Ordnung den Oesterreichern
zu übergeben. Aber noch war seine Aufgabe nicht zu Ende. Die Franzosen
konnten den Verlust nicht so leicht verschmerzen und trafen nun ihrerseits Anstalten, das Verlorene wieder zu gewinnen. Im Herbst desselben Jahres
versuchten sie eine Landung auf Lesina.
Aber Georg, rechtzeitig von diesem
Vorhaben unterrichtet, stellte sich den
Franzosen mit einem ansehnlichen Trupp
Cattaresen entgegen, während von der
Seeseite her sein Vater Simon mit
einem Schiffe, welches 60 Streiter und
ein Geschütz führte, den Franzosen in den
Rücken fiel. Diesem Doppelangriffe hielten
dieselben nicht Stand, und so blieb
die Insel bei Oesterreich, freilich nur bis
zum Wiener Friedensschlusse (14. November 1809), mit welchem ganz Dalmatien an Frankreich abgetreten wurde.
Jetzt aber begannen französischerseits die
gerichtlichen Maßnahmen. Es wurde sofort ein Kriegsrath aufgestellt, welcher
gegen Georg Branyczány, Stephan
Botteri, Peter Politeo und Anton
Blahovich die Untersuchung einleitete
und sie sämmtlich unter gleichzeitiger
Vermögensconfiscation zum Tode ver-
urtheilte. Georg rettete sich rechtzeitig
durch die Flucht nach Agram, wohin ihm
auch schleunigst die ganze Familie Branyczány folgen mußte. Stephan Botteri, dem es bei seinem leidenden Zustande unmöglich war, zu fliehen, wurde
1810 in Folge des gegen ihn gefällten
Todesurtheils in Sebenico öffentlich er-

schossen. Nach 30 und mehr Jahren noch wurden von Augenzeugen dieser Vorgänge obige Angaben über die Familie Branyczány in einer besonderen Urkunde am 27. Februar 1845 feierlich bestätigt. Georg, dem nun auch sein Vater Simon und dessen Gattin Rachilla geborene Brantzan, dann die Geschwister Matteo, Ambrosio, Nicolo, Giovanni, Francesca, Agnese und Zerolima gefolgt waren, ließ sich in Agram nieder. In Anerkennung ihrer Treue und als theilweise Entschädigung für ihre von den Franzosen confiscirten Güter erhielten Georg und dessen Vater Simon von Kaiser Franz im December 1810 je eine Jahrespension von 500 Gulden. 1842 verzichtete Georg seinerseits auf dieselbe. Mit seinen Brüdern kaufte er 1840 das Gut Rakitje und 1843 die Herrschaft Castua und lebte abwechselnd in Wien und Venedig, in welch letzterer Stadt er auch unvermält im Alter von 77 Jahren starb.

Aus Dalmatien von Ida von Düringsfeld. Mit Anmerkungen von Otto Freiherrn von Reinsberg-Düringsfeld (Prag 1857, Karl Bellmann, 8°) Bd. II, S. 219 und 220.

Brátný, Karl (Tonsetzer und Schriftsteller, geb. in Prag am 2. Juni 1819). In seiner Vaterstadt besuchte er die polytechnische Schule, betrieb aber, da er besondere Neigung zur Musik besaß, fleißig das Studium derselben. 1847 — er zählte bereits 28 Jahre — reiste er nach Madrid und ließ sich daselbst als Kaufmann nieder. Der Musik blieb er treu und schrieb in seiner neuen Heimat die dreiactige Oper: „Con la norma de su zapata", zu welcher er auch das Libretto verfaßt hatte, das 1865 in der Sammlung ausgezeichneter spanischer Dramatiker und Lyriker in Madrid bei Jos. Rodriguez herauskam. Im nämlichen Verlage erschien auch der erste Theil seines Chores „Nuestra Patria", den er den spanischen Gesangvereinen gewidmet hat. Alsdann componirte er die Oper „Cleopatra", deren Ouverture zur Zeit der Pariser Ausstellung 1867 in den Champs élysées gespielt und mit Beifall aufgenommen wurde; und ferner eine Friedenshymne mit deutschem, französischem und spanischem Text. Mit seiner kaufmännischen und musicalischen Beschäftigung verband er schließlich noch die literarische und schrieb in spanischer Sprache einen satirischen Roman unter dem Titel: „El sastre de la luna", d. i. Der Schneider im Monde, und ließ ein humoristisches Tageblatt „La polemica" erscheinen. 1865 gab er in der Druckerei von Prudencia Cuartero das Buch: „Coleccion de los articulos, folletines poesias y suetos contenidos en los cuatro numeros primos de la Zarzuela" unter dem Pseudonym C. W. Čech und 1871 unter dem Pseudonym Karel z Prahy das Buch „Secretos del Laberinto revelaciones de un mundo imaginario" heraus. 1873 besuchte er noch einmal seine Heimat Böhmen. In Handschrift hat er fertig die Composition der Oper: „Misterias del Paraiso", nach dem Texte von Pecado und das Originalwerk: „Satira por Carlos de Praga". Brátný lebt zur Zeit als Handelsmann in Madrid. Im Mendel'schen Musiklexikon wird er, wenn wir nicht irren, unter dem völlig entstellten Namen Bralmy angeführt.

Braz, Stanko (slovenisch croatischer Poet, geb. zu Čerovec, einem slovenischen Dorfe in Untersteiermark an der ungarisch-croatischen Grenze, am 30. Juni 1810, gest. in Agram 24. Mai 1851).

Er hieß eigentlich Jacob Fras. Den deutschen Familiennamen slavisirte er in Braz. Stanko aber ist die Slovenisirung des Namens Constantin, den er bei der Firmung erhielt. Das Gymnasium besuchte Braz zu Marburg, und nachdem er es beendet hatte, bezog er die Hochschule Graz, an welcher er acht Jahre zubrachte, ohne zu einem eigentlichen Abschlusse seiner Studien — er betrieb anfangs mathematische, später rechtswissenschaftliche Disciplinen — gelangen zu können. Schon 1846 begann er auf dem Gebiete der slovenischen Literatur thätig zu sein, trat auch, noch Student, in Beziehungen zu Ljubivit Gaj [Bd. V, S. 58], dem eigentlichen Begründer des croatischen Illyrismus und der neueren croatischen Literatur, dann zu dem Abte Krizmanić, welcher Milton's „Verlorenes Paradies" in seine Muttersprache übersetzt hatte und zu jener Zeit als Nestor der croatischen Literatur galt. In der Zwischenzeit, 1837—1840, sammelte er sorgfältig slovenische Volkslieder und durchwanderte zu diesem Zwecke Kärnthen, Krain, Steiermark und Ungarn. 1838 übersiedelte er, mit dem Entschlusse, sich ganz der Literatur zu widmen, nach Agram. Jahre vergingen, ohne daß es ihm gelang, eine feste Anstellung zu finden, er schrieb daher in illyrischer Sprache und unterstützte Gaj, als dieser die Zeitschrift „Danica", d. i. Der Morgenstern, herausgab. Aus einem Schreiben des Dichters an Prešern [Bd. XXIII, S. 267] ddo. Graz 19. November 1837 erfahren wir, wie sich diese Wandlung vom Slovenen zum Croaten vollzog. „Ich habe", schreibt Braz, „mich seit dem verflossenen Frühjahre vom undankbaren Felde, das ich fünf Jahre mit aller Liebe bebaute,

zurückgezogen, um nicht wieder zurückzukehren. Mit dem Slovenismus habe ich es abgethan, zumal ich auf meiner letzten Reise alle meine Schriften, die ich vom Jahre 1832—1836 im Slovenischen besaß, verlor. Seit vorigem Jahre (1836) schreibe ich nur illyrisch". Endlich, 1846, fiel auf ihn die Wahl zum Secretär der Agramer Matica — Name einer literarischen Gesellschaft, welcher sich alsbald auf ähnliche Vereine anderer slavischer Idiome verpflanzte — in welcher Eigenschaft er auch die Redaction der croatischen Zeitschrift „Kolo" — Name eines slavischen Rundtanzes — übernahm. An der Herausgabe dieser letzteren betheiligten sich für die ersten drei Bände 1842 und 1843 Lukotinovic und Dragotin Rakoveć [Bd. XXIV, S. 361]; den vierten bis zum achten (letzten) 1850 gab Braz ganz allein heraus. Im Jahre 1845 ging er für einige Zeit nach Prag, um sich an Ort und Stelle mit der čechischen Literatur vertraut zu machen; auch legte er dort die letzte Feile an seine Liedersammlung „Gusle i tambure", die dann daselbst herauskam. Das Jahr 1848 rüttelte auch ihn aus seinen poetischen Träumereien, nicht nur daß er den regsten Antheil an der Bewegung überhaupt nahm, er betheiligte sich auch persönlich an derselben, freilich nur in friedlicher Weise, indem er die Croaten und Slovenen auf dem Slavencongreß zu Prag vertrat. Daselbst stand er bereits in hohem Ansehen, daß man ihn zum ersten Vicepräsidenten des Congresses ernannte. Der Keim des Leidens, den er seit Jahren in sich trug, begann sich nun rascher zu entwickeln, und im besten Mannesalter von 41 Jahren wurde Braz vom Tode dahingerafft. Seiner journalistischen Thätigkeit haben wir bereits gedacht, er gab überdies einige poetische Werke heraus, deren Titel sind: „*Narodne pésme ilirske koze se pévaju po Štajerskoj, Kranjskoj, Koruškoj i zapadnoj strani Ugarske*", d. i. Illyrische National- lieder, wie solche im Steirischen, Kraini- schen, Kärnthnerischen und im Süden Ungarns gesungen werden (Agram 1839, 8⁰., XXXI und 204 Seiten); — „*Djulabje, ljubezne ponude za lju- bicu*", d. i. Rosenäpfel. Eine Liebes- gabe für die Geliebte (Agram 1841, L. Gaj, 8⁰., 138 S.); — „*Glasi z du- brave žeravinske*", d. i. Töne aus dem Žeraviner Walde (Agram 1841, L. Gaj, 8⁰., 138 S.), und „*Gusle i tambure*", d. i. Geigen und Tamburinen (Prag 1845, 8⁰., 147 S.). Nach seinem Tode gab die Matice ilyrska seine gesammten Dichtungen in vier Bänden (1861), zweite Auflage 1864, heraus, welchen ein fünfter folgen sollte, zusammengestellt aus seinem reichen literarischen Nachlaß, der sich bei der Matice vorgefunden hat. Derselbe enthält eine Menge Original- und übersetzte Arbeiten und überdies die größere Abhandlung: „Ueber die Na- tionaltrachten der Slovenen". Unter seinen Uebersetzungen finden sich deren aus allen europäischen Literaturen. Die slavischen Literarhistoriker stellen Braz sehr hoch, sie gaben ihm einen Platz unter den ersten slavischen Poeten und räumen ihm große Verdienste um die Entwicklung der croatischen Literatur ein. Als Erotiker steht er unbedingt hoch, wenngleich es den Anschein hat, als habe er in seinen Liebesgedichten (Rosenäpfel) bei Saphir's „Wilden Rosen" manche Anleihe gemacht. Auch als epischer Dichter versuchte sich Braz, und seine Balladen und Romanzen sind ziemlich volksthümlich geworden. Daß er sich auch mit den romanischen Literaturen

bekannt machte und einige schönere Stücke daraus übertrug, kam nur seinen eigenen Dichtungen zu Statten, weil er dadurch in nicht geringem Maße seinen Styl rundete, denn seine Thätigkeit als slovenischer Poet begann er eben mit Uebersetzungen einiger Sonette Pe- trarca's, verschiedener spanischer Poe- ten und einzelner Dichtungen Lamar- tine's. Wissenschaftlichen Werth, na- mentlich für Forscher im Gebiete des slavischen Volksliedes, besitzt seine ober- wähnte Sammlung „illyrischer" Volks- lieder, wie er dieselben in Krain, Kärn- then, Steiermark und im südlichen Ungarn unmittelbar aus dem Volksmunde hörte. Durch diese Sammlung kam er auch in brieflichen Verkehr mit Anton Alexander Grafen Auersperg (Anastasius Grün), der sich selbst mit slovenischen Volks- liedern und einer Uebertragung derselben ins Deutsche beschäftigte. Aber die Cor- respondenz endete mit einer Dissonanz, was bei Braz's keineswegs anmuthender Gemüthsart nicht gerade Wunder nimmt. Am 8. September 1880 fand in unseres Schriftstellers Geburtsorte Čerovec ein Erinnerungsfest statt, indem an jenem Hause, in welchem er als Sohn schlichter Landleute das Licht der Welt erblickte, eine Gedenktafel mit Angabe seines Ge- burts- und Sterbetages enthüllt wurde. Dieser Feier folgte ein Symposion, ein Festconcert u. s. w. in Friedau, einem steirischen Städtchen, wobei es zu einer Verbrüderung zwischen den anwesenden Slovenen und Croaten kam. Eine poli- tische Demonstration jedoch, auf welche es bei dieser Enthüllungsfeier vielleicht abgesehen war, unterblieb, weil die eigentlich tonangebenden Persönlichkeiten in Agram und Laibach nur durch ihre Abwesenheit glänzten. Des Stanko Braz' Dichterruhm kommt durch den

Umstand, daß er als Slovene croatisch schrieb, nicht zur eigentlichen Geltung, denn weder die Croaten noch die Slovenen können ihn ganz den Ihrigen nennen, überdies erscheint er den Letzteren als Abtrünniger, den Ersteren als eingepfropftes Reis. Erst in einem Königreiche Slovenien, das sich mit Annexion croatischer Gebietstheile zu bilden anstrebt, wird der Dichter Stanko Braz die Stelle einnehmen, die ihm nationale Eifersucht bis nunzu nicht einräumen will.

Ilirska čitanka za gornje gimnazije. Kujiga druga, d. i. Illyrische Chrestomathie für Obergymnasien. Zweiter Theil (Wien 1860, k. k. Schulbücher-Verlag, gr. 8°.) S. 133 bis 149. — Bleiweis (J. Dr.). Koledarček slovenski za navadno let 1853, d. i. Slovenischer Kalender auf das Jahr 1853 (Laibach, 12°.) S. 27—32 Biographie von Tavorin Terstenjak. — Prager Zeitschrift 1852, Nr. 21. — Slavische Blätter. Illustrirte Monatshefte für Literatur, Kunst und Wissenschaften... der slavischen Völker. Herausgegeben und redigirt von Abel Lukšić (Wien, 4°.) I. Jahrgang (1865) S. 238: „Deutsche Uebersetzungen einiger Gedichte von Stanko Braz".

Porträt. Unterschrift: Facsimile des Namenszuges: „Stanko Braz" (12°.); auch im obengenannten „Koledarček" von Dr. Bleiweis.

Vrbna, siehe: **Wrbna.**

Ende des einundfünfzigsten Bandes.

Alphabetisches Namen-Register.

Die mit einem * bezeichneten Biographien kommen bisher noch in keinem vollendeten deutschen Sammelwerk (Encyklopädie, Conversations-Lexikon u. dgl.) vor und erscheinen zum ersten Male in diesem biographischen Lexikon, in welchem übrigens alle Artikel nach Originalquellen, die bisherigen Mittheilungen über die einzelnen Personen entweder berichtigend oder ergänzend, ganz neu gearbeitet sind; m. B. = mit Berichtigung oder doch mit Angabe der divergirenden Daten; m. G. = mit genealog. Daten; m. M. = mit Beschreibung des Grabmonumentes; m. P. = mit Angabe der Porträte; m. W. = mit Beschreibung des Wappens; die Abkürzung Qu. bedeutet Quellen, worunter der mit kleinerer Schrift gedruckte, jeder Biographie beigefügte Anhang verstanden ist.

Namen-Register nach den Geburtsländern

und den Ländern der Wirksamkeit.

Nicht in Oesterreich geboren.

Namen-Register nach Ständen
und anderen bezeichnenden Kategorien.

Musiker.

Naturforscher.

Biographisches Lexikon

des

Kaiserthums Oesterreich,

enthaltend

die Lebensskizzen der denkwürdigen Personen, welche seit 1750 in den österreichischen Kronländern geboren wurden oder darin gelebt und gewirkt haben.

Von

Dr. Constant von Wurzbach.

Zweiundfünfzigster Theil.

Vrčevic — Wallner.

Mit acht genealogischen Tafeln.

Mit Unterstützung des Autors durch die kaiserliche Akademie der Wissenschaften.

Wien.

Druck und Verlag der k. k. Hof- und Staatsdruckerei.

1885.

B.

Brčevic, sprich Bercevich, Buk Stephan (österreichisch-ungarischer Viceconsul zu Trebinje in der Hercegovina, geb. zu Risano an den Bocche di Cattaro in Dalmatien am 26. Februar 1811). Ein Sohn des Gemeindeschreibers und Lehrers zu Risano, Stephan Brčevic, zeigte er von Jugend auf große Liebe zum Lernen, welche jedoch nur sparsam befriedigt wurde. Durch die örtlichen Verhältnisse begünstigt, sprach er im Alter von eilf Jahren sowohl seine Muttersprache, das Serbische, als das Italienische. Da er eine schöne Stimme besaß, wollte ihn der Archimandrit des Klosters Savina, Macarius Grašić, nach Karlowitz in Syrmien schicken, um ihn daselbst Theologie studiren zu lassen, doch die Eltern gaben nicht die Einwilligung dazu. 1829 aber verließ er wegen einer unverschuldeten Züchtigung, welche der Vater, den er in den Obliegenheiten des Lehrers und Gemeindeschreibers vertreten, über ihn verhängte, das Elternhaus und begab sich zu seinem in Budua ansässigen Schwager Delovec, in dessen Krämerladen er nun ein Jahr hindurch aushalf. Während dieser Zeit erlernte er von einem Cadeten der daselbst stationirten Militärabtheilung die deutsche Sprache. Als dann 1830 nach dem Tode des Vladika von Montenegro Peter I. die Regierung Peter II. übernahm, wurde Brčevic das Amt eines Schreibers angeboten, und gern würde er es angenommen haben, da ihm das Krämergeschäft seines Schwagers nichts weniger denn zusagte, aber die Eltern verweigerten auf das entschiedenste ihre Erlaubniß. 1833 beklagte er den Tod seines Vaters, und nun fiel ihm die Obsorge für die greise Mutter und zwei jüngere Brüder zu. 1835 wurde er mit dem berühmten Buk Stephanowitsch Karadschitsch [Bd. X, S. 464] bekannt, dem er sich später bei der Sammlung serbischer Lieder und Märchen sehr behilflich erwies. Als dann 1840 die Grenzstreitigkeiten zwischen den Montenegrinern und einigen anliegenden Gemeinden ausbrachen, sah er sich zum Mitgliede der mit der Beilegung des Streites betrauten Commission ernannt. Durch sein umsichtiges und tactvolles Verhalten in dieser heiklichen Angelegenheit erregte er die Aufmerksamkeit des Kreishauptmanns von Cattaro, der ihn nun geradezu aufforderte, in den österreichischen Staatsdienst zu treten. Er nahm den Antrag an. Die Bewegung des Jahres 1848 erstreckte sich auch bis an die Bocche. Brčevic verließ nun den kaiserlichen Dienst und trat eine Stelle bei der Commune in Cattaro an.

Als dann 1849 Fürst Danilo aus Rußland über Dalmatien nach Montenegro zurückkehrte, machte er Vrčević das Anerbieten, ihm als sein Secretär in die schwarzen Berge zu folgen. Dort blieb derselbe bis zum Mai 1855 im Dienste des Landesherrn. Aber kaum war er nach Cattaro zurückgekehrt, als er auch schon eine Stelle im kaiserlichen Staatsdienste erhielt, und zwar beim Gubernium in Zara. Als dann 1860 in der Herzegovina der Aufstand unter Luka Vukolovic ausbrach, lag es der kaiserlichen Regierung sehr daran, dort einen Mann zu haben, der das Volk und dessen Ziele genau kannte. Ein solcher war nun freilich der damalige Consul von Trebinje Baron Müller keineswegs, denn er verstand die serbische Sprache gar nicht, und so sandte daher der Statthalter von Dalmatien Freiherr von Mamula [Bd. XVI, S. 355] unseren Vrčević als Consularagenten nach Trebinje. Später wurde derselbe zum Viceconsul ernannt und wirkte in dieser Stelle noch im Jahre 1879. Während der ganzen Zeit seines Aufenthaltes in der Herzegovina war er auf das eifrigste bemüht, die Volkslieder und Sagen und Alles, was er über Bräuche und Sitten des serbischen Volkes erkunden konnte, zu sammeln und niederzuschreiben. und hat er nach dieser Richtung ein ansehnliches Material für den Druck vorbereitet. Bisher erschien von ihm: „Moralno-zabavne i šaljivo-poučitelne zagonetke", d. i. Sittlich unterhaltende und scherzhaft lehrreiche Räthsel (1857); — „Kosovsky boy", d. i. Die Schlacht bei Kosovo (1858); — „Male zenske hercegoracke pjesme", d. i. Kleinere hercegovinische Frauenlieder (Wien 1866); — „Narodne pripovjedke", d. i. Volksgeschichten, und „Narodne igre", d. i. Volksspiele, beide gedruckt zu Belgrad, im Verlage der serbischen gelehrten Gesellschaft, deren Mitglied Vrčević auch ist. In Handschrift vollendet hat er eine Geschichte der Regierung des Fürsten Danilo I., dann eine Beschreibung des Lebens und der Begebenheiten des Vladika von Montenegro Peter Petrovic II. Im Jahre 1876 wurde er mit dem Ritterkreuze des Franz Josephs-Ordens ausgezeichnet.

Vrchlický, Jaroslav (čechischer Poet, geb. zu Laun in Böhmen am 18. Februar 1853). Unter dem Pseudonym Jaroslav Vrchlický birgt sich Emil Bohuslav Frida, der bedeutendste čechische und vielleicht slavische Dichter überhaupt der Gegenwart, dessen Lebenslauf sehr bald erzählt ist. Er besuchte die Elementarschulen und das Gymnasium in seiner Heimat, an deren Hochschule zu Prag er auch 1872—1875 historische und sprachliche Studien trieb. Im letztgenannten Jahre trat er im Hause des Marchese Montecuculi-Laderchi in Oberitalien (Modena und Livorno) einen Erzieherposten an und versah denselben bis 1876. Dann in seine Heimat zurückgekehrt, wurde er Secretär in der Rectoratskanzlei des k. k. böhmischen polytechnischen Institutes zu Prag, in welcher Stellung er noch zur Zeit sich befindet. Die reiche Muße, welche ihm seine bisherigen Beschäftigungen ließen, widmete er der Poesie, in deren verschiedenen Gattungen, der lyrischen, epischen und dramatischen, er sich mit entschiedenem Glücke und einer fast besorgnißerregenden Fruchtbarkeit bewegt. In einem čechischen Literaturartikel über unseren Dichter heißt es wörtlich: „Seit den Zeiten Lopez de Vega's und Calberon's hat noch kein Dichter in so kurzer Zeit so viele und so bedeutende Werke geschrieben, wie Vrchlický". In Ermangelung eines čechischen Bücherkataloges, der bis auf die Gegenwart reicht, begnügen wir uns mit der Anführung seiner Schriften, soweit uns dieselben bekannt geworden. Mit den lyrischen beginnend, lassen wir die epischen und dramatischen und zuletzt seine zahlreichen Uebersetzungen folgen. Seine lyrischen Schriften sind: „Z hlubin", b. i. Aus den Tiefen (1875); — „Sny o štěstí", b. i. Träume vom Glück (1876); — „Simfonie" (1878); — „Duch a svět", b. i. Der Geist und die Welt (1878); — „Rok na jihu", b. i. Ein Jahr im Süden (1878); — „Dojmy a rozmary", b. i. Eindrücke und Launen (1880); — „Eklogy a pisně", b. i. Eklogen und Lieder (1880); — „Pouti k Eldoradu", b. i. Pilgerfahrten nach dem Eldorado (1881); — „Co život dal", b. i. Was das Leben gab (1882); — „Pantheon" (1882); — „Sfinx" (1883). Epische Dichtungen: „Básně epické", b. i. Epische Gedichte (1876); — „Vittoria Colonna" (1877); — „Mythy. Cyklus prvý", b. i. Mythen. Erster Cyclus (1879); — „Twardowski" (1880); — „Nové básně epické", b. i. Neue epische Dichtungen (1881); — „Mythy. Cyklus druhý", b. i. Mythen. Zweiter Cyclus (1881); — „Hilarion" (1881); — „Perspectivy", b. i. Perspectiven (1844). Dramatische Dichtungen: „Drahomíra, tragedie" (1882); — „Smrt Odysea, tragedie", b. i. Der Tod des Odysseus, Tragödie (1883); — „V sudě Diogena, veselohra", b. i. Im Faß des Diogenes, Lustspiel (1883); — „Večer na Karlštejně, veselohra", b. i. Der Abend auf Karlstein, Lustspiel (1844). Uebersetzungen: „Básně Viktora Huga", b. i. Gedichte von Victor Hugo (1874); — „Básně

Giacoma Leopardiho", b. i. Gedichte Giacomo Leopardi's (1876); — „Anthologie z nové poesie francouzské", b. i. Blumenlese aus der neueren französischen Poesie (1878); — „Kain, báseň Leconta de Lisle", b. i. Kain, Gedicht von Leconte de Lisle (1880); — „Danteho Božská komedie (Peklo a očistec)", b. i. Dante's göttliche Komödie (Hölle und Fegefeuer) (1878—1882); — „Hafiza Divan", b. i. Der Divan des Hafis (1883), gemeinschaftlich mit Dr. B. Košut (1883); — „Výbor básní Tom. Canizzara", b. i. Auswahl aus den Dichtungen des Thomas Canizzara (1884); — „Poesie italská nové doby", b. i. Italienische Poesien neuerer Zeit (1884); — „Tassův osvobozený Jerusalem", b. i. Tasso's Befreites Jerusalem. Vieles hat er druckbereit im Pulte liegen, wir nennen davon: „Wenn Gewitter dräu'n", eine Sammlung lyrischer Dichtungen; — Sonette eines Einsamen"; — „Julian, der Apostat, Tragödie"; — „Dichtungen aus dem Italienischen des Aleardi"; — Ariosto's „Rasender Roland"; — ein zweiter Band Auswahl neuerer französischer Gedichte; — Dante's „Vita nuova" in Gemeinschaft mit Julius Zeyer; ferner eine Auswahl Gedichte italienischer Poeten, so von Carducci, Foscolo, Buonaroti und Anderen. Mit Vorstehendem ist jedoch Vrchlický's schriftstellerische Thätigkeit noch lange nicht abgeschlossen. Die čechische National-Zeitung („Národní listy") und der „Lumír" enthalten aus seiner Feder zahlreiche Abhandlungen in Prosa. Der Dichter ist zur Zeit 32 Jahre alt; dann ist es wirklich erstaunlich, was Alles derselbe in der kurzen Spanne Zeit, seit welcher er zu dichten begonnen, bereits

geſchaffen hat. Ein čechiſcher Literar-
hiſtoriker will ſchon jetzt drei Phaſen in
der Dichtung Vrchlický's unterſcheiden,
von denen die erſte in dem Werke „Aus
den Tiefen", die zweite in der „Symphonie" und in „Geiſt und Welt", die
dritte in „Sphinx" und „Perſpectiven"
zum Ausdrucke komme, und zwar ſei in
der erſten der Poet noch vom Peſſi-
mismus befangen, während er in der
zweiten ſich zum Optimismus durch-
arbeite, bis er in der dritten dem Huma-
nismus huldige. Welche Stufe die
nächſte iſt, die Vrchlický erklimmt,
oder ob derſelbe auf der letzten als der
höchſten verbleibt, weiß ſein Kritiker
nicht zu ſagen. Gewiß iſt Eines, daß
unſer Poet bei objectivſter Betrachtung
ſeines Könnens und dichteriſchen Schaffens als der hervorragendſte Vertreter
der reflectirenden kosmopolitiſchen Richtung gelten darf, die ſeit dem Anfange
der Sechziger-Jahre der früheren nationalen (ſlaviſchen) entgegentrat. So nimmt
er ſeinem Volke gegenüber ungefähr die
Stellung ein, wie Byron für England
und Heinrich Heine für Deutſchland.
Aber ganz abgeſehen von dieſer Richtung,
wird er an wahrem, originellem und
dichteriſch durchgebildetem Talente von
keinem ſeiner Nebenbuhler erreicht, ge-
ſchweige übertroffen, und wie in ſeiner
äußeren Erſcheinung nichts weniger als
ein čechiſcher Typus ſich kundgibt, iſt er
ſelbſt kein čechiſcher, ſondern überhaupt
ein Poet.

Bornmüller (Fr.). Biographiſches Schriftſteller-Lexikon der Gegenwart. Die bekannteſten
Zeitgenoſſen auf dem Gebiete der National-
literatur aller Völker mit Angabe ihrer Werke
(Leipzig 1882, Verlag des bibliogr. Inſtituts,
8°.) S. 748. — Magazin für die Literatur
des Auslandes (Leipzig, 4°.) 1879, Nr. 22,
S. 344 [nach dieſem geboren im Jahre 1852].
— De Gubernatis (Angelo). Dizionario

biografico degli scrittori contemporanei
ornato di oltre 300 ritratti (Firenze 1877,
Le Monnier, schm. 4°.) p. 1056 [nennt
Vrchlický's Geburtsort irrig Loung]. —
Zlatá Praha, d. i. Das goldene Prag
(illuſtr. Prager Zeitſchrift, M. Fol.) 1883,
Nr. 1, S. 10.

Porträt. Holzſchnitt ohne Angabe des Zeichners und Xylographen in der „Zlatá Praha"
1883, Nr. 1, S. 1.

Vrécourt, Anton Graf (k. k. Rittmeiſter, geb. zu Szoláth in Ungarn
10. October 1769, geſt. 10. März
1846). Ein Sohn des Grafen Wenzel
aus deſſen Ehe mit Francisca geborenen Freiin von Himmelberg, trat
er am 20. Juni 1778 in die Wiener
Neuſtädter Militärakademie, aus welcher
er am 12. December 1787 als Fähn-
cadet zu Nabásdy-Infanterie Nr. 39
ausgemuſtert wurde. Später kam er
zum Regimente Albert-Carabinier, in
welchem er die Feldzüge 1789, 1793
und 1796 mitmachte. In letzterem, damals Oberlieutenant, zeichnete er ſich am
28. Auguſt bei der Einnahme der Stadt
Bamberg beſonders aus. Mit 80 Reitern ſeines Regiments umging er die
vom Feinde beſetzte Stadt, drang in der
Nacht dann plötzlich in dieſelbe ein,
machte 2 Officiere nebſt 200 Mann zu
Gefangenen, führte Munitions- und Pack-
wagen mit ſich fort und befreite überdies
die Geißeln von Amberg. Im Berichte
des Generaliſſimus Erzherzogs Karl
wird er unter den Ausgezeichneten genannt. Weiter kämpfte er in den Feldzügen 1800 und 1805 und erhielt mehrere Wunden am Kopfe. Im Feldzuge
1809 ſtand er bei Kneſevich-Küraſſieren
Nr. 11 und kämpfte in der Schlacht bei
Aſpern mit, in welcher das Regiment ſich
durch beſondere Bravour hervorthat und
auch namhafte Verluſte erlitt. In der
Relation wird Rittmeiſter Anton Graf

Stammtafel der Grafen von Brécourt.

Wenzel
geb. 14. October 1737 †
Francisca geborene Zettin von Himmelberg.

Anton (C. 4)
geb. 10. October 1769,
† 10. März 1846.
Anna Maria Zettin von Wettet
geb. 23. September 1778,
† 10. December 1819.

Emmerich
geb. 22. Juli 1773,
† 9. Juni 1788.

Wenzel
† 6. März 1832.

Anna Maria Antonie
geb. 23. Februar 1800, †.

Richard Paul
geb. 18. September 1802, †.

Anton
geb. 3. Juli 1809,
Maria Anna Gräf
geb. 28. August 1821.

Joseph
geb. 28. October 1799,
† 18. März 1832.
Emilie von Müller
geb. 29. August 1803.

Maria
geb. 1. Jänner 1840,
vm. Johann Gerlich
von Gerlichsburg.

Anton
geb. 3. August 1847.

Rosa
geb. 29. October 1844,
vm. August Enkas
Graf Schwirbg
de Sac-fehan.

Ida
geb. 17. November 1849.

Alphons
geb. 23. April
1813, †.

Victor
geb. 13. August 1852.

Olga
geb. 13. October 1849,
vm. Adolph Ritter
Ambrosini de Ambra.

Richard
geb. 20. October
1874.

Percy
geb. 13. August
1872.

Mia
geb. 18. Juli
1870.

Rudolph
geb. 23. Jänner
1869.

Adolph
geb. 11. Sept. 1834.
Maria Vde von Haas
geb. 13. Mai 1855.

Arthur
geb. 25. November 1833.
Elisa geborene
dela Tromba
geb. 14. December 1843.

Alphons Ramiro
geb. 1. Jän. 1882.

Emilia
geb. 6. December
1867.

Olga Katharina
geb. 15. Juli
1879.

Maria Emilia
geb. 31. Juli
1877.

Brécourt von dem General der Cavallerie Johann Fürsten Liechtenstein
unter den Helden des Tages genannt. Die
vielen Wunden, welche der tapfere
Soldat in den Kriegen erhalten hatte,
nöthigten ihn, am 31. August 1812 als
Premier-Rittmeister in den Ruhestand
überzutreten. Am 22. Juni 1822 kam er
in das Wiener Invalidenhaus. Graf
Anton hatte sich am 24. April 1798
mit Anna Maria geborenen Freiin
von Watlet vermält, welche am 10. December 1819 starb. 1832 ist nicht das
Todesjahr des Grafen, wie hie und da
irrthümlich angegeben wird, sondern
das seines Sohnes Wenzel.

Historisch-heraldisches Handbuch zum
genealogischen Taschenbuch der gräflichen
Häuser (Gotha 1855, Just. Perthes, 32°.)
S. 1041 [nach diesem wäre Graf Anton
am 6. März 1832 gestorben]. — Leitner
von Leitnertreu (Th. Jos.). Ausführliche
Geschichte der Wiener Neustädter Militär-
akademie (Hermannstadt 1852, 8°.) S. 476.
— Thürheim (Andreas Graf). Die Reiter-
Regimenter der k. k. österreichischen Armee
(Wien 1862, F. B. Geitler, gr. 8°.) Bd. I:
„Die Küraffiere und Dragoner", S. 87
und 294. — Derselbe. Gedenkblätter aus
der Kriegsgeschichte der k. k. österreich-schen
Armee (Wien und Teschen 1880, Ler. 8°.)
Bd. II: S. 17, Jahr 1796; S. 21, Jahr
1796; S. 107, Jahr 1809. — Zvoboda
(Johann). Die Zöglinge der Wiener Neustädter Militär-Akademie von der Gründung
des Institutes bis auf unsere Tage (Wien
1870, Selbstverlag, schm. 4°.) Sp. 160 [nach
diesem gestorben am 10. März 1846].

Zur Genealogie der Grafen Brécourt. Die
Familie entstammt dem altadeligen Hause
Lavault, daher die heutigen Grafen Bré-
court sich Lavault-Brécourt schreiben.
Ihrem Ursprunge nach gehört sie dem walle-
nischen Theile des Herzogthums Luxemburg
an. Später aber erwarb sie Güter in den
Herzogthümern Lothringen und Bar und
erlangte von dem Herzoge Franz von
Lothringen am 27. Februar 1737 die
Grafenwürde. Ueber die geschichtliche

Vergangenheit dieses Geschlechtes fehlen alle
Nachrichten. Unsere Stammtafel reicht in die
Mitte des vorigen Jahrhunderts zurück. Bemerkenswerth aus der ganzen Familie ist nur
der Rittmeister Anton Graf Brécourt,
der sich im Dienste des kaiserlichen Heeres
wiederholt sehr ausgezeichnet hat [siehe S. 4
die Lebensskizze].

Wappen. Quadrirter Schild mit Mittelschild. 1 und 4 in Blau zwei nebeneinander
aufgerichtete mit den Köpfen und Schwänzen
auswärts gekrümmte silberne Barben (Fische),
von vier kleinen goldenen Kreuzen, auf den
vier Seiten begleitet; 2 und 3 in Schwarz drei
(2 über 1) silberne Fallgitter. Mittelschild.
In Schwarz drei silberne (2 über 1) Thürme.
Devise: Tout par amour.

Prints zu Falkenstein, Maximilian Theobald Joseph Graf (Staatsmann, geb. 4. Februar 1802). Ein
Sohn des Freiherrn Karl Optatus
Prints von Treuenfeld aus dessen
Ehe mit Cornelia Petronilla Freiin
von Osy de Zegwaart, trat er nach beendeten Studien in den Staatsdienst, und
zwar in der diplomatischen Sphäre. In
diesem an mehreren Höfen, zuletzt als k. k.
außerordentlicher Gesandter und bevollmächtigter Minister am königlich dänischen und dann am königlich belgischen
Hofe zu Brüssel thätig, schied er später
aus der Activität. Seit 1861 wurde er
wiederholt in den niederösterreichischen
Landtag gewählt und gab sich von dieser
Zeit an bleibend dem parlamentarischen
Leben hin. So war er von 1861 bis
1870 auch Mitglied des Abgeordnetenhauses, in welchem er in den wichtigsten
Verhandlungen bemerkbar hervortrat.
Im Jahre 1871 erfolgte seine Wahl
zum lebenslänglichen, 1873 zum erblichen Mitgliede des Oberhauses. Im
Parlamente gehörte er der verfassungs-
treuen Partei an, war Mitglied der
Staatsschulden-Controlcommission des
Reichsrathes und für die XI. Session

Stammtafel der Freiherren Brint:

Johan
1664 Ritter
geb. 27. D
1) Francisca Pa
2) Ambrosine

Theod
26. September
geb. 15. Ju
Clara Maria
†

Conra
†

Theobald
geb. 24. †
† 3. †
Maria Aloisia

Brints-Berberich

Henriette geb. 1763, †, vm. Johann Joseph Baron de Clement du Mej † 1. Februar 1808	Alexander Conrad geb. 24. Mai 1764, † 7. December 1843. Henriette Freiin von Berberich.	Karl Eptatus geb. 4. Juni 1763, † 24. August 1) Cornelia Petronilla Freiin v de Jegwaart † 1844. 2) Auguste Josephine Freiin Völkerndorf und Warade geb. 2. Jänner 1809.

Freiherrliche Linie | Brints-T

Karl Theobald Cornel geb. 3. December 1797, † 10. September 1872 1) Maria Josepha Gräfin Buol-Schanenstein geb. 20. Mai 1798, † 7. Jänner 1856 2) Camilla geborene Freiin von Roggenbach geb. 29. März 1826.	Alexander geb. 29 Charlotte Luise Cornelie geb. 1
Maria Theresia geb. 13 October 1823, vm. Karl Freiherr von Bethmann.	Cornelie Alexandrine geb. 30 August 1827, vm. Isidor Ludwig Freiherr Majthény von Kesseleskéö.	Mathilde Zsabella geb. 12. April 1826.	Cornelie geb. 20. 1828 vm. Zwan Baron von

*) Die Biographie befindet sich auf Seite 6.

Zu v. Wurzbach's biogr. Lexikon. Bd. LII.

Bre
ferie
unte
viel
Soll
nöth
Pren
über,
in I
A nt
mit
von
cemb
Tode
irrthi
das f

Hifto
gene
Häu
2.
am
von
Gefc
akad
—
Regi
(Wi
„Di
und
der
Arm
Bd.
1796
(Job
ftädt
des
1870
diefer

Zur
Fam
Lav
cou
Ihre
nifche
an.
Herz
erlan
Lott
Gr

(1879) Mitglied der Delegation des Reichsrathes zur Berathung des gemeinsamen Budgets. Bis zum Jahre 1860 führte er den Titel eines Freiherrn Prints von Treuenfeld, am 5. Juli 1860 wurde er in den österreichischen Grafenstand mit dem Prädicate zu Falkenstein erhoben. Für seine als Diplomat erworbenen Verdienste erhielt er 1851 das Commandeurkreuz des k. k. österreichischen Leopoldordens; außerdem ist er Ehrenritter des Malteserordens und besitzt Groß- und Commandeurkreuze von Orden Belgiens, Dänemarks, Rußlands, Schwedens, Toscanas, vom Kur- und Großherzogthum Hessen. Kinder hat der Graf, obwohl wiederholt vermält, nur aus seiner ersten am 11. Mai 1840 geschlossenen Ehe mit Francisca Posthuma geborenen Freiin von Bartenstein (geb. 7. April 1819, gest. 12. December 1847), und zwar einen Sohn und zwei Töchter. Der Sohn Graf Maximilian (geb. 21. September 1844), Besitzer der Herrschaft Steinabrunn in Niederösterreich, ist (seit 2. Mai 1871) vermält mit Constanze geborenen Gräfin Althann (geb. 2. September 1851), Besitzerin der Herrschaft Militschowes in Böhmen und Sternkreuzordensdame. Aus dieser Ehe ist ein Sohn Graf Alexander (geb. 23. Jänner 1872) vorhanden. Die Töchter des Grafen Maximilian (Vater) sind Sophie (geb. 23. Februar 1846), Sternkreuzordensdame, seit 20. September 1865 vermält mit Joseph Rudolph Grafen von Thurn-Valsassina-Como-Bercelli, k. k. Kämmerer und Rittmeister a. D.; dann Eugenie (geb. 31. October 1847, gest. 13. Februar 1879), vermält (seit 15. Mai 1872) mit dem Bruder des Gatten ihrer älteren Schwester, Georg Grafen Thurn-Val-

saffina-Como-Bercelli (geb. 29. März 1834, gest. 2. Juni 1879). Des Grafen Maximilian zweite Gemalin (seit 1. April 1850) ist Eugenie geborene Freiin von Osy, verwittwete Freifrau von Bartenstein (geb. 9. April 1807, gest. 30. September 1871).

Neue Freie Presse (Wiener polit. Blatt) 22. Februar 1863, Nr. 174: „Die Anträge des Grafen Prints"; 13. März 1863, Nr. 193: „Geschichte der Budgetverhandlungen".

Zur Genealogie der Freiherren Prints von Treuenfeld und der Grafen Prints zu Falkenstein. Die Familie Prints ist ein altes stiftsmäßiges Geschlecht, das sich spanischer und niederländischer Abkunft rühmt. Aus Spanien kam es durch Kriege nach den Niederlanden 1115 findet sich ein Don **Fernando** de Prints bei der Einnahme von Saragossa unter den Fahnen des Königs Alphons von Aragonien. Doch beginnt die erwiesene ununterbrochene Stammfolge erst anderthalb Jahrhunderte später mit Don **Gaston** de Prints, der 1267 auf dem Turnier zu Pampelona im Königreich Navarra erschien. Ein Sohn Gastons aus dessen erster Ehe mit Donna Maria geborenen de Cordona y Centellas, Don **Francesco** de Prints, diente 1323 dem Könige Jaimo III. von Aragonien gegen Pisa und Sardinien. Er vermälte sich mit Donna Catalina geborenen de Anguisela und zählt zu seinen Nachkommen im sechsten Gliede Don **Francesco Diego** de Prints, Ritter des Ordens von San Jaxo di Compostella; dieser diente dem Kaiser Karl V. als zweiter Lieutenant des souveränen Amtes zu Lille und war mit Donna Barbara de Coloma vermält. Das mit sechszehn Ahnenschildern ausgestattete Epitaph, welches ihm sein Sohn 1552 in der Kathedrale zu Lille errichtete, wurde während der Revolution zerstört. Mit **Johann** dem Aelteren, von welchem sich die Stammreihe bis auf die Gegenwart verfolgen läßt, beginnt auch unsere Stammtafel. Er war königlich spanischer Rath und Schatzmeister zu Antwerpen. Mit seiner Gemalin Barbara von Gobyn hatte er zwei Söhne: **Johann Gerhard** und **Johann** den Jüngeren. Dieser Letztere stand in diplomatischem Dienste, an-

fänglich als Legationsfecretär bei den Frie-
bensverhandlungen zu Münster, später aber
als kaiserlicher Resident und Reichsposten-
birector zu Hamburg, wo er auch 1702 starb.
Sein Bruder Johann Gerhard (geb.
27. December 1622) war kaiserlicher Resident und Reichspostendirector zu Bremen.
Beide Brüder erlangten von Kaiser Leopold I. s. d. Regensburg 26. April 1664
eine Bestätigung ihres althergebrachten Adels
und des Reichsritterstand mit dem Prädicate von Treuenfeld und einer Vermehrung des ursprünglichen Wappens, der drei
weißen Feldrosen im rothen Schilde. Johann Gerhard vermälte sich zweimal, zuerst mit Francisca Barbara von Berghaan,
dann 1638 mit Ambrosine Johanne geborenen
Bauns. Letztere schenkte ihm den Sohn Theobald Georg (geb. 13. Juli 1671, gest 1743),
der nach ihm Resident und Reichspostmeister
zu Bremen wurde und s. d. Frankfurt
26. September 1711 den Reichsfrei-
herrenstand erlangte. Aus seiner Ehe mit
Clara Maria de Corsey zu Jbutg (gest. 1754)
stammt Conrad Alexander (gest. 1793),
kaiserlicher Reichshofrath, Resident und Ober-
postdirector zu Bremen, dessen Gemalin uns
unbekannt ist. Sein Sohn Theobald Max
Heinrich pflanzte das Geschlecht fort, und
verweisen wir dieserhalb auf die angeschlossene
Stammtafel, welche bis auf die Gegenwart
reicht. Das Postmeisteramt scheint in der
Familie erblich gewesen zu sein, denn von
Johann Gerhard bis auf Alexander
Conrad und dessen Bruder Karl Optatus
bekleideten die Prints die fürstlich Tarik'sche
Generaldirectorstelle der Reichsposten. Ale-
xander Conrad Freiherr von Prints ver-
mälte sich am 3. September 1786 mit Henriette,
der Erbtochter des Franz Ludwig Frei-
herrn von Berberich und der Maria
Anna geborenen Freiin von Prints, und
erhielt mit Diplom ddo. 27. Februar 1787
die kaiserliche Bewilligung zur Annahme von
Namen und Wappen seines Schwiegervaters
Freiherrn von Berberich. Doch diese Linie
Prints-Berberich erlosch ohne Kinder.
Des Freiherrn Alexander Conrad Bruder
Karl Optatus pflanzte mit seinen vier
Söhnen Karl, Alexander, Maximilian
und Theobald die Treuenfelder Linie zu
Frankfurt, Brüssel, Florenz und Darmstadt fort.
Maximilian aber, mit seinem ganzen
Namen Maximilian Theobald Joseph
Freiherr von Prints, erlangte am 3 Juli

1860 (Ausfertigung des Diploms Wien
21. März 1861) für sich und seine Nachkommen den österreichischen Grafenstand
Die Glieder der Familie Prints sehen wir
immer in höheren Staatswürden, in neuerer
Zeit vornehmlich im diplomatischen Dienste,
wie dies aus der vorangegangenen Darstel-
lung ersichtlich ist. In neuerer Zeit wurde
eine Dame dieses Hauses in den öffentlichen
Blättern öfter genannt und zu wiederholten
Malen abconterfeit. Wir meinen **Constanze**
Gräfin Prints (geb. 2. September 1851).
Tochter des Grafen Karl zu Althann aus
dessen zweiter Ehe mit Sarah, Tochter
des englischen Esquier Rees Goring
Thomas. Zwanzig Jahre alt, vermälte sich
Comtesse Constanze am 2. Mai 1871 mit
Maximilian Grafen von Prints zu
Falkenstein. Als im Jahre 1876 die öster-
reichische Aristokratie in Wien ein großartiges
Wohlthätigkeitsfest in der komischen Oper
veranstaltete, wirkte Gräfin Constanze im
Langer'schen Gelegenheitsschwank "Die
Randl von Ebensee" mit und gab die Titel-
rolle, wie es allgemein hieß, mit passender
Natürlichkeit und in lieblichster Anmuth. Ihr
Bildniß, von Ja. Eigner gezeichnet, erschien
im "Wiener Salonblatt" 4. September 1875
Nr 36, und ihr Costumbild als "Randl"
von F. Würbe weniger glücklich ausgeführt
und lange nicht das reizende Original in
seiner lieblichen Rolle vergegenwärtigend, im
nämlichen Blatte 22. Juli 1876. Nr 30

Wappen der Freiherren Prints von Treuenfeld. Gevierter Schild mit Mittelschild.
1 und 4 zeigen in Gold einen schwarzen mit
der Reichskrone bedeckten Doppeladler; 2 und
3 in Schwarz einen schrägerechten blauen,
mit einem goldenen Stern zwischen zwei
silbernen Viertelmonden belegten Balken.
Der Mittelschild hat in Blau eine fünfblätt-
rige weiße Feldrose mit grünem Stengel, an
welchem vier grüne Blätter emporstehen. Auf
dem Schilde ruht die Freiherrnkrone, auf
welcher zwei Turnierhelme sich erheben; die
Krone des rechten trägt die Feldrose, die
des linken den Adler. Helmdecken: Die
Decken des rechten Helmes sind roth mit
Silber, die des linken schwarz mit Gold
belegt. Schildhalter: Zwei schwarze gold-
gewaffnete Adler.

Vrtatko, Anton Jaroslav (čechischer
Schriftsteller, geb. 29. Mai 1813 in

Neu-Benatek an der Jsar). Der Sohn eines Bürgers zu Neu-Benatek, besuchte er daselbst die Ortsschulen, in denen er auch die deutsche Sprache erlernte. 1827 bezog er zu Jungbunzlau das Gymnasium, welches er 1833 beendete. Im vorletzten Jahre seines Aufenthaltes auf demselben wurde er mit Johann Blöel [Bd. LI, S. 111], dem Uebersetzer der „Ilias", bekannt, und auf dessen Anregung betrieb er nun mit großem Eifer das Studium seiner Muttersprache, in welcher er sich später zu Prag vervollkommnete. Georg Fürst Lubomirský, Wenzel Svoboda, Sohaj, Štulé, Tomek, Trojan waren in den philosophischen Studien, welche er 1835 beendete, seine Schulcollegen, und in diesem kleinen Häuflein stand die Pflege der Muttersprache und nationaler Gefühle auf der Tagesordnung. In den Ferien 1837 unternahm er mit Ladislaus Rieger eine größere Reise, auf welcher er Mähren, die beiden Erzherzogthümer, Ungarn, Galizien, Krakau und Schlesien besuchte. In Preßburg lernte er Palkovic [Bd. XXI, S. 226] und Dankovszký [Bd. III, S. 158], in Pesth Kollar [Bd. XII, S. 325], in der Slovakai Kuzmány [Bd. XIII, Seite 437], Stúr [Bd. XL, S. 218] und das ganze Häuflein begeisterter Slovaken kennen, welche schon damals den Kampf gegen das Magyarenthum, vorderhand nur in Wort und Schrift, begonnen hatten. 1839 beendete er die Rechtsstudien und nahm im folgenden Jahre eine Erzieherstelle an im Hause des Barons Hildprant in Blatno. Mit der freiherrlichen Familie verlebte er die Winter 1842, 1843 und 1844 in Italien und benützte diese Gelegenheit zu eingehenden Kunststudien, vornehmlich während eines längeren Aufenthaltes in

Venedig und Florenz. In ersterer Stadt unterrichtete er auch in dieser Zeit fünf Söhne des Erzherzogs Rainer, damaligen Generalgouverneurs von Lombardei-Venedig, in der čechischen Sprache und in der Geschichte der slavischen Völker. Nachdem er sich noch den Rigorosen zur Erlangung der philosophischen Doctorwürde unterzogen hatte, trat er 1847 aus dem Hause des Barons Hildprant als Erzieher in die Familie des Grafen Harrach ein und blieb in derselben bis 1851. Hierauf begab er sich nach Prag, in der Absicht, sich um eine Professur an der bortigen Universität zu bewerben. Aber die damaligen Verhältnisse zeigten sich seinem Vorhaben wenig günstig, und so verlegte er sich vorläufig besonders auf das Studium der griechischen Philosophie, namentlich des Aristoteles, studirte aber auch dessen übrige Werke, so daß er zu jener Zeit unter den Slaven als der gründlichste Kenner dieses Klassikers galt. Als bald darauf eine Commission zur Berathung und Abfassung eines wissenschaftlichen Wörterbuches der čechischen Sprache für Gymnasien und Realschulen unter dem Vorsitze Šafařik's zusammentrat, arbeitete er, zum Mitgliede berufen, die Terminologie für die mathematischen und philosophischen Disciplinen. 1853 zum Mitgliede des Ausschusses des böhmischen Museums, in der Abtheilung für wissenschaftliche Entwickelung der čechischen Sprache und Literatur, gewählt, wurde er im folgenden Jahre außerordentliches Mitglied der königlich böhmischen Akademie der Wissenschaften und erhielt, anläßlich des ersten Besuches, mit welchem das jugendliche Herrscherpaar Kaiser Franz Joseph und Kaiserin Elisabeth die Stadt Prag beglückte, den Auftrag zur Herausgabe eines schöngeistigen Denkbuches, das benn auch — ein Seitenstück zu Heliodor Truska's [Bd. XLVII, S. 263] „Oesterreichischem Frühlingsalbum — unter dem Titel „Perly české", b. i. Čechische Perlen, 1855 in Prachtausstattung erschien. 1860 fungirte er auch als einer der Preisrichter für die Dramen, welche sich um den Fingerhut-Preis bewarben. Als er dann nach Wenzeslaus Hanka's Tode die Stelle des ersten Bibliothekars am böhmischen Museum antrat, wurde ihm auch die Redaction der „Museal-Zeitschrift" übertragen. Was nun die schriftstellerische Thätigkeit Vrtatko's anbelangt, so trat er zuerst 1835 mit einer Abwehr der strengen Kritik auf, welcher Čelakovský die čechische durch Bleč besorgte Uebersetzung der Hesiod'schen Dichtung „Werke und Tage" in der Zeitschrift „Květy" unterzogen hatte; überhaupt schickte er in dieses Blatt öfter Gedichte und historisch-literarische Artikel, vornehmlich von 1835 bis 1837. Im Jahre 1844 veröffentlichte er in derselben die Beschreibung einer Winterreise im Venetianischen. 1836 veranstaltete er der Erste, gemeinschaftlich mit K. E. Tupý (Jablonský) [Bd. XLVII, S. 131], die Herausgabe des Almanachs „Vesna", b. i. Der Frühling, in dessen drei Jahrgängen mehrere schöngeistige Arbeiten aus seiner Feder enthalten sind. Der für den Jahrgang 1838 bestimmte Roman „Kletba", b. i. Der Fluch, wurde von der Censur unterdrückt. Um nun die dadurch entstandene Lücke auszufüllen, übersetzte er für den dritten Jahrgang (1839) aus dem Deutschen die Erzählung „Zweite Liebe" (Druhá láska). Vrtatko's Originalerzählungen erfreuten sich seinerzeit solcher Beliebtheit, daß z. B. eine derselben, „Snoubenci Dražićti", in deut-

scher Bearbeitung (zu Hamburg als Originalwerk) erschien und bann, da man den čechischen Ursprung nicht kannte, als čechisches Theaterstück umgearbeitet auf einer čechischen Privatbühne zur Aufführung gelangte. Ebenso warb die Erzählung „Kouzelnice Černoborka", b. i. Die Hexe von Černobor, nicht eben zum Vortheile des Originals, von Santl in ein Trauerspiel umgedichtet. Im obgenannten Almanach „Vesna" erschienen ausschließlich zu Vrtatko's Erzählungen Zeichnungen von Kandler [Bd. X, S. 429], welche von Rybička in Stahl gestochen wurden. Kaum dürfte irgend ein Werk in der čechischen Literatur solches Aufsehen erregt haben, als eine Arbeit Vrtatko's aus dessen jüngeren Jahren, betitelt: _Jan Šťastný. Upomínky na čěk patnáctý_", b. i. Johann Šťastný. Erinnerungen an das fünfzehnte Jahrhundert. Dieses Artikels bemächtigte sich, wie auf ein gemeinsames Schlagwort, sofort die ganze slavische Presse und leitete daraus das abgeschmackte Märchen ab, Johann Gutenberg, dieser urdeutsche Erfinder der Buchdruckerkunst, sei ein Čeche gewesen und somit die Buchdruckerkunst eine čechische Erfindung. Dieses Märchen wurde nun von Europa nach Amerika colportirt und beschäftigte die verschiedenartigsten Geister, welche daran ihre Combinationen und Hallucinationen entwickelten. Auch schrieb Vrtatko zahlreiche pädagogische und didaktische Abhandlungen, vornehmlich für die Zeitschriften „Der Sammler für die Lehrer" (Sborník učitelský) und „Schule und Leben" (Škola a život). Später, nachdem er seine griechischen, namentlich Aristotelischen Studien gemacht und die Redaction der čechischen Museal-Zeitschrift (Časopis českého museum) übernommen hatte, erschienen nun in derselben zahlreiche Aufsätze seiner Feder archäologischen, philosophischen und geschichtlichen Inhalts, wie z. B. „Ueber die Bedeutung des Namens Zeus", „Von der Schule und den Schülern des Pythagoras", „Von der Organisation des spartanischen Gemeinwesens", „Von der Einrichtung des athenischen Staatswesens", welche in den Jahrgängen 1859—1861 erschienen sind. Von 1862 bis 1864 veröffentlichte er in der genannten Zeitschrift die kritisch durchgesehenen Texte zweier biblischer Romane: „Leben des Joseph" und „Aseneth", welchen er eine Einleitung vorangeschickt hatte; diesen Arbeiten ließ er den antiken Roman „Apollon, König von Thrus", des Ludwig von Pernstein „Belehrungen für Eltern" und eine Uebersicht seiner sorgfältig erforschten und gesammelten Quellen zu einer Biographie des Wenzel Hajek von Libočan folgen. Auch trug er, sobald er sein Amt am Museum angetreten hatte, dafür Sorge, daß von der Königinhofer Handschrift und anderen handschriftlichen Resten der čechischen Literatur Lichtbilder aufgenommen wurden, und als Einleitung der 1862 bewerkstelligten Herausgabe dieser Photographien fügte er eine Textverbesserung bei, in welcher er nicht weniger denn 100 von früheren Forschern übersehene irrthümliche Stellen auf ihre richtige Lesart brachte. Noch gab er dann 1870 den Briefwechsel W. Hanka's und J. Dobrovský's heraus. Wie es aus vorstehender Uebersicht hervorgeht, concentrirt sich Vrtatko's schriftstellerische Thätigkeit meist in zeitschriftlichen Abhandlungen. Die Zahl der selbständig im Druck erschienenen Arbeiten seiner Feder ist sehr gering, und sind folgende zu verzeichnen: „Belův útek ve drou

jednánich", d. i. Belas Flucht. Schauspiel in zwei Aufzügen (Königgrätz 1837, 16⁰.), eine Uebersetzung des bekannten Stückes von Kotzebue „Belas Flucht"; — „Aristotela kategorie. Z řeckého převedl a ryložil", d. i. Die Kategorien des Aristoteles. Aus dem Griechischen übertragen und erläutert (Prag 1860, mit Unterstützung der Matice česká); — „Vodopis králostí Českého ku spěchu mládeže česko-slovanské", d. i. Die Gewässerbeschreibung des Königreichs Böhmen, für die čechoslavische Jugend (Prag 1861, zweite Ausgabe 1864), eine Art geographisches Gedächtnißbüchlein in Reimen, in zwei Ausgaben, eine für Lehrer mit einer Einleitung, die andere für Schüler ohne eine solche; — „Sedmikrásky. Ve prospěch mládeže česko-slovanské", d. i. Maßliebchen. Für die čecho-slavische Jugend (Prag 1864). Selbstverständlich ist es, daß Vrtatko seit Jahren für die Weckung des Nationalgefühls nach besten Kräften wirkte, baß badurch, daß er in Adelsfamilien die Anlegung von Bibliotheken und in Dilettantenkreisen die Aufführung čechischer Theaterstücke befürwortet, oder sonst in anderer Weise, wie sich zu dergleichen immer sattsam Gelegenheit darbietet.

Jungmann (Joseph). Historie literatury české, b. i. Geschichte der böhmischen Literatur (Prag 1849, 8 Kiwnáč, schm. 4⁰.). Zweite von W. W. Tomek besorgte Ausgabe, S. 653. — *Šembera (Alois Vojtěch).* Dějiny řeči a literatury česko-slovenské. Vek novejší, d. i. Geschichte der čechoslavischen Sprache und Literatur. Neuere Zeit (Wien 1869, gr. 8⁰.) S. 307.

Vucetich, Stane (die cattaresische Botengängerin, geb. in den Bocche bi Cattaro um 1836). Die Tochter geachteter dalmatinischer Bauersleute, hütete sie in der Kindheit barfuß Schafe und junge Ziegenböcke auf den Felsen ihrer Heimat. Unter den einfachsten, wenn nicht dürftigsten Verhältnissen, trat sie in den sechzehnten Lenz, als ihre Eltern das Zeitliche segneten. Die kleine Heerde, welche dieselben hinterließen, wurde zwischen Stane und ihren beiden Brüdern getheilt, welch' Letztere in der Regel das etwas gefährliche Gewerbe von Schmugglern, wozu die dortige Gegend mit der nahen unwegbaren Grenze die beste Gelegenheit bot, nebenbei aber, wenn sich gerade Anlaß fand, das edlere von „Helden" betrieben. Mit den Brüdern konnte die Schwester nicht ziehen, sie packte also ihre Siebensachen in ein Bündel und marschirte mit ihrem Spinnrocken im Gürtel in die zwei Stunden entfernte Stadt Budua, in welcher sie einen passenden Dienst suchte und anstellig und verläßlich, wie sie war, auch bald einen solchen fand. Als Lohn erhielt sie monatlich einen Gulden, eine für die dortigen Lohnverhältnisse glänzende Bezahlung; dazu bekam sie jährlich ein neues rothes Käppchen, welches sie, wie alle Mädchen jener Gegend, über ihren prachtvollen braunen Haarflechten trug. Bereits hatte sie acht Jahre gedient und ebenso viele Ducaten erspart, als der Zufall einen Matrosen, Namens Mirko Vucetich nach Budua führte. Diesem Manne gefiel die schöne Stane, und als er von ihren ersparten acht Ducaten hörte, gefiel sie ihm noch mehr. Die Einleitungen zu einer Werbung durch eine alte Freundin der Stane waren bald getroffen; die Sache ging ihren geregelten Gang, und da das Mädchen „ja" sagte, so fand in drei Wochen die Hochzeit statt. Volle vier Tage nach derselben hielten die Ducaten an, dann waren sie verputzt. Nun fuhr Mirko nach Triest,

um „Geld zu verdienen"; er schiffte sich aber nach Odessa ein und soll dort vom Schiffe desertirt sein, denn man hat von ihm seit jener Zeit nichts mehr gehört. Und so war Stane Vucetich mit ihrer bunt bemalten Truhe, welche ihr ganzes Hab und Gut — nunmehr ohne Ducaten — barg, und in der Anwartschaft auf einen Leibeserben, allein zurückgeblieben. Sie brachte einen Knaben zur Welt, mit welchem sie bei einer gutherzigen alten Verwandten nothdürftig Unterkunft fand. Um aber für sich und ihr Kind Brob zu verdienen, wurde sie Botengängerin. Sie versah ihren Dienst zwischen Budua und Cattaro zu einer Zeit, als die Postverbindung zwischen beiden Orten noch höchst mangelhaft war, in musterhafter Weise und erfreute sich bald allgemein großen Vertrauens. Da brach im September 1869 die Schilderhebung der Bocchesen aus, welche, um nicht Soldaten werden zu müssen, sich lieber mit der österreichischen Armee schlugen. Die Communicationen zu Lande waren gesperrt, die Dampfer verkehrten nicht, und Stane Vucetich, die Botengängerin, wurde nun plötzlich eine äußerst gesuchte und wichtige Person. Von Seite der Armeeleitung sollten Befehle in dieses oder jenes detachirte Fort gesendet werden. Die Forts selbst waren von den Insurgenten cernirt, die Wege dahin, alle Fußpfade in den Felsengebirgen der Bocca, kaum für Ziegen zu erklimmen, von Insurgenten besetzt. D... hieß es, entweder bedeutende Truppentheile aufbieten und noch dazu viel Menschenleben opfern oder zur List un... Heimlichkeit die Zuflucht nehmen, um ein... Schreiben in ein Fort gelangen zu lassen... und die Verbindung mit den abgeschnittenen Truppentheilen aufrecht zu erhalten. Es blieb also nichts übrig, als

die Botengängerin mit solchen Sendungen zu betrauen. Ihre Verläßlichkeit
war weit und breit bekannt, und in der
That, Stane vollführte ihre Aufgabe
in musterhafter Weise und, wie wir sehen
werden, mit einer den seltensten Scharfsinn bekundenden Geistesgegenwart. So
übergab ihr einmal wieder das Festungscommando ein Dienstschreiben an die Besatzung des Fortes Dragalj — ein Blatt
Papier in einem dicken Couvert mit groß-
mächtigem Siegel verschlossen. Stane
machte sich auf den Weg, gelangte auch
glücklich bis in die Nähe des Forts, aber
schon von weitem erblickte sie die Insurgenten, welche den Zugang zu demselben
besetzt hielten. Rasch entschlossen, trat
sie auf eine Stelle in den Felsen,
welche sie für wenige Augenblicke den
Insurgenten verbarg, und allen Respect
vor dem Dienstsiegel außer Acht lassend,
erbrach sie dasselbe sofort, warf das
Couvert in die nächste Felsenspalte,
stopfte das Schreiben in den Lauf ihres
Carabiners — denn sie ging seit Ausbruch der Revolte immer in einem
Militärmantel mit umgehängtem Gewehr
— und passirte ungefährdet die Insur-
gentenlinie. Wohl wurde sie angehalten,
aber geringschätzig fragte sie: „Ob die
Insurgenten zu jener Gattung Helden
(junaci) gehörten, welche sich vor einem
Weibe fürchten, wenn es einen Carabiner
trage?" Auf diesen höhnischen Appell an
ihre Ritterlichkeit ließen die Helden
sie frei hindurch und das Schreiben,
gelangte richtig an seine Adresse. So
hielt die Botengängerin die Verbindung
mit den abgeschnittenen Forts aufrecht.
Als der Krieg zu Ende war, schenkte ihr
das Officierscorps von Cattaro einen
schönen silbernen Gürtel und eine goldene Uhr. Letztere, ihr wenig werth,
legte sie in ihre Truhe, aber den Gürtel

hielt sie hoch in Ehren, denn bei jeder
feierlichen Gelegenheit trägt sie ihn und
hat an ihm ein tüchtiges Messer hängen.
Den Militärmantel legte sie nicht mehr
ab. Vom Festungscommando in Cattaro
aber hat sie die Erlaubniß, jederzeit das
Wachzimmer der Hauptwache zu betreten
und dort ihre Päcke und Bündel abzulegen; auch darf sie ihr Pferd — sie hatte
sich, sobald ihr Geschäft in Aufnahme
kam, ein solches angeschafft — auf den
Festungsplätzen weiden lassen. Officiere
und Unterofficiere, sowie die ihr bekannten kaiserlichen Beamten grüßt sie
durch militärisches Salutiren. Sie steht
mit den Soldaten auf kameradschaftlichem
Fuße, gegen Zudringlichkeiten verschafft
sie sich in energischer Weise Respect, denn
ihre Hand ist keine — zarte Damenhand.
Stane raucht Tabak und Cigarren.
Obwohl eine Fünfzigerin, wettergebräunt
und von der Mühsal ihres nicht leichten
Geschäftes doch mitgenommen, ist sie
noch immer eine stattliche Erscheinung, in
deren abgehärteten Gesichtszügen die
Spuren einstiger Schönheit nicht zu verkennen sind, im Ganzen der Typus eines
südslavischen Weibes in Gestalt und Charakter.

Die Heimat (Wiener illustrirtes Blatt, 4⁰.)
IV. Jahrgang (1878/79) S. 111: „Stane
Bucetich, die Botengängerin. (Eine Skizze
aus dem Bocchesenlande".

Porträt. Holzschnitt. Nach einer Photographie auf Holz gezeichnet und von J. R.
in Holz geschnitten. [Ganze Figur in auf-
rechter Haltung.]

Bucetich, siehe auch **Buchetich**.

Buchetich, Mátyás (magyarischer
Rechtsgelehrter, geb. zu Brynie,
einer im Oguliner Grenzbezirke gelegenen
Ortschaft, im Jahre 1767, gest. zu Pesth
am 22. September 1824). Nachdem er

das Gymnasium beendet hatte, widmete er sich an der Rechtsakademie in Preßburg, später an der Pesther Universität der Jurisprudenz, erlangte an letzterer daraus die Doctorwürde und veröffentlichte bei dieser Gelegenheit die *„Dissertatio inauguralis juridica de Culpa a Mandatario praestanda"* (Pestini 1790, 8⁰.). Nun für den gelehrten Beruf sich entscheidend, wurde er zunächst Professor des römischen, bürgerlichen und Criminalrechtes an der Rechtsakademie zu Kaschau. Im Jahre 1809 aber in gleicher Eigenschaft an die Pesther Hochschule berufen, wirkte er daselbst bis zu seinem im Alter von 57 Jahren erfolgten Tode. In seinem Fache auch als Schriftsteller thätig, gab er heraus: *„De origine civitatis"* (Cassoviae 1802, Landerer. 8⁰.), ist gegen das im Jahre 1801 zu Preßburg bei J. M. Schauff erschienene „Systema antiphilosophicum de origine civitatis" des Professors Johann Adami (geb. 1738, gest. 1821) gerichtet; — *Conspectus legum Criminalium apud Hungaros ab Exordio Regni eorum in Pannonia usque ad hodiernum diem conditarum"* (Cassoviae 1805, F. Landerer. Fol.), ein Werk für die Geschichte des ungarischen Strafrechtes, unbedingt von nicht geringem Werthe; — *Institutiones juris criminalis Hungarici in usum Academiarum"* (Budae 1819, 8⁰.). die ungarische Hofkanzlei zeichnete den Verfasser dieses Handbuches durch einen Ehrenpreis von 2000 fl. aus; — *Elementa juris feudalis"* (Budae 1824). Buchetich's letztes Werk. 1811 und 1812 bekleidete derselbe an der Pesther Universität die Decan-, 1821 die Rectorwürde. Daß er kein einfacher Gesetzcompilator, sondern ein denkender Rechtsgelehrter war, dafür spricht schon die

Thatsache, daß kein Geringerer als der gegenwärtige ungarische Justizminister Theodor Pauler in einer magyarischen rechtswissenschaftlichen Zeitschrift, welche von Zeit zu Zeit biographische Lebensbilder einheimischer Rechtsgelehrten brachte, ein solches von Buchetich veröffentlicht hat.

Törvénykezési lapok, d. i. Blätter für Gerichtswesen (Pesth, schm. 4⁰.) 13. und 16. Jänner 1858, Nr. 30 und 31: „Buchetich Mátyás". Von Pauler Tivadar. — Tudományos Gyüjtemény, d. i. Wissenschaftliche Sammlung (Pesth) Band XII (1824) S. 115 u. f.: „Nekrolog".

Von einem **Andreas** Buchetich kam in der Gegenwart das Werk „Az osztrák rövid sommás törvények kivonata", d. i. Auszug einer summarischen Geschichte Oesterreichs, heraus.

Buchetich, siehe auch **Bucetich**.

Bučkovic, sprich **Butschkovitsch,** Milovan (dramatischer Dichter, Ort und Jahr seiner Geburt unbekannt), Zeitgenoß. Er dürfte wohl aus Croatien oder der Militärgrenze gebürtig sein. Ueber seinen Lebens- und Bildungsgang wissen wir nichts Näheres. In den Sechziger-Jahren diente er als Hauptmann in der k. k. Armee, dem Landes-Generalcommando in Agram zugetheilt. Doch nicht in dieser Eigenschaft erscheint er uns bemerkenswerth, sondern als dramatischer Dichter von unleugbarer Begabung, obgleich wir seinen Namen in Werken über die neuere poetische Literatur vergebens suchen. Von ihm erschien das wegen seiner Originalität wie seiner gelungenen Durchführung von der Kritik gepriesene und hochgehaltene Trauerspiel „Untergang des serbischen Kaiserthums", welches aus dem deutschen Manuscripte ins Croatische übersetzt wurde. Das deutsche Original gelangte vollständig in der „Agramer

Zeitung" 1861, Nr. 186 u. f. zum Abdruck, die Uebersetzung aber kam etliche
Jahre später heraus unter dem Titel:
„Propast carstva srbskoga tragedija
u pet činah ig inemačkoga rukopisa
preveo D. Demetrije Demeter",
d. i. Der Sturz des serbischen Kaiserreichs. Tragödie in fünf Acten aus dem
deutschen Manuscripte ins Croatische
übersetzt von Dr. D. Demeter (Agram
1836, Jakic, 180 S., 8º.). In der Vorrede, welche der Verfasser seinem in
der „Agramer Zeitung" abged:uckten
deutschen Original voranschickt, befindet
sich die naive Stelle: „Sollten hie und
da Anklänge an bekannte Dichter vorkommen, so bitte ich, da wir „schrecklich
viel gelesen", zu bedenken: daß dergleichen leicht vorkommen kann, ohne
den häßlichen Namen eines Plagiats
zu verdienen". Wenn Verfasser dieses
Lerikons nicht irrt, erschien eine Separat-
ausgabe des deutschen Originals zu Ende
der Sechziger-Jahre und veranlaßte dann
die kurze, aber freundliche Anzeige in der
„Neuen Freien Presse" 1867, Nr. 906.

Bucovich, Bernardo (gelehrter Franciscaner, geb. zu Spalato in Dalmatien in der ersten Hälfte des achtzehnten Jahrhunderts, gest. daselbst
1783). Ueber den Lebens- und Bildungsgang dieses Franciscaners, dessen
Ruf als Priester und gelehrter Theolog
sich über Dalmatien nach Italien und
weiter verbreitete, ist nur wenig bekannt. Er war in den philosophischen
und theologischen Disciplinen trefflich
unterrichtet, kannte fremde Literatur
und besaß ein ganz vortreffliches Gedächtniß. Seine zehn Reden (dieci discorsi), gehalten anläßlich der Bekehrung
einiger Juden, welche in Spalato lebten,
gelangten zum Druck. Als aber die Pest

in dieser Stadt ausbrach und auch den
Convento della Madonna delle Paludi
heimsuchte, wurden nebst Anderem die
Papiere des gelehrten Mönches ein Raub
der Flammen. In der Folge zum Ordens-
provinzial erwählt, begab er sich als
solcher auf das in Madrid abgehaltene
Generalcapitel, auf welchem er durch
seine Gelehrsamkeit und seinen Scharfsinn
die Bewunderung Aller erregte. Endlich
fiel ihm die höchste Würde im Orden, die
des Generaldefinitors, zu. In seinen
letzten Lebensjahren zog er sich in seine
Heimat zurück, wo er fern von allen
Geschäften und Studien lebte, aber viel
mit seinen Mitbürgern verkehrte, die zum
Beweise ihrer Verehrung sein Bildniß
malen ließen.

*Fabianich (Donato P.). Storia dei frati Minori
dai primordi della loro istituzione in
Dalmazia e Bosnia fino ai giorni nostri
(Zara 1864, Battara, gr. 8º.) Parte 2da
p. 135. — Gliubich da Città vecchia (Simeone Abb.). Dizionario biografico degli
nomini illustri della Dalmazia (Vienna e
Zara 1856, Rud. Lechner e Battara, 8º.)
p. 313.*

Bucovich, siehe auch **Bukovics**.

Buić, Joachim (serbisch-illyrischer
Schriftsteller, geb. zu Baja im ehemaligen Bács-Bodrogher Comitate Ungarns 9. September 1772 alten Styls,
gest. zu St. Andrä 1830). Wir finden
ihn außer in obigen auch noch in folgenden Schreibungen: Buics, Buits
und Bujic. Es ist ein ziemlich bewegtes
Leben, welches sich hier vor unseren
Blicken entrollt. Den ersten Unterricht
erhielt Buić in der Schule seines Geburtsortes und trat dann, zwölf Jahre
alt, 1784 in die dort befindliche Schule
der Franciscaner über, in welcher er sich
die Anfangsgründe der ungarischen,
deutschen und lateinischen Sprache zu

eigen machte. Die Humanitätsclassen besuchte er am Gymnasium zu Kalocsa, die philosophischen und theologischen Studien hörte er am evangelischen Convicte zu Preßburg, an welchem er auch die hebräische und altgriechische Sprache erlernte, so daß, als er sich für einen Beruf entscheiden sollte, er bereits neben dem Serbisch-Illyrischen die Kenntniß von fünf anderen Idiomen besaß. Den theologischen Beruf gab er nunmehr auf und wendete sich den Rechtswissenschaften zu, über welche er zu Preßburg auch einige Zeit Vorträge hörte. Bald aber entschied er sich bei seinem vorherrschenden Hange zur Pädagogik für das Lehrfach und erlangte auch bereits 1797 eine Professur der ersten Grammaticalclasse zu Futak im Bácser Comitate. Schon im folgenden Jahre wurde er nach Alt-Bécs als Districtualprofessor berufen, wo er bis 1801 verblieb. Seine Begierde, fremde Länder und Völker kennen zu lernen, veranlaßte ihn, im genannten Jahre sein Lehramt aufzugeben und zunächst nach Triest zu reisen, wo er vorderhand im Hause des Handelsmannes Anton von Kvetics als Hauslehrer eine Unterkunft fand. Kvetics erkannte alsbald in ihm die außergewöhnlichen Fähigkeiten und faßte den Entschluß, ihn für seine mercantilischen Zwecke zu verwenden. Er ließ den mit einem nicht gewöhnlichen Sprachentalente Begabten vorerst in der italienischen, französischen und englischen Sprache unterrichten und schickte ihn dann nach Italien auf Reisen. So lernte Vuié die größeren Städte Oberitaliens, Mailand, Padua, Mantua, Genua, Florenz, Bologna u. s. w. kennen. Mit dem wachsenden Vertrauen des Kaufmannes dehnten sich auch seine Reisen auf immer größere Entfernungen aus, und so ging

er auf einem Handelsschiffe desselben am 15. December 1804 unter Segel und besuchte Benedig, Castelnuovo, Negroponte, Constantinopel, Odessa, Taganrog. Smyrna in Kleinasien, Jaffa in Palästina, Rosette und Alexandria in Aegypten. Auf der Heimreise wurde das Schiff in der Nähe der Insel Malta von Piraten angegriffen, und es würde der Plünderung wohl kaum entgangen sein, wenn nicht ein englisches Schiff zu Hilfe gekommen wäre. Vuié kehrte 1805 gerade in jenem Zeitpunkte nach Triest zurück, als sich die feindliche französische Armee der Stadt näherte; er fand es daher für gerathen, dieselbe zu verlassen und einstweilen in Neu-Grabisca den Gang der Ereignisse abzuwarten, doch nahmen diese einen Verlauf, welcher eine Rückkehr nach Triest vorderhand nicht gestattete, und so faßte er denn den Entschluß, so lange die Gefahr des Krieges schwebte, zu Semlin in Syrmien sich aufzuhalten. Daselbst erwarb er sich durch Sprachunterricht seinen Lebensunterhalt, gerieth aber in Verwicklungen, die seine Verhaftung zur Folge hatten, aus welcher er erst nach seiner Rechtfertigung im Jahre 1809 befreit wurde, worauf er in seinen Geburtsort Baja zurückkehrte. Noch im nämlichen Jahre reiste er nach Pesth und neuerdings dem Lehramte sich zuwendend, erhielt er daselbst eine Grammaticalprofessur, welche er jedoch nach kurzer Zeit wieder aufgab. Die nun folgenden Jahre beschäftigte er sich mit schriftstellerischen Arbeiten wechselnden Inhalts in seiner Muttersprache. 1823 begab er sich nach Belgrad, wo er bei dem daselbst sich aufhaltenden Pascha Abdurrahman freundschaftlich aufgenommen wurde. Dann reiste er wieder nach Semlin und von da nach Temesvár und Pancsova, in welchen Städten ihn die griechischen Gemeinden zur Herausgabe einiger illyrisch-serbischer Werke mit ansehnlichen Geldmitteln unterstützten. Von Pancsova richtete er seinen Weg nach Triest, wo ihn Lord Watterson zu gleichem Zwecke mit tausend Francs beschenkte. In dem in den Quellen verzeichneten Werke Šafařík's finden sich alle Werke Vuić's bibliographisch nach ihren serbisch-illyrischen Titeln in illyrischer Schrift angegeben; wir theilen die Titel in deutscher Uebersetzung mit. Es sind nachstehende in chronologischer Folge: „Illyrisch-französische Sprachlehre" (Ofen 1805), diese ist nur eine Uebersetzung des bekannten Meidinger'schen Werkes; — „Fernando und Jorika. Schauspiel in drei Aufzügen" (ebb. 1805); — „Lohn und Strafe. Ländliches Gemälde in zwei Aufzügen" (ebb. 1807), wahrscheinlich dieses und das vorige Uebersetzungen aus dem Deutschen; — „Naturgeschichte nach Raff, mit vielen Kupfern" (ebb. 1809); — „Aleris und Nabine. Roman" (ebb. 1810); — „Robinson der Jüngere. Moralische Geschichte für die Jugend" (ebb. 1810); — „Napoleons Ruhm als Feldherr" (ebb. 1814); — „Moralische Erzählungen" (ebb. 1823); — „Neueste allgemeine Erdbeschreibung" (ebb. 1825), von dieser übersendete er 25 Exemplare dem Fürsten Milosch Obrenović, welcher ihn dafür mit dem ansehnlichen Geschenk von tausend Piastern belohnte. Ungleich größer als die Zahl seiner gedruckten Schriften ist jene der in Handschrift gebliebenen, von denen erwähnt seien: „Beschreibung der Völker des Erdballs"; — „Dissertatio de gente serbica perperam Rasciana dicta, ejusque meritis et factis in Hungaria cum appendice privilegiorum eidem genti elargitorum"; — dann verschiedene Uebersetzungen ungarischer, italieni-

scher und deutscher Werke, von letzteren namentlich mehrere Theaterstücke von Kotzebue, wie z. B. „Die Spanier in Peru", „Der arme Poet", „Der Wildfang" und andere. Ueberhaupt war Vuić der Erste, welcher Theaterstücke in serbischer Sprache auf die Bühne brachte. Er ist einer der eifrigsten Culturpioniere seiner Nation, für welche er nach verschiedenen Richtungen das Beste, was die fremde Literatur jener Tage brachte und was sich ihm für seine damals noch halbwilde Nation als geeignet erwies, in ihrer Sprache übersetzte und bearbeitete.

Kanitz (August). Geschichte der Botanik in Ungarn (Skizzen) (Hannover 1863, Rümpler, 12°.) S. 69. — Časopis českého Museum, d. i. Zeitschrift des böhmischen Museums (Prag 8°) 1833. S. 38. — Šafařík (Paul Joseph). Geschichte der südslavischen Sprache und Literatur nach allen Mundarten. Aus dessen handschriftlichem Nachlasse, herausgegeben von Jos. Jireček (Prag 1865, Tempský, gr. 8°.). III. Serbisches Schriftthum, 2. Abtheilung. S. 333. Nr. 134; S. 371. Nr. 343; S. 401. Nr. 518 und 519; S. 402. Nr. 333, 334; S. 403. Nr. 335; S. 436, Nr. 364, 365, 366; S. 410, Nr. 398, 399; S. 421. Nr. 666, 667; S. 430. Nr. 718; S. 431. Nr. 723; S. 436, Nr. 738 und 739; S. 447, Nr. 833.

Porträt. Das Porträt des Joachim Vuić findet sich vor seinem Werke: „Путешествие по Сербии во кратце собственнымъ рукомъ написанъ списанъ у Крагуевцу у Сербии".

Vujanovski, Stephan (serbischer Schulmann, geb. im Dorfe Brdjani im ersten Banalregimente in Croatien um 1743, gest. zu Neusatz am 19. (31.) Jänner 1829). Die Elemente der Wissenschaften und insbesondere die lateinische Sprache erlernte er in Karlovic unter Johann Raić [Bd. XXIV, S. 249] und wendete sich dann dem Lehrfache zu. Bald aber gab er die Lehrstelle, welche er in Bukovar bekleibete, wieder auf, um seinem Drange nach wissenschaftlicher Ausbildung zu genügen. Zu diesem Behufe lag er zunächst am evangelischen Lyceum zu Oedenburg den philosophischen, dann an der Wiener Universität den rechtswissenschaftlichen Studien ob. In dieser Zeit fand er in dem Karlovicer Erzbischof und Metropoliten Vincenz Joannovic Bidak einen freundlichen Gönner. Nach vollendeten Studien unternahm er eine Reise nach Deutschland, dann nach Polen und Rußland. Nach seiner Rückkehr wurde er 1777 höheren Ortes zum königlichen Director der griechisch-orientalischen Normalschulen im Agramer District ernannt und in Würdigung seiner verdienstlichen Thätigkeit in diesem Amte 1792 in den ungarischen Adelstand erhoben. Auch fungirte er nach und nach als Gerichtstafelbeisitzer mehrerer Gespanschaften. Zu Neusatz, wo er im Ruhestande mit Pension verlebte, starb er in ziemlich vorgerückten Jahren. Er schrieb eine Anleitung zur deutschen Sprache für seine Landsleute: „Niemeckaja grammatica"; verfaßte eine Grammatik der altslavischen Kirchensprache, doch gelangte das Manuscript dieser Arbeit, welches in den Besitz des Bischofs L. Musicki [Bd. XIX, S. 473] kam, nicht zum Druck; übersetzte aus dem Russischen eine kurze Kirchengeschichte: „Kratkaja cerkownaja istoria", welche 1794 erschien und gab — schon 1777 — in slavoserbischer und deutscher Sprache ein Handbuch der Arithmetik heraus, das öfter aufgelegt wurde. Šafařik in der unten benannten Quelle bezeichnet ihn als einen kenntnißreichen, offenen, für Bildung und Gemeinwohl seiner Stammgenossen bis an sein Ende enthusiastisch eingenommenen Mann

Šafařik (Paul Joseph) Geschichte der süd-

slavischen Literatur. Aus dessen handschriftlichem Nachlasse herausgegeben von Joseph Jireček (Prag 1865, Tempský, 8°.). III. Das serbische Schriftthum, 2. Abtheilung. S. 319, Nr. 94; S. 367, Nr. 316; S. 368, Nr. 323; S. 371, Nr. 340; S. 426, Nr. 692 und S. 443, Nr. 808.

Vujić, Wladimir, Schulmann und Fachschriftsteller, geb. zu Irig in Syrmien 1818). Die Gymnasialclassen und theologischen Studien beendete er zu Karlovic in der serbischen Militärgrenze, Philosophie hörte er zu Fünfkirchen, die Rechte in Pesth. Für das Lehrfach sich entscheidend, nahm er 1844 eine Gymnasialprofessur in Dalmatien an. Anfang September 1846 folgte er einem Rufe der serbischen Regierung als Professor am Untergymnasium zu Schabac, wo er dann 1848 bis 1853 den Posten eines Secretärs am Consistorium versah. 1864 wurde er Professor am Gymnasium zu Belgrad, und gegenwärtig trägt er am theologischen Seminar daselbst Logik und Redekunst in serbischer Sprache vor. Als in dieser Stadt eine höhere Mädchenschule eröffnet wurde, hielt er auch an derselben Vorträge in serbischer Sprache. Ueberdies stand er eine Zeit lang als Censor in Verwendung. Seine schriftstellerische Thätigkeit umfaßt folgende Werke: „Srpska gramatika", d. i. Serbische Grammatik (1856, 4. Aufl. 1871); — „Obsada Sevastopola", d. i. Die Belagerung Sebastopols (1857), eine Uebersetzung aus dem Deutschen; — „Teorija prize", d. i. Die Theorie der Prosa (1864). 1858 gab er auch in Gemeinschaft mit Professor Miletić die belehrende und unterhaltende Zeitschrift „Rodoljubac" heraus, welche aber schon nach einem halben Jahre einging.

Vuk Stephanowitsch Karadschitsch, siehe **Karadschitsch** [Bd. X, S. 464].

Vukalović, Luka (südslavischer Parteigänger, geb. nach Einigen in einem
Dorfe am cattaresischen Küsten-
striche, nach Anderen in Trebinje auf
einem der Güter des dortigen Beg im
Jahre 1818 oder schon 1812). Er verlebte die Jugend in Cattaro, wo er bei
einem Büchsenmacher in die Lehre trat.
Auf seiner Wanderschaft kam er nach
Wien und arbeitete daselbst in der kaiserlichen Gewehrfabrik, bis er nach Castelnuovo, einem in der Bai von Togla im
Süden Dalmatiens gelegenen Städtchen,
ging. Da brach am 28. Jänner 1861 der
Aufstand in der Hercegovina gegen die
Türken aus. Die Christen in diesem
Lande sowohl als in Bosnien litten
immer schwer unter dem mohamedanischen
Drucke, der aber minder von der türkischen Regierung als von den dort an-
säßigen feudalen Grundherren ausging,
welche von der ersteren freilich in ihren
Gewaltthaten wenig oder gar nicht be-
hindert wurden. Uebrigens würde vielleicht der Aufstand noch immer nicht aus-
gebrochen oder den durch den Vertrag von 1859 zufriedengestellten Montenegrinern gar nicht unterstützt worden
sein, wenn nicht Rußland seine Hand
dabei im Spiele gehabt hätte. Denn die
Agenten dieser Macht, in deren Interesse
es gelegen ist, die Türkei in beständiger
Unruhe zu erhalten, durchstreifen unausgesetzt theils offen, theils heimlich die
Donauländer und Griechenland, schaffen
fortwährend neuen Zündstoff herbei und
machen alle denkbaren Anstrengungen,
um immer wieder Erhebungen gegen die
Türkei hervorzurufen. Zwischen Castelnuovo und Porto d'Ostro liegt ein
kleiner Landstrich, der bis an die Meeres-
küste sich ausdehnt und das österreichische
Gebiet unterbricht, die in diesen Wirren
vielgenannte und denkwürdige Sutorina,

ein bis dahin so wenig gekanntes Fleck-
chen Erde, daß wir es in älteren Auflagen des Ritter'schen geographisch-
statistischen Lexikons vergeblich suchen.
Durch die ganze Sutorina zieht sich aber
eine von Cattaro nach Ragusa führende
Militärstraße. In dieser Enclave trat
nun Luka Vukalović plötzlich an die
Spitze der Aufständischen. Er war kein
Neuling im Rebelliren, denn schon 1859
hatte er daselbst eine Rolle gespielt, nur
wurde zu jener Zeit sein Name weniger
genannt. Die Montenegriner hatten schon
längst ihr Auge auf einen Punkt geworfen, der ihnen den Zugang zum
Meere und somit die Verbindung nach
außen ermöglichte. Denn von allen Seiten
von Gebirgen eingeschlossen, sind sie beständig in Gefahr, von jeder Zufuhr abgeschnitten und dadurch in eine sehr kritische Lage versetzt zu werden. Aber es
bot sich noch immer keine schickliche Gelegenheit zur Ausführung ihres Planes
dar. Da war es Vukalović, der den
Montenegrinern zu ihrem so sehnlich er-
strebten Hafen verhelfen wollte. Und die
bedrängte politische Lage benützend, in
welcher sich Oesterreich 1859 befand,
stellte er sich an die Spitze eines Häufleins
ihm gleichgesinnter Bergbewohner und
bemächtigte sich der Sutorina, welche zur
Hälfte österreichisch, zur Hälfte türkisch
war. Sofort nahm er Besitz von einer
kleinen Bai und errichtete, um ihren
Eingang zu vertheidigen, zwei kleine
Forts, welche ihm den neu gewonnenen
Besitz vertheidigen helfen sollten. Da
kam der Friede von Villafranca dazwischen. Oesterreich, das nun wieder
freie Hände hatte, schickte sofort seine
Commissäre an den slavischen Parteigänger mit dem Auftrage, die beiden
Forts zu zerstören. „Zerstört sie selbst“,
entgegnete er, die Pistole in der Faust,

2*

schritt mitten durch die österreichischen Soldaten und verschwand in den Bergen, wohin ihm Niemand zu folgen wagte. Das war die erste feindliche Begegnung der Oesterreicher mit dem ehemaligen Büchsenschäfter. Dieser nämliche Bukalović war es nun, der sich an die Spitze der Aufständischen stellte und um der ganzen Sache sofort den gehörigen Anstrich zu geben, sich gleich den Titel eines Wojwoden der Sutorina beilegte. Da die Türken sich im Besitz der Hercegovina behaupteten und nur ein kleiner Theil dieses Landes den eigentlichen Kriegsschauplatz bildete, so war die Fortsetzung des blutigen Kampfes nur dadurch möglich, daß Freiwillige aus allen Nahien der Hercegovina, dann Slaven aus Dalmatien, der österreichischen Militärgrenze und aus Serbien zuströmten, namentlich aber die Montenegriner sich der Sache des neuen Wojwoden annahmen. Mit Luka zugleich kämpften seine Brüder Majo und Jola als Unterbefehlshaber der zusammengelaufenen Banden. Zahllose Gefechte fanden statt, aus denen sie bald als Sieger, bald als Besiegte hervorgingen. Ein Ende war unter den bestehenden Verhältnissen nicht abzusehen, ganz Europa blickte schon mit Theilnahme auf diese mit dem Muthe der Verzweiflung gegen den Halbmond sich wehrenden Helden aus den Bergen. Da erschien im Mai 1861, begleitet von einer internationalen Commission und versehen mit Vollmachten des Sultans, Omer Pascha, um unter Anbietung günstiger Bedingungen den Frieden herzustellen, doch blieben diese Bemühungen erfolglos. Solche Anträge erneuerte dann der türkische Befehlshaber noch mehrmals und suchte Vukalović von dem Bündniß mit den Montenegrinern zu trennen, indem er ihm den Rang eines Generals mit Beibehalt des Titels Wojwode der Sutorina anbot. Vukalović mißtraute jedoch diesen Verheißungen und befürchtete, daß, wenn er die Bundgenossen preisgäbe, die Pforte ihre Zusagen nicht halten würde, und so dauerte der Krieg fort, denn die russischen Agenten und Consuln stachelten immer wieder zum Widerstande auf, bis endlich die Mittel erschöpft waren. Da sah Fürst Nicolaus sich gezwungen, Frieden zu schließen, und nahm am 8. und 9. September alle ihm von Omer Pascha gestellten Bedingungen an. Am 21. September 1861 wurde in Cetinje das Friedensfest gefeiert, und Vukalović mit den Seinigen war verlassen. Er flüchtete sich nach Ragusa und reichte dort in seinem und seiner Landsleute Namen eine schriftliche Unterwerfung ein. Kurschid Pascha begab sich nun am 22. September nach Ragusa, empfing dort persönlich die Versicherungen der Treue und verkündigte darauf, von der Pforte, welche staatsklug genug war, keine Strenge walten zu lassen, mit den nöthigen Vollmachten versehen, eine allgemeine und vollkommene Amnestie und ernannte Luka Vukalović zum Bimbaschi (Obersten) von fünfhundert christlichen Panduren, die er sich selbst auswählen und mit denen er die Ordnung herstellen und aufrecht halten sollte. Aber durch sein Verhalten erregte er doch immer mehr und mehr das Mißtrauen der Pforte, und dasselbe erwies sich als gerechtfertigt, als im Jahre 1865 Bukalović — ob aus eigenem Antriebe oder auf Rußlands Eingebung, welches aus dieser Demonstration Capital für sich zu schlagen gedachte, ist nicht bekannt, doch leicht zu vermuthen — eine Reise nach Moskau unternahm. Er entzog sich ja dadurch der Verantwortung, zu welcher ihn die Türkei endlich doch ziehen mußte, und von Rußland hatte er nichts zu fürchten, nur zu gewinnen. Im Juli 1865 kam er in Odessa an. Von General Kotzebue in ostentativ feierlicher Weise empfangen, erhielt Vukalović sofort den Titel eines Generals, während an seine Genossen die Grade von Obersten, Majors und Hauptleuten vertheilt wurden. Die Bemühungen der russischen Regierung, Luka mit den Seinigen zur Ansiedlung im Kaukasus zu überreden, scheiterten an dem Widerwillen seiner Gefährten gegen dieses Project. Mehrere derselben wurden darüber so erbittert, daß sie den Führer verließen. Später genoß dieser für einige Zeit die Gastfreundschaft der serbischen Regierung, aber dieselbe konnte ihm bei ihrem Abhängigkeitsverhältniß zur Türkei eine solche nicht lange gewähren, und in der That protestirte auch die Pforte gegen seinen längeren Aufenthalt in Belgrad. Man wies ihm daher Vukalović im Innern des Landes einen Wohnsitz an. Nun war es mehrere Jahre still geworden über ihn, bis er 1872 wieder auftauchte, indem er plötzlich unter der österreichischen Grenzbevölkerung und den Rajahs der angrenzenden Türkei gedruckte Manifeste verbreitete, welche einen nichts weniger als friedfertigen Ton anstimmten, doch hörte man nichts weiter von ihm. Vukalović hat keinen Schulunterricht genossen, kann weder lesen noch schreiben, aber hat ungewöhnliche natürliche Talente und einen fanatischen Geist. Jetzt steht er freilich schon in dem Alter, in welchem eine einflußreiche persönliche Action seinerseits kaum zu besorgen ist, aber immerhin darf sein moralischer Einfluß nicht unterschätzt werden. Daß der tapfere Luka Vuka-

lović besungen worden, berichten die Quellen.

Čas, d. i. Die Zeit (Prager polit. Blatt, kl. Fol.) 1862, Nr. 230, im Feuilleton. — Waldheim's Illustrirte Zeitung (Wien, Fol.) 1862, S. 206 und 339. — L'Illustration (Paris, Fol.) 40. Band (1862) Nr 1020. — Die Glocke (illustr. Zeitung, Leipzig 1862) Nr. 197, S. 323. — Osvetnici. „Luka Vukalović i boj na Grahovcu g. 1858“. Pjesma od Radovana, d. i. Luka Vukalović und der Kampf bei Grahova im Jahre 1858. Gedicht von Radovan (Agram 1862). — Neue Freie Presse (Wiener polit. Blatt) 1865, Nr. 311, Beilage: „Aufnahme des Luka Vukalovic in Odessa“; — 1866, Nr. 510: „Luka Vukalović“; — Nr. 553: „Luka Vukalović“. — Presse 1865, Nr. 170: „Belgrad 16. Juni. Das Schicksal des Luka Vukalović“; — 1866, Nr. 43: „Belgrad, 10. Februar“. — Süddeutsche Zeitung 1862, Nr. 41, im Feuilleton. — Deutsche Zeitung (Wien, Fol.) 1872, Nr. 235: „Zara, 23. August“.

Porträte. 1) Unterschrift: „Luka Vukalovich“. Nach einer Photographie. Holzschnitt ohne Angabe des Xylographen in Waldheim's „Illustrirter Zeitung“ 1862, S. 213 [Brustbild]. — 2) Unterschrift: „Luka Vukalovic“, in Payne's „Die Glocke“ 1862, S. 325 [in ganzer Figur; das Original eine Zeichnung von Janet Lange — brachte die Pariser „Illustration“ 1862, S. 153].

Vukasović, Živko (croatischer Schriftsteller, geb. zu Beravce in der slavonischen Militärgrenze am 23. October 1829). Der Sohn schlichter Landleute, besuchte er frühzeitig die Schule seines Geburtsortes, dann jene zu Kopanice. Von da ging er nach Vinkovce, wo er die lateinischen Classen beendete. Hierauf hörte er an der Hochschule zu Graz Philosophie, zwei Jahre hindurch die Rechte und endlich die für die Verwaltungsbeamten in den Grenzen vorgeschriebenen Vorträge. 1851 trat er bei der Grenzverwaltung in Belovar in k. k. Dienste, wurde aber schon nach einem halben Jahre, 1852, als Supplent an das Gymnasium zu Vinkovce berufen, an welchem er später als wirklicher Professor Anstellung fand. Von da kam er 1855 in gleicher Eigenschaft an das Gymnasium zu Essegg, dann an die landwirthschaftliche Anstalt in Křiževce, ferner an das Gymnasium zu Fiume und zuletzt als Gymnasialdirector zurück nach Vinkovce. In der Zwischenzeit fungirte er auch ein halbes Jahr lang als Concipist bei der croatischen Hofkanzlei in Wien. 1865 wurde er zum wirklichen Director des Gymnasiums in Essegg ernannt, in welcher Eigenschaft er noch 1872 wirkte. Nach dem „Slovník naučný" war Vukasović als Lehrer ein tüchtiger Pädagog, als Mensch mit ganzer Seele Croat und hatte für sein nationales Vollbewußtsein mancherlei Anfeindungen zu ertragen. Ueberdies ist er ein fleißiger Arbeiter auf dem Gebiete der croatischen Literatur. Viele seiner Artikel und Abhandlungen sind in politischen, noch mehr in wissenschaftlichen Zeitungen abgedruckt, von welch letzteren vor allen genannt seien der „Knjizevnik" und „Rad jugoslovenske akademie", in welchen er meist naturwissenschaftliche Aufsätze veröffentlichte. Selbstständig gab er heraus: „Životoslorje bilja sa uvodom u prirodoslovje", d. i. Das Leben der Pflanzen mit einer Einleitung in die Physik (Agram 1865, Hartmann, 8°.). Vukasović behandelt in diesem Buche seinen Gegenstand mit besonderer Rücksicht auf die Landwirthschaft und zum Gebrauche für ökonomisch-forstliche Lehranstalten; — „Rudoslorje i zemljeoznanstvo za više gimnazije", d. i. Mineralogie und Geognosie für Obergymnasien (ebd. 1865, 8°.); — „Naravoslorje domace zivotinje sa osobitim obzirom na gospo-

darstro", d. i. Naturgeschichte der Hausthiere. Mit besonderer Rücksicht auf die Oekonomie (ebd. 1865, Galaß, 8°.); auch übersetzte er die trefflichen mathematischen Handbücher von Močnik: „Algebra für die dritte und vierte Gymnasialclasse" und „Algebra für das Obergymnasium" ins Croatische (1868 und 1869); ferner des Dr. Pokorny „Naturgeschichte für Obergymnasien". Im Auftrage der südslavischen Akademie, deren wirkliches Mitglied er seit dem Bestehen dieses Institutes ist, arbeitet er an einer geologischen Darstellung des dreieinigen Königreichs. In Folge seiner gründlichen und umfassenden Kenntniß der croatischen Sprache trug er wesentlich bei zur Herstellung einer möglichst vollständigen croatischen Nomenclatur.

Noch ist zu erwähnen: **Ivan Dinko (Dominik)** Vukasović, der in der zweiten Hälfte des achtzehnten Jahrhunderts lebte. Er war 1784 Protonotarius apostolicus, Domherr des Zengger Capitels, Consistorialrath und Pfarrer zu Otochaç in der croatischen Militärgrenze. Er gab heraus: „Priprava k szmerti", d. i. Vorbereitung zum Tode (Agram 1784, J. K. Kotsche, 8°.); bemerkenswerther jedoch als dieses Andachtsbuch ist seine in deutscher Sprache im Jahre 1777 verfaßte Beschreibung des Karlstädter Generalates. Dieses Werk, welches er an den Hofagenten Jos. Keresztury [Bd. XI, S. 179], einen nicht minder trefflichen Kenner und Freund gelehrter Arbeiten, als gewandten Schriftsteller auf staatsrechtlichem und geschichtlichem Felde nach Wien einsandte, wurde durch C. T. Bartsch veröffentlicht im „Ungarischen Magazin" (Preßburg 1783) III. Band, Stück 4. Vieles daraus steht auch bei Engel [Bd. II. S. 174, 298 u. f. 309 u. f.]

Vukassovich, Joseph Philipp Freiherr (k. k. Feldmarschall-Lieutenant und Ritter des Maria Theresien-Ordens, geb. zu St. Peter in der Militärgrenze 1755, erlegen seinen in der Schlacht bei Wagram (5. Juli 1809) erhaltenen Wunden in Wien am 9. August 1809). Er wird auch öfter Bukaſſovich oder gar, wie in älteren k. k. Militär-Schematismen, Bukaſſovich geschrieben. Der Sohn eines Grenzofficiers in der Licca, wurde er in einem Regiments-Erziehungshause — aber nicht in der Wiener Neustädter Militärakademie, wie Hirtenfeld in seinem Werke „Maria Theresien-Ritter" Bd. I, S. 237 und Leitner von Leitnertreu in der „Geschichte der Wiener Neustädter Militärakademie" S. 479 berichten — für seinen Beruf herangebildet. In einer solchen Anstalt, wahrscheinlich zu Wien, stellte man der Kaiserin den jungen Bukaſſovich als bravsten Zögling vor, und sie beschenkte ihn dafür mit zwölf Ducaten. Sie sollte aber nicht blos sein braves Wesen, sondern auch sein kindliches Gemüth kennen lernen, denn als sie nach kurzer Zeit wieder im Erziehungshause erschien und den Jüngling fragte, was er mit den zwölf Ducaten angefangen, erfuhr sie aus seinem Munde, daß er dieselben seinem Vater geschickt habe, der ohne Pension kümmerlich in Dalmatien lebe. Die über diese That des Jünglings hocherfreute Kaiserin machte ihm nun vierundzwanzig Ducaten zum Geschenke und wies dem Vater eine Jahrespension an, durch welche dieser aus seiner bisherigen bedrängten Lage befreit wurde. Nach einigen Jahren kam Bukaſſovich als Officier in ein Grenzregiment, in welchem er den bairischen Erbfolgekrieg 1778 und 1779 mitmachte, und als nach dessen Beendigung das Regiment in die Militärgrenze zurückkehrte, hatte er 1787 Gelegenheit, als Lieutenant Montenegro zu bereisen und sich eine genaue Kenntniß dieses bis dahin so wenig gekannten Landes zu erwerben,

was ihm später bei Beginn des Türkenkrieges (1788—1789) in gefährlichster Lage so sehr zu Statten kommen sollte. Dieser Krieg brach aus, und der mittlerweile zum Hauptmann im Liccaner Regimente vorgerückte Bukaſſovich, der mit demselben in Cattaro stand, erhielt von hoher Stelle den Auftrag, mit dem Pascha von Scutari, mit den Bewohnern von Montenegro, Albanien und der Hercegovina zu verhandeln und Verträge und Bündnisse gegen die Türkei zu schließen. Im März befand er sich in den schwarzen Bergen, deren Bewohner ihm anfangs, so lange sie in ihm den Befreier vom türkischen Joche sahen, auch getreu zur Seite standen. Aber als er von allen Seiten von den überlegenen Streitkräften der Türken umringt wurde, flohen sie einzeln nach Hause, und nicht Einer blieb zurück, um ihm bei seinem Rückzuge als Führer zu dienen durch die bädalischen Windungen der phantastischen Gebirgsformen, welche vor der kleinen Truppe lagen, und durch welche diese den Weg nach Cettinje und Cattaro zurückfinden sollte. Aber Bukaſſovich verlor nicht den Muth; an der Spitze seiner Leute schritt er, dieselben durch seine Rede ermunternd, durch die Wildniß; im steten Kampfe mit den Moslems, deren Vesten, erst Zabljak, dann Spuž, er in Flammen aufgehen ließ. Ihre Verwundeten luden die rüstigen Liccaner auf die Schultern, um sie nicht der Gewalt der Türken zu überlassen. Indessen hatten Letztere auch den Wald angezündet und zu den vielen Schrecken gesellte sich nun noch dieser neue. Schon war das Bataillon, mit welchem er das Innere des Landes betreten, auf 117 Mann herabgesunken, und die Gefahr wurde immer drohender. Die Montenegriner, so lange sie glaubten, bis Abtheilung Vu-

kaſſovich's ſei nur die Vorhut einer
ſtarken Heeresſäule, durch deren Hilfe
ſie endlich des verhaßten türkiſchen Joches
ledig zu werden hofften, verhielten ſich
bei aller Unterſtützung, welche ſie dem Bedrängten gewährten, immer in ſo ſchlauer
und liſtiger Weiſe, daß ſie nie Anlaß
boten, die Türken gegen ſich zu reizen.
Als ſie aber die Entdeckung machten,
Bukaſſovich's Zug ſei nur ein verein-
zelt daſtehendes Wageſtück, das Heer
komme noch immer nicht und werde gar
nicht kommen, da warfen ſie die Maske
weg und hielten zu den Türken. Und
als der Paſcha von Scutari einen Boten
an ſie ſandte, der ihnen volle Verzeihung
zuſicherte, wenn ſie die nach Montenegro
zurückgekehrten Oeſterreicher vernichten
würden, ſo waren ſie ſofort dazu bereit,
das blutige Schauſpiel zu verwirklichen.
Von nun an mehrten ſich die Bedräng-
niſſe in bedrohlichſter Weiſe. Die Wuth
der Montenegriner ſteigerte ſich zum Fa-
natismus, weil Bukaſſovich das Un-
mögliche, die Befreiung vom Osmanen-
joche, nicht hatte möglich machen können.
Dies war in ihren Augen ein unverzeih-
liches, der höchſten Rache würdiges Verbrechen. So ſtanden die Dinge. Aber er
behielt die Augen offen, gewahrte bald
die Sinnesänderung der Bewohner der
Berge und trachtete, mit dem Häuflein,
das ihm noch geblieben, ſo ſchnell als
möglich das Meer zu erreichen. Bei jeder
Gelegenheit brachen die Montenegriner
aus ihren verſteckten Schlupfwinkeln hervor und decimirten durch ihre aus
ſicherem Hinterhalt gefeuerten Schüſſe
die bereits ſo herabgeminderte Schaar.
Zu welchen Mitteln Bukaſſovich
greifen mußte, um ſich und die Seinigen
zu retten, ſei hier von den vielen nur
das eine erzählt. Er benützte zum Ab-
marſch von Cettinje die Zeit, zu welcher

ſich die meiſten bewaffneten Eingebornen
entfernt hatten, um an einem im Innern
des Landes ſtattfindenden Feſte theilzunehmen, und ſchleppte überdies 60 Montenegriner gebunden als Geiſeln für ſeine
Sicherheit mit; als dann im Thale von
Rjegoſchtje eine wild aufheulende Schaar
von Söhnen der Berge einen Angriff auf
ihn unternahm, ſtellte er die Leiber jener
Sechzig als lebendige Bruſtwehr vor
ſeine Colonne. Dies wirkte, und er
konnte ſeinen Marſch unbehindert fort-
ſetzen. Endlich erreichte er die Landthore
von Cattaro, und nun löſte er auch die
Bande ſeiner ſechzig Geiſeln, die ſofort
den Berg über San Nicolo erklommen
und in wenigen Augenblicken auf den
Höhen verſchwanden. Eine ausführliche
Darſtellung dieſes merkwürdigen Zuges,
dem es auch an einer höchſt romantiſchen
Epiſode nicht fehlt, enthält aus der
Feder des nachmaligen Feldmarſchall-
Lieutenants von Kempen [Bd. XI.
S. 163] die von Schels redigirte
„Oeſterreichiſche militäriſche Zeitſchrift"
im Jahrgange 1828, Heft 5 und 6. Mit
wenigen, aber höchſt bezeichnenden
Worten, ſchildert Kempen dieſe Unternehmung als mit „ruhmwürdiger Kühnheit begonnen, mit Geiſtesgegenwart und
Schlauheit geführt und ebenſo ehrenvoll
als beſonnen aufgegeben, nachdem die
Zweckmäßigkeit mit ihrer Fortſetzung
verſchwand". Da aus dieſem Zuge, ungeachtet der großen Verluſte an Mann-
ſchaft, den Unſeren manche Vortheile
erwachſen waren, Bukaſſovich durch
kluge Anſtalten bedeutende Gelder den
Feinden zu entziehen und Vorräthe aufzutreiben gewußt hatte, wurde er für
ſein ruhmvolles Verhalten in der 15. Promotion vom 15. November 1788 mit
dem Ritterkreuze des Maria Thereſien-
Ordens ausgezeichnet; auch erfolgte ſeine

Ernennung zum Major. Bald darauf errichtete er theils aus Montenegrinern, theils aus in der Licca und in dem öſterreichiſchen Küſtenlande Angeworbenen das ſogenannte Gyulay-Freicorps zu zwölf Compagnien Infanterie und vier Schwadronen Huſzaren in der Geſammtſtärke von 3000 Mann und wurde Oberſtlieutenant und Commandant deſſelben. 1790 kam er dann in gleicher Eigenſchaft zum Liccaner Grenzregimente zurück und rückte in demſelben 1794 zum Oberſten vor. In den Kriegen gegen Frankreich befehligte er das zuſammengeſetzte Karlſtädter Bataillon, vertheidigte 1795 im Treffen bei Laono das Kloſter La Certoſa, welches der Feind in ſeinem Rücken ließ, durch neun Stunden, wurde jedoch durch Uebermacht zur Capitulation gezwungen und gefangen genommen. Im Feldzuge 1796 zeichnete er ſich bei Voltri und Maſſona aus, wurde dann am 12. April auf den Monte Fazole entſendet und erhielt Befehl, ſchleunigſt auf Dego aufzubrechen, um an dem Gefechte daſelbſt theilzunehmen. Ein Irrthum im Datum des Befehls veranlaßte, daß er erſt am 15. April auf dem Kampfplatze erſchien, indeß das unglückliche Gefecht bei Dego ſchon tags vorher ſtattgefunden hatte. Er brachte aber bei ſeinem verſpäteten, dem Feinde doch völlig unerwarteten Erſcheinen mit ſeinen fünf Bataillons, die nicht einmal ein Geſchütz mit ſich führten, eine beiſpielloſe Verwirrung in die franzöſiſche Armee, indem dieſe das ganze Corps Beaulieu vor ſich wähnte. Er benützte nun dieſe Verwirrung, eroberte 18 Kanonen und 28 Munitionswagen, machte 500 Gefangene und vertheidigte ſich mit den dem Feinde abgenommenen Geſchützen volle zwei Stunden gegen das mittlerweile zuſammengezogene von Maſſéna ſelbſt in drei Colonnen angeführte franzöſiſche Heer. Endlich gezwungen, der großen Uebermacht zu weichen, trat er über Spigno nach Acqui den Rückzug an. Nun warf er ſich nach Mantua, unternahm von hier aus am 16. Juli einen gelungenen Ausfall, mit dem auch eine Fouragirung verbunden war, und half an Wurmſer's Seite dieſen Platz vertheidigen, bei welcher Gelegenheit er durch tüchtige mathematiſche Kenntniſſe die wichtigſten Dienſte leiſtete. Zum Generalmajor vorgerückt. commandirte er im September deſſelben Jahres eine Brigade in Tirol. Am 3. dieſes Monats wurde er bei San Marco durch einen Sturz vom Pferde verwundet. Neue Lorbern pflückte er im Feldzuge 1799: er nahm bei Verberio den franzöſiſchen General Serrier gefangen, eroberte als Commandant der Avantgarde Novara, Vercelli, Arona, Jvrea, die Caſtelle Bardo, Verva, die Citadelle von Caſale; beſetzte Turin, nahm Cheraſko, entſetzte das belagerte Ceva und bemächtigte ſich Mondovis. Nun zum Feldmarſchall-Lieutenant befördert, ſtand er als ſolcher im Feldzuge 1800 bei Bellinzona, um Bonaparte den Uebergang über den St. Gotthard zu wehren. Von den andrängenden Maſſen des übermächtigen Feindes zum Rückzuge nach Mailand gezwungen, führte er denſelben in muſterhafter Ordnung aus, alle Vorräthe rettend, die ſich in Mailand und auf ſeinem ferneren Marſche nach Mantua vorfanden. Nach dem Rückzuge über den Mincio übernahm er ein Corps in Tirol. Im Feldzuge 1805 commandirte er in Italien in den teſſiniſchen Bergen; in jenem des Jahres 1809 kämpfte er mit ſeiner Diviſion bei Aspern und zuletzt bei Wagram; in letzterer Schlacht am 6. Juli tödtlich

verwundet, wurde er zur Pflege nach
Wien gebracht, wo er am 9. Auguſt
ſeine Heldenſeele aushauchte. Aber nicht
blos als Held an der Spitze ſeiner
Truppen zwingt uns Vukaſſovich Bewunderung ab, auch als Techniker erſten
Ranges hat er ſich erprobt. Er erbaute
die herrliche Straße über den Wratnigg
nach Zengg und die berühmte Luiſen-
ſtraße über Karlſtadt nach Fiume, und
haben beide bis heute in die Aera der
Eiſenbahnen das Andenken an ſeinen
Namen bewahrt. Jemand, der Vukaſ-
ſavich perſönlich kannte, entgegnete, als
man auf die kaum zu bezwingenden
Hinderniſſe wies, welche ſich demſelben
beim Baue dieſer Straßen entgegen-
ſtellten: „Für den Straßenbauer Vukaſſovich gab es kein Hinderniß des
Terrains". 1799 verlieh der Kaiſer dem
tapferen General das neu errichtete Infanterie-Regiment Nr. 48, heute Erzherzog Ernſt. Vukaſſovich zählt zu
jenen Generälen der kaiſerlichen Armee,
welche, indem ſie ſelbſt Muſter der
militäriſchen Tugenden in Tapferkeit
und Kenntniſſen waren, den Waffen-
Ruhm unſeres Heeres in einer Zeit er-
glänzen machten, als es ſchien, daß des
Corſen leuchtendes Geſtirn alles Andere,
was zu ſtrahlen verſuchte, ins Dunkel
zurückdrängen wolle.

Auſtria. Kalender für 1845 (Wien, gr. 8°.)

1843. S. 92. — Baur (Samuel). All-
gemeines hiſtoriſch - biographiſch - literariſches
Handwörterbuch aller merkwürdigen Perſonen,
die in dem erſten Jahrzehnt des neunzehnten
Jahrhunderts geſtorben ſind (Ulm 1816,
Stettini, gr. 8°.) Bd. II. Sp. 665. —
Frankl (Ludw. Aug.). Sonntagsblätter
(Wien, 8°.) II. Jahrg. (1843) S. 131:
„Beiſpiel kindlicher Liebe" [ſeine Umſchrei-
bung des in den „Feierſtunden" enthaltenen
Aufſatzes, nur erhält in den letzteren der
Vater eine Penſion von 500 fl., in den
„Sonntagsblättern" aber blos von 200 fl.].
— Feierſtunden für Freunde der Kunſt,
Wiſſenſchaft und Literatur. Redigirt von
Ebersberg (Wien, 8°.) 28. October, 1831,
Nr. 12: „Gott ſegnet den guten Sohn".
— Oeſterreichiſche militäriſche Zeit-
ſchrift. Herausgegeben von Schels (Wien
1828, 8°.) Bd. II, S. 170 und 263: „Die
Sendung des öſterreichiſchen Hauptmanns
Vukaſſovich nach Montenegro im Jahre 1788".
— Oeſterreichiſche National-Encyc-
lopädie von Gräffer und Cſitann
Bd. V, S. 385 [nach dieſer geſtorben am
3. Juli 1809]. — Rheiniſche Blätter
für Unterhaltung und gemeinnütziges Wirken.
Ein Beiblatt zum „Mainzer Journal" (4°.)
9. Jänner 1834, Nr. 7 und 8: „Vukaſſovich
in Montenegro" [ein aus dem „Llond" in
dieſe Blätter übergegangener Aufſatz, welcher
damals die Runde durch die deutſchen Blätter
machte]. — Szöllöſy (Joh. Nep.). Tagebuch gefeierter Helden und wichtiger krieg-
riſcher Ereigniſſe der neueſten Zeit u. ſ. w.
(Fünfkirchen 1837, gr. 8°.) S. 267 [nennt ihn
irrig Vukaſſevich und läßt ihn am 8 Juli
1743 geboren ſein]

Porträt. Unterſchrift: Wukassowick ꝛc.
Publicato in Venezia da Giuseppe Sardi li
12 Settembre 1796 (8°, Medaillonbild) ſelten

Stammtafel der Freiherren von Vukaſſovich.

Joſeph Philipp 1783 Freiherr [S. 22]
geb. 1755, † 9. Auguſt 1809.
Johanna Pulcheria
geborne Gräfin **Malfatti von Kriegsfeld,
Stiegenberg und Bücheſgrund**
geb. 8. Auguſt 1779, † 22. December 1854.

Philipp	Johanna
† 26. October 1844.	geb. 30. October 1809, † um 1865,
Hermine Freiin von Blaſits	vm. Ludwig Uttelmaper.
geb. 5. Auguſt 1825,	
wiederverm. Theobald Freiherr Ceenus v. Freudenberg.	

Noch sind anzuführen: 1. David Vukasso-vich (geb. zu Carlopago in der Militär-grenze am 8. April 1774, Todesjahr unbe-kannt). Seine militärische Ausbildung erhielt er in der Wiener-Neustädter Akademie, in welcher er im November 1784 eintrat, und aus welcher er im August 1792 als Fahnen-cadet zu Esterházy-Infanterie Nr. 34 aus-gemustert wurde. Mit seinem Regimente machte er die Feldzüge gegen Frankreich mit, sich zu verschiedenen Malen durch seinen Muth auszeichnend. In der Schlacht bei Cateau-Cambresis that er sich am 26. April 1794 so hervor, daß er in der Relation des Höchstcommandirenden Feldzeugmeisters Erz-herzog Karl rühmlichst genannt und der kaiserlichen Gnade empfohlen wurde. Durch diesen David Vukassovich entstand die falsche Notiz bei Hirtenfeld und Leitner: daß der Maria Theresien-Ritter Joseph Phi-lipp Vukassovich in der Wiener-Neustädter Militärakademie seine Ausbildung erhalten habe. — 2. Johann von Vukassovich, diente in der k. k. Armee und war 1799 Major im Infanterie-Regimente Nr. 53, damals Baron Jelačić. Dasselbe stand im genannten Jahre in Italien und hatte am 26. März im Treffen bei Verona seinen ruhmvollen Tag. Die beiden Hauptleute Garnoczy und Zittar entrissen eine fünfmal vom Feinde eroberte Redoute demselben wieder, setzten sich darin fest und deckten den ordentlichen Rückzug. Major Vukassovich aber fand bei dieser Gelegenheit den schönen Soldatentod auf dem Felde der Ehre.

Vukomanović, Wilhelmine, siehe: **Karadschitsch**, Wuk Stephanowitsch [Bd. X, S. 46, im Texte].

Vukotinović, Ludwig Farkas von (Naturforscher und croatischer Poet, geb. in Agram 13. Jänner 1813). Er stammt aus alter croatischer Adelsfamilie. Das Gymnasium besuchte er in Agram und Großkanizsa, Philo-sophie hörte er in Szombathely, die Rechte in Agram. Im Jahre 1836 wurde er Jurat bei der königlichen Tafel zu Preßburg, und zwar zur Seite des Septemvirs Louis Baron Bedekovich, kam aber bald nachher in gleicher Eigen-schaft an die Banaltafel zu Agram. Noch in demselben Jahre legte er die Advo-catenprüfung ab und trat als Honorar-Vicenotar in den Dienst des Kreuzer Comitates, wo sein Vater Großgrund-besitzer war. In dieser Stellung lernte er den damaligen Verwaltungsdienst in allen Zweigen kennen. 1840 wurde er zum Oberstuhlrichter, 1847 in den croa-tischen Landtag gewählt, in welchem er auch in der Folge saß. Als 1848 die Be-wegung ausbrach, übernahm er, von der Banaltafel dazu berufen, die Majorstelle in einem Bataillon des nationalen Auf-gebotes. Als aber mit der Niederwerfung des Aufstandes das Bedürfniß dieses Aufgebotes entfiel, kehrte er in den Staatsdienst zurück und wurde bei der neuen Organisation der Gerichtsstellen in Croatien im Jahre 1850 Präsident des provisorischen Landesgerichtes zu Kreuz. 1853 erfolgte die Auflösung des Comi-tates und des Gerichtes zu Kreuz, und er schied aus dem Staatsdienste. Wie Kanitz in seiner „Geschichte der Botanik in Ungarn" erzählt, so wäre Vukoti-nović wegen seines Antheils an den nationalen Bewegungen seines Vater-landes entlassen worden. Von 1853 bis 1860 lebte derselbe in Agram, seine ganze Thätigkeit der croatisch-slavonischen Landwirthschaftsgesellschaft und dem im Entstehen begriffenen Nationalmuseum widmend. Nach Kanitz wäre er sogar Gründer dieses Institutes und hätte dessen Leitung auch später, als er eine schwierige und viel Zeit in Anspruch nehmende Stellung bekleidete, nicht aus den Händen gelassen. 1860 wurde er zum Obergespan des Kreuzer Comitates ernannt. Als aber 1867 das allgemeine Wehrgesetz erschien und der provisorische Leiter der croatisch-slavonischen Hof-

kanzlei, Feldzeugmeister Kusević, die
Ausführung dieses Patentes befahl, erklärte Vukotinović in einer vom
4. März datirten Zuschrift an den Genannten, daß, wenn auf der Forderung
bestanden werde, daß er das Gesetz durch-
zuführen habe, er es vorziehe, seine
Würde niederzulegen. Seine Resignation
wurde auch angenommen, und er zog
sich ins Privatleben zurück, sich vornehmlich mit der Landwirthschaft beschäftigend. 1868 in den croatischen Landtag
gewählt, trat er der Nationalpartei bei.
Als dann die Nationalen denselben verließen, verblieb er beinahe allein auf
seinem Standpunkte, und es gelang ihm,
später eine kleine Partei, die autono-
mistische benannt, zu bilden, welche
der Regierung und der Majorität oppo-
nirte. Trotz der Verschiedenheit der Ansichten in den meisten principiellen Fragen
wurde er doch zum ersten Landtags-
Vicepräsidenten und zum Vertreter auf
dem gemeinsamen ungarisch-croatischen
Reichstage erwählt. Später zog er sich
ganz vom politischen Leben zurück und
gab sich ausschließlich seinen Studien
und wissenschaftlichen Arbeiten hin. Schon
als 1856 in Wien die große landwirthschaftliche Ausstellung stattfand, trug er
als Leiter und Secretär der Agramer
Landwirthschaftsgesellschaft wesentlich
dazu bei, daß Croatien auf dieser Ausstellung vertreten war; er fungirte dann
auch auf derselben als Schriftführer einer
Section, in welche er gewählt wurde.
Als anläßlich der Wiener Weltausstellung 1873 bei Bildung der ungarischen
Landescommission das transleithanische
Ministerium der Autonomie der Königreiche Croatien und Slavonien Rechnung
zu tragen beschloß und deshalb eine
Stelle im Präsidium einem Vertreter
jener Länder reservirte, fiel die Wahl auf

Vukotinović. Er betonte auch sofort
neben dem engen Anschluß Croatiens
und Slavoniens an Ungarn in Angelegenheit der Weltausstellung die Nothwendigkeit eines selbständigen Vorgehens
seiner Landsleute und veranlaßte, daß
sich in Agram das croatisch-slavonische
Central-Ausstellungscomité constituirte,
in welchem ihm dann der Vorsitz zufiel.
Aber nicht blos auf juridischem, politi-
schem und administrativem Gebiete begegnen wir Vukotinović, auch auf
schriftstellerischem, und auf diesem nach
zwei Richtungen, der schöngeistigen und
naturwissenschaftlichen. Als besonderer
Freund der Naturwissenschaften bereiste
er in den Jahren 1853 und 1856 im
Vereine mit dem Botaniker Dr. Joseph
Schlosser [Bd. XXX, S. 142] das
Küstenland, die oberen Grenzregiments-
districte und die croatischen Velebit-
alpen, erwarb sich eine ganz genaue und
gründliche Kenntniß des Landes und
legte in verschiedenen selbständigen Werken
und durch Fachzeitschriften veröffentlichten
Abhandlungen die Resultate seiner Beobachtungen und Forschungen nieder. Wir
lassen nun hier eine Uebersicht dieser
naturwissenschaftlichen und schöngeistigen
Arbeiten folgen, welche er theils in croatischer, theils in deutscher Sprache verfaßt hat, ihre Titel sind: „*Golub, igrokaz u 4 čina*", d. i. Die Taube, Schauspiel in 4 Aufzügen (Agram 1832,
Fr. Župan, 8⁰.); — „*Perri i zadnji
kip, turobna igra v jednim činu poleg
nemške ballade od G. Seidla*", d. i.
Das erste und das letzte Bild, Trauerspiel in einem Aufzug nach der deutschen
Ballade von Joh. Gabr. Seidl (Preßburg 1833, Anton Schmid, 8⁰.); —
„*Pesme i priporedke*", d. i. Gedichte
und Erzählungen (Agram 1838, Ludwig
Gaj, 8⁰.), eigentlich nur eine Samm-

lung seiner in ben Jahrgängen 1835, 1836, 1837 unb 1838 ber „Danica iliraka" (Illyrischer Morgenstern) abgebruckten Dichtungen in gebunbener Rebe unb in Prosa; — „Pjesme i pripovédke", b. i. Gebichte unb Erzählungen (ebb. 1840), eine von ber vorigen ganz verschiebene Sammlung; — „Ruže i trnje (pjesme)", b. i. Rosen unb Dornen (Gebichte) (ebb. 1842, Župan, 8⁰.); — „Prošastnost ugarsko-horvatska. Historičke novele. I. i II. dil", b. i. Die ungarisch-croatische Vergangenheit. Historische Novellen, 2 Theile (ebb. 1844, Župan, 8⁰.); — „Nješto o pučkih školah", b. i. Einiges über Volksschulen (ebb. 1844); — „Pjesme", b. i. Gebichte (ebb. 1847, Lubwig Gaj, 8⁰.); — „Njekoja glavna pitanja našeg vremena", b. i. Einige Hauptfragen unserer Zeit (ebb. 1848, Župan, 16⁰.); — „Prirodoslovje, svezak I.", b. i. Mineralogie unb Geognosie (ebb. 1851, 8⁰.); — „Pametarka gospodarom u Hrvatskoj i Slavonu", b. i. Erinnerungsbuch für die Lanbwirthe in Croatien unb Slavonien (ebb. 1858, Lubwig Gaj, 8⁰.); — „Die Botanik nach dem naturhistorischen Prinzip" (ebb. 1855); — „Syllabus florae croaticae" (ebb. 1857, 8⁰.); — „Hieracia croatica in seriem naturalem disposita" (ebb. 1858, gr. 4⁰., mit 2 Abbilbungen); — „Trnule, Pjesme", b. i. Brombeeren, Gebichte (ebb. 1862, Jakic, 32⁰.). In Fachblättern sinb ab gebruckt, unb zwar in ben Sitzungsberichten ber kaiserlichen Akabemie der Wissenschaften mathematisch-naturwissenschaftlicher Classe: „Das Licca- unb Krbavathal in Mittel-Croatien". Mit einer geognostischen Karte [Bb. XXV, S. 522]; — „Die Plitvicaseen in der oberen Militärgrenze in Croatien". Mit einer Karte [Bb. XXXIII, S. 268];

— „Die Diorite mit ben übrigen geognostischen Verhältnissen bes Agramer Gebirges in Croatien". Mit einer Karte [Bb. XXXVIII, S. 333]; — in ben Sitzungsberichten ber k. k. zoologisch-botanischen Gesellschaft: „Zur Flora Croatiens" [Band III, S. 131]; — „Neue Viola" [Band IV, S. 91]; — in ber Oesterreichischen botanischen Zeitung: „Ein bubioses Hieracium aus ber Flora Croatiens" [Bb. III, S. 113]; — „Noch Einiges über Hieracium" [Bb. IV, S. 100]; — „Aus ber Flora Croatiens" [Bb. IV, S. 297]; — „Schlossera heterophylla" [Band VII, Seite 350 unb Bb. VIII, S. 66]; — „Hypecoum der Flora Croatiens [Bb. X, S. 161]; — in ber Linnaea: „Ueber bie Formen ber Blätter unb die Anwenbung der naturhistorischen Methode auf bie Phytographie" [Bb. XXV, S. 295]. Die meisten ber vorgenannten botanischen Schriften, sowohl ber selbständig erschienenen als ber in Fachblättern veröffentlichten, gab Vukotinović in Gemeinschaft mit Schlosser in ben Druck; auch rebigirte er 1856 bis 1858 die croatische lanbwirthschaftliche Zeitung „Gospodarski list", welche mehrere Aufsätze seiner Feber, namentlich über Weinbau enthält, unb gab ben „Leptir. Zabavnik za godinu 1859 i 1860", b. i. Der Schmetterling. Taschenbuch für 1859 unb 1860 (Agram, L. Gaj, 12⁰.) heraus, in welchem er mehrere Gebichte unb Erzählungen brachte. Außer ben bisher angeführten Schriften finben wir von ihm noch mehrere als herausgegeben bezeichnet, beren bibliographische Titel wir vergeblich suchten, unb zwar: eine „Geognostische Skizze von Warasbin-Teplitz in Croatien" (Wien 1852); — „Die Berge von Moslovina" (ebenba

1852); — „Einige Bemerkungen über die Berge von Kalnik" (1853); — „Ueber fossile Kohle" (1868); — „Ueber Tertiäres in der Umgebung von Agram" (1873); — „Valleuciennesia annullata" (1874); — „Botanische und geologische Untersuchungen im Norden Croatiens" (1854); — „Ueber Genealogie und Abstammung der Pflanzen" (1876); — „Die Theorien der Naturphilosophen und der Darwinismus" (1877); De Gubernatis gibt sogar eine „Hora croatica" con appendici an, was wohl „Flora croatica" mit Nachträgen (1869, 1872, 1876 und 1877) bedeuten soll; — „Quercus croatica" (1873—1878); — „Anthyllis tricolor Vuk." (1878); — „Flora excursoria" (1876). Vukotinović, seit Bestand der Agramer südslavischen Akademie der Wissenschaften Mitglied derselben und vornehmlich in der naturwissenschaftlichen Abtheilung für Geologie und Geognesie thätig, besitzt um die Hebung des wissenschaftlichen Lebens und namentlich um die geologische Erforschung Croatiens, wie auch als Botaniker, wozu er sich am Joanneum in Gratz ausgebildet, unläugbare nicht geringe Verdienste. Aber auch als Dichter gehört er zu den Lieblingen seiner Nation, welche viele seiner Gedichte singt und sie dadurch zum Volksgut gemacht hat. Ueberall, wo man ihm begegnen mag, sei es als Beamten, Poeten, Landwirth, Naturforscher, immer wirkt er anregend, fördernd, und es wäre, wenn es in seinem Vaterlande mehrere Männer seines Schlages gäbe, um dasselbe besser bestellt, als es der Fall ist, da ja selbst im berathenden und gesetzgebenden Körper des Landes statt der hohen Einsicht des Geistes, statt des von Vaterlandsliebe erfüllten heiligen Rechtsbewußtseins die rohe Gewalt, der Scandal und die Vergewaltigung ihre Stätte aufgeschlagen haben.

Wiener Weltausstellungs-Zeitung. (Centralorgan...... II. Jahrg. 12. October 1872, Nr. 81. — Politik (slavisches Parteiblatt in deutscher Sprache, Prag, Fol.) 1864, Nr 223, im Feuilleton: „Aus Agram". — Jordan. Slavische Jahrbücher (Leipzig gr. 8°.) 1843, S 195. — Kanitz (August). (Geschichte der Botanik in Ungarn (Skizzen) (Hannover 1863, W. Riemschneider, 12°.) S 141; in dem unter dem Titel „Versuch einer Geschichte der ungarischen Botanik" in Halle 1865 erfolgten Wiederabdruck (8°.) S. 222. — Bericht über die österreichische Literatur der Zoologie, Botanik und Paläontologie aus den Jahren 1850, 1851, 1852, 1853. Herausgegeben von dem zoologischbotanischen Verein in Wien (Wien 1851, Braumüller. 8°.) S. 80, 81, 182 183. — De Gubernatis (Angelo). Dizionario biografico degli scrittori contemporanei ornato di oltre 300 ritratti (Firenze 1879. successori di Le Monnier. schm. 4°.) p. 1056. — Ilirska citanka za gornje gimnazije knjiga druga, d. i. Illyrisches Lesebuch für Obergymnasien (Wien 1860, Schulbücherverlag, gr. 8°.) S. 21.

Porträt. Balm del., G. Angerer sc., in der „Wiener Weltausstellungs-Zeitung" Nr. 81. 12 October 1872.

Vukovics, Sebastian (ungarischer Justizminister im Jahre 1849, geb. zu Fiume 1811, gest. in England am 15. November 1872). Sein Name wird in verschiedenster Weise: Vucović, Vuccovic, Vuckovits, Vukovich, Vukovitsch u. s. w. geschrieben; wir halten uns an die unter seinem Bildniß in einem magyarischen Blatte vorkommende. Die Familie ist südslavischer (serbischer) Abstammung. Nachdem er in seinem Vaterlande die Studien beendet hatte, betrat er die politische Laufbahn und versah im Vormärz die Stelle des Vicegespans des Temeser Comitates. Schon um diese Zeit wird er von dem „Croquisten" als geschickter Notar be-

ichnet, von deſſen Genie, als er 1843
m Deputirten gewählt wurde, man
el ſprach. 1848 gelangte er als Ver-
:ter des Temeſer Comitates in den
-eßburger Landtag, in welchem er ſich
fort der Bewegungspartei anſchloß und
in ihn ſeiner hellklingenden Stimme
:gen die „Reichstagsglocke" nannte. Als
r gräßliche Racenkampf in dem Bácser
)mitate ausbrach, ward er als königlicher
)mmiſſär in dasſelbe entſendet, und
chdem er die dortigen Zuſtände kennen
lernt hatte, kehrte er nach Peſth zurück,
1 die (Batthyányi'ſche) Regierung
ſtrengen Maßregeln zu veranlaſſen.
)n da ab merkte man in der Leitung der
biſchen Angelegenheit eine feſte Hand,
ıd nicht mit Unrecht ſchreiben die
erben dieſelbe dem Renegaten Bu ko -
ics zu. Als dann in der National-
rſammlung zu Debreczin am 14. April
:49 Koſſuth die Maske fallen ließ
b die Unabhängigkeitserklärung Un-
rns, ſich ſelbſt aber zum Gouverneur
s Landes proclamirte, erfolgte am
. April 1849 die Bildung eines neuen,
s eigentlichen Rebellen-Miniſteriums,
welchem S z e m e r e die Präſident-
aft zugleich mit dem Portefeuille des
nern, Horváth das des Cultus,
z á n y das der Communicationen, Du-
et das der Finanzen, Bukovics
er das der Juſtiz übernahm. Was
o ſſ u t h bewog, B u k o v i c s zum
ſtizminiſter auszuwählen, iſt nicht er-
indet. Wollte er den Croaten ein Zu-
ſtändniß machen, indem derſelbe croa-
:her Abſtammung war? Kurz, der neue
ıſtizminiſter erwarb ſich — von ſeiner
'olutionären Rolle abgeſehen — all-
meine Achtung. Max S ch l e ſ i n g e r
dem ſeinerzeit vielgeleſenen Buche
"Aus Ungarn" (Berlin 1850, Duncker)
nnt Bukovics „einen der ehren-
hafteſten Männer, fern von perſönlichem
Ehrgeize, von kleinlichem Reide, unver-
droſſen auf das große Endziel der Bewegung hinarbeitend, entſchieden im Princip, vermittelnd ſeinen Collegen gegenüber, einen antiken Charakter, dem es
eine Woluſt geweſen wäre, Glied für
Glied dem Heile ſeines Vaterlandes zu
opfern". Was nun B u k o v i c s's Thätigkeit als Juſtizminiſter während der
Rebellion betrifft, ſo übte er ſie mit
Energie und Klugheit, er führte das
ſtandrechtliche Verfahren (Közlöny 1849,
Nr. 32) in gewiſſen Fällen ein, verfügte
s. d. Debreczin 17. Mai 1849 die Se-
queſtrirung der Güter des Fürſten Primas
Johann H á m [derſelbe hatte die Primas-
würde nicht angenommen und blieb
Biſchof von Szathmár, der er bis dahin
war] und des Fünfkirchener Biſchofs Johann S c i t o v s z k y, organiſirte die
oberſten Gerichtsſtühle und contraſignirte
bei Gelegenheit der Bildung der neuen
Septemviraltafel die Ernennung des
Barons Siegmund Perényi [Bd. XXI,
S. 475] zum Präſidenten-Landesrichter.
Nach Niederwerfung der Erhebung flüchtete ſich auch Bukovics. Lange Zeit
blieb er im Lande verſteckt, aber endlich
gelang es ihm, und zwar nicht ohne
Schwierigkeiten, nach London zu entkommen, während er in der Heimat nach
kriegsgerichtlicher Verurtheilung in effi-
gie hingerichtet wurde. In London lebte
er 18 Jahre, einen Mittelpunkt für die ge-
bildeteren Kreiſe der ungariſchen Flüchtlinge bildend. In Folge verwandtſchaft-
licher Verhältniſſe kam er 1866, viel
ſpäter als die meiſten ſeiner Genoſſen,
nach Ungarn zurück. Die Bácska, einſt
Gegenſtand ernſteſter, eben durch ihn
getroffener Maßregelungen, war nunmehr beſſer geſinnt und ſchickte ihren ehemaligen Zuchtmeiſter in den Reichstag.

In demselben spielte Bukovics unter Koloman Tisza's Fahne insofern eine bedeutende Rolle. als sein Wort von Gewicht war, obgleich, oder vielmehr weil er nur selten in den parlamentarischen Kampf eingriff. Dabei war er derjenige, der am meisten dazu beitrug, die Nachahmung englischer Institutionen als das höchste Ideal jedes ungarischen Patrioten erscheinen zu lassen; daher befindet sich auch die ungarische Justiz in demselben kläglichen Zustande wie jene in England. Bukovics sah alle ungarischen Verhältnisse vom englischen Standpunkte an und beurtheilte sie danach; das Beispiel Englands hatte er fortwährend auf den Lippen, und in den wenigen Reden, welche er seit seiner Rückkehr aus der Emigration hielt, beschäftigt er sich zur größeren Hälfte mit englischen Angelegenheiten; und in der That machte diese Anglomanie in Ungarn Schule, aber nicht zum Nutzen einer gesunden Reform und Entwickelung der eigenartigen ungarischen Verhältnisse. Im Uebrigen sprach Bukovics sehr schön, seine Stimme — noch immer die wohltönende Reichstagsglocke — klang ungemein sympathisch, Rechte und Linke hörten ihm mit Aufmerksamkeit zu. Das letzte Mal sprach er als Deputirter des Reichstages 1869 — in welchem alle übrigen Redner verlacht, verhöhnt, und nur Wenige, darunter Bukovics, mit Interesse angehört wurden. Ein Ausfall Adam Lázár's auf die Revolution zwang den ehemaligen Mitkämpfer im blutigen Drama zu einer Entgegnung. Nach Schluß des Reichstags kehrte er nach England zurück und lebte in London. Obwohl auch 1872 in den Reichstag gewählt, erschien er doch nicht mehr in demselben. Ein Herzleiden trieb ihn, bevor er nach London sich begab, von Bad zu Bad. Vergebens. Vom Vaterlande fern, wurde er im Alter von 61 Jahren durch den Tod erlöst.

Croquis aus Ungarn (Leipzig 1843, O. Wigand, kl. 8°.) Bd. II, S. 261. — Levitschnigg (Heinrich Ritter von). Kossuth und seine Bannerschaft. Silhouetten aus dem Nachmärz in Ungarn (Pesth 1850, Heckenast, 8°.) Bd. II, S. 44. — Springer (Anton Heinrich). Geschichte Oesterreichs seit dem westphälischen Frieden (Leipzig 1877, 8°.) Bd. II. S. 719. — Triester Zeitung 1869, Nr. 270, im Feuilleton: „Pesther Chronik". — Ungarische illustrirte Zeitung (Pesth, gr. 4°.) 4. December 1872, Nr. 49. — Ungarns politische Charaktere. Gezeichnet von F. R. (Mainz 1851, J. G. Wirth Sohn, 8°.) S. 143 [bemerkt wird über Bukovics: „er war das Echo Szemere's; als Beide in Paris waren, warfen sie sich in den verschiedenen Zeitungen ihre begangenen Fehler vor; er war kein fester politischer Charakter, kein Mann, auf den man sich verlassen könnte, wenn sich hier und da Difficultäten ereignen sollten, bei welchen vielleicht noch eine Stimme eine ernste Entscheidung bewirken könnte"]. — Nemzeti nagy képes naptár (Budapesth) 1874, S. 103, 188. — Magyarország és Nagy Világ (Pesth, gr. 4°.) 4. December 1872, Nr. 48. — Népzászlója naptára (Pesth) Band I, 1869, Seite 36.

Porträt. Unterschrift: „Vukovics Sebő". Holzschnitt ohne Angabe des Zeichners und Xylographen in „Magyarország és Nagy Világ" 1872, Nr. 48.

Noch sind bemerkenswerth: 1. Bukovic von Djurić **Bozidar** (gest. in Venedig 1540). Aus Podgorica, nach anderer Angabe aus Goraxdie gebürtig, hielt er sich aus Furcht vor den Türken ungefähr seit 1519 in Venedig auf. Er war Wojwode und ein gelehrter Mann, der in genannter Stadt auf seine Kosten mehrere Kirchenbücher für die Serben drucken ließ. Einige der gleichfalls auf seine Kosten daselbst zu wiederholten Malen und in vielfältiger Gestalt neugegossenen Typen wurden in Serbien, wo namentlich zu Goraxdie zum Drucke serbischer Kirchenbücher verwendet wurden. Šafařík bemerkt über Bukovic, daß derselbe in hohem Grade den Namen eines serbischen Mäcens älterer Zeiten verdiene Kaiser Karl V. verlieh dem Woswoden auch den Reichsadel und ein Wappen. Nach dem Wunsche Bukovic's wurden dessen irdische Ueberreste von Venedig nach seiner Heimat abgeführt und dort in der Kirche Gorica am Skodersee beigesetzt. — 2. Des Vorigen Sohn, **Vincenz**, setzte mit rühmlichem Eifer die Bemühungen des Vaters um den Druck serbischer Kirchenbücher in Venedig fort, deren er zwischen 1346—1561 auf eigene Kosten nicht nur einige ältere neu auflegen ließ, sondern auch mehrere bereits gangbare ganz neu herausgab. Sein Todesjahr ist unbekannt. — Der ungarische Revolutionsminister Sebastian Bukovics, der serbischer Abstammung ist und dessen Lebensskizze wir schon mittheilten, dürfte ein Nachkomme der Bukovié von Djurié sein.

Vulkani, Andreas (Balletmeister, geb. in Italien 1764, gest. zu Preßburg am 18. October 1853). In zartester Jugend für das Ballet ausgebildet, trat er, 18 Jahre alt, in einem der großen Theater zu Rom auf, wo er Engagement als „erste Tänzerin" erhielt, da nach der damals erlassenen Verordnung des heiligen Vaters kein weibliches Wesen die Bühne betreten durfte. Im Jahre 1792 von Kaiser Leopold II. als Balletmeister an die Wiener Hofbühne berufen, führte er nach zwölfjähriger Unterbrechung des Ballets dasselbe wieder ein und feierte mit Muzzarelli [Bd. XIX, S. 488] und Salvatore Viganò [Bd. L, S. 287] großartige Triumphe. Er war einer der beliebtesten Choreographen seiner Zeit, und alle seine weiblichen Verwandten widmete er der Bühne. In seinen vorgerückteren Jahren wirkte er noch als Balletmeister an kleineren Theatern. Dann zog er sich von der Bühne nach Preßburg zurück, wo er auch im Alter von 88 Jahren starb.

Theater-Zeitung von Adolph Bäuerle (Wien, kl. Fol.) 1853. Nr. 245.

v. Wurzbach, biogr. Lexikon. LII. [Gedr. 10. Mai 1885.] 3

Anklingend an den Namen des Vorigen ist jener des Malers Vulkan und des Bischofs Vulkan. 1. Ueber die Werke des Erstgenannten, eines noch jungen in Bozen lebenden Künstlers, sind wir ganz in Unkenntniß. Sein Name gelangte nicht durch ihn, sondern durch seine Frau in die Oeffentlichkeit, die ihren Gatten, als sie zum ersten Male in die Wochen kam, gleich mit drei gesunden kräftigen Knaben beschenkte. Die Baronin Waidek, öfter auch Weidek geschrieben, Gemalin des Erzherzogs Heinrich, hob die Trillinge aus der Taufe, und diese erhielten die Namen Leopold, Ernst und Heinrich. — 2. Bischof **Samuel Vulkan** (geb. in Ungarn in der zweiten Hälfte des achtzehnten Jahrhunderts, gest. zu Großwardein am 13. Jänner 1840). Er wurde 1808 griechisch-unirter Bischof zu Großwardein. Auch bekleidete er die Würde eines k. k. geheimen Rathes. In seiner Inaugurationsrede kamen unter anderen die bemerkenswerthen Worte vor: „Christianorum omnis Religio est vivere sine scelere et macula", wörtlich: Alle Religion der Christen besteht darin, ohne Sünde und Makel zu leben.

Vurm, siehe **Wurm**.

Vurum, Joseph (Bischof von Neutra, Humanist, geb. zu Tyrnau in Ungarn 1763, gest. zu Neutra 1838). Er studirte Theologie zu Preßburg und Wien und wurde nach erlangter Priesterweihe 1788 bischöflicher Secretär, dann dem Lehramte sich widmend, 1791 Professor der Theologie am Lyceum zu Neutra; 1805 Domherr zu Erlau, Canonicus a latere und Director des Lyceums, 1807 Abt von Kompolt, 1810 Rath bei der königlichen Statthalterei in Ofen und Titularbischof von Sardica, 1816 Stuhlweißenburger, 1821 Großwardeiner und 1827 Neutraer Diöcesanbischof, bald darauf wirklicher geheimer Rath. Der Rahmen dieser nicht eben gewöhnlichen, doch bei einem so hochbegabten, mit allen Tugenden des Priesters ausgestatteten Manne auch er-

klärlichen Laufbahn schließt aber eine
Reihe von Handlungen ein, welche seinen
Namen bleibender Erinnerung werth
machen. Vurum entfaltete überall, wo
er hinkam, eine segensreiche Thätigkeit.
Jede der Diöcesen, welcher er vorstand,
erhielt Beweise seines humanen Wirkens.
So stiftete er, sobald er Bischof geworden, in einem Gebirgsorte seiner
Diöcese, dessen Bewohner, da es ihnen
an Unterricht fehlte, den Behörden viel
zu schaffen machten, eine Pfarre und
eine Schule; dann, als 1831 auch seine
Diöcese von der Cholera heimgesucht
wurde und viele Kinder durch dieselbe
ihre Eltern und Versorger verloren, für
die Verlassenen ein Waisenhaus. Er
kaufte zu diesem Zwecke in der am
Waagflusse im Trencsiner Comitate gelegenen Stadt Sillein das Jesuitenkloster,
richtete es mit großen Kosten für mehr
als hundert Zöglinge ein, versah es mit
den nöthigen Capitalien und eröffnete es
am 4. October 1833. Um dieselbe Zeit
stiftete er in Neutra eine Mädchenschule,
welche schon im ersten Jahre ihres Bestehens von mehr als zweihundert Mädchen besucht wurde, auch eine Zeichenschule. Außerdem verlieh er jährlich viele
Stipendien an arme Studenten, versorgte
Kirchen mit Glocken und den nöthigen
Paramenten, ließ in den Schulen und
den Pfarreien seiner Diöcese gute Bücher
vertheilen, um den Sinn für Lecture zu
wecken und die Sitten zu mildern und
zu veredeln. Selbst ein unermüdeter
Arbeiter, erschien er überall, wohin ihn
die Pflicht und sein hohes geistliches
Amt riefen, so wohnte er der ungarischen
Kirchenversammlung bei, welche berufen
wurde, um in wichtigen Angelegenheiten
der Landeskirche zu berathen und die
entsprechenden Beschlüsse zu fassen,
erschien in seiner Eigenschaft als Kirchen-

fürst auf den verschiedenen Landtagen
und wirkte auch als Mitglied der Reichs-
deputation, welche die nöthigen Veränderungen in den Gesetzen ausarbeitete.
Er war ein besonderer Wohlthäter der
Slovaken, welche eben den Haupttheil
der Bevölkerung in seiner Diöcese bildeten und sich in einem Zustande sittlicher
und cultureller Verwahrlosung traurigster
Art befanden. Er betrachtete es als
Hauptaufgabe seines Lebens, die Armen
allmälig aus diesem moralischen Elende
zu menschenwürdigem Dasein zu erheben.
Zum Besten und zur Unterstützung bedürftiger Priester und Lehrer in seiner
Diöcese widmete er ein Capital von
76.000 fl. Auch verschönerte er die
Stadt Neutra, in welcher er als Bischof
wohnte, und schrieb eine Geschichte seiner
Diöcese und ihrer Kirchenfürsten. In
diesem Werke, welches unter dem Titel:
„*Episcopatus Nitriensis ejusque Prae-
sulum memoria*" im Druck erschien,
weist er nach, daß im Neutraer Gebiete
bereits im vierten Jahrhunderte das
Christenthum verbreitet war.

Pšecechtel (Rupert M.). Rozhled dějin
českoslovanské literatury a životopisy
českoslovanských výtečníkův, d. i. Ueberblick auf die Geschichte der čechoslavischen
Literatur und Lebensbeschreibungen čechischer
Morvvčáen (Kremšier 1872, Jos. Sperlin,
12°.) S. 157. — Egyházi értekezések
és tudósitások, d. i. Geistliche Abhandlungen
und Nachrichten (Weszprim 1823) Bd. I,
S. 172. — Emlékkönyv, d. i. Erinnerungsbuch (Erlau [Eger] 1863) S. 291.

Porträt. Unterschrift: „Jos. Vurum Eppus
M. Varad". Ferd. Báró de Lütgendorf
Posonii 1826, sc. (gr. 8°.) seltenes, schön
gezeichnetes Blatt.

Vydra, siehe **Wydra**.

Vymazal, Franz (čechischer Schriftsteller, geb. zu Topolane bei Vyškov
in Mähren am 6. November 1841). Er

besuchte das Gymnasium in Mähren. In den höheren Classen begann er schon zu schriftstellern und trieb Studien beliebig nach eigener Wahl, darunter vornehmlich Philosophie und Mathematik. 1866 und 1867 redigirte er die im Verlage von K. Kliš in Brünn herausgegebenen „Veselé listy". Humoristicko-satyrický časopis", d. i. Lustige Blätter. Humoristisch-satyrische Zeitschrift, 1865 bis 1868 den „Posel moravský", d. i. Der mährische Bote, einen Kalender, der gleichfalls in Brünn herauskam, später, 1870, den „Nový Posel z Čech, Moravy a Slezska", d. i. Der neue Bote aus Böhmen, Mähren und Schlesien, einen ebenfalls in Brünn erscheinenden Kalender. Dann gab er in Druck: *„Buský slabikář čili úplný návod ku správnému čtení a psaní ruským jazykem s vytknutím hlavních rozdílův mezi ruštinou a češtinou"*, d. i. Russische Fibel oder vollständige Anleitung zum richtigen russisch Lesen und Schreiben mit Angabe der hauptsächlichen Unterschiede zwischen der russischen und čechischen Sprache (Prag 1868, Kober, 8°.). Ferner übersetzte er ins Čechische für den Verlag von Fr. Karafiat in Brünn verschiedene Sensationsschriften und Romane, und zwar Theodor Scheibe's Roman „Die Grenadiere der Kaiserin" 4 Theile (Granátníci císařové) 1863 bis 1864; — von Frau Mühlbach „Kaiser Joseph II. und sein Hof" (Císař Josef II. a dvůr jeho) 1863 bis 1864; — Dr. W. F. A. Zimmermann's „Wunder der Urwelt" (Divy prasvěta) 1869; — Moriz Bermann's „Geheime Geschichten aus Oesterreich" (Temné pověsti z Rakouska) 1870; — Corvin's „Pfaffenspiegel" (Knéžour) 1870; — dann „Barbara Ubryk und die Klöster der Christenheit" (Bar-

bara Ubrykova a kláštery křesťanstva) 1870; — Joseph Messirka's „Die ökonomischen Wissenschaften" (Soubor veškerých nauk hospodářských) 1868; schließlich übertrug er Romane. Novellen, Erzählungen, Reisebeschreibungen u. s. w. für das von Buschak und Irrgang in Brünn 1862 begonnene belletristische Sammelwerk: „Besidka čtenářská", d. i. Die Lesehalle.

Vyšek (lies **Byschek**), Anton Dobroslav (čechischer Schriftsteller, geb. zu Kutrovice bei Smečna im Prager Kreise 1809). Ein Bauernsohn, besuchte er das Piaristengymnasium zu Schlan. 1823 begab er sich zur weiteren Ausbildung nach Prag, aber sein Vater, Ernährer einer zahlreichen Familie, berief ihn wieder zu sich, um an ihm eine Hilfe bei seinen landwirthschaftlichen Arbeiten zu haben. 1827 trat Vyšek bei dem landwirthschaftlichen Amte zu Konopišt in den praktischen Dienst, in welchem er mehrere Jahre blieb, bis er in der Eigenschaft eines Secretärs des Grafen Franz Hartig [Bd. VII, S. 399], Gouverneurs der Lombardie, nach Mailand ging. Dort besuchte er bei seinem Drange nach künstlerischer Beschäftigung als Dilettant die Brera und befreundete sich mit manchem hervorragenden Künstler, wie Hayez, Molteni, Marchesi, Sogni, Servi, Rossi, mit denen er auch von Zeit zu Zeit einen Kunstausflug unternahm. In solcher Gesellschaft gewann er für die Kunst immer größeres Interesse, copirte von dem Einen und dem Anderen aufmerksam gemacht, manches Meisterwerk, entdeckte und kaufte, soweit es seine Mittel zuließen, auch ein und das andere gute Original, so daß er es allmälig zu einer ganz stattlichen Sammlung von Bildern und Kunstgegenſtänden brachte. Im Jahre 1838 unternahm er in Gemeinſchaft mit dem Grafen Taverni und dem Maler Roſſi eine Reiſe nach Rom und Neapel, welche er in ſeiner ſpäter zu Prag herausgegebenen Schrift: „Dvanáet let ve Vlaſich“, d. i. Zwölf Jahre in Italien (Prag 1861, J. Schmied), ausführlich beſchrieb. Nach Mailand zurückgekehrt, verband er ſich mit Dr. Nava zur Herausgabe der Zeit-ſchrift „La Rivista Europea“, welche Kunſt und Wiſſenſchaft in ihren Bereich zog, ſchrieb gleichzeitig für die von Iyl herausgegebenen „Květy“, d. i. Blüten, und zeichnete für die Leipziger „Illu-ſtrirte Zeitung“. Als dann Graf Hartig nach Wien zurückberufen wurde, trat Pyšek zu Mailand in den Staatsdienſt. 1846 ſchloß er Bekanntſchaft mit Pater Menzinger, damals Feldcaplan bei Reiſinger Infanterie, und begann mit deſſen Unterſtützung die Herausgabe čech-ſcher Bücher in genannter Stadt, ſo er-ſchienen Menzinger's Schriften und Andachtsbücher für das k. k. Militär, Pyšek's „Milan a jeho okolí“, d. i. Mailand und ſeine Umgebung (Mailand 1847, mit 4 Abbildungen, Bernardoni); — auch bereitete Letzterer ſeine gemein-ſchaftlich mit Erſterem verfaßte „Mlu-vnice česko-vlaská s přislušným slo-níkem“, d. i. Čecho-italieniſche Sprach-lehre mit dazu gehörigem Wörterbuch, zum Drucke vor, aber die Herausgabe unterbrach der Aufſtand vom 18. März 1848, bei welcher Gelegenheit er als kaiſerlich öſterreichiſcher Beamter feſt-genommen, ins Gefängniß abgeführt und ſeiner ganzen Habe wie ſeiner Samm-lungen beraubt wurde. Am 10. April aus ſeiner Haft entlaſſen, reiste er über die Schweiz und Bayern in ſeine Heimat ab. In Prag ſchloß er ſich nun der nationalen Bewegung an. In der Slo-vanská lipa regte er als Mitglied der Kunſtſection die Gründung eines Ver-eines für vaterländiſche Kunſt und ſtän-dige Kunſtausſtellungen an, aber ſein Antrag verhallte im Lärm der politiſchen Wirren. In den Octobertagen ging er als Mitglied einer Deputation nach Wien, dann nach Olmütz. Nach ſeiner Rückkehr wurde er zum Hauptmann der 17. Compagnie der Prager National-garde erwählt und war überhaupt Mit-glied faſt aller nationalen Vereine und Mitſtifter des hiſtoriſchen Vereines in Prag. Sein freiſinniges Vorgehen in Wort und Schrift zog ihm mancherlei Anfeindungen behördlicherſeits zu, was ihn zuletzt zum Austritte aus dem Staatsdienſte veranlaßte. Er lebte nun einige Jahre im Ruheſtand in Graz, be-ſchäftigte ſich da mit kunſthiſtoriſchen Arbeiten und mit der Ordnung ſeiner geſammelten Materialien zu einer Kunſt-geſchichte Böhmens. Von Graz aus unternahm er 1868 eine Reiſe nach Trieſt und Venedig, hielt ſich längere Zeit in Laibach und Cilli auf, mit der Erfor-ſchung und Abzeichnung alter Kunſtdenk-mäler beſchäftigt. Während er die bau-lichen Alterthümer in Steiermark er-forſchte, brachte er ein anſehnliches Ma-terial zu Stande zu ſeinem Werke: „Mo-numentálni statistika někdejšich slo-vanskich osad v Horním Štyrsku“, d. i. Monumentalſtatiſtik einiger ſlavi-ſchen Gemeinden in Oberſteiermark. 1869 kehrte er in ſeine Heimat Böhmen zurück, ordnete daſelbſt ſeine kunſtgeſchichtlichen Forſchungen und begann an einem bio-graphiſchen Lexikon böhmiſcher Künſtler zu arbeiten. Wie weit er in ſeiner Arbeit fortgeſchritten, iſt mir nicht bekannt.

Porträt. Pyšek's Lichtbild befindet ſich vor ſeinem Buche: „Dvanáet let ve Vlaſich“.

Vyſocki, ſiehe **Vyſocki**.

Vyſoký, Ernſt (čechiſcher Schriftſteller, geb. zu Warwažov im Piſeker
Kreiſe am 26. April 1823). Sein Vater
war Wirthſchafts- und Amtsdirector auf
der Herrſchaft Warwažov; der Großvater väterlicherſeits, Wenzel Vyſoký,
lebte als Maler in Klattau, wo ſich in
den Kirchen und auf der Schießſtätte
noch einige Bilder ſeiner Hand befinden.
Ernſt beſuchte die Normalſchule und das
Gymnaſium in Piſek, die Humanitätsclaſſen auf dem Gymnaſium der Kleinſeite zu Prag. Schon während dieſer Zeit
betrieb er mit großem Eifer das Čechiſche
und bildete mit mehreren Collegen einen
geheimen Verein, welcher ſich das Leſen
čechiſcher Bücher und die Pflege des
Nationalgefühls zur Aufgabe machte. Die
Mitglieder dieſes Vereines, zu welchem
damals Vincenz Vávra [Bd. I., S. 17],
Fr. B. Květ [Bd. XIII, S. 441],
Wenzel Krolmus [Bd. XIII, S. 244],
Johann Bláek [Bd. LI. S. 104],
J. J. Kalina [Bd. X, S. 390],
Joſeph Schmidinger [Bd. XXX,
S. 197], Fr. E. Rampelik [Bd. X,
S. 424] gehörten, hatten nicht geringen
Einfluß auf die Hebung des National-
gefühls unter den übrigen Collegen. Die
phyloſophiſchen Studien machte Vyſoký
in Prag durch, dann bezog er die Berg-
akademie zu Schemnitz in Ungarn, wo er
Mitglied des Vereines „Texas" wurde,
der, aus čecho-mähriſchen und illyriſchen
Hörern dieſes Inſtitutes beſtehend, ſich
einer čecho-ſlaviſchen Bibliothek und eines
Dilettantentheaters erfreute, auf welchem
auch čechiſche Stücke geſpielt wurden.
1847 zum Aelteſten (Staroſta) dieſes
Vereines, der von da ab den Namen
„Slavia" führte, erwählt, war er nun
bemüht, unter den Mitgliedern den natio-

nalen Geiſt zu fördern, alle burſchenſchaft-
lichen Verſammlungen wurden eingeſtellt
und den Anwandlungen der Magnaten
und Magnaronen unter den Akademikern
entſchiedener und entſchloſſener Widerſtand entgegengeſetzt. 1849 beendigte
er den hüttenmänniſchen Curs zu Leoben
in Steiermark, und im nächſtfolgenden
Jahre den montaniſtiſchen in Przibram.
1851 wurde er Bergamtscandidat beim
Oberberggericht zu Jachimov im böhmiſchen Erzgebirge, 1852 aber Berg-
amtspraktikant daſelbſt. 1854 kam er
auf ſein Verlangen zum Montanamt in
dieſer Stadt, in welcher er 1856 als
proviſoriſcher Markſcheidercontrolor beim
Hüttenamt Anſtellung fand. 1859 erfolgte ſeine Ernennung zum Adjuncten
bei dem k. k. Hauptprobiramte zu Za-
lathna in Siebenbürgen, welchen Poſten
er aber, um in ſeiner Heimat zu verbleiben, nicht antrat. Die nächſtfolgenden
Jahre wirkte er in verſchiedenen Stellungen, und zwar 1860 als Hütten-
director zu Toplice, als Berg- und
Hüttencontrolor und Probirmeiſter, endlich als Hüttenmeiſter zu Jachimov. Als
aber Ende 1869 das Hüttenamt in letzterem Orte wegen Erzmangels aufgehoben wurde, kam er als k. k. Probirmeiſter an die Silberhütte in Przibram.
In allen dieſen Aemtern erwarb er ſich
durch Auffinden ſeltener Erze und durch
erfolgreiche neue Bearbeitungen hütten-
männiſcher Producte wiederholt behördliche Anerkennungen, und einzelne Proben ſeiner Funde und Erzgewinnungen
wurden auf die Ausſtellungen in London
1862 und Paris 1867 geſchickt. Schon
als Student ſammelte er, namentlich in
der Ferienzeit, čechiſche Volkslieder, ſo daß
er deren 1846 die erkleckliche Zahl von
hundert und mehr beſaß. In der erſten
von K. J. Erben veranſtalteten Samm-

lung: „Pisně národni v Čechách",
d. i. Volkslieder der Böhmen, welche in
drei Heften 1842 u. f. bei Poſpiſſil zu
Prag erſchienen, fehlen dieſe Lieder, dagegen ſind ſie in den ſpäter 1862 u. f.
unter dem Titel: „Prostonárodní česke
písné a říkadla" gleichfalls von Erben
daſelbſt herausgegebenen mit aufgenommen. Das ſchriftſtelleriſche Gebiet betrat
Vyſoký 1852, und zwar mit deutſchen
Ueberſetzungen aus der ruſſiſchen Zeitſchrift „Gornij zurnal", d. i. Berg-
zeitung, welche in der zu Wien heraus-
gekommenen „Zeitſchrift für Berg- und
Hüttenweſen", im Eislebener „Berg-
werksfreund", im „Polytechniſchen Centralblatt", in Dingler's polytech-
niſchem Journal und im „Chemiſchen
Centralblatt" zum Abdruck gelangten.
Seine erſte Arbeit in čechiſcher Sprache
brachte der Jahrgang 1858 der Prager
naturwiſſenſchaftlichen Zeitſchrift „Živa".
und ſie führt den Titel: „Hloubka dolů
v Kutné hoře", d. i. Die Tiefe im
Kuttenberger Thale; dieſer folgten dann
mehrere: „Solny někdy slovanské v
Dobrogoře, Chyžici, Ouži a v Okreeh",
d. i. Vormalige Salzgruben in Dobrogor,
Chyžhce, Ouža und Okra (1859); —
„O uranu, nerostech uranových a do-
bývání žluti uranové", d. i. Vom Uran,
den Uranmetallen und der Gewinnung
von Uranerzen (1860); — „O hornictví
staroslovanském v severním Štyrsku",
d. i. Vom altſlaviſchen Bergbau im nördlichen Steiermark (1863). Selbſtändig
aber gab er heraus: „Material k slov-
niku technologickému", d. i. Materialien
zu einem technologiſchen Wörterbuche,

7 Hefte (Leitomiſchl 1861—1863, Ant.
Auguſta. gr. 8⁰., 512 S.); ein zweiter
und dritter Band dieſes Werkes, wozu
er das Archiv der Altſtadt Prag, ferner
jene zu Laun, Parbubic, Strakonic und
Przibram durchforſcht hatte, lagen ſchon
zu Ende der Sechziger-Jahre druckbereit.
In Handſchrift bewahrt er Zuſätze und
Nachträge zu Jungmann's Wörterbuch der čechiſchen Sprache, in denen er
vornehmlich auf techniſche Ausbrücke und
Bezeichnungen ſein Augenmerk gerichtet
hat. Am Rieger-Maly'ſchen čechiſchen Converſations-Lexikon (Slovník
naučný) arbeitet er ſeit deſſen Erſcheinen,
und zwar biographiſche, techniſche und
topographiſche Artikel. Um die čechiſche
Terminologie auf dem Gebiete der
Technik werden ihm von ſeinen Landsleuten große Verdienſte eingeräumt, that-
ſächlich hat er, wenn auch vor ihm in
dieſer Richtung Einiges bereits vorlag,
doch dieſes Gebiet mit einer Gründlichkeit und Ausdauer bearbeitet und gepflegt und Reſultate erzielt, wie noch
Keiner vor ihm. „Slovník naučný",
dem wir unſere Mittheilungen über Vyſoký entnehmen, verſucht es noch, deſſen
Verdienſte durch Angriffe auf die öſterreichiſchen Bergbehörden in Wien zu ſtei-
gern, welche dieſen Beamten als Čechen
verfolgt hätten. Wer ſich darüber des
Näheren unterrichten will, ſei auf dieſe
Quelle hingewieſen, die es ſich beſonders
angelegen ſein läßt, den kaiſerlichen
Behörden, wenn dieſelben nationalen
Agitationen, und zwar mit Recht
entgegentreten, Eins am Zeuge zu
flicken.

W.

Waage, C. (Lithograph, Ort und Jahr seiner Geburt unbekannt), Zeitgenoß. Ueber die Lebensumstände dieses Künstlers, der sich dem Landschaftsfache gewidmet und eine stattliche Menge von Städtebildern und landschaftlichen Ansichten gezeichnet und lithographirt hat, sind wir nicht näher unterrichtet. Wir kennen ihn eben nur aus seinen Werken, von denen mehrere Folgen theils bei F. Paterno, theils bei A. Tomaselli in Wien in den Fünfziger-Jahren erschienen. So finden wir in einem Sammelwerke, welches im Verlage von F. Paterno unter dem Titel: „Wien und seine Umgebungen", gedruckt bei J. Haller, herauskam, von C. Waage folgende Blätter: „Freyung"; — „Franz Josephs-Quai"; — „Graben" gegen den Kohlmarkt; — „Hof"; — „Hoher Markt"; — „Praterstraße"; — „Bethaus der israelitischen Cultusgemeinde in der Leopoldstadt"; — „Franz Josephs-Kaserne"; — „Neue Kirche der griechischen Gemeinde"; — „St. Stephanskirche"; — „Karlsburg", sämmtlich Ansichten nach der Natur in 4⁰. und mit Ausnahme der letztgenannten in der Wiener Stadtbibliothek vorhanden. Von einer bei Jos. Stoufs gedruckten und im Verlage bei A. Tomaselli erschienenen Reihe österreichischer Städtebilder liegen uns von Waage vor: „Wien von Meidling"; — „Linz"; — „Pesth und Ofen" und „Prag", sämmtlich in kl. Qu.-Fol. Was nun die Ansichten dieses Lithographen betrifft, so sind dieselben die trockenste Wiedergabe der Wirklichkeit, ohne einen Hauch idealen Anschauens, wie letzteres in Rudolph Alt's oder Seelos' Ansichten so wohlthuend durchbricht, ohne deswegen der Wirklichkeit um ein Stäubchen nahe zu treten.

Wabruschek-Blumenbach, Wenzel Karl Wolfgang, siehe: **Blumenbach,** Wenzel Karl Wolfgang [Bd. I, S. 444]. Blumenbach, oder wie er auch geschrieben erscheint: Wabruschek-Blumenbach, starb zu Wien am 7. April 1847.

Bacek, Franz Jaroslav, siehe: **Bacek,** Franz Jaroslaus [Bd. XLIX, S. 178].

Bacek, siehe auch: **Baczek** und **Badzek.**

Wachenheim, Franz Freiherr (k. k. Oberst, geb. um die Mitte des achtzehnten Jahrhunderts, gest. zu Freiburg im September 1795). Der Sproß eines rheinländischen Geschlechtes, das

Wachenheim 40 **Wachsmann, Friedrich**

seinen Ursprung bis in den Anfang des
dreizehnten Jahrhunderts zurückleitet,
aber von einem anderen, Namens Bonn
von Wachenheim, wohl zu unterschei-
ben ist. Freiherr Franz trat in jungen
Jahren in ein k. k. Reiter-Regiment und
wurde 1788 Major bei Graf Wurmser-
Huszaren Nr. 8; schon im folgenden
Jahre rückte er zum Oberstlieutenant,
1792 zum zweiten Obersten, 1793 zum
Commandanten des Regiments vor.
Dasselbe zog 1788 in den Türkenkrieg,
in welchem sich Major Wachenheim
am 11. November besonders auszeichnete,
indem er die an der Save bei Semlin
aufgestellten Cavalleriepoften im Gefechte
durch das Eingreifen seiner Division auf
das kräftigste unterstützte. Später, bei
der Vertreibung der Türken aus dem
Banat, wirkte er auf das erfolgreichste
mit und verfolgte dieselben auch mit
seiner Division bis unter die Kanonen
der Festung Belgrad. Im Feldzuge 1792
standen Wurmser-Huszaren am Rhein
und wurden Anfang August zu dem in
Lothringen aufgestellten Corps des Feldmarschall-Lieutenants Friedrich Karl
Wilhelm Fürsten Hohenlohe Ingel-
fingen [Bd. IX. S. 194] beordert.
Am 3. August deckte nun Oberstlieutenant Wachenheim mit 200 Huszaren
die Recognoscirung des Fürsten; dann
aber that er sich im December in der
Vertheidigung der Schanzen bei Pellingen
besonders hervor. Im Feldzuge 1793
bereits Oberst, commandirte er am
Hundsrück die Avantgarde des combi-
nirten preußischen General Kalkreuth'-
schen Corps. Bei der Einnahme von
Weißenau jagte er dann mit kaum
anderthalbhundert Huszaren die von der
Mainzer Karlsschanze anrückenden feindlichen Bataillone bis an den Rhein zurück.
Nur zwei Jahre hatte der tapfere Oberst

das in den Annalen der österreichischen
Armee so berühmte Huszaren-Regiment
Wurmser befehligt, als er im schönsten
Mannesalter vom Tode ereilt wurde.

Thürheim (Andreas Graf). Gedenkblätter aus
der Kriegsgeschichte der k. k. österreichisch-
ungarischen Armee (Wien und Teschen 1880,
Prochaska, gr. 8°.) Bd. II, S. 202, unter
Jahr 1788. — Derselbe, Die Reiter Regimenter der k. k. österreichischen Armee (Wien
1862, Geitler, 8°.) Bd. II: „Die Huszaren".
S. 198, 200, 201, 221, 222.

Wachmuth, Magdalena, siehe: **Callot**,
Magdalena Freiin [Bd. III. S. 242];
sie erscheint auch unter dem Namen
Wachmuth; Gödeke nennt sie
Wachsmuth.

Wachsmann, Friedrich (Maler, geb.
zu Leitmeritz in Böhmen am 24. Mai
1820). In seiner Geburtsstadt bezog er
das Untergymnasium, zu Prag die Realschule. Dann betrat er die Künstlerlaufbahn als Zögling der damals bekannten
lithographischen Anstalt von Medau in
Leitmeritz. Zur höheren Ausbildung begab er sich 1840 nach Leipzig, wo er
einige Zeit auch die Kunstschule besuchte.
Von dort ging er nach Dresden und
arbeitete nun an der Kunstakademie daselbst durch drei Jahre mit großem Eifer,
den Lebensunterhalt, da er auf sich selbst
angewiesen war, mit lithographischen
Arbeiten sich erwerbend. Dann kehrte er
nach Prag zurück und beschäftigte sich
mehrere Jahre mit Lithographiren von
Porträts und mit Miniaturmalerei.
Seine Vorliebe für das Landschaftsfach
führte ihn 1848 nach Innsbruck, wo er
über anderthalb Jahre landschaftlichen
Arbeiten nach der Natur sich hingab. Seine
daselbst im Malen in Oel und Aquarell und
im Zeichnen aus freier Hand erworbene
Geschicklichkeit brachte ihn 1850 nach
München, wo er mit solchem Beifall

arbeitete, daß von dem Kunstvereine dieser Stadt seine daselbst ausgestellten Bilder in fünf aufeinander folgenden Jahren käuflich erworben wurden. Aehnliche Erfolge hatte er auf den Ausstellungen in Salzburg, Linz, Wien, Prag und anderen Orten. In München aber errang er immer neue Vortheile in seiner Kunst, welche ihm für seine ferneren Unternehmungen von großem Nutzen waren. Als Aquarellist erfreute er sich bald eines so guten Namens, daß es ihm nie an Schülern aus höheren Kreisen fehlte. Zur weiteren Ausbildung bereiste er von Neuem Tirol und dann auch Oberitalien. Im Herbste 1854 kehrte er wieder nach Prag zurück, wo er sich nun vornehmlich mit der Landschafsmalerei in Oel und Aquarell beschäftigte; bald aber verband er mit derselben die Architecturmalerei, beschränkte jedoch anfangs seine Studien mehr auf malerische Denkmäler seines Vaterlandes. Dann wurde der decorative Theil, die Ornamentik, sein Hauptobject, dem er auch fortan treu blieb, und zwar mit nicht geringem Erfolge. Wachsmann's Arbeiten aus dem Gebiete der Landschaft und Prospectmalerei in Aquarell zählen nach Hunderten und sind meist im Privatbesitz zerstreut; dabei besitzt er eine große Menge figuralischer Blätter, Lithographien mit Aufnahmen nach der Natur; architectonische Skizzen und Tuschzeichnungen von Gegenständen, die er auf seinen Reisen aufgenommen. Wir gedenken nun seiner bedeutenderen Arbeiten. Von 1856—1857 malte er für Gabriel Grafen Buquoy mehrere Oelbilder und Aquarelle mit Ansichten von Rothenhaus, einem prächtigen Schlosse im Saazer Kreise Böhmens; 1860 und 1861 einen Cyclus von 14 Aquarellen mit Ansichten der Herrschaft Pürgliz

(Křivoklát), gleichfalls in Böhmen, für den Fürsten Maximilian von Fürstenberg; 1864—1867 vollendete er viele Entwürfe für die Kirche auf dem Karlstein, darunter die Kirchenparamente im romanischen Style, zwei große Hängelampen und die ornamentalen Malereien im romanischen Style der dortigen Taufcapelle; 1868 und 1869 sämmtliche Ausschmückungen im romanischen Style der alten Kreuzcapelle in Prag; den Entwurf zum Hochaltar und die ganze innere Ausschmückung der Piaristenkirche zu St. Nepomuk; 1869 die Pläne und Zeichnungen für den gothischen Altar zu den sieben Schmerzen Mariä im Teynschlosse zu Prag; 1870 und 1871 den gothischen Altar und die ganze innere Ausschmückung in der gräflich Černin'schen Schloßcapelle von Dymokur; 1871 den Entwurf zum gothischen Altar für die Kirche am Karlshof in Prag; in den Monatausstellungen des österreichischen Kunstvereines in Wien waren von seinen Oelgemälden zu sehen im November 1852: „Der Oehtthaler Ferner bei Gurgl in Tirol" (220 fl.); — im October 1853: „Die Partie bei Leitmeritz in Böhmen" (250 fl.); — im März 1854: „Partie am Lago di Coppia in Südtirol" (220 fl.); in den Jahresausstellungen des Prager Kunstvereines 1857: „Schloss Hauenstein im Erzgebirge"; — „Schloss Rothenhaus im Erzgebirge"; — „Partie bei Murnau im bayrischen Gebirge"; — „Rathhaus in Brüx"; — 1858: „Eichengruppe bei Rothenhaus" (300 fl.); — 1863: „Landschaft an der Dion in Unterkärnten" (333 fl.); — 1867: „Parkpartie aus Böhmen" (225 fl.). Eine erkleckliche Anzahl von Ansichten nach Wachsmann's Originalzeichnungen brachte die Prager illustrirte Zeitschrift „Světozor" in den Jahren 1869 u. f.

in Holzschnitten von Slapnicka,
Snaëtna, E. Remecek, Quetting,
Mára, Wirl uud Anderen, und zwar:
„Schloß Svihov" [1869, Nr. 9]; —
„Ansicht des Stadtthors in der unteren
Vorstadt von Domažlice" [ebb., Nr. 21];
— „Svojšice nebst Umgebung" [ebb.,
Nr. 22]; — „Die Statue des h. Fran-
ciscus Xaverius auf der Prager Brücke"
[ebb., Nr. 26]; — „Schloß Nelahoze-
veský" [ebb., Nr. 34] und „Die Ansicht
des Schloßhofes in Nelahozevesský"
[ebb.]; — „Die Kirche Mariä Himmel-
fahrt in Altbrünn" [1870, Nr. 9]; —
„Die Ruine von Dražicz bei Benatek"
[ebb., Nr. 22]; — „Želina" [ebb.,
S. 133]; — „Die Felsenhöhlen bei
Kosteleč an der Elbe" [ebb., S. 165];
— „Neu-Hut" [ebb., S. 140]; —
„Rathhaus in Breslau" [ebb., Nr. 25];
— „Ponale am Gardasee" [ebb.,
Nr. 34]; — „Altar in der Schloßcapelle
zu Dnmokur" [1871, Nr. 18]; —
„Amiens in Frankreich" [ebb., Nr. 11];
— „Sternberg an der Sázava" [ebb.,
Nr. 23]; — „Pavillon Michelieu im
Louvre zu Paris" [ebb., Nr. 37]; —
„Hochaltar in der Marienkirche auf dem
Karlshof in Prag" [ebb., Nr. 44]; —
„Tarenbach bei Salzburg" [1873,
Nr. 1]; — „Das Tennengebirge"
[ebb.]; — „Schloß Schermberg bei
Salzburg" [ebb., Nr. 3]; — „St. Wolf-
gang in Pinzgau" [ebb., Nr. 5]; — „Heiligen-
blut in Kärnthen" [ebb., Nr. 8];
„Der Hochaltar in der Kirche zu Heiligen-
blut" [ebb., Nr. 7]; — „Möllthal in
Kärnthen" [ebb., Nr. 10]; — „Kals in
Tirol" [ebb., Nr. 13]; — „Mühle bei
Kals" [ebb., Nr. 12]; — „Das Groß
glocknerhaus" [ebb., Nr. 12]; — „Zell
am See" [ebb., Nr. 19]; — „Schloß
Fischhorn in Pinzgau" [ebb.]. Ob ein
von Brennhäuser in Stahl gesto-

chenes Blatt: „Ave Maria", auf dem
ein F. Wachsmann als Maler bezeichnet ist, von unserem Künstler herrührt
— es stellt ein in einer Alpengegend vor
einem Bildstöckel knieendes Mädchen vor
und könnte immerhin eine Tiroler Studie
unseres Malers sein — können wir nicht
bestimmen. Auf Kosten der Prager
Handelskammer ging Wachsmann auf
die Pariser Ausstellung 1855. Er ist
Mitglied der Künstlergenossenschaft zu
Prag und ständiges Mitglied des Ausschusses zur Bildung eines kunstgewerblichen Museums daselbst.

Nagler (G. K. Dr.). Neues allgemeines
Künstler-Lexikon (München 1835 u. f., S. 8.
Fleischmann, 8°.) Bd. XXI, S. 34. —
Svetozor (Prager illustr. Zeitung) 1870,
Nr. 40: „Der Hochaltar in der Marienkirche
zu Karlshof in Prag".

Porträt. Nach einer Photographie gezeichnet
von P. Kriehuber (Sohn) und in Holz
geschnitten, erschien im obigen „Svétozor".

Wachsmann, Johann (siebenbürgisch-
sächsischer Nationsgraf, geb. zu Me-
diasch in Siebenbürgen am 29. November 1774, gest. zu Hermannstadt am
7. Mai 1843). Der Sohn eines Flei-
schers und überdies Mitgliedes der Me-
diascher städtischen Communität, stand
er noch in der ersten Kindheit, als er
den Vater durch den Tod verlor, doch
fand er einen zweiten in dem zweiten
Gatten seiner Mutter, in dem königlichen
Generalperceptor von Ziegler, welcher
mit liebevoller Sorgfalt die Erziehung
des Knaben überwachte und leitete. Nach
vollendeten Studien trat Wachsmann
am 5. Mai 1797 in den Staatsdienst
bei dem königlichen Landesgubernium
und wurde dem königlichen Oberlandes-
commissariate zugetheilt, bei welcher Behörde er durch alle Stufen bis zur Stelle
eines Provincialcommissärs des Hermann-

städter Bezirkes stieg. In letzterer Eigenschaft erwarb er sich das ungetheilte
Wohlwollen der Behörden, des Publicums und des Militärs und ward für
seine geleisteten ersprießlichen Dienste von
Kaiser Franz I. 1825 zum königlich
siebenbürgischen Gubernialrathe ernannt.
Nach dem bald darauf erfolgten Tode
des Nationsgrafen Johann Tartler
[Bd. XLIII, S. 112] verlieh ihm der
Kaiser am 5. Februar 1826 die Würde
eines Grafen der sächsischen Nation Beinahe zwei volle Decennien, 1826—1845,
eine Zeit, in welcher die Blasen jener
erschütternden Erhebung, die wenige
Jahre nach seinem Tode ausbrach, bereits dann und wann aufzusteigen begannen, bekleidete Wachsmann sein wichtiges Amt, und zwar wie es in seinem
Nachrufe heißt: „in unwandelbarer
Treue gegen seinen allerhöchsten Landesfürsten und das Vaterland und als ei-
riger Vertheidiger der Rechte und Freiheiten der seiner Leitung anvertrauten
Nation". Der nicht von der Nation gewählte Comes hatte dieser und den
Ständen gegenüber eine ebenso schwierige als unangenehme Stellung, zumal
die politischen Zeitumstände, wie schon
angedeutet, während seiner zwanzigjährigen Amtsführung gar häkeliger
Natur waren. Aber als leitender Staatsmann führte er seine Aufgabe, deren
Lösung ihren Mann erforderte, mit Umsicht und der seinem Vaterlande erge-
benen Treue durch. Er war sehr conser-
vativ, was sich bei der alle Grenzen in
einem Satz überspringen wollenden Opposition mehr als zweckmäßig, denn als
hinderlich erwies, da er denn doch für
einen entsprechenden Fortschritt offene
Augen hatte und, wenn es galt, die
Hand dazu bot. Es ist nicht die Aufgabe
dieses Werkes, die Stellung und Befug-

nisse des siebenbürgischen Nationsgrafen
zu erörtern. Eine übersichtliche Darstellung der Geschichte und Bedeutung dieser
Würde bringt die Leipziger „Illustrirte
Zeitung" vom Jahre 1845 in Nr. 113
auf S. 133. Nur einer eigenthümlichen
Sitte wollen wir noch gedenken, nämlich
daß vor der Wohnung eines jeden neu-
erwählten Nationsgrafen als Zeichen
seiner höchsten Richterwürde v i e r
grüne Tannenbäume aufgepflanzt
zu werden pflegten und während der
ganzen Dauer seiner Herrschaft im
frischen Zustande werden mußten,
wenn er aber starb, so wurden die vier
Bäume umgehauen und ihre Lücke ward
erst mit der Ernennung des neuen Nationsgrafen ausgefüllt.

Friedenfels (Eugen von). Joseph Bedeus von
Scharberg. Beiträge zur Zeitgeschichte Siebenbürgens im neunzehnten Jahrhundert (Wien
1876, Braumüller, gr. 8°) Bd. I, S. 22,
26. 33, 41, 42, 113, 117, 118, 143, 158—160,
194, 252, 253; Bd. II, S. 337. — Illustrirte Zeitung (Leipzig, J. J. Weber,
kl. Fol.) 1845, Nr. 113, S. 133: „Die
Leichenfeier des siebenbürgisch-sächsischen Nationsgrafen Johann Wachsmann in Hermannstadt", mit zwei Holzschnitten: „Johann
Wachsmann auf dem Paradebette" und
„Leichenzug Johann Wachmann's", beide
nach Zeichnungen von 〔AR〕 geschnitten von
Sears.

Noch sind zu erwähnen: 1. **Georg** Wachsmann, geb. zu Schäßburg in Siebenbürgen
gest. am 16. December 1663. Er setzte des
Schäßburgers Johann Goebel „Chronik der
Stadt Schäßburg", welche derselbe im Jahre
1514 angefangen hatte, bis zum August 1662
fort. Joseph Graf Kemény nahm dieses
Werk 1840 im zweiten Bande seiner „Deutschen
Fundgruben der Geschichte Siebenbürgens"
(S. 92—140) auf. — 2. **Karl** Wachsmann, ein zeitgenössischer Ciseleur. Auf der
niederösterreichischen Gewerbeausstellung 1880
in Wien wurde seinen Arbeiten ein hervorragender Platz eingeräumt. Dieselben bestanden namentlich in gegossenen und getriebenen

Gegenständen, deren ebenso zarte als gefühlvolle Eiseltrung die Bewunderung der Kenner erregte. Wachsmann pflegt auch ein ganz eigenthümliches Genre, nämlich silberne und goldene Schmuckgegenstände in altem Style. Einzelne ausgestellte Ringe und Medaillons dieser Art waren re ſende Proben und fanden allgemein Anerkennung. [Oeſterreichiſche (ſpäter öſterreichiſch‑ungariſche) Kunſt‑Chronik. Herausgegeben und redigirt von Dr Heinrich Kábdebo (Wien, Reiſſer und Werthem, 4°.) IV. Bd., Nr. 8, S. 123 im Artikel: „Das Kunstgewerbe auf der niederöſterreichiſchen Gewerbeausſtellung 1880".] — 3. Auch ſei kurz des Novelliſten **Karl Adolph** von Wachsmann (geb. zu Grünberg 27 September 1787, geſt 28 Auguſt 1862) gedacht. Er war einer der fruchtbarſten und beſten Schriftſteller auf ſeinem Gebiete. Im Jahre 1836 ſchrieb die Redaction der in Wien von Lembert geleiteten belletriſtiſchen Zeitſchrift „Der Telegraph" einen Preis von drei a Ducaten für die beſte Novelle aus. Die Wiener Preiscommiſſion, beſtehend aus Deinhardſtein, M. Enk und J. Zeittele, entſchied ſich für K A. Wachsmann's Novelle „Die Währinger", welche auch im „Telegraph" [1836, Nr 138‑153] erſchien und zwar wurde der Preis, wie Deinhardſtein es ausſprach, dieſer Novelle zuerkannt „als dem künſtleriſch abgerundeten Werke eines Mannes von vielſeitiger Bildung, von Geſchmack und nicht gewöhnlicher Menſchen‑ und Geſchlechtskenntniß."

Wachtel, ſiehe **Wachtl,** in den Quellen.

Wachter. Franz Fidelis (Numismatiker, geb. zu Wangen in Oberſchwaben am 20. November 1773, geſt. in Wien 13. September 1834). Er beſuchte die Elementarſchulen in ſeiner Vaterſtadt, das Gymnaſium im Stifte Ochſenhauſen und kam im Jahre 1794 nach Wien, wo er zuerſt die Rechts‑, dann die Arzeneiwiſſenſchaft ſtudirte, beide aber wieder aufgab; dagegen beſuchte er fleißig Eckhel's Vorleſungen über Numismatik. 1802 erhielt er eine Anſtellung als Kanzliſt in der Aushilfskanzlei des Hof‑ und Burgpfarrers Alois

Langenau [Bd. XIV, S. 101]. Auf Empfehlung des Burgpfarrers, nachmaligen St. Pöltener Biſchofs Frint [Bd. IV, S. 366], wurde Wachter von Franz Neumann [Bd. XX, S. 263], dem Director des Wiener Münz‑ und Antikencabinetes, 1815 zum Cuſtos für daſſelbe vorgeſchlagen und am 12. März 1816 auch wirklich von Kaiſer Franz zum vierten Cuſtos ernannt. Im Jänner 1819 rückte er zum dritten, im Juni 1828 zum zweiten Cuſtos vor. Auf einem Vergnügungsausfluge, welchen er zu Fuß unternahm, wurde er zwiſchen Baden und Vöslau von trunkenen Fleiſcherknechten überfahren und verletzt. Von da ab kränkelnd, ſtarb er ſchon nach einem Jahre. Das Feld, auf dem er ſich beſonders heimiſch zeigte, war die orientaliſche Numismatik, in welche er ſich als Autodidakt eingearbeitet hatte. In ſchöner eigenhändiger Schrift hinterließ er in lateiniſcher Sprache und in Großfolio das Werk: „Conspectus numorum orientalium Muhamedanorum" mit den Unterabtheilungen: „Numi Sultanorum Osmanidarum"; — „Urbes et Regna confinia"; — „Chani Crimeae"; — „Chani Hordae aureae" — „Chani Hulagidae" nach den verſchiedenen Modulen. In letzterer Zeit beſchäftigte er ſich auch viel mit dem ägyptiſchen Alterthume.

Bergmann (Joſeph). Pflege der Numismatik in Oeſterreich im XVIII. und XIX. Jahrhundert. Wien 1853 Staatsdruckerei, gr 8°.) Bd. III, S. 42.

Porträt. Lithographie von Peter Fendt [im k. k. Münzcabinet].

Wachter. Nicolaus (Tiroler Landesſchützenhauptmann, Jahr und Ort ſeiner Geburt unbekannt, geſt. zu Landeck am 23. October 1871). Er betheiligte ſich wiederholt an der Tiroler

Landesvertheidigung und diente im sturm-
bewegten Jahre 1866, in welchem sich
Preußen mit Italien gegen Oesterreich
verbündet hatte, als Commandant der
Landecker Landesschützen-Compagnie.
Dieselbe zeichnete sich im hitzigen Gefechte
bei Tezze besonders aus, aber auch ihr
Führer, Hauptmann Wachter, fügte
bei dieser Gelegenheit als trefflicher
Scharfschütze durch persönlichen Muth
und Tapferkeit dem Feinde wesentlichen
Schaden zu und trug mit seiner wackeren
Compagnie nicht wenig zur längeren
Verhinderung des feindlichen Vordrin-
gens bei. Für dieses sein tapferes Verhalten verlieh ihm Seine Majestät der
Kaiser sofort das Militär-Verdienstkreuz
mit der Kriegsdecoration und gewährte
ihm außerdem eine Personalzulage,
welche jedoch bei der 1868 erfolgten Beförderung Wachter's zum Bezirkshaupt-
mannschaftssecretär, als welcher derselbe
nun ein höheres Gehalt erhielt, wieder
eingezogen wurde.

Volks- und Schützen-Zeitung (Innsbruck, 4°.) XXVI. Jahrg., 27. October 1871,
Nr. 129: „Innsbruck, 26. October".

Wachtl, Johann (Maler, geb. in
Gratz 1790, Todesjahr unbekannt).
Ueber seinen Lebens- und Bildungsgang
fehlen alle Nachrichten. In den Zwan-
ziger- und Dreißiger-Jahren war er der
gesuchteste Bildnißmaler in Gratz. Auch
copirte er — allerdings nicht 1809, wie
Professor Wastler angibt, sondern viel
später (1820) — auf Ansuchen des
Historienmalers Peter Krafft [Bd. XIII,
S. 106] dessen zwei Gemälde: „Abschied" und „Rückkehr des Landwehr-
mannes" zum Zwecke ihrer Ausführung
im Kupferstiche. Diese zwei Zeichnungen
wurden von dem Landeshauptmann von
Steiermark angekauft und werden nun
in der ständischen Galerie aufbewahrt. Auch malte er im Auftrage der
steirischen Landwirthschaftsgesellschaft die
ehemals im Versuchshofe aufgestellten
Bildnisse ihrer ersten Mitglieder. Innerhalb der Jahre 1832 und 1842 waren
von ihm in den Ausstellungen der k. k.
Akademie der bildenden Künste bei
St. Anna in Wien etliche Oelbilder zu
zu sehen, so 1832: „Porträt eines Knaben"; — 1839: „Zwei Studienköpfe";
„Das neugierige Kind"; — 1842: „Eine
h. Familie" und „Die schlafende Spinnerin".
1836 stellte er in Gratz eine „Venus" und
eine „Diana" aus, welche beide in dem
daselbst erschienenen Unterhaltungsblatte
„Der Aufmerksame" wegen Weichheit der
Carnation und Zartheit des Colorites
besonders gelobt wurden. Von anderen
größeren Werken seines Pinsels sind noch
bekannt: „Der sterbende Heiland". Altarblatt in der Kirche zum h. Kreuz bei
Sauerbrunn, und deren „Der h. Maximilian" und „Der h. Valentin", zwei Altar-
bilder, 1835 für die Kirche St. Maximilian in Cilli gemalt. Eine ganze Folge
guter Aquarelle mit Ansichten der Rie-
gersburg und deren Umgebung befindet
sich im Besitze des Conservators J. Schei-
ger in Gratz. Wachtl hat auch etliche
Blätter lithographirt, und sind von
solchen bekannt: „Monument des Erzherzogs
Johann in Unter Lukau" (4°.); — „Ansicht von Sauerbrunn" (8°.); — „St. Martin
bei Gratz" (8°.) und „Ansicht von Gratz"
172 Centim. lang, in Polsterer's
„Gratz und seine Umgebungen".

Steirisches Künstler-Lexikon von Jos.
Wastler (Gratz 1882, Druck und Verlag
des Leykam, gr. 8°.) S. 177. — (Hor-
mayr's) Archiv für Geographie, Statistik,
[Geschichte u. s. w. (Wien, 4°.) 1824. S. 233 —
Kataloge der Jahresausstellungen der k. k.
Akademie der bildenden Künste bei St. Anna
in Wien (8°.) 1832, 1839, 1842. — Nagler
(G. K. Dr.) Neues allgemeines Künstler-

Lexikon (München 1835 u. f., C. A. Fleischmann, 8°.) Bd. XXI, S. 35.

Noch sind zu erwähnen: 1. **David Wachtel**, Arzt. In der Bach'schen Periode (1849 bis 1859) Landesmedicinalrath in Ungarn, begründete er dort im erstgenannten Jahre die in Pesth herausgegebene „Zeitschrift für Natur- und Heilkunde in Ungarn", welche er selbst redigirte, ein deutsches Fachblatt, wie ein solches die Magyaren nie besaßen, und an welchem auch magyarische Ärzte als Mitarbeiter theilnahmen. Als es im Jahre 1861 einging, brachte die Wiener „Medicinische Wochenschrift" folgendes Eingesendet: „Dr. David Wachtel, Landesmedicinalrath in partibus Infidelium, Erfinder der Gemeindeärzte in Ungarn, Gründer des „Oedenburger Moniteur", emeritirter Corrector des „Taschenbuches für Civilärzte", Beschützer der Wojwodina als eines abgesonderten Kronlandes u. s. w. u. s. w. zeigt hiermit den Tod seiner eilfjährigen Tochter, der „Zeitschrift für Natur- und Heilkunde" an, welche am Diplom vom 20. October und in Folge der eingetretenen Steuerverweigerung der Gemeinde- und Bezirksärzte an ihre landesmedicinalräthliche Obrigkeit sanft verschieden ist. Um stilles Beileid wird gebeten. Das Begräbniß fand in Erlau am 28. Jänner statt. Der Bahre folgten einige wenige Trauerpferde, welche über den erlittenen Verlust untröstlich sein sollen." Und ein solches Pamphlet magyarischerseits nahm ein deutsches Wiener Fachblatt keinen Anstand — wenn immerhin als „Eingesendet" — abzudrucken!! Die Zeitschrift selbst war ein tüchtiges Fachblatt, an welchem die besten heimischen Kräfte der Arzneiwissenschaft mitarbeiteten. Das, was in obiger „Todesanzeige" als Schimpf für Dr. Wachtel gelten soll, sind eben dessen Verdienste um Ungarn, welches auch in Hinsicht des Medicinalwesens im Argen lag und in der Bach'schen Periode wohlthätige, geradezu menschenrettende Reformen erfuhr. Außerdem erschien von Dr. Wachtel das Werk: „Ungarns Quarze und Mineralquellen. Nach einer im hohen Auftrage Seiner Excellenz des Herrn Ministers des Innern Freiherrn Alex. von Bach unternommenen Bereisung beschrieben" (Oedenburg 1859, Zerina und Hennicke, gr. 8°., VIII und 475 S.). — 2. **Hermann Wachtel**, aus Mainz gebürtig, ließ sich 1704 bleibend in Prag nieder und führte viele Gemälde für

verschiedene Kunstliebhaber aus. Er malte Landschaften, die sich großen Beifalls erfreuten. In einem Anfalle von Wahnsinn, dem er in der Folge gänzlich verfiel, zerschnitt er alle Bilder, welche er gerade besaß. Die Zeit seines Todes ist nicht bekannt. [Neue Bibliothek der schönen Wissenschaften und freien Künste Bd. XX, Stück 2, S. 290.] — 3. **Joseph von Wachtel Edler von Elbenbruck** (geb. 1800, gest. in Prag am 14. April 1877). Er bekleidete zuletzt die Würde eines k. k. Rathes, Oberinspectors und Vorstandes der Landesbaudirection für das Königreich Böhmen. In Anerkennung seiner Verdienste wurde er am 2. Mai 1854 mit dem Ritterkreuze des Franz Joseph-Ordens ausgezeichnet und später in den erbländischen Adelstand mit dem Ehrenworte Edler von Elbenbruck erhoben. In der Folge trat er in den Ruhestand. Unter seiner Leitung wurde die Elbe- und Moldauregulirung bis Bodenbach durchgeführt. — 4. Von einem J. Wachtel schließlich erschien: „Der Führer auf den Schöckel (Steiermarks Rigi) bei Graz. Mit vollständigem Panorama (3 Ellen 14 Zoll lang), gezeichnet und mit Benennung und Angabe der Gebirgshöhen über das Niveau des Meeres in Wiener Klaftern nach der k. k. Catastralvermessung versehen von J. G. H." (Graz 1844, Dirnböck, gr. 8°.). Ist vielleicht der Maler Johann Wachtel.

Wackarz, Leopold Anton, siehe: **Bakař**, Leop. Anton [Bd. XLIX, S. 183].

Wackerbarth, August Joseph Ludwig Graf (Schriftsteller, geb. zu Kutschendorf bei Cottbus in der Niederlausitz am 7. März 1770, gest. auf seiner Villa Wackerbarthsruhe unweit Dresden am 19. Mai 1850). Der Sproß einer altadeligen mecklenburgischen Familie, über welche die Quellen S. 49 Näheres berichten. Großjährig erklärt, ging der Graf, der mehrere Güter in Oesterreichisch-Schlesien besaß, 1794 nach Wien, wo er noch desselben Jahres das österreichische Bürgerrecht erlangte. Aber wenn er sich auch mehrere Jahre auswärts, so 1831—1834 in London und dann auf seiner Besitzung Wackerbarths-

ruhe zwischen Meißen und Dresden, befand, immer wieder kam er nach Wien
zurück, wo er viel in literarischen Kreisen
verkehrte und ebenso durch seine äußere
Erscheinung und seine Sonderlingsnatur,
als durch seine ihrem inneren Gehalte
nach undefinirbaren Schriften viel Aufsehen erregte. Auch unternahm er oft
Reisen, und zwar nach allen Richtungen
der Windrose und in fast alle Welttheile. Franz Gräffer, der immer
auf Suche nach Originalmenschen war,
ist es, dem wir einige nähere Kenntniß
über den Grafen verdanken. „In der
Herrengasse in Wien", so erzählt Gräffer, „ist ein altes Haus mit einem
Balcon, getragen von alten Männern,
die ihre wackeren Bärte wie streichelnd
umschlungen halten. Dies Haus gehörte
einst den Baronen Wackerbarth. Der
Graf pflegte das selbst zu erzählen".
„Es war eine Lust", schreibt unser Ge-
währsmann weiter, „den rüstigen Greis
zu sehen und sprechen zu hören. Er war
über sechs Fuß hoch, stark, sehr gut gewachsen und durch Reisen und unzählige
Strapazen abgehärtet. In allem Betrachte noch eine Urnatur. Durch seine
weltmännische und nicht gewöhnliche
Bildung nahm er alle Menschen schon im
Voraus für sich ein. Sein Geist war un-
aufhörlich thätig, sein Verstand überall
durchdringend, sein Charakter fest entschlossen, sein Betragen still bescheiden,
seine Denkungsart erhaben und groß;
ebenso nachgebend, sanft und kindlich,
als, einmal zum Zorne gereizt, wüthend,
heftig und tobend. Keine Arbeit scheuend,
fand er in den allerschwierigsten Beschäftigungen sein höchstes Vergnügen. Alle
Armen, Unglücklichen, Nothleidenden trafen in ihm einen treuen Freund, einen
uneigennützigen Beschützer und groß-
müthigen Vater. Echte Originalität im

schönsten Sinne des Wortes charakterisirt
ihn vielleicht mit jedem Pulsschlage. In
allem Betrachte noch eine wahre Urnatur".
Nun erzählt Gräffer noch nachfolgen-
des Curiosum: „Der Graf hatte eine sehr
wichtige Forderung, die sich auf hundert
Millionen Louisdor belief, an das Herzogthum Sachsen-Lauenburg und Hannover,
die bei dem Reichskammergericht zu
Wetzlar in allen Instanzen glücklich gewonnen und längst bis zur Execution
förmlich ausgeklagt worden war. Er
suchte sie geltend zu machen während der
französischen Occupation, lebte deswegen
oft und lange in Paris, hatte mehrere
seltsame Auftritte mit dem ehemaligen
Kaiser Napoleon, erhielt immer die
schönsten Versprechungen, aber nie die
Erfüllung von Thatsachen". So weit
Gräffer. Im ersten Jahrzehnt des laufenden Jahrhunderts bekleidete der Graf
auch die Stelle eines kurfürstlich sächsischen Legationssecretärs in Wien. Um
die Mitte der Dreißiger-Jahre befand er
sich wieder in der österreichischen Hauptstadt. Seine schriftstellerische Thätigkeit
ist eine ungewöhnlich große, und seine
Werke sind aller Orten, in Wien, Berlin,
Leipzig, Hamburg, Göttingen, Dresden,
London u. s. w. — wir werden kaum
fehl gehen, wenn wir sagen, im Selbstverlage — herausgekommen. Sie erscheinen
zum Theil schon durch ihre Titel als literarische Curiosa und mögen heute auch
zu den Seltenheiten zählen. Sie sind in
chronologischer Folge: „Parallele zwischen
Peter dem Grossen und Karl dem Grossen"
(Göttingen 1792, Römer, gr. 8⁰.); —
„Vergleichung zwischen Hakem und Nero"
(ebb. 1793, 8⁰.); — „Morgenblicke in die
Leipziger Aller. Meinen Freunden und Freun-
dinnen gewidmet" (am 9. Juni 1793, Berlin,
8⁰.); — „Ein Blick auf das Leben des
J. E. S. Freiherrn von Wackerbarth in

Nagell" (1794, 4º.); — „Denkmal der Gräfin Lina von Oertzen" (Leipzig 1794, 4º.); — „Schilderung des Kaisers Aureng-zeb" (Leipzig 1794, Grieshammer, 8º.); — „Vergleichende Säge zwischen Anton Raphael Mengs und Sir Joshua Reynolds" (London 1794, gr. 8º.); — „Drei Königinen" (Leipzig 1795, Fleischer, 4º.); — „Die Eroberung von Sibirien" (Wien 1796, Alberti, 4º.); — „Vorlesungen über schriftlichen und mündlichen Vortrag. Nach dem Englischen des Jos. Priestley deutsch bearbeitet" (Berlin 1797, Rücker, 8º.); — „Parallele zwischen Leopold II. und Albrecht II." (Leipzig 1798, Beer, 8º.): — „Rheinreise". auch unter dem Titel: „Wanderungen am Rhein". mit KK. (Halberstadt 1807 [W. Rauch in Leipzig] 8º.). Schon zwischen diesem anonym erschienenen und dem vorigen Werke war eine längere Pause in des Grafen schriftstellerischer Thätigkeit, veranlaßt durch seine ausgedehnten Reisen, eingetreten, eine noch längere Pause folgte zwischen dieser letzten 1807 erschienenen Schrift und der folgenden: „Reclamationen" (Hamburg 1815, 4º.; — „Aufruf an den sich in Wien bildenden Congress" (Hamburg 1815, Fol.); — „Der erste Feldzug der osmanischen Türken auf europäischem Boden" (ebd. 1819, Herold [Aue in Altona] Fol.); — „Merkwürdige Geschichte des weltberühmten Gog und Magog" (ebd. 1820, Fol.; — „Die Geschichte der grossen Centauren" (ebd. 1821 [Hoffmann und Campe] Fol., 17 Thlr., herabgesetzter Preis 4 Thlr.); — „Die Geschichte der letzten grossen Revolution von China im Jahre 1693" (Hamburg 1821 [Herold] Fol., 5 Thlr., 12 Gr.); — „Die früheste Geschichte der Türken bis zur Verzichtung des byzantinischen Kaiserthums, oder bis zur Eroberung Constantinopels im Jahre 1453, dann fortgeführt bis zum Tode Kaiser Muhameds II. im Jahre 1481" (ebd. 1822 [Herold jun.]

Fol., 18 Thlr. 16 Gr., herabgesetzter Preis 5 Thlr.); — „Walhalla oder wunderbare Begebenheiten ausserordentlicher Menschen" 1. Heft (Dresden 1829, Walther, gr. 8º.); — „Der Briten erste Heerfahrt gegen China. Zum 300jährigen Jubelfeste der Erfindung der Buchdruckerkunst" (Leipzig 1840 [Wackerbarthsruhe der Verfasser] gr. 8º.). In der deutschen Monatschrift stand von ihm abgedruckt: „Merkwürdige Antwort eines nordischen Königs" [1793, 2. St., S. 151 u. f.]; — „Freudenfest Peters des Großen" [ebb., 7. St. S. 187 u. f.]; — „Muß man seinen Namen überall herbeichten?" [ebb. 1794, 11. St., S. 233 u. f.]. Schon das Cotta'sche „Morgenblatt", eine in kritischen Sachen ebenso vorurtheilslose als gemäßigte und in der ersten Hälfte des laufenden Jahrhunderts tonangebende Zeitschrift bezeichnet des Grafen Werke als literarische Merkwürdigkeiten. Sein Werk: „Der erste Feldzug der osmanischen Türken auf europäischem Boden" hat der Graf der schönen und geistreichen Henriette — wir citiren wörtlich — der gnädigen Frau Baronin von Pereira in Wien, dem liebenswürdigsten und bewunderungswürdigsten aller Weiber, dann dem Könige von Dänemark, und drittens Seiner Majestät, dem Allergnädigsten, Großmächtigsten und Unüberwindlichsten Kaiser und Groß-Sultan Mahmud Khan II. Kaiser der tapferen Osmanen, der größten Zierde des ganzen Orients, zugeeignet. Mag das Gesagte schon für die Beurtheilung der ganz besonderen Eigenart des Verfassers genügen; einen noch tieferen Blick in die absonderlichen Ansichten desselben gewinnen wir aus den unten in den Quellen mitgetheilten wahrheitsgetreuen Auszügen. Leider konnten wir trotz aller Nachfragen nicht in den Besitz der in den Quellen genannten von **Ahlwarth** verfaßten Biographie des Grafen gelangen.

Ahlwarth (Ernst Friedrich). Lebensbeschreibung des Grafen von Wackerbarth (Hamburg 1820, 8°.). — **Gräffer** (Franz). Historische Denkwürdigkeiten, Kleine Denkwürdigkeiten, Aufschlüsse, Persönlichkeiten, Anekdoten, Notizen u. s. w. aus der älteren und neueren Zeit und Literargeschichte (Wien 1823, Tendler, 8°.) S. 178: „Graf von Wackerbarth; merkwürdige Personage". — **Morgenblatt** (Stuttgart, Cotta, 4°.) 1819, Nr. 234, S. 1016: „Correspondenz aus Hamburg. September". — **Oesterreichische National-Encyclopädie** von Gräffer und Czikann (Wien 1835 u. f., 8°.) Bd. VI, S. 647. — **Sonntagsblätter.** Herausgegeben von L. A. Frankl (Wien, Lex.-8°.) II. Jahrg., 1843, S. 80.

Porträt. Dasselbe befindet sich zuerst vor seinem Werke: „Die Geschichte der großen Teutonen" (1821) als Titelbild, und als solches gleichfalls vor dem ersten und einzigen Hefte seiner „Walhalla" (1829).

Blumenlese aus des Grafen Wackerbarth im Druck erschienenen höchst kostspieligen, später freilich sehr im Preise herabgesetzten historischen Schriften. Die Erde steht nach ihm 475.000 Jahre. — Zwanzigtausend Jahre vor Christi Geburt seien die Teutschen 12 bis 15 Fuß hoch gewesen. — Diese Riesen konnten „Felsen bewegen, Berge versetzen, Gewitter erzeugen, große Schlossen herabwerfen, Blitze und verwüstende Feuersteine auf ihre Feinde werfen". — Hämische Ausländer behaupten, meine urältesten Vorfahren, die riesenmäßigen Teutonen, seien nackend herumgelaufen, haben nackend gejagt und nackend in Schlachten gekämpft. Dies sind elende Verleumdungen und die allerinfamsten Lügen einiger ergrimmten römischen Feinde. Die großen Teutonen trugen ganz eng anschließende Gewänder, die von den unwissenden Römern für die nackte Haut gehalten wurden. — Der teutonische Held Teut hat 36.525 Bücher geschrieben, von denen sich in Hindostan und Oxford noch Ueberbleibsel vorfinden. Die „Teutgesagten" oder Teutschen waren die Lehrmeister der berühmten Egyptier. Der Assyrische König Ninus war auch ein Teutscher. Sein Name kommt her von Nie! nie!, indem seine Mutter eine schwere Ge-

burt gehabt und dabei ausrief: Nie! nie! will ich mehr ein Kind gebären! worauf der Vater das Kindlein „Nini" benannte. Das Wort „Bachus" ist „Bauch"; „Orfeus" ist „Urteut"; „Prometheus" ist „frommer Teut"; China oder Schina kommt her von schön, denn noch jetzt sagt man in Hamburg: „Dat is een schöne Deeern". Und nun genug der Proben. Es ist Methode in diesem Blödsinn, der nur in Johann Kollar's: „Staro-Italia slavjanska" drei Jahrzehnte später ein würdiges und nicht minder komisches Seitenstück fand.

Zur Genealogie der Grafen von Wackerbarth. Die Grafen Wackerbarth sind ein altes aus Mecklenburg stammendes Geschlecht, das schon im dreizehnten Jahrhundert im Lauenburgischen begütert war. Für uns hat es nur insoweit Interesse, als einzelne seiner Sprossen unter den Fahnen Oesterreichs oder sonst zu demselben in näheren Beziehungen standen. So dienten in der ersten Hälfte des siebzehnten Jahrhunderts die Brüder **Detlev** von **Wackerbarth** und sein Bruder **Georg** als Rittmeister im kaiserlichen Heere. — **August Christoph** (geb. 1679, gest. 14. August 1734), von Kaiser Joseph I. am 26. August 1705 in den Grafenstand erhoben, ging 1707 in der Eigenschaft eines polnischen Generallieutenants als außerordentlicher Gesandter an den kaiserlichen Hof in Wien, wo er im Namen seines Königs am 9. August desselben Jahres die kursächsischen Reichs- und am 14. August die königlich böhmischen Lehen vor dem kaiserlichen Throne empfing. Anfang 1710 wieder als Gesandter seines Souveräns nach Wien entsendet, blieb er daselbst bis zu Kaiser Josephs I. am 17. April 1711 erfolgtem Tode. Juni 1717 kam er zum dritten Male als Gesandter nach Wien, um die Heiratsverhandlungen zwischen dem sächsischen Kurprinzen Friedrich August und der Erzherzogin Maria Josepha zu führen, und er brachte diese Angelegenheit auch zu glücklichem Abschlusse. Der Graf erfreute sich der besonderen Gunst der drei Kaiser Karl VI., Joseph I. und Leopold I., an deren Hofe er als Gesandter fungirte. Kaiser Joseph ließ ihm als ein Zeichen ganz besonderer Huld 1723 sein Porträt, reich mit Diamanten eingefaßt, überreichen. Interessant ist die Heiratsgeschichte seiner Gattin. Diese, eine sardinische Dame, Katharina Balbiani, die in

früher Jugend einen sardinischen Dragoner-
capitän Grafen Salmour geheiratet, verlor
denselben bald nach der Geburt des zweiten
Kindes durch den Tod. Ihre Schönheit zog
die Aufmerksamkeit des Markgrafen Karl
Wilhelm von Brandenburg auf sich,
als dieser 1691 von seinem Stiefbruder, Kurfürsten Friedrich III., mit einigen brandenburgischen Regimentern nach Piemont geschickt worden war. Der junge Prinz faßte
eine so warme Liebe für die schöne Witwe,
daß er sich 1691 heimlich mit ihr trauen ließ.
Der Kurfürst schickte aber 1693 einen Officier
nach Turin und ließ diese Verbindung ge-
waltsam trennen! Die Dame wurde in ein
Kloster gebracht, und der Prinz starb im Juli
1695 vor Basel an einem hitzigen Fieber,
dessen Grund man in Gram und Aufregung
suchte. Nach der Markgräfin von Baireuth
hätte sein Stiefbruder ihn vergiften lassen.
Mit des Gatten Tode hörten die Gründe
auf, die Freiheit der Witwe länger zu beschränken. Sie nannte sich unter Widerkreuch
des Berliner Hofes Madame de Branden-
bourg, und ansehnliche Summen, welche
man ihr preußischerseits bot, damit sie diesem
Titel entsage, lehnte sie mit der Entgegnung ab,
„daß nichts in der Welt sie bestimmen werde,
ihrer Ehre nahe zu treten, und daß sie lieber
weniger Vermögen besitzen, als sich des ihr
zukommenden Namens einer Gemalin des
Markgrafen von Brandenburg begeben wolle".
Sie widmete sich ganz der Erziehung ihrer
zwei Söhne aus erster Ehe und lebte in
Wien, wo Graf Wackerbarth 1707 sie
kennen lernte, sie heiratete und, da er mit ihr
keine Kinder zeugte, einen ihrer Söhne,
Joseph Anton Gabaleon Grafen Salmour adoptirte, der sich fortan Graf
Wackerbarth-Salmour nannte. Das
Leben des Grafen August Christoph hat
ein gewisser Arigander in der Schrift
„Leben und Thaten des chursächsischen General Feldmarschalls A. C. Grafen von Wackerbarth" (Küenach 1738 und 1739, 8°) in
zwei Bänden beschrieben. Auch Graf Wackerbarth-Salmour war Gesandter in Wien,
und zwar von 1728–1730. Er wurde 1733
sächsischer Cabinetsminister, aber die Gegner-
schaft des allmächtigen Brühl, der mit einer
alle Grenzen übersteigenden Willkür vorging,
bereitete ihm üble Stunden. Und als der
Krieg mit Preußen ausbrach, erhielt der
72jährige Graf am 9 April 1757, in Folge
einer Denunciation, durch den preußischen

Generalmajor von Bornstädt Stubenarrest,
wurde dann nach Kufstein gebracht und erst
Anfangs Jänner 1758 wieder frei gelassen.
Er starb zu Nymphenburg bei München am
8. Jänner 1761. — Ueber die Familie
Wackerbarth gibt Zedler's „Universal-
lexikon" im 52. Bd., Sp. 382 eine reiche Literatur an.

Baclawicek, siehe: **Bàclavìcek**
[Bd. XLIX, S. 184].

Baclawik. siehe: **Baclavik,** Franz
und Paul Ferdinand [Bd. XLIX,
S. 186 und 187].

Wacquant-Geozelles, Johann Peter
Theodor Freiherr von (k. k. Feldzeugmeister und Ritter des Maria Theresien-Ordens, geb. zu Brieg in Lothringen am 17. Mai 1754, gest. zu Wien
18. März 1844). Der Sproß einer alten
luxemburgischen Familie. Aus großer
Neigung für den Soldatenstand trat er
im September 1771 als Cadet in das
Artilleriecorps der Niederlande, in welchem er durch acht Jahre seine militärischen Vorbereitungsstudien machte. In
dieser Zeit bei der Mappirung der Karte
der Niederlande unter Feldmarschall-Lieutenant Grafen Ferraris verwendet,
legte er eine nicht gewöhnliche Brauchbarkeit an den Tag. Im Juli 1778
wurde er zum Unterlieutenant im Mineurcorps, einige Jahre später zum Oberlieutenant in demselben befördert und
stand in beiden Chargen beim Baue der
Festung Theresienstadt im Dienste. Während des Krieges gegen die Türken fand
er zuerst Gelegenheit, seinen in der Folge
oft bewährten Muth und seine Unerschrockenheit zu erproben, und bei der
Belagerung der Türkenfestung Sabacz
1788, sowie später bei jener von Belgrad, that er sich so rühmlich hervor, daß
er außer seinem Range zum Capitänlieutenant vorrückte. Der Ausbruch des

französischen Revolutionskrieges berief ihn auf einen anderen Kriegsschauplatz. Wacquant wurde im Februar 1793 ob seiner erprobten Tüchtigkeit im Mineurcorps als Hauptmann in den Generalstab übersetzt und im Mai desselben Jahres zum Major und Flügeladjutanten des Feldmarschalls Prinzen Coburg ernannt. In dieser Eigenschaft leitete er einen Theil der Belagerungsarbeiten von Valenciennes und fand dabei Gelegenheit, sich öfter auszuzeichnen. Im August 1793 rückte er zum Oberstlieutenant im Generalstabe der Armee Wurmser's vor. Am 29. October hatte er wieder seinen Ehrentag, denn bei Erstürmung der Verschanzungen am Galgenberge bei Mannheim gelang es ihm, mit dem Grenadierbataillon Bydeskuty bis in die Neckarschanze zu bringen und achtzehn Kanonen zu vernageln, so daß noch in der Nacht von dort aus die Beschießung der Stadt eingeleitet werden konnte. Graf Wurmser verlangte für seinen wackeren Generalstabsofficier den Maria Theresien-Orden, doch diesem durch die Zeugnisse der Generale Junt, Lauer und Mészáros unterstützten Begehren wurde vorderhand nicht willfahrt, dagegen verlieh der Herzog von Württemberg dem Helden das Commandeurkreuz seines Militär-Verdienstordens. Wacquant nahm nun fortwährend Theil an den Ereignissen der Armee in Deutschland; er wurde folgeweise zum Commandanten der Festungen von Würzburg und Ingolstadt, im September 1800 zum Obersten und Commandanten von Burghausen, 1801 zum Commandanten des 21. Infanterie-Regiments Freiherr von Gemmingen ernannt. Im Feldzuge 1805 that er sich im Gefechte bei Stecken am 5. December so hervor, daß sich in Folge dessen die Fran-

zosen zur Räumung Iglaus gezwungen sahen. Nach abgeschlossenem Waffenstillstande erhielt er den Auftrag, die Demarcationslinie zwischen Tabor und Linz zu bestimmen, und als die Franzosen und Bayern in Böhmen und den Erzherzogthümern sich allerlei Erpressungen erlaubten, wurde er an den in München weilenden Kaiser Napoleon entsendet, um deshalb Reclamationen zu machen. In der Zwischenzeit finden wir ihn beständig unter den Officieren, die sich am meisten auszeichneten, genannt. Im April 1807 zum Generalmajor befördert, ward er als solcher im November, nachdem die Franzosen die Räumung Braunaus in diplomatischen Wege bereits eingeleitet hatten, abgeschickt, um diese Festung von dem kaiserlich französischen Commissär Otto zu übernehmen. Bei dem Ausbruche des denkwürdigen Feldzuges 1809 erhielt er eine Brigade im ersten Armeecorps des Generals der Cavallerie Grafen Bellegarde, mit welchem er alle Gefechte in Bayern mitmachte. In der Schlacht bei Aspern, in den blutigen Pfingsten des Jahres 1809, sollte endlich Wacquant das Ziel seiner Wünsche, die höchste Auszeichnung erreichen, welche einem Helden der österreichischen Armee, nachdem seine Waffenthat auf das strengste geprüft worden, zutheil werden kann. Der Morgen des 21. Mai war angebrochen, und die in Schlachtordnung aufgestellten Regimenter erwarteten das Zeichen zum Vorrücken. Den Infanterie-Regimentern Erzherzog Rainer und Vogelsang wurde nun der ehrenvolle Auftrag ertheilt, den Sturm auf den Kirchhof zu Aspern, den bereits ein Bataillon von Reuß-Plauen vergeblich versucht hatte, zu erneuern. „Das Dorf müsse genommen werden, Graf Bellegarde zähle auf die Tapferkeit der

braven Truppe". — „Wir werden es
nehmen!" erscholl es von Bataillon zu
Bataillon. Und nun ergriff General
Wacquant eine Fahne des Regiments
Vogelsang, und mit dem Rufe „Mir nach,
Kameraden!" eröffnete er persönlich den
Sturm. Diese, von dem herrlichen Bei-
spiele des Anführers begeistert, stürzten
sich trotz des verheerenden Kartätschen-
feuers, mit welchem der Gegner sie
empfing, demselben entgegen und drangen
mit gefälltem Bajonnete in das Dorf.
In dem Augenblicke, als das erste Ba-
taillon von Erzherzog Rainer gegen den
Kirchhof vorrückte, sprengt Erzherzog
Karl herbei. Mit dem Zurufe: „Fürs
Vaterland! Muthig vorwärts!" ent-
fachte er nun noch mächtiger den Muth
der Truppen. Da ruft Hauptmann
Murrmann [Bd. XIX, S. 466],
Commandant des Bataillons: „Tausend
Leben für unseren Erzherzog! Brüder mit
nach!" und voranstürmend führt er das
Bataillon zum Siege. Indessen eilt noch
das Regiment Reuß-Plauen heran, den
General Wacquant unterstützend. Das
von 12.000 Franzosen vertheidigte Aspern
wurde genommen und die ganze Nacht
hindurch gegen sieben Angriffe behauptet.
General Wacquant hatte drei Pferde
unterm Leibe verloren; aber der Sieg
gehörte den Unseren, und noch auf dem
Schlachtfelde empfing der Held mit
Armeebefehl vom 24. Mai das Ritterkreuz des Maria Theresien-Ordens. Mit
gleicher Bravour kämpfte er in der
darauf folgenden Schlacht bei Wagram,
in welcher ihm zwei Pferde unterm Leibe
getödtet wurden. Nach Friedensschluß
zum Commissär bei der Abtretung von
Salzburg und Berchtesgaden ernannt,
ging er nach beendigtem Geschäfte in
gleicher Eigenschaft nach Galizien, um
die Abtretung Ostgaliziens an Sachsen

und des Tarnopoler Kreises an Rußland zu bewerkstelligen. Im August
1809 rückte er zum Feldmarschall-Lieutenant vor, im März 1810 erhielt er die
Inhaberschaft des Infanterie-Regiments
Nr. 62, vorher Jelačić, und die Frei-
herrnwürde. Bei Ausbruch des Feldzuges 1813 begab er sich als Militär-
commissär in das Hauptquartier der Verbündeten und wohnte in dieser Eigenschaft den Schlachten von Dresden, Kulm
und Leipzig bei. Als dann im December
die Verhältnisse der Alliirten mit Württemberg zu Stuttgart einen energischen
Abgesandten erforderten, wurde er mit
außerordentlichen Vollmachten dahin geschickt. Mit Androhung der feindlichen
Besetzung des Landes durch die Reserve-
armee des Großfürsten Constantin gelang es ihm gleich am andern Tage, den
bisher verweigerten Ausmarsch der königlichen Truppen zu erwirken. Dann
machte er im Gefolge seines Kaisers den
Feldzug in Frankreich mit. Nach geschlossenem Frieden betraute man ihn mit
der Regulirung der Grenze gegen Frankreich vom Ausflusse des Bar bis zur
Mosel. Doch in diesem Geschäfte überraschte ihn die Rückkehr Napoleons
von der Insel Elba. Nun übergab ihm
sein Kaiser das wichtige Gouvernement
der Festung Mainz, welches er im April
1815 dem Erzherzoge Karl abtrat.
Darauf verweilte er einige Zeit im
Hauptquartier der Verbündeten, bis ihm
im Juni die Bloquade Straßburgs übertragen wurde. Als dann nach der
Schlacht von Waterloo allgemeine
Waffenruhe eintrat, schloß er mit dem
französischen Generallieutenant Rapp
den Waffenstillstand am Oberrhein. Im
September noch desselben Jahres verlieh
ihm der Kaiser die geheime Rathswürde.
Als nun aus Anlaß der von Bayern an

Oesterreich abzutretenden Provinzen zwischen beiden Höfen Differenzen entstanden, wurde Wacquant zu deren
Schlichtung nach München gesandt.
Seine geschickten Verhandlungen brachten
auch die Angelegenheit zu gedeihlichem
Abschluß in dem am 14. April unterzeichneten Tractate. Noch im September zum
außerordentlichen Gesandten in Cassel
ernannt, verblieb er daselbst bis 1821,
worauf er die Stelle eines Divisionärs und
Militärcommandanten von Troppau übernahm. Nachdem er fünfzig Jahre gedient
hatte, bat er um Versetzung in den Ruhestand, welche ihm auch gewährt wurde.
Er begab sich nun nach Wien, versah
aber ungeachtet des Ruhestandes noch
immer öffentliche Aemter, so zu wiederholten Malen die Präsidentenstelle bei
dem k. k. Militär-Appellationsgerichte,
zu dessen wirklichem Präsidenten ihn dann
auch der Kaiser im Jahre 1833, nach
dem Rücktritte des Feldmarschalls Lat-
termann von diesem Posten, ernannte.
Endlich nöthigte aber doch das hohe
Alter von 85 Jahren den General, auch
dieses Amt niederzulegen. Schon 1835
war er zum Feldzeugmeister ernannt
worden. So hatte er 68 Jahre als Militär wie als Diplomat in schwerer Zeit
seinem Monarchen gedient. Im 90. Lebensjahre ging er zur ewigen Ruhe ein;
außer dem Maria Theresien · Orden
schmückten noch drei österreichische und
zwölf ausländische Großkreuze seinen
Sarg. Wacquant war ein Kriegsmann von seltenen Geistesgaben, wie es
schon seine vielseitigen Dienstesstellungen
errathen lassen. In seinem Hause, in
welchem sich Alles einfand, was auf
Geist und Bildung in höherer Sphäre
Anspruch machte, bildete er den Mittelpunkt des geistigen geselligen Lebens, da
ihm ja seine erfahrungsreiche Vergangen-

heit eine Fülle inhaltsvoller und höchst
interessanter Unterhaltung bot. Mit seiner
Tapferkeit und seinen tiefen vielseitigen
Kenntnissen verband er echt soldatische
Ehrenhaftigkeit und Rechtlichkeit. Angenehm, liebenswürdig im Umgange, verleugnete er seine stets musterhafte Höf-
lichkeit in keinem Verhältnisse. Er hatte
sich zweimal vermält, beide Frauen aber
starben vor ihm, ohne ihm Kinder zu
hinterlassen. Wacquant wird am
häufigsten mit einem W geschrieben, wie
er aber zu dieser unorthographischen
Schreibung seines französischen Namens
kommt, können wir nicht sagen.

Allgemeine Zeitung (Augsburg, Cotta, 4°.)
1844, Nr. 316. — Taschenbuch für die
vaterländische Geschichte (Wien, Anton Doll,
12°.) IV. Jahrg. (1814), S. 111 im Artikel:
„Das Infanterie-Regiment Erzherzog Rainer
im Jahre 1809". — Majláth (Johann
Graf). Geschichte des österreichischen Kaiserstaates (Hamburg 1850, Perthes, gr. 8°.)
Bd. V, S. 297, 304. — Neuer Nekrolog
der Deutschen (Weimar 1846, Bernh. Fr.
Voigt, 8°.) XXII. Jahrg. (1844), S. 289
Nr. 88. — Wiener Zeitung, 1844,
Nr. 311.

Waczek, Karl (Prämonstratenser, geb. zu Budwitz in Mähren
am 13. Jänner 1747, Todesjahr unbekannt). Nur spärlich fließen die Nachrichten über diesen musicalischen Chorherrn. Er trat in das Prämonstratenserstift Jaßow in Ungarn ein und wirkte
dann zu Kaschau als Lehrer der Dichtkunst. Nebenbei tüchtig musicalisch, spielte
er auf einem von ihm selbst erfundenen
Blasinstrumente. Dlabacz, dem wir
die erste Nachricht über Waczes verdanken, berichtet, derselbe habe auf
seinem Instrumente, zu dessen Erfindung
ihn eine Ode des Horaz veranlaßte,
1791 vortrefflich gespielt. Dasselbe sei,
bis auf eine geringere Anzahl von

Löchern, ganz dem nur sehr selten noch im Gebrauche befindlichen Dulcion ähnlich, aus welchem später das Fagot hervorging. Dlabacz vermuthet in Waczek's Erfindung das ungarische Csákány (Flûte douce), das noch heute ein Orchesterinstrument ist. Darauf beschränkt sich Alles, was über diesen Erfinder bekannt ist, der noch 1802 in seinem Kloster in Ungarn lebte.

Dlabacz (Gottfried Johann). Allgemeines historisches Künstler-Lexikon für Böhmen und zum Theile auch für Mähren und Schlesien (Prag 1815, Gottl. Haase, 4°.) Bd III, Sp. 317.

Noch sind der Erwähnung werth: 1. Joseph Wazek (geb. zu Mährisch-Trübau 1836). Im Jahre 1855 zur Artillerie assentirt, diente er zur Zeit des österreichisch-preußischen Krieges 1866 als Feuerwerker. Am Tage von Königgrätz (3. Juli) stand er bei der Batterie Nr. 7, welche auf dem Rückzuge zu einem tiefen nassen Graben gelangte, der nicht zu raisiren war; aber dabei wurde sie lebhaft durch feindliche Tiralleurs verfolgt und durch die unterhalb Chlum aufgefahrenen preußischen Batterien auf das nachdrücklichste beschossen. Die Lage war eine ungemein kritische, wenn es noch gelang, noch einen anderen Uebergangspunkt zu erreichen. Rasch fuhr nun Wazek mit den letzten drei Geschützen längs der feindlichen Plänklerlinie zum nächsten dazu geeigneten Platze, setzte sich aber dort in überraschender Weise gegen die Flanke des nachdrängenden Feindes ins Feuer und warf den Gegner durch die Wirksamkeit seiner Schüsse zurück. Auf diese Art wurde der Rückzug nicht blos seiner eigenen sehr bedroht gewesenen Geschütze, sondern auch des übrigen Theils der Batterie ermöglicht. Feuerwerker Joseph Wazek, bemerkt unsere Quelle, entwickelte hier so hohe selbstständige Thatkraft, daß er der Vergessenheit entzogen zu werden verdiene. [Heffinger (Johann Ritter von). Lorber und Cypressen von 1866 (Nordarmee). Dem Heere und Volke Oesterreichs gewidmete Blätter der Erinnerung an schöne Waffenthaten (Wien 1868, Aug. Prandel, kl. 8°.) S. 135.] — 2. Wenzel Waczek, aus Mitkowitz in Böhmen gebürtig, Maler. Derselbe machte an der Kunstaka-demie zu Prag seine Studien und lebte dann in den Dreißiger-Jahren unseres Jahrhunderts als ausübender Künstler in dieser Stadt. Er malte Bildnisse und historische Darstellungen. Auf diese karge Notiz beschränkt sich Alles, was wir von diesem Künstler wissen. [Tschischka (Franz). Kunst und Alterthum in dem österreichischen Kaiserstaate geographisch dargestellt (Wien 1836, Fr. Beck. gr. 8°.) S. 406.]

Wadler, Franz (Augustiner und Mechaniker, geb. zu Surheim, einem kleinen, zur Pfarrei Salzburghofen gehörigen Dorfe im Salzburgischen am 20. Jänner 1746, gest. zu Nürnberg 15. Juni 1803). Seinen Familiennamen Surrer vertauschte er nach seiner Flucht aus dem Kloster mit dem Namen Wadler. In einem Schreiben aus Salzburg, abgedruckt im Intelligenzblatte der „Allgemeinen literarischen Zeitung" 1790 (Nr. 52) heißt es: „Wadler soll vermuthlich eine etymologische Anspielung auf den Namen Surer (Sura) sein". Der Sohn eines Bauern, der nebenbei Meßnerdienste versah, begann Franz 1759 seine Studien im Kloster Andechs in Oberbayern. Im Jahre 1761 kam er an das Gymnasium zu Salzburg, und noch als Schüler desselben nahm er am 2. November 1765 im Augustinerkloster der dortigen Vorstadt Mülln das Ordenskleid. Zu diesem Schritte aber wurde er ohne seine eigentliche Einwilligung veranlaßt, denn er selbst beklagte sich in der Folge sehr oft darüber, daß er in den Jahren, da er noch ohne alle Erfahrung war, über einen so wichtigen Act, wie es die Wahl eines Lebensberufes ist, selbst gar nicht nachgedacht habe und ohne Neigung von seinen Anverwandten und etlichen Geistlichen zum Klosterleben gebracht worden sei. Am 23. November 1767 legte er die feierlichen Ordensgelübde ab und vertauschte bei dieser Gelegenheit seinen Taufnamen Franz mit dem Klosternamen Thaddäus. Letzterer Umstand macht es erklärlich, daß in Rede Stehender bald als Thaddäus Surrer, bald als Franz Wadler erscheint. Da er aber letztere Benennung von 1789 ab bis zu seinem Tode führte, so reihen wir ihn auch in diesem Werke unter derselben ein. Am 27. December 1768 erhielt Wadler mit Dispensation von 13 Monaten am vorgeschriebenen Alter die priesterliche Ordination. Unterdessen lag er mit großem Eifer den philosophischen und theologischen Studien ob, zeigte sich bald als einen sehr fähigen Kopf und wurde 1771 Lector, als welcher er den Novizen im Kloster Philosophie vorzutragen hatte. In seinen freien Stunden nahm er mechanische Arbeiten vor, mit Vorliebe Uhrmacherei, und verfertigte mit nicht gewöhnlichem Geschick hölzerne Uhren in der Art der bekannten Schwarzwälder. 1773 erhielt er das Lectorat des geistlichen Rechts und der Moral im Stifte, bediente sich aber in ersterer Wissenschaft der damaligen neuesten katholischen und protestantischen Lehrbücher und folgte in der Moral seinem eigenen System, die bis dahin in den Klöstern in hohem Ansehen stehenden Casuisten geradezu übergehend, indem er aus der Philosophie, der Bibel und den ältesten Kirchenvätern, als den reinsten und eigentlichen Quellen aller Theologie, den Stoff seines Vortrages schöpfte. Durch diese Lehrmethode, die mit den bisherigen klösterlichen Ueberlieferungen freilich nicht übereinstimmte und in den Novizen einen Geist wecken konnte, der nicht mehr in klösterliche Schranken zu bannen war, erregte er ebenso das Mißtrauen als die Unzufriedenheit seiner Klosteroberen, die ihn dann auch 1778

seines Lehramtes entsetzten und nach Kufstein in Tirol verbannten, wo er nichts zu thun hatte, als allenfalls Uhren zu machen, womit er sich denn auch drei Jahre lang unterhielt. Als aber nach Kaiser Josephs Thronbesteigung in den geistlichen Regionen ein frischerer Wind zu wehen begann, wurde auch Wadler aus seiner Kufsteiner Verbannung hervorgeholt und 1781 doch wieder als Lector der Moraltheologie und des canonischen Rechts in seinem Kloster zu Salzburg angestellt, im Jahre 1785 zum Superior am Dürnberg bei Hallein und bald darauf zum Prior des Augustinerklosters in Hallein ernannt. Drei Jahre stand er letzterem Amte vor und sollte 1789 als Prior nach dem Salzburgischen Städtchen Tittmoning gehen, als er wider alle Erwartung, statt diesem Rufe zu folgen, dem Klosterleben Valet sagte und heimlich nach Regensburg entfloh, wo er sein Ordenskleid und seinen Klosternamen Pater Thaddäus ablegte und sich Franz Wadler nannte. Die „Allgemeine (Jenenser) Literaturzeitung" schrieb nun über diesen Fall: daß unser Geistlicher mit seiner Lage und seinen Verhältnissen schon lange unzufrieden gewesen sei und man eben kein seiner Menschenkenner zu sein brauche, um verborgenen Gram und Mißvergnügen auf seiner Stirne zu lesen [1790, Nr. 52]. In Nürnberg trat Wadler zur protestantischen Confession über. Um sein Dasein zu fristen und nicht gleich vielen anderen vom Glauben Abfallenden auf fremder Leute Kosten zu leben, arbeitete er, bis er entsprechende Beschäftigung fand, da er sich auf das Buchbinden verstand, bei einem Meister dieses Handwerkes in Furth, dann als Geselle bei einem solchen in Nürnberg. Aber schon nach einem halben

Jahre suchte er als Mechanicus, Groß-
und Holzuhrmacher um das Nürnberger
Bürgerrecht an, welches ihm auch verliehen wurde. Er machte sich die meisten
Werkzeuge für sein Gewerbe selbst und
stellte nicht nur alte hölzerne Uhren,
wenn sie schadhaft geworden, und eiserne
Kirchthurmuhren wieder her, sondern
verfertigte auch ganz neu sowohl astronomische als andere mathematische Uhren.
Ueber Wadler's Aufenthalt wußte man
längere Zeit nichts in Salzburg, erst in
der Fastenzeit 1791 wurde es durch
Kaufleute bekannt, daß er in Nürnberg
als Uhrmacher ansässig sei und sich verheiratet habe. Die schriftstellerische Thätigkeit unseres Ermönches beschränkt sich
auf eine Rechtfertigung seines Handelns
und auf eine Darstellung seines eigenen
Lebens. Die Titel seiner Schriften sind:
„**Das Bibellesen in den ältesten Zeiten, ein allgemeines Glaubensbedürfniss; ein Fragment aus
den Zeiten des Joh. Chrysostomus mit den
Zeugnissen vieler anderer Väter belegt und mit
Anmerkungen herausgegeben**" (Salzburg 1784,
8⁰.); „**Freimüthige Beleuchtung des Glau-
bensbekenntnisses des Pietro Giannone und
der Mönchsgelübde von Franz Wadler, sonst
Jurrer**" (Nürnberg 1790), schon nach
seinem Austritt aus dem Kloster geschrieben; „**Charakter des Thaddäus Jurrer, dermaligen Franz Wadler, Bürgers,
Mechanikers und Holzuhrmachers zu Nürnberg,
gezeichnet von dem Revisor der Augsburger Kritiken und freymüthig berichtigt von Wadler
selbst**" (Nürnberg 1791).
Allgemeine Literatur-Zeitung, 1790,
Intelligenzblatt. Nr. 52. — Erlangische
gelehrte Zeitung, 1791, Nr. 12, S. 181
— Literarische Blätter (Nürnberg) 1803,
Nr. 10, S. 137. — Baur (Samuel). Allgemeines historisch-biographisch-literarisches Handwörterbuch aller merkwürdigen Personen, die
in dem ersten Jahrzehnt des neunzehnten Jahrhunderts gestorben sind (Ulm 1816, Stettini.
gr. 8⁰.) Bd. II, Sp. 665.

Wächter, Johann (Superintendent der Wiener evangelischen Gemeinde A. C., geb. zu Zeben in Ungarn
am 5. December 1767, nach Dettinger
schon 1757, was jedoch unrichtig, gest.
in Wien 26. April 1827). Nachdem er
von seinem Vater, welcher evangelischer
Prediger zu Zeben war, den ersten
Unterricht erhalten hatte, bezog er
das Gymnasium zu Oedenburg, wo er
unter dem tüchtigen Schwartner
[Bd. XXXII, S. 284] treffliche Fortschritte machte. 1778 kam er auf das
Gymnasium zu Eperies, 1780 auf das
Käsmarker Lyceum, auf welchem er sich
den philosophischen, theologischen und
philologischen Studien widmete und dabei die Anleitung seines gelehrten gleichnamigen Oheims [siehe diesen S. 60
Nr. 2] genoß, der nach des Vaters
Tode (1784) auch Vaterstelle an seinem
Neffen vertrat und für dessen weiteres
Fortkommen sorgte. Inzwischen versah
Wächter Erzieherstellen bei verschie-
benen ungarischen Adelsfamilien und
befand sich 1792 in der Lage, die Universität Jena zu beziehen, an welcher er sich
dann zwei Jahre hindurch für seinen
theologischen Beruf ausbildete. Nach
Vollendung seiner Studien kehrte er vorerst in die Heimat zurück, begab sich
aber bald nach Wien, wo er die einzige
Tochter des Freiherrn von Califius in
den Religionsgegenständen unterrichtete.
Bald wurde der Wiener Superintendent
J. G. Fock auf den jungen Theologen
aufmerksam, und als er dessen wissenschaftliche Bildung und tiefsittlichen
Charakter erkannt hatte, wendete er ihm
seine Theilnahme und sein förderndes
Wohlwollen zu, in Folge dessen Wächter
am 1. Juli 1794 als Vicar und Katechet
der evangelischen Gemeinde A. C. angestellt, zwei Jahre später zum dritten

und 1797 zum zweiten Prediger dieser Gemeinde und von Seiner Majestät zum geistlichen Rathe des k. k. Consistoriums A. C. berufen ward. 1805 ernannte ihn seine Gemeinde zum ersten Prediger, Seine Majestät ihn zum Superintendenten. Am 11. Juli 1819 beging Wächter die Jubelfeier seines 25jährigen Lehramtes in schwerer sturmbewegter Zeit, wobei er ebenso von seiner Gemeinde, wie von anderer Seite Beweise der Freude und Theilnahme an diesem Feste empfing. Als 1818/19 auf kaiserlichen Befehl das protestantisch · theologische Studium in Wien gegründet wurde, erhielt er die Stelle des Directors an demselben, welche er bis an seinen im Alter von 60 Jahren erfolgten Tod bekleidete. Der umfassende geistliche Beruf nahm Wächter's Thätigkeit vorwiegend in Anspruch, so daß ihm zu literarischen Arbeiten nur geringe Muße übrig blieb; aber das Wenige, was er geschrieben, ist tüchtig und gediegen. Wir ergänzen im Folgenden Michael Laufrath's äußerst lückenhafte Angaben. Die Titel der selbständigen Schriften Wächter's sind: „Christliches Gesangbuch zum Gebrauche beim öffentlichen Gottesdienste der evangelischen Gemeinden in den k. k. deutschen und galizischen Erblanden" (Wien 1810, neue Auflage 1826, gr 8⁰.); er gab dieses Gesangbuch in Gemeinschaft mit Jacob Glatz [Bd. V, S. 207] und Gerhard Ant. Neuhofer heraus; eine kritische Stimme bezeichnet dasselbe „als ein vortreffliches Werk, das Wächter ein unvergängliches Denkmal bei seinen Glaubensgenossen sichere"; zu demselben gehört auch das 1816 in Wien erschienene „Christliche Gebetbuch"; — „Ueber den Einfluss, welchen grosse Weltbegebenheiten auf die Angelegenheiten einzelner Menschen äussern. Eine Predigt" (Wien 1812); — „Rede bei Gelegenheit der Einsegnung der 50jährigen Ehe des Hofkanzlisten A. H. Frank und dessen Frau Chr. Charlotte geborene Holzapfel" (ebenda 1812). Gemeinschaftlich mit K. Cleynmann [Bd. II, S. 388] gab er die „Allgemeine praktische Bibliothek für Prediger und Schulmänner" 2 Bände (Wien 1802 und 1804, Schaumburg, später Heubner, gr. 8⁰.) heraus, und ein Jahr nach seinem Tode wurden von einigen Freunden des Verewigten die „Predigten auf alle Sonntage des Kirchenjahres" 2 Bände (Wien 1828, Heubner, gr. 8⁰.) veröffentlicht. Außerdem schrieb Wächter Gedichte, Recensionen und Abhandlungen verschiedenen Inhaltes, von denen wir zwei in Wagner's „Beiträgen zur Anthropologie" kennen: „Versuch über die Begriffe von Zufriedenheit und Unzufriedenheit" und „Versuch über die Neigung zum Wunderbaren und über die Sitten und den Geschmack der Griechen in Rücksicht auf Freundschaft und Liebe". Und in der oben erwähnten „Praktischen Bibliothek für Prediger" steht von ihm die Abhandlung: „Ueber Popularität im Kanzelvortrage". Lange trug sich Wächter mit dem Gedanken, eine Geschichte der Liebe zu schreiben, und er las und sammelte auch viel in dieser Hinsicht; aber er kam wohl im Hinblick auf seinen Beruf nicht zur Ausführung dieser Idee.

Wenrich (Johann Georg). J. Wächter als Mensch, als Diener des Staates und der Kirche dargestellt (Wien 1831, 8⁰). — Bis zur Bürgerschule. Geschichte der vereinigten evangelischen Schulen in Wien von 1794 - 1870. Von Julius Eraenzinger (Wien 1872, Faein und Frick, 8⁰) S. 18, 22 und 27. — Gräffer (Franz). Conversationsblatt Zeitschrift für wissenschaftliche Unterhaltung (Wien, gr 8⁰.) I. Jahrg. (1819), II. Bd., I. Theil, S. 79. — Haan (A. Ludovicus). Jena hungarica sive Memoria Hungarorum a tribus proximis saeculis academiae Jenensi adscriptorum (Gyulae

1838, Leop. Ráthy, 8⁰.) p. 101. — Magazin für die Literatur des Auslandes. Herausgegeben von J. Lehmann (Berlin, fl. Fol.) Jahrg. 1838, Nr. 102, S. 408 im Artikel: „Die neueste Literatur Siebenbürgens". — Oesterreichische National-Encyklopädie von Gräffer und Czikann (Wien 1837, 8⁰.) Bd. VI, S. 3 [nach dieser geb. 3. December 1737].

Porträt. Ein solches befindet sich als Titelbild vor Wächter's nach dessen Tode herausgegebenen „Predigten".

Wächter, Joseph (Arzt und Fachschriftsteller, geb. in Hermannstadt 16. Juni 1792). Die Gymnasialclassen besuchte er in Schäßburg und Hermannstadt. 1811 bezog er die Wiener Universität, um Medicin zu studiren, aus welcher er 1817 die Doctorwürde erlangte. Schon 1818 als Physicus nach Mühlenbach in Siebenbürgen berufen, bekleidete er dieses Physicat bis 1834, in welchem Jahre er nach Wien übersiedelte in der Absicht, daselbst seinen bleibenden Aufenthalt zu nehmen, aber schon 1835 gab er diesen Gedanken auf und ging nach Hermannstadt, wo er dann bis 1846 die ärztliche Praxis ausübte. Während der Bewegung der Jahre 1848 und 1849 hielt er treu zu seinem Kaiser. Am 10. Mai 1848 wurde er mit dem Superintendenten Georg Binder, dem Kronstädter Senator Peter Lange und Professor Joseph Zimmermann nach Wien entsendet, um dem Kaiser im Namen der ganzen Nation zu huldigen und die Interessen derselben vor dem Throne zu vertreten. Doch blieb die Reise erfolglos. Als man auf der sächsischen Nationsuniversität, welche am 30. October zur Besprechung verschiedener wichtiger Angelegenheiten einberufen wurde, dem Comes zur Besorgung der National- und Verwaltungsangelegenheiten einen Beirath an die Seite

stellte, gelangte Dr. Wächter als eines der Mitglieder in denselben. Als im April 1849 die Unterstützung der Flüchtlinge sich als nöthig erwies und eine möglichst angemessene Betheilung derselben erzielt werden sollte, wurde er nebst Anderen von Bedeus in das zu bildende Flüchtlingscomité gewählt; endlich als nach völlig hergestellter Ruhe 1852 die Reorganisirung begann und die Nationsuniversität ihre Arbeiten wieder aufnahm, ward er zur unmittelbaren Verwaltung des Nationalvermögens als Verwalter aufgestellt und erhielt nebst einem Cassier noch drei Hilfsbeamte zur Seite, welche unter Aufsicht des Oberconsistoriums amtirten. Von 1859 bis Ende 1863 Vicepräses des Presbyteriums und Curator der evangelischen Kirchengemeinde in Hermannstadt, entfaltete er viele Thätigkeit zum Besten derselben, besonders zur Hebung der Waisenanstalt, indem deren Fond und Zöglingszahl hauptsächlich durch seine Bemühungen sich bedeutend vermehrten. Joseph Wächter war frühzeitig in seinem Fache, und zwar im patriotischen Sinne schriftstellerisch thätig. Von ihm erschien: „Gedicht auf den kaiserlich russischen Generalen Ostermann (als derselbe verwundet aus dem Kriege zurückkehrte 1813)" (Wien, Gerold, 8⁰.); — „Aufruf an die Sachsen in Siebenbürgen bei ihrem Durchmarsch durch die österreichischen Staaten. Ein Gedicht von J. W. Nebst einer gedrängten Skizze der Geschichte dieser Nation" (Wien 1813, C. Gerold, 8⁰.); — „Abhandlung über den Gebrauch der vorzüglichsten Bäder und Trinkwässer" (Wien 1817, C. Gerold, 8⁰.): die zweite Auflage hatte zu obigem Titel noch den Zusatz: „Nebst einem Berichte über den medicinischen Werth der Schwefelräucherungen in verschiedenen Krankheitsformen des

hen Organismus. Die merk-
1 Schwefelräucherungen des
Doctor Gales in Paris. Mit
upfertafel; — „Praktische Beob-
über die Schwefelräucherungen. Aus
ösischen des Herrn Jean de Carro
(Wien 1818, 8°.); — „Drei
in den Abendunterhaltungen für den
316 17 zum Vortheil der Hausarmen
Wien, (Gerold); „Feierlicher Ein-
r Majestät der Kaiserin Königin
ne Auguste in die Residenz-
en"; „Das holde Blümchen. In
esetzt von Anton Diabelli";
Röschen. Nebst einem Kupfer
apin": — „Das evangelische
is A. C. in Hermannstadt. seine
und Wohltäter. Eine geschichtliche
Hermannstadt 1859, Drotleff.
Reinertrag war dem evangeli-
Waisenfonde gewidmet; dieser
olgte im Juli 1860 ein Rechen-
richt über den Reinertrag der
ift: „Das evangelische Waisen-
und von da ab zu Ende jeden
ein „Bericht über das Walten
eihen des evangelischen Waisen-
zu Hermannstadt", woran der
h der Siebenbürger Deutschen
Trausch den Wunsch anfügt:
ieses Beispiel in allen sächsischen
Siebenbürgens Nachahmung
nd für das Heil so vieler ver-
den österreichischen Waisen mehr
werden!" Ob Wächter noch
wenn nicht, wann er starb, ist
t bekannt. 1871, damals bereits
e alt, befand er sich noch am

zu erwähnen: 1 **Georg Friedrich**
avd von Wächter (geb. zu Bahlin-
Tübingen 28. Februar 1762, gest. zu
rt am 11. nach Anderen 14. August
Obgleich er weder in Oesterreich ge-
och daselbst gestorben ist gebührt ihm

in Folge des mächtigen Einflusses, den er auf
das österreichische Kunstleben zu Beginn des
laufenden Jahrhunderts übte, und in Anbetracht dessen, daß vornehmlich von österreichischen Meistern des Grabstichels seine Werke
vervielfältigt wurden, eine kurze Erwähnung
in diesem Werke. Auf der Karlsschule in
Stuttgart plagte er sich fünf Jahre mit
Cameralwissenschaften ab, bis es ihm gelang,
im Alter von 17 Jahren sich seinem eigentlichen Berufe, der Malerkunst, zu widmen.
Er lernte dieselbe in Paris, bis ihn die Revolution aus der Seinestadt vertrieb. Von
da begab er sich nach Rom, wo Carstens
nicht geringen Einfluß auf ihn gewann. Aber
auch aus der ewigen Stadt vertrieben ihn
die Zeitereignisse, und er kam im ersten Decennium des laufenden Jahrhunderts nach
Wien, wo er einen längeren Aufenthalt nahm
und zugleich mit Conrad Eberhard den
Uebergang zur nächsten Kunstepoche in der
Kaiserstadt anbahnte, indem er vor Allem
einige Schüler Füger's zu einem höheren
geistigen Erfassen in der Kunst anregte.
Dieser Umschwung in den Kunstansichten
führte zu offener Rebellion gegen die Akademie, infolgedessen die Schüler Overbeck,
Pforr, L. Vogel, J Wintergerst und
J. Sutter relegirt wurden. Es ist unseres
Wissens dieser Einfluß Wächter's auf die
Richtung und Entwicklung des Wiener
Kunstlebens von österreichischen Kunstforschern
gar nicht und nur nebenbei in Dr. Weber's
„Geschichte der neuen deutschen Kunst" gewürdigt worden, so dankenswerth es auch
wäre, diese Katastrophe der Wiener Kunstakademie eingehend zu schildern. In Wien
zeichnete Wächter zunächst einen Carton,
dessen Gegenstand dem Buche Hiob Cap. II.
Vers 13 entnommen ist. Hiob sitzt in tiefster
Betrübniß mit starrem Blick auf dem Boden,
und neben ihm auf der steinernen Bank
theilen drei Freunde den herben Schmerz;
dieses tief aufgefaßte Charaktergemälde radirte
1807 Rahl (Vater) nach dem Carton. Als
Gemälde führte es Wächter viele Jahre
später (1824) mit entsprechenden Aenderungen
aus, und es wurde 1835 von dem Könige
von Württemberg um 236 Louisdor angekauft. Als Gegenstück dazu erscheint ein
zweites gleichfalls in Wien vollendetes Gemälde Wächter's, welches den „blinden
Belisar am Thore von Rom" darstellt. Auch
dieses radirte Rahl in Gr.-Roy.-Qu.-Fol.,
wie denn Werke Wächter's überhaupt vor-

nehmlich Rahl und neben ihm Leybold [Bd. XV, S. 52] gestochen haben. Ersterer stach eine „mater dolorosa", eine „heilige Familie" im Umriß. „Maria, Jesus, auf dem Lamme sitzend, und die h. Anna", ein Mal in Gr.-Qu.-Fol., das andere Mal in kleinerem Formate, „Maria, das Jesuskind anbetend", „Cornelia mit ihren Kindern", „Cato der Aeltere", „Andromache" und „Hekuba bei Hektors Grabe", „Die Mutter des Menoikeos, im Schmerz über dessen freiwilligen Tod bewußtlos zusammenbrechend" Radirung, „Die Horen"; und zu der Prachtausgabe der Pharsalia des Lucanus, welche in gr. 4°. 1811 bei Degen in Wien erschien, zeichnete Wächter die Blätter, welche dann von Rahl und Leybold gestochen wurden. Wir übergehen andere Werke des Künstlers als nicht hieher gehörend. Derselbe führte neben größeren Gemälden auch eine Anzahl kleiner Zeichnungen aus, welche von d'Argens, Autenrieth und H. Lips für das im Cotta'schen Verlage erschienene „Taschenbuch für Damen" 1801—1812 gestochen wurden. Während von diesen Blättern sechs: „Braut", „Gattin", „Mutter" im Jahrgang 1801 durch Lieblichkeit und Anmuth sich auszeichnen, muß sein Versuch mit den Illustrationen zu Schiller's Dramen ebenda, und zwar zu „Maria Stuart" (1803), zur „Jungfrau von Orleans" (1804), zu „Wilhelm Tell" (1809) und zur Trilogie „Wallenstein" (1805 und 1809) als minder glücklich, namentlich zu „Wallenstein's Tod" als geradezu verfehlt angesehen werden, denn die Blätter „Wallenstein und Seni", „Thekla, Wallenstein und Max" und vollends „Wallenstein zieht sich ins Schlafgemach zurück" (Act. V, Sc. 5), sehen sich gar komisch an. In alten griechischen vornehmlich mythologischen Stoffen behauptete Wächter immer seine Meisterschaft. [Nagler (G. K. Dr.). Neues allgemeines Künstler-Lexikon (München 1839. E. A. Fleischmann, 8°.) Bd. XXI, S. 36. — Kunstblatt (Stuttgart, Cotta, 4°.) Jahrg. 1823, Nr. 49, S. 194 im Artikel: „Kunst- und Industrie-Ausstellung in Karlsruhe im Mai 1823"; Nr. 69, S. 276 im Artikel: „Kunstliteratur"; Jahrg. 1824, Nr. 84 im Artikel: „Kunstausstellung in Stuttgart im September 1824". — Reber (Franz Dr.). Geschichte der neueren deutschen Kunst vom Ende des vorigen Jahrhunderts bis zur Wiener Ausstellung 1873 u. s. w. (Stuttgart 1876, Meyer und Zeller, gr. 8°.) S. 174 u. f.

und 213. — **Porträt.** Unterschrift: „Eberhard von Wächter | Historien-Maler". C. Rahl junior pinxit 1833. Rahl sc. (4°.), selten]. — 2. **Johann Wächter** (geb. in Käsmark 16. Februar 1728, gest. daselbst 23. Februar 1802), ein Oheim väterlicherseits des Superintendenten Johann Wächter, dessen Lebensskizze S. 56 mitgetheilt wurde. Nach beendigten Studien erhielt er 1749 eine Lehrerstelle in Käsmark, wurde 1754 ordentlicher Leichenbesteller seiner Gemeinde und 1763 Glöckner, auf welchem Posten er bis an sein Lebensende verblieb. Im Lehramte, welches er 33 Jahre versah, erwarb er sich große Verdienste durch seine treffliche Lehrmethode (er trug nach der Lancaster'schen vor), indem er bei aller Humanität, wo es noth that, auch der Strenge nicht entrieth. Er hatte Lust und Liebe zur Literatur, führte sorgfältig ein historisches Tagebuch, in welchem er genau alle Ereignisse und Merkwürdigkeiten aufzeichnete, die sich in seinen Tagen in- und außerhalb der Grenzen der Käsmarker Gemeinde zutrugen. Das wohl im Archiv der Käsmarker protestantischen Gemeinde befindliche und für Käsmark's Geschichte unbedingt nicht unwichtige Manuscript führt den Titel: „Ephemerides sacristiae". Daß Wächter zu festlichen Gelegenheiten auch seine Leier erklingen ließ und gute Gelegenheitsgedichte schrieb, sei nur nebenher erwähnt. [Melzer (Jacob). Biographien berühmter Zipser (Kaschau o. J. [1832], Ellinger'sche Buchhandlung, 8°.) S. 279.] — 3. **Johann Michael** (geb. zu Rappersdorf in Niederösterreich am 2. März 1794, gest. in Dresden 26. Mai 1853). Ein Sohn bemittelter Landleute, war diese Rechte zu studiren, 1816 die Universität Wien, aber seine schöne Baßstimme, die bei von Kennern aufmerksam gemacht wurde, veranlaßte ihn, die wissenschaftliche Laufbahn aufzugeben und die des Künstlers einzuschlagen. Er bildete sich nun in Wien im Gesange aus, und schon 1819 erhielt er sein erstes Engagement in Graz, von wo er zeitweise einen und den anderen Kunstausflug unternahm und so immer bekannter ward. Von Graz ging er 1821 nach Pesth und von da in kurzer Zeit nach Wien, wo er zuerst im Theater an der Wien und 1824 an der k. k. Hofoper Anstellung fand. 1825 nahm er einen Antrag im Königsstädter Theater zu Berlin an, 1827 folgte er einem Rufe an die königliche Hofoper in Dresden, wo es gelang, ihn bleibend

an dieselbe zu feffeln. 1832 wurde er nach
25jähriger Dienſtzeit zum königlich ſächſiſchen
Kammerſänger ernannt, welche Auszeichnung
er jedoch nicht lange genoß, da er ſchon im
folgenden Jahre ſtarb. Sein Wirkungskreis
umfaßte das ganze Gebiet erſter Baß-
partien. — Des Vorigen Gattin **Thereſe** (geb. in Wien am 31., nach Anderen
ſchon 18. Auguſt 1802), eine geborene Witt-
mann, erhielt eine auf die Förderung ihres
nicht gewöhnlichen Talentes für Muſik, beſonders Geſang, abzielende Erziehung, betrat
1820, achtzehn Jahre alt, die Bühne und
wirkte auf derſelben als Sopranſängerin mit
beſtem Erfolge. 1824 vermälte ſie ſich mit
Wächter wurde 1827 mit ihm gleichzeitig
an der Dresdener Hofoper engagirt, verließ
aber bald nachher gänzlich die Bühne, um
ausſchließlich ihren häuslichen Pflichten zu
leben. Thereſe beſaß eine nicht ſtarke, aber
liebliche, ungemein ſympathiſche Stimme, einen
neckiſch graziöſen Vortrag und ein lebhaftes
friſches Spiel, welche Eigenſchaften ſie für
Soubretten beſonders befähigten und in
welchen ſie auch Treffliches leiſtete. — Die
Tochter Beider, **Julie** (geb. in Wien 1825),
wurde von den Eltern gleichfalls für die
Bühne erzogen und betrat dieſelbe im Sommer 1842 zuerſt in Leipzig, dann in Weimar.
Ueber ihre ſpäteren Erfolge fehlen alle Nachrichten. [Neues Univerſal-Lexikon der
Tonkunſt. Für Künſtler, Kunſtfreunde und
alle Gebildeten. Angefangen von Dr. Julius
Schladebach, fortgeſetzt von Ed. Bernsdorf (Offenbach 1861. Joh. André, gr. 8°.)
Bd. III, S. 832. Anhang S. 347 berichtigt
die bisherige Angabe des Geburtsjahres 1796
auf 1794. — Schilling (G. Dr.). Das
muſicaliſche Europa (Speyer 1842, J. C. Neidhard, gr. 8°.) Seite 349. — Gaßner
(J. S. Dr.). Univerſal-Lexikon der Tonkunſt.
Neue Handausgabe in einem Bande (Stuttgart 1849, Franz Köhler, ſchm. 4°.) S. 876.
— Allgemeines Theater-Lexikon...
herausgegeben von R. Herloßſohn,
H. Marggraf u. A. (Altenburg und
Leipzig o. J. [1846], Expedition des Theater-
Lexikons, kl. 8°.). Neue Ausgabe, Bd. VII,
S. 181, Nr. 2 und Nachträge S. 323.] —
4. **Otto Freiherr von Wächter** (geb. am
16. März 1832). Der Sproß einer alten
württembergiſchen heute noch in mehreren
Linien blühenden Adelsfamilie, welche mit
Diplom vom 2. Juni (Verleihung 18. Juni)
1825 den württembergiſchen Freiherrnſtand

erlangte, erhielt er mit k. k. Entſchließung
ddo. Wien 3. September 1855 als damaliger
k. k. Lieutenant im Artillerieſtabe die Geſtat-
tung, ſich ſeines württembergiſchen Frei-
herrnſtandes als eines ausländiſchen Adels
im öſterreichiſchen Kaiſerſtaate zu bedienen.
Nach mehrjährigem Waffendienſte ſchied er als
Artillerie-Oberlieutenant aus der k. k. Armee
und widmete ſich dem politiſchen Leben. Von
dem Großgrundbeſitze Böhmens wurde er
erſt in den Landtag, dann 1869 und 1871 in
den Reichsrath gewählt, in welchem er ſtets
mit der verfaſſungstreuen Partei ſtimmte.
Bei den directen Wahlen ward er abermals
von dem böhmiſchen Großgrundbeſitze mit
einem Mandate betraut, für die Reichsraths-
ſeſſion 1879 u. f. bewarb er ſich aber um
ein ſolches nicht mehr. Freiherr Otto iſt ſeit
2. Juni 1860 mit Eleonore Katharina geborenen
Mautner (geb. 14. Jänner 1842) vermält, und
ſtammen aus dieſer Ehe: **Rudolph** (geb.
26. April 1861), dient in der k. k. Armee;
Elly [Eliſabeth] (geb. 26. Mai 1864),
vermält (ſeit 15. April 1884) mit Freiherrn
von Gemmingen, **Hedwig** (geb. 6. November 1869). [Ueber die freiherrliche Familie
Wächter (auch **Wächter-Lautenbach**
und **Wächter-Spittler**) vergleiche die
geſchichtliche Ueberſicht und Beſchreibung der
verſchiedenen Wappen in genealogiſchen
Taſchenbuch der freiherrlichen Häuſer, Jahrg.
1868, S. 932 u. f.]

Wächtler, Ludwig (Architect und
Architecturzeichner, geb. in
St. Pölten, Geburtsjahr unbekannt).
Ob die ſeinem Namen im unten benannten Kataloge der Wiener hiſtoriſchen
Kunſtausſtellung beigefügte Jahreszahl
1842 das Jahr ſeiner Geburt oder das
ſeines Eintrittes in die Wiener Akademie
der bildenden Künſte bedeutet, müſſen
wir der Redaction dieſes Kataloges, der
überhaupt Alles zu wünſchen übrig läßt,
anheimſtellen. Wir vermuthen, daß es
ſein Geburtsjahr iſt. Wächter war
Zögling der k. k. Akademie. In der anläßlich der Eröffnung der neuen k. k.
Akademie der bildenden Künſte auf dem
Schillerplatze in Wien im Jahre 1877
ſtattgehabten hiſtoriſchen Kunſtausſtel-

lung fanden wir unseren Architecten
durch folgende Federzeichnungen und
Photographien seiner Werke vertreten:
„Entwurf für das Militärcasino in Wien“,
lavirte Federzeichnungen, 3 Blätter; —
„Entwurf für ein Jagdschloss des Fürsten
Windischgrätz in Tachau“, Federzeich-
nunger, 2 Blätter; — „Casino in Orden-
burg“. 3 Blätter (ein Aquarell, eine
Federzeichnung, eine Photographie); —
„Schloss Immendorf“. 2 Blätter (eine
Federzeichnung, eine Photographie); —
„Schloss Ottenstein“, 3 Blätter (eine Feder-
zeichnung, zwei Photographien); —
„Gruft Arco zu Ebreichsdorf“ (eine Photo-
graphie); — „Kirche zu Stephanau bei
Olmütz“ (eine Photographie). Noch sei
bemerkt, daß die schon erwähnte Katalog
unseren Architecturzeichner auf S. 53
Wächtler, auf S. 54 aber Wächter
nennt. In neueren Werken über Künstler
suchen wir seinen Namen vergebens.

Katalog der historischen Kunstausstellung
1877 (k. k. Akademie der bildenden Künste.)
Mit drei Plänen (Wien, Verlag der k. k.
Akademie 1877, 8°.) S. 33, Nr. 535—548
und S. 54, Nr. 349.

De Luca in seinem „Das gelehrte Oesterreich.
(Ein Versuch“ erwähnt im zweiten Stück des
ersten Bandes S. 233 einen Emanuel
Jacob Wächtler, der Ende der Siebziger
Jahre des vorigen Jahrhunderts als k. k.
Hofsecretär bei dem k. k. niederländischen Departement in Wien angestellt und einer der
ersten Mitarbeiter des „Journal étranger“
in Paris war.

Wähner, Friedrich (Schriftsteller,
geb. im letzten Decennium des vorigen
Jahrhunderts, Geburtsort und Todesjahr unbekannt). Ueber die Lebensumstände dieses unsteten Sonderlings
liegen wenige und auch nur widerstrei-
tende Nachrichten vor. Was Franz
Gräffer [Bd. V, S. 296] im „Sonntagsblatt“ und später in seinen „Kleinen
Wiener Memoiren“ in seiner drastischen

Weise über Wähner berichtet, wird vier
Wochen später in demselben „Sonntagsblatt“ von dem dänischen Juden
N. Fürst [Bd. V, S. 11] Wort für
Wort, aber nur durch entgegengesetzte,
gleichfalls unbewiesene Behauptungen widerlegt, worauf Gräffer einfach mit den Worten: „Antikritik. Ich
habe vorstehende Reclamation gelesen“
erwidert, also ohne seinen Artikel zu
widerrufen oder die einzelnen darin
ausgesprochenen Behauptungen abzu-
schwächen. Nun, es ist bekannt: Gräffer
übertrieb, aber er log nie. Der Kern
seiner Mittheilungen, den er in seiner
Eigenart verbrämt, bleibt immer wahr.
Fürst aber als „einziger“ Mitarbeiter
des von Wähner gegründeten „Janus“
ist ganz und gar nicht unbefangen. Eine
verbitterte Natur, fühlte er sich, so acht-
bar als Mensch er war, doch gänzlich
verkannt und nahm sich in erklärlicher
Sympathie immer Desjenigen an, den er
verkannt wähnte. Ich arbeitete 1848 mit
ihm mehrere Monate in der Redaction der
„Wiener Zeitung“ zusammen und ertrug
nur mit Aufgebot aller Geduld und mit
Rücksicht auf das Alter Fürst's dessen
unangenehmes bissiges, manchmal geradezu unerträgliches Wesen. Was also
Gräffer über Wähner berichtet, kann
in der Hauptsache stehen bleiben. Le-
terer war, bevor er nach Wien kam,
evangelischer Prediger in Dessau gewesen.
Warum er diese Stadt verließ, ist nicht
bekannt. Bei seinen tüchtigen Kenntnissen — er hatte, wie Gräffer
schreibt, als Hellenist und Bibelkenner
nicht viele seines Gleichen — und mit
guten Empfehlungen, die er mitbrachte,
fand er in Wien bald Beschäftigung. Er
gab philologische Unterrichtsstunden.
Doch sein nicht eben zu bescheidenes Auftreten und seine starke Vorliebe für Wein

genuß ließen ihn nicht gedeihen. Bald verlor er seine Schüler, und nun wurde er Journalist und debutirte in dem durch die Joh n'schen Stiche und die Dichtungen Grillparzer's, Zedlitz's, Zach. Werner's u. A. berühmt gewordenen Taschenbuche „Aglaja", Jahrgang 1819, mit dem Aufsatze „Cornelia, die Mutter der Gracchen". Im nämlichen Jahre noch gründete er die Zeitschrift „Janus", welche bei Schaumburg in Wien (4⁰.) erschien, und so lange man nöthig hat, auf die Welt zu kommen, schreibt Gräffer, so lange brauchte der „Janus", um zu Grabe zu gehen. Gegen die Aeußerung dieses Schriftstellers, daß der „Janus" der Schauplatz der brutalsten Kopffechterei und ein feiles Organ der Animosität Anderer gewesen sei, erhebt sich Fürst ganz energisch und will im „Janus" nur ein gegen alles Schlechte, Niedrige und Gemeine gerichtetes literarisches Blatt finden, in welchem die Kritik mit Geist und Schärfe gehandhabt wurde. Dem aber ist nicht ganz so. Ton und Haltung waren — wenn auch, wie Fürst behauptet, außer ihm Wähner alle Artikel selbst schrieb — doch derart, daß das Blatt nicht über dreiviertel Jahre sein Dasein fristen konnte. Es ist aber immerhin ein Merkzeichen für die literarischen Zustände in der Kaiserstadt im ersten Viertel unseres Jahrhunderts. Da Wähner nach Eingang seines Blattes in Wien nicht länger bleiben konnte, verließ er es und kam erst wieder auf Ansuchen Schick's, der ihn für seine „Wiener Zeitschrift" verwenden wollte. Aber auch da war seines Bleibens nicht lange. Eine Recension über Madame Stich, welche in der Rolle der Julie in Shakespeare's „Julie und Romeo" auftrat, gab zwischen dem Redacteur und dem Referenten

Anlaß zu Differenzen, welche erst mit dem Austritte des Letzteren behoben wurden. Welchen Styl aber Wähner schrieb, davon nur die einzeilige Probe. Er berichtete über Madame Stich: „Sie öffnete den Mund, und eine ionische Säulenhalle blinkte uns entgegen". (Er wollte sagen: Madame Stich zeigte uns hübsche Zähne.) Dies Pröbchen dürfte genügen. In der Folge arbeitete er an dem von Lembert herausgegebenen „Telegraphen" mit. In demselben tritt er schon manierlicher auf, und seine Artikel gehören zu dem Besten, was das Blatt brachte. Von anderen Arbeiten Wähner's sind uns noch bekannt: einige in den „Jahrbüchern der Literatur" erschienene Artikel, welche sich ebenso durch Gediegenheit wie Schärfe auszeichnen; im ersten Jahrgang der Zeitschrift „Hermes" lieferte er über Hormayr's Supplement zu Millot's „Weltgeschichte" (17. bis 19. Bd.) eine Besprechung, in welcher er nichts weniger denn glimpflich. aber nicht mit Unrecht mit dem berühmten Historiker verfährt. In der Halle'schen „Literatur-Zeitung" griff er Grillparzer's „Ahnfrau" in einer Recension an, welche von Gräffer geradezu „brutal" genannt wird. Auch lieferte er zum zweiten Bande des von Ign. Zeitteles herausgegebenen „Aesthetischen Lexikons" als Anhang eine ausführliche Abhandlung, betitelt: „Zur Literatur der deutschen Aesthetik", eine zwar mit Umsicht und Scharfblick geschriebene Kritik der in Deutschland erschienenen Aesthetiken, welche aber immerhin Manches zu wünschen übrig läßt und eben zeigt, daß der Verfasser sein Thema doch nicht ganz beherrscht. Eine selbstständig erschienene Arbeit Wähner's ist uns nicht bekannt. Aus Allem, was über ihn vorliegt, ist zu entnehmen, daß er in sehr dürftigen Verhältnissen gelebt habe und in solchen auch gestorben sei. Sein Tod muß nach 1836 fallen, weil ja erst in diesem Jahre Lembert seine Zeitschrift „Der Telegraph" begründete. „Schade", schreibt Gräffer, „um Wähner's Wissen und Kraft. Sein Charakter war mammuthisch wie seine Person. Seine Tinte war Scheidewasser".

Frankl (Ludw. Aug.). Sonntagsblätter (Wien, 8°.) II. Jahrg. (1843), S. 177: „Zur Charakteristik österreichischer Schriftsteller". Von Franz Gräffer. — S. 202: „Reclamation". Von R. Fürst.

Ein **Zacharias Waehner** (geb. zu Nikolsdorf in Böhmen 16. Juni 1728, gest. nach 1786) war Jesuit und einige Zeit im Lehramte thätig. Zuletzt wurde er Adjunkt am mathematischen Museum in Prag und zog sich nach Aufhebung seines Ordens in seine Geburtsstadt zurück, wo er sich mit Abfassung mathematischer Werke beschäftigte, von denen jedoch nur die „Dissertatio de causa gravitatis" (Pragae, 8°.) im Druck erschienen ist [Pelzel (Franz Martin). Böhmische, mährische und schlesische Gelehrte aus dem Orden der Jesuiten u. s. w., (Prag 1786, 8°.) S. 238.]

Wänzl, Franz Ritter von (Techniker, geb. in Niederösterreich 1810, gest. zu Marktl, einem Orte dieses Kronlandes, am 6. April 1881). Ueber seinen Lebens- und Bildungsgang wissen wir nichts. Wahrscheinlich trat Wänzl bei einem Büchsenmacher in die Lehre und machte die üblichen Lehr-, Gesellen- und Wanderjahre durch, bis er selbst Meister wurde und sein Geschäft in Wien eröffnete, wo er in der Vorstadt St. Margarethen es bald zu einem stattlichen Laden brachte. Bekannt wurde sein Name in den europäischen Armeen, vornehmlich aber in der österreichischen, durch die Erfindung eines Gewehrs, welches gegen die bisher üblichen nicht geringe Vortheile besaß. Die Ereignisse des Feldzuges 1866 ließen die Ueberlegenheit des preußischen Zündnadel-gewehrs über die Vorderlader der Oesterreicher zu deutlich erkennen, als daß man sich in unserem Staate ferner der Einsicht hätte verschließen können, es sei nothwendig, für die Zukunft auch ein schnellfeuerndes Gewehr zu haben. Es dauerte aber verhältnißmäßig ziemlich lange, ehe man sich zu der Wahl eines Systems zu entschließen vermochte, bis endlich Wänzl mit seinem, dem Snider'schen nachgebildeten Modell den Sieg davon trug. Die österreichische Armee erhielt nach Urtheilen von Fachmännern an diesem neu zusammengestellten Hinterlader eine sehr gute Kriegswaffe. Das Caliber von 13·9 Millim., welches schon das bis dahin in Oesterreich angewendete Lorenz'sche Gewehr mit dem Podewils'schen Geschoß hatte, blieb natürlich beibehalten. Die Patrone hat eine Kupferhülse mit Randzündung, die Ladung beträgt 3·9 Gramm und das Gewicht des Geschosses 26·3 Gramm. Jedoch noch vor dieser Erfindung zählte Wänzl zu den hervorragendsten Waffenfabrikanten der österreichischen Monarchie, und seine gezogenen Militär- und Jagdgewehre erfreuten sich der Anerkennung von Sachkennern und letztere Waffen großer Beliebtheit in Jägerkreisen. Wänzl, der Eisenwerke zu Marktl bei Lilienfeld und ein Haus in Wien besitzt, wurde am 13. Februar 1870 mit dem Orden der eisernen Krone dritter Classe ausgezeichnet und dann statutengemäß in den Ritterstand erhoben. Meine Versuche, Näheres über diesen Techniker zu erfahren, blieben erfolglos. Mit der Bitte um Notizen wendete ich mich an den niederösterreichischen Gewerbeverein, welcher in seiner „Wochenschrift" nicht einmal die Todesanzeige, geschweige denn einen Nekrolog gab, der dem verdienten Techniker in diesem Blatte doch gebührte. Als Mitglied des Vereines hatte ich ein Recht zu dieser Bitte. Auf meine Zuschrift erwiderte man mir, daß man mir Nachrichten zur Verfügung stellen werde. Nach vielen Wochen theilte man mir mit, daß alle Nachforschungen resultatlos geblieben. Die Ehre, Mitglied des Vereines zu sein, hat somit für mich keinen praktischen Sinn.

Waffenberg, Franz Graf (k. k. Rittmeister, geb. zu Brünn 4. Juli 1788, gest. um 1856). Ein Sohn des Grafen Johann Nepomuk (gest. 1792) aus dessen Ehe mit Maria Aloisia geborenen Freiin von Kriesch. Die Familie Waffenberg heißt ursprünglich Mittermayr, und nach ihrer Erhebung in den Adelstand, welche durch Kaiser Ferdinand III. im Jahre 1631 erfolgte, nahm sie ihr Adelsprädicat als eigentlichen Namen an. Des Georg Mittermayr von Waffenberg mit seiner Gemalin Susanna geborenen von Luckner erzeugte drei Söhne Ferdinand Franz, Johann Ludwig und Karl Joseph wurden mit dem Prädicate von und zu Möbling und dem Incolate von Oesterreich von Kaiser Leopold I. im Jahre 1702 in den Herren- und Freiherrnstand erhoben. Ferdinand Franz, kaiserlicher wirklicher Hoffammerrath, starb am 25. März 1735. Johann Ludwig empfing 1687 die Herrschaft Prieborn im Briegischen als ein Pfand für vorgestreckte 100.000 fl. Er war königlicher Landhofrichter, Landesältester, Deputatus ad conventus publicos etc. und erhielt a. d. 15. December 1713 nebst dem Incolat in Böhmen, Mähren und Schlesien von Kaiser Karl VI. die böhmische Grafenwürde. Der Sohn des ältesten dieser Brüder, des Freiherrn

Ferdinand Franz, nämlich Freiherr Franz, war ein Freund und Vertrauter des unglücklichen Barons Astfelb-Wibrzi, der als Aufcultant bei dem Appellationsgerichte in Brünn diente und in einem Anfalle von Melancholie einen Selbstmordversuch machte, woburch er den höchsten Unwillen Kaiser Josephs II. erregte, welcher befahl, den Inculpaten in Haft zu setzen und zu untersuchen, ob derselbe zur Zeit der That ein Narr gewesen sei oder als Bösewicht gehandelt habe. Im ersten Falle, so meinte Joseph II., gehöre der Mann in den Narrenthurm, im zweiten gebühre ihm eine für Andere abschreckende Bestrafung. Der Vorfall bildete einen Gegenstand der Verhandlungen im Staatsrathe und gab dem Kaiser Gelegenheit, seinen Abscheu und seine Ansicht über den Selbstmord in den Randbemerkungen zu den in dieser Sache erflossenen Entscheidungen der obersten Justizstelle und des Appellationsgerichtes auszusprechen. Ueber den Vorgang aber, den man bei der Untersuchung des kranken Barons eingeschlagen und der nach seiner Ansicht nicht correct war, gerieth der Kaiser ganz außer sich, tadelte, daß man Astfelb's Freund, Waffenberg, nicht einvernommen, und bemerkte über den Selbstmord im Allgemeinen: „derselbe sei sicher eine unvernünftige Handlung, aber nicht mehr und nicht weniger als ein anderer Mord, Straßenraub, Brandlegung und Diejenigen, welche solches begehen, werden doch nicht als Narren angesehen, sondern als verruchte Bösewichte bestraft". Der Fall, in welchem der Kaiser mit besonderer Strenge vorging, machte in den betheiligten behördlichen Kreisen nicht geringes Aufsehen und ist in der unten angegebenen Geschichte des österreichischen Staatsrathes ziemlich ausführlich behandelt. Freiherr Franz Waffenberg, Astfeld's Freund, wurde in der Folge zum k. k. Kreishauptmann in Mähren ernannt und 1777 von Kaiser Joseph in den Reichsgrafenstand erhoben. Von dem Grafen Franz stammt Graf Johann Nepomuk (gest. 1792), der sich mit Maria Aloisia geborenen Freiin von Kriesch (gest. 1847) vermälte. Diese gebar ihm einen Sohn, den oben zu Beginn dieses Artikels genannten Grafen Franz und eine Tochter Pauline Antonie (geb. zu Brünn 1. October 1790). Graf Franz diente in der kaiserlichen Armee als Rittmeister, die er in der Folge verließ, und ist der Verfasser der dramatischen Arbeit: „Die Rosenkette. Nachspiel", welche 1811 zu Olmütz im Druck herauskam. Er war der Letzte seines Geschlechtes, das nach 1867 erloschen zu sein scheint, denn zu dieser Zeit war noch Gräfin Pauline am Leben, später aber wird das Geschlecht im „Gothaischen genealogischen Taschenbuch der gräflichen Häuser" nicht mehr aufgeführt.

Historisch-heraldisches Handbuch zum genealogischen Taschenbuch der gräflichen Häuser (Gotha 1833, Justus Perthes, 32°.) S. 1043. — Der österreichische Staatsrath 1760--1848. (Eine geschichtliche Studie, vorbereitet und begonnen von Dr. Karl Freiherrn von Hock aus dessen literarischem Nachlasse, fortgesetzt und vollendet von Dr. Hermann Ign. Biedermann (Wien 1879, Braumüller, gr. 8°.) S. 133 bis 139.

Wagemann. Friedrich Moriz Freiherr (Oberstlandrichter und Landrechtspräsident im Königreiche Böhmen, geb. zu Pisek 1778, gest. zu Wien 31. Juli 1855). Sein Vater Karl fand als Major im k. k. Infanterie Regimente Baron von Reuhl Nr. 10

ben ehrenvollen Soldatentod 1793, während des Krieges der ersten Coalition gegen Frankreich, und zwar bei dem Sturme auf Marchiennes am 30. October. Friedrich Moriz beendete seine Studien an der Prager Hochschule und trat im Juli 1796 bei dem böhmischen Appellationsgerichte als Accessist in den Justizdienst ein. 1801 rückte er zum Auscultanten, 1804 zum Secretär und 1806 zum Rathe beim Landrechte in Prag vor. 1818 zum böhmischen Appellationsrathe ernannt, wurde er bald darauf von der Regierung zu der seit 1819 in Mainz behufs Untersuchung der „demagogischen Umtriebe" in Deutschland versammelten Bundes-Centralcommission entsendet. Diese „demagogischen Umtriebe" bestanden eigentlich nur in einem ungestümen Drängen einzelner Feuergeister nach einer zeitgemäßen Aenderung des Verfassungslebens. Anfang Februar 1826 erhielt Wagemann den Hofrathscharakter, im November 1827 wurde er zum wirklichen Hofrathe bei der obersten Justizstelle ernannt, blieb aber auch jetzt noch einige Zeit in Mainz thätig und trat erst am 25. April 1828 seine Dienstleistung bei dieser Behörde an. Am 11. December 1830 erfolgte seine Ernennung zum Oberstlandrichter und Landrechtspräsidenten im Königreich Böhmen mit gleichzeitiger Erhebung in den Freiherrnstand, Ertheilung des böhmischen Incolats und der geheimen Rathswürde. Im Jahre 1833 verfügte er sich, durch das persönliche Vertrauen des Kaisers Franz dazu erwählt, nach Frankfurt a. M., um als österreichischer Bevollmächtigter die Leitung der Central Untersuchungsbehörde zu übernehmen, welche mit Beschluß der deutschen Bundesversammlung vom 20. Juni 1833 die Urheber der damaligen revolutionären

Bewegung in Deutschland zu ermitteln, sowie zur Hintanhaltung neuerlicher Unruhen geeignete Vorsichtsmaßregeln zu treffen hatte. Eine gegen den Bundestag selbst gerichtete Verschwörung, welche am 3. April 1833 in Frankfurt zu einem übrigens rasch unterdrückten Aufstande (dem sogenannten Frankfurter Attentate) führte und die deutschen Regierungen zur Einleitung strenger Untersuchungen gegen die Theilnehmer an diesem Complote bewog, war die nächste Ursache der Entsendung Wagemann's nach Frankfurt. Nachdem er seine schwierige und mit großer Verantwortung verbundene Mission beendet hatte, kehrte er im October 1838 auf seinen früheren Posten zurück und berichtete über die Ergebnisse der Untersuchungen in einer ausführlichen mit „anerkennenswerther Umsicht und Mäßigung abgefaßten Darlegung". Mit Decret vom 4. Jänner 1841 auf sein eigenes Ansuchen als Landrechtspräsident nach Wien übersetzt, wurde er daselbst am 29. December 1849 unter Bezeugung der allerhöchsten besonderen Zufriedenheit „für seine durch mehr als ein halbes Jahrhundert mit dem regsten Eifer und stets gleicher unerschütterlicher Treue geleisteten ausgezeichneten Dienste" jubilirt. Er starb zu Wien im Alter von 77 Jahren; aus seinem Nachlasse wurde zu Gunsten unentgeltlicher Justizconceptsbeamten eine Aufcultantenstiftung für das Prager Landesgericht geschaffen, deren Vermögen 1879 nahezu 25.000 fl. betrug.

Thürheim (Andreas Graf). Gedenkblätter aus der Kriegsgeschichte der k. k. österreichisch-ungarischen Armee (Wien und Teschen 1880, Karl Prochaska, gr. 8°.) Bd. I, S. 57, Jahr 1793. — Maasburg (M. Ferdinand von). Geschichte der obersten Justizstelle in Wien (1749—1848). Größtentheils nach amtlichen Quellen bearbeitet (Prag 1879, J. B. Reinitzer und Comp., 8°.) S. 209.

Wagenbauer Ritter von **Kampfruf**, Anton (k. k. Hauptmann, geb. zu Constanz am Bodensee 5. December 1815). Ein Sohn des k. k. Oberarztes Franz Wagenbauer, kam er, da er Neigung für den Soldatenstand zeigte, in das k. k. Knabenerziehungshaus des 33. Infanterie-Regiments, heute Freiherr von Kussevich. Daselbst that er sich so hervor, daß er die goldene Ehrenmedaille erhielt. Am 1. November 1833 trat er in das Regiment ein, in welchem er 1843 zum Unterlieutenant, 1848 zum Oberlieutenant vorrückte. Im Feldzuge 1849 zeichnete sich dasselbe unter Führung des Obersten Benedek am 21. März im Treffen bei Mortara und 23. März in der Schlacht bei Novara aus. Am erstgenannten Tage reinigte es die Stadt Mortara vom Feinde, eroberte 6 Kanonen, mehrere Pulverkarren, viel Bagage, den ganzen Marstall und das Gepäck des Herzogs von Savoyen und machte 6 Officiere und 2000 Mann kriegsgefangen. Noch am 23. März nahm es ruhmvollen Antheil an den heldenmüthigen Kämpfen um die Gehöfte bei Bicocca. Unter den Officieren, welche sich außer ihrem Obersten besonders ausgezeichnet hatten, erscheint auch Oberlieutenant Wagenbauer, welcher dann am 14. Juli 1849 für seine bei dieser Gelegenheit erprobte Tapferkeit mit dem Orden der eisernen Krone dritter Classe geschmückt wurde. Später zum Hauptmann vorgerückt,

wurde er dem Einreichungsprotokoll des
k. k. Reichskriegsministeriums zugetheilt,
in demselben am 1. November 1870 zum
Titular-, am 1. November 1873 zum
wirklichen Major und zum Expedits-
director-Stellvertreter ernannt. Mit Diplom vom 20. October 1868 erhielt er
den Statuten des Ordens der eisernen
Krone gemäß den österreichischen Ritterstand mit dem Prädicate von Kampfruf.

Thürheim (Andreas Graf). Gedenkblätter aus
der Kriegsgeschichte der k. k. österreichischen
Armee (Wien und Teschen 1880, K Prochaska,
Ler.-8°) Bd I, S. 222 unter Jahr 1848
und 1849.

Zur Genealogie der Familie Wagenbauer Ritter
von Kampfraf. Die Familie stammt aus
Bayern. Franz Wagenbauer (geb. zu
Gräfing in Bayern am 20. October 1774,
gest. 20. October 1834) wanderte 1798 nach
Oesterreich ein, trat hier in die ärztliche
Branche und diente bis 1842 in der Armee,
in welcher er den G. ab eines k. k. Oberarztes
erreichte, als welcher er im Ruhestande im
Alter von 80 Jahren starb. Er hatte sich am
29. April 1813 mit Antoine geborenen Freiin
von Langen, Tochter des k. k. Generalmajors
Johann Bapt. Freiherrn von Langen
[gest. 20. October 1834] und der Josepha
geborenen Gräfin Bellasco vermält. Aus
dieser Ehe stammt **Anton Ritter von**
Wagenbauer, dessen Lebensskizze S. 67
mitgetheilt wurde. Derselbe vermälte sich am
1. Februar 1853 zu Mailand mit Luigia,
Tochter des Kupferstechers Giovanni Be-
retta aus Mailand, welche zu Görz am
2. August 1862 starb. Aus dieser Ehe stammen: Franz (geb. zu Mailand 2. December
1853) bei der k. k. Marine; Julie (geb. zu
Verona 8. November 1855) und **Aristides**
(geb. zu Verona 2 Mai 1857), in der k k.
Armee.

Wappen. Getheilt mit aufsteigender goldener Spitze. Auf erdigem Boden ein blau
gekleideter Mann, der einen schwarzen Hut
auf dem Haupte und ebensolche hohe Stiefeln
trägt, hält in der rechten Hand aus einem um
die Hüften gebundenen weißen Tuche Zanten
ausstreuend; dann oben in Roth zwei acht-

speichige goldene Räder; unten in **Blau** zwei
goldene Sterne. Auf dem **Schilde** ruhen zwei
zu einander gekehrte goldgekrönte **Turnier-**
helme. Die **Krone** des rechten trägt einen
rothen, mit einem rothspeichigen **goldenen**
Rade belegten Flug; aus der **Krone** des
zweiten Helms wächst ein goldener **Löwe**, in
der rechten Pranke einen Säbel am goldenen
Griffe, in der linken einen schwarzen gold-
gefaßten Trommelschlägel haltend Die **Helm-**
decken des rechten Helms roth, die des linken
blau, beide mit Gold unterlegt.

Wagenknecht, Joseph Ignaz (theologischer Schriftsteller, geb. zu
Dřevenice bei Jičin in Böhmen
am 17. September 1808, gest. zu Prag
am 7. Mai 1838). Das Gymnasium besuchte er in Jičin, wo namentlich Professor Franz Šír [Bd. XXXV, S. 28]
auf ihn Einfluß übte und die Liebe der
Muttersprache in ihm weckte. Philosophie
und die theologischen Studien hörte er
zu Prag. Während seines Aufenthaltes
im theologischen Seminar munterte er
seine Collegen zum Studium der heimischen Sprache und zur Lecture der in
derselben erscheinenden Bücher auf und
legte eine Bibliothek čechischer Bücher
an, die er zunächst mit seinen eigenen
und dann mit Büchern anderer Personen
vermehrte, welche dieselben eben zu
diesem Zwecke geschenkt hatten. Im Juli
1831 zum Priester geweiht, wurde er als
Caplan und Katechet nach Beraun geschickt, im Jahre 1834 aber kam er als
dritter Caplan an die St. Heinrichskirche
in der Prager Altstadt, wo er auch im
schönsten Mannesalter von erst 30 Jahren
starb. Von selbständig erschienenen Arbeiten Wagenknecht's ist uns nichts
bekannt, wohl aber war er Mitarbeiter
an verschiedenen in Prag herausgegebenen
čechischen Zeitschriften, so am „Jindy
a Niny", d. i. Einst und Jetzt; „Květy",
d. i. Die Blüten; „Časopis pro katol.
duchovenstva", d. i. Zeitschrift für die

katholische Geistlichkeit; auch machte er sich sehr um die Förderung und Entwicklung der čechischen Literatur verdient, indem er selbst čechische Bücher eifrigst sammelte, die Anlegung von Bibliotheken förderte und unterstützte und wo und wann sich ihm Gelegenheit darbot, nationale Zeitschriften und Bücher unentgeltlich vertheilte.

Wagenschön, Franz Xaver (Historienmaler, geb. zu Wien 2. September 1726, gest. in Prag 1796, nach Bartsch bereits 1790 in Wien). Er soll ein und dieselbe Person mit einem Künstler sein, den Meusel, Füßly und Dlabacz unter dem Namen Fahrenschon anführen. Bei Nagler erscheint er zugleich ein Mal unter Fahrenschon, das andere Mal unter Wagenschön, bei Tschischka und Schreiner unter Wagenschön. Wir müssen es späteren Forschern überlassen, zu entscheiden, welcher Name der richtige ist: ob Fahrenschon oder Wagenschön. Wir entschließen uns einstweilen für den letzteren, und zwar auf Grundlage der Radirungen unseres Künstlers. Derselbe, wahrscheinlich ein Sohn des von 1715—1723 auf dem Pohorzelecz in Prag wohnenden Malers Paul Friedrich Wagenschön, über dessen Arbeiten uns alle weiteren Nachrichten fehlen, wäre nach Schreiner in Wien, nach Dlabacz in Komotau, nach Anderen wieder in Littisch geboren. Frühzeitig soll er Italien besucht, dann Reisen durch ganz Deutschland gemacht haben, an den großen Meisterwerken sich bildend, welche er in den Galerien fand. Den Besuch Italiens stellt Nagler in Abrede. Nach Schreiner wäre unser Maler Mitglied der k. k. Akademie der bildenden Künste in Wien gewesen, und be Luca gibt sogar an,

daß derselbe 1770 mit der Allegorie „wie Minerva das Studium der Künste gegen deren Feinde unterstützt", in die Akademie aufgenommen worden sei. In Wien lernte er Wagenschön unter Peter Johann Brandel [Bd. II, S. 113]. Nach der Rückkehr von seinen Reisen nahm er bleibend seinen Aufenthalt in Prag, welches er nur verließ, wenn er größere Aufträge in verschiedenen Kirchen Oesterreichs auszuführen hatte. In Prag ging er aus und ein im Hause der gräflichen Familie von Pachta, für welche er auch sehr viel malte. Seine Arbeiten, meist historische und allegorische Bilder — nur wenig Bildnisse — finden sich in Kirchen und Schlössern der Erzherzogthümer, in Ungarn, in Böhmen, in der Steiermark. Die sehr lückenhaften Angaben Nagler's versuchen wir im Folgenden zu ergänzen. In Niederösterreich befinden sich von seinen Arbeiten, und zwar zu Wien in der Franciscanerkirche zum h. Hieronymus: „Die Marter des h. Capistran"; — in der St. Ursulakirche: „Die Erscheinung der h. Jungfrau vor dem h. Ignatius", „Die h. Angela"; — in der k. k. Akademie der bildenden Künste: die schon oben erwähnte Allegorie; — im Privatbesitz des Oberbaurathes Bergmann: „Pan und Nymphen in einer Landschaft" [39 Centim. hoch, 51 Centim. br.]; — in der Kirche des Benedictinerstiftes Göttweih am ersten links stehenden Altar: „Der h. Georg tödtet den Lindwurm" (bez. 1774); auf dem achten Seitenaltar: „Die h. Magdalena" (bez. 1774), renovirt 1827 von seinem Schüler Hunglinger; — zu Tulln in der Klosterfrauenkirche: „Der h. Johannes von Nepomuk Almosen austheilend"; — zu Poysdorf in der Capucinerkirche: das Hochaltarblatt und „Die Vermälung der h. Katharina"; — in Oberösterreich in der Stiftskirche zu St. Florian: das Hochaltarblatt—nach Anderen wäre dasselbe, eine „Himmelfahrt Mariä" vorstellend, von Ghezzi, einem Schüler des Pietro da Cortona, gemalt; und in der Abtei: „Der Staatswagen des Kaisers Joseph II.", mit verschiedenen Figuren; — in Ungarn zu Eisenstadt in der Kirche zu den barmherzigen Brüdern: „Der h. Antonius von Padua"; — zu Erlau in der Domkirche: das Hochaltarblatt; — zu Preßburg im Palais des Herzogs von Sachsen-Teschen: ein Wagen mit poetischen Figuren und vier Supraporten mit Kindergestalten, welche die Künste darstellen; — für den Grafen Balassa ebenda: eine „h. Anna" und zwei kleinere Heiligenbilder; — zu Waihen im bischöflichen Palaste zwei kleinere Heiligenbilder; — im Banat zu Temesvár: ein Altarblatt: „Der h. Wendelin"; — in Steiermark zu Graz im Mausoleum Kaiser Ferdinands II. in der Seitenhalle auf dem rechten Altar tische das Altarblatt: „Der h. Ignatius von Engeln gegen den Himmel getragen; auf der Brust ruht der strahlende Name Jesu, von welchem — ganz entgegen den Worten des Erlösers — vernichtende Blitze auf die zu Boden geschmetterten Ketzer herabfahren". Von seinen Bildnissen ist jenes der gräflichen Familie Pachta anzuführen, das sich im Besitze derselben befindet und selbst von Künstlern seiner Schönheit wegen bewundert wurde. Außer Gemälden in Oel hat Wagenschön sehr schöne getuschte Federzeichnungen ausgeführt, deren mehrere in der historischen Kunstausstellung zu sehen waren, welche 1877 anläßlich der Eröffnung der neuen k. k. Akademie der bildenden Künste auf dem Schillerplatze zu Wien stattfand, so: „Steinigung des h. Stephan" [14 Centim. hoch, 20 Centim. breit]; — „Die Geburt Christi" [23·5 C.

hoch, 17·5 Centim. br., 1756 bez.], beide Eigenthum des Herrn Klinkosch; — „St. Florian, St. Leopold und zwei andere Heilige" [31 Centim. hoch, 19 Centim. breit], Eigenthum des Oberbaurathes Bergmann; — „Lautenschläger, Clarinetspieler und Sängerin" [15 Centim. hoch, 14 Centim. breit, bez. 1755] und „Religiöse Scene" [27 Centimeter hoch, 18 C. breit], beide Eigenthum der kunstakademischen Bibliothek in Wien; — und in der Sammlung des Grafen Sternberg zu Prag: „Die vier Elemente", mythologische Figuren in der Weise des Cornelis Schut. Auch hat der Meister einige Blätter eigenhändig radirt, jedoch sind nur etwa zwanzig Blätter seines Grabstichels bekannt, den er in ganz geistreicher Weise, etwa in der Art des Cornelis Schut zu führen verstand. Diese sind — die mit einem Stern (*) bezeichneten gelten als Hauptblätter. „Die Kreuzabnahme Christi. Der Erlöser liegt am Fuße des Kreuzes". F. Wagenschön fec., anno 1771, (8⁰.); — *„Der vom Kreuze abgenommene Heiland; sein Kopf ruht im Schooß der Mutter. und Magdalena ist zu seinen Füßen hingestreckt". F. Wagenschön inv. et f. anno 1771 (Fol.); — *„Der Satyr mit dem Horn, links eine Bakchantin und der Panther. rechts Silen". Nach J. Jordaens radirt, F. Wagenschön fec. (4⁰.); — „Seegötter und Nymphen"; F. Wagenschön fec. 1771 (Qu.-Fol.); — „Neptun und Amphitrite rechts unter dem Zelte sitzend; Zetreiben reichen Muscheln und Korallen". F. Wagenschön fecit 1784 (Qu.-Fol.). Diese Composition Wagenschön's erscheint zweimal; die eine gleicht etwas dem Bilde von Rubens in der Galerie Liechtenstein in der Roßau zu Wien; — „Ein sitzendes altes Weib mit gefalteten Händen". unten bezeichnet F. W. inv. et inc. Sept. 1764 (8⁰.). schöne Radirung in Rubens' Charakter; — zwölf Blätter, Büsten nach Rubens und Van Dyk (12º.). Fritsch — welcher von den drei ziemlich gleichzeitigen Künstlern dieses Namens, kann nicht sicher angegeben werden — stach nach ihm das Bildniß des Erzherzogs Joseph, späteren Kaisers Joseph II. Durch die Bezeichnung einiger seiner radirten Blätter scheinen sich die Zweifel über seinen Namen lösen zu wollen; denn es ist kein Blatt mit Fahrenschon, wohl aber sind mehrere mit Wagenschön bezeichnete zu finden. Wagenschön ist ein Maler von eminenter künstlerischer Bedeutung, der sich vornehmlich an niederländischen Meistern herangebildet hat, aber sonderbarer Weise, obgleich seine Werke mitunter wahre Galeriebilder sind, weder in der kaiserlichen noch in einer Privatgalerie der Monarchie durch ein Werk vertreten ist.

Nagler (G. K. Dr.). Neues allgemeines Künstler-Lexikon (München 1839, E. A. Fleischmann, 8º.) Bd. XXI, S. 50. — Schreiner (Gustav Dr.). Grätz... (Grätz 1843, 8º.) S. 182. — Tschischka (Franz). Kunst und Alterthum im österreichischen Kaiserstaate geographisch dargestellt (Wien 1836, Fr. Beck, gr. 8º.) S. 13, 17, 54, 78, 79 und 406.

Wagenseil, Georg Christoph (Clavierspieler und Componist, geb. zu Wien im Jahre 1688, gest. daselbst am 1. März 1777). Seine musicalische Ausbildung erhielt er noch durch den berühmten kaiserlichen Obercapellmeister J. J. Fux [Bd. V, S. 41]. 1739 wurde er als Componist mit einem Jahrgehalt von 360 fl. an der kaiserlichen Hofmusikcapelle in Wien angestellt und auf diesem Posten unter der Kaiserin Maria Theresia und Kaiser Joseph II. bestätigt. Da er sich aber eines ungemein vortheilhaften Rufes in der Doppeleigenschaft als Mensch und Mu-

sicus erfreute, berief ihn die Kaiserin Maria Theresia zu ihrem Musikmeister und später als solchen zu ihren Erzherzoginen Töchtern. Er versah dieses ehrenvolle Amt viele Jahre hindurch, und zwar bei einem ansehnlichen Gehalt, welches er auch von dem Tage an, da er nicht mehr bei Hofe erschien, bis zu seinem Tode bezog. In seinen letzten Lebensjahren kam zu dem Podagra, welches ihm schon früher drei Finger seiner linken Hand gelähmt hatte, noch eine weit stärkere Lähmung, die sich über seine ganze rechte Hüfte ausdehnte und ihn bleibend an das Zimmer fesselte. Nichts desto weniger lag er seinen gewohnten musicalischen Arbeiten wie immer ob und ertheilte noch als 85jähriger Greis Musikunterricht. Wenige Jahre vor seinem Hingange spielte er noch vor Burney mit einer Sicherheit und einem Feuer auf dem Clavier, daß man sein hohes Alter nicht ahnte. Wagenseil war als Compositor und Lehrer vielfach thätig. Er versuchte sich in größeren dramatischen Werken und schrieb die Oper „Siroe" und das Oratorium „Gioas rè di Giuda", ohne jedoch weder mit ersterem noch mit letzterem durchzudringen. Auch componirte er mehrere italienische Lieder mit nicht größerem Glücke, daher auch von seinen Vocalcompositionen nichts zum Drucke gelangte. Mehr Erfolg dagegen hatte er mit seinen Clavierwerken, von denen folgende im Stich erschienen sind: „Suavis artificiose elaboratus concentus musicus, continens VI parthias selectas ad clauicembalum compositas" (Bamberg 1740); — „XVIII Divertimenti da Cembalo" Op. 1 bis 3 (Wien); — „X Symphonien fürs Clavir mit zwei Violons und Bass" Op. 4, 7, 8; — „II Divertimenti fürs Clavir mit einem Violon und

Baß", nebst einem „Divert. für zwei Flügl" Op. 5 (ebb.); — „VI Claviersonaten mit einer Violin" Op. 6 (Paris). Ungleich größer ist jedoch die Zahl seiner ungedruckt gebliebenen Compositionen, welche nach älteren Verzeichnissen umfassen: 30 Orchestersymphonien, 36 Violintrios, 27 Clavierconcerte, 30 Claviersuiten. Alle diese handschriftlichen Werke befanden sich zu Ende des vorigen Jahrhunderts in der Breitkopf'schen Musicalienniederlage zu Leipzig. Der Katalog der Wiener Musicalienhandlung Traeg führt aber von Wagenseil's kirchlichen Compositionen an: ein „Confitebor für vier Stimmen", ein „Salve Regina", ein „Magnificat", ein „Anima mea" und verschiedene kleinere Werke. Unser Künstler war zu seiner Zeit ein sehr beliebter Componist, dessen Werke, obwohl sie in Berlin nicht gefielen, in Wien großen Beifall fanden. In Vocalsachen nicht bedeutend, verband er in seinen Claviercompositionen mit strengem Satz Originalität und feinen musicalischen Sinn. Als Lehrer war er in Wien sehr gesucht. und von seinen Schülern sind zu nennen: Mederitsch, genannt Gallus [Band XVII, Seite 242]. Johann Schenk [Bd. XXIX, S. 199]. der Compositeur des seinerzeit so beliebten „Dorfbarbier". und die Gebrüder Anton und Franz Teyber [Bd. XLIX, S. 107 und 110]. Zum Schluß sei noch bemerkt, daß der bei E. Weingart in Erfurt 1864 unter dem Titel „Musica theatralis" ausgegebene Katalog gedruckt erschienener Operclavierauszüge von Wagenseil eine Oper „Ehrlichkeit und Liebe" Leipzig bei Wienbrack) anführt.

Musik-Lexikon von Dr. Hugo Riemann. Theorie und Geschichte der Musik u. s. w. (Leipzig 1882. Bibliogr. Institut, 8°.) S. 980 Nr. 2. — Neues Universal-Lexikon der Tonkunst. Herausgegeben von Schladebach-Bernsdorf (Offenbach 1861. Joh. André, Ser. 8°.) Bd. III. S. 833. — Gaßner (F. S. Dr.). Universal-Lexikon der Tonkunst. Neue Handausgabe in einem Bande (Stuttgart 1849, Franz Köhler, schm. 4°.) S. 876. — Gerber (Ernst Ludwig). Historisch-biographisches Lexikon der Tonkünstler u. s. w. (Leipzig 1792, Breitkopf, gr. 8°.) Bd. II, Sp. 733. — Köchel (Ludwig Ritter von). Die kaiserliche Hofmusikcapelle in Wien von 1543 bis 1867. Nach urkundlichen Forschungen (Wien 1869, Beck, gr. 8°.) S. 73, Nr. 820; S. 81, Nr. 1032; S. 85, Nr. 1121 und S. 88, Nr. 1184 [nach Köchel wäre Wagenseil im Alter von 62 Jahren gestorben, was unrichtig ist, da er 89, nach Anderen gar 92 Jahre alt geworden.

In einiger Beziehung zu Oesterreich, namentlich zu Wien, insbesondere als Erzieher in mehreren hochadeligen Familien, steht der seinerzeit berühmte Professor an der Altdorfer Universität Johann Christoph Wagenseil (geb. zu Nürnberg 26. November 1633, gest. zu Altdorf 9. October 1705). Derselbe machte zu Stockholm, dann in Greifswalde, Rostock und zuletzt in Nürnberg so ausgezeichnete Studien, daß er, erst zwanzig Jahre alt, im Hause des Grafen Abensberg und Traun als Hofmeister aufgenommen wurde. Als solcher kam er im Jahre 1657 in die gräflichen Häuser Stubenberg und Hardegg. 1659 ging er mit zwei jungen Grafen von Hardegg nach Heidelberg und von da nach Straßburg; 1661 reiste er aber mit dem jungen Grafen Ferdinand Ernst von Traun-Abensberg [Bd. XLVII, S. 20, Nr. 8] durch ganz Deutschland, die Niederlande England, Frankreich, Italien und Spanien und segelte von Cadix aus nach Africa. Sechs Jahre währte diese Reise, auf welcher er mit verschiedenen Gelehrten in näheren Verkehr trat und die bedeutendsten Bibliotheken besuchte, so daß er reiche Anschauungen und die mannigfachsten Kenntnisse gewann. Als er dann seine Erzieherstelle niedergelegt hatte, kam er 1667 als Professor der Geschichte an die Altdorfer Universität, 1673 aber trat er an derselben die Lehrkanzel für orientalische Sprachen an. 1676 wurde er Erzieher der pfälzischen Prinzen Adolph Johann und Gustav Samuel und dann pfälzischer Rath. Im Jahre 1691 machte er wieder eine Reise nach Wien, wo er von Kaiser Leopold I.

sehr huldvoll in einer Audienz empfangen und auch beim hohen Adel auf das beste aufgenommen wurde. Ein Versuch, ihn für die Kaiserstadt zu gewinnen, in welcher er an der eben gegründeten Landschaftsakademie ein Lehramt übernehmen sollte, scheiterte. Von Wien begab sich Wagenseil nach Ungarn. Zuletzt bekleidete er das Lehramt des canonischen Rechtes und die Stelle des Bibliothekars in Altdorf, wo er auch im Alter von 72 Jahren starb. Er war ein Polyhistor in des Wortes bester Bedeutung. Die Zahl seiner Schriften, mannigfachsten Inhalts, ist sehr groß. Er war ein ausgemachter Gegner der Juden, gegen die er eine ganze Reihe von Schriften veröffentlichte, in denen sich eine genaue Kenntnis des Judenthums ausspricht. Wir gedenken von seinen Schriften, die zum größten Theile nur noch ein antiquarisches Interesse haben, blos seines für die österreichischen, insbesondere die Residenzstadt Wien betreffenden Zustände damaliger Zeit höchst interessanten Briefes, welcher zu Altdorf 1694 in 4°. erschienen und den Titel führt: „Joh. Christophori Wagenseilii de Hydraspide sua, sive adversus extrema pericula aquarum munimento ac praesidio ad Petrum Valckenierium potentissimorum foederati Belgij ordinum ad S. R. J. Comitia Legatum epistola". Außer Leichenreden, welche Christoph Sonntag und Adam Balthasar Werner auf ihn gehalten und 1705 in Folio haben drucken lassen, erschien noch sein Leben, beschrieben von Friedrich Roth-Scholz (Nürnberg 1819) und bald nach seinem Tode die Schrift: „Hamazoschoemonnema s. memoria Wagenseiliana" (Altdorf 1709) mit einem Verzeichniß seiner Werke. Sein Porträt haben J. J. Haid und J. Sandrart (4°). M. Fennitzer (K.-Fol.) gestochen. Als eine Sonderbarkeit dieses Gelehrten sei erwähnt, daß er sich niemals die Nägel schnitt, wodurch dieselben die Größe von Adlerklauen erreichten. Daher trug er, um die Nägel an den Füßen nicht zu verletzen, sehr lange Schuhe. Kam er um ein Eckhaus herum so riefen die Leute, ehe sie ihn noch sahen: „Wagenseil kommt, man sieht schon seine Schuhe".

Wagensperg, Siegmund Graf (Landwirth und Humanist, geb. zu Graz 18. Juli 1778, gest. 11. Juli 1829). Der erstgeborene Sohn des Grafen Jo-

hann Nepomuk aus dessen erster Ehe mit Maria Eleonore geborenen Gräfin Galler. Anfänglich für den Waffendienst bestimmt, trat er in die k. k. Ingenieurakademie zu Wien ein, mußte aber dieselbe wegen Augenschwäche und Kurzsichtigkeit wieder verlassen, worauf er an dem damaligen Lyceum in Graz die philosophischen und juridischen Studien beendete. Nun widmete er sich zunächst bei dem k. k. Kreisamte, dann bei dem k. k. Gubernium in Graz der staatsdienstlichen Laufbahn, die er aber auch nach seiner am 7. September 1807 erfolgten Vermälung mit M. Karoline Gräfin von Stainach wieder verließ, um bei seiner vorherrschenden Liebe zum Landleben und zur landwirthschaftlichen Beschäftigung ausschließlich der Bewirthschaftung seiner Besitzungen am Rosenberge und Ruckerlberge bei Graz und vornehmlich der Obstbaumzucht sich hinzugeben. Als ihm dann 1813 die im Rechtsstreite befindlichen väterlichen Herrschaften zuerkannt und übergeben wurden, nahm er seinen beständigen Wohnsitz auf dem Stammschlosse zu Greißenegg im Grazer Kreise. Daselbst lebte er nun unterbrochen und wie sein Biograph berichtet: „unermüdet, durch zweckmäßigere Verwaltung und Einrichtung die schon lange verwaisten Güter zu verbessern und den durch eine Reihe von Mißjahren verarmten Unterthanen möglichst aufzuhelfen. Er wußte genau, was jedem einzelnen seiner Unterthanen noth that; auch nahmen sie jederzeit zu ihm die Zuflucht, um Rath, Trost und Hilfe zu erlangen. Er vergaß seiner selbst, wenn es die Rettung und Hilfe der mit Noth kämpfenden Unterthanen galt. So erließ er vielen ohne ihre Schuld Verarmten einen großen Theil ihrer jährlichen Abgaben auf seine Lebensdauer, gerade in

der Zeit, wo er selbst noch die Folgen
von den Jahren der Theuerung fühlte,
in denen er seine Herrschaften übernommen und eingerichtet hatte, und so ward
Graf Wagensperg durch seine Liebe
und Milde ein väterlicher Herr seiner
Unterthanen. Als Staatsbürger zeichnete
er sich allgemein durch seine innige reine
Vaterlandsliebe und seine unerschütter-
liche Treue gegen seinen Monarchen aus.
Als Mensch war er besonders schätzbar
durch sein Herz voll der edelsten Gefühle
für alles Wahre und Gute, durch sein
aufrichtiges Wohlwollen gegen Jedermann und seine einnehmende Art im gesellschaftlichen Umgange. Die steirische
k. k. Landwirthschaftsgesellschaft gewann
an ihm eines ihrer einsichtsvollsten und
eifrigsten Mitglieder und die Filiale
Voitsberg einen sehr thätigen Vorstand.
In dieser Sphäre war er stets bemüht,
durch den Schatz seiner praktischen Kenntnisse zum gemeinschaftlichen Zwecke mitzuwirken, zweckmäßige Verbesserungen
und Erfindungen einzuführen und zu
verbreiten und tief eingewurzelte Vorurtheile aus dem Wege zu räumen". Der
Graf starb an den Folgen eines Sturzes
im schönsten Mannesalter von 51 Jahren.
Seine Gemalin hatte ihm sieben Kinder
geschenkt: drei Söhne, Adolph, Zeno
und Siegmund; und vier Töchter, Josepha, Carolina, Aloisia und Anna
[vergl. die Stammtafel].

Steiermärkische Zeitschrift. Redigirt von
Dr. G. F. Schreiner, Dr. Albert von
Muchar, G. G. Ritter von Leitner,
Anton Schrötter (Graz, 8°.) Neue Folge.
VII. Jahrg., 1 Heft. S. 109, Nr. CLXIV.

Zur Genealogie der Grafen von Wagensperg.
Dieses Adelsgeschlecht, welches ursprünglich
den Namen Wagen führte, bedient sich erst
seit Hans Siegmund ausschließlich des Prädicates Wagensperg. Es ist eine kraine-
rische Familie, und steht sein Stammschloß,

später Eigenthum Valvasor's, noch in
Krain, im Neustädter Kreise, zwischen Gallen-
stein und Littai. Erst gegen das Ende des
sechszehnten Jahrhunderts übersiedelten die
Wagensperg nach Steiermark, nachdem sie
in diesem Lande durch ihre Gemalinen Besitzungen erworben hatten. Ihre Stammregister führen sie bis in die Mitte des fünfzehnten Jahrhunderts zurück, in welchem
Walthasar von Wagen sich mit Veronica
von Lichtenberg vermälte. Derselbe erhielt nach
dem Tode seines Schwiegervaters die Herrschaft Lichtenberg und nahm nun auch das
Lichtenberg'sche Wappen, den rothen ge-
krönten Vogel im silbernen Felde, in des
seinige auf. Seine Enkel Johann und Christoph bildeten zwei Linien, aber während
die von Letzterem ausgehende schon in der
dritten Generation erlosch, pflanzte sich die
von Ersterem gestiftete bis auf die Gegenwart fort. Im Anfange ist die genaue
Ahnenreihe nicht mit Sicherheit festzustellen,
erst mit Johann Siegmund [Nr. 11], mit
welchem auch unsere Stammtafel beginnt,
tritt, wenigstens nach den männlichen
Gliedern, eine lückenlose Stammesfolge
ein. Johann Siegmunds Sohn aus
zweiter Ehe, Johann Rudolph [Nr. 10]
pflanzt mit Eleonora Eusebia gebornen Bur-
gräfin von Dohna den Stamm fort, der sich
mit ihren beiden Söhnen Johann Walthasar [Nr. 9] und Siegmund Franz
[Nr. 15] in zwei Aeste theilt, von denen
jener des Letzteren schon in dessen Töchtern
erlischt, während sich die Nachkommenschaft
des Ersteren bis auf unsere Tage erstreckt.
Die weitere Entwickelung der Familie bis
auf die Gegenwart ist aus der angeschlossenen
Stammtafel leicht ersichtlich. Was nun die
Standeserhebungen des Geschlechtes anbelangt, so erhielt zuerst Hans Siegmund von
Wagen mit Diplom ddo. Graz 1. Juni
1602 von Erzherzog Ferdinand II. den
Freiherrnstand. Außerdem wurde derselbe noch
mehreren Sprossen dieses Geschlechtes, nämlich den Brüdern Erasmus, Landrathe in
Steyr, Maximilian, k. serlichem Truchsessen,
und Georg Ehrenreich, kaiserlichem Zu-
schneider, von Kaiser Ferdinand II. am
22. October 1619 verliehen; ferner auf
Hans Siegmunds Bitten dessen Brüdern
Georg, Regimentsrathe in Graz, und Hans
Daniel mit Diplom ddo. Wien 2. Juni
1621; Felician [Nr. 3] endlich, ein Bruder,
oder wahrscheinlicher ein Vetter Hans Sieg-

Stammtafel der Grafen von Wagenspe...

Johann Siegmund
geb. 18 Jänner
1) Feli...

2) Maria Chr...
3) Maria Elif...

| Anna Regina †, vm. Maximilian Freih. von Brenner † 1634. | Maria Magdalena †. | Johann Rudolph [10] geb. 8. Jänner 1613, † 16... Eleonora Eusebia Burggräfin v... |

Johann Balthasar [9]
† 1698.
1) Juliana Elisabeth Gräfin von Dietrichstein
† 1689.
2) Maria Theresia Prinzessin von Liechtenstein
† 4. Februar 1716.

| Siegmund Rudolph [16] geb. 1674, † 19. September 1734. 1) Maria Aloisia Freiin Jöckner von Maissenberg. 2) Maria Theresia Gräfin von Fengheim geb. 1671, † 1750. | Franz Anton Adolph [8] geb. 27. Februar 1675, † 31. August 1723. 1712 Bischof von Chiemsee. | Hannibal Balthasar [7] geb. 1676, † Februar 1723. Maria Rebecca von Stubenberg † 7. Februar 1761. | Maria Eleonore geb. 4. October 16... † 28. Februar 174... vm. Maximilian A... Graf Thurn-Valfaf... † 9. März 1743. |

| M. Aloisia geb. 3. Februar 1707, † 5. August 1746, vm. Max Ludwig Graf von Lanzan geb. 19. October 1700, † 9. April 1753. | **Charlotte** geb. 28. August 1718, † 6. März 1750, vm. Weichard Graf von Trautmansdorff. | | ... geb. 1... vm. Franz Wil... Graf ... † 5. N... |

Siegmund [S. 73]
geb 18 Juli 1778, † 11 Juli 1829.
Maria Caroline Gräfin von Stainach
geb. 18. Juni 1790.

...

| Josepha geb. 14. Juni 1808, † 8. Juli 1834, vm. Ignaz Freiherr von Lazzarini. | Adolph geb. 9. Juli 1809. Ernestine Freiin von Jöchlingen zu Jochenstein geb. 6. Juli 1818. | Caroline geb. 13. October 1810, vm. Rudolph Graf Coreth zu Coredo † 25. Mai 1860. |

| Georgine geb. 6. Februar 1839, † 29. Mai 1848. | Raimund [14] geb. 11. October 1840. | Camilla geb. 29. Juli 1842, vm. Joseph Ernst Freiherr von Gudenus. |

---

*) Die in den Klammern [ ] befindlichen Zahlen weisen auf die kürzeren Biographien, welche sich auf Betreffenden steht.

Zu v. Wurzbach's biogr. Lexikon. Bd. LII.

bei
vo
in m
G
un
Ur
er B
lid
Al
bu
für
au
m
fel
t.
an
eif
B
Ir
bu
ni
zu
un
ve
ur
G
im
S
ge
un
fe
[v
e

Jn

munds, erhielt den Freiherrnstand in Würdigung seiner Verdienste, die er sich als Kriegsmann in den damaligen bewegten Zeiten erworben, von Kaiser Ferdinand III. mit Diplom ddo. Wien 28. Februar 1639. Der Grafenstand kam in die Familie durch den mehrgenannten Freiherrn **Hans Siegmund.** Derselbe richtete nämlich an den Fürsten Ulrich von Eggenberg am 8 September 1625 ein eindringliches Bittschreiben um Erwirkung des Grafenstandes. Es wurde ihm auch die Erhebung in des h. römischen Reiches und der österreichischen Erblande Grafenstand ddo. Wiener-Neustadt 29. September 1625 mit der Bewilligung genehmigt, den bisherigen Geschlechtsnamen Wagen wegzulassen und sich fortan Graf von **Wagensperg** und Herr auf Sonnek (später immer Sannegg geschrieben), Wottsperg und Greiffeneck zu schreiben. Auch erwarb er 1619 das Erbmarschallamt von Kärnthen, welche Würde sich noch heute im Besitze der Familie befindet. Was nun die einzelnen Sprossen betrifft, so finden wir dieselben in hohen Civil- und Militärstellen. Graf Siegmund Franz [Nr. 15] bekleidete das Amt eines Oberstkofmeisters der Kaiserin; hohe Staatsämter versahen **Adolph** [Nr. 1]. **Balthasar II.** [Nr. 3], **Johann** [Nr. 8]. **Johann Balthasar** [Nr. 9], **Johann Rudolph** [Nr. 10]. **Johann Siegmund** [Nr. 11]. **Maximilian** [Nr. 12] und **Siegmund Rudolph** [Nr. 16]; als ausgezeichnete Krieger sind zu nennen: **Balthasar I.** [Nr. 2], **Erasmus** [Nr. 4], welcher den ehrenvollen Kriegertod auf der Wahlstatt fand, **Felician** [Nr. 5] und **Hannibal Balthasar** [Nr. 7]. Unter den Männern der Kirche erscheint nur ein Wagensperg, nämlich **Franz Anton Adolph** [Nr. 6]. welcher erst als Bischof in seiner Heimat zu Seckau, dann aber als solcher in seinem Chiemsee waltete, wo er auch, verehrt als würdiger Kirchenfürst, das Zeitliche segnete. — Durch seinen humanen Geist und seine landwirthschaftliche Vorliebe nähert sich insbesondere dem Volke **Graf Siegmund,** in welchem seine Untergebenen mehr ihren Vater als ihren Gebieter sahen [S. 73]. Auch der religiösen Bewegung, welche nach Luther's Auftreten namentlich in den niederösterreichischen Ländern sich bemerkbar machte und vornehmlich unter dem Adel Anhang und entschiedene Theilnahme

fand, blieb die Familie nicht fern, und wie so viele Adelige, welche es vorzogen, das Land zu verlassen, als dem neuen Glauben zu entsagen, schied auch ein **Maximilian** [Nr. 13] als treuer Anhänger der neuen Lehre aus seiner Heimat und fand in Sachsen seine Ruhestätte. Doch nirgends ist es ersichtlich, ob er in seinem zweiten Vaterlande eine Familie gründete und einen neuen — protestantischen — Zweig bildete, und wenn dies der Fall, so ist derselbe schon lange erloschen. [Oesterreichische National-Encyklopädie von Gräffer und Czikann (Wien 1837, 8°.) Bd. VI, S. 4. — Schmutz (Karl). Historisch-topographisches Lexikon der Steiermark (Graz 823, Andr. Kienreich, 8°.) Bd. IV, S. 292. — Historisch-heraldisches Handbuch zum genealogischen Taschenbuch der gräflichen Häuser (Gotha 1855, Just. Perthes, 32°.) S. 1045. — Hübner. Genealogische Tafeln, Bd. III, Tafel 880. — Bergmann (Jos.). Medaillen auf berühmte und ausgezeichnete Männer des österreichischen Kaiserstaates vom sechzehnten bis zum neunzehnten Jahrhunderte. In treuen Abbildungen mit biographisch-historischen Notizen (Wien 1844—1837, Tendler, 4°.) Bd. II, S. 357. — Zedler's Universal-Lexikon, 52. Bd., S. 627 u. f., mit reicher Quellenliteratur.]

Besonders hervorragende Sprossen des Grafengeschlechtes Wagensperg. 1. **Adolph** (geb. 8. December 1724, gest. 13., nach Anderen 3. November 1773). Der einzige Sohn des Grafen Hannibal Balthasar aus dessen Ehe mit Maria Rebecca Gräfin von Stubenberg, diente er in Civil- und Militärämtern, wurde kaiserlicher wirklicher geheimer Rath, Obersterblandmarschall in Kärnthen, Kammerpräsident der Commercialhauptintendanz des gesammten österreichischen Littorales zu Triest, Civilhauptmann und Militärcommandant der am adriatischen Meere gelegenen österreichischen Seestädte und am 24. April 1773 Landeshauptmann der gefürsteten Grafschaften Görz und Gradieca. In letzterer Stellung, diente er jedoch nur wenige Monate, da er schon im November 1773, erst 49 Jahre alt, das Zeitliche segnete. Aus seiner 1747 geschlossenen Ehe mit Maria Aloisia Gräfin Sautau hinterließ er eine Tochter Aloisia, welche sich am 18. November 1764 mit Friedrich Grafen Lanthieri. k. k. Kämmerer und Rathe zu Graz,

vermälte, und einen Sohn Johann Nepomuk, welcher sich zweimal verheiratete, zuerst
im November 1775 mit Maria Eleonora
Gräfin Galler und 1788 mit Maria
Anna Freiin von Hackelberg. Die Kinder
beider Ehen sind aus der Stammtafel ersichtlich. [*Morelli di Schönfeld (Carlo).*
Istoria della Contea di Gorizia (Gorizia
1855, Paternolli, br. 8°.), Vol. III, p. 66.]
— 2. **Balthasar I.**, ein Sohn des Andreas von Wagen und der Anna von
Obratsch, lebte im fünfzehnten Jahrhunderte im Lande Krain. Er befand sich unter
jenen Rittern des krainischen Adels, welche
dem von seinem Bruder Albrecht VI. in
der eigenen Burg zu Wien hartbedrängten
Kaiser Friedrich III. zu Hilfe eilten und
ihn befreiten. Aus Dankbarkeit für die von
den Krainern geleistete Hilfe verbesserte der
Kaiser ddo. Wiener-Neustadt 12. Jänner 1464
das Wappen von Krain. Balthasar vermälte sich mit Veronica von Lichtenberg, welche
nach ihres Vaters Tode die Herrschaft
Lichtenberg nebst anderen Gütern im Cillier
Kreise erhielt. Aus dieser Zeit stammt auch
die Aufnahme des Lichtenberg'schen War-
pens — der rothe gekrönte Vogel im silbernen
Felde — in das Wagensperg'sche. Veronica schenkte ihrem Gatten einen Sohn und
eine Tochter Erstere, Namens Erasmus,
pflanzte das Geschlecht fort. — 3. **Balthasar II.** (gest. 1595) ein Sohn Johanns
(Hans) von Wagen aus dessen Ehe
mit Helene von Poetschach, war kaiserlicher und erzherzoglicher Rath und Berord-
neter in Steiermark. Seine Gemalin Katharina Schroll von Kindberg soll ihm nicht
weniger denn 19 Kinder — zwölf Söhne
und sieben Töchter — geboren haben. —
4. **Erasmus** (gest. 1605, von der Christoph'schen Linie, ein Sohn des Franz
von Wagen aus dessen Ehe mit Ottilie
Nicolitsch, kämpfte in den Türkenkriegen
seiner Zeit und fand 1635 vor Sissek den
rühmlichen Soldatentod — 5. **Felician**,
wahrscheinlich ein Sohn Balthasars II.
aus dessen Ehe mit Katharina Schroll
von Kindberg, lebte zu Ende des 16. und in
der ersten Hälfte des 17. Jahrhunderts. Er
war ein ausgezeichneter Kriegsmann, der sich
bei verschiedenen Gelegenheiten durch seine
Tapferkeit bewährte; so im Jahre 1626, als
Graf Mannsfeld und Herzog Christian
von Braunschweig, welche die Dessauer
Schanze angriffen, von derselben zurück-

geworfen und die Streitkräfte Beider ge-
trennt wurden; dann 1627 bei Oldenburg in
Holstein; später in den Attaquen bei Glück-
stadt und Krempe. Im Jahre 1629 zog er
nach Italien und betheiligte sich an der Belagerung und Einnahme von Mantua; 1631
focht er in der Schlacht bei Leipzig gegen
den König von Schweden und 1632 mit
seiner Compagnie gegen den Grafen Thurn
bei Steinau in Schlesien; dann wohnte er
den Belagerungen von Landsberg und Frankfurt an der Oder bei und belagerte selbst
1633 mit vier Compagnien die Festung
Hohenneuf in Württemberg, welche sich ihm
nach sieben Monaten auch ergab. 1634 machte
er den Zug nach Burgund und Frankreich
mit, diente im folgenden Jahre in den Niederlanden unter Piccolomini als Commandant des Regiments des Feldmarschalls Matthias Grafen Gallas. Noch zeichnete er sich
beim Entsatze von St. Omer aus. Am 28. Februar 1639 wurde er von Kaiser Ferdinand III. in den Freiherrenstand erhoben.
Ob er aus seinen beiden Ehen mit Margarethe Raß und mit einer Pülterer Kinder
hatte, ist nicht bekannt. — 6. **Franz Anton
Adolph** (geb. in Graz 22. Februar 1675,
gest. 31. August 1723) Als zweitgeborener
Sohn des Grafen Johann Balthasar
aus dessen erster Ehe mit Juliana Elisabeth Gräfin von Dietrichstein für den
geistlichen Stand bestimmt, erhielt er 1690,
erst 15 Jahre alt, ein Canonicat in Salzburg.
Die theologischen Studien machte er in Rom,
wo er auch öffentlich theologische Sätze vertheidigte; sein erstes Meßopfer verrichtete er
zu Graz am 2. Februar 1700. Schon 1702,
im Alter von 27 Jahren, wurde er Bischof
von Seckau, als welcher er die damalige
Augustiner-, spätere Pfarrkirche im Münz-
graben zu Graz einweihte. 1712 vertauschte
er das Bisthum von Seckau mit jenem von
Chiemsee, welches er eilf Jahre, bis zu seinem
Hinscheiden, versah. Er starb im schönsten
Mannesalter von erst 48 Jahren zu Greis-
egg bei Voitsberg, und seine irdischen Ueberreste wurden in der Carmeliterkirche letzten
Ortes beigesetzt. Man rühmte ihm Freigebig-
keit gegen die Armen und die sonstige
priesterlichen Tugenden nach. Seine aus verschiedenen Anlässen und an verschiedenen
Orten gehaltenen Predigten und Kirchenreden
wurden nach seinem Tode gesammelt und
(Augsburg und Grätz 1725 bei Veit's Erben,
4°) herausgegeben. [*Leardi (Peter) Rede*

aller bisherigen Erzbischöfe zu Salzburg, wie
auch der Bischöfe zu Gurk, Seckau, Lavant
und Leoben u. s. w. (Graz 1818, Alo's
Tusch, 8°.) S. 117, Nr. 40. — Winklern
(Joh. Bapt. von). Biographische und litera-
rische Nachrichten von den Schriftstellern und
Künstlern, welche in dem Herzogthume Steier-
mark geboren sind u. s. w. (Graz 1810.
Jerstl, 8°.) S. 247. — Neue Chronik von
Salzburg. Von Dr. Judas Thaddäus Zauner, fortgesetzt von Corbinian Gärtner
(Salzburg 1818, Mayr, 8°.) III. (des ganzen
Werkes IX.) Theil, S. 37 und 287 (er wird
hier Anton Adolph genannt, doch sind seine
richtigen Vornamen Franz Anton)] —
Grabdenkmal. Bischof Franz Anton liegt zu
Boitsberg in Steiermark bestattet. Der Denk-
stein, der oben mit seinem Bildniß im geistlichen Kleide und mit dem Kreuze auf der
Brust, dann mit dem Wappen des Bisthums
und dem seiner Familie geziert ist, trägt fol-
gende Inschrift: Celsissimo Principi | Fran-
cisco Antonio Adolpho | Primum Ecclesiae
Seccoviensis, Dein | Chiemensis Episcopo
Ex Comitibus de Wagnsperg | Anno
MDCLXXV. Die VIII. Kal. Martij. | In
Urbe Graecensi nato | Religione, zelo mo-
ramque integritate | Praesuli sanctissimo |
Sapientia Aequitate Clementia | Principi
optimo | Profusa in Miseros inopesque
Largitate | Patri Pauperum Plentissimo |
Ideoque pia et sancta morte | Anno
MDCCXXIII. Prid. Kal. Sept. | ex avito
castro Greisseneckensi | Ad immortalem in
coelis gloriam evocato | Sepultis in aede
Lauretana eximia | Rudolphus Sigismun-
das com: de Wagnsperg | Fraterni amoris
et doloris monumentum | posuit. — **Por-
trät.** Vor seiner in Augsburg und Gräz bei
Veit's Erben 1725 in Quart herausgegebenen Sammlung seiner Predigten] —
7. **Hannibal Balthasar** (geb. 1676, gest.
im Februar 1725), ein Sohn des Grafen
Johann Balthasar aus dessen erster Ehe
mit Juliana Elisabeth Gräfin von
Dietrichstein, widmete sich früh dem
Waffendienste, wurde k. k. Kämmerer und
kaiserlicher Generaladjutant, 1712 Oberst und
Commandant zu St. Georgen in der croatischen Militärgrenze, in welcher Stellung er,
erst 49 Jahre alt, starb. Am 3 Mai 1721
hatte er sich mit Maria Rebecca Gräfin Stubenberg vermält, welche ihm vier Kinder, drei
Töchter und den Sohn Adolph, gebar und
ihn um 36 Jahre überlebte. — 8. **Johann**

(Hans) (gest. 15. April 1533), der einzige
Sohn Balthasars von Wagen, brachte
durch seine Heirat mit Helene von Portschach
das Portschach'sche Hufeisen in sein
Wappen. Er war kaiserlicher Rath und
Silberkämmerer. Seine Gattin gebar ihm
außer drei Töchtern nur einen einzigen Sohn
Balthasar II., welcher den Stamm
dauernd fortpflanzte. — 9. **Johann Balthasar** (gest. 1693), ältester Sohn des
Grafen Johann Rudolph aus dessen Ehe
mit Eleonora Eusebia Burggräfin von
Dohna, wurde kaiserlicher geheimer Rath,
Kämmerer und Statthalter von Inneröster-
reich. Er vermälte sich zweimal, zuerst 1673
mit Juliane Elisabeth, Tochter Ludwig
Siegmunds Grafen von Dietrichstein,
dann 1692 mit Maria Theresia, Tochter des
Fürsten Karl Eusebius von Liechtenstein [Bd. XV, S. 130, Nr 40] und Witwe
des Grafen Jacob von Leslie. Er hatte
nur aus erster Ehe Kinder, und zwar die
Söhne Siegmund Rudolph, Franz
Anton, Hannibal Balthasar und zwei
Töchter Maria Eleonora und Aleria,
welche Letztere zu Graz ins Kloster der Ursu-
linerinen eintrat. Von den Söhnen aber
pflanzte Hannibal Balthasar den Stamm
fort. — 10. **Johann Rudolph** (geb.
8. Jänner 1613, gest. 1679), ein Sohn des
Grafen Johann Siegmund aus dessen
zweiter Ehe mit Maria Christine Freiin
von Khuenburg, erhielt von Kaiser Ferdinand III. im Jahre 1632 durch Pfand-
verschreibung die Burg Cilli, am 28. Februar
1639 die Görzer und am 19. December 1668
die niederösterreichische Landmannschaft im
Herrenstande. Er wurde innerösterreichischer
Hofkammerpräsident und Kämmerer König
Ferdinands IV. Er vermälte sich mit
Eleonora Eusebia, der ältesten Tochter Otto
Abrahams Burggrafen von Dohna,
welche ihm zwei Söhne Johann Balthasar und Siegmund Franz gebar, von
denen Ersterer den Stamm fortpflanzte. Nach
Bergmann hätte ihm seine Gattin noch
drei Töchter Maria, M. Elisabeth und
M. Christine geschenkt, welche alle drei in ansehnliche Familien, Truchseß, Herberstein,
Schrottenbach und Erdödy geheiratet;
doch fügt Bergmann die Quelle seiner
Angabe nicht bei; der Verfasser des ziemlich
eingehenden genealogischen Artikels in Zedler's „Universal-Lexikon" bezeichnet dieselben
aber als Töchter des Grafen Siegmund

Franz, ausdrücklich bemerkend, daß Hübner und andere Biographen sie als dessen Schwestern anführen, wonach sie dann Töchter des Grafen Johann Rudolph wären. Auch schreibt der Verfasser in Zedler's „Universal-Lexikon", daß Johann Rudolph nur zwei Söhne gezeugt habe, von Töchtern berichtet er nichts. [Porträt. Unterschrift: „Rodolfo Conte di Wagensperg Signore | di Voltaberg, Greiseneg, Kainach e Sanek | Marescialo Hereditario della Pro- | vinzia di Carinthia, Cam? e Consiglier | di Stato di S. M? Ces? etc." 4°. (C. Meyssens se.).] — 11. **Johann Siegmund** (geb. 18. Jänner 1574, gest. 28. November 1640). Ein Sohn Balthasars II. und der Katharina Schrott von Kindberg. Johann Siegmund war der Land- und Hofrechte Beisitzer, verordneter Landesverweser und Landesverwalter in Steyer, Erzherzog Ferdinands Kammerrath, Hofkammerpräsident und Statthalter in Innerösterreich, auch der Kaiser Ferdinand II. und Ferdinand III. durch zwanzig und mehr Jahre geheimer Rath. Für seine als Landesverweser in Steyer geleisteten Dienste erhielt er vom Erzherzog Ferdinand ddo. Graz 1. Juni 1602 den Freiherrnstand mit den Prädicaten von Schönstein und Pragwald; und von Kaiser Ferdinand II. in erneuerter Würdigung seiner Verdienste ddo. Regensburg 2. December 1622 für sich und seine Nachkommen das Recht, nach seiner Herrschaft Sannegg sich Herr auf Sannegg zu nennen und zu schreiben. In einem Schreiben vom 8. September 1625 an Ulrich Fürsten von Eggenberg richtet er eine begründete Bitte um Verleihung des Grafenstandes, welche auch mit kaiserlicher Genehmigung ddo. Wiener-Neustadt 29 September 1625 erfolgte mit der Gestattung, den bisherigen Geschlechtsnamen Wagen ganz wegzulassen und sich Graf von Wagensperg, Herr auf Sannegg, Voitsperg und Greissenegg zu schreiben. Johann Siegmund war dreimal vermält: zuerst mit Felicitas Hoffer von Cuin (gest. 1611); dann verlobte er sich mit Inna Katharina Freiin von Rhuenburg, welche aber noch als Braut am 3. November 1611 starb; darauf vermälte er sich am 19. Februar 1612 mit ihrer Schwester Maria Christine und nach deren Tode schritt er zur dritten Ehe mit Maria Elisabeth Freiin von Herberstein; alle drei Frauen schenkten ihm Kinder, welche aus der Stammtafel ersichtlich sind. Aber nur der Sohn aus zweiter Ehe Johann Rudolph pflanzte das Geschlecht fort. Von Hans Siegmund Grafen von Wagensperg ist ein mit dem Hammer geschlagener Jetton vorhanden, welcher auf der Aversseite das Wagensperg'sche Wappen mit der Umschrift: HANNS·SIGMUND·WAGN·ZU·WAGNSPERG zeigt. Die Reversseite weist das Wappen der Steiermark mit der Umschrift: VERORDNETER IN STEYR. Die Größe des Jettons ist 1 Wiener Zoll; das Gewicht beträgt $9/16$ Loth. — 12. **Maximilian** lebte zu Ende des sechzehnten und zu Beginn des siebzehnten Jahrhunderts. Er und seine Brüder Erasmus, Landrath in Steyer, und Georg Ehrenreich, kaiserlicher Vorschneider, erhielten für sich und ihre Erben am 22. October 1622 den Titel Freiherren von Wagensperg. — 13. **Maximilian** (gest. in Dresden am 24. October 1631) ein Sohn des Georg Ehrenreich, schloß sich der religiösen Reformbewegung seiner Zeit an, bekannte sich offen zum protestantischen Glauben und mußte in Folge dessen gleich vielen anderen Adeligen, welche auch zu neuen Lehre hielten, auswandern. Er wandte sich nach Sachsen. Erst 42 Jahre alt, starb er in Dresden, wo er in der Sophienkirche in einem kurfürstlichen Sarge beigesetzt wurde. — 14. **Raimund** (geb. 11. October 1840) ein Sohn des Grafen Adolph aus dessen Ehe mit Ernestine Freiin von Jöchlingen zu Jochenstein. Zum ersten Male gab er in der Öffentlichkeit ein Lebenszeichen, als er in Kärnthen dem nationalen Vereine beitrat, der in den Sechziger-Jahren zu Klagenfurt gegründet und als Träger und Verbreiter ultramontaner Tendenzen bezeichnet wurde. Auf den Grafen fiel auch die Wahl zum Präsidenten dieses Vereines, zu dessen einflußreichsten Mitgliedern die Domherr Wallner, der Steuercontrolor Schneider, der Carl Thalhami, er und die Geistlichen Andree Einspieler und Peter Merlin zähle. [Süddeutsche Post (Villacher deutsch Parteiblatt, Fol.) 1869, 12. December i Feuilleton: „Klagenfurter Bekanntschaften". — 15. **Siegmund Franz** (geb. 1631, nach Anderen 1657, gest. 9 März 1733), der jüngere Sohn Johann Rudolphs aus dessen Ehe mit Eleonora Eusebia Burggräfin von Dohna. Stets im kaiserlichen Hofdienste verwendet, ward er Kämmerer und

geheimer Rath Kaiser Leopolds I. und
seit 1713 bei dessen Witwe, der Kaiserin Eleonora Magdalena, Hatschier und Tra-
bantenhauptmann, dann Oberststallmeister
und zuletzt Obersthofmeister, als welcher er
im Alter von 83 Jahren starb. Er vermälte
sich mit Anna Crescentia geborenen Freiin von
Wildenstein und Witwe nach Franz Christoph
von Dietrichstein. Diese gebar ihm,
nach Zedler, keinen männlichen Erben,
dagegen die drei Töchter Marie, M. Elisabeth und M. Christine (siehe die
Stammtafel), welche jedoch von Andern,
und zwar von Bergmann ohne nähere Begründung, als des Grafen Siegmund
Franz Schwestern und als Töchter des
Grafen Johann Rudolph bezeichnet
werden. — 16. **Siegmund Rudolph** (geb.
1674, gest. 19. September 1734), ein Sohn
des Grafen Johann Balthasar aus
dessen erster Ehe mit Juliana Elisabeth
Gräfin Dietrichstein, wohl der vornehmste
und um seine Familie verdienteste Sproß des
Wagensperg'schen Geschlechts. Er war
kaiserlicher Kämmerer, Hofkammerrath, ständi-
bischer Verordneter in Steiermark, Oberst-
Proviantmeister und geheimer Rath. Nach
dem Tode des Landeshauptmanns Karl
Weikard Grafen von Breuner (gest.
11. December 1729) wurde er zum Landes-
verweser in Steiermark und von Kaiser
Karl VI. „in Erwägung seiner ansehnlichen
Qualitäten, Vernunft und Experienz in
diesen und anderen Landessachen" ddo. Wien
11. October 1730 zu Breuner's Nachfolger
ernannt und noch am 22. November desselben
Jahres als solcher feierlich installirt. Aus
dem „Wiener Diarium" 1730, Nr. 95 erhalten wir Aufschluß über die ansehnliche
Stellung des Grafen Wagensperg Freiherrn von Sannegg, der „Herr der Herrschaften Ober-Voitsberg, Greiffenegg, Kainach,
Rabenstein, Brunnsee, Rabenhof und Weiters-
feld, Oberst-Erblandmarschall in Kärnthen, der
kaiserlichen Majestät wirklicher geheimer Rath,
Kämmerer, Hauptmann und Vicedom der
Grafschaft Cilli, innerösterreichischer Commercii
Präses, auch in Weg-Reparations und Con-
servations-Sachen verordneter Oberdirector
und Inspector" war. Er beerbte seinen Bruder
Franz Anton, Bischof von Chiemsee, und
stiftete das Wagensperg'sche Fideicommiß.
Schmuh in seinem historisch-topo-tavbischen
Lexikon von Steiermark bezeichnet ihn auch
als einen Wohlthäter der Kirche zu Maria

Trost, womit wohl die etwas über eine
Stunde von Graz entfernte, zur Herrschaft
Kainbach gehörige Kirche gemeint sein wird.
Der Graf starb im Alter von 60 Jahren,
aus seiner ersten Ehe mit M. Aloisia Zollner
Freiin von Maisenberg nur eine Tochter
M. Aloisia hinterlassend, welche sich 1725
mit Max Ludwig Grafen Saurau vermälte. Graf Siegmund Rudolph war
seiner zweiten Gattin Maria Theresia Gräfin
von Lengheim vierter Gemal.

Wappen. Quadrirt mit Mittelschild. 1 und 4
in Silber ein aus dem unteren Rande des
Feldes einwärts halb hervorwachsendes rothes
Roß [Wappen der erloschenen Paußfatter],
2 und 3 in Silber ein rothes Hufeisen
[Wappen der erloschenen Poetschacher].
Herzschild. Längs getheilt, in der rechten
rothen Hälfte drei Sicheln mit zackigen
Schneiden und goldenen Stielen [Familien-
wappen], in der linken silbernen Hälfte ein
rother einfacher gekrönter Adler mit aus-
gespannten Flügeln [Wappen der ausgestor-
benen Lichtenberg].

Wagersbach Joseph Karl **Ganster**
Edler von (Rechtsgelehrter und
Fachschriftsteller, geb. zu St. Veit
am Vogan im Grazer Kreise Steiermarks 9. August 1762, gest. zu Klagenfurt 1813). Sein eigentlicher Name ist
Ganster, unter welchem auch sein erstes
Werk erschien; nach seiner Erhebung
(1810) in den erbländischen Adelsstand
bediente er sich nur seines Prädicates
von Wagersbach. Er studirte Humaniora und Philosophie an dem damaligen
Lyceum zu Graz, die Rechte an der Universität in Wien, an welcher er auch die
juridische Doctorwürde erlangte. Anfänglich widmete er sich der Advocatur
und ließ als Hof- und Gerichtsadvocat
in Graz sich nieder, später trat er in den
Staatsdienst, wurde k. k. Bannrichter in
Obersteier, dann Stadt- und Landrath
und zuletzt Appellationsrath am Appellationsgerichte in Klagenfurt, wo er auch
im Alter von 61 Jahren starb. Als
Rechtsgelehrter schriftstellerisch thätig,

gab er heraus: „Vertheidigung der Abfassung der Criminalurtheile nach der Stimmenmehrheit, veranlasst durch die Abhandlung des Herrn Jos. von Sonnenfels über die Stimmenmehrheit bei Criminalurtheilen" (Wien 1806, von Möſle, 8⁰.); — „Handbuch für Criminalrichter, Bezirksobrigkeiten und jene, die sich zum Crimino.richteramte vorbereiten" 3 Bände (Graß 1812 und 1813, 8⁰.); im Jahre 1814 begründete er eine rechtswiſſenschaftliche Zeitschrift, an der er selbst sehr fleißig mitarbeitete und welche den Titel führte: „Archiv für wichtige Anordnungen in den k. k. österreichischen Staaten über Criminal- und Civiljuſtiz, für merkwürdige Rechtsfälle mit den Entscheidungen der Gerichtshöfe, nebſt Abhandlungen und literariſchen Nachrichten" (Graß, Kienreich, 8⁰.), wovon bis 1820 sechs Hefte ausgegeben wurden. In diesem „Archiv" sind von seinen eigenen Arbeiten zu verzeichnen: „Aufgabe eines sich sehr leicht ereignenden Falles" [Bd. I. S. 90 und der Nachtrag dazu Bd. III. S. 96]; — „Ueber die Ursachen, wodurch die Juſtizpflege sehr verzögert, den Parteien unnütze Kosten verursacht und die Schreibereien vermehrt werden. Wie kann diesen abgeholfen werden?" [Bd. II. S. 90]; — „Betrachtungen über die gesetzliche Zurechnung des Vergoldens oder Verſilberns verrufener (außer Curs gesetzter) Münzen und der Verbreitung derlei vergoldeter und verſilberter Münzen…" [Bd. III. S. 80]; — „Betrachtungen über einen Rechtsfall in Bezug auf die §§. 14 und 15 des Finanzpatentes [Bd. III. S. 89]; — „Findet die Einverleibung (Intabulirung), Vormerkung (Pränotirung) oder eine wie immer zu benennende Eintragung einer Schuldforderung oder eines sonstigen Anspruches in den Depoſitenbüchern, auf in gerichtlicher Verwahrung befindlichen

Privat- oder öffentlichen Schuldbriefen, Prätioſen und Barschaften zur Erwerbung des Pfand- oder Eigenthumsrechtes hierauf überhaupt statt und unter welchen Bedingungen?" [Bd. IV, S. 103]; — „Betrachtungen über den Diebſtahlsversuch: ob und unter welchen Umständen derselbe nach dem österreichischen Strafgeſetzbuche vom 3. September 1803 ein Verbrechen sei?" [Bd. V. S. 164]; — „Ansichten über einen Civilrechtsfall in Bezug auf die Wirksamkeit der Ehepacten im Falle eines über das Vermögen des lebenden Ehemanns ausgebrochenen Concurses…" [Bd. VI, S. 244]. Nach Stubenrauch's „Bibliotheca juridica austriaca" [Nr. 104] wären 6 Hefte des „Archivs" und dasselbe nur bis 1820, nach der „Steiermärkischen Zeitschrift" dagegen wären deren 7 Hefte und bis 1828, also noch fünf Jahre nach Wagersbach's Tode erschienen.

Steiermärkische Zeitschrift. Redigirt von Dr. G. F. Schreiner, Dr. Albert von Muchar, C. G. Ritter von Leitner, Anton Schrötter (Graß 1841, 8⁰). Neue Folge, VI. Jahrg. 2. Heft, S. 48, Nr. LX.

Wagilewicz, Johann (polnischer Schriftsteller, geb. zu Jaſiengörn, einem Dorfe im Strnjer Kreiſe Galiziens, am 2. September 1811, geſt. in Lemberg am 10. Mai 1866). Sein Vater Nicolaus, Pfarrer der griechiſchkatholischen Kirche, lebte noch 1866, ein neunzigjähriger Greis, zu Zawoj, als Johann bereits in Erschöpfung durch Arbeit gestorben; die Mutter Katharina war eine geborene Zahajſkewicz. Die Elementarschulen beſuchte Wagilewicz 1822 in Buczac, das Gymnaſium 1829 zu Staniſlawow, 1830 trat er ins Seminar der griechiſchkatholischen Kirche, Philosophie hörte er an der Universität in Lemberg und

1839 beendete er die theologischen Studien. Geschichte und Geographie zogen ihn bereits, als er noch die Schulen besuchte, vor anderen Gegenständen an, und obwohl Theolog, blieb er doch für die Schönheiten der Poesie nicht unempfänglich, ja versuchte sich selbst darin, wie ein paar Proben im „Dziennik mód paryzkych", d. i. Tagblatt der Pariser Moden, bezeugen. Aber wenn er auch einige Zeit in Reimereien sich versenkte, er kam bald zur Erkenntniß, daß die Technik der Dichtkunst noch lange nicht den Poeten mache, und so gab er es denn auf, Gedichte zu schreiben, es vorziehend, schon fertige zu sammeln. Es war eben der Zeitpunkt gekommen, daß man für Volkslieder sich erwärmte, als nämlich W. Zaleski unter dem Pseudonym Waclaw z Oleska seine berühmte, heute schon höchst seltene, freilich nun auch durch O. Kolberg's Arbeiten auf diesem Gebiete überbotene Sammlung „Piesni ludu galicyzkiego" herausgegeben (1833). Mit dem Erscheinen derselben hebt so zu sagen der Aufschwung der nationalen Literatur in Galizien und den Nachbarländern an. Die jungen Literaten begannen neue Volkslieder zu suchen und zu sammeln. Woycicki, Głowacki, Zegota Pauli und unser Wagilewicz wanderten mit dem Stabe in der Hand von Dorf zu Dorf, um aus dem Munde des Volkes dessen Lieder aufzunehmen und niederzuschreiben. Aber es war keine günstige Zeit für dergleichen Beschäftigung. Der Polizeidirector Sacher-Masoch und sein Intimus Kanpofer in Lemberg hielten scharfe Wacht auf solche unbefugte geistige Lumpensammler, und es war eine sehr üble Empfehlung, Schriftsteller oder gar Poet zu sein. Schreiber dieser Skizze hatte es

auch erfahren. Wohl machte Zaleski, der mit seinem Sammlergeiste noch andere, und zwar zunächst administrative Talente verband, trotz alledem sein Glück, aber nicht Gleiches war seinem Genossen Wagilewicz beschieden, dem man das Sammeln von Volksliedern gar übel vermerkte. Die Bande, welche Letzteren mit den damaligen literarischen Kreisen verknüpften, bildeten für ihn die Schranke in seinem Fortkommen. Man strich ihn zunächst von der Liste der Candidaten für ein Lehramt. Und der Lemberger Bischof in partibus Gregor Jachimowicz war es zuerst, der ihm die Theilnahme an der Herausgabe der Liedersammlung „Rusalka dniestrowaja", welche 1837 und noch dazu mit cyrillischen Lettern erschienen war, als Vergehen ansah und in einem schriftlichen Verweise vorhielt. In diesem Büchlein hatte Johann Wagilewicz der Erste die Volkslieder der galizischen Ruthenen gesammelt und die slavischen Handschriften beschrieben, welche in der Bibliothek der Basilianer in Lemberg aufbewahrt werden. Auch wurde ihm sein literarischer Verkehr mit ausländischen slavischen Gelehrten, wie mit Safařík und Anderen, übel angerechnet. Einen weiteren Vorwurf machte man ihm daraus, daß er sich in anerkennender Weise über den Lemberger Bischof Gedeon Balaban äußerte, der, obwohl ein Gegner der Union, doch ein Freund der Wissenschaft war, Bücher sammelte, Druckereien anlegte, aus welchen mancher weiße Rabe (gute Bücher) herausgeflattert kam. Ja, es war eine schlimme, sehr schlimme Zeit. Endlich, auf wiederholte Bitten fand Wagilewicz Aufnahme, und 1845 ausgeweiht, vermälte er sich mit Amalie Piekarska. Im October 1846 erhielt er dann die genug ärmliche

Caplanei zu Niestanice im Zloczower Kreise. Da erschien das Jahr 1848 und berief auch ihn auf den Kampfplatz. Sofort begründete er in Lemberg die Zeitschrift „Dnewnik ruski", welche indeß nicht lange ihr Dasein fristete. Man ernannte ihn nun zum Schulrathe. Aber wegen Verschiedenheit der Meinungen zur Verantwortung gezogen, gerieth er in neue Ungnade, mußte sein Vergehen in zwangsweisen Bußübungen sühnen und durfte nicht wieder auf seine Caplanei zurückkehren. Seine Lage wurde immer schlimmer. Man fand an ihm Vergehen, die keine waren, belegte ihn mit Strafen für etwas, was gar nicht strafwürdig war. Aus diesem ihm gegen seinen Willen auferlegten Dilemma sah er nur Rettung im Religionswechsel, und so wurde er evangelisch. Zugleich aber stand er auch brodlos da. Als Gatte und Vater befand er sich in traurigster Lage. Wohl unterstützten ihn seine Freunde, doch reichte dies nicht auf die Dauer. Endlich kam Hilfe, als Georg Fürst Lubomirski [Bd. XVI, S. 106], damals Curator des Ossoliński'schen Instituts in Lemberg, ihn zum Custos an der Ossoliński'schen Bibliothek ernannte. Doch war dieser Glücksfall von kurzer Dauer. Der Fürst wurde nach kaum dreiviertel Jahren seiner Curatorstelle enthoben und unter dessen Nachfolger Moriz Grafen Dzieduszycki [Bd. III. S. 405] unser Wagilewicz entlassen, weil derselbe evangelisch war, obgleich die Religion beim Bibliotheksdienste doch gar nicht in Frage kommt. Als öffentlichen Vorwand nahm man aber seine Ernennung zum amtlichen Dolmetsch der ruthenischen Sprache, als welcher er jedoch schlecht genug besoldet war. Indessen führte er in Gemeinschaft mit dem von Erblindung bedrohten Szajnocha [Bd. XLI, S. 128] außer der Aufsuchung von Belegstellen die Redaction und Textcorrectur der neuen Ausgabe des berühmten Wörterbuches der polnischen Sprache von Linde [Bd. XV, S. 198] durch und besorgte dann auch die Nachträge zu diesem Werke. Inzwischen wurde die Dolmetschstelle aufgelassen und Wagilewicz bafür zum Corrector, später zum Expeditor der amtlichen „Lemberger Zeitung" (Gazeta lwowska) bestellt. Aber diese monotone, geisttödtende mechanische Beschäftigung war nichts weniger als nach seinem Geschmacke, und da er sich überdies als dazu nicht geeignet erwies, mußte er 1860 abdanken. Nun trat er als Corrector bei der politischen Zeitung „Glos", d. i. Die Stimme, ein, welche Siegmund Kaczkowski redigirte. Aber auch hier war seines Bleibens nicht lange, da sich dieses Journal in Folge der über dasselbe verhängten Preßprocesse auf die Dauer nicht halten konnte. Nun stand Wagilewicz wieder der Brodlosigkeit und dem Mangel gegenüber. Endlich zu Beginn des Mai 1861 wurde er Translator der ruthenischen Sprache im Landesausschuß. 1863 übernahm er nach Dionys Zubrzicki die Archivarstelle. Wir wollen den literarischen Verdiensten des Letzteren nicht nahe treten, aber verschweigen können wir nicht, daß das demselben anvertraute, an den wichtigsten Documenten überreiche Archiv hinsichtlich seiner Ordnung nicht am besten bestellt war. Wagilewicz fand also genug vor, aber er stand nach vierzehnjährigem Kampfe um Dasein endlich vor einer Arbeit. Die einerseits den Mann nährte, andererseits seinem Geiste zusagte. So machte er s?? mit allem Eifer an die archivalische Ordnung, welche durch jahrelange Vernachlässigung außer Rand und Band g??

rathen war. Doch man ließ ihn nicht mit Ruhe gewähren, man drängte ihn, die Sache zu Ende zu bringen, und die Uebersetzung der Landtagsverhandlungen, die auch keine Säumniß gestattete, mußte gleichwohl besorgt werden. So über-arbeitete sich Wagilewicz, und schon fast erschöpft und leidend, gönnte er sich noch keine Ruhe, bis er fühlte, daß sein Ende herannahe, dann ließ er den Pastor rufen und hauchte, 55 Jahre alt, seine ermattete Seele aus. Die Zahl der von Wagilewicz im Druck erschienenen Arbeiten ist nichts weniger denn groß, und von diesen findet sich der größere Theil in Zeitschriften zerstreut; denn die Nachfrage nach Büchern war in jener be-wegten Uebergangsperiode nicht stark, und Verleger, welche Honorar zahlten, waren dünn gesät. So geschah es denn, daß er anfangs das Feld für seine schrift-stellerische Thätigkeit im Auslande suchte. Es erschienen demnach seine ersten Ar-beiten in čechischer Uebersetzung in der böhmischen Museal-Zeitschrift (Časopis českého Museum) in den Jahrgängen 1838—1841 und sind Abhandlungen über die Huculen, einen in den östlichen Karpathen ansässigen slovakischen Volks-stamm, über Vampyre und Gespenster u. a. m., Alles Abschnitte aus einem größeren Werke, das unter dem Titel „Simbolik" erscheinen sollte; dann kam selbständig heraus: „*Monastyr Skit w Manyawie*", d. i. Kloster Skit in Ma-niaw (Lemberg 1848, 8⁰., mit Abbil-dung) und „*Grammatyka języka malo-ruskiego*", d. i. Sprachlehre der klein-russischen Sprache (Lemberg 1845, 8⁰.). — In Zeitschriften veröffentlichte er mehrere meist geschichtliche und cultur-geschichtliche Artikel, theils unter seinem Namen, theils unter den Pseudonymen Dalibor und Wilk Zaklika, so in

der „Biblioteka Warszawska" 1841: „Pogrzeb u Slawian", d. i. Leichenbräuche bei den Slaven; — „Wywód początkow Slawian od Fran-ków". d. i. Nachweis slavischer Anfänge unter den Franken; — im „Czasopis Biblioteki Ossolińskiey", d. i. in der von der Ossoliński'schen Biblio-thek herausgegebenen Zeitschrift 1844: „Szelodywy Buniak rzecz z podan ludo roku 1842", d. i. Szelodywy Buniak aus den Ueberlieferungen des Volkes im Jahre 1842; — „Drogi kommunikacyjne starożytnej Rusi", d. i. Die Verkehrswege im alten Ruß-land; — im „Dodatek tygodniowy do Gazety lwowsky", d. i. Wochen-beilage zur Lemberger Zeitung: „Osann o fragmentach Troga", d. i. Osann über die Fragmente des Trogus; — im „Dziennik literacki" 1852: „Der h. Methobius"; — 1854: „Związek dziejów polskich z morawskiemi", d. i. Anknüpfungspunkte der polnischen Geschichte mit der mährischen; — im „Kółko rodzinni" 1860: „Po-cząki Lwowa", d. i. Die Anfänge Lembergs, und in der von Peter Du-browski herausgegebenen „Jutrzen-ka", d. i. Morgenstern: „Uwagi nad Bielowskiego", d. i. Bemerkungen über A. Bielowski. Ungleich reicher ist sein handschriftlicher Nachlaß, und dieser enthält eine „slavische Dämonologie", eine systematische Darstellung der bei den galizischen Ruthenen bestehenden Vorurtheile u. s. w.; — eine „Abhand-lung über die Anfänge der altslavischen Sprache", sich anlehnend an die Ar-beiten des gelehrten Forschers Miklosich über diesen Gegenstand; — „Wörter-buch des ruthenischen Landvolks in Ga-lizien"; — „Ueber das Verhältniß der altslavischen oder Kirchensprache zur pol-

6 *

nifhen"; — „Ein Wort über Igor's
Zug, eine philologifche Bearbeitung des
Originaltextes"; — „Die polnifch ruthe-
nifhen und die lateinifch-ruthenifchen
Schriftfteller. Biographien"; — „Eine
Chronologie der hiftorifchen Thatfachen
in tabellarifcher Darftellung bis zu Ende
des achtzehnten Jahrhunderts in drei
Abtheilungen, von denen die erften zwei
vollendet, von der dritten die Materia
lien vorhanden find"; — „Die ägypti
fchen Pharaonen", einen Zeitraum von
fechs Jahrtaufenden umfaffend, und nach
den neueften Quellen bearbeitet; —
„Abftammung der Slaven von den Dako-
Illyriern"; — „Chronologie der polni-
fchen Gefchichte, Genealogien der Könige
und Fürften von 880 bis 1195"; —
„Die Annalen Neftor's", überfetzt zur
Vergleichung der von Bielowski herausgegebenen „Monumenta"; — eine
von Wagilewicz fpäter begonnene
neue Ueberfetzung blieb unvollendet. Ein
Sonderabdruck erfchien, gemeinfchaft-
lich von Wagilewicz mit Auguftin
Bielowski herausgegeben, unter dem
Titel: „Latopis Nestora z dodat-
kiem monomacha nauki do Olega w
originale i polskiem tlomaczeniu"
(Lemberg 1864, 8⁰.) und „Sammlung
von Urkunden in ruthenifcher Sprache".
Es ift ein ebenso inhaltreiches als bewegtes Leben, das fich in dem unferes
Wagilewicz darftellt; es war, wie fo
oft der feidige Kampf ums Dafein, begonnen aus geiftigen Anregungen, Ueberzeugungstreue und Liebe zu feinem an-
geftammten Volke, dem er aus der künft-
lichen Nacht, in welcher es Polen und
ihre Verbündeten halten, heraushelfen
wollte. Als dann endlich die Stunde der
Erlöfung kam, da er nicht mehr ängftlich
für das tägliche Brod fich abmühen und
abmüden follte, war auch fchon der Mo

ment der Erfchöpfung da, und ein Märtyrer feiner Sache, legte er fein Haupt
hin und hauchte feine Seele aus. Ein
trauriges Schriftftellerleben, um fo trauriger, als es ihm nicht gegönnt war, ein
einigermaßen bedeutendes Werk zu hinter-
laffen, welches feinen Namen der Zukunft
auf die Dauer überliefert hätte.

**Tygodnik Illustrowany, d. i. Illuftrirtes
Wochenblatt. 1866. Nr. 357. — Dziennik
literacki, d. i. Literarifches Tagblatt. 1866.
Nr. 23 und 24.**

1. **Wagner,** Adolph (national-ökono-
mifcher Schriftfteller, geb. in Erlangen am 25. März 1835). Ein Sohn
des berühmten deutfchen Phyfiologen
Rudolph Wagner (geb. 30. Juni
1805, geft. 13. Mai 1864), bildete er
fich unter der Leitung diefes Gelehrten
an den verfchiedenen Unterrichtsanftalten
und Hochfchulen, an denen derfelbe in
feinem Lehrberufe wirkte, in Erlangen und
Göttingen. Er wendete fich den Staats-
wiffenfchaften und in diefen namentlich
den volkswirthfchaftlichen Studien zu,
aus welchen er 1858, im Alter von erft
23 Jahren, das Lehramt der Nationalökonomie an der kurz zuvor ins Leben
gerufenen Handelsakademie in Wien erhielt. Sechs Jahre währte dafelbft feine
Thätigkeit, dann nahm er 1863 eine
gleiche Stellung in Hamburg an, wurde
zwei Jahre fpäter mit dem Titel eines
kaiferlichen Hofrathes ordentlicher Profeffor an der Hochfchule in Dorpat, von
1868 als folcher nach Freiburg, 1870
nach Berlin, wo er als Hauptvertreter
und eifriger Verfechter des Katheder-
focialismus mit H. B. Oppenheim
und dann auch mit Dühring in eine
fehr heftige Polemik gerieth. In feinem
Fache ift Wagner auch fleißig fchrift-
ftellerifch thätig und hat bisher in chro-
nologifcher Folge herausgegeben: „S—

trüge zu der Lehre von den Banken" (Leipzig 1857); — "Das neue Lotterieanlehen und die Reform der Nationalbank" (Wien 1860, Gerold, gr. 8⁰.); — "Die Geld- und Credittheorie der Peel'schen Bankacte" (Wien 1861, Braumüller und Sohn, gr. 8⁰.); — "Die Modificationen des Ueber- einkommens zwischen Staat und Bank" (Wien 1862, typ. lith. art. Anstalt, 8⁰.), vorher in den "Stimmen der Zeit"; — "Die österreichische Valuta", 1. Theil, auch unter dem Titel: "Die Herstellung der Nationalbank, mit besonderer Rücksicht auf den Bankplan des Finanzministers von Plener" (Wien 1862, Gerold, gr. 8⁰.); — "Die Ordnung des österreichischen Staats- haushaltes mit besonderer Rücksicht auf den Ausgaberest und die Staatsschuld" (Wien 1863, Gerold, gr. 8⁰.), worüber ein Dr. C. F. H. in der "Oesterreichischen Wochenschrift" 1863, Nr. 27, eine aus- führliche Anzeige brachte; — "Die Ge- setzmässigkeit in den scheinbar will- kürlichen menschlichen Handlungen vom Standpunkte der Statistik" 2 Theile (Hamburg 1864, Boyes und Geißler, Lex.-8⁰.), eine trotz der statistischen und demnach nur für Forscher berechneten Form ebenso wichtige als anziehende Arbeit; — "Die russische Papierwäh- rung. Eine volkswirthschaftliche und finanz- politische Studie, nebst Vorschlägen zur Herstel- lung der Valuta" (Riga 1868, Kymmel, gr. 8⁰.); — "System der deutschen Zettelbankgesetzgebung unter Vergleichung mit der ausländischen. Zugleich ein Handbuch des Zettelbankwesens. Mit Rücksicht auf die Errichtung von Zettelbanken in Baden, sowie die Bankreform und das Staatspapiergeldwesen im norddeutschen Bunde" 2 Abtheilungen (Freiburg im Br. 1870, Wagner, gr. 8⁰.); — "Die Abschaffung des privaten Grund- eigenthums" (Leipzig 1870, Duncker und Humblot, gr. 8⁰.); — "Elsass

und Lothringen und ihre Wiedergewinnung für Deutschland" (Leipzig 1. bis 6. neuverm. Auflage 1870, ebd., gr. 8⁰.); — "Rede über die sociale Frage. Gehalten auf der freien kirchlichen Versammlung evangelischer Männer in der k. Garnisonkirche zu Berlin am 12. October 1871" (Berlin 1872, Wiegandt, gr. 8⁰.), vorher in den "Verhandlungen der kirchlichen Octoberversammlung in Berlin", wegen derselben von mehreren Seiten, namentlich aber von dem Reichs- tagsabgeordneten Heinrich Bernhard Oppenheim angegriffen, ließ er als Gegenschrift erscheinen: "Offener Brief an Herrn H. B. Oppenheim. Eine Abwehr manchesterlicher Angriffe gegen meine Rede über die sociale Frage auf der Octoberversammlung" (Berlin 1872, Puttkammer, gr. 8⁰.). In der obgenannten Rede zeigte sich zum ersten Male deutlich der große Unter- schied zwischen seinen Ideen und jenen der deutschen Schule in Bezug des Frei- handels; auch gab dieselbe Wagner's Gegner Oppenheim zunächst den An- laß zum Gebrauch des geflügelten Wortes "Katheder-Socialisten", welches sich bis auf den heutigen Tag erhalten hat; — "Allgemeine und theoretische Volkswirth- schaftslehre. Mit Benützung von Rau's Grundsätzen der Volkswirthschaftslehre" (Leip- zig 1871, C. F. Winter, gr. 8⁰.), auch hat Wagner die sechste Auflage des dritten Bandes des "Rau'schen Lehr- buches der politischen Oekonomie. Die Finanzwissenschaft" vielfach verändert und theilweise völlig neu bearbeitet (Leipzig 1871, Winter, gr. 8⁰.) heraus- gegeben; — "Das Reichsfinanzwesen" (Leipzig 1872, Duncker und Humblot, gr. 8⁰.), separat abgedruckt aus Holtzen- dorff's "Jahrbuch für Gesetzgebung"; — "System der Zettelbankpolitik mit besonderer Rücksicht auf das geltende Recht und auf deutsche Verhältnisse. Zweite theilweise um-

Wagner, Adolph 1   86   **Wagner, Alexander 2**

gearbeitete und vervollständigte Ausgabe" (Freiburg im Br. 1873, Lex. 8⁰.); —
„Staatspapiergeld. Reichskassen-
scheine und Banknoten. Kritische Bemerkungen und Vorschläge zu der Vorlage im Reichstage, betreffend die Ausgabe von Reichskassen-
scheinen" (Berlin 1874, Puttkammer,
gr. 8⁰.); — „Die Zettelbankreform im
deutschen Reiche. Kritik des Bankgesetzentwurfes
des Reichskanzleramtes nebst formulirtem Gegen-
vorschlag" (Berlin 1875, Puttkammer,
gr. 8⁰.). „Die Veränderungen der Karte
von Europa" (Berlin 1871, Habel),
bildet das 127. Heft der von Rud. von
Virchow und Fr. von Holzendorff
herausgegebenen „gemeinverständlichen
wissenschaftlichen Vorträge". Auch stammen, wenn ich nicht irre, aus Wagner's
Feder die Aufsätze, welche seinerzeit die
von Johannes Nordmann herausgegebene Wochenschrift „Der Salon" brachte,
nämlich: „Volksliteratur und Volks-
erziehung in Frankreich. Deutschland und
England" [1853, Bd. IV, S. 229]; —
„Gold und Silber" [1854, Bd. I, S. 42]
und „Englische Studien. I. Irische Zustände. II. Porträts aus dem Parlamente. 1. Oberst Charles Delant Waldo
Sibthorpe; 2. John Russel; 3. Earl of
Aberdeen; 4. Herzog von Newcastle;
5. Benjamin d'Israeli; 6. Viscount
Palmerston" [ebd., S. 187 und 277].
Was nun Wagner's Ansichten auf
national-ökonomischem Gebiete betrifft,
so ist kein Zweifel, daß er eine radicale
Reform der Volkswirthschaft verlangt.
Er bringt seine Reformideen in der von
ihm völlig umgearbeiteten Volkswirthschaftslehre von Mau zum Ausdrucke
und versucht darin der Nationalökonomie
eine neue juridisch-philosophische Grundlage zu geben, ein Endurtheil aber über
diesen Gelehrten ist heute, wo in beiden
Lagern diese Frage auf das ernstlichste

discutirt wird und das Zünglein in der
Wage der Entscheidung noch lange nicht
zum Stillstand gekommen, gar nicht
möglich.

Ein anderer **Adolph** Wagner ist ein zeitgenössischer österreichischer Prospectmaler, von
dem im Jahre 1880 im Wiener Künstlerhause
eine sehr gut gemalte Ansicht des Rathhaus-
platzes in Laibach ausgestellt war.

2. **Wagner**, Alexander (Historienmaler, geb. in Pesth, nach Einigen
schon 1830, nach Anderen erst 1838).
Ein Neffe des ungarischen Literaturhisto-
rikers Franz Toldy [Bd. XLVI,
S. 13], zeigte er früh Talent für die
Kunst. Wo er dasselbe bis zu seinem Abgange nach München ausbildete, ist mir
bekannt. 1858 trat er dort ins Atelier
des Professors Karl Piloty und zählte
bald zu dessen bedeutendsten Schülern.
Großes Aufsehen erregte er zuerst mit
seiner Composition: „Isaak Bergelyi be-
stürmend" und noch größeres mit seinem
stimmungsvollen Gemälde: „Isabella Zápolya nimmt Abschied von Siebenbürgen",
welches das erste größere Bild des Künstlers ist. Ehe wir seine Werke aufzählen,
bemerken wir nur, daß er seit 1866 als
Hilfslehrer und Professor der Maltechnik
an der Münchener Kunstakademie wirkt,
in welcher Stellung er sich zur Stunde
noch befindet. Zu seinen Werken zurück-
kehrend, nennen wir von denselben: im
bayrischen Nationalmuseum zu München
im 4. Saale, Nr. 20: „Erbprinz Otto
(der Erlauchte) erwirbt durch seine Verbindung
mit der Erbgräfin Agnes die Pfalzgrafschaft
am Rhein. 1225"; — im 10. Saal
Nr. 127: „Der Capuciner Guardian Pater
Bernhard überreicht auf der Brücke von
Aschaffenburg dem Könige Gustav Adolph
1631 die Schlüssel der Stadt und erhält deren
Schonung"; — dann im Credenzsaale des
Redoutengebäudes in Pesth: „Das Gast-

mahl des **Attila**" [Holzschnitt von Karl
Rusz in „Ueber Land und Meer" Bd. XV
(1865) S. 108] und „**Matthias Corvinus**
besiegt im Turnier den Ritter Holubar"
im Holzschnitt unter dem Titel: „Das
Turnier zu Raab" in der „Illustrirten
Welt" 1874, S. 268 und 269; — im
Jahre 1865 malte er in Gemeinschaft
mit seinem Landsmann Liezen-Mayer
[Bd. XV, S. 299] den Vorhang im
Münchener Actientheater; — andere
Werke des Künstlers sind: „Episode aus
der Belagerung von Belgrad"; — „Tod des
Titus Dugovics"; — „Schloss Vaida-
Hunyad mit Matthias Corvinus und Jagd-
gefolge", die Landschaft ist von Ligeti
[Bd. XV, S. 181], die Staffage von
Wagner; dieses und das vorige be-
finden sich im Pesther Nationalmuseum;
— „Der Mädchenraub. Episode aus dem Ueber-
fall der Kumanier auf das ungarische Lager im
Jahre 1070" [Holzschnitt von W. Meyer
in „Ueber Land und Meer" Bd. XXVIII,
1872) Nr. 41]; — „Das Csikóswett-
rennen in Debreczin" [im Holzschnitt von
J. Harral in „Ueber Land und Meer"
Bd. XLII (1878/79) S. 984 und 985];
— „Picadores im Stiergefecht"; — „Spanische Post in Toledo", beide als Frucht
einer Reise nach Spanien; — „Antikes
Tiergefecht" [in Knesing's xylographischer Anstalt für die „Gartenlaube"
1878, S. 500 und 501 im Holzschnitte];
— „Ein Wagenrennen im Circus maximus
zu Rom" [in Walla's xylographischer
Anstalt für die „Illustrirte Frauen Zeitung" in Holz geschnitten 1. Jänner
1880, S. 12 und 13]; — „Ein Husaren-
lärmchen" [in Knesing's xylographischer
Anstalt für die „Gartenlaube" 1877,
S. 837 in Holz geschnitten]. Auch als
vortrefflicher Illustrator hat der Künstler
sich bewährt, so kennt man von ihm
Zeichnungen zu „Götz von Berlichingen",

welche als glücklich erfunden, wenngleich
zuweilen als zu derb aufgefaßt bezeichnet
werden: „Der Graf von Habsburg" [in
Brend'amour's xylographischer Anstalt
für das Wiener illustrirte Blatt „Die
Heimat" 1877, S. 789 in Holz ge-
schnitten]; — „Graf Eberhard der Greiner",
zwei Zeichnungen zu Uhland's Gedicht
[beide in Brend'amour's xylographischer Anstalt meisterhaft in Holz ge-
schnitten]; vor Allem aber die herrlichen
Illustrationen zu den zwei Prachtwerken:
„Aus altrömischer Zeit. Culturbilder von
Theodor Simons" (bei Paetel in Berlin)
mit folgenden Bildern in Folio und
Halbfolio: „Ein Gladiatorenkampf und
eine Thierhetze in der Arena zu Pompeji
79 n. Chr. Geb."; — „Ein Wagenrennen im Circus maximus zu Rom
10 n. Chr. Geb."; „Ein Gastmahl
bei Lucullus 74 v. Chr. Geb."; — „Ein
Hochzeitsfest im römischen Carthago
224 n. Chr. Geb."; — „Der Triumph-
zug des Titus 71 n. Chr. Geb.";
„Die Stiere des Marentius 312 n. Chr.
Geb."; — „Die Naumachie 52 n. Chr.
Geb."; — „Pompejanische Nächte 96 n.
Chr. Geb." und dann „Spanien. Text
von Simons" (auch bei Paetel in
Berlin), in welchem Wagner das ganze
Füllhorn seiner schöpferischen Phantasie
in einer Reihe der originellsten, dem
farbenreichen Leben Spaniens entnom-
menen Bilder ausschüttet. Er ist ein bedeutendes Talent, in Piloty's Atelier
tüchtig geschult, bringt er aus Eigenem
reiche Phantasie, frischen Farbensinn und
glückliche Wahl der Stoffe mit, in welch'
letzterem Punkte er insbesondere seinen
beiden Landsleuten Lotz und Than,
die geradezu auf ungarischen Effect blind-
lings losmalen, weit überlegen ist; dabei
vernachlässigt er nicht, wie so viele seiner
Collegen, die nicht die Hälfte seiner Vor-

züge besizen, das Detail, sondern führt
Alles sauber, scharf und bestimmt aus.
Nur in seinen früheren Bildern ließ die
Farbe Manches zu wünschen übrig; der
Besuch Spaniens hatte aber auch auf
seine Palette günstigen Einfluß.

Die Künstler aller Zeiten und Völker
u. s. w. Begonnen von Professor Fr. Müller,
fortgesetzt und beendet durch Dr. Karl Klunzinger und A. Seubert (Stuttgart 1870,
Ebner und Seubert, gr. 8°) Bd. IV, Nachträge seit 1837, S. 442 — Müller (Hermann Alex. Dr.). Biographisches Künstler
Lexikon der Gegenwart (Leipzig 1882, Bibliogr.
Institut, 8°) S. 542 [nach diesem geboren
1818]. — Ungarns Männer der Zeit
Biographien und Charakteristiken hervorragendster Persönlichkeiten. Aus der Feder eines
Unabhängigen (C. M. Kertbeny) (Prag
1862, A. G. Steinhauser, 12°) S. 132 [nach
diesem geboren 1830]

3. **Wagner**, Anton (Schauspieler
und Maler, geb. zu Wien 1781, gest.
daselbst am 1. December 1860). Der
Sohn eines Wiener Bürgers, folgte er
seinem Drange zur Schauspielkunst und
versuchte sich 1830 auf der durch den
Fürsten Liechtenstein in Penzing
nächst Wien gebildeten Bühne, trat aber
dann in Engagement an das fürstliche
Schloßtheater zu Feldsberg. Von dort
fand er Anfang 1807 Anstellung als k. k.
Hofschauspieler in Wien und debutirte
am 31. März dieses Jahres in „Sechs
Schüsseln". 1813 gab er seinen Posten
am Burgtheater auf, um auf der Bühne
in Brünn, deren Direction der auch als
Hofschauspieler angestellt gewesene, später
als Localkomiker so beliebt gewordene
Korntheuer [Bd. XII, S. 467]
übernommen hatte zu wirken. Als er
dann 1816 wieder in sein früheres Engagement zurückkehrte, waren seine Debut
rollen: Sokol in „Der Wald bei Hermannstadt", von Frau Weißenthurn;
— Paul in „Versöhnung", von derselben

und Traugott in „Bruderzwist",
von Kotzebue. Er blieb nun fortan
bei der Hofbühne bis zu seiner Versetzung
in den Ruhestand, welche 1850 erfolgte.
Wagner war in der ersten Zeit seines
Wirkens an der Burg wenig beachtet und
nicht hervorragend verwendet, erst mit
seinem Uebergange ins ältere Fach machte
er sich bemerkbar, und von da ab datirt
seine Künstlerschaft. In der Darstellung
treuherziger Charaktere, alter Bedienten
u. s. w. leistete er Vortreffliches, und
Leute, die ihn oft spielen gesehen, behaupteten, daß in diesen Rollen Niemand
an ihn hinanreichte. Dazu kam ihm namentlich in alten Dienerrollen sein wiener-
ischer Accent, der sonst stören konnte, eben
vortrefflich zu Statten. Sein Hans
Buller in „Bruderzwist" war eine
Meisterleistung, und sein „Ja, Herr von
Lobeck" in „Zurücksetzung" wurde zu
sagen zum „geflügelten Worte". Aber
nicht blos als Schauspieler, auch als
talentvoller Zeichner und Maler that sich
Wagner hervor, der namentlich in
früherer Zeit als Porträtmaler in Miniatur und als Lithograph thätig war.
Jedoch übte er diese Kunst nur in der
ersten Zeit zum Erwerbe, später mehr
zum Vergnügen; in den letzten Jahren
beschäftigte er sich mit Vorliebe mit
Frucht- und Pflanzenbildern. Er starb
im Alter von 79 Jahren — ein Jahr
nur fehlte ihm zur Feier seiner goldenen
Hochzeit. Sein Sohn Friedrich (gest.
6. Mai 1874) fand auch am Hoftheater
Engagement

Recensionen und Mittheilungen über Theater
Musik und bildende Kunst [herausgegeben von
den Fürsten Czartoryski] (Wien, Klemm
4°) VI. Jahrg. (1860), S. 792: „Retrolog" —

4. **Wagner**, Anton (Maler, geb. zu
Hall in Tirol zu Beginn des laufenden

Jahrhunderts). Ueber diesen Künstler sind die Nachrichten sehr dürftig. Bald nachdem er sich bemerkbar gemacht hatte, war er auch wieder verschollen, und ist über seine Arbeiten und seinen Lebensgang weiter nichts bekannt geworden. Im Katalog der Kunstausstellung der königlichen Akademie der bildenden Künste in München vom 12. October 1826 erscheint er mit einem Carton, der eine „h. Familie" darstellte. Er machte zu jener Zeit seine Studien unter Langer. Im Jahre 1828 bewarb er sich um ein tirolisch-landschaftliches Stipendium zu einer Reise nach Rom und legte zur Unterstützung seiner Bewerbung ein Gemälde nach eigener Erfindung, einem „Ganymed", vor, worin er seinen Beruf zur Malerei bekundete. Von da ab fehlen alle Nachrichten über ihn und seine Arbeiten.

Nagler (G. K. Dr.). Neues allgemeines Künstler-Lexikon (München 1839. E. A. Fleischmann, 8°.) Bd. XXI, S. 31.

5 **Wagner**, Antonie, ist die Freundin des Dichters Ferdinand Raimund [Bd. XXIV, S. 254]. Wie bekannt, war derselbe mit einer Tochter des Possendichters Alois Gleich [Bd. V, S. 214], Luise, einer des Dichters in jeder Beziehung unwürdigen Person, sehr unglücklich verheiratet. Nachdem er sich von ihr hatte scheiden lassen, knüpfte er mit Antonie Wagner ein zärtliches Verhältniß an, welches erst der Tod des unglücklichen Poeten löste. Wie er den Moment zum Selbstmord benützte, als Antonie, um für den in der Furcht vor der Wasserscheu auf das qualvollste Beunruhigten ein Glas Wasser zu schöpfen, ist in Raimund's oberwähnter Biographie S. 258 u. f. genau erzählt. Antonie wurde auch die Erbin seines Vermögens und sorgte in pietätvoller Erinnerung an den Verblichenen für Errichtung des Denkmals, das sich auf des Dichters Grabe in Gutenstein erhebt.

6. **Wagner**, Anton Paul (Bildhauer, geb. zu Königinhof in Böhmen 1834). Von 1858 bis 1864 arbeitete er an der k. k. Akademie der bildenden Künste in Wien, an welcher er erst den Feuling'schen, dann den Freiherr von Gundel'schen Preis erhielt, wodurch es ihm nicht nur ermöglicht wurde, die Stätten deutscher Kunst zu besuchen, son-

dern auch 1868 eine Kunstreise nach Italien zu unternehmen, welche er bis Sicilien und Dalmatien ausdehnte. Nach seiner Rückkehr schaffte er sich Verdienst bei verschiedenen Meistern in Prag und Wien, bis er endlich so gestellt war, daß er ein eigenes Atelier eröffnen konnte. Von seinen Arbeiten sind im Laufe der Jahre nachstehende bekannt geworden: „Die Porträtbüste des Gutsbesitzers Klein" aus carrarischem Marmor, November 1860 im österreichischen Kunstverein ausgestellt, später in Bronze in Colossalgröße gegossen; — „Der Leichnam Christi", für die neue Kirche in Altlerchenfeld, eine Arbeit, welche ihm auf Veranlassung der Professoren der k. k. Akademie zutheil wurde; — „Das Gänsemädchen"; für den Brunnen auf der (ehemaligen, nun verbauten) Brandstatt in Wien war ein Concurs ausgeschrieben worden, unter 18 eingesandten Modellen fiel die Wahl auf Wagner's „Gänsemädchen", welches man in der That in Auffassung und Ausführung allgemein rühmte, eine Zeit lang sogar für ein Werk Fernkorn's hielt, ein Irrthum, wohl zunächst dadurch veranlaßt, daß es unter Leitung dieses Meisters gegossen wurde. Das Werk ist öfter im Holzschnitt dargestellt worden; weitaus das gelungenste Bild enthalten Abel Lukšić's „Slavische Blätter" (1865, S. 646). Durch dieses Werk, welches nach der Verbauung der Brandstatt auf den Platz vor der Mariahilferkirche kam, wurde auch der Name des bis dahin völlig unbekannten Künstlers in weiteren Kreisen bekannt. Andere Arbeiten desselben sind: „Rudolph der Stifter" und „Franz Joseph", zwei Statuen für das akademische Gymnasium in Wien; — „Heinrich VIII. Freiherr von Auersperg" für die Feldherrenhalle des Arsenals in Wien; — „Michel Angelo",

Coloffalstatue für das Wiener Künstler-
haus; in der Kunsthalle der Wiener Weltausstellung 1873 war unser Bildhauer
neben vorbenannter Michel Angelo-
statue noch durch die Entwürfe in Gyps
zu Denkmalen für Schiller, Goethe
und Tegetthoff vertreten. Von seinen
Arbeiten aus letzterer Zeit sind uns bekannt: „Idealstatur des Rechtsgelehrten" für
das neue Rathhaus auf dem Wiener
Ringe und „Labai" und „Lumir", zwei
altslavische Götterstatuen, für das Prager
Stadttheater. Auch begann er zu Ende
der Sechziger-Jahre die Skizze zu einer
Statue Raphael's, zu deren Anfertigung ihn das Comité des Künstlerhauses
in einem engeren Concurse zugleich mit
den Bildhauern Silbernagel und
Koch eingeladen hatte.
Neue Freie Presse (Wiener polit. Blatt)
1863. Nr. 236 im Feuilleton: „Bildende
Kunst". — Biographisches Künstler-
lexikon der Gegenwart. Von Dr. Hermann
Alex. Müller (Leipzig 1882. Bibliogr. Institut. 8°) S. 342, Nr 2

7. **Wagner,** August W. J. (gest. in
Wien am 1. August 1879). Im October
1879 erhielt ich ein ziemlich verworrenes
Schreiben von Frauenhand, in welchem ich
benachrichtigt werde, daß der „Assecuranz-
Schriftsteller" August W. J. Wagner vor
seinem Tode den Seinigen anbefohlen habe,
mir Näheres über die literarische Hinterlassen-
schaft des in Rede Stehenden schriftlich mitzutheilen. Es geschieht in diesem Schreiben
Erwähnung von einer Autobiographie
Wagner's, welche sich aber nach Durchsicht
des Nachlasses nicht vorgefunden hat. Aus
dem von dem Verstorbenen selbst noch hinterlassenen Schriftstücke, welches eine Uebersicht
der literarischen Arbeiten Wagner's — ob
gedruckt oder ungedruckt, ist nicht zu entnehmen — enthält, gebe ich im Nachstehenden
einen sehr gedrängten Auszug, da ich mich in
dem ziemlich unklaren, von einem dem Tode
Verfallenen zu einer Schriftstücke nur mit
großer Mühe zurecht finden und also nur eine
Auslese jener Theile des Nachlasses vornehmen konnte über welche sich mir keine

Zweifel ergaben. Meine erst vor Kurzem noch
verschiedenen Seiten hin angestellten Nachforschungen über biographische Daten Wagner's blieben völlig erfolglos. Der literarische Nachlaß desselben umfaßt: a) Materialien zu besonderen psychologischen und culturhistorischen Charakterbildern etwa unter Titeln,
wie folgt: „Der Letzte der Liberalen", „Der
letzte Groß-Oesterreicher", „Der letzte Burschen-
schafter", „Der letzte Groß-Deutsche", „Der
letzte Kümmeltürke", „Die letzte Wandlung
des religiös-politischen Berliner Büschu";
b) ein Convolut politischer und anderer Zeit-
gedichte, Epigramme, Fabeln, Sonette, Räthsel
und Novellen; c) eine schon der darin enthaltenen vielfachen nicht beabsichtigten In-
discretionen halber für die Veröffentlichung
nicht bestimmte Autobiographie, welche er als
Privateigenthum der Familie erklärt (nun hat,
wie oben bemerkt, dieselbe sich im Nachlaß
nicht vorgefunden; d) ein Buchdrama: „Ho-
garth und Garrick oder der Wettstreit der
Künste"; e) Romane und Satiren, zunächst
auf die schwäbische Vorgeschichte sich bezie-
hend; f) ein Appell an die deutsche Nation
gegen politische Usurpation; eine Proclamation aus dem Jahre 1866 für deutsches Recht
und Freiheit; g) eine große Menge national-
ökonomischer und statistischer Artikel, das Ergebniß einer publicistischen und journalistischen
Thätigkeit von mehr als dreißig Jahren,
welche weniger ein Glaubensbekenntnis des
Verfassers in volkswirthschaftlichen Fragen
bilden, als vielmehr ein Echo der Zeitstim-
mung und volkswirthschaftlichen Strömung
der Gegenwart sind; h) eine Sammlung altdeutscher Lieder welche sich in Verwahrung
des Secretärs der Wiener „Libertas" befinden, und deren einige in dem „Studen-
kalender" für 1878 und 1879 abgedruckt sein
sollen. Mit der Herausgabe dieser Lieder betraut Wagner den Ingenieur Wilhelm
Haut alias Pipin. In diesen letztwilligen
Aufzeichnungen spricht er auch von zwei Perioden seines österreichischen Schaffens
und Wirkens zunächst in der österreich...
freundlichen süd-, mittel- und norddeut...
Lagerpresse, besonders am Rhein und M...
und namentlich von seinem Reporter...
über die Verhandlungen des deutschen P...
laments. Vielleicht regen diese wenigen ...
deutungen zu Nachforschungen über ein...
Schriftsteller an, der wie aus Vorstehende...
ersichtlich, eine ungewöhnlich umfassende publi-
cistische und literarische Thätigkeit entfalte...

bat und über den doch nichts Näheres in die Oeffentlichkeit gelangte. Indeß glaube ich auf Grund der obigen Mittheilung nicht mit Unrecht zu vermuthen, daß Wagner kein geborener Oesterreicher, sondern nur zu wiederholten Malen längere Zeit in Oesterreich sich aufgehalten habe und endlich in Wien gestorben. Noch sei bemerkt, daß ein August W. Wagner das Büchlein „Meister Hans Gasser, ein deutsches Künstlerleben. Eine biographische Skizze für das Volk" (Klagenfurt 1868, Leon) veröffentlicht. Ob es der obige Wagner ist, weiß Herausgeber dieses Lexikons nicht.

Handschriftliche Aufzeichnungen

8. **Wagner**, Bertha, siehe **Unzelmann, Bertha** [Bd. XLIX, S. 110].

9. **Wagner**, Cäcilius (Sänger und Compositeur, geb. zu Pilnikau in Böhmen im Jahre 1750, gest. zu Graz am 21. Jänner 1784). Wo und unter wessen Leitung er sich zum Musicus herangebildet, ist nicht bekannt. Er war ein trefflicher Violin- und Orgelspieler und Componist. In jungen Jahren in den Orden der barmherzigen Brüder aufgenommen, versah er in deren Kirche zu Wien die Stelle des Chorregens. Dann kam er in gleicher Eigenschaft nach Graz, wo er im schönsten Mannesalter von erst 34 Jahren das Zeitliche segnete. Dlabacz nennt ihn einen „guten Compositisten", dessen Arbeiten von Kennern noch immer geschätzt werden, aber nicht in Stich erschienen sind, sondern auf dem Kirchenchore seines Klosters in Graz aufbewahrt wurden.

nnales Ordinis F. F. Misericordiae Provincia Bohemiae. — Dlabacz (Gottfried Johann). Allgemeines historisches Künstler-Lexikon für Böhmen und zum Theile auch für Mähren und Schlesien (Prag 1815, Haase, 4°.) Bd. III, Sp. 317.

10. **Wagner**, Camillo (Dichter und Novellist, geb. zu Frankenburg in Oberösterreich am 22. Juni 1813). Ein Sohn des herrschaftlichen Gerichtspflegers Joseph Wagner aus dessen Ehe mit einer Tochter des salzburgischen Landrichters Siegmund von Hartmann, brachte er bis zum neunten Jahre im elterlichen Hause unter der fürsorglichen Erziehung seiner vorzüglichen Mutter zu, bezog dann das Gymnasium in Linz, darauf jenes in Salzburg, zuletzt das Convict des Benedictinerstiftes zu Kremsmünster. Nachdem er die philosophischen Jahrgänge beendet hatte, widmete er sich dem Studium der Rechte an den Universitäten zu Wien, Innsbruck und Prag. Wunsch und Drang nach weiterer Ausbildung veranlaßten ihn, nach Abschluß der juridisch-politischen Studien nach Schemnitz in Ungarn zu gehen, wo er die berg- und forstakademischen Fächer hörte. In diese Jahre fällt eine Reihe größerer Ferial-Fußreisen, die er durch die meisten Provinzen der österreichischen Monarchie: Salzburg, Oberösterreich, Tirol, Krain, Kärnthen, Steiermark, Böhmen, Ungarn, durch die Lombardie und Venedig und auch durch die Schweiz machte. Von der Schemnitzer Bergakademie kam er an die Berg- und Salinendirection zu Hall in Tirol, erhielt 1840 seine erste Anstellung als Bergoberamtsactuar zu Joachimsthal in Böhmen und wurde noch im selben Jahre Berggerichtsassessor in Steyr. 1847 befand er sich auf einer längeren Reise in Paris, London, Belgien, Holland, Norddeutschland. 1848 wählte ihn die Stadt Steyr zum Deputirten in das Frankfurter Parlament, in welchem er, als Mitglied des linken Centrums, bis zum Austritt der Oesterreicher im April 1849 verblieb. Im Jahre 1850 wurde er zum Landesgerichtsassessor in Salzburg, 1852 zum Landesgerichtsrathe in Hermannstadt in Siebenbürgen, 1854 zum Oberlandes-

gerichtsrathe (Vicepräsident) am Landes-
gerichte daselbst, mit der selbstständigen
Leitung der Strafabtheilung, ernannt.
Die bereits durch das Octoberdiplom
vom Jahre 1860 geänderten staatsrecht-
lichen Verhältnisse der Länder der ungarischen Krone führten ihn im Jänner
1861 nach Wien zurück. Hier bis zur
Auflösung des siebenbürgischen Senats
am obersten Gerichtshofe als Aushilfsreferent verwendet, trat er mit allen in
Ungarn und Siebenbürgen angestellt gewesenen deutschen Beamten in Disponibilität. Er fungirte dann durch dritthalb
Jahre als Vorsitzender bei den Schluß-
verhandlungen am Criminalgerichte in
Wien, bis er zum Oberlandesgerichts-
rathe im Gremium des Wiener Ober-
landesgerichtes ernannt wurde. Gegenwärtig bekleidet er den Rang eines Hofrathes. Wagner ist auf rechtswissen-
schaftlichem Gebiete mit seinem wahren
Namen, auf schöngeistigem unter dem
Pseudonym Karl Guntram
schriftstellerisch thätig. Das von Dr. Franz
Haimerl herausgegebene „Magazin
für Rechts- und Staatswissenschaften"
brachte von ihm im II. Bande: „Um-
fang der berggerichtlichen Realgerichts-
barkeit"; — im III. Bande: „Zur Lehre
der Nothwehr"; — im VI. Bande:
„Ueber die Durchführung des Schaden-
ersatzes (im weitesten Sinne) aus straf-
rechtlich verpönten Handlungen". Von
seinen schöngeistigen Arbeiten erschienen außer einigen kleineren Gedichten, welche der Schabe'sche Musen-
almanach brachte, und verschiedenen
Aufsätzen, mit welchen er sich in früherer
Zeit an der „Augsburger Allgemeinen
Zeitung", insbesondere am ehemaligen
Stuttgarter „Morgenblatt" betheiligte,
der Roman: „Drei Geschwister", 3 Bände
(Stuttgart 1847, Hallberger); — der

humoristische Roman: „Schattenspiele",
2 Bände (Wien 1853, Hartleben) und
mehrere Novellen: „Felicitas" (Wien
1873, Hartleben), „Aus den Bergen"
(Preisnovelle) im „Familienbuch des
österreichischen Lloyd", „Aus vergangenen Tagen" und „Die Araberin"
in Hackländer's „Hausblättern";
„Störfranzl" und „Vom Senegal" im
„Buch der Welt"; „Emmerenzia" im
„Daheim"; „Ein Hochzeitstag" in der
„(Wiener) Neuen Illustrirten Zeitung"
u. a. Ferner gab er heraus die epische
Dichtung „Landwirth Hafer" (Wien 1867,
Hartleben). Sein Hauptwerk aber ist die
historisch-epische Dichtung „Kaiser Karl
der Fünfte" (Wien 1865, Bartelmus, 8°.,
472 S.). Der Dichter unternahm es,
einen großen Lebensgang mit treuer Fest-
haltung der historischen Wahrheit wie in
einem poetischen theatrum mundi durch-
zuführen; der Standpunkt, welchen der
Kaiser seiner Zeit gegenüber einnahm, ist
daher auch der des Dichters. Er wählte
zum Metrum den vierfüßigen amphibra-
chischen Jambus, in Strophen von sieben
Zeilen, von denen sechs gereimt, die
siebente aber zur leichteren Anknüpfung
der ununterbrochen sich abrollenden, mitunter reimchronikartigen Erzählung un-
gereimt ist. Das Buch fand weniger
Verbreitung, als es jedenfalls durch den
Reichthum an Anschauungen, durch die
Plastik seiner Schilderungen, die fleißige
und verständige Behandlung und du[c]
den über manche Scene ergossenen poe[...]
Duft und die durchgehends geschic[...]
Ausführung verdient hatte. Mit zwei i[m]
sechzehnten Jahrhundert erschienene[n]
Versuchen in spanischer Sprache, Sem[...]
pere's „Carolea" und Luis Çapata['s]
„Carlo famoso", hat das ganz originelle
Buch Guntram's nichts zu schaffen.
Wir suchen den Schriftsteller und Dichter

Guntram, sowohl unter diesem Pseudonym, als unter seinem wahren Namen
bei Heinrich Kurz, Franz Brümmer,
Gottschall, Kehrein u. s. w. vergebens.

Deutscher Literaturkalender auf das
Jahr 1884. Herausgegeben von Joseph
Kürschner (Berlin und Stuttgart, Spe-
mann, 32⁰.) VI. Jahrg., S. 277. — Laube
(Heinrich). Das erste deutsche Parlament
(Leipzig 1848. Weidmann, 8⁰.) Bd. III,
S. 207. [Laube berichtet über die Rede
Gagern's, den Eintritt Oesterreichs in den
Bund betreffend, mit dem geflügelten Worte:
„Ich bin himmelweit entfernt von der Behauptung: Oesterreich dürfe nicht eintreten;
ich behaupte nur: Oesterreich könne nicht.
werde nicht eintreten". Nun schreibt Laube
weiter: „Unmittelbar nach Gagern sprachen
zwei Oesterreiche von entgegengesetzten Standpunkten gegen Gagern. Arneth, welcher
die Verfassung so erweitert sehen wollte, daß
Oesterreich darin Platz habe: Camillo
Wagner aus Steyr in Oberösterreich, der
auch jetzt noch die Paragraphen zwei und
drei für anwendbar hielt auf Oesterreich, der
die Theorie unbekümmert um den nächsten
Erfolg durchgeführt sehen wollte. Er gehörte
zu den gebildetsten und talentvollsten Oesterreichern und empfahl seinen Stamm durch
alle die liebenswürdigen Eigenschaften der
Bescheidenheit, Innigkeit und Herzlichkeit, an
welchen man in der Parteiwuth leicht irre
werden konnte. Ach, es war ein trauriges
Schauspiel, solche gründlich deutsch gesinnte
Männer hoffnungslos ringen zu sehen gegen das
Unvermeidliche Volkstämme, wie in Tirol,
Salzburg, Ober- wie Niederösterreich an
Deutschböhmen aus der engen Gemeinschaft
gewiesen zu sehen, weil die Staat ein Groß-
staat geworden und so große Ansprüche zu
erheben, so viel weitere Aufgaben zu erfüllen
hatte. Alle diese österreichischen Debatten
waren eine endlose Pein"]

11. **Wagner,** Daniel, Vater (Botaniker, geb. zu Breznóbánya 1800,
Todesjahr unbekannt). Er widmete sich
den naturwissenschaftlichen, vornehmlich
den chemischen Studien an der Wiener
Hochschule und erlangte an derselben
1825 das Doctorat der Chemie, bei
welcher Gelegenheit er die „Dissertatio
inauguralis chemica de radicali po-
tasse" (Vindobonae 1825, mit Abbildung, 8⁰.) herausgab. Hierauf wendete
er sich der Pharmacie zu und etablirte
sich als Apotheker in Preßburg, übersiedelte aber nach mehreren Jahren nach
Pesth, wo er, sein Apothekergeschäft
weiter betreibend, ine Droguen- und
Chemikalienfabrik errichtete, deren Leitung er noch im Jahre 864 führte. In
seinem Fache schriftstellerisch thätig, veröffentlichte er nachstehende Schriften:
„Ueber das Kalium, die Verbindungen der ersten
Stufe der Zusammensetzung desselben und über
das Aetzkali Als Beitrag zum chemischen Theile
der Naturwissenschaft" (Wien 1825, Gerold, 8⁰.); — „Pharmaceutisch-med cinische
Botanik oder Beschreibung und Abbildung aller
in der k. k. österreichischen Pharmakopöe vom
Jahre 1810 vorkommenden A neipflanzen,
in botanischer, pharmaceutischer, medicinischer,
historischer und chemischer Beziehung, mit besonderer Rücksicht auf die botanischen Arzneistoffe,
mit getreuen, grün nach der Natur gezeichneten
und ausgemalten Abbildungen", 2 Bände
(Wien 828/29, Ludwig, gr. Fol.),
Wagner's Hauptwerk, dasselbe erschien
in 21 Heften mit 250 fein color. Tafeln
und 100 Bogen Text, der Preis für die
gewöhnliche Ausgabe betrug 160 Rthlr.
für die Prachtausgabe in Olifantformat
480 Rthlr.; — diesem Prachtwerke
folgten noch: „Die Heilquellen von Füliás
in Ungarn in physikalisch-chemischer Beziehung
untersucht" (Pesth 1834, Trattner Károly,
8⁰.); — „Selectus medicaminum re-
centiori tempore detectorum et nonnu-
lorum antiquiorum et novo adhibito-
rum" fasc. I (Budae 1839, typ. reg.
Univ., 8⁰.), ist nur dieses erste Heft
erschienen; — im Jahre 1844 bewarb
er sich mit dem Werke: „Magyarország-

nak közgazdaságilag nevezetes termé-
keiről. Első rangu philyamunka", b. i.
Von den in ökonomischer Beziehung er-
wähnungswürdigen Naturproducten Ungarns (Ofen 1844. 8⁰., 243 S.), um
einen von der ungarischen Akademie ausgeschriebenen Preis, welchen er auch erhielt, obgleich, wie die Fachkritik urtheilt,
die Arbeit nicht vollkommen befriedige.
— Des Vorigen Sohn Daniel (geb. zu
Pesth 1838) widmete sich dem Geschäfte
des Vaters und arbeitete in der Apotheke
desselben in Pesth. Auch gleich dem
Vater in seinem Fache literarisch thätig,
veröffentlichte er: „Preisverzeichniss pharmaceutischer Präparate, Drogen u. s. w." (Pesth
1860, C. Müller, 8⁰.); — „Gyógyszer-
isme orvosok gyógyszerészek, iparosok
és kereskedők számára", b. i. Medica-
mentenkunde (Pesth 1862—1865, Osterlamm, 8⁰); diese Pharmakognosie, das
erste und bisher einzige Werk über
diesen Gegenstand in der ungarischen
Literatur, enthält nicht nur die Beschreibung der Arzeneiwaaren, sondern auch
deren Anwendung, Dosirung, die vorkommenden Verfälschungen, Erkennung
derselben; und ist ebenso für den Arzt
und Apotheker, wie für den Specerei-
händler und überhaupt jeden Industriellen wichtig und von Nutzen; auch
der Sprachforscher findet darin der zahlreichen technischen Ausdrücke wegen seinen
erheblichen Antheil; — „A növény
ország gyógyismüje. Orvosok gyógyszer-
részek, kereskedők és iparosok számára", b. i. Pharmaceutische Botanik.
Für Aerzte, Apotheker, Kauf- und Ge-
werbsleute (Pesth 1865). Wir finden
dieses und das vorige Werk in den
Bücherverzeichnissen, vermuthen aber unter
beiden nur ein und dasselbe Werk, dessen
Titel vielleicht auf Umschlag und Titelblatt, wie dies oft vorkommt, verschieden

lautet; — „Ujabb kitünöbb gyógy-
szerek jegyzéke", b. i. Verzeichniß vorzüglichster neuerer Arzeneimittel (Budapesth 1866, 8⁰.).

Geschichte der Botanik in Ungarn. Von
August Kanitz (Hannover 1864, 12⁰.) S 93.

12. **Wagner,** Ferdinand, ein österreichischer Künstler der Gegenwart, nicht zu verwechseln mit dem berühmten bayrischen Historienmaler Ferdinand Wagner (geb. zu
Schwabmünchen 1819, gest. zu Augsburg
13. Juni 1881), welcher das Fuggerhaus zu
Augsburg 1860 — 1863 mit den schönen
Fresken schmückte. Unseren Genremaler finden
wir zum ersten Male in der permanenten
Ausstellung des Wiener Künstlerhauses im
November 1878, und zwar mit dem Bilde:
„Sequet und religiös" vertreten. Ueber Le-
bens- und Bildungsgang, sowie über die
späteren Arbeiten des allem Anscheine nach
noch jungen Malers forschen wir vergeblich
in den neueren Werken über Kunst und
Künstler und in den neueren Ausstellungs-
katalogen nach.

Oesterreichische Kunst-Chronik. Her-
ausgegeben von Dr. Heinrich Kábdebo
(Wien, 4⁰.) I. Jahrg. 1. November 1879,
Nr. 1, S. 9 in der Rubrik „Ausstellungen.
Wien".

13. **Wagner,** Franz (gelehrter Jesuit, geb. zu Wangen in Schwaben
am 14. August 1675, gest. zu Wien
8. Februar 1738, nach Kayser's
Bücherlexikon Bd. VI, S. 128 erst am
6. Juli 1760). Im Alter von 13 Jahren
trat er zu Krems in Niederösterreich in
den Orden der Gesellschaft Jesu und
trug dann auf dessen Unterrichtsanstalten
zu Krems, Preßburg und Tyrnau Redekunst vor. Nachdem er die Priesterweihe
erlangt hatte, wurde er Schulpräf[...]
Präses des unter dem Namen Cong[...]
gatio civica bestehenden Specialverein[...]
seines Ordens und Operarius im Wien[...]
Profeßhause. Seine umfassenden Kenn[...]
nisse und vornehmlich seine Neigung z[...]
historischen Studien veranlaßten sein[...]

Oberen, den Blick des jungen Ordens-
priesters auf die Geschichte seiner Zeit,
und zwar zunächst auf die Regierungs-
periode Leopolds I. und Josephs I.
zu richten, worauf denn auch über diese
Kaiser jene seinerzeit viel besprochenen,
von einer Partei bewunderten, von den
Gegnern viel geschmähten Geschichtswerke
entstanden, welche trotz alledem für den
quellenkundigen, die Spreu vom Weizen
zu sondern geübten Forscher ungemein
brauchbares Material enthalten. Neben
diesen zwei Hauptwerken schrieb er noch
eine ettliche Anzahl anderer historischer, pädagogischer und philologischer
Schriften und leitete dabei viele Jahre
hindurch das Wiener Seminar, ohne die
schwierigen Pflichten der Seelsorge, namentlich bei Kranken und Sterbenden, zu
unterlassen. Bezüglich seiner Schriften
waren und sind vor Allen die Ungarn
schlimm auf ihn zu sprechen, sie beschuldigen ihn geradezu der Verleumbung,
und sein eigener Mitbruder Stephan
Katona [Bd. XI. S 35] hat es unternommen, ihm seine Unrichtigkeiten in der
Darstellung ungarischer Vorgänge nachzuweisen. Seine in lateinischer Sprache
erschienenen Werke sind: „*Crito seu
Dissertatio philologica de comparanda
vera eruditione*" (Tyrnaviae 1701,
12⁰.), neue Auflagen zu Wien, Kaschau,
Augsburg u. s. w.; — „*Propemticum
suprema ac festiva acclamatione ad
Carolum Archiducem hujus nominis
III. Hispaniae Regem Vienna disce-
dentem*" (Viennae 1703. Voigt, Fol.);
— „*Vita S. Athanasii Episcopi
Alexandrini ex Anselmo eruditi crisi
elegantissime contexta*" (Viennae 1707,
Voigt, 8⁰.), wird von Einigen dem Jesuiten Jacob Wenner (geb. 1639. gest.
1725) zugeschrieben; — „*Universae
Phraseologiae germano-latinae Corpus*

congestum" (Augustae Vindel. 1718),
oft wieder gedruckt zu Wien, Regensburg
und an anderen Orten; mit der Phraseo-
logie des Salust, Livius, Cäsar,
Cornelius Nepos u. s. w., vermehrt
von Martin Span (ebb., Aug. Vind.
1801 und Wien 1824); mit der „*Phra-
seologia germanico-latina ... et cum
indice verborum in foro sacro, civili et
militari*" von P. Goldhagen S. J.
(Moguntiae 1751) und „*Adjecta Phra-
seologia hungarico-slavonica*" (Tyrnaviae 1775, 8⁰.), zum Gebrauche der
studirenden Jugend umgearbeitet von
Ignaz Seibt (Prag 1847); — „*Historia Leopoldi Magni Caesaris
Augusti. Pars I. et II.*" (Aug. Vind.
1719 und 1732, Schlutter und Ham-
pach, Fol.); — „*Historia Josephi
Caesaris Augusti Felicis cum appendice usque ad pacem Badensem*" (Viennae 1745, Kalliwoda, Fol.); — „*Vita
Eleonorae Magdalenae Augustissi-
mae Imperatoris Leopoldi I. viduae*"
(Viennae 1720, Schwendiman, 8⁰.),
davon eine italienische Uebersetzung von
P. Ceva und eine deutsche von Bernh.
Lang (Wien 1752, 8⁰.); — „*Vita sere-
nissimae Elisabethae Archiducis
Austriae pietissimae Gubernatricis
Belgii*" (Viennae 1746, Kurzbeck,
8⁰); — „*Alvarus explicatus pro
1. et 2. Classe cum radicibus linguae
latinae...*" (Viennae 173.); — „*Alvarus explicatus ... pro 3. et 4. Classe*"
(ib. 173.); — „*Cypriani Soarii Rhe-
torica methodice tractata...*" (ib.
173.); — „*Syntaxis ornata seu lati-
nitatis ars brevicula...*" (ib. 173.),
neue Auflagen und Nachdrucke zu Regensburg, Tyrnau u. s. w.; vermehrt von
Franz Breckenfeld (Klausenburg 1736,
8⁰.); — „*Introductio in historiam
biblicam Veteris Testamenti*" (Vien-

nae 1729, 8⁰.); — *„Introductio in historiam Assyriorum, Persarum, Graecorum et mythologiam"* (ib.); — *„Introductio in historiam Romanam bellicam"* (ib.); — *„Introductio in historiam Romanam veterem civilem"* (ib.); — *„Introductio in historiam Caesarum usque ad Carolum Magnum"* (ib.); — *„Introductio in historiam Caesarum a Carolo Magno usque ad Carolum VI."* (ib.); ein Nachdruck der vorgenannten sechs Werke in Tyrnau 1731; — *„Geographia antiqua et nova cum 37 tabulis geographicis"* (Viennae 1737, 8⁰.). Außerdem übersetzte er aus dem Italienischen des Marquis Raimund Montecuculi militärische Aphorismen (Graz 1715); aus dem Französischen des P. Dom. Bonhours S. J. aus gelehrten und geistvollen Schriften geschöpfte Anleitung richtig zu denken (Augsburg 1716, Wien 1750, 8⁰., und öfter); gab in deutscher Sprache heraus eine Nachricht über die Verehrung, welche die Fürsten Oesterreichs dem h. Altarsacramente zollten, eine Beschreibung der Kirchen Wiens, dann mehrere Andachtsbücher und polemische Schriften, deren Titel nicht bekannt sind.

Fejér (Georgius). Historia Academiae scientiarum Pazmanianae Archiepiscopalis ac M. Theresianae regiae literaria (Budae 1835, 4⁰.) S. 78

14. **Wagner**, Franz (Zithervirtuos und Componist. Ort und Jahr seiner Geburt unbekannt). Er dürfte wohl in Wien, und zwar nach der uns vorliegenden Lithographie von Jg. Eigner aus dem Jahre 1876, Wien 1850 geboren sein. Frühzeitig bildete er sich im Zitherspiele aus, so daß er sich schon in seinem 17. Jahre im Septett von Jos. Strauß bei Aufführung der „Naßwalderin" im Wiener Carsalon bemerkbar machte und in mehreren geselligen Vereinen concertirte. Gleichzeitig trat er auch als Compo-

nist in Paschinger's „Zither-Journal" auf, widmete sich aber später mehr der Tanzmusik, und wurden seine Compositionen in diesem Fache 1874 aufgeführt. 1875 erschienen bei Ludewig und Schmidt seine Compositionen für das Clavier in einer Sammlung und erfreuten sich bald so großer Beliebtheit, daß sie ins Repertoire der bedeutenderen Musikcapellen Wiens aufgenommen wurden. Mehrere seiner Claviercompositionen sind auch in C. M. Ziehrer's „Deutscher Musik-Zeitung" abgedruckt. Ende der Siebenziger-Jahre verband sich Wagner mit den beiden Zitherspielern A. R. Lerche und Joseph Riener zu einem Zithertrio und bereiste in Gemeinschaft mit ihnen die Kronländer der österreichisch-ungarischen Monarchie, Italien, Serbien u. s. w., überall Concerte mit bestem Erfolge gebend. Wie wir schon in der Biographie des Karl J. F. Umlauf [Bd. XLIX, S. 24] berichteten, wurde die in Almhütten und in der Bauernstube beliebte Zither anfänglich salon-, später sogar concertfähig, und so veranstaltete auch das vorerwähnte Wiener Zithertrio Lerche-Riener-Wagner Zitherconcerte, und zwar in dem durch classische Musik geheiligten Saal Bösendorfer, in welchem Wagner speciell die Elegiezither spielt.

C. M. Ziehrer's Deutsche Musik-Zeitung (Wien, gr. 4⁰.) III. Jahrg., 1. April 1876, Nr. 14.

Porträt. Unterschrift: „Wiener Zithertrio. Lerche, Riener, Wagner". Jan. Eigner (gez.), Angerer und Göschl (chemitypirt)

15. **Wagner**, Franz Bernhard (gelehrter Theolog, geb. zu Königinhof in Böhmen am 13. October 1760, Todesjahr unbekannt). Der Sohn eines Bürgers, begann er, 13 Jahre alt, seine Studien in Stadt Steyr, setzte dieselben als Seminarist am Lyceum in Linz fort und vollendete sie im Generalseminar Wien. Aus dieser Anstalt trat er 17.. in das Benedictinerstift zu den Schott in letztgenannter Stadt und erlang nach abgelegter Ordensprofeß am 1. Jänner 1788 die Priesterweihe. 1791 wurd er im Stifte zum Novizenmeister ernannt

in welcher Stelle er drei Jahre verblieb, sich während dieser Zeit für die theologische Doctorwürde vorbereitend und im letzten Jahre noch die Schul- und Kirchenkatechese im Stifte versehend. Hierauf in Schottenfeld in der Seelsorge verwendet, erhielt er gegen Ende 1793 im Concurswege die Professur der Kirchengeschichte am theologischen Studium in Linz, supplirte nebenbei 1800 und 1801 in der Philosophie, mehrere Jahre im Kirchenrechte und fungirte auch längere Zeit als akademischer Prediger. 1801 erlangte er an der Wiener Hochschule die theologische Doctorwürde. 1808 und 1809 war er Rector des Lyceums zu Linz. Noch vor Schluß des Schuljahres 1809 erfolgte seine Ernennung zum Administrator der Stiftspfarre Zellerndorf in Niederösterreich; 1813 wurde er Consistorialrath in Linz und im Mai 1814 Pfarrer zu Weitzendorf. In Würdigung seiner während einer siebzehnjährigen Lehrthätigkeit erworbenen Verdienste erhielt er am 26. März 1810 die große goldene Civilverdienstmedaille mit Kette. Im Druck gab er Folgendes heraus: „Uebersicht des Kirchenrechtes zu Vorlesungen" (Linz 1798, 8⁰.); — „Predigten bei dem akademischen Gottesdienste in Linz" (Linz 1809, 8⁰.). Nach Kayser's „Bücherlexikon" wäre er auch der Herausgeber der periodischen Schrift: „Der Sieg des Kreuzes. Zeitschrift für Religion und Kirchengeschichte", wovon bei Wesché in Frankfurt a. M. im Jahre 1825 vier, 1826 zwölf Hefte erschienen sind. Doch vermuthen wir, daß nicht unser Wagner, sondern ein anderer Träger dieses Namens genannte Schrift herausgegeben habe. Auch berichtet Waitzenegger von einem historischen Beitrage F. B. Wagner's zu einem größeren Werke. Jedoch bezeichnet er diesen Beitrag nicht näher,

sondern bemerkt nur, daß derselbe gedruckt worden sei.

Waitzenegger (Franz Joseph). Gelehrten- und Schriftsteller-Lexikon der deutschen katholischen Geistlichkeit (Landshut 1820, Joseph Thoman, 8⁰.) Bd. II, S. 472.

16. Wagner, Friedrich (gest. in Wien am 6/7. Mai 1874). Ein Sohn des Hofschauspielers und Miniaturmalers Anton Wagner [S. 88, Nr. 3], widmete er sich gleich seinem Vater der Bühne und stand mehrere Jahre am Hofburgtheater in Verwendung, wo er durch sein lächerliches Gebaren selbst in tragischen Momenten meist zum Ergötzen des Publicums beitrug. Er sollte eben Regisseur an der neuen komischen Oper in Wien werden, deren Leitung, nachdem Swoboda's Direction ein klägliches Ende genommen, in Hafemann's Hände übergegangen war, als er im vollen Mannesalter vom Tode dahingerafft wurde. — Ein anderer Friedrich Wagner tritt zu Beginn der Sechziger-Jahre als Componist auf. Von demselben sind wiederholt Compositionen zu Prag und Wien im Druck erschienen, so bei Fleischer in erstgenannter Stadt 1862: „Prager Polka" Op. 25 und „Tepliter Jubiläums-Polka" Op. 33; — bei Spina in Wien 1863: „L'Attente. Nocturne caractéristique" Op. 22. Nach 1863 finden sich keine Compositionen dieses Musikers vor.

17. Wagner, Heinrich (Ort und Jahr seiner Geburt unbekannt), Zeitgenoß. Er ist Banquier in Czernowitz, Mitglied des Gemeinderathes dieser Stadt, Director der Bukowinaer Sparcasse und des Bukowinaer Kaiserin Elisabeth-Vereines. 1878 wurde er an Stelle des verstorbenen Rubinstein zum Vicepräsidenten der Czernowitzer Handelskammer und zu deren Vertreter im Abgeordnetenhause des österreichischen Reichsrathes gewählt. In demselben schloß er sich dem neuen Fortschrittsclub an und trat dem Programm der Hundertundzwölf bei. Am 3. Juli 1879 wurde er einstimmig zum Abgeordneten wieder erwählt.

18. Wagner, Ignaz (geb. zu Komorn in Ungarn 9. August 1700, gest. in Wien 30. Jänner 1739). Fünfzehn Jahre alt, trat er in den Orden der Gesellschaft Jesu ein, in welchem er nach abgelegten Gelübden zum Doctor der Philosophie promovirt, durch fünf

Jahre zu Tyrnau zuerst Redekunst, dann Philosophie vortrug. Zuletzt wirkte er drei Jahre im Dienste der k. k. Feldgeistlichkeit. Im Druck gab er heraus: „Posthuma memoria seu res pace et bello gestau Excell. D. Comitis Stephani Kohary" (Tyrnaviae 1732, 17°.), bezüglich dieser G.denkschrift bemerken wir, daß eine ganz gleich betitelte Schrift auf den Grafen Kohary von dem Jesuiten Franz Kazy [Bd. XI, S. 113] erschienen ist; — und „Miracula D. Francisci Xaverii Oberburgi patrata ab anno 1716 al annum 1736" (Tyrnaviae 1736. 8°.).

Fejér (Georgius). Historia Academiae scientiarum Pazmanianae Archiepiscopalis ac M. Theresianae regiae literaria (Budae 1835, 4°.) p. 24, 64.

19. **Wagner,** Johann (Journalist, geb. 1820, gest. in Wien am 31. Mai 1876). Ueber diesen in der Wiener Journalistik wohlbekannten und auch seinerzeit vielgenannten Journalisten liegen nur spärliche Nachrichten vor. Wegen seines langen Wuchses und zum Unterschiede von den zahlreichen anderen Trägern dieses Namens nannte man ihn den „langen Wagner". Wie er unter die Journalisten gekommen, ist nicht bekannt, wohl aber wann, da er 1871 sowohl die Vollendung seines fünfzigsten Lebensjahres, als sein 25jähriges Jubiläum als Wiener Journalist feierte, wonach er also 1846 Journalist wurde. Seine schriftstellerische Thätigkeit ist eine praktische und eine schöngeistige. In erstere fallen seine in der „Morgenpost", später in der „Vorstadt-Zeitung" erschienenen volkswirthschaftlichen Artikel, welche zu ihrer Zeit einiges Aufsehen erregten. Hinsichtlich dieses Umstandes bemerkt Jemand, der ihn kannte, „national-ökonomische Aufsätze für verbreitete Blätter geschrieben zu haben und dabei ein armer Teufel geblieben zu sein, beweist, daß er ein ehrlicher (heute nennt man's „dummer") Kerl war". Auf

schöngeistigem Gebiete wird er als Verfasser verschiedener Volksromane bezeichnet, nach deren Titeln wir vergebens suchten, wahrscheinlich haben diese Werke in den Feuilletons der „Morgenpost" und „Vorstadt-Zeitung" eine Unterkunft gefunden; aber auch als lyrischer Poet tritt er im Jahre 1848 auf, in welchem er im „Wanderer" Nr. 83 und 84 zwei Gedichte: „Die Werbung" und „Garde lieb" drucken ließ. Uebrigens muß er auf diesem Felde eine größere Wirksamkeit entfaltet haben, da von ihm anläßlich seines 25jährigen Jubiläums ausdrücklich bemerkt wird, „daß die zahlreichen Gesangvereine sich diese Gelegenheit wohl nicht werden entgehen lassen, dem verdienstvollen Jubilar, dem sie manch kräftiges deutsches Lied, darunter sein populär gewordenes „Ermanne dich, Deutschland", verdanken, eine würdige Ovation darzubringen. Auch als dramatischer Schriftsteller hat er sich versucht, aber mit wenig Glück. Am 1. Juni 1851 gab man in der Hernalser Arena eine dreiactige Posse, „Nur stark", die er gemeinschaftlich mit einem K. Allram geschrieben hatte. Ende April 1852 brachte das Josephstädter Theater eine von ihm allein verfaßte Posse: „Wem gehört der Frack?", welche durchfiel. Wagner war viele Jahre Mitarbeiter der „Morgenpost", dann der „Vorstadt-Zeitung"; er soll später selbst eine Wochenschrift herausgegeben haben, deren Titel wir aber auch nicht erforschen konnten.

Neues Wiener Tagblatt, 1871, Nr. 16 und 109: „Schriftstellerjubiläum". — Fremden-Blatt. Von Gustav Heine (Wien, 4°.) 1. Juni 1876: in den „Personalnachrichten".

20. **Wagner** Ritter von **Wagensburg,** Johann (k. k. Feldmarschall-Lieutenant a. D., geb. zu Klokoč in

Szluiner Grenz-Regimentsbezirke am 19. April 1813, nach dem genealogischen Almanach 1816). Er trat am 12. October 1826 zur militärischen Ausbildung in die Wiener-Neustädter Akademie, aus welcher er am 17. October 1834 als Fähnrich zu Erzherzog Karl Ferdinand-Infanterie Nr. 51 kam. Im Regimente rückte er im November 1838 zum Lieutenant vor. 1840 dem Generalquartiermeisterstabe zugetheilt, wurde er am 12. Juni 1846 Oberlieutenant, am 3. Juni 1848 Capitänlieutenant bei Gyulai-Infanterie Nr. 33. In letzterer Eigenschaft und zugleich als Generalstabsofficier der Brigade Clam erwarb er sich im Feldzuge 1848 in Italien durch sein Verhalten vor dem Feinde das Ritterkreuz des Leopoldordens. Im italienischen Feldzuge des folgenden Jahres als Generalstabsofficier der Division Wohlgemuth zugewiesen, erkämpfte er sich daselbst das Militär-Verdienstkreuz und wurde im Juli 1849 zum Hauptmann im Generalstabe befördert. Den Sommerfeldzug des letzteren Jahres machte er als Generalstabschef des unter Commando des Feldmarschall-Lieutenants Grafen Clam stehenden siebenbürgischen Armeecorps mit und rückte im 30. August desselben Jahres zum Major vor. 1853 wurde er Oberstlieutenant, 1857 Oberst im Corps, diente dann im italienischen Feldzuge 1859 anfänglich als Souschef des Generalstabes der ersten Armee, später als Generalstabschef des eilften Armeecorps, in welcher Eigenschaft er für seine hervorragenden Leistungen in der Schlacht von Solferino und in den letzten derselben vorangegangenen Gefechten am 15. August 1859 den Orden der eisernen Krone dritter Classe erhielt. 1860 ward er Chef des kriegsgeschichtlichen Bureaus

in Wien, 1862 Brigadier in Karlstadt und am 29. October 1863 Generalmajor und Cordonscommandant daselbst. Als dann 1866 im Süden und Norden der Monarchie der unglückselige Krieg ausbrach, begab er sich zum dritten Male auf den italienischen Kriegsschauplatz, wo er in der Division Wetzlar die aus Militärgrenz-Regimentern zusammengesetzte Brigade commandirte. Nach dem Friedensschlusse diente er als Brigadier in Semlin, bis er im August 1868 zum Statthalter und Militärcommandanten in Dalmatien ernannt wurde. Während er diese Stelle bekleidete, brach der Aufstand in dem Lande aus. Er bekämpfte denselben in der Zuppa, welche er in drei Tagen — vom 3. bis 6. November 1869 — factisch unterwarf, so daß er die späteren durch Grafen Auersperg und dann durch Baron Rodich eingeleiteten mehr diplomatischen als militärischen Maßregeln wesentlich erleichterte, wenn nicht ganz ermöglichte. Da plötzlich am 7. November 1869 übergab Feldmarschall-Lieutenant Wagner in Budua unter freiem Himmel das Commando der Operationstruppen dem neu ernannten Commandanten Generalmajor Grafen Auersperg und kehrte nach kurzem Aufenthalt in Cattaro, begleitet von den Officieren seines Stabes, nach der Hauptstadt Zara zurück. Im Monat December desselben Jahres wurde er vom Statthalterposten enthoben. Diese plötzlichen Veränderungen erregten nicht geringes, bei Vielen peinliches Aufsehen, da man darin eine Zurücksetzung des verdienstvollen Generals, der unter den mißlichsten Verhältnissen das Beste geleistet hatte, sehen wollte. Die Sache bekam noch einen entschiedeneren Ausdruck, als dem scheidenden General und Statthalter im Lande von allen Seiten Beweise sowohl des Bedauerns über seinen Abgang, als der Anerkennung über seine Wirksamkeit gegeben wurden. Wie der Gemeinderath von Zara, so brachten viele dalmatinische Städte und Gemeinden, wie Trau, Salve und Sebenico, ja selbst slavische Gemeinden, wie Castelnuovo und Scardona, ihre Theilnahme über das Scheiden des wackeren Generals zum Ausdruck, und ein Gleiches geschah von Seite des Landtagspräsidenten Spiridion Petrovich und durch eine Deputation der Arbeiter von Zara, Alles Kundgebungen, welche den Rücktritt des Statthalters in ganz eigenthümlicher Beleuchtung erscheinen ließen. Man versuchte diese Verfügung zunächst mit der Absicht der Regierung zu decken, die Militär- von der Civilgewalt in Dalmatien zu trennen, und in der That wurde Feldmarschall-Lieutenant Baron Rodich [Bd. XXVI, S. 220] nur zum Militärcommandanten dieses Kronlandes ernannt. Nach seiner Abberufung von Zara kam Feldmarschall-Lieutenant von Wagner als Commandant der zehnten Truppendivision nach Böhmen, aber kaum sechs Wochen hatte er diese Stelle bekleidet, als er, durch das Vertrauen des Kaisers am 1. Februar 1870 in den Rath der Krone berufen, das Ministerium der Landesvertheidigung übernahm. Und fürwahr, es erschien als eine seltsame Fügung, daß gerade dieses Portefeuille in die Hände des vorigen Statthalters eines Landes gelegt wurde, dessen Insurrection eben durch das neue Landesvertheidigungsgesetz hervorgerufen worden. Doch auch auf diesem Posten war es dem General nicht vergönnt, lange zu wirken. Als nämlich am 11. April 1870 das Bürgerministerium (Giskra seine Entlassung nahm, wurde auch Wagner mit ah. Handschreiben ddo. 12. April 1870

auf seine Bitte, und zwar unter Anerkennung seiner Treue und seiner eifrigen Dienste des Amtes enthoben und in Disponibilität versetzt, in der er sich noch befindet. Feldmarschall-Lieutenant Wagner ist mit Diplom ddo. 24. März 1861 in den österreichischen Ritterstand erhoben worden.

Ueber Land und Meer. Allgemeine illustrirte Zeitung (Stuttgart, Hallberger, kl. Fol.) Bd. XXIV (1870) Nr. 31. — Neues Fremden-Blatt (Wien, 4°.) 1870, Nr. 31. Neue Freie Presse (Wiener pol. Blatt) 1870, Nr. 1921, in der kleinen Chronik: „Creationen für Feldmarschall - Lieutenant von Wagner". — Allgemeine Zeitung (Augsburg, Cotta) 1873, Nr. 264, S. 3839. im Artikel: „Böhmische Wanderungen".

Porträt. Holzschnitt in Ed. Hallberger's xylogr. Anstalt, nach einer Originalzeichnung von Fr. Kriehuber in der illustrirten Zeitung „Ueber Land und Meer" 1870, Nr. 21, S. 1.

Familienstand des Feldmarschall - Lieutenants a. D. Johann Ritter von Wagner. Der General ist seit 1852 mit Emma Freiin von Scholten (geb. 1829) vermält. Aus dieser Ehe gingen drei Söhne hervor: Alfred (geb. 8. Juni 1853), Emil (geb. 27. October 1857), k. k. Lieutenant und Finanzbeamter, und Arthur (geb. 2. August 1864).

Wappen. Von Silber und Gold gevierter Schild. 1 und 4: in Silber ein rother von drei schwarzen Steigbügeln besäeter Sparren. 2 und 3: in Gold geht aus der Theilung ein schwarzer rothbezungter halber Doppeladler hervor. Auf dem Schilde ruhen zwei Turnierhelme; aus der Krone des rechten erscheinen sich drei Straußfedern, und zwar eine silberne zwischen rothen; auf der Krone des linken steht ein schwarzer rothbezungter Doppeladler. Helmdecken. Die des rechten Helmes roth mit Silber, jene des linken schwarz mit Gold.

21. Ein anderer Johann Wagner (geb. 1822) diente im letzten Jahrzehnt des zehnten Jahrhunderts als Lieutenant der Civalart-Uhlanen Nr. 1 und zeichnete sich im Feldzuge 1796 in einem Gefechte bei Carpanola, in welchem er sein Pferd unter

clor, durch solche Tapferkeit aus, daß
sbefehl seiner in ehrenvollster Weise
wurde. Im Feldzuge 1799, damals
berlieutenant, wirkte er am 26. Juni
Recognoscirung des Generalmajors
Re v e l d t gegen Offenburg mit, und
Letzterer diese Stadt einnahm, for-
i g n e r mit einem Zuge Uhlanen die
i Kinzing mit ausgezeichneter Bravour.
: Dienste leistete er auch als Ritt-
m Regimente während des Feldzuges
welchem er mit seiner Escadron zur
ung der sächsischen Grenze im nörd-
böhmen in der bei Theresienstadt stehen-
zenden Brigade des Generalmajors
de eingetheilt war. 1813 rückte er zum
m Regimente vor, kam noch im näm-
ihre in gleicher Eigenschaft in das
en-Regiment und aus diesem 1818
rzog Johann-Dragonern Nr. 1, in
er auch vier Jahre später starb.

t i m (Andreas Graf). Die Reiter-
iter der k k. österreichischen Armee
863, (Geitler, gr. 8°.) Bd. I: „Küras-
b Dragoner" S. 238; Bd. III:
lanen" S. 12, 18, 30, 53 und 114

Wagner, Johann Eduard (Karto-
Ort und Jahr seiner Geburt unbe-
Zeitgenoß. Wir vermuthen, daß dieser
ichner und Stecher ein Čeche von
ist. Seine erste größere Arbeit, eine
arte von Böhmen, (Mährens und
t", in vier Blättern, colorirt und mit
ischem Verzeichniß der darauf vor-
den Ortschaften, erschien 1862 in zwei
n, mit deutschem und mit čechischem
n der J. G. Calve'schen Universi-
andlung zu Prag. Diesem größeren
olgte 1863 eine kleinere Karte der
ng von Schüttenhofen, als Beilage
J. A. Gabriel's Buch: „Královské
Sušice a jeho okolí", d. i. Die
e Stadt Schüttenhofen und ihre
ngen; und dann eine kleinere Karte
ö in čechischer Sprache: „Krá-
České" (in Prag bei Calve in
·Fol.) Ueber weitere Arbeiten dieses
ßphen fehlen uns die Nachrichten.
Wagner von **Wagenfels**, Johann
Jacob (Geburts- und Sterbeort, sowie
hr unbekannt). Er lebte gegen Ende
edigten und zu Anfang des achtzehn-
derts. Ueber seine näheren Lebens-
e haben wir vergeblich nachgeforscht,

nur so viel ist uns bekannt, daß er der Geschichtslehrer des leider zu früh verblichenen
Kaisers Joseph I. gewesen. In dieser Eigenschaft verfaßte er 1688 auf kaiserlichen Befehl
eine Universalhistorie, welche unter dem Titel:
„Ehren Ruff Deutschlands, der Deutschen und
ihres Reiches" (Wien 1692, Fol. 642 S.)
im Druck erschien. Dieses Buch aber, vor
gerade zwei Jahrhunderten geschrieben, soll
in seinem kaiserlichen Zögling deutsches
Selbstbewußtsein wecken, will Unabhängigkeit nach allen Richtungen von den
damals Alles dominirenden „Gallofranken",
bedient sich in einer Zeit, in welcher die
deutsche Sprache von französischen Ausdrücken
und Redensarten wimmelte, auf den sämmtlichen 642 Seiten auch nicht eines Fremd-
wortes, und aus jeder Zeile des großen
Werkes spricht immer wieder der Schlacht-
ruf: „Deutschland hoch über Frankreich". Dieses noch heute nicht uninteressante
Werk ist vergessen, und zwar mit Unrecht,
nur in zwei bedeutenden Zeitpunkten wurde
auf dasselbe aufmerksam gemacht, nämlich
1848 und 1864. Im ersteren Jahre stand im
historischen Anhange des Kalenders „Austria"
(Wien bei Klang), Abtheilung „Vaterländische
Denkwürdigkeiten", S. 1, J. B. Kalten-
bäck's Aufsatz „Ehrenruf Deutschlands", in
welchem längere Auszüge aus Wagner's
Buche mitgetheilt werden 1864 aber brachte
die wissenschaftliche Beilage der „Leipziger
Zeitung" (1864, Nr. 27) im Artikel „Deutsche
Merkantilisten" auch das Werk H a n s
Jacob Wagner's der Gegenwart in Erinnerung und gab einige Auszüge daraus.
Wagner wird auch irrthümlich, so bei
d'Elvert in dessen „Historischer Literatur-
geschichte für Mähren u. s. w." (S. 188),
Franz Wagner von Wagenfeld ge-
nannt. Nun, es giebt eine böhmische Familie
Wagner von Wagensfeld, welche mit
Joseph Anton Wagner, Wirthschafts-
beamten des Bischofs von Olmütz, im Jahre
1743 geadelt wurde; mit derselben aber hat
der Geschichtslehrer des kaiserlichen Prinzen
Joseph, Hans Jacob Wagner von
Wagenfeld, nichts gemein.

Jöcher's Universal-Lexikon, Band XLII,
Sp. 689 und Jöcher's Gelehrten Lexikon
Bd. IV, S 690.

24. Wagner, Joseph (k. k. Hofschauspieler, geb. in Wien am 15. März

1818, gest. daselbst am 5. Juni 1870). Sein Vater war anfänglich Billeteur und Copist im Theater an der Wien, erhielt aber nach der Gründung der Nordbahn eine Bedienstung bei derselben. Joseph und sein Bruder Karl besuchten die Normalschule und traten zugleich in die vierte Classe über, aber während Letzterer die entsprechenden Fortschritte machte, fand bei Ersterem das Gegentheil statt, und nichts sprach dafür, daß er ein bedeutender tragischer Künstler werden und der Liebling der Frauen sein würde. Joseph war in jenen Jahren nichts weniger als sauber und ließ die eigenartige Männerschönheit, die ihn später schmückte. auch nicht ahnen, er war vielmehr häßlich, und krankhafte Stoffe, die nach außen drängten, entstellten sein Gesicht und seinen ganzen Kopf. Die Absicht des Vaters, diesen Sohn zum Theologen heranzubilden, scheiterte, indem Joseph und sein Bruder sich für die künstlerische Laufbahn, wenngleich auf etwas auseinanderliegendem Gebiete, entschieden. Unser Künstler nämlich wandte dem tragischen Spiele sich zu, während Karl Volkssänger wurde [siehe in den Quellen S. 108: V. Joseph Wagner's Familie]. Im Alter von 16 Jahren begann Joseph seine Schauspielerlaufbahn an der kleinen Bühne in Meidling nächst Wien, von welcher sich schon manches Talent zu den ersten Theatern emporgearbeitet hat. Nach wenigen Monaten kam er, 1835, an das Theater in der Josephstadt, welches damals zugleich mit jenem in Baden unter Dr. Ignaz Scheiner's Direction stand, und debutirte in Hagemann's „Leichtsinn und gutes Herz" mit solchem Erfolge, daß Holtei, welcher gerade an der nämlichen Bühne gastirte, den talentvollen Jüngling weiter empfahl, so daß derselbe

1839 am deutschen Theater in Pesth Engagement fand. Wilhelm Marr, der ihn daselbst zum ersten Male spielen sah, erkannte sofort, daß sich hier mit ungewöhnlicher, ja geradezu blendender äußerer Erscheinung auch eine bedeutende Gestaltungsgabe vereinte, und schickte den jungen Mimen, nachdem dieser fünf Jahre auf der Pesther Bühne gewirkt hatte, an das Leipziger Stadttheater. Dasselbe leitete ein in der deutschen Theatergeschichte bedeutender Mann, Dr. Schmidt, dem Hermann Uhde ein schönes literarisches Denkmal gesetzt hat. Auf dieser Bühne errang nun Wagner als Heldenspieler so vollständige und vielfältige Erfolge, daß er sich bald zum Lieblinge des Leipziger Publicums emporschwang. Von hier, wo er mit der ersten Liebhaberin, Bertha Unzelmann [Bd. XLIX. S. 110], seiner nachherigen Gattin. wirkte und im künstlerischen Zusammenspiel mit ihr einen Höhepunkt in der dramatischen Kunst erreichte, der die Zuseher zu frenetischem Beifalle hinriß, ging zuerst sein Ruf in der Theaterwelt aus. Die Hofbühnen von Wien und Berlin machten ihm Gastspielanträge. und 1847 folgte er einem solchen nach Wien, zugleich mit Bertha Unzelmann, welche wohl in Folge der Unzulänglichkeit ihrer physischen Mittel, trotz ihres feinen, sinnigen, durchdachten Spiels, weniger gefiel, während das Publicum geradezu enthusiasmirte. Er kehrte an das Leipziger Theater zurück, und dort sah ihn bald darauf auch der Director der Berliner Hofbühne Herr von Küstner. Lange schwankte dieser, ihn für seine Bühne zu gewinnen, da ihm Manches in Sprache und Ton der Stimme nicht zusagen wollte, endlich entschloß er sich zum Engagement. Nun, so groß auch die Wirkung n

welche Wagner in Berlin in hochtragi-
schen Rollen hervorbrachte, so stieß er
denn doch in dieser Stadt, wo eine zer-
setzende Kritik schon manchem Künstler
das Schaffen verleidet hat, auf manches
abträgliche Urtheil. Es ist nicht unsere
Sache, zu untersuchen, ob dasselbe begründet gewesen, gewiß ist es, daß dem
in Wien geborenen und großgezogenen
Wagner trotz des lebenslänglichen Engagements das ästhetische Spreeathen auf
die Dauer nicht zusagte. Nachdem er
trotz alledem zwei Jahre die größten und
schwierigsten Rollen mit entschiedenem
Glück in Berlin dargestellt hatte, nahm
er doch, als ihm 1850 wiederholt ein
Engagement an der Wiener Hofbühne
angetragen wurde, dasselbe an, denn
erstens sah er nun seinen Wunsch erfüllt,
künstlerisch in seiner Vaterstadt zu wirken,
dann aber war diese Anstellung für ihn
wie für seine Frau — er hatte 1849
Bertha Unzelmann zum Altar geführt
— auf Lebenszeit mit großer Gage und
Pension verbunden. Noch im nämlichen
Jahre trat er unter Laube's Leitung,
durch dessen Vermittlung er eben sein
Engagement erhalten hatte, seine neue
Stellung in Wien an. Nun, es leben
gewiß noch Leute genug, denen Wagner's Triumphe als Hamlet, als
Romeo, als Leander in Grillparzer's „Des Meeres und der Liebe
Wellen" in der Erinnerung sind; bisher
ist kein Anderer erschienen, der es ihm
gleich gethan hätte, vielleicht noch im
Spiele, sicher nicht in der äußeren Er
scheinung. Wagner wirkte in seiner
Stellung am Wiener Burgtheater bis an
sein Lebensende, das im Sommer 1870
eintrat; seine erste Gattin war schon am
21. November 1854 zum letzten Male
aufgetreten und am 7. März 1858 ihrem
Leiden erlegen. Nur einmal blieb er für

längere Zeit von der Bühne fern, und
eigenthümlich fügte es sich, daß er bald
nach dem Ausscheiden Laube's, und
wenige Wochen, nachdem er nach Beckmann's Tode das Amt des Regisseurs
übernommen hatte, in schwerem Siechthum zusammenbrach und erst nach zwei-
jähriger Krankheit die Bühne wieder betrat; freilich nicht mehr als der hin-
reißende Darsteller von ehedem, sondern
als ein gebrochener Mann, bei dem
das letzte Aufflackern des verlöschenden
Lichtes, ein trügerisches Alpenglühen,
nur Wehmuth im Publicum erregte über
das Einst und Jetzt des so geliebten
Künstlers. Als Wilhelm Tell trat er
damals — es war am 27. October 1869
— wieder auf, die Gestalt erschien noch
fest, wie aus einem Gefüge, das Haupt
saß auch noch ungebeugt auf seinem
Rumpfe, aber schon hatte der mahnende
Finger des Todes tiefe Furchen in
sein Angesicht gegraben. Einundzwanzig
Male noch erschien er danach auf der
Bühne des Burgtheaters, bis er am
4. April 1870 auf Nimmerwiedersehen von
ihr scheiden sollte. Er fühlte sich an diesem
Abend schon unwohl und heiser, spielte
aber dennoch und machte am anderen
Tage, trotz alles Abrathens der Familie,
in einer durch seine krankhafte Nervosität
bedingten Hartnäckigkeit einen Ausflug
nach Hütteldorf. Krank kehrte er heim.
Nun verließ er nicht mehr das Krankenlager, zur anfänglichen Rippenfellentzün-
bung gesellte sich noch ein acutes Lungen-
leiden, und am 5. Juni 1870, es war
ein Sonntag, entschlief er um ½3 Uhr
Morgens, nachdem er noch kurz vorher
mit seiner Frau gesprochen, ohne daß ihn
eine Ahnung seines bedenklichen Zustandes überkommen hätte. Die letzten Worte,
die er auf der Bühne gesprochen: „Jede
weitere Rolle wird mir leicht

sein, die schwerste hab' ich jetzt gespielt", sollten sich in ganz eigenthümlicher Weise bewahrheiten. Das Sterben war ihm immer als das Schwerste im Leben erschienen. "Gestorben sein ist reizend, aber das Sterben sollte nicht sein" pflegte er zu sagen, und dieses Schwerste ist ihm, wie nur den Wenigsten, so leicht geworden. Uebrigens kam dieser frühe Tod Wagner's nichts weniger denn unerwartet, man konnte es ahnen, daß ein etwas ernsteres Unwohlsein einen schlimmen Ausgang nehmen werde. Seit Jahren schon hatte er, taub gegen alle Warnungen, in der unverantwortlichsten Weise wider seinen eisenfesten Organismus losgearbeitet. Die Maßlosigkeit im Genusse schwarzen Kaffees, schwerer Cigarren, Mangel an Bewegung u. s. w. mußten endlich eine Riesennatur knicken. Joseph Wagner war zweimal verheiratet. Das erste Mal, wie bereits erwähnt, mit Bertha Unzelmann, welche er am 16. October 1849 ehelichte. In glücklichster Ehe verlebte er zehn Jahre mit dieser hochbegabten, aber seit ihrer frühesten Jugend den Keim des Todes in sich tragenden Künstlerin. Zwei Jahre nach dem Tode derselben vermalte sich Wagner mit der gegen das Ende der Vierziger-Jahre als Opernsängerin unter dem Namen Gilbert bekannten Marianne Herzfeld, einer Schwester des Generalconsuls Stephan Herzfeld und des Wiener Hof- und Gerichtsadvocaten Dr. Eugen Herzfeld. Aus erster Ehe hatte Wagner ein Töchterlein Marie, das liebenswürdige Ebenbild ihrer Mutter, welches, wenn der Verfasser dieses Lexikons nicht irrt, sich dem Lebensberufe der Eltern gewidmet hat; aus zweiter Ehe entsprossen zwei Söhne Julius und Karl.

I. **Wagner's Rollenrepertoire.** Für Wagner's Künstlerruhm war sein früher Tod — im Alter von 52 Jahren — eigentlich ein Glück. Denn der Uebergang in ein anderes — älteres — Rollenfach wollte bei ihm nicht recht von Statten gehen, und unser Schauspieler würde ihn auch mit dem Erfolg, den er im Fache jugendlicher Helden und Liebhaber errungen, nie erreicht haben. Laube beklagte schwer die Schwierigkeiten, die sich ihm beim Rollentausche Wagner's darboten. Dagegen im Fache jugendlicher Helden stand derselbe einzig da; der Ruhm Maximilian Korn's konnte den seinen nicht schmälern, und von den Nachfolgern hat ihn bis heute trotz aller Reclame keiner erreicht, denn in seiner eigenartigen äußeren Erscheinung, in seiner körperlichen Schönheit stand Wagner eben einzig da. Das Repertoire seiner Rollen war darum ein beschränktes, aber gleichwohl noch immer ein reiches. Er spielte folgende Rollen: Hamlet, Uriel Acosta, Ferdinand in "Cabale und Liebe", Max Piccolomini, Egmont, Baron von Wallenfeld in Iffland's "Der Spieler", Georg Winegg in Freitag's "Valentine", Romeo, Percy, Cassio, König Johann, Tempelherr in Lessing's "Nathan der Weise", Tellheim, Franz und Weislingen in "Götz von Berlichingen", Beaumarchais in Goethe's "Clavigo", Graf Dunois in "Die Jungfrau von Orleans", Karl Moor, Don Carlos, Don Manuel, Jaromir in "Die Ahnfrau", Jason in "Medea", Ingomar in "Der Sohn der Wildniß", Othello, Macbeth, Friedrich von Homburg in Kleist's gleichnamigem Stücke, Schiller in Laube's "Die Karlsschüler", Lord Rochester in "Die Waise von Lowood", Werner in Gutzkow's "Herz und Welt", Hippolyt in Brachvogel's "Narciß", Posa, Doctor Kevin, Wilhelm Tell, König Lear, Wallenstein, Tuman in Weilen's "Drahomira", Esser, Don Gutiere in Calderon's "Der Arzt seiner Ehre", Leander in Grillparzer's "Des Meeres und der Liebe Wellen", Brutus in "Brutus und Collatinus". In den vorbenannten Rollen habe ich Wagner spielen sehen, und in allen, mit Ausnahme der älteren, wie Lear, Wallenstein, Tell, die von Anderen wirklich besser dargestellt wurden, war er trefflich, er hat diese herrlichen Gebilde der classischen Dichter aller Zeiten in einer Art

die Reminiscenzen der alten
m Vorzügen der neuen künst-
h zu verbinden verstand

Charakteristik als Künstler.
nselben: „Wagner hat den
der Jugend, die lebensvolle
rschaft so warm, so lebensvoll,
h darzustellen verstanden, daß
nt hatten, die tragischen Lieb-
den immer nur mit seinem
ennen, immer nur in seiner
verkörpert zu sehen, immer
melodischen aus den Tiefen
leisenden Stimme zu hören.
nung erteilt den Glauben
rögliche Existenz jener
Gestalten, welche mit
en nichts zu thun haben,
upt über den Wolken tragen,
ektar und Ambrosia leben.
thos war nichts äußerlich Er-
der Ausdruck und Ausdruck
Herzens, war der Ausdruck
einer überschwenglichen Be-
de in seinem Innern glühte.
or wie ein Lavastrom, wenn
tanzwüng vor uns riß die
n Flammenkreis, der alle Be-
Hindernisse verlehrte und uns
nen empört's Das war die-
jept Wagner's: das
abkraft zu machen. Die
ler's werden immer seltener
r. Joseph Wagner war
weil er ein Wuner war und
Kindheit auf den Schwung
iubig in sich aufgenommen.
hat sich stärker als irgendwo
ller's ausgebildet, weil das
ischiche Staatsvrimer Alles
stellt, was in freier Geistes-
reven wollte und weil der
ungestümer, um so rücksichts-
ale springt, je härter, und
ale Wirklichkeit ihn einengt.
ten Rollen Wagner's war
Le er zu dieser in zahlreichen
earbeiteten Rolle gekommen
r Räthsel. Der tieftragische
e Rolle durchbebte uns sie zu
echenden Hamletrolle machte,
trolle, dergleichen ich nie
erwunderte uns nicht. Aber
n den Stimmungen, gerade

das, was ihm sonst fehlte, wie war ihm
dieser zugekommen? Es ist Marr das Verdienst zugeschrieben worden. Schwerlich mit
Recht, gewiß nicht mit vollem Rechte. Eine
geheimnißvolle Freundin lebte zu jener Zeit
neben Wagner in Leipzig, und dieser sagte
man nach, daß sie von interessanter dramatischer Fähigkeit und daß sie ihm behilflich
gewesen sei, die Hamletrolle so interessant
auszuarbeiten. [Diese geheimnißvolle Freundin
war eine Frau Beer, welche in der Folge,
1832, mit einem italienischen Sänger in
Hannover erschien.] Wagner hat später
diese Rolle in Wien, als ich (Laube) Director war, wohl dreißigmal gespielt, und
jedesmal haben wir die Rolle besprochen
und in Einzelheiten neu redigirt; ich weiß
daher genau, ob sie eine blos „eingepaukte"
oder ob sie eine verständnißvoll einstudirte
Rolle war. Sie war das Letzte, sie war ge-
sund aus seinem Verständniße erwachsen.
Ueberhaupt sind Diejenigen im Irrthum,
welche ihn ob seiner wenig ausgiebigen Unterhaltung für einen bloßen Naturalisten
hielten. Geist. Er war kein dialektischer Geist, aber
er hatte den gesunden Geist des Talentes.
Sein Talent ergriff immer sogleich den geistigen Mittelpunkt der Aufgabe und wußte auch
ganz gut darüber Rechenschaft zu geben.
Dabei wurde Wagner von Jahr zu Jahr
reiner, und edler in der Form. Er war
gegen Ausgang der Fünfziger-Jahre
der erste tragische Heldenliebhaber
der deutschen Bühne. Große Schwierig-
keit entstand für ihn als die abscheidende
Jugend den Uebergang in ein älteres Fach
gebot. Die Leidenschaft der Jugend mag un-
tenig sein, man vergibt es ihr. Sie täuscht
durch das Ungestüm der Liebenswürdigkeit
über die Eintönigkeit. Aber was dem Jünglinge vergeben wird, das wird dem Manne
nicht vergeben. Vom Manne verlangt man
Zeichen des Charakters Zeichen in der Mehrzahl, denn erst die Verbindung mehrerer
Züge des menschlichen Wesens bringt das
zuwege, was wir Charakteristik nennen, bei
edleren Rollen. Wer nur einen Zug stark
aufträgt, der gelangt nur zur Charge und
sinkt wohl bis zur Caricatur. Jedenfalls
neigt er zum komischen Bereiche Diese Charakteristik war nun für Wagner kaum er-
reichbar. Zu ihr sind die „Wendungen"
nöthig, welche die ausgiebige Gangart des
Vollblutrosses nicht zuläßt, zu ihr ist eine
Bewegung des Geistes nöthig welche vom

versagt war. Sie war ihm nicht versagt für
die Auffassung: er folgte einem Darsteller
beweglichen Geistes mit Leichtigkeit, sie war
ihm aber versagt für die eigene Ausführung...
Als er nach seiner langen Krankheit wieder
auftrat, war das wichtigste Organ, die Lunge,
direct angegriffen von der Anstrengung, der
Tod ergriff ihn sehr rasch. Sollen wir sagen
wie die Griechen: die Götter haben ihn geliebt? Den Kuß poetischer Jugend hatten sie
ihm auf die Stirn gedrückt in der Wiege,
und als die Jugend vorüber war, nahmen sie
ihn hinweg, um ihn zu bewahren vor den
Hinfälligkeiten und Enttäuschungen des Alters,
sollen wir so sagen? Warum nicht! Denn
also umrahmen wir Wagner's Bild in
unserem Gedächtnisse, das Bild idealer junger
Leidenschaft, welche uns emporhebt über die
kleinlichen niederdrückenden Hindernisse der
menschlichen Creatur". So Laube, der übrigens in seiner „Geschichte des Burgtheaters
von 1848—1867", das ist nämlich während
seiner Leitung dieses Kunstinstitutes, öfter auf
Wagner zu sprechen kommt und ihm in der
„Neuen Freien Presse" (1870, Nr. 2092) im
Feuilleton einen längeren Nachruf gewidmet
hat, auf den wir als zu einem interessanten
dramaturgischen Essay verweisen. Wir wollen
auch, obgleich uns eine Menge Urtheile bedeutender Kritiker vorliegen, es bei diesem
einen Laube's bewenden lassen, da er ja
doch als Fachmann der competenteste ist und
niemals Rücksichten zu nehmen pflegte, sondern von der Leber weg sprach, was er in
der Sache dachte. Nur der Vollständigkeit
wegen fügen wir noch hinzu, daß Wagner,
wie er in den Heldenrollen heimisch, ebenso
in Salonkleidung sich fühlte. So
stattlich er auf der Straße in seiner schwarzen Gewandung auch sich ausnahm, so unbefangen
fast erschien er in bürgerlicher Tracht auf der
Bühne, und waren ihm solche Rollen, wenn
sie ihm einmal zufallen mußten in die Seele
zuwider. Nur eine Rolle machte eine Ausnahme. Der Redakteur in dem Birch-
Pfeiffer'schen Stücke „Die Waise von
Lowood". Freilich trägt dieser wilde Lord
eigentlich den härmlich unter dem modernen
Rocke.

III. Wagner als Mensch. Die Eigenart, mit
der Wagner im Leben auftrat, machte ihn
ebenso interessant als für Psychologen zum
Gegenstande der Beobachtung. Man sprach
viel über ihn, von dessen Blößen man im

Gegensatze zu der Phrase: „zum Sprechen
getroffen" sagen müßte: zum Schweigen getroffen. Und doch war es mit seiner Schweig-
samkeit nicht so schlimm bestellt. In meinem
Landhause zu Ober-St. Veit nächst Wien
verlebte Wagner mit seiner Familie eines
Sommer, und ich hatte Gelegenheit, zu erfahren, daß es bereit sein konnte, wenn er an
den rechten Mann kam. Er brachte oft ganze
Nachmittage rauchend und sprechend in meinem
Arbeitszimmer zu, und wie gesagt, er sprach,
wenn er an den rechten Mann kam. Der
rechte Mann aber war ihm, wie Laube bemerkt, derjenige, welcher die theoretischen
Fragen nicht bloß theoretisch angriff, sondern
welcher den Kern der Frage in die Hand
nahm, welcher vom Mittelpunkte ausging.
Dann folgte Wagner auch an alle Ter-
der Peripherie. Wohl konnte er — und das
es für gewöhnlich — Stunden, ja Tage
ohne einen Laut zu sprechen, verbringen; die
Rauchwolken von Cigarren, die er leidenschaftlich und in Unzahl, und nicht eben eine
zu leichte Sorte, consumirte, waren das Einzige, was seinem Munde entfuhr. Diese
Wortkargheit bewahrte er seiner Familie,
seinen besten Freunden gegenüber. Er spricht
nichts, weil er nichts zu sagen hat, glaubten
die meisten Menschen, und man mußte ihn
sehr genau gekannt haben, um eines Bessern
belehrt zu sein, um zu wissen, wie scharf er
beobachtete, wie gründlich und eigenthümlich
er über Alles, über Menschen, Kunst, Politik
und sociales Leben dachte. Manches Mal, in
seltenen Stunden der Vertraulichkeit, wenn
man zufällig bei ihm an den rechten Stücke
gekommen, öffnete er plötzlich den Mund und
begann zu reden, und man hätte ihm dann
erstaunt, ja erstarrt zu, als ob ein Marmor-
bild die festgeschlossenen Lippen plötzlich geöffnet hätte. Dann sah man, daß er reden
könne, wenn er nur wollte. Aber gewöhnliches Alltagsgewäsch haßte er, es war, als
ob er sich scheue, über die Lippen, die so be-
redt, so ergreifend den Gedanken der größten
Dichter Worte geliehen, Alltägliches und Tri-
viales gleiten zu lassen. Ein paar Züge aus
dem Leben des Künstlers mögen sein Charakterbild vervollständigen. Wagner, wie
schon bemerkt, rauchte viel und starke Cigarren.
Seit Jahren bezog er seine Sorte, immer die
gleiche, täglich in ein und derselben Trafik.
Die Verkäuferin wußte die Sorte und die
Anzahl Stücke, welche der „tägliche Kunde"
erhielt, dadurch wurde ihm jede wünschens-

Erörterung erspart, er trat ein, lächelte zum Gruß, steckte die schweigend übernommenen Havanah schweigend in das Etui, zahlte schweigend, lächelte wieder freundlich zum Abschiede und verließ schweigend, wie er gekommen, den Laden. Eines Morgens, als er, eine neue Rolle memorirend, mehr denn je in Gedanken versunken in die Trafik getreten war, freundlich gelächelt und einige Secunden gewartet hatte, wurden ihm noch immer nicht die Cigarren gegeben. Das Mädchen, welches ihn bereits dreimal vernehmlich gefragt: „Was steht zu Diensten?" sah ihn, da er keine Antwort gab, befremdet an. Endlich mochte es ihm doch zu lange gewährt haben, er blickte auf und — sah ein fremdes Gesicht; eine neue Verkäuferin war an die Stelle der früheren mit der Gepflogenheit des Kunden vertrauten getreten. Das war nahezu ein bedenklicher Moment für Wagner! Er mußte das ihm liebgewordene Schweigen brechen und sich zu einer Rede aufraffen. Endlich nach längerem Kampfe entschloß er sich zu den Worten: „Ich brauche täglich fünfzehn Stück Londres. Wollen Sie sich dies genau merken. Ich spreche nicht gern". Sprach's, ging und kam wieder durch Jahre, ohne eine Sylbe zu reden. — Wagner war Mitglied der heitern Rittergesellschaft „Grüne Insel" in Wien, an deren Versammlungsabenden er fast nie zu fehlen pflegte und dann gewöhnlich neben dem Schreiber dieser Zeilen saß. Ob seiner Redseligkeit führte er den Ritternamen: Bertram der Redselige. Die Stimmung in der Gesellschaft war eine ungemein erregte. Erzählungen, Bonmots, Witze flogen hin und her, und der Inhalt dieser weingeborenen Schwänke war nicht immer ganz unverfänglich. Wer natürlich in diesem lebhaften Wort- und Witzgeplänkel durch sein behagliches Schweigen glänzte, nur horchte, trank und das Feuer seiner Cigarre nie ausgehen ließ, war Wagner. Nun erhob sich Altmeister Castelli, der Prior der Gesellschaft, und gab ein Geschichtchen zum Besten, das bezüglich seines Inhaltes mit dem Gediegensten aus den an den Priapus gerichteten epigrammatischen Gedichten oder aus Sternberg's „Braunen Märchen" kühn rivalisiren konnte und alles bisher Erzählte weit übertraf. Wagner, stets Aesthetiker, war von dem Inhalte so betroffen, daß er, wie andere Leute vor Erstaunen sprachlos werden, zu reden begann und ausrief: „Ah! nun sag ich schon gar

nichts mehr!" Alle sind über diesen Redefluß frappirt, und wie aus einem Munde tönt's: „Aber Sie haben ja überhaupt den ganzen Abend nichts gesprochen!" In eine darauf folgende Lachsalve stimmte Wagner selbst aufs herzlichste mit ein, ohne jedoch weiter ein Wort zu sprechen. Und so war Schweigen — mit Ausnahme der Zeit, wenn er auf der Bühne seine herrlichen Rollen mit einem Feuer ohne Gleichen und dem Souffleur Ruhe lassend, denn er lernte seine Rollen mit eisernem Fleiße, spielte — sein eigentliches Leben. Noch ein Capitel, wollte man darüber berichten, würde ganze Seiten füllen: das Capitel „Wagner und die Frauen"; aber nicht etwa, daß er dem schönen Geschlechte nachstellte, nichts weniger als dies, sondern das schöne Geschlecht versetzte ihn in einen beständigen Belagerungszustand. Er war der ausgesprochene Liebling der Frauen, und Legion die Zahl der Briefe von Frauen und Mädchen an den Künstler. Das Ergötzlichste dabei war aber die Rolle, welche in dieser heitlen Angelegenheit seine erste Frau spielte. Denn sobald er ein Stelldichein erhielt, redete sie ihm förmlich zu, sich zu demselben einzufinden, und fragte ihn dann nach und nach über den Erfolg aus. Einmal wies er dabei auf eine Stelle seines herrlichen schwarzen geringelten Haares, an der deutlich der Ausschnitt einer mächtigen Locke erkennbar war. Ginge es nach Recht und Billigkeit, herrschte noch Dankbarkeit in der Welt, den Künstler Wagner hätten, wie einst zu Mainz den Sänger Frauenlob, die Frauen zu Grabe tragen müssen, denn er war ihr Liebling, ihr Abgott. Seinem Andenken — er war mir ein lieber warmer Freund, der mir auch über den Jammer seines Daseins Vieles vertraute — widme ich diesen Essay. Die mit ihm verlebte Sommerfrische in Ober-St. Veit bleibt mir unvergeßlich.

IV. Porträts und Chargen Joseph Wagner's. Porträts. 1) Unterschrift: „Joseph Wagner". Lithographie (4º.), ohne Angabe des Zeichners und Lithographen [auch im Album des königlichen Schauspiels und der königlichen Oper in Berlin. Wagner in jungen Jahren]. — 2) Unterschrift: „Joseph Wagner in der Rolle des Marquis Posa". Daneben das Facsimile seines Namenszuges. Dautbage (lith) 1838, gedr. bei Jos. Stoufs in Wien (Fol.) — 3) Unterschrift: Facsimile des Namenszuges „J. Wagner". Krie-

buber (lith.) 1838, Wien bei L. T. Neu-
mann (Fol.). — 4) Unterschrift: „Joseph
Wagner als Churfürst Friedrich III." in
G. zu Puttlitz's Schauspiel: „Das Testa-
ment des großen Churfürsten". Dautbage
(lith.) 1838, gedr. bei Jos. Stoufs (Wien,
Fol.). — 5) Unterschrift: Facsimile des
Namenszuges und der Zeilen: „Haben diese
Knochen nicht mehr zu unterhalten gekostet,
als daß man Kegel mit ihnen spielt? Meine
thun mir weh, wenn ich dran denke" Hamlet.
Kriehuber (lith.) 1838 (Fol.). Nur die
Bildnisse 3 und 5 von Kriehuber sind sehr
ähnlich, selbst letzteres als Costumbild in der
Rolle des Hamlet; dagegen sind Dautbage's Bilder nur hübsch lithographirte
Costumbilder, deren Aehnlichkeit mit dem
Künstler eine sehr geringe ist. — 6) Im
Tagebuch der „Kikeriki" 12 Heft, 1870, Holzschnitt nach Zeichnung von St(ur) (4°.),
ziemlich ähnlich. — 7) Ueberschrift: „Joseph
Wagner, k. k. Hofschauspieler". Holzschnitt
ohne Angabe des Zeichners und Xylographen
in von Waldheim's „Illustrirter Zeitung".
— 8) Ueberschrift: „Hofschauspieler Joseph
Wagner in der Rolle des Hamlet". Unterschrift: „Sein oder Nichtsein? — das ist die
Frage." Holzschnitt ohne Angabe des Zeichners
und Xylographen im Wiener Blatte „Der
Zeitgeist" 1870, Nr. 17 [ähnliches Costumbild
in ganzer Figur]. — **Chargen und Caricaturen.** 9) Ueberschrift: „Joseph Wagner".
Klić 1869 (del.). Joh. Tomasch (sc.) im
Wizblatt „Der Floh" 7. November 1869.
Nr. 45 [eine geistvolle Charge]. — 10) Ein
Umriß, der nichts weiter als Haare zeigt;
doch auf den ersten Blick Wagner errathen
läßt, im Wiener Wizblatt „Kikeriki" 1864
Nr. 4. — 11) Sechs Chargen Wagner's
im „Kikeriki": a) Wagner am Morgen,
wenn man die gepußten Stiefel betrachtet.
b) Bei Betrachtung des Wetters, es mag
schön sein, regnerisch oder windig. c) Wenn
die Köchin fragt, was sie heute kochen soll?
d) Nach dem Speisen, bei Ueberreichung der
Rechnung. e) Wenn Einem der Theater-
diener die Gage bringt. f) Wenn man
36.000 fl. gewonnen hat. Mit einem Wort,
nie ohne Schmerz, Wehmuth und Melancholie! [sehr wizig und troz der Zerrbilder
doch sehr ähnlich] — 12) Holzschnitt im
„Kikeriki" 1864. Nr. 6: „Joseph Wagner"
[auf der Straße die Cigarre rauchend, auf
der Bühne als Hamlet]. — 13) Die Bildniß-
und Caricaturensammlung der „Ritter von

der grünen Insel" enthält eine treffliche
Charge Wagner's, unterschrieben: „Ritter
Bertram", welches sein Inselname war, gezeichnet von Maler Zwoboda. Von diesem
Bilde sind auch Photographien im Cabinet-
formate vorhanden, welche Maler Gramo-
lini angefertigt doch sind sie sehr selten.

V. Quellen zur Wagner-Biographie. Album
des königlichen Schauspiels und der königlichen Oper zu Berlin. Unter der Leitung
von August Wilhelm Iffland, Karl Grafen
von Brühl, Wilhelm Grafen von Redern
und Karl Theodor von Küstner für die
Zeit von 1796 bis 1851 (Berlin 1858, Gust.
Schauer, 4°.) S. 121. — Bohemia (Prager
polit. und Unterhaltungsblatt, 4°.) 1870
Nr. 135, im Feuilleton: „Wiener Briefe". —
Coulissen-Geheimnisse aus der
Künstlerwelt. Vom Verfasser der „Dunklen
Geschichten aus Oesterreich" und der „Hof-
und Adelsgeschichten" (Wien 1869, Waldheim, gr. 8°.) S. 137: „Die drei Schauspieler
und die Kindesmörderin" [eine Episode aus
Wagner's Leben. Die drei Schauspieler
waren: Joseph Waaner, Franz Treu-
mann [Bd. XLVII, S. 178] und Thom-
mann [Bd. XLIV, S. 236]. — Expreß (Wiener
Localblatt) 1870, Nr. 42, im Feuilleton:
„Theater-Revue". — Morgenpost (Wiener
polit. Blatt) 1870, Nr. 136, im Feuilleton:
„Joseph Wagner". — Neues Fremden-
Blatt (Wien, 4°.) 1870, Nr. 136: „Joseph
Wagner". — Neues Wiener Tagblatt,
1870, Nr. 153: „Joseph Waaner"; Nr. 156,
im Feuilleton: „Joseph Wagner's Ende". —
Neue Freie Presse (Wiener polit. Blatt)
1870, Nr. 2092, im Feuilleton: „Joseph
Wagner an Heinrich Laube". — Theater-
Figaro (Wiener Theaterblatt) 1870, Nr. 23.
— Tagespresse (Wiener polit. Blatt)
1870 Nr. 135: „Joseph Wagner"; Nr. 137
im Feuilleton. — Das Vaterland (Wiener
Parteiblatt) 1870, Nr. 160, im Feuilleton:
„Joseph Wagner". — Zellner's Blätter für
Theater u. s. w. (Wien, kl. Fol.) 1870.
Nr. 45 [nach diesem am 13. Mai 1819 zu
Wien geboren]. — Zwischenact (Wiener
Theaterblatt, kl. Fol.) 1870, Nr. 152: „Re-
krelea" [nach diesem am 13. März 1818 ge-
boren.

VI. Joseph Wagner's Familie. Wie schon bemerkt, trat Joseph Wagner's Vater, der
Anfangs der Dreißiger-Jahre als Billetur

und Rollencopist am Theater an der Wien in Verwendung stand, später in eine bessere Bedienstung bei der Nordbahn über. Er hatte vier Kinder: Joseph, Karl, Franz und Therese. Ueber Joseph gibt die vorstehende Lebensskizze ausführliche Nachricht — Karl (geb. 1819, gest. 7. Juni 1866), zunächst auch dem Theater sich widmend, wurde von Director Carl für kleinere Rollen engagirt und dann von Sämmler und Nestroy dem Volkssänger J. B. Moser [Bd. XIV, S. 146] empfohlen, der ihn in seine Gesellschaft als Komiker aufnahm. Aus dieser kam er zu anderen Volkssängergesellschaften. Doch kehrte er in den Fünfziger-Jahren wieder zur Bühne zurück und spielte in Oedenburg, Stadt Steyer und anderen Orten, bis ihn Nestroy, als derselbe Director des Carl-Theaters wurde, in sein Engagement nahm. Durch Cabalen, wie man sagte, von den Brettern vertrieben, kehrte er zum Brettel (Volkssängerthum) zurück und gehörte ihm von nun ab bis zu seinem Tode an. Seine Leidenschaft war das Charakterfach; auf dem Brettel aber agirte er mit Vorliebe Wahnsinnige in eigens für ihn geschriebenen Intermezzos. Er endete auch im Wahnsinn — im delirium tremens — erst 47 Jahre alt. Er hinterließ eine Tochter, Rosa, welche anfangs unter Director Hofmann beim Ballet in der Josephstadt im Engagement stand und dann als Schauspielerin zu Nestroy kam. Später soll sie an einen Nationalbankbeamten sich verheiratet haben. [Fremden-Blatt. Von Gust. Heine, 12. April 1885.] — Franz, der dritte Bruder Josephs (geb. 1823), Tenorist, wurde auch Volkssänger. Später wirkte er als Mitglied der Singspielhalle Barry [siehe Anton Loger Bd. XV, S. 438] und starb in den Siebenziger-Jahren. — Joseph Wagner's einzige Schwester Therese (geb. 1822), eine gute Schauspielerin, heiratete den Schauspieler Kleemann, mit dem sie unter Frau Megerle Anfangs der Fünfziger-Jahre in der Josephstadt spielte. Therese ist auch bereits gestorben.

23. **Wagner**, Joseph (Zeichner und Topograph, geb. zu Lettowitz in Mähren am 12. Februar 1803, gest. in Klagenfurt am 7. November 1861). Nachdem er die Vorstudien in seiner mährischen Heimat beendet hatte, widmete er sich auf der Wiener Universität den Rechtswissenschaften. Aber bald übernahm er den Posten eines Hofmeisters in der Familie des Grafen Hoyos, in welcher er Gelegenheit fand, im Zeichnen und Malen, welche Künste in der Folge zum Theile sein Lebensberuf wurden, sich auszubilden. Ende der Dreißiger-Jahre gab er seine Erzieherstelle auf und zog nach dem Lavantthale, wo er im Hause des kunstliebenden Herrn von Rosthorn zu Wolfsberg, dann in dessen Schloße Wiesenau sein Unterkommen erhielt, später aber in ersterem Orte privatisirte. Die Bewegungsjahre 1848 und 1849 rissen auch ihn mit fort, jedoch nicht auf den ungesetzlichen Bahnen der Revolte, sondern indem er die Sache der Ordnung in Wort und Schrift vertrat, was ihm von der Gegenpartei bitter vergolten wurde. Im September 1849 fand er eine Anstellung im Telegraphenamte zu Salzburg, dann im Centrale zu Wien. Von dort kam er am 1. Juli 1859 als Obertelegraphist und Vorsteher an das k. k. Telegraphenamt zu Klagenfurt, wo er schon nach dritthalbjähriger Thätigkeit im Alter von 38 Jahren starb. Bereits während seines ersten Aufenthaltes im Lavantthale hatte er den Gedanken gefaßt, Bilder aus dieser schönen an landschaftlichen Reizen so reichen Gegend mit erläuterndem Texte herauszugeben. Er zeichnete dann auch die interessantesten Ansichten von Städten, Märkten, Gewerkschaften, Schlössern und Ruinen des Thales auf 30 Blättern, welche er in Wien lithographiren ließ. Aber der Text, den Professor Karlmann Tangl [Bd. XLIII, S. 50] dazu lieferte, gelangte aus Mangel an Mitteln nicht zum Druck. Obwohl nun das Unternehmen nicht den erwünschten Erfolg hatte, wurde er dadurch doch nicht entmuthigt und begann

1836 die Herausgabe der „Ansichten aus Kärnthen", welches Werk in 25 Heften 100 Blätter enthält, und da verschiedene Kräfte opferwillig mitwirkten, von glücklichem Erfolge begleitet war; ebenso die zweite von ihm unternommene Ausgabe in kleinerem Formate, mit etwas verändertem Texte, die unter dem Titel „Album von Kärnthen" erschien. Außer diesen Hauptarbeiten veröffentlichte **Wagner** noch Folgendes: „Das Herzogthum Kärnthen, geographisch und historisch dargestellt nach allen seinen Beziehungen und Merkwürdigkeiten. Mit besonderer Berücksichtigung für alle Freunde der Geschichte, der Landes- und Völkerkunde u. s. w." (Wien 1847, Pichler); — „Klagenfurt und seine Umgebungen" (Klagenfurt 1849, Leon); — „Das Lavantthal in Kärnthen, historisch und malerisch dargestellt" (Klagenfurt 1849); — „Das Möllthal und der Grossglockner" (Klagenfurt 1856) und in Gemeinschaft mit Dr. V. Hartmann: „Der Führer durch Kärnthen. Ein Reisehandbuch für alle Freunde der Alpenwelt, der Sage und Geschichte, des Volkslebens u. s. w. Nebst (lith. und col.) Reise- und Gebirgskarte in Folio" (Klagenfurt 1861). Kleinere literarische Arbeiten seiner Feder brachten die Klagenfurter Zeitschrift „Carinthia", der „Klagenfurter Schreibkalender" und verschiedene Wiener Journale. Bei dem oberwähnten Werke: „Das Herzogthum Kärnthen, geographisch-statistisch dargestellt" ward Wagner von Anderen durch Mittheilungen unterstützt, so rührt die geognostische Beschreibung Kärnthens von Franz Edlen von Rosthorn [Bd. XXVII, S. 87, Nr. 1] her; die angefügte Karte ist im verkleinerten Maßstabe nach der Generalstabskarte verfertigt und bisher die beste, die über Kärnthen erschien.

Hermann (Heinrich). Handbuch der Geschichte des Herzogthums Kärnthen in Ver-

einigung mit den österreichischen Fürstenthümern (Klagenfurt 1860, J. Leon. 8°.) Bd. III, 3. Heft: „Culturgeschichte Kärnthens" von S. 1790—1837 (1859). S. 194 und 193. — Oesterreichische Blätter für Literatur, Kunst, Geschichte, Geographie u. s. w. Redigirt von Doctor A. Adolph Schmidl (Wien, 4°.) IV. Jahrg., 1847. Nr. 188 und 189: „Neuestes aus und über Kärnthen".

26. **Wagner,** Joseph (Priester der Gesellschaft Jesu, geb. zu Wien 1. October 1740, gest. daselbst 6. Jänner 1809). Er trat 1756 in den Jesuitenorden ein, in welchem er nach abgelegten Gelübden die theologischen Studien beendete, aus denen er an der Wiener Hochschule die Doctorwürde erlangte. Nun übertrugen ihm seine Stiftsoberen die gottesdienstlichen Verrichtungen in der akademischen Kirche, und nach Aufhebung seines Ordens wirkte er mehrere Jahre als Domprediger bei St. Stephan. Auf theologischem, vornehmlich homiletischem Gebiete schriftstellerisch thätig, gab er heraus: „Conciones practicae". Tomi duo (Augsburg 1784 [Schwaiger in Preßburg] 8°.); — „Gebet der Enthaltung von Fleischspeisen am Freitag und Samstag und anderen von der Kirche festgesetzten Tagen. Ein Gespräch" (Wien 1797); — „Betrachtungen über das Leiden unseres göttlichen Erlösers auf jeden Tag in den Fasten" (Wien 1802, 8°.); — „Betrachtungen und andere Andachtsübungen für die Feste und Octaven der Ankunft des göttlichen Geistes und des heiligen Altarsacraments" (Wien 1803, 8°.); — „Betrachtungen und andere Andachtsübungen für die Feste und Octaven der Auferstehung und Himmelfahrt Christi" (Wien 1803, 8°.). Auch sind von ihm gedruckt vorhanden drei Lobreden — sogenannte Panegyrien — welche er zu Wien 1773 auf den h. Johannes Nepomuk, 1781 auf den h. Kilian und 1782 auf den h. Bonifa-

cius gehalten; ebenso drei im Dome zu St. Stephan an den Jahrestagen der allgemeinen Insurrection 1799, 1801 und 1803 gehaltene Festreden, welche Stoeger im unten bezeichneten Werke als „Singulare prudentiae suae monumentum" bezeichnet.

Stoeger (Joh. Nep.) Scriptores Provinciae Austriacae Societatis Jesu (Viennae Ratisbonae 1856, schm 4°) p. 388.

27. **Wagner**, Joseph Maria (Sprachforscher, vornehmlich Germanist, geb. in Wien am 1. December 1838, gest. daselbst am 3. Mai 1879). Von 1845 bis 1848 besuchte er die deutschen, dann bis 1854 die lateinischen Schulen der Piaristen in der Josephstadt zu Wien; auch erhielt er in der Musikschule von August Leitermaier Unterricht im Gesang, im Violin- und Clavierspiel; aber der eigentlichen Kunstmusik konnte er nie ein Interesse abgewinnen, ein um so größeres den uralten Melodien zu den lateinischen Kirchenhymnen, welche damals blos mit Orgelbegleitung von den Lateinschülern gesungen wurden, und dem Volksliede, für welches sein Empfinden vornehmlich durch seine Mutter, die ein und das andere bei ihrer Arbeit zu singen pflegte, geweckt ward. Früh regte sich in ihm die Liebe zu Büchern, und noch ein Knabe, legte er mit seiner einzigen Schwester eine kleine Büchersammlung an. Kaum vierzehn Jahre alt, beklagte er den Tod seines Vaters. Er kam unter die Obhut seines Vormundes, den er auch bald zum Stiefvater erhielt, und nun ging im Lebensplane des Jünglings, der sich der gelehrten Laufbahn zu widmen entschlossen hatte, eine große Veränderung vor. Nur mit Mühe gelang es, den Vormund zu überreden, daß er den Stiefsohn noch die sechste Lateinschule

besuchen ließ. Dann wurde Wagner Lehrling in einer Buchhandlung und hoffte, als solcher seine alten literarischen Neigungen fortsetzen zu können; doch bald gewahrte er zu seinem Verdrusse, daß dem nicht so sei, und nach schwerem Kampfe und gegen den Willen des Stiefvaters, trat er, 18 Jahre alt, in den Registratursdienst bei dem k. k. Finanzministerium ein. Daselbst konnte er zwar seine bisher erworbenen Kenntnisse in der Literatur und Sprachforschung nichts weniger denn verwerthen, aber bei dem sonst nicht angestrengten Dienste fand er noch immer Zeit genug, sich in seinen Studien fortzubilden. Zwölf Jahre war er in diesem Amtsverhältnisse geblieben, als er 1868 in der Bibliothek desselben Ministeriums Verwendung erhielt. In diesem Dienste rückte er wohl zum Kanzleiofficial vor, aber die Mittheilung der verschiedenen Nekrologe, daß er auch zum Bibliothekar befördert worden sei, finden wir nicht correct, da, so viel uns bekannt, er stets im Stande des Kanzleipersonals der Registratur des Finanzministeriums geführt wurde und der Bibliothek nur zugetheilt war. In dieser Beschäftigung ward Wagner, der in den letzten Jahren immer stark kränkelte, im Alter von 41 Jahren vom Tode ereilt. Wie schon bemerkt, nahmen ihn vor Allem sprachliche und culturhistorische Studien bleibend in Anspruch. In ersterer war es auch vornehmlich die Gaunersprache, das sogenannte Jenisch, dessen buntscheckige, geheimnißvolle, zuweilen kühn gebildete, zuweilen possirliche Wörter und Wortformen in frühester Zeit ihn besonders ergötzten, und seine vertrauter Jugendfreund, der nachmalige Klosterneuburger Chorherr Gustav Sebald mit ihm dieser Liebhaberei huldigte. geschah es, daß sich Beide dieser Sprache bedienten, um sich manche Heimlichkeit mündlich und schriftlich mitzutheilen, welche ihren Kameraden verborgen bleiben sollte. Was aber anfänglich als Spielerei betrieben wurde, sah er in der Folge mit ganz anderen Augen an, als er das große von dem Institut Royal de France mit einem Preise gekrönte Werk von A. F. Pott „Die Zigeuner in Europa und Asien" in die Hand bekam und auf S. 1—43 des zweiten Bandes die geistvolle Charakteristik der Gaunersprachen kennen lernte. Die Erkenntniß, daß auch diesem Gegenstande eine wissenschaftliche Seite abzugewinnen sei, spornte ihn nur noch mehr zu weiterer Forschung auf diesem Gebiete, deren Ergebnisse er später auch durch den Druck veröffentlichte. Neben dieser sprachlichen Forschung war es noch das Volkslied, welches Wagner's Aufmerksamkeit auf sich zog. Um aber diesen Arbeiten mit Erfolg obliegen zu können, erwies sich der Besuch von Bibliotheken als unerläßlich; da war es denn zunächst die Bibliothek des Klosterneuburger Stiftes — in demselben hatte sein Freund Sebald das Ziel seines Lebensberufes gefunden — in welcher er von 1858—1863 nach alten Handschriften forschte, die er sorgfältig copirte, und dann die Wiener Hofbibliothek, wo sich ihm eine Fülle von paläographischen, sprachlichen und literarischhistorischen Schätzen erschloß, über welche uns seine zahlreichen Aufsätze in gelehrten Zeitschriften manchen interessanten Aufschluß geben. Seine Volksliederforschung gewann aber eine bestimmte Richtung, als er im April 1859 von dem Leipziger Antiquar Köhler aus der Volksliedersammlung des Germanisten von der Hagen zwei Quartbände, etwa 500 Blätter stark, erwarb, welche den Titel führten: „Altdeutsche Volkslieder

aus gleichzeitigen Schriften und dem Leben, gesammelt von Julius Max Schottky". Wie es ja bekannt ist, arbeitete Schottky [Bd. XXXI, S. 251] gemeinschaftlich mit Tschischka [Band XLVIII, S. 52] auf diesem Gebiete. Nun hatte er in der Vorrede zu seinen Volksliedern eine Sammlung älterer österreichischer Volksgesänge in Aussicht gestellt, und die obigen zwei Bände enthielten eben jene Volkslieder, welche zu veröffentlichen er selbst nicht mehr in die Lage kam. In Folge dieser Sammlung und seiner durch sie veranlaßten Forschungen auf der Wiener Hofbibliothek trat aber Wagner mit noch anderen Forschern auf demselben Gebiete, wie Hoffmann von Fallersleben, Weller, von Liliencron, Wackernagel, in literarische Verbindung, auch mit dem berühmten Germanisten Franz Pfeiffer [Bd. XXII, S. 109] und dem nicht minder denkwürdigen Wirthe in St. Margarethen Franz Haydinger [Bd. VIII, S. 107] in unmittelbaren persönlichen Verkehr, und Beide, jeder in seiner Weise, förderten ihn wesentlich in seinen Arbeiten. Mit Hoffmann von Fallersleben aber unterhielt er den lebhaftesten brieflichen Verkehr, in welchen zum Theile auch ich mit einbezogen wurde, denn bei der Bereitwilligkeit, mit welcher er dem berühmten deutschen Sprachforscher zu Diensten war, wendete sich dieser in allen seinen literarischen Nöthen, in welchen er durch Wagner Abhilfe erwartete, an denselben und manchmal auch an mich, wodurch ich denn mit unserem Germanisten in Briefwechsel verflochten wurde, der vom April 1859 bis August 1878 geführt, an die zwei Dutzend Briefe umfaßt, welche manches Interessante enthalten. Als Franz Pfeiffer 1868

:arb, unterzog sich **Wagner**, der dem
Schwererkrankten bereits seit einem Jahre
ilfreich zur Seite gestanden, der Voll-
nbung des XIII. Bandes der „Ger-
ania“, gleichzeitig nahm er sich des
urch Pfeiffer's Hinscheiden verwaisten
aßberg'schen Briefwechsels an, der
uch im Druck erschien. Nach Hoff-
iann's von Fallersleben (am
9. Jänner 1874 erfolgtem) Tode, der
ym bei dem innigen freundschaftlichen
Berkehre, welcher zwischen Beiden bestand,
ehr nahe ging, gab er noch die achte
lusgabe der Gedichte Hoffmann's
Berlin 1874, Lipperheide, später Grote,
eraus. Auch begann er 1874 selbst die
herausgabe des „Archivs für Geschichte
er deutschen Sprache und Dichtung“,
vorin ihn Fachgelehrte und Literatur-
runde unterstützten, aber mißliche Ver-
iltnisse der Verleger vereitelten die
rtsetzung des Werkes, so daß der erste
ind desselben auch der letzte blieb. Die
ucklegung seines Nachlasses, der vor-
mlich in der Ausgabe seines „Liber
atorum“, woran er Jahre hindurch
beitet, bestehen sollte, wurde wohl in
Acht gestellt, scheint sich jedoch, da
es sechs Jahre seit seinem Tode vor-
sind, nicht zu verwirklichen. Auch
ken wir, daß er in seinen Muße-
n die an großen bibliographi-
Seltenheiten reiche Bibliothek Franz
inger's in 10.615 Nummern be-
und zwar in der Zeit vom April
is September 1864. Eine Ueber-
mmtlicher Arbeiten **Wagner's**
ch Strobl's ungemein fleißi-
leider in ganz unbibliographi-
hographie schwer benützbarer
iftellung. Joseph Maria
war zweimal vermält. Aus
überlebten ihn zwei Töchter.
lichen Ueberreste wurden auf

dem Friedhofe zu Hüttelsdorf nächst Wien
beigesetzt.

**Uebersicht der im Druck veröffentlichten Arbeiten
von Joseph Maria Wagner. a) Selbständig
erschienene:** „Prinz Eugenius, der edle
ritter in den kriegs- und siegesliedern seiner
Zeit. Herausgegeben von Franz Handinger“
(Wien 1865); — „Hoffmann von Fallersleben 1818—1868. Fünfzig Jahre seines
dichterischen und gelehrten Wirkens bibliographisch dargestellt“ (Wien 1869, Karl Gerold,
8°.); — „Gedichte von Hoffmann von
Fallersleben. Achte Auflage mit dem
Bildniß des Dichters im Stahlstich“ (Berlin
1874, Lipperheide). **b) In gelehrten Zeitschriften, und zwar:** im „Anzeiger für
Kunde der deutschen Vorzeit“, Organ
des germanischen Museums: 1859: „Zur Geschichte der Bilderräthsel“ [Sp. 170 u. f.];
— „Satirischer Holzschnitt auf die Erfindung
des Schießpulvers“ [Sp. 335 u. f., vergleiche
„Neue Münchener Zeitung“ 1859, Nr. 249].
— **1860:** „Gengenbach“ [Sp. 5 u. f.]; —
„Bruchstücke des Willehalm von Orange
von Wolfram von Eschenbach“ [Sp. 118
u. f.]; — „Lebensbedarf im XV. Jahrhundert“ (später durch Jos. Zahn noch einmal
veröffentlicht in derselben Zeitschrift 1865,
Sp. 199 u. f.]; — „Anzeige von Hoffmann's von Fallersleben Gesellschafts-
liedern“ [Sp. 338 u. f.] — **1861:** „Zur
maccaronischen Poesie“ [Sp. 86]; „Anzeige
von Hoffmann's von Fallersleben
Findlingen“ [Sp. 131 u. f.]; — „Mittheilungen aus und über Klosterneuburger Handschriften“ [Sp. 192 u. f., 232 u. f., 269 u. f.
und Fortsetzung im Jahrgange 1862, Sp. 191
u. f., 232 u. f.]. — **1862:** „Segens- und
Beschwörungsformeln“ [Sp. 234 u f.]. —
1863: „Die Chronik von Weißenborn“
[Sp. 14 u. f.]; — „Zum Hildebrandsliede“
[Sp. 439 u. f.]. — **1864:** „Noch einmal
Fischart“ [Sp. 136]; — „Melchior Kleisl“
[Sp. 176]. Im „Neuen Anzeiger für
Bibliographie und Bibliothekswis-
senschaft“ von Julius Petzhold 1861:
„Die Literatur der Gauner- und Geheim-
sprachen seit 1700. Ein bibliographischer Versuch“ [S. 81 u. f.; 114 u. f.; 147 u. f.;
177 u. f.; ein Sonderabdruck dieses Artikels
erschien in Dresden 1861. (W. Schönfeld's
Buchhandlung, 8°. 30 S.] — **1862:** „Nachträge zur Literatur der Gauner- und Ge-
heimsprachen“ [S. 131 u f und ein zweiter

Nachtrag 1863, S. 69 u. f.]. — 1864: „Beitrag zur Lessingbibliographie" [S. 139 u. f.]. — 1870: „Hoffmann von Fallersleben. Nachtrag zur Bibliographie" [auch in 24 Exemplaren besonders abgedruckt, Dresden 1870, G. Schönfeld, 8°.] — 1872: „Johann Christoph Gottsched's Bibliothek" [S. 200 u. f.; 225 u. f.; auch besonders abgedruckt Dresden 1872, J. Bäster, 8°.) Im „Archiv für Geschichte der deutschen Sprache und Dichtung". Im Vereine mit Fachgelehrten und Literaturfreunden herausgegeben von J. M. Wagner (Wien 1874, Kubasta und Voigt), es ist das die von Wagner begonnene, aber mit dem ersten Bande endende Zeitschrift „Die Faulschelmzunft der zwölf Pfaffenknecht" [S. 71 u. f.]; — „Ueber Lessing's Entdeckung einer altdeutschen Messiade in Klosterneuburg," [S. 82 u. f.]; — „Wald'rrüche und Jägersticke" [S. 133 u f]; — „Um Städte werben" [S. 160]; — „Zur Geschichte der deutschen Heraneters" [S. 221]; — „Eine Anregung F. A. Ebert's" S. 329 u. f.]; — „Von den neun Steln" [S. 526 u f] Im „Archiv für neuere Sprachen und Literaturen", herausgegeben von L Herrig Bd. XXXIII: „Rotwelsche Studien, anknüpfend an das deutsche Gaunerthum, von F. Cr. B. Ave-Lallemant" [S. 197—246] In „Kindlinge Zur Geschichte deutscher Sprache und Dichtung". Herausgegeben von Heinrich Hoffmann von Fallersleben (Leipzig 1860) im I Band: „Eine verschene Ode von Hölty" [S. 395 u f]; — „Alte Sprüche" [S. 434 u f] In der „Illustrirten Frauenzeitung" Berlin bei Franz Lipperheide, 1. Jahrg. (1874): „Hoffmann von Fallersleben mit dem Bildnis des Dichters und zwei Ansichten" [S. 73 u f]. In der „Germania Vierteljahrschrift für deutsche Alterthumskunde" Herausgegeben von Franz Pfeiffer (Wien, Karl Gerold, 8°.); Bd V (1860), „Bruchstück einer lateinisch altdeutschen Logik" [S. 288 u. f.]; — Bd. VI (1861): „Sante Margarethen Marter" [S. 376 u f]; — Bd. VIII (1863): „Bruder Berthold und Albertus Magnus" [S. 103 u f] In derselben, neue Folge, Bd. I. (XIII.); „X fai II" [S. 270]; — „Unsacide" [S. 348]. außerdem in den erwähnten Bänden kleinere Anzeigen über Schriften von Hoffmann von Fallersleben, Renz Bechstein, A. Peter und

H. Reidt. In „Die deutschen Mundarten. Vierteljahrschrift für Dichtung, Forschung und Kritik". Herausgegeben von G. K. Frommann (Nördlingen). Bd. V (1858): „Volkslieder, Kinderreime, Sprüche und Räthsel aus Niederösterreich" [S. 309 u. f. und Fortsetzung in VI. Bande (1859) S. 110 u. f.]; — Bd VI (1859): „Zur Literatur der deutschen Mundarten Oesterreich's" [S. 380 u. f.] und kürzere Mittheilungen [S. 83, 85, 86, 372, 529] In „Deutsches Museum". Herausgegeben von Robert Prus. 1862: „Deutsche Volkslieder aus Oesterreich" [S. 756 u f, S. 799 u. f.] Im „Serapeum". Herausgegeben von Dr. Robert Naumann (Leipzig, Wegel) 1861: „Hans Rosenplut" [S. 62]; — „Die eine deutsche Synonomik" [S. 113 u. f]; — „Thomas Anshelm von Baden" [S. 115 u f, S. 129 u f]; — 1862: „Mittheilungen zur Geschichte der Buchdruckerein des sechzehnten bis achtzehnten Jahrhunderts" [S. 41 u. f]; — „Anfsätze und Bilke (über vagatorum betreffend)" [S. 64]; — „Das rathbüchlein" [S. 88 u f]. — „Anzeige von The book of vagabonds and beggars. Edited by Martin Luther 1528 now first translated into english... by John Camden Hotten. London 1860" [S. 103 u f]; — „Liber vagatorum" [S. 113 u f]; — „Jacob Cammerlecer" [S. 117 u. f.]; — „Ulrich Haas" [S. 139]; — „Zur astrologischen Literatu" [S. 139 u. f]; — „Französischer Wörterbuch des sechzehnten Jahrhunderts" [S. 297 u f.]; — „Zur Literatur der Bildertäbiel" [S. 318 u. f.]; — „Zur Literatur des deutschen Volksliedes" [S. 351]; — „Gengenbach's Todtenfresser" [S. 352]; — 1863: „Zur Literatur des katholischen Kirchenliedes" [S. 41 u f]; — 1864: „Oesterreichische Dichter des siebenten Jahrhunderts" [S. 273 u f, 289 u. f., 305 u. f., 321 u. f.; Nachträge dazu 1865, S. 121 u. f. im Sonderabdruck von 20 Exemplaren (Leipzig 1864, J. C. Weigel, 8°, 56 S.] — 1865: „Neue Bibliographien von Emil Weller" [S. 129 u. f.]; — „Wolfgang Schmeltzl" [S. 363] — 1866: „Alte Dramen" [S. 319 u. f.]; — „Leonhard Engelhart" [S. 334 u. f]. — 1868: „Franz Pfeiffer" [Intelligenzblatt S. 185 u f] In der „Zeitschrift für deutsches Alterthum". Herausgegeben von Moriz Haupt (Berlin, Weidmann'sche Buchhandlung). Neue Folge III. (XV.)

„Predigtentwürfe" [S. 339 u f.]; — Nachtrag dazu in IV. (XVI.) [S. 466]; — IV. (XVI.) „Lügenmärchen" [S. 437 u f]. In der „Zeitschrift für deutsches Alterthum und deutsche Literatur unter Mitwirkung von Karl Müllenhof und Wilhelm Scherer". Herausgegeben von Elias Steinmeyer. VII. (XIX.) „Zur Tischzucht" [S. 210]; — „Vogelweide" [S. 239]; — IX. (XXI.) „Zu Abraham a St. Clara" [S. 279 u. f]. Seines Kataloges der Haydinger'schen Bibliothek und seiner Materialien zu „Liber vagatorum", welche seinen Nachlaß bildeten, wurde in der Biographie bereits erwähnt. Wagner hinterließ auch eine Bibliothek, 916 Nummern stark, deren Katalog zugleich mit denen der Bibliotheken des Grafen J. V. Fuchs zu Puchheim und des Grafen Leopold von Königsacker-Neuhaus in Wien bei Hugo Hoffmann 1879 in Druck gelegt wurde. Die Auction aller drei Bibliotheken fand unter Leitung des b. Bücherschätzmeisters A. Cinsle am 13. October 1879 in F. Lang's Bücherauctionslocale, Stadt, Singerstraße Nr. 8. statt.

28. **Wagner,** Julius Franz. Ueber diesen Künstler schweigen Dlabacz, Tschischka, Nagler u. s. w., kurz alle Künstlerlexika. Wir wissen nicht, wann er gelebt, und die einzige ganz flüchtige Nachricht über ihn verdanken wir P. Beda Dudik, dessen in Dr. Adolph Schmidl's „Oesterreichischen Blättern für Literatur und Kunst" (Wien, 4°.) 1844, IV. Quartal. Nr. 75—78 veröffentlichter Aufsatz „Kunstschätze aus dem Gebiete der Malerei in Mähren" S. 622 dieses Malers mit den Worten gedenkt: „Von Julius Franz Wagner sind in Napagedl im Hradischiner Kreise Mährens die Altarblätter". Selbst Wolny in seiner „Kirchlichen Topographie von Mähren", welcher den Künstlern und Kunstschätzen der mährischen Kirchen besondere Aufmerksamkeit widmet, kennt und nennt ihn nicht.

29. **Wagner,** Karl (Jesuit und Geschichtsforscher, geb. zu Zworow im Sároser Comitate Ungarns am 11. April 1732, gest. zu Klausenburg am 7. Jänner 1790). Fünfzehn Jahre alt, trat er in den Orden der Gesellschaft Jesu ein, in welchem er nach abgelegten Gelübden zu Szakolcz den Unterricht der Repetenten in den Humanitätsclassen leitete, dann aber zu Tyrnau, nachdem er die theologische Doctorwürde erlangt hatte, Homiletik und Kirchengeschichte vortrug. Nach Aufhebung seines Ordens (21. Juli 1773) kam er als Custos an die Universitätsbibliothek in Ofen. In dieser Zeit, wie auch schon vorher, beschäftigte er sich mit der Erforschung der ungarischen Alterthümer und der ungarischen Geschichte, vornehmlich Familiengeschichte, auch wurde ihm der Auftrag ertheilt, über Siegelkunde und Heraldik an der Universität öffentliche Vorlesungen zu halten. 1784, damals erst 52 Jahre alt, wurde er, wie es hieß, aus Gesundheitsrücksichten — in Wahrheit aber durch Ränke seiner Gegner — des Amtes enthoben, worauf er sich, ein abgesagter Feind allen Habers, nach Hermannstadt in Siebenbürgen zurückzog, wo er auch schon in einigen Jahren starb. Wagner hat mehrere, heute noch sehr schätzbare historische Arbeiten durch den Druck veröffentlicht, und zwar: „Propemticon Francisco e Comitibus Barkoczi Archiepiscopo Strigoniensi" (Tyrnaviae 1763, Fol.); — „Epistolae Petri de Warda Colocensis Archiepiscopi cum nonnullis Wladislai II. litteris" (Posonii 1770, 4°.); — „Analecta Scepusii sacri et profani. Pars I., II., III. et IV." (1. und 2. Theil Wien 1774; 3. und 4. Theil Preßburg und Kaschau 1778, 4°.); der erste Theil enthält die auf die Zips bezüglichen Bullen der Päpste, die Diplome der Kaiser und Könige, die Briefe berühmter Männer und andere literarische zur Kenntniß der Zips gehörige Denkwürdigkeiten; der zweite Theil umfaßt die „Scriptores rerum Scepusiarum" und die In-

schriften in den Kirchen der Zips; der
dritte Theil bringt die Folgen der vorzüglicheren kirchlichen und weltlichen
Obrigkeiten der Zips, und der vierte die
Genealogie der hervorragenderen Familien, so der Zápolya, Tököly,
Thurzó und Warkotsch, welche ehedem in der Zips blühten. Alle vier Theile
begleitet Wagner mit seinen Erläuterungen; — „*Diplomatarium Comi-*
tatus Sarosiensis quod ex tabulariis et
codicibus manuscriptis eruit" (Posonii
et Cassoviae 1780, 4⁰.); — „*Collec-*
tanea genealogico-historica illustrium
Hungariae familiarum quae jam in-
terciderunt. Ex MSS. potissimum eruit
et scutis gentilitiis auxit. Decades qua-
tuor" (Posonii 1802, Landerer. 8⁰.,
mit 17 Tafeln): diese vier Decaden enthalten die genealogisch-historischen Nachrichten folgender Familien: in der ersten
Decade: Bánfy de Alsó-Lindva,
de Báthor, Bebek de Pelsötz,
de Chetnek, de Hedervára, de
Kanissna, Oláh, de Styborich,
de Ujlak, de Zrin; die zweite Decade: Che de Léva, Corbaviae
Comites, Ernust de Chaktornya,
de Frangepanibus, de S. Georgio et Bozyn Comites, de Kis-
Warda, de Palócz, Pethö de
Gerse, de Zéch, de Zechen; die
dritte Decade: de Büd, Buthka,
Drágfi de Belthek, Drugeth de
Homonna, Liszthius de Kop-
t-čny, Pázmány de Panasz, de
Rozgon, de Telegd, Török de
Enning, Zudár de Olnod; und
die vierte Decade: Apafi de Apa-
nagyfalva, Bоckkay de Kis-
Mária, Chapi de Eszén, Dersfi
de Zerdahely, Elderpach de
Monyorokerek, Gara, Lorandfi
de Serke, Országh de Guth, Rá-

kóczy de Felsóvadász, Zokol;
von diesem Werke erschien auch die erste
Decade bereits 1778 zu Ofen in Fol.;
— „*Propempticon Josepho II.*
Augusto in castra discedenti"
(s. l. et a., 8⁰.). Im „Ungarischen
Magazin" sind folgende Artikel Wagner's enthalten: „Genealogisch-historische Nachrichten einiger erloschenen berühmten ungarischen Familien, als:
Kompolth von Nána, Majsáb von
Szunyogszegh, Erbherren des Landes
Fogatasch" [Bd. III, S. 169] — „Verzeichniß der geistlichen und weltlichen
Personen, welche aus Ungarn und den
einverleibten Ländern dieses Königreichs
auf der berühmten Kirchenversammlung
zu Kostniz zugegen waren" [Bd. IV.
S. 236 u. f.]; — „Kurzgefaßte Ablei-
tung des Geschlechtes Aba und einiger
daraus entsprungenen Familien" [Bd. IV,
S. 339 u. f.] und „Von den älteren und
jetzigen Grafen des Königreichs Ungarn"
[Bd. IV, S. 455 u. f.]. Indem wir
noch seiner lateinischen Rede auf die un-
befleckte Empfängniß Mariä (1759) und
seiner Lobrede auf den h. Ignatius
(1760), die auch beide gedruckt sind, gedenken, bemerken wir, daß eine stattliche
Anzahl von Werken über Ungarns Geschichte, welche sämmtlich druckfertig
waren, und eine Sammlung von etwa
40 Bänden in Handschrift in seinem
Nachlasse sich befanden. Seine ansehnliche Bibliothek und Urkundensammlung
hinterließ er letztwillig seinem Verwandten
Stephan Pauly.

Fascienli ecclesiastico-literarii (Pestini)
1842, Bd. II. S. 322 und 324. — *Hordnyi*
(Alexius). Memoria Hungarorum et Provincialium scriptis editis notorum (Posonii 1777. A. Loewe. 8⁰.) Pars III.
p. 481. — (*De Luca*). Das gelehrte Oesterreich. Ein Versuch (Wien 1778, von Trattnern.
8⁰) I. Bds 2. Stück. S. 235. — *Merkur*

von Ungarn (Pesth) 1787, Bd. III, An-
bang 42. — Scriptores facultatis theologicae, qui ad c. r. scientiarum universitatem Pestinensem ab ejus origine, a.
1635 ad annum 1838"- operabantur (Pestini 1839, Gyurian, 8°.) p. 36.

30. Wagner, Karl (Cadet-Officiersstellvertreter, im 14 Feldjäger-Bataillon,
geb. um 1860). Er machte mit seinem Bataillon den Winter-Feldzug 1881/82 in der
Hercegovina, in Süd-Bosnien und in der
Krivoscie mit und zeichnete sich in einem
Gefechte am 12. Juni 1882 Nachts bei Belenic besonders aus. Hier sei in Kürze seiner
Waffenthat gedacht, zu Ehren seiner selbst,
zur Nachahmung für Andere. Ein bei Belenic
aufgestelltes Detachement wurde in der be-
sagten Nacht von den Insurgenten angegriffen,
und Wagner erhielt Befehl, mit seinem
Zuge den südöstlichen Theil der Umfassungs-
mauer zu besetzen und aufs Aeußerste zu
halten. Er erfüllte seine Aufgabe mit Umsicht
und echtem Soldatenmuthe, ja man kann
sagen, mit wahrer Bravour. Es gelang ihm
immer, die Insurgenten von den bedrohtesten
Punkten zurückzutreiben, oft sprang er in den
gefährlichsten Momenten selbst auf die Mauer
und trieb die Angreifer zurück, worauf seine
Leute, von seinem Beispiel angefeuert, ein
Gleiches thaten, und nur dieser außerordentlichen Tapferkeit gelang es, den ihm zur
Vertheidigung übergebenen Punkt gegen die
Angriffe der weit überlegenen Insurgenten zu
halten und dadurch die glänzenden Resultate
des ganzen nächtlichen Kampfes zu ermöglichen. Auch früher schon hatte Karl Wagner Proben seiner Tapferkeit gegeben. In
der Nacht vom 6. Mai 1882 kam ein Land-
bewohner in das Lager bei Celebic mit der
Nachricht, daß der etwa drei Stunden entfernte Ort Slinci von Insurgenten überfallen
und des ganzen Viehstandes beraubt worden
sei. Dabei theilte er mit, daß er den Weg
wisse, den die Insurgenten eingeschlagen
hätten, um die montenegrinische Grenze zu
erreichen und ihren Raub in Sicherheit zu
bringen, und machte sich erbötig, eine dahin
zu entsendende Abtheilung zu führen. Ueber
die Stärke der Insurgenten konnte er keine
Auskunft geben. Nun wurde Wagner mit
einer Abtheilung von dreißig Mann entsendet,
um die Räuber zu überfallen und ihnen,
wenn möglich, den Raub wieder abzunehmen.
Um 11 Uhr Nachts gelangte er mit seiner

Abtheilung nach Kritac, wo er eine gedeckte
Stellung nahm und in der vollkommen fin-
steren Nacht die Räuber erwartete. Nach
etwa einer Stunde näherten sich dieselben.
Er ließ sie auf zehn bis zwanzig Schritte
herankommen, dann gab er eine volle Salve
auf sie ab und griff sie sofort mit blanker
Waffe an. Der überraschte Gegner wandte
sich zur Flucht, fünf Todte und einen Theil
des geraubten Viehes zurücklassend; die Insurgenten, etwa 70 Mann stark, hatte der berüchtigte Bandenführer Tosic befehligt.
„Immer und überall", heißt es in unserer
Quelle, „bewährte sich Wagner als sehr
schneidiger Soldat und als verständnißvoller,
umsichtiger und aufopfernd thätiger Zugs-
commandant". Das Generalcommando zu
Serajewo belobte im öffentlichen Befehle den
wackeren Kriegsmann.

Episoden aus den Kämpfen der k. k. Truppen
im Jahre 1882. Mit Bewilligung und Unterstützung des k. k. Reichskriegsministeriums als
Lesebuch für die k. k. Soldaten. Zusammengestellt von Karl Kandelsdorfer, Oberlieutenant (Wien 1884, gr. 8°.) S. 97:
„Cadet-Officiersstellvertreter Karl Wagner".

31. Wagner, Karl heißt auch ein Wiener
Bau- und Prospectzeichner unserer Zeit, über
dessen Lebens- und Bildungsgang wir jedoch
keine nähere Kenntniß haben. Auf der großen
internationalen Kunstausstellung, welche im
April 1869 im Wiener Künstlerhause stattfand, waren von seiner Hand im IX. Saale
zu sehen: ein „Grundriß des Stiftes Heiligenkreuz" und eine „Perspectivische Ansicht des
Stiftes Heiligenkreuz".

32. Wagner, Ladislaus von (ungarischer landwirthschaftlicher Schriftsteller, geb. in Budapesth 28. März
1841). Er legte seine Studien am Poly-
technicum und der landwirthschaftlichen
Akademie in Budapesth zurück und machte
dann große Reisen, auf welchen er die
bedeutendsten Hochschulen und landwirthschaftlichen Institute des Auslandes
besuchte. Nach einigen Jahren in die
Heimat zurückgekehrt, brachte er auf des
Grafen Széchényi in Ungarn und des
Altgrafen Salm in Mähren gelegenen

Gütern, welche ihrer musterhaften Bewirthschaftung wegen sich eines ausgezeichneten Rufes erfreuten, mehrere Jahre zu, um seine bisherigen vorherrschend theoretischen Studien nach praktischer Seite hin zu beenden. Insbesondere war es auf den Szóchényi'schen Besitzungen die Cultur der Rebe, die er mit großer Aufmerksamkeit studirte. Dann wendete er sich dem Lehramte zu und erlangte 1868 die Professur der Landwirthschaftslehre und Forstencyklopädie an dem königlich ungarischen Josephs-polytechnicum in Budapesth. Zu gleicher Zeit war er auf dem Gebiete der Landwirthschaft und landwirthschaftlichen Technologie in deutscher und ungarischer Sprache schriftstellerisch thätig, und haben wir von ihm nachstehende Werke in chronologischer Folge zu verzeichnen: „*A természettan elvei, alkalmazásukban a gazdászatra, különös tekintettel magyarország gazdasági viszonyaira...*", d. i. Die Principien der Naturlehre in ihrer Anwendung auf die Landwirthschaft, mit besonderer Berücksichtigung auf die landwirthschaftlichen Verhältnisse Ungarns .. (Pesth 1868, Heckenast, 8⁰.); — „Landwirthschaftliche Zustände in Ungarn" (Prag 1869, Mercy, 8⁰.), Separatabdruck aus Romers' „Jahrbuch für österreichische Landwirthe; — „*Gazdasági müszaki vegytan. Kézikönyv felsőbb gazdasági tanintézetek hallgatói, gazdák és iparosok számára*", d. i. Landwirthschaftliche Kunstchemie. Handbuch für Hörer höherer landwirthschaftlicher Institute, Landwirthe und Gewerbetreibende; — „Die Bierbrauerei nach dem gegenwärtigen Standpunkt der Theorie und Praxis des Gewerbes. Mit besonderer Berücksichtigung des Brauverfahrens in Ungarn-Oesterreich. Bayern. am Rhein u. s. w. Auf Grund eigener Erfahrungen, sowie

mit Benützung der neuesten deutschen, englischen und französischen Literatur bearbeitet. Vierte sehr vermehrte und gänzlich umgearbeitete Auflage des Chr. H. Schmidt's Grundsätzen der Bierbrauerei". Nebst Atlas von 13 (lith.) Tafeln (in Qu.-Fol.) enthaltend 157 Abbildungen (Weimar 1870, B. F. Voigt, 8⁰.), bildet auch den 96. Band des Sammelwerkes: „Neuer Schauplatz der Künste und Handwerke"; — „Handbuch der Tabak- und Cigarrenfabrikation mit besonderer Berücksichtigung der im Handel vorkommenden Tabaksorten, der Cultur u. s. w. Auf Grund eigener Erfahrungen, sowie mit Benützung der neuesten deutschen, englischen u. s. w. Literatur bearbeitet von ... Dritte sehr vermehrte und gänzlich umgearbeitete Auflage des E. Schreiber's Tabak- und Cigarrenfabrikation". Mit 4 (lith.) Tafeln Abbildungen (Qu.-Fol.) (Weimar 1871, A. F. Voigt, 8⁰.), bildet auch den 183. Band des Werkes: „Neuer Schauplatz der Künste und Handwerke; — „Handbuch der Landwirthschaftslehre. I. Band: Landwirthschaftliche Pflanzenproductionslehre" (Budapesth 1874, 8⁰.): — „*A magyar osztrák, német, angol és uj méter mérték és súlyok egyszerü és összetett átváltoztatási táblázata...*", d. i. Einfache und zusammengesetzte Umrechnungstabelle österreichisch-ungarischer, deutscher und englischer Längen- und Gewichtsmaße (Budapesth 1875, 8⁰.); — „Einfache und combinirte Reductionstabellen der österreichischen. ungarischen. deutschen, englischen und metrischen Maasse und Gewichte" (Leipzig und Budapesth 1875, 8⁰.); — „*Adatok a magnemezités kérdéséhez...*", d. i. Daten zur Frage der Kernveredlung; „Handbuch der Stärkefabrikation. Mit besonderer Berücksichtigung der mit der Stärkefabrikation verwandten Industriezweige, namentlich der Dextrin-, Stärke-, Syrup- und Stärkezuckerfabrikation. Auf Grund eigener Erfahgen, sowie mit Benützung der neuesten deutschen, französischen und englischen Literatur". Mit einem Atlas von 11 (lith.) Tafeln (in Qu.-Fol.) enthaltend 128 Abbildungen (Weimar 1876, Voigt, 8⁰.); — "Hefe und Gährung nach dem heutigen Standpunkt der Wissenschaft" (Weimar 1877). Auch bearbeitete Wagner für Otto Birnbaum's "Lehrbuch der rationellen Praxis der landwirthschaftlichen Gewerbe", welches in Braunschweig bei Vieweg und Sohn erscheint, den 3. Theil, der die "Stärkefabrikation in Verbindung mit der Dextrin- und Traubenzuckerfabrikation" enthält und ein von dem vorgenannten im "Neuen Schauplatz der Künste und Gewerbe" aufgenommenen Werke gleichen Titels und desselben Verfassers ganz verschiedenes Werk ist. War Ladislaus Wagner bisher in Fachkreisen gekannt und geschätzt, so wurde er mit einem Male viel und allgemein genannt nach dem Duell, welches er in den letzten Tagen des Monats September 1877 im Rákos-Palotaer Walde mit Aurel Perczel, einem Sohne des ungarischen Justizministers Béla Perczel, hatte, den er gleich mit dem ersten Schusse — die Kugel drang mitten durch den Hals — tödtete. Das Gerücht bezeichnete Wagner's Gattin, eine Tochter Stulier's, Secretärs der ersten ungarischen Assecuranzgesellschaft, als Ursache des Duells; in der gerichtlichen Verhandlung jedoch, welche in dieser Angelegenheit im December 1877 stattfand, erklärte er: "seine Gattin sei an dem Duell vollkommen schuldlos, doch sei er von Aurel Perczel in seiner häuslichen Ehre in irreparabler Weise verletzt". Professor Wagner wurde wegen Verbrechens des Duells zu einem Jahre, die Secundanten zu je drei Monaten Kerkers verurtheilt. In seinem

Vaterlande gilt unser Gelehrter für eine wissenschaftliche Capacität, und sein Ruf im landwirthschaftlichen Fache reicht über die Grenzen der Monarchie hinaus. Durch seine in deutscher Sprache verfaßten Werke hat er sich einen Namen in Deutschland geschaffen. Auf den drei Weltausstellungen in London, Paris und Wien war er theils officieller Berichterstatter, theils Juror, und anläßlich der Wiener Weltausstellung im Jahre 1873 wurde er mit dem Ritterkreuze des Franz Joseph-Ordens ausgezeichnet. Früher schon hatte er von Frankreich den Orden der Ehrenlegion und auch von mehreren anderen Staaten Decorationen erhalten.

Presse (Wiener polit. Blatt) 1877, 27. September, Nr. 266, in der "Kleinen Chronik": "Ueber das Duell Perczel-Wagner in Pesth"; im "Localanzeiger" Nr. 266: "Aurel Perczel"; 28. September, Nr. 267 "Localanzeiger": "Das Duell Perczel-Wagner"; 29. September, Nr. 268: "Das Duell P.-W."; 1. October, Nr. 270: "In der Duellaffaire des Dr. Ladislaus Wagner." — Allgemeine Zeitung (Augsburg, Cotta, 4⁰.) 1877, Nr. 357, S. 5382: "Urtheil im Duellproceß Perczel-Wagner".

33. **Wagner,** Leopold (k. k. Hauptmann, Ort und Jahr seiner Geburt unbekannt, er dürfte wohl um 1830 geboren sein). Im italienischen Feldzuge 1849 diente er im k. k. 3. Feldjäger-Bataillon und erwarb sich als Unterjäger in der Schlacht bei Novara durch seine umsichtige Bravour die silberne Tapferkeitsmedaille erster Classe. Noch mehr zeichnete er sich im italienischen Kriege 1859, am 20. Mai im Treffen bei Montebello aus, wo er sich durch ruhigen Muth und seltene Geistesgegenwart ein bleibendes Andenken in der Geschichte seines Bataillons gesichert hat. Stets in der Plänklerlinie, feuerte er

durch Wort und That seine Jäger zu energischem Widerstand an, nahm, selbst ein geübter Schütze, oft den Stutzen zur Hand und sandte jederzeit ihr Ziel treffende Kugeln in den Feind. Bei Gelegenheit des Rückzuges aber erwarb er sich, damals Oberlieutenant, durch seine kaltblütige Tapferkeit und besonnene Führung eines Detachements von freiwilligen Jägern die Anerkennung aller seiner Waffengefährten. Er machte es sich nämlich zur Aufgabe, den Eingang eines Engweges, durch welchen die vom Feinde hartgedrängte erste Division des 3. Jäger-Bataillons ihren Rückzug bewerkstelligen mußte, gegen eine dahin rasch vordringende, an Zahl etwa eine Compagnie starke französische Abtheilung so lange zu vertheidigen, bis jene dieses Défilé erreiche und so ihre Vereinigung mit der anderen Hälfte des Bataillons nicht mehr fraglich sei. Ohne hiezu von Jemandem einen Auftrag erhalten zu haben, sondern ganz aus freiem Willen und durchdrungen von der Wichtigkeit des Gefechtsmomentes, sammelte er die ihm zunächst stehenden Jäger verschiedener Compagnien, ungefähr 30 Mann, und warf sich der französischen Abtheilung mit einem lebhaft unterhaltenen Gewehrfeuer entgegen. Der feindliche Officier, der dieselbe befehligte, erkannte nicht weniger die Wichtigkeit des ihm strittig gemachten Objectes, eiferte seine schon durch das ungestüme Vordringen der Jäger zaghaft gewordene Mannschaft durch lautes Zurufen nur um so lebhafter an und brachte dieselbe zu erneuertem Vorrücken gegen den von Wagner geführten Plänklerschwarm; zehn Schritte von der Fronte desselben wurde er jedoch von einem unserer Jäger niedergeschossen, und da auch der zweite Officier der feindlichen Abthei-

lung, welcher einen Degenstoß gegen einen der Jäger führen wollte, von demselben niedergemacht wurde, so hatte dies zur Folge, daß die Franzosen in ihrem Ungestüm etwas nachließen und sich mit mehr Vorsicht dem Défiléeingange zu nähern trachteten, welchen nun die erste Division (Jäger) erreichte und das Detachement des Oberlieutenants Wagner dann noch so lange vertheidigte, bis erstere am Défiléausgange anlangte. Da die Franzosen während des Rückzuges durch den Engweg dem Detachement hart auf dem Fuße folgten, so hatte dasselbe einen ununterbrochenen Bajonnetkampf so lange zu bestehen, bis es von dem am Ausgange des Défilés sich ordnenden Bataillon aufgenommen werden konnte. Leider kostete dieser Kampf große Opfer. Von den dreißig Tapferen entkamen nur der Commandant und sechs Jäger den an Zahl weit überlegenen feindlichen Bajonneten, die Anderen fielen theils verwundet in feindliche Gefangenschaft oder starben den Heldentod. — Wahre Spartaner! — Sie bewahrten aber durch den herzhaften Widerstand, welchen sie dem überlegenen Feinde freiwillig entgegensetzten, die zweite Hälfte des 3. Jäger-Bataillons vor völliger Vernichtung. Für diese verdienstvolle Waffenthat, welche der Oberlieutenant Wagner, aus freiem Antriebe, mit aufopferndem, durch das harte Schicksal jenes Tages noch nicht gebeugtem Muthe vollführte, wurde ihm das Militärverdienstkreuz mit Kriegsdecoration als Auszeichnung zuerkannt. Vier Jahre später, am 14. Juni 1863 rückte Wagner zum Hauptmann in seinem Bataillon vor. Da wir ihn seit Jahren in den k. k. Militär-Schematismen nicht verzeichnet finden, so muß er entweder aus dem Verbande der kaiserlichen

Armee getreten oder wohl gar schon gestorben sein.

Schuppanzigh (Emanuel von). Geschichte des 3 Jäger-Bataillons.

34. Wagner, Lucas (geb. in Kronstadt 22. August 1739, gest. daselbst 20. November 1789). Der Sohn eines Riemermeisters in Kronstadt, bezog er 1753 das Obergymnasium daselbst und studirte dann auf einer auswärtigen Akademie Medicin, aus welcher er 1773 die Doctorwürde erlangte. Hierauf kehrte er in seine Heimat zurück, wo er mit Glück die Praxis ausübte, bis er im Alter von erst 50 Jahren vom Tode ereilt wurde. Im Druck gab er heraus die „Dissertatio inauguralis medico-chemica de aquis medicatis Magni Principatus Transylvaniae" (Viennae 1773, 8°.) es ist d.es die erste Abhandlung über die mineralischen Wasser von Siebenbürgen, denn die Nachrichten über die Heilquellen dieses Landes in dem Buche von H. J. Crantz [Bd. III, S. 25]: „Die Gesundbrunnen der österreichischen Monarchie", welches 1777 erschien, sind um vier Jahre jünger. Auch hatte Wagner bei seiner Analise insofern eine leichte Aufgabe, als er dieselbe in dem von seinem Vaterlande fernen Wien anstellte, wohin ihm das Wasser in Fläschen zugeschickt wurde.

Trausch (Joseph). Schriftsteller-Lexikon oder biographisch-literarische Denkblätter der Siebenbürger Deutschen (Kronstadt 1871. Joh. Gött und Sohn, gr. 8°.) Bd. III, S. 468.

35. Wagner, Methudius (geb. zu Troskowitz in Mähren am 4. December 1740, gest. in Brünn 13. April 1807). Er trat in das Minoritenkloster zu Brünn ein und wurde im Lehramte am Gymnasium daselbst verwendet, wo er auch im Alter von 67 Jahren starb. Außer einem katechetischen Handbuche: „Fragen über Gebete" (Brünn 1794) hinterließ er in Handschrift: „Schaubühne des Krieges zwischen Oesterreich und Preußen in und um Jägerndorf als Augenzeuge vom 27. October 1778 bis 15. Mai 1779", 20 Bogen in Quart. Dieses Werk befand sich in der Cerroni'schen Sammlung und dürfte nun wohl im Archiv der Stände Mährens aufbewahrt sein.

36. Wagner, Michael (geb. in Linz 19. September 1788, gest. zu St. Pölten 23. October 1842). Er widmete sich dem geistlichen Stande und nach Beendigung der Studien zum Priester geweiht und zum Doctor der Theologie promovirt, dem Lehramte in seinem Fache. Er wurde am theologischen Studium in Linz Professor der Pastoraltheologie, dann Studiendirector der höheren Priester-Bildungsanstalt zum heiligen Augustin in Wien, 1823 Professor der Pastoraltheologie daselbst, 1827 Beichtvater Seiner Majestät des Kaisers Franz I., Hof- und Burgpfarrer, wie auch infulirter Abt zur h. Maria in Pagrain, apostolischer Vicar der österreichischen Armee, Domherr, bischöflicher Rath und Propst zu St. Adalbert in Raab und am 24. April 1836 Bischof in St. Pölten, welche Kirchenwürde er durch siebenthalb Jahre bis zu seinem Tode bekleidete. Seine Predigtentwürfe in drei Jahrgängen sollen 1833 erschienen sein, sind aber in den Bücherverzeichnissen nicht zu finden. Ferner schrieb er eine „Jubelpredigt, gehalten als Pfarrer Karl Prinz nach verlaufenen fünfzig Jahren die Erneuerung seines ersten heiligen Messopfers in Strengberg 16. September 1833 feyerlich beging" (Linz 1838, Zuemer, 8°.). Als Burgpfarrer und auch noch späterhin gleich fest des ganz besonderen Vertrauens des Kaisers Franz, der ihn, als er Anfangs 1828 schwer erkrankte, zur Supplirung des s. g. geistlichen Referates in den Staatsrath berief. In demselben verblieb Wagner bis Jänner 1829, wo er durch Jos. Alois von Jüstel [Bd. X, S. 307] abgelöst wurde. Vom Kaiser ward der Prälat auch mit dem Commandeurkreuze des Leopoldordens ausgezeichnet, von der Wiener Universität zum Rector magnificus und von der theologischen Facultät der Pesther Hochschule zum Mitgliede erwählt.

Zion (Augsburger Kirchenblatt) 1842 im November. — Augsburger Postzeitung 1842, Beilage zu Nr. 333.

37. Wagner, Minna (geb. in Wien am 25. October 1846) ist eine Tochter des Schauspielers Theodor Wagner aus dessen Ehe mit Mathilde Backhaus. Ihr Vater, von 1844—1846 Mitglied des Wiener Burgtheaters, spielte vortrefflich jugendlich komische Rollen, Lebemänner. Seine ungemein zierliche Figur befähigte ihn zur Darstellung des „Pariser Taugenichts", welcher bekanntlich sonst nur von Schauspielerinnen gegeben wird, und in der That verkörperte er den

Pariser Gamin, wie er leibt und lebt. Seine Tochter betrat 186. zu Wien im Theater an der Wien zum ersten Male öffentlich die Bühne. Dann im Herbste desselben Jahres war es, als bei Gelegenheit der Eröffnung des Münchener Volkstheaters mit Hermann Schmid's Festspiel „Was wir wollen" vorzugsweise zwei jugendliche Mädchengestalten durch Talent, hervorragende Begabung und äußere Erscheinung die Blicke der Kunstkenner auf sich zogen. Die Eine, Clara Ziegler, stellte die „Zornira" des Festspiels dar, die Andere, die sinnige Rolle des Märchens. Nun erhielt Letztere von München und Wien die vortheilhaftesten Anerbietungen, aber Director Maurice vom Hamburger Thalia-Theater gewann mit seinem Engagements-Antrag den Sieg. Sie kam im August 1866 an genanntes Theater. Unter Anleitung ihres Directors, der ihre Fortbildung strenge im Auge behielt, bildete sie sich zu einer der besten Soubretten Deutschlands aus. 1868 gastirte sie in Wien, und zwar mit so günstigem Erfolge, daß sie mit dem Carl-Theater in Wien ein mehrjähriges Engagement abschloß, welches sie dann auch 1869 mit einer eigens für sie von Offenbach geschriebenen Operette eröffnete. Mit der Virtuosität, Offenbachiaden verkörpern zu können, verbindet sie indeß noch weit höhere Vorzüge; bei der Richtung der Zeit kann sie sich als Darstellerin ihres Faches nicht leicht entwickeln, aber ihr Talent ist für Höheres angelegt, ihre Stimme, von echtem Klang und Wohllaut, ist künstlerisch durchwegs gebildet, und ihr Talent, bei der Natur, Frische und Wahrheit des Spiels, bei dem sprudelnden echt deutschen Humor und der ausgesprochenen Gabe zu individualisiren, mahnt an eine Künstlerin vergangener Tage, an Caroline Günther-Bachmann, deren würdige Nachfolgerin Minna Wagner geworden.

Künstler-Album. Eine Sammlung von Porträts in Stahlstich mit biographischem Texte (Leipzig 1870 Dürr'sche Buchhandlung, 4°.) 8. Lieferung, S. 6. — Geschichte des Thalia-Theaters. Von Alfred Schönwald und Hermann Bent (Hamburg 186. 8°.) S. 79.

Porträt. Unterschrift: Facsimile des Namenszuges: „Minna Wagner". Nach einer Photographie Stich und Druck von Weger in Leipzig (4°.)

Oesterreichische Kunst-Chronik heraus-gegeben und redigirt von Dr. Heinrich Cadebo (Wien. Reißer und Werthner, 4°.) I. Jahrg. (1875) Nr. 1 S. 9; Nr. 10, S. 153; Bd. II (1879) S. 153; Bd. III, S. 14; Bd. IV, S. 22, 28, 129; Bd. V, S. 32.

38 Wagner, Otto (Architect, geb. in Penzing nächst Schönbrunn bei Wien 1841). An der k. k. Akademie der bildenden Künste in Wien widmete er sich dem Architecturfach, und als er selbständig zu schaffen begann, zog er durch seine Entwürfe, Pläne und Bauten die Aufmerksamkeit in den Fachkreisen auf sich. Von seinen Arbeiten sind bisher bekannt geworden: „Concurrenzplan für das Landtagsgebäude in Lemberg", mit dem Preise gekrönt, Aquarell; — „Entwurf für ein Theater in Carlsbad", Aquarell; — „Concurrenzproject für den Justizpalast in Wien", Federzeichnung; — „Entwurf für eine Synagoge in Pesth", getuschte Federzeichnung; — „Concurrenzproject für den Dom in Berlin", Aquarell; — „Entwurf für den Anbau eines Wohnhauses in Wien", Federzeichnung und „Concurrenzproject für das Rathhaus in Hamburg", Photographie; gleichfalls preisgekrönt. Die mit einem Stern (*) bezeichneten Arbeiten waren auf der internationalen Kunstausstellung im königlichen Glaspalaste zu München 1879 zu sehen, die übrigen Pläne und Entwürfe auf der historischen Kunstausstellung, welche anläßlich der Eröffnung der neu erbauten k. k. Akademie der bildenden Künste in Wien 1877 stattfand. Von seineren Arbeiten dieses Architecten erwähnen wir noch: das neue „Dianabad in Wien", welches durch die Pracht seiner Ausführung nach innen und außen zu den Sehenswürdigkeiten Wiens zählt; dann seine Entwürfe für den Festzug und den Festwagen mit der Franz Josefs-Statue anläßlich der Feier der silbernen Hochzeit Ihrer Majestäten des Kaisers Franz Josef und seiner Gemalin der Kaiserin Elisabeth; und in dem bei dieser Gelegenheit auf Kosten des Wiener Gemeinderathes herausgegebenen Festalbum mehrere Cartons. Wagner zählt zu den besten Architecten des Wiens neuen Baulust.

39 Wagner von Wehrborn. Rudolph Freiherr (k. k. Generalmajor und Ritter des Maria Theresien-Ordens, geb. um 1815). Er trat 1835 in das damalige 3. Küraffier-Regiment König von Sachsen und rückte in seiner Mangs-tour 1847 zum Rittmeister in demselben vor; 1855 wurde er Major im 2. Kü-raffier-Regimente, 1863 Oberstlieutenant im 9.. 1865 kam er als solcher in das 6.. Prinz Alexander von Hessen; am 11. November 1867 erfolgte seine Er-nennung zum Obersten und Comman-banten des 10. Dragoner-Regiments König Ludwig von Bayern, 1874 zum Cavalleriebrigadier bei der 20. Infan-ter-e-Truppendivision zu Pesth, endlich am 1. November des letzteren Jahres zum Generalmajor. Im Mai 1848 stand Wagner als Rittmeister mit einer halben Escadron Sachsen-Küraffiere auf Feuerpiquet in Pesth commandirt. Durch energisches Einschreiten schützte er den greisen Feldmarschall Baron Lederer, damaligen Commandirenden in Ungarn, vor den pöbelhaften Insulten der magya-rischen Revolutionspartei, indem er mit seinen Küraffieren die vor des Feld-marschalls Wohnung zur Abhaltung einer in jener Zeit so üblichen Katzen-musik zusammengelaufenen Tumultuan-ten mit flacher Klinge auseinander-sprengte. Statt daß man dieses frei-willige entschlossene Benehmen, welches einen alten verdienten General vor frecher Beleidigung, sowie die Ehre des Soldatenstandes schützte, anerkannt hätte, zog man den braven Officier bei der damaligen Schwäche der Behörden zur Verantwortung vor eine eigene Untersuchungscommission. Mit Auszeich-nung machte Rittmeister Wagner den ungarischen Feldzug 1848—1849 mit und erhielt am Schlusse desselben das Militär-Verdienstkreuz mit der Kriegs-decoration und das Ritterkreuz des königlich sächsischen Heinrichordens, welcher bekanntlich nur für Leistungen

vor dem Feinde ertheilt wird. Der Feld-zug 1866 gegen Preußen gab dem nun-mehrigen Oberstlieutenant von Wagner des Küraffier-Regiments Prinz Alexander von Hessen Nr. 6 die Gelegenheit, sich den Maria Theresien-Orden zu verdienen. Im Treffen bei Wysokow am 27. Juni hatte der tapfere Oberst Berres von Kaiser Ferdinand-Küraffieren einen hef-tigen, zähen und erbitterten Kampf gegen neun Escadronen preußischer Uhlanen und Dragoner zu bestehen. Abtheilungs-weise, ihr Oberst voran, attaquirten die österreichischen Küraffiere den Feind und fochten, bis die preußischen Uhlanen entschieden zu weichen begannen. Das Regiment Ferdinand hatte sich eben wieder gesammelt, als von der rechten Seite her das feindliche 8. Dragoner-Regiment heransprengte und den rechten Flügel der österreichischen Küraffiere als-bald vollkommen umfaßte. Schon drohte den tapferen Reitern das Aergste, trotz-dem Oberst Graf Thun mit der 2. Esca-dron des von ihm commandirten Küras-fier-Regiments Prinz Hessen rechtzeitig zur Unterstützung vorgerückt war, als plötzlich Oberstlieutenant Wagner mit der dritten Escadron letztgenannten Re-giments unerwartet auf dem Kampf-platze erschien und die Truppen der beiden Obersten Berres und Thun glücklichst der ihnen drohenden Gefahr entriß. Er stand nämlich mit genannter Escadron gerade am äußersten rechten Flügel der Infanteriebrigade Jonak und sah den Gang des Reitergefechtes, und obwohl er bei dieser Brigade augen-blicklich in Verwendung war, zögerte er nicht, auf eigene Verantwortung heraus-zutreten und der hartbedrängten österrei-chischen Cavalleriebrigade des General-majors Prinzen Solms zu Hilfe zu eilen. Mit Blitzesschnelle warf er sich mit

seinen Kürassieren den feindlichen Dragonern in die linke Flanke. Der Choc
war ein äußerst gewaltiger; der preußische Brigadegeneral fällt durch Wagner schwer verwundet, dieser selbst wird
von sieben feindlichen Streitern umringt und von Gefangenschaft bedroht,
befreite sich aber bald wieder. Der feindliche Oberst wurde durch Rittmeister
Preiser vom Pferde gehauen! Nun
jagten die Preußen (Uhlanen und Dragoner) mit verhängten Zügeln zurück,
die österreichischen Reiter ihnen nach, bis
die inzwischen aufgestellte preußische Infanterie von allen Seiten ein heftiges
Feuer gab, worauf sich die österreichischen
Kürassiere in bester Ordnung zurückzogen. Ohnedies war ihre Aufgabe gelöst, das Weitere Sache der Infanterie.
Oberstlieutenant Rudolph von Wagner erhielt für seine freiwillig unternommene folgenreiche und tapfere That
am 4. October 1866 nach Beschluß des
Ordenscapitels das Ritterkreuz des
Maria Theresien Ordens, 1867 wurde er
den Ordensstatuten gemäß in den Freiherrnstand erhoben, nachdem er bereits
1863 den erbländischen Adelstand mit
dem Prädicate von Wehrborn erhalten
hatte. Der General lebt zur Zeit unan-
gestellt in Gmunden.

Thürheim (Andreas) (Graf). Die Reiter-
Regimenter der k. k. österreichischen Armee
(Wien 1862, F. B. Geitler, gr. 8°.) Bd. I:
„Die Kürassiere und Dragoner", S. 85
93, 95, 99. — Die Vedette. Militär-Zeit-
schrift. Jahrg. 1870, Heft Nr. 19, S. 403
bis 405. — Hoffinger (J. v.). Vorbern
und Cypressen von 1866. Nordarmee (Wien
1868, Mar. Prandel, 11. 8°.) S. 51

10. **Wagner**, Rudolph (Journalist
und als solcher bekannt unter dem
Pseudonym Rudolph Baldeck, geb.
in Wien im zweiten Decennium des
laufenden Jahrhunderts). Sein Vater,

Benedict, studirte Medicin, erhielt
dann eine Pensionärstelle am Thierarzenei-Institute in Wien, wurde 1813
Lehrer der Thierheilkunde in Lemberg,
1816 aber Professor der chirurgischen
Klinik daselbst. Später ging er nach
Wien zurück, wo er als ausübender Arzt
lebte. 1829 schlug er in den medicinischen Jahrbüchern des österreichischen
Staates eine Auflösung des Chlorkalkes
zur Tilgung des Miasma der Rinderpest
vor. — Ueber die Erziehung und die
Studienjahre Rudolphs, der allem
Anscheine nach an Wiener Anstalten gebildet wurde, wissen wir nichts. In den
Fünfziger-Jahren erscheint er als Mitarbeiter der von Ignaz Kuranda redigirten, in Wien herausgegebenen „Ostdeutschen Post" und tritt aus seiner bis
dahin wenig bemerkten journalistischen
Thätigkeit erst in den Vordergrund mit
dem berüchtigten Saphir-Scandal,
den zunächst er in Scene gesetzt hatte,
und in welchem er dann an L. J. Semlitsch [Bd. XXXIV, S. 84] einen ungemein rührigen Genossen fand. In
einem kritischen Essay über die berühmte
Ristori, welchen Baldeck, als diese
Künstlerin 1856 in Wien aufgetreten
war, in der „Ostdeutschen Post" veröffentlichte, brauchte er nachstehende
Phrase: „Die Grenze der Menschen-
natur ist die Grenze ihres Darstellungs-
talentes". An diesen ebenso einfachen
als leichtverständlichen Gedanken klam-
mert sich Saphit und erklärte denselben
durch die eine der zwei im „Humoristen"
regelmäßig auftretenden komischen Figuren Piefke und Pufke für einen
Rebus, den er aufzulösen meint, indem
er „die Grenze der Recensenten für die
Grenze des Narrenthums" ausgibt. Dies
ist die Genesis des berüchtigten Saphit-
Semlitsch-Baldeck-Krieges oder rich-

tiger literarischen Scandals. Valdeck
erwiderte diesen Angriff Saphir's mit
einem in der „Ostdeutschen Post" erschienenen Schreiben, welches die „Presse"
[1856, Nr. 53] abdruckte, und nun entbrannte der Streit, in dessen Einzelheiten wir uns, um Wiederholungen zu
vermeiden, hier nicht weiter einlassen.
Wir verweisen nur auf die Biographien
Saphir [Bd. XXVIII, S. 220, 221
und 225: III. Saphir-Scandale] und
Ludwig Julius Semlitsch [Band
XXXIV, S. 84], welche diese Kranken-
geschichte der Wiener nachmärzlichen
Journalistik ausführlicher behandeln.
Fortan war nun Valdeck als Feuilleto-
nist und Theaterreferent der „Ostdeutschen Post", später der „Presse"
fleißig thätig und seine geistvollen Kritiken wurden, da er kein Blatt vor den
Mund zu nehmen pflegte, mit Spannung erwartet und mit großer Begierde
gelesen. In einer Charakteristik der
Wiener Journalisten, welche damals
im Jahre 1856 in der „Pesth-Ofener
Zeitung" erschien und Michael Klapp
[Band XII, Seite 10] zum Verfasser
hatte, wird Rudolph Valdeck ein
Mann genannt, „der die Reflexion in
concreto ist". Es heißt dann weiter
von ihm: „er erinnert uns stets an ein
breites Strombett, dem nur das Wasser
fehlt; er hat viel Bildung, einen feinen
Blick, scharfe Beobachtungsgabe, aber
kein Leben! sein Wesen ist trist, verstimmt, oder vielmehr ganz ohne Stimmung, er scheint viel im Leben gelitten
zu haben. Sein männlicher Kopf erinnert an mittelalterliche Bilder voll
charakteristischer Züge, aber ohne jene
Thatkraft und energische Spannung,
sein Gang ist schleppend, seine Rede ohne
Metall, aber er muß einst ganz anders
gewesen sein". Gewiß ist es, daß Andreas Stifft [Bd. XXXIX, S. 1] und
Wagner-Valdeck zwei ganz besondere
eigenartige Typen der Wiener Journalistik sind, welche Beide ebenso wenig als
Semlitsch käuflich, aber vielleicht von
Voreingenommenheit gegen Diesen und
Jenen nicht immer frei waren. Als Valdeck später, nach Eingang der „Ostdeutschen Post", zur „Presse" überge-
treten war, bezeichnete man — neben
anderen Artikeln, als deren Verfasser er
sich nannte — ihn auch als den Autor
der komischen Anzeigen, Rügen, Ver-
besserungsvorschläge, welche im „Localanzeiger" letztgenannten Blattes im
Jänner 1865 erschienen, und unter
denen wir die köstlichen Glossen über
das oder die Schilderhäuschen an der
Ferdinandsbrücke besonders hervorheben
müssen. Von Zeit zu Zeit sprang er aus
seiner journalistischen Ruhe, mit welcher
er oft ganz wuchtige Keulenhiebe versetzte, durch eine Erklärung oder sonst
eine Ansprache an das P. T. Publicum
heraus, wie im Jahre 1865, als sich ein
Rechtsanwalt zum Paladin des schönen
Geschlechtes auf Kosten Wagner-Valdeck's machte, welcher dann den edlen
Ritter in einer Erklärung („Presse"
1865, Nr. 109) in ganz exemplarischer
Weise abführte. Später trat Wagner-
Valdeck zur „Neuen Freien Presse"
über, in welcher sein Feuilleton am
13. November 1867: „Ueber die Bildung unserer katholischen Geistlichkeit"
den Staatsanwalt veranlaßte, diese
Nummer des Blattes mit Beschlag zu
belegen. Die Schritte, welche er gegen
dieses Erkenntniß und die ganze weitere
gerichtliche Procedur unternahm, beleuchtet er dann in einem ausführlichen
Artikel („Neue Freie Presse" 1868,
Nr. 1332). Noch mehr Aufsehen erregte
eine Vorlesung, welche er am 19. De-

cember 1869 im Vorsaale der neuen
Rudolphskirche zu Aussee hielt, und in
welcher er das Treiben und die Zwecke
der Jesuiten in grellsten Farben beleuchtete. Der Ausseer Caplan Johann Wöhr
fühlte sich berufen, als Anwalt des Ordens aufzutreten, und gab die Flugschrift: „Die Jesuiten in Aussee. Ein
Denkzettel an Herrn Rudolph Valdeck von Johann Wöhr" (Graz 1870,
im Selbstverlag des Verfassers, 8⁰.,
16 S.) heraus. Doch hatte es dabei
nicht sein Bewenden, durch Schrift und
Gegenschrift wurde die Angelegenheit
immer schlimmer, und endlich nahm man
Schutz des Gesetzes in Anspruch. Die
Sache kam zuletzt vor das k. k. Kreisgericht in Wels, und nach der Schwur-
gerichtsverhandlung am 6. Mai 1870
fällte der Gerichtshof das Urtheil,
welchem zufolge die drei Beklagten, nämlich der Ausseer Dechant Simon Hammer und seine zwei Caplane Johann
Wöhr und Johann Stöger, wegen
Uebertretung der Ehrenbeleidigung durch
öffentliche Beschimpfung des Rudolph
Wagner-Valdeck, Ersterer zu einer
Geld-, Letztere jeder zu einer Arreststrafe
verurtheilt wurden. Zur Zeit lebt
Wagner-Valdeck als Journalist in
Wien.

Magazin für die Literatur des Auslandes.
Herausgegeben von J. Lehmann (Leipzig
1865, 4⁰.) S. 155.

Wagner, Theodor, s. **Wagner,** Minna
[S. 121, Nr. 36 im Texte].

41. **Wagner,** Valentin (Stadtpfarrer
zu Kronstadt, geb. daselbst, Geburtsjahr
unbekannt, gest. ebenda 2. September 1557).
Ein Sohn bürgerlicher in Kronstadt ansässiger
Eltern, besuchte er die Schule bei den Domi-
nicanern im Kloster zum h. Petrus, begab
sich dann an die Universität in Krakau, wo
er sich der Gunst des Königs Sigismund
erfreute. Nach seiner Rückkunft in die Vater-

stadt bezog er auf den Rath des Reformators
Honterus bald nach Anfang des Jahres
1542 die Universität Wittenberg, auf welcher
er unter Luther's und Melanchthon's
unmittelbarer Leitung sich in theologischen
und philosophischen Disciplinen und in Sprachen, vornehmlich in der griechischen, ausbildete. Hierauf kehrte er in die Heimat zurück,
wurde Rector der höheren Schule in Kronstadt und richtete 1544 dieselbe nach den im
vorausgegangenen Jahre von Honterus
entworfenen und vom Magistrate gutgeheißenen
neuen Gesetzen ein und wirkte, nach Honterus' Tode von seinen Mitbürgern am
29. Jänner 1549 zum Stadtpfarrer gewählt,
schon seinem Berufe entsprechend als eines
der thätigsten Werkzeuge der Reformation.
Da in den unten bezeichneten Quellen ganz
ausführliche und bibliographisch genaue Ueber-
sichten der von Valentin Wagner
verfaßten und von ihm herausgegebenen
Schriften Anderer mitgetheilt werden, fassen
wir uns hier nur ganz kurz. Die Titel seiner
Schriften sind: „Compendium Grammaticae
graecae" (Coronae 1555. 12⁰., neue Auflage
1539 und 1562); — „Ammon Incestuosus.
Tragoedia" (ib. 1549); — „Κατηχησις
Ορθοδοξος εκ Θεογνιων κεκομμενη" (ib.
1550); — „Praecepta vitae Christianae" (ib.
1554, 8⁰., neue Ausg. ebd. 1584); — „In-
signes et elegantissimae sententiae ex
L. Annaei Senecae ad Lucilium epistolis
caeterisque ejusdem autoris scriptis selec-
tae..." (ib. 1555, 12⁰.); — „Sententiae in-
signiores ex L. Annaei Senecae libris de
Ira" (ib., s. a.); — „Elegantiores sententiae ex L. Annaei Senecae libris de bene-
ficiis..." (ib. 1555, 12⁰.); — „Novum testa-
mentum graece et latine, juxta postremam
D. Erasmi Rot. Translationem..." (ib 1557,
4⁰.); — „Imagines mortis selectiores cum
decastichis Val. Wagneri" (ib. 1557,
8⁰.); — „Medicina animae et mortis imago"
(Coronae a. a.); — „Silva anomalorum in
lingua graeca" (1561, 8⁰.); — „Odium Cal-
vinianorum" (o. O. u. J.). Herausgegeben
hat Wagner mehrere Schriften von Melanchthon, des Philo Judaeus „Libel-
lus de mercede meretricis non accipienda
in Sacrarium", des Faust Andrelini „Epistolae proverbiales", einige Schriften des
Cicero, Aristoteles, des Katechetik des
Brentius, Geistliche Lieder und Psalmen
und die Tafel des Gebets. Trausch schreibt
über Valentin Wagner: „Einer der

größten Geister, deren sich Kronstadt ich
könnte hinzusetzen, die sächsische Nation Siebenbürgens rühmen kann, ist Valentin Wagner. Haben jemals die Wissenschaften in
Siebenbürgen geblüht: so muß man unseren
Wagner und Honterus für die Wieder-
hersteller derselben erkennen. Sie waren es
mit so glücklichem Erfolge, daß die letzte
Hälfte des sechszehnten Jahrhunderts als der
schönste Frühlingstag nach einer dunklen
Nacht der Trägheit und Unwissenheit anzusehen ist".

Trausch (Jos.). Beiträge und Actenstücke zur
Reformationsgeschichte von Kronstadt (Ausgabe (Kronstadt 1865) Seite 8, 9, 10. —
Derselbe. Schriftsteller-Lexikon oder biographisch-literarische Denkblätter der Siebenbürger Deutschen (Kronstadt 1871, Joh. Gött
und Sohn, gr. 8°.) Bd. III. S 469-479
— Seivert (Johann). Nachrichten von ebn
bürgischen Gelehrten und ihren Schriften (Preßburg 1785, Weber und Macabinsky, 8°.) S. 472
bis 481. — Horányi (Alexius). Memoria
Hungarorum et Provincialium scriptis
editis notorum (Posonii 1777, A. Loewe,
8°.) tomus III. p. 482. [Horányi war,
wie bekannt, Piarist, nichts desto weniger
schreibt er über den evangelischen Wagner:
„Theologus apud Coronenses, non minus
pius, quam exercitati-imus, praeterque
alias complures linguas, graecae fragilinus
peritus in reformatione Ecclesiarum. Tran-
sil. Johanni Honter quondam Coadjutor
et socius strenuus. (Uns nicht genug
lobenswerthe und unserer Zeit zu empfehlende Toleranz!]

42. **Wagner**, Vincenz Aug. (Rechtsgelehrter, geb. zu Thanhausen in
der Steiermark am 7. März 1790, gest.
zu Guttenbrunn bei Baden nächst
Wien 14. October 1833). Ein Sohn des
ersten Oberbeamten auf den Herrschaften
des Fürstbischofs von Seckau, verlebte
er seine Knabenjahre auf dem Schlosse
Seckau bei Leibnitz im Marburger Kreise
und genoß bis zum zwölften Jahre von
seinem Vater Unterricht in den ersten
Lehrgegenständen, dann im Zeichnen und
in der Musik. Darauf kam er nach Graz,
wo er die Humanitätsclassen, die philosophischen und juridischen Studien, letztere unter dem geistvollen S. Jenull
[B. X, S. 166] beendete Zu dieser Zeit
erst 19 Jahre alt, begab er sich nach
Wien, um daselbst die strengen Prüfungen zur Erlangung der juridischen
Doctorwürde abzulegen. Schon 1810
machte er das erste Rigorosum, und
zwar mit so glänzendem Erfolge, daß er
noch im November dieses Jahres die
Supplentenstelle aus jenen Fächern, aus
denen er nachher Professor wurde, an
der Wiener Hochschule erhielt. Dann
machte er die beiden anderen Rigorosen
und im August 1811 zum Doctor der
Rechte promovirt, bewarb er sich mit
Erfolg um die Lehrkanzel des Lehen-,
Handels- und Wechselrechtes des gerichtlichen Verfahrens und des Geschäftsstyles
am Lyceum zu Olmütz. Schon nach
einem halben Jahre ward ihm auch die
Supplirung der Professur für das allgemeine bürgerliche Gesetzbuch übertragen.
Obgleich nun in seinem Berufe über und
über beschäftigt, arbeitete er — meist in
den Nächten — als Recensent an der
„Wiener allgemeinen Literatur-Zeitung"
sowie später an der Chronik der Literatur
in den „Vaterländischen Blättern" und
an den „Wiener Jahrbüchern der Literatur" mit. Um sich auch mit der Gerichtspraxis vertraut zu machen, besuchte
er die Kanzlei des damaligen Professors und mährisch-schlesischen Landes-
advocaten, späteren Appellationsrathes
Dr. Ign. Beidtl [Bd. I. S. 232] vom
November 1812 bis 1814. Darauf bewarb er sich um eine Landesadvocaten-
stelle in Mähren und Schlesien, die ihm
auch 1815 ertheilt wurde. Schon zu
dieser Zeit stand er so hoch im Ansehen,
daß die Directoren und Professoren des
Olmützer Lyceums ihn 1817, den damals
27jährigen, zum Rector desselben er-

wählten. Sein Ruf als Rechtsgelehrter steigerte sich mit jedem Jahre, und so berief man ihn 1819 auf die Lehrkanzel des Lehen-, Handels- und Wechselrechtes, des gerichtlichen Verfahrens und des Geschäftsstyles an der Universität in Wien. Seine Wirksamkeit in diesem Lehramte lebt noch in der Erinnerung Vieler. Von einnehmender äußerer Erscheinung, von den gewinnendsten gesellschaftlichen Formen, verstand er es wie Keiner, mit den Studenten umzugehen, was ihn bald zum gefeiertesten Lieblinge der berühmten Rechtsschule machte. Dabei band er sich nicht nur streng an die vorgeschriebenen Lehrstunden, sondern vermehrte aus eigenem Antriebe die Collegienstunden und hielt im vierten Jahre zu besserer Ausbildung seiner Zuhörer außerordentliche praktische Uebungen. Zugleich aber war er schriftstellerisch in seinem Fache thätig [eine Uebersicht seiner Werke folgt weiter unten]. Auch betheiligte er sich damals als Mitarbeiter an der Redaction und Ausführung des Planes des Wiener allgemeinen Witwen- und Waisenpensionsinstitutes. Wie er einerseits die Lehrgegenstände, welche er selbst vortrug, wissenschaftlich beleuchtete, so richtete er andererseits auch sein Hauptaugenmerk auf Gründung eines Fachorgans, welches sich die Ausbildung der Rechtsgelehrsamkeit und politischen Gesetzeskunde, die Schaffung einer wissenschaftlichen Praxis, die Uebereinstimmung der theoretischen und praktischen Ansichten der verschiedenen Gesetzgebungen in der österreichischen Monarchie und endlich die Erleichterung des Studiums der vaterländischen Gesetzeskunde zur Hauptaufgabe stellte, und so erschien denn mit Anfang 1825 die von ihm begründete „Zeitschrift für österreichische Rechtsgelehrsamkeit“, welche, nachdem man ihr schon im ersten Jahrgange den Untergang prophezeit hatte, von Wagner selbst bis zu seinem Tode geleitet, nach demselben von Dolliner, Kudler, Fränzel, von Stubenrauch und Tomaschek mit ungeschwächter Tüchtigkeit und Gediegenheit bis 1849 fortgesetzt wurde und sich nicht blos im Inlande allgemeiner Theilnahme, sondern auch im Auslande ehrenvoller Anerkennung des wissenschaftlichen Strebens, welches sich darin kundgab, erfreute. 1822 übertrug ihm die oberste Polizei- und Censurhofstelle das Amt eines Censors im politisch-juridischen Fache, und 1823 erfolgte seine Ernennung zum Mitgliede der k. k. Hofcommission in Justizgesetzsachen. 1826 erwählte ihn das Consistorium der Wiener Universität zum Syndicus derselben. Als dann im nämlichen Jahre der Entwurf einer Wechselordnung neuerdings in Berathung kam, wurde Wagner zum Coreferenten ernannt und ihm 1827 die Leitung des in der Staatsdruckerei besorgten Druckes der sich darauf beziehenden Ausarbeitungen übertragen. Und als 1828 Kaiser Franz I. anordnete, daß zur größeren Beschleunigung die Redaction eines Handelsgesetzbuches, sowie einer neuen Ausgabe des Strafgesetzbuches, bei der Hofcommission in Justizgesetzsachen in abgesonderten Commissionen berathen werde, trat unser Rechtsgelehrter als Mitglied und Coreferent in die besondere Commission zur Redaction dieses Handelsgesetzbuches — In Würdigung seiner vielfachen, sowohl im Lehramte als in sonstiger Verwendung erworbenen Verdienste erhielt er 1829 Rang und Titel eines k. k. Regierungsrathes. Doch die fortwährende ungewöhnliche Geistesanstrengung blieb nicht ohne schädigenden Einfluß auf seine Gesundheit. Schon im Frühling 1833 ergriff ihn eine schwere Krankheit. Er genas wohl von derselben, setzte aber trotz seines geschwächten Zustandes die anstrengenden Berufsarbeiten fort und verfiel in ein Recidive, dem er dann auch im Alter von erst 43 Jahren erlag. Wir lassen nun Wagner's juridische Schriften, sowohl die selbständig erschienenen, als die in Zeitschriften veröffentlichten, folgen: „Ueber die Compensation im österreichischen Civilprocesse" (Wien und Triest 1817, 8°.), ins Italienische übersetzt im zweiten Theile des sechzehnten Bandes der von Dr. Franz Zini redigirten „Giurisprudenza pratica seconda la legislazione austriaca ec. ec."; — „Das Quellenverhältniss des bürgerlichen Gesetzbuches zu den besonderen Zweigen des in den österreichisch-deutschen Erbstaaten geltenden Privatrechtes" (ebenda 1818); — „Kritisches Handbuch des in den österreichisch-deutschen Staaten geltenden Wechselrechtes" 3 Bände (Wien 1823 bis 1832, Geistinger, 8°.); neue Ausgabe 3 Theile in 2 Bänden (ebb. 1841, 8°.). Dann bearbeitete und besorgte er die vierte von ihm wesentlich vermehrte Auflage von Joachim Füger's „Das adelige Richteramt oder das gerichtliche Verfahren außer Streitsachen in den deutschen Staaten der österreichischen Monarchie" (1830 u. f.), und von Dr. Franz Haimerl erschien „Die Lehre von den Civilgerichtsstellen in den deutschen und italienischen Ländern des österreichischen Kaiserstaates, nach Herrn Prof. Dr. V. A. Wagner's System, mit Benützung einer Materialien bearbeitet" zwei Bände (Wien 1834 und 1835, 8°.). Wagner's in Fachblättern veröffentlichte Abhandlungen sind: in Dr. J. C. Bratobevera's „Materialien für Ge-

setzeskunde und Rechtspflege in den österreichischen Erbstaaten": „Beiträge zur Lehre von der Prorogation der Gerichtsstände im österreichischen Civilprocesse" [Bd. IV, S. 335 u. f.], davon eine italienische Uebersetzung in Gemeinschaft mit einem Werke von Schuster und einem anderen von Gärtner, in Verona 1830; — „Ueber die Art, die im §. 788 des a. b. Gesetzbuches benannten Gaben zum Pflichttheile der Kinder anzurechnen" [Bd. VI, S. 64 u. f.]; — in der von ihm redigirten oberwähnten „Zeitschrift für österreichische Rechtsgelehrsamkeit: „Civilrechtsfall im Auszuge mit Bemerkungen" [1825, Bd. II, S. 49]; — „Beitrag zur Erläuterung des §. 43 lit. d. der II. Abtheilung der allgemeinen Gerichtsinstruction vom 9. September 1785 in Beziehung auf die Frage: welchen Erbesinteressenten die Verlassenschaftsabhandlungsbehörde anzuweisen habe, gegen die übrigen zur Geltendmachung seines Erbrechtes als Kläger aufzutreten, wenn von ihnen widersprechende Erbeserklärungen eingebracht wurden, und sonach zwischen ihnen das Erbrecht streitig ist?" [1825, Bd. I, S. 52 u. f.], eine italienische Uebersetzung von Giuf. Rossi erschien in Verona 1830; — „Ueber die Beweiskraft der von dem Ehemanne geschehenen Bestätigung, daß er das Heiratsgut empfangen habe, im Concurse der Gläubiger" [1825, Bd. I, S. 254], die italienische Uebersetzung im 2. Theile des XIV. Bandes, S. 16 u. f. der „Giurisprudenza pratica" und eine zweite, gemeinschaftlich mit einer Abhandlung von Winiwarter ausgeführt von Dr. Giuf. Rossi in Verona 1830; — „Ueber die Verbindlichkeit des Curators eines geklagten Abwesenden, den gegen diesen in dem Processe von dem Kläger angeführten Facta zu widersprechen" [1823, Bd. II, S. 244 u. f.]; — "Beantwortung der Frage: ob eine im Zuge befindliche Execution durch die gegen den Executirten eröffnete Crida unterbrochen werde, und ob sonach jene Forderung, die sich auf ein Urtheil oder gerichtlichen Vertrag (mittelst deren die Execution erwirkt wurde) gründet, neuerdings von dem Concursrichter liquidirt werden müsse." [1826, Bd. I, S. 54]; — "Auch ein Scherflein zu dem Rechte des Concursmassevertreters, Aufforderungsklagen anzustellen" [1826, Bd. I, S. 281 u. f.]; — "Ueber den Begriff des Wechselprotestes mit seiner Exposition in Beziehung auf dessen Natur, Zweck, Inhalt und die Regel zur Bestimmung der Fälle desselben" [1827, Bd. II. S. 95 u. f.]; — "Ueber den Protest wegen mangelhafter Ausstellung des Wechsels" [1828. Bd. II, S. 332 u. f.]; — "Ueber den Securitätsprotest" [1828, Bd. I, S. 218 u. f.], die italienische Uebersetzung in 2. Theile des XIII. Bandes der "Giurisprudenza pratica"; — "Vorbegriffe aus der Theorie des Beweises im Civilprocesse als Vorbereitung zur Erörterung des XI. Capitels der österreichischen Gerichtsordnung" [1829, Bd. II. S. 315 u. f.], die italienische Uebersetzung im 1. Theile des "Giornale di Giurisprudenza austr." Bd. I, S. 412 u. f.; — "Tabellarische Uebersicht der in der österreichischen Monarchie mit Ausschluß von Ungarn, Siebenbürgen, der Militärgrenze und des lombardisch-venetianischen Königreichs zur Kenntniß der für den Civilstand bestehenden Criminalgerichte gelangten Verbrechen und ihrer Bestrafung von den Jahren 1824 bis 1828, mit Bemerkungen" [1830, Bd. II. S. 305 u. f.]. — "Erörterung einiger problematischer Fälle der Protestirung der Wechselbriefe" [1831, Bd. I. S. 337]; — "Einige Bemerkungen über die Aenderung des in einer schriftlich angebrachten Klage gestellten Begehrens in seiner Wesenheit" [1832, Bd. II, S. 288]; — in ausländischen Fachblättern sind von Wagner erschienen: in den von Schunk in Erlangen redigirten "Jahrbüchern der juristischen Literatur": "Die Uebersicht der österreichischen juristischen Literatur von den Jahren 1825—1828" und in Mittermaier's "Zeitschrift für ausländische Rechtswissenschaft" eine "Abhandlung über Leopolds II. weise Gesetzgebung in Toscana". Wagner war sozusagen ein weißer Rabe unter Oesterreichs Rechtsgelehrten, welche gewöhnlich in ihrem Fache so ganz aufgehen, daß sie für etwas Anderes gar kein Interesse mehr haben. Dies war bei ihm, der mit außerordentlichen Talenten einen großen Wissensdrang und eine Universalität des Geistes, wie sie nur selten vorkommt, vereinte, nicht der Fall. Schon als Jüngling, da er noch mit der österreichischen privilegirten Likawetz'schen Philosophie im Denken großgesäugt und geistig aufgefüttert wurde, gelang es ihm, durch eigenen Privatfleiß in das Wesen der Kant'schen Philosophie einzudringen und dadurch jenen kritischen Geist auszubilden, der in seinen Schriften sich überall kundgibt. Hier muß bemerkt werden, daß in Oesterreich ungeachtet der von der Regierung beliebten Repressivmaßregeln, das Denkvermögen der jungen Leute in den philosophischen Studien zu unterdrücken, oder vielleicht eben deshalb, Kant's Lehre im Verborgenen mit großem Eifer studirt wurde und in den gebildeten Kreisen sehr bedeutenden Anhang fand. Und so vertiefte sich denn auch der junge, frühreife und ungemein geistig begabte Wagner in das Studium des Weisen von Königsberg. Im innigsten freundschaftlichen Verkehre mit dem früh verblichenen steirischen Poeten Fellinger [Bd. IV, S. 170], las er mit diesem die herrlichen Schöpfungen der deutschen Classiker, und durch die Tonsetzer Baron Lannoy [Bd. XIV, S. 142] und Halm [Bd. VII, S. 257], welche sich gleichfalls im Gesellschaftskreise seiner Familie befanden, wurde er zu musicalischen Versuchen angeregt. Er spielte trefflich Clavier und componirte Mehreres, wovon Einiges auch, das eine nicht gewöhnliche musicalische Begabung verräth, im Stiche erschienen ist. So zeigte sich also in Wagner eine Vielseitigkeit in geistiger Veranlagung, welche dem künftigen Rechtsgelehrten nur zum größten Vortheile gereichen konnte und alles trockene Wesen, wie es juridischen, in ihren Gesetzesparagraphen aufgehenden Pedanten anzuhaften pflegt, abstreifte. Zu allen diesen geistigen Vorzügen gesellte sich nun noch eine liebenswürdige äußere Erscheinung und ein Benehmen, das ihm von vornherein alle Herzen gewann. Von Mittelgröße, mit zarten, aber sprechenden Gesichtszügen, dunkelblonden, leicht und natürlich gelockten Haaren, zeigte er in seinem ganzen Wesen eine anziehende Gutmüthigkeit, welche jedoch durch einen leisen Zug seiner Ironie ein ganz eigenthümliches Gepräge erhielt. Und wer ihn als lebensfrohen Gesellschafter sah, der jeden auf den ersten Blick zu gewinnen wußte, vermuthete wohl kaum in ihm den tiefen und scharfsinnigen Denker, der sich in allen seinen Arbeiten ausspricht und ihn zu seiner Zeit zum ersten Juristen Oesterreichs erhob. In einem Nachrufe wird er mit folgenden Worten charakterisirt. Wagner war ein warmer und treuer Freund, unerschütterliche Festigkeit in Grundsätzen und Pflicht mit geschmeidiger Mäßigung verknüpfend, alles Gute mit muthvoller Begeisterung verfechtend, voll Klarheit und Schärfe in seinen Vorstellungen, voll strömender Fülle in seiner Rede. Den Wahlspruch seines Lebens: „Was ich gewollt, ist löblich, wenn das Ziel | Auch meinen Kräften unerreichbar blieb. | An Fleiß und Mühe hat es nicht gefehlt", stellte er seinem Wechselrechte voran. Am 10. September 1815 hatte er sich mit Luise, Tochter des hofkriegsräthlichen Protokollsadjuncten Hahn vermält. Zwei Söhne, Franz und Karl, nebst vier Töchtern, Henriette, Luise, Luitgarde und Auguste, überlebten den zu früh verblichenen Gelehrten, dessen leibliche Ueberreste auf dem Friedhofe zu Hietzing nächst Schönbrunn beigesetzt wurden.

Piepnigg (Franz). Mittheilungen aus Wien (Wien kl. 8°.) 1833, 3. Heft, S. 97: „Nekrolog". — Riedler. Oesterreichisches Archiv (Wien, 4°.) 1833, Nr. 137: „Nekrolog", von F. Wallner — Bauernfeld. Gesammelte Schriften (Wien 1873. Braumüller, 8°.) Bd. XII, S. 112.

43. Wagner, Wenzel, ein Prager Kupferstecher des siebzehnten Jahrhunderts, der in den Jahren 1674 und 1677 ganz sicher in Prag arbeitete und von dem nachfolgende Stiche bekannt sind: das „Bildniß des Johann Felix Constans Kaurzimský de Campobelli, Doctor der Rechte und Landesadvocat", bezeichnet: Wenc. Wagner sculpsit Pragae 1674 (8°.); — „Franciscus Xaverius Magnus Indiarum Apostolus" (1678, gr. Fol.); — „S. Ignacius Loyola fundator Soc. Jesu" (kl. Fol.), diese zwei Blätter, wenn Herausgeber nicht irrt, nach Gemälden von Sebastian Ricci gestochen; — das „Titelblatt zu dem Mars Moravicus von Pessina", nach Lublinský's Zeichnung in Kupfer gestochen mit der Unter-

ſchrift: R. D. Ant. Lublinský, Can. reg. del. — Wenceslaus Wagner sculp. (1677, Fol.). Sämmtliche vorgenannte Blätter befinden ſich in der Strahower Bibliothek zu Prag.

Abrégé de la vie des peintres dont les tableaux composent la Galerie électorale de Dresde, p. 93.

Wahala, Auguſtin Paul (Biſchof von Leitmeritz, geb. zu Palzendorf in Mähren 23. Jänner 1802, geſt. in Leitmeritz 10. September 1877). Ein Sohn ſchlichter mähriſcher Landleute, beendete er das Gymnaſium zu Freiberg im Neutitſcheiner Kreiſe, die philoſophiſchen Studien in Olmütz, die theologiſchen im Convicte zu Wien. Am 22. September 1827 zum Prieſter geweiht, begann er ſein ſeelſorgerliches Wirken als Cooperator zu Weißkirchen. Nach vierjähriger Thätigkeit daſelbſt wurde er ſeiner ausgezeichneten Fähigkeiten wegen von dem Olmützer Fürſt-Erzbiſchof Ferdinand Grafen Chotek als Ceremoniär und Secretär an deſſen Hof berufen, und war er in dieſer Eigenſchaft auch der Begleiter des Kirchenfürſten, als dieſen zu Prag der Tod ereilte. Des Grafen Chotek Nachfolger Maximilian Freiherr von Sommerau-Beckh [Band XXXV, S. 265] beſtätigte Wahala als erſten Ceremoniär und Secretär, und in dieſer Stellung nahm derſelbe Theil an den wichtigſten Angelegenheiten der Erzdiöceſe und begleitete auch ſeinen Oberhirten auf allen canoniſchen Viſitationsreiſen, ſowie er ihn auch vertrat auf der Verſammlung der Biſchöfe, welche 1848 zu Würzburg ſtattfand. Schon ſeit 1837 Ehrendomherr in Kremſier, dann erzbiſchöflicher Cabinetsrath und Conſiſtorialrath, wurde er 1841 Pfarrer, Dechant und Erzprieſter in Müglitz, 1855 Ehegerichtsrath, Proſynodalrichter und

Proſynodalexaminator und 1860 päpſtlicher Kämmerer. Am 16. September 1865 ward er zum Biſchof von Leitmeritz ernannt, am 8. Jänner 1866 confirmirt, am 8. April 1866 conſecrirt und am 15. April 1866 inthroniſirt. Nur ein Jahrzehnt war es ihm vergönnt, in ſeiner letzten kirchenfürſtlichen Würde zu wirken, im Alter von 75 Jahren ſegnete er das Zeitliche. Der Seelſorgerberuf, dem er ſich auch als Pfarrer mit ganzer Seele hingab, ließ ihm nicht Zeit zu wiſſenſchaftlicher Thätigkeit in ſeinem Fache, ſo ſehr ſeine reiche theologiſche und ſonſtige wiſſenſchaftliche Bildung ihn auch dazu befähigte. Er nahm ſeine Pfarrpflicht, womit noch die Schuldiſtrictsaufſicht verbunden war, ſehr ernſt. Trotz der vielen Archipresbyterial- und Decanatsgeſchäfte verkündigte er durch die 24 Jahre ſeines Pfarramtes alle Sonn- und Feiertage ſeiner Gemeinde beim Frühgottesdienſte das Wort des Herrn und nebſtdem fuhr er an Sonntagen Nachmittags in die eingepfarrten Gemeinden hinaus, um dem verſammelten Volke in einfacher feſtlicher Sprache die Lehre des Heils zu predigen. Auch wirkte er eifrig im Beichtſtuhle und ertheilte vielen Kranken perſönlich das heilige Abendmahl und die Sterbeſacramente. Dabei lagen ihm die Zierde ſeines Gotteshauſes und die Linderung des Looſes der Armen und Nothleidenden ſeiner Gemeinde bei Theuerung und harter Winterszeit ſtets am Herzen, und ungezählt ſind die Gaben, welche er im Stillen ſpendete [ſiehe S. 133 die Wahala-Stiftungen]. Der Ruf ſeiner Würdigkeit hatte denn auch weſentlich zu ſeiner biſchöflichen Wahl beigetragen, welche, als der Leitmeritzer Biſchofſitz erledigt war und man in allen Ecken und Enden Candidaten für

denselben aufstellte, einer ungewöhnlich
starken Discussion in den Journalen
unterzogen wurde, und nachdem sie erfolgt war, einiges Befremden in böhmischen Kreisen erregte, da statt eines
Landeskindes ein Mährer aus dem Scru-
tinium hervorging, denn in der Leitmeritzer Gegend erbat man in einer Petition
mit zahlreichen Unterschriften die Ernennung des verdienstvollen Schulrathes
Maresch für den erledigten Bischofsitz.
Als Bischof war Wahala Mitglied des
böhmischen Landtags und neigte auf
demselben mehr zur deutschen als zur
nationalen Partei hin. Noch als Pfarrer
von Müglitz hatte er im August 1856
das Ritterkreuz des Franz Joseph-Ordens
erhalten, als Bischof wurde ihm die geheime Rathswürde verliehen.

Bohemia (Prager polit. und belletr. Blatt,
4°.) 1865, Nr. 258. S. 1104; Nr. 267,
S. 1205. — Deutscher Hausschatz (Regensburg bei Pustet, 4°.) III. Jahrg. (1877)
S. 773. — Fremdenblatt von Gustav
Heine (Wien, 4°.) 1865, Nr. 300. — Dasselbe 1866, Nr. 103 und 112. — Fried
(Anton). Die Geschichte der Bischöfe und
und Erzbischöfe von Prag u. s. w. (Prag
1873, 8°.) S. 308. — Neue Zeit (Olmützer polit. Blatt) 1865, Nr 268 im Feuilleton: „Noch einmal Wahala". — Presse
(Wiener polit. Blatt) 1866, Nr. 107: „Correspondenz aus Prag 18. April".

Porträt. Holzschnitt in Pustet's „Deutschem Hausschatz" 1877.

Die Wahala-Stiftungen. Es sind deren zwei.
Die eine machte Wahala noch als Dechant
von Müglitz im Jahre 1862 zum Besten des
gering dotirten Clerus seines Archipreshy-
teriats. Er bestimmte zu diesem Zwecke ein
Capital von 13.650 fl. ö. W., von dessen
Zinsen alljährlich die Hilfspriester der be-
schwerlichen Gebirgsstationen mit 52½ fl.
und die Localcaplane und Pfarrer nach Vorschlag des jeweiligen Dechanten mit 100 fl.
betheilt werden. — Die zweite Stiftung entstand anlässlich der bischöflichen Inthroni-
sationsfeier Wahala's am 15. April 1866.

Der Präfect der Wiener Theresianischen
Ritterakademie A. Riedl verfaßte zu dieser
Feier ein Gedicht, welches am Festtage unter
die zahlreichen Gäste vertheilt und dessen Ertrag dem Leitmeritzer Taubstummeninstitute
gewidmet ward. Der neue Bischof selbst
gab sogleich 500 fl. in Obligationen zu
diesem Zwecke, und nun betheiligte sich auch
die Versammlung, und am Schlusse des Fest-
mahls ließ sich die Summe von 1000 fl. fest-
stellen, deren namhafte Erhöhung aber in
Aussicht stand, da noch der ganze Clerus der
Diöcese, der ja bei der Feier nicht vollständig
erscheinen konnte, daran theilnehmen sollte.
Diese Stiftung erhielt den Namen Augusti-
nus Wahala-Stiftung.

Wahilewicz, Johann, siehe: **Bagilewicz** [S. 80 dieses Bandes]. Dieser
Schriftsteller erscheint auch noch in den
Schreibweisen **Bagilewicz** und **Wahy-
lewič**.

Wahlberg, Wilhelm Emil (Rechtsgelehrter, geb. zu Prag am 4. Juli
1824). Der Vater Karl Anton (gest.
83 Jahre alt am 10. Jänner 1871), ein
vermögender Mann, ließ dem Sohne eine
vortreffliche Erziehung angedeihen, und
der im Familienleben sich bethätigende
Unabhängigkeitssinn war keine geringe
Zugabe für das Leben des Sohnes und
späteren Rechtsgelehrten, in dessen Handlungen dieses charakteristische Merkmal
klar ausgeprägt ist. Die philosophischen
und drei juridische Jahrgänge besuchte
Wahlberg an der Prager Hochschule,
dann beendete er die rechts- und staatswissenschaftlichen Studien 1847 an der
Wiener Universität, an welcher er auch
1849 aus diesen Disciplinen die Doctorwürde erlangte. Der Professor der Geschichte Franz Exner [Bd. IV, S. 115]
und der erste Privatdocent der österreichischen Rechtsgeschichte Emil Franz
Rößler [Bd. XXVI, S 253] sind es,
denen er die ersten Anregungen zu psychologischen, Kunst- und rechtsgeschichtl.

lichen Studien verdankt. Frühzeitig reifte in ihm der Entschluß, Universitätslehrer zu werden, unabhängig nach Oben und Unten seine eigenen wissenschaftlichen Wege zu gehen und die akademische Jugend für eine edle Rechtsauffassung anzuregen. Eine längere Studienreise nach Deutschland, Belgien, Frankreich machte ihn mit den Einrichtungen der deutschen Juristenfacultäten, der rheinisch-französischen Schwurgerichte und des Gefängnißwesens vertraut und diente ihm als Vorbereitung zur Habilitirung als Privatdocent des Strafrechtes an der Wiener Universität. So begann er denn im Wintersemester 1851 die Docentenlaufbahn in glücklicher Concurrenz anfangs mit Hye [Bd. IX, S. 458], später mit Julius Glaser und Merkel und las neben den Collegien über Strafrecht und Strafproceß nach systematischer Methode viele neue Collegien über Geschichte des österreichischen Strafrechtes, Dogmengeschichte, Imputationslehre, Strafensystem, Praxis der Todesstrafe, Rechtsliteratur in Biographien, Grundzüge einer gemeinsamen deutschen Strafgesetzgebung u. a. m. Nach dem Vorbilde der „Practica" von Abegg, Zachariae. Mittermaier, mit welch Letzterem er in persönlichem Verkehre stand, hielt er durch mehrere Jahre praktische Uebungen mit Vertheilung der Proceßrollen, welche nicht wenige seiner eifrigen Zuhörer später im Gerichtssaale durchführten. Bei dem Wiener Landesgericht nahm er die freiwillige Praxis, und unter Kubler's [Bd. XIII. S. 298] Vorsitze fungirte er als Mitglied der theoretischen Staatsprüfungscommission. Schon 1854 zum außerordentlichen Professor des Strafrechtes in Wien ernannt, wurde er gleichzeitig mit Glaser Ordinarius dieser Lehrkanzel nach Hye. Der Besuch seiner

Vorlesungen stieg allmälig bis zu 500 Zuhörern. Aus seiner Schule sind hervorragende Praktiker und Schriftsteller, so Obergerichtsrath Frölich, Sectionsrath Kaserer, Hofrath Harrasowsky, die Professoren Ed. von Liszt und Heinrich Lammasch, hervorgegangen. Wie aus zahlreichen Kundgebungen der Wiener Presse erhellt, ward Wahlberg neben Glaser, Siegel, Unger zu den hervorragendsten Professoren der Wiener Juristenfacultät gezählt. Die Regierungen Italiens, Ungarns, des deutschen Reiches, Rußlands ersuchten ihn um Rechtsgutachten über Strafgesetz- und Proceßgesetzarbeiten. Seit 1802 war er als Mitglied der Ministerial-Justizcommission zur Ausarbeitung des Entwurfes eines österreichischen Strafgesetzbuches durch nahezu zehn Jahre thätig und arbeitete auch als Specialreferent den vierten Theil des Entwurfes des Strafgesetzes von 1874 aus. Mit Ermächtigung des Justizministeriums besuchte er die österreichischen Straf- und Zwangsarbeitsanstalten, über welche zwischen 1864—1870 freimüthige und ausführliche Berichte in Holzendorff's „Allgemeiner deutscher Strafgerichts-Zeitung" veröffentlicht wurden. Für die Verhandlungen des ersten deutschen Juristentages stellte er einen auf die Vorbereitung eines gemeinsamen deutschen Strafgesetzes gerichteten Antrag und war Referent auf dem Wiener Juristentage. Zahlreiche Rechtsgutachten über Gesetzgebungsfragen, über die Auslieferung des Nihilisten Hartmann in Paris, über den Proceß des Grafen Harry Arnim, über die Bekämpfung der Rückfälligkeit für den Congreß zu Stockholm u. m. a. erstattete er bei ununterbrochener akademischer und literarischer Thätigkeit. Als ständiger Recensent in Haimerl's

„Magazin" und in der „Oesterreichischen Gerichtszeitung" führte er ein Gegner jedweder unwissenschaftlichen Buchmacherei oder literarischen Selbsterhebung, in tapferer Ueberzeugungstreue eine scharfe kritische Klinge. In seinen Arbeiten tritt die Richtung hervor, das specifisch Juristische genau zu bestimmen, den geschichtlichen Realismus des Rechtes zu durchgeistigen und das Strafrecht in den weiteren Kreis der psychologischen, social-ethischen und Staats-Wissenschaften einzuführen. Mit rein exegetischen Erläuterungen des österreichischen Strafgesetzes befaßte sich Wahlberg nur ausnahmsweise dann, wo es sich darum handelte, zu einer controversen Spruchpraxis oder verfehlten Interpretation in dem Handbuche des österreichischen Strafrechtes von Herbst und Anderen Stellung zu nehmen. Anträge der Verlagshandlungen, Compendien für den sogenannten praktischen Gebrauch zu schreiben, lehnte er grundsätzlich ab. Auch Anträge, ein politisches Mandat anzunehmen, wies er zurück, von der Ueberzeugung geleitet: der wissenschaftliche hohe Beruf des Universitätslehrers erfordere den ganzen Mann, die ungetheilte Kraft in idealer Hingabe. Zarncke's „Literarisches Centralorgan", ein unabhängiges und in seiner Richtung entschiedenes Organ, bezeichnet Wahlberg als den „streitbaren Wiener Rechtslehrer". Als streitbarer Anwalt der Autonomie der Universität dem Systeme bureaukratischer Bevormundung gegenüber erwies er sich in der Rede, welche er bei seiner Installation als Rector in der Aula hielt und welche dann in der „Wiener (amtlichen) Zeitung" vom 22. October 1874 erschien. Während des Vortrages, in dem er die seit Savigny und Dahlmann allgemein anerkannten Ansichten über die

Aufgabe der deutschen Universität als freier Pflanzstätte der wissenschaftlichen Bildung und als Staatsanstalt vertrat, kam es in Anwesenheit des den Studirenden mißliebigen (!) Unterrichtsministers zu einer Demonstration, die, durch die Presse nur weiter aufgebauscht, zu einem ebenso heftigen als lächerlichen Federkriege führte, bis nach einiger Zeit „der ganze Sturm in einem Glase Wasser" sich legte und nun erst recht die Rectorswürde in ihrer ganzen Bedeutung zur Geltung gelangte. Auch im Abgeordnetenhause, in den Sitzungen vom 25. und 28. Jänner 1875, wurde der Rectorsrede mit Anerkennung gedacht. Die Widersacher des Schwurgerichts in Deutschland und Oesterreich bekämpfte Wahlberg unentwegt mit Nachdruck, zuweilen mit Sarcasmus, seit 1851, anfänglich in Polemik mit Rizy [Band XXVI, Seite 203], Schnabel [Band XXXI, Seite 1], Rippel [Band XX, S. 363], später gegen Hye, Schwarze, Vollert u. m. A. Sein Reformvorschlag, der Geschwornenbank das Recht einzuräumen, Aenderungen oder Ergänzungen der ihr von dem Gerichte gestellten Fragen zu beantragen, fand günstige Aufnahme zunächst in dem sächsischen Schwurgerichtsgesetze. Seiner Schriften, welche die Reform der Ehrenstrafen und der deutschen Strafproceßordnung behandeln, wurde mehrfach in den Motivenberichten der Regierungsvorlagen ausdrücklich gedacht; für den Grundsatz, daß die unverschuldet erlittene Haft in bestimmten Fällen zu vergüten sei, ein Gegenstand, der erst in jüngster Zeit vielfach und in eingehendster Weise von den verschiedensten Gesichtspunkten, aber nicht immer mit der nöthigen Unbefangenheit verhandelt wurde, trat Wahlberg schon 1858 in Haimerl's

österreichischer Vierteljahresschrift für
Rechtswissenschaft ein. Kurz, seine mannigfaltigen, aber immer wichtige Zeit-
und Rechtsfragen behandelnden wissenschaftlichen, vornehmlich reformatorischen
Arbeiten fanden in Fachkreisen stets
große Würdigung, und das In- und
Ausland zählt ihn neben Geyer und
Glaser zu den ersten Criminali-
sten der Gegenwart. Die Zahl der
selbständig erschienenen Arbeiten Wahlberg's ist nicht eben groß; es sind folgende: „Die Ehrenfolgen der strafgerichtlichen
Verurtheilung. Ein Beitrag zur Reform des
Strafensystemes" (Wien 1864, Braumüller,
gr. 8⁰.); — „Das Princip der Individualisi-
rung der Strafrechtspflege" (Wien 1869, Gerold's Sohn, gr. 8⁰.); — „Criminalistische
und nationa.-ökonomische Gesichtspunkte in
Rücksicht auf das deutsche Reichsstrafrecht"
(Wien 1872, Gerold's Sohn, gr. 8⁰.),
— „Antrittsrede als Rector der Wiener Universität" (Wien 1874, gr 8⁰.); — „Kritik
des Entwurfes einer Strafproreßordnung für das
deutsche Reich" (Wien 1873, Manz) und
sein Rechtsgutachten zum Proceß Arnim
erschien in der Schrift: „Rechtsgutachten,
erstattet zum Process des Grafen H. v. Arnim
von Wahlberg, Merkel, v. Holtzendorff und Rolin-Jacquemyns. Herausgegeben von J. Holtzendorff"
(München 1875, Oldenburg). Ungleich
größer aber ist die Zahl seiner in Fachzeitschriften des In- und Auslandes
gedruckten Abhandlungen und Essays,
deren wichtigste wir weiter unten angeben und von welchen ein Theil in
Wahlberg's „Gesammelte Schriften und
Bruchstücke über Strafrecht. Strafprocess. Ge-
fängnisskunde Literatur und Dogmengeschichte
der Rechtslehre in Oesterreich" 2 Bände
(Wien 1875, Holder, gr. 8⁰.) aufgenommen erscheint. Uns an eine systematische gruppirte Uebersicht haltend, welche

das Wiener Organ für Hochschulen
„Alma Mater" seinerzeit brachte und in
welcher wir nur die völlig unbibliogra-
phische Ausführung sehr beklagen, heben
wir die folgenden hervor: I. Monographien aus der Geschichte des
Strafrechts in Oesterreich: „Die
religiösen Beziehungen in der österreichischen Strafgesetzgebung" [Oesterreichische
Blätter für Literatur und Kunst 1854];
— „Die Maximilianischen Halsgerichts-
ordnungen" [ebb. 1859]; — „Ueber
die Maximilianische Malefizordnung für
Laibach" [Zeitschrift für Rechtsgeschichte,
Bd. I]; — „Zur Genesis der There-
siano" [Oesterreichische Gerichtszeitung,
1866, Nr. 91, 92]; — „Geschichte des
Begnadigungsrechtes in Oesterreich"; —
„Neuere Praxis und Geschichte der Todesstrafe in Oesterreich"; — „Zur Geschichte der Aufhebung der Tortur".
II. Literar- und dogmengeschicht-
liche Untersuchungen: „Die Reform
der Rechtslehre an der Wiener Hochschule" [Wochenschrift für Wissenschaft
und öffentliches Leben, Beilage der
„Wiener Zeitung" 1865]; — „Gesichtspunkte der deutschen Rechtsliteratur, insbesondere der Literatur des Strafrechtes
und Strafprocesses in Oesterreich"; —
„Der Entwickelungsgang der neueren
österreichischen Strafgesetzgebung" [All-
gemeine deutsche Strafrechts-Zeitung,
1867]; — „Gesetzgebungsfragen über
die strafbare Untreue" [Juristische Blätter, 1876]. III. Abhandlungen mit
principiellen Entwickelungen
und reformatorischen Vorschlägen; „Grundzüge der Zurechnungslehre"
[Haimerl's Magazin u. f. 1857]; —
„Criminalpsychologische Bemerkungen
über den moralischen Irrsinn, moral
insanity und die Zurechnungsfähigkeit
mit Rücksicht auf den Raubmörder

Hackler" [Deutsche Zeitung, 1877]; — „Die Stellung der Frauen im Strafrecht" [Oesterreichische Wochenschrift, 1863, Nr. 14]; — „Die Moralstatistik und Zurechnung" [Tübinger Zeitschrift für Staatswissenschaft 1870]; — „Die Kürzungsfähigkeit der Freiheitsstrafe und die bedingte Entlassung gebesserter Sträflinge" [Oesterreichische Gerichtszeitung, 1862]; — „Die Geldstrafe" [ebenda 1873]; — „Die proceßrechtliche Feststellung mildernder Umstände" [Oesterreichische Vierteljahrschrift für Rechtswissenschaft, Bd. X]; — „Gutachten über Strafausmessung, Durchführung der Einzelhaft als Zellenstrafe. Einreichung und Entschädigung einer erlittenen Untersuchungshaft im Falle der Freisprechung" [in den Verhandlungen der deutschen Juristentage]; — „Ueber die Behandlung des Hochverrathes im ungarischen Gesetzentwurfe" [Jogtudomány közlöny, 1874, Nr. 52]; — „Die Rechtsbelehrungen im Strafverfahren" [Criminalistische Blätter, 1876]; — „Die Revision des Preßstrafrechtes in Oesterreich" [in F v. Holtzendorff's Allgemeiner deutscher Strafrechtszeitung, 1872]; — „Strafrecht des Gesundheitswesens" [Grünhut's Zeitschrift für Privat- und öffentliches Recht, Bd. VII]; — „Das Maß und die Werthrechnung im Strafrechte" [Fleischer's Deutsche Revue, 1879]; — „Das Gewohnheitsverbrechen" [Grünhut's Zeitschrift [Bd. V]; — „Das Gelegenheitsverbrechen" [Oesterreichische Gerichtszeitung, 1778]; — „Das Motiv der Bosheit im Strafrechte"; — „Der Rechtscharakter der Selbsthilfe und der Nothwehr" [Oesterreichische Gerichtszeitung, 1879]; — „Gutachten über die Mittel der Bekämpfung der Rückfälligkeit" [für den internationalen Gefängniß-congreß zu Stockholm]; — IV. Kritiken von Gesetzentwürfen: Außer der bei Manz selbständig erschienenen und bereits erwähnten Kritik des Entwurfes einer Strafproceßordnung für das deutsche Reich schrieb er eine „Vergleichende Besprechung des österreichischen und italienischen Strafgesetzentwurfes [in Lucchini's „Rivista penale" Bd. VII]; — „Besprechung des ungarischen Strafgesetzentwurfes" [Juristische Blätter, 1878]. V. Aufzeichnungen über Straf- und Zwangsarbeitsanstalten in Oesterreich und in der Schweiz: „Darstellungen der Gebrechen und der Reform der Gefängnisse in Oesterreich" [Allgemeine deutsche Strafrechts-Zeitung, 1868]; — „Charakteristik der Strafmittel" [Holtzendorff's Handbuch des deutschen Strafrechts, Bd. II]. Außer den bisher angeführten Abhandlungen brachten die „Oesterreichische Gerichtszeitung", „Der Gerichtssaal", Haimerl's „Magazin", Holtzendorff's „Rechtslexikon" Erörterungen über die Bigamie, die Religionsverbrechen, den Mißbrauch der geistlichen Autorität, die Curpfuscherei, das Verbrechen der schweren körperlichen Beschädigung, die räuberische Absicht, die Bestechungsmittel bei der Verleitung zum Mißbrauche der Amtsgewalt, die Blutschande, ärztliche Verbrechen u. s. w. Es ist, wie wir aus vorstehender Uebersicht entnehmen können, eine reiche und nach allen Seiten des Faches, das Wahlberg's Hauptstudium bildet, ausgreifende wissenschaftliche Thätigkeit, welcher wir gegenüberstehen. Es ist dies auch in maßgebenden Kreisen immer gewürdigt worden, und wenn auch eine Partei mit Wahlberg nicht im Einklange steht — und welcher Unabhängige hätte nicht seine Gegner und Feinde? —

so hat es doch dem Gelehrten nicht an Anerkennungen mannigfachster Art gefehlt, die alle den gemeinschaftlichen Charakter an sich tragen, daß sie von dem, welchem sie zutheil wurden, nicht gesucht worden. 1870 zum Regierungsrathe ernannt, erhielt er zwei Jahre später in Anerkennung seines verdienstlichen Wirkens Titel und Charakter eines Hofrathes. Am 2. April 1871 wurde er zum Präses der judiciellen Staatsprüfungscommission und zum ersten Vorstande der theoretischen Staatsprüfungscommission in Wien berufen. Für den Unterricht in den Rechtswissenschaften bei Seiner kaiserlichen Hoheit dem Erzherzoge Johann von Toscana ward ihm das Ritterkreuz des toscanischen Josephsordens zutheil; wiederholt wählte ihn das Herrenhaus zum Mitgliede des Staatsgerichtshofes; die Versammlung der deutschen Strafanstaltsbeamten in Dresden ernannte ihn 1867 zu ihrem Ehrenmitgliede; die Howard Association in London, der historische Verein in Krain, der Verein für Psychiatrie in Wien zu ihrem correspondirenden Mitgliede; 1866 wurde er zum Decan der rechts- und staatswissenschaftlichen Facultät der Wiener Hochschule gewählt; von 1864 bis 1872 fungirte er als Mitglied der Strafgesetzcommission im Justizministerium, von 1874 an als Specialreferent für einen Theil des österreichischen Strafgesetzentwurfes; wegen Begutachtung der italienischen Strafgesetzentwürfe erhielt er das Commandeurkreuz des Ordens der italienischen Krone; seit Jahren ist er Prüfungscommissär in der orientalischen Akademie. 1875 war er als Rector zugleich Vertreter der Universität im niederösterreichischen Landtage; 1876 ernannte ihn die Société royale et centrale des Sauveteurs de Bel-

gique zum membre protecteur, und auch noch andere humanitäre Vereine erwählten ihn zu ihrem Ehrenmitgliede; Fachgenossen von Ruf, wie Professor von Holtzendorff, Prof. Schäffle, Dr. von Liszt, Dr. Lammasch, haben ihm ihre Werke gewidmet. Als Präsident des Wiener Vereines gegen Verarmung und Bettelei fördert er eine planmäßige zielbewußte präventive Armenpflege und unterzieht sich der Redaction des Vereinsblattes, um die Organisation der Privatwohlthätigkeit auch literarisch zu vertreten. Auch gilt er als Freund der Studenten, die ihm trotz seiner Strenge bei Prüfungen doch mit voller Liebe zugethan sind. Den Tod zweier Frauen beklagend, lebt er der Pflege der Wissenschaft und Literatur, der Erziehung seines Töchterleins aus zweiter Ehe und der Verwaltung seiner Güter. Im October 1879 beging er sein 25jähriges Professorenjubiläum. Nach dem jähen Tode seiner ersten Frau und eines Sohnes stiftete er zum Andenken an Erstere ein Kirchenfenster im Wiener Stephansdome, nach einem Carton von Joseph Führich; „Die Predigt des Apostels Paulus in Athen". — Ein Bruder des Professors ist Karl Wahlberg, zur Zeit Oberstlieutenant des Geniestabes und der II (Genie-) Section des technischen und administrativen Militärcomités im Reichskriegsministerium zugetheilt.

Alma mater Organ für Hochschulen (Wien und Leipzig) IV. Jahrg. 16. October 1879. Nr. 41 und 42. S. 317 u. f. — Allgemeine Zeitung (Augsburg. 4°) 1880. Nr. 35 S. 846 [nennt Wahlberg „eine erste Autorität im Strafrecht"]. — Illustrirtes Wiener Extrablatt, III. Jahrgang. 27. October 1874. Nr. 259: „Rector magnificus Emil Wahlberg".

Porträts. 1) Chemitypie von G. Willmann [im oberwähnten Extrablatt] —

2) Chemitype von Angerer und G., nach einer Zeichnung von Th. Mayerhofer. — 3) Chemitypie von Angerer und G., nach einer Zeichnung von Lach von Frecsay in der „Bombe" (Wiener Witzblatt) IV. Jahrg., 4. October 1874, Nr. 40.

Wahlberg. siehe **Ballaschegg.**

Wahlburg, Wilhelm (Arzt, geb. in der Provinz Posen 1759, gest. zu Warschau am 20. März 1823). Ein Sohn schwedischer Eltern, welche sich in Polen niederließen, beendete er die unteren Schulen und das Gymnasium in Posen, dann aber widmete er sich an der Wiener Universität dem Studium der Medicin. Bei Ausbruch des bayrischen Erbfolgekrieges 1778 mußte er dasselbe aussetzen und eine Feldscherstelle im Lazareth zu Prag übernehmen. Nach Beendigung des Krieges kehrte er zu seinen Studien zurück, dann unternahm er wissenschaftliche Reisen, auf denen er mehrere deutsche Hochschulen und auch die namentlich auf medicinischem Gebiete berühmte Universität Leiden besuchte. Hierauf zum Doctor promovirt, diente er als Oberarzt in der österreichischen Armee, und zwar längere Zeit im Militärspital zu Temesvár, und wurde auch als Mitglied der ärztlichen Hofkriegscommission zugezogen. Dann erging an ihn der Auftrag, an der moldauischen Grenze die Vorkehrungen zur Abwehr der daselbst herrschenden Pest zu treffen, und nachdem er auch diese Aufgabe erledigt hatte, erhielt er die Professur der chirurgischen und Hebammen-Klinik an der Universität in Krakau. Zur Zeit der Errichtung des Herzogthums Warschau zum Feldarzte ernannt, machte er als solcher den Feldzug 1812 mit, wurde 1818 erster Professor der Geburtshilfe an der Universität zu Warschau, dann Director der gynäkologischen Klinik und zuletzt Assessor bei dem obersten medicinischen Collegium des Königreichs. In dieser Stellung starb er im Alter von 64 Jahren. Im Druck erschien von ihm: „Merkwürdiger und seltener Fall einer Empfängniss ausser der Gebärmutter und ihr Ausgang" (Berlin 1819).

Encyklopedyja powszechna, d. i. Allgemeine polnische Real-Encyklopädie (Warschau 1867, Orgelbrand, gr. 8°.) Bd. XXVI, S. 314.

Wahliß Ernst (Industrieller, aus Sachsen gebürtig), Zeitgenoß. Ueber Lebens- und Bildungsgang dieses Industriellen, der im letzten Jahrzehnt, 1875—1885, durch seine Leistungen im Gebiete der Porcellanmanufactur und der Keramik überhaupt so bedeutend hervortritt, sind wir nicht näher unterrichtet. Zu Ende der Siebenziger-Jahre hatte Wahliß in der Elisabethstraße Wiens seine Niederlagen. Machte er schon damals sich einigermaßen durch ihre Ausdehnung und die Mannigfaltigkeit, ja Schönheit der Waare bemerkbar, so tritt er doch erst recht in den Vordergrund, nachdem er in der Kärnthnerstraße das „Porcellanhaus", wie es nun im Volksmunde heißt, erbaut hatte. Dasselbe zeigt eine im anmuthigen Farbenspiele mild getönter Porcellanfliesen schimmernde Façade von origineller Anlage und reichster Ausstattung. Weiß, Blau und Hellroth sind die Töne, mit welchen die polychromische Aufgabe gelöst erscheint. Hier hat Wahliß ein keramisches Waarenlager errichtet, welches nunmehr eine Sehenswürdigkeit Wiens bildet. Er hat diese schöne Anstalt aus eigener Kraft geschaffen und ihr gleichsam in jedem Specialzweige seine Eigenart aufgedrückt. Wenn wir einer Notiz Rábbebo's in dessen „Oesterreichischer Kunstchronik" [1879, S. 74] glauben

dürfen, so ist unser Industrieller seines
Zeichens Porcellanmaler, was sich wohl
mit dem Industriezweige, dem er im Allgemeinen sich zuwendet, ganz gut vereinen läßt. Seine Niederlage ist eine
permanente keramische Ausstellung, in
welcher vor Allem die nunmehr so man-
nigfaltig gewordene heimische Produc-
tion, sowie die ersten Porcellanfirmen
und Fayenciers Englands, Frankreichs
und Deutschlands in großartiger Weise
vertreten sind, und in welcher man also
das Neueste und Schönste, was auf
diesem Gebiete der Tag bringt, zu finden
sicher sein kann. Herr von Vincenti,
dem wir in seinen „Wiener Briefen",
welche die „Allgemeine Zeitung" seit
Jahren bringt, die inhaltvollen und
höchst interessanten Mittheilungen über
das Wiener Kunstleben und Kunstgewerbe verdanken, gibt einen ausführlichen Bericht über das Wahliß'sche
Porcellanhaus in der Kärnthnerstraße
und die kunstgewerblichen Prachtstücke
aller Art, welche dasselbe enthält. Auch
auf die keramische Malerei — Porcellan
wie Fayence — hat Wahliß ermuthi-
genden Einfluß ausgeübt. Bisher waren
die Engländer und Franzosen diejenigen,
denen das Primat auf diesem Felde eingeräumt werden mußte. Anker und
Ramier führten für den Pariser Fayen-
cier Deck, Coleman für den Engländer
Minton Prachtstücke und Schmuck-
schüsseln aus, letztere oft nur zu bezahlen,
wenn sie mit Gold gefüllt waren.
Deutschland und Oesterreich leisteten bis
dahin auf diesem Gebiete kaum Nennens-
werthes. Wahliß hat nun auch darin
eine förmliche Umwälzung hervorgebracht.
In seiner Niederlage sieht man die so
beliebten böhmischen Elfenbein-Fayencen,
jene von Cilli und Olomutschan, die
Durer und Tepliter Majoliken, zu denen

er selbst die Modelle geliefert, und eine
Gruppe: „Krieg und Frieden", die kein
Geringerer als Tilgner [Bd. XLV,
S. 152] modellirt hat; ferner die so styl-
voll behandelten Crèmefayencen und
Goldbrocatgefäße aus der Fünfkirchner
Fabrik Zsolnay. Durch Wahliß ist die
gebrannte Thonmasse — Fayence —
wieder zu Ehren gebracht worden. Die
Glasur deckt die gemeine Herkunft des
Kernes, der viel knetsamer ist für decorative Zwecke als die spröde Kaolinmasse,
welche den Kern des chinesischen Por-
cellans bildet. Endlich hat Wahliß
auch im Gebiete der Porcellanmalerei,
welche, seit die berühmte Wiener kaiserliche Porcellanfabrik aufgelassen — was
nebenbei bemerkt eine Schmach für
Oesterreich, das ein großartiges Institut
eingehen ließ, während Frankreich, das
sparsame Sachsen und das noch spar-
samere Preußen die ihrigen aufrecht erhalten — im völligen Niedergange begriffen war, in fördernder Weise gewirkt.
Er hat Platten und Prachtgefäße mit
Copien nach Gemälden aus dem Belvedere hergestellt, in welchen die technischen und malerischen Bedingungen in
harmonische Eintracht gebracht, nichts
zu wünschen übrig lassen. Wahliß
dürfte im Industriezweige der Keramik
gegenwärtig im Kaiserstaate wohl die erste
Stelle einnehmen.

Allgemeine Zeitung (Augsburg, 4°)
28. September 1880, Beilage Nr. 271:
„Wiener Briefe" CXXIV. Von v. B

Wahliß, siehe auch: **Ballis** und
Ballisch.

Wahlmann, Eleonore (dramatische
Künstlerin, geb. in Klagenfurt am
11. April 1843). Ein Theaterkind. Der
Vater, ein Wiener, und die Mutter, eine
Hamburgerin, Beide Schauspieler, stan-

den 1843 an der Bühne zu Klagenfurt in Engagement. Eleonore lernte also frühzeitig das Theater kennen, auf welchem sie auch als kleines Mädchen Kinderrollen spielte. Jedoch sorgten die Eltern für eine gute Erziehung, welche ihr zu Wien in einem trefflichen Mädchen-Erziehungsinstitute zutheil wurde. Dann kehrte sie zu ihren Eltern zurück und erhielt bald darauf das erste Engagement — 15 Jahre alt — am Königgrätzer Theater, auf welchem sie als Stubenmädchen in Bauernfeld's „Bekenntnisse" debutirte. Von Königgrätz folgte sie einem Rufe an die Linzer Bühne, welche unter Kreibig's Direction stand, und deren beliebtestes Mitglied sie bald wurde. Da faßte sie den verhängnißvollen Entschluß, sich zu vermälen. Geblendet von der äußeren Erscheinung eines Mannes — es war der Gymnasiker Meergarté — achtete sie weder der Bitten und Wünsche ihrer Eltern, noch der Warnungen des Directors, noch auch der sie fesselnden contractlichen Verbindungen. Eine schöne Zukunft in die Schanze schlagend — war ihr doch bereits ein Probespiel am Wiener Hofburgtheater angeboten worden — folgte sie dem Manne ihrer Wahl. An der Seite dieses fahrenden Circuskünstlers, der heute da, morgen dort seine Künste zeigte, begann für die kaum siebzehnjährige Frau jenes Wanderleben, welches bald alle Illusionen schwinden machte, mit welchen sie umgaukelt worden, ehe sie die verhängnißvolle Ehe schloß. Aber — wenn auch von der Ausübung ausgeschlossen, fühlte sie sich bald abgestoßen von diesem Treiben. Nach dreijährigem Wanderleben kam sie mit ihrem Gatten nach Amsterdam. Daselbst wurde sie zufällig mit dem Director der deutschen Bühne bekannt, und als plötzlich die

erste Liebhaberin erkrankte, wandte sich dieser an die junge Frau mit den Worten: „Helfen Sie mir aus". Und da hielt sie es auch nicht länger aus, von den Brettern fern zu bleiben, und betrat nach langen drei Jahren dieselben wieder zum ersten Male. Nun aber war auch der Bann gebrochen, sie stellte dem Einspruche ihres Gatten entschiedenen Widerstand entgegen, und unter dem Einflusse Devrient's, der gerade in Amsterdam gastirte, kehrte sie bleibend zur Bühne zurück. Von Amsterdam ging sie nach Graz, wo Kreibig zu jener Zeit die Bühne leitete. Derselbe hatte ihr in Linz, als sie, auf alle seine Vorstellungen nicht hören wollend, ihn verließ, zugerufen: „Sie kehren dennoch wieder!" Und in der That, sie war wiedergekehrt. Sie spielte nun auf der Grazer Bühne Heldinen, und mit jeder neuen Rolle errang sie neue Erfolge. Als sie in einer solchen Vorstellung der alte Marr sah, erkannte er bald das schöne Talent, das ihm aber hier nicht am rechten Platze zu sein schien. „Sie spielen zu viel hier, um noch mehr lernen zu können; ich will für Sie sorgen". Bald darauf erhielt sie einen Ruf von Hamburg zu einem Gastspiele daselbst und während desselben einen Engagementsantrag von der Stuttgarter Hofbühne, welchem die Künstlerin auch folgte. Und seitdem ist sie Mitglied dieser Bühne für das Fach der tragischen Heldinen. Ihre Verbindung mit dem ersten Gatten hatte der Tod gelöst; in Stuttgart ehelichte sie den Schauspieler Willführ und führt nun den Doppelnamen Wahlmann-Willführ. Schon in Graz war sie von dem Rollenfache der ersten Liebhaberinen zu dem der Tragödin übergegangen, und ihr Repertoire umfaßt alle Rollen, welche zwischen der Grillparzer'schen „Medea" und der

Schiller'schen „Maria Stuart" liegen. Aber neben diesen tragischen Rollen hohen Styls leistet sie auch im höheren Lustspiel Ausgezeichnetes. Ihre Auffassung und Darstellungsweise sind tief empfunden, stets dramatisch wirksam, eben so edel als wahr, dazu kommt ihr eine vornehme äußere Erscheinung zu Statten, denn sie ist eine hohe majestätische Gestalt mit flammend dunklen Augen und edlen Gesichtszügen, deren beredte Mimik den Eindruck ihres Spiels noch erhöht.

Künstler-Album. Eine Sammlung von Porträts im Stahlstich mit biographischem Text (Leipzig 1873, Dürr, 4°.). Zwölfte Lieferung, S. 7. — Wiener Theater-Chronik, 20. August 1867, Nr. 47; 1. Februar 1868, Nr. 7; „Eleonore Wahlmann". — Allgemeine Zeitung (Augsburg, 4°.) 23. Februar 1873, außerordentliche Beilage zu Nr. 36; „Eleonore Wahlmann". — Perel's deutsche Schaubühne (8°.) 1867, S. 86; „Eleonore Wahlmann". Von Sacher-Masoch. — Allgemeine Familien-Zeitung, 1872, S. 986.

Porträts. 1) Unterschrift: Facsimile des Namenszuges: „Eleonore Wahlmann". Nach einer Photographie Stich und Druck von Weger (Leipzig, 4°.). — 2) Unterschrift: „Eleonore Wahlmann, königl. württembergische Hofschauspielerin". Nach einer Photographie gezeichnet von C. Kolb.

Wahr, Karl (Schauspieler, geb. zu Petersburg — hie und da zu Federsburg entstellt — 1743, Todesjahr unbekannt). Neunzehn Jahre alt, betrat er 1764 zum ersten Male die Bühne, und zwar in der Truppe Bernardon's [Bd. I, S. 324], die in Bayern, Salzburg, Schwaben, am Rhein und zu Frankfurt a. M. spielte, und mit welcher er auch nach Prag kam. Wahr's Wirksamkeit als Schauspieler war in kurzer Zeit so bedeutend, daß er von der Wiener Theaterunternehmung des Grafen Kohary einen Antrag erhielt, welchen er auch annahm; am 22. September 1770 debutirte er in der Rolle Medons. Aber dort stellten sich bald die Verhältnisse so wenig günstig, daß er den Beschluß faßte, eine eigene Theaterunternehmung zu begründen, und so übernahm er 1771 die Leitung der Bühne in Wiener-Neustadt. Damals bestand noch der Kampf zwischen dem kunstgeformten Theaterstück und der Stegreifkomödie. Hanswurst wollte sein Terrain behaupten und ließ sich nicht mir nichts dir nichts von den Brettern verbannen, umsoweniger, als der Janhagel der Theaterbesucher, der in solchen Dingen leicht den Ausschlag gibt, ihm seine volle Unterstützung angedeihen ließ. Aber Wahr ließ sich nicht beirren, er pflanzte in Wiener-Neustadt das Banner der kunstgerechten Komödie auf und gab seiner an extemporirte Stücke gewöhnten Truppe nichts Anderes zu spielen als regelmäßige Bühnenwerke. In Folge seiner Wirksamkeit in Wiener-Neustadt wurde er an das berühmte Hof- und Haustheater des pracht- und kunstliebenden Fürsten Eszterházy berufen, wohin er sich im Sommer 1774 begab. Die Wintermonate über spielte er mit seiner Truppe in Preßburg, anfangs auf dem Platze in einem finstern, nichts weniger als für Bühnenspiele geeigneten Hause, später, 1777, in dem steinernen Theater, welches Georg Graf Csáky vor dem Fischerthore hatte erbauen lassen. Seine Bühnenleitung fand allgemein, selbst im Auslande, Anerkennung. Die Theater in Eszterház und Preßburg lockten die Blicke aller Bühnenfreunde auf sich. Dazu befand sich als Capellmeister am Dirigentenpulte der Eszterházy'schen Bühne kein Geringerer als Joseph Haydn, mit dem er in reger und freundschaftlicher Verbindung auch dann blieb, nachdem er bleibend von Eszterház und Preßburg Abschied genommen. Für die Wintersaison 1775/76 begab er sich nach Salzburg, wo er vom Erzbischof Hieronymus Fürsten Colloredo im Ballhause eine gut eingerichtete Bühne erhielt, auf welcher er mit seiner Truppe in erfolgreichster Weise wirkte. Ein eigenes „Theaterwochenblatt" besprach ausschließlich die Vorstellungen der Wahr'schen Truppe. Der Director selbst wurde als großer Künstler gefeiert, natürlich fehlte es, wie dies ja in Theatersachen so oft vorkommt, nicht an Ueberschwenglichkeiten fast komischer Art. Aber Thatsache ist es, Wahr's Bestrebungen fanden in Deutschland gerechte Würdigung, und die „Berliner Theater- und Literaturzeitung" vom Juni 1779, welche ein Verzeichniß einiger im Oesterreichischen lebenden Schauspieler mittheilt, bezeichnet ihn als „den ersten und einzigen Provinztheaterdirector der österreichischen Erblande, der nie eine Burleske gegeben". Was aber sein Darstellungstalent betrifft, so nennt der Gothaer „Theaterkalender" für 1780 ihn neben Schröder, Borchers, Böck, Wäser unter den besten Hamletdarstellern Deutschlands. Als Wahr im Frühjahre 1779 seine Salzburger Saison schloß, wurde hervorgehoben, daß seine Truppe in den vier Jahren ihres Bestandes 200 gute Stücke einstudirt habe. Von Salzburg ging er nun mit seiner Gesellschaft wieder nach Preßburg und von dort nach Ofen, und rühmend bemerkt der „Gothaer Theaterkalender" von 1779, Wahr habe das deutsche Schauspiel in Gegenden gebracht, wo man es vorher nicht kannte. 1779 spielte derselbe bereits in Prag. Am 5. Juni dieses Jahres gab er eine Vorstellung, deren ganze Ein-

nahme er ohne den geringsten Abzug an die Vorsteher des neu errichteten Waisenhauses schickte. Wie ernst er seine Aufgabe nahm, ersehen wir daraus, daß er schon zu jener Zeit, 1779—1782, Werke Lessing's und Goethe's, wie: „Minna von Barnhelm", „Emilie Galotti", „Clavigo", und zeitgenössische Shakespeare - Bearbeitungen auf die Bühne brachte. Aber 1782 erfuhren die Verhältnisse der Wahr'schen Truppe, welche im Kotzen- oder „Nationaltheater" spielte, eine bedeutende Umwälzung. Franz Anton Graf Nostiz-Rhieneck [Bd. XX, S. 397] übernahm das durch den Tod des bisherigen Impresario Bustelli in das freie Eigenthum der Altstädter Stadtgemeinde zurückgelangte Theater. D. Teuber gibt in dem in den Quellen erwähnten Werke eine ausführliche Darstellung der damaligen Theaterverhältnisse. Wahr spielte nunmehr im alten Kotzentheater weiter, bis das neue Theater, welches Graf Nostiz auf dem Karolinenplatze zu bauen begonnen, fertig war. Auf dieser Bühne, deren Eröffnung am 21. April 1783 stattfand, wurde nun unter dem Directionsausschusse Wahr, Bergopzoom, Hempel und Räber fortgespielt, bis mit einem Male ein Zwischenfall eintrat, der die Auflösung der Gesellschaft zur Folge hatte. Kaiser Joseph befand sich im September 1783 anläßlich der Manoeuvres in Prag. Daselbst spielte im Kleinseitener Theater die Bondini'sche Truppe, im Nationaltheater aber gab Wahr mit der seinigen Vorstellungen. Der Umstand, daß der Kaiser das Kleinseitener Theater regelmäßig besuchte und die Leistungen der Bondini'schen Truppe lobend anerkannte, während er im Nationaltheater nur ein einziges Mal erschien und schon nach einer halben

Stunde wieder aus dem Hause verschwand, verstimmte den Grafen derart, daß er beschloß, mit Beginn der Fasten 1784 die Wahr'sche Gesellschaft aufzulösen. Unser Schauspieldirector privatisirte nun abwechselnd in Prag und in Elbogen. Da mit einem Male berief ihn Graf Nostiz, der ihn 1784 nicht eben so gnädig entlassen hatte, 1787 wieder zur Uebernahme des Theaters, worauf am 1. April 1788 der Vertrag zwischen Wahr und dem Grafen ordnungsmäßig zu Stande kam. Ersterer machte dem Publicum die Uebernahme der Direction in einer eigenen Denkschrift bekannt, in welcher er die Ansichten darlegte, von denen er ausgegangen war, als er sich nach längerem Ueberlegen dazu entschlossen hatte. Wir verweisen dieserhalb wieder auf Teuber's mehrerwähntes Buch. Aber die Kriegsereignisse an der türkischen Grenze, die welterschütternden Nachrichten aus Frankreich, dann 1790 der Tod der Erzherzogin Elisabeth und Kaiser Josephs, infolge dessen bei der Landestrauer das Theater für längere Zeit geschlossen wurde, waren von sehr nachtheiligen Folgen für dasselbe, und nach mancherlei Wechselfällen kam im August 1790 die Leitung an den Opernimpresario Guardasoni. Nach dem 21. April 1794 erfolgten Tode des Grafen Franz Anton Nostiz ging das Theater an dessen Sohn Grafen Friedrich über, dem es endlich gelang, das Eigenthumsrecht desselben an die böhmischen Stände zu übertragen, welcher Wechsel am 9. April 1798 stattfand. Wahr wirkte nun als Regisseur und spielte das Helden- und Charakterfach. 1799 finden wir ihn nicht mehr unter dem Personale, und er entschwindet ganz unseren Blicken. Auch als dramatischer Autor hat er gewirkt, und sind von seinen

Bühnenschriften bekannter geworden die Lustspiele „Ueberreilung als Pflicht" und „Die Freunde". Als Schauspieler, wenn er auch in der ersten Zeit seines Auftretens als solcher hie und da auf Widerstand stieß, war er im Ganzen vorzüglich. Mit vortheilhafter äußerer Erscheinung verband er ein ausdrucksvolles edles Spiel, eine sorgfältige Mimik, eine richtige Declamation und das Vermögen, die Charaktere im Sinne der Dichtung zu schaffen. Er mochte welch immer eine Rolle spielen, er drückte ihr den Stempel der Wahrheit auf. Sein Hauptverdienst aber ist es, daß er durch seine Wandertruppe, welche er nur gute Stücke darstellen ließ, in den Provinzen Oesterreichs den Sinn für edleren Geschmack in Bühnenleistungen weckte und so mitwirkte, den Hanswurst wenn nicht ganz von der deutschen Bühne zu verbannen, so doch dessen Einfluß auf ein geringstes Maaß einzuschränken.

Chronologie des deutschen Theaters (Leipzig 1775, 8°.) S. 240, 301, 313 und 349. — Gallerie von teutschen Schauspielern und Schauspielerinnen der älteren und neueren Zeit (Wien 1783, 8°.) S. 252. — (De Luca). Das gelehrte Oesterreich. Ein Versuch (Wien 1778, von Trattner, 8°.) I. Bandes 2. Stück S. 391. — Teuber (Oskar). Geschichte des Prager Theaters (Prag 1883, gr. 8°.) I. Theil S. 358 u. f.; II. Theil in den Capiteln II, III, VII und XI.

Porträt. Unterschrift: „Karl Wahr". Cu. Mared sc. Kupferstich, 8°.

Wahrlich auch **Barlich von Bubna**, siehe: **Barleich von Bubna** [Bd. XLIX, S. 280].

Wahrmann, Jehuda (jüdischer Gelehrter, geb. zu Pesth 1793, gest. daselbst am 15. November 1868). Ein Sohn des Rabbiners Israel Wahrmann (gest. 1827), über welchen die folgende Skizze handelt, besuchte er das Gymnasium in Pesth und hörte unter Schebius [Bd. XXIX, S. 149] die philosophischen Studien. Mit besonderer Vorliebe pflegte er die hebräische Sprache, in deren wissenschaftliche Durchforschung er sich ganz vertiefte. In den Zwanziger-Jahren begab er sich nach Prag, dem damaligen Hauptsitze jüdischer Bildung in Oesterreich, und dort erschienen auch seine ersten exegetischen Versuche in den Jahr-büchern „Bikure-ha-Ittim". Nach Pesth zurückgekehrt, setzte er daselbst seine Stu-bien fort, und damals erschien sein erstes selbständiges Werk: מַעֲרֶכֶת הַהֲלָקָקִים oder System der Tropen. Als Beitrag zum ästhe-tischen Verständnisse der hebräischen Sprache in drei Abschnitten: 1. Ueber Entstehung und Bildung der Tropen; 2. Ueber die Tropen in der Poesie; 3. Ueber die Tropen in der Prosa" (Ofen 1836, 8⁰.), dasselbe enthält werth-volle rhetorische, poetische und hermeneu-tische Untersuchungen und Abhandlungen über biblische und talmudische Themata. Nachdem er sich 1833 mit Seraphine Schlußker aus einer Jaroslauer jüdi-schen Familie vermält hatte, lebte er bis 1840 im Hause seiner Schwiegereltern. Ein ihm angetragenes Kreisrabbinat lehnte er entschieden ab. Die Verhält-nisse in politischer wie in socialer Bezie-hung, in welchen zu jener Zeit die gali-zischen Juden lebten, sagten ihm und seiner Gattin nicht zu und wurden zuletzt so unerträglich, daß die Eheleute be-schlossen, nach Ungarn zu übersiedeln. In Miskolcz associirte sich Wahrmann mit einem verwandten Kaufmanne, der den Tuchhandel betrieb; da aber dieses Geschäft nicht nach Wunsch ging, zog er 1842 nach Pesth und befaßte sich daselbst mit der Oelraffinerie, aber auch da ging es wenig besser. Die energische Gattin raffte nun die Trümmer ihres Vermögens

zusammen und flüchtete damit nach Ofen, wo das Leben billiger war. Dort über-nahm Wahrmann die Leitung der israelitischen Schule und entwickelte die ersprießlichste Thätigkeit. Das Jahr 1848 lockte ihn wieder nach Pesth, aber unter den Stürmen der Revolution verlor er den Rest seines Vermögens. Nun bewarb er sich in seiner Vater-gemeinde um eine Dajansstelle, welche er auch erhielt und bis an seinen Tod be-kleidete. Während seiner Amtirung als Dajan versah er auch einige Jahre die Stelle des Religionslehrers am Gymna-sium. Als er die Mangelhaftigkeit und Unbrauchbarkeit der vorhandenen israeli-tischen Religionsbücher erkannte, bear-beitete er eine „Mosaische Religionslehre. Zum Gebrauche für höhere Schulen" (Pesth 1861, Kilian, VI und 483 S., 8⁰.), welchem Werke im nächsten Jahre das Buch דַּת יְהוּדָה (Dath Jehuda). Mo-saische Religionslehre im Auszuge" (Pesth 1862, Kilian, VI und 183 S., gr. 8⁰.) folgte. Fachmänner zählen dieses Werk in Hinsicht der Vollständigkeit, der wissen-schaftlichen Haltung und des dasselbe durchbringenden religiös-philosophischen Geistes zu den besten Erscheinungen auf diesem Gebiete der jüdischen Literatur. Ein anderes umfangreicheres Werk, eine erweiterte Umarbeitung des oberwähnten „Systems der Tropen" in deutscher Sprache, in welchem er sämmtliche rheto-rische und poetische Figuren und Tropen, die in der Bibel vorkommen, theoretisch behandelt, durch Beispiele erläutert, und welches einen Schatz exegetischer und ästhetischer Bemerkungen, sowie neue Erklärungen dunkler Bibelstellen ent-hält, hat er in Handschrift hinterlassen. Viele hebräische und deutsche Aufsätze exegetischen und religiös-philosophischen Inhalts veröffentlichte er in verschiedenen israelitischen Jahrbüchern und wissenschaftlichen Zeitschriften. Nach zweimonatlicher schmerzvoller Krankheit entschlief er mit Bibelversen auf den Lippen im Alter von 75 Jahren. Als Mensch ein Weiser, anspruchslos und bescheiden, als Hebraist wenige seines Gleichen zählend, als Religionsphilosoph der Maimonides-Mendelssohn'schen Schule angehörend, die weder starrer Negation, noch blindem Glauben oder gar modernem Pietismus das Wort gibt, suchte er Glauben und Wissen in seliger Harmonie zu vereinigen und war als Schriftsteller im Ganzen nicht eben sehr fruchtbar, aber gediegen.

Neuzeit (israelitische Zeitschrift, 4°.) 1868, Nachruf von Aler. Hochmuth.

Wahrmann, Israel (Oberrabbiner in Pesth, geb. zu Altofen 1755, gest. in Pesth 24. Juni 1826). Ein Sohn wohlbestellter Eltern, erhielt er im Hause eine gute Erziehung, kam dann, 13 Jahre alt, unter Leitung des gelehrten Rabbiners zu Eisenstadt Lasar Kaller, hörte 1769 zu Preßburg die Vorträge des scharfsinnigen Rabbi Mair Barbe, setzte nach einigen Jahren zu Prag unter Sorach Eidlitz das talmudische Studium fort und machte sich zum ersten Male mit der neuhebräischen Literatur vertraut, indem er die Vorlesungen des in diesem Fache berühmten Abigdor Gloge besuchte. Nach vierjährigem Aufenthalt in Prag kehrte er 1781 heim, verheiratete sich mit der Tochter eines reichen Zempliner Kaufmannes und widmete sich auf Wunsch seines Schwiegervaters den Vorbereitungen für ein Rabbinat, zu welchem Ende er ein volles Jahr unter Leitung des nachmaligen Rabbiners zu Posen Rabbi S. Piervorsky sich in Entscheidung religiöser

Fragen übte. Nach erlangter Approbation wurde er zunächst Rabbiner der kleinen Gemeinde Keresztur, 1796 aber kam er nach Pesth, wo sich ihm schon ein ungleich weiterer Gesichtskreis eröffnete. Sein Hauptaugenmerk richtete er nun auf die Schule, worüber er sich mit dem Consistorialsecretär zu Cassel David Frankel berieth. Er that Alles, um die Gemeinde für die Interessen einer öffentlichen Schule anzueifern, deren Errichtung er nach dem Muster von Amsterdam plante. Allmälig gelang es ihm, die bigotten Widersacher mit der Idee einer Schule zu versöhnen, und am 8. September 1814 sah er durch Eröffnung einer solchen in seiner Anwesenheit das Ziel seiner Wünsche gekrönt. Nun überwachte er sorgfältig selbst den Unterricht und eiferte durch Austheilung von Silbermünzen die Schüler zu fleißigem Besuche an. Dann erwirkte er 1825 ein Hofkanzleidecret, welchem zufolge der Religionsunterricht für die israelitischen Gymnasialschüler Ungarns obligat wurde. Nun war dieser Sieg ein um so größerer, als der Provincial des Piaristencollegiums und die Statthalterei selbst, in einer solchen Anordnung eine Schädigung des Ansehens der christlichen Religion besorgend, dagegen waren. Auch veranlaßte man auf Wahrmann's Ansuchen die jüdischen Studirenden sämmtlicher Facultäten, jeden Sabbat den Tempel zu besuchen, wo ihnen um 11 Uhr Vormittags in Gegenwart des Rabbi ein besonderer Gottesdienst gehalten wurde. Ein Zeugniß für den humanen Sinn unseres Rabbiners finden wir in dem von ihm angeregten und gegründeten „Unterstützungsverein für die verschämten jüdischen Armen der Stadt", welcher segensvoll zur Stunde noch besteht. Nachdem Wahrmann 28 Jahre

als Oberrabbiner einer großen Gemeinde
unermüdlich gewirkt hatte, segnete er im
Alter von 71 Jahren das Zeitliche.
Wenngleich streng orthodox, ehrte er
doch das Wissen und sah Religion gern
mit demselben verbunden. Ihn überlebten fünf Söhne und vier Töchter.
Von Ersteren ist David Joseph Ober-
rabbi in Großwardein, Jehuda, dessen
Lebensskizze S. 144 mitgetheilt wurde,
israelitischer Lehrer, Abraham Salamon Obercantor in Altofen, Ezechiel
und Maier Wolf sind Kaufleute, Letzterer k. k. privil. Großhändler, Beirath
des Pesther israelitischen Gemeindevor-
standes und Mitglied der Schulinspection
daselbst.

Beth-El. Ehrentempel verdienter ungarischer
Israeliten. Von Jan. Reich (Pesth 1859,
Alois Bucsánszky, 4°.) Zweites Heft, S. 39.

Noch sind erwähnenswerth: 1. **Moriz Wah r-
mann**, Pesther Großhändler und Abgeordneter, wohl zur Familie Jehudas und
Israels gehörend, vielleicht ein Sohn des
Pesther Banquiers **Maier Wolf Wahrmann**. Er spielt in den Finanz und Ab-
geordnetenkreisen der ungarischen Hauptstadt
eine bedeutende Rolle. Schon im Jahre 1872,
als man in Transleithanien einen neuen
Handelsminister suchte, wurde er unter
den Candidaten genannt. In der Pesther
Leopoldstadt zum Deputirten des Parlaments
gewählt, war er ein Anhänger Lonyay's
[Bd. XVI, S. 26] und erwies seinem
Freunde, als derselbe Finanzminister und
später Ministerpräsident geworden, manchen
guten Dienst. Als dann bei Eintritt der
großen Geldkrise in Pesth viele Finanzleute
fielen und auch das Haus Wahrmann bedenklich schwankte, griff Lonyay dem
bedrängten Banquier unter die Arme, und
so hatte denn Einer dem Anderen geholfen.
Minister ist nun Wahrmann, wie erwartet
wurde, nicht geworden, aber er ist doch Abgeordneter und war es schon im Jahre 1869,
wo er noch im Feuilleton der „Triester Zeitung" als der einzige Jude des Parlaments bezeichnet ward, in welches er nur
durch seine Fähigkeiten gelangte. Ueberdies

sind die Pesther Juden eine politische Macht,
mit welcher gerechnet werden muß, denn so
gingen drei Minister — Tóth, Bittó und
Lonyay — aus den Wahlen 1872 nur
durch den Einfluß der Juden hervor. Moriz
Wahrmann ist es auch, der seine Parla-
mentscollegen, wenn sie durch die ellenlangen
Reden einzelner Abgeordneter bis zur Erschöpfung ermüdet werden, durch seinen Geist
aus ihrer Erschlaffung reißt und zur Ausübung ihrer parlamentarischen Pflichten wieder
fähig macht. Bemerkenswerth erscheint noch
Moriz Wahrmann's Stellung zur Bank-
frage, welche, wie ja bekannt, immer auf
dem Programm der Heißsporne des Pesther
Reichstages sich befindet. Als diese Frage im
Mai 1877 wieder im Parlamente verhandelt
wurde, war es Wahrmann, der ein
weiteres Vorgreifen in derselben — eine
selbständige ungarische Bank — entschieden
abrieth und einfach bemerkte: „jetzt sei es
genug, daß das Recht Ungarns auf eine
selbständige Bank aufrecht erhalten werde".
— 2. Ein Justus Wahrmann erscheint
unter den Journalisten des denkwürdigen
Jahres 1848, und zwar als Gründer eines
besonderen Journals mit dem für die damaligen Tage so eigenthümlichen Titel „Der
Patriot", welches, bei Franz Edlen von
Schmidt gedruckt, am 13. September in
einem halben Bogen kl. 8°. (der Patriotismus
war damals noch sehr mager) in Commission
bei Singer und Göhring, Wien, Woll-
zeile Nr. 839 erschien und auch schon mit
dieser ersten Nummer das Leben aushauchte!

Waideck, Leopoldine Freiin von (geb.
in Krems am 29. November 1842).
Ihr Vater, Namens Hoffmann,
war ein geachteter Magistratsbeamter
zu Krems in Niederösterreich. Mit einem
nicht gewöhnlichen musicalischen Talente begabt, wurde sie in der Musik und
später im Gesange unterrichtet, indem sie
den Entschluß gefaßt hatte, sich der
Bühne zu widmen. Den letzten Schliff
ihrer künstlerischen Ausbildung erhielt sie
in der Wiener Opernschule, aus welcher
sie sofort als erste Sängerin an das stän-
dische Theater in Graz kam. Daselbst
wohnte ihr gegenüber im Jahre 1864

Erzherzog Heinrich (geb. 9. Mai 1828), jüngster Sohn des Erzherzogs und ehemaligen Vicekönigs des lombardisch-venetianischen Königreiches Rainer (geb. 30. September 1783, gest. 16. Jänner 1853) aus dessen Ehe mit Maria Elisabeth Prinzessin von Savoyen-Carignan (geb. 13. April 1800, gest. 25. December 1856), einer Schwester Karl Alberts, Königs von Sardinien. Erzherzog Heinrich, zu jener Zeit Inhaber des Infanterie-Regiments Nr. 62, war als Generalmajor und Brigabier zu Gratz stationirt. Bald fühlte sich der 36jährige Prinz zu der 22jährigen Sängerin, deren liebliches Gebaren er, von ihr ungesehen, oft genug zu beobachten Gelegenheit fand, hingezogen, und je mehr er sie kennen lernte, verband sich in ihm mit dem Gefühle der Liebe jenes der Hochachtung, und so erwuchs denn die starke und ehrliche Liebe eines Mannes, der an dem Mädchen seiner Wahl nicht nach Rang und Stand sucht und sobald er es seiner würdig befunden, auch entschlossen ist, ihm zum Bunde fürs Leben die Hand zu reichen. Aber einer solchen Vereinigung stellten sich die Hausgesetze des erlauchten Geschlechtes entgegen, welchem der Erzherzog durch Geburt angehört. So hatte die Sängerin, welche den Prinzen ebenso schwärmerisch liebte, wie er sie, keinen geringen Kampf zu bestehen, als heimliche und offene Angriffe und Einflüsterungen den Himmel ihres zärtlichen Einverständnisses trübten, oft völlig zu verdunkeln drohten. Da kam das Jahr 1866, und Erzherzog Heinrich folgte dem Rufe der Ehre auf die Schlachtfelder Italiens. Es war nur eine räumliche Trennung, welche die Liebenden zeitweilig schied, die Herzen, welche in Liebe sich gefunden, knüpfte die Entfernung nur noch enger. Indessen war in den betheiligten Kreisen dieses Verhältniß nicht Geheimniß geblieben, und man ließ nichts unversucht, das Paar zu trennen. Fürstliche Anbote, der Künstlerin gestellt, scheiterten an deren offenem Freimuthe. „Ich liebe den Prinzen, nicht seines Standes und Ranges wegen, ich liebe ihn als Mann. Ich hoffe nichts, ich will nichts, als ihn immer lieben dürfen, ich trage keinen versteckten Ehrgeiz in meiner Brust, aber ich werde, wenn meines geliebten Heinrich Stimme mich auffordert, sein Weib zu werden, hochbeglückt dieser Stimme folgen. Nun wissen Sie Alles". Das waren die Worte, welche sie dem hochgestellten Cavalier entgegnete, der mit der Mission betraut, die Sängerin zum Rücktritte zu bewegen, seinen Auftrag ins Werk zu setzen begann. Nach dem Feldzuge kehrte der Prinz nach Gratz zurück, und nun erfuhr er aus des geliebten Mädchens Munde Alles, was sich in der Zwischenzeit begeben hatte. Aber nicht lange sollte der Erzherzog sich des neuen Sonnenscheins seiner Liebe erfreuen. Er wurde plötzlich von Gratz nach Brünn versetzt. Doch auch diese Trennung vermochte nichts in seinen Gefühlen zu ändern. Als er, dem höheren Befehle gehorchend, Abschied von ihr nahm, nannte er sie seine Braut und richtete an sie die Bitte, die Bühne zu verlassen, da er sie als schlichtes bürgerliches Mädchen vom Elternhause weg zum Traualtare führen wolle. Die Sängerin willigte ungesäumt in das Begehren, noch in zwei neueinstudirten Rollen, als Fides in Meyerbeer's „Prophet" und in Gluck's „Orpheus" trat sie, den contractlichen Verpflichtungen genügend, auf, dann schied sie von der Bühne. Sie verließ nun Gratz und lebte im Hause ihres Schwagers,

des Doctors Oppenauer, in Hüttel-
dorf bei Wien, wo sie bis zur Entschei-
dung ihres Geschickes zu bleiben beschloß.
Im Jänner 1868 erhielt sie von ihrem
hohen Bräutigam, der seinen militärischen
Rang mittlerweile abgelegt und nach
Bozen sich zurückgezogen hatte, ein
Schreiben, in welchem er sie bat, sich zur
Abreise bereit zu halten und „fleißig am
Brautkleide zu nähen", das nach des
Prinzen Wunsch von schlichtem weißen
Mousselin sein sollte. Am 2. Februar
kam an sie ein neues Schreiben, mit der
Bitte, unverweilt nach Bozen abzureisen.
In einem anderen Schreiben an Frau
Doctor Oppenauer bat der Erzherzog
die Schwester seiner Braut in Ermang-
lung der Mutter um ihren Segen und
schloß mit der Versicherung, daß Leopoldine sein höchstes Glück ausmache,
daß er ihr unter allen Umständen des
Lebens ein Gatte in des Wortes bester
Bedeutung sein wolle. Am 4. Februar
1868 löste Erzherzog Heinrich sein
dem Bürgermädchen gegebenes Versprechen ein und führte Fräulein Hoffmann zum Altare. Die Trauung fand
in der Hauscapelle des erzherzoglichen
Palastes zu Bozen statt. Der Propst
vollzog sie in Gegenwart zweier Haus-
beamten. Einige Zeit verlebte der Erzherzog mit seiner Gattin in Luzern, dann
kehrte er nach Oesterreich zurück und
nahm seinen bleibenden Wohnsitz in
Bozen, wo das „Palais Rainer" bald
der schöngeistige Mittelpunkt des socialen
Lebens der Stadt, die von Seiner Majestät zur Freiin von Waideck erhobene
Gemalin des Erzherzogs aber die
Schützerin und Wohlthäterin der Armen
und Bedrängten des ganzen weiten Um-
kreises wurde. Diesem Ehebunde entsprang im Jahre 1872 ein Töchterlein,
bei welchem Erzherzogin Maria,

Schwester des Helden von Custozza, des
Erzherzogs Albrecht, Pathenstelle vertrat, und welches in der Taufe den
Namen Maria Raineria erhielt. Gegenwärtig bekleidet Erzherzog Heinrich
die Stelle eines k. k. Feldmarschall-Lieutenants und ist Inhaber des Infanterie-
Regiments Nr. 51.

Wiener Salonblatt. Herausgegeben von
M. Engel (Wien, gr. 4°.) VI. Jahrgang,
4. December 1875 Nr 49: „Maria Raineria
Baronesse Waideck".

Porträt. Lithographie von Ignaz Eigner
(Wien, 4°.). Ein Oelbild der jungen Baronesse hat der Wiener Dilettant Herr von
Morgan im Jahre 1875 gemalt, ein Künstler, von dem ein Werk, nämlich das Bildniß
des eigenen Sohnes, schon in der Kunsthalle der Wiener Weltausstellung 1873 zu
sehen war.

Waidele, Dominik (Arzt, geb. zu
Freiburg im Breisgau am 31. März
1771, gest. zu Olmütz am 6. April
1830). Schon als Knabe zeichnete er sich
durch vortreffliche Geistesanlagen besonders aus und wurde daher von seinem
Vater zur wissenschaftlichen Laufbahn
bestimmt. Nachdem er an der Lehranstalt
zu Freiburg die Gymnasial- und philosophischen Studien zurückgelegt hatte,
widmete er sich der Wundarzeneikunde
und trat 1789 als Feldarzt in das Regiment Thurn und Taxis, mit dem Vorsatze,
seine Ausbildung in Wien zu vollenden.
In der That erlangte er seine Aufnahme
in die k. k. Josephs-Akademie. Daselbst
mit bestem Erfolge verwendet, wurde er
zum Doctor der Chirurgie promovirt
und zum Prosector an dieser Anstalt ernannt. Hier bildete er sich, versehen mit
allen nöthigen Hilfsmitteln, zu einem
geschickten und überaus glücklichen Ope-
rateur. In der Folge wurde er in dem
k. k. Regimente Erzherzog Karl als Oberarzt angestellt. In Anbetracht seiner ei-

rigen und rühmlichen Dienste erhielt
Waidele 1802 die an dem k. k. Lyceum
zu Olmütz in Erledigung gekommene
Lehrkanzel der theoretisch-praktischen
Wundarzeneikunde nebst der Supplentur
der Geburtshilf- und Thierarzeneilehre,
welche Lehrfächer er mit Auszeichnung
bis 1812 docirte. Das denkwürdige
Jahr 1809 bot ihm Gelegenheit dar,
seine werkthätige Vaterlandsliebe zum
Wohle des Staates an den Tag zu legen.
Das nahe an Olmütz gelegene Haupt-
Feldspital hatte durch die Schlachten bei
Aspern und Wagram einen so bedeutenden Zuwachs von verwundeten Kriegern
erhalten, daß die Zahl derselben auf
4000 stieg, während der Mangel an
Aerzten, die der Typhus hinwegraffte,
immer empfindlicher wurde. In dieser
Gefahr übernahm Waidele neben seinen
Berufsgeschäften eine große Abtheilung
des Spitals und forderte zu ähnlichem
Entschlusse achtzehn seiner fähigen Schüler
auf, welche auch dem Beispiele ihres
Lehrers folgten. Auch 1814 und 1815
wirkte er, neben seiner Professur und
dem Rectorate des Olmützer Lyceums,
im Militär-Feldspitale mit vielem Eifer.
In beiden Fällen wurden dem Menschen-
freunde Beweise der Anerkennung. Waidele hielt in der Literatur seines Faches
stets mit dem Fortschreiten der medicinischen Wissenschaften gleichen Schritt und
war durch seine vieljährige Praxis ebenso
ein sehr geschickter und glücklicher Opera-
teur, als ein ausgezeichneter Theoretiker
und Lehrer. Ob seines humanen Sinnes
ward er durch das Vertrauen der Gesell-
schaftsglieder des Olmützer Witwen- und
Waisenversorgungsinstitutes zum Präses
des Ausschusses gewählt, und sein Wirken
für die Beförderung des guten Zweckes,
das sich jenes Institut zur Pflicht machte,
war von ebenso erprießlichen als wohl-

thätigen Folgen. Am Krankenbette nicht
blos der thätigste Arzt, sondern auch der
theilnehmendste Freund, hatte er namentlich in der Heilung chronischer
Uebel jeder Art Glück und verlegte sich
mit ausnehmendem Fleiße auch auf das
Studium der Geisteskrankheiten. Besonders glänzende Erfolge hatte er auf dem
Felde der operativen Chirurgie, und
vor Allem war es der Blasenschnitt,
in welchem seine sichere und geübte Hand
Ausgezeichnetes leistete; von 113 Fällen,
die er in Olmütz ausführte, nahmen
nur 5 (2 Kinder und 3 Greise) in Folge
der Entzündung, welche nach der Opera-
tion eintrat, einen unglücklichen Ausgang. Er hatte sich die Methode, die er
bei diesen Operationen befolgte, durch
eigene Forschungen gebildet. In einem
Stücke kam sie mit der Methode des
italienischen Arztes Pajola überein,
vermied jedoch die Nachtheile derselben.
Der Gelehrte wurde an der Ausführung
seiner Absicht, das von ihm befolgte
Verfahren in einer Schrift darzustellen,
durch seinen plötzlichen Tod verhindert;
jedoch befand sich unter seinen Schriften
eine kleine Skizze über den Steinschnitt,
welche zu einer Abhandlung über diese
wichtige Materie einige Winke gibt. Die
anhaltenden Anstrengungen in der Erfüllung seiner Berufspflichten hatten
ein Gichtleiden, welches er sich im Alter
von 46 Jahren auf einer Winterreise
zugezogen, so gesteigert, daß es eine
tödtlichen Ausgang nahm und ihn i
Alter von 59 Jahren dahinraffte. Ueb
seinen Sohn Ernst siehe die folgend
Biographie.

Innsbrucker medicinisch-chirurgisch
Zeitung. 1831, Nr. 36, S. 61. — Oesterreichs Pantheon. Galerie alles Guten
und Nützlichen im Vaterlande... [Wien
1831. M. Chr. Adolph, 8°.) Bd. III, S. 147.
— Neuer Nekrolog der Deutschen (Il-

menau, Voigt, 8°.) IX. Jahrgang (1831), I. Theil, S. 3, Nr. 4.

Waidele Ritter von Willingen, Ernst (Präsident des Prager Landesgerichtes und Reichstagsabgeordneter, geb. zu Olmütz 1806, gest. in Prag am 21. Juni 1870). Ein Sohn des Arztes und Professors Dominik Waidele, dessen Lebensskizze vorangegangen ist, trat er nach Abschluß der rechtswissenschaftlichen Studien, zum Doctor promovirt, 1829 beim Criminalgerichte zu Brünn in die Gerichtspraxis ein, kam dann als Conceptspracticant zur Hofkammerprocuratur in Wien und 1832 als Aushilfsreferent an die galizische Kammerprocuratur in Lemberg, wo er 1836 zum Fiscaladjuncten und 1844 zum Landrathe befördert ward. 1847 zum Appellationsrathe ernannt, ging er 1848 in gleicher Eigenschaft nach Wien, wo er 1850 Generalprocurator-Stellvertreter, vier Jahre später Oberlandesgerichtsrath wurde. Vor letzterer Ernennung war er besonders als Mitglied der k. k. Organisirungscommission thätig. 1854 zum Landesgerichtspräsidenten civilrechtlicher Abtheilung in Prag ernannt, segnete er nach sechzehnjährigem Wirken in dieser Stellung das Zeitliche. In den Rahmen dieser amtlichen Stellung fällt auch seine außeramtliche, als Mitglied des böhmischen Landtages und des Abgeordnetenhauses des österreichischen Reichsrathes. Als richterlicher Beamter besitzt Waidele um die Civiljustizpflege Oesterreichs hervorragende Verdienste. Auf seine Anregung wurde das Prager Landesgerichtsgebäude durch einen Anbau entsprechend erweitert. Auch war er in seinem Fache literarisch thätig, jedoch nur spärlich, denn sein Doppelberuf als Staatsbeamter und Abgeordneter nahm seine Zeit zu sehr in Anspruch. Als letzterer

stand er treu und unentwegt zu seiner Partei. Zuerst war er im Jahre 1861 auf Vorschlag des deutschen Wahlcomités im Landwahlbezirke Buchau zum Landtagsabgeordneten in Böhmen und im Landtage zum Mitgliede des Abgeordnetenhauses gewählt worden. 1866 legte er sein Mandat nieder, wurde aber später von der Gruppe des fideicommissarischen Großgrundbesitzes wieder in den Landtag und darauf in den Reichsrath gewählt. Seine Wirksamkeit in ersterer Körperschaft war eine ebenso reiche als fruchtbare, wir erinnern nur an seine treffliche Ausführung der Landtafelordnung, wie an sein entschiedenes freisinniges Eintreten in der Jagdgesetzdebatte. In den Verhandlungen über die Landtafelordnung, sowie über die Contributionsschüttböden trat er, ausgerüstet mit umfassenden juridischen und archivarischen Specialstudien, in scharfer und geistvoll schlagender Weise dem damaligen Statthalter Grafen Belcredi, der zu den Feudalen hielt, entgegen. Ohne Rücksicht auf Gunst und Ungunst, als Landtagsvertreter ein eifriger und warm fühlender Volksmann und ein echter Constitutioneller, stellte er sich den Feudalen im Landtage rücksichtslos gegenüber und trat, als die Sistirung der Verfassung geplant wurde, obwohl Beamter, in die entschiedenste Opposition. Ein redlicher, unerschütterlicher, durch Geist und Wissen hervorragender Genosse der deutschen Partei, führte er als schlagfertiger Redner in den parlamentarischen Verhandlungen für die Sache der Verfassung in erfolgreicher Weise das Wort. Wohl streuten die politischen Gegner, namentlich in den čechischen Kreisen, Verdächtigungen aller Art über ihn aus. Selbst die politische Caricatur wurde zu Hilfe ge-

nommen, und die manchmal in Rede und
Satire nicht eben feinen „Humoristické
listy" brachten im XI. Bande, 1869,
Nr. 40, das Spottbild: „Pan Waidele co poslanec fideikomisních
statků honí v reviru svého fidei-
komisního panství", deſſen unäftheti-
ſcher Witz jedoch nicht den Angegriffenen
traf, ſondern auf die Angreifer zurückfiel.
Und in der That, Waidele, der in auf-
tauchenden Intereſſenfragen immer als
Demokrat ſich erwieſen und auf Seite
des Volkes geſtanden, wurde von den
verfaſſungstreuen Ariſtokraten des Groß-
grundbeſitzes doch wieder als Vertreter
in den Landtag gewählt, ohne daß er
ſeine Geſinnung um ein Haarbreit geändert hatte. So ſtand er denn im
Reichsrathe als Charakter und Fachmann gleich geſchätzt, wie dies ja auch
ſeine Wahl in den Staatsgerichtshof beweist, aus dem er ſpäter als Reichs-
rathsabgeordneter ausſcheiden mußte,
ferner der Umſtand, daß er ſowohl vom
Herrenhauſe, als auch vom Abgeord-
netenhauſe für das Reichsgericht vorgeſchlagen wurde. Ueberdies machte er
ſich als Obmann des deutſchen Juriſten-
vereines um denſelben ebenſo durch ſeine
umſichtige Leitung, wie durch ſeine
thätige Mitwirkung an den Arbeiten des
Ausſchuſſes hochverdient. In der erſten
Zeit nach Abſchluß ſeiner Studien
hatte es faſt den Anſchein, als ob Waidele ſich der hiſtoriſchen Forſchung zuwenden wollte, wenigſtens ſprechen dafür
mehrere geſchichtliche Aufſätze größeren
Umfanges, welche in dem von Hormayr begründeten „Archiv für Geſchichte, Statiſtik" u. ſ. w. erſchienen
ſind, und zwar: „Karl VIII. von
Frankreich gegen Neapel", im Jahrgang
1827, Nr. 106—109; — „Altböhmen
nach Hayek und ſeinem Commentator

Dobner", ebb., Nr. 115—117; —
„Die erſten Zeiten der Ungarn nach
Prag", ebb., Nr. 118; — „Albrecht I.
und die Schweiz", 1828, Nr. 30. 34
bis 38. Doch die darauf beginnende
Criminalgerichtspraxis in Brünn ließ ihm
zu hiſtoriſchen Forſchungen ſpäter keine
Zeit mehr. In Würdigung der vielfachen
und vielſeitigen Verdienſte Waidele's
zeichnete Seine Majeſtät denſelben im
Jahre 1863 mit dem Ritterkreuze des
öſterreichiſchen Leopoldordens, 1869 mit
dem Comthurkreuze des Franz Joſeph-
Ordens aus. Den Statuten des Leopoldordens gemäß wurde er mit Diplom vom
7. Jänner 1866 in den erbländiſchen
Ritterſtand mit dem Prädicate von
Willingen erhoben. Aus ſeiner Ehe
mit Julie geborenen Köß ſtammen zwei
Töchter, Julie (geb. 11. Jänner 1830)
und Theodora (geb. 22. November
1851).

Tagesbote aus Böhmen (Prager polit.
Blatt) 1870, Nr. 172. — Deutſche Volks-
zeitung, 1870, Nr. 23. — Neue Freie
Preſſe, 1870, Nr. 2088.

Wappen. In Roth und Silber längs getheilter, von einem Sparren in gewechſelter
Tinctur durchzogener Schild, welcher auf
letzterem von einem Sterne durchbrochen iſt
und einen natürlichen auf einem aus dem
Fußrande hervorgehenden grünen Hügel rechtwärts ſtehenden Edelfalken einſchließt. Auf
dem Schilde ruht ein Turnierhelm, auf der
Krone desſelben ſteht der rechtwärts gekehrte
im Schreiten begriffene natürliche Edelfalke.
Die Helmdecken ſind roth mit Silber
unterlegt.

Schließlich ſei noch **Erwin** Waidele's gedacht. Ob derſelbe ein Bruder des Abgeordneten und Prager Landesgerichtspräſidenten
iſt, wiſſen wir nicht. Er war gegen Ende der
Dreißiger-Jahre Hörer der Medicin an der
Wiener Hochſchule und beſchäftigte ſich gemeinſchaftlich mit dem frühverſtorbenen Chemiker Friedrich Rochleder [Bd. XXVI,
S. 216] auch mit der Chemie. Mit dieſem

zugleich nahm er 1839 ein Patent auf die Beleuchtung mittels des sogenannten Lunar-Lichtes. Diese bestand darin: das zu anderen Verwendungen untaugliche Oel, oder ein Gemenge desselben mit Harzen oder dem Theeröle u. s. w. zu brennen und Sauerstoff in die Flammen zu blasen. [Erner (Wilhelm Franz Prof. Dr.). Beiträge zur Geschichte der Gewerbe und Erfindungen Oesterreichs von der Mitte des achtzehnten Jahrhunderts bis zur Gegenwart (Wien 1873, Braumüller, gr. 8°) S. 102. Erste Abtheilung: „Rohproducte und Industrie".]

Bailand, F. (Maler, Ort und Jahr seiner Geburt unbekannt), Zeitgenoß. Er lebte in den Fünfziger- und zu Anfang der Sechziger-Jahre als sehr gesuchter Miniaturmaler in Wien, und waren während dieser Zeit in den Monatsausstellungen des österreichischen Kunstvereines, wie in der Jahresausstellung der k. k. Akademie der bildenden Künste bei St. Anna in Wien im Jahre 1859 zu verschiedenen Malen seine Arbeiten zu sehen, so im österreichischen Kunstvereine im März 1855: das Miniaturbildniß einer Gräfin Festetics und im Mai jenes einer Baronin Kaiserstein, 1856 im Februar das Bildniß einer Baronin Podstazký, 1858 im Mai das Miniaturbild „Kinder mit Feifenbläsen" und noch andere Miniaturen im Jänner 1862 und im Jänner und Februar 1863. Bailand war sehr glücklich im Treffen der Aehnlichkeit und ein Rival Vetter's.

Eigene Vormerkungen. — Kataloge der Monatsausstellungen des österreichischen Kunstvereines 1855 März, Mai, 1856 Februar, 1857 Jänner, 1858 Mai, 1862 Jänner, 1863 Jänner, April.

Waißniz, die Familie. Ignaz Waißniz, der Vater (geb. in der Reichenau nächst Wien am 16. Juli 1789, gest. daselbst am 14. März 1858) und seine

beiden Söhne: **Michael** oder, wie dieser sich lieber nennen hörte, **Mischka** (gest. 21. September 1882), und **Alois.** Der Name Waißniz bleibt mit der Geschichte der seit Beginn des laufenden Jahrhunderts im stetigen Aufblühen begriffenen Sommerfrische Reichenau am Ausgange des sogenannten Höllenthales nächst Wien innig verknüpft. **Ignaz,** der Sohn eines Müllers, dessen Mühle im Thale Reichenau an der Schwarza stand, bekam den Schulunterricht, wie derselbe zu Anfang des Jahrhunderts dürftig genug auf dem Lande ertheilt wurde. Im Uebrigen half er bei der ländlichen Arbeit mit. Am 8. Februar 1810 führte er eine der schmucken Dirnen des Thales, die sogenannte „Pollroßtochter", zum Altar, welche ihm im Laufe der Jahre dreizehn Kinder gebar, von denen jedoch neun vor den Eltern starben. Seine Gattin Anna brachte ihm auch den Thalhof zur Mitgift, einen einfachen Bauernhof zu den Füßen der felsigen Abhänge des Saurüssels, und Frühtenberg vor der Schlucht, genannt die „Enge". Das Ehepaar wirthschaftete mit unermüdlicher Thätigkeit. Der berühmte Schwemmmeister Huebmer [Bd. IX, S. 387] hatte mit seinen Holzknechten Leben, der Alpenjäger Singer, welcher den Wald von Raubthieren säuberte, Sicherheit und Waißnir mit seinem schlichten Gasthause einigen Comfort ins Thal gebracht. Die Reichenau wurde immer bekannter und besuchter, namentlich wallfahrteten die Wiener in das herrliche Thal. Nun gestaltete Waißnir auch seinen Thalhof zu einem Gasthause, zu welchem dann 1836 ein stattlicher Zubau und das Aufsetzen eines ersten Stockwerkes nöthig wurde. Auch die Mühle wuchs bald zu einer der ansehnlichsten des Landes heran. 1836 begründete

Ignaz seine privilegirte Rollgersten-
erzeugung, welche gleichfalls mit jedem
Jahre zunahm. Indessen ward der
Gasthof immer wieder ansehnlicher erweitert und zuletzt eine prachtvolle Villa
auf einem reizenden Höhenpunkt über
der Schwarza an der Straße zwischen
dem Thalhofe und dem Dorfe Reichenau
erbaut. 1846 übergab Waißnir seinen
beiden Söhnen Mischka und Alois
den größten Theil seines Geschäftes.
Letztere zeichneten bereits seit 1839
gemeinschaftlich sich als Firma: "Gebrüder Waißnir, Mahl- und Säge-
müller und Rollgerstenerzeuger". Im
Jahre 1849 trennten sie sich, nachdem
sie früher noch auf Dr. Hebra's Rath
gemeinschaftlich ein stattliches Curhaus
— Kaltwasserheil- und Molkencuranstalt
— erbaut hatten, dessen Leitung später
Mischka allein übernahm. Alois erhielt für seine Verdienste 1871 das goldene Verdienstkreuz mit der Krone. Ueber
Mischka, der 1882 starb, schloß ein ihm
gewidmeter Nachruf mit den Worten:
"Mischka Waißnir hat den Reichthum der Familie in ausgiebigem Maße
vermehrt, ohne daß man indeß sagen
könnte, daß sein Vermögen just von den
Zinsen, die das Wohlthun trägt, so groß
geworden". Was die Mahl- und Roll-
gerstefabrik betrifft, so besitzt dieselbe
Niederlagen in Leoben, Trafonach, Juden-
burg, Gußwerk und Neuberg; vermahlt
jährlich 30.000 Metzen; hat acht Tur-
binen in Thätigkeit und beschäftigt
zwanzig Arbeiter.

Wiener Theater-Zeitung. Redigirt von
Adolph Bäuerle (Wien, kl. Fol.) 32. Jahrg,
24. März 1838, Nr. 68: "Am Grabe eines
österreichischen Biedermannes". Von Dr. F. G.
Weidmann — Wiener Salonblatt,
VII. Jahrg., 1. Juli 1876, Nr. 27, S. 3. —
Illustrirtes Wiener Extrablatt.
XI. Jahrg., 26. September 1882, Nr. 266.

Porträts des Mischka Waißnir. 1) Im
vorbenannten "Wiener Extrablatt". — 2) Sq.
von Jan. Eigner im oben genannten
"Wiener Salonblatt".

Waißenegger, Franz Jos. (Schriftsteller, geb. zu Bregenz am Bodensee 8. Mai 1784, gest. daselbst am
7. December 1822). Im Hause seines
Vaters, welcher Stadtziegler und Besitzer einer kleinen Oekonomie in Bregenz war, genoß er eine vortreffliche Erziehung. Von 1789 bis 1795 besuchte er die Normalhauptschule seines
Geburtsortes, mußte aber dann bis folgenden drei bis vier Jahre dem Vater in
der Ziegelhütte helfen. Nach dem Tode
desselben im Juni 1797 führte er mit
einem Compagnon das Geschäft fort, bis
die Mutter es 1799 aufgab. Nun kam
er zu einem Kürschner in die Lehre, bei
welchem er 1802 freigesprochen wurde.
Während eines Kirchenbesuches in der
Pfarr- und Wallfahrtskirche zu Rankweil erfaßte ihn Kürschnergesellen der
Drang, die Studien wieder aufzunehmen,
worüber er sich bei seiner Heimkehr mit
der Mutter besprach, die nichts dagegen
einzuwenden hatte. So trat er denn.
18½ Jahre alt, zu Martini 1802 in
das Benedictinerkloster Mehrerau bei Bregenz. So schwer es anfangs durch die
lange Abgewöhnung während seiner
Lehrjahre, namentlich ob der Gedächt-
nißschwäche, mit dem Studiren ging, allmälig kehrte die geistige Frische zurück,
und schon im Herbst 1803 beendete er
das Gymnasium. Die zu dieser Zeit ausgebrochenen Kriegsunruhen verhinderten
seinen Eintritt in eine höhere Studien-
anstalt, so hörte er denn in Mehrerau
den ersten Jahrgang und 1806 in Innsbruck den zweiten Jahrgang der Phil-
sophie. 1807 begann er das Studium
der Theologie, und zwar in Landshut

1809 wurde er in das bischöflich Constanz'sche Seminar zu Meersburg aufgenommen, und am 22. September 1810 erhielt er die Priesterweihe. Zunächst als Pfarrvicar in seiner Vaterstadt verwendet, kam er nach einem halben Jahre als Verweser zur Pfarrcuratie in Kennelbach, später zu jener in Hörbrang, wurde dann Provisor der Localcuratie Oberndorf in der Pfarre Dorenbüren, und am 8. Mai 1813 erfolgte seine Anstellung als Localcaplan daselbst. Der Dienst in dieser sehr gebirgigen Pfarre war anstrengend, aber Waitenegger fand guten Willen und werkthätige Aushilfe, auch gelang es ihm, durch Sammlung freiwilliger Beiträge für die dringender Verbesserung bedürftige Kirche Manches zu thun. Ein bösartiges Fieber aber, welches Anfangs 1814 in der Pfarre Dorenbüren ausbrach, erfaßte auch ihn und schwächte ihn so, daß er auf ärztlichen Rath die beschwerliche Curatie im Mai 1815 verlassen mußte. Während dieser unfreiwilligen Muße, welche er bei seiner Schwester in Bregenz zubrachte, beschäftigte er sich mit historischen Studien, durchforschte die Acten des aufgelösten Stiftes Mehrerau, des Stadtarchivs u. s. w. und begann nun auch zu schriftstellern. Am 24. August 1816 übertrug ihm der Bischof von Briren die Stelle eines Beichtvaters der Dominicanerinnen zu Bregenz, welcher nicht anstrengende Dienst ihm Muße genug zu schriftstellerischen Arbeiten gab. Die Titel seiner Schriften sind: „Die heilige Messe, das schönste und beste Belebungsmittel unserer heiligen Religion für das Herz des wahren katholischen Christen. Eine Primizpredigt" (Bregenz 1811); — „Gebetbüchlein für katholische Christen..." (ebb. 1815, neue vermehrte und verbesserte Auflage, Augs-

burg 1820); — „Gebetbüchlein für Kinder" (ebb. 1816); — „Itha Gräfin von Toggenburg... Eine schöne... Geschichte... nun erzählt... besonders für unschuldig Leidende" (Augsburg, 4. Aufl. 1820); — „Hirlande, Herzogin von Bretagne, oder der Sieg der Unschuld und Tugend" (ebb., 2. Aufl., 1820); — „Fidelis von Sigmaringen. Eine merkwürdige und lehrreiche Geschichte späterer Zeiten..." (2. Auflage 1820); — „Die Feier des 50jährigen Priesterthums, ein Dank- und Freudenfest u. s. w. Eine Freundsjrede" (1816); — „Das alte Bergschloss Bregenz, welches die alten Grafen von Bregenz erbaut, die Grafen von Montfort durch eine Heirat erhalten. Herzog Siegmund und Erzherzog Leopold von Oesterreich in den Jahren 1751 und 1523 mit der Herrschaft Bregenz erkauft und die Schweden am 8. März 1637 zerstört haben" (1820, mit einer Steindrucktafel in Folio); — „Gelehrten- und Schriftsteller-Lexikon der deutschen katholischen Geistlichkeit". Dieses Werk hatte der geistliche Rath Franz Karl Felber begonnen, aber nur den ersten Band zum Abschlusse gebracht. als ihm der Tod den Griffel aus den Händen nahm; nun setzte Waitenegger das Werk fort und vollendete es mit dem dritten Bande, im zweiten die Biographien der Namen von M bis Z, im dritten die Nachträge, und zwar ganze Biographien der vollständigen Alphabetes und Nachträge nebst Berichtigungen des ersten und zweiten Bandes (Landshut 1820 und 1822, Jos. Thoman, 8°.) mittheilend. Es ist dies unseres Schriftstellers verdienstlichste Arbeit, welche, einige Breitspurigkeit im Texte abgerechnet, sehr brauchbare biographische Materialien enthält. Waitenegger starb als Beneficiat zu Bregenz am 7. December 1822. Sein literarischer, namentlich Forschungen über Vorarlberg enthaltender Nachlaß wurde von dem

Benedictinermönch Meinrad Merkle übernommen und unter dem Titel: „Vorarlberg aus den Papieren des in Bregenz verstorbenen Priesters Franz Joseph Waizenegger" (Innsbruck 1839, Wagner) in drei Abtheilungen herausgegeben.

Oesterreichische National-Encyklopädie von Gräffer und Czikann (Wien 1837, 8°.) Bd. VI, S. 11. — Bote für Tirol (Innsbruck 1823, S. 200.

Waizenau, Freih. von, siehe: **Michna** Freiherr von **Waizenau**, Emanuel Peter Graf [Bd. XVIII. S. 225].

Waizer, Rudolph Franz (Schriftsteller, geb. zu Klagenfurt in Kärnthen am 15. April 1842). Nachdem er die Oberrealschule beendet hatte, trat er, 17 Jahre alt, Ende 1859 im Kanzleifache in den österreichischen Staatsdienst, arbeitete in den Orten Wolfsberg, Bleiburg, Gmünd, Gurk in verschiedenen unteren Dienstkategorien und kam 1874 nach Klagenfurt, wo er 1877 als k. k. Obercontrolor des Hauptsteueramtes Anstellung fand. Während seiner langjährigen Landpraxis hatte er Gelegenheit, die Topographie und Culturgeschichte seiner Heimat Kärnthen kennen zu lernen, und die Ergebnisse seiner Beobachtungen veröffentlichte er in verschiedenen Culturstudien auf dem Wege österreichischer Journale. Nebenbei huldigte er auch der lyrischen Muse, und von 1862 ab erschienen seine poetischen Schöpfungen in der „Carinthia", den „Alpenrosen", dem „Tourist" und in anderen Blättern, und eine Sammlung derselben, in Graz verlegt, wurde in Aussicht gestellt. Selbständig kam von ihm die Schrift heraus: „Hans Gassers Jugendleben. Eine biographische Skizze. Nach authentischen Quellen mitgetheilt" Klagenfurt

1872, gr. 16°.). Von 1877 bis 1881 leitete er in Gemeinschaft mit Heinrich Noë die Redaction der „Blätter für die Alpenländer Oesterreichs". Noch sei bemerkt, daß Waizer auch unter dem Pseudonym Waldhorst schreibt und mit einer Sammlung seiner Cultur- und Lebensbilder aus Kärnthen zur Herausgabe beschäftigt ist.

Deutscher Literaturkalender auf das Jahr 1884. Herausgegeben von Jos. Kürschner. Sechster Jahrg. (Berlin und Stuttgart, W. Spreeman, 32°.) S 278.

Wakernell, Josef Eduard (Germanist, geb. in Göflan bei Schlanders im Vintschgau am 22. November 1850). Sein Vater Josef besuchte das Gymnasium in Meran, konnte jedoch seine Studien nicht vollenden, weil die Eltern die Mittel dazu nicht aufzubringen vermochten. So wurde er denn Steinmetz und heiratete ein Bauernmädchen, aus welcher Ehe nur ein Kind, unser Josef Eduard, hervorging. Derselbe war ursprünglich nicht zum Studium bestimmt, sondern arbeitete in der Werkstätte des Vaters; denn dieser hätte den Sohn zur Vorbereitung auf die gelehrte Laufbahn nur wenig unterstützen können, da die großen Verheerungen der Etsch in den Fünfziger-Jahren im ganzen Vintschgau und besonders in Göflan auch seiner kleinen Besitzung bedeutenden Schaden zugefügt hatten. Der Vater starb 1861. Des befähigten Knaben, welcher bereits das Auge der Geistlichkeit von Göflan und Schlanders auf sich gezogen, nahm sich besonders der Dekan Franz Leite mit Wärme an und ermöglichte ihm 186? den Eintritt ins Meraner Gymnasium. Natürlich sollte Wakernell „geistlicher Herr" werden. In Meran brachte er sich mit Unterricht im Zeichnen und anderen

Gegenständen durch. Als 1872 das
Obergymnasium daselbst aufgehoben
wurde, bezog er jenes zu Hall, um den
siebenten und achten Curs durchzuma-
chen, und übernahm an Stelle des Architecten Vogel zugleich den Zeichenunter-
richt. Im Herbst 1873 ging er auf die
Universität Innsbruck und nebenbei als
Hofmeister im Hause des Kaufmannes
Oberer beschäftigt, hörte er Collegien
der Geschichte, classische Philologie und
Germanistik, in welch' letzterer Disciplin
ihm Professor Ignaz Vincenz Zingerle die ersten Anleitungen gab. Besonders aber war der Umgang mit Adolf
Pichler von großem Einfluß auf des
Jünglings bildsamen Geist. Als Student
noch gründete Wakernell in Gemeinschaft mit seinem Studienfreunde Alois
Brandl (gegenwärtig Professor an der
deutschen Universität in Prag) den akademischen Verein der Germanisten in
Innsbruck, den Mutterverein aller ähnlichen Verbindungen an den österreichischen Hochschulen. Er war der erste Präsident dieses noch jetzt blühenden Vereines
und ist nun dessen Ehrenmitglied. Zur
Zeit, als er die Universität bezog, errichtete
Minister Stremayr Staatsstipendien
von je 300 Gulden für mittellose Studenten, die den geforderten strengen Nachweis ihrer Befähigung und ihres Eifers
erbringen würden. Wakernell errang
auch ein solches Stipendium und behielt
es auch, nachdem er in Innsbruck sein
Triennium beendet hatte und zum Doctor
promovirt im Sommer 1877 an die
Wiener Universität übersiedelt war. In
diesem Jahre erschien seine erste Schrift:
Walter von der Vogelweide in Oesterreich"
Innsbruck, Wagner'sche Universitätsbuchhandlung, 1877, 8⁰., 130 S.),
welche die Aufmerksamkeit der Germanisten auf den strebsamen Forscher lenkte.

Er bewarb sich nun um ein Reisestipen-
dium zur weiteren Ausbildung in der
Germanistik an ausländischen Universitäten, erhielt dasselbe, studirte ein Semester
unter Bernays in München (Winter
1877—1878), darauf ein Semester in
Berlin unter Wilhelm Scherer und
Müllenhoff (Sommer 1878) und
brachte den Winter 1878—1879 wieder
in Wien zu, um an den Bibliotheken
daselbst die Ausgabe der Werke G. Chr.
Lichtenberg's für die Hempel'sche
Bibliothek vorzubereiten. Eine Reihe
germanistischer Abhandlungen in verschiedenen gelehrten Zeitschriften liefen
nebenher (das Verzeichniß der wichtigsten
derselben folgt auf S. 158). Im Sommer
1879 reichte er an der philosophischen
Facultät der Innsbrucker Hochschule das
Habilitationsgesuch ein mit der Habilita-
tionsschrift: „Ueber Sprache und Metrik
Huges von Montfort", aber erst
Schluß 1881 erlangte er die Docentur für
das Gesammtgebiet der deutschen Sprache
und Literatur. Zu gleicher Zeit erschien
auch sein Buch „Hugo von Montfort. Mit
Abhandlungen zur Geschichte der deutschen Litte-
ratur, Sprache und Metrik im XIV. und XV.
Jahrhundert" (als 3. Band der Sammlung:
„Aeltere tirolische Dichter", Innsbruck:
Wagner'sche Universitätsbuchhandlung,
1881, 8⁰., 12, CCLX und 282 S.),
worin insbesondere die sprachlichen und
metrischen Untersuchungen hervorzuheben sind. Nicht blos Fachmänner, die
Germanisten, sondern auch Historiker und
Culturhistoriker anerkannten diese Arbeit
als eine tüchtige auf gründlicher Quellen-
forschung beruhende und in alle philologischen und historischen Fragen sich ernst-
haft vertiefende. Als Mitarbeiter des jährlich in einem Bande erscheinenden „Jahres-
berichts über die Erscheinungen der germanischen Philologie, herausgegeben von

der Gesellschaft für deutsche Philologie in Berlin" (Berlin 1880 u. ff.), bearbeitet Wakernell die Abtheilung „Literaturgeschichte" allein. Seit Jahren sammelt er an Materialien zu einer tirolischen Literaturgeschichte, zu denen auch eine größere Arbeit über ältere Passionsspiele in Tirol gehört, die ihn gegenwärtig beschäftigt und deren erster Band als demnächst erscheinend in Aussicht gestellt ist. Wir schließen diese Skizze mit einer Uebersicht der bisher veröffentlichten Arbeiten Wakernell's: „Walter von der Vogelweide in Oesterreich" (s. a.); — „Zur chronologischen Bestimmung des VI. und VII. Buches von Wolfram's „Parzival" und über den Beginn von Wolfram's und Walter's Aufenthalt in Thüringen" [in der Zeitschrift „Germania", Bd. XXII, 1877]; „Ueber die Quellen zu Schiller's Tell" [in der Zeitschrift für „Deutsche Philologie", Bd. IX, 1878]; — „Karl Simrock" [in Eblinger's „Literaturblatt", Heft V und VI, 1878]; — „Das Drama vom römischen Reiche deutscher Nation" [ebb., Heft XXI und XXII, 1878]; — „Karl Tomaschek" [ebb., Heft V, 1879]; — „Ungedruckte Gedichte Platen's" [ebb., Heft XI bis XVII, 1879]; — „Ungedruckte Briefe G. Chr. Lichtenberg's" [ebb., Heft XXIII und XXVI, 1879]; — „Ueber den zweiten Wiener Aufenthalt Walter's von der Vogelweide" [in der Zeitschrift für „Deutsche Philologie", Bd. XI, 1879]; — „Zur Schillerliteratur" [ebb., Bd. XII, 1882]; — „Hugo von Montfort"; — „Ueber die Erlauer Spiele und die Orthographie des XIV. und XV. Jahrhunderts" [in der Zeitschrift „Deutsche Philologie", Bd. XIII, 1883]. — Außerdem eine große Reihe von literarhistorischen Aufsätzen in der „Literarischen Beilage zur Wiener Montags-Revue" und in anderen Zeitschriften.

Literarische Beilage zur Wiener „Montags-Revue" 1881, Nr. 43, S. 3, von Adolf Pichler. — Bechstein (Reinhold). Die germanische Philologie vorzugsweise in Deutschland seit 1870 (Leipzig 1883) S. 37.

Walberg, siehe: **Wallaschek Edler von Walberg.**

Walbrecht, siehe: **Walprecht Johann.**

Walcher, Benedict (Tiroler Landesvertheidiger, geb. in Tirol 1791, Todesjahr unbekannt, es fällt jedoch erst nach 1865). Einer der denkwürdigsten Söhne des Landes Tirol. Als er 1865 in Wien erschien, um eine Audienz bei Seiner Majestät dem Kaiser zu erbitten, schmückten seine Brust nicht weniger denn siebzehn Ordensdecorationen und Medaillen, die sozusagen seine Lebensgeschichte in Erz erzählten. Darunter befanden sich das silberne Verdienstkreuz und das Ehrenkreuz der Tiroler Scharfschützen-Compagnien vom Jahre 1809, die Ehrenmedaille aus dem Befreiungskriege 1812, das goldene Verdienstkreuz für eine 1827 ausgeführte Lebensrettung, die große silberne Medaille für eine Rettung aus den Flammen im Jahre 1837, die kleine silberne Medaille für sein Verhalten dem Feinde gegenüber 1848, die große goldene Tapferkeitsmedaille für seine Bravour im Feldzuge 1849, die kleine silberne Tapferkeitsmedaille aus gleichem Grunde im Feldzuge 1854, die übrigen Ehrenzeichen waren Spenden von fremden Regierungen. Die letzten Kämpfe, welche er mitgemacht, fallen in das Jahr 1859, in welchem er, bereits 68 Jahre alt, mit seinen Kameraden die südtirolischen Bergspitzen besetzt hielt.

Fremden-Blatt. Von Gust. Heine (Wien, 1865, Nr. 110).

Walcher, Joseph (Director der mathematischen und physicalischen Wissenschaften, geb. zu Linz am 6. Jänner 1718, gest. in Wien am 29. November 1803). Die Geburtsdaten, wie die Quellen angeben, stimmen nicht überein, nach Einigen ist er am 6., nach Anderen am 16. Jänner, nach Einigen im Jahre 1718, nach Anderen 1719 geboren. Achtzehn Jahre alt, trat er in den Orden der Gesellschaft Jesu ein, in welchem er neben den Studien seines theologischen Berufes mit besonderem Eifer Mathematik und die ihr verwandten Wissenszweige betrieb. Noch war er nicht zum Priester geweiht, als er kleinere Reisen durch die österreichischen Erbländer ausführte, wobei er sein besonderes Augenmerk auf den Bau der Straßen und die Constructionen hydraulischer Maschinen richtete. Nun zunächst im Lehramte verwendet, trug er zwei Jahre zu Gratz die hebräische Sprache, nach abgelegten Gelübben und erlangter Magisterwürde der Philosophie zu Wien und Linz Mathematik vor. Nach ersterer Stadt zurückgekehrt, lehrte er daselbst vorerst an der Theresianischen Ritterakademie, dann an der Hochschule durch 17 Jahre, bis 1773, während er zu gleicher Zeit in der Vorstadt Margarethen an Sonn- und Feiertagen den nachmittägigen Gottesdienst besorgte. Er bildete während dieser Periode sowohl im Militär- als im Civilstande mehrere tüchtige Fachleute aus. Als dann 1773 die Aufhebung des Ordens, dem er angehörte, erfolgte, war seine Tüchtigkeit in mathematischen Disciplinen längst anerkannt, und erhielt er noch desselben Jahres die Stelle des Navigationsdirectors am Donaustrome, welche er bis 1783 versah. 1784 wurde er Assessor bei der obersten Baudirection und zugleich bei der Hofbaucommission.

Nach Wiederherstellung der Theresianischen Ritterakademie 1797 übertrug man dem nahezu Achtzigjährigen die Lehrkanzel der Mechanik und Hydraulik, ferner die Aufsicht über das mechanische Museum, welches er ordnete und ansehnlich vermehrte, ja als dessen eigentlicher Begründer er anzusehen ist. 1798 feierte er das Fest seines fünfzigjährigen Priesterthums. 1802 wurde er zum Director der mathematischen und physicalischen Wissenschaften an der Wiener Hochschule ernannt, bekleidete aber dieses Amt nur etwas über ein Jahr, da er im November 1803 das Zeitliche segnete. In Würdigung seiner vielfachen Verdienste war er zum k. k. Rathe und zum Propst von Bellifont de Valle in Gutta in Ungarn ernannt worden. Von seinen hydraulischen Bauten, welche er über 20 Jahre mit großer Umsicht und Geschicklichkeit leitete, sind zu erwähnen die in Tirol am Etschflusse und den Eisseen 1773 und 1774, der Dammbau bei Preßburg und die Schließung des Karlsburger Armes 1779, die Arbeiten im berüchtigten Donaustrudel 1778—1781, die Leithaarbeiten 1787, der Dammbau im Wiener Canale zwischen der Leopoldstadt und Roßau 1791 und der Wasserfang an der Donau beim Vorkopf zu Nußdorf 1792. Dabei war er in seinem Fache auch schriftstellerisch thätig und gab heraus: „Inhalt der mechanischen Collegien" (Wien 1759, neue Aufl. 1767 und 1776, Volke, 8⁰., mit KK.); — „Nachrichten von den Eisgebirgen im Lande Tirol" (ebd. 1773, 8⁰.), eine Untersuchung des sogenannten Rofner Eissees im Oetzthal, welcher das ganze Ober- und Unterinnthal mit Ueberschwemmung bedrohte; — „Nachrichten von den im Jahre 1778 bis 1791 an dem Donaustrudel zur Sicherheit der Schiffahrt vorgenommenen Arbeiten, nebst einem Anhange von der

physikalischen Beschaffenheit des Donauwirbels"
(ebb. 1781, mit KK.) und „Nachrichten
von den bis 1791 an dem Donaustrudel fort-
gesetzten Arbeiten" (ebb. 1791, mit KK.).
Außerdem sind von ihm noch ein Grundriß der Logik (Linz 1753) und eine Lobrede auf den h. Bonifacius (Wien 1772)
im Druck erschienen. In Handschrift
aber hat er Nachrichten über seine
Wasserbauten an der Leitha und noch
manches Andere hinterlassen.

Becker. National-Zeitung, 1804, Stück 5. —
Allgemeine Literatur-Zeitung, 1804,
Intelligenzblatt, S. 188. — Baur (Samuel). Allgemeines historisch-lithographisch-
literarisches Handwörterbuch aller merkwürdigen Personen, die in dem ersten Jahrzehend
des neunzehnten Jahrhunderts gestorben sind
(Ulm 1816, Stettini, gr. 8°.) Band II,
Sp. 677 [nach diesem geb. 6. Jänner 1718,
gest. 29. November 1803]. — Billwein
(Benedict). Linz Einst und Jetzt (Linz 1846,
Schmid. 8°.) Bd. II, S. 32 [nach diesem
geb. 6. Jänner 1718, gest. 29. November
1803]. — (De Luca). Das gelehrte Oesterreich. Ein Versuch. Des ersten Bandes zweites
Stück (Wien 1778. 8°.) S. 236 [nach diesem
geb. 6. Jänner 1718]. — Annalen der
Literatur und Kunst in den österreichischen
Staaten (Wien, Degen, 4°.) III. Jahrgang
(1804) Intelligenzblatt, Nr. 6, Sp. 46 [nach
diesem geb. 16. Jänner 1718, gest. 29. No-
vember 1803]. — Poggendorff (J. C.).
Bibliographisch-literarisches Handwörterbuch
zur Geschichte der exacten Wissenschaften
(Leipzig 1863. R. Ambros. Barth. schm. 8°.)
Bd. II, Sp 1244. — Oesterreichische
National-Encyklopädie von Gräffer
und Czikann (Wien 1835, 8°.) Bd. VI,
S. 12 [nach dieser geb. 16. Jänner 1718,
gest. 29. November 1803]. — Stoeger (J. N.).
Scriptores Provinciae austriacae Soc. Jesu
(Wien 1856, 4°.) S. 389 [nach diesem geb.
6. Jänner 1719, gest. 29. November 1803].

Noch ist der österreichischen Adelsfamilie Walcher Ritter von Molthein zu gedenken.
Ursprünglich in Graubündten ansässig, übersiedelte dieselbe nach dem Lande Tirol, wo
sie bis Ende des vorigen Jahrhunderts lebte.
Daselbst betrieb Peter Walcher (geb.
1708) das Kupferwerk zu Braitweg bei

Absam. Er vermälte sich am 29. Juli 1737
mit Maria geborenen Cosmgraber, und stammt
aus dieser Ehe Peter Georg (geb. zu
Absam 24 April 1743, gest. 4. November
1792), welcher die k. k. Postmeisterstelle zu
Moldauthein in Böhmen verwaltete. Ein
Sproß aus der am 14. Jänner 1773 mit
Johanna geborenen Eisenstein geschlossenen
Ehe ist Johann Georg (geb. 6 Jänner
1783, gest. 19. December 1854), der als
Oberbuchhalter der privilegirten österreich-
schen Nationalbank von Seiner Majestät dem
Kaiser Franz Joseph mittels Diplom
ddo. 17. November 1854 mit dem Prädicat
von Molthein in den österreichischen
Adelstand erhoben wurde. Er heiratete im
Jahre 1818 Francisca geborene Weiß von
Wessenheim, welche ihm den Sohn Leopold
Ottokar Johann (geb. 29. November
1824) gebar. Nachdem Letzterer die rechtswissenschaftlichen Studien beendet und aus
denselben die Doctorwürde erlangt hatte,
widmete er sich dem Staatsdienste im auswärtigen Amte, fungirte als Consul in Palermo und an anderen Orten und ist gegenwärtig k. k. Ministerialrath und österreichisch-
ungarischer Generalconsul zu Paris. Für
ausgezeichnete Dienstleistung erhielt er 1870
den Orden der eisernen Krone dritter Classe
und in Folge dessen mit Diplom dd.
19. October 1873 den österreichischen Ritterstand. Er vermälte sich zum ersten Male
(3. September 1863) mit Camilla geborenen
Masanotti (geb. 30. August 1839, gest. 7. Juli
1872), zum zweiten Male (30. Juni 1877)
zu St. Petersburg mit Emly Katharina geborenen Mollwo-Moberly (geb. 19. Juli 1832);
aus erster Ehe stammen: Humbert (geb. zu
Wien 12. September 1865), Alfred (geb.
zu Palermo 21. März 1867), Martha (geb.
daselbst 3. August 1868) und Hareth (geb.
25. November 1867).

Wappen. Ein rother, von einem gestuften
silbernen Querbalken durchzogener Schild mit
einer darüber gelegten und bis zum Haupt-
rande reichenden eingebogenen silbernen Spitze.
In jeder oberen Vierung ein schwebender
eiserner Anker. Die Spitze durchzieht längs
des Fußrandes eine Mauer von röthlichen
Quadern mit sechs Zinnen und drei Schieß-
scharten, aus welcher ein doppelschwänziger
rother Löwe, in der rechten Pranke einen
grünen Palmzweig vor sich haltend, hervorwächst. Auf dem Schilde erhebt sich ein

Helm, aus dessen Krone zwischen einem offenen rothen, mit einem silbernen gestubten Querbalken belegten Fluge der rothe Löwe mit dem Palmzweige hervorwächst. Helmdecken: Roth mit Silber.

Walcker, Adam Franz (gelehrter Prämonstratenser, geb. zu Egenburg in Niederösterreich 1709, gest. am 2., nach Anderen am 13. Jänner 1771). Für seinen Beruf trefflich vorgebildet, trat er zu Prag in das Prämonstratenserstift vom h. Norbert, wo er in der Folge Rector des Collegiums wurde. Im Druck sind von ihm folgende Werke erschienen: *„Reflexio theologica contra spem vanam Hebraicae gentis circa venturum Messiam"* (Pragae 1745, 8⁰.); — *„Reflexio theologica contra erronea haereticorum dogmata circa Messiam sive Christum verum Deum et hominem quaestiones resolvens* (ib. 1746, 8⁰.); — *„Continuatio"* (ib. 1748, 8⁰.); *„Reflexio theologica errores praecipuos circa Deum in essentia unum enervans"* (ib. 1750, 8⁰.); — *„Reflexio theologica simplicitatem et visibilitatem Dei, contra erronea haereticorum dogmata vindicans"* (ib. 1752, 8⁰.); — *„Reflexio theologica Deum in personis trinum vindicans"* (ib. 1754). Walcker segnete in seinem Kloster das Zeitliche.

(De Luca). Das gelehrte Oesterreich. Ein Versuch. I. Bds. 2. Stück, S. 376 — Meusel (Johann Georg). Lexikon der vom Jahre 1750 bis 1800 verstorbenen teutschen Schriftsteller (Leipzig 1815. Gerh. Fleischer sr.) Bd. XIV, S. 376.

Walda auch Walde, Johann Michael (serbisch-lausitzischer Schriftsteller, geb. zu Tscharnitz in der Oberlausitz am 8., nach Anderen am 21. September 1721, gest. zu Bautzen am 14. October 1794). Die unteren Schulen besuchte er

zu Bautzen, 1755 aber ging er nach Böhmen, wo er sechs Jahre zu Krumau, dann ein Jahr in Prag seinen Studien oblag. Hierauf begab er sich der Kriegsunruhen wegen nach Olmütz. Doch schon im Winter 1742 kehrte er nach Prag zurück, wo er die theologische Prüfung bestand und bald danach die Präfectenstelle im Seminar erhielt. Später ging er nach der ewigen Stadt, in welcher er sich einige Zeit am deutschen Collegium in die theologischen Disciplinen vertiefte. 1748 wurde er Hauscaplan bei General Obyrne in Kozlin, dann Vicar bei der Dechantei und zweiter Caplan an der windisch-serbischen Kirche in Bautzen, 1759 aber Katechet und erster serbischer Caplan. Von Februar bis Mai 1761 war er Administrator zu Radibor und noch im Juni desselben Jahres sah er sich zum Pfarrer daselbst berufen. 1768 begründete er die Bruderschaft des betrübenden Todes Jesu (Jezusoweje smjertneje styskności). Um diese Zeit erfolgte auch seine Ernennung zum apostolischen Notar und am 26. Juni 1776 zum Canonicus in Bautzen auf der von Zwettl gestifteten Präbende zur Agonie Christi; 1778 wurde er Scholasticus, 1779 Cantor, als welcher er im Alter von 73 Jahren starb. Walde war ein großer Freund und Kenner der serbischen Sprache und gab in derselben auch während der Jahre 1755—1785 einige Andachtsbücher heraus. Sein verdienstlichstes Werk aber ist: *„Choral-Buch zu dem allgemeinen und vollständigen neuern katholischen Oberlausitz-Wendischen Gesangbuch, so von M. J. Walda, Canonicus zu St. Petri in Budissin, zusammengetragen und herausgegeben worden"* (1788). In Handschrift hinterließ er unter Anderem: *„Pjatnace předowanjow Waldowych z let 1751, 1755 a 1754"* und *„Juramentum judicis et*

scabinorum Camenensium specia-
liter".

Otto (Gottl. Friedr.). Lexikon der ſeit dem
fünfzehnten Jahrhundert verſtorbenen und jetzt
lebenden oberlauſitziſchen Schriftſteller (Görlitz
1800 u. f., 8°.) Bd III, 2. Abthlg., S. 458.

Waldau, Alfred (Schriftſteller,
geb. am 24. November 1837 zu Petrovic bei Žatec). Sein wahrer Name iſt
Joſeph Jaroſch und Waldau ſein Pſeudonym. Das Gymnaſium beſuchte er
zunächſt in Žatec, dann in Prag, wo er
in der Folge auch die Hochſchule bezog.
Nachdem er 1860 an derſelben die Studien beendet hatte, gab er ſich in der
böhmiſchen Hauptſtadt, ſpäter aber in
Wien vornehmlich literariſchen und
journaliſtiſchen Arbeiten hin. Im März
1863 trat er bei dem k. k. Auditoriat in
in Wien ein, 1864 wurde er Oberlieute-
nant-Auditor bei Baron Hartung-Infan-
terie Nr. 47, in welcher Eigenſchaft er
zuerſt in Graz, dann in Trieſt fungirte.
Als 1868 die Regimentsgerichte bei den
Fußtruppen aufgelöst wurden, kam er zum
Militärgericht in Agram. Von dort 1869
zum Warasdiner 6. Grenzregimente in
Belovar überſetzt, rückte er daſelbſt im
November 1870 zum Hauptmann-Auditor
vor. Waldau iſt für dieſes Werk weniger
hinſichtlich ſeiner militäriſchen Laufbahn,
als ob ſeiner literariſchen Thätigkeit
bemerkenswerth. Er hat bisher das Gebiet der böhmiſchen Culturgeſchichte mit
beſonderem Eifer gepflegt, und verdankt
die deutſche Literatur ihm eine Folge cul-
turgeſchichtlicher Arbeiten, wie ſolche die
čechiſche ſelbſt nicht beſitzt. Die Titel der
von ihm unter dem Pſeudonym Alfred
Waldau bisher herausgegebenen Schriften ſind: „Thomas, ein Lebensbild aus der
Gegenwart" (Leipzig 1857); — „Böhmiſche
Granaten. Čechiſche Volkslieder" 2 Bände,
(Prag 1858 und 1860, Ehrlich, 16°.,

XXVII und 621 S.), enthält in meiſt
glücklicher Ueberſetzung eine Auswahl von
850 čechiſchen Volksliedern; — „Böhmiſche Nationaltänze. Culturſtudie" 2 Theile,
(Prag 1859 und 1860, Dominikus, 16°.,
149 S.); — Geſchichte des böhmiſchen Na-
tionaltanzes. Culturſtudie" (Prag 1861, 16°.,
260 S.); — „Böhmiſches Märchenbuch" (Prag
1860, 16°., 608 S.); — „Altböhmiſche
Minnepoeſie" (ebd. 1860, 16°., 111 S.); —
„Böhmiſche Naturdichter. Literar-hiſtoriſche
Studie" (Prag 1860, 16°., 156 S.); — Karl
Hynek Macha's ausgewählte Dichtungen" (Prag
1862, 16°.); — Wenceslau Hanka's Lieder"
(ebd. 1863, 16.). Außer dieſen im Buch-
handel erſchienenen Schriften hat aber
Waldau in heimiſchen und ausländiſchen
Zeitſchriften noch zahlreiche culturhiſto-
riſche Arbeiten veröffentlicht, in welchen
er die Lieder, Sagen und Märchen ſeiner
Heimat, ſowie deren Sitten und Bräuche
mittheilt, ferner hat er eine Reihe von
mehr denn 200 Romanzen und Balladen
des čechiſchen Volkes für ein „Böhmiſches
Balladenbuch" geſammelt und nicht nur
dieſe, ſondern auch eine Menge lyriſcher
Gedichte von mehr als einem halben Hundert čechiſcher Dichter von Puchmayr
ab bis auf die Gegenwart ſorgfältig ins
Deutſche überſetzt, ſämmtlich Arbeiten,
die ihrer Veröffentlichung entgegenſehen.

Schütze (Karl). Deutſchlands Dichter und
Schriftſteller von den älteſten Zeiten bis auf
die Gegenwart (Berlin 1862, Alb. Bach 8°.)
S. 477. — Bohemia (Prager polit. und
Unterhaltungsblatt 4°) 1860, Nr. 258, S. 973.
— Blätter für literariſche Unterhaltung
(Leipzig, Brockhaus) 1864, S 364.

Waldauf von Waldenſtein, Joſeph
(Geolog, geb. 1779, Todesjahr unbe-
kannt). Wahrſcheinlich ein Sproß der
tiroliſchen Adelsfamilie, über welche die
Quellen Näheres berichten. Er dürfte ein
Sohn des Salzabgebers zu Hall Franz

dauf von Waldenſtein ſein, der
ahre 1786 die Beſtätigung des
ſadelſtandes erhielt. Ueber Joſeph
dauf's Bildungs- und Lebensgang
wir näher nicht unterrichtet, nur
wir aus der unten angeführten
e, daß er zuletzt die Stelle eines
Hofkammerſecretärs in Wien beklei-
Außerdem beſchäftigte er ſich mit
gie in praktiſcher Anwendung und
ders in Bezug auf Bohrverſuche.
Druck ſind von ihm erſchienen: „Die
ren Lagerſtätten der nutzbaren Mineralien.
erſuch als Grundlage der Bergbaukunſt".
RR. (Wien 1824, Beck, gr. 8⁰.); und
erſten Beobachtungen und Erfahrungen von
ier. Hericort de Thury. Baillet.
ius, d'Hallon und Anderen über die
der arteſiſchen Brunnen. Als Anhang und
ng zur Ueberſetzung der Garnier'ſchen
riſt: über Anwendung des Bergbohrers.
t lith. Tafeln (Wien 1831, Beck,
8⁰.), denn Waldauf hatte ſchon
F. Garnier's 1819 in Paris
nenes Werk: „De l'art du fontai-
ondeur et des puits artésiens ec.
dem Titel: „Ueber die Anwendung des
hrers zur Aufſuchung von Brunnquellen und
ie Art der Anlage der Brunnen in der
ſaft Artois. Eine gekrönte Preisſchrift. Aus
ranzöſiſchen über die Bohr-
r auf Quellen in den Gegenden von Lon-
nd Wien" (Wien 1824, Beck, mit
ſteintafeln, gr. 8⁰.) ins Deutſche
tzt. Wann Waldauf von Wal-
ſtein geſtorben, iſt uns nicht be-
, 1831, damals 52 Jahre alt,
er ſich noch am Leben.

ſtein (Chr.). Deutſchland geognoſtiſch-
ogiſch dargeſtellt (Weimar 1823 u. f.
aſtr. Comptoir, gr. 8⁰.) Heft 7.

ers denkwürdig iſt der Tiroler Florian
ldauf Ritter von Waldenſtein (geb.
lich im tiroliſchen Puſterthale 1440, geſt.

zu Rettenberg im Unterinnthale 1. Jänner
1510). Derſelbe war der Sohn der Bauersleute Georg Waldauf und Rothburga
geborenen Wieſer. Ein zwölfjähriger Knabe
ſah er ſich durch fecke Streiche gezwungen,
aus der Heimat zu fliehen. Hungernd und
weinend ward er in Sterzing von einem
Fremden angetroffen, welcher ſich des Knaben
erbarmte und ihn mit ſich nach Wien nahm. Dort
erwarb ſich Florian bald die Gunſt eines
reichen Mannes, und von dieſem an Kindes-
ſtatt angenommen, widmete er ſich den Studien, wurde Soldat und ſammelte ſich große
Verdienſte im Kriege und im Frieden. Nachdem er alle militäriſchen Grade bis zum
General erſtiegen hatte, verlieh ihm Kaiſer
Max I. die geheime Rathswürde und den
Ritteradel mit dem Prädicate von Waldenſtein. Letzterer wurde auch auf den Vater
und alle Nachkommen Florian Waldauf's
ausgedehnt, welcher vom Kaiſer auch die
Herrſchaft Rettenberg in der Eigenſchaft
eines Pfandes erhielt. Auf ihr beſchloß den
Kaiſers Günſtling, reich an Ehren und Würden, im Alter von 79 Jahren ſein Leben. An
der Kirchhofmauer der Filiale von Aſch ſieht
man noch einen großen Marmorſtein mit
dem Waldauf'ſchen Wappen und mit der
altgothiſchen Inſchrift: „Anno domini 1491
den Sonntag nach St. Clementstag, als den
24. November iſt geſtorben Georg Waldauf von Waldenſtein". Dieſe Erinnerung
gilt wahrſcheinlich dem Vater des Ritters
Florian. „Außer dieſem iſt übrigens kein
Sproſſe des Geſchlechtes Waldauf ungeachtet der Adelung dem Bauernſtande entſagt",
ſo ſchreibt Staffler, was doch nicht ganz
richtig iſt, da obgedachter Salzabgeber
Franz Waldauf von Waldenſtein ohne
Zweifel dieſem Geſchlechte angehört. J.: der
Pfarrkirche der Salinenſtadt Hall in Tirol
befindet ſich die reichbegabte Capelle des
Ritters Florian von Waldauf, welcher
dieſelbe, in Folge eines Gelübdes für ſeine
Rettung aus Sturmgefahr in offener See,
erbaute und auch mit Stiftungen und zwei
Caplanſtellen dotirte. Die Einweihung der
Capelle fand am 19. März 1500 ſtatt, und
das Capital der Stiftung erhob ſich durch
Erſparniſſe und neue Stiftungen zur anſehn-
lichen Summe von 80 000 fl Kaiſer Maximilian I., welcher die Capelle beſuchte, ſtellte
ſie unter den beſonderen Schutz von zwölf
auserleſenen Biſchöfen, Aebten und andern
Landſtänden und erwarb ſie bei den Päpſten

11*

Alexander VI. und Julius II. besondere Gnaden. [Bote für Tirol und Vorarlberg 1858, Nr. 68—71: „Ritter Florian Waldauf von Waldenstein und die h. Capelle zu Hall Von G. Tinkhauser". — Derselbe Nr. 151 und 172. „Von Ludwig Rapp". — Staffler (Johann Jacob). Das deutsche Tirol und Vorarlberg, topographisch u. s. w. (Innsbruck 1847, Rauch, 8°.) Bd. I, S. 568; Bd. II, S. 248].

Waldbott von Bassenheim-Bornheim. Otto Freiherr (k. k. Hauptmann a. D., geb. am 24. Juni 1838). Der Sproß einer alten Adelsfamilie, über welche die Quellen Näheres berichten. Ein Sohn des Freiherrn Victor (gest. 31. December 1848) aus dessen Ehe mit Ferdinandine geborenen Freiin von Quernheim, trat er frühzeitig in die kaiserliche Armee und avancirte 1864 zum Lieutenant im k. k. Infanterie-Regimente Franz Graf Folliot de Crenneville Nr. 75. Als Oberlieutenant machte er mit demselben den Feldzug 1866 mit, wo er in der Schlacht bei Custozza am 24. Juni Vormittag an der Erstürmung von Oliosi, Nachmittag an jener des Monte Vento in ruhmreichster Weise Theil nahm und sich durch seine ausgezeichnete Tapferkeit zugleich mit beiden Majoren des Regiments, Bogner von Steinburg und Emanuel Kellner, den Orden der eisernen Krone dritter Classe erkämpfte. In der Folge trat der Freiherr als k. k. Hauptmann aus dem activen Dienste und vermälte sich am 10. Juni 1873 auf Schloß Rongy bei Tournay in Belgien mit Alexandrine Gräfin Romrée de Vichenet.

Thürheim (Andreas Graf). Gedenkblätter aus der Kriegsgeschichte der k. k. österreichisch-ungarischen Armee (Wien und Teschen 1880, K. Prochaska, Lex.-8°.) Bd. I, S. 452. Jahr 1866.

Zur Genealogie der Freiherren Waldbott von Bassenheim-Bornheim. Dieses uralte Geschlecht, welches wir auch Waltbot, Waltpot, Walpot u. s. w. geschrieben finden, behauptet, daß es römischen Ursprungs sei, und daß seine Urahnen als Abgeordnete mit voller Gewalt, legati cum potestate [von Walt (Gewalt) = potestas und Bott (Bote) = legatus] zur Agrippinischen Colonie gekommen. Andere leiten den Namen Waldbott von der deutschen Uebersetzung des Titels Emissarii sylvestres ab, welchen die von den römischen Kaisern bestellten Wildbahnhüter führten. Ohne uns weiter ins genealogische Detail einzulassen, welches Jene, die es interessirt, im „Gothaischen genealogischen Taschenbuch der freiherrlichen Häuser für 1864" (Gotha, Perthes, 32°.) XIV. Jahrg., S. 907 u. f. nachlesen können, bemerken wir nur, daß die Waldbott sich frühzeitig in den Rheingegenden niederließen und nächst Coblenz ihr neueres Stammhaus Bassenheim (jetzt Bassenheim) erbauten, nach welchem die Familie lange den Namen führte, bis sie sich in mehrere Unterlinien theilte, welche dann von ihren Herrschaften, Burgen und Schlössern verschiedene Prädicate annahmen. Mit **Anton** Waldbott von Bassenheim, Herrn zu Olbrück, Gudenau, Königsfeld u. s. w., vermält mit Elisabeth geborenen Greisenklau von Vollrath, theilte sich die Familie 1534 durch dessen Söhne **Anton**, **Johann** und **Otto** in drei Linien und von diesem Zeitpunkt an beginnt auch die ununterbrochene Aufeinanderfolge der Ahnenreihe. **Anton** ist der Stammvater der noch blühenden ältesten, jetzt gräflichen Linie Waldbott-Bassenheim (siehe: Gothaisches genealogisches Taschenbuch nebst diplomatisch-statistischem Jahrbuch 1834, S. 219; 1848, S. 294 und 1855, S. 221). Die von Otto fortgepflanzte Linie der Waldbottes von Gudenau starb aus, indem Maximilian Hartard Waldbott von Bassenheim zu Gudenau mit seiner Gemalin Maria Magdalena Rosina Adolphine geborenen Freiin Waldbott von Bassenheim zu Bornheim nur eine Erbtochter **Maria Alexandrina Odilia** (gest. 1744) hinterließ, welche durch Heirat das Grundvermögen und mit diesem den Drachenfels Bonn (der mit der Erbtochter Apollon von Drachenfels 1477 in den Besitz Waldbottens gekommen war) an die Familie von der Vorst brachte. Unter der französischen Fremdherrschaft wanderten die Vorst genannt Gudenau nach Oesterreich

Stammtafel der Freiherren Waldbott von Bassenheim-Bornheim.

Oesterreichisch-ungarische Linie.

Franz Karl †.
Maria Barbara
geborene Freiin von Oberweidt.

Victor
† 31. December 1848.
Ferdinandine Freiin von Oberweidt.

August Wilhelm
geb. 4. Jänner 1794.

Maria Caecilia
vm. von Meister.

Otto
geb. 24. Juni 1838.
Alexandrine
Gräfin Kornet de Bighnot.

Victorine
geb. 2. December 1839, †.

Anna
geb. 5. Juni 1841,
vm. Clemens Freiherr Gross
auf Zeburg und Ziegenbrack-
Kartenheim.

Wilhelmine
geb. 3. Juni 1843,
Nonne im Orden Sœurs de Marie
zu Huy in Belgien.

Friedrich
geb. 1. September 1843.
Hedwig Freifrau von Brust
geb. 27. März 1851.

Emund Otto
geb. 21. September 1875.

Maria Augusta
geb. 29. März 1878.

Helene
geb. 15. Mai 1879.

Clemens
geb. 19. Jänner 1882.

aus [Bd. LI, S. 296]. Der zweite Sohn
des obgenannten Anton Waldbott von
Baſſenheim, nämlich **Johann**, iſt der
Stammvater der Olbruck-Königsfeld-
Bornheim freiherrlichen Linie der
Waldbott. Er zeugte mit ſeiner zweiten
Gemalin Katharina geborenen Freiin von
Dalberg zwölf Kinder, von denen **Philipp**
der Stammvater der heutigen Freiherren
wurde. Mit den Söhnen des Freiherrn **Ma-
ximilian Friedrich** aus deſſen Ehe mit
Maria Anna Freiin von Guttenberg, nämlich
mit Freiherrn **Clemens** (geſt. 23. April
1872) und Freiherrn **Franz Karl** (geſt.),
bilden ſich die preußiſche, nunmehr erloſchene
Linie der Waldbott-Baſſenheim und
die öſterreichiſche, deren Chef der k. k.
Hauptmann a. D. **Otto** Freiherr von Waldbott-Baſſenheim (ſiehe die Lebensſkizze
S. 164) iſt. Des Letzteren Bruder, **Friedrich**
(geb. 1. September 1845), diente im k. k.
Oberſtkämmereramte, aus welchem er aber
als Hofſecretär um die Mitte der Siebenziger-
Jahre ſchied. Er iſt Beſitzer des Rittergutes
Bergerhauſen im Kreiſe Bergheim und des
Gutes Ring im Kreiſe Euskirchen in der
Rheinprovinz, vermält ſeit 21. November
1874 mit Hedwig geborenen Freiin von Bruſt
(geb. 27. März 1851), Beſitzerin der Herrſchaften Regecz, Erdö-Horváthy, Komloska,
Kámos-Cſalu im Zempliner Comitate und
des Gutes Jonn-Eſonkaß im Abaujvárer
Comitate Ungarns. Der Familienſtand iſt
aus der Stammtafel erſichtlich. [Genealo-
giſches Staats-Handbuch (Frankfurt
a. M., Barrentrapp, 8°.) 1804, erſter Theil,
S. 370; 1835, S. 756. — Großes voll-
ſtändiges (ſogenanntes Zedler'ſches) Univerſal-Lexikon (Halle und Leipzig, Johann H. Zedler) Bd. LII, Sp. 1436—1446,
mit reicher Literatur und genealogiſchen
Quellen. — Illuſtrirte Zeitung (Leipzig,
J. J. Weber, Fol.) 4. Juni 1870, Nr. 1403.]

Wappen. Von Silber und Roth zwölfmal
geſtändert (Stammwappen). Auf dem Schilde
ruht ein Helm; aus der Krone deſſelben
wächst ins nach rechts ſehender, vorwärts
gekehrter ſilberner Schwan hervor, deſſen
ausgebreitete Flügel je mit einem franziſchen
oder unten abgerundeten Schildchen belegt
ſind, das wie der Hauptſchild geſtändert iſt.
Helmdecken: Roth mit Silber belegt.

Waldburg-Zeil-Trauchburg, Ludwig Bernhard Richard Graf (k. k.

Generalmajor a. D., geb. am
19. Auguſt 1827). Ein Sohn des Fürſten
Franz aus deſſen dritter Ehe mit Thereſe Freiin von der Wenge-Beck, trat
er frühzeitig in die königlich württem-
bergiſche Armee, in welcher er 1850 zum
Oberlieutenant im 4. Infanterie-Regimente avancirte. 1852 nahm er Dienſte
in der öſterreichiſchen Armee, und zwar
als Lieutenant bei Kaiſer Nicolaus-
Küraſſieren Nr. 5. 1854 finden wir ihn
als Oberlieutenant bei Fürſt Windiſchgrätz-Dragonern Nr. 2; 1856 als Rittmeiſter bei Toscana-Dragonern Nr. 8;
1862 bekleidete er in dieſer Charge die
Stelle des Vice-Hofmeiſters und zweiten
Kammervorſtehers Seiner k. k. Hoheit
des Erzherzogs Ludwig Victor; am
13. November 1864 wurde er Major bei
König Johann von Sachſen-Küraſſieren
Nr. 3 und Dienſtkämmerer Seiner k. k.
Hoheit des Erzherzogs Franz Karl und
rückte in dieſem Dienſte 1869 zum Oberſtlieutenant, ſpäter zum Oberſten im Regimente vor. Darauf ſchied er als Generalmajor aus der activen Armee. Sein
Name knüpft ſich an eines der denk-
würdigſten Ereigniſſe des ſchleswig-hol-
ſteiniſchen Krieges im Jahre 1864. Der
Graf war zu dieſer Zeit Oberlieutenant
bei Windiſchgrätz-Dragonern. Nachdem
in der erſten Hälfte des Feldzuges die
k. k. Truppen eine ruhmvolle Waffenthat
um die andere vollführt hatten, mußten
ſie in der zweiten Hälfte unthätig bleiben,
während die Preußen ſich durch die Er-
ſtürmung der Düppeler-Schanzen und
den Uebergang nach Alſen Lorbern
warben. Sehnſüchtig blickten nun
Unſeren nach den Inſeln hinüber, welc-
von Frieſen bewohnt, noch unter dä-
ſcher Botmäßigkeit ſtanden und von d-
berüchtigten Capitain Hammer a-
Schlupfwinkel und Herd zu energiſch-

Agitation benützt wurden. Daß sie hinüber mußten, bevor der Friedensschluß ihnen Halt gebot, stand fest, aber wie? An der ganzen Westküste ziehen sich auf Stundenweite die Watten hin, angeschwemmte Sandflächen, welche nur bei der Fluth, und auch dann nur vermittelst ganz flacher Kähne überfahren werden können, während die Deeps (Tiefen), welche dieselben durchschneiden, das Ueberschreiten auch bei der Ebbe fast unmöglich machen. Schon am 12. Juli versuchten die Landtruppen unter Commando des Oberstlieutenants Schiblach den Uebergang; aber bald gelangte man zur Ueberzeugung, daß ohne actives Einschreiten der Flotte an ein Gelingen der Expedition nicht zu denken sei. Es handelte sich also darum, mit den Schiffen in Rapport zu kommen, welche auf der Lyster Rhede im Nordosten der Insel Sylt lagen. In gerader Linie der nächste Ort auf dem Festlande ist das Dorf Zerpstedt, ungefähr in der Mitte zwischen diesem und Lyst, etwa eine Meile von jedem Ufer entfernt, befindet sich die kleine Insel Jordsand. Drei österreichische Officiere, und zwar der Fregattencapitän Lindner, Hauptmann Wieser und Rittmeister Graf Waldburg Zeil-Trauchburg unternahmen es nun, mit dem Mercantilcapitän Andersen die Strecke von Zerpstedt bis Jordsand bei der Ebbe zu durchwaten, von wo aus sie mit den vier im Königshafen bei Lyst ankernden österreichisch-preußischen Kanonenbooten unter dem Befehl des Fregattencapitäns Kronawetter in Verbindung zu treten hofften. Noch war die Ebbe nicht vollständig eingetreten, als die kühnen Männer bei Zerpstedt in das Wattwasser stiegen, in welchem sie oft bis über das Knie waten mußten. Ist das Gehen im Wasser ohnehin schon beschwerlich, so ist es im Meer-

wasser noch beschwerlicher, da dieses viel stärkeren Widerstand leistet; und sie hatten keine Zeit zu verlieren, denn erreichten sie nicht vor Eintritt der Fluth festen Boden, so war es um sie geschehen. Außerdem drohte ihnen noch die Gefahr, von einem feindlichen Boote gesehen und beschossen zu werden. Bei Jordsandsflak kamen sie auf festen Boden, der barfuß sehr mühselig überschritten werden mußte. Nun ließen sie aber die Insel Jordsand links liegen und marschirten tapfer auf Lyst los, legten die Strecke von anderthalb Meilen in 2½ Stunden zurück und erreichten endlich, zu Tod erschöpft, die Grenze des Wattwassers. Weiter zu kommen war ohne Fahrzeug unmöglich. Man steckte daher eine zu diesem Zwecke mitgenommene weiße Fahne aus — auf dem uns vorliegenden Bilde ist es Graf Waldburg, welcher dies thut — und suchte durch diese und durch vereintes Rufen die Aufmerksamkeit der Kanonenboote auf sich zu lenken. Minuten peinlichen Wartens vergingen, aber noch immer verrieth nichts, daß man unsere heldenmüthigen Männer bemerke. Der Eintritt der Fluth begann, höher und höher stieg das Wasser, schon gaben sie die Hoffnung auf das Gelingen des Wagstückes auf, und da das Festland unmöglich noch zu erreichen war, mußten sie den Rückzug nach der Insel Jordsand antreten. Vor der Fluth würden sie auf der Insel wohl sicher gewesen sein, aber sie mußten dann 24 Stunden ohne Lebensmittel, ohne Trinkwasser im Zustande völliger, durch den anstrengenden Wassermarsch hervorgerufener Erschöpfung die Nacht unter freiem Himmel zubringen. Da, im letzten Augenblicke, als sie den Wattendurchmarsch wieder beginnen wollten, wurden sie gesehen. Drei österreichische Boote machten sich sofort auf, ruderten mit aller Anstrengung auf die Officiere zu und entrissen dieselben noch zur rechten Zeit glücklich der mit jedem Augenblick lebensgefährlicher werdenden Lage. So war das Wagniß also doch geglückt: **die Verbindung zwischen Landtruppen und Flotte hergestellt.** Man hatte es dem Muthe der Tapferen zu danken, daß die Inseln genommen werden konnten, daß der schlaue und energische, sein Terrain mit allen Vortheilen schon seit Jahrzehnten genau kennende Gegner in kurzer Zeit vollkommen besiegt und gezwungen wurde, sein Kriegsmaterial zu zerstören, sich und seine Mannschaft gefangen zu geben und alle seine Fahrzeuge auszuliefern. Es war dies die letzte glänzende Waffenthat in diesem Kriege, und das Verdienst der drei Officiere ward von Seiner Majestät ehrenvoll gewürdigt. Dem Grafen Waldburg wurde die belobende Anerkennung ausgesprochen; später erhielt er das Militär-Verdienstkreuz mit der Kriegsdecoration. (Graf Ludwig ist (seit 5. Juni 1860) mit Anna gebornen Freiin Loë-Almer (geb. 21. November 1840) vermält, und stammen aus dieser Ehe die Gräfinen: Elisabeth (geb. 8. August 1862), vermält (im Jänner 1880) mit Heinrich Grafen von Schaesberg; Maria Theresia (geb. 15. August 1863), Marie Sophie (geb. 24. Jänner 1869) und Graf Rudolph Joseph (geb. 2. April 1872).

Thürheim (Andreas Graf. Gedenkblätter aus der Kriegsgeschichte der k. k. österreichischen Armee (Wien und Teschen 1880, Prochaska, gr. 8°.) Bd. II. S. 133. Jahr 1864

Holzschnitt ohne Angabe des Zeichners und Xylographen: Vier Männer in den Watten stehend, zwei rufen den im Hintergrunde des Meeres sichtbaren Schiffen zu: einer (Graf Waldburg) pflanzt ein Banner auf den

Grund der Watten, der vierte blickt durch ein Fernrohr. Unten stehen die Namen: Fregattencapitän Lindner, Mercantilcapitän Andersen, Rittmeister Graf Waldburg, Hauptmann Wieser (gr. 4°.).

Zur Genealogie des reichsgräflichen Geschlechtes Waldburg. Die Waldburg sind ein uraltes reichsgräfliches Geschlecht aus Schwaben, sie breiteten sich in der Folge in Preußen und Bayern aus und führen ihre Stammregister bis in die Mitte des vierten Jahrhunderts zurück. Doch beginnen die nachweisbaren Stammesreihen erst im zwölften Jahrhundert mit **Gebhard**, der sich 1123 der Erste von Waldburg schreibt und mit Elsa Gräfin von Ravensburg als Stammvater des Geschlechtes erscheint, das sich allmälig in mehrere Aeste und Zweige scheidet. Wir übergeben die älteren zum Theile bereits erloschenen Linien und bemerken nur: daß zur Zeit zwei Hauptlinien bestehen: A. die Linie Wolfegg-Wallsee und B. die Linie Zeil, welch letztere sich noch in die Nebenlinien: a) Zeil-Zeil oder Zeil und Trauchburg, b) Waldburg-Zeil-Lustenau-Hohenems und c) Zeil-Wurzach theilt. Wir können hier im Kurzen nur auf jene Sprossen des Geschlechtes Rücksicht nehmen, welche, wie der k. k. General Ludwig Bernhard Richard (Graf Waldburg-Zeil-Trauchburg, dessen Lebensskizze S. 166 mitgetheilt worden, zu Oesterreich in Beziehung stehen. So seien denn genannt: 1. **Otto**, der 1386 in der denkwürdigen Schlacht bei Sempach mit so vielen anderen österreichischen Rittern erschlagen wurde. — 2. **Johann** (gest. 1304), Stammvater der heutigen Truchsesse von Waldburg, der in erster Ehe mit Elisabeth, einer Tochter Johanns Grafen von Habsburg, vermält war. — 3. Ein anderer **Johann** (gest. 28. December 1507) von der Waldburg-Zeilschen Linie, welcher die Landvogtei in Schwaben an den Erzherzog Siegmund von Oesterreich verkaufte; er war es, 1487 den Venetianer Maria di San verino zu Roveredo zum Kampf herausforderte. Der Sieger sollte tausend Ducat Roß und Harnisch von dem Besiegten behalten. Nach langem hartnäckigen Kampfe, nachdem Waldburg's Pferd gestürzt, zu Fuß ausgefochten werden mußte, stach Johann dem Wälschen den Dolch in den Leib und ward Sieger. — 4. **Jacob,**

gleichfalls von der Scheer'schen Linie, blieb am 9. December 1542 im Kampfe vor Pesth. — 5. Sein Bruder **Wilhelm** (gest. 3. September 1366) erfreute sich der besonderen Gunst Kaiser Karls V., der ihn mit verschiedenen Aufträgen an die Höfe von Spanien, Frankreich und Polen schickte. — 6. **Franz Euseb** (geb. um 1670) von der Linie Waldburg-Friedberg war Domherr zu Salzburg und Basel. — 7. **Christoph** von der Linie Trauchburg starb 1682 als Domherr zu Salzburg — 8 Auch **Friedrich Ernst Euseb** seanete im November 1682 als Domherr zu Salzburg das Zeitliche. — 9. Sein Bruder **Christoph Franz** (geb. 20 Jänner 1689) war kaiserlicher Kämmerer, wurde am 22. April 1698 Reichshofrath, nahm 1705 als kaiserlicher Commissär die Huldigung zu Augsburg, Kempten, Lindau und in anderen Reichsstädten schwäbischen Kreises entgegen und erhielt im November 1711 die Würde eines kaiserlichen geheimen Rathes. — 10. Ein Sohn des Letzteren, **Joseph Wilhelm** (geb. 26. Februar 1694), lebte erst als Domherr in Salzburg, entsagte aber später dem geistlichen Stande, wurde dann kaiserlicher Kämmerer und vermälte sich 1723 mit Maria Eleonore Gräfin von Fürstenberg — 11 Sein Bruder **Franz Karl** (geb. 23. August 1701) ward auch Domherr zu Salzburg, dann Hofrathspräsident daselbst und Graf zu Friedberg. — 12 **Georg** (geb. 1487, gest. 1531) von der Wolffegg'schen Linie war anfänglich General des schwäbischen Bundes im Württemberg'schen und im Bauernkriege, dann aber Kaiser Ferdinands I. Statthalter im Herzogthum Württemberg. — 13. **Maximilian Maria** (geb 1683) war kaiserlicher Kämmerer und Hauptmann im kaiserlichen Regimente Oettingen. — 14. **Johann Jacob** (geb. 23. November 1686) von der Linie Waldburg-Zeil bekleidete die Würden eines Reichshofrathspräsidenten, eines wirklichen geheimen Rathes und Ober-Stallmeisters in Salzburg. — 15. **Karl Rupert** (geb. 18. August 1683, gest. 1733) von der Linie Waldburg-Wurzach war erst Domherr zu Strasburg, dann kaiserlicher Generaladjutant und Hauptmann im Dragoner-Regimente Prinz Eugen von Savoyen, wurde 1711 Kaiser Josephs I., 1723 Kaiser Karls VI. wirklicher Kämmerer, focht 1716 und 1717 im ungarischen Feldzuge und brachte die in der Schlacht

bei Peterwardein eroberten Trophäen und Siegeszeichen: 159 Fahnen, 5 Roßschweife und 3 Paar Pauken, an das kaiserliche Hoflager zu Wien; 1717 rückte er zum Oberstlieutenant bei Veterani-Küraissieren, 1723 zum Obersten im Regimente, 1733 zum Generalmajor vor und starb als solcher 1738 unvermält. — 16. Sein Bruder **Ernst Jacob** (geb. 28. October 1673) war anfangs Domherr zu Cöln, wurde aber später Reichshofrath, 1712 kaiserlicher Kämmerer und 1721 wirklicher geheimer Rath. — 17. Schließlich müssen wir noch der Fürstin **Julie Waldburg-Zeil-Wurzach** (geb. 27 April 1841) als Liedercomponistin gedenken. Sie ist eine Tochter des Grafen Dubský aus dessen Ehe mit Xaverine geborenen Kolowrat-Krakowský und (seit 3. August 1858) zweite Gemalin des Fürsten Eberhard, gegenwärtigen Seniors des fürstlichen Gesammthauses Waldburg. Von ihr erschienen 1868 bei Spina „Drei Gedichte, von Fr. Halm" („An die Ferne", „Frag' nicht, warum", „In trüber Stunde") für eine Singstimme (Alt oder Bariton) mit Begleitung des Pianoforte. Noch enger aber sind die Beziehungen dieses Geschlechtes zum Kaiserstaate durch Heiraten, welche es mit österreichischen Adelsfamilien schloß, in deren Reihen wir Geschlechter ersten Ranges, wie: Attems, Breuner, Falkenstein, Hallweil, Hardegg, Hohenems, Königseck, Khuen-Belasi, Khuenburg, Lobron, Lamberg, Montfort, Questenberg, Schlik, Salm, Spaur, Starhemberg, Sternberg, Thun, Trapp, Toggenburg, Werdenberg, Wolfenstein und andere gewahren. [Stramberg.] Denkwürdiger und nützlicher rheinischer Antiquarius. Von einem Nachforscher in historischen Dingen (Coblenz 1864, Hergt, 8°.) Mittelrhein, der III. Abthlg. X. Bd., S. 688 bis 783. — Morgenblatt der bairischen Zeitung (München) 20. Juni 1864, Nr. 167 und 168 : „Wappen-Sagen Von Hans Weninger. II. Waldburg-Zeil".]

Waldeck, Christian August, Fürst (General der Cavallerie und Commandeur des Maria Theresien-Ordens, geb. 6. December 1744, gest. zu Cintra bei Lissabon am 25. August 1798). Ein Sohn des Fürsten Karl August

Friedrich [f. d. S. 174] aus dessen Ehe mit Christiane Pfalzgräfin von Zweibrücken-Birkenfeld. 26 Jahre alt, war er bereits Oberstlieutenant im Dragoner-Regimente Zweibrücken. Als Volontär machte er dann in der russischen Armee den Krieg gegen die Türken mit und kehrte 1773 als Oberst in sein Regiment zurück, welches ihm 1781 verliehen wurde. Als 1788 Oesterreich gegen die Türken zu Felde zog, commandirte er eine Brigade unter Feldmarschall Loudon, bestand mehrere glückliche Gefechte bei Beschania und Semlin und rückte zum Feldmarschalllieutenant vor. Als solcher befehligte er eine Division im französischen Feldzuge 1792 und zeichnete sich am 6. September genannten Jahres vor Thionville aus, verlor aber bei einer Recognoscirung den linken Arm. Nun begab er sich nach Wien, wo er im Auftrage des Kaisers den Operationsplan für die österreichisch-preußische Rhein-Armee entwarf. Nach demselben wurde festgestellt: daß beide Heere nach der Einnahme von Mainz von einander unabhängig und abgesondert vorgehen sollten, um den Vorwürfen, Verzögerungen und Uneinigkeiten zu begegnen, zu denen die vereinten Operationen bisher zwischen den beiderseitigen Truppen geführt hatten. Dabei handelte es sich zunächst darum, solche Gegenden zu bezeichnen, durch welche am leichtesten in Frankreich eingedrungen, eine oder die andere Eroberung gemacht und eine sichere Basis für den nächsten Feldzug gewonnen werden könne. Der Plan war gut entworfen, fand aber im preußischen Hauptquartier keine Gnade. Endlich brachte es der Prinz bei dem Könige von Preußen dahin, daß dieser Wurmser's Lieblingsidee: die Offensive nach dem Elsaß, acceptirte, und er selbst erhielt das Commando

eines Corps. Bei der Einnahme von Weißenburg führte er die erste Colonne, welche aus 12 Bataillonen und 7 Schwadronen bestand, übersetzte mit ihr am 13. October 1793 den Rhein bei Selz, demonstrirte gegen Lauterburg, faßte die Franzosen im Rücken, während Wurmser sie vorne angriff, und trug wesentlich zu dem herrlichen Siege dieses Tages bei. Wenige Tage danach, am 26. October, eroberte er Wanzenau und nahm bei dieser Gelegenheit dem Feinde 14 Kanonen und 2 Haubitzen ab. Noch zeichnete er sich bei Blenheim und Drusenheim aus und übernahm 1794, nach Wurmser's Rücktritte, das Commando der Armee am Oberrhein, welches er bis zur Ankunft des Feldzeugmeisters Browne führte. Für die thätige Mitwirkung bei der Einnahme der Weißenburger Linien erhielt er in der 32. Promotion (vom 25. October 1793) außer Capitel das Commandeurkreuz des Maria Theresien-Ordens und rückte zum General der Cavallerie vor. In dieser Eigenschaft wirkte er bei der Armee in den Niederlanden, bis er bald darauf als Mitglied des Hofkriegsrathes nach Wien berufen ward. 1796 mit dem Generalcommando in Böhmen betraut, erhielt er daselbst 1797 den Ruf, den Oberbefehl der portugiesischen Landarmee zu übernehmen; er folgte mit Genehmigung des Kaisers diesem Antrage und fand in Lissabon die ehrenvollste Aufnahme. Aber seine Aufgabe, die desorganisirten portugiesischen Truppen zu organisiren und auf besseren Fuß zu stellen, konnte er nicht lösen; man will wissen, daß das Entgegenwirken mehrerer Großen des Landes, welche sich durch Waldeck's Berufung und seine glänzende Aufnahme verletzt fühlten und deren Eifersucht erregt worden, woran die eigentliche Schuld gewesen sei

Waldeck starb schon im folgenden Jahre zu Cintra bei Lissabon, als portugiesischer Feldmarschall und Commandirender der Landarmee.

Dictionnaire biographique et historique des hommes marquans de la fin du dix-huitième siècle et plus particulièrement de ceux qui ont figuré dans la Révolution françoise (Londres 1800, 8°.) Tom. III, p. 493. — Oesterreichische National-Encyklopädie von Gräffer und Czikann (Wien 1837, 8°.) Bd VI, S. 13. — Hirtenfeld (J.). Der Militär-Maria Therefin-Orden und seine Mitglieder (Wien 1857, Staatsdruckerei, 4°.) S. 393 und 1736. — Nehse (Eduard). Oesterreichs Hof und Adel (Hamburg, Hoffmann und Campe, 8°.) Bd. IX, S. 102 und 145. — Zöllös (Joh. Nep. v.). Tagebuch gefeierter Helden u. f. w. (Fünfkirchen 1837, 8°.) S. 417 [nach diesem geboren am 16. October 1744]. — Auch enthält das Programm des Gymnasiums zu Korbach im Fürstenthum Waldeck f. f. 1883, eine Abhandlung über den Rheinfeldzug des Fürsten Christian August.

I. Zur Genealogie des Fürstenhauses Waldeck. Die Waldeck sind ein uraltes gräfliches, seit 1682 und 1711 fürstliches Geschlecht, welches seine Stammreihen bis auf Wittekind Grafen von Waldeck und Schwalenberg im achten Jahrhundert zurückführt. **Wittekind VI.** (gest. 1190), der von dem Erzbischofe Philipp von Cöln die Grafschaft Vormont zu Leben erhielt, zeugte mit seiner Gattin Lutrade geborenen Gräfin von Arnsberg die Söhne **Volquin**, **Werner** und **Heinrich**. Ersterer pflanzte das Geschlecht fort; der Zweitgeborene wurde Stammvater der Grafen von Vormont; der Jüngste stiftete die Linie zu Sternberg, welche aber schon 1399 wieder erlosch. Von Volquins Söhnen wurde **Gottfried** Stifter der Linie Schwalenberg; **Adolph** pflanzte den Stamm fort durch seinen Sohn Otto (erschlagen 1303). Sophie von Hessen, die Gemalin des Letzteren, gebar demselben den Sohn **Heinrich**. Dieser, ein entschiedener Anhänger Kaiser Ludwigs des Bayern, zeugte mit seiner Gattin Adelheid Gräfin von Cleve den Sohn Otto, dessen Ehe mit Mechtild von Lünburg **Heinrich**, genannt der Eiserne, entsproß. Letzterer hatte mit Isabella geborenen Gräfin von Berg zwei Söhne.

Adolph und **Heinrich**. Ersterer stiftete mit seiner Gattin Agnes geborenen Gräfin von Ziegenhayn und Nidda die Landau'sche Linie, welche schon 1495 wieder ausstarb. Sein Bruder Heinrich aber hinterließ zwei Söhne: **Vollrad I.** und **Heinrich**. Dieses Letzteren Sohn **Philipp** ist der Stifter der älteren Wildungen'schen Linie, welche 1598 mit **Wilhelm Ernst** erlosch. **Vollrad I.** (gest. 1474) aber hinterließ mit seiner Gemalin Barbara Gräfin von Wertheim die Söhne **Franz**, **Gregor** und **Philipp**, von denen Letzterer den Stamm fortpflanzte durch seine Söhne **Vollrad II.** und **Johann** den Frommen. Des Letzteren (gest. 1576) Nachkommenschaft erlosch bereits 1509. Dagegen entsprossen der Ehe Vollrads II. (geb. 1509, gest. 1578) zu Eisenberg mit Anastasia geborenen Gräfin von Schwarzburg zwölf Kinder, von denen **Josias** der Stammvater der heutigen Fürsten und Grafen von Waldeck. Dessen mit Maria geborenen Gräfin Barby erzeugte Söhne **Vollrath** und **Christian** stifteten zwei Linien: Ersterer die zu Wildungen, zum Unterschied der obwähnten Wildunger Linie auch die jüngere genannt, und Christian jene zu Eisenberg. Erstere erlosch mit dem Fürsten **Georg Friedrich** im Jahre 1692; letztere dagegen blüht bis zur Stunde in einem fürstlichen und gräflichen Zweige. Hinsichtlich der weiteren Entwickelung dieses Fürstenhauses, das für uns nur durch seine mehrfachen Beziehungen zum Kaiserstaate einiges Interesse hat, verweisen wir auf den 66. Jahrgang (1833) des „Genealogischen Staatshandbuchs" (Frankfurt a. M. 1833, Varrentrapp, 8°.), welches auf S 399—314 eine lichtvolle Darstellung der Genealogie dieses Geschlechts gibt, das bis zu Ende des vorigen Jahrhunderts in ziemlich nahen Beziehungen zu Oesterreich stand, wie dies S. 172 aus II. Besonders denkwürdige Sprossen des Fürsten- und Grafengeschlechtes Waldeck ersichtlich ist. Später begegnen wir nur noch einem Waldeck, und zwar dem Prinzen **Wolrad**, in der k. k. Armee. Derselbe (geb. 23. April 1798) war Rittmeister im k. k. Hußaren-Regimente Prinz von Homburg und starb zu Siena, erst 23 Jahre alt, im September 1821. Was die Standeserhebungen dieses Geschlechtes, das ursprünglich schon mit dem Grafentitel erscheint, betrifft, so erlangte **Georg Friedrich** Graf von Waldeck-Wildungen mit

Diplom ddo. 27. Juni 1682 den Reichsfürſtenſtand, jedoch erloſch dieſe fürſtliche
Linie mit ihm ſelbſt im Jahre 1692. Dann
wurde dem Grafen **Friedrich Anton
Ulrich** von Waldeck-Eiſenberg,
anläßlich der Krönung Kaiſer Karls VI.
1711, neuerlich der Reichsfürſtenſtand
verliehen. Der Fürſt **Chriſtian Auguſt**
[S. 169] erhielt 1784 das Indigenat in
Böhmen, 1790 in Ungarn. 1790 aber
verkaufte er die 1784 von ihm erworbenen
herzoglich Zweibrücken'ſchen böhmiſchen
Herrſchaften Reichſtadt, Poliz, Pleſchkowitz,
Swolunowis, Buſchtiebrad, Tachlowitz, Po-
ritſchan und Karzow. — Was die Heiraten
dieſes Hauſes anbelangt, ſo ſchloſſen die Mitglieder desſelben ihre Ehen meiſt mit den
Sproſſen der anſehnlicheren deutſchen Fürſten-
häuſer, in neuerer Zeit mit erſten Höfen des Con-
tinentes, ſo mit den Fürſtenhäuſern Schwarz-
burg-Sondershauſen, Pfalz-Zwei-
brücken, Anhalt-Bernburg, Curland,
Naſſau, Schaumburg-Lippe, Heſſen-
Philippsthal, mit dem Königshauſe der
Niederlande, dann mit den alten reichsgräflichen und fürſtlichen Geſchlechtern Löwenſtein-Wertheim, Iſenburg-Bü-
dingen, Aldenburg-Bentinck, Bent-
heim-Bentheim, Zayn-Wittgen-
ſtein; auch fehlt es nicht an ein paar morga-
natiſchen Ehen; von öſterreichiſch-ungariſchen Familien können wir aber nur eine
nennen, nämlich ein Bruder des oberwähnten
in Siena verſtorbenen **Wolrad, Fürſt Hermann** (geb. 12. October 1809, geſt. 6. October 1878), anfangs Officier in der preußiſchen Armee, ſpäter Oberſt der Waldeck'ſchen
Truppen und zuletzt preußiſcher Generallieutenant à la suite, vermälte ſich 1833 mit
Agnes Gräfin Teleki-Szék, welche Ehe jedoch
kinderlos blieb. Der fürſtliche Geheimrath
und Kanzler von Klettenberg hat en
großes mit Urkunden, Stammtafeln und
Kupfern ausgeſtattetes Werk, betitelt: „Wal-
deckiſche Historia Diplomatica und Regenten-
ſaal" geſchrieben, welches ſich wohl — als
Manuſcript — in den Archiven des Fürſten-
hauſes aufbewahrt finden dürfte.

I. **Denkwürdige Sproſſen des Fürſtengeſchlech-
tes Waldeck, welche zu Oeſterreich in näherer
Beziehung ſtehen.** 1. **Chriſtian** Graf Waldeck (geb. 27. December 1585, geſt. 1638),
der ältere Sohn des Joſias Grafen von
Waldeck (geb. 1554, geſt 1588) aus deſſen

Ehe mit Maria geborenen Gräfin Barby
und Stifter der Linie Waldeck-Eiſenberg, aus welcher die heutigen Fürſten
Waldeck ſtammen. Seine beiden Söhne
Wollrath und Chriſtian ſtifteten, der
Aeltere die Linie zu Wildungen, der
Jüngere die zu Eiſenberg. Erſtere erloſch
mit dem am 27. Jänner 1682 in den Reichsfürſtenſtand erhobenen Georg Friedrich
(geb. 8 März 1620, geſt. 19. November 1692), da
ſeine mit Eliſabeth Charlotte geborenen
Gräfin Naſſau-Siegen erzeugten Söhne
vor ihm ſtarben. Dagegen blühte die von
Chriſtian geſtiftete Linie Waldeck-Eiſenberg fort. Chriſtian vertrat bei Kaiſer
Ferdinand II. die Stelle eines Kammer-
herrn und war auch Mitglied der frucht-
bringenden Geſellſchaft. Aus ſeiner Ehe mit
Eliſabeth geborenen Gräfin Naſſau-Siegen hatte
er eilf Töchter und vier Söhne, von welch
letzteren Philipp [ſ. d. S. 174, Nr. 9] das
Geſchlecht fortpflanzte. — 2. **Chriſtian Auguſt** Fürſt Waldeck [ſ. d. beſondere Biographie S. 169]. — 3. **Chriſtian Ludwig**
Graf Waldeck (geb. zu Arolſen 29. Juli 1635,
geſt. 12. December 1706) von der Linie
Waldeck-Eiſenberg. Der erſtgeborene
Sohn Philipps [ſ. d. S. 174, Nr. 9] aus
deſſen Ehe mit Anna Katharina geborenen
Gräfin Sayn, wurde er 1683 zum kaiſerlichen
Feldmarſchall erhoben. Seiner erſten im Jahre
1638 mit Anna Eliſabeth geborenen Gräfin
Rappoltſtein geſchloſſenen Ehe entſproßten
acht Töchter und ſieben Söhne, von denen
keines für dieſes Werk eine Bedeutung hat;
ſeine zweite Gemalin Johanna geborene Gräfin
Naſſau-Idſtein, welche er 1678 ehelichte.
ſchenkte ihm vier Töchter und ſechs Söhne,
von welch letzteren: Karl Chriſtian,
Ludwig [7] und Joſias [5] weiter unten
ausführlicher erwähnt werden. — 4. **Georg
Friedrich**, erſter Fürſt von Waldeck-Wildungen (geb. 8 März 1620, geſt. zu Arolſen 19. November 1692). Ein Sohn Woll-
raths Grafen von Waldeck-Wildung
aus deſſen Ehe mit Anna geborenen Markgräfin von Baden-Durlach, diente
anfänglich als Oberſt bei den fränki-
ſchen Kreistruppen, wurde dann General;
unter Karl Guſtav von Schweden
that ſich in der Schlacht bei Warſchau
vor, 1664, im Treffen bei St Gottha...
zeichnete er ſich ganz beſonders aus, ſo b...
ihm der Kaiſer in einem eigenhändi...
Schreiben beglückwünſchte und ſeiner Gna...

commandirte er als Reichs-
n Rhein gegen die Franzosen.
182 in den Reichsfürsten-
wohnte er im folgenden
Reichs- und Kreistruppen
der Stadt Wien von den
commandirte am 12. Sep-
scheidungstage gemeinschaft-
Kurfürsten von Bayern das
rsten Treffens, während den
erselben der Herzog von
und der Kurfürst von
rechten aber der König
erledigte. 1683 focht er als
s rechten Flügels bei Gran
ntlich zum Siege bei. Eine
Lothringen, dem Kurfürsten
dem Fürsten von Waldeck
gte Gedächtnißmünze bewahrt
n den Tag der Schlacht und
er drei Genannten. Im fol-
schielt er als Reichsfürst Sitz
uf dem Reichstage. Nun be-
eneralstaaten der Vereinigten
n Feldmarschall und Gou-
stricht und übertrugen ihm,
n Miene machten, sich in den
riter auszutreten, den Ober-
Armee, welche gegen Frank-
zog. Am 25. August 1689
e Franzosen bei Walcourt in
der holländischen Cavallerie
derselben; es sollte auf diese
Ludwigstag ganz besonders
t werden; aber Fürst Wal-
eine starke Niederlage bereitete,
d dieses Vorhaben. Weniger
am 1. Juli 1690 bei Fleurus,
en Bundestruppen focus...en
n Händen hatten, als ihnen
die Raubgier der deutschen
sich nicht abhalten ließen, zu
sen wurde. Aber dieser Sieg
— an 12.000 derselben be-
eile todt, zum Theile verwun-
lstatt — glich mehr einer
t führte der Fürst gemein-
em Könige von England das
en gegen die Franzosen. Am
war er zum Großmeister des
6 gewählt worden. Georg
ete sich 1643 mit Elisabeth
nen Gräfin Nassau-Siegen ver-
n vier Söhne und vier Töchter
sten starben alle in ihrer

Kindheit, von Letzteren vermälte sich Luise
Amalie (geb. 1653, gest. 1714) dem
Grafen Georg von Erbach und Henriette (geb. 1666, gest. 1702) dem Herzoge
Ernst von Sachsen-Hildburghausen.
Mit dem Fürsten Georg Friedrich erlosch
die reichsfürstliche Linie Waldeck-Wildungen. [Le Chevalier Temple, Remar-
ques sur l'estat des Provinces unies de
Pays bas, p. 124. — Happelii. Kern-
chronik, S. 83—36. — Melissante's jetzt-
lebendes Europa, V. Theil, S. 1 u. f. —
Beckmann. Beschreibung des Johanniterordens, S. 227 u. f. — J. E. R(emet).
Vernünftige Gedanken über allerhand historische, kritische und moralische Materien
u. s. w. (Frankfurt a. M. 1740, Andreä,
8°.) III. Theil, S. 6, 7, 8, 9. — Im fürstlichen Familienarchive aber befindet sich in
Manuscript die ausführliche Biographie des
Fürsten Georg Friedrich von dem
mecklenburgisch-strelitzischen Präsidenten und
geheimen Rathe von Rauchbar, der ehedem
bei dem Fürsten als Hofrath in Diensten gestanden. — Porträts. 1) C. Higens sc.,
4°. Hüftbild. — 2) Auch in Merian's
„Theatrum europaeum“] — 5. Josias
Graf Waldeck (geb. 20. August 1696,
gest. 2. Februar 1763) von der Linie
Waldeck-Eisenberg. Ein Sohn Christian Ludwigs aus dessen zweiter Ehe
mit Johanna Gräfin Nassau-Idstein,
war er zuerst zweiter Oberst, 1724 Oberst
und Commandant eines kais. Dragoner-, des
nachmaligen 11. Küraifier-Regiments, später
finden wir ihn als Brigadier in königlich
französischen Diensten. Seine Gemalin Doro-
thea Sophie Wilhelmine geborene Gräfin Solms-
Assenheim (geb. 1698, gest. 1774) gebar ihm
sieben Kinder, von denen nichts Besonderes zu
melden ist. — 6. Karl August Friedrich
Fürst Waldeck[siehe die besondere Biographie
S. 174]. — 7. Karl Christian Ludwig
Graf Waldeck (geb. 25. December 1687,
gest. den Soldatentod auf dem Schlachtfelde
am 15. September 1734) von der Linie
Waldeck-Eisenberg. Ein Sohn des
Grafen Christian Ludwig aus dessen zweiter Ehe mit Johanna geborenen Gräfin
Nassau-Idstein, widmete er sich frühzeitig
dem Waffendienste im Dragoner-Regimente
Württemberg Nr. 3 und wurde 1723 kaiserlicher Oberst und Kämmerer. 1734 rückte er
zum General-Feldwachtmeister vor und machte
als solcher den Feldzug in Italien mit. Am

15. September letztgenannten Jahres passirte die Armee in aller Stille die Secchia, darauf kam es bei Quistello und nicht, wie es hie und da heißt, bei Guastalla, zu einem äußerst blutigen Gefechte. In demselben blieb der Graf von einer feindlichen Kugel tödtlich getroffen, auf der Wahlstatt. Er war erst 47 Jahre alt und unvermält. — **8. Ludwig Franz Anton** Fürst Waldeck (geb. 5. Mai 1707, gest. zu Belgrad an seiner bei Kroczka erhaltenen Wunde am 24 Juli 1739) von der Linie Waldeck-Eisenberg. Ein Sohn des an Stelle der 1692 erloschenen reichsfürstlichen Linie Waldeck-Wildungen 1711 bei der Krönung zu Frankfurt a. M. von Kaiser Karl VI. in den Reichs-fürstenstand erhobenen Grafen Friedrich Anton Ulrich aus dessen Ehe mit Luise geborenen Pfalzgräfin von Birkenfeld und ein Bruder des Fürsten Karl August Friedrich [s. d. unten]. Er diente in der kaiserlichen Armee, und zwar im Infanterie-Regimente War Prinz von Hessen Nr. 27. Mit diesem kämpfte er in den Feldzügen am Rhein gegen die Franzosen. 1738 wurde er, an Stelle des cassirten Humbracht, Oberst des Regiments, mit welchem er nach Ungarn zog, wo er in den Feldzügen 1738 und 1739 focht. Im Treffen bei Kroczka am 22. Juli letzteren Jahres befehligte er die zum ersten Angriff berufenen 18 Compagnien Grena-diere und wurde bei dieser Gelegenheit töd-lich verwundet; denn schon zwei Tage später, am 24. Juli, erlag er, erst 33 Jahre alt, zu Belgrad seiner Verwundung. Er war unver-mält geblieben. — 9 **Philipp** Graf Waldeck (geb. 1613, gefallen auf dem Schlachtfelde in Böhmen im Jahre 1645) von der Linie Waldeck-Eisenberg. Ein Sohn des Grafen Christian, Stifters der Linie Waldeck-Eisenberg, aus dessen Ehe mit Elisabeth geborenen Gräfin Nassau-Siegen, diente er in der kaiserlichen Armee und fiel 1645 als Oberst in der Schlacht bei Tabor in Böhmen. Aus seiner 1634 mit Anna Katharina geborenen Gräfin Sayn geschlossenen Ehe hatte er zwei Söhne und drei Töchter. Von den Ersteren geschieht (Christian Ludwig [S. 172, Nr. 3] nähere Erwähnung.

Waldeck, Karl August Friedrich Fürst (k. k. Feldmarschall, geb. 24. Sep-tember 1704, gest. 29. August 1763)

von der Linie Waldeck-Eisenberg. Als jüngerer Sohn des Fürsten Fried-rich Anton Ulrich aus dessen Ehe mit Luise geborenen Pfalzgräfin zu Bir-kenfeld hatte er keine Aussicht zur Re-gierung. Er trat daher frühzeitig in Kriegsdienste und wurde schon 1723 Oberst des Württembergischen Regi-ments. 1728 mit dem Hinscheiden seines unvermält gebliebenen Bruders Chri-stian Philipp kam er zur Regierung, entsagte jedoch dem Waffendienste nicht. 1734 zum kaiserlichen General-Feld-wachtmeister befördert, entwickelte er als solcher große Bravour in den Feldzügen am Rhein, namentlich 1735 bei Solm. 1736 kämpfte er in Ungarn gegen die Türken und betheiligte sich im folgenden Jahre an der Belagerung der Festung Usicza, bei welcher Gelegenheit er eine Verwundung davontrug. 1738 erfolgte seine Ernennung zum Feldmarschall-Lieutenant, 1739 zum Inhaber des Infanterie-Regiments Freiherr von Fürstenbusch Nr. 35. welches er bis zu seinem Tode, nahezu ein Vierteljahr-hundert, behielt. Im letztgenannten Jahre zog er gegen Ungarn ins Feld und wurde bei Kroczka am 22. Juli neuer-dings verwundet. 1742 rückte er zum General-Feldzeugmeister vor, nahm aber noch im nämlichen Jahre mit Bewilligung des Kaisers den Posten eines Generals der Infanterie bei den Generalstaaten an, als welcher er sofort ein neues Infanterie-Regiment zum Dienst der Generalstaaten aufstellte. 1743 kehrte zur Armee in Ungarn zurück und mac dann als Feldzeugmeister den Feldzug Rhein mit. Eine bei Rheinweiler erlitte Schlappe glich er in kurzer Zeit dur einen gelungenen Angriff auf den G neral Balincourt ebendaselbst wiede aus. Auch an den weiteren Operationen nahm er, und zwar mit Glück, thätigen Antheil. Als im zweiten schlesischen Kriege König Friedrich im November 1744 plötzlich Böhmen räumen und nach Schlesien sich zurückziehen mußte, brach im 9. und 10. December dahin auch die ganze österreichische Armee in drei Colonnen auf, deren erste der Fürst befehligte. Bis Ende des Jahres war ganz Ober-Schlesien mit den Festungen Cosel und Neisse wieder in unseren Händen. 1745 übernahm Fürst Waldeck von Neuem das Commando in den General-staaten gegen die Franzosen. Bei Fontenai am 11. Mai wurden ihm zwei Pferde unter dem Leibe weggeschossen. Bis ins Frühjahr 1746 kämpfte er mit wechselndem Glücke, aber immer bewährte er sich als umsichtiger und tapferer unerschrockener Führer. Am 14. April desselben Jahres brachte ihm Feldmarschall Graf Batthyányi ins Hauptquartier von Mecheln das Diplom eines kaiserlichen Feldmarschalls. Später des unsteten Lebens im Feldlager müde, führte Fürst Waldeck zu seinen Unterthanen zurück, welche in den bedrängten Zeiten schwer gelitten hatten, so mußten z. B. im Jahre 1760 an 30.000 Mann drei Wochen hindurch gänzlich verpflegt werden. Er suchte nun, so weit als möglich, diese Leiden zu lindern. Meistens lebte er in Frankfurt. Mit seltenen Gaben des Geistes und einem schönen äußeren ausgestattet, glänzte der Fürst. Er sich auf Reisen eine ungewöhnliche Bildung angeeignet hatte, durch seinen Muth und seine Kaltblütigkeit. Als ihm in der Schlacht bei Fontenai ein Pferd unterm Leibe erschossen wurde, setzte er sich auf ein anderes, schnupfte eine Prise Tabak und nahm mit den Worten: „Hier ist es sehr warm", seinen alten Platz wieder ein, indeß rund um ihn die Kugeln umhersausten. Fürst Karl August Friedrich hatte sich am 19. August 1741 mit Henriette Karoline (nach Anderen heißt sie Christiane) Pfalzgräfin von Birkenfeld vermält, welche ihm sieben Kinder gebar, von denen Friedrich Karl die Regierung übernahm, Christian August [s. d. S. 169] in österreichischen Kriegsdiensten stand, Ludwig aber (geb. 16. December 1752) als Truppencommandant im Kurbraunschweigischen am 14. Juni 1793 zu Cottryk seinen zwei Tage zuvor bei Warwick in Flandern erhaltenen Wunden erlag.

Ladvocat. Historisches Handwörterbuch (Ulm 1786. Stettini. gr. 8°. VI. Theil. Sp. 2104 und 2105.

Porträt Im 116 Theil des „Europäischen Staatssecretair".

Waldeck, Franz Borgias (Professor der Theologie, geb. zu Schwertberg im unteren Mühlkreise des Landes Oberösterreich am 9. October 1831, gest. zu Linz am 14. Februar 1866). Der Sohn eines mit vielen Kindern gesegneten Schullehrers, legte er seine sämmtlichen Studien in Linz zurück und beendete jene der Theologie mit dem Schuljahre 1853. Noch zu jung, um die Priesterweihe zu erhalten, kam er vorläufig in das höhere geistliche Bildungsinstitut „zum heiligen Augustin" in Wien und wurde mit päpstlicher Dispens am 30. Jul 1854 ausgeweiht. Zum Doctor der Theologie promovirt, erhielt er die Cooperatorstelle zu Molln, wo er anderthalb Jahr verblieb und ein Gebet- und Gesangbuch herausgab. 1858 wurde er von seinem Oberhirten als Dom- und Chor-Vicar nach Linz berufen, an eine Stelle, zu welcher er wegen seiner wohlklingenden Stimme und seiner nicht unbedeutenden

Kenntnisse in der Musik besonders geeignet erschien. Aushilfsweise versah er bald auch die Stelle eines Dompredigers in der Landeshauptstadt, und durch seinen klaren ruhigen Vortrag machte er sich als solcher in weiten Kreisen beliebt, wie er andererseits auch als Beichtvater sehr gesucht war, in welcher Eigenschaft er bis zu seiner letzten Krankheit thätig blieb. 1861 folgte er, erst supplirend, dann definitiv, dem auf die Pfarre Traiskirchen versetzten Professor Engel an der theologischen Lehrkanzel in Linz, auf welcher er bis zu seinem Tode als Professor des neutestamentlichen Bibelstudiums und der höheren Exegese verdienstlich wirkte, zugleich als Prosynodial-Examinator fungirend. Eine äußerst rege Thätigkeit entwickelte er als Mitglied religiöser Vereine. Durch Jahre war er Ausschuß des katholischen Central-, eifriger Mitarbeiter des Vincentius- und Secretär des Bonifacius-Vereines, welch letzteren er 1859 für die Diöcese Linz auf der General-Versammlung zu Paderborn vertrat; ferner war er Schriftführer und Mitglied des engeren Ausschusses des „christlichen Diöcesan-Kunstvereines zum heiligen Lucas in Linz“ und nach dem Tode Pamersberger's [Bd. XXI, S. 257] Vereinssecretär und Herausgeber der „Christlichen Kunstblätter“, in welchen er als begeisterter Vorkämpfer für die Reform der Kirchenmusik, zumal in Oberösterreich, auftrat. Unter großen, seine geschwächten Kräfte nahezu übersteigenden Mühen brachte er im September 1865 eine sehenswerthe, in zahlreichen Objecten hochinteressante Ausstellung christlicher Kunstschätze und kirchlicher Paramente zu Stande, deren Werth von allen Freunden der Kunst ehrend anerkannt wurde. Schon seit Beginn des Herbstes 1865 an der Tuberculose kränkelnd,

erlag er derselben im Alter von erst 35 Jahren; sanft und ruhig, wie der allgemein geachtete Priester und Kunstfreund gelebt und gewirkt hatte, verschied er in den Armen seiner Mutter, welche an sein Sterbebett geeilt war. Seine irdischen Ueberreste wurden auf dem Linzer Friedhofe beigesetzt.

Katholische Blätter (Linz, 4°.) XVIII. Jahrgang, 21. Februar Nr. 15. — Briefliche Mittheilungen des Custos des Francisco-Caroleums und Malers J. M. Kaiser, dem ich hier dafür meinen Dank aussprече.

Waldeck, Johann Friedrich Maximilian von (Maler, geb. zu Wien, nach Anderen zu Prag 1766, gest. in Paris am 31. April 1875). Oesterreicher von Geburt, ist er nach Einigen einfach Herr von Waldeck, nach Anderen Graf. Leider sind wir über seine Jugend und wie es geschah, daß Oesterreich sein Vaterland wurde, nicht unterrichtet. Auch über seinen Bildungsgang finden wir nur höchst lückenhafte Angaben. Nach Nagler hätte er seine Studien in Berlin, nach Müller-Klunzinger in Paris unter Vien, David und Prudhon gemacht. Erst 19 Jahre alt, betheiligte er sich 1785 an der Entdeckungsreise Levaillant's nach Südafrica; 1794 trat er als Freiwilliger in die französische Armee, mit welcher er in Italien kämpfte. Später unternahm er wieder eine Reise nach Südafrica und in das indische Meer, 1819 aber eine solche mit Lord Cochrane nach Chile und später eine Entdeckungsreise nach Guatemala. 1822 weilte der Künstler in London, 1831 in Mexico, wo er mit der Regierung einen Contract schloß, nach welcher er zu Palenqua im mexicanischen Staat Chiapas die Alterthümer des Landes zeichnen und die Zeichnungen der Regierung einliefern sollte. Er unternahm auch die Reise dahin, doch scheinen die Resultate derselben mehr dem Lord Kingsborough als der mericanischen Regierung genützt zu haben, denn wir finden die Zeichnungen größtentheils in dem Prachtwerke dieses Engländers. Nach zwölfjähriger Abwesenheit von Paris kehrte Waldeck wieder dahin zurück. Eine von ihm 1834 bis 1836 nach Yucatan, dem östlichsten der mericanischen Staaten, unternommene Reise hat er in einem eigenen Bilderwerke unter dem Titel: „*Voyage pittoresque et archéologique dans la province de Yucatan pendant les années 1834 jusqu'à 1836*" (Paris 1837, Fol.) beschrieben, und dieses Werk, das colorirt 135 Francs kostet, eignete er obgedachtem Lord Kingsborough zu. Als er im Alter von hundert Jahren stand, kaufte ihm die französische Regierung seine Studien über die Ruinen von Palenqua ab, um sie vervielfältigen zu lassen, wobei er noch selbst mitarbeitete. Waldeck blieb bis zu seinem Tode — und er wurde 110 Jahre alt — rüstig und künstlerisch thätig und hatte noch 1869 im Pariser Salon zwei Gemälde seiner Hand ausgestellt. Seinen Zeichnungen wird große Schönheit nachgerühmt. es sind meistens miniaturartige Aquarelle. Die architectonischen Ueberreste aus der alten mericanischen Zeit und die Sculpturen hat er mit großer Genauigkeit wiedergegeben. Ein Theil seiner Zeichnungen ist im größten Formate ausgeführt, so daß die Sculpturen in Naturgröße erscheinen. Er war in der Gesellschaft sehr beliebt und verstand es, seine reichen und mannigfaltigen Reiseergebnisse mit Münchhausen'scher Virtuosität zu erzählen.

Presse (Wiener polit. Blatt) 1867, Nr. 167: „Ein hundertjähriger Maler". — Neues Fremden-Blatt (Wien, 4°.) 1867, Nr. 108 — Fremden-Blatt. Von Gustav Heine (Wien, 4°) 1867, Nr. 107. — Nagler (G. K. Dr.), Neues allgemeines Künstler-Lexikon (München 1839, E. A. Fleischmann, 8°.) Bd. XXI, S. 88. — Die Künstler aller Zeiten und Völker... Begonnen von Professor Fr. Müller, fortgesetzt und beendigt von Dr. Karl Klunzinger und A. Seubert (Stuttgart 1864, Ebner und Seubert, gr. 8°) Ergänzungsband S. 444.

Walden, Heinrich. Dieses Pseudonyms, wie auch eines zweiten: **Dellarosa**, bediente sich der Wiener Schriftsteller Joseph Alois Gleich, dessen in Bd. V, S. 214 dieses Lexikons nähere Erwähnung geschieht.

Walderdorff, Richard Wilderich Graf (k. k. Oberlieutenant a. D., geb. zu Molsberg im Herzogthum Nassau am 14. November 1837). Der Sproß eines alten, in den Rheingegenden blühenden katholischen Grafengeschlechtes, welchem auch der durch seine zweiten Gesichte oder seine Doppelgänger bekannt gewordene Wormser Bischof Johann Philipp Freiherr von Walderdorff (geb. 24. Mai 1702, gest. 12. Jänner 1768) angehört, über welchen Bülau in seinem Werke „Geheime Geschichten und räthselhafte Menschen" Bd. I, S. 449 Näheres berichtet. Der jüngste Sohn des herzoglich Nassau'schen Staatsministers Karl Wilderich Grafen Walderdorff aus dessen erster Ehe mit Mauritia geborenen Beissel von Gymnich, trat er im September 1849 in die Wiener Neustädter Militärakademie, aus welcher er am 9. Juli 1854 wieder schied, ohne sich in die Reihen der k. k. Armee eintheilen zu lassen. Dann finden wir ihn in den k. k. Militär-Schematismen vom Jahre 1858 als Lieutenant minderer Gebühr bei Friedrich Wilhelm III. König von Preußen-Huszaren Nr. 10 und 1859 als Oberlieutenant in demselben ausgewiesen. Er nahm an dem Feldzuge letztgenannten Jahres in Italien Theil und erhielt wegen seiner hervorragend tapferen und sonst verdienstlichen Leistung in der Schlacht bei Solferino (24. Juni) und in den derselben vorangegangenen Gefechten mit Armeebefehl vom 17. August 1859 das Militär-Verdienstkreuz. Am 31. December 1861 trat er mit Beibehalt des Militärcharakters aus den Reihen der k. k. Armee. Graf Richard Walderdorff, welcher auch k. k. Kämmerer ist, hatte sich am 5. Mai 1868 mit Wanda geborenen Festetics de Tolna (geb. 25. April 1845) vermält, und lebt das Paar — kinderlos — zu Ismonning bei München. — Auch des Vorigen älterer Bruder Eduard Wilderich (geb. 29. Jänner 1833) — den Namen Wilderich führen sämmtliche männliche Sprossen dieser Familie — diente im nämlichen Regimente, avancirte 1859 zum Oberlieutenant in demselben und erkämpfte sich gleichfalls durch seine Tapferkeit im italienischen Kriege des genannten Jahres das Militär-Verdienstkreuz. Graf Eduard, der gleichfalls k. k. Kämmerer ist, verließ ohne Beibehalt des Officierscharakters die k. k. Armee und vermälte sich am 8. April 1861 mit Julie geborenen Gräfin Collalto und San Salvatore (geb. 5. März 1838). Er lebt auf der Herrschaft Klasterbrunn in Niederösterreich. Der große Familienstand des Grafen ist aus dem „Gothaischen genealogischen Taschenbuch der gräflichen Häuser" 58. Jahrg. (1885), S. 1045 ersichtlich. — Noch ein Sproß dieser Familie, Rudolph Karl Wilderich, diente in der k. k. Armee und blieb im Feldzuge 1866. Am 3. April 1830 geboren, ist er ein Sohn des k. k. Kämmerers Eduard Wilderich Grafen Walderdorff aus dessen Ehe mit Leopoldine Fortunate geborenen Gräfin von Oberndorff. Er diente im k. k. 4. Jäger-Bataillon und bekleidete in demselben im Feldzugsjahre 1866 die Stelle eines Hauptmannes. Für sein ausgezeichnetes Verhalten erhielt der vor dem Feinde Gefallene das Militär-Verdienstkreuz.

Thürheim (Andreas Graf). Gedenkblätter aus der Kriegsgeschichte der k. k. österreichisch-ungarischen Armee (Wien und Teschen 1880, Prochaska, Lex.-8°.) Bd. I, S. 500, Jahr 1866; Bd. II, S. 228, Jahr 1859.

Walderode von Eckhausen, Maria Anna Gräfin (Humanistin, Ort und Jahr ihrer Geburt wie ihres Todes unbekannt). Sie ist eine geborene Gräfin von Scalvignoni und hat sich durch eine ansehnliche Stiftung zu Gunsten armer und verwaister Fräulein ein bauerndes Andenken bewahrt. In ihrem Testamente vom 1. October 1729 bestimmte sie nämlich, daß nach unbeerbtem Abgange der Fideicommißinhaber ein Capital von 30.000 fl. derart verwendet, daß an vier dem Herrnstande aus Oesterreich, Böhmen, Mähren oder Schlesien angehörige Fräulein, deren Väter in den genannten Ländern einverleibte Landstände des Herrnstandes gewesen, von den Interessen dieses Capitals jährlich je 300 fl. ausgezahlt werden sollten. Der Fall des unbeerbten Absterbens des Fideicommißerben traf 1774 ein, und so wurde dann am 8. November dieses Jahres der Stiftbrief ausgefertigt. Näheres über diese Stiftung ist in dem unten genannten Werke von Geusau angegeben. Wessen Gemalin die Gräfin Maria Anna gewesen, darüber fehlen uns alle Anhaltspunkte, und auch bei genealogische Artikel des um Mährens ... und

Schlesiens Geschichte so hochverdienten Forschers Hofrath d'Elvert gibt darüber keine Auskunft. Wir erfahren darin, daß die Walderode „zu den nicht wenigen Familien Oesterreichs gehören, welche in Folge der großen Umwälzungen, die aus der Rebellion, dem dreißigjährigen und den nachgefolgten fast fortwährenden Kriegen hervorgingen, im Civil- und Militärdienst zu Reichthum, hohem Stande und Ansehen gelangten". Johann Freiherr von Walderode und seine Gemalin Katharina Barbara geborene Hroch von Meschlefiz errichteten am 22. Mai 1670 ein ansehnliches Fideicommiß, welches Kaiser Leopold am 28. Juni d. J. bestätigte. Im Uebrigen war dieser Freiherr Johann, wenngleich Reichshofrath, nichts weniger denn ein humaner Herr. — Ein Johann Paul Graf Walderode schenkte dem Znaimer Clarissinenkloster 6000 fl., weshalb er dessen Confundator hieß, und stiftete 1694 noch 6000 fl. auf heilige Messen, nebst Silber für einen Kelch, und fand in der Gruft des Franciscaner-Klosters zu Znaim seine Ruhestätte. Wie nach dem Aussterben der einen Linie mit dem am 26. August 1746 erfolgten Hinscheiden des Grafen Johann Franz Leopold das Fideicommiß an den Erstgeborenen der zweiten Linie Franz Grafen Walderode überging, und wie mit dessen Tode am 23. December 1797 auch diese Linie im Mannesstamme erlosch und Fideicommiß, Namen und Wappen an die Grafenfamilie Desfours kam, berichtet ausführlich d'Elvert in dem unten angegebenen „Notizenblatt". Was die Würden des Hauses betrifft, so erlangte Johann Walderode 1662 den böhmischen Freiherrnstand, ein Johann Georg und dessen Vetter Johann Paul Leopold 1694 den Grafenstand, doch soll dieser bereits 1586 an einen Freiherrn Franz Leopold verliehen worden sein. Die Grafen Desfours schreiben sich aber heute noch Desfours-Walderode zu Mont und Athienville Freiherren von Eckhausen.

Geusau (Anton Reichsritter). Geschichte der Stiftungen, Erziehungs- und Unterrichtsanstalten in Wien von den ältesten Zeiten... Aus echten Urkunden und Nachrichten (Wien 1803, kl. 8°.) Seite 463. — Notizenblatt der historisch-statistischen Section der k. k. mährisch-schlesischen Gesellschaft zur Beförderung des Ackerbaues, der Natur- und Landeskunde. Redigirt von Christian Ritter d'Elvert (Brünn, 4°.) Jahrg. 1860, S. 33 im Artikel: „Die Fideicommisse in Mähren und Schlesien". — Jahrgang 1882, Nr. 8: „Zur mährisch-schlesischen Adelsgeschichte: CIII. Die Grafen Walderode von Eckhausen". Von d'Elvert. — Zedler's Universal-Lexikon, 52. Bd., Sp. 1347. — Wolny. Kirchliche Topographie von Mähren (Brünn, gr. 8°.), Brünner Diöcese, Bd. IV, S. 123.

Waldhauser, Johann Evangelist (Homilet, geb. zu Linz 3. December 1762, gest. daselbst 14. December 1829). Ein Sohn mitteloser Bauersleute, suchte er um Aufnahme im Stifte Waldhausen im Mühlkreise nach, als aber vor seinem Eintritte an dasselbe die Weisung erging, keine Candidaten mehr aufzunehmen, beschloß er, sich dem Weltpriesterstande zu widmen, und trat in das Wiener Generalseminar ein, in welchem er die theologischen Studien beendete. Am 17. December 1785 erhielt er die Weihe und wirkte nun als Aushilfspriester zu Reichenau im Mühlkreise, dann als Cooperator und endlich als Pfarrprovisor. 1787 wurde er Stadtcaplan in Linz. In dieser Stellung hatte er hinsichtlich des Predigtamtes einen schweren Stand, da dasselbe bis dahin von den wohlgeübten Rednern aus der

Geſellſchaft Jeſu verwaltet worden.
Nichts deſto weniger gelang es ſeinem
Eifer, ſich alsbald zum Lieblingsprediger
der Stadt aufzuſchwingen, und 1795 ernannte ihn Biſchof Gall [Bd. V,
S. 65] zum wirklichen Domprediger.
1803 erhielt Waldhauſer ein Canonicat an der Linzer Kathedrale und
übernahm mit demſelben zugleich das
Amt eines Pfarrers zu St. Matthias,
welches er bis zu ſeinem Tode bekleidete;
von 1803 bis 1821 führte er die Ober-
aufſicht über ſämmtliche deutſche Schulen
in Oberöſterreich, 1814 wurde er Dom-
ſcholaſter, 1821 Domdechant des Capitels. 1817 trat er als Ausſchußrath in
das ſtändiſche Collegium, 1823 ward er
als wirklicher Verordneter deſſelben gewählt, legte aber 1828 wegen Kränklichkeit
dieſes Amt freiwillig nieder. Von ſeinen
Predigten erſchienen im Druck: „Predigt
zum zwölften Sonntag nach Pfingſten, bei Gelegenheit der groſſen Feuersbrunſt, die am
15. Auguſt 1800 die Hälfte der Stadt in
Aſche legte“ (Linz 1800, Fink, 8⁰.); —
„Predigt bei den trierlichen Exequien für weil.
d. hochw.... Joſeph Anton Biſchof in
Linz. Vorgetragen den erſten Juli 1807“ (ebb.
1807, 4⁰.); — „Geſammelte Predigten aus
der erſten Auflage der theologiſch-praktiſchen
Linzer Monatſchrift“ (Linz 1812, 8⁰.).
Auſſerdem brachte von 1802 ab die in
Linz herausgegebene „Theologiſch-prak-
tiſche Monatſchrift“ eine Reihe gediegener Aufſätze ſeiner Feder. Als Kanzelredner beſaß Waldhauſer einen groſſen
Ruf, ſeine Vorträge waren wohl durch-
dacht und wahre Muſter echter Volks-
beredtſamkeit. In ſeinem Umgange mit
Prieſtern wie Freindaller [Bd. IV,
S. 349] und Geißhüttner [Bd. V,
S. 125] fand er in dem weiten Gebiete
der Theologie groſſe Anregung zu fleißigen Studien, deren Ergebniſſe ſich in

ſeinen Schriften wie in der praktiſchen
Seelſorge kundgaben. Ehrwürdig als
Prieſter, war er es nicht minder als
Menſch, denn ein Freund der Armen that
er im Stillen viel Gutes.

Neuer Nekrolog der Deutſchen (Ilmenau.
Voigt, 8⁰.) VII. Jahrg. (1829) S. 826,
Nr. 384. — Oeſterreichiſche National-
Encyklopädie von Gräffer und Czi-
kann (Wien 1837, 8⁰.) Bd. VI, S. 14. —
Waißenegger (Franz Joſeph). Gelehrten-
und Schriftſteller-Lexikon der deutſchen katho-
liſchen Geiſtlichkeit (Landshut 1820, Joſ.
Thomann, gr. 8⁰.) Bd. II, S. 477. —
Oeſterreichiſches Bürgerblatt (Linz,
4⁰.) 22. Jänner 1830, Nr. 7. — Pillwein
(Benedict). Linz Einſt und Jetzt u. ſ. w.
(Linz 1846, Schmid, 8⁰.) Theil II, S. 38
[nach dieſem geboren am 9 December 1761].

1. Schon das vierzehnte Jahrhundert hat einen
berühmten Prediger deſſelben Namens auf-
zuweiſen, nämlich **Conrad Waldhauſer**
(geſt. in Prag 8. December 1369). Er
ſtammte aus den Erzherzogthümern und war
Auguſtinermönch. Der ausgezeichnete Ruf, den
derſelbe beſaß, veranlaßte Kaiſer Karl IV.,
ihn als Prediger zu St. Gallus in Prag zu
berufen. Daſelbſt erſcheint Waldhauſer
ſozuſagen als ein Vorläufer des Hus. Groß
war der Zudrang zu den Predigten, in
welchen er gegen das weltliche Treiben ſeiner
Zeit eiferte. Aber es fehlte ihm auch nicht an
Gegnern, und zwar in ſeinem eigenen Stande,
welche ihn, wie ſie konnten, verdächtigten
und gegen den Inhalt ſeiner Predigten Bedenken erhoben. Aber Kaiſer Karl hielt über
ihn ſchützend ſeine mächtige Hand. Waldhauſer bekam die erſte und einträglichſte
Pfarre in Prag, nämlich jene zu Teyn, und
ſtarb, von den Prager Bürgern ſehr betrauert. — 2. Ein **Ferdinand Waldhauſer**, aus Iglau gebürtig, lebte im
ſiebzehnten Jahrhundert. Er war Mitglied
der böhmiſchen Ordensprovinz der Geſellſchaft Jeſu, lehrte viele Jahre Philoſophie
und Theologie zuerſt in Prag, dann in Wien
und hinterließ ein „Compendium Philoso-
phiae Aristotelicae“. — 3. **A. Waldhauſer** iſt ein böhmiſcher Künſtler der
Gegenwart, von dem in der czechiſchen illu-
ſtrirten Zeitung „Kvety“, d. i. Blüten, 1870,
Nr. 27, S. 212 eine Zeichnung „Dudáček

od Domaille", d. i. Der Dudelsackpfeifer von Domazlice, mitgetheilt wurde, auf welcher er sich nachstehenden Monogramms 𝕳 bedient.

Waldheim, siehe: Schürer von **Waldheim** [Bd. XXXII, S. 122 u. f.].

Waldherr, Franz Christian (Maler, geb. zu Saaz in Böhmen am 27. October 1784, gest. zu Prag 15. November 1835). Früh des Vaters beraubt, verlebte er eine bittere Jugend und lernte in derselben bereits den schmerzlichen Druck und die Entbehrungen der Armut kennen. Seine Mutter war Schauspielerin, und er begleitete sie auf ihren Reisen von einer Bühne zur andern. Da führte ihn ein gütiges Geschick in Passau mit dem fürstbischöflichen Kammermaler Jos. Bergler [Bd. I, S. 309] zusammen. Derselbe nahm den Knaben, in welchem er eine nicht gewöhnliche Begabung für die Malerkunst zu finden glaubte, in sein Haus auf und ertheilte ihm den nöthigen Unterricht. Als dann im Jahre 1800 Bergler als Director an die Akademie in Prag berufen wurde, bildete sich der talentvolle Zögling an diesem Institute in äußerst vortheilhafter Weise und errang schon 1804 die goldene Gesellschaftsmedaille als ersten Preis. Bald ward Waldherr als geschickter Bildnißmaler besonders in den Kreisen des hohen böhmischen Adels sehr beliebt und gesucht. Aber neben Bildnissen malte er auch größere historische Darstellungen. Als dann im Jahre 1829 Bergler starb, war Waldherr's Ruf als Künstler bereits so fest begründet, daß er seines Lehrers Professur an der Akademie und zwei Jahre später die Directorstelle erhielt, welche er leider nur kurze Zeit versah, da er schon 1835. erst 51 Jahre alt, durch den Tod seiner Kunst und

dem Institute, welchem er rühmlichst vorgestanden, entrissen wurde. Außer zahlreichen Porträts — meist im Besitz des böhmischen hohen Adels — sind von seinen historischen Bildern bekannt aus der Jahresausstellung der k. k. Akademie der bildenden Künste bei St. Anna in Wien 1824 zwei Zeichnungen nach Bergler: „Die Himmelfahrt Christi" und „Die Anbetung der Hirten". Ferner die Oelbilder: „Die heilige Dreifaltigkeit", Altarbild für die Kirche in Teschen; — „Die heiligen drei Frauen am Grabe Christi", Altarbild für die Kirche in Hohenbruck; — „Christus mit den Kleinen". in der Galerie der Privatgesellschaft patriotischer Kunstfreunde in Prag; merkwürdiger Weise aber führt das 1856 ausgegebene, in Prag bei Haase gedruckte Verzeichniß der Kunstwerke genannter Galerie weder dieses Werk noch ein anderes unseres Malers an; — „Heilige Familie" (Prag. Ausst. 1829) und „Die Geduld". allegorische Vorstellung (ebb.). Ferner führte Waldherr 44 historische Compositionen nach den Evangelien aus. Sein Bildniß eines Grafen Matthias Gallas wurde von dem böhmischen Kupferstecher Orba in Kupfer gestochen. Was nun seine künstlerische Bedeutung betrifft, so merkt man von einem selbständigen Schaffen wenig an ihm, wohl aber ist er ein geschickter Nachahmer Bergler's.

Nagler (G. K. Dr.) Neues allgemeines Künstler-Lexikon (München 1835 u. f., E. A. Fleischmann, 8°.) Bd. XXI, S. 90.

Waldhütter von Minenburg, Michael (k. k. Oberstlieutenant und Ritter des Maria Theresien-Ordens, geb. zu Schäßburg in Siebenbürgen 1716, gest. zu Preßburg am 26. März 1779). Als Gemeiner trat er in das Infanterie-Regiment Erzherzog Karl Josef Nr. 2,

und bei Beginn des siebenjährigen
Krieges, 1756, diente er bereits als Oberlieutenant. Bei jedem Anlaß machte er
sich dem Feinde gegenüber in so hervorragender Weise bemerkbar, daß das Vertrauen seiner Commandanten und der
Garnison zu ihm stetig wuchs und man
beschloß, sich des tapferen Officiers zu
bedienen, sobald ein besonderer Vorfall
eintreten sollte. Und dieser ließ nicht lange
auf sich warten. Die Festung Schweidnitz,
welche Loudon in der Nacht vom 1. October 1761 durch Ueberfall und Sturm
genommen hatte, wurde 1762 (8. August
bis 9. October) von den Preußen wieder
belagert. Gegen Ende September waren
die Belagerer durch mehrere gesprengte
Minen bereits so weit vorgerückt, daß sie
an den Pallisaden eine sehr tiefe Minengrube zu Stande brachten, mittelst deren
am folgenden Tage eine neue Bresche
gesprengt werden sollte, welche den Fall
der Festung unfehlbar nach sich gezogen
haben würde. Nun wurde dem durch seine
Unerschrockenheit und Entschlossenheit in
der Festung wohlbekannten Waldhütter der Antrag gemacht, mit einigen
Freiwilligen seines Regiments den Versuch
zu wagen, den Feind aus dem Minen-
trichter zu vertreiben und dann diesen
selbst zu zerstören. Ohne sich weiter zu
besinnen, nahm der muthige Officier den
Auftrag an und wählte sich den Feldwebel Haiba nebst 30 Mann seines Regiments zu dem Wagniß aus. Zunächst
galt es, den Feind irrezuführen. Zu diesem
Zwecke wollte man in der Nähe zwei
kleinere Minen sprengen und die Deto-
nation sollte das Signal zum Angriffe des
Minentrichters sein. Es war den 27. September. Nachdem Waldhütter seine
Vorkehrungen getroffen hatte, stellte er
seine 30 Freiwilligen auf, berieth sich kurz
mit seinem Feldwebel, ging an die Spren-

gung der zwei kleinen Minen und eilte,
nachdem dies geschehen, mit seiner ganzen
Mannschaft mit gezogenem Säbel auf den
Trichter los. Ohne Zagen sprang er mit
Feldwebel Haiba mitten in denselben,
und die 30 Ungarn mit dem Säbel in
der Faust folgten ihren beiden Führern
in die 24 Schuh tiefe Minengrube nach.
Aber die Preußen waren auf ihrer Hut
geblieben und empfingen die gleichsam
aus der Luft Herabgeflogenen theils mit
scharfen Schüssen, theils knieend mit gefälltem Bajonnet. Der Kampf war mör-
derisch, und von den 30 Helden — denn
diesen Namen verdienen sie — wurden 13
theils getödtet, theils schwer verwundet;
Waldhütter trug durch einen Bajonnetstich eine Streifwunde von der Wange
bis über die Schläfe davon. Aber den
Zweck hatte man doch erreicht. Der Feind
war durch diesen ebenso seltsamen wie
gewagten Angriff, ferner durch das Entschlossenheit des Führers so sehr aus der
Fassung gebracht, daß, als Oberlieutenant
Waldhütter seinen Soldaten mit er-
hobener Stimme „dreingehauen!“ zurief
und diese mit aller Erbitterung über die
Preußen herfielen. Letztere sofort in eiliger Flucht ihre Rettung suchten. War
nun schon insoweit der Plan gelungen, so
gestaltete sich die Sache noch günstiger, als
Oberlieutenant Graff [Bd. V, S. 302]
mit 20 Grenadieren des 43. Infanterie-
Regiments auf der anderen Seite zur
Hilfe herbeieilte und durch diese vereinten
Kräfte die Preußen in den dritten Minen-
trichter, bis in die Parallele gedrängt
wurden. Die bei dem Sprunge des Oberlieutenants Waldhütter rückwärts aufgestellte Grenadier-Compagnie ging aber
nun, nachdem sie den glücklichen Erfolg
des Wagnisses mit eigenen Augen gesehen
hatte, sofort daran, alle von den Preußen seit Wochen zu Stande gebrachten Ar-

ten zu vernichten. Waldhütter wurde
zum Hauptmann, Feldwebel Haiba
znm Unterlieutenant befördert. Ersterer
erhielt in der 8. Promotion vom 21.
October 1762 das Ritterkreuz des Maria
Theresien-Ordens, und demselben folgte
die Erhebung in den Freiherrnstand mit
dem Prädicate von Minenburg. Aber
die vielen Wunden gestatteten es dem
tapferen Officier nicht lange mehr, in der
Armee zu dienen. Im April 1774 schied
er als Hauptmann aus dem activen
Dienste. Maria Theresia aber, einge-
denk der Römerthat des Helden, von
welcher geschrieben wird, daß „die Geschichte ihres Gleichen vergebens suche",
verlieh ihm den Oberstlieutenants-Charak-
ter. Fortan lebte Waldhütter in Preßburg, wo er aber nicht lange nachher im
Alter von 63 Jahren starb.

Gleichfalls einer siebenbürgischen Familie entstammt **Stephan** Waldbütter v. Adlersbausen, an dessen Namen sich die minder
freudige Erinnerung en ein verletztes Ver-
fassungsrecht knüpft. Nach dem Tode des
sächsischen Nationsgrafen Simon Baußner
im Jahre 1742 baten die Hermannstädter, ihnen
die Vornahme der Wahl eines neuen Nationsgrafen zu gestatten. [Vergleiche zum Verständniß der Wichtigkeit dieses Amtes die Biographie: Johann Wachsmann, S. 42 dieses
Bandes.] Das Hofrescript vom 9. November
1742 erklärte nun, es liege gar nicht in der
Absicht, die Freiheiten und Rechte der Sachsen
zu beschränken, und es sei die Wahl anstands-
los vorzunehmen. Diese erfolgte, aber —
o Ironie des Geschickes! — erst nach zwei
Jahren ward nicht der erwählte, am ersten
Plaß genannte Michael von Rosenfeld
[Bd. XXVII, S. 26, Nr. 13], sondern der
zur römischen Kirche übergetretene Stephan
Waldbütter von Adlersbausen —
ein Schäßburger — zum Königsrichter, Comes
und Gubernialrath ernannt, welche Würde
dieser Letztere bis zu seinem am 13. November 1761 erfolgten Tode bekleidete.

Waldhutterer. Matthäus (Bildhauer, geb. zu Wals, einer kleinen

Ortschaft im Salzburgischen, 1759, Todesjahr unbekannt). In Ulrichshögel, einem
in dem königlich bayrischen Landgerichte
Laufen gelegenen Dorfe, erlernte er das
Steinmetzgewerbe und brachte es darin
zu nicht gemeiner Geschicklichkeit, wie es
seine verschiedenen Grabdenkmäler aller
Art und Gestalt und andere Ornament-
arbeiten in Braunau, Obernberg, Ried,
Haag, Linz, Laufen, Reichenhall, Salzburg und sogar in München bekunden.
Auch errichtete er viele Grenzsäulen aus
weißem Marmor mit doppelten und drei-
fachen Wappen, nämlich denen von
Oesterreich, Tirol und Bayern. Als sehr
gelungen bezeichnet man eine von ihm
aus Untersberger Marmor gemeißelte
Statue des h. Leopold, Markgrafen von
Oesterreich, mit allen seinen Attributen
und dem kaiserlichen Wappen, nach einer
zu Wien in Gyps ausgeführten Form.
Weitere Nachrichten über diesen Künstler
fehlen.

Pillwein (Benedict). Biographische Schilderungen oder Lexikon salzburgischer theils verstorbener, theils lebender Künstler u. s. w.
(Salzburg 1821, 8º) S. 234.

Waldinger. Hieronymus (Arzt und
Professor am Thierarzenei-Institute in
Wien, geb. zu Tepl in Böhmen
30. September 1755, gest. zu Wien
28. November 1821). Der Sohn eines
Bindermeisters, besuchte er die lateinischen Schulen in Tepl und Komotau;
dann ging er nach Prag, wo er den philosophischen und nach diesen den medicinischen Studien oblag. Erst 18 Jahre
alt, wurde er Magister der Philosophie.
Aber um die medicinischen Studien zu
beendigen, fehlte es ihm an Mitteln, und
so wurde er Pharmaceut. Dann trat er in
den Orden der Prämonstratenser, den er
jedoch wegen anhaltender Kränklichkeit

wieder verließ. Nun kehrte er zur Pharmacie zurück, bestand aus derselben 1785
die Magisterprüfung und errichtete in
Laufing eine neue Apotheke. Indessen
setzte er seine medicinisch-chirurgischen
Studien aus eigenem Antriebe ernstlich
fort, erwarb 1793 an der Universität in
Prag das Magisterium chirurgiae, verkaufte im folgenden Jahre seine Lau-
singer Apotheke und kam 1795 als Lehrer
der Physik, Chemie und Botanik, sowie
der Nahrungs- und Heilmittellehre an
das Wiener Thierarzenei-Institut, in
welchem ihm auch die Besorgung der
Apotheke übertragen wurde. Am 5. Jänner 1809 zum ordentlichen Professor befördert, trug er nun noch Zoologie vor,
wurde dann auch nach dem im Februar
1808 erfolgten Hinscheiden Pessina's
[Bd. XXII, S. 53], der 1796 als Assistent an das Institut gekommen war,
1809 Ordinarius im Thierspitale und
blieb es bis zu seinem Tode. Er war
in seinem Fache auch schriftstellerisch
thätig und gab heraus: „Wahrnehmungen an
Pferden, um über ihren Zustand urtheilen zu
können" (Wien 1805; 2. Aufl. 1810;
3. vermehrte und verbesserte Aufl. 1818,
12⁰.); — „Ueber Krankheiten an Pferden
und ihre Heilung in gerichtlicher Hinsicht beim
Kauf und Verkauf" (ebb. 1806, 2. verm.
Aufl. 1816, 8⁰.); — „Versuch einer
Naturlehre und Chemie für angehende
Thierärzte" (ebb. 1807; 2. verb. Aufl.
1820, 8⁰.); — „Ueber die Nahrungs- und
Heilmittel der Pferde" (ebb. 1808; 2. Aufl.
1811; 3. Aufl. 1816); — „Abhandlung
über die Kohle als Heilmittel der verdächtigen
Drüsen bei Pferden" (ebb. 1809, 8⁰.); —
„Abhandlung über die gewöhnlichen Krankheiten
des Rindviehes für Oekonomen und Thier-
ärzte", mit 1 Kupf. (ebb. 1810; 2. Aufl.
1817; 3. Aufl. 1822; 4. Aufl. 1833);
— „Versuch einer Anatomie für angehende

Thierärzte" (ebb. 1811, 8⁰.); — „Allgemeine Pathologie der grösseren Hausthiere für angehende Thierärzte" (ebb. 1812,
8⁰.); — „Allgemeine Therapie oder prak-
tisches Heilverfahren bei fieberhaften Krankheiten der grösseren nutzbaren Hausthiere,
für angehende Thierärzte und Landwirthe"
2 Theile (ebb. 1813; 2. verm. Aufl.
1821; mit Zusätzen von Tenneker
1828); — „Ueber Gestüte" (Pesth
1814 und Wien 1814); — „Wahrnehmungen an Schafen, um über ihr Befinden zu
urtheilen" (Wien 1815, 8⁰.); — „Abhandlungen über die gewöhnlichen Krankheiten der
Hunde" (ebb. 1816, 8⁰.); — „Abhandlungen über die Würmer in den Lungen und
der Leber und das Klauenweh der Schafe",
mit 1 Kupf. (ebb. 1818); — „Abhandlung über die Schwefel und seine Verbindungen mit Metallen, Kalien und Erden, wie sie
an und im thierischen Körper wirken, vorzüglich
bei Pferden in Krankheiten der Sauggefässe, im
dem Rotz vornehmen" (ebb. 1820, 8⁰.).
D. J. Liebl gab heraus: „Neue praktische Erfahrungen über die Löserdürre
und Beobachtungen über den Milz-
brand, nach den Originalbemerkungen
des Herrn Pr. Waldinger" (ebb.
1815), und mehrere Jahre nach dem
Tode unseres Arztes erschien eine „Spe-
cielle Pathologie und Therapie oder
Anleitung, die einzelnen Krankheiten
der nutzbarsten Hausthiere zu erkennen
und zu heilen", 3. Aufl., mit Bemerkungen und Zusätzen von M. von Et-
bélyi, 2 Theile (ebb. 1832 und 1833,
8⁰.). Waldinger genoß in seiner Zeit
den Ruf eines bedeutenden Thierarztes;
er faßte sein Fach als Denker und scharfer
Beobachter auf und galt in Thierkrank-
heiten als tüchtiger Diagnostiker. In der
Therapie machte man ihm den Vorwurf,
daß er zu sehr den früheren Phar-
ceuten und Chemiker durchscheinen

sich von der chemischen Ansicht der Lebens-
vorgänge, wie sie zu Beginn dieses
Jahrhunderts gelehrt wurde, zu sehr
beeinflussen ließ.

Oesterreichische National-Encyklopädie von Gräffer und Czikann (Wien
1837, 8°.) Bd. VI, S. 13 [nach dieser geboren 1788, also um ganze 33 Jahre später
als in Wirklichkeit].

Porträt. Holzschnitt mit Facsimile des
Namenszuges in Schrader-Hering's bio-
graphisch-literarischem Lexikon der Thierärzte.
S. 459.

Waldmann, eine Tiroler Künstlerfamilie. Dieselbe reicht aus der ersten
Hälfte des siebzehnten bis in die erste
Hälfte des laufenden Jahrhunderts, denn
im November 1837 trat ein Johann
Waldmann, eines Zimmerputzers
Sohn, in Wien 1825 geboren, in die
Akademie der bildenden Künste, wie dies
aus der Aufnahmsmatrikel dieses Instituts ersichtlich ist. Doch liegt über seine
Verwandtschaft mit den berühmten Tiro-
lern, sowie über seine künstlerische Thätigkeit nach beendetem Akademiebesuche
keine weitere Nachricht vor. Der Stammvater der eigentlichen Tiroler Künstlerfamilie ist **Michael Waldmann der
Aeltere**, Hofmaler des Erzherzogs Leopold und später des Erzherzogs Ferdinand Karl. Er vermälte sich zuerst
1632 mit Maria Magdalena Neger
und zum zweiten Male 1645 mit Maria,
Tochter des Possirers Caspar Gras.
Er hatte Söhne: Michael den Jüngeren, Johann Paul und Caspar. Ersterer
hinterließ nach Roschmann's „Tirolis
pictoria et statuaria" einen Sohn mit
Namen Joseph; in den handschriftlichen
in der „Bibliotheca tirolensis" von
Di Pauli befindlichen Notatis des
Freiherrn von Sperges wären aber
die oberwähnten Söhne Michaels des

Aelteren Johann Paul und Caspar
Söhne Michaels des Jüngeren.
Nun, sei dem, wie ihm wolle, alle waren
Maler und ganz tüchtige Künstler, malten
auch oft gemeinschaftlich, so daß
man nicht selten hört: dieses oder jenes
Gemälde sei eine Arbeit der Wald-
manns. — Von Michael dem Aelteren ist nur noch das Hochaltarblatt
bei den Franciscanern in Hall mit Sicherheit als sein Werk bekannt. In der
Sammlung von Bildern, welche ehedem
im Schlosse Leopoldskron nächst Salzburg zu sehen war, befand sich sein von
ihm selbst gemaltes Bildniß. Ferner
stachen L. Heckenauer nach ihm eine
„Reinigung Mariä", G. A. Wolfgang
Thesen nach seinen Zeichnungen und
ein Denkblatt auf den Arzt Cammer-
länder. Wann Michael Waldmann
der Aeltere starb, weiß man nicht. —
Etwas reichlicher fließen die Nachrichten
über Arbeiten Caspar Waldmann's.
Von ihm sind bekannt: zu Innsbruck
in der Spitalkirche die 17 durch Stuc-
catur geschiedenen Oelbilder am Plafond; in der Mariahilfkirche der herrliche Plafond, die Frauenfeste vorstellend,
und in der St. Nicolauskirche das Hochaltarblatt „der h. Nicolaus"; — zu Büch-
senhausen in der Schloßcapelle: „Die
zwölf Apostel", eine höchst bemerkenswerthe
Leistung; — zu Rattenberg in der
Augustinerkirche die Fresken; — zu
Wiltau in der Stiftskirche die Fresken
des Plafonds und jene im großen Saale
der Abtei; — zu Hall die Fresken
im Sommergebäude des Stiftes; — zu
Brixen die Fresken in der Hofcapelle
der königlichen Residenz; — und im
Neustift nächst Brixen die Fresken in
der Capelle unserer lieben Frauen; — in
den freiherrlich Sternbach'schen
Schlössern zu Dietenheim und Mühlen

eine große Anzahl Fresken und Oelgemälde; — sein schöner Plafond im
Palais des Grafen Tannenberg zu
Schwaz, den „Sturz der Giganten" vorstellend, wurde durch die große Feuers-
brunst im Jahre 1809 vernichtet. B. Kilian stach nach ihm das Bildniß des
römischen Königs Joseph I. und G. A.
Wolfgang den seligen Peregrinus.
Caspar Waldmann starb am 18. November 1720. — Joseph Waldmann
malte zu Innsbruck das Hochaltarblatt in der Spitalkirche: „Die Sendung
des h. Geistes am Pfingstfeste": — gemeinschaftlich mit Johann Paul den Her-
kulessaal in der alten Burg daselbst, und
sind auch einige Staffeleibilder seiner
Hand im Besitze von Privaten. Kupferstecher Heiß stach mehrere Zeichnungen
in Kupfer; Bodenehr ein großes Blatt
in schwarzer Manier, welches die Maria
von Weißenstein mit den Ordensstiftern
der Serviten darstellt. Dieses Blatt trägt
die Jahrzahl 1741. Nach Nagler wäre
der Künstler bald danach, nach dem
„Tirolischen Künstler Lexikon" aber bereits am 2. October 1712 gestorben.
Josephs Schüler war der Maler und
berühmte Architect Joh. Bapt. Ferdinand
Schor [Bd. XXXI. S. 234]. —
Johann Paul lebte zur Zeit Kaiser Leopold I. als Theatermaler in Wien und
soll zu Prag das Zeitliche gesegnet
haben. (Eingehendere Forschungen über
diese Künstlerfamilie, deren Arbeiten das
Niveau der Landmaler weit übertragen,
und unsere Neugierde, Näheres über
Lebens und Bildungsgang dieser Künstler
zu erfahren, mögen durch unsere kargen
Notizen angeregt sein.

Nagler (G. K. Dr.). Neues allgemeines
Künstler Lexikon (München 1835 u. f., G. A.
Fleischmann, 8°) Bd. XXI, S. 90. — Ti-
rolisches Künstler Lexikon oder kurze
Lebensbeschreibung jener Künstler, welche ge-

borene Tiroler waren oder eine längere Zeit
in Tirol sich aufgehalten haben. Von einem
Verehrer der Künste [geistlicher Rath Leman]
(Innsbruck 1830, Frl. Rauch, 8°.) S. 265.
Tschischka (Franz). Kunst und Alterthum
in dem österreichischen Kaiserstaate geographisch dargestellt (Wien 1836, Fr. Beck'sche
Buchhandlung, gr. 8°.) S. 143, 147 (?), 149,
150, 151, 154, 155, 406.

Waldmann, siehe auch **Waltmann**.

Waldmüller, Ferdinand (Tonkünstler und Compositeur, geb. zu
Brünn am 1. September 1816). Ein
Sohn des berühmten Genremalers Ferdinand Georg Waldmüller [s. den
Folgenden S. 189] aus dessen Ehe mit der
Wiener Hofopernsängerin Katharina
Weidner, zeigte er in frühester Jugend
Talent und Liebe zur Musik und tril-
lerte, erst fünf Jahre alt, Melodien nach
dem Gehör. Als siebenjähriger Knabe
erhielt er den ersten systematischen Unterricht auf dem Pianoforte und kam im
Alter von zwölf Jahren unter die Leitung des Brünner Clavierlehrers But-
ler. Während dieser Zeit übte er sich
aber auch fleißig in der Kunst seines
Vaters und malte mit nicht geringem
Erfolge. Denn schon 1832, gleichzeitig
mit seinem Vater, stellte er in der k. k.
Akademie der bildenden Künste bei
St. Anna aus; es waren zwei Knie-
stücke: „Ein alter Tiroler" und „Ein tod-
betagtes Weib", welche beide Würdigung
der Kenner fanden. Obgleich er nun das
Malen nie ganz aufgab, sondern es in
seinen Mußestunden mit Eifer betrieb,
trat doch diese Kunst vor der Musik in
den Hintergrund, welcher er sich mit
Vorliebe und bestem Erfolge widmete.
Mit seinen Eltern nach Wien übersiedelt, setzte er dort seine Musikstudien so eifriger fort und nahm bei Se-
binger [Bd. XXX. S. 365] Unterr-

im Violinspiele. Um diese Zeit trat Graf Karl Eszterházy mit dem Antrag an ihn heran, als Zeichenlehrer seiner Kinder ihm nach seiner Besitzung Sereth in Ungarn zu folgen. Waldmüller nahm an, kehrte aber schon nach einem halben Jahre wieder nach Wien zurück, wo er sich nun ausschließlich dem Clavierspiele zuwandte. Dann besuchte er mehrere der größeren Städte in Norddeutschland, betrieb gleichzeitig Musik und Malerei, bis er, 24 Jahre alt, nach Mainz kam, wo er als Clavierlehrer zwei Jahre verblieb. 1843 ging er, nach kurzem Besuch seiner Eltern in Wien, mit Empfehlungsbriefen von ansehnlichen Familien versehen, nach Paris. Dort gelang es ihm, im Pleyel'schen Salon, dann im königlichen Athenäum und in einigen der ersten Familien als Clavierspieler aufzutreten. Er erntete reichen Beifall, und mit der Anerkennung der Musiknotabilitäten der Seinestadt wuchs auch sein Künstlerruf. Ueberdies bildete er sich in Paris in der Composition, woher wohl die wenig empfehlenswerthe Eigenheit, daß er allen seinen Werken französische Titel gegeben hat, welche sich ganz gut hätten verdeutschen lassen. Nach zweijährigem Aufenthalt in der Seinestadt kehrte er im December 1843 nach Wien zurück, gab aber auf der Heimreise Concerte in verschiedenen Hauptstädten Deutschlands und erlangte den Titel eines Kammervirtuosen des Herzogs von Nassau. Indessen war er fleißig als Compositeur thätig, und die Zahl seiner Werke beträgt wohl mehr als anderthalb Hundert. Lange hörte man nichts mehr von dem Künstler. Da verlautete 1865, daß derselbe vor Jahren schon gestorben sei, was glaublich schien, da über ihn längere Zeit keine Nachricht ins Publicum gekommen war. Bald aber wurde diese

Angabe dahin berichtigt, daß Waldmüller in Währing bei Wien noch lebe, allerdings in Folge eines Schlagflusses stark gelähmt und zur Ausübung seiner Kunst völlig unfähig. Ob der Künstler, welcher zur Zeit 69 Jahre alt sein müßte, noch lebt, ist uns unbekannt. Wir lassen nun eine Uebersicht seiner Compositionen folgen, soweit wir davon aus den höchst unvollständigen Musikkatalogen Kenntniß erhielten. Für die Musiklexika der Gegenwart — Bernsdorf-Schladebach, Gaßner, Riemann u. s. w. — in welchen doch manche andere weniger bedeutende Musikgröße verzeichnet erscheint, ist unser Künstler eine unbekannte Größe. Als Clavierspieler rühmte man seinen zarten von aller Effecthascherei entfernten Vortrag im Cantabile und sein besonders reines und deutliches Spiel. Was seine Compositionen betrifft, so erfreuten sich dieselben — wie schon die hohe Opuszahl dafür spricht — in den Salons der high life großer Beliebtheit, es sind echte Salonstücke, brillant in der ganzen Anlage, aber ohne Tiefe; oft originell in der Auffassung, aber wenn sie verklungen, keine Erinnerung zurücklassend. Erst in letzter Zeit, als er das „Archiv classischer Tonkunst" herauszugeben begann, betrat er ein reineres Terrain; seine Zeit war jedoch vorüber, Wagner und dessen Gefolge beschäftigten die musicalische Welt, und der greise und gelähmte Componist war vergessen.

Allgemeine Wiener Musik-Zeitung. Herausgegeben von Dr. August Schmid (4°) 1846. Nr. 14: „Ferdinand Waldmüller". — d'Elvert (Christian Michael Ritter). Geschichte der Musik in Mähren und Oesterreichisch-Schlesien mit Rücksicht auf die allgemeine, böhmische und österreichische Musikgeschichte (Brünn 1873, gr. 8°.) in den Beilagen S. 187 und 203.

Ueberſicht der im Stich erſchienenen Compoſitionen des Pianiſten Ferdinand Waldmüller. a) Die mit Opuszahl bezeichneten: „Fantaisie élégante sur des motifs de l'opéra Don Pasquale". Op. 7. — „L'Espérance. Nocturne". Op. 10. — „Réminiscences de Fanni Elsler. Fantaisie sur des motifs du ballet Esmeralda". Op. 11. — „Fantaisie sur des motifs de l'opéra Ernani de Jos. Verdi". Op. 12. — „Fantaisie sur un air arabe intercalé dans Le Désert de F. David". Op. 14. — „La Sicilienne. 2me Tarantelle". Op. 15. — „La vigueur. Étude de Salon". Op. 16. — „Un rêve d'amour. Romance sans paroles". Op. 20. — „Fantaisie de Salon sur les Mousquetaires de la reine". Op. 21. — „La plainte d'amour. Romance sans paroles". Op. 23. — „Hommage à Meyerbeer. Grande fantaisie dramatique sur des thèmes favoris d'opéras de Meyerbeer". Op. 25. — „Phantaſie über Meyerbeer's Vielka, ein Feldlager in Schleſien". Op. 26. Nr. 1 und 2. — „L'orage et le calme. Rêverie poétique". Op. 27. — „Lind-Polka". Op. 28. — „Fantaisie de Salon sur des motifs de l'opéra Der Förſter". Op. 30. — „Erholungen für die Jugend. Phantaſien, Rondos und Variationen aus den beliebteſten Opern im leichten Styl". Op. 31. Nr. 1—12 (ſiehe auch Op. 47]. — „La Chasse. Rondino facile et agréable". Op. 34. — „Fantaisie sur des motifs de l'opéra: Ne touchez pas la reine de Boisselot". Op. 38. — „Fantaisie facile et élégante sur les plus belles mélodies de la Part de Diable. Opéra d'Auber". Op. 41. — „Trois pensées musicales. Nr. 1: À toi le bonheur; Nr. 2: Un doux Souvenir; Nr. 3: Je ne pense qu'à toi". Op. 42. — „Zehn Opernmelodien für junge Pianiſten Mit beſonderer Rückſicht auf kleine Hände, im leichten Styl arrangirt". 4 Hefte. Op. 44. — „Impromptu". Op. 46. — „Erholungen für die Jugend. Phantaſien, Rondos und Variationen aus den beliebteſten Opern im leichten Style arr." Op. 47. Nr. 1—6 (ſiehe auch Op. 31]. — „Phantaſie über geliebte Motive aus der Oper Martha". Nr. 1. Op. 49. — „Phantaſien über Motive aus der Oper Martha. Von Flotow". Nr. 2. Op. 51. — „Fantaisie". Op. 58. — „Les Gloires de l'opéra. 12 morceaux faciles sur des airs des opéras les plus favoris". Nr. 1—6. Op. 59. — „Impromptu über das deutſche

Vaterlandsſlied". Op. 60. — „La brise du soir. Grand nocturne". Op. 61. — „La barcarole de D. F. E. Auber. varié". Op. 62. — Jaleo de Sevilla. „Pas de deux espagnol". Op. 65. — „Fantaisie sur le Prophète de G. Meyerbeer". Nr. 1, Op. 66. — „Les plus belles mélodies du Ballet Gisela. Musique d'Adam". Op. 67. — „La tendresse. Nocturne". Op. 68. — „Tranſcription beliebter Lieder, Geſänge und Romanzen". Op. 69. Nr. 1: „Schiffers Gruß"; Nr. 2: „Widmung"; Nr. 3: „Der Vöglein Laubhüttenfeſt"; Nr. 4: „Die ſtillen Wanderer". — „L'étoile du soir. Rêverie". Op. 72. — „Damen Album. Die zwölf Monate des Jahres. Melodiſche Skizzen, mit Benützung beliebter Motive der vorzüglichſten Componiſten". Op. 73. — „La Querida. Bolero espagnol". Op. 75. — „Fantaisie sur des motifs de l'opéra Oberon de Weber". Op. 78. — „Bouquet de Mélodies p. Piano sur le ballet Faust de Perrot". Op. 79. — „Feuilles théâtrales. Collection des Fantaisies non difficiles". Opus 80, Nr. 1—21. — „2 Fantaisies sur des motifs favoris de l'opéra Casilda". Nr. 1 et 2. Op. 81. — „Souvenir de Donizetti. Air varié. Op. 82. — „Morceau de Sa'on de l'opéra L'enfant prodigue d'Auber". Op. 83. — „Trois rêveries. Nr. 1: Au bord du ruisseau; Nr. 2: Au village; Nr. 3: Au bal". Op. 85. — „Fantaisie sur des motifs favoris d'opéras de G. Meyerbeer". Op. 86. — „Une fleur du printemps". Op. 87. — „Morceau de Salon sur l'opéra Rigoletto de Verdi". Op. 88. — „Il marito e l'amante Opera di Ricci. Morceaux de Salon. Op. 92. — „Sur le lac. Idylle". Op. 94. — „Hélène. Valse sentimentale". Op. 95. — „Sainella-Quadrille". Op. 96. — „Deux pensées expressives: L'oubli me tue. Une rose pour toi". Op. 98. — „Gott erhalte unſern Kaiſer. Oeſterreich. Volksſlied". Op. 99. — „Portefeuille musicale de Nouveautés du jour". Op. 100. — „Divertissement sur le ballet Isaura d'Adam". Op. 101. — „Uebungsſtücke für das Piano". Op. 102. — „Morceau de Salon sur lauthe de Balfe". Op. 104. — „Myrthe und Myrthe. Zur Vermälungsfeier k. k. Majeſtät. Oeſterreichiſche Nationalhymne". Op. 105. — „Polka". Op. 106. — „Douleur et joie. Nocturne". Op. — „Volksſlied aus Thüringen". Op. 111

„Fantaisie. Motifs de Mendelssohn-Bartholdy". Op. 112. — „L'Amabilité. Morceau de Salon". Op. 113. — „Trois morceaux de Salon. Nr. 1: Le papillon; Nr. 2: Langage du coeur; Nr. 3: Loisir". Op. 114. — „Élan gracieux. Morceau de Salon". Op. 118. — „L'Europe musicale". Op. 120, Nr. 1—9. — „La douceur. Morceau de Salon". Op. 121. — „Styrienne favorite". Op. 122. — „Barcarole". Op. 126. — „Elementarstudien zum Unterricht. 1 Heft". Op. 129. — „Sérénade espagnole. Morceau de Salon". Op. 130. — „Die Wallfahrt nach Ploermel". Op. 131. bildet Nr. 35 der Anthologie musicale". — „Chant de printemps. Morceau p. Piano". Op. 142. — „Zauberwelt. Für junge Pianisten, mit besonderer Rücksicht auf kleine Hände, im leichtesten Styl mit Fingersatz eingerichtet". Op. 145. — „Grande Fantaisie sur des motifs de l'opéra Freischütz de Weber". Op. 146. — „La Danse des Nymphes. Morceau de Salon". Op. 147. — „Bolero". Op. 148. **b) Ohne Opuszahl:** „Grande Fantaisie de Salon sur des motifs favoris do l'opéra Ernani du G. Verdi". — „Grande Fantaisie de Salon sur des thèmes de Lucrezia Borgia". — „Tarantelle napolitaine". — „La danse de fées. Valse fantastique". — „Hommage à Jenny Lind. Recueil des airs les plus favoris des opéras: Robert, Somnambule, Lucia et Norma chantés par J. Lind et arrangés en forme de Fantaisie". — „Fantaisie de Salon sur des thèmes de l'opéra I Puritani". — „Galop brillant". — „Le désir". — „Impromptu". — „Apothéose à Donizetti. Marche funèbre". — „Polka de Salon". — „Vorbeten-Quadrille". — „La belle Coquette". — „Archiv classischer Tonkunst Fragmente aus berühmten Tonwerken kirchlichen Charakters alter und neuer Zeit. Heft 1—8. Nr. 1: Händel (Messias); Nr. 2: Haydn (Schöpfung); Nr. 3 und 4: Haydn (Jahreszeiten); Nr. 5: Händel (Josua); Nr. 6: Bach (H-moll-Messe); Nr. 7: Bach (Matthäuspassion); Nr. 8: Pergolese (Stabat mater).

Waldmüller, Ferdin. Georg (Maler, geb. in Wien 14. Jänner 1792, nach Anderen 1793, gest. daselbst 23. August 1865). Er war ein Sohn schlichter Wirthsleute, welche ihn für den geist-

lichen Stand bestimmten, während er nichts weniger als für denselben schwärmte und, als er Anwendung des Zwanges von Seite seiner Eltern besorgte, ohneweiters das Vaterhaus verließ. Diese Zeit des Widerstandes gegen die Pläne der Eltern, namentlich der Mutter, welche vor keinem Mittel scheute, den Starrsinn des Sohnes zu brechen, war eine traurige für den Jüngling, der, aller Subsistenzmittel beraubt, sich im Vereine mit einem Mitschüler auf das Coloriren der Bonbons für Zuckerbäcker verlegte. Da aber die beiden Freunde tagüber die Akademie besuchten, so blieb ihnen nur die Nacht zu ihrem Erwerbe übrig. Vor Eintritt in die Akademie hatte Waldmüller bei dem Blumenmaler Zintler einigen Kunstunterricht genossen. Die Fortschritte, welche er in dem Institute machte, waren vielversprechend, und schon in den ersten Jahren erhielt er erste Preise im Figuren- und Kopfzeichnen. Nun übte er sich im Miniaturmalen und Porträt, und zwar mit solchem Erfolge, daß ihm seine Freunde den Rath ertheilten, nach Preßburg zu gehen, wo eben (1811) der Landtag eröffnet werden sollte, und wo es bei dem großen Zudrange von Menschen an Beschäftigung kaum fehlen dürfte. Zu jener Zeit aber war nach künstlerischer Seite hin seine Ausbildung doch im Ganzen noch eine mangelhafte; bei Maurer [Bd. XVII, S. 140] hatte er wohl tüchtige Fortschritte im Zeichnen gemacht, dagegen war die Kenntniß, welche er in Behandlung der Farben bei Lampi [Bd. XIV, S. 61] sich angeeignet, eine höchst dürftige, und ihm überdies die Oelmalerei noch fremd. Die Anfangsgründe in dieser verdankte er dem Hofschauspieler Lange [Bd. XIV, S. 97], der selbst ein geschickter Maler war. Aber· troß seiner Unkenntniß in allem Anderen, was sonst mit der Kunst im engen· Zusammenhange steht, wie: Perspective, Ornamentik, Plastik, fand er in Preßburg doch Beschäftigung, und auf Verwendung des Barons Perényi kam er in das Haus des Banus von Croatien, Grafen Gyulah, welcher ihn auch nach Schluß des Landtages als Lehrer seiner Kinder mit nach Agram nahm. An seinem neuen Aufenthaltsorte, wo er drei Jahre verblieb, machte er seine ersten Versuche, in Oel zu malen. Dieselben fielen aber, da er jeder fördernden Anleitung entbehrte und es in Agram auch an den nöthigen Requisiten fehlte, kläglich genug aus. Daselbst lernte er auch die Sängerin Weidner kennen, welcher er, nachdem er sie geheiratet hatte, nach Preßburg, Prag, Brünn, kurz überall hin folgte, wohin ihr Engagement sie rief. Das waren die ersten Etapen des Künstlerelends, welches er bis in sein hohes Alter troß aller Weihe der Kunst, die ihm auch seine Neider und Feinde nicht absprechen können, nicht mehr ganz abzustreifen vermochte. Während seines Aufenthaltes in Agram hatte er sich auch im Decorationsmalen versucht, denn der Director der dortigen Bühne glaubte sich an ihn als den einzigen damals im Orte befindlichen Künstler wenden zu müssen. Als endlich seine Gattin eine Anstellung an der Wiener Hofoper erhielt, sah der Künstler seine heißesten Wünsche erfüllt, da er nun in Wien seine Studien fortsetzen und seine Ausbildung vollenden konnte. Aber er ging nicht in das Atelier eines bedeutenden Malers, um unter dessen unmittelbarer Leitung die Geheimnisse des Pinsels zu erlauschen; er wollte sich selbst die erforderliche Ausbildung geben und fing damit an, die Bilder der italieni-

schen und niederländischen Schule im Belvedere zu copiren. Nur in der Landschaft empfand er das Bedürfniß eines Unterrichtes und nahm diesen bei dem Zeichenlehrer der Zoller'schen Hauptschule, Schöblberger [Bd. XXXI, S. 70]. Unter dessen Anleitung copirte er die besten Bilder von Ruisdael und Paul Potter. Ueber diese seine Bildungsmethode schreibt der Künstler selbst... „Noch war mir die höhere Weihe der Kunst das verschleierte Bild von Sais. Ich glaubte das Heil zu finden, wenn ich in der kaiserlichen Galerie zu copiren begänne. Wie es bisher noch bei allen Kunstzweigen gegangen war, in denen ich mich versucht hatte, so gelang es mir auch mit diesen Copien Beifall zu finden. Ein Privatmann [B. Wieser], mit nicht ungeübtem Blick, glaubte in diesen Bestrebungen einen Geist zu erkennen, welcher der Aufmunterung nicht unwürdig sei, und gab mir Aufträge zu ferneren Arbeiten dieser Art. Ich copirte mehrere der besten Werke sowohl der kaiserlichen Galerie als anderer Gemäldesammlungen, sowie einige aus der Dresdener Galerie. Auf diese Weise beschäftigte ich mich abermals fünf Jahre, dann hörten die Aufträge auf, und ich stand wieder auf dem alten Punkte. Allerdings durfte ich mir selbst gestehen, ich sei ein ziemlich gewandter Techniker geworden, aber der Geist, der schöpferische Geist, der eigentlich das Kunstwerk zu einem solchen stempelt, hatte mir noch nicht gelächelt. Ich fühlte seine Mahnung, aber es fehlte die Kraft des freien Flügelschlages, mich emporzuschwingen. Was ich bis jetzt geübt — ich konnte mir es nicht verhehlen — war nur ein Ver such des Ikarus gewesen. Die wächser nen Flügel zerschmolzen von dem Strahl der Sonne". Er wendete sich nun wie der

dem Porträtfache als einziger Erwerbs-
quelle zu, doch aus Mangel an Kenntniß
und Selbstbewußtsein ließ er sich den
Hintergrund stets von einem seiner
Freunde, einem Landschafter, dazu malen,
da derselbe aber im Geiste eines solchen
zu Werke ging, so kam in diese Arbeiten
niemals künstlerische Harmonie, welcher
Mißstand natürlich höchst störend wirkte.
Waldmüller mit seinem feinen Sinne
erkannte dies, und jetzt machte er Studien nach der Natur im Freien, welche so
gut gelangen, daß er auf die Nothwendigkeit und den Nutzen der Natur-
studien im Allgemeinen aufmerksam
wurde. Bei dem Porträt einer alten
Frau, bei welchem der Besteller den Auftrag beifügte, selbe genau nach dem
Leben zu malen, versuchte er es zum
ersten Male, mit der größten Treue der
Natur nachzugehen — und damit war
ihm das Verständniß erschlossen. 1824
stellte er zuerst in der k. k. Akademie der
bildenden Künste bei St. Anna aus, und
zwei seiner Bilder: „Der Tabakpfeifen-
händler" und das Conversationsstück
„Taglöhner mit seinem Sohne", beide
vollbürtige Repräsentanten der realisti-
schen Richtung, die noch förmlich verpönt
war, machten inmitten der Schöpfungen
der romantischen Schule, die zu jener
Zeit gerade auf der Akademie in Blüthe
stand, nicht geringes Aufsehen. So stand
denn der Künstler bereits im Alter von
35 Jahren, als es ihm gelang, durch
seine Arbeiten die öffentliche Aufmerksamkeit auf sich zu lenken. Schon zwei
Jahre früher, 1825, hatte er den ersten
Schritt auf den Boden Italiens gesetzt,
das er von da ab bis zu seinem Tode
während 19 Sommer besuchte. Er verweilte damals nur kurze Zeit in der
ewigen Stadt, aber diese Römerfahrt
blieb auf seinen Kunstsinn, seine Schaf-
fenslust und seinen Entwicklungsgang
nicht ohne Einfluß. Seine Technik machte
große Fortschritte, und ein Besuch Dres-
dens und Münchens in den nächsten
Jahren vervollkommnete ihn in der
Kunst, in welcher der bis vor Kurzem
noch sehr zaghafte Künstler sich bald so
stark fühlte, daß er an die Bewältigung
größerer Aufgaben ging, und zwar mit
dem entschiedensten Erfolge. 1830 erhielt
er die Stelle eines Custos der Lamberg'schen Gemäldegalerie in der k. k.
Akademie der bildenden Künste und
damit zugleich den Titel eines Professors.
1835 wurde er akademischer Rath, und
nun eröffnete sich ihm ein glänzender
Wirkungskreis. Da er selbst auf das
Studium der Natur gekommen und es
mit größter Aengstlichkeit befolgt hatte,
hielt er auch als Lehrer an der Akademie
daran fest und forderte im Anfange von
seinen Schülern fast sclavische Natur-
nachahmung, so daß er dieselben zwang,
an dem Auge eines Kopfes oft mehrere
Tage lang zu malen und nach und nach
die einzelnen Theile anzusetzen, wodurch
leichtbegreiflich manchmal ein ganz geist-
loses Flickwerk entstand. So kam es
denn, daß er junge Leute nicht das
eigentliche Wesen der Kunst kennen, sondern nur sclavisch nachahmen lehrte.
Nichtsdestoweniger schaarte sich ein
Kreis von Schülern um ihn, deren
manche in der Folge einen ehrenvollen
Namen sich machten. Seine eigenen Arbeiten aber waren so durchströmt von
einem Gefühle für Schönheit, Gemüth
und Wahrheit, daß er in seinen besten
Bildern von keinem seiner Schüler erreicht, geschweige denn übertroffen wurde.
Doch seine Methode fand an der Akademie Gegner, es kam zu Differenzen,
man bekrittelte seine einseitige Kunst-
richtung, man wollte seine Art des

Unterrichts nimmer leiden, und da er dagegen mit aller Kraft sich wehrte, so wurde seine Stellung an dem Kunstinstitute unhaltbar, er sah sich endlich genöthigt, dieselbe aufzugeben, und trat 1851 mit der Hälfte seines Gehaltes von 800 fl. Conventions-Münze in den Ruhestand. Indeß wurde ihm von Seiner Majestät mit allerhöchster Entschließung vom 7. August 1864, also ein Jahr vor seinem Tode, das volle Gehalt als Pension angewiesen, womit die stark abweichenden Angaben Aigner's in der Porträtskizze unseres Künstlers wohl berichtigt, keineswegs aber dessen mißliche Verhältnisse außer Frage gestellt werden. In Verbitterung über seine unfreiwillige Pension hatte sich Waldmüller ganz zurückgezogen. Er arbeitete an einer Reihe von Bildern, welche er in Folge einer im Jahre 1856 aus Nordamerika an ihn ergangenen Einladung, seine Werke dort auszustellen, zu diesem Zwecke bestimmte. Indeß faßte er den Entschluß, vor Antritt seiner Reise in die neue Welt noch im niederösterreichischen Gewerbevereine eine Ausstellung dieser Bilder, 31 an Zahl, für Wiener Kunstfreunde zu veranstalten. Auf dieser sah sie der englische Gesandte am Wiener Hofe, Lord Seymour, auf dessen Anregung nun der Künstler nach London ging, wo derselbe durch hohe Gönner erwirkte, daß seine Bilder im Buckingham Palaste ausgestellt wurden. An der Themse genoß Waldmüller auch die Befriedigung, daß einen Theil seiner Werke der Hof, den Rest andere Kunstfreunde ankauften. Dadurch entfiel seine Reise nach Nordamerika, und in gehobener Stimmung über solch unerwarteten Erfolg kehrte er nach Wien zurück. Nun arbeitete er rüstig fort, aber nur selten kam ein und das andere Werk in die Oeffentlich-

keit, und so starb der Künstler, halb vergessen, im Alter von 73 Jahren. Aber nach seinem Tode lebte er in seinen Bildern wieder auf, die in einzelnen Auctionen Preise erreichten, welche der ihm im Leben dafür gebotenen oft um das Vier-, ja Fünffache überstiegen. Das gütige Geschick lächelte unserem Künstler im Leben nicht gerade zu freundlich zu, er starb, wenn nicht arm, doch mittellos! Im Zenith seiner Kunst war es schon ein besonderer Glücksfall, wenn eine der Perlen seines Pinsels um etliche hundert Gulden abging. Hören wir nun, welche Preise seine Bilder in der Versteigerung der Oelzelt-Galerie am 18. und 19. November 1878, also 13 Jahre nach seinem Tode, erreichten: "Der Guckkastenmann" [Solcher in Wien, 2660 fl.]; — "Nach der Schule" [Lindheim in Wien 3100 fl.]; — "Der Tauschmaus" [Frau von Guaita in Frankfurt a. M., 2000 fl.]; — "Der Christtagmorgen" [Hartl in Wien, 1800 fl.]; — "Die Kranzeljungfer" [Solcher in Wien, 1250 fl.]; — "Das Gewitter" [Sailler in Graz, 600 fl.]. Das ist eine Ironie des Schicksals, die sich leider im Künstlerleben oft genug zu wiederholen pflegt. Als, wie oben erwähnt, seine bemängelte Lehrmethode in der Akademie, in welcher der Ruf nach einer Reform bereits in den Vierziger-Jahren auf die Tagesordnung kam, zu Reibungen führte, fühlte er sich als akademischer Lehrer auch berufen, dem herrschenden akademischen Lehrplane entschieden entgegenzutreten, und veröffentlichte die Flugschrift: "Das Bedürfniß eines zweckmäßigeren Unterrichts in der Malerei und in der plastischen Kunst". Er entwickelte darin seine Ideen über den Kunstunterricht, welche auf Anwendung des Naturalismus beruhten und für

deren Erfolg er freilich selbst als glänzendes Beispiel bastand. Aber diese Schrift fand ihre Widersacher, und Entgegnungen darauf blieben nicht aus; man nannte sie boshaft genug „eine theoretische Verirrung". Die Entgegnungen waren nicht minder einseitig ausgefallen und nicht weniger theoretische Verirrungen. Im Jahre 1857 ließ dann unser Maler eine zweite Broschüre unter dem Titel: „Andeutungen zur Hebung der vaterländischen Kunst" folgen, welche manches Beachtenswerthe enthält. Man liebte es einige Zeit lang Waldmüller und Rahl als Vertreter zweier ganz besonderer Richtungen in Oesterreich nicht gegenüber, sondern nebeneinander zu stellen und hat darin Recht gethan. Beide, so total verschiedene Naturen, traten doch als gleich heiße Streiter für ihr Recht und ihre Ueberzeugung ein, und wenn Rahl größer dachte, so war Waldmüller um so origineller, wahrer und mannigfaltiger, und ein Biograph des Letzteren geht so weit, zu sagen: „Die Werthschätzung der Werke Waldmüller's wird die Rahl's überdauern, weil erstere dem menschlichen Herzen näher liegen". In der That zeigte es sich auch nach dem Tode des Künstlers, wie hoch man die Schöpfungen desselben hielt, denn nicht nur veranstalteten einige seiner Freunde und Schüler, und zwar die Maler Felir, Friedländer, Echams, Reithoffer, eine Ausstellung seiner Werke, welche für Wochen den Gegenstand der Kunstkritik bildeten und nun wärmer und wahrer beurtheilt wurden, als zur Zeit, da der noch lebende Künstler dem Publicum sie vorführte; es kamen sogar Aufträge aus weiter Fremde. So wünschten hohe Persönlichkeiten der russischen Hauptstadt, bedeutendere noch unverkaufte Werke des

Künstlers zu erwerben, und es wurde der russische Hofmaler Michael von Zichy von St. Petersburg nach Wien geschickt, um die betreffenden Ankäufe zu machen. Waldmüller's Künstlerschaft war in seltenem Grade vielseitig, denn er malte Bildnisse, Blumen und Fruchtstücke, Landschaften, Stillleben, Historien- und Genrebilder, ja selbst Decorationen. Doch der eigentliche und in dem Kreise, in welchem er sich bewegte, heute noch unübertroffene Meister ist er im Genrebilde, in welchem wir Züge niedergelegt finden, die von der eigenthümlichen Gemüthsanlage des österreichischen Voltes noch nach Jahrhunderten ein beredtes Zeugniß ablegen werden. Für Empfindungen des Seelenlebens, die der unteren Volksschichte emporkommen, hatte er fast ein ebenso feines Gefühl wie Danhauser [Bd. III, S. 153] für die Erscheinungen der höheren Bürgerstandes. Waldmüller's Technik war sein eigenes Werk, nicht musterhaft in jeder Beziehung, nicht zu allen Zeiten gleich, aber immer originell und consequent. Ferner zeichnete er sich als Künstler besonders durch seine ungeheure Thätigkeit, durch die Unverdrossenheit in der Arbeit aus. Ihm war das Künstlerthum nicht Amt und Geschäft, sondern innerer Lebensberuf. Ein ruheloser Zug geht durch seine ganze künstlerische Thätigkeit. Als ein Verdienst Waldmüller's muß auch hervorgehoben werden, daß er gleich Amerling, Einsle und später Rahl zu denjenigen Künstlern gehörte, welche das für Wien so nützliche Institut der Privat-Maler-ateliers in das Leben eingeführt haben. Das Waldmüller'sche Atelier wurde von vielen jungen Malern, wir nennen nur beispielsweise Friedländer, Löffler, Zichy, mit Nutzen besucht. Als

Mensch wie als Künstler ein Ehren-
mann, war er schlicht, einfach und doch
elegant in seiner Erscheinung. malte nie
titanenhaft, kümmerte sich nicht um Politik, auch um Philosophie im Ganzen
nur wenig, aber er war ein feiner stiller
Mann, der jedoch mit ätzender Ironie
den Betreffenden, wenn auch mit leiser
Stimme, die Wahrheit deutlich genug zu
sagen wußte. „Er hat still für sich fort
geschaffen", schreibt Aigner, „Jahr
aus, Jahr ein, bis an sein Lebensende.
Man könnte fast sagen, er sei an der
Staffelei gestorben. Mit ihm ging ein
Stück Altösterreich zu Grabe, denn so
wie er wird kaum mehr ein Künstler das
harmlose Volksleben aufzufassen und
wiederzugeben im Stande sein, auch schon
deshalb nicht, weil es keine Harmlosigkeit
desselben mehr gibt". — Seine Gattin,
die k. k. Hofopernsängerin Katharina
Weidner, von welcher er sich in der
Folge ehelich trennte, gebar ihm einen
Sohn Ferdinand [s. d. S. 186] und
eine Tochter, die sich gleichfalls der Oper
widmete, in Pesth unter Schmid's Direction als Page in der „Ballnacht" auftrat und später als Mitglied des k. k.
Hofoperntheaters engagirt, sich mit dem
Dr. der Medicin und Schriftsteller Lach
vermälte. Waldmüllers Gattin hatte,
wie Ferdinand Ritter von Seyfried in
seiner „Rückschau in das Theaterleben
Wiens seit den letzten fünfzig Jahren"
(Wien 1864) S. 187 berichtet, das
eigenthümliche Geschick, als Mitglied der
Wiener Hofoper, obgleich mit einer
männlich klingenden kräftigen Altstimme
begabt und für verschiedene Rollen gut
verwendbar, doch viele Jahre lang nur
in einer Rolle, und zwar als Marken-
schlägerin Adverson in Auber's
Oper „Die Ballnacht" aufzutreten. Ihr
dauerndes Engagement war dem jeweili-

gen Director oder Pächter dieser Bühne
zur Pflicht gemacht worden. Ueber die
Ursachen dieser eigenthümlichen Sonder-
stellung unserer Hofschauspielerin finden
wir bei Seyfried keine hinreichende Erklärung.

I. Uebersicht der Gemälde, Zeichnungen u. s. w.
F. G. Waldmüller's. A. Bilder, welche in den
Jahresausstellungen der k. k. Akademie der bildenden Künste bei St. Anna in
Wien zu sehen waren. Wir lernen daraus die
Chronologie seiner Bilder kennen. 1822:
„Bildniß eines 107jährigen alten Mannes".
— „Bildniß einer 84jährigen Matrone" und
sonst noch drei Bildnisse. 1824: „Der Tabak-
pfeifenhändler im Kaffeehause". — „Tanzlöhner
mit seinem Sohne". 1826: Drei Bildnisse
[deren kommen neben anderen Bildern Wald-
müller's auch in allen späteren Ausstellungen immer wieder vor]. 1828: „Ein alter
Invalide". — „Der alte Geiger". 1830:
„Scene nach dem Brande von Maria-Zell".
— „Ein Tiroler Schütze". — „Ein Bettel-
knabe auf der hohen Brücke". — „Ein
Knabe, der in der Schule die Preismedaille
erhalten hat". — „Zwei Tiroler auf einer
Verzbabe ausübend". — „Fruchtstück mit
Papagei". — „Blumen und Früchte". —
„Bildniß des dreizehnjährigen Wald-
müller. 1832: „Das Innere eines Klo-
sters". — „Der Waldbachstrubb in Ober-
österreich", zwei Ansichten. — „Partie aus
dem Prater". — „Die Rechtenbach-Wiese
bei Ischl". — „Eine Buche bei Ischl". —
„Ahornbäume". — „Bildniß des Malers
Gauermann". — „Ein Weib sucht ihr
Kinder während eines Gewitters bei einer
Wegsäule zu schützen". — „Ferdinand V.,
König von Ungarn", nach der Natur. 1834:
„Ein Afrikaner". — „Eine wandernde Bettler-
familie wird am h. Christabend von armen
Bauersleuten beschenkt". — „Die Heimkehr
des Landmannes". — „Elternfreude". —
„Der Schönberg von der Hofernrealalpe". —
„Der Dachstein von derselben Alpe". — „Der
Zwinberg vom Dorfe Ahorn". — „Der
Dachstein mit dem vorderen Gebäude". —
„Studie bei Ischl". — „Dorf Ahorn". —
„Der Hohenzeller Wasserfall". — „Das
Höllengebirge". — „Praterpartien", zwei An-
sichten. — „Schloß Persenbeug". — „Selbst-
bildniß". — „Ein Bettler". — „Die Schmie-
lauer Fraul von Ischl". 1835: „Kinder bei

einer Butte Trauben". — „Bildniß der Gräfin Julie Apraxin". — „Partie beim Dorfe Aeorn nächst Ischl". — „Alpenhütte auf dem Haiernraid bei Ischl". — „Familiengemälde". 1836: „Rosen, Myrthen und Orangenzweige auf der Toilette einer Braut". — „Großmutter schmückt ihre Enkelin am Frohnleichnamstage mit Rosen". 1837: „Partien auf der Ramsau bei Berchtesgaden", zwei Bilder. — „Partie aus dem Prater". — „Ein Hund bewacht Trauben in einem Korbe". — „Kinder aus der Schule kommend". — „Ein Mädchen schmückt ein Muttergottesbild mit einer Rose". — „Ein Orientale unterrichtet ein Mädchen". — „Drei Bildnisse". 1838: „Der Watzmann in der Ramsau". — „Zell am See im Pinzgau". — „Der Rathhausberg bei Wildbad Gastein". — „Partie bei Gastein". — „Taubensee mit dem Steinberg in der Ramsau". — „Junge Dame am Puttisch" [Frau Flora Fischer], sechs Bildnisse. 1839: „Rosen". — „Ischl vom Sophienplatze aus". — „Ansicht des Dachsteins mit dem Hallstädtersee von den Hüttenkalkalpe bei Ischl". — „Ein Perser". — „Bildniß Seiner kaiserlichen Hoheit des Erzherzogs Franz Karl". 1840: „Partie bei Hallstadt". — „Früchte und Blumen". — „Waldbachstrubb bei Hallstadt". — „Arabischer Derwisch". — „Partie vom Echernthale bei Hallstadt". 1841: „Kinder am Fenster". — „Eine Bauernstube". — „Waldpartie mit Mühle". — „Aupartie". — „Mädchen einen Brief lesend". — „Rosen". — „Korb mit Trauben". — „Mädchen mit Erdbeeren". — „Karl VI." — „Weintrauben". 1842: „Riva am Gardasee". — „Inneres der Marcuskirche in Venedig". — „Traubengehänge". — „Trauben in einem silbernen Gefäße". — „Der Lago di Garda". — „Klostergang zu Riva". 1843: „Früchte". — „Ende der Schulstunde". — „Rosen". — „Blumen". — „Austern und Südfrüchte". — „Ein Waldbach". 1844: „Eestreben zu neuem Leben" [Frau Erzherzogin Sophie". — „Oesterreichische Bauernhochzeit". — „Gebirgspartie". 1845: „Heimkehr von der Ernte". — „Enthronung des h. Johannes". — „Ruine des griechischen Theaters zu Taormina in Zicilien". — „Christtagsmorgen". — „Die Gratulation". — „Ruine an der Meerenge von Messina". 1846: „Ave Maria". — „Eine Mutter mit ihren Kindern". — „Kindes Schmerz". 1847: „Einem Kalkbrenner wird sein Mittagsbrod gebracht" (400 fl.). — „Die Ernte" (700 fl.).

„Liebesgeständniß" (400 fl.). — „Adoptirung eines Kindes" (1200 fl.). — „Meeresbucht bei Messina" (250 fl.). — „Der Eingeschriebene für die Dorfschule" (300 fl.). 1848: „Die Pfändung" [Fürst Liechtenstein] — „Kinderlust" [Paul Fürst Esterházy] 1852: „Trauben" [Zellner]. — „Blumenstück" [Galvagni]. — „Neugierige Kinder". 1856: „Aupartie" [300 fl.]. — „Am Frohnleichnamsmorgen" (700 fl.). — „Die Klostersuppe" (im Belvedere, 1600 fl.). — „Arme Kinder werden mit Winterkleidern betheilt" (1600 fl.). — „Aupartie" (300 fl.). — „Partie aus der Hinterbrühl" (200 fl.). — „Die von ihren Enkeln beschenkte Großmutter" (400 fl.). — „Betende Kinder" (100 fl.). — „Einem Kinde werden Blumen gereicht" (150 fl.). — „Kinder schmücken ein Blumen ein Crucifix" (150 fl.). — „Rothverkauf" (400 fl.). 1859: „Das gutmüthige Kind" (450 fl.). — „Abschied eines Recruten" (1000 fl.). — „Nach der Firmung" (900 fl.). — „Herr, bleib bei uns, es will Abend werden" (2000 fl.). — „Veilchenpflückerinnen" (200 fl.). — „Zingende Kinder" (300 fl.). — „Am Morgen" (300 fl.). II. In den Monatsausstellungen des österreichischen Kunstvereines. 1852 Mai: „Die Hochzeit" [Arthaber]. 1854 Mai: „An der Brandstätte" (225 fl.). — Juni: „Aufnahme eines Lehrlings" (1300 fl.). — August: „Die besorgte Mutter" (450 fl.). — September: „Nach der Taufe" (800 fl.). 1855 April: „Rothverkauf eines Kalbes" (300 fl.). — December: „Die Gratulation" (800 fl.). — „Heimkehr vom Felde" (400 fl.). 1856 Jänner: „Die ihre Enkelin segnende Großmutter" (300 fl.). — „Arme Kinder werden am Ostersonntag beschenkt" (650 fl.). 1857 Mai: „Eine Caravane in Sicilien labt sich an einem Klosterbrunnen". 1860 Jänner: „Belauschtes Liebespaar" (400 fl.). — Juni: „Ein Heim kehrender" (200 fl.). — „Am Zaune" (200 fl.). — „Gratulanten" (400 fl.). — „Die Vermittlung" (600 fl.). — „Danksagung" (300 fl.). 1862 März: „Das Briefchen" (150 fl.). — „Märzveilchen" (350 fl.). — „Das gutmüthige Kind" (350 fl.). — April: „Unentschlossen" (300 fl.). — „Erwartet" (400 fl.). — „Heimführung der Braut" (800 fl.). — Mai: „Nach dem Hochzeitschmause" (800 fl.). — „Der Salzberg bei Aussee" (300 fl.) 1863 März: „Im Mai" (350 fl.). — „Im März" (350 fl.). — April: „Gang zur Taufe" (250 fl.). — „Jedes will das erste sein" (300 fl.). — October: „Die ersten Frühlingszeichen" (250 fl.). — December: „Kinder bringen einer Kranken den Bedarf" (150 fl.). 1864 Februar: „Unter Obhut schlafendes Kind" (150 fl.). — „Verlangen des Kindes zur heimgekehrten Mutter" (200 fl.). — Mai: „Eine Begegnung" (300 fl.). — October: „Das Angebinde" (150 fl.). — November: „Der nächste Weg" (200 fl.). — „Rückkehr aus dem Walde" (200 fl.). — „Betende" (200 fl.). 1866 Februar: „Alte Frau mit Gebetbuch" (300 fl.). — März: „Bettelnder Knabe" (600 fl.). — Juni: „Das Innere der Marcuskirche". — „Die Unentschlossene" (150 fl.). — December: „Im Sommer" (450 fl.). 1867 April: „Gegend bei Riva am Gardasee". — Mai: „Die Rosenkönigin". — „Kinder Märzveilchen pflückend" (350 fl.). — Juli: „Ausgang aus der Schule". — „Aus der Kirche". 1868 Juli: „Die unterbrochene Wallfahrt". — „Christmorgen". — „Ruhe nach der Arbeit". 1869 April: „Die Betherlung". — October: „Am Fenster" (800 fl.). — November: „Die Blumenspende" (600 fl.). — „Steirische Jäger". C. Uebersicht der in der Waldmüller - Ausstellung (December 1865) den Besuchern derselben vorgeführten Gemälde, mit Ausnahme jener, welche bereits erwähnt wurden. Diese Ausstellung, aus Pietät für den verewigten Meister von einigen Künstlern veranstaltet, umfaßte im Ganzen 153 Nummern, also kaum den dreißigsten Theil der Werke, welche des Künstlers Pinsel geschaffen; es waren aber wohl die Perlen seines Schaffens. Diese Uebersicht ist auch insofern von Wichtigkeit, als wir aus derselben die Eigenthümer der Bilder erfahren: „Bildniß Seiner Majestät des Kaisers Ferdinand" [Eigenthümer F. J. Gsell]. — „Bildniß Ihrer Majestät der Kaiserin Maria Ludovica, Gemalin Leopolds II." [Lustschloß Larenburg]. „Bildniß des Erzherzogs Leopold, Großherzogs von Toscana" [Lustschloß Larenburg]. — „Naturstudie aus Oberösterreich" [F. J. Gsell]. — „Studie aus Oberösterreich" [F. J. Gsell]. — „Inselwand bei Ratzes" [F. J. Gsell]. — „Der Traunfall" [Otto Mündler in Paris]. — „Morgenstunk im Gebirge" [Belvedere-Galerie]. — „Mutterglück" [Graf Braida]. — „Ruhe nach der Arbeit" [Fellner sen.]. — „Partie aus Schönbrunn" [Henr. Bühlmayer]. — „Der Malkofen" [F. J. Gsell] — „Aus-

gang aus der Schule" [Fellner sen.]. — „Die Pfändung" [Franz Mayer]. — „Recrutenabschied" [v. Beer]. — „Die Vertheilung armer Schulkinder". — „Die unterbrochene Wallfahrt" [Heinrich Drasche]. — „Die kleine Almosenspenderin" [v. Stadler]. — „Der Besuch der Großeltern". — „Die Weinpresse" [Otto Mündler in Paris]. — „Mutterglück" [Kaiserin Karoline Auguste]. — „Am Brunnen" [Leopold Mayer]. — „Mutterfreuden" [Ritter v. Galvagni]. — „Der Christmorgen" [Fellner seb.]. — „Die Nymphen aus Homer's Odyssee" [v. Blaston]. — „Die Traubenlese" [Fellner sen.]. — „Ave Maria" [Derselbe]. — „Die büßende Magdalena". Copie nach Correggio [Dr. Aug. Bach]. — „Altes Mütterchen" [Belvedere-Galerie]. — „Ansicht des Schlosses Klamm bei Schottwien" [L. Kerpel]. — „Das Innere des Schlosses Klamm" [Derselbe]. — „Am Allerseelentage" [Dr. Lumpe]. — „Mutter mit dem Kinde spielend" [Franz Mayer]. — „Die andächtige Blumenspenderin" [Fellner sen.]. — „Der alte Geiger" [Kaiserin Karolina Augusta]. — „Madonna" [Dr. Lumpe]. — „Ein Hindu" [v. Hüßler]. — „Erdbeermädchen" [Wilhelmine Schroff]. — „Der Rothverkauf" [Johann Fogarasi]. — „Die Rosenzeit. Mädchen mit Guirlande". — „Porträt des Religionsprofessors Josef Franz". — „Porträt des Abtes von K... Wilhelm Eder". — „Die Begegnung". — „Die Verehrung des h. Johannes" [Adolf Morb]. — „Der Mönch" [Anna Satinger]. — „Gebirgsansicht aus dem Salzkammergute" [Otto Mündler in Paris]. — „Zwei Bauernkinder aus der Schule gehend" [Eugen v. Halácsy]. — „Auf dem Weg zur Hochzeit" [v. Blümel]. — „Knabe mit dem Kinde spielend" [Georg Hartl]. — „Kindliche Andacht" [Eug. Graf Czernin]. — „Die Versehung" [Heinrich Drasche]. — „Die Angetraute verläßt mit dem mütterlichen Segen das Elternhaus". — „Die Weinprobe". Copie nach Franz Rietis [Graf Braida]. — „Sicilianische Studie" [v. Fritzi]. — „Bettelkinder" [Herr Barmuth]. — „Stillleben" [Frau Mayer]. — „Zell am See" [Wilhelmine Schroff]. — „Der widerspenstige Schulknabe" [F. J. Gsell]. — „Sonntags-Nachmittag". — „Die Ehebrecherin vor Christus". Copie aus dem Belvedere [J. Geiselbauer]. — „Der Kreuzweg". Copie aus dem Belvedere [Der ſelbe]. — „Chriſtus am Kreuze". Copie nach Van Dyck [Frau Stierle-Holzmeiſter]. — „Bettlerfamilie in der Kirche" [Frau Julie Kellner]. — Handzeichnung Waldmüller's, von der Akademie (1810) mit dem erſten Preiſe gekrönt [König]. — „Partie bei Sparbach" [Beer]. — „Brennende Liebe" [Waldmüller's letzte Arbeit, Eigenthum der Witwe]. — „Der nächſte Weg". — „Kinder mit Puppen ſpielend". — „Eine Ziege zum Geſchenk gebracht". — „Kreuzabnahme Chriſti" [Frau Antonie Ampler in Linz]. — „Kloſtergang". D. Ueberſicht einiger Cartons, welche auf einer Auction im Salon Löſcher's im Mai 1863 zum Verkaufe ausgeboten wurden, jeder 14 Zoll hoch, 12 Zoll breit: „Bürgermädchen aus Venedig". — „Obſtverkäufer aus Venedig". — „Kehrichtſammler in Venedig". — „Milchverkäuferin in Venedig". — „Brodverkäuferin in Venedig". — „Bauer und Bäuerin aus Iſtrien". — „Fiſchverkäufer in Venedig". — „Milchmädchen in Venedig". — „Marinaro in Venedig". — „Roſaglioverkäufer in Venedig". — „Auſternverkäufer in Venedig". — „Waſſerträgerin in Venedig". Außerdem waren auf dieſer Auction neben einigen ſchon erwähnten Bildern noch folgende, ſämmtlich auf Holz gemalt, verkäuflich: „Zwei arme Mädchen theilen ihr Brod". — „Kinder am Morgen Bilder betrachtend". — „Kinder erhalten ihr Frühſtück". — „Abſchied der Braut von ihren Geſpielen". — „Bauernburſche, mit Roſen in der Hand, erwartet ein Mädchen, welches aus der Kirche kommt". — „Bautaglöhner erhalten ihr Frühſtück". — „Die Kranzbinderin". — „Die Briefleſerin". — „Unentſchloſſen". — „Der unterbrochene Weg". — „Der Mutter Segen". — „Gefallene Kinder". — „Singende Kinder bei einem Altar". — „Eintritt der Neuvermälten". — „Die kranke Pilgerin". E. In der hiſtoriſchen Ausſtellung, welche anläßlich der Eröffnung der neuen k. k. Akademie der bildenden Künſte in Wien 1877 ſtatthatte: „Stillleben mit Papagei". Aquarell. — „Arco bei Riva" 1841 [Victor Graf Wimpffen]. — „Badende Mädchen". — „Porträt eines jungen Mannes mit einem Hunde", in einer Landſchaft 1836 [Frau Charlotte Lumpe]. — „Die Frau des Malers auf Beſuch bei ihrer Firmpathin auf dem Lande" [Leon Mandel]. — „Der neue Lehrling des Binders" [L. B. Reithofer].

— „Bauernſtube" 1840 [Arthur Mayer v. Alſó-Ruszbach]. — „Der erſte Schritt" 1831 [Bernhard Maret in Graz"]. — „Der Leierkaſtenmann" [H. Reichle]. — „Der Gang zur letzten Oelung" 1846 [Baronin Sina]. — „Abſolung der Bauernbraut" [B Koziſch]. — „Selbſtporträt" 1840 [Gemäldegalerie der k. k. Akademie der Künſte]. — „Aus dem Traunthal" 1835 [v. Dreyhauſen]. — „Bauſen bei Jſchl" 1835 [Derſelbe]. — „Die Ruine im Schönbrunner Park" [C. Bühlmayer]. — „Das Abendgebet". — „Alte Frau im Lehnſtuhl ſitzend" [Privatgalerie des Kaiſerhauſes]. — „Das Almoſen" [Dr. Max Strauß]. — „Heimkehr von der Hochzeit" [Franz Aiſcher]. — „Petersdorfer Kuchweiſefeſt" [Derſelbe]. F. Ueberſicht jener Gemälde Waldmüller's, welche er in Folge einer im Jahre 1836 aus Nordamerika an ihn ergangenen Einladung dahin mitnehmen wollte, welche er aber vorher im niederöſterreichiſchen Gewerbeverein ausſtellte: „Wohlthätigkeit". — „Anſicht gegen den Schneeberg von Neuweg aus". — „Freudige Erwartung". — „Heimkehrende Kinder". — „Ruhe flüchtiger Landleute". — „Die erkrankte Wallfahrerin". — „Heimkehr ins väterliche Haus". — „Nach der Taufe". — „Hilfeleiſtung bei Erſchöpfung der Kräfte". — „Das ſäugende Kalb". — „Beluſtigung der Kinder vor einem Guckkäſtner". — „Neugierige". — „Der für ſeine Mutter bettelnde Knabe". — „Die von der Weide heimkehrende Kuh". — „Die Ueberraſchten". — „Am Palmſonntag". — „Die durch Pfändung ihres Obdachs beraubte Familie". — „Kindliche Zärtlichkeit". — „Die ſorgende Mutter". — „Das älteſte Kind behütet die jüngeren Geſchwiſter während der Abweſenheit der Eltern". — „Abſchied des Recruten von Eltern und Geſchwiſtern". — „Mädchen in Betrachtung eines Marienbildes verſunken". — „Die liebende Mutter und ihr Kind". — „Die Blumenſpenderin". — „Die von der Großmutter beſchenkte Enkelin". G. Bilder in Bilderſammlungen Privater und in einzelnen Auctionen: „Der Bettler". Crayonzeichnung [Sammlung Amodeo]. „Oeſterreichiſche Bauernhochzeit" [auf Holz, Sammlung Arthaber] bezeichnet mit Namen und Jahr 1843. — „Die doppelte Speiſung" [4 Figuren. Auf Holz, ſignirt 1861]. — „Die Giatulation" [auf Holz, ſignirt 1861. Dieſes

und das vorige Sammlung Esterle]. —
„Oberösterreichischer See" [auf Holz, bez.
F. Waldmüller 1833, Sammlung Kol-
ler]. — „Die Kranzwinderin" [auf Holz,
bez. Waldmüller 1863]. — „Hochsommer"
[auf Holz]. — „See aus dem österreichischen
Hochgebirge" [auf Holz, Dieses und die zwei
vorigen Auction Miethke März 1870]. —
„Silbergeschirr, Blumen und Weintrauben"
[auf Holz, Auction Plach November 1839].
— „Bauernstube, eine Alte mit zwei Mädchen
am Fenster" [auf Holz, bez. 1860, Auction
Posonyi April 1869]. — „Mütterliche
Freuden" [auf Holz, bez. 1861]. — „Stillleben" [auf Leinwand, bez. Dieses und das
vorige Sammlung Schuler]. — „Weibliches Porträt". — „Des Landmanns Heimkehr vom Felde". — „Großmutter schmückt
ihr Kind zur Procession" [beide in der
Sammlung Arthaber]. — „Besuch der
Firmpathi" [auf Holz, bez. 1839. Auction
Schwarz April 1873]. — „Das alte Mütterchen" [Ausstellung im Künstlerhause Mai
1873, 2500 fl.] — „Heimkehr von der
Trauung" [auf Leinwand, bez. 1863]. —
„Praterpartie" [Carton, bez. 1841]. — „Ver-
steckspiel in der Weinpresse" [die drei letztgenannten Auction Miethke November
1870].

II. Stiche und Lithographien nach seinen Bil-
dern. „Ende der Schulstunde" gr. Fol., Stich
von Ed. Benedetti 1847 (Roy. Fol.). —
„Elternfreude". Originallithographie von des
Künstlers eigener Hand Selten. — „Der
Genre". In Mie de lithographirt (Wien
1862, Reisserscheid und Reich, Fol.). — „Nach
der Schule" (Celfa.gendruck. Wien 1863,
Hartinger, Hochfol.] — „Die Barmherzig-
keit". Dertinger sc. — „Die Rückkehr des
Landmannes von der Arbeit". Arnold sc.
Dieses und das vorige im Familienbuch des
„Oesterreichischen Lloyd" 1865 — „Das Ge-
witter". F. Paffini sc. im Taschenbuch
„Vesta". — „Weihnachtsmorgen". Holz-
schnitt von Paar in der „Neuen illustrirten
Zeitung" Wien, Jahrg. VII. Jahrgang
1878/1879, Nr. 13. — „Bildniß des Kaisers
Franz I.". Steinmüller sc. (Fol.). —
„Des Landmanns Ausgang". Gestochen von
G. Rahl. „Wiener Kunstvereinsblatt". —
„Die fromme alte Frau". Von Blas. Höfel
in Holz geschnitten (Fol.). — „Eine Bauern-
familie". G. Rahl sc. Das erste „Wiener
Kunstvereinsblatt" 1842 — „Rückkehr von

der Arbeit". F. Stöber sc. „Wiener Kunstvereinsblatt" 1835. — „Das Kind, welches
gehen lernt". G. Rahl sc. 1841 (gr. Fol.).
— „Der Rabbiner, welcher ein Mädchen
unterrichtet". Lithographie von Göbhausen
(Fol.). — „Die Wiedergenesung". Von dem
Künstler selbst lithographirt für das „Album
der Künstler Wiens". Mit Tondruck 1844
(gr. Fol.).

III. Urtheile über Waldmüller den Künstler.
Der bekannte Kunstkritiker Hermann Becke,
schreibt anläßlich der zweiten deutschen allgemeinen und historischen Kunstausstellung im
Jahre 1861 über unseren Maler: „Der bedeutendste unter den älteren Wiener Genremalern
ist ohne Zweifel Waldmüller, ein Künstler,
dessen Werke trotz einer gewissen Härte und
Schärfe der Behandlung durch die feinste
Naturbeobachtung, durch den lebendigsten
Ausdruck, durch die unbefangenste Naivität
und durch die liebenswürdige Gemüthlichkeit
der Gegenstände und ihrer Auffassung immer
höchst erfreulich bleiben und zu dem Besten
zählen, was neuere Genremalerei hervorgebracht hat. Besonders in der Darstellung der
Kinder ist der Meister unübertrefflich, die
unbefangenste Aeußerung, jede Seelenregung
in Freude oder Betrübniß ist auf das an-
muthigste ausgedrückt und ohne irgend eine
Spur von idealistischer Steigerung; bei dem
treuesten porträtartigen Anschluß an die
wirkliche individuelle Natur eine gewisse
Schönheit gewahrt; das Schönheitsgefühl des
Künstlers äußert sich in der Wahl der Natur-
erscheinungen, welche er nachbildet . . . .
Manche Bilder dieses ausgezeichneten Meisters
leiden ein wenig am Zuviel des Inhalts,
das Streben, den Gegenstand ganz und gar
zu erschöpfen, bringt Motive hervor, welche
die Einheit der Begebenheit stören, wenn auch
alle diese Motive an sich sehr schön und
wahr sind. . . . Am meisten bewundere ich
in Waldmüller's Bildern die Wahrheit
des sprechenden Ausdrucks der Seelen-
stimmungen und die streng individuelle
Charakteristik in der Form, eine der schwierigsten Aufgaben für den Künstler, weil die
gegebene natürliche Erscheinung, das Modell,
wohl die Form geben kann, nicht aber in der
durch den Affect hervorgebrachten augenblicklichen flüchtigen Bewegung und Veränderung,
und außer diesem die große Anmuth, welche
der Künstler selbst über die gewöhnlichste
Erscheinung zu verbreiten versteht". — Ernst

schreibt in der „National-Zeitung"
der allgemeinen deutschen Kunst-
11 zu München im Jahre 1858 über
üller, dessen „Klostersuppe" und
ing am Christmorgen" seinen unge-
Beifall finden: „Einer der ersten
des Faches (Genre) ist Waldmül-
Wien. Die Lebendigkeit der Darstel-
et bei ihm durchaus nicht unter dem
er Ausführung, und was solchen
inzen vor Allem Werth gibt: der
ist sprechend". Es sind wenige, aber
ende Worte dieses Meisters der deut-
nstforschung — Mertbeny, der mit
das er schreibt, durch seine feinfühlende
lichkeit, hinter welcher sich aber die
arteilichkeit verbirgt, böses Blut er-
d der immer, so unbefangen und
: sich stellte, doch höchst persönliche
verfolgte, schreibt über Waldmül-
idstehend, daß wir sein Urtheil nur
wenig zu dem berufener Männer
Beweis der Bemerkungen, einer feilen
r folgen lassen: „Waldmüller ist
telli im Genre, und eine so typisch
: und unschöne Race er sich zu diesem
wählt und so technisch schwerfällig (!),
m (!) und blöchern (!!!) sie
t, er hat sich ein Genre geschaffen,
t in dieser Bedeutung gelten lassen
s gleich adjustirte Fabrikswaare zur
hausbackener Gemüthlichkeit und
adisauung phyllisterhafter Behaglichkeit
Verbank. Er hebt im Volke nicht
risch dramatische Zeiten, blos dessen
komische und niedrig erische (!),
d aber darin zu einem gewissen Styl,
einer Art Hasenclever, zu Stylan
aller vornehmen Stimmung, aber
viel ist und da er nicht negirt werden
efallen wird außer Oesterreich Nie-
diesen Compositionen finden — und
ekannt, wie zahlreich schon Wald-
s Bilder nach England und Amerika
— dem Fremden fehlen jene Remin-
ir gemüthliches Verständnis derselben,
etiv betrachtet bleibt nichts übrig,
häßliche Menschenrace, eine cretinen-
enration (!) in unkünstlerischster,
t-r Gruppirung vor einer Total-
e blaue und braune Hattondung
einer Woche, wie Bilder auf lackir-
ewaaren. Die Musikkritik hat kaum
iit diesen Schöpfungen zu thun, die
als naturalistische Curiositäten einen

Werth haben und als solche eine ausgesprochene Specialität bilden". Verfasser dieses
Lexikons denkt noch heute, mit welcher Ent-
rüstung diese triviale Kritik in der Wiener
Gesellschaft aufgenommen wurde, und wie
ihr Autor in den Vorbäusern damit renommirte, als wollte er sagen: Na nun, hat
einmal Einer die Wahrheit zu sagen sich
getraut, und das mag ihnen wohl bekommen
Aber Herr Kertbeny verließ Wien, und ihm
folgte eine Erinnerung, auf die er sich nichts zu
Gute thun konnte. — Der unbekannte Kunstkritiker der Leipziger Illustrirten Zeitung über die Wiener Kunstausstellung im
Jahre 1845 bemerkt über Waldmüller:
„Unter den Wiener Genremalern zeichnet sich
vor Allen Waldmüller aus. Niemand hat
eine so sichere Hand, Niemand vielleicht eine
so einschmeichelnde Farbe, nicht leicht irgend
wer einen so reinen Pinsel, Niemand ist ein
besserer Virtuose als er, aber er ist auch ein
Eydl [Bd. IV, S 119], der noch mehr
ausführt als dieser, rein nur Instrumentalist.
er spielt mit seinen Farben und Pinseln trotz
eines Thalberg, trotz eines Paganini,
aber er ist kaum mehr als eine bewunderungswürdige Spielmaschine, die trotz ihrer außerordentlichen Geschicklichkeit nicht die mindeste
Spur mit ihrem männlicher Seele entwersen
kann. Er malt stückweise, mosaikähnlich
„stückweise" sagt der Wiener — heute ein
Auge, morgen eine Nase und übermorgen das
Ohr, und wäre er Architekt, so würde er wohl
die eine Ecke seines Hauses mit Gesims und
Zierrathen vollenden und vielleicht selbst das
Dach darauf decken, ehe er noch den Grund
für die Keller des Mittelhauses ausgehoben
hätte, und wer weiß ob es ihm — gerade
ihm — nicht gelänge". — Franz Reber in
seiner „Geschichte der neueren deutschen Kunst"
(1876) schreibt über Waldmüller: „Wien,
dessen Richtung dem Genre sehr günstig war,
besaß gleichwohl in der Periode der Glanz-
zeit der deutschen Kunst in diesem Zweige
nicht viele namhafte Künstler. Es kostete
Mühe, sich von dem an der Wiener Akademie
ebenso wie in Dresden und mehr als an
allen übrigen Malerschulen eingebürgerten
Verfahren, die Niederländer nachzuahmen und
somit die Natur immer durch fremde Brille
zu sehen, loszureißen und dem in systematischer Bedächtigkeit gepredigten Manierismus
den Gehorsam zu kündigen. Das Verdienst
dieser That gebührt F. G. Waldmüller.
Nach langem Herumirren in seinem Berufe

und zunächst mit dem Bildnisse beschäftigt,
war er endlich durch Naturstudium für
Porträthintergründe auf den Gedanken gekommen, die Galeriestudien ganz aufzugeben
und von vorne beginnend lediglich mit der
Natur zu rechnen. Wie die Hingebung, so war
auch der Erfolg. Nach bedeutsamen Stoffen
suchte er nicht, aber seine ungewöhnliche
Wärme des Gemüthes machte aus den einfachsten Vorwürfen Idyllen der reizendsten
Art. Seine Gegenstände waren meist dem
Landleben, am liebsten der Kinderwelt entnommen. Ein auf dem Schoße der Mutter zap-
pelnder und vom glücklichen Vater betrachte-
ter Säugling, ein schlafendes Wiegenkind,
von älteren Schwesterchen bewacht, Blumen
pflückende Geschwister, Kinder im Walde bei
anbrechendem Frühling, Großpapas Namens-
tag, Christabend, Heimkehr aus der Schule,
Lohn und Strafe waren seine liebsten Gegenstände. Doch welches Ensemble, welche einfache, gesunde anspruchslose Lust! Auch im
weiteren Verlauf des menschlichen Lebens
genügt ihm das Gewöhnliche, Abschied vom
Hause, Krankheit, Genesung, Ebeleben, Ruhe
des Greises. Die Vorgänge werden nicht
trivial, weil sie mitgefühlt und so ursprünglich wiedergegeben sind, daß sie uns ewig neu
erscheinen. Mit seinem Gegenstande innen und
außen vertraut, weiß er auch den fesselnden
Ausdruck mit unvergleichlich feinem colo-
ristischen Vortrag zu verbinden. Doch dauerte
es lange, ehe der Meister in seiner Heimat
erkannt wurde; erst mußten Tausende von
Bildern ins Ausland, vornehmlich nach England wandern und der Künstler selbst in
drückender Noth zum Ziele werden, bis der
Bann brach und die vorher verschleuderten Arbeiten zu immensen Preisen in Sammler-
auctionen staunten." Man vergleiche nun
mit diesem pietätvollen Urtheile des gewieften
Kunsthistorikers das elle Geschwätz Mertbeny's, welches wir nur als Beispiel einer
kritischen Wißgeburt mitgetheilt haben.

IV. **Quellen zur Kritik.** Kritische Stim-
men — Kölnische Zeitung, 1861,
Nr. 329 im Feuilleton. Von Hermann
Becker. — Constitutionelle Vorstadt-
Zeitung (Wien, Fol.) 1865, Nr. 247 im
Feuilleton: „Die Waldmüller-Ausstellung".
Von Dreder Hennien — Die Wiener
Kunstvereinsblätter von 1832—1846.
Besprochen von Anton Ritter von Perger
(Wien 1846, 8°.) S. 12 und 27. — De-

batte (Wiener polit. Blatt) 19. December
1863, Nr. 350 im Feuilleton: „Waldmüller-
Ausstellung". Von Friedrich Pernett. —
Die Malerei in Wien. Mit einem Anhang über Plastik. Von Emmerich Ran-
zoni (Wien 1879 kl. 8°.) S. 3, 13, 27, 38,
39, 41, 42, 50, 54, 82, 83, 93. — Geschichte der neueren deutschen Kunst vom
Ende des vorigen Jahrhunderts bis zur
Wiener Ausstellung 1873, mit Berücksichtigung
der gleichzeitigen Kunstentwicklung in Frankreich, Belgien, England, Holland, Italien
und den Ostseeländern. Von Dr. Franz
Reber (Stuttgart 1876, Meyer und Zeller.
gr. 8°.) S. 490. — Oesterreichischer
Zuschauer. Herausgegeben von Ebersberg (Wien, 8°.) 1853, Bd. I, S. 347
u. f.: „Wanderungen durch die Ateliers
der Wiener Künstler". Von F. C. Weidmann. — Blätter für Theater, Musik
und Kunst. Herausgegeben von L. A. Zellner (Wien, kl. Fol.) XI. Jahrg., 1865,
Nr. 97, 100, 101, 102: „Die Waldmüller-
Ausstellung im österreichischen Kunstverein".
— Breslauer Zeitung 1861, Nr. 193
im Feuilleton. — Constitutionelle österreichische Zeitung (Wien) 1863, Nr. 292:
„Waldmüller-Ausstellung". — National-
Zeitung (Berlin) 1855, Nr. 297 im
Feuilleton: „Brief aus Paris. IV." —
Neue Freie Presse (Wiener polit. Blatt)
1863, Nr. 363 im Kunstblatt: „Ferdinand
Waldmüller. — Süddeutsche Post
(Wiener polit. Blatt) 1855, Nr. 288 im
Feuilleton. — Vieknigg Mittheilungen
aus Wien (8°.) 1855, Bd. III, S. 129. —
Presse (Wiener polit. Blatt) 1863, Nr. 351
im Feuilleton: „Kunstausstellung".

V. **Porträts.** Unterschrift: Facsimile des Namenszuges: „F. G. Waldmüller 1834". Jos.
Danhauser del., Fr. Stöber sc. (gr. 4°.)
beril des nicht häufiges Blatt den gentilen
Künstler in voller Manneskraft darstellend.
— 2) Stahlstich von Hüffener, Leipzig,
Baumgartner, gr. 4°. — 3) Holzschnitt nach
Originalzeichnung von Friz Krtehuber in
„Ueber Land und Meer" Bd. XV, S. 20. —
4) Holzschnitt ohne Angabe des Zeichners
und Xylographen in der Oesterreichischen
illustrirten Zeitung 1854 Nr. 22. —
5) Unterschrift: „Ferdinand Waldmüller".
Nach einer Photographie, gezeichnet von
Fr. Kriehuber, Schöner, ungemein ähnlicher Holzschnitt, den Künstler in hohem

Lebensalter zeigend. — 6) Porträtmedaillon in Bronze. Für das Grabdenkmal Waldmüller's von Eugen Felix und von Heinrich Zauner modellirt und ciselirt (1865). — 7) Ein in Oel gemaltes Selbstporträt des Künstlers befindet sich in der k. k. Akademie der bildenden Künste zu Wien.

VI. **Quellen zur Biographie.** (Constitutionelle Vorstadt-Zeitung (Wien) 1865, Nr. 145 im Feuilleton: „Ferd. Georg Waldmüller". Von Ludwig Foglar. — Das große Conversations-Lexikon für die gebildeten Stände. — Herausgegeben von J. Meyer (Hildburghausen, Amsterdam, Paris und Philadelphia 1852, gr. 8°.). Zweite Abtheilung. Bd. XIV, S. 743. — Debatte (Wiener polit. Blatt) 1 December 1865, Nr. 332 im Feuilleton: „F. G. Waldmüller". — (Hormayr's) Archiv für Geographie, Statistik, Geschichte u. s. w. (Wien, 4°.) 1828, Nr. 10 und 11. S. 53 (Notizen von Böckh). — Die Kunstschätze Wiens in Stahlstich nebst erläuterndem Text von A. R v. Perger (Triest 1854, „Oesterreichischer Lloyd". 4°.) S 377 — Mittheilungen aus Wien. Zeitgemälde der Neuesten und Wissenswürdigsten u. s. w. Von Franz Pietznigg (Wien 1832, Zollngr. 8°.) S. 122 u. f. — Müller-Klunzinger Die Künstler aller Zeiten und Völker u. s. w. (Stuttgart, Ebner und Seubert, 1864, gr. 8°.) Bd III, S 829 [mit der originellen Quellencitation: Getta'sches Kunstblatt 1833–1836!!] — Nagler (G. K. Dr.) Neues allgemeines Künstler-Lexikon (München 1833 u. f., S A. Fleischmann, gr. 8°.) Bd. XXI, S. 91. — Neue Freie Presse (Wiener polit. Blatt) 1865, Nr. 482 im Feuilleton: „Ferdinand Waldmüller" Von L(udwig) Speidel). — Neues Fremden-Blatt (Wien, 4°.) 1867, Nr 189. II. Beilage. Von Friedr. Kaiser — Oesterreichische illustrirte Zeitung (Wien 4°. Redigirt von Neybenas XV. Jahrg. 1854. Nr 225: „Ferdinand Georg Waldmüller". — Oesterreichische National-Encyklopädie von Gräffer und Czikann (Wien 1835, 8°.) Bd VI, S 16. — Oesterreichischer Volks und Wirthschafts-Kalender (Wien, Brandl, gr. 8°.) Jahrg. 1867 [oder im Sonderabdruck: „Oeste reichische Ehrenhalle" Bd. III, 1865] S. 71: „Ferd G. Waldmüller". Von J. von Hoffinger.

Sonntagsblätter. Herausgegeben von L. A. Frankl (Wien, Ler. 8°.) 1847, S. 212: „In Sachen des Herrn Prof. Waldmüller". — Theater-Zeitung. Herausgegeben von Adolph Bäuerle (Wien kl. Fol.) 1856, Nr. 159, S 647: „Aus der Kunstwelt". — Ueber Land und Meer. Herausgegeben von Hacklander, (Stuttgart, kl. Fol.) Bd. XV (October 1865) Nr. 2, S. 9: „Ferd. Georg Waldmüller". — Waldheim's Illustrirte Monatshefte (Wien, gr. 4°.) 1865, S. 231: „Porträtskizzen aus der Mappe eines Malers. I. F G. Waldmüller". Von J M Aigner. — Wiener-Zeitung 1865, Nr. 281, S. 740: „Ferdinand Waldmüller". Von Karl Weiß? — Zeitschrift für bildende Kunst. Herausgegeben von C. v. Lützow Bd I (1866) 1. und 2. Heft: „Waldmüller". Von Laufberger.

Waldner Thomas (Schriftsteller, geb. zu Liesing in Lesachthale Kärnthens um 1830). Mit dem später als Sprachforscher bekannt gewordenen Matthias Lexer [Bd. XV, S. 51] besuchte er die Dorfschule. Ihn zur höheren Ausbildung in die Stadtschule zu schicken, fehlten den Eltern die Mittel, und so erlernte er das Tischlerhandwerk und betrieb es dann auf seiner Wirthschaft zu Rattendorf, einem Orte außerhalb Hermagors im kärnthnerischen Gailthale. Da er sich in seiner Profession von Jahr zu Jahr vervollkommnete, erwarb er sich als Kunsttischler bald einen wohlverdienten Ruf. Sein Ornamente, Stühle und Kanzeln bilden den Schmuck mancher Kirche in und außer dem Gailthale. Die Muße, welche ihm sein Handwerk übrig läßt, benützt er zur sorglichen Fortbildung aus der Lecture eigener oder der in der Pfarrbibliothek befindlichen Bücher, und so liebt er es, über die Grenzen des Handwerks hinaus ganz als Autodidakt Streifzüge in das Gebiet der Wissenschaften und Künste zu machen und wenn er den Hebel ausgeklopft. Naturwissenschaft, Mathematik, Geschichte zu betreiben und mitunter ein klein wenig, aber mit sichtlichem Verständniß den Socialpolitiker zu spielen oder gar zu dichten und zu schreiben. So gab er, als das Wirthschaftsgebäude seines Bruders in Flammen aufgegangen war, ein kleines Büchlein „Ueber die Assecuranzen" heraus, worüber dem Verfasser anerkennende Schreiben aus dem Elsaß und aus Triest zukamen, während man in seiner Heimat gar nicht wußte, wer der Autor dieser Broschüre sei. Eine andere Schrift Waldner's betitelt sich: „Sechs Abende eines patriotischen Cirkels. Wie manchem Bedürfnisse der Menschheit auf friedlichem Wege abzuhelfen wäre. Ein gemeinsfasslicher Versuch von —" (Villach 1856, Fr. Hoffmann). Der Reinertrag war für die durch Feuer arg heimgesuchten Gailthaler bestimmt. In einer Reihe einzelner nach Abenden abgetheilter Abschnitte behandelt Waldner in sokratisch-dialogisirender Form die wichtigsten socialen Fragen des ländlichen Gemeindelebens, das Armenwesen, die Stellung der Dienstboten zum Hause, die Feuerpolizei und Assecuranz, die Frage der Hebung der Volksschulen und dergleichen mehr in klarer, lichtvoller Darstellung. Aber auch auf dem Gebiete der Poesie begegnen wir unserem Schriftsteller, und ist seine Muse auch keine pathetisch-hochtrabende, so ist sie dafür eine um so gemüthlichere, an welcher namentlich bei den Epigrammen manchmal der lose Schalk hervorguckt. Der im Verlage des Vereines österreichischer Kunsthändler erschienene „Oesterreichische Katalog", zusammengestellt von A. Andriessen, verzeichnet im Jahrgang 1861, S. 83 der deutschen Bücher einen Waldner als Verfasser der Schrift: „Böhmische Naturdichter", das aber ist grundfalsch. Denn Verfasser derselben ist Alfred Waldau,

dessen wir bereits S. 162 dieses Bandes gedachten. Recht eigentlich aber lenkte Waldner die Aufmerksamkeit erst auf sich, als in dem kleinen Orte, in welchem er lebte und hobelte, eines Tages im Jahre 1866 ein Schreiben des Staatsministers an ihn eintraf, welches nur eine Antwort war auf seine an diesen gerichtete Eingabe über die Reform des Notariats, in welcher er sehr praktische Winke gab, die sich der Anerkennung des Staatsmannes erfreuten. Männer von dem Schlage Waldner's werden in den Vereinigten nordamerikanischen Staaten Senatoren, ja auch Präsidenten, bei uns bleiben sie — Tischler.

Grazer Abendpost (polit. Blatt, 8 Juli) 1866, Nr 183 und 184: „Aus dem kärntnerischen Volksleben II. (Ein Naturgenie aus dem Gailthale".

Waldorf, Franz Augustin Freiherr von (Kreishauptmann von Brünn, geb. in Mähren 1707, gest. zu Brünn am 30. April 1754. Ein Sproß des cölnischen Geschlechtes Waldorf, über welches die Quellen Näheres berichten, gehört er der von Jacob abstammenden Linie an, welche, während die andere schon den Freiherrn- und Grafentitel führten, sich noch im Ritterstand befand. Er widmete sich dem Staatsdienst in der politischen Sphäre, wurde 1736 zum Kreishauptmann in Brünn ernannt und am 1. December 1742, da er sechs Jahre in dieser Eigenschaft amtete und sein Vater und Großvater über ein halbes Jahrhundert dem Staate gedient hatten, von der Königin Maria Theresia in den alten Herren- (böhmischer Freiherren-) Stand erhoben. Als Landrechtsbeisitzer starb er im Alter von 47 Jahren ohne Nachkommen. Seine Gattin Maria Antonie geborene Freiin von Freyenfels überlebte ihn um viele

Jahre. Die von ihrer Tante Maria Anna Agnes verwitweten von Nuebern ererbte Herrschaft Ingrowitz mit dem Gute Pawlowitz vererbte sie an ihre Nichte Theodora Gräfin Belcredi geborene Freiin von Freyenfels, durch welche diese Güter nunmehr an die Grafen Belcredi gelangten. Bemerkenswerth erscheint uns eine Stelle im Testamente des Freiherrn Franz August von Waldorf. Diese lautet: „Das Original-Trinkgeschirr und Kelch Martin Luther! legire ich als eine Antiquität meinem Vetter Ignaz Grafen von Waldorf, damit er solches, so durch Abstammung conservirt, noch weiters bei der männlichen Waldorfischen Familie verwahren möchte". Leider erfahren wir weder, wie diese Luther-Reliquien in den Besitz der Familie Waldorf gelangten, noch, da das Waldorf'sche Geschlecht bereits erloschen, wohin dieselben gekommen.

Zur Genealogie der Freiherren und Grafen Waldorf. Dieses Geschlecht stammt aus Cöln. **Gottfried**, ein Sohn des Cölner Kaufmannes **Peter Waldorf**, trat als Secretär in die Dienste des mährischen Oberlandrichters Franz Grafen Magni (gest. 1652) [Bd. XVI, S. 271, Nr. 1], wurde 1657 Licentiat der Rechte an der Prager Hochschule und später mährischer Landesadvocat. Am 10. September 1664 erhielt er von Kaiser Leopold I. den neuen Ritterstand und drei Tage später das mährische Incolat, welches nebst Ritteradel mittelst Diploms vom 29. April 1682 auch auf Gottfrieds Bruder **Jacob**, k. k. Rath und Assessor bei dem kaiserlichen Tribunale Mährens, übertragen wurde. 1666 zum Landschaftssecretär der mährischen Stände, 1670 zum Hofrath und geheimen Secretär bei der böhmischen Hofkanzlei ernannt, ward Gottfried am 6. December 1670 in den alten Ritterstand erhoben. Er vermälte sich mit Margaretha Katharina geborenen Sartorius von Schwanenfeld und wurde durch sie Ahnherr der nachmaligen Freiherren und Grafen von Waldorf. Gottfrieds Witwe, vornehmlich auf Vermehrung des Ansehens und des Glanzes

der Familie bedacht, erwirkte am 25. Mai 1702 für ihre beden Söhne **Gottfried Anton** und **Gottfried Ignaz** die Erhebung in den Freiherrnstand. Gleichen Schritt mit dieser Standeserhöhung hielt auch die Vermehrung des Vermögens durch Kauf, Tausch und Erbschaft von Gütern, wie dies b' Elvert in seiner unten angeführten genealogischen Skizze darthut. Gottfried Ignaz erlangte dann von Kaiser Karl VI. am 20. September 1727 den böhmischen und wohl auch den deutschen Grafenstand, da er als des heiligen römischen Reiches Graf im Brünner Titular-Kalender für 1733 verzeichnet ist. Während die von dem Hofrathe Gottfried Waldorf abstammende Linie bereits den Freiherrn- und Grafenstand erlangt hatte, befanden sich die Nachkommen seines Bruders Jacob noch im Ritterstand, bis auch diesem mit dem Brünner Kreishauptmann **Franz Augustin** mit Diplom vom 1. December 1742 in den Freiherrnstand traten. Gottfried Ignaz vermälte sich mit Maria Elisabeth geborenen Gräfin Sinzendorf, Witwe Franz Antons Grafen Berchtold. Der Sohn dieser Ehe, **Gottfried Anton**, wurde 1733 wirklicher mährischer Appellationsrath und machte sich verdient, gleich den Grafen Illesházy, Blümegen und Zeilern, als großmüthiger Wohlthäter seiner katholischen Unterthanen, für welche er Localcaplanien und Schulen auf seinen Gütern im Hradischer Kreise errichtete. Seine Mutter aber ist die Stifterin des Klosters der Elisabethinerinnen in Altbrünn. Ihr Sohn zweiter Ehe, gleichfalls **Gottfried Ignaz** mit Taufnamen, starb als der Letzte seines Geschlechtes am 31. März 1796 zu Brünn im Alter von 65 Jahren. Ein Jahr später, am 17. Juni 1797, folgte ihm in das Grab seine Gattin Karoline geborene Esterházy. Von seinen Schwestern vermälte sich **Walburga** mit Johann Baptist Michael Grafen Czeika von Olbramowitz und **Maria Cajetana** (geb. 1736) mit Franz Johann Grafen Chorinsky (geb. 1725). Den Sohn des Letzteren, den k. k. Rittmeister Franz Cajetan Grafen Chorinsky (geb. 1761) setzte Graf Gottfried Ignaz zum Universalerben unter der Bedingung ein, daß im Falle, als derselbe die Gelübde des Malteser-Ritters ablegen sollte, dessen Bruder Ignaz ihm im Besitze nachzufolgen habe. So gelangten der Gottfried Waldorf'schen Güter wie jene der von Jacob abstammenden Linie an die Grafen

Belcredi [siehe oben die Biographie Franz August Freiherr Waldorf]. [Notizen-Blatt der historisch-statistischen Section der k. k. mährisch-schlesischen Gesellschaft zur Beförderung des Ackerbaues, der Natur- und Landeskunde. Redigirt von Christian d'Elvert (Brünn. Rohrer, 4°.) 1862, Nr. 10: „Zur mährisch-schlesischen Adelsgeschichte. Die Grafen von Waldorf. Von d'Elvert".]

Waldreich von Ehrenporth, Franz Augustin und Johann Nepomuk, Söhne des 1734 geadelten Balthasar Waldreich aus Toblach in Tirol. **Franz Augustin** (geb. zu Sterzing im Pusterthal 16. August 1737, gest. zu Brixen 15. Juni 1802) trat in den geistlichen Stand, wurde Canoniker der Collegiatkirche in ambitu zu Brixen, dann aber fürstbischöflicher Consistorial-referent und Kanzleidirector daselbst, in welcher Stellung er sich durch seine umsichtige Geschäftsleitung und die Gründlichkeit, mit welcher er dabei vorging, große Verdienste erwarb. — Sein Bruder **Johann Nepomuk** (geb. zu Sterzing 5. Februar 1745, Todesjahr unbekannt) widmete sich gleichfalls der priesterlichen Laufbahn, wurde Canonicus zu Innichen, pastorirte dann als Pfarrer und Decan fast durch dreißig Jahre unter höchst schwierigen Verhältnissen, welche durch den wiederholten Wechsel sowohl der Regierungen als des Diöcesanverbandes herbeigeführt wurden, mit großer Umsicht und Klugheit und zum Besten des gemeinen Wohles. In den stürmischen Tagen des Kriegsjahres 1809, als der Uebermuth der Franzosen mit ebenso viel Gewaltthätigkeit als Rohheit vorging und die friedlichsten Bewohner durch die systematischen Brandschatzungen und Plackereien aus dem Gleichgewichte brachte, da bewährte Waldreich nicht selten seine Geistesgegenwart und Seelenstärke, seinen Tact und Scharfsinn in

Beilegung der durch die Unersättlichkeit und Willkür des Feindes hervorgerufenen Streitigkeiten zwischen dem Landvolk und den Soldaten und zwang in solchen Fällen dem Feinde selbst Achtung und Nachgiebigkeit ab. Den Bewohnern seines Seelsorgegebietes war er ein Wohlthäter ohne Gleichen. Die Seelsorgekirche zu Ried im Zillerthale verdankt den größten Theil ihrer Dotation ihm, und seinen Nachlaß — darunter ein nicht unbeträchtliches Patrimonialvermögen — widmete er ausschließlich zu wohlthätigen und frommen Zwecken. Waldreich's Verdienste würdigte Kaiser Franz durch Verleihung der großen goldenen Civil-Verdienstmedaille.

Staffler (Joh. Jac.). Das deutsche Tirol und Vorarlberg. Topographisch mit geschichtlichen Bemerkungen (Innsbruck 1847, Felician Rauch, 8°.) Bd. II, S. 29.

Waldstätten, Johann Freiherr (k. k. Feldmarschall-Lieutenant und militärischer Schriftsteller, geb. zu Gospic in der Militärgrenze am 24. Juni 1833). Am 25. September 1844 trat er in die Wiener-Neustädter Militärakademie und aus dieser im August 1851 als Lieutenant minderer Gebühr bei Don Miguel-Infanterie Nr. 39 ein. Im December 1851 kam er in gleicher Eigenschaft mit höherer Gebühr zum Pionniercorps, in welchem er im Mai 1854 Oberlieutenant wurde; 1856 rückte er zum Hauptmann im Generalquartiermeisterstabe vor. Am 20. October 1865 zum Major befördert, ward er im Mai 1867 Oberstlieutenant bei Graf Neipperg Dragonern Nr. 12, am 1. Mai 1870 Oberst im Generalquartiermeisterstabe, am 8. November 1877 Generalmajor und Commandant der 7. Infanterie-Brigade in Brünn und ist

it Feldmarschall-Lieutenant und
inbant der 6. Infanterietruppen-
n zu Temesvár. In den Rahmen
4jährigen Dienstzeit fallen ebenso
zichnete Leistungen im Felde als
biete der Kriegswissenschaft. Als
nann machte er ben Feldzug 1859
ien mit, wo er sich durch seine in
fechten bei Turbigo und Magenta
ne Tapferkeit ben Orden der
t Krone dritter Classe erkämpfte.
. August desselben Jahres erhielt er
n Verhalten in der Schlacht bei
ta das Militär-Verdienstkreuz.
ärz 1864 kam er, damals Haupt-
als Lehrer der Taktik an die
[.Cavallerieschule, in welcher er in
bung blieb, bis ihn die Ereignisse
ahres 1866 gegen Preußen ins
zfen, wo er sich für neue Beweise
Tapferkeit und Umsicht das Ritter-
bes Leopoldordens erwarb. Frei-
on Waldstätten zeichnete sich
icht blos als tapferer Kriegsmann
: ist auch ein wissenschaftlich gebil-
Soldat, der bereits mehrere zum
kriegsgeschichtliche, zum Theile
seinen Beruf betreffende Werke
itlicht hat. Die Titel derselben
„Die Taktik" (Wien 1865, Seidel,
; 2. verm. und verb. Aufl. 1867
it eingedruckten Holzschnitten und
ntafeln in gr. 8º. und 4º.; 4. neu-
tete Aufl. mit eingedr. Holzschn.,
373); — „Die Terrainlehre bearbeitet
rbehelf" (ebb. 1867, 2. durchges.
ebb. 1868, gr. 8º., mit 7 Stein-
in qu. 4º. und 40 eingedr. Holz-
:n; 3. durchges. Aufl. 1872, mit
:. Holzschn. und 7 lithogr. Tafeln
8º., qu. 4º. und qu. Fol.); —
ben Nachrichten- und Sicherheitsdienst.
il: Nachrichtendienst" (ebb. 1870,
, mit 5 eingedr. Zeichnungen,

gr. 8º.); — „Die Schlacht bei Vionville und
Rezonville am 16. August 1870. Zwei Vorträge"
(ebb. 1874, gr. 8º.); — „Ueber die Verwendung grösserer Cavalleriekörper in ben
Schlachten der Zukunft" (Teschen 1874,
gr. 8º.); — „Die Cavalleriemanoeuvres bei
Catis" (ebb. 1875, gr. 8º., mit 3 Steintaf.
in gr. Fol.). Die drei letztgenannten Arbeiten sind Sonderabdrücke aus dem
Organ des Wiener militär-wissenschaft-
lichen Vereines und aus ben bei Prochaska in Teschen ausgegebenen „Oester-
reichisch-ungarischen militärischen Blättern". Außer ben oben erwähnten österreichischen Auszeichnungen besitzt Freiherr
Waldstätten auch Orden von Sachsen
und Hessen-Darmstadt.

I. Zur Genealogie der Freiherren von Waldstätten. Selbst der so gründliche und eingehende Forscher Ritter d'Elvert vermag
über diese Familie nur fragmentarische Notizen zu geben. Auch meine Versuche blieben
trotz wiederholter Anläufe erfolglos. Ich kann
daher die Mittheilungen d'Elvert's nur
durch die Lebensskizzen einiger Sprossen
dieses Geschlechtes, welches sich eigentlich
Hayek von Waldstätten nennt, ergänzen
und wenige kurze biographische Notizen beifügen. Den Ritterstand erhielt Johann Siegmund Hayek von Waldstätten 1701 von
Kaiser Leopold I., und seine zwei Söhne:
Dominik Joseph, niederösterreichischer Re-
gimentsrath, und Heinrich Franz, kaiserlicher Rath, wurden von Kaiser Franz I.
Stephan 1754 in den Freiherrnstand
erhoben. Von anderen, dem Forscher d'Elvert theils unbekannt gebliebenen, theils von
ihm nur nebenher erwähnten Sprossen der Familie Waldstätten seien hier noch beigefügt:
1) J. Freiherr von Waldstätten (geb.
1772, gest. in Wien 30. April 1831, wirklicher Hofrath und niederösterreichischer Land-
stand, und 2) Joseph Freiherr von Waldstätten (geb. 1738, gest. in Wien am
17. Jänner 1825), k. k. niederösterreichischer
Appellationsrath, Truchseß und Ritter des
Leopoldordens.

II. Einige denkwürdige Sprossen der Freiherrn-
familie Waldstätten. 1. Georg Freiherr

von Waldstätten (geb. zu Krems am
27. April 1815). Er trat im October 1823
in die Wiener-Neustädter Militärakademie
ein und wurde aus derselben am 3. October 1833 als Fähnrich zum dritten
Infanterie-Regimente Erzherzog Karl eingetheilt, in welchem er im Mai 1839 zum
Lieutenant vorrückte. Im April 1842 als
Oberlieutenant zu Wimpffen-Infanterie Nr. 13
übersetzt, ward er daselbst im November
1848 Hauptmann, am 17. Februar 1853
Major und zugleich Flügeladjutant Seiner
Majestät des Kaisers, im April 1858 Oberstlieutenant. In letzterer Eigenschaft kam er im
April 1859 zum Infanterie-Regimente Groß-
fürst Michael Nr. 26, wo er am 9. Juni
1859 die Stelle des Obersten und Regimentscommandanten erhielt. Am 23. August 1866
wurde er zum Generalmajor befördert und
in dieser Eigenschaft am 1. August 1867
zeitlich pensionirt. In den Jahren 1839 bis
1843 war Waldstätten dem Generalquartiermeisterstabe zugetheilt. Er machte die
Feldzüge 1849 in Ungarn, 1859 in Italien
und 1866 gegen Preußen mit und erhielt für
die in dem letzteren an den Tag gelegte
Tapferkeit die ob. belobende Anerkennung.
General Georg von Waldstätten scheint
schon gestorben zu sein, da er in den Militär-
Schematismen der letzten Jahre nicht mehr
aufgeführt wird. — 2. **Georg** Freiherr von
Waldstätten (geb. zu Karlstadt am
26. August 1837). Seine militärische Ausbildung erhielt er in der Wiener-Neustädter
Akademie, in welche er im September 1849
eintrat, und aus welcher er am 19. August
1856 als Lieutenant minderer Gebühr zu
Dom Miguel-Infanterie Nr. 39 eingetheilt
wurde. Im Regimente rückte er im März
1859 zum Lieutenant höherer Gebühr, im
Mai desselben Jahres zum Oberlieutenant
vor. Im Juni 1859 als Hauptmann zweiter
Classe zum Generalquartiermeisterstabe übersetzt, fand er bei dem Landes-Generalcom-
mando in Galizien Verwendung. Hierauf
arbeitete er längere Zeit bei der Militär-
mappirung, wurde im October 1863 Hauptmann erster Classe und machte als solcher
den Feldzug 1866 gegen Preußen mit. Am
1. Mai 1870 rückte er zum Major im
Generalstabe vor und kam noch in diesem
Jahre als Professor der Terrainlehre, des
Situationszeichnens und Mappirens, dann
als Leiter der praktischen Recognoscirübungen
am Central-Cavalleriecurse in Verwendung.

Am 22. December 1876 wurde Freiherr
Georg Oberst des kaiserlichen Generalstabes, dann Generalstabschef beim Generalcommando's in Wien, später in Agram und ist
gegenwärtig Generalmajor und Commandant
der 71. Infanterie-Brigade. — 3. **Heinrich**
Freiherr von Waldstätten (gest. in Graz
am 27. Mai 1866). Er widmete sich dem
Dienste in der kaiserlich österreichischen Marine und wurde 1863 Linienschiffs-Lieute-
nant und Adjutant des Schiffsabtheilungs-
commando's in Griechenland. Beim Ausbruche des schleswig-holsteinischen Krieges
1864 befand er sich in der Flottenabtheilung,
welche unter Contre-Admiral Wilhelm von
Tegetthoff gegen die Dänen in die See
stach. Am 9. Mai genannten Jahres bestanden die beiden Fregatten „Fürst Schwarzenberg" und „Graf Radetzky" in der vereinigten
österreichisch-preußischen Flottenabtheilung
gegen dänische Kriegsschiffe ein siegreiches
Gefecht, in welchem er sich den Orden der
eisernen Krone dritter Classe erkämpfte. Dies
Gefecht war ein ebenso hartnäckiges als
äußerst blutiges, denn der Verlust auf den
beiden österreichischen Schiffen betrug an
Todten einen Officier, einen Seecadeten und
33 Mann, an Schwerverwundeten — welches
Verlust der Beine — einen Seecadeten und
31 Mann, an Leichterverwundeten 3 Officieren, einen Seecadeten und 37 Mann. [Dürbek
(Andreas Graf). Gedenkblätter aus der
Kriegsgeschichte der k. k. österreichischen Armee
(Wien und Teschen 1880, K. Prochaska,
gr. 8°.) Bd. II, S. 417, Jahr 1864]. —
4. **Johann Ernst** Ritter von Waldstätten (k. k. Feldmarschall-Lieutenant, geb.
zu Meresontzö im Marmaroscher Comitate
Ungarns am 7. Juli 1789, gest. in Wien
11. März 1860). Er trat im November 1805
als Cadet in das 62. Infanterie-Regiment
und wurde 1809 Fähnrich in demselben. Von
1814 bis zu dem 1843 erfolgten Tode des
k. k. Feldmarschalls Heinrich Grafen Bellegarde war er dessen Adjutant und rückte in
dieser Stellung 1830 zum Major, 1837 zum
Obersten und 1844 zum Generalmajor vor.
Anfangs 1849 zog er in den Kampf gegen
Ungarn, trat aber schon am 31. Jänner dieses
Jahres mit Feldmarschall-Lieutenants-Charakter
in Pension. Seine Ehe mit Maria geborenen
Freiin de Daur blieb kinderlos. Generalmajor
Waldstätten war ein eifriger Münzen-
sammler, und seine Sammlung umfaßte zwei
Hauptpartien, nämlich Münzen und Me-

baillen des öſterreichiſchen Kaiſerſtaates, zuſammen 1892 Stück, und Münzen und Medaillen der römiſch-deutſchen Kaiſer von Karl dem Großen bis Franz II., zuſammen 3796 Stück. Beide Partien gingen im Jänner 1837 durch Verkauf an Karl Egon Fürſten von Fürſtenberg über Dann ſammelte er von Neuem, kaufte die Sammlung des Doctor Franz Sales Frank vermehrte ſie und ließ ſie im October 1844 verſteigern. Nach dem gedruckten Kataloge waren es 2481 Münzen und 78 Medaillen auf berühmte Perſonen. Eine minder werthvolle Collection von römiſchen Silber- und Bronzemünzen verkaufte er zu Anfang der Vierziger-Jahre an den Münzhändler Joſeph Oberndörffer. Näheres über dieſe Sammlungen berichtet Joſeph Bergmann in ſeiner Monographie: „Pflege der Numismatik in Oeſterreich durch Private" in den „Sitzungsberichten der kaiſerlichen Akademie der Wiſſenſchaften philoſophiſch-hiſtoriſcher Claſſe" Bd. XLI (1863) S. 82.

Waldſtein, Adam Emanuel Graf (k. k. Oberſt, geb. am 24. Jänner 1803, geſt. zu Prag am 28. November 1849), von der Münchengrätzer Linie. Ein Sohn des Emanuel Franz Grafen Waldſtein-Wartenberg aus deſſen Ehe mit Monica von Flanderen, Witwe des Freiherrn Adam Emanuel von Schorel, trat er frühzeitig als Leutenant in das 3. Huſzaren Regiment, damals König von England, und wurde bereits im Jahre 1828 Rittmeiſter im damaligen 3. Chevaurlegers-Regimente Graf O'Reilly, 1840 Major, am 12. Februar 1848 Oberſtlieutenant und ſchon im April deſſelben Jahres Oberſt und Commandant letztgenannten Regiments. Gleich bei dem erſten offenen Hervortreten der magyariſchen Tendenzen und Abtrennungsgelüſte in Siebenbürgen arbeitete Oberſt Graf Waldſtein mit aller Energie denſelben entgegen, ſuchte durch patriotiſche Aufrufe die beabſichtigte Union Siebenbürgens mit Ungarn zu verhindern und trug hauptſächlich bei zur

Ausſteckung der kaiſerlichen Fahnen und Farben in den romaniſchen und ſächſiſchen Ortſchaften des Landes. Aber auch jetzt wie im Jahre 1837, wo er einer der Dynaſtie feindlichen Partei in Sieben bürgen der Erſte muthig entgegentrat. ſtellten ſich ſeinem vom edelſten Patriotis mus beſeelten Streben Hinderniſſe in den Weg. Schon im April 1848 wurde in der Stabsſtation Nagy-Enyed die Bereitſchaft anbefohlen. Denn nach vergeblichen Verſuchen, mit dem Militär zu fraterniſiren, ſchritt das Volk, deſſen unruhige Stimmung genährt und geſteigert ward durch die zahlreichen Studenten, welche in der neuerrichteten Nationalgarde Unterſtützung fanden, ſchon zu lauten Demonſtrationen. In dieſer Zeit begab ſich Oberſt Graf Waldſtein nach Hermann ſtadt, um ſich daſelbſt als neu befördert dem Landes-Commandirenden vorzuſtellen. Abends beſuchte er das Theater, wo ein gewiſſer Kanicher, Bürger dieſer Stadt, über das Motto der politiſchen Farbenwahl eine conſervative Rede hielt, deren Schluß der Satz bildete: es wäre nur die ſchwarzgelbe Farbe zu wählen. Graf Adam Waldſtein benützte die augenblickliche Stimmung, um noch im Theater eine Anzahl kaiſerlicher Cocarden zu vertheilen. Tags darauf erging von ſeiner dortigen oberſten Militärbehörde an ihn der Befehl, alſogleich nach Wien abzureiſen, wohin er ſich ohnedies behufs ſeiner Vorſtellung bei dem Kriegsminiſter einen Urlaub erbeten hatte. Als aber die Studenten in Enyed das vorerzählte Factum in Erfahrung brachten, äußerten ſie ihre radicale Geſinnung durch Abhal tung einer Katzenmuſik vor Waldſtein's leerer Wohnung. Unter dieſen Verhältniſſen konnte der Graf nicht mehr zum Regimente einrücken. Ohnedies ergriff ihn eine ſchwere Krankheit und veranlaßte

feine Verſetzung in den Ruheſtand. Nach
langem ſchmerzlichen Leiden ſtarb er im
47. Lebensjahre. Graf Waldſtein hatte
ſich am 3. März 1832 mit der Stern-
kreuzordensbame Karoline Gräfin
Khevenhüller-Metſch (geb. 8. Juli
1810, geſt. 14. December 1867) vermält.
Der Familienſtand iſt aus der I. Stammtafel erſichtlich.

Thürheim (Andr. Graf). Reminiſcenzen, Fragmente eines Tagebuches (Wien 1864) S. 33 und
34 — Derſelbe. Reiter-Regimenter, III. Bd.,
S. 203. — Derſelbe. Geſchichte des k. k.
8. Uhlanen-Regiments, S. 160.

I. Zur Genealogie der Grafen Waldſtein. Eine
uralte böhmiſche Herrenfamilie — nicht zu
verwechſeln mit dem gleichnamigen Geſchlechte
in Steiermark, welches 1458 erloſch. Sie gehört zu dem Geſchlechte der ſogenannten
Markvartici, von Markvart ſo genannt, deſſen Nachkommen ſchon im zwölften
und dreizehnten Jahrhundert unter den Ahnen
der Familien Lemberg, Zviřetic, Mi-
chalovic, Wartenberg urkundlich vorkommen und ſämmtlich einen Löwen im
Wappen führten. Gegen das Ende des fünfzehnten Jahrhunderts nahmen die Herren
von Waldſtein ſtatt dieſes Löwen ein qua-
drirtes Wappen mit vier rechts gewandten
Löwen an, und um die Mitte des ſechszehnten
Jahrhunderts ſtellten ſie dieſe Löwen gegen-
einander, mit dem Rücken nach außen. Ein
Zdenek Waldſtein, der um das Jahr
1283 vorkommt, gilt als der wahrſcheinliche
Erbauer der Burg Waldſtein. Von demſelben
wird wohl der Stammbaum fortgeführt, aber
eine verläßliche Auseinanderfolge der Genera-
tionen iſt bei der Verſchiedenheit der Angaben
in den zur Benützung verfügbaren Quellen
nicht möglich. Unſere zwei Stammbäume beginnen mit den Brüdern **Wilhelm** und
Zdenko, den Söhnen **Johanns** von
Waldſtein aus deſſen Ehe mit Anna von
Smichowsky, von dieſen Brüdern iſt die
genaue Auseinanderfolge der einzelnen Gene-
rationen urkundlich nachweisbar. Das Geſchlecht bildete bald mehrere Nebenlinien und
Zweige, ſo die Waldſtein von Welſch,
von Štěraniz, Oberleiſen, Hlum,
Ekal und Branow, Zwiretic, Re-
rechtice Braßlec, Nachmburg, Bre-

nic, Lomnic, Arnau, Bydzi
browicz, Hradek, Aulipicz,
tice, Herzmanic, Gietenic,
chengräz, Trebicz, Roxbic
Policz u ſ. w. Alle dieſe Seiten
loſchen entweder oder gingen in an
und zur Stunde beſtehen nur zwo
linien: I. Waldſtein-Warten
II. Waldſtein-Arnau, welch le
berühmte Friedländer angehört. D
linie Waldſtein-Wartenber
ſich nunmehr in d.e Zweige a) W.
Münchengräz, b) Waldſtein-
e) Waldſtein-Leitomiſchl. In
verweiſen wir auf die zwei Sta
welche ungeachtet der Lückenhaftig
Quellen mit größter Sorgfalt z
geſtellt wurden. Die meiſten Schw
bot die Willkür einzelner Sproſſe
brauch ihrer Taufnamen, denn die
Ernſt auf, dort derſelbe als Joſef
dann wieder Emanuel Phil
Emanuel Philibert. Eb
Bincenz einfach als Bincenz
die Würden und Aemter d
ſchlechtes betrifft, ſo erſcheinen die
ſtein lange einfach als das Dynaſte
der Herren von Waldſtein. D
welcher die höchſten Reichswürden v
einigte, iſt der berühmte Feldherr t
Waldſtein oder wie er gewöhnl d
wird. Wallenſtein, der im 3
1623 nach dem Titel Hochgeboren
Grafenſtande entſprechend — für
Beſitzer des Hauſes Waldſtein un
land, im Februar 1624 ſchon Fü
Friedland und 1626 Herzog von
land, des h. römiſchen Reichs Fürſt
zu Prag und General-Oberſter Feldh
genannt wird. **Adam von Wa**
erhielt dann mit Majeſtätsbrief ddo.
1628 für ſeine Söhne **Rudolph, Q**
lian, Berchthold, Johann Bict
Karl Ferdinand und alle von
kommen männlichen und weibl
ſchlechte des brillant römiſchen R
den böhmiſchen Grafenſtand, w
ſeine eigene Perſon betrifft, ſo w
auf ſeinen Wunſch in dem eben
und höchſten Stande in Böhmen
Herrenſtande, mit dem durch den Z
gehörigen zukommen Beirama vor de
Herrengeſchlechtern. Sein Sohn M
lian wurde 1634 in das ſchwäbiſch
grafencollegium aufgenommen; n

1625.
on Miletin

Hannibal [17]
† 1622.
Katharina Berka von Dub.

Leopold
† 5. Februar 1691.
Elisabeth Gräfin Khuen-Belasy
† 22. Februar 1720.

Wilhelm [36]
† X

Johann Wenzel Joseph Rudolph
geb. 8. Februar 1658, † 1757.
Maria Barbara Gräfin
geb. 5 December 1694 Tochter

Leopold Wilhelm
† 1748.
1) Maria Barbara von Kaiserstein
† 1722
2) Antonie Gräfin Flechtenstein.

Wilhelm   Anna Katharina
9.   geb. 27. October 1708, †,
                       vm. Joh. Caspar
                       Graf Santhieri

Ernst Melchior,   4 Töchter
Mönch in Göttweih.

Maria Barbara
geb. 27. December 171
† 29. Februar 1742.
vm. Joseph Wilibald
Graf Schaffgotsche.

aria Karoline
November 1724,
Jänner 1781,
Franz Joseph
lowrat-Liebsteinsky
April 1758.

Maria Anna
geb. 3. April 1726,
† 28. October 1762,
vm. Anton Freiherr von
Argensol.

Otto Wenzel
geb. 27. September 1719,
† 20. Juni 1790.
Josepha Gräfin Csaky
geb. 1741.
† 1762.

h   Leopold   Maria Antonie
846.   geb. 1770, †.   geb. 1772 †,

Joseph Friedrich
geb. 1775; † 4. Juni 1839.
1) Barbara Comasoni, †.
2) Francisca geborene Jupper
† 7. Februar 1861.

Albrecht
geb. 16. Februar 1832
Hermine von Jezeralkj
geb 183..

Luise Feliciana

*) Die in dem steht,
auf die Seite, auf welc

Zu v. Wurzbach's bio

Aussterben des Geschlechtes Sezyma von Dusti verlieh Kaiser Ferdinand III. der Familie Waldstein das Oberst-Erbvorschneideramt, und 1636 erhielt sie das ungarische Indigenat. — Die Waldstein bekleideten, sei es im Dienste der Kirche, des Staates oder im kaiserlichen Heere, hohe Stellen, und wir begegnen überall Männern, welche ihre Würde nicht nur dem Titel nach trugen, sondern sie auch in einer Weise ausfüllten, daß sie als Muster ihres Standes gelten können. Im Dienste der Kirche ragen mehrere Waldstein hervor. Schon in früher Zeit waltet ein **Benedict (Beneš)** von Waldstein als Bischof zu Cammin in Pommern und versammelt die Priester seiner Diöcese, um sie zur Einhaltung strenger Kirchenzucht aufzufordern. **Johann Friedrich** Graf Waldstein ist als Bischof von Seckau ein Muster seiner Kirchenwürde, obgleich Fürstbischof, übt er seinen Beruf wie der einfachste Priester mit aller Strenge aus, nicht Mühen und Strapazen scheuend, und schwer leidend, kommt er noch der Erfüllung seiner Pflichten nach, bis er zusammenbricht als ein Opfer seines heiligen Amtes. Nicht minder glänzt in den Annalen der böhmischen Kirchengeschichte der Prager Erzbischof **Johann Friedrich**, den seine Zeit bereits den „Spiegel der Bischöfe" nennt. **Emanuel Ernst** aber, Bischof von Leitmeritz, findet neben seinem hohen Kirchenamte noch immer Muße zu gelehrten Studien und ist ein Gönner und Förderer der Männer der Wissenschaft. — In hohen Staats- und Hofämtern finden wir eine ansehnliche Reihe von Sprossen dieses Hauses, wir nennen, da in den Lebensskizzen ihre Thätigkeit ohnebin näher bezeichnet wird, hier nur ihre Namen: **Adam, Ernst Joseph, Christian Vincenz, Ferdinand Ernst, Johann, Karl Ernst, Karl Ferdinand, Maximilian, Johann Joseph, Hannibal,** sämmtlich Männer, die entweder in wichtigen diplomatischen Missionen verwendet wurden, oder im Staate hohe Stellen bekleideten, oder aber der ganz besonderen Gunst ihrer Fürsten sich erfreuend, die höchsten Aemter bei Hofe verwalteten. Mehrere dieser Sprossen, wie: **Franz August, Karl Ferdinand, Karl Ernst** und **Joseph Ernst,** trugen das höchste Ehrenzeichen, welches kaiserliche Gnade zu verleihen vermag, die Collane des goldenen Vließes. — Auch der Wissenschaft und Kunst, denen der hohe Adel der Gegen-

wart, den Jagd und Rennbahn und noch anderer minder edler Sport physisch und moralisch stark in Anspruch nehmen, nicht eben sehr seine Aufmerksamkeit zuwendet, ist dieses Geschlecht zugethan, und zwar aus früher Zeit her, als noch **Wilhelm Waldstein** ein Andachtsbuch ins Čechische übersetzte und seiner Mutter widmete, bis auf die Gegenwart, in welcher Graf **Johann Nepomuk,** selbst Künstler, die Interessen der Kunst und was mit ihr im Zusammenhange steht, förderte. Wir nennen hier die Grafen **Joseph Karl Emanuel,** den langmüthigen Mäcen Casanova's, **Franz de Paula Adam,** den Botaniker, **Emanuel Ernst,** Bischof von Leitmeritz, den Münzenkundigen und ersten Förderer der Numismatik in Böhmen, Graf **Ferdinand,** den Freund und Gönner Beethoven's, ohne Anderer zu gedenken, welche die Werke und Schätze der Wissenschaft und Kunst in ihren Schlössern sammelten und den Kunstsinn förderten. — Auch unter den Männern des Schwertes — vor Allen natürlich der Friedländer, diese großartige Heldengestalt auf Ausgange des sechzehnten und zu Beginn des siebzehnten Jahrhunderts — finden sich Sprossen dieses edlen Hauses, welche insbesondere in unserer Zeit durch die unverbrüchliche Treue zum angestammten Fürstenhause glänzen und sozusagen am einfachsten ihren berühmten Ahnherrn von dem Verdachte des Verrathes an seinem Kaiser reinigen. Außer **Berthold** und **Wilhelm,** welche auf dem Schlachtfelde ihren Tod fanden, nennen wir der Allen **Johann Heinrich,** der seine 24 Söhne dem Könige Ottokar für dessen Kreuzzug gegen die heidnischen Preußen zuführt, dann **Adam Emanuel, Albert, Albrecht, Ferdinand, Franz de Paula Adam, Johann Anton Albrecht, Joseph Ernst, Johann Heinrich.** — In den Religionswirren und Kämpfen ihrer Heimat finden wir auch einzelne Sprossen dieser Familie, so war ein **Wok (Wolf)** von Waldstein ein begeisterter Anhänger Hus', er, der mit seinen Namensvettern **Nicolaus** und **Heinrich** den an das Constanzer Concil gerichteten Protest unterzeichnete. **Henik** von Waldstein war in den böhmischen Unruhen, welche mit der Schlacht am weißen Berge und den darauf folgenden Hinrichtungen ihren blutigen Abschluß fanden, auf Seite der Aufständischen und entzog sich dem strafenden Arme der Gerechtigkeit durch

die Flucht, auf welcher seine Gattin ihn begleitete. — Was schließlich die Ehen dieses
erlauchten Hauses anbelangt, so begegnen wir
ebenso in den Frauen, welche die Männer
desselben sich erwählten, wie in den Familien,
in welche die Töchter hineinheirateten, nur
den ersten Geschlechtern Oesterreichs, Ungarns,
Deutschlands und der Fremde, so den
Aprarin, Breuner, Colloredo-
Mannsfeld, Csáky, Czernin, Dietrichstein, Fürstenberg, Harrach, Károlyi, Kettler, Khuenburg, Khuen-
Belásy, Kohárn, Kolowrat, Liechtenstein, Lobkowitz, Losenstein, Neipperg, Nostitz, Pálffy, Rohan, Rottal
Rzewuski, Schaffgotsche, Schwarzenberg, Thun-Hohenstein, Trauttmansdorff, Zierotin. — Die Dich-
tung hat wiederholt dieses Geschlecht gefeiert.
Schon das väterliche Opfer Johann
Heinrichs, der seine Söhne dem Könige
darbrachte, als derselbe den Zug ins Preußen-
land unternahm, bildete den Gegenstand einer
schlichten Romanze; aber den Friedländer
hat Deutschlands größter Dramatiker, Friedrich Schiller, gefeiert und vor und nach
diesem eine stattliche Reihe von Poeten,
welche wir in (H. Schmid's „Wallenstein-
Literatur", in den „Mittheilungen des Vereines für Geschichte der Deutschen in Böhmen" XVII. Jahrg. S. 103 u f verzeichnet
finden. [**Quellen.** Beschreibung der bisher
bekannten böhmischen Privatmünzen und
Medaillen. Herausgegeben von dem Vereine
für Numismatik zu Prag. Mit Abbildungen
(Prag 1852. 4°.) S. 658—685. — *Coronini
a Cronberg* (*Rudolph*). Dissertazione del-
l'origine delle nobilissime famiglie di
Waldstein e di Wartenberg (Gorizia 1766,
8°.). — *Czerwenka* (*Wenceslaus*). Splendor
et gloria domus Waldsteinianae (Pragae
1673, 4°.). — Historisch-genealogischer
Atlas. Zeit Christi Geburt bis auf unsere
Zeit. Von Dr. Karl Hopf. Abtheilung I.
Deutschland (Gotha 1858, J. A. Perthes,
kl. Fol.) S. 426 und 427, Tafel 678. —
Historisch-heraldisches Handbuch zum
genealogischen Taschenbuch der gräflichen
Häuser (Gotha 1855, Just Perthes, 32°.)
S. 1050 u. f. — Oesterreichische Natio-
nal-Encyklopädie von Gräffer und
Czikann (Wien 1835, 8°.) Bd. VI. S. 17.
— *Oettinger* (*Ed. Mar.*). Moniteur des
Dates... (Dresde 1867, gr. 4°.) tome Vme.
p. 169. — *Tanner* (*Johannes*). Amphithea-

trum gloriae spectaculis iconum Wald-
steiniorum adornatum (Pragae 1661, Fol.).
— Zedler's Universal-Lexikon, Bd. LII.
S. 1507—1561. — Adels-Schematis-
mus des österreichischen Kaiserstaates. Her-
ausgegeben von Ignaz Ritter von Schön-
feld (Wien 1825, G. Schaumburg und
Comp. 8°.) II. Jahrg. S. 108—113. —
Slovník naučný. Redaktoři Dr. Frant
Lad. Rieger & J. Malý, d. i. Conver-
sations-Lexikon. Redigirt von Dr. Franz Lad.
Rieger und J. Malý (Prag 1872, J. L.
Kober, Lex.-8°.) Bd. IX, S. 363—374.]

II. **Besonders denkwürdige Sprossen des Grafengeschlechtes Waldstein. 1. Adam** (gest. am
24. August 1638). Der älteste Sohn Johanns von Waldstein von der Lomnitzer Linie aus dessen zweiter Ehe mit
Magdalena von Wartenberg bekleidete
er hohe Würden im Vaterlande. Er war
1608—1611 Oberstlandrichter, 1611—1619
und 1621—1627 Oberstlandhofmeister und
1627—1638 Oberstburggraf. Im böhmischen
Aufstande 1618—1620 hielt er treu zu seinem
rechtmäßigen Könige. Auf eigenen Wunsch
verblieb er in dem ehemals ersten und höchsten
Stande in Böhmen, dem alten Herrenstande
mit dem ihm zustehenden Vorrang vor den
übrigen Herrengeschlechtern, während seine
Söhne Rudolph, Maximilian, Berthold, Johann Victorin und Karl Ferdinand mit Majestätsbrief vom 25 Juni
1628 in den böhmischen Grafenstand erhoben
wurden. Von diesen fünf Söhnen entsprossen
die ersten drei aus seiner ersten Ehe mit einer
Base Elisabeth von Waldstein aus der Bru-
nicer Linie; die beiden anderen gebar ihm
seine zweite Gemalin Johanna Emilie von
Zierotin, welche zur evangelischen Religion sich
bekannte. — 2. **Adam Emanuel** (siehe den besonderen Artikel S. 207). — 3. **Albert Graf**
(siehe den besonderen Artikel S. 229). —
4. **Albrecht** Graf (siehe den besonderen Artikel S. 229). — 5. **Albrecht Wenzel
Euseb** (Herzog zu Friedland, geb. auf
dem Schlosse Heřmanitz am 14. September
1583, meuchlerisch ermordet zu Eger am
25. Februar 1634). Der dritte Sohn
Wilhelms von Waldstein aus dessen
Ehe mit Margarethe geborenen von
Smirzic. Das Leben dieses durch die
Ränke der am kaiserlichen Hofe in Wien damals herrschenden Jesuitenpartei gemordeten
Feldherrn wurde so oft, so ausführlich und

nach so wechselnden Gesichtspunkten beschrieben, und ist der Quellenapparat über diesen ob schuldigen oder nicht schuldigen, immer doch großen Feldherrn und merkwürdigen Menschen ein so bedeutender, auch ist die wichtigste Frage eben über seine Schuld noch heute eine offene, so daß wir uns hier nur auf eine chronologische Aufzählung seiner Lebensdaten beschränken können. Von Jugend auf bekundete Albrecht großen Scharfsinn und eine unbeugsame Charakterstärke, und weil er in äußeren Dingen großen Hang zu Sonderbarkeiten zeigte, wurde er in jungen Jahren nur der „tolle von Waldstein" genannt. Nach dem 1593 erfolgten Hinscheiden seines Vaters Wilhelm — die Mutter war ihrem Gatten um zwei Jahre im Tode vorangegangen — kam der zwölfjährige Knabe unter die Obhut seines Oheims Albrecht Slawata auf Schloß Koschumberg; dann auf die Fürstenschule zu Goldberg und von dort in das adelige Convict der Jesuiten in Olmütz. 1599 und 1600 studirte er auf der Hochschule zu Altdorf, wo er sich wieder durch sein wildes Verhalten bemerkbar machte. Hierauf kam er als Page an den Hof des Markgrafen von Burgau, wo er, dem Protestantismus, der Confession seiner Eltern, entsagend, zur katholischen Kirche übertrat. Schon zur Zeit seines Aufenthaltes bei den Jesuiten in Olmütz und dann während der Jahre 1601—1603 unternahm er Reisen durch einen Theil Europas; die letzte gemeinschaftlich mit Adam Leo Licek von Riesenburg. Der Mathematiker und Freund Kepler's, Peter Verdungus aus Franken, war der Begleiter der beiden jungen Edelleute. Heimgekehrt widmete sich Wallenstein dem Waffendienste, und zwar als Officier unter General Basta in Ungarn. Während der Belagerung von Gran wurde er Hauptmann einer Compagnie; 1606 kehrte er nach Böhmen zurück, 1607 kam er durch Empfehlung seines Schwagers, des berühmten Karl von Zierotin, an den Hof des Erzherzogs Matthias. Hinsichtlich der Jahre 1607—1616 lauten die Nachrichten über ihn nur sehr lückenhaft, in diese Zeit mag auch seine erste Heirat mit der reichen Lucretia verwitweten Lickov fallen. 1617 zog er mit einem Trupp von 200 Dragonern, die er auf eigene Kosten geworben und bewaffnet hatte, nach Friaul, wo Erzherzog Ferdinand von Steiermark Krieg gegen die Republik Venedig führte. Seine kleine Schaar wuchs

bald zu einem Regimente an; und dort begründete er seinen militärischen Ruf. Nach beendetem Feldzuge wurde er Kammerherr, Oberst und Commandant eines Regiments des mährischen Landaufgebotes. Am 30. März 1614 starb seine erste Frau, und er erbte ihr großes Vermögen, welches die Grundlage seines späteren Reichthums bildete. 1617 stiftete er auf seiner mährischen Herrschaft Lukow eine Karthause. Vom Beginn des böhmischen Aufstandes 1618 steht er auf Seite des Kaisers und der katholischen Kirche. Der Sache der Empörung überall mit größter Energie entgegentretend, machte er sich dadurch viele Große des böhmischen Adels, welche offen oder heimlich zur Rebellion hielten, zu Feinden. Man ließ es von dieser Seite nicht an Versuchen fehlen, ihn zu gewinnen, doch blieben alle vergebens Er hielt treu zum Kaiser. Als General Bucquoy dem Grafen Mannsfeld entgegenzog, sendete der Kaiser Wallenstein zu Ersterem, und in dem Treffen bei Moldautein — 10. Juni 1619 — in welchem Mannsfeld hartnäckigen Widerstand leistete, war Wallenstein's Erscheinen entscheidend. Mit seinen Kürassieren durchbrach derselbe die feindliche Aufstellung und half den Sieg erringen. Als dann Herzog Maximilian von Bayern mit Bucquoy nach Böhmen aufbrach, um die Rebellen zu züchtigen, versah Wallenstein die Stelle eines Generalquartiermeisters und überwachte die Herbeischaffung der Lebensmittel. Infolge dessen war er bei der Schlacht am weißen Berge (8. November 1620) nicht persönlich gegenwärtig, wohl aber fochten seine Kürassiere in derselben mit. Während der Bayernherzog und Tilly in Böhmen blieben und jede weitere Erhebung im Keime erstickten, übernahm er die gleiche Aufgabe für Mähren. Er kämpfte bei Kremsier (18. October 1621) gegen Bethlen Gábor, dann bei Göding (November 1623), um für den Kaiser den Besitz Ungarns zu sichern. Seine siegreichen Erfolge und seine rückhaltlose Hingebung für die Sache des Kaisers erwarben ihm bereits dessen ganzes Vertrauen. 1622 fand sich derselbe mit seinem Feldherrn, welcher mehrere Jahre hindurch einige Regimenter auf eigene Kosten ausgerüstet und unterhalten hatte, dadurch ab daß er ihm die Herrschaft Friedland sammt den einverleibten Kreisen, Städten und Dörfern, namentlich Reichenberg, um die Summe von 130 000 fl. überließ. 1624 heiratete

14*

Wallenſtein, indeſſen in den Reichs-
grafenſtand erhoben, zum zweiten Male, und
zwar Iſabella Katharina, Tochter des
kaiſerlichen geheimen Rathes Grafen Karl von
Harrach. Als die Rebellengüter eingezogen
wurden — 1622 betrug die Zahl der für
verfallen erklärten Herrſchaften und Güter
bereits 642 — hatte er Gelegenheit, die
ſchönſten Rittergüter um geringe Summen
vom Fiscus zu kaufen, wodurch ſein Beſitz
einen großen Aufſchwung nahm. Eine Haupt-
erwerbung machte er im Jahre 1623, als es
ihm gelang, den namhaften Güterbeſitz ſeines
Vetters, des blödſinnigen Adalbert Smi-
ziczký, deſſen Vormund er war, ſich anzueignen. Der Kaiſer überließ ihm nämlich
die dazu gehörigen Herrſchaften Kumburg,
Aulibiz, Semil, Horiz u. ſ. w. um den verhältnißmäßig ſehr geringen Betrag von 502.325 fl.
und tilgte auf dieſe Art eine Forderung ſeines
Feldherrn für ausgelegte Werbegelder. Zu
dieſer Erwerbung gehörte auch die Stadt
Gitſchin, welche Wallenſtein dann zum
Hauptorte aller ſeiner böhmiſchen Beſitzungen
machte. Dieſelben umfaßten als Ganzes mehr
denn 60 Quadratmeilen, und der Kaiſer
erhob dieſen Geſammtbeſitz 1624 zu einem
Fürſtenthum, 1627 zu einem Herzogthum,
welches den Namen der ſchon früher erkauften
Herrſchaft Friedland erhielt. Am 31. Auguſt
1624 wurde Wallenſtein Reichsfürſt, den
herzoglichen Titel und Rang erhielt er mit
Diplom vom 13. Juni 1625. Im letztgenannten Jahre tritt er bereits als ſelbſt-
ſtändiger Feldherr auf. Der allgemeine Krieg
der proteſtantiſchen Mächte erheiſchte die Aufſtellung eines eigenen Heeres zu Dienſten
des Kaiſers, und Wallenſtein übernahm
das Commando deſſelben. Mit dieſer Waffen-
macht erfocht er am 25. April 1626 einen
glänzenden Sieg über Mannsfeld an der
Deſſauer Brücke, und ſein Einfluß am Kaiſer-
hofe wuchs; andererſeits aber mehrten ſich
auch die Beſchwerden über das Gebaren
ſeiner Truppen, welche überall, wo ſie waren,
in entſetzenerregender Weiſe hauſten und namentlich Böhmen, Mähren, Schleſien und die
Niederzogthümer bedrückten. Denn ein Hauptmoment der Kriegführung Wallenſtein's
beſtand darin, daß er ſein Heer nicht ſelbſt
verpflegte, ſondern es durch Brandſchatzung,
Plünderung und Requiſition im feindlichen
Lande, das er eben beſetzt hielt, ſich ſelbſt
verpflegen ließ. Am 1. September 1627 erwarb er unter ungemein günſtigen Kauf-

bedingungen das Herzogthum Sagan. Im
Herbſt deſſelben Jahres rückte er mit ſeinem
Heere gegen Dänemark vor und beſetzte im
October das Herzogthum Mecklenburg. Während er letzteres ſich zur Beute auserſehen
hatte, wollte er dem Kaiſer das Königreich
Dänemark zu Füßen legen. Die Städte
Roſtock und Wismar waren unterworfen,
nur Stralſund widerſtand ihm noch. Er
breitete ſein Heer über Pommern und Brandenburg aus, nahm den Titel eines Admirals
der Oſt- und Nordſee an und wurde vom
Kaiſer zur Entſchädigung für aufgewendete
Kriegskoſten am 2. Jänner 1628 mit den
Ländern der Herzoge von Mecklenburg be-
lehnt. Um ſich dieſen neuen Beſitz ſicher zu
ſtellen, leitete er mit Dänemark den Frieden
ein, deſſen Abſchluß er bis jetzt verhindert
hatte. Alſo dem Kaiſer Dänemark zu Füßen
zu legen, dieſer Gedanke war aufgegeben.
Aber die Erwerbung Mecklenburgs erregte
zunächſt das Mißtrauen der dem Kaiſer er-
gebenen deutſchen Fürſten, namentlich Maxi-
milians von Bayern. Auch wurde dem
Friedländer die Aeußerung in den Mund gelegt, und er konnte ſie in allem Ernſte ge-
ſprochen haben: „man bedürfe keiner Kur-
und Fürſten mehr, man müſſe ihnen das
Gaſthütel abziehen und wie in Frankreich
und Spanien allein, ſo ſolle auch in Deutſchland ein Herr allein ſein". Das nährte die
Eiferſucht und die Bitterkeit gegen den Feldherrn, und man betrachtete mit Mißtrauen
das Wachſen ſeiner Macht. Am 27. Juni
1629 nannte er ſich Herzog von Mecklenburg,
und ſetzte dieſen Titel den übrigen voraus,
ſowohl bei ſeiner Unterſchrift als auf ſeinen
Münzen. Nun war man ernſtlich darauf bedacht, den immer gefährlicher werdenden General zu ſtürzen. Schon auf dem Reichstag
zu Regensburg, der am 8. Juli 1630 eröffnet
worden, drang man offen darauf: „es möge
der kaiſerliche Generaliſſimus und Dictator
imperii abgedankt und ſeines Commandos
entlaſſen worden". Namentlich am bayriſchen
Hofe — obwohl das kaiſerliche Kriegsvolk
die Grenzen Bayerns nie überſchritten hatte —
plante man ſeit 1628 den Sturz Wallenſtein's, und ein geſchäftsgewandter Capuciner, P. Alexander von Ales, der ſchon
früher unter dem Namen Rota zu geheimen
Sendungen verwendet worden, wurde mit
der Ausführung dieſer Intriguen betraut. Am
Wiener Hofe fing man an, durch dieſe Mach-
nationen beeinflußt, ernſtlich beſorgt zu

werden. Man trat mit der Forderung an Wallenstein heran, seine Regimenter zu dislociren; aber seine Bestrebungen gingen dahin, sein Heer möglichst concentrirt zu behalten und stets an der Spitze der Bewaffneten zu stehen. Auf alle Vorstellungen, die auf ein Nachgeben seinerseits abzielten, hatte er ein trockenes „Es kann nicht sein". Eine Denkschrift über Wallenstein, welche der vorgenannte P. Alexander auf Grund von Mittheilungen, die ihm der böhmische Kanzler Wilhelm Graf Slawata gemacht hatte, zu München im April 1629 verfaßte, gibt Aufschluß darüber, was man damals Alles dem Herzoge — freilich nicht ganz mit Unrecht — zur Last legte. Indessen dauerten die Bedrückungen des Heeres fort. Da von Seite des Kaisers nichts geschah, um dem Treiben Wallenstein's zu steuern, rächten sich die Reichsstände durch Widerstand, welchen sie dem Kaiser entgegensetzten, und traten an dem Reichstage zu Regensburg, wo Ferdinand am 7. Juni 1630 seinen feierlichen Einzug gehalten, mit der Absicht desselben, die Königswahl seines Sohnes durchzusetzen, mit offenbarem Widerspruch entgegen. Endlich siegten doch die Gegner. Der Kaiser mußte in des Feldherrn Entfernung vom Heere willigen, dem dringenden Wunsche der Stände nachgeben, das Heer selbst auf weniger als die Hälfte herabsetzen, und zwar zu einer Zeit, als die Schweden Deutschland zu betreten im Begriffe waren. Wallenstein befand sich eben zu Memmingen, als er des kaiserlichen Commandos enthoben wurde. Er nahm seine Entlassung mit der ganzen Fassung eines Weltmannes entgegen und begab sich zunächst auf seine Güter in Böhmen. Dann ging er nach Prag, wo er mit fürstlicher Pracht — im Gegensatze zu der ihm widerfahrenen Erniedrigung — lebte. Hundert Häuser riß man nieder, um vor den sechs Thoren des herzoglichen Palastes geräumige Plätze zu erhalten. Die Vorzimmer füllten eigene Garden, eine ebenso zahlreiche als prächtige Dienerschaft, 60 Pagen, 20 Kammerherren aus Adel harrten auf den Wink des Herzogs. Ja Manche gaben den kaiserlichen Kammerherrnschlüssel zurück, um in dieselben Dienste Wallenstein's zu treten. Bei Tag und Nacht hielten zahlreiche Patrouillen jeden Lärm entfernt, und die Gassen wurden mit Ketten gesperrt, um das Gerassel der Carossen abzuhalten. Wenn er reiste, geschah es mit einem Gefolge von 200 Wagen. Aber

diese dem Feldherrn wider Willen abgenöthigte Ruhe sollte nicht von langer Dauer sein. Die Schweden rückten immer näher. Nach dem Siege bei Leipzig (1631) breiteten sie sich immer weiter aus im Reiche, die Sachsen brachen in Böhmen ein. Des gefürchteten Tilly Stern schien zu erblassen, das Kriegsglück, ihm bislang hold, schien ihn verlassen zu haben. Da richteten sich denn Aller Augen wieder auf den Friedländer, und namentlich war es der Kaiser, dessen Vertrauen sich dem erprobten Feldherrn, welchem das Heer mit fast fanatischer Verehrung anhing, wieder zuwandte. Aber Wallenstein, der hohe Gunst erprobt und ihren Wechsel erfahren hatte, ging nicht sofort auf die ihm gemachten Anträge ein. War es, um Zeit zu gewinnen für Verhandlungen mit den Feinden, mit denen er sich bereits eingelassen haben soll, war es, um möglichst vortheilhafte Bedingungen für sich zu erhalten, die Sache ist heute noch nicht aufgeklärt, gewiß ist nur, daß er sich sehr langsam entschied, und daß er Unbeschränktheit in Macht und in den zu ertheilenden Belohnungen, und zwar beides in einer Art verlangte, zu welcher die spätere und frühere Geschichte kein Seitenstück bietet. Dieser kühne Mißbrauch der bedrängten Lage seines Herrn und Kaisers bleibt unter allen Umständen ein Makel in seinem Ruhmeskranze. Sehen wir uns zur Rechtfertigung des Vorstehenden diese Bedingungen näher an. Wallenstein sollte mit ungemessener Vollmacht, selbst ein König, seinem Herrn, seinem königlichen Gegner gegenüberstehen; der Kaiser sollte selbst nichts bei dieser Armee zu befehlen haben, nie bei derselben erscheinen und weder für sich noch für seinen Sohn, den König von Ungarn, Ferdinand III., das oberste Commando derselben in Anspruch nehmen, und bei allfälligem Rückzuge sollten dem Herzoge alle Erbstaaten offen stehen. Bei der künftigen Friedensverhandlung sollte Letzterem eine Entschädigung für das durch das Collegium der Kurfürsten ihm wieder entrissene Mecklenburg ausgemittelt und ihm überdies zur Belohnung ein kaiserliches Erbland gegeben werden. Endlich behielt sich Wallenstein über alles im Reiche Eroberte und Confiscirte die freie Disposition vor Znaim war der Sammelplatz der Truppen, wohin alle Generäle und Obersten, dienende und entlassene, geladen wurden. Er bewog die Begüterten, auf eigene Kosten zu werben.

unterstützte die Unvermögenden, vergab Regimenter, nahm Beförderungen vor und machte die größten Versprechungen, von denen man wußte, daß er sie zu halten pflegte. Auf diese Weise stand in wenigen Wochen zu seinem Befehle ein Heer von nahe an fünfzigtausend Mann da, größtentheils neugeworbene Truppen, aber durch die Aufmunterung ihrer erfahrenen Kameraden zu gleicher Begeisterung hingerissen. Die erste That dieses jungen Heeres war, daß es die Sachsen aus Böhmen warf. Meißen, welches vor ihm offen stand, vor sich liegen lassend, zog nun Wallenstein über Eger nach der Oberpfalz, wo er sich mit dem Kurfürsten von Bayern und dessen 20.000 Mann vereinigte. Dann rückte er vor Nürnberg, wo Gustav Adolph sich verschanzt hielt und Verstärkungen erwartete. Dort fielen täglich immer kleinere Gefechte vor, welche aber keine Entscheidung brachten. Am 24. August 1632 ordnete der Schwedenkönig, von der wachsenden Hungersnoth gedrängt, einen allgemeinen Sturm auf Wallenstein's weit ausgebreitetes, durch eine zahlreiche Artillerie geschütztes Lager an. Nach einem zehnstündigen, mehrmals mit frischen Truppen erneuerten Gefechte zogen sich endlich die Schweden mit einem Verluste von 2000 Todten und 3000 Verwundeten wieder zurück und wendeten sich bald darauf nach Neustadtwaten. Statt Nürnberg, wo eine starke Besatzung und den König im Rücken wußte, zu belagern, wandte sich Wallenstein nun nach Norden, verwüstete, nachdem er die Besatzungen der kleineren Orte an sich gezogen, das Vogtland, nahm Coburg und rückte in Nordsachsen ein. Gustav Adolph vereinigte sein Kriegsvolk mit den Schweden in Schlesien. Leipzig ergab sich nun Lützen. Bei Torgau war der Kurfürst zuvorgekommen, ohne jedoch Wallenstein's Vereinigung mit Pappenheim hindern zu können. Der Friedländer rückte nun vor, um Halle zu belagern. Hier aber vernahm er schon den raschen Anzug der 20.000 Schweden, denen er kaum 12.000 Mann entgegenzustellen hatte, war sein Entschluß, Gustav Adolph die Spitze zu bieten, augenblicklich gefaßt. Am 6. November 1632 kam es bei Lützen zur Schlacht. Auf beiden Seiten wurde mit einer Tapferkeit ohne Gleichen gekämpft. Die Kaiserlichen, besonders aber Pappenheim und dessen Kürassiere, richteten große Verheerung unter den Schweden an. Aber diese, durch den Fall

ihres Königs bis zur Wuth getrieben, brachten unter die kaiserlichen Schaaren neue Bestürzung, die sich mit dem Falle Pappenheim's nur steigerte. Erst die eintretende völlige Dunkelheit der Nacht machte dem blutigen Kampfe ein Ende. Das Geschütz beider Theile blieb die Nacht über auf dem Wahlplatze stehen, jeder Theil erklärte sich für unbesiegt, obschon die Kaiserlichen ihren Rückzug nach Leipzig nahmen und Herzog Bernhard von Weimar sich des anderen Morgens der verlassenen Artillerie beider Theile bemächtigte. Nach Prag zurückgekehrt, verhängte Wallenstein ein strenges Blutgericht über Diejenigen, welche die Schuld traf, ihre Pflicht nicht erfüllt zu haben, während er Anderen, die sich ausgezeichnet, glänzende Belohnungen zutheil werden ließ. Nun begann er die Zurüstungen zum folgenden Feldzuge (1633), ergänzte das Heer auf 30.000 Mann und rückte darauf nach Schlesien vor. Hier hielt man sich jedoch unter vermittelten Stillständen und kleinen Gefechten in den festen Lagern von Nimnis und Schweidnitz bis an die Ostsee offen. Der Kaiser wollte auch Regensburg entsetzt sehen. Wallenstein aber rückte langsam heran und lagerte sich, inzwischen Regensburg über das bei Pilsen, ohne aber gegen das schwedisch-weimar'sche Heer etwas Entscheidendes zu unternehmen. Diese auffallende Unthätigkeit bestärkte den Verdacht, der auf Wallenstein's Friedensgeschäften in Schlesien, auf seinen Verhandlungen mit Schweden und Frankreich und auf seinem ganzen Verhalten seit der Schlacht bei Lützen ruhte. Da kam ihm mit einem Male der Befehl zu, dem spanischen Cardinal-Infanten, der aus Italien mit einer aus den Niederlanden bestimmten Armee heranzog und Mangel an Cavallerie hatte, 6000 Reiter zur Verstärkung entgegenzusenden. Wallenstein, in diesem Auftrage, der wenig zu seinen Bedürfnissen paßte, eine List von Oben suchend, um sich Ansehen des besten Theiles seiner Macht zu berauben, glaubte nun seinerseits Vorschub

maßregeln ergreifen zu sollen und berief alle Obersten nach Pilsen. Dort soll er seine gefährlichen Pläne, die weitaus mehr als seine bloße Sicherstellung beabsichtigten, dem General Octavian Piccolomini anvertraut haben, denn auf dessen Freundschaft, Tapferkeit und Klugheit setzte er das größte Vertrauen. Piccolomini seinerseits versuchte es dann, den Feldherrn von dessen zweideutigem Unternehmen abzuziehen. Als aber seine Bemühungen vergeblich waren, vertraute er Wallenstein's Pläne einigen zuverlässigen Generälen, so Aldringen, Gallas, Colloredo, und schließlich auch dem Hofe. Und nun geschah das Furchtbare. Statt ihn zu verhaften und vor das Kriegsgericht zu stellen und seine Verantwortung zu hören — man muß wohl gefürchtet haben, daß die Soldaten ihren Führer dann sicher befreit hätten — wurde einfach sein Mord geplant und beschlossen. Aber kein Oesterreicher, kein Deutscher gab sich zu dieser Schandthat her. Lauter Fremdlinge, die um Sold heute im Kampfe Einen erschlugen, und morgens meuchlings einen Anderen niedermachten. Charaktere, wie sie nur eine Zeit, wie es jene damalige war, ausbrütet, boten ihre Mörderhand zur Schandthat. Gordon, Leslie, Buttler sind die Namen derjenigen, welche sich an derselben betheiligten. Buttler übernahm den Mord der treuesten Anhänger Wallenstein's, der Grafen Trcka, Kinsky, Ilov und Niemann, die sich mit ihrem Feldherrn alle in Eger befanden. In einem Zimmer verbarg Buttler 24 Dragoner mit dem Hauptmann Deveroux, in einem zweiten den Oberstwachtmeister Geraldino mit 6 Dragonern. Als nun Alle als Gordon's Gäste beim Abendmahl saßen, stürzten auf ein verabredetes Zeichen die Dragoner ins Gemach, und es begann die entsetzliche Schlächterei, der die Genannten nach kurzem Widerstande erlagen. Dann übernahm Deveroux die Ermordung des Herzogs. Dieser hatte den Lärm, welchen die Ermordung seiner Generäle verursachte, gehört und trat, bereits entkleidet, an das Fenster und fragte die Schildwache, was es gebe. Da stürzte Deveroux, die verschlossene Thüre mit Gewalt einstoßend, in des Herzogs Zimmer, und mit dem Rufe: „Du mußt sterben!" stieß er ihm die Partisane in die Brust. Lautlos stürzte der Feldherr nieder. So geschehen am 25. Februar 1634 zu Eger. Albrecht

Wallenstein war zweimal vermält, zuerst mit Lucretia Nekes von Landek, verwittweten von Vickov, welche ihm bedeutendes Vermögen und Güterbesitz in Mähren zubrachte; sie starb am 23. März 1614 als die Letzte ihres Geschlechtes und hinterließ ihrem Gatten die Herrschaften Burg Lukow, Retin und Rimnic. Am 12. October 1622 schritt Wallenstein zur zweiten Ehe, und zwar mit Maria Isabella Katharina Gräfin Harrach, welche ihm eine Tochter Maria Elisabeth gebar, die sich mit Rudolph Grafen Kaunitz vermälte. I. **Quellen zur Biographie Wallenstein's.** Da der Scriptor der Grazer Universitätsbibliothek Georg Schmid eine bibliographische Studie, betitelt: „Die Wallenstein-Literatur", welche die Zeit von 1626—1878 umfaßt, ausgearbeitet und im XVII. Jahrg. (1878) der „Mittheilungen des Vereines für Geschichte der Deutschen in Böhmen" I. Heft, S. 65—143 veröffentlicht hat, und in seinem Nachlasse (Schmid erschoß sich im Frühling 1885), wie ich aus seinen Briefen erfuhr, sich Nachträge befinden müssen, so beschränke ich mich hier bloß auf Angabe der Hauptwerke, in Allem sonst auf die musterhafte Arbeit des Verstorbenen verweisend. In 20 Unterabtheilungen berücksichtigt dieselbe im nächsten Hinblick auf Wallenstein seine Geschichte und Biographie, sein Verhältniß zur Astrologie, sein Münzwesen und seine Münzstätte, seine Besitzungen und seine Todesstätte, dann auf Nebensächliches übergehend, zieht sie in ihren Bereich: die dramatischen Bearbeitungen, die Volks- und Kriegslieder des XVII. Jahrhunderts, gleichzeitige und spätere Gedichte, Grabinschriften, Epigramme, Charaden, Romane, Novellen, Erzählungen, Sagen, Anekdoten und Curiosa, Volks- und Jugendschriften, Facsimilien, Porträts, sonstige bildliche Darstellungen, und zwar Scenen aus dem Leben Wallenstein's und seine wie seiner Anhänger Ermordung, Statuen, Statuetten und Büsten, Pläne von Schlachten und Belagerungen, Wappen, Insiegel und Medaillen. Diese ganze Literatur umfaßt über 780 Nummern, die nach 1878 hinzugekommenen ungerechnet. — Selbständige größere Werke über Wallenstein: **Deutsche Quellen.** Aretin (Karl Maria Freih. von). Wallenstein. Beiträge zur näheren Kenntniß seines Charakters, seiner Pläne, seines Verhältnisses zu Bayern. Aus urkundlichen Quellen (Regensburg 1846, 8°, IV und 159 S. und

30 Urkunden in 139 S.). — Chlumecʒký (B. Ritter von). Die Regeſten oder die chronologiſchen Verʒeichniſſe der Urkunden in den Archiven ʒu Iglau, Trebitſch, Trieſch, Groß-Bieſch, Groß-Meſeritſch und Pirniʒ, ſammt den noch ungedruckten Briefen Kaiſer Ferdinands II., Albrechts von Waldſtein und Romboalds Grafen Collalto (Brünn 1856, 8°. [mit mehr denn 329 bis dahin ganʒ unbekannten Briefen Wallenſtein's]). — Dudik (Beda Franʒ Dr.). Waldſtein und ſeine Enthebung bis ʒur abermaligen Uebernahme des Armeecommandos vom 13. Auguſt 1630 bis 15. April 1632. Nach den Acten des k. k. Kriegsarchivs in Wien (Wien, Gerold's Sohn, 1858, gr. 8°., XXII und 496 S.). — Derſelbe. Waldſtein's Correſpondenʒ. Eine Nachleſe aus dem k. k Kriegsarchive in Wien u. ſ. w. (Wien 1858), auch im „Archiv für Kunde öſterreichiſcher Geſchichtsquellen. Herausgegeben von der kaiſerl. Akademie d. W. XXXII. und XXXVI. Bd. — Förſter (Friedrich). Albrechts von Wallenſtein, Herʒogs von Friedland und Mecklenburg ungedruckte eigenhändige vertrauliche Briefe und amtliche Schreiben aus den Jahren 1627—1634 an Arnheim (v. Arnimb) Aldringen, Gallas, Piccolomini und andere Fürſten und Feldherren ſeiner Zeit. 3 Theile (Berlin 1828 und 1829, gr. 8°., XVI und 406, XX und 360, XII und 468 S. und Anhang 160 S.) — Derſelbe. Wallenſtein, Herʒog von Mecklenburg... als Feldherr und Landesfürſt... (Eine Biographie. Nach des Herʒogs eigenhändigen Briefen u. ſ. w. (Potsdam 1834, R.egel, gr. 8°., 468 S) — Derſelbe. Wallenſtein's Proceß vor den Schranken des Weltgerichts und des k. k. Fiscus ʒu Prag. Mit einem Urkundenbuche bisher noch ungedruckter Urkunden. Mit Porträt (Leipʒig 1844, Teubner, gr 8°., 416 S.). — Grevenik (Friedrich Auguſt von). Wahre, bisher unter verfälſchte Lebensgeſchichte A. Wallenſtein's, Herʒogs von Friedland. Von einem preußiſchen General (Berlin 1797, 8°.). — Hallwich (Hermann Dr.). Wallenſtein's Ende. 2 Bände (Leipʒig 1879. Dunter und Humblot, 8°) [enthält 1500 bisher ungedruckte Briefe aus der Zeit vom 1. Jänner 1633 bis 25. Februar 1634 früher ſchon unangedruckte Dr. H in den „Mittheilungen des Vereines für die Geſchichte der Deutſchen in Böhmen 1879", eine ältere Abhandlung: „Wallenſtein und Arnim im Frühjar 1633"]. — Helbig

(Karl Guſtav Dr.). Wallenſtein und Arnim 1632—1631. Ein Beitrag ʒur Geſchichte des dreißigjährigen Krieges... (Dresden 1850, Adler und Dietʒe, 8°.). — Derſelbe. Kaiſer Ferdinand und der Herʒog von Friedland während des Winters 1633—1634. Nach handſchriftlichen Quellen des königlich ſächſiſchen Hauptſtaatsarchivs... Mit Wallenſtein's Horoſkop von Keppler (Dresden 1852, Adler und Dietʒe, VII und 72 S., gr. 8°.). — Heller (Wilhelm Friedrich). Leben, Thaten und Schickſale des Grafen A. von Wallenſtein, Herʒogs von Friedland (Frankenthal 1793, 8°. auch Mannheim 1814, 8°.) — Herchenhahn (Joſ. Chriſtian). Geſchichte Albrechts von Wallenſtein, des Friedländers. Ein Bruchſtück vom dreißigjährigen Kriege. 3 Theile (Altenburg 1790—1791, Richter, 336, 240, 290 S.). — Hurter (F.) Zur Geſchichte Wallenſtein's (Schaffhauſen 1855, gr. 8°., XVI und 398 S.). — Derſelbe. Wallenſtein's vier letʒte Lebensjahre (mit Anhang: Wallenſtein's Revolte und Tod) (Wien 1862, Braumüller, gr. 8°., VIII und 514 S.). — Janko (Wilhelm Edler von). Wallenſtein. Ein Charakterbild im Sinne neuerer Geſchichtsforſchung auf Grundlage der angegebenen Quellen (Wien 1867, Braumüller, 8°. XVIII und 238 S.). — Kröbel (Johann Heinrich). Wallenſtein und ſeine neueſten hiſtoriſchen Ankläger und Vertheidiger (Leipʒig 1843, 8°.). — Link (Wilh. Friedr. Dr.). Lebensgeſchichte Albrechts von Waldſtein, Herʒogs von Friedland, kaiſerlichen Generaliſſimi. Aus dem Italieniſchen des Grafen Priorato ins Deutſche überſetʒt und mit Münʒen erläutert (Nürnberg 1769, G. B. Monath, 8°., 272 S. und 2 Münʒtafeln). — Mebold (C. A.) Der dreißigjährige Krieg und die Helden desſelben, Guſtav Adolph, König von Schweden und Wallenſtein, Herʒog von Friedland, 2 Bände (Stuttgart 1833—1840, 8°. — Mur (Chriſt. Gottl. von). Beiträge ʒur Geſchichte des dreißigjährigen Krieges, insonderheit des Zuſtandes der Reichsſtadt Nürnberg während desſelben. Nebſt Urkunden und vielen Erläuterungen ʒur Geſch.cte des berühmten kaiſerlichen Obergenerals Albrecht Wallenſtein, Herʒogs von Friedland. Mit 1 Kupf (Nürnberg 1790, Bauer und Mann, 8°. 398 S). — Derſelbe. Die Ermordung; Albrechts Herʒogs von Friedland. Mit 1 Urkunde und 2 Kck. (Halle 1806, Hendel gr. 8°. 96 S) — Oberleitner (Karl). Beiträge ʒur Ge-

ſchichte des dreißigjährigen Krieges mit beſonderer Berückſichtigung des öſterreichiſchen
Kriegs- und Finanzweſens (Wien 1837, 8°.,
48 S.) [iſt eigentlich nur ein Beitrag zur
Geſchichte der Erhebung und des Falles des
Herzogs von Friedland]. — Ranke (Leopold von). Geſchichte Wallenſtein's (Leipzig
1869, Duncker und Humblot, XII und 532 S ;
2. Aufl. ebb. 1870; 3. Aufl. in deſſen „ſämmt-
lichen Werken" 23. Bd., 1872). — Rudhart.
Einige Worte über Wallenſtein's Schuld
u. ſ. w. (München 1850, 4°.) — Richter
(O. B). Wallenſtein und ſein letzter Tag in
Eger (Wunſiedel 1859, 8°.). — Schobed
(Edm.). Die Löſung der Wallenſtein-Frage
(1881). — Derſelbe. Kinsky und Ju-
quières" (1871). — Schottky (Julius
Mar). Ueber Wallenſtein's Privatleben (München 1832, 12°.). — Sporſchill (Joh.).
Wallenſtein. Hiſtoriſcher Verſuch (Leipzig
1828, 8°.). — Wappler (Richard). Wallenſtein's letzte Tage (Leipzig 1884). — Wat-
terich (Franz Karl). Kriegsgeſchichts-philo-
ſophiſche Ehrengebühr dem Heldencharakter
und Feldherrnſtabe A. Wallenſtein's. Grafen
und Herzogs von Friedland (Prag 1843,
12°.). — Winter (Georg). Die Kataſtrophe
Wallenſtein's (Breslau, Schottländer). —
Zober (E. O. D.). Ungedruckte Briefe Albrechts von Wallenſtein und Guſtav Adolphs
des Großen, nebſt einem Anhange, enthaltend Beiträge zur Geſchichte des dreißigjährigen Krieges (Stralſund 1830, Löffler,
gr 8°., VIII und 118 S.). — **In fremden
Sprachen.** Arud (Josua). Vita Alberti
Waldsteinii, Ducis Friedlandiae etc. Ex
italico Galeacii Gualdi in latinum sermo-
nem translata (Rostochii 1668, editio nova
ibid. 1725, 8°.). — Malmstroem (Michael
Simon). De Wallensteinio commentarius
(Lund. 1813, 8°.). — Carre (Thomas). Iti-
nerarium cum historia facta Buttleri, Gordon, Lesly et aliorum. Vol. I, II, III
(1. und 2. Band Moguntiae 1640—1641;
3. Band Spirae 1646, 12°.; dieſer 3. iſt ſehr
ſelten). — Stief (Carl Benjamin). Pro-
gramma paucula ad A. Waldsteinii historia-
riam spectantia continens (Vratislaviae
1766. Fol.). — Roepell (Richard). Dissertatio de A. Waldsteinio proditore (Halle
1834. 8°.) [derſelbe Autor brachte auch zehn
Jahre ſpäter, im VI. Jahrgang der neuen
Folge von Friedrich von Raumer's „hiſto-
riſchem Taſchenbuch" eine Abhandlung über
Wallenſtein's Verrath]. — Pellicer de

Salas y Tovar (Jose). El Sejano Germa-
nico. Historia de la conjuracion y muerte
del duque de Fritland (Madrid 1639, 8°.).
— Ribeillone e morte del Volestain
(Venezia 1634, 4°.). — Pomo (Pietro).
Saggi d'istoria overo guerre di Germania dell'invasione del rè di Swedia (Gu-
stavo Adolfo) sino alla morte di Wole-
stano (Venezia 1640, 4°.). — Priorato
(Gualdo Galeazzo Conte). Istoria della
vita d'Alberto Valstain duca di Fritland
(A Lyon, J. A. Candy 1643, 4°.). —
Rahlenbeck (Charles). Wallenstein, dans
ses rapports avec la cour de Bruxelles et
les officiers belges de son armée (Gand
1833, 8°.) [nur in 20 Exemplaren aus-
gegeben]. — Sarr-ein. Conspiration de
Walstein. Épisode de la guerre de
trente ans par — Avec un appendice
extrait des Mémoires de Richelieu (1634)
(Paris 1833, L. Hachette, 8°., 66 S.).
Ueberdies gibt Profeſſor Conſtantin Höfler
im Jännerheft 1867 der „Oeſterreichiſchen Revue" Nachricht von einem intereſſanten Funde, welchen er bei Durchforſchung
der Graf Clam Gallas'ſchen Archive in
einem Muſicalienſchranke der Bibliothek
machte. Es war ein Theil der Originalcorre-
ſpondenz des Grafen Matthias Gallas,
enthaltend 321 datirte Urkunden aus den
Jahren 1633—1636 und eine kleine Anzahl
undatirter. Die Schriftſtücke aus dem Jahre
1634 beleuchten die Situation kurz vor dem
Sturze Wallenſtein's und beziehen ſich
zum Theile direct auf dieſelbe. Es ſind
63 Briefe der kaiſerlichen Generäle Medici,
Suys, Piccolomini, Aldringen, Colloredo, Marradas und Anderer an
Gallas vom 2. Jänner bis 1 April 1634.
— Ferner bringt das „Magazin für die
Literatur des In- und Auslandes"
1884, Nr. 58 und 39 einen Artikel von Karl
Braun-Wiesbaden, betitelt: „Die neueſte
Wallenſtein-Literatur", in welchem derſelbe
über die dieſen Gegenſtand behandelnden
Schriften von Hallwich, Ranke, G. Wit-
tig (Wallenſtein und die Spanier in den
preußiſchen Jahrbüchern 1868 und 1869),
Hurter, Thomas Vilek, Edmund Scho-
beck, K J. Müller, J. Bumüller,
Georg Winter, Richard Wappler und
Dr. Ant. Gindely (im 3. Bande ſeiner
Geſchichte des dreißigjährigen Krieges, Leipzig
1882) berichtet Nach Braun-Wiesbaden
ergibt ſich denn doch, daß bei dem Für und

Wider über die Ansicht von der Schuld Wallenstein's die Sache noch nicht spruchreif ist — Schließlich sei noch erwähnt, daß d'Elvert's „Notizenblatt der historisch-statistischen Section" (I., II., V. und VI. Bd.), dann aber die von ihm redigirten Schriften derselben Section, namentlich der XVI., XVII., XXII. und XXIII. Bd. eine wahre Fülle von Material zur Wallenstein-Geschichte enthalten. — II. **Porträts.** 1) Unterschrift: „Wallenstein". J. Gerstner sc. (Medaillon, kl. 8°.). — 2) Unterschrift: „Graf Albrecht von Waldstein Herzog zu Friedland". Lith. von Kaßler, gedruckt bei Jos. Stoufs (8°.) — 3) Unterschrift: „Albert Walstein duc de Fritland". J. de Leeuw sculp. (8°.). — 4) Unterschrift: „Albrecht (Vojtech) Václav Eusebius z Valdštejna, vévoda Fridlausky". Nach einem zeitgenössischen Gemälde, gezeichnet von Jos. Scheiwl [im „Svetozor" 1869, Nr. 13]. — 5) Unterschrift: „Wallenstein". van Dyck p., (Goitichid sc. (4°.). Zwickau b. d. Gebrüdern Schumann — 6) Unterschrift: „Wallenstein". Van Dyck pinx. — 7 Unterschrift: „Wallenstein". H. Lips sculp. (Medaillon, 32°.). — 8) Unterschrift: „Wallenstein, Herzog von Friedland". Lithographie von F. Gerasch, gedruckt bei J. Rauh (Wien bei L. T. Neumann, 4°.). — 9) Unterschrift: „Albrecht Waldstein". Joh. Langer sc. (8°.). — 10. Unterschrift: „Alberto di Walstein Duca di Fritland | Generalissimo dell'armi dell'Imper Ferdinando Secondo". H. J. Schollenberger f. (kl. Fol.). — 11) Unterschrift: „Albert Dux Fritland" (in Lavater's „Physiognomik", zusammen mit Don Diego Philippus de Gusman, 4°.). — 12) Unterschrift: „Wallenstein., Nach dem Friedländer Original" (G. Steyrer lith., Druck von J. Sandtner jun. (gr. 8°.) — 13) Unterschrift: „Albrecht von Waldstein | Herzog zu Friedland | in seinem 49. Jahre". Nach einem Originalgemälde, (G. Froich sec. (8°., ganze Figur). — 14) Nach Amalie Vetter lith (Fol. München, A. Vetter). — 15) Lith. von Lichtwardt (Fol. Berlin, Gebr. Recca). — 16) Stuttgart, Ricar's Verlag, Stahlstich (8°.). — 17) Leipzig, Vinrichs (8°.) Stahlstich — 18) J. F. W. Fritsch sc. (8°.) — 19) C. Verbeist sc. (4°.). — 20) C. Widemann sc. (kl. 4°.). — 21) F. Brunn sec., 8°.) — 22) L. Schnitzer sc., (Gürtelbild (4°.). — 23) B. von Ziselburg sc.,

Gürtelbild (4°.). — 24) W. Kilian fec.. Halbfigur (8°.). — 25) H. Hondius fec. (gr. Fol.). — 26) Aus Aubry's Verlag nach van Dyck (8°..) — 27) B. Moncornet exc., nach van Dyck (8°.). — 28) P. de Jode sc., Hüftbild (Fol.). — III. **Wallenstein's Horoskop.** Eine Abbildung desselben im Holzschnitt bringt das Payne'sche „Neue Blatt" 1872, S. 16. Nach demselben befände sich das Original in der Wiener Kunstkammer (es wird wohl die kaiserliche Schatzkammer in der Burg gemeint sein). — IV. **Wallenstein-Münzen und -Medaillen.** Schon als Herzog von Friedland hatte Wallenstein das Münzrecht erhalten, als er dann 1628 zum Besitze des Herzogthums Sagan in Schlesien gelangte, wurde ihm mit dem darüber ausgestellten Majestätsbriefe ddo. Schloß Prag 16. Februar 1628 das Recht bestätigt: „eine Münzstätte zu errichten und darin durch seine Münzmeister allerlei Gold- und Silbermünzen, groß und klein, mit Umschriften, Bildnissen, Wappen und Gepräg auf beiden Seiten münzen und schlagen zu lassen, doch sollen solche von Korn, Schrot, Gehalt, Werth und Gewicht des Reiches und des Königreiches Böhmen Münzordnung ausgefertigt sein". Thatsächlich machte auch Wallenstein von diesem Rechte den ausgedehntesten Gebrauch, und das Werk „Beschreibung der bisher bekannten böhmischen Privatmünzen und Medaillen. Herausgegeben von dem Vereine für Numismatik zu Prag" (Prag 1852 4°.) bearbeitet von Miltner, gibt auf S. 639—668 die Beschreibung und auf den Tafeln 69, 70, 71, 72, 73 und 82 die Abbildungen von nahezu einem halben Hundert Pfennigen, Groschen, Gulden, Thalern und halben Thalern, Ducaten und Medaillen welche Wallenstein hatte prägen lassen. — V. **Ansichten von Wallenstein's Schloß Friedland,** den Oertlichkeiten seiner Ermordung in Eger, facsimilien der Handschrift Wallenstein's und seiner Gegner u. s. f. Eine Ansicht des Schlosses Friedland, nach welcher sich Wallenstein Herzog schrieb, bracht die „Gartenlaube" 1857, S. 685; — Ansicht des Pachelbel'schen Hauses, in welchem er ermordet wurde, und des Schlosses zu Eger, in welchem Trčka, Kinsky, Illov und Neumann meuchlings fielen nebst einem Kniestück Wallenstein's, gezeichnet von Herbert König, finden sich in derselben Zeitung 1863, S. 357; — Ansichten

des Friedländer-Hauses in Prag und der Wallenstein-Halle in demselben z.br die „Illustrirte Chronik von Böhmen" im ersten Bande S. 333 u. f. — Murr in seinem Büchlein „Die Ermordung Albrechts, Herzogs von Friedland" (Halle 1806), womit, nebenbei gesagt, die seither so angewachsene Wallenstein-Literatur eröffnet wurde, theilt eine Ansicht des Egerer Schlosses, wie es 1788 aussah, und ein Profil jenes Speisezimmers auf dem alten Schlosse in Eger mit, in welchem am 25. Februar 1634 die vier Anhänger Wallenstein's den Tod durch Mörderhand fanden. — Endlich Facsimilien das Autographs Wallenstein's und seiner Mörder Leslie, Gordon und Buttler sind zu sehen in der obengenannten ersten Bande der „Illustrirten Chronik für Böhmen", und ein besonders gelungenes Facsimile des Wallenstein'schen Autographs brachten die „Obecné listy" (Prag 1860) S. 216. — Facsimilien aber der Unterschriften der wichtigsten Personen, welche zur Geschichte des Friedländers in irgend einer näheren Beziehung stehen, enthält das Werk von Joh. Ed. Heß: „Biographien und Autographien zu Schiller's Wallenstein Nach geschichtlichen Quellen" (Jena 1859, Mencke, doch 4°.). Auch findet man höchst interessante Facsimilien, n cht bloß der Unterschriften, sondern ganzer Autographen in Karl Schramm's „Album von Autographen hervorragender Personen der Vergangenheit und Gegenwart" (Wien 1864, Bartelmus, gr. 4°.), und zwar in der zweiten Lieferung: von Wallenstein, Kaiser Ferdinand II., Isabella, Herzogin von Friedland; in der dritten Lieferung: von Friedrich von der Pfalz, Mathes von Thurn; in der vierten Lieferung: von Gallas, Trcka, Ilov, Questenberg; in der fünften und sechsten Lieferung: von Pappenheim, Holct, Kardinal Harrach, Maradas, Octavio Piccolomini, Gustav Adolph, Wrangel, Baner und Bernhard von Weimar. — VI. **Wallenstein's Leiche, Beisetzung und Grabinschriften.** Nach dem Morde wurde die Leiche des Friedländers in einen Fußteppich gewickelt und in Leslie's Wagen nach der Citadelle zu den übrigen Leichen gebracht. Später kamen sie von Eger in das Franciscanerkloster zu Mies. Erst 1636 erhielt die verwittwete Herzogin von Friedland die Erlaubniß, die verblichenen Ueberreste ihres Gemals in der von demselben erbauten Wal-

dizer Karthause nächst Gitschin beizusetzen. Dort ließ 1639 der schwedische General Baner sich die Gruft öffnen, nahm den Schädel und den rechten Arm heraus und schickte diese vermoderte Beute nach Schweden. In neuerer Zeit (1785) erhielt Graf Vincenz von Waldstein die Erlaubniß, die Ueberreste aus der Waldizer Karthause nach seinem Erbbegräbniß in die St. Annenkirche zu Münchengrätz zu bringen, wo sie feierlich beigesetzt und die Stelle mit einer ehernen Gedächtnißtafel bezeichnet wurde. Noch sei bemerkt, daß den kleinen Zeigefinger der rechten Hand der damalige Kronprinz von Preußen, Friedrich Wilhelm IV., als er während seiner Anwesenheit auf dem Münchengrätzer Congresse (1833) die Grabstätte des Friedländers besuchte, als Andenken mitgenommen haben soll. Auf der Innenseite der Nischenthüre zur Gruft befindet sich folgende Inschrift: „Quaeris, viator, qui hic jacet! Albertus Eusebius Waldstein, Dux Friedlandiae, qui 1634 die 25 Februarii aegre fatis cessit Egrae; fulgebat olim splendore Martis, pro Deo, pro ecclesia, pro Caesare, pro patria fortiter pugnabat t triumphavit heros inclitus; cum quoniam legitime certavit, Deus ad se vocavit coelestique corona praemiavit; cujus jam bello fessa hic in pace quiescunt ossa ex parte tumbae suae 1mae canthoralis". — Nun hat es auch nicht an anderen Grabschriften gefehlt, die von seinen Feinden verfaßt, nicht eben sein Lob verkünden. So lautet eine solche, welche man der ihm feindseligen Jesuitenpartei zuschreibt: „Hier liegt und fault mit Haut und Bein | Der große Kriegsfürst Wallenstein, | Der große Kriegsmacht s'sammtenbracht, | Doch nie geliefert recht en' Schlacht. | Groß Gut that er seir vielen schenken, | Dagegen auch viel unschuldig denken. | Durch Sternzucken und lang Tracten; That ee viel Land und Leut' verlieren. | Gar zart war ihm sein böhmisch Hirn, | Kann' nicht leiden der Sporen Klirr'n. | Hahnen, Hennen, Hund' er bandisirt | Aller Orten, wo er logirt. | Doch mußt' er geb'n des Todes Straßen, | D' Hahn' kräben, d' Hund' bellen lassen." Diese Grabschrift theilt das „Theatrum Europaeum" III. Thel. S. 187 mit. Geradezu empörend aber klingt die folgende, die ihn einen Herodes und prodltor Judas nennt: „Herodes | Intravit ut Vulpes, | Superbiit ut Pavo, | Vixit ut Tigris, | Belliger ut Lepus. | Gratus ut Cuculus. Mor-

tuus ut Cania. | Proditor Judas". Feiner
dagegen lautet die des Italieners Lore-
dano: „Difenſor della fede, e dell'Im-
pero, | Un'hasta amica al fin passómi il
cuore. | Non ſo dir, ſe tradito o traditore.
| Perche nuoce anco ai morti il dir
il vero." — VI. Curioſa. Andreas Argoli,
Profeſſor zu Padua, unterrichtete den jungen
Wallenſtein in der Aſtrologie. Als Letzterer 1617 auf dem Zuge Herzog Ferdinands gegen die Republik Venedig nach
Friaul kam und ſeinen alten Freund und
Lehrer beſuchte, ſoll ihm dieſer den nahen
Tod des Kaiſers Matthias durch ſieben M
verkündet haben. Dieſe ſieben M bedeuten:
**Magnus Monarcha Mundi Matthias Mo-
rietur Menſe Martio.** In Argoli's cabali-
ſtiſchem Nachlaſſe fand man auch fünf F,
welche man auf Wallenſtein bezog, und
welche dieſen nach langem Zweifeln und
Schwanken endlich beſtimmt haben ſollen,
mit dem Kaiſer, ſeinem Herrn, zu brechen
und es mit den Schweden zu halten.
Dieſe fünf F bedeuten: **Fidat Fortunae
Friedlandus! Fata Favebunt.** Wie Wallenſtein auf die Aſtrologie baute und vertraute, iſt bekannt. — Eine verhängnißvolle
Rolle ſpielt die Zahl 7 in Wallenſtein's
Leben. Faſt alle Daten ſeiner bewegten Laufbahn endigen an ſich oder addirt mit der
Zahl 7. Das Licht der Welt erblickte er am
14. September (2×7) im Jahre 1583, welche
vier Zahlen zuſammen addirt 17 geben; ermordet wurde er am 23. Februar (2+5=7)
im Jahre 1634, welche Zahlen zuſammen
addirt, 14 (2×7) geben; auch gibt jede
Hälfte dieſer Jahreszahl, nämlich 16 und 34,
addirt ſieben; ja ſogar der Monatsname
Februar hat 7 Buchſtaben In den Grafenſtand wurde Wallenſtein 1617 erhoben;
die erſte Hälfte dieſer Jahreszahl gibt 7, die
zweite enthält eine 7 Herzog von Friedland
wurde er am 14. Juni (2×7) 1625; jede
Hälfte dieſer Jahreszahl gibt wieder ſieben.
Wallenſtein erreichte ein Alter von
52 Jahren, alſo abermals die Zahl 7 (5+2),
und um 7 Uhr Abends an ſeinem Todes-
tage mordete man ſeine beſten Freunde hin
Der Name ſeines Mörders Buttler zählt
gleichfalls ſieben Lettern — Von der Anſicht,
den Feldherrn Wallenſtein unbedingt für
einen Verräther zu halten, abgeſehen davon,
daß einzelne Schriftſteller für ſeine Schuld-
loſigkeit entſchieden eintreten ſcheint man auch
in maßgebenden Kreiſen zurückgekommen zu

ſein, da man die Aufſtellung ſeiner Statue
im Arſenal zu Wien anordnete, wozu man ſich
doch kaum entſchloſſen haben würde, wenn es
erwieſen wäre, daß er ſeinen Herrn und Kaiſer
verrathen habe. Die Statue, 1867 vollendet, iſt
ein Werk des Prager Bildhauers S ch i m e k. —
6. **Wenzel** lebte in der zweiten Hälfte des
15. Jahrhunderts und widmete ſich dem geiſtlichen Stande; als Cleriker erhielt er am
15. Mai 1455 die königliche Präſentation für
die Leitmeritzer Propſtei und wurde 1458 an
der Prager Univerſität zur Magiſterwürde in
Gegenwart der königlichen Prinzen Heinrich
und Honel promovirt; dann erkaufte er das
Biſthum Cammin in Pommern von einem
Cardinal, dem der Papſt daſſelbe verliehen
hatte. Während der Verwaltung ſeines hohen
Kirchenamtes veranſtaltete er eine Verſammlung der Geiſtlichen ſeiner Diöceſe zu Star-
gard, rügte das wenig erbauliche Leben, das
ſie führten, und ermahnte ſie, kirchliche Zucht
zu halten; auch wurde auf dieſer Verſammlung der Beſchluß gefaßt, daß Bettelmönche
keine öffentlichen Aemter bekleiden und ihnen
keine Gelder anvertraut werden ſollten. Bald
ſagten dem Biſchofe Klima und Lebensweiſe
nicht mehr zu, und er legte 1492 ſeine Würde
in die Hände des fürſtlichen Kanzlers Martin
Sanith zurück. Aus Pommern ſcheint er
wieder in ſein Vaterland zurückgekehrt zu
ſein, denn 1493 conſecrirte er die Kirche zu
Klapp und auf Anſuchen ſeines Blutsver-
wandten Johann Zajic von Haſenburk
die reſtaurirte Collegiatkirche St. Stefan zu
Leitmeritz. [Altes und Neues Rügen
S. 65 u. f] — 7. **Berthold** (gefallen
1632 bei Lützen), von der Lomnitzer
Linie. Ein Sohn des Grafen Adam aus
deſſen erſter Ehe mit Eliſabeth Waldſtein von der Brtnicer Linie, wählte er
das Waffenhandwerk und fand den ehrenvollen Soldatentod in der denkwürdigen
Schlacht bei Lützen am 6. November 1632,
in welcher Guſtav Adolph von Schweden
fiel. — 8. **Chriſtian Vincenz** (geb. 2. Jänner 1794, geſt. 24 December 1858), von der
Linie Waldſtein - Münchengrätz. Ein
Sohn des Grafen Ernſt Philipp aus
deſſen Ehe mit Antonie Gräfin Desfours
bekleidete er die Würden eines k. k. geheimen
Rathes und Oberſt-Erbland-Vorſchneiders in
Böhmen, war Beſitzer des Armee- und des
königlich böhmiſchen Gardekreuzes, Ehrenritter des Malteſerordens. Präſident des böhmiſchen Muſeums und des böhmiſchen Forſtver-

eines und Inhaber der 4. Compagnie der Prager bürgerlichen Scharfschützen. 1852 stiftete er eine fünfpercentige Staatsschuld-verschreibung im Betrage von 1090 fl. C.-M., deren jährliche Interessen immer am 1. October an einen oder zwei würdige Invaliden, welche von den Domänen Münchengrätz, Hirschberg und Weißwasser in Böhmen ge-bürtig sind, vertheilt werden sollen. Das Ver-theilungsrecht hat das Landes-Generalcom-mando in Böhmen. Graf Christian war seit 14. Mai 1817 mit Maria Gräfin Thun-Hohenstein vermält, welche ihm zwei Söhne und fünf Töchter gebar. Der Familienstand ist aus der Stammtafel ersichtlich. [Neuig-keiten (Brünner polit. Blatt) 1858, Nr. 299.] — 9. **Eleonore** (geb. 1687, gest. 1749) ist eine Tochter des Grafen Karl Ernst von Waldstein (geb. 13. Mai 1661, gest. 7. Jänner 1713) aus dessen Ehe mit Maria Theresia geborenen Gräfin Losen-stein (gest. 20. August 1729). Ihr Vater war k. k. Oberstkämmerer, geheimer Conferenzrath und Gesandter in Paris und London. Sie ver-mälte sich am 13. Jänner 1713 mit ihrem Vetter dem Grafen Johann Joseph Waldstein und wurde 1731 Witwe. Ueber sie erschien nach ihrem Hinscheiden die Schrift von Joseph Wenzel: „Gottseliges Leben und Tod Ihrer hochfürst-lichen Excellenz der hoch- und wohlgeborenen Frau Frau Eleonore verwitweten und geborenen Gräfin von Waldstein". — 10. **Emanuel Ernst**, Graf (s. d. besonderen Artikel S. 230). — 11. **Ernst Joseph**, Graf (gest. 28. Juni 1708), von der Lom-nitzer Linie, ein Sohn des Grafen Fer-dinand Ernst aus dessen Ehe mit Eleo-nore Gräfin Rottal und Neffe des Erz-bischofs von Prag Johann Friedrich [s. d. S. 223, Nr. 24], war k. k. wirklicher geheimer Rath, Statthalter in Böhmen, 1697 zweiter Landtagscommissär und zuletzt Oberst-Land-hofmeister. Er stiftete das Capucinerkloster in Münchengrätz. Da vor ihm seine beiden Oheime, Franz Augustin bereits 1684 und Karl Ferdinand 1702 das Zeitliche gesegnet hatten und sein Vetter Karl Ernst, des Letzteren Sohn, ohne männliche Erben blieb, so setzte ihn der Erzbischof Johann Friedrich zum Universalerben seines großen Vermögens ein. Ernst Joseph war mit Maria Anna geborenen Rokotzova, Witwe des Grafen Max Joseph Fürstenberg, ver-mält. Sie gebar ihm außer drei Töchtern die Söhne Johann Joseph und Franz Joseph

Octavian, von denen Ersterer diese Linie fortpflanzte. — 12. **Ferdinand Ernst**, Graf (siehe die besondere Lebensskizze S. 231). — 13. **Ferdinand Ernst** (gest. 15. Mai 1665), von der Lomnitzer Linie. Ein Sohn des Grafen Maximilian aus dessen erster Ehe mit Katharina Gräfin Harrach, Schwester der zweiten Gemalin Wallenstein's, be-kleidete er verschiedene hohe Staatsämter; so wurde er 1630 Appellations-Präsident, 1631 Oberst-Landrichter, 1632 Oberst-Land-kämmerer. Auch war er kaiserlicher Gesandter zur Abschließung des westphälischen Friedens und ist der Erbauer des Klosters und der Kirche der Franciscaner in Turnau. Aus seiner Ehe mit Eleonora, der einzigen Tochter des Grafen von Rottal, ging der Sohn Ernst Joseph hervor. Unter den vierzig Medaillen auf alle Abgesandten zum west-phälischen Friedensschlusse befindet sich auch die seinige. [Medaille. Avers: Brust-bild im Profil. Am Oberarm V., darunter $Cl.$(um) $Pr.$(ivilegio) $S.$(acrae) $C.$(aesareau) $M.$(ajestatis). Umschrift: $Ferd.$(inandus) $Ern.$(estus) $Com.$(es) $De\ Waldstein\ S.$(acrae) $C.$(aesareae) $M.$(ajestatis) $Cons.$(iliarius) $Imp.$(eratoriae) $Aul.$(ae) $Ad\ Tr.$(actandam) $Pac.$(em) $Un.$(us) $Leg.$(atus) $Pl.$(enipoten-tiarius). Revers: Gekröntes Wappen zwi-schen Palmzweigen, darunter $Den.$(atus 1665, $15.\ Mai.$ Umschrift: $Qua\ Caesaris\ Caesari$ $que\ Dei\ Deo.$] In Zinn. [Porträts. 1. Merian sec. (8°.) — 2. C. Widemann sc. 1646 (8°.) — 3. Rembrandt p. G. C. Heß sc. (4°.) — 4. A. v. Hulle p. P. de Jode sc. 1648 (Fol.).] — 14. **Franz August** (gest. 11. August 1684), von der Lomnitzer Hauptlinie. Ein Sohn des Grafen Maximilian aus dessen erster Ehe mit Katharina geborenen Gräfin Harrach, war er anfangs Malteserritter und Groß-Bailli, dann unter Kaiser Leopold I., der ihm ganz besonders seine Huld schenkte, Haupt-mann der Arcierenleibgarde, zuletzt Oberst-Hof-marschall und Ritter des goldenen Vließes. [Porträts. 1. Unterschrift: Francesco Ago-stino di Waldstain Conte | del S. R. I., Commendatore Gran Croce della | Reli-gione Gerosolimitana Cons di Stato di S. M. Ces^a | e Suo Capitan della Guar-dia di Arcieri & c. A. Bloom del. Cor. Meyssens, sc. Viennae (4°.). — 2. Borcking (ec. (Fol.) — 3. M. Küsell sc. (Fol.) — 4. Von Ebendenselben in Lebensgröße gestochen (roy.-Fol.). — 15. Franz de Paula Adam (s. d. Biographie S 234) — 16. **Georg**, der in der ersten Hälfte des 16. Jahrhunderts lebte und wahrscheinlich der Sohn Zdenkos des Stifters der Arnauer Linie und Ursulas von Wartenberg ist, hat sich durch ein Schreiben bekannt gemacht, welches er in Gemeinschaft mit Matthäus von Lausik (Matej v. Lužnice) aus Breslau nach Böhmen schickte unter dem Titel: „O porázce, ktorá se stala u Budína 1541", d. i. Von der Schlacht, welche 1541 bei Ofen stattfand (Prag 4°). — 17. **Hannibal** (gest. zu Königgräz 1622), von der Arnauer Linie. Nach Hopf's genealogischem Atlas wäre er ein Sohn des Grafen Bartholomäus und ein Vetter Wallenstein's, da dessen Vater Wilhelm und sein eigener Brüder waren. Nach der vom Vereine für Numismatik herausgegebenen „Beschreibung der bisher bekannten böhmischen Privatmünzen und Medaillen" S. 680 wäre er aber ein Sohn Georgs von Arnau aus dessen dritter Ehe mit Helene von Lobkowic, sonach ein leiblicher Bruder des Grafen Bartholomäus und Wallenstein's Oheim väterlicherseits. Wir schliessen uns in Würdigung der Jahre, in denen Bartholomäus und Hannibal das Zeitliche gesegnet, (Ersterer 1623, Letzterer 1622, der Ansicht Hopf's an, und rechnet er auf der 11. Stammtafel: Die Waldstein von Arnau, als Sohn des Grafen Bartholomäus. Hannibal studirte in Frankfurt a. d. Oder, wo er auch 1595 die Würde eines Rectors erlangte. 1607 war er Hauptmann des Königgräzer Kreises, und noch im November desselben Jahres wurde er zum Münzmeister des Königreiches Böhmen ernannt. 1610 war er Mitcommissär zur Verbesserung der Landesmünze, und 1613 erfolgte seine Berufung zum Commissär der Landesdefension. (Es ist ein Kupferzeton — später in Silber und Kupfer nachgemacht — auf seine Vermählung mit Katharina Berka von Duš und Lipa noch vorhanden. Der Avers zeigt das Waldstein'sche Wappen mit der Umschrift: HANNYBAL Z WALDSSTEYNA NA HOSTIN(enn). Der Revers führt das Berka'sche Wappen mit der Umschrift: KATERZINA WALDSSTEYN(ova) Z DVBV A Z LIPEHO. — 18. **Hašek**, der in der ersten Hälfte des 15. Jahrhunderts lebte, ist nach Hopf's Stammtafel ein Sohn des Hinke Waldstein von Skal und Wranow. Er war 1422 Hauptmann

der Stadt Prag, 1423 Oberstmünzmeister, und als einer der gewählten Landeshauptleute betheiligte er sich in und nach dem Hussitenkriege bis 1432 an den wichtigsten Staatsangelegenheiten. — 19. **Henik** (gest. 1623), ein Sohn Heinrichs von Waldstein von der Lomnizer Linie aus dessen zweiter Ehe mit Margarethe von Lobkowic, war čechischer Schriftsteller und errichtete auf seinem Schlosse Doubravic eine eigene Buchdruckerei. In dieser erschienen im Jahre 1610 seine Werke: „Zrcadlo potěšení pánem bohem samým a jeho řízením snaubeným a spojeným manželům", d. i. Spiegel des Trostes in Gott dem Herrn allein…… „Písničky pěkné a starožitné nyní pospolu sebrané", d. i. Schöne und alte Lieder, jetzt zusammengestellt…… „Krátká zpráva o řádu polítickým z rozličných autoře vybrána", d. i. Kurze Abhandlung über die politische Ordnung, aus verschiedenen Schriftstellern zusammengestellt. Im Jahre 1616 wurde er in einen Process verwickelt, der einiges Licht auf die damaligen Verhältnisse wirft. Er hatte nämlich 1615 in seiner Officin den Druck eines in zehn Bücher eingetheilten Werkes begonnen, welches die historischen Denkwürdigkeiten der letztverflossenen Jahre enthielt. Nach Ausgabe der ersten zwei Bücher wurde in denselben Unaübührliches gegen den Kaiser Rudolf und Matthias und gegen die königlichen Räthe gefunden und der Buchdrucker Andreas Mizera deshalb auf königlichen Befehl in der Berger Burg in Haft gesetzt. Auf Hnnek Waldstein's Begehren enthaftete man denselben am 27. Februar 1616 unter der Bedingung, dass sein Herr ihn neuerdings verhafte und strafe, sondern nach zwei Wochen vorher kundzumachtem Befehl wieder stelle. Trotzdem aber liess ihn Waldstein in ein hartes Gefängniss werfen, in der Charwoche Nachts an Händen und Füssen anschmieden, endlich ohne Anklage, Verhör und ordentliches Urtheil durch den Nachrichter enthaupten. Unter dem Volke aber verbreitete er, der Drucker wäre entwichen, gab Gleiches auch bei der böhmischen Kanzlei an, als er aufgefordert wurde, denselben wieder zu stellen. Auf kaiserlichen Befehl grub man jedoch auf dem Richtplatze nach und fand einen Leichnam, den man sofort als den des Andreas Mizera erkannte. Henik Waldstein wurde deswegen beschickt und zu einer Geldstrafe verurtheilt! Auch der Verfasser des

Werkes, der Prager Procurator Wenzel Magerle von Sobiſſek, ward zur Verantwortung gezogen. Doch dieſer entſchuldigte ſich damit, daß er ſein Werk dem Herrn von Waldſtein nur zur Durchſicht mitgetheilt, nicht aber zum Drucke übergeben habe. Magerle wurde 1617 gänzlich begnadigt. In den böhmiſchen Unruhen ſtand Waldſtein auf Seite der Aufſtändiſchen. Nach der Schlacht am weißen Berge fielen ſeine Güter Doubravic und Kunſtberg, ſo wie die ſeiner Gemalin Maria von Loßkowitz. Dujenber und Bratronic dem Fiscus anheim und gelangten durch Kauf an den Friedländer. Henik von Waldſtein aber floh mit ſeiner Gattin nach Meißen, wo Beide im Monat Mai 1623 ſtarben. Auf Henik wurden zwei Medaillen geprägt, deren Veranlaſſung aber nicht bekannt iſt. Die eine zeigt im Avers das Wappen mit der Umſchrift: HENYK Z WALDSSTEYNA · A NA DOBROWICZY AETATIS · SVAE: XXXIII, 1601; im Revers Waldſtein's Bruſtbild en face mit der Umſchrift: HLED NA MNE · ZNEYSEBE · NAYDESSLI · SEBE · BEZ WADY | SVD MNE (d. i. Betrachte mich, kenne dich, findeſt du dich ohne Fehler, richte mich). Vergoldete, ein Loth ſchwere Silbermedaille. Die andere Medaille zeigt im Avers das Bruſtbild mit der Umſchrift: HENRI. (eus) L. (iber) BARO DE WALDSTEIN; im Revers das Wappen mit der Umſchrift: NOBILITAT · VIRTVS · 1614; es iſt eine Silbermedaille, 5/14 Loth kommt auch in Gold vor. [Zoetzor (Prager illuſtrirte ěechiſche Zeitſchrift) 1867. Nr 12 u f. „Hynek z Valdſteina"] — 20 **Johann** von **Waldſtein** war im Jahre 1565 Oberſtkämmerer des Königreiches Böhmen. Wir wiſſen nicht, welcher Linie dieſes Hauſes er angehört, da um die gleiche Zeit in den verſchiedenen Linien mehrere Träger dieſes Namens vorkommen. Sein Andenken hat ſich durch eine gegoſſene und ciſelirte (auch in Gold vorhandene) bronzene Medaille erhalten, welche im Avers das Bruſtbild zwiſchen den Zahlen 15 und 65 zeigt. Die Umſchrift lautet: IAN Z WALDSTEYNA A NA HRADKY; auf dem Revers ſieht man das Wappen mit der Umſchrift im äußeren Kreis: NAD SAZAWAV NEYWISSY KOMORNK. (nik) KRALOWSTWI, im innern Kreiſe: CZIESKEHO · ANNO (13) 65. — 21. **Johann** (geſt. zu Prag am 16 Juni 1576), der älteſte Sohn Wilhelms, des Stifters der

Lomnitzer Linie. Er war zuerſt Oberlandrichter, dann Oberſt-Landkämmerer und wurde 1574 von Kaiſer Maximilian II. zum Statthalter in Böhmen ernannt und zu vielen wichtigen Sendungen verwendet. Er vermälte ſich zweimal, zuerſt mit Eliſabeth von Kraiß, welche 1565 ſtarb, dann mit Mandalena von Wartenberg. Der Sohn aus zweiter Ehe Adam pflanzte die Lomnitzer Hauptlinie fort, aus welcher ſich in der fünften Generation die beiden Linien: Waldſtein-Münchengrätz und Waldſtein-Dur bildeten. — 22. **Johann Anton Albrecht** (geb. 30. Jänner 1714, geſt. 1781), von der Arnauer Linie. Ein Sohn des Grafen Johann Anton Joachim aus deſſen Ehe mit Johanna Katharina Gräfin Waldſtein, widmete er ſich der militäriſchen Laufbahn in einem öſterreichiſchen Reiter-Regimente. Den ſiebenjährigen Krieg machte er als Oberſtlieutenant in dem damaligen 3. (1801 reducirten) Küraſſir-Regimente Karger von Staumpach mit und that ſich in der Schlacht bei Loboſitz (1. October 1756) ſo hervor, daß er zugleich mit ſeinem Oberſten Joseph Prinzen Lobkowitz wegen ausgezeichneten Verhaltens in der Relation beſonders angerühmt wurde. Er ſtarb, 67 Jahre alt, als Feldmarſchalllieutenant, unvermält. — 23. **Johann Friedrich**, Graf, Fürſtbiſchof von Seckau (ſiehe die beſondere Biographie S. 236). — 24. **Johann Friedrich** (Erzbiſchof von Prag, geb. in Wien 1644, geſt. auf dem Schloſſe Dur am 3. Juni 1694). Ein Sohn des Grafen Maximilian aus deſſen zweiter Ehe mit Maria Polxena Gräfin Talmberg, machte er ſeine Studien zumeiſt in Rom, wo er noch vor ſeiner Prieſterweihe Kämmerer und Hausprälat des Papſtes Alexander VII. wurde. Damals ſchon wählten ihn das Domcapitel zu Olmütz zum Canonicus, das Collegiatſtift St. Johann in Breslau zum Dechanten und ſpäter auch das Collegiatcapitel zum h. Kreuze daſelbſt zum Canonicus-Cantor. 1668 ernannte Kaiſer Leopold I. den erſt 24 Jahre alten Prieſter zum Biſchof von Königgrätz und geſtattete auch, daß die Kreuzherren in Prag denſelben zu ihrem Generalgroßmeiſter wählten. Doch fand die päpſtliche Confirmation erſt am 27. November 1673 ſtatt, worauf dann am 4. März 1674 die biſchöfliche Conſecration im Dom zu Prag vor ſich ging. Am 6 Mai 1675 erbat ſich das Prager Domcapitel von Seiner Majeſtät dem Kaiser den Königgräßer Bischof Johann Friedrich zum Erzbischof. Wenige Tage darauf erfolgte auch dessen Ernennung zu dieser Würde, und bereits am 15. Juni betraute ihn der Kaiser mit der Administration der erzbischöflichen Güter. Am 2. December 1675 wurde er in Rom confirmirt, und am 14. März 1676 hielt er seinen feierlichen Einzug im Prager Dome. 18 Jahre hatte er ruhmvoll wie wenige Kirchenfürsten seine Diöcese regiert, als er 1694 in seinem Schlosse Dur von den Blattern befallen, denselben in wenigen Tagen erlag. Der Erzbischof führte ein wahrhaft heiligmäßiges Leben. Obwohl einer der ersten Familien des Landes angehörend und reich vom Hause, zog er sich von allem weltlichen Verkehre zurück, lebte in einfachster Weise und schlief auf bloßen Brettern. Was er durch solche Enthaltsamkeit sich selbst entzog, widmete er den Kirchen und den Armen. In seinem Wesen nur streng gegen sich selbst, dagegen milde und nachsichtig gegen Andere, hieß er ein „Spiegel der Bischöfe". Die kirchlichen Verhältnisse waren damals in Folge der Nachwehen der religiösen Wirren noch wenig geordnet. Die Religionserhaltung — wie man jetzt die weitere Fortsetzung des Reformationswerkes nannte — war bis dahin meist vom weltlichen Regimente geleitet. Der Erzbischof widmete ihr nun sein Hauptaugenmerk. Er suchte Ordnung und Einheit im Gottesdienste und in der Auswendung der kirchlichen Gnadenmittel herzustellen, was um so nothwendiger war, als einst die aus den verschiedensten Diöcesen nach Böhmen zur geistlichen Aushülfe berufenen Priester überall die Gebräuche ihrer Heimat beibehalten hatten. 1676 gab er nun ein neues Proprium Bohemiae mit allen zukünftig zu beobachtenden besonderen Officien heraus, und jeder Geistliche mußte es sich anschaffen und sich darnach halten. Um diese Zeit legte er auch sein eigenes „Rituale Romano-Pragense" in Druck und führte es aller Orten ein. Um auch in die geistliche Autsdisung wünschenswerthe Einheit zu bringen, erneuerte er am 29. März 1679 die meist von der Prager Synode erlassene Instructio parochorum. 1677 ließ er die von seinem Vorgänger, dem Fürstenbischof Kolowrat vorbereitete erste katholische Bibel — vorläufig das neue Testament — auf eigene Kosten drucken und durch die St. Wenzelserbedität verbreiten. Ebenso richtete er seine Sorge auf Vermehrung der

Pfarreien und Erbauung neuer Kirchen und erbaute auf seinem eigenen Patronate zu Dur, Oberleutensdorf, Moldautein und Launiowicz auf eigene Kosten neue prächtige Gotteshäuser. Die Gründung und Berufung neuer Mönchsorden bildet ein wenn auch weniger glänzendes Hauptmoment seiner erzbischöflichen Regierung, so berief er 1676 die Serviten in Slep und die Barnabiten in Woborischt, 1684 die Augustiner in Schlüsselburg, 1685 die Jesuiten in Koschumbrau 1677 die Serviten in Grapen, 1684 die Franciscaner in Hořowic, 1690 in Jašmut, 1697 in Haindorf, 1677 die Capuciner in Saaz, 1676 in Reichstadt und 1685 in Romburg, 1688 die Paulaner in Bistriz, 1676 die Augustiner in S. Benigno, 1688 die Pioristen in Kosmanos und in Neustadt an der Mettau; 1691 die Ursulinerinnen, zuerst auf der Prager Kleinseite, später auf dem Hradschin, wo er denselben ein schönes Kloster nebst Kirche erbaute. Im Uebrigen hatte der Erzbischof unter den damals zwischen Staat und Kirche bestehenden Verhältnissen keinen leichten Stand. Die protestantische Idee von einem Oberepiskopate des Landesherrn, wennsich vorläufig nur unter der milderen Form des obersten königlichen Patronates, gewann immer mehr Geltung. Seit dem Siege auf dem weißen Berge stand die Königsmacht wieder auf ihrer Höhe, aber der König seit wohnte nicht mehr im Lande, und die nun daselbst seine Stelle vertraten, früher dem Erzbischofe höchstens gleichgestellt im Rate der Fürsten, wollten in Ausübung ihrer Befugnisse eine solche Grenze nicht mehr anerkennen. Ferner unterstanden die sogenannten Religionserhaltung und das Gebaren der Kreismissionäre der weltlichen Regierung. Als nun gar im Jahre 1664 der Landtag die directe Besteuerung der Geistlichkeit, welche sich bis dahin der Immunität von directen Steuern erfreut hatte, verlangte und diese Forderung 1693 wiederholte, als er dann überdies das Stimmrecht des Erzbischofs und der Prälaten im Landtage insistirte und die geistliche Bank aus der Landtagsstube entfernte, da trafen diese Maßregeln schwer das Herz des Erzbischofs. Auch dem geistlichen Gerichte wurden engere Grenzen gezogen. Ein Erlaß vom 16. Juni 1688 verwies zunächst die Criminalfälle der Geistlichen vor die weltlichen Richter. Ferner erließ 1691 die Verordnung, daß in allen Fällen, wo die Partei an die Staatsbehörde appellire, diese vor erecutivem Einschreiten der Kirche gehörige Einsicht in die Sachlage zu nehmen habe. Als 1691 der Erzbischof das alte Kirchengesetz, welches das Zusammenwohnen der Juden mit Christen untersagte, in Anwendung brachte und es zur Ausquartierung der Juden kam, welche in dem zum St Georgskloster gehörigen Jurisdictionssprengel zum h. Geiste wohnten, da hoben die Statthalter ohne Weiteres die Verfügung des Erzbischofs auf, und als dieser mit kirchlichen Censuren drohte, erfolgte zum ersten Male die königliche Erklärung vom 11. März 1691: „Es sei ein Privilegium des Hauses Oesterreich, daß in seinen Ländern die Ercommunication nur mit Erlaubniß des Landesfürsten erequirt werden dürfte". Während nun das „oberste königliche Patronat" die ausgedehntesten Rechte gewährte, suchten sich auch die Grundherren für ihren verlorenen Einfluß in der Landesregierung durch ein absolutes Regiment nach unten zu entschädigen, und da sie ja größtentheils auf eigene Hand die Gegenreformation durchgeführt hatten, wollten sie nun auch unbeschränkte Herren ihrer Kirchen und Pfarren sein und mußten denn selten nur mit Hilfe des „weltlichen Armes" zur Anerkennung der Anordnungen des Erzbischofs verhalten werden. Dadurch aber wurden auch die Unterthansverhältnisse nicht besser. Die übermüthigen Amtsleute der Herren häuften auf die armen Leibeigenen eine immer unerträglicher werdende Robotlast, und selbst im Besitze der vollen Gerichtsbarkeit, bestraften sie jede Klage mit desto größerem Drucke. Da brachen denn in etlichen Kreisen — Leitmeritz, Saaz, Elbogen, Königgrätz, Caslau — offene Bauernaufstände aus, welche mit schwerer Bestrafung der zum äußersten getriebenen Bauern und mit großem Blutvergießen endeten. Als dann 1681 im Lande die große Pest über 100 000 Menschenleben dahinraffte, da zeigte sich der Opfermuth der Geistlichkeit. Man hatte dem Tode dadurch Schranken zu setzen gesucht, daß man die Pestorte strengstens abschloß und sich selbst überließ. Die Priester der Erzdiöcese verließen aber ihre Posten und drängten sich häufig zu der Ehre, in der einem eigenen Seelsorgers entbehrenden Pestorten internirt zu werden. Und dies Alles bewirkte der heilige Eifer des oberen Seelenhirten. Graf Johann Friedrich war der letzte Erzbischof, welcher zugleich die Würde des Generalgroßmeisters

der Kreuzherren bekleidete. Nach seinem Tode hatten dieselben wieder freie Wahl. [**Porträts**. 1) J Borcking fec. (Kl Fol.). — 2) ℗ Baro sc. Im Costume der Kreuzherren vom rothen Stern. Kniestück (Fol.).] — 24. **Johann Heinrich** ist jener Waldstein, von welchem die Familienüberlieferung berichtet: daß er seine vierundzwanzig wehrhaften Söhne dem Könige Ottokar, als dieser 1254 ein Aufgebot zum Kreuzzuge gegen die heidnischen Preußen erlassen hatte, kampfgerüstet zur Verfügung stellte, ein Stoff, den die Poesie nicht unbenutzt gelassen, wie es eine gelungene Ballade beweist, welche Ludwig Foltman in dem von L. W. Krause herausgegebenen Berliner Figaro, X. Jahrgang 1840, Nr. 240 veröffentlicht hat. Auch wurde dieser Vorfall der Vergessenheit entrissen durch eine Silbermedaille, welche Graf Johann Joseph 1716 prägen ließ. Die Medaille stellt auf der Aversseite die Scene vor, wie Waldstein in Helm und Rüstung seine gewappneten vierundzwanzig Söhne hoch zu Roß dem Könige Otokar vorstellt Unter den Füßen Waldstein's liest man: A. D. JANVARIO·P. Im Abschnitte: HEROICA FOECVNDITAS. Auf der Reversseite: XXIV FILII | A PATRE JOAN: HENRICO | BARONE A WALDSTEIN | A: P: O: R: MCCLIIII | PRIMISLAO BOEMIAE REGI | IN CRVCIATA CONTRA PRVTENOS | AD MILITIAM PRAESENTATI | FABIOS CCCVI TRANSGRESSI | QVIA VICTORES DE HOSTE REDVCES | ET VITELLIS SVPERIORES NON IN VNA COLONIA | SED IN NVMEROSA PROSAPIA SECVLO NOSTRO DONATA | INDELEBILES |. Schnörkelverzierung. Auf dem Rand: QVORVM MEMORIAM JOAN: JOS: COM: A WALDSTEIN S: C: ET C: M: CAMER: HOC NVMO RESTITVIT 1716. Die Medaille wiegt 7½ Loth. — 26. **Johann Joseph** (geb. 26. Juni 1684, gest. 22. April 1731), von der Lomnitzer Hauptlinie. Der älteste Sohn des Grafen Ernst Joseph aus dessen Ehe mit Maria Anna geborenen von Kokorzowa, Witwe War Josephs Grafen Fürstenberg, wurde er kaiserlicher geheimer Rath, Statthalter, Oberst-Erbland-Vorschneider, welche Würde der Familie Waldstein von Kaiser Ferdinand III nach dem Aussterben der Familie Sezyma verliehen worden war, am 20. Februar 1720 Oberstlandmarschall und 1728 erster Landtags-

commiſſär. Seine Gemalin Eleonore, einzige
Tochter ſeines Vetters Grafen Karl Ernſt,
gebar ihm zwei Töchter, von denen eine,
Eleonore, den Fürſten Joſeph Czartoryski, die andere, Thereſia Maria,
den Fürſten Wilhelm Fürſtenberg
heiratete. — 27. **Johann Nepomuk,**
Graf (ſiehe die beſondere Biographie
S. 238). — 28. **Joſeph Ernſt,** Graf
(ſiehe die beſondere Biographie S. 240).
— 29. **Joſeph Karl Emanuel** (geb.
16. Februar 1755, geſt. 17 März 1814),
von der Dur-Leitomiſcher Linie.
Der älteſte Sohn des Grafen Emanuel
Philipp aus deſſen Ehe mit Maria Anna
Thereſia geborenen Prinzeſſin von Liechten-
ſtein und Bruder der Grafen Johann Friedrich [S. 236], Franz de Paula Adam
[S. 234] und Ferdinand Ernſt [S. 235],
erbte er als Senior der Familie am 10. April
1797 das Seniorat Trebitſch in Mähren und
führte das Votum beim ſchwäbiſchen Kreiſe.
Er ſtarb im Alter von 59 Jahren unvermält.
Die Erinnerung an ihn hat ſich vornehmlich
durch ſein hochſinniges Verhalten gegen den
Abenteurer Caſanova von Seingalt
bewahrt. Prinz De Ligne im fünfzehnten
Bande ſeiner „Oeuvres mêlées en prose et
en vers" berichtet das Nähere darüber. Graf
Waldſtein hatte Caſanova bei dem
venetianiſchen Geſandten in Paris, deſſen
Tiſchgäſte Beide zufällig waren, kennen gelernt. Er bewog den Abenteurer, der eben
auf dem Trockenen ſaß, ihm auf ſeine Herrſchaft Dur in Böhmen zu folgen. Der Graf,
welcher ſich für cabaliſtiſche Dinge ſehr inter-
eſſirte und in der Literatur darüber, wie überhaupt in wiſſenſchaftlichen Diſciplinen in ungewöhnlicher Weiſe bewandert war, fühlte ſich
zu Caſanova hingezogen und um den unbedingt ihm kenntnisreichen Abenteurer dauernd
an ſich zu feſſeln, ernannte er ihn zu ſeinem
Bibliothekar. Wie ſehr aber Caſanova
des Grafen Gunſt misbrauchte, wie geradezu
unerträglich er nach und nach in ſeinem ganzen
Weſen wurde, beſchreibt Prinz De Ligne
ausführlich, und nachdem Waldſtein vierzehn Jahre die Launen ſeines Günſtlings mit
wahrhaft heroiſcher Geduld ertragen, machte
ſich dieſer endlich heimlich aus dem Staube,
und der Graf und die Dienerſchaft athmeten
auf, wie von einem Alp befreit. Später aber
kehrte Caſanova nach Dur zurück und
ſoll daſelbſt hochbetagt geſtorben ſein, nach
der Sterbematrikel der Durer Dechantei am

4. Juni 1798. Ausführliches über des Aben-
teurers Aufenthalt bei dem Grafen Waldſtein berichtet Lucian Herbert (Gundling)
in ſeinem Roman: „Caſanova Chevalier de
Seingalt" (Jänner 1874, 8°.), und zwar in
der Einleitung S. 1—75 des erſten Bandes,
welche viel intereſſantes Detail enthält, das
kaum Jemand dort ſuchen möchte. —
30. **Iſabella Katharina** geborene Gräfin
Harrach, des Friedländers zweite Gemalin (ſiehe Harrach VII. Bd., S. 372,
Nr. 4]. — 31. **Karl Ernſt** (Staatsmann,
geb. 13. Mai 1661, geſt. 7. Jänner 1713).
Ein Sohn des Grafen Karl Ferdinand
aus deſſen Ehe mit Maria Eliſabeth
Gräfin Harrach, machte er nach beendeten
Studien die übliche Cavaliertour und von
dieſer heimgekehrt, trat er ſeine Dienſte bei
Hof als Kammerherr Kaiſer Leopolds I.
an. Als dann für den Erzherzog Joſeph die
Einrichtung des Hofſtaates erfolgte, wurde
der Graf demſelben zugewieſen, und begleitete
er den Erzherzog zu deſſen Krönung nach
Ungarn. 1689 zum wirklichen Reichshofrate
ernannt, ging er als außerordentlicher Geſandter nach Spanien und überbrachte den
1691 dem polniſchen Prinzen Jacob So-
bieski den Orden des goldenen Vließes. 1693
kam er als außerordentlicher Geſandter an
den Hof von Savoyen. 1695 an den von
Mur-Brandenburg 1698 wurde er als Bei-
ſchafter nach Portugal entſendet, um den
König dieſes Reiches zur Allianz mit dem
Kaiſer, mit England und Holland gegen
Frankreich zu gewinnen. Auch verhandelte er
heimlich wegen einer Heirat des Kronprinzen
von Portugal mit einer öſterreichiſchen Erzherzogin. Als am 15. März 1703 die Allianz
zu Stande gekommen war, trat der Graf
auf einem holländiſchen Kreisſchiffe von
30 Kanonen mit ſeiner Familie die Heimreiſe
über England an. Auf der Fahrt ſchloſſen
ſich noch vier andere Kriegs- und mehrere Kauf-
fahrteiſchiffe an. Am folgenden Tage ſtießen ſie
auf offener See auf fünf franzöſiſche Kriegs-
ſchiffe, deren kleinſtes weitaus größer war
als das größte der holländiſchen. Letztere
wurden nun von den franzöſiſchen angegriffen
und nach langem hartnäckigen Kampfe überwunden. Das Schiff, auf welchem der Graf
fuhr, begann zu ſinken, und nur mit größter
Mühe konnte er nebſt dem Geſandten von
Mur-Mainz, der ſich in der nämlichen Abſicht
in Liſabon befunden und mit ihm zugleich
heimreiſte, gerettet werden. Den Grafen

Waldstein brachte man als Gefangenen nach Toulon und von da nach Paris in das Schloß zu Bois de Vincennes, wo er übrigens in sehr anständiger Haft gehalten, aber erst nach zehn Monaten wieder freigegeben ward. 1704 zum Obersthofmarschall des Königs Joseph von Ungarn ernannt, wurde er im nächsten Jahre kaiserlicher Obersthofmarschall, in welcher Stellung er bis zu seiner am 22. October 1708 erfolgten Berufung als Obersthofmeister der Kaiserin Wilhelmine Amalia verblieb. Am 3. September 1709 berief ihn Kaiser Joseph zu seinem Oberstkämmerer und zugleich in seinen geheimen Conferenzrath. Schon 1698, v:r seinem Abgange an den Hof von Lissabon, hatte der Graf das goldene Vließ erhalten. Aus seiner Ehe mit Maria Theresia, Erbtochter Franz Adams, letzten Grafen von Losenstein, entsprossen keine männlichen Erben, nur 3 Töchter, welche aus der Stammtafel ersichtlich sind. Seine Gemalin Maria Theresia, welche ihn um 16 Jahre überlebte, galt als eine gelehrte Dame und war Rathsfrau des Sternkreuzordens. Es ist eine auf den Grafen Karl Ernst geprägte Silbermedaille vorhanden. Der Avers zeigt das Grafen Brustbild, darunter C. CITERNVS-F.(ecit). Umschrift: CAROL.(us) ERNEST.(us) DE-WALDSTEIN. Auf dem Revers sieht man Samson auf einem Löwen knien, aus dessen Rachen Bienen aufstiegen. Umschrift: E. FORTI DULCE. Die Veranlassung zur Ausprägung der Medaille ist nicht bekannt. — 32. **Karl Ferdinand** (geb. 1634, gest. 9. April 1702), ein Sohn des Grafen Maximilian aus dessen erster Ehe mit Katharina Gräfin Harrach. Von seinen nach beendeter Erziehung gemachten Reisen zurückgekehrt, wurde er im Jahre 1654 Kämmerer, dann Reichshofrath, Oberstallmeister der verwitweten Kaiserin Eleonora von Mantua, in welcher Stellung er bis zu dem 1678 eingetretenen Tode verblieb. Nun erfolgte seine Ernennung zum Obersthofmeister bei der regierenden Kaiserin Eleonora Magdalena Theresia, dann zum geheimen Rathe und Conferenzrathe. Bald darauf ward er vom Kaiser als Gesandter nach England geschickt, später nach Polen. Daselbst benützte er 1683 mit diplomatischer Schlauheit die Verstimmung der Königin Maria Casimira gegen Ludwig XIV. zum Abschlusse des Schutz- und Trutzbündnisses mit Johann So-

biesski, König von Polen, gegen die Türken, demzufolge der Letztere 40.000 Mann ins Feld stellen mußte. Der Grund der Verstimmung der Königin war aber folgender: Die Königin, Witwe des Woiwoden Zamoski, war eine Tochter des französischen Marquis Lagrange d'Arquien. Ludwig XIV. hatte ihr die Bitte, ihrem Vater den Herzogstitel zu verleihen, abgeschlagen und ihrem Gemal den Titel Majestät und die Anrede als „Bruder" verweigert 1690 nach des Fürsten Gundaker von Dietrichstein Tode zum Oberstkämmerer ernannt, blieb der Graf bis zu seinem T.de. Er war seit 1. Februar 1660 mit Maria Elisabeth Gräfin Harrach vermält, aus welcher Ehe der einzige Sohn Karl Ernst entstammt. Anläßlich der Verleihung des goldenen Vließes im Jahre 1676 wurde eine Medaille gegossen. Avers: Ein schaufelförmiges, gekröntes von der Toisonordenskette umgebenes Wappenschild. Umschrift: CAROL..(us) FER. (dinandus) S.(acri) R.(omani) I.(mperii) COM.(es) DE WALDSTEIN-CREAT(us). EQ.(ues) AVR.(ei) VEL.(leris) AN. MDCLXXVI. Revers: In einem Kreise der unter einem Baume stehende Jason, in der Rechten das goldene Vließ emporhaltend, mit der Linken die auf dem erlegten Drachen ruhende Keule umfassend, unfern vom Ufer das Argonautenschiff; das Ganze von der Toisonordenskette umgeben. Umschrift: TALIA · VIRTVTI DEBEN-TVR PROEMIA ·VERÆ. Es gibt auch Exemplare in Bronze. [**Porträts**. 1. Unterschrift: Carlo conte di Valdstein | Cameriere di S. Mtà Cesa Suo consiglier | Aulico Imperiale, e Cavallerizzo | maggiore dell'augustissima | Imperatrice Leonore etc. | J. A. Böner sc. (kl. Fol.). — 2) A. Bloem del. J. Saudrart sc. (kl. Fol.). — 3) G. Lauch del. M. Küssel sc. (4°.). Abdrücke dieses letzten vor Verkleinerung der Platte sind selten — 4) Boecking sc. (kl. Fol.). — 33. **Katharina** geborene Gräfin Waldstein lebte in der ersten Hälfte des 17. Jahrhunderts Sie war die Gemalin des berühmten Karl von Zierotin und eine treue Gefährtin desselben in jenen durch die Religionswirren der Reformation so denkwürdigen Tagen. Die Zlobitzsche Sammlung im Brünner Museum enthält in drei Foliobänden die Briefe der Gräfin in čechischer Sprache geschrieben 1631–1635 von ihren verschiedenen Aufenthaltsorten, meist aber aus Breslau, Prerau und Brandeis, an ihre Standesgenossen und

Andere, welche der Religionsverhältnisse wegen das Vaterland verlassen hatten. [Schmidl. Oesterreichische Blätter für Literatur u. f. w. (Wien 4º.) 1846. S. 1146.] — 34. **Maximilian** (gest. 9. September 1654), von der Lomnitzer Linie. Ein Sohn Adams von Waldstein aus dessen erster Ehe mit Elisabeth von Waldstein von der Brtnicer Linie. Der Graf wurde kaiserlicher geheimer Rath, Oberstallmeister und dann Oberstkämmerer. Von der kaiserlichen Kammer erkaufte er 1639 den nach dem Herzoge von Friedland eingezogenen Palast auf der Prager Kleinseite und wurde 1634 in das schwäbische Reichsgrafencollegium aufgenommen. Er war dreimal vermält; in erster Ehe mit Katharina Gräfin Harrach, Schwester der zweiten Gattin des Herzogs von Friedland, in zweiter Ehe mit Maria Polyxena von Talmberg, in dritter mit Maximiliana Gräfin Salm-Neuburg. Aus erster Ehe hinterließ er unter Anderen die Söhne Ferdinand Ernst [Nr. 13] und Karl Ferdinand [S. 227, Nr. 32] aus zweiter Johann Friedrich, Erzbischof von Prag [S. 223, Nr. 24], der für die Familie das Fideicommiß Dur und Oberleitensdorf errichtete. [Porträt. W. Kilian sc. (8º.).] — 35. **Woß** lebte Ende des 14. und Anfangs des 15. Jahrhunderts, er war ein Günstling König Wenzels und besonders in den Jahren 1409—1412 hervorragender Anhänger des Johann Hus und betheiligte sich mit Nicolaus und Heinrich von Waldstein, Vettern oder aus Brüdern, an dem Prager Landtage 1413 und dem Proteste an das Constanzer Concilium. — 36. **Wilhelm**, von der Arnauer Linie, lebte im 17. Jahrhundert und ist der einzige Sohn Hannibals aus dessen Ehe mit Katharina Berka von Dub und Lipa. Er diente als Oberst in der schwedischen Armee und wurde in Tábor, wahrscheinlich im Zweikampfe, getödtet. — 37. Ein anderer **Wilhelm**, der im 16. Jahrhunderte lebte und ein Sohn Zdeneks auf Stepanic und Domokur und Marias von Martinic war, übersetzte von dem Werke des Didacus Stella „De contemptu mundi" die ersten zwei Bücher, die Uebersetzung des dritten Buches besorgte sein Lehrer Adam de Winterie, und alle drei Bücher erschienen unter dem Titel: „O potupeni swetskych marnosti knihy tři" (w Praze 1589, Burian Walda 8º.). Das Werk hat Wilhelm, der im jugendlichen Alter dahinstarb, seiner Mut-

ter gewidmet. [*Jungmann (Jos.)* Historie literatury ceské..... Druhe vydany (Prag 1849, schm. 4º.) p.167, Nr. 697].— 38. **Zbenek**, der schon im Jahre 1283 vorkommt, wird für den wahrscheinlichen Erbauer der nächst Turnau und Groß-Skal gelegenen Burg Waldstein gehalten, von welcher seine Nachfolger den Namen fortführten, obgleich dieselbe schon um das Ende des 14. Jahrhunderts in den Besitz der stammverwandten Familie der Wartenberg überging.

III. Besitz des Grafenhauses Waldstein (1855). I. Linie zu Münchengräz. A. in Böhmen: 1. im Bunzlauer Kreise: a) die Allodialherrschaft Münchengräz ($^1/_{40}$ Quadratmeilen, 70 Ortschaften); Allodialherrschaft Hirschberg ($^1/_{16}$ Quadratmeilen); Allodialherrschaft Weißund Hünerwasser ($^2/_{16}$ Quadratmeilen); Allodialherrschaft Neu-Pernstein ($^4/_{30}$ Quadratmeilen, 13 Ortschaften). — 2. im Pilsener Kreise: a) Allodialherrschaft Stieplau und Nebillau ($^2/_{31}$ Quadratmeilen); b) Herrschaft Kozenig. — 3. im Taborer Kreise: das Gut Proseytsch-Woworzist ($^9/_{30}$ Quadratmeilen, 3 Ortschaften). B. in Mähren: die Senurotöherrschaft Trebitsch. C. in Ungarn: die Allodialherrschaften Boros-Sebes (3 Quadratmeilen), Monyásza ($^1/_2$ Quadratmeile), die Güter Szelezan ($^1/_2$ Quadratmeile) und Rawna (1 Quadratmeile). II. Linie von Dur. In Böhmen, im Leitmeritzer Kreise die Fideicommißherrschaft Dur mit Oberleitensdorf und das Allodialgut Maltheuern ($^2/_{12}$ Quadratmeilen, 33 Ortschaften) III. Linie zu Leitomischl. 1. in Böhmen im Königgräzer Kreise die Allodialherrschaft Brandeis ($^6/_{30}$ Quadratmeilen, 25 Ortschaften); im Chrudimer Kreise die Herrschaft Leitomischl (7 Quadratmeilen 94 Ortschaften). 2. in Ungarn, im Aromotner Comitat die Herrschaft Ragan-Megyer.

IV. Wappen der I. Hauptlinie Waldstein-Wartenberg. Quadrirter Schild. 1 und 4: in Gold ein doppeltgeschwänzter, gekrönter blauer Löwe einwärts gekehrt, 2 und 3: in Blau ein dergleichen goldener Löwe; Mittelschild: in Gold ein zweiköpfiger, gekrönter, schwarzer Adler, welcher in der rechten Klaue einen silbernen Anker, in der linken aber einen Palmzweig hält und auf der Brust einen mit einem Fürstenhute gedeckten kleinen rothen Schild trägt, worin in Gold der Namenszug F. II. zu sehen. Dieser Mittelschild ist

oval und über ſowie unter demſelben erſcheint
ein ebenſo ovaler, von einer ſich in den
Schwanz beißenden ſilbernen Eidechſe umgeb-
ner kleiner Schild, der von Gold und
Schwarz ſenkrecht getheilt iſt (wegen Wartenberg). Deviſe: Invita invidia.
II. Hauptlinie Waldſtein-Arnau. Quadrirt. 1 und 4: in Gold ein gekrönter blauer
Löwe, einwärts gekehrt. 2 und 3: in Blau
ein gekrönter goldener Löwe, auch einwärts
gewendet. Mittelſchild: In Gold ein zweiköpfiger goldener Adler.

Waldſtein Albert, Graf (k. k. Generalmajor, geb. 17. October 1802, geſt.
zu Preßburg am 16. Auguſt 1868),
von der Duxer Linie. Ein Sohn des
1829 verſtorbenen Emanuel Grafen
von Waldſtein aus deſſen Ehe mit
Thereſe Gräfin von Sztaray de
Nagy-Mihály, trat er im Herbſte 1820
als Cadet in die öſterreichiſche Armee,
wurde 1821 Lieutenant im 2. Uhlanen-
Regimente, 1827 Oberlieutenant im 7.,
1829 Rittmeiſter im 10. Huſzaren-Regi-
mente, 1837 Major in letzterem. 1839
als ſolcher ins 2. Huſzaren-Regiment
überſetzt, rückte er 1843 zum Oberſtlieutenant in demſelben, 1849 zum Oberſten
und Commandanten des 4. Küraſſier-
Regiments vor. 1851 kam er als Generalmajor und Truppenbrigadier nach Sta-
nislau, ſpäter in gleicher Eigenſchaft nach
Prag. 1857 trat er nach 37 ehrenvoll zu-
rückgelegten Dienſtjahren aus der Activität. 1848 als Oberſtlieutenant bei Hanno-
ver-Huſzaren im Banate ſtationirend, ſtand
er unter dem Regiments-Commando des
ſpäteren ungariſchen Revolutionsgenerals
Ernſt Kiß von Elemér und Ittebe
(Bd. XI, S. 331]. Als die Oeſterreich
feindlichen Tendenzen, von Letzterem
weſentlich unterſtützt und im Regimente
befördert, immer ſchroffer zu Tage traten,
war es Graf Albert Waldſtein, der in
ſeiner Stellung als älteſter Stabsofficier
des Regiments dem Treiben ſeines Oberſten

und der Verbreitung des revolutionären
Geiſtes im Officiercorps und der Mann-
ſchaft mit allen zu Gebote ſtehenden Mitteln, trotz Drohung und ſteter Gefahr des
Verluſtes ſeiner Freiheit, ja ſeines Lebens,
entgegentrat; jedoch ſcheiterte ſein treues
patriotiſches Bemühen an der Mehrzahl
des von dem eigenen Oberſten und deſſen
Landsleuten verführten Regiments und
an der Schwäche der damaligen höheren
Militärbehörden. Unter ſolchen Umſtän-
den begab ſich Graf Waldſtein nach
Wien und ſtellte ſich dem öſterreichiſchen
Kriegsminiſter zu Diſpoſition. Dann
machte er als Volontär einen Theil des
Feldzuges 1849 mit und wurde auch zu
wiederholten Sendungen und Courier-
ritten an die kaiſerlich ruſſiſche Armee
verwendet. Nach dem Schluſſe der Cam-
pagne erhielt er das Großkreuz des kaiſerlich ruſſiſchen St. Stanislausordens,
nebſtdem ſchmückte ihn das Ehrenkreuz des
ſouveränen Johanniterordens. Der Graf,
welcher reiches hiſtoriſches Wiſſen und
vielen Kunſtſinn beſaß, hatte ſich eine ſehr
ſchöne Sammlung alter Waffen angelegt.
Nebſt ſeiner treuen Haltung als Soldat
zeichnete ihn edler Sinn, ungemeine Herzensgüte, rege Theilnahme und Wohlthätigkeit für Arme und Nothleidende
aus, denen er in Preßburg, wo er lebte,
Unterſtützung und thatkräftig Hilfe in
aller Stille brachte. Graf Albert ſtarb
unvermält im Alter von 66 Jahren.

Thürheim (Andreas Graf). Die Reiter-Regimenter der k. k. öſterreichiſchen Armee (Wien
1862, Bd. II, die Huſzaren, S. 40. — Preſſe
1868, Local-Anzeiger Nr. 230.

Waldſtein Albrecht, Graf (k. k. Major außer Dienſt, geb. 12. November
1832), von der Münchengrätzer
Linie. Ein Sohn des Grafen Vincenz
Waldſtein aus deſſen Ehe mit Vin-

centia Gräfin Fuchs, wurde er 1848
Lieutenant im 3. Chevauxlegers-Regi-
mente und kämpfte im ungarischen Feldzuge 1848 und 1849. Den schleswig-
holsteinischen Krieg 1864 gegen die
Dänen machte er im Dragoner-Regimente
Fürst Windischgrätz mit. Im Feldzuge
1866 focht er als Rittmeister des letztgenannten Regiments in der Schlacht bei
Trautenau mit Auszeichnung, und trug
eine Verwundung davon. In Anerkennung seines trefflichen Verhaltens vor
dem Feinde erhielt er das Militärverdienstkreuz mit der Kriegsdecoration. 1867
quittirte er mit Majorscharakter. Der
Graf ist ein großer Kenner und Freund
der Musik, und vorzugsweise ein ausgezeichneter Zitherschläger, auch hat er
für Orgel und Phisharmonium mehrere
Stücke componirt, welche zwar nicht im
Drucke erschienen, jedoch in der Schloßcapelle zu Dur zur Aufführung gelangten.
(Graf Albrecht ist (seit 23. November
1868) mit Antonie der Witwe seines
Vetters Grafen Georg von der Durer
Linie vermält, während aber seine Gattin aus ihrer ersten Ehe drei Söhne
hatte, gebar sie ihm keine Kinder.

Waldstein Emanuel Ernst, Graf
(Bischof von Leitmeritz, geb. in Prag,
17. Juli 1716, gest. zu Leitmeritz,
7. December 1789), von der Arnauer
Linie. Ein Sohn des Grafen Johann
Anton Joachim aus dessen Ehe mit
Johanna Katharina geborenen Gräfin Waldstein, widmete er sich dem
priesterlichen Berufe und wurde 1743
infulirter Propst zu Neuhaus, im September 1746 Domherr in Prag, 1756 Weihbischof und Bischof von Amyclea in
partibus, 1757 Propst, 1759 Dechant zu
Altbunzlau. Am 12. Juni 1759 zum
Bischof von Leitmeritz ernannt, ward er

am 28. Jänner 1760 confirmirt, am
29. März 1760 inthronisirt und starb,
nachdem er nahezu 3 Decennien die bischöfliche Würde bekleidet hatte, im Alter von
73 Jahren. Abauct Voigt in seinem
Werke „Acta litteraria Bohemiae et
Moraviae" nennt ihn „summus hodie
in Bohemia litterarum virorumque
doctorum fautor et Maecenas". Mit
vielem Fleiße hatte der Prälat eine sehr
kostbare Sammlung von Münzen vorzüglich im böhmischen Fache zu Stande
gebracht und veranlaßte auch den erwähnten Piaristen Ab. Voigt zur Herausgabe
des ersten Werkes über böhmische Münzen unter dem Titel: „Beschreibung der
bisher bekannten böhmischen Münzen"
(Prag 1771). Eine reiche und kostbare
Bibliothek, welche der Bischof Waldstein, ein großer Freund und Förderer
der Wissenschaften, selbst angelegt hatte,
vermachte er dem Leitmeritzer Bisthum.

Frind (Anton). Die Geschichte der Bischöfe
und Erzbischöfe von Prag (Prag 1873, 8°)
S. 305 und 313. — Dem ersten Bande des
Janaz Edlen von Born's „Abhandlungen einer
Privatgesellschaft in Böhmen zur Aufnahme
der vaterländischen Geschichte und der Naturgeschichte (1773) ist das nach Joseph Hickel's
Selbild von Clemens Kohl gezeichnete und
gestochene Bildniß dieses Kirchenfürsten vor-
angestellt. Ueberdies hat auch Quirin Mark
das Bildniß des Bischofs (12°) gestochen.

Waldstein, Ernst Franz de Paula
Graf (Ritter des goldenen Vließes,
geb. 10. October 1821), von der ersten
Hauptlinie Wartenberg-München-
grätz. Der älteste Sohn des 1858 ge-
storbenen Grafen Christian Vincenz
aus dessen Ehe mit Maria Gräfin
Thun-Hohenstein, trat er in jungen
Jahren in die k. k. Armee, machte als
Oberlieutenant bei Vécsey-Huszaren
Nr. 3 die Feldzüge 1848 und 1849 in
Ungarn mit und erhielt für sein aus-

gezeichnetes Verhalten vor dem Feinde das Militär-Verdienstkreuz. In den Feldzug 1866 zog er als Major und Flügeladjutant, und ward ihm für sein Verhalten vor dem Feinde die allerhöchste Belobung zutheil. Nach dem Tode seines Vaters übernahm er das Fideicommiß, schied später aus den Reihen der kaiserlichen Armee und ward sich am 18. April 1861 zum erblichen Reichsrathe ernannt. Im nämlichen Jahre erfolgte durch die böhmischen Fideicommißbesitzer seine Wahl in den böhmischen Landtag, in welchen er später wieder gewählt wurde. Graf Ernst ist Besitzer der Fideicommißherrschaften Münchengrätz, Weißwasser, Hünerwasser, Hirschberg, Neuperstein mit Dauba, Stiehlau, Nebillau, Wessella und Kozeniß in Böhmen; Oberst-Erbland-Vorschneider des Königreichs Böhmen; ferner als Besitzer der Allodialherrschaften Boros-Sebes und Monyássa und der Allodialgüter Szelesen und Rawna in Ungarn Magnat dieses Königreiches. Der Graf gehört zu verfassungstreuen Partei. 1884 erhielt er von Seiner Majestät das goldene Vließ. Der Graf vermälte sich zweimal, zuerst (am 14. Mai 1848) mit Anna geborenen Prinzessin zu Schwarzenberg (geb. 20. Februar 1830, gest. 11. Februar 1849) und dann (am 23. Juni 1851) mit Maria Leopoldine geborenen Prinzessin zu Schwarzenberg (geb. 2. November 1833), k. k. Sternkreuzordens- und Palastdame Ihrer Majestät der Kaiserin Elisabeth. Die Kinder erster Ehe sind: Graf Ernst (geb. 4. Februar 1849), k. k. Kämmerer, Oberlieutenant in der Reserve bei Franz Fürst Liechtenstein-Huszaren; die Kinder zweiter Ehe sind: die Gräfinen Anna (geb. 11. Juli 1853), Marie Karoline (geb. 14. August 1855), k. k.

Sternkreuzordensdame und Hofdame Ihrer k. k. Hoheit der Erzherzogin Kronprinzessin von Oesterreich-Ungarn Stephanie; Gabriele (geb. 19. August 1857), vermält (am 30. Juni 1880) mit Maria Reinhard Erbgrafen zu Neipperg; Christiane (geb. 12. Juni 1859), k. k. Sternkreuzordensdame, vermält (am 3. März 1878) mit Oswald Grafen Thun-Hohenstein, und die Grafen Karl (geb. 1861, †) und Adolph (geb. 27. December 1868). Graf Ernst, Sohn aus erster Ehe, ist auch bereits vermält (am 18. März 1873) mit Francisca geborenen Gräfin Thun-Hohenstein zu Klösterle (geb. 3. August 1852), k. k. Sternkreuzordensdame; und stammt aus dieser Ehe eine Tochter Josephine (geb. 27. November 1877).

Waldstein. Ferdinand Ernst Graf (k. großbritannischer Oberst, geb. 24. März 1762, gest. 26. Mai 1823), von der Durer-Linie. Der viertgeborene Sohn des Grafen Emanuel Philipp aus dessen Ehe mit Maria Anna Theresia Prinzessin von Liechtenstein, trat er als Comthur des deutschen Ritter zu Virnsberg (Ballei Franken) sehr früh in günstige Verhältnisse zu dem Hoch- und Deutschmeister Erzherzog Maximilian III. von Oesterreich, damaligem Kurfürsten von Cöln, bei welchem er in der Eigenschaft eines Conferenzrathes seines Ordens als eine der am kurfürstlichen Hofe beliebtesten und einflußreichsten Persönlichkeiten galt. Aber das politische Verhalten des sonderbarer Weise anti-österreichisch gesinnten Kurfürsten machte dem Grafen Waldstein, einem österreichischen Patrioten von reinstem Wasser, den Aufenthalt am kurfürstlichen Hofe bald sehr unbehaglich.

Ueber die, gelinde gesagt, ganz eigenthümliche Haltung, welche Kurfürst Maximilian (geb. 8. December 1756, vom Jahre 1784 Kurfürst, gest. zu Hetzendorf bei Wien am 27. Juli 1803) während der französischen Revolutionskriege seinem Neffen, Kaiser Franz II., dem Chef des Hauses, gegenüber an den Tag legte, geben Vivenot's Werke: „Herzog Albrecht von Sachsen-Teschen" und „Vertrauliche Briefe des Freiherrn von Thugut" (Wien 1872) nähere Aufschlüsse. Der Kurfürst suchte nun auch den Grafen von Waldstein für seine politischen Ansichten zu gewinnen; aber seine Bemühungen waren erfolglos, und endlich fand sich Letzterer am Kölner Hofe so wenig an seinem Platze, daß er um jeden Preis seine Stellung daselbst aufgeben wollte. In der österreichischen Armee, welche damals theils mit überzähligen, theils mit fremden Officieren überfüllt war, gab es für den Grafen, der doch nur einen höheren Officiersposten beanspruchen konnte, keine Aussichten. Er besprach sich mit Baron Thugut deshalb und wendete sich mit dessen Vorwissen im December 1794 an seinen Freund, den Fürsten Starhemberg [Bd. XXXVII, S. 209], Botschafter am großbritannischen Hofe, mit der Bitte, ihm den Eintritt in die englische Armee und die Bewilligung zur Errichtung eines deutschen Regiments in britischen Diensten zu vermitteln. Sollte dies jedoch nicht gelingen, so wünschte Graf Waldstein, die englische Regierung möge ihm die Bewilligung zum Anbau eines uncultivirten Landstriches in den Antillen, in Bahama oder dem englischen Antheil von St. Domingo gewähren. Als nun der Kurfürst von des Grafen energischen Bemühungen, in englische Dienste zu treten, hörte und demselben

darüber Vorstellungen machte, kam es zum offenen Bruche. Maximilian fand die Inhaberschaft eines englischen Regiments unvereinbar mit der Stellung des Grafen als deutscher Ordensritter; Letzterer dagegen meinte: die politische Haltung des Kurfürsten sei ebenso unvereinbar mit seiner eigenen als Oesterreicher. Und so schieden sie. Starhemberg aber setzte es kraft seines Einflusses durch, daß Waldstein die Bewilligung zur Errichtung eines Regiments im englischen Dienste erhielt, zu welchem Zwecke derselbe eine Convention unter ziemlich befriedigenden Bedingungen mit dem britischen Obersten Nesbitt abschloß. Als aber der Graf für das in Deutschland anzuwerbende Regiment Depôts in Haarburg, Stade und Bremerlohe errichten wollte, bereitete ihm die hannover'sche Regierung nicht geringe Schwierigkeiten. Wohl waren die Minister Beulwitz und Arnswald geneigt, seinen dringlichen Vorstellungen nachzugeben, aber an dem Starrsinn des Grafen Kielmannsegge und den demokratischen Gesinnungen des Geheimsecretärs Rudloff scheiterte Alles. Als Hauptursache der ihm entgegengestellten Hindernisse gibt Graf Waldstein den Haß des hannover'schen Ministeriums gegen das englische an. Unter solchen Umständen ging die Aufstellung des Regiments nur sehr langsam von Statten. Sie fand zu Pyrmont statt, wo der Fürst von Waldeck das Unternehmen sehr unterstützte. Ende October 1795 erfolgte die Ueberschiffung des Regiments nach England. Obwohl dasselbe erst 200 Mann zählte, so hegte Graf Waldstein doch große Hoffnungen hinsichtlich der Kriegstüchtigkeit seiner Truppe und scheute keine Kosten für die Werbung — er zahlte sogar bis zehn Guineen per Kopf — jagte alle schlecht

Conduisirten weg, schickte die Zweifelhaften und Unzufriedenen auf Urlaub
und verkaufte keine Officiersstellen. Im
December wünschte er die Zutheilung
zum Condé'schen Corps oder zur Armee
in Italien. In den Briefen an seinen
Freund Starhemberg nennt sich der
Graf scherzweise: „Par la Grâce de
Dieu et du Comte Starhemberg
Colonel propriétaire au Service de
S. M. britan." Er stand längere Zeit
in englischen Diensten. Auch sonst noch
spielte er in jenen bewegten Tagen eine
große Rolle. Wohl versuchte es der Kurfürst, sich dem Grafen wieder zu nähern,
er lud ihn zur Rückkehr an seinen Hof
ein unter den früheren Verhältnissen;
aber so lange Maximilian sein Verhalten gegen den Wiener Hof nicht
änderte, wollte auch Waldstein von
einer Rückkehr nichts wissen. Derselbe
blieb als englischer Oberst immer in wichtigen Verbindungen, wurde im denkwürdigen Jahre 1809 bei Aspern und
Wagram als großbritannischer Oberst
und englischer Commissär im österreichischen Hauptquartier zugetheilt und agi-
tirte mit großer Kühnheit gegen Frankreich selbst noch nach dem Frieden in
Tirol. Der zweite Band der Hormayr'schen „Lebensbilder aus den Befreiungskriegen" bringt mehrere Actenstücke, welche Waldstein's Einfluß in
der damaligen Zeit beweisen, so enthält
derselbe auf S. 28, Nr. 4: „Actenstücke
über die letzten Tage Schill's und
seiner Gefährten, eingesendet aus dem
deutschen Norden von dem Grafen Ferdinand Ernst von Waldstein-Dur,
ehemals kurcölnischer und deutschnordi-
scher Geheimrath, Stralsund 30. Mai
1809 u. f. w.", dann S. 36, Nr. 5:
„Der Generalissimus Erzherzog Karl
und der Minister des Aeußern Philipp

Graf v. Stadion an den Grafen Waldstein über eine englische Landung und
gleichzeitige Insurrection in dem deutschen
Norden, Wagram 1809" und S. 55.
Nr. 7: „Der Graf von Waldstein
über dasselbe durch Oesterreich's Waffenstillstand verspätete Project an das englische Ministerium ddo. London 16. October 1809". Man sieht, daß der Graf
in jenen denkwürdigen Jahren eine einflußreiche politische Rolle spielte. Auch war
er ein Freund und Beschützer Beethoven's, der ihm die Sonate C-dur
(Op. 53) dedicirte. Im Jahre 1812
legte er die Comthurwürde des deutschen Ordens nieder und verheiratete sich
mit Isabella Gräfin Rzewuska.
Aus dieser Ehe ging eine Tochter Ludmilla hervor, welche sich mit dem
Grafen Deym vermälte. Andreas Graf
Thürheim, der Geschichtschreiber und
Verherrlicher der österreichischen Armee,
dem wir so viele interessante biographische und kriegsgeschichtliche Werke verdanken, theilt dem Verfasser dieses Lexikons aus dem Tagebuch seines Groß-
vaters, des Fürsten Ludwig Joseph Max
Starhemberg, eine Charakteristik des
Grafen Waldstein mit, aus welcher
wir das Nachstehende entnehmen: „Graf
Ferdinand Waldstein", schreibt der
Fürst, „ist von meinem Alter, wohl-
gestaltet, doch etwas zu beleibt und dick.
Er besitzt viel Geist und eine sehr ausgedehnte wissenschaftliche Bildung; er
spricht mit Leichtigkeit französisch, deutsch,
italienisch und englisch, versteht auch gut
lateinisch. Die englische Sprache machte
er sich während seines Aufenthaltes in
London eigen und kennt sie gründlich,
obgleich man an seiner Aussprache den
Fremden erkennt; er macht auch ganz
nette Verse in dieser Sprache; hat aber
den Fehler, diese selbst sehr zu bewun-

dern und dies auch zu viel zu zeigen. Er spielt ganz gut in französischen Komödien mit viel Natürlichkeit, aber declamirt französische Verse mit deutschem Accent. Er liebt große Abhandlungen, wissenschaftlicher oder politischer Art, oft mit zu viel Pedanterie. Er ist Lebemann — obgleich ich ihn in der Liebe eher kühlen Temperaments halte — weiß auch eine gute Tafel zu schätzen. Vorzüglicher Musiker, improvisirt er am Clavier in wahrhaft entzückender Weise; er ist ferner ein trefflicher Gesellschafter, zuverlässiger und aufopfernder Freund, theilnehmend, gemüthvoll, in seinem Urtheil milde und nachsichtig, hinsichtlich der Politik ist es kaum möglich, besser gesinnt zu sein. Das war es auch, was ihn bewog, den Kurfürsten von Cöln zu verlassen, an dessen Hof er über Alles verfügte. Ich war so glücklich, ihm einige nützliche Dienste leisten zu können, und er beweist mir tagtäglich seine lebhafte Erkenntlichkeit. Ich liebe ihn wie einen Bruder, und er gehört zu jener kleinen Zahl wahrhafter Freunde, welche ich zu besitzen glaube und auf welche ich am meisten zähle. Alles, was ich besitze, werde ich stets gerne mit ihm theilen. Es ist unmöglich, einen besseren und ehrenhafteren Charakter zu finden, und ich kenne keinen anderen Fehler an ihm, als daß er sich zu leicht für Etwas einnehmen läßt und ein zu großer Freund jedes Wechsels und alles Neuen ist; so spricht er viel über Finanzwesen und entwirft Systeme, die in der praktischen Ausführung unhaltbar wären."

Waldstein, Franz de Paula Adam Graf (Botaniker, geb. in Wien 24. Februar 1759, gest. zu Ober leutensdorf in Böhmen am 24. Mai 1823; diese Angaben sind dem Grab

denkmal entnommen), von der Dur-Leitomischler Linie. Ein Sohn Emanuel Philipps aus dessen Ehe mit Maria Anna Theresia Prinzessin Liechtenstein, erhielt er eine sorgfältige Erziehung und wandte sich frühzeitig mit großer Vorliebe dem Studium der Kräuterkunde zu. Noch ein Jüngling, wurde er in den Malteserorden aufgenommen und zog als Ritter desselben — erst 18 Jahre alt — im Jahre 1777 zum Kampfe gegen die Muselmänner und afrikanischen Raubstaaten. Drei Jahre stand er im Felde und legte Proben seiner Tapferkeit ab, dann kehrte er mit Erlaubniß seiner Ordensoberen in die Heimat zurück. Als dann 1787 der Türkenkrieg ausbrach, zog der Graf auch in denselben, und nachdem er noch theilgenommen an dem Feldzuge gegen Preußen, welcher durch baldigen Friedensschluß ein rasches Ende fand, verließ er 1789 mit dem Range eines k. k. Rittmeisters die Reihen der kaiserlichen Armee. Nun widmete er sich ausschließlich seinem Lieblingsstudium, der Botanik, welche er auch während seiner Kriegsdienste treu gepflegt hatte. Durch sieben Jahre bereiste er mit dem Botaniker Professor Kitaibel [Bd. XI. S. 337] das an seltenen und merkwürdigen Pflanzen so reiche Ungarn und trug ebenso die Kosten der umfassenden Unternehmung, wie er denn auch die damit verbundenen Gefahren und Mühseligkeiten nicht scheute. Nach beendeter Reise, als nämlich 1797 die französischen Heere von Italien aus den Kaiserstaat bedrohten, trat er wieder in die Reihe der Kämpfer, und zwar in das zu Wien errichtete adelige Cavalleriecorps. Nach dem Friedensschlusse von Leoben (April 1797) kehrte er aufs neue zu seinen wissenschaftlichen Arbeiten zurück, denen er damals, nicht.

wie es in einzelnen Biographien heißt, auf einem seiner Güter in Ungarn — denn er hatte keine solchen — sich hingab, sondern auf dem Landgute Bedröb bei Ziffer im Preßburger Comitate, wo er die ständige Gastfreundschaft des Grafen Franz Zichy, obersten Mundschenks des Königreichs Ungarn, genoß und von wo aus er seine botanischen Ausflüge unternahm. Sein Herbarium vivum, aus einigen Tausend in Ungarn wachsenden Pflanzen bestehend, lag zu Bedröb (Woberad) im Preßburger Comitate und zu Báb im Neutraer Comitate aufgehäuft. Außer Kitaibel begleitete auf diesen wissenschaftlichen Reisen den Grafen auch ein Maler, Namens Schütz, und zwar ganz auf Kosten desselben. Es dürfte wohl der Zeichner und Kupferstecher Karl Schütz gewesen sein, dessen bieses Werk im XXXII. Bande, S. 131 gedenkt. Bald ging der Graf auch daran, die Ergebnisse seiner mehrjährigen Wanberungen zu veröffentlichen. 1800 begann das Werk zu erscheinen unter dem Titel: „*Plantas rariores Hungariae indigenae descriptae et iconibus illustratas a Comite Francisco Waldstein et Paulo Kitaibel*" Decas I—III, mit 50 illum. K.K. (Viennae, gr. Fol.). Im Jahre 1802 wurde dieser Titel geändert und das Werk bis 1812 unter dem neuen fortgesetzt: „*Francisci Comitis Waldstein et Pauli Kitaibel... Descriptiones et icones plantarum rariorum Hungariae*" Vol. 3 (Viennae typ. Matth. And. Schmid, gr. Fol.); das ganze Werk aus 28 Decaden, jede zu 16 Tafeln, kostete 311 Reichsthaler. Die Aufnahme des Werkes in der gelehrten Welt war eine ungemein günstige; die gelehrten Gesellschaften von Moskau, Berlin, Regensburg, Prag u. a. ehrten den Herausgeber

durch Ernennung zu ihrem Mitgliebe, und der berühmte Botaniker Wildenow gab einer neuen von ihm entdeckten Pflanze den Namen Waldsteinia. Noch aber war das Werk nicht vollständig erschienen, als die drohenden Zeitereignisse des Jahres 1809 den Grafen neuerdings ins Feld riefen. Mit dem Range eines Oberstwachtmeisters übernahm er das Commando der drei Bataillons der Wiener Landwehr und machte den Feldzug 1809 mit, nach dessen Beendigung ihm vom Kaiser das Commandeurkreuz des Leopoldordens nebst dem Oberstlieutenantscharakter verliehen wurde. Als dann 1814 sein ältester Bruder Joseph Karl Emanuel starb, ging das Fideicommiß auf den Grafen Franz Adam über, und er selbst übernahm nun die Verwaltung der Herrschaften Dur, Oberleutensdorf, Moltheuern, Großkall, Zwigan, Lonkowitz, Sicherhof u. s. w. Aber auch jetzt bewährte er sich als der Mann der Wissenschaft und Humanität. Auf den Schlössern nahm er geschmackvolle Umgestaltungen vor, in Teplitz führte er große Verschönerungen aus, um den Badegästen den Aufenthalt angenehmer zu machen, dann stellte er ein Naturaliencabinet, eine Porcellansammlung, eine Kunstgalerie und eine Waffenkammer auf, baute mit großem Kostenaufwand Schulhäuser für die Jugend auf seinen Herrschaften und that Vieles für die Verschönerung der nächsten Umgebung seiner zahlreichen Besitzungen. Die bedeutende Tuchfabrik in Oberleutensdorf, welche bereits seit einem Jahrhundert bestand und durch Erzeugung der feinsten Tücher im In- und Auslande berühmt war, hatte im Drange der Zeitwirren schwer gelitten und war ins Stocken gerathen. Da schaffte der Graf sofort neue Maschinen, rief tüchtige Manufacturisten

herbei und steuerte dem Verfall der
Fabrik, welche sich bald zu neuer Blüte
erhob. Als Wohlthäter seiner Unterthanen starb er, von diesen und den
Seinen tief betrauert, im Alter von
65 Jahren. Seine botanischen Sammlungen (Herbarium vivum) hatte der
Graf dem böhmischen Museum vermacht.

Neuer Nekrolog der Teutschen. Heraus-
gegeben von Fr. Aug. Schmidt (Ilmenau,
Voigt, 8°) 2. Jahrgang (1824) 2. Heft,
S. 1029. — (Hormayr's) Archiv für
Geschichte, Statistik, Literatur und Kunst
(Wien, 4°) 14. März 1825, Nr. 31, S. 164:
„Beiträge zum gelehrten Oesterreich". —
(Ebenda, S. 430: „Bemerkung zu dieser
Biographie". Von Georg von Gruitko-
vics. — Oesterreichische National-
Encyklopädie von Gräffer und Czi-
kann (Wien 1835 u. f., 8°) Bd. VI. S. 24.
— Kanitz (August), Versuch einer Geschichte
der ungarischen Botanik (Halle 1865, 8°)
S. 129 [nach diesem geb. 11. Februar 1759,
gest. 23. Mai 1823].

Porträt. (F. Agricola p. 1822;
C. Kahl sc. (Fol.). Davon sind auch Ab-
drucke vor der Schrift vorhanden.

Grabdenkmal. Graf Franz de Paula
Adam starb auf seiner Herrschaft Oberleutensdorf und liegt auch daselbst begraben.
Seine Gattin ließ auf der Ruhestätte ein
prachtvolles Grabdenkmal errichten. Es bildet
eine Capelle im korinthischen Style. In der
Mitte prangt das h. Kreuz, verschleiert bis
zur Grundlage, die einem Altar gleicht und
mit dem eigentlichen Geschlechtswappen geziert ist. Unter dem Kreuze trauert eine
Frauengestalt (die Gattin), zwei Genien
schmücken die Ecken der Grundlage und die
Oberfläche zwei Leuchter. Rechts in der
Wand liest man: „Franz Adam Graf von
Waldstein-Wartenberg, kais. königl. Kämmerer, Oberstlieutenant in der Armee, Erb-
vorschneider im Königreiche Böhmen, Commandeur des Leopoldordens u. s. w., geboren den 24. Februar 1759, gestorben den
21. März 1823. Als Held ein Mensch, als
Mann ein Held | Im Schlachtendampf und
auf des Wissens Feld | Im Besten niemals
übertroffen, | Kannst du, mein Schlummernder,
nun hoffen | Auf süßen Lohn in jener bessern

Welt. | Geehrt von Musen und vom Vater-
land, | Geliebt so wie ein Vater von den
Seinen, | Gingst du durchs Leben an der
Tugend Hand. | Wie soll ich nicht um dich
Geliebter, weinen. | Geweiht von seiner Gattin
Karoline verwitweten Gräfin Waldstein-Wartenberg".

Waldstein Johann Friedrich, Graf
(Fürstbischof zu Seckau, geb. in Wien
am 21. August 1756, gest. in Seckau
am 15. April 1812), von der Duxer
Linie. Ein Sohn des Grafen Emanuel
Philipp aus dessen Ehe mit Maria
Anna Theresia geb. Prinzessin Liechtenstein und ein Bruder der Grafen
Ferdinand Ernst [231] und Franz
de Paula Adam [234]. In der Theresianischen und der Savoy'schen Ritterakademie erzogen, verließ er die Letztere nach
zurückgelegtem zwanzigsten Lebensjahre,
um sich in dem Collegium Apollinari zu
Rom für den geistlichen Stand heranzubilden. Nachdem er in der Folge als Domherr Präbenden in Augsburg, Salzburg
und Constanz erhalten hatte, empfing er
im Erzstifte zu Salzburg die priesterlichen
Weihen und wurde daselbst 1799 zum
Domdechanten erwählt. Diese Würde gab
ihm vielfach Veranlassung, seinen Eifer,
seine Thätigkeit und Geschäftskenntniß
zu entfalten. Eine besondere Gelegenheit
erbot sich hiezu, als der Fürsterzbischof,
welcher Salzburg verlassen mußte daselbst
eine provisorische Regierungsverwaltung
einsetzte, zu deren Mitglied er den Grafen
von Waldstein ernannte. Letzterer, hie-
bei mit der Verpflegung der durchziehen-
den französischen Truppen betraut, begab
sich nach Wien, wo er große Summen
Geldes zur Deckung der dem Lande auferlegten Contribution aufnahm, deren
Verminderung er nach seiner Rückkehr
durchsetzte. 1802 ward er Fürstbischof von
Seckau, und 1808 ertheilte ihm Se. Majestät unter gleichzeitiger Ernennung zum

geheimen Rathe die Verwaltung des Bisthums von Leoben. Stets lag es ihm am
Herzen, die schweren Pflichten seines
Amtes genau zu erfüllen und mit ihnen
seinen Patriotismus, seinen Drang nach
Menschenveredlung zu bethätigen. Als
Mitglied der Stände Steiermarks leistete
er in den Kriegen von 1805 bis 1809
durch seine Reisen nach Holitsch, Ofen
und Wien dem Staate die wichtigsten
Dienste, denn seine thätige Sorge verschaffte dem bedrängten Lande Lebensmittel und Geld. Durch diesen edlen
Eifer gefährdete er jedoch im letzten Kriege
seine persönliche Freiheit, denn als ein
Zahlungstermin der feindlichen Forderungen nicht zugehalten werden konnte,
wurde Graf Waldstein als Geisel auf
dem Schloßberge zu Graz verhaftet.
Aber seine Standhaftigkeit und Treue
gegen seinen Monarchen erwarben ihm
die Achtung des Feindes dergestalt, daß
er nach vierzehntägiger Haft die Freiheit
erhielt, und er bezog nun mit derselben
ruhigen Würde, mit welcher er das Gefängniß betrat, seinen bischöflichen Palast.
Jetzt konnte er sich wieder seinen hohen
Amtspflichten widmen. Eine zweckmäßige
Bildung des jungen Clerus war seine
vorzüglichste Sorge. Er setzte das Prie-
sterhaus der Diöcese, welches als Pflanzschule angehender Geistlichen einer Erweiterung nothwendig bedurfte, im Jahre
1804 derart in Stand, daß es seiner
Bestimmung vollkommen entsprach. Dann
gab er diesem Bildungsinstitute eine treffliche Verfassung, welche er unausgesetzt
durch persönliche Einwirkung aufrecht zu
erhalten suchte, und diese schöne Gründung hatte auch die wohlthätigsten Folgen für das Land. Das Nächste, worauf
er sein Augenmerk richtete, war eine zweckmäßige Eintheilung seines großen Sprengels, welche er im Jahre 1805 ausführte.

Auf seinen öfteren Reisen durch die
Diöcese entging seinem Forscherblicke
nichts, dabei achtete er weder Beschwerden noch Gefahren, nahm keine Rücksicht
auf seine schwankende Gesundheit, setzte
jede Gemächlichkeit hintan, drang in das
Innerste der Thäler, erstieg die hohen
Gebirge der Steiermark, um seine heiligen
Pflichten, gleich dem jüngsten seiner Amts-
brüder, gewissenhaft zu erfüllen. Sechs-
mal stürzte er mit seiner Kutsche. Er
bereiste sämmtliche Kreise Steiermarks
nach allen Richtungen, kein Gotteshaus
wurde von ihm unbesucht gelassen, jedem
Priester und Seelsorger schenkte er seine
Aufmerksamkeit. Dabei ertheilte er den
ärmeren Landeseinwohnern das Sacrament der Firmung, um ihnen die mühsame
und kostspielige Reise nach dem Hauptsitze des Bisthums zu ersparen, und eine
angestellte Berechnung gibt über 230,000
Seelen an, denen er dieses Sacrament
auf sieben verschiedenen Bereisungen persönlich spendete, so wie er 326 Alumnen
die Priesterweihe ertheilte. Um sich allen
Menschen des Sprengels verständlich zu
machen und ihnen in der Muttersprache
das Evangelium zu predigen, lernte er die
windische Sprache und erreichte hiedurch
den Vortheil, mit den Bedürfnissen Aller
genauer bekannt zu werden, die seiner
väterlichen Leitung anvertraut waren.
Eine gleiche Sorgfalt verwendete er auf
die Beförderung der Schulen. Alle Jahre
unternahm er Schulbereisungen, wohnte
den Prüfungen bei, prüfte selbst und erweiterte und befestigte hiedurch nicht bloß
Religionsbegriffe, sondern eine vernunft-
gemäße Bildung der Jugend überhaupt.
Beweise seines Scharfblickes in Oberleitung aller geistlichen Geschäfte finden sich
in seinem zu Graz gedruckten Hirtenbriefe
an seine Diöcesangeistlichkeit vom 8. Juli
1805, und in dem Schreiben an die

Curatgeistlichkeit seines Kirchsprengels vom 19. Juni 1808, bei Gelegenheit der Errichtung der Landwehr in der Steiermark. Durch seinen rastlosen Eifer schwächte er aber seine Gesundheit, und als er im April 1812 die gewöhnliche Schulbereitsung begann, wurde seine ohnehin angegriffene Constitution durch die rauhe Jahreszeit vollends zerrüttet. Aber er ließ in seinem Eifer nicht nach, er wirkte fort, bis eine Erschöpfung der Kräfte ihn zwang, plötzlich nach Graz zurückzukehren, wo, nach einer kurzen Besserung, ein Nervenschlag seinem Leiden, aber auch seinem wohlthätigen Wirken ein Ziel setzte.

Vaterländische Blätter für den österreichischen Kaiserstaat (Wien, 4°.) 1812, S. 298. Netrolog. — Oesterreichische National-Encyklopädie von Gräffer und Czikann (Wien 1835 u. f., 8°.) Bd. VI, S. 23. — Leardi (Peter). Reihe aller bisherigen Erzbischöfe zu Salzburg, wie auch der Bischöfe zu Gurk. Seckau, Lavant, Leoben u. s. w. (Graz 1818. Aleis Tusch 8°) S. 122 und 126. — Oesterreichs Pantheon, Galerie alles Guten und Nützlichen im Vaterlande (Wien 1830, M. Chr Adolph. 8°.) Bd. I, S. 147.

Waldstein Johann Repomuk, Graf (Präsident der königlich ungarischen Landescommission für bildende Künste, geb. 21. August 1809, gest. 3. Juni 1876), von der Duxer Linie. Ein Sohn des im Februar 1829 verstorbenen Grafen Emanuel Waldstein aus dessen Ehe mit Therese Gräfin von Sztaray de Nagy-Mihály, erlangte er nach Beendigung seiner Studien den Grad eines Doctors der Philosophie und der Rechte und widmete sich dem Staatsdienste. Nachdem er die unteren Rangsstufen rasch durchgemacht, wurde er Hofrath beim Gubernium zu Triest. Während seiner mehrjährigen Verwendung daselbst hatte er wesentlichen Antheil an

den Verdiensten seines Chefs Grafen Franz Stadion [Bd. XXXVII. S. 1] um die Hebung, den Aufschwung und die Verschönerung jener Hafenstadt. Als sich Kossuth im Reichstage 1847 und 1848 gegen den Adel Ungarns verletzende Aeußerungen erlaubte, forderte Graf Johann den Agitator zum Duell. Dieser lehnte die Annahme der Forderung vor Schluß des Reichstages ab, stellte sich aber auch nach demselben dem Gegner nicht. 1849 zog sich Graf Waldstein aus dem Staatsdienste zurück und widmete sein reiches Wissen und seine unermüdliche Thätigkeit theils der Kunst, theils den national-ökonomischen und industriellen Interessen seines engeren Vaterlandes Ungarn. Mit dem feinsten geläuterten Kunstsinne, einem ausgesprochenen Zeichen- und Maltalente begabt, leitete er viele Jahre als Präsident den Wiener Kunstverein mit dem besten Erfolge für dessen Aufblühen. Ebenso wirkte er bei allen landwirthschaftlichen und industriellen Unternehmungen Ungarns mit, so bei der Theißbahn, der ungarischgalizischen Bahn, zur Hebung der Pferdezucht u. s. w., theils selbstthätig, theils durch Betheiligung mit namhaften Summen. Auch war er ein wahrhafter Mäcen für junge angehende Künstler und unterstützte mit Rath und That jedes aufstrebende Talent. Er selbst, trotz seiner sehr in Anspruch genommenen Zeit, beschäftigte sich viel mit Malerei, und mehrere gelungene Porträts und Genrebilder entstanden unter seiner kunstfertigen Hand, so auch eine Unzahl Hefte Crayonskizzen, enthaltend Porträts, Figuren, Landschaften u. s. w. Leider gelangten nur wenige durch litographische Abdrücke an seine Freunde. Selbst Nagler in seinem Künstlerlexikon gedenkt des Grafen als „eines Kunstliebhabers zu Triest, der in

der Malerei Vorzügliches leistet". Die vielen patriotischen Verdienste des Grafen Johann Waldstein und dessen thätige Mitwirkung zur Hebung der Kunst, Landwirthschaft und Industrie würdigte der Monarch 1856 durch Verleihung des königlich ungarischen St. Stephansordens, 1866 durch die geheime Rathswürde und 1873 durch das Großkreuz des Franz Josephordens aus Anlaß der Wiener Weltausstellung, bei welcher der Graf als einer der fungirenden Commissäre neuerdings seine ersprießliche Thätigkeit entwickelte. Im Jahre 1836 zum k. k. Kämmerer ernannt, wurde er einige Jahre später Ehrenritter des souveränen Johanniterordens und erhielt 1857 als Ehrencavalier bei den Feierlichkeiten, welche zur Vermälung des damaligen Erzherzogs Ferdinand Maximilian mit der Prinzessin Charlotte von Belgien in Brüssel stattfanden, das Commandeurkreuz des königlich belgischen Leopoldordens, sowie 1864 das Großofficierskreuz des kaiserlich mexicanischen Guadeloupeordens. Mit dem damaligen siebenbürgischen Hofkanzler Baron Samuel Józsika, dem vormärzlichem ungarischen Hofkanzler Grafen Georg Apponyi, den Grafen Emil Dessewffy, Stephan Széchény, Georg Andrássy und Barkóczy, den Herren von Szögyényi und Zsedényi, dem ehemaligen Staatsminister Grafen Anton Szécsen und mehreren anderen ausgezeichneten Staatsmännern der altconservativen ungarischen Partei innig befreundet, war er Mitunterzeichner des im März 1850 Sr. Majestät dem Kaiser unterbreiteten denkwürdigen Memorandums der 24 Altconservativen Ungarns, welches in dem von Albert Hugo herausgegebenen „Pester Morgenblatt" 1850, Nr. 68 als Beilage erschien, und hing der

politischen Richtung jener Männer an, ohne jedoch seine Talente, seine Kenntnisse und sein klares Verständniß der Sachlage den Abnützungschancen der damals so oft versuchten Experimentalpolitik preiszugeben. Am 17. Februar 1844 mit Therese Gräfin Zichy von Vasonykö vermält, verlor der Graf diese durch Herzensgüte liebenswürdige Frau am 8. October 1868 durch den Tod. Er vermälte sich wieder am 18. November 1871 auf Schloß Lettowitz in Mähren mit der Sternkreuzordens- und Palastdame Gräfin Adele von Kálnoky (geb. 7. März 1843.) Seit 1871 bekleidete Graf Johann Repomuk die Würde eines Präsidenten der königlich ungarischen Landescommission für bildende Künste. Wiederholte Reisen und Aufenthalte in England (auch zur Krönung der Königin Victoria war er als Ehrencavalier der Botschaft zugetheilt) gaben noch den vielseitigen Kenntnissen des Grafen jene nutzbringende Anwendung und Objectivität, welche nur auf dem Wege eigener Anschauung durch tieferes Eingehen in die praktischen Institutionen Englands auf national ökonomischem und industriellem Gebiete geschöpft und geschärft werden können. Seine seltene durch Wort und That erhärtete Humanität machte ihn seinen zahlreichen Freunden werth und theuer, sein liebenswürdiger, wohlwollender Charakter, gepaart mit ausgezeichneter Herzens- und Geistesbildung, getragen von den angenehmsten Formen des feinsten Weltmannes, gestalteten aber für Jedermann den Verkehr mit ihm zu einem wohlthuend anregenden. Mit Erlaubniß des Grafen erschien die im Besitze desselben befindliche höchst interessante dänische Originalhandschrift: „Denkwürdigkeiten der Gräfin zu Schleswig-Holstein vermälten Gräfin Uhlefeld" (Gemalin

des historisch bekannten Grafen Corfiz
Uhlefeld) 1663—1683, von Johann
Ziegler, Wien bei Gerold im Jahre
1871 herausgegeben, wozu er selbst
mit voller Namensfertigung die Vorrede
schrieb.

Thürheim (Andreas Graf). Licht- und
Schattenbilder aus dem Soldatenleben und
der Gesellschaft. Tagebuch-Fragmente und Rückblicke eines ehemaligen Militärs (Prag und
Teplitz 1876, Dominicus, 8°.) S. 41.

Waldstein Joseph Ernst, Graf (Ritter des goldenen Vließes, k. k. Feldmarschalllieutenant außer Dienst, geb.
am 22. September 1824), von der Hauptlinie Wartenberg-Münchengrätz.
Ein Sohn des 1858 verstorbenen Christian Vincenz Grafen Waldstein aus
dessen Ehe mit Maria Gräfin von Thun-
Hohenstein, trat er 1844 als Lieutenant in das 8. Kürassier-Regiment Graf
Hardegg, wurde 1846 Oberlieutenant bei
Erzherzog Karl-Uhlanen Nr. 3, 1849 Rittmeister daselbst; sodann zum 4., später zum
8. Huszaren-Regimente übersetzt, 1856
Major und Flügeladjutant Sr. Majestät
des Kaisers, 1859 Oberstlieutenant in
letzterer Anstellung, im selben Jahre noch
Oberst und Commandant des 3. Uhlanen-
Regiments Erzherzog Karl, im Februar
1867 Generalmajor und quittirte 1873
mit Feldmarschalllieutenants-Charakter.
Der Graf machte den Feldzug des
Jahres 1848 als Oberlieutenant in
seinem Regimente Erzherzog Karl Uhlanen mit und trug eine Schußwunde davon. Der Schlacht bei Solferino am
24. Juni 1859 wohnte Graf Waldstein als Oberstlieutenant im Allerhöchsten Hauptquartier bei, und im Feldzuge 1866 gegen Preußen führte er in
der Schlacht bei Königgrätz das 3. Uhlanen-Regiment als dessen Oberst zu wie-

derholten Attaquen gegen den von
Problus hervorbrechenden Feind. Beim
Rückzuge der Armee durch Mähren bildete
dies Regiment die Avantgarde des
8. Armeecorps. Dem Grafen wurde für
seine Tapferkeit das Militär-Verdienstkreuz mit Kriegsdecoration zutheil;
überdies ist der Graf Johanniterordens-
ritter, k. k. Kämmerer und seit 1872
lebenslängliches Mitglied des Herrenhauses im österreichischen Reichsrathe.
Ueber den Familienstand vergleiche die
Stammtafel.

Thürheim (Andreas Graf). Gedenkblätter aus
der Kriegsgeschichte der k. k. österreichischen
Armee (Wien und Teschen 1882, Bd. II.
S. 157, 283 und 498.

Waldstein, Max (Schriftsteller,
geb. zu Dörzbach im Königreich Württemberg am 30. December 1834, nach
Anderen 1835). Sein Großvater und
Vater — Letzterer, mit Vornamen Jacob,
starb zu Wien am 21. September 1876
— waren Optiker und hatten in München
ein bedeutendes Geschäft. Als Max
neun Jahre zählte, siedelte sein Vater
nach Wien über und gründete da seine
bald in guten Ruf gelangte optische Anstalt; auch gab er das Büchlein heraus:
„Die Brille. Anleitung zur Unterstützung und
Erhaltung des Sehvermögens. nach einer von
allen Autoritäten dieses Faches anerkannten...
Methode" (Wien 1867, Gerold's Sohn,
8°.). — Im Sohne entwickelte sich frühzeitig Lust und Neigung zur Poesie und
eine große Leidenschaft für das Theater.
Schon in seinen Knabenjahren, noch
während seines Aufenthaltes in München, durch den Verkehr mit Franz
Trautmann, dem berühmten Dichter
des „Herzog Christoph", angeregt,
schrieb Max seine ersten Verse. Indessen wollte der Vater von dergleichen

poetischen Phantastereien nichts wissen, bestimmte seinen Sohn für den Kaufmannsstand und wendete nicht selten große Strenge an, um ihm die poetischen Schrullen aus dem Sinn zu schlagen. Unter solchen, immerhin vergeblichen Kämpfen beendete Waldstein die Normalclassen, die Realschule und einige Curse am Wiener polytechnischen Institute und trat dann, wie es bestimmt war, in das Geschäft seines Vaters ein. Indessen dichtete er heimlich weiter, und er zählte noch nicht neunzehn Jahre, als seine erste Sammlung „Gedichte" (Wien 1854, Hügel) erschien. Diese unfertigen und durch grammaticalische Fehler entstellten Arbeiten fanden nichtsdestoweniger eine nachsichtige Aufnahme. Bald aber wurde der Jüngling selbst von der Unfertigkeit seiner bisherigen Bildung, von den Mängeln seines Wissens überzeugt, und da es ihm an einem Führer fehlte, unter dessen leitender Hand er an seine Ausbildung hätte gehen können, so verlegte er sich selbst mit Ernst und emsigem Fleiße auf das Studium, das freilich immerhin noch ungenügend blieb und diese Mangelhaftigkeit in den verschiedenen von Zeit zu Zeit veröffentlichten Arbeiten verrieth. Das theatralische Gebiet schien ihm unter so bewandten Verhältnissen am meisten zuzusagen, und schon 1856 betrat er mit einem Schwanke, an welchem Nestroy und Scholz mitwirkten und der den Titel führt „Austoben", zum ersten Male im Carl-Theater die Bretter, welche die Welt bedeuten. Darauf folgte im Josephstädter Theater bei dem Gastspiele der Sennora Pepita de Oliva das Lustspiel „Der Ehrenvermittler", aber erst mit dem Lustspiel „Er liest den Livius" gelang es ihm, durchzudringen. Dasselbe ging zuerst auf dem Carl-Theater mit Fräulein

Delia, nachmaliger Frau Friedländer, in die Scene, gefiel, machte die Runde über alle deutschen Bühnen, wurde deutsch in Paris gespielt, auch ins Ungarische und Čechische übersetzt. Nun ließ er in ziemlich kurzen Zwischenräumen zahlreiche Stücke vom Stapel, theils Lustspiele, theils Dramen, deren meiste in Wien mit wechselndem Erfolge gegeben wurden. Wir theilen weiter unten ihre Titel mit. Im Jahre 1859 vollendete er sein Drama „Die Bürger von Hannover", welches auf ausdrücklichen Befehl des Königs in Hannover gegeben wurde und dessen Aufführung der Dichter persönlich beiwohnte. Im Jahre 1860 trat Waldstein aus dem Geschäfte seines Vaters in den Staatsdienst, in welchem er jetzt in der k. k. statistischen Centralcommission die Stelle eines Rechnungsrevidenten bekleidet. Außer dem bereits erwähnten Bändchen „Gedichte" gab er selbständig heraus: „Hochzeitslieder" (Wien 1858); — „Ein deutsches Lied" (ebb. 1860); — „Lustspiele" (ebb. 1860); — „Volkslieder der Portugiesen und Catalonen" (München 1864); es sind dies Bearbeitungen und Nachbildungen der Prosaübersetzungen des Philologen Ferdinand Wolf; — „Theatergeschichten" 1. und 2. Theil (Wien, Pesth, Leipzig 1876, Hartleben, 12º.); während der erste Theil mehr theatralische Anekdoten enthält, bietet der zweite in seinen Abschnitten: „Von Holbein bis Dingelstedt" und „Erinnerungen aus dem alten Wiener Opernhause" nicht unwesentliche Beiträge zur Theatergeschichte Wiens; — „Bekenntnisse eines Hoftheaterdirectors. Roman" 2 Bände (Wien 1880, Hartleben, 8º.) und „Aus Wiens lustiger Theaterzeit. Erinnerungen an Josephine Gallmeyer. Mit dem Porträt der Künstlerin" (Berlin 1885, R. Jacobsthal, 8º.).

Außerdem hat Waldstein eine ganz
stattliche Reihe Theaterstücke geschrieben,
welche als Manuscript gedruckt sind, und
deren Titel wir hier anführen: „Locusta
oder ein verlorenes Weib", Drama in
5 Acten; — „Frau Bieberich", Lustspiel
nach dem Französischen in 3 Acten; —
„Der Trovatore", Lustspiel in 1 Act; —
„Ein verzogenes Kind", Lustspiel in
2 Acten; — „Das Feuerpiquet", Lustspiel
in 1 Act; — „Das Herz der Gräfin",
Lustspiel in 1 Act; — „Ist das Fräulein
zu Hause?" Lustspiel in 1 Act; — „Ein
Schwarzseher", Lustspiel in 1 Act; —
„Orangenwasser", Lustspiel in 1 Act;
— „Maria Regina", Drama in 5 Acten;
— „Die Papageien", Lustspiel in 1 Act;
— „Ein geprüfter Ehemann", Lustspiel
in 2 Acten; — „Lady Florence", Schau-
spiel in 5 Acten; — „Deutsche Treue",
Schauspiel in 5 Acten; — „Helmine",
Schauspiel in 5 Acten; — „Ein Wind-
stoß", Lustspiel in 1 Act; — „Nach dem
Krach", Lustspiel in 1 Act; — „Der
Janustempel", Lustspiel in 1 Act; —
„Ein schweres Geständniß", Lustspiel in
1 Act; — „Ein Mädchen, das allein
steht", Lustspiel in 1 Act; — „Sie geht
zum Ballet", Lustspiel in 1 Act; —
„Madame Cleopatra", Lustspiel in 1 Act.
Bayern, Hannover, Nassau haben dem
Dichter die goldene Medaille für Kunst
und Wissenschaft, Sachsen Coburg und
Portugal Orden verliehen.

Teutscher Literaturkalender auf das
Jahr 1884. Herausgegeben von Joseph
Kürschner (Berlin und Stuttgart, Spee-
mann, 32°.) VI. Jahrg., S. 278.

Porträts. 1) Ein Gruppenbild, auf welchem
der Wiener Maler Franz Gaul die Wiener
Schriftsteller in meist ähnlichen Caricaturen
darstellt, zeigt den Verfasser der „Bürger von
Hannover" auf einem Pegasus, der natürlich
auch in eine Caricatur umgewandelt wurde.
— 2) Holzschnitt ohne Angabe des Zeichners.

Waldstein kommt mit einem Quartband,
überschrieben: „Lustspiel von Waldstein", der-
beigeeilt, vor ihm im flüchtigen Umriß die
flüchtende Menge. Unterschrift: „Alles rennet,
rettet, flüchtet" im „Floh" (Wiener Spott-
und Witzblatt) 1869, Nr. 17.

Valenta, Joseph, siehe: **Valenta**,
Alois [Bd. XLIX, S. 213 in den
Quellen].

Walewski, Anton (Geschichtsforscher, geb. im Jahre 1804, gest.
zu Krakau am 4. December 1876).
Ueber seinen Lebens- und Bildungsgang
fehlen alle Nachrichten. Doch dürfte er
in Galizien den Gymnasialunterricht genossen, an der Lemberger Hochschule
studirt und an derselben auch für das
Lehramt sich vorbereitet haben. Als
1850 Karl Szajnocha sich gleichzeitig
mit Ropelewski und Kulawski um
den Lehrstuhl der allgemeinen Geschichte
an der Krakauer Universität bewarb, erhielt denselben keiner von den Genannten,
sondern er wurde von der Regierung
Anton Walewski verliehen. Der
junge Gelehrte hatte sich bereits durch
sein Werk: *Poglad na sprawę Polski
ze stanowiska monarchii i historyi*,
d. i. Ein Blick auf die Geschichte Polens
vom Standpunkte der Monarchie und
der Geschichte, von welchem 1849 bei
Winiarz in Lemberg der erste Band
erschienen war, einen Namen gemacht.
Als 1872 die bis dahin mit der Krakauer
Jagiellonischen Universität verbundene,
seit 1816 bestehende Gelehrtengesellschaft
in eine Akademie der Wissenschaften in
Krakau umgestaltet und von Seiner Majestät bestätigt wurde, erhielt unter der
Zahl der inländischen Mitglieder für die
zweite Classe (Pilosophie, politische und
Rechtswissenschaften, Geschichte und Archäologie) auch Anton Walewski die

ah. Bestätigung. Von 1850 bis zu seinem Tode, also durch 26 Jahre, wirkte er als Professor der Geschichte an der Krakauer Hochschule. Von seinen ferneren durch den Druck veröffentlichten wissenschaftlichen Arbeiten sind uns noch bekannt: „Geschichte Leopolds I. und der h. Ligue. 1657—1700. Nach ungedruckten Urkunden" 2 Theile (Krakau 1861 [Wien, (Gerolb) gr. 8⁰.); — „Hystorya wyzwolonej rzeczypospolitéj upadającej pod jarzmo domowe za panowania Jana Kazimierza (1655—1660), d. i. Geschichte der befreiten Republik und deren Verfall unter dem inländischen Joche während der Regierung Johann Kasimirs (Krakau 1870, gr. 8⁰.), und „Geschichte des Interregnums nach dem Ableben Johanns III.", 1. Bd., worin Walewski, auf archivalische Forschungen in Wien, Belgien und Paris gestützt, diese Periode der polnischen Geschichte bis zum Beginn des Wahlreichstages 1697 in einer von den bisherigen Darstellungen vielfach abweichenden Weise behandelt. Neben den nur aus einer ungenauen Abschrift bekannten Gesandtschaftsberichten Polignac's benützte er ein bisher unbekanntes Journal des brandenburgischen Botschafters Baron Hoverbeck, entdeckte die eigentlichen Stifter der Armeeconföderation des Baranowski und sprach die Königin Witwe von der Theilnahme an derselben los. Nicht in Polens Constitution, sondern in dem Mangel einer einsichtigen Cabinetspolitik will Walewski die Ursache des Verfalls dieses Reiches finden. Ob der zweite Band des Werkes schon erschien, ist uns nicht bekannt.

Encyklopedyja powszechna, b. i. Allgemeine polnische Real-Encyklopädie (Warschau 1867, Orgelbrand, gr. 8⁰.) Bd XXVI, S. 336.

Ein **Ludwig** von **Walewski** (geb. zu Hidar in Ungarn 2. Jänner 1743, Todesjahr unbekannt), den wir auch **Walleffsky**, **Waleffsky**, **Walewsky** und **Walewský** geschrieben finden, trat im März 1737 in die Wiener-Neustädter Militärakademie, aus welcher er im Juni 1763 als Fahnencadet zu Lascy-Infanterie Nr. 22 ausgemustert wurde. Als Hauptmann im 1. Szekler-Regimente machte er mit dem Obersten Horváth am 29. Februar 1788 den glücklichen Zug in die Moldau mit, wo er mit seinen Scharfschützen Okna eroberte und in Besitz nahm. Am 29. Mai besetzte er die Stadt Fokschan, während Horváth eine von gutem Erfolg begleitete Unternehmung auf eine türkische Transportabtheilung ausführte. Er blieb nun mit seinen Leuten als Besatzung von Fokschan zurück und hatte am 7. Juni einen wüthenden Anfall der Türken auszuhalten, dem er mit seiner kleinen Truppe auf die Dauer nicht Widerstand zu leisten vermochte; er zog sich daher mit seinen Schützen in einen nahe gelegenen Wald an ein Defilé zurück und vertheidigte daselbe mit heldenmäßiger Tapferkeit, und zwar auch dann noch, als er sich bereits von den Türken umringt sah. Diese aber, da sie große Verluste erlitten hatten und vom Kampfe erschöpft waren, stellten für diesen Tag alle ferneren Angriffe ein, um sie am folgenden Morgen auf Fokschan welches mittlerweile Oberst Horváth besetzt hatte, mit frischen Kräften wieder aufzunehmen. [Thürheim (Andreas Graf). Gedenkblätter aus der Kriegsgeschichte der k. k. österreichischen Armee (Wien und Teschen 1880, K. Prochaska, Ler.-8⁰.) Bd. I, S. 24. Jahr 1788. — Leitner von Leitnertreu (Th. Jos.). Ausführliche Geschichte der Wiener-Neustädter Militärakademie (Hermannstadt 1852, 8⁰.) S. 476.]

Baljawec, Matthias, siehe: **Baljavec. Matthias Kraěman** [Bd. XLIX, S. 226].

Walland, Joseph (Erzbischof von Görz, geb. zu Neudorf (Nova vés) bei Rabmannsdorf in Oberkrain am 28. Jänner 1763, gest. in Görz am 11. Mai 1834). Ein Sohn schlichter Landleute, Joseph Walland's und Barbaras

16*

geborenen Fister, legte er die niederen und höheren Vorstudien in Laibach zurück. Nach Abschluß der philosophischen Jahrgänge widmete er sich aus Neigung der Heilkunde. Aber schon nach einem Jahre entschied er sich für den geistlichen Stand, studirte Theologie im General-seminar zu Graz und erhielt die Priester-weihe am 15. November 1789, worauf er in Würdigung seiner hervorragenden Fähigkeiten auf ein Jahr in das höhere theologische Studium zu Wien kam. Von dort zurückgekehrt, ging er als Seel-sorger zunächst nach Krestnitz, dann nach Laschitz in Krain, wurde aber schon nach einigen Monaten als Katechet an die Normalhauptschule zu Laibach berufen und erhielt später (1798) die Professur der Moral und Pastoraltheologie an dem Lyceum daselbst. Auch versah er an diesem Institute durch einige Jahre die Stellen des Religionslehrers und des akademischen Exhortators im philosophi-schen Studium. Im Jahre 1801 wurde er Domherr und Schulenoberaufseher in Laibach. Zur Zeit der französischen Re-gierung fungirte er als Régent des écoles und theilte sich in den Unterricht aus mehreren Fächern der Theologie mit dem nachmaligen Bischof von Triest Matthäus Raunicher [Bd. XXV, S. 43], der Chancelier bei den Schulen war. Nach der französischen Regierung blieb er als Professor der Moral und Pastoraltheologie in Laibach. Von da kam er 1815 als Gubernialrath nach Triest und dann 1816 in gleicher Eigen-schaft wieder nach Laibach. Am 8. März 1818 wurde er von Kaiser Franz I. zum Bischof von Görz ernannt, als solcher am 2. October von Papst Pius VII. zu Rom bestätigt, von dem damaligen Bischof in Krain, späteren Fürsterzbischof von Salzburg, Augustin

Gruber [Bd. V, S. 377] in der Kathe-drale zu Laibach am 22. November zum Bischof geweiht und endlich am 10. Jän-ner 1819 in Görz inkathedrirt. Als Papst Pius VII. mittels Bulle vom 3. August 1830 die Görzer Diöcese wieder zum Erzbisthum erhoben und demselben die Bisthümer von Laibach, Triest, Parenzo und Veglia suffragan untergeordnet hatte, wurde Walland durch ah. Ernennung zum Erzbischof von Görz und Metropoliten von Illy-rien bestellt und am 6. Jänner 1832 durch den Bischof von Udine, Emanuel Lobi, in der Metropolitankirche zu Görz mit dem erzbischöflichen Pallium feierlich decorirt. Nach kurzer Krankheit segnete im Alter von 72 Jahren dieser wahrhaft apostolische Kirchenfürst, Armen- und Menschenfreund das Zeitliche. Sein Landsmann, Schüler, College und Suf-fragan, der Bischof von Triest und Capo d'Istria, Matthäus Raunicher, eilte auf die Todesnachricht herbei und gelei-tete unter Theilnahme des trauern-den Volkes von Stadt und Umgebung denselben zu Grabe. Walland's sterb-liche Ueberreste ruhen in der Gruft der neuerbauten Capelle auf dem Friedhofe von Görz. Leider enthalten die Nekrologe außer der kurzen Fassung seiner Lebens-stellungen nichts über das Wirken dieses Kirchenfürsten, über dessen hohe Ver-dienstlichkeit noch viele Jahre nach seinem Tode nur eine Stimme herrschte. Und so ist denn auch Herausgeber dieses Werkes außer Stande, über seinen hoch-verdienten Landsmann etwas zu be-richten, was allein den Maßstab für das Urtheil liefern kann über den Einfluß, welchen Walland in seiner hohen Stel-lung im Laufe einer Wirksamkeit von über drei Decennien geübt durch seine priesterliche Thätigkeit, durch sein Eingreifen in die kirchlichen Zustände, durch sein eigenes Beispiel und stete Anregung in einem der Cultur noch sehr bedürftigen Lande und unter den durch den politischen Wechsel ziemlich verwickelten und schwierigen Verhältnissen. Alles Momente, die ein künftiger Kirchenhistoriker nicht unberührt lassen kann.

Carniolia 1831.

Wallaschek Edler von **Walberg**, Theobald (Forstmann, geb. zu Feldsberg in Niederösterreich 1750, gest. in Wien 14. April 1834). Die Schulen besuchte er der Reihe nach zu Nikolsburg, Ungarisch-Hradisch und Wien. Dann erhielt er im Fürst Liechtenstein'schen Majoratsarchiv zu Feldsberg eine Anstellung, in welcher er sich durch seine Geschicklichkeit bald so bemerkbar machte, daß ihn der Fürst Franz Friedrich Liechtenstein auf einer Reise, welche er durch Deutschland, Frankreich und die Niederlande unternahm, als Secretär verwendete. 1791 zum fürstlichen Wirthschaftsrathe ernannt, hatte er als solcher die Oberleitung der Waldregulirung, des Gestüt-, Forst- und Jagdwesens unter sich und erwarb sich in diesen Fächern nicht minder durch Veredlung der Schaf-, Rindvieh- und Pferdezucht, als durch Verbesserung der Bodencultur, insbesondere durch Acclimatisirung exotischer Hölzer und Getreidearten, namhafte Verdienste. 1805 erhielt er den Titel eines zweiten, 1807 den des ersten und dirigirenden Hofrathes. In seinem Fache schriftstellerisch thätig, gab er heraus: „Beschreibung der nützlichsten und unentbehrlichsten Forsthölzer und Stauden" (Wien 1786); — „Wäldervermessungs-, Eintheilungs- und Schätzungsinstruction für die fürstlich Liechtenstein'schen Forstämter" (ebb. 1802); — „Ueber den allgemeinen Holzmangel in den k. k. Staaten" (ebb. 1809); — „Neueste Beobachtungen zur Veredlung des Feldbaues und der Forstwissenschaft. Mit KK. und Tabellen" (ebb. 1810); — „Ueber die Cultur des in- und ausländischen Ahornbaums" (ebb. 1810, 8°.); eine ungarische Uebersetzung dieser Schrift gab Georg Fejér unter dem Titel: „Az itthoni és külföldi juharfa mivelése és használtatása..." (Buda 1811) heraus. In seiner „Geschichte der mährisch-schlesischen Gesellschaft zur Beförderung des Ackerbaues, der Natur- und Landeskunde u. s. w." (1870) spricht d'Elvert den Wunsch aus, daß Wallaschek's vieljährige Leistungen auf den sämmtlichen Fürst Liechtenstein'schen Herrschaften in Mähren und Schlesien, besonders aber in der südlichsten Erdzunge des Landes zu Eisgrub und Lundenburg, recht bald eine beschreibende Feder finden mögen.

Oesterreichische National-Encyklopädie von Gräffer und Czikann Bd. VI, S. 12, unter Walberg. — Vaterländische Blätter für den österreichischen Kaiserstaat (Wien, 4°.) 1809, S. 362. — (Hormayr's) Archiv für Geschichte, Statistik, Literatur und Kunst (Wien, 4°.) 1811, S. 493. — Politisches Tagblatt, herausgegeben von André, 1804, S. 467, 483 und 501: „Ueber die Merkwürdigkeiten Eisgrubs und Walberg's großartiges Holzplantationsgeschäft".

Ein **Friedrich** von **Wallaschek** diente in der k. k. Armee und bekleidete 1849 die Stelle eines Artilleriehauptmanns in derselben. Durch sein ausgezeichnetes Verhalten im Felde erwarb er sich bei der Vertheidigung von Ofen im Mai genannten Jahres den Orden der eisernen Krone dritter Classe und im italienischen Feldzuge 1859 das Militär-Verdienstkreuz. [Thürheim (Andreas Graf). Gedenkblätter aus der Kriegsgeschichte der k. k. österreichischen Armee (Wien und Teschen 1880, K. Prochaska, Ver.-8°.) Bd. I S. 372, Jahr 1850; S 373, Jahr 1859.]

Wallaszkay, Johann (Arzt, geb. in der Neograder Gespanschaft Ungarns im ersten Jahrzehnt des achtzehnten Jahrhunderts, Todesjahr unbekannt). Nach beendeten Vorbereitungsstudien ging er ins Ausland und erlangte auf der Universität Halle die medicinische Doctorwürde. In die Heimat zurückgekehrt, practicirte er als Arzt und wurde zuletzt Stadtphysicus in Pesth. Außer der Inauguraldissertation „*De febrium constitutione*" veröffentlichte er noch die Abhandlung „*De morbis peregrinantium*" (1794, 4⁰.) und „*Sylloge experimentorum salutarium de flore siliginis*" (Budae 1754, 8⁰.). Seit 1736 war er Mitglied der Leopoldinischen Gesellschaft Naturae curiosorum und führte als solches den Namen Columbus. Johann Wallaszkay und sein Bruder Martin wurden 1753 von der Kaiserin Maria Theresia in den ungarischen Adelstand erhoben.

Horányi (Alexius). Memoria Hungarorum et Provincialium scriptis editis notorum (Posonii 1777, A. Loewe, 8⁰.) tomus III, p. 484.

Wallaszky, Paul (Schriftsteller, geb. zu Bagyan im Honter Comitat Ungarns 1742, gest. zu Eles im Gömörer Comitat am 29. September 1824). Nachdem er die evangelische Schule in Preßburg besucht hatte, bezog er der damaligen Sitte der Protestanten in Ungarn gemäß eine ausländische Universität, und zwar zuerst jene zu Leipzig, dann aber auch die Hochschulen zu Halle und Wittenberg, wo er sich zum Predigtamte ausbildete. Die Angabe, daß er auch an der Jenenser Hochschule studirt habe, dürfte auf eine Verwechslung mit seinem Bruder Johann beruhen, der 1781 wirklich in Jena gewesen, während wir Paul vergebens unter den Jenensern suchen. Schon während seines Aufenthaltes in der Fremde richtete er sein Augenmerk auf die Literatur seines Vaterlandes und sammelte sorgfältig Alles, was zu derselben einigermaßen in Beziehung stand daher denn auch sein unten näher zu erwähnendes Hauptwerk „Conspectus" eine Fülle von Detail enthält, wodurch es noch bis heute seinen literarischen Werth behalten hat. 1796 kehrte er nach Ungarn zurück und wurde zunächst Pastor bei der evangelischen Gemeinde zu Tót-Komlós. Darauf kam er nach Czinkot nächst Pesth, wo er 3 Jahre verblieb, und zuletzt nach Jolsva, wo er nach vieljähriger Thätigkeit im Predigtamte im Alter von 83 Jahren verschied. Hand in Hand mit seinem geistlichen Berufe ging seine literarische Thätigkeit, der er seine ganze Muße widmete. Im Druck sind von ihm erschienen: *Wýtah historický o církwi ewang. Jelšowké*", d. i. Historische Bemerkungen über die evangelische Gemeinde zu Eles (Eperies 1786, 8⁰.); dann die drei gelegenheitlichen Festreden in florakischer Sprache: „*Dobré a zle užíwáni domů božích při poswěcowáni domu modlitebného církwe ewang. mesta Jelšawy proukázané*", d. i. Guter und schlechter Gebrauch des Gotteshauses bei Gelegenheit der Einweihung der evangelischen Kirche in Eles (Bystritz 1785, 4⁰.); — *Leopold II. Král u prostřed lidu postawený . . .*", d. i. König Leopold II. zur Vermittlung des Volkes ausersehen (Presow 1791, 4⁰.), anläßlich der Wiederherstellung und Bestätigung der Freiheit der evangelischen Kirche in Ungarn; — „*Těžkost a nebezpečnost úřadu biskupského*", d. i. Beschwerde und Gefährlichkeit des bischöflichen Amtes (Presow 1792), aus Anlaß der Weihe des Samuel Nicolai zum Superintenbenten diesseits und jenseits der Theiß im Jahre 1792. Wichtiger als die vorbenannten slovakischen Festreden sind aber Wallaszky's folgende literarhistorische Schriften: „*De Stephano Verböczio Icto Hungariae celeberrimo dissertatio historico-epistolica*" (Lipsiae 1768, 4⁰.), welche auch im dritten Bande von Ignaz Stephan Horvát's „Bibliotheca Jurisconsultorum Hungariae (Posonii et Viennae 1786. u. f.) S. 225 u. f. abgedruckt ist; — *Tentamen historiae Litterarum sub Rege gloriosissimo Matthia Corvino de Hunyad in Hungaria*" (ib. 1769. 4⁰.); — *Vindiciae opusculi Pestiensis inscripti: Fundata B. tolerantialis Decreti sequela, contra Anonymi Jurisperiti Examen* (Pestini 1782, 8⁰.); — *Conspectus reipublicae Litterariae in Hungaria ab initiis regni ad nostra usque tempora delineatus*" (Posonii et Lipsiae 1785, Anton Loewe gr. 8⁰., 11 Bl., 326 S. und 7 Bl. Register, 1 Bl. Druckfehler, zweite Auflage, Ofen 1808), Wallaszky's Hauptwerk, die Grundlage aller späteren literargeschichtlichen Arbeiten über Ungarn, namentlich in den Anmerkungen eine Fülle von Materialien enthaltend. Sein literarischer Nachlaß gelangte nach seinem Tode in den Besitz Georg Péteri's. Johannes Borbis in seinem Werke: „Die evangelisch-lutherische Kirche Ungarns in ihrer geschichtlichen Entwickelung" (Nördlingen 1861, Beck gr. 8⁰.) berichtet auf S. 169 von einem Paul Walasky(sie), den er einen „getreuen Lutheraner" nennt, daß derselbe kurz vor der zu Pesth 1791 abgehaltenen Generalsynode, welche am 12. September 1791 nach Pesth einberufen und unter des Freiherrn Ladislaus Prónay Vorsitz bis 14. October g. J. gehalten wurde, eine Abhandlung „De jure Cleri evangelici

circa regimen ecclesiae principali" herausgegeben habe, worin er aufmerksam machte, welche Stellung der evangelischen Geistlichkeit gebühre und welche Rechte sie beanspruchen könne, damit Alles nach den Vorschriften Jesu, nach der apostolischen Praxis und nach dem Gebrauche der uralten Kirche, auf die man sich, wie billig, so gerne beruft, vor sich gehe. Ob unser Paul Wallaszky Verfasser dieser Schrift ist, wissen wir nicht. Der Zeit nach könnte er es trotz der Verschiedenheit in der Schreibung des Namens (Wallaszky und Walasky) immerhin sein.

Horányi (Alexius). Memoria Hungarorum et Provincialium scriptis editis notorum etc. (Posonii 1777, 8⁰.) Pars III, p. 481. — Oesterreichische National-Encyklopädie von Gräffer und Czikann (Wien 1837, 8⁰.) Bd. VI, S. 26. — (De Luca). Das gelehrte Oesterreich. (Wien) I. Bd., 2. Th. S. 236. — Tudományos gyüjtemény, d. i. Wissenschaftliche Sammlung (Pesth, 8⁰.) 1817, S. 109; Biographie von Stephan Horvát, — 1822, Bd. I, S. 130; 1826, Bd. III, S. 120. — Magyar orvosok és természetvizsgálók munkálatai Bd. XII, (1868). — *Jungmann (Jos.).* Historie literatury česke. Druhé vydáni, d. i. Geschichte der čechischen Literatur (w Praze 1849) S. 648.

Wallbach, Katharina (Sängerin, geb. 1805 zu Baden bei Wien, Todesjahr unbekannt). Eine geborene Kanz, nannte sie sich später als Künstlerin Canzi, unter welchem Namen sie auch in der theatralischen Welt bekannt und berühmt wurde. Nach ihrer Verheiratung mit dem Schauspieler Wallbach [siehe S. 249] schrieb sie sich Canzi-Wallbach. Die irrige Angabe, welche sich hie und da findet, daß sie von italienischer Abkunft sei, erklärt sich aus der Italienisirung ihres Namens. Sie ist von deutschen Eltern, welche sie aber frühzeitig durch den Tod verlor, worauf sie im Hause ihres Pflegevaters, eines Majors von Zinnicq, eines großen Musikfreundes, in Wien, da sie musicalisches Talent zeigte, im Gesange Unterricht erhielt und 1819 eine Schülerin Salieri's wurde. Bei ungewöhnlicher Befähigung und tüchtiger Schulung trat sie, erst 16 Jahre alt, 1821 in zwei Hofconcerten öffentlich auf und gewann durch ihren vollendeten Gesang die Theilnahme des Kaisers in so hohem Grade, daß ihr derselbe, als sie ihre Absicht, nach Italien zu reisen, ausgesprochen, Empfehlungen an seine hohen Verwandten, den Großherzog von Toscana und den Herzog von Parma, zu sicherte. Vor ihrer Abreise aber sang sie noch im Theater an der Wien in einigen Opern Rossini's, welcher damals das Opernrepertoire beherrschte, und zwar in „Der Barbier von Sevilla", „Moses in Aegypten" und „Die diebische Elster", mit ausgezeichnetem Erfolge. Dann trat sie in Begleitung ihres Pflegevaters die Kunstreise nach Italien über Deutschland an, wo sie auf den Bühnen zu Berlin, Cassel, Dresden, Leipzig, Frankfurt a. M., Darmstadt und Stuttgart Gastvorstellungen mit außerordentlichem Beifall gab. 1822 kam sie nach Mailand, das aber daselbst vorerst weitere Schritte zur höheren Ausbildung im Gesange, indem sie von dem damals ersten Meister des dortigen Conservatoriums, Signor Banderoli, Unterricht in der italienischen Schule nahm. Schon nach einem halben Jahre fand sie Engagement für die ganze Saison am Mailänder Theater La Scala. Nach Ablauf derselben sang sie zwei Saisons in Florenz an Seite der Pisaroni und der Sänger Lablache und Galli. Nun machte sie, überall begehrt, die Runde auf den übrigen italienischen Theatern, in

Turin, Parma, Modena, Bologna, auf deren jedem eigens für sie eine Oper componirt wurde, welche dann den Glanzpunkt der Saison bildete. In Bologna gefiel sie so außerordentlich, daß das Conservatorium dieser Stadt sie als Ehrenmitglied aufnahm, welche Auszeichnung ihr mittelst Ueberreichung von Diplom, Gedicht und Kranz bei ihrem letzten Auftreten durch eine eigene Deputation auf der Bühne zutheil wurde. 1825 kehrte sie nach Deutschland zurück und nahm ein zweijähriges Engagement in Leipzig mit jährlichem Reiseurlaub. Letzteren benützte sie zu Vorstellungen in London und Paris. In ersterer Stadt sang sie, da um diese Zeit daselbst das italienische Theater für Opern geschlossen war, in sieben Concerten; in Paris trat sie in der italienischen Oper neben der Pasta auf und sang dreizehnmal mit außerordentlichem Beifall. 1827 glänzte sie als Gast in Stuttgart, und schon nach den ersten Vorstellungen ward ihr ein mehrjähriges Engagement angeboten, welches sie auch annahm. 1830 verheirathete sie sich mit dem dortigen königlichen Hofschauspieler und Regisseur Wallbach. Einige Jahre noch sang sie mit ungetheiltem Beifall als königliche Hof- und Kammersängerin an der Stuttgarter Hofoper; als aber mehrfacher Muttersegen in Verbindung mit den Anstrengungen des Berufes ihren von Natur zarten Körper die Beschwerden der Bühne nicht länger ertragen ließ, zog sie sich, die Susanne in „Figaro's Hochzeit" als Abschiedsrolle singend, von der Bühne ganz ins Familienleben zurück, in welchem sie von einer glücklichen Häuslichkeit umgeben war. Frau Wallbach-Canzi gehörte zu den ausgezeichnetsten Sängerinen im ersten Viertel dieses Jahrhunderts, war auch ihre

mme minder umfangreich, so ersetzte
Künstlerin das Mangelnde durch eine
:reffliche Manier, große Fertigkeit und
seltene Grazie des Vortrages; sie
überhaupt eine der besten Repräsen-
:inen der italienischen Schule,
: nicht minder bedeutend auch in den
sterwerken eines Mozart, Weber,
uck, Lindpaintner, Marschner
Anderer. — Ihr Gatte Ludwig
. in Berlin um 1793) bekundete
Neigung und Talent zur Bühne.
17 Jahre alt, trat er schon auf Di-
ntentheatern mit Erfolg auf. 1811
z er nach Hamburg, 1812 nach Frank-
a. M. und spielte Naturburssche, so
Peter in „Herbsttag", den Anton
„Die Jäger" mit großem Beifall.
in tiefen ihn Familienverhältnisse ins
:rliche Haus zurück, wo er sich dem
smannsstande, für den er eigentlich
mmt war, widmen sollte. Aber er
e bereits das Leben der Bühne ge-
:t, und nicht lange währte es, so
ieß er das Rechenpult des Kauf-
ms und kehrte zu den Brettern
ick, welche die Welt bedeuten. Er
z zunächst nach Breslau, wo er
ndliche Helden und Liebhaber spielte,
dann nach Prag, wo er nach Ludwig
we's Abzang (1819) in dessen
lenfache auftrat. 1821 gab er Gast-
:n im Wiener Hofburgtheater, und
r den Mortimer in „Maria
uart" und den Ferdinand in „Ca-
und Liebe", und gefiel so, daß er
engagirt wurde und am Hoftheater
1826 verblieb, worauf er nach Ham-
z ging und von dort einem Rufe nach
ttgart folgte, wo er blieb, seit 1839
re, sowohl ernste als komische Cha-
errollen spielte und nebenbei auch die
:ie führte. Das Wallbach sich
Jahre 1830 mit der Sängerin

Canzi verheiratete, wurde bereits erwähnt.

Allgemeines Theater-Lexikon oder Encyklopädie alles Wissenswerthen für Bühnen-
künstler, Dilettanten und Theaterfreunde
u. s. w. Herausgegeben von R. Herloß-
sohn, H. Marggraff u. A. Neue Ausgabe (Altenburg und Leipzig o. J., kl. 8°.)
Bd. VII. S 186.

Porträt. Unterschrift: „Caterina Canzi".
Kupferstich, ohne Angabe des Zeichners und
Stechers. Milano presso Ferd. Artaria
Cont. S. Margherita, Nr. 1110 (4°.)

Wallberg, siehe: **Wahlberg** [S. 133
dieses Bandes] und **Ballascheg** Edler
von **Walberg** [f. S. 245]

Wallée, Ludwig (Landschaftsmaler, geb. zu Berlenburg im
Wittgenstein'schen 1773, Todesjahr unbekannt). Ueber seinen ersten Lebens- und
Bildungsgang fehlen alle Nachrichten. Er
kam als zwanzigjähriger Jüngling, etwa
1795, nach Salzburg, welches er seitdem,
außer zu Kunststudien im benachbarten
Berchtesgaden, im Salzkammergut und
in Oberösterreich, nicht wieder verließ und
im wo er noch 1821 als Künstler wirkte.
Er war vornehmlich auf landschaftlichem
Gebiete thätig und malte Prospecte,
Wasserfälle, Nachtstücke und dergleichen,
so Ansichten der Herrschaften Suben,
Engelhartszell und Mondsee in Oberösterreich, jede von vier Seiten, die
Wasserfälle bei Golling und in Gastein,
den Königsee in Berchtesgaden und Anderes. 1799 nahm er die schönsten
Punkte Berchtesgadens auf, und das
„Salzburgische Intelligenzblatt" von
1799 kündet auf S. 374 eine Ausgabe
dieser Aufnahmen des Künstlers an und
ladet zur Subscription ein. Es bemerkt
dabei, daß es die ersten Ansichten dieser
Gegend seien, da es bisher noch Niemand versucht habe, Berchtesgadens rei-

zende Gegenden nach der Natur zu
zeichnen. Wallée's Arbeiten erfreuten
sich großer Beliebtheit, Engländer, Franzosen erwarben dieselben, und man fand
seine Bilder auch in den Cabineten Ihrer
Majestäten des Kaisers von Oesterreich,
des Königs, des Kronprinzen und der
Kronprinzessin von Bayern, des Fürsten
Wrede und Anderer. Der Künstler,
aller Wahrscheinlichkeit nach französischer
Emigrant, erscheint auch Wallée geschrieben.

Nagler (G. K. Dr.). Neues allgemeines
Künstler-Lexikon (München 1839, E. A. Fleisch-
mann, 8°.) Bd. XXI, S. 102. — Tschischka
(Franz). Kunst und Alterthum im österrei-
chischen Kaiserstaate geographisch dargestellt
(Wien 1836. Fr. Beck. gr. 8°.) S. 406.

Wallenburg, Jacob von (Orienta-
list, geb. in Wien 10. September
1763, gest. daselbst 28. Juni 1806).
Der Sproß eines alten Adelsgeschlechtes,
unter dessen Ahnen ein Veit von
Wallenburg 1529 in dem von den
Türken belagerten Wien oberster Kriegs-
zahlmeister war, erhielt er seine Ausbildung an der orientalischen Akademie in
Wien und kam 1782 als Sprachknabe,
wie die ausgemusterten Zöglinge dieses
Institutes hießen, nach Constantinopel.
Dort unter Peter Philipp Herbert's
[Bd. VIII, S. 332] Leitung wurde
seine wissenschaftliche Eignung für den
diplomatischen Dienst im Orient vollendet. 1789 zum Dolmetsch, 1802 zum
Hofsecretär ernannt, fand er in diesen
Eigenschaften Gelegenheit, bei dem
schwierigen Demarcationsgeschäfte an
der Unna und bei den Entschädigungs-
angelegenheiten der Barbaresken seine
vielfache praktische Geschicklichkeit darzuthun. 1806 ward er als Rath in die
k. k. geheime Hof- und Staatskanzlei berufen, aber noch im nämlichen Jahre

durch den Tod dem Staate entrissen, in
dessen Dienste er bereits Tüchtiges geleistet und noch ungleich mehr zu leisten
versprach. In einer biographischen Nachricht über ihn heißt es wörtlich: „Wallenburg starb als Opfer der Anstrengung, mit der er sich unablässig seinen
Arbeiten weihte, und doch war nie einem
kühner strebenden Geiste das Schicksal so
hindernd in den Weg getreten, wie dies
bei ihm der Fall war". In seinem
zwanzigjährigen Dienste, sowohl auf
verschiedenen politischen Reisen und
Sendungen, vornehmlich während des
Türkenkrieges 1788—1790 unmittelbar
unter den Augen Kaiser Josephs II.,
dann bei dem Friedenscongresse zu Zi-
stow in der wichtigen Stelle eines k. k.
Dolmetsches, als nicht minder in der
Staatskanzlei, entfaltete er eine im hohen
Grade verdienstliche Thätigkeit. Ausgebreitete politische, statistische, seemännische
und Handelskenntnisse, dann eine vertraute Bekanntschaft mit dem Orient, der
Türkei und mit Aegypten kamen ihm bei
seinen Arbeiten und im Verkehr mit den
Orientalen sehr zu Statten. Mit vollendeter Kenntniß der classischen Sprachen
verband er die der vorzüglicheren europäischen, dann mehrerer slavischen und
die der neugriechischen, turkischen, arabischen und insbesondere der persischen
Sprache. Im Jahre 1792 begann er die
Uebersetzung des „Mesnewi", eines persischen Lehrgedichtes über verschiedene
Materien der Moral, Religion, Rechtsgelehrsamkeit und Politik, verfaßt von
dem Stifter des Derwischordens der Me-
wlewi, Molla Dschelaleddin Mahmud,
und brachte diese Arbeit in sechs Jahren
zu Stande. Was unmöglich war getreu
wiederzugeben, erklärte er in umschrei-
benden Anmerkungen und lieferte so
einen ganzen Commentar und ein Glo-

farium des „Mesnewi". Bei seiner Ankunft in Wien sollte die Uebersetzung und der nach verschiedenen Exemplaren richtig gestellte Text gedruckt werden, aber der Brand des Jahres 1799, welcher halb Pera zerstörte, vernichtete Text und Uebersetzung. Das zweite Werk, an welches er alle seine geistige Kraft wandte, war die Uebersetzung des berühmten „Schahnameh" von Firdusi, von welcher sich einige Proben in den „Fundgruben des Orients" befinden. Die ausführlichsten Berichte über diese vorbereitete Uebersetzung gab Wallenburg's Freund A. de Bianchi in seinem Werke: „Notice sur le Schah-Namé de Ferdoussi et traduction de plusieurs pièces relatives à ce poëme. Ouvrage postume de M. le conseiller de Wallenbourg précédé de la Biographie de ce savant" (Vienne 1810, 8°.). Wallenburg's Absicht und innigster Wunsch, dieses Werk des größten persischen Dichters dem Abendlande zugänglich zu machen, wurde durch seinen frühzeitigen Tod vereitelt. Wenige Tage vor demselben sprach er zu Bianchi, der dies erzählt: „ich wünschte mein Leben nur verlängern zu können, um zu sehen, wie mein Vaterland sich von den Wunden erholt, welche die Geißel des Krieges ihm geschlagen, um die Erziehung meiner Kinder zu vollenden und mein „Schahnameh" zu beendigen und gedruckt zu sehen". Auch war Wallenburg einer der thätigsten Mitarbeiter an Franz Meninski's berühmtem „Lexicon arabico-persico-turcicum", das von Jenisch in vier Foliobänden in zweiter Auflage zu Wien 1780 herausgegeben hat.

Die k. k. orientalische Akademie zu Wien, ihre Gründung, Fortbildung und gegenwärtige Einrichtung. Von Victor Weiß

Edlen von Starkenfels (Wien 1839, C. Gerold, 8°.) S. 33. — Oberdeutsche allgemeine Literatur-Zeitung, 1806, Juli, S. 189. — Baur (Samuel). Allgemeines historisch-biographisch-literarisches Handwörterbuch aller merkwürdigen Personen, die in dem ersten Jahrzehnt des neunzehnten Jahrhunderts gestorben sind (Ulm 1816, Stettini, gr. 8°.) Bd. II, Sp. 678 [nach diesem gest. am 28. Juni 1806]. — Oesterreichische National-Encyklopädie von Gräffer und Czikann (Wien 1837, 8°.) Bd VI, S. 27 [nach dieser gestorben am 29. Juni 1806]. — Majláth (Johann Graf). Geschichte des österreichischen Kaiserstaates (Hamburg 1850, Perthes, gr. 8°.) Bd. V, S. 178. — Neue Annalen der Literatur des österreichischen Kaiserthums (Wien. Doll, 4°) I. Jahrg. (1807) Intelligenz-Blatt, März, Sp. 126.

Wallenweber, Aldobrand (k. k. Oberst, geb. zu Graß 7. Mai 1819, gest. daselbst 8. September 1870). Der Sohn eines k. k. Hauptmanns, trat er im October 1831 zur militärischen Ausbildung in die Wiener-Neustädter Akademie, aus welcher er im September 1838 als Kaisercadet zu Prinz Wasa-Infanterie Nr. 60 ausgemustert ward. Im Regimente rückte er im März 1842 zum Lieutenant minderer Gebühr, im Juli 1845 zum Lieutenant höherer Gebühr, im October 1848 zum Oberlieutenant, im December 1850 zum Hauptmann zweiter Classe und im November 1851 erster Classe vor. Im Mai 1859 als Major zu Prinz von Preußen-Infanterie Nr. 14 befördert, wurde er in dieser Eigenschaft im Februar 1860 zum 66. und im December 1862 zum 32. Infanterie-Regimente übersetzt. Am 11. October 1864 avancirte er zum Oberstlieutenant bei Marvicic-Infanterie Nr. 7 am 22. Juni 1866 zum Obersten im Regimente, aus welchem er als solcher am 8. September desselben Jahres zu Gyula-Infanterie Nr. 33 kam. Wallenweber hatte die Feldzüge 1848 und 1849 in Ungarn mitgemacht. Im italienischen Feldzuge 1866 commandirte er als Oberst bei Maroicic-Infanterie sein Regiment und that sich in der Schlacht bei Custozza, 24. Juni, besonders rühmlich hervor. Er stürmte in derselben die feindliche Batterie von Madonna della Croce, nahm sie im ersten Anlaufe und beschoß nun den Feind mit dessen eigenen Geschützen. Der Kaiser zeichnete den tapferen Obersten mit dem Ritterkreuze des Leopoldordens aus.

Oesterreichisch-ungarische Wehr-Zeitung (Wien, gr. 4°.) 1870, Nr. 139

Waller, Bruno (gelehrter Benedictiner, geb. zu Salzburg am 29. Juni 1738, gest. zu Kremsmünster am 5. Nov. 1833). Die unteren Gymnasialclassen besuchte er im Kloster Benedictbeuern, die oberen in seiner Vaterstadt Salzburg, wo er auch das Doctorat der Philosophie erlangte. Constantin Langhaider [Bd. XIV, S. 119], zu jener Zeit Rector der Hochschule daselbst, welcher Waller besonders wohlwollte, veranlaßte dessen Eintritt in das Benedictinerstift Kremsmünster, der auch im November 1776 erfolgte. Am 29. Juni 1782 legte der Novize die Ordensgelübde ab und vertauschte seine Taufnamen Peter Paul mit dem Klosternamen Bruno, am 6. Juli 1783 erlangte er die Priesterweihe. Waller betrieb neben seinem theologischen Berufsstudium auch jenes der Jurisprudenz, und zwar mit solchem Erfolge, daß er 1781 mehr als 700 Thesen durch den Druck bekannt machte, welche er auch im August desselben Jahres gegen den juridischen Professor de Luca [Bd. XVI. S. 119] auf das rühmlichste vertheidigte. Der berühmte Kremsmünsterer Astronom Placidus Firlmillner [Bd. IV. S. 261]

nahm den reichbegabten jungen Priester unter seine Zöglinge in der Astronomie auf, und in der That führte dieser von 1779 bis 1785 zahlreiche praktische Aufgaben unter seines Meisters Leitung aus, aber zur eigentlichen Sternwarte kam er doch nie. So wandte sich denn Bruno den Naturwissenschaften zu und trug durch dreißig Jahre 1787—1815 am Lyceum seines Stiftes öffentlich Physik, privatim auch Naturgeschichte vor. Ausgezeichnetes leistete er als Lehrer in ersterem Wissenszweige, wie dies seine von 1799 bis 1823 aufgezeichneten, in der Stiftsbibliothek aufbewahrten „Lesefrüchte" und dann das physicalische Cabinet bezeugen, welches er auf einen hohen Grad von Vollständigkeit brachte. Ob seiner Tüchtigkeit im Lehramte verlangte ihn die k. k. Regierung als Professor der Physik für Linz, das Stift aber lehnte diese Forderung ab, da es für eine so tüchtige Lehrkraft keinen Ersatz hatte. Neben seinem Lehrberufe war aber P. Bruno auch noch anderweit thätig; so betheiligte er sich gleich in den ersten Jahren seiner Profeßur an der von Kaiser Joseph II. angeordneten Catastralvermessung in Oberösterreich, sammelte mit großer Sorgfalt für das Naturaliencabinet des Stiftes und führte zahlreiche kleinere theoretische Arbeiten in Algebra, Geometrie, Physik und Astronomie aus. Von seinen bedeutenderen nennen wir die im Stiftsarchive handschriftlich vorhandene „Berechnung des Osterfestes", welche er im Gegenhalte zu einer von Gauß in Braunschweig veröffentlichten Schrift gleichen Inhalts verfaßte, und in der er den Nachweis führt, daß die Gauß'schen Formeln in gewissen Fällen unrichtige Fehler — die bis nahe einen Monat steigen können —, Waller zählt diese Fälle auf und gibt dafür die

Beispiele an; — ferner eine „Abhandlung über alte Maße, Gewichte und Münzen nach dem Coder von Seitenstetten", eine antiquarische Arbeit, welche durch die Kürze und unbehilfliche Schreibart des benützten Coders sehr erschwert wurde, aber doch durch Waller's genaue Forschung Licht in manches Dunkel brachte; — endlich ein „Tagebuch seiner Reise nach Italien im Jahre 1818" in zwei starken Quartbänden, mit vielen Abbildungen, Städteplänen und Handzeichnungen zur Veranschaulichung der beschriebenen Ob-jecte; dieses Tagebuch enthält neben man-chem minder Bedeutenden doch sehr inter-essante Einzelheiten und bekundet Wal-ler's Empfänglichkeit für Reize der Kunst und Natur und die großen Erinnerungen der Geschichte und Religion. Im Jahre 1815 legte er das beschwerliche Lehramt nieder und wurde für sein verdienstvolles Wirken am 11. November 1815 von Kaiser Franz I. mit der großen golde-nen Verdienstmedaille sammt Kette aus-gezeichnet. Im Stifte wirkte er dann zunächst als Archivar und später als Vor-steher der Stiftskämmerei.

Geschichte der Sternwarte der Benedictiner-Abtei Kremsmünster von P. Siegmund Fel-löcker (Linz 1864, J. Feichtinger gr. 4°.) S. 147—155; — Hagn (Theodorich). Das Wirken der Benedictiner-Abtei Kremsmünster für Wissenschaft, Kunst und Jugendbildung (Linz 1848, Quirn Haslinger 8°) S. 84, 96, 139, 213, 222, 229, 230, 279, 280, 288, 302 und 303. — Neue theologische Zeit-schrift. Herausgegeben von Joseph Pletz 1836, Bd. I, S 273 — Pachmayr (Marian P.). Historico-chronologlo series abbatum et religiosorum Monasterii Cremifanensis etc. (Styrae 1777, Wimmer-Pachmayr, 839 Fol.) p. 839.

Waller, Johann (Arzt, geb. zu Böhau [Bisanz] in Böhmen am 2. October 1811). Nachdem er im Jahre 1831 das Gymnasium zu Saaz beendet hatte, studirte er an der Prager Hochschule Philosophie, dann Medicin, in welcher er 1838 die Doctorwürde er-langte. Er wurde zunächst Secundar-arzt im Irrenhause und nach einem halben Jahre Assistent an der wundärzt-lichen Klinik des allgemeinen Kranken-hauses zu Prag. 1843 erfolgte seine Er-nennung zum Primararzt an der zweiten Abtheilung für innere Krankheiten, 1847 zum Primararzt an der Abtheilung für syphilitische Krankheiten. Zu gleicher Zeit erhielt er die Docentur, 1852 aber die außerordentliche Professur für Syphilitis an der Prager Universität. 1851 und 1852 versah er die Stelle eines Direc-tors sämmtlicher Spitäler und Heil-anstalten Prags, 1858 wurde er zum ordentlichen Professor der allgemeinen Pathologie und Pharmakologie an ge-nannter Hochschule ernannt, 1856 traf ihn die Wahl zum Dekan des Doctoren-collegiums und danach zum Probekan des Professorencollegiums der medicini-schen Facultät. 1860 trat er als Mit-glied in die Gesundheitscommission, 1870 als solches in den Schulrath für das Königreich Böhmen. Als praktischer Arzt gelangte er zu großer Berühmtheit, namentlich in Behandlung syphilitischer Krankheiten, in welcher er, die Unzuläng-lichkeit der bisherigen Methode, unter welcher der Ruf der syphilitischen Klinik an der Prager Hochschule litt, erkennend und auf die Erfahrungen der Neuzeit ge-stützt, einen neuen Weg betrat, auf welchem fortschreitend er die günstigsten Resultate erzielte. Für große wissenschaft-liche Arbeiten ließen ihm in seinem Fache sein lehramtlicher Beruf und die aus-gebreitete Praxis nur wenig Zeit, daher beschränkt sich denn auch seine schrift-stellerische Thätigkeit nur auf einige Ab-handlungen in der „Prager medicinischen

Vierteljahrschrift" und im „Oesterreichischen Jahrbuch für Aerzte", so: „Ueber die Pfortaderentzündung"; — „Ueber die acute Tuberculose" (beide im Jahre 1845); — „Ueber Contagiosität der secundären Syphilis" (1851); — „Beiträge zur Lösung der Streitfrage in Syphilidologie" u. m. a. Als Lehrer erfreute er sich ob seines trefflichen Vortrages und ob der Gründlichkeit in Behandlung seiner Gegenstände großer Beliebtheit von Seite der Studirenden. Ein besonderes Verdienst erwarb er sich durch die Organisation einer propädeutischen Klinik für die Hörer der allgemeinen Pathologie und ein anderes, nicht minder bedeutendes durch den unter seinem Decanat ins Leben gerufenen Verein für Unterstützung der Witwen von Aerzten. Viele ärztliche Vereine würdigten Waller's Thätigkeit durch Verleihung ihrer Diplome, und Seine Majestät verlieh ihm am 3. April 1871 den Orden der eisernen Krone dritter Classe.

Noch sind anzuführen: 1. **Adolph Waller**, ein zeitgenössischer deutsch-böhmischer Dichter und Schriftsteller, dem wir wiederholt in dem von Paul Alois Klar herausgegebenen Jahrbuch „Libussa" begegnen. Im Jahrgang 1851 erschien von ihm ein Cyclus lyrischer Gedichte, im Jahrgang 1855 eine biographische Skizze über den Doctor der Medicin Hermann Mayer, dessen auch dieses Lexikon [Bd. XVIII, S. 121, Nr. 30] gedenkt. — 2. **Georg Waller** (gest. in Salzburg 28. November 1433) war der 33. Abt des berühmten Benedictinerstiftes zu St. Peter in Salzburg. Er wurde als solcher 1428 gewählt und wird als einer der thätigsten Aebte des Stiftes bezeichnet, um welches er sich namentlich durch die im Auftrage des Salzburger Erzbischofs Johann von Reichersberg begonnene und mit Hilfe Leonhards Abtes von Melk im Jahre 1431 durchgeführte Reform verdient machte. Da die Zucht im Stift unter seinem Vorgänger stark in Verfall gerathen war, so hatte er bei seinem Unternehmen mit nicht geringen Widerwärtigkeiten

zu kämpfen. Kurz vor seinem Tode, 1434, führte er auch die Reform im Kloster Michelbeuern durch. Leider war d e Regierun; dieses verdienstvollen Abtes ehr kurz „foreheißt es in seiner Biographie „consummavi in brevi non tam ob infirmitatem corporis quam animi, quae in arduo reformationis negotio eundem susti ere oportuit". [Series Abbatum monasterii O S. B. ad S. Petrum Salisburgi (Salisburgi 1841. Duyle, 8°.) p. 15. — Novissimum Chronicon Antiqui monasterii ad Sanctum Petrum Salisburgi ordinis Sancti Benedicti etc. etc. opera et studio Coenobitarum dicti monasterii etc. (Augustae Vindelic. 1772, Joseph Wolff, Fol. pag. 364—371. — **Porträt.** Im Kupferstich im vorbenannten „Novissimum Chronicon".]

Wallhammer, Joseph (Aquarellmaler, Ort und Jahr seiner Geburt unbekannt), Zeitgenoß. Nagler gedenkt desselben als eines jetztlebenden (1851) Künstlers, der zu Wien Bildnisse in Oel und Aquarell und Genrebilder malte. Weiter weiß er nichts über ihn zu berichten. In den Jahresausstellungen der k. k. Akademie der bildenden Künste bei St. Anna in Wien war Wallhammer auch thatsächlich zweimal, und zwar 1844 mit einem, 1848 mit zwei Aquarellbildnissen vertreten. Später ist er nicht wieder ausgestellt und ist über ihn und seine Arbeiten nichts in die Oeffentlichkeit gelangt. In den Werken über Kunst und Künstler Oesterreichs suchen wir ihn vergebens.

Nagler (G. K. Dr.) Neues allgemeines Künstler-Lexikon (München 1839 u. f. Fleischmann, 8°.) Bd. XXI, S. 102.

Wallich, Emanuel Wolfgang (Arzt, Ort und Jahr seiner Geburt unbekannt). Er lebte in der zweiten Hälfte des achtzehnten und im ersten Viertel des laufenden Jahrhunderts als praktischer Arzt, vornehmlich als Kinderarzt, in Wien und hat sich durch mehrere Fachschriften bekannt gemacht. Zuerst veröffentlichte er: „Anleitung zur Einimpfung der Blattern. Auszug aus A. Portal's Vorlesungen. Uebersetzt und mit Anmerkungen versehen von Wallich" (Frankfurt a. M. 1800, Guilhaumann, 8º.); Anton Baron Portal (geb. 1743, gest. 1832) war ein berühmter Arzt Frankreichs, Leibarzt des Grafen von Artois und Karls X., und mehrere seiner zahlreichen Monographien über Krankheiten, so über Lungensucht, Rachitis, Scheintod bei Neugeborenen und Anderes sind von deutschen Aerzten übersetzt worden; die Titel der übrigen Schriften Wallich's sind: „Dringendes Wort über die jetzige gefahrvolle Krankheit der häutigen Bräune oder den Croup" (Wien 1810; 2. Aufl. 1816; 3. verm. und verb. Aufl. 1818, Gerold, 8º.); — „Anleitung für Mütter zur Ernährung und Behandlung der Kinder in den ersten zwei Lebensjahren" (Wien 1810, 8º.); — „Ueber die Bäder in Klein-Pöstény oder Pästrén auch Pierstian im Neutraer Comitate des Königreichs Ungarn. Mit einem Plan" (Wien 1821, 8º.). Dr. Wallich, der noch 1821 in Wien seine Praxis ausübte, war Mitglied der Akademie der Wissenschaften zu Erfurt.

Wallis, Franz Wenzel, Graf (k. k. Feldmarschall und Ritter des goldenen Bließes, geb. 4. October 1696, gest. zu Wien 14. Jänner 1774), von der jüngeren Linie. Einziger Sohn des Freiherrn Franz Ernst aus dessen Ehe mit Anna Theresia Freiin von Mziczan, trat er in jungen Jahren in die kaiserliche Armee und focht bereits 1716 und 1717 in den Türkenkriegen. In einem Berichte über die Finanzen und militärischen Kräfte Oesterreichs, welchen der englische Bevollmächtigte St. Saphorin, ein strenger Beurtheiler, 1727 an seinen Hof sandte, wurde Franz Wenzel Wallis, wie uns An-

dreas Graf Thürheim, der berühmte Historiograph der kaiserlichen Armee in ihrer glorreichen Zeit, meldet, als einer der begabtesten und unterrichtetsten Officiere des österreichischen Heeres genannt, der, obwohl damals erst 31 Jahre alt, doch schon die Oberstencharge bekleidete. 1733 zum Generalfeldwachtmeister befördert, stand er bei der Armee in Italien, kämpfte bei Parma am 29. Juni 1734 und trug daselbst eine Verwundung davon. 1735 wurde er Feldmarschalllieutenant, machte den Rheinfeldzug letztgenannten Jahres und unter Feldzeugmeister Seckendorf [Bd. XXXIII, S. 261] einen Streifzug an die Mosel mit. Am 17. April 1736 zum wirklichen Hofkriegsrathe ernannt, kam er zur Armee in Ungarn, welche der Palatin Johann Graf Pálffy [Bd. XXI. S. 218] commandirte. Daselbst that er sich bei der Belagerung von Usitza und in den Feldzügen 1738 und 1739 hervor. Hierauf erhielt er im November letzteren Jahres das wichtige Commando der Festung Glogau in Schlesien, und in dieser Stellung nahm er besonders darauf Bedacht, die verfallenen Festungswerke in möglichst guten Stand zu setzen. Als dann Anfangs Jänner 1741 die Preußen an ihn die Aufforderung ergehen ließen, den Platz zu übergeben, wies er dieselbe entschieden ab, ebenso den zwei Monate später unter vortheilhaften Bedingungen wiederholten Antrag. Da versuchten in der Nacht vom 8. März 1741 die Preußen unter dem Erbprinzen von Dessau einen Sturm, gelangten auch in der stockfinsteren Nacht unbemerkt bis an die Pallisaden und standen bereits auf den Wällen, noch ehe es zu einem ernsten Widerstande gekommen war. Wallis und der unter ihm stehende Generalmajor Reisky eilten auf den ersten Allarm sofort nach den schwächsten Punkten, und

um sie sammelte sich der Kern der Besatzung. Reiszky wurde sogleich durch
zwei Kugeln und einen Bajonnetstich
schwer verwundet, Wallis aber nach
vergeblichem Widerstande umzingelt und
gezwungen, sich sammt der Besatzung zu
ergeben. Nach Berlin gebracht, ward er
dort mit allen einem tapferen Officier gebührenden Ehren behandelt und dann in
Folge des am 10. August abgeschlossenen
Cartels wieder auf freien Fuß gesetzt. Im
Mai 1742 kam er zur Armee in Bayern,
im Juli erfolgte seine Ernennung zum
Feldzeugmeister, in den Feldzügen 1743
und 1744 stand er am Rhein, in der
Oberpfalz und in Böhmen unter den Befehlen des Herzogs Karl von Lothringen. Als man dann 1744 in Wien
Nachricht hatte, daß der König von Preußen einen Einfall in Böhmen beabsichtige,
traf man sofort Anstalten, Prag vor
einem Ueberfalle zu decken, und bei der
zu diesem Zwecke aus Bayern und der
Oberpfalz gezogenen Armee befand sich
auch Feldzeugmeister Wallis. Die
Operationen des preußischen Königs miß-
glückten völlig, er mußte rasch Böhmen
räumen und sich nach Schlesien zurückziehen. Da der Winter allen weiteren
Operationen ein Ende machte, bezogen
unsere Truppen die Winterquartiere,
jedoch wurde an der böhmischen und
mährischen Grenze von der Grafschaft
Glatz bis zum Fürstenthum Teschen ein
Cordon gezogen, in welchem an der
böhmischen Grenze und in der Grafschaft
Glatz General Wallis das Commando
führte. Am 14. Februar 1745 kämpfte er
bei Habelschwerdt dem preußischen General
Lewald gegenüber und am 4. Juni bei
Hohenfriedberg. Am 21. October 1751
wurde Wallis commandirender General
in Siebenbürgen und blieb es bis 1760.
In der Zwischenzeit war er zum Feld-

marschall ernannt und ihm — dem ersten
in der Familie — das goldene Vließ ver-
liehen worden. Schon 1731 hatte er das
heutige 59. Infanterie-Regiment erhalten,
dasselbe aber 1739 mit dem Regimente
Haslinger Nr. 11. vertauscht. Aus des
Grafen am 23. Juli 1726 geschlossener
Ehe mit Maria Rosa Regina Gräfin
Thürheim gingen vier Söhne Franz
Ernst, Michael Johann Ignaz,
Olivier Remigius und Joseph und
drei Töchter Antonia, Rosa und
Karolina hervor, über welche Näheres
in der Stammtafel zu ersehen.

Neue militärische Zeitschrift. Redigirt
von Hauptmann Schels (Wien 8°.) 1811,
Bd. III, S. 72: „Bericht über die Erstürmung von Glogau". — Thürheim (Andr.
Graf). Feldmarschall Otto Ferdinand Graf
von Abensperg und Traun (Wien 1877, 8°)
S. 339 und 379.

I. Zur Genealogie der Grafen Wallis von
Karighmain. Die Wallis stammen aus
Schottland und Irland. In letzterem Lande
besaßen sie zu den Zeiten König Hein-
richs II. von England (Plantagenet) Schlösser und Gebiet von Karighmain, von welchem
sie noch den freiherrlichen Titel führen. Im
Urkundenlatein früherer Jahrhunderte wird
Karighmain mit Petra Momoniae übersetzt.
Außer dieser irischen Herrschaft gehörten der
Familie auch schottische Güter, die am Ab-
hange des Walliser Gebirges gelegen waren.
Der Name Wallis, Wales, Walsh
wird zwar von den walesischen Königen in
Frankreich und danach auch von einigen Ge-
nealogen der französische Ursprung der Familie abgeleitet, aber weit wahrscheinlicher
erklärt er sich als örtliches Prädicat.
Unter den schottischen Baronen, welche wäh-
rend des Erbfolgestreites zwischen den Häusern
Baliol und Bruce auf der Seite des
ersteren standen und, als Johann von
Baliol 1291 als König von Schottland
anerkannt worden war, mit demselben gegen
Eduard von England aufstanden, wird
William Walsh genannt. Er siegte sowohl
in der Schlacht bei Irwine, als in der bei
Stirling (1297) und stieg dadurch so sehr in
der Gunst des Volkes, daß man ihm den

ehrenvollen Titel eines „Helden von Schottland" beilegte. In der letzteren Schlacht, in
welcher er sich durch kühne Vertheidigung
der Brücke von Stirling besonderen Ruhm
erwarb, forderte ihn sein König auf, um eine
Gnade zu bitten. Darauf soll der bescheidene
Kriegsheld, indem er sein mit Blut bedecktes
weißes Feldzeichen emporhob, erwidert haben:
„Quod ero, spero" (Was ich sein werde,
hoff' ich). Darauf befahl der Schottenkönig:
es solle das Wappenschild Williams, der
aufgerichtete doppeltgeschwänzte und gekrönte
silberne Löwe im blauen Felde, als bleibendes
Erinnerungszeichen mit einer halb weißen,
halb rothen Ehrenbinde belegt und die Worte
„Quod ero, spero" von den Herren zu Karighmain als Wahlspruch angenommen
werden. [Nebenbei gesagt, haben die Wallis
denselben mit den Barton, Booth, Go-
wans und Haworth gemein.] Man ist der
Ansicht, daß jener Graf von Narik, der mit
dem Bischof William Camberton, Robert
Bruce und Johann Comin 1298 im
Namen König Johanns von Baliol zum
Regenten von Schottland ernannt wurde,
derselbe William Walsh von Karighmain gewesen sei. Die Herren von Karighmain blühten in Schottland und Irland
mehrere Jahrhunderte hindurch und waren
dort mit den vornehmsten Familien — den
Rochefort, Bornewall, Fingal, Wa-
rongs und anderen — durch Vermälungen
verbunden. Als in der ersten Hälfte des siebzehnten Jahrhunderts in Großbritannien die
religiösen Unruhen ausbrachen, verließ 1622
Richard Wallis auf Karighmain mit
seinen Söhnen **Theobald** und **Olivier**,
um der Katholikenverfolgung zu entgehen,
seine schottisch-irischen Besitzungen und Güter
und begab sich nach Deutschland, wo sie alle
drei in das Heer des deutschen Kaisers Ferdinand II. traten. Richard erlag in
Magdeburg den in der Schlacht bei Lützen
empfangenen Wunden. In zweiter Ehe war
er mit einer Gräfin Schlik zu Weißkirchen
und Bassano vermält. Nach Richards Tode
kehrte Theobald nach Großbritannien zurück,
wo sich inzwischen mit der Regierung
Karls I. die Verhältnisse für die katholischen Vasallen günstiger gestaltet hatten. Er
setzte daselbst sein Geschlecht in der englischen und irischen Baronatage unter dem
Namen Walsh fort. Dagegen blieb Richards jüngerer Sohn Olivier in Deutschland und stieg im Verlauf des dreißigjährigen

Krieges von Ehrenstelle zu Ehrenstelle. Er
erhielt ein Regiment zu Fuß, den Reichs-
freiherrenstand, die Kämmererwürde und
nachdem er sich 1645 vor Olmütz durch seine
Tapferkeit besonders hervorgethan, empfing
er von Kaiser Ferdinand III. die goldene
Gnadenkette. Er starb als commandirender
General jenseits der Theiß und ist durch seine
beiden mit Agnes Maria Gräfin von Gulen-
stein-Hoßlau erzeugten Söhne **Georg** und
Franz Ernst der Stammvater der heute
noch in Oesterreich, Böhmen, Mähren und
Schlesien in zwei Haupt- und zwei Nebenlinien blühenden Grafen von Wallis.
Georg bildete die ältere Linie, deren
Filiation bis auf die Gegenwart aus der
Stammtafel ersichtlich; Franz Ernst wurde
der Stammvater der jüngeren, die sich
mit seinen Enkeln **Franz Ernst** und **Olivier Remigius** in zwei Zweige schied,
welche zur Stunde noch blühen und auch auf
der Stammtafel dargestellt sind. — Was die
Würden des edlen Geschlechtes betrifft, so
erlangten beide Linien 1640 den Freiherrnstand und am 25. Jänner 1688 das ungarische Indigenat; den Grafenstand
erhielt die ältere Linie mit Diplom vom
18. März 1706; die jüngere den Reichsgrafenstand mit Diplom vom 14. Juli 1724 und
den böhmischen Grafenstand nebst
Wappenverbesserung mit Diplom ddo.
16. Mai 1736. Auch wurde die jüngere Linie
mit dem Grafen **Joseph** ddo. 27. April
1818 in die steirische Landmannschaft aufgenommen. — Im Dienste der Kirche
suchen wir vergebens die Grafen und Barone
von Wallis, dagegen in jenem des Heeres
sind sie stark und in ausgezeichneter Weise
vertreten. Nicht nur daß der erste Wallis,
Richard, der nach Deutschland kam, an
den in der Schlacht bei Lützen empfangenen
Wunden verblutete, noch andere, wie **Eduard,
Franz** und **Georg**, brachten dieses Blut-
opfer auf dem Altar des Vaterlandes, und
in den Annalen der Kriegsgeschichte des österreichischen Heeres, deren Gedenkblätter wir
dem berühmten Historiographen der kaiserlichen Armee, dem Grafen Andreas Thü-
heim, verdanken, erscheinen wenige Namen
so häufig und so ruhmvoll, wie jener der
Freiherren und Grafen Wallis; wir
nennen außer Obigen noch die Grafen **Franz
Paul, Franz Wenzel, Georg Olivier,
Karl Olivier, Michael, Patriz Olivier** und **Richard**. Außer den regierenden

Fürsten und den Sprossen fürstlicher Familien möchte es kaum eine zweite Familie in Oesterreich geben, welche ihren Namen so vielen Regimentern im österreichischen Heere lieh, wie eben die Grafen von Wallis, deren Namen die Infanterie-Regimenter Nr. 11 — dieses gar zweimal — Nr. 29, 35, 36, 43, 47 und 59 trugen. Auch einen Theresien-Ritter hat diese Familie aufzuweisen, den Grafen Patriz Olivier, essen Name mit er Erstürmung der Festung Schweidniß im siebenjährigen Kriege in glänzender Weise verbunden ist, denn den durch den Plan und den Heldenmuth dieses Wallis erfolgten Fall der Festung wollte selbst König Friedrich II. nicht glauben, bis ihn wiederholte Bestätigung der Thatsache eines Besseren belehrte. — Von Staatsmännern lebt nur Einer, Graf Joseph, in der Erinnerung des österreichischen Volkes, und so groß seine Verdienste in anderen Gebieten, wie in jenem der Verwaltung, der Justiz und der Obscultur sind, so ist diese Erinnerung doch durch das unglückselige Finanzpatent von 1811 getrübt, welches ihn zum Urheber hat und die Verarmung von unzähligen Familien im Kaiserstaate, ja den finanziellen Niedergang desselben beiherführte. — Unter den Rittern des goldenen Vließes finden wir auch die Familie durch die Grafen Franz Wenzel und Joseph vertreten. — Was die Wallis für Kunst und Wissenschaft gethan, entzieht sich unserer Kenntniß. — Durch ihre Heiraten sind sie mit den ersten Familien des Kaiserstaates verschwägert, mit den Attems, Colloredo, Kollonitz, Minato, Thürheim, Schaffgotsche, Steinberg-Wandericheid, Paar, Battthyany, Waldstein, Hoyos, Sprinzenstein, Welspern, Liechtenstein, Desfours und anderen. — Schließlich sei noch bemerkt, daß vornehmlich die männlichen Sprossen der älteren Linie mit ihren sonstigen Taufnamen den Namen Olivier — wohl zur Erinnerung an den gemeinschaftlichen Stammvater der heute noch in Oesterreich blühenden Linie — verbinden. So haben wir einen Georg Olivier, Stephan Olivier, Rudolph Olivier, Friedrich Olivier, Karl Olivier, Remigius Olivier u. s. w. Dadurch aber daß dieser Name Olivier mit Beisetzung des zweiten Namens zum gewöhnlichen Rufnamen wird, entsteht in den biographischen Daten der Einzelnen eine Verwirrung, die zu lösen, ungemein schwer wird. Verfasser dieses Lexikons war bemüht, die daraus in den Biographien vorkommenden Unrichtigkeiten zu vermeiden und richtig zu stellen. [Oesterreichische National-Encyklopädie von Gräffer und Czikann (Wien 1837, 8°.) Bd. VI, S. 27. — Meyer (J.). Das große Conversations-Lexikon für die gebildeten Stände (Hildburghausen, New-York und Philadelphia, gr. 8°.) II. Section, Bd. XIV, S. 804 u. f. — Gauhe. Adels-Lexikon. Bd. I. S. 2039. — Historisch-heraldisches Handbuch zum genealogischen Taschenbuch der gräflichen Häuser (Gotha 1855, Justus Perthes, 32°.) Jahrg. 1826, S. 434; 1858, S. 921 und 1878, S. 1011. — Hellbach (Joh. Christ. v.). Adels-Lexikon (Ilmenau 1826, Voigt, 8°.) Bd II. S. 677. — Wigand's Conversations-Lexikon (Leipzig 1852, Wigand, gr. 8°.) Bd. XV, S. 38. — Slovník naučný. Redaktoři Dr. Frant. Lad. Rieger a J. Malý, d. i. Conversations-Lexikon. Redigirt von Dr. Franz Lad. Rieger und J. Malý (Prag 1872, J. L. Kober, Lex.-8°.) Bd. X, S. 23. — Nagy (Iván). Magyarország családai czimerekkel és nemzékrendi táblákkal, d. i. Die Familien Ungarns mit Wappen und Stammtafeln (Pesth 1865, Moriz Ráth, gr. 8°.) Bd XII. S. 18. — Thürheim (Andreas Graf). Gedenkblätter aus der Kriegsgeschichte der k. k. österreichischen Armee (Wien und Teschen 1852, Prochaska, gr. 8°.) Bd I: S. 64, 188, 191, 256, 238, 266, 476; Bd. II: S. 245, 268, 272, 275, 427, 428, 429, 431, 479, 576, 716.]

II. Besonders denkwürdige Sprossen des Grafenhauses Wallis. 1. **Eduard** [siehe unter Nr. 16] — 2. **Franz** Graf (geb. 28 Mai 1769, gest. 22. Mai 1794), vom ersten Zweige der jüngeren Linie. Der jüngste Sohn des Grafen Franz Ernst aus dessen Ehe mit Maria Maximiliana gebornen Gräfin Schaffgotsche, trat er frühzeitig in die Reihen der kaiserlichen Armee und wurde, erst 25 Jahre alt, bereits Major im 11. Infanterie-Regimente, dessen Inhaber sein Oheim Graf Michael Johann Janaz war. Er zog mit seinem Regimente in den Feldzug 1794 gegen Frankreich und fand den ruhmvollen Soldatentod im Treffen desselben Jahres bei Tournay. — 3. **Franz Paul** Graf (k. k. General-Feldzeugmeister, geb.

[18] /42, Hennet 63. 44.	**Antonia,** Salefianer- nonne. †	**Rosa** geb. 17. Juni 1744. †	**Carolina,** Salefianer- nonne. †	**Joseph** geb. 19. Juli 1747, † 27 Nov. 1793.

Olivier , † 14. März 1860. Batthyány , †.	**Walburga** vm. Freiin v. Greifenclau †.

Irene 1822, Eberhard herr von uteaul.	**Jacqueline** geb. 1824. vm. Alfred Graf Erfay.	**Julius** geb. 1827. Helene Gräfin Somogyi vm. Medgves geb. 20. Juli 1830.	**M.** **Philippine** geb. 1829 vm. Hellmuth Freiherr von Carnap- Bornheim.	**Juliette** geb 1839, vm. Clothar Schulz- Seitershofen.

Ludwig
geb 15 Februar 1794, † Juni 1848.
Anna Edle von Bohr
geb 1802, † 29 Februar 1876.

Joseph b 12 Oct. 1820.	**Ludwig [9]** geb. 29. November 1822, † 20. October 1877. Wilhelmine von Mänzberg.	**Maximiliane** geb. 29 Februar 1824.

Georg geb 23 April 1836	**Joseph** geb 29 August 1837	**Olivier** geb. 14 August 1869.

auf welcher die ausführlichere Lebensbeschreibung des Betreffenden steht.

;enbe
den ff
erfol;
Röni
ibn
eines
m ä n
in be
und f
bieten
Juſti;
Erinn
Finan
;um
unzäh
ſinanz
führte
de n r
durch
Joſef
Runſt
unfere
find f
ſtaatel
loret
b e i m
Man
Wall
Wels
und a
baß r
der äl

1677, gest. in Hermannstadt am 18. October
1737), von der älteren Linie. Der jüngere
Sohn des Grafen Ernst Georg aus dessen
Ehe mit Maria Magdalena geborenen
Gräfin Attems, verlor er, erst zwölf Jahre
alt, seinen Vater, den General-Feldzeugmeister
Ernst Georg Freiherrn von Wallis, durch
den Tod und kam dann mit seinem älteren
Bruder Georg Olivier als Page an den
kaiserlichen Hof, und zwar zunächst zur
Dienstleistung bei dem römischen Könige
Joseph. Ein besonderer Zufall begünstigte
den jungen Pagen. König Joseph vergnügte
sich eines Tages mit dem damals auch noch
jungen Herzog Leopold von Lothringen
im Waffenspiele. Da zielte Letzterer eine
Flinte, die er nicht geladen glaubte, scherzweise auf seinen Gegner, und ehe er los-
drückte, sprang Wallis dazwischen und
empfing die ganze Ladung, welche sonst den
König getroffen und vielleicht getödtet hätte.
Die Büchse war durch Unvorsichtigkeit des
Büchsenspanners nicht entladen worden.
Wallis lag nun an der empfangenen
gefährlichen Wunde lange krank, aber der
Herzog von Lothringen behielt ihn in Erinnerung und schenkte dem Genesenen eine
Compagnie in seinem Regimente, mit welcher
derselbe 1697 ins Feld zog und der Eroberung des Schlosses Ebernburg beiwohnte.
1701 ging Wallis als Hauptmann mit dem
Regimente nach Italien, focht im Treffen bei
Chiari, dann bei Luzzara 1702, wo er verwundet wurde. Gegen Ende letztgenannten
Jahres rückte er zum Major im Regimente
Longueval, 1705 zum Oberstwachtmeister in
demselben vor. 1708 Oberst im Regimente
Haßlinger, machte er an dessen Spitze unter
dem Prinzen Eugen alle Feldzüge im Reiche
und in den Niederlanden bis zum Friedensschlusse bei Utrecht (April 1713) mit. 1716
zum Generalmajor befördert, errichtete er das
später unter Nr. 43 reducirte Infanterie-
Regiment, zog noch im nämlichen Jahre
gegen die Türken ins Feld und wurde nach
der Einnahme Belgrads erster Commandant
dieser Festung, in welcher Stellung er bis
1727 blieb, worauf er das Commando in
Luxemburg erhielt. In der Zwischenzeit 1718
hatte er sein Regiment mit dem ehemals
Regal'schen (heute Nr. 36) vertauscht. Im
October 1729 ward er Feldmarschall-Lieutenant und kurze Zeit danach commandirender
General in Siebenbürgen. Als 1732 Graf
Kornis, Gouverneur in Siebenbürgen,

starb, erhielt Feldmarschall-Lieutenant Wallis interimsweise das Gubernialpräsidium,
welches vor ihm noch kein commandirender
General bekleidet hatte, und in Folge dessen
verliehen ihm die Landstände am 29. October
1732 das siebenbürgische Indigenat. Dadurch
erhielten die Katholiken in diesem Fürstenthum mit 192 Stimmen die Mehrheit im
Landtage. Auch führte der bereits 1706 zugleich mit seinem Bruder Georg Olivier
in den Grafenstand erhobene General das
sogenannte Opus correctionum juris remo-
ratae Justitiae im Großfürstenthum völlig
ein. Im März 1734 wurde er General-Feldzeugmeister, im Juli 1736 General-Kriegs-
commissär. Als dann im folgenden Jahre der
Krieg mit den Türken ausbrach, rückte Wallis sofort mit seiner Armee in die Walachei.
Die Feindseligkeiten wider die Türken begannen am 12. Jul. am 12. August
eroberte er Campolongo, nahm dann zu
Kempina, Perivean, Argo, feste Stellung, besetzte Terzovist, das Kloster Marignann und
Pitest und rückte nun unaufhaltsam gegen
die Landeshauptstadt Bukarest, welche der
Hospodar bereits flüchtig verlassen hatte.
Eben im Begriff, seine Vereinigung mit General Khevenhüller bei Widdin zu bewerkstelligen, mußte er wegen plötzlicher Erkrankung nach Hermannstadt zurückkehren, wo
er auch kurz danach im Alter von 59 Jahren
starb. Seine Ehe mit Carifie gebornen
Gräfin Liechtenstein war kinderlos geblieben.
[Thürheim (Andr. Graf). Feldmarschall
Otto Ferdinand Graf von Abensperg und
Traun (Wien 1877, Braumüller, 8°.) S. 294.
382.] — 4. **Franz Wenzel** [siehe die besondere Biographie S. 255]. — 5. **Georg**
Freiherr (gest. 6. September 1689), der auch
mit dem Doppelnamen Georg Ernst erscheint, ist der ältere Sohn des Freiherrn
Olivier aus dessen Ehe mit Agnes Maria
Gräfin Gutenstein-Hostau und der
Stifter der älteren Linie der heutigen
Grafen Wallis. Gleich seinem Vater Olivier widmete er sich dem Waffendienste in
der Armee des Kaisers und wurde, erst
siebzehn Jahre alt, Oberstlieutenant im Regimente Strassoldo; als dieses 1673 nebst anderen der Krone Dänemark zu Hilfe gesendet
ward, trat er mit kaiserlicher Bewilligung in
dänische Dienste und stand einige Jahre als
Brigadier und Oberst bei König Chri-
stians V. Leibinfanterie-Regimente. 1682
kehrte er als Generalmajor in kaiserliche

Dienste zurück; 1683, während der Belage-
rung Wiens, führte er das Commando in
Raab; 1684 wurde er Commandant der
Festung Szathmár, vertheidigte dieselbe gegen
den Feind und unterwarf die Orte Kalló,
St. Jób und Kleinwardein den kaiserlichen
Waffen. Er wohnte der Belagerung und
Eroberung von Ofen bei und erstürmte Sze-
gedin und Titel. Bei der Belagerung von
Belgrad trug er eine Wunde davon. Im
Jahre 1686 zum Feldmarschall-Lieutenant
befördert, fungirte er 1687 als Präsident des
peinlichen Gerichtes wider die Conspiration
gegen den Kaiser zu Kaschau und Epereis.
Dann kam er zur Rheinarmee, in welcher er
zum Feldzeugmeister vorrückte, und fand vor
Mainz, bei einem auf die Contreescarpe
unternommenen Sturme am 6. September
1689 einen ruhmvollen Soldatentod. 1682
verlieh ihm der Kaiser das 47. Infanterie-
Regiment. Freiherr Georg war mit Maria
Magdalena Gräfin Altems vermält, welche
ihm die Söhne Georg Olivier und
Franz Paul, die nachmaligen Grafen
Wallis, gebar. [Ricaut (Paul Chevalier
de). Ottoman:sche Pforte, Bd. II, S. 362
und 374.] — 6. Georg Olivier Graf
[siehe die besondere Biographie S. 261]. —
7. Joseph Graf [siehe die besondere Biographie S. 265] — 8. Karl Olivier Graf
(geb. 26. Juli 1837), von der älteren Linie.
Der älteste Sohn des 1878 verstorbenen
Grafen Friedrich Olivier Wallis aus
dessen erster Ehe mit Erwine geborenen
Gräfin Sternberg-Manderscheid, trat
er in jungen Jahren in die kaiserliche Armee,
machte 1866 als Rittmeister im 12. Uhlanen-
Regimente Köniz beider Sicilien den italienischen Feldzug mit und erhielt für sein tapferes
Verhalten in der Schlacht bei Custozza am
24. Juni die allerhöchste Belobung. Gegenwärtig ist er Rittmeister in der Reserve bei
Fürst Montenuovo-Dragonern Nr. 10, früher
Uhlanen Nr. 9 Im Jahre 1871 wurde er
zum ersten Male in das Abgeordnetenhaus
des österreichischen Reichsrathes gewählt; am
29. October 1873 erfolgte zum zweiten Male
von Seite des verfassungstreuen Großgrundbesitzes seine directe Wahl in dasselbe. Am
5. Mai 1873 vermälte sich Graf Karl
Olivier mit Sophie Gräfin Paar (geb.
12. Mai 1850), aber schon am 19. Juni
1874 wurde ihm die Gattin durch den Tod
entrissen. Das Wochenblatt „Wiener Salon"
brachte in Nr. 14 des Jahres 1873 die Bild-

nisse des Brautpaares nach einer Zeichnung
von A. Palm. Im genannten Blatte wird
die verstorbene Mutter des Grafen Wallis,
Erwine geborene Sternberg-Manderscheid, unrichtig Scherenberg-Mander-
scheid genannt. — 9. Ludwig Graf (geb.
zu Wien 29. November 1822, gest. 20 October 1877), vom ersten Zweige der jüngeren
Linie. Ein Sohn des Grafen Ludwig (gest.
1848) aus dessen Ehe mit Anna von Botz,
trat er im October 1836 zur militärischen
Ausbildung in die Wiener-Neustädter Akademie, welche er aber schon im April 1838
wieder verließ. 1841 erscheint er als Cadet
bei Prinz Emil von Hessen-Infanterie Nr. 54,
in welchem Regimente er 1846 zum Lieutenant vorrückte. 1850 kam er als Oberlieutenant zu Banderial-Huszaren Nr. 12, 1852 zu
Don Miguel-Infanterie Nr. 39 als Hauptmann. Mit dem Regimente machte er den
Feldzug 1859 in Italien mit und erkämpfte
sich für sein tapferes Verhalten im Gefechte
bei Melegnano das Militär-Verdienstkreuz;
aus gleichem Anlasse in der Schlacht bei
Solferino 24. Juni 1859 wurde ihm am
28. August desselben Jahres die ah. Belobung zutheil. Im April 1860 trat der Graf
in den zeitlichen Ruhestand, und am 27. November 1866 erhielt er den Majorscharakter.
schied aber schon am 1. Juli 1868 ganz aus
den Reihen der Armee. Er hat sich in Ungarn mit Wilhelmine geborenen von Munzberg
vermält, welche er 1877 als kinderlose Witwe
zurückließ. [Thürheim (Andreas Graf).
Gedenkblätter aus der Kriegsgeschichte der
k. k. österreichischen Armee (Wien und Teschen
1880, Prochaska, gr. 8°.) Bd. I, S. 266,
Jahr 1859] — 10. Maximilian Graf (geb.
27. Juni 1789, gest. 30. Juli 1864), vom
ersten Zweige der jüngeren Linie. Der ältere
Sohn des Finanzministers Grafen Joseph
aus dessen Ehe mit Maria Luise Gräfin
Waldstein-Dur, vermälte er sich am
4. Juli 1819 mit Maria geborenen Gräfin
Hoyos-Sprinzenstein. Der Familienstand ist aus
der Stammtafel ersichtlich. Der Graf war
Mitglied des böhmischen Landtages. —
11. Michael Johann Ignaz [siehe die
besondere Biographie S. 267]. — 12. Olivier Graf [siehe die besondere Biographie
S. 268]. — 13. Olivier Remigius Graf
[siehe unter Nr 18]. — 14. Patriz Olivier
Graf [siehe die besondere Biographie S. 269].
— 15. Richard (gest. zu Magdeburg an den
in der Schlacht bei Lützen 6. November 1632

empfangenen Wunden). Wegen der Katholikenverfolgung verließ er 1622 seine Herrschaften
und Güter in Schottland und England und
nahm mit seinen Söhnen Theobald und
Olivier Kriegsdienste im Heere Kaiser
Ferdinands II. Mit Richard hebt
unsere Stammtafel an. Derselbe wurde kaiserlicher Kämmerer, Hofkriegsrath, General-
Feldwachtmeister, Oberst über ein Regiment
zu Fuß, commandirender General zu Fuß
und Commandant zu Szathmár. Er kämpfte
in den ersten Jahren des dreißigjährigen
Krieges und auch noch in der Schlacht bei
Lützen, wo er tödtlich verwundet ward, so
daß er bald danach in Magdeburg seinen
Wunden erlag. Er war mit einer Gräfin von
Schlik vermält. Von seinen beiden Söhnen
kehrte Theobald, als unter Karls I. Regierung günstigere Verhältnisse für die katholischen Vasallen eingetreten zu sein schienen,
nach Großbritannien zurück; Olivier aber
blieb in Deutschland und wurde der Stammvater der beiden heutigen in Oesterreich blühenden Linien. — 16. Noch müssen wir aus
diesem Geschlechte, welches besonders in den
Annalen der Kriegsgeschichte so oft rühmlich
erwähnt wird, einiger Sprossen gedenken,
deren Einreihung in die Stammtafel aus
Mangel an näheren Daten unmöglich ist, oder
bei denen die Feststellung der Person wegen
des verwirrenden Namens Olivier, der in
der Familie so häufig vorkommt und bald
mit, bald ohne Beifügung des zweiten Tauf-
namens, den dessen Träger führen, auf
Schwierigkeiten stößt, welche ohne Einsicht
in die nöthigen Urkunden nicht zu überwinden
sind. So diente ein **Eduard** Freiherr von
Wallis zu Ende des vorigen Jahrhunderts
im 33. Infanterie-Regimente und zeichnete
sich als Major in den Gefechten bei Biberach
und Stockach am 1. Juli 1796 besonders
aus. Später bei Steinhausen tödtlich verwundet, erlag er zu Biberach am 26. November 1796 seinen Wunden. — 17. Ein
Baron Wallis, dessen Taufname nicht genannt ist, diente in der ersten Hälfte des
achtzehnten Jahrhunderts als Hauptmann
in der kaiserlichen Armee und befand sich
unter den Geiseln, welche in Folge des
mit den Türken geschlossenen Friedens zu
Belgrad 1739 mit dem Großvezier nach Constantinopel abgeführt, aber nach Ankunft des
Großbotschafters daselbst im Juli 1740 wieder
in Freiheit gesetzt wurden und zu den Ihrigen
zurückkehrten. In Rede stehender Baron

Wallis wurde am 19. März 1744 zum
Obersten im Regimente Olivier Wallis ernannt. — 18. Französische Quellen gedenken
eines Grafen **Olivier Wallis**, der als
Generalmajor im Kriege gegen die Türken
unter Loudon und Clerfant diente und
wie es heißt: „se distingua dans un grand
nombre des occasions". 1792 stand er bei
der Armee in den Niederlanden und 1793 im
Breisgau, wo er unter Wurmser eine Division befehligte. Im März 1794 führte er in
der Zeit vom Abgange des Fürsten von
Waldeck bis zur Ankunft des Feldmarschalls
Browne das Obercommando. 1795 ging er
nach Italien, wo er im Monat December
zum Oberbefehlshaber ernannt wurde, aber
schon in den ersten Tagen des Monats April
1796 erfolgte seine Zurückberufung. Wir vermuthen in diesem General Olivier Wallis den Grafen Olivier Remigius
(geb. 1. October 1742, gest. 19. Juli 1799),
den Stifter des zweiten Zweiges der jüngeren Linie, einen Sohn des Grafen Franz
Wenzel aus dessen Ehe mit Maria Rosa
Regina geborenen Gräfin Thürheim.
Dieser Graf Olivier war 1774 Feldmarschall-Lieutenant und wurde dann Inhaber
des 33. Infanterie-Regiments. [Biographie
des hommes vivants (Paris 1819, Mi-
chaud, 8º.) tom. 3me p. 531. — Dictionnaire biographique et historique des
hommes marquans de la fin du dix-
huitième siècle et plus particulièrement de
ceux qui ont figuré dans la Révolution
françoise (Londres 1800, 8º.) Tom. III,
p. 495.]

III. Wappen. Einmal senkrecht, zweimal quer
getheilt (6 Felder mit Mittelschild). 1 und 6:
in Gold ein doppelt geschwänzter gekrönter
blauer Löwe, einwärts gekehrt; 2 und 3: in
Roth ein schwebender silbern geharnischter
Arm, welcher, einwärts gebogen, ein blankes
Schwert in der Hand hält; 4 und 5: in
Schwarz ein silberner Zinnenthurm mit zwei
Fenstern und einem geöffneten Thore. Gekrönter Mittelschild: in Blau ein doppelt
geschwänzter gekrönter Löwe, über welchen
in der Mitte ein von Silber und Roth senkrecht
getheilter Querbalken gezogen ist (Stammwappen). Devise: Quod ero, spero.

**Wallis, Georg Olivier, Graf (k. k.
General-Feldmarschall, geb. im**

Jahre 1673, gest. in Wien am 19. December 1744), von der älteren Linie. Der ältere Sohn des Freiherrn Ernst Georg aus dessen Ehe mit Maria Magdalena Gräfin Attems, kam er nach dem 1689 erfolgten Tode seines Vaters zugleich mit seinem Bruder Franz Paul an den kaiserlichen Hof und wurde unter die Pagen des damaligen römischen Königs Joseph aufgenommen. Aber noch sehr jung, erwählte er das Waffenhandwerk, machte die Feldzüge am Rhein und in Ungarn mit, rückte, erst 31 Jahre alt, 1704 zum Obersten vor, als welcher er in der Armee in Italien stand, und wohnte 1706 dem Entsatze von Turin bei. 1707 unter Wirich Philipps Grafen Daun Befehlen in Neapel, nahm er nach kurzer Belagerung am 14. September mit Accord die Festung Pescara. Im Mai 1708 ward er Generalmajor, 1716 Feldmarschalllieutenant und machte als solcher die Belagerung von Temesvár und den Feldzug 1717 in Ungarn mit. Noch im December letztgenannten Jahres erfolgte seine Ernennung zum Hofkriegsrathe. Als dann 1718 die Verwicklungen im Süden Italiens drohender wurden und die Spanier eine Landung vorbereiteten, erhielt er Befehl, nach Calabrien zu gehen, um einer solchen entgegenzutreten. Er befehligte das Lager bei Reggio, unterstützte die Belagerten in Messina mit Truppen und Lebensmitteln, ohne jedoch verhindern zu können, daß die Festung am 19. September fiel. Auch an den weiteren mit wechselndem Glücke geführten Kämpfen nahm Wallis ruhmvoll Theil. Am 1. December 1718 wurde er bei Recognoscirung des Lagers durch eine Geschützkugel verwundet, was ihn jedoch nicht abhielt, seinen Dienst weiter zu verrichten. In der darauf folgenden Schlacht bei Francavilla — 20. Juni 1719 —

befehligte er die Vorhut, wohnte dann der blutigen Belagerung des von den Spaniern besetzten Messina bei, welches auch am 19. October capitulirte. Als 1720 nach Abschluß des Waffenstillstandes die Spanier Sicilien verließen, übernahm er das Commando in Messina und behielt es mehrere Jahre, inzwischen, 1. October 1723, zum Feldzeugmeister befördert. Während dieser Zeit ließ er auch die in doppelter Belagerung stark beschädigten Festungswerke wieder herstellen. Ende 1730 wurde er durch den Fürsten Johann Georg Christian von Lobkowitz im Commando abgelöst. Ein blutiges Rencontre, welches zwischen seinen Bedienten und denen des Vicekönigs Grafen von Sastago stattgefunden, soll die Ursache seiner Abberufung gewesen sein. Graf Wallis kehrte nun nach Wien zurück und lebte auf seinen Gütern, bis er im Jahre 1733 Befehl erhielt, sich zur Armee zu begeben, welche der Herzog von Braunschweig-Bevern in Böhmen commandirte. Mit derselben rückte er an den Rhein, wo die Franzosen in ihrer civilisatorischen Weise Alles verwüsteten. Die Festung Mainz sollte in Vertheidigungsstand gesetzt werden, und Graf Wallis wurde dazu ausersehen. Im Frühjahr 1734 begab er sich an den Ort seiner Bestimmung und traf alle Anstalten. Den Proviant verschaffte er sich von den Franzosen, indem er einen Transport derselben bei Worms überfiel und ihnen überdies eine ansehnliche Menge Korn wegnahm. Als der französische Marschall Berwick, in seinem Dünkel als Herr der Rheinlande sich betrachtend, die Stadt Mainz in einem Schreiben aufforderte, eine Deputation an ihn abzusenden, mit der die Contribution, welche die Stadt zu leisten habe, vereinbart werden solle, ließ Graf Wallis dem Mar-

schall erwidern: „Er kenne das Land noch nicht genug, um zu wissen, was es leisten könne, wenn es aber der Marschall genau zu erfahren wünsche, so dürfe er sich nur die Mühe nehmen und selbst an Ort und Stelle erscheinen, um das entfallende Contingent in Empfang zu nehmen". Bald darauf erhielt der Graf Befehl, sich zu dem in dem Lager von Heilbrunn weilenden Prinzen Eugen von Savoyen zu begeben, welcher eben Anstalt machte, das von den Franzosen belagerte Philippsburg zu entsetzen. Vor dieser Stadt büßte Marschall Berwick sein Leben ein. Graf Wallis begab sich dann nach Wien, von wo er im October 1734 mit einigen Regimentern zur Verstärkung der Armee des Feldmarschalls Königseck in die Lombardei abrückte. Er überschritt nun Ende October den Oglio, besetzte Bozzolo, nahm Sabionetta und bemächtigte sich der ganzen Strecke zwischen Po und Oglio bis Casal maggiore. Dann, als Graf Königseck Ende December die Armee verließ, übernahm er das Commando derselben und führte es, bis Ersterer Mitte März 1735 wieder bei dem Heere anlangte. Nun kehrte er nach Wien zurück und betheiligte sich als wirklicher Hofkriegsrath an den Berathungen über die Bewegungen der Armee. Am 31. April 1736 befehligte er den Leichenconduct des vom 20. zum 21. April verstorbenen Prinzen Eugen von Savoyen. 1738 erhielt er Befehl, unter dem Großherzog von Toscana, welchem Graf Königseck an die Seite gesetzt worden, die ganze Infanterie wider die Türken in Ungarn zu commandiren, und wurde zugleich zum Feldmarschall ernannt. Eine damals zwischen dem ein Jahr früher zum Feldmarschall beförderten Grafen Philippi und dem Grafen Wallis entstandene Rangfrage

machte einiges Aufheben, doch blieb Letzterer in seinem obgedachten Commando und begab sich nun an seinen Bestimmungsort. Mit dem im Kriegsrathe beschlossenen Plan, das von den Türken besetzte Orsova zu entsetzen, wie ihn Graf Königseck entwarf, stimmte er nicht überein, mußte aber dem Obercommando Folge leisten. Ein Treffen bei Cornia am 4 Juli fiel glücklich aus; der Feind wich, kehrte aber nach wenigen Tagen mit Verstärkungen zurück. Ein neues Gefecht, in welchem Graf Philippi befehligte, endete mit dem Rückzuge unserer Armee, welche Ende Juli wieder in Temesvár anlangte. Auch die nun folgenden Bewegungen fielen zum Nachtheil der Unseren aus, die Armee ward genöthigt, am 11. October über die Donau zurückzugehen, worauf sie am 13. ihr Lager bei Pancsova aufschlug. Doch war man weit entfernt, das Mißgeschick unserer Armee dem General Wallis zuzuschreiben, denn im Jänner 1739 übertrug ihm der Kaiser das Obercommando über die ganze Armee in Ungarn und ernannte ihn gleichzeitig zum Statthalter in Serbien. Graf Wallis weigerte sich, das Commando anzunehmen, aber erfolglos. So ging er denn am 2. April von Wien ab. Nachdem er die Hilfstruppen an sich gezogen hatte, brach er am 17. Juni mit der Armee von Peterwardein auf und rückte am 27. in die Linien bei Belgrad ein. Er selbst nahm das Hauptquartier bei Marava, während das Corps des Grafen Neipperg [Bd. XX, S. 159] sich von dem Hauptcorps absonderte. Am 17. Juli brach er nach Wiśznica auf. Am 22. Juli kam es zur Schlacht bei Kroczka, welche mit der Niederlage unserer Armee endigte und sicher zur totalen Vernichtung derselben würde geführt haben, wenn nicht der Prinz von Hildburghausen und Graf

Neipperg mit ihrem 13000. Mann starken Corps rechtzeitig eingetroffen wären. Der Graf führte während der Schlacht die Grenadiere in Person an und setzte sich überall der größten Gefahr aus, aber das Schlachtenglück entschied gegen ihn. Mit einem Verlust von 6000 Mann rückte er am 23. Juli wieder in die Linien vor Belgrad ein. Als dann die Türken Miene machten, diese Festung zu belagern, zog er sich am 30. Juli nach Pancsova zurück. Einem Angriffe, den er auf die Türken machte, hielten diese nicht Stand, sondern wichen demselben aus, und er unterließ es, sie zu verfolgen. Am 7. August brach er mit seiner ganzen Armee auf, marschirte die Temes aufwärts, ging am 9. bei Lomaszowicz über dieselbe, passirte am 15. bei Czentes die Donau und schlug bei Surdok das Lager auf, dann setzte er nach einigen Tagen den Marsch gegen Semlin fort, wo er am 30. d. M. anlangte. Ueber die Kriegführung des Grafen schreibt Reilly: „Er führte das Heer zwecklos zwischen den Morästen der Donau herum, und hatten viele Truppen des Heeres im ersten Jahre ihren Geist auf brennendem Sande verloren, im zweiten an der Pest aufgegeben, so war im dritten ihr Loos, in Sümpfen oder an deren Ausdünsten zu erliegen". Graf Neipperg hatte sich inzwischen in das türkische Lager begeben und unter Vermittlung des französischen Abgesandten Marquis de Villeneuve mit dem Großvezier den schimpflichen Frieden von Belgrad 18. September 1739 abgeschlossen, in Folge dessen die Festungen Belgrad und Schabaz, nachdem ihre seit 1717 angelegten Befestigungen geschleift worden, nebst ganz Serbien und der kaiserlichen Walachei den Türken überlassen wurden und nur Temesvár mit dem Banate dem Kaiser verblieb. Dem

selben erschien dieser in der That schimpfliche Frieden nicht verträglich mit der Ehre der kaiserlichen Armee. Graf Wallis und Graf Neipperg erhielten Arrest, Baron Seher übernahm von Ersterem das Commando, und der Kaiser erließ an die auswärtigen Höfe ein Circularschreiben, in welchem er mit Darlegung der Irrthümer dieses Feldzuges beide Generale öffentlich tadelte und ihre Versetzung in Anklagestand befahl. Im December 1739 trat in Wien unter dem Hofkriegsrathspräsidenten Grafen Harrach eine kaiserliche Commission zusammen. Das Ergebniß derselben war, daß Graf Wallis als Gefangener der Festung Spielberg bei Brünn den Ausgang der Untersuchung abzuwarten habe. Am 22. Februar 1740 langte der General auf dem Spielberg an, wo er von dem Grafen Zinzendorf am Thore, während die Besatzung unter klingendem Spiel in zwei Reihen unter Gewehr aufgestellt war, empfangen und auch während des Arrestes mit der seinem hohen Range entsprechenden Rücksicht behandelt wurde. Schon nach einigen Monaten, am 20. October 1740, starb Kaiser Karl VI., und mit 6. November desselben Jahres resolvirte Kaiserin Maria Theresia, daß die Untersuchung wider den General aufzuheben und derselbe in seiner früheren Würde wieder einzusetzen sei. Aus der Haft begab sich der Graf auf seine Güter in der Grafschaft Glatz. 1741 erhielt er die Erlaubniß, sich in Wien einzufinden, wo er von der Kaiserin-Königin huldvoll empfangen und auch dem Kriegsberathungen zugezogen ward. Doch kränkelte er seitdem beständig und starb daselbst im Alter von 71 Jahren. Graf Georg Olivier hatte sich zweimal vermält, im Jahre 1714 mit Maria Francisca Antonie Gräfin Goeß zu Scharfeneck, und nach deren

1723 erfolgtem Tode am 18. August 1743 mit Theresia Josepha Marimiliana Gräfin Kinsky, welche ihn um acht Jahre überlebte. Die Ehe mit der ersten Frau blieb kinderlos, seine zweite Gattin schenkte ihm einen Sohn Stephan Olivier und eine Tochter Mariminiana, welche sich mit Philipp Grafen Welsperg vermälte.

Eröffnetes Cabinet großer Herren. Bo. II, S. 781, 782, 876 und 997. — Theatrum Europaeum, Tom. XVIII, au. 1707, p. 226. — Europäische Fama. 266. Theil, S. 120 u. f.; 291. Theil, S. 235 u. f.; 333. Theil, S. 782 u. f — Europäischer Staatssecretarius XII Theil, S. 1070; XLII. Theil, S. 453 u f, S. 747 u f; LXII. Theil, S. 118 u. f — Zedler's Universal-Lexikon, Bd. LII, Sp. 1680—1699. — Schlosser. Geschichte des achtzehnten und des neunzehnten Jahrhunderts bis zum Sturze des französischen Kaiserreichs (Heidelberg 1849, Mohr 8°.) Bd. I. S 403 407, 410; Bd. III, S. 367. — Tempel des Nachruhmes oder Sammlung kurzgefaßter Lebensgeschichten großer ausgezeichneter Militärpersonen. Staatsminister verschiedener Mächte u. s. w. (Wien 1797, 3 G. Pinz, 8°.) I Theil, S. 137 u. f — Thürheim (Andreas Graf). Feldmarschall Otto Ferdinand Graf von Abensperg und Traun 1677—1748 (Wien 1877, Braumüller, gr 8°) S. 20, 26, 28, 30, 32, 88 — 90, 147, 297 und 381.

Porträt. Unterschrift: Georg Olivier Graf Wallis | Kayerl. General Feld-Marschall Lieuten. | Gouverneur von Messina etc. | Dasselbe befindet sich (gestochen von Berntgeroth) vor dem 266 Theile der „Europäischen Fama".

Wallis, Joseph Graf (Staatsmann und Ritter des goldenen Vließes, geb. zu Prag 31. August 1767, gest. in Wien 18. November 1818), vom 1. Zweig der jüngeren Linie. Der älteste Sohn des Appellations-Vicepräsidenten Franz Ernst Grafen Wallis aus dessen Ehe mit Maria Mariminiana Gräfin Schaffgotsche, erhielt er unter der Leitung des Pädagogen August Zippe eine sorgfältige Erziehung. Nach beendeten Studien trat er in den Staatsdienst und begann bei den niederösterreichischen Landrechten seine öffentliche Laufbahn, ward nach neun Monaten Landrath, 1795 Appellationsrath und Prüfungshofcommissär bei der Arcierengarde galizischer Abtheilung, trat 1797, damals schon Gatte und Vater, auf den Ruf des Vaterlandes in die Reihen freiwilliger Krieger und empfing auch die Ehrenmünze, die zum Andenken an die vaterländischen Gefühle des treuen österreichischen Volkes geprägt wurde. 1798 zum Hofrath bei der vereinigten Hofkanzlei ernannt, behielt er den Vortrag über Böhmen bis 1802, wo er die Oberstlandrichterstelle, sammt der geheimen Rathswürde, und einige Jahre später wegen seiner Bemühungen um die Verbesserung der Gerichtspflege die Appellations-Präsidentenstelle erhielt. Seiner Thätigkeit erschloß sich ein größerer Wirkungskreis, als am 1. Jänner 1805 seine Ernennung zum Gouverneur von Mähren und Schlesien erfolgte, doch schon den 17. Juni wurde er durch ein kaiserliches Handschreiben nach Wien berufen, um dort den Eid als Oberstburggraf von Böhmen in die Hände seines Kaisers abzulegen. Wenige Monate darauf trat der verhängnißvolle Zeitpunkt ein, wo der österreichische Staat von feindlichen Heeren überschwemmt ward. Die unermüdete Thätigkeit, welche Graf Wallis in allen Angelegenheiten des Heeres entwickelte, erwarben ihm die volle Zufriedenheit des Landesfürsten, der ihn schon wenige Tage nach geschlossenem Frieden, am 12. Jänner 1806, mit dem Commandeurkreuz des St. Stephansordens, dann zwei Jahre darauf mit dem Großkreuze belohnte. Die Errichtung der Landwehr, folgenreich für das Schicksal von Europa, und die übrigen Rüstungen beim Ausbruch des neuen Krieges 1809 nahmen die volle Thätigkeit des Oberstburggrafen in Anspruch. Zugleich weihte er eine vorzügliche Sorgfalt der Pflege verwundeter Krieger und der schnellen Ergänzung der böhmischen Regimenter, die alle in der mörderischen Schlacht von Aspern mitgefochten hatten, aber schon wenige Wochen darauf in den hartnäckigen Schlachten bei Wagram und Znaim sich aufs neue als tapfere Krieger bewährten. Auch der inneren Verwaltung seines engeren Vaterlandes widmete er sich, so weit es ihm die Stürme des Krieges erlaubten. Der Verein zu Unterstützung der Armen und ein anderer vom Jahre 1809 zur Versorgung bedürftiger Familien mit Brennstoff und Decken fanden in ihm den eifrigsten Beförderer; die Anstalt zur Heilung und Bildung der Blinden, die Einführung der Sitte, die Geburts- und Namensfeste des Landesfürsten auch durch Vertheilung ansehnlicher Summen unter Hausarme ohne Unterschied des Glaubens zu feiern, verdanken dem Grafen Wallis ihre Entstehung. Am 15. Juli 1810 wurde derselbe zum Präsidenten der Hofkammer ernannt, und an seinen Namen knüpft sich die unheilvolle und noch heute nicht vergessene Katastrophe im österreichischen Finanzwesen. Vom 15. Juli 1810 bis zum 16. April 1813, an welchem er von letzterem Amte enthoben und zum Staats- und Conferenzminister im Staatsrath ernannt wurde, versah er das Portefeuille der österreichischen Finanzen, und in dieser Zeit brach der österreichische Staatsbankerott aus. Die Staatsschuld hatte sich verdoppelt, das Papiergeld (die sogenannten Bancozettel) war auf 150 Millionen

Gulden angewachsen und galt kaum noch ein Zwölftel seines Nennwerthes. Am 26. März 1811 wurden die Bancozettel durch die ominösen Einlösungsscheine ersetzt, welche nur den fünften Theil ihres Nennwerthes galten. Ueber die Stimmung in der Oeffentlichkeit nach oberwähnter Finanzkatastrophe vergleiche S. 267 die zwanzig W des Finanzministers Grafen Wallis. Am 23. December 1817 ward er zum Präsidenten der obersten Justizstelle und der Gesetzgebungshofcommission ernannt, doch war es ihm nicht lange gegönnt, auf diesem Posten zu wirken. Denn nach nicht voller Jahresfrist starb er im Alter von erst 51 Jahren am Nervenschlag. Obwohl sich nun jenes traurige Ereigniß, welches einen großen Staat und zwar in bedenklichster Zeitperiode traf, nicht verwischen läßt, so müssen wir doch dem Grafen Gerechtigkeit widerfahren lassen, räumt ihm doch Freiherr von Hormayr, der ihn nicht mit Glacéhandschuhen anfaßt, ausgezeichnete Eigenschaften ein, und wurde in unserer Lebensskizze seines trefflichen Wirkens auch gedacht. Noch sei an seine Verdienste erinnert, die er sich durch Emporbringung einer veredelten Obstzucht auf seinen mährischen Herrschaften Budischkowitz, Budwitsch und Butsch erwarb. Seine Obstanlagen standen in Vollkommenheit da, wie nirgends in Mähren. Sein Obstkatalog enthält 415 Aepfel-, 380 Birnen-, 116 Pflaumen-, 233 Kirschen- und Weichselsorten, darunter alle jene, welche im Katalog der berühmten Karthause zu Paris beschrieben sind. Der Schloßgarten in Budischkowitz war nicht nur eine ergiebige Pflanzschule für alle diese Anlagen, sondern auch eine Probeschule für die Acclimatisirung fremder Bäume, Sträucher und Pflanzen. Weitere Obstpflanzungen an den Straßen verschönerten, wie sonst wohl nirgends von dieser Ausdehnung in Mähren, die Gegenden. Graf Joseph hatte sich am 11. September 1788 mit Maria Luise Gräfin Waldstein-Dur vermält, und stammen aus dieser Ehe die beiden Söhne Marimilian und Ludwig, welche Beide ihr Geschlecht fortpflanzten. (Vergleiche die Stammtafel.)

Abhandlungen der königl. böhm. Gesellschaft der Wissenschaften. III. Folge, Bd. VI, S. 11 — Erneuerte vaterländische Blätter für den österreichischen Kaiserstaat (Wien 4°.) 1819, Intelligenzblatt Nr. 18 u. 19. — d'Elvert (Christian Ritter). Geschichte der k. k. mährisch-schlesischen Gesellschaft zur Beförderung des Ackerbaues, der Natur- und Landeskunde mit Rücksicht auf die bezüglichen Culturverhältnisse Mährens und Oesterreichisch-Schlesiens (Brünn 1870, Rohrer, gr. 8°.) S. 163. — Hormayr. Lebensbilder aus dem Befreiungskriege. I. Ernst Friedrich Herbert Graf Münster (Jena 1845, Frommann 8°.) zweite vermehrte Auflage. I. Abtheilung, S. 304. — Der österreichische Staatsrath 1760—1848. Eine geschichtliche Studie, vorbereitet und begonnen von Dr. Karl Freiherrn von Hock, aus dessen literarischem Nachlasse fortgesetzt und vollendet von Dr. Hermann Ign. Biedermann (Wien 1879, Braumüller, gr. 8°.) S. 664, 665—668 und 674. — Maasburg (M. Friedrich von). Geschichte der obersten Justizstelle in Wien (1749—1848). Größtentheils nach amtlichen Quellen bearbeitet (Prag 1879, J. B. Reinitzer und Comp., 8°.) S. 74. — Neues Fremden-Blatt (Wien 4°.) 1867. Nr. 14: „Unsere Finanzen vor zwei Menschenaltern. Aus den Aufzeichnungen eines alten Wieners". — Oesterreichs Pantheon. Galerie alles Guten und Nützlichen im Vaterlande...... (Wien 1831, M. Chr. Adolph 8°.) Bd. III, S. 205. — Oesterreichische National-Encyklopädie. Von Gräffer und Cizkann (Wien, 8°.) Bd. VI, S. 29. — Pratobevera (Freiherr von Wiesborn (Karl Joseph). Materialien für Gesetzkunde und Rechtspflege in den österreichischen Staaten (Wien 8°.) Bd. IV, S. 413. — Springer (Anton Heinrich). Geschichte Oesterreichs seit dem Wiener Frieden 1809. Bd. I, S. 166 u f 188. — Vehse (Eduard). Oesterreichs

Hof und Adel (Hamburg, Hoffmann und Campe, 8°.) Bd. IX, S. 239.

Die zwanzig W des Finanzministers Grafen Wallis. Bald nach dem Erscheinen des unheilvollen Finanzpatentes von 1811, welches den Credit Oesterreichs auf Jahre hinaus erschütterte und den Ruf: von tausend und aber tausend Familien aller Stände im Gefolge hatte, fand man eines Tages an der Hauptpforte des Stephansdomes ein großes Placat angeschlagen, auf welchem in zwei Linien zwanzig durch Punkte getrennte W — wie folgt: W.w.w.W.w.W.W.W. W.w. | W.w.w.W.w.W.W.W.w. im größten Maßstabe verzeichnet waren. Dieses räthselhafte Placat erregte allgemeines Aufsehen, man zerbrach sich den Kopf über den Sinn der Buchstaben. Aber schon nach einigen Tagen erschien an derselben Kirchenthür ein neues Placat mit der Lösung: Wie wohl war Wien wie Wallis Worte Wiener Währung waren. Wie weh ward Wien wie Wallis Worte Wiener Währung wurden. Diese Lösung ging wie ein Lauffeuer durch die Bevölkerung der Stadt und gelangte auch zu den Ohren des nächstbetheiligten, des Grafen Wallis, der, im höchsten Grade ergrimmt darüber, einen Preis von einhundert Ducaten auf die Entdeckung des Pamphletisten aussetzte. Da erschien an der nämlichen Kirchenthür nach wenigen Tagen wieder ein großes Placat, auf welchem mit weit sichtbaren Buchstaben die Verse zu lesen waren: „Wir sind unser vier: | Ich, Feder, Tinte und Papier, | Die letzten drei werden mich nicht verrathen, | Ich aber pfeif' auf die hundert Ducaten." [Aus handschriftlichen Denkwürdigkeiten der ersten Hälfte des neunzehnten Jahrhunderts.]

Wallis, Michael Johann Ignaz Graf (k. k. Feldmarschall, geb. zu Neapel am 4. Jänner 1732, gest. zu Wien 18. December 1798). von der jüngeren Linie. Der zweitgeborene Sohn des Grafen Franz Wenzel aus dessen Ehe mit Maria Rosa Regina Gräfin Thürheim, trat er, erst 16 Jahre alt, in die kaiserliche Armee, machte in derselben den siebenjährigen Krieg 1756—1763 mit

und zeichnete sich durch Umsicht und
Tapferkeit aus, wurde auch dreimal,
einmal darunter tödtlich, verwundet. Noch
während des Krieges, im Feldzuge 1758,
rückte er zum Obersten, 1763 zum Generalmajor und 1773 zum Feldmarschall-
Lieutenant vor. Nach dem 1774 erfolgten
Tode seines Vaters verlieh ihm die Kaiserin dessen Regiment Nr. 11. Nach dem
bayrischen Erbfolgekriege (1778 und
1779) wurde er an Stelle des verstorbenen Feldzeugmeisters Freiherrn von
Ellrichshausen zum commandirenden
General in Mähren, 1787 zum Commandanten in Böhmen ernannt, nachdem er in der Zwischenzeit, 1784, zum
Feldzeugmeister befördert worden war.
Als dann 1789 Graf Habik im Kriege
gegen die Türken das Commando der
Hauptarmee übernahm, ward Graf
Wallis nach Wien berufen, um des Vor-
gedachten Stelle als Hofkriegsrathsprä-
sident zu vertreten. Am 9. October 1789
erfolgte seine Ernennung zum Feldmarschall und dann, auf ausdrückliches Ansuchen des erkrankten Feldmarschalls
Loudon, seine Absendung zu der gegen
die Türken aufgestellten Hauptarmee.
Als aber Feldmarschall Loudon eine andere Bestimmung erhielt, übernahm
Wallis das Obercommando dieses
Heeres. Noch in nämlichen Jahre ernannte der Kaiser den Grafen zum wirklichen Hofkriegsrathspräsidenten, in welche
Stelle derselbe auch am 10. December
eingesetzt wurde, indem er gleichzeitig die
geheime Rathswürde erhielt. 1796 suchte
er seiner geschwächten Gesundheit wegen
um Enthebung von seinem Posten an,
zwei Jahre später ereilte ihn der Tod.
Graf Michael Wallis ist unvermält
geblieben.

Kunitich (Michael). Bogarbien merkwürdiger Männer der österreichischen Monarchie

(Grätz 1805, Tanzer, kl. 8°.) Bd. II, S. 93
— Bornschein (Adolph). Oesterreichischer
Cornelius Nepos u. s. w. (Wien 1812, 11 8°.)
S. 248. — Megerle v. Mühlfeld (J. G.)
Memorabilien des österreichischen Kaiserstaates
oder Taschenbuch für Rückerinnerung an die
merkwürdigsten Ereignisse seit dem Regierungsantritte Sr. Majestät des Kaisers Franz
des Ersten, das ist vom 1. März 1792 bis
zum Schlusse des achtzehnten Jahrhunderts
(Wien 1825, J. P. Sollinger, kl. 8°.) S. 322

Wallis, Olivier Graf (k. k. Feldmarschall-Lieutenant, geb. 1821).
vom zweiten Zweige der jüngeren Linie.
Ein Sohn des Grafen Michael Olivier aus dessen Ehe mit Maria Gräfin
Batthyány, trat er frühzeitig in das
Regiment Sachsen-Coburg-Uhlanen
Nr. 1, in welchem er 1843 zum Unterlieutenant avancirte. 1848 bereits Rittmeister im Regimente, that er sich im
Gefechte bei Babolna am 28. December
so hervor, daß Generalmajor Ottinger
in der Relation über dasselbe des tapferen
Officiers in auszeichnender Weise gedenkt. Auch im weiteren Verlaufe der
Feldzüge 1848 und 1849 gab der Graf
Proben seines Muthes und seiner Tapferkeit. 1854 wurde er Major im 8. Uhlanen-Regimente, 1859 Oberstlieutenant im
4. Küraffier-Regimente und am 21. Mai
1860 Oberst und Commandant des
2. Freiwilligen-, nachmaligen Huszaren-
Regiments Nr. 14. Nach 1868 rückte er
zum Generalmajor und 1873 zum Feldmarschall-Lieutenant vor, als welcher er
die 11. Infanterie-Truppendivision in
Lemberg commandirte. Für sein tapferes
Verhalten vor dem Feinde erhielt Graf
Wallis zuerst das Militär-Verdienstkreuz, dann 1850 den Orden der eisernen
Krone dritter Classe mit der Kriegsdecoration und im October 1866 das Ritterkreuz des Leopoldordens gleichfalls mit
der Kriegsdecoration. Die schweren, in

den Feldzügen, die der Graf mitgemacht, empfangenen Wunden hatten in den letzten Jahren seinen Kräftezustand ganz herabgemindert und sein Leiden bis zur Unerträglichkeit gesteigert. Im Winter 1876 ging der schwerkranke Graf nach Wien, um ärztlichen Rath und Linderung seiner Schmerzen zu suchen. Da er keine Hilfe fand, wollte er sich selbst helfen. Am 5. Mai 1876 Nachmittags nahm er diesen traurigen Versuch an sich vor. In der sogenannten Gewehrfabrik (Währingerstraße), auf der in das erste Stockwerk führenden Treppe, wurde der General von Leuten, welche auf einen daselbst gefallenen Schuß herbeigeeilt waren, mit heftig blutender Wunde, die er sich in des Herzens nächster Nähe beigebracht hatte, gefunden. Sofort leistete man alle mögliche Hilfe. Obgleich die Wunde tödtlich war, gelang es doch der sorgfältigsten ärztlichen Behandlung und Pflege, den Schwergetroffenen am Leben zu erhalten, der noch zur Stunde als Feldmarschall-Lieutenant a. D. in Galizien lebt. Graf Olivier hatte sich 1853 mit Sophie geborenen von Szymanowska vermält, aus welcher Ehe eine Tochter Marie vorhanden ist.

Thürheim (Andreas Graf). Die Reiter-Regimenter der k. k. österreichischen Armee (Wien 1862, J. B. Geitler, gr. 8°.) Bd. I: „Küraissiere und Dragoner" S. 123; Bd. II: „Huszaren" S. 323; Bd. III: „Uhlanen" S. 38, 40, 44 und 220. — Fremden-Blatt. Von Gustav Heine (Wien, 4°.) 1876, Nr. 123: „Selbstmordversuch des Feldmarschall-Lieutenants Grafen Wallis".

Wallis, Patriz Olivier, Graf (k. k. Feldmarschall-Lieutenant und Ritter des Maria Theresien-Ordens, geb. zu Dublin 1724, gest. zu Prag 14. November 1787). Er gehört keiner der in der Stammtafel ausgewiesenen Linien dieser Familie an. Sein Vater Lucas Freiherr von Wallis starb 1726 als Hauptmann im kaiserlichen Heere. Sechzehn Jahre alt, trat Patriz Olivier in österreichische Dienste und stand bei Beginn des siebenjährigen Krieges (1756—1763) als Hauptmann im 22. Infanterie-Regimente. Bei Prag, 1757, that er sich so hervor, daß er auf dem Schlachtfelde zum Major befördert wurde. Während der Belagerung von Schweidnitz durch die Preußen (1758) schloß er mit General Treskow die Capitulation ab, blieb als Geisel zurück, gerieth mit der Besatzung in Gefangenschaft und rückte nach seiner Ranzionirung zum Oberstlieutenant vor. Bei Landshut am 23. Juni 1760 hatte er seinen Ehrentag. Die beiden Grenadierbataillone, welche die zwei feindlichen Hauptredouten erstürmten und erstiegen, unterstützte er mit seinem Regimente, dann griff er den zurückgedrängten Gegner an, als dieser auf dem starkbefestigten Kirchberg neuerdings Stellung nahm und Widerstand leistete, und obgleich die Verluste des Regiments sehr beträchtlich waren — sie betrugen bereits 355 Mann, und Wallis selbst war verwundet — so setzte er doch den Kampf so lange mit aller Energie fort, bis das Regiment Deutschmeister zur Unterstützung herankam, worauf der Feind mit dem größten Theile seiner Artillerie gezwungen wurde, sich zu ergeben. Wallis rückte zum Obersten vor. Als im Feldzug 1761 Schweidnitz mit Sturm genommen werden sollte, erbat er sich, jene Colonne führen zu dürfen, welche die Bestimmung hatte, das sogenannte Galgenfort anzugreifen. Dieses sehr stark befestigte Fort war nämlich das wichtigste, nicht nur weil es von dem ob seiner Bravheit gerühmten preußischen Regimente Treskow ver-

theidigt wurde, sondern auch weil es durch
seine günstige Lage einen großen Theil
der übrigen Werke beherrschte. Des Grafen
Gesuch ward angenommen. Nun commandirte als eigentlicher Chef Generalmajor Freiherr von Amadei jene Colonne. Doch hatte Wallis, da er das
Terrain der Festung sehr genau kannte,
von dem Feldmarschall Loudon die Erlaubniß erhalten, den Angriffsplan zu entwerfen. Die zum Angriffe, welcher in der
Nacht stattfinden sollte, bestimmte Truppe
bestand aus zwei Grenadier- und vier
Musketier-Bataillonen. Graf Wallis
theilte nun die sechs Bataillone in vier
Colonnen, deren erste er selbst gegen das
Fort führte, die zweite unter Major Grafen Truchseß griff die Verbindungslinie
zur Rechten, die dritte, an deren Spitze
Major Patkul stand, jene zur Linken,
die vierte, commandirt vom Grafen Dom-
basle, die Galgenredoute an. Die allem
Anscheine nach von dem Angriff benach-
richtigten preußischen Bataillone standen
schon seit der fünften Nachmittagsstunde
in Bereitschaft und empfingen die Stür-
menden mit einem mörderischen Kartät-
schen- und Musketenfeuer. Viermal
wichen die Bataillone der ersten Colonne
mit außerordentlichem Verluste von den
Pallisaden des bedeckten Weges bis hinter die Wolfsgruben zurück. Immer wieder ordnete sie ihr tapferer Führer und
eiferte sie endlich zum fünften Sturme
an, indem er sich wieder selbst an die
Spitze stellte und Allen voran in den bedeckten Weg sprang. Vier Grenadier-Com-
pagnien der ersten Colonne waren schon
bei dem ersten Sturme dahin gedrungen
und hatten sich auch tapfer behauptet,
aber dem concentrirten feindlichen Feuer
ganz ungedeckt preißgegeben, schmolzen
sie so zusammen und fanden sich durch
die Anstrengung des langen Kampfes so

erschöpft, daß sie die Ersteigung nicht aus-
zuführten vermochten. Hinter den stür-
menden Colonnen stand ein Bataillon
Loudon-Infanterie als Reserve. Zu diesem
eilte nun Graf Wallis und mit den
Worten: „Kinder, erinnert Euch,
daß unser Regiment den Namen
Loudon führt", feuerte er es zum
Angriff an, und die Loudoner folgten
tobesmuthig ihrem Heldenführer. Zwei
auf dem Wege vorgefundene Leitern
wurden von den Officieren erfaßt und
der Mannschaft voran bis zum bedeckten
Wege getragen. Auf diesen beiden Leitern
stiegen nun die Loudoner, unbeirrt durch
den Hagel von Kugeln, der rechts und
links einschlug, auf die Enveloppe, dann
in den Hauptgraben und zuletzt auf die
Brustwehr des inneren Werkes und
drangen mit solchem Ungestüm vor, daß
die Preußen, so wackeren Widerstand sie
auch leisteten, zuletzt doch um Pardon
bitten und ihre zehn Fahnen nebst den
Kanonen des Forts den heldenkühnen
Stürmern als Siegeszeichen überlassen
mußten. Etwas abweichend, vornehmlich
in den Namen der Führer der Sturmco-
lonnen, berichtet darüber Julius Eckardt
in seinem Werke: „Russische und baltische
Charakterbilder aus Geschichte und Literatur (Leipzig 1876). Diese auch sonst
interessante Stelle lautet: „Schweidnitz
war nicht ein wichtiger, sondern auch
starker Platz und zählte 3900 Mann
Besatzung. Die Angreifer, welche in vier
Colonnen unter Führung des Generals
Giannini, dann der Oberste O'Don-
nell, Graf Wallis, Kaldwell, Fink,
Kumel und De Vins vorrückten und
um ½3 Uhr Morgens auf Befehl des den
Angriff leitenden Generals Amadei zum
Sturm schritten, wurden mit furchtbarem
Geschütz- und Kleingewehrfeuer empfangen und konnten nur Schritt um Schritt

Boden gewinnen. Mit dem Plaße zugleich gelangten in die Hände des Siegers 211 Geschüße, 12 Centner Pulver, 123.000 Kanonenkugeln, ²/₃ Millionen Flintenkugeln, 6290 Kartätschenpatronen. 40.000 Bomben, 30.000 Portionen Brod, 354.780 Portionen Zwieback, 18.000 Scheffel Mehl und 104.900 Scheffel Getreide. Niemand wollte die Nachricht von dem Falle der Festung dem Könige mittheilen, und als ein Adjutant dies that, fand er keinen Glauben. So vollständig, schreibt Eckardt, war der König von der Unmöglichkeit dieses Wagestückes — das dem Feldmarschall Loudon feindlich gesinnte Officiere später einen „Croatenstreich" nannten! — erfüllt, daß er den Unglücksboten mit den kurzen Worten: „Ich sag' ihm aber, es ist nicht wahr — schere er sich zum Teufel!" abfertigte. In der 7. Promotion vom 30. April 1762 erhielt Oberst Wallis das Ritterkreuz des Maria Theresien-Ordens. Nach dem Friedensschlusse, 1763, entwickelte er bei Einführung eines neuen Systems der Waffenübungen große Thätigkeit. 1767 erfolgte seine Erhebung in den Grafenstand. 1771 zum Generalmajor befördert, wurde er Waffeninspector der Infanterie in Böhmen und 1777 Inhaber des 35. Infanterie-Regiments. Da in Folge der 1771 angeordneten Robotregulirungen in Böhmen unter der ländlichen Bevölkerung ernste Unruhen ausbrachen und immer größere Ausdehnung nahmen, so die endlich auch die schärfsten Maßregeln nicht den erwarteten Erfolg brachten, erließ die Kaiserin das Patent vom 13. August 1775, dessen Kundmachung jedoch in ganz feierlicher Weise durch einen kaiserlichen Commissär vor sich gehen sollte, welcher mit militärischem Pomp durch das Land zu leiten und in jeder Kreisstadt von zwei Richtern und einer Anzahl freigewählter Abgeordneten aus jedem Gute zu erwarten war. Diesen wurde dann in der Sprache des Kreises das Gesetz vorgelesen und der Inhalt desselben erklärt. Die Wahl zum kaiserlichen Commissär fiel auf Wallis, dem gleichzeitig die geheime Rathswürde verliehen ward. Im Februar 1778 erfolgte die Ernennung des Grafen zum Feldmarschall-Lieutenant, als welcher er im Alter von 63 Jahren starb.

Archenholz (Johann Wilhelm von). Geschichte des siebenjährigen Krieges in Deutschland. (Leipzig o. J., Reclam 12°.) II. Theil. S. 143 u. f. [Archenholz gedenkt daselbst [Bd. II. S. 150 u. f.] auch des verruchten Complots des Barons Warkotsch [siehe diesen im nächsten Bande] und bringt damit einen Grafen Wallis, damaligen k. k. Obersten, in Verbindung. Nachdem der Plan glücklicher Weise mißlungen und der Wiener Hof alle Theilnahme daran entschieden in Abrede gestellt hatte — wie es ja auch der Fall war — erklärte auch die Familie der Grafen Wallis öffentlich, daß der mit Warkotsch im Einverständniß gewesene Oberst Wallis mit ihrem Hause gar nicht verwandt sei. Wahrscheinlich ist es der Folgende.]

Wallisch, Christoph Freiherr (k. k. Feldmarschall-Lieutenant und Ritter des Maria Theresien Ordens, geb. in Mailand 1732, gest. zu Wien 2. Jänner 1793). Nach Abschluß des Aachener Friedens (17. October 1748) trat er in die k. k. Armee und gab in den ersten Feldzügen des siebenjährigen Krieges 1756, 1757, 1758 und 1759 als Adjutant des Generals der Cavallerie Grafen Althann so ausgezeichnete Beweise von Bravour, Umsicht und Entschlossenheit, daß er in Würdigung der vielen trefflichen Dienste, welche er geleistet, bis 1759 vom Cornet zum Hauptmann im Szluiner-Regimente vorrückte. Sein Ruf in der Armee war so anerkannt, daß man den Adjutanten mit Vorliebe im Vorpostendienste verwendete; alle Generale, denen er zugetheilt worden, waren seines Lobes voll, und insbesondere besaß er das Vertrauen des Feldmarschalls Loudon, der ihn zu den wichtigsten und geheimsten Aufträgen ausersah und ihm, dem damals noch jungen Hauptmann, das Commando von Detachements übergab, welche nicht selten über tausend Köpfe zählten. So behauptete sich Wallisch im Winter 1759 mehrere Monate hindurch auf einem wichtigen Posten des in der Gegend von Platten im böhmischen Erzgebirge gezogenen Cordons. Durch unermüdliches Patrouilliren und einen trefflichen Kundschaftsdienst verschaffte er dem hinter ihm gelegenen Corps vollkommene Ruhe und Sicherheit. Als er Nachricht erhielt, daß bei dem Einnehmer in Schwarzenberg 20.000 fl. zusammengebrachte Contributions- und Executionsgelder in Bereitschaft lägen, um den Preußen unter Bedeckung abgeliefert zu werden, setzte er sofort hundert Croaten auf Schlitten, folgte selbst mit dreißig Huszaren, überfiel die Escorte, die sich dieses Ueberfalls gar nicht vorgesehen hatte, nahm ihr das Geld ab und trieb sie auseinander. Als 1760 General Kleefeld [Bd. XII, S. 35] den preußischen Parteigänger Froideville, welcher durch seine Ueberfälle den Unseren und den Bewohnern des Erzgebirges großen Schaden zugefügt hatte, bei Ditmannsdorf überfiel und gefangen nahm, war es besonders Wallisch, durch dessen Geschick dies gelang. Im Juni 1761 übernahm er auf Loudon's Befehl ein Commando von 400 Croaten und 300 Reitern, um die Bewegungen des gegen Neisse abrückenden Königs zu beobachten. Wallisch kam nun mit fünfzig der verläßlichsten Reiter dem Könige und

dessen überlegener Truppenmacht so nahe, daß er genaue Kenntniß von allen Bewegungen des Gegners erhielt und die Absichten desselben durch zuverläßige Rapporte an Loudon vereiteln konnte. Als nun der König die Gefährlichkeit Wallisch's erkannte, gab er einem Commando von 2000 Preußen den Auftrag, denselben aufzuheben. Aber Wallisch, durch seine trefflichen Kundschafter von der Absicht des Königs benachrichtigt, traf sofort seine Anordnungen, nahm eine höchst günstige Aufstellung und rettrieb später die Preußen aus Zuckmantel wieder. Aber einmal, als er bei Deutsch-Wetter den äußersten Vorposten innehatte und eben im Begriffe stand, in einiger Entfernung vom Posten eine Brücke abzubrechen, welche dem Feinde zum Uebergange dienen konnte, wurde er von den Preußen überrascht und mit neun Croaten gefangen genommen. Jedoch bald ranzionirt, erhielt er nun auf dem Cantonirungsposten in Neisse das Commando über ein Detachement in der Stärke von tausend Mann, mit welchem er sich die ganze Zeit hindurch vortrefflich behauptete. Eine besonders kühne Waffenthat führte er am 8. Jänner 1762 vor Neisse aus. Er rückte mit tausend Huszaren und dreißig deutschen Reitern ganz nahe bis vor diese Festung, wo er in Erfahrung brachte, daß der Commandant derselben, Le Grand, mit zwei Bataillonen, fünf Schwadronen Huszaren und vier Geschützen ausmarschirt sei, vorerst um ihn aufzuheben, dann aber, um in dem von den Unseren besetzten Theile Schlesiens Contribution einzutreiben und Recruten zu pressen. Da besann er sich nicht lange und beschloß, dem Gegner zuvorzukommen. Nachdem er die Richtung, welche der Feind genommen, erkundet hatte, eilte er ihm nach und griff

ihn, ohne ihm weiter Zeit zu lassen, entschlossen an. Die Reiterei machte sogleich Kehrt, die Infanterie aber bildete Quarrés und zog sich, in dieser Form kämpfend, zurück. Er verfolgte den Feind bis an die Thore der Festung und verschaffte durch diesen gelungenen Streich unseren in Schlesien befindlichen Truppen für den ganzen Winter hindurch Ruhe. Als nach beendetem Kriege am 21. November 1763 das Capitel des Maria Theresien-Ordens zusammentrat, wurde auch Wallisch für seine Waffenthaten mit dem Theresienkreuze ausgezeichnet. Zur Zeit des bayrischen Erbfolgekrieges 1778 und 1779 war er bereits Oberst des Banal-Huszaren-Regiments. Nun wurde ihm mit seinem Regimente der Vorpostencordon gegen Troppau anvertraut, und er traf auf diesem so treffliche Anstalten, daß er wiederholte feindliche Angriffe vereitelte. In Würdigung dessen wurde er zum Generalmajor befördert. Auch im Türkenkriege 1788 und 1789 befehligte er auf Vorposten. Er hatte seine Aufstellung in Croatien und vereitelte alle noch so lebhaften Versuche der Türken, unsere Cordonlinie zu durchbrechen, und hob 1789 einen von dem Pascha von Skutari nach Bosnien abgeschickten Succurs während des Marsches auf. 1789 rückte Wallisch zum Feldmarschall-Lieutenant vor und wurde vom Kaiser zum Inhaber des 7. Küraffier-Regiments, nachmals Hardegg-Küraffiere, ernannt, welches er bis zu seinem wenige Jahre danach erfolgten Tode behielt. Von diesem ward er im Alter von 61 Jahren in seiner Stellung als commandirender General der Carlstädter Grenze ereilt.

Thürheim (Andreas Graf). Gedenkblätter aus der Kriegsgeschichte der k. k. österreichisch-ungarischen Armee (Wien und Teschen 1880,

Prochaska, gr. 8°.) Bd. II, S. 576, unter Jahr 1759.

Noch sind anzuführen: 1. Ein **Franz Wallisch.** Derselbe diente im bosnischen Feldzuge 1878 als Lieutenant im 2. Feldartillerie-Regimente Erzherzog Rudolph, und wurde ihm für sein ausgezeichnetes Verhalten vor dem Feinde die allerhöchste Belobung zutheil. — 2. Ein Baron Walisz — aus Ungarn gebürtig — war Stabsofficier im ungarischen Revolutionskriege 1849. Der polnischen Erhebung (1861/62) schloß er sich gleich bei bei Ausbruch derselben an und diente als Stabschef im Corps Lelewel's (Marcin Borelowski). Er hatte an allen Kämpfen und Unternehmungen desselben Theil, und in dem unglücklichen Gefechte bei Bator am 6 September 1863 fand er mit seinem Commandanten Lelewel den Tod. [Pamiątka dla rodzin polskich. Krótkie wiadomości biograficzne o straconych na rusztowaniach, rozstrzelanych, poległych na placu boju i t. d. Zebrał i ułożył Zygmunt Kołumna, z wstępem napisanym przez B. Bolesławitę. Część druga, b. i. Andenken für die polnischen Familien. Kurze biographische Nachrichten der in dem Aufstande Verschollenen, auf dem Kampfplatze Erschossenen oder Gebliebenen. Gesammelt und zusammengestellt von Siegmund Kolumna u. s. w. Zweite Abtheilung (Krakau 1868, 8°.) S. 288.

Wallishausser, J. B. (Buchdrucker und Buchhändler, Ort und Jahr seiner Geburt wie seines Todes unbekannt). Er begründete in dem letzten Viertel des achtzehnten Jahrhunderts zu Wien eine Buchdruckerei und Buchhandlung, welch letztere sowohl durch den ernsten wissenschaftlichen Verlag, als später durch den umfassenderen dramatischer Werke eine nicht ungewöhnliche Bedeutung erlangte, welche insbesondere durch die Stellung erhöht wird, die er dem großen Dichter und Dramatiker Oesterreichs Franz Grillparzer gegenüber einnahm. Was nun den wissenschaftlichen Verlag der Wallishausser'schen Firma betrifft, so zählt derselbe bis Ende 1854 wohl kaum mehr als 300 Nummern. Diese Zahl ist jedoch einerseits in Berücksichtigung der wissenschaftlichen Stagnation, welche vor den Märztagen im Kaiserstaate waltete, andererseits hinsichtlich der Wichtigkeit und Bedeutenheit der verlegten Werke, die in verschiedene Disciplinen einschlagen, immerhin eine nicht geringe. Philosophie, Theologie, Mathematik, Medicin, Naturwissenschaft und schöne Literatur sind in eminenter Weise darin vertreten; so die Mehrzahl der philosophischen Schriften des nachderhand gemaßregelten Philosophen Anton Günther [Bd. VI, S. 10], mehtere Andachtsschriften Silbert's [Bd. XXXIV, S. 291] und Eckartshausen's berühmtes Andachtsbuch: „Gott ist die reinste Liebe" mit ihren zahlreichen Auflagen und noch zahlreicheren Nachdrucken; die Annalen der Sternwarte in ihrer neuen Folge vom Jahre 1840 an, Littrow's „Astronomie"; Joenbl's kostbare bauwissenschaftliche Werke, des Prinzen Ernst von Arenberg „L'art de la fortification"; fast sämmtliche Werke des durch seine Schriften über Staatsarzeneiwesen und Medicinalpolizei anerkannten Arztes Dr. J. Bernt [Bd. I, S. 331]; des Grafen Stolberg „Geschichte der Religion Christi" und ihre Fortsetzungen von Kerz und Brischon; „Oesterreichs Flora" von Dr. Schultes; die Prachtwerke von J. E. Pohl [Bd. XXIII, S. 28] über die Reise, die Gebirge, Pflanzen und Insecten in Brasilien; Auenbrugger's [Bd. I, S. 85] epochemachendes Werk über die Auscultation; Bartsch's „Kupferstichkunde"; endlich von schönwissenschaftlichen das durch seine prächtigen Stahlstiche von Fr. John berühmte und in schönen Exemplaren heute höchst seltene Taschenbuch „Aglaja"

in 18 Jahrgängen (1815—1832), worin man unter Anderem Arbeiten von Grillparzer, Hammer, Zacharias Werner, West, begegnen, und Zedlitz's berühmte „Todtenkränze" zuerst erschienen. Weiter zurück als der strengwissenschaftliche Verlag reicht der dramatische, der bereits bis in den Anfang der Siebenziger-Jahre des vorigen Jahrhunderts zurückgeht, wo wir das Jahr 1771 mit dem Stücke „Hanchen nichts weniger als ein Original-Lustspiel" vertreten finden, welchem dann „Ehen den Tod als Sclaverei" von Caselli 1771, „Der Murrkopf" von Goldoni 1772, „Merope" 1772, „Die Folter" 1773, beide von Weidmann, „Der dankbare Sohn" von Engel 1773, „Die Hausplage" von Belzel 1774, „Der Eigensinnige" von Stephanie 1774 u. s. w. bis Bauernfeld und Nestroy in der Neuzeit folgten. Allmälig consolidirte sich der dramatische Verlag, und wir finden in demselben, der wohl an die 1300 Nummern faßt, die Matadore der österreichischen Bühne mit ihren besten Werken vertreten, vor Allen Castelli mit seinen „Dramatischen Sträußchen", welche 1800, dann, mit einer Unterbrechung von sieben Jahren, von 1817 bis 1835 in vollen zwanzig Jahrgängen erschienen; ferner Baumann, Cellin, Deinhardstein, Feldmann, Gleich, Hafner, Herzenskron, Hensler, Holbein, Hopp, Huber, Jünger, Kaiser, Körner, Nestroy, Perinet, Stoll, Treitschke, Weißenthurn, Werner, Ziegler und schließlich Oesterreichs größten Dramatiker, der sich an Goethe und Schiller anreiht, Franz Grillparzer, bei dem wir aber des Verlegers wegen noch ein paar Augenblicke verweilen wollen, um dessen Verdienstlichkeit ins rechte Licht

zu stellen und das berüchtigte Wiener Phäakenthum in minder greller Beleuchtung zu zeigen. Als nämlich 1871 die Grillparzer-Feier stattfand, wurde die bis damals erschienene Gesammtausgabe der Werke des Dichters bemängelt und als eine wenig würdige bezeichnet. Dieser Vorwurf traf natürlich den Verleger, welcher eben Wallishaußer ist, und zwar um so tiefer, als man zu den Gründen der Abgeschlossenheit und Zurückgezogenheit Grillparzer's auch noch den einen hinzufügte, daß der Poet gegrollt, weil er nicht eine würdige Ausgabe seiner Werke erlebt habe. Das aber ist den Thatsachen entgegengehalten durchaus unrichtig Die Dinge stehen nämlich so: Grillparzer weigerte sich beharrlich, eine Gesammtausgabe seiner Werke zu veranstalten, aber nicht, wie es hie und da hieß, weil er seinem Verleger grollte, sondern aus Motiven, die nicht hieher gehören. Er hatte ja gar keinen Grund, mit seinem Verleger zu schmollen, welcher den Dichter in einer Weise werth gehalten, wie Aehnliches bei Verlegern jener Tage wohl kaum oft sich wiederholt haben dürfte. Wallishaußer hat an Grillparzer an sechszehntausend Gulden Honorar gezahlt; für drei Auflagen seines Werkes „Sappho" erhielt der Dichter 344 Ducaten und 300 fl. C.-M.; für die letzte Auflage des Trauerspieles „Die Ahnfrau" (1844) 500 fl. C.-M.; für „Ottokar" 2000 fl.; für die zweite Auflage letzteren Stückes wieder 2000 fl., obgleich zwischen der ersten und zweiten Auflage ein volles Vierteljahrhundert verflossen; für „Das goldene Vließ" 500 Ducaten und 250 fl. C.-M.; dann aber erlebte weder letztere Dichtung seit 1822, noch „Ein treuer Diener seines Herrn" seit 1830 eine neue Auflage, und in der Wallis-

haußer'schen Buchhandlung befanden sich noch in den Vierziger-Jahren als „Ladenhüter" mehrere hundert Exemplare Grillparzer'scher Stücke. Dies sind Thatsachen, ganz im Einklange mit dem Honorar, welches Wallishaußer für die John'schen Stiche in der oben erwähnten „Aglaja" zahlte, und das sich auf 12.600 Ducaten belief. Um schließlich diese Wallishaußer'schen Honorare an Grillparzer noch in die richtige Beleuchtung zu stellen, sei erwähnt, daß Mosenthal für je eines seiner Stücke hundert Thaler, Laube für die seinigen nicht viel mehr erhielt. Diese Thatsachen, vereint mit der knappen Uebersicht seines nicht uninteressanten Verlags, mögen die Denkwürdigkeit des alten Wiener Verlegers und dessen Aufnahme in dieses Lexikon rechtfertigen, da sie einen nicht unwichtigen Beitrag zu Oesterreichs Cultur- und Literaturgeschichte bilden. — Ein **J. H. Wallishaußer** findet sich in Joseph Kürschner's „Deutscher Literatur-Kalender für das Jahr 1884" (Berlin und Stuttgart, Spemann, 32°.) unter den Schriftstellern angeführt, und lebt derselbe in Wien.

Verlags-Katalog von J. B. Wallishaußer, Buchhändler und k. k. Hoftheater-Buchdrucker in Wien, August 1854 (J. B. Wallishaußer's k. k. Hoftheater-Buchdruckerei, 8°.) — Vollständiges Verzeichniß von Theaterstücken aus dem Verlage von J. B. Wallishaußer... in Wien (am hohen Markt Nr. 541, neben dem Kaffeehause) Jänner 1854, 8°., 30 S.

Wallmoden Gimborn, Ludwig Georg Thedel, (k. k. Feldzeugmeister und Ritter des Maria Theresien-Ordens, geb. zu Wien 6. Februar 1769, gest. daselbst 20. März 1862). Der Sproß einer alten niedersächsischen Familie, über welche die Quellen S. 279 Näheres berichten. Der Vater fungirte zur Zeit, da der

18*

Sohn geboren wurde, als hannoverischer Gesandter in Wien, die Mutter Charlotte war eine geborene von Wangenheim. Ludwig erhielt seine Ausbildung in der durch Schiller so berühmt gewordenen Karlsschule in Stuttgart und wurde, als er starb, der „letzte Karlsschüler" genannt. Nach beendeter Erziehung kam er als Lieutenant in das hannoverische Leibgarde-Regiment. 1790 trat er in preußische Dienste über, machte in denselben die ersten Feldzüge gegen Frankreich mit und erkämpfte sich bei Kaiserslautern 1794 den Orden pour le mérite. Als nach dem Baseler Frieden 1795 Preußen von der Sache der Coalition sich trennte, trat er als Rittmeister bei Vécsey-Huszaren unter Oesterreichs Fahnen. Im April 1797 wurde er Major im Generalstab und im folgenden Jahre Oberstlieutenant in 1. Uhlanen-Regimente. Schon damals stand er im Rufe eines tüchtigen Parteigängers, ward gelegentlich auch zu diplomatischen Sendungen verwendet und im August 1801 zum Obersten und Commandanten des Regiments ernannt, welches er bis zu seiner im April 1807 erfolgten Beförderung zum Generalmajor commandirte. Hierauf nach England entsendet, um mit der dortigen Regierung wegen der Subsidien zu unterhandeln, kehrte er nach glücklichem Abschluß der Verhandlungen noch rechtzeitig zurück, um an den denkwürdigen Schlachttagen des 5. und 6. Juli 1809 bei Wagram theilzunehmen, wo er sich den Maria Theresien Orden erkämpfte. Es war am zweiten Schlachttage; Masséna, von dem Corps des Feldmarschall-Lieutenants Klenau zurückgeworfen, hatte eine Verstärkung von 10.000 Mann an sich gezogen und erneuerte seinen Angriff. Wallmoden war auf Klenau's linkem Flügel aufgestellt, mit der Bestim-

mung, dessen Verbindung mit dem gegen das neue Wirthshaus vorrückenden dritten Armeecorps zu unterhalten. Da fiel er mit dem Regimente Liechtenstein-Huszaren in die rechte Flanke der bei Aspern aufstellten feindlichen Division Boudet mit solchem Erfolge, daß er derselben neun Geschütze wegnahm. Durch diesen vollständig gelungenen Angriff gewann unsere Artillerie freien Spielraum und die Division Boudet, welche des Feindes linken Flügel bildete, wurde zum Rückzuge genöthigt, den sie nun auch an Aspern vorbei theils in die Mühlau, theils über Eßlingen nach Stadl-Enzersdorf, dabei noch eine Haubitze einbüßend, ausführte. Neue Lorbern erkämpfte sich Wallmoden auf dem Rückzuge unserer Armee nach Mähren, als er am 9. Juli bei Hollabrunn dem übermächtigen Feinde erfolgreichen Widerstand leistete und durch wiederholte mit den Huszarenregimentern Liechtenstein und Blankenstein ausgeführte Angriffe die feindliche Reiterei in ihren Bewegungen aufhielt. In den Relationen über diese Gefechte wurde General Wallmoden unter den Helden genannt und der Generalissimus Erzherzog Karl verlieh demselben mit Armeebefehl vom 13. Juli im Namen des Kaisers das Ritterkreuz des Maria Theresien-Ordens. Noch im August desselben Jahres zum Feldmarschall-Lieutenant befördert, ging Wallmoden als Divisionär nach Prag. Oesterreich war nun durch den mit Frankreich abgeschlossenen Frieden lahmgelegt. Ein kriegerischer Geist und von Thatendurst erfüllt, fand Wallmoden an diesen politischen Verhältnissen, an dieser Ruhe auf die Dauer nimmer Behagen, und so trat er mit Erlaubniß seines Monarchen 1812 in russische Dienste, in welchen er das Commando über die von den Generalen Dörenberg, Tettenborn und Tschernitscheff befehligten leichten Truppen im nördlichen Deutschland übernahm, welche unter dem Namen „Russisch-deutsche Legion" an der Nieder-Elbe operirten. Zugleich wurde er zum königlich großbritannischen General ernannt. Seine Aufgabe bestand nun darin, die rechte Flanke der Hauptarmee nach dem Uebergange über die Elbe zu decken und gleichzeitig durch Entsendungen im Rücken des Feindes demselben alle Zufuhren abzuschneiden und Verwirrung zu verbreiten. Die Gesammtstärke seiner drei Detachements betrug etwa 6600 Mann Fußtruppen, 4734 Pferde und 9 Geschütze. Der Lösung der ihm übertragenen Aufgabe stellten sich nicht geringe Schwierigkeiten entgegen. Erstens waren die Truppen aus den verschiedenartigsten Elementen zusammengesetzt und von zu geringer Stärke, namentlich machte der Mangel an Infanterie sich fühlbar; dann hatten die Anführer der getrennten Detachements sich ihre Selbstständigkeit vorbehalten, Alles Umstände, welche ihm das Commando sehr erschwerten. Nichtsdestoweniger löste er seine Aufgabe glücklich, that dem Feinde großen Abbruch und erwarb sich den Ruhm eines der geschicktesten Parteigänger der neueren Zeit. Während des Waffenstillstandes, welcher der Schlacht bei Bautzen (20. und 21. Mai 1813) folgte, bezog Wallmoden Cantonirungsquartiere im Mecklenburgischen und Lüneburgischen und benützte diese Waffenruhe zur Organisirung und Verstärkung seines Corps, welches er, die Besatzung Stralsunds abgerechnet, auf die Höhe von über 28.000 Mann mit 60 Geschützen brachte. Nach Wiederaufnahme der Feindseligkeiten erhielt er den Auftrag, sich vor dem Corps des Marschalls Davoust, welches 47.000 Mann stark ihm gegenüber stand, wenn dasselbe die Offensive ergriffe, fechtend zurückzuziehen. Mitte August drang Davoust in zwei starken Colonnen gegen Mölln und Lauenburg vor. Wallmoden lieferte ihnen zahlreiche Gefechte und erreichte dadurch den Zweck, den Gegner im Vorrücken aufzuhalten und ihm überhaupt empfindlichen Abbruch zu thun. Ein ganz entscheidendes Treffen lieferte er dem Feinde am 16. September 1813 bei Görde, wo die Division Pecheux, welche Davoust über die Elbe geschickt hatte, um die mit Magdeburg verlorene Communication herzustellen, fast ganz aufgerieben wurde. Ein auf der Wahlstatt am 7. Juli 1819 errichtetes Monument bewahrt die Erinnerung an diese Waffenthat Wallmoden's. Nach der Schlacht bei Leipzig blieb Hamburg für die Franzosen der wichtigste Punkt an der Elbe. Während der beiden letzten Monate des Jahres 1813 entwickelten sich nun in der Nähe dieser Stadt Ereignisse, welche Napoleon den letzten Alliirten im Norden, Dänemark, raubten, wodurch Davoust auf die Vertheidigung von Hamburg eingeschränkt wurde. Vom Anfang December operirte nun Wallmoden vereinigt mit dem Kronprinzen von Schweden bei dem Eindringen in Holstein. Während des am 15. December 1813 mit Dänemark abgeschlossenen Waffenstillstandes cantonirte er mit seinem Corps zwischen der Eider, Nordsee und Elbe und erhielt nach dem am 15. Jänner 1814 mit Dänemark unterzeichneten Frieden den Auftrag, Hamburg einzuschließen. Im Februar jedoch von dem hannoverischen General Lyon abgelöst, brach er mit der russisch-deutschen Legion nach Düsseldorf auf, überschritt dort am 13. März den Rhein und bezog am 27. d. M. die Cantonirungen bei Lüttich und Löwen, von wo aus das Corps zur Unterstützung des Herzogs von Sachsen-Weimar bestimmt wurde. Er vereinigte sich nun bei Lenze mit der Brigade des sächsischen Generals von Gablenz, um die Beobachtung von Lille und Valenciennes zu übernehmen. In dieser Aufstellung erreichte ihn die Nachricht von der Einnahme von Paris und der Beendigung der Feindseligkeiten. Sein Corps wurde aufgelöst, und er selbst trat, von fast allen Potentaten mit Orden geschmückt, am 24. Mai 1815 in österreichische Dienste zurück. Im August 1816 übernahm er das Commando der im Königreiche Neapel zur Aufrechthaltung der Ruhe befindlichen k. k. Truppen. Als dann im Juli 1820 neue Unruhen daselbst entstanden, ließ Oesterreich zu deren Unterdrückung ein Armeecorps von 60.000 Mann unter Frimont [Bd. IV, S. 363] dahin aufbrechen. In diesem Heere befehligte Wallmoden eine Division und bildete mit ihr den linken Flügel. Ihm gegenüber führte General Pepe ein Corps von 10.000 Mann, dasselbe wurde im Gefechte bei Rieti geschlagen und auseinandergesprengt, da die Milizen bei den ersten Kanonenschüssen davonliefen. Nach Niederwerfung der Rebellion rückte Wallmoden am 24. März 1821 in Neapel ein und erhielt hierauf den Oberbefehl über die Truppen, welche von da aus nach Sicilien übergeschifft wurden, um auch dort die gestörte Ruhe wieder herzustellen. Bis 1827 führte er den Oberbefehl in ganz Sicilien und erwarb sich durch die Umsicht, den Tact und die Besonnenheit, mit welchen er diesen schwierigen Posten versah, die Hochachtung der gesammten Bevölkerung. Nach der Räumung des Königreichs beider Sicilien kam er zur Armee im lombardisch-venetianischen Königreiche, wurde im September 1838 General der Cavallerie und 1848 Adlatus des Feld-

marschalls Radetzky, in welcher Eigenschaft er mit bekannter Bravour und rastlosem Eifer, ein damals bereits 79jähriger Krieger, allen Schlachten und Gefechten dieses glorreichen Feldzuges beiwohnte. Wegen fühlbarer Abnahme der Kräfte sah er sich genöthigt, im November 1848 um den Ruhestand nachzusuchen, der ihm auch in auszeichnender Weise gewährt wurde. Im September 1816 hatte ihm der Kaiser die Inhaberstelle des 6. Küraffier-Regiments verliehen. Die Jahre nach seiner Versetzung in den Ruhestand verlebte der General größtentheils in Wien bis wenige Wochen vor seinem Tode als Freund der Geselligkeit und eines durch geistiges Leben erhöhten Verkehres. Wie bei seinem verewigten Freunde Radetzky war auch bei ihm ein Beinbruch der Anlaß der Todeskrankheit, doch gingen seinem Ende keine großen Leiden voran. Um die österreichische Armee besitzt Wallmoden unläugbare Verdienste; dieselbe verdankt ihm besonders die Ausbildung der leichten Infanterie und die Verbesserung des Tirailleur systems. Seinem Aeußern nach eine eigenthümlich kriegerische Gestalt, war er immer und überall ein tüchtiger Feldherr. In den kühnen und glatten Windungen des Parteigängerkrieges, in der Kunst mit verhältnißmäßig geringen Streitkräften den überlegenen Gegner wider dessen Willen zum Kampfe zu nöthigen, sich dann gleichsam an ihm festzusaugen und wiederum im rechten Augenblicke ihn troß aller Gegenversuche von sich abzureißen, wird er kaum noch übertroffen worden sein. Obgleich er in verschiedenen Armeen gedient, so zog ihn sein treues Soldatenherz doch immer wieder zu Oesterreich zurück, das in ihm eine der edelsten und imposantesten Erscheinungen verlor, deren die österreichische Armee bis

zum letzten bosnischen Kriege in ganz
eminenter Weise aufzuweisen hat. Kurz
vor seinem Hinscheiden ließ der greise Held
zwei in der Kunstwelt hochberühmte und
gepriesene Frauen, Fanny Elsler und
Amalie Haizinger, welche Beide zu den
Zierden seiner gesellschaftlichen Abendunterhaltungen gehörten, zu sich bitten
und nahm Abschied von ihnen. Graf
Wallmoden ist unvermält geblieben;
das Geschlecht der Grafen Wallmoden-
Gimborn erlosch vor wenigen Jahren
mit dessen Halbbruders Karl Gemalin,
Gräfin Karoline Zoë, geborenen
Gräfin Grünne-Pinchard.

Fremden-Blatt. Von Gustav Heine (Wien,
4⁰.) 1862, Nr. 81. in dem „Briefe eines
Müßiggängers". — Wiener · Zeitung
1862, Nr 68, S. 625: „Graf von Wallmoden ·Gimborn". — Oesterreichische
Militär-Kalender für 1863, herausgegeben von Dr. J. Hirtenfeld (Wien, 8⁰.)
XIV. Jahrg., S. 222. — Breslauer Zei-
tung 1862, Nr. 143 im Feuilleton. — Donau-
Zeitung (Wien Fol.) 21. März 1862, Nr. 70.
— (Hirtenfeld). Militär-Zeitung (Wien, 4⁰.)
1862, Nr. 27, S. 190. — (Hormayr's)
Archiv für Geographie, Historie, Staats- und
Kriegskunst (Wien, 4⁰.) VIII. Jahrg. (1817)
S. 133. — (Hormayr.) Lebensbilder aus
dem Befreiungskriege. I (Ernst Friedrich Herbert Graf v. Münster (Jena 1845, Fromman,
8⁰.) zweite vermehrte Auflage, I. Abtheilung.
S. 27 und 285. — Brosien (Hermann, Dr.).
Lexikon der deutschen Geschichte (Leipzig 1882,
Bibliographisches Institut, 8⁰.) S. 433. —
Männer der Zeit Biographisches Lexikon
der Gegenwart (Leipzig 1862, Karl B. Lorck,
4⁰.). Zweite Serie, S. 244. — Hirtenfeld
(J.). Der Militär-Maria Theresien-Orden und
seine Mitglieder (Wien 1857, Staatsdruckerei,
4⁰.) S. 1027. — Szöllösy (Johann Nepomuk). Tagebuch gefeierter Helden und wichti-
ger Krieger. Ereignisse der neuesten Zeit
u. s w (Fünfkirchen 1837, gr 8⁰.) S. 117
[nach diesem geb am 9 Februar 1769]. —
Thürheim (Andreas Graf). Die Reiter-
Regimenter der k. k. österreichischen Armee
(Wien 1863, Geitler, gr 8⁰.) III. Bd.: Die
Uhlanen S. 20, 22, 23, 51, 52 und 175. —
Geist der Zeit. (Wien, Hurter 8⁰.) 1817,

September-Heft. S. 440—468: „Der Feldzug
des Kronprinzen von Schweden in Holstein
und Schleswig im Jahre 1613—1614 (sic!
statt 1813—1814). Mit besonderer Rücksicht
auf das Corps des Generals Wallmoden".
— Oesterreichische militärische Zeitschrift. Herausgegeben von Schels (Wien,
8⁰.) 1827, Bd III, S. 3 und 117: „Geschichte
des Armeecorps unter Generallieutenant
Wallmoden in den Niederlanden 1813". —
Biographie des hommes vivants (Paris
1819, Michaud 8⁰.) Tome cinquième,
pag. 331. — (Schlosser's) Geschichte des
achtzehnten und neunzehnten Jahrhunderts bis
zum Sturz des französischen Kaiserreiches
(Heidelberg Mohr 8⁰.) III. Auflage, Bd. V,
S. 624, 649, 717, Bd. VI, S. 336, 337, 542,
Bd. VII, S. 934, 1005. — Sammler.
(Wiener Plagiar-Blatt 4⁰.) 1814, S. 115:
Charade auf seinen Namen.

Porträts. 1) Kriehuber lith. (Wien,
Neumann, Fol.) — 2) Gez und lith. von
Ed Kaiser (Wien, Paterno, gr. Fol.). —
3) J. G. Mansfeld sc. (Fol.). — 4) Litho-
graphie ohne Angabe des Zeichners und
Lithographen (4⁰.).

**Zur Genealogie der Grafen Wallmoden-Gim-
born.** Ein altes ansehnliches niedersächsisches
Geschlecht, das seinen Ursprung ableitet von
einem griechischen Edelmanne **Theodolus**
(woraus die Verballhornung Thedel
welcher Name wiederholt in der Familie
vorkommt). Dieser Theodolus kam um
993 mit dem Bischof S. Bernward zu
Hildesheim nach Nieder-Sachsen und wurde
mit einer von Nietburg Stammvater des Geschlechtes. Deren Sohn **Aswin** erbaute im
Stifte Hildesheim unweit der Stadt Goslar
das Schloß Wallmoden. Es war ein Geschlecht, dem man große Ritterlichkeit und
Muth seltenster Art nachrühmte. So erzählt
man von einem Wallmoden, daß er durch
diese Tugenden den Neid Anderer erweckte,
welche dieselben anzweifelten und sogar vor
dem Fürsten, in dessen Diensten Wallmoden
stand, in Abrede stellten. Darüber beschloß
der Fürst seinen Günstling auf die Probe zu
stellen. Er ließ ihm nun eine Feder in den
Bart stecken und verabredete sich mit den
Widersachern des Ritters, sie sollten nicht
thun, als ob sie die Feder in seinem Barte
gewahrten. Wallmoden aber sagte zum
Fürsten, daß er eine Feder im Barte trage.
Darauf streckte ihm derselbe das Kinn ent-

gegen und bedeutete ihn, die Feder herauszuziehen. Als nun der Ritter nach dieser die Hand ausstreckte, schnappte der Fürst nach derselben, als wolle er ihn beißen. Aber Wallmoden überzeugte den Fürsten von seiner nicht zu erschütternden Herzhaftigkeit: „denn er schlug ihm geschwind aufs Maul". So die sinnige Sage, welche die Herzhaftigkeit des edlen Ritters beweisen soll. Das Geschlecht bekleidete hohe Aemter und Würden in Hannover, Braunschweig, Wolfenbüttel, so war ein Detlev von Wallmoden (gest 1399) 1397 Heermeister des Johanniterordens zu Sonneberg. Es kam in der zweiten Hälfte des achtzehnten Jahrhunderts nach Oesterreich, und war Graf Johann Ludwig (geb. 22. April 1736, gest. 1811), königlich großbritannischer und kurbraunschweigischer Feldmarschall, Chef des Leibgarde-Regiments zu Pferde, Oberststallmeister, längere Zeit Gesandter am römisch-kaiserlichen Hofe zu Wien. Er kaufte von dem Fürsten von Schwarzenberg 1782 die Herrschaft Gimborn und Neustadt in Westphalen, erlangte infolge dessen am 17. Jänner 1783 die reichsgräfliche Würde mit Sitz und Stimme im westphälischen Kreise und im westphälischen Grafencollegium auf dem Reichstage. Die Stammesfolge ist: Adam Gottlieb von Wallmoden (geb. 21. Mai 1704, gest. 17. März 1752) und Amalie Sophie Marianne von Wendt (geb. 1 April 1704, gest. 19 Octbr. 1765), Tochter des großbritannischen und kurbraunschweigischen Generallieutenants Franz von Wendt aus dessen Ehe mit einer geborenen von Busch, welche die Favoritin Ernst Augusts, Bischofs von Osnabrück, des Bruders Georgs II. von England, war. Amalie Sophie war berühmt ob ihrer Schönheit. Als ihr verfallenes Haus in Wallmoden dringend der Herstellung bedurfte und die Mittel dazu fehlten, ließ man ihr, einen Einfall der Königs Georg II. zu Nutze und um von Abtheile zu bitten. Sie beschickte die Mutter und der von ihrer Schönheit hingerissene König half. Nun erhielt sie die Einladung an den Hof des Königs von England zu kommen, welche sie aber wiederholt ablehnte. Erst einer der letzten Einladung folgte sie und begab sich im ... den Worten im Sommer 1737 dahin. Nach dem Tode des Marquis de la Foreit erhielt die Gemahl Adam Gottliebs die Stelle des Oberkammerherrn. Einige Zeit darauf ließ sich derselbe von einer Gattin scheiden; er kehrte

auf seine Besitzung in Hannover zurück, wo er in einigen Jahren starb. Amalie Sophie blieb in England, wo sie mittelst Parlamentsacte vom 8. April 1740 naturalisirt und zur Gräfin von Yarmouth erhoben wurde, da der letzte Graf von Yarmouth schon Anfang 1733 im Alter von 78 Jahren gestorben war. Gräfin Amalie Sophie erfreute sich der besonderen Huld des Königs, befand sich auf dessen Reisen immer im königlichen Gefolge und stand bei Hofe in hoher Achtung und Ansehen. Im Alter von 55 Jahren segnete sie das Zeitliche und hinterließ ein bedeutendes Vermögen. Ihr Gatte war schon dreizehn Jahre vor ihr gestorben. Aus Adam Gottliebs Ehe mit Amalie Sophie stammen der schon oben erwähnte Graf Johann Ludwig und Franz Ernst (geb. 1738, gest. 1776). Letzterer hatte aus seiner Ehe mit Friederike Ernestine von Steinberg nur zwei Töchter: Wilhelmine Sophie (geb. 1756, †) Gemalin des königlich großbritannischen und kurbraunschweigischen geheimen Rathes und Staatsministers Christian Ludwig von Hake, und Friederike Eleonore (geb. 1760, †) Gemalin des kurbraunschweigischen Oberforstmeisters zu Haarburg Ludwig von Jasten. Graf Johann Ludwig aber war zweimal vermält: zuerst 1766 mit Charlotte von Wangenheim (geb. 1749, gest. 1783) dann 1788 mit Luise von Liechtenstein, Tochter des sächsisch-gothaischen Ministers und Mitterausmannes des Ritterstes an der Braunsch Friederich Karl Freiherrn von Liechtenstein, aus erster Ehe stammten: Ernst Georg August (geb. 1767, gest. 1792), Johanniter-Ordensritter, Ludwig Georg Thebel, dessen Lebensreich der S. 273 u. f. erzählt wurde, Georgine (geb. 1. Jänner 1770) welche dreimal vermält war, zuerst mit Karl Freiherrn von Liechtenstein, dem Bruder ihrer Stiefmutter und nachdem sie von ihm geschieden worden, zum zweiten Male 1793 mit Friedrich Grafen von Arnim und nach dessen Tode zum dritten Male mit dem Marquis Le Merchant de Coatmont; Wilhelmine (geb. zu Wien 22. Jun. 1772), vermält am 8 Juni 1793 mit Hardt Freiherrn von Stein, dem berühmten preußischen Minister, wodurch unter Maria Theresien-Ordens ... Schwester des großen Staatsmannes, dessen „Mund und Schwert des deutschen Reiches", wurde; Friederike (geb. zu Lausanne 1776) Gemalin des Grafen Ludwig Friedrich von Kielmannsegge, aus der zweiten Ehe stammen: Karl (geb. zu

Hannover 4 Jänner 1792, gest. nach 1879);
Adolf (geb. 1794, †) und **Louise** (geb.
1796, †). Karl diente in der k. k. Armee,
war 1831 Major im Chevaurlegers-Regimente
Nr. 6, wurde 1833 Oberstlieutenant, 1835
Oberst und Commandant des Regiments,
1841 Generalmajor und Brigadier zu Pilsen,
1848 Feldmarschall-Lieutenant und Divisionär
in Ungarn, dann Commandant des 1. Armeecorps daselbst, 1850 Interims-Commandant
des 3. Armeecorps ebendaselbst, in der Folge
Corpscommandant zu Wien und seit 8. Jänner 1851 Inhaber des 5. Uhlanen-Regiments,
später Commandant des 7. Armeecorps in
Italien; 1862 trat er als General der Cavallerie in den Ruhestand. Für seine vor dem
Feinde erworbenen Verdienste wurde er mit
dem Militärverdienstkreuz und im Jahre 1848
mit dem Commandeurkreuz des Leopolds-
Ordens ausgezeichnet. Der Graf war seit
15. Juli 1833 vermält mit Gräfin Karoline
Joë (geb. 3 September 1810) Tochter des
Grafen Philipp von Grünne-Pinchard
(gest. 26. Jänner 1854) und Schwester des
ehemaligen ersten Generaladjutanten und
Oberststallmeisters Sr. Majestät des Kaisers
Franz Joseph Grafen Karl Ludwig von
Grünne-Pinchard (gest. 15. Juni 1884).
Das Grafengeschlecht der Wallmoden-
Gimborn ist nunmehr erloschen. — [Dr. Karl
Hopf's historisch-genealogischer Atlas
(Gotha 1858, Perthes kl. 8°.) bringt in der
ersten Abteilung Deutschland, S. 201,
Nr. 348 die Stammtafel der Grafen von
Wallmoden-Gimborn, und Johann
Christian von Hellbach's „Adels-Lexikon"
(Ilmenau 1836, R. Fr. Voigt 8°.) im II. Bande
S. 679 eine reiche genealogische Literatur.]

Wallner, Anton (Tiroler Landesvertheidiger, geb. in der Ober-
Krimml im Oberpinzgau 1768, gest. zu
Wien im allgemeinen Krankenhause am
15. Februar 1810). Das neunte Kind
seiner wohlhabenden Eltern Johann
und Maria geborenen Hohlaus,
zählte er sieben Jahre, als ihm der
Vater starb. Erst siebzehn Jahre alt,
verehelichte er sich mit Theresia,
Tochter des Wirthes Thomas Egger
zu Wald und erzeugte mit ihr sechzehn
Kinder, von denen 1809 noch acht

lebten. Bald nach seiner Verheiratung
erkaufte er im Markte Windisch-Matrey,
der zu Salzburg gehörte, das Aichberger
Wirthshaus, daher sein Rufname „Der
Aichberger". Ein Liebhaber der Jagd
und des Scheibenschießens gewann er auf
dem großen Kaiserschießen zu Gratz im
September 1807 den ersten Preis. Daselbst unterhielt sich Kaiser Franz
in der ihm eigenen leutseligen Weise mit
Wallner, und nun kannte dessen Aufopferung für seinen Monarchen keine
Grenzen mehr. Wallner hatte bereits 1797 die Landesschützen von Windisch-Matrey gegen die Franzosen bis
nach Brixen geführt, den ganzen Feldzug
1805 als Freiwilliger mitgemacht, überall
durch seine Tapferkeit sich auszeichnend.
Als dann 1809 in Windisch-Matrey die
Errichtung einer Schützencompagnie angeordnet wurde, stand er in derselben
als Unterlieutenant. Als es am 12. Mai
g. J. im Paß Luftenstein zum Gefechte
kam, welches auch den folgenden Tag
noch fortdauerte, zeichnete er sich durch
seine Tapferkeit besonders aus. Seine
eigentliche Thätigkeit beginnt aber erst
mit dem Monat Juni 1809, als sich
Tirol zum zweiten Male vom Feinde
befreite und Wallner von Sebastian Mehr, einem Wirthe zu St. Lo-
renzen bei Brunecken, im Auftrage des
Obercommandanten im südlichen Tirol,
des Sandwirths Andreas Hofer in
Passeyer, die Weisung erhielt, nochmals
über die Alpen nach Pinzgau zu wandern,
um dort die Landesvertheidigung von
Neuem zu beleben. Am 14. Juni wurde
er von dem k. k. Intendanten Anton
Leopold (II.) von Roschmann-Hör-
burg [Bd. XXVI. S. 352] zum Commandanten des Pinzgaues ernannt. Am
24. Juni erhielt er durch die Intendant-
schaft wieder den Auftrag, auch im

Pinzgau die Landesvertheidigung an-zuordnen, und entledigte sich bis 30. Juni dieser Aufgabe, worauf er in sein Haupt-quartier im Dorfe Weisbach zurückkehrte. Da er dort Unordnungen aller Art und von Seite der Pflegschaften offenen und versteckten Widerstand fand, schritt er mit aller Energie ein, um die Landesver-theidigung in entsprechender Weise ins Werk zu setzen; widerwilligen Beamten drohte er, als Feinden des Vaterlandes, sogar mit Deportation. Indeß nahm die Feindesgefahr immer mehr zu, und am 8. Juli erließ er an sämmtliche Gerichte des Gebirges den Befehl, sogleich alle wehrbare Mannschaft durch Sturmläuten zu versammeln, jene des Pinzgaus nach Weisbach, die des Pongaus aber nach Radstadt zu beordern; dabei sollte jeder Einzelne für fünf Tage Mundvorrath und Munition so viel als möglich mit-nehmen. Die Situation wurde immer verwickelter, nachdem am 15. Juli der Waffenstillstand von Znaim durch die Salzburger General-Landesadministra-tion verkündet worden, worauf am 24. Juli die Capitulation des Passes Lueg erfolgte. Auf diese Nachricht hin brach Wallner am 26. Abends mit 300 Schützen aus seinem Hauptquartier in Weisbach auf, eilte über Zell und Tarenbach dem trotz des Waffenstill-standes durch das Pongau vorrückenden bairischen General Deroy entgegen und leistete im Verein mit Hauptmann Panzl, Commandanten der Zeller Compagnie, und Hauptmann Rott-mayr, Commandanten der Mitterfüller Compagnie, in einem siebenstündigen Kampfe gegen den 7000 Mann starken Feind Wunder der Tapferkeit. Erst auf die Nachricht, daß eine Umgehungs-colonne ihn im Rücken bedrohe, und da überdies Munition zu mangeln anfing,

brach er den Kampf ab, indem er die Unmöglichkeit einsah, der Uebermacht auf die Dauer Widerstand zu leisten. Sein Verlust war im Ganzen ein sehr geringer, während der des Feindes mehrere Offi-ciere und über ein halbes Hundert Leute betrug. Doch hatte sein Widerstand immer-hin gute Folgen, da durch denselben die bairische Armeedivision Deroy einen ganzen Tag aufgehalten, das Vorrücken des Marschalls Lefebvre verzögert und eine Umgehung über das Zillerthal ver-hindert wurde. Wallner's Häuflein zerstreute sich nun, und er selbst kehrte zu den Seinen zurück. Die Gefechte am Berge Isel am 13. und 14. August ent-schieden neuerdings das Schicksal Tirols. Zum dritten Male mußte der Feind das Land verlassen. Aber nicht lange dauerte der Friede. Bald überbrachte ein reiten-der Bote ein Schreiben Hofer's an Wallner. Derselbe sollte das Ober-commando über sämmtliche Pinzgauer Schützen und den Landsturm über-nehmen und nach Saalfelden gehen, wo sämmtliche Schützen seiner harrten. Er machte sich sofort auf den Weg nach Innsbruck, um sich direct bei Hofer die näheren Verhaltungsbefehle zu holen, und kehrte dann durch das Zillerthal über Mittersill nach Zell zurück, wo er am 7. September das Defensionscom-mando übernahm. Ueberall regte sich die alte Kampflust gegen den verhaßten Feind, so sehr auch die General-Landes-administration zu Salzburg ihre ver-werfliche Thätigkeit im feindlichen In-teresse entwickelte. Wallner war wieder die Seele des Ganzen. Er rückte durch Hohlwege gegen Lofer vor, wo unsere Schützen schon am 5. und 6. September die Bayern zurückgedrängt hatten. Jacob Stracker commandirte im Pongau, Hauptmann Haraffer nahm die Beste

Werfen ein. Zuletzt kam Haspinger, ein zweiter Peter von Amiens, und predigte im Habit mit Rosenkranz und umgürtetem Schwert den Kampf und ging mit Wallner über die steilsten Gebirge nach Berchtesgaden. Am 25. September fand durch Letzteren die vertragsmäßige Einverleibung der salzburgischen Thäler Pinzgau und Pongau mit Tirol statt. Als nun Alles zum Losschlagen fertig war, rückten die Landesschützen mit vereinten Kräften, Speckbacher vom Passe Luftenstein über Lofer gegen Unken, dann die Tiroler Schützen unter Firler, Wintersteller und Obpacher vom Unkener Gefäll herab und Wallner vom kleinen Hirschbühl gegen die Bayern. In Weisbach, in der Ramsau, bei Hollthurn, am Dürnberg, überall wurde mit höchster Erbitterung gefochten. Wallner allein befehligte Anfangs October 1200 Schützen. Gekämpft wurde mit wechselndem Glücke. Als dann nach Bekanntwerden des Wiener Friedensschlusses die Pinzgauer Schützendeputation am 19. October eine Capitulation mit dem Feinde abschloß, wollte Wallner nichts von Unterwerfung hören, mußte sich aber der Mehrheit fügen. Um seine militärische Ehre zu retten, ließ er sich das Zeugniß ausstellen, daß er an dieser Capitulation nicht den mindesten Antheil habe. Er zog sich nun mit den Mittersiller Schützen nach Oberpinzgau zurück. Als er dort von den Grausamkeiten hörte, welche der französische General Rusca, wo dieser hinkam, verübte, da griff er von neuem zu den Waffen, schloß sich den Landesvertheidigern an, welche die Lienzer Klause besetzt hielten, vertrieb und zersprengte alle einzelnen feindlichen Abtheilungen, schlug den Angriff des französischen Generals Garteau nicht allein zurück, sondern brachte diesen bei Unter-

peischlag derart in die Enge, daß jeder weitere Widerstand fruchtlos blieb und der General sich sogar gezwungen sah, am 10. November 1809 eine Capitulation abzuschließen. Wallner entließ nun seine getreuen Schützen und kehrte zu den Seinigen zurück. Da kam im December in die Gegend, wo er wohnte, eine mobile Colonne unter Commando Broussier's, und die Capitulation vom 10. November nicht achtend, sengte und brannte sie und schrieb für das arme Pusterthal eine Contribution von 1,600.000 Francs aus. Nun hielten es die also Bedrängten nicht länger aus, griffen von neuem zu den Waffen und schaarten sich unter Wallner's Commando zum Angriffe. Im Unterpusterthale stieß unser Landesvertheidiger auf die Franzosen, drängte sie gegen Lienz zurück und lagerte auf dem sogenannten Ainet, während die Feinde die von Lienz 1¼ Stunde entfernte Klause besetzt hielten. Von dort aus verlangte Broussier, daß Wallner die Waffen niederlege und sich als Geisel bei dem französischen Obergeneral Baraguay d'Hilliers stelle, widrigenfalls man alle Dörfer, Märkte und Städte, besonders aber das Eigenthum des Commandanten in Brand stecken und der Erde gleich machen würde. Wallner verweigerte in einem Schreiben ddo. Ainet 6. December 1809, diesem Ansinnen Folge zu leisten. Er war nun vogelfrei. Sonntags am 8. December hatte sich das Volk zur Frühmesse versammelt, als plötzlich der französische Bataillonschef Barrais durch einen Verräther über einen wenig gekannten Gebirgsweg mit 1200 Mann Infanterie und Cavallerie mit brennenden Fackeln und Pechkränzen anrückte, in keiner geringeren Absicht, als die beim Gottesdienste versammelten Schützen im der Kirche einzuschließen, zu verbrennen und sodann das ganze Thal mit Feuer und Schwert zu verwüsten. Als man von dem Anrücken des Feindes Nachricht erhielt, stürzten alle Schützen aus der Kirche, Wallner mit seinen Söhnen voran. Zwei feindliche Reiter sprengten auf ihn zu, wurden aber Beide von seinen Söhnen niedergeschossen. Nun begann der Kampf, die Schützen vertheidigten sich mit Kolben, Stöcken, Spießen, Steinwürfen. Es ward mit einer Erbitterung ohne Gleichen gekämpft. Die Franzosen konnten ihr Vorhaben, die Kirche in Brand zu stecken, nicht ausführen, nach langem blutigen Ringen wurden sie endlich aus dem Orte gedrängt und bis an die Lienzer Klause verfolgt. Wallner griff nun auch diese an, eroberte sie und warf den Feind bis nach dem anderthalb Stunden fernen Orte Lienz zurück. Ungeachtet dieser großen Erfolge capitulirten aber die durch die Kämpfe erschöpften und den immer mehr zunehmenden feindlichen Streitkräften nicht gewachsenen Bewohner des Aineter Thales am 13. December. Die Folge davon war nicht nur, daß unser Landesvertheidiger sich in seine Heimat zurückziehen mußte, sondern auch die Aufforderung des Divisionsgenerals Broussier an das Pfleggericht zu Windisch-Matrey: Wallner und dessen beide Söhne Joseph und Johann binnen zweimal 24 Stunden auszuliefern, widrigenfalls der Markt in Brand gesteckt werden würde. Wallner rettete sich durch die Flucht noch rechtzeitig nach Oberleibnigg, und als er dort um den Preis von 1000 fl. verrathen worden war, wovon er jedoch noch früh genug Kenntniß erhielt, nach dem Bergdörfchen Oberpeischlag. Aber auch dahin verfolgte ihn der Verrath. Ein gewisser Vermann

wollte das Blutgeld verdienen; da wurde Wallner von einem alten Freunde. dem Teppichhändler Ranacher, gewarnt und ihm von diesem ein Hausierpaß, für einen Teppichhändler lautend, eingehändigt. Da er seine wichtigsten Papiere mit sich führte, suchte er sich so unkenntlich als möglich zu machen, ließ den Schnurrbart abnehmen, vertauschte seine Landestracht mit der eines steirischen Jägers und trat so mit seinem Freunde Ranacher die Flucht über Berg und Thal nach Oesterreich an. Am 22. December erst erschienen die angedrohten französischen Executionstruppen in Windisch-Matrey und ließen die Achterklärung der Familie Wallner dreimal von der Kanzel herab verkünden. Mittlerweile war der Flüchtling nach Wien entkommen, wo er die Nachricht erhielt, daß sein Haus von Grund aus zerstört und seine ganze Familie gemordet sei. Diese Nachricht war nur zum Theile wahr: nämlich sein Haus und das seines Nachbars Panzl wurden wohl zerstört und dem Boden gleichgemacht, aber die Familie lebte, wenngleich in größter Bedrängniß und Bekümmerniß in einem Verstecke. Der ohnehin durch die Strapazen der letzten Monate und der Flucht erschöpfte Wallner gerieth über die Ermordung seiner Familie in die höchste Aufregung und wurde von einem heftigen Fieber ergriffen. Der frühere Tiroler Unter-Inten dant Ritter von Moschmann erhielt nun vom Kaiser Franz Befehl, daß der erkrankte Wallner in seiner eigenen Wohnung und auf kaiserliche Kosten ärztlich behandelt werde. Statt dessen aber brachte man denselben in das allgemeine Krankenhaus, wo er bald in ie heftige Delirien verfiel, daß er an Händen und Füßen gegurtet werden mußte und auch so am 15. Februar 1810. also

fünf Tage früher, als sein Freund Andreas Hofer zu Mantua erschossen
wurde, im Alter von 42 Jahren verschied.
Man begrub ihn auf dem Währinger
Friedhofe. Die Grabstätte konnte später
gar nicht mehr ausfindig gemacht werden.
Kaiser Franz hatte Wallner, als derselbe dem Monarchen sich vorstellte, auf
das huldreichste aufgenommen und ihm
mit Händedruck versprochen, für ihn und
die Seinigen väterlich zu sorgen. Es erging auch am 13. Februar 1810 an den
Hofrath von Roschmann, dem die tirolischen Angelegenheiten wegen genauer
Kenntniß der Verhältnisse persönlich übertragen waren, ein ah. Handschreiben
des Inhalts: „Seine Majestät der Kaiser
haben geruht, dem Anton Wallner
zum Lohne seiner bewiesenen Treue und
Anhänglichkeit an das Haus Oesterreich,
und zur Entschädigung seines erlittenen
Verlustes ein Landgut in den österreichischen Staaten zu schenken, und die Gegend, wo er es besitzen wolle, ganz seiner
eigenen Wahl zu überlassen." Ferner ge-
ruhten Seine Majestät: „ihm eine jährliche Pension von 500 fl. zu verleihen
und um in den Stand gesetzt zu sein,
seine Familie sogleich nach Wien kommen
zu lassen, für jedes Glied derselben ein
Reisegeld von 100 fl. zu bestimmen".
Zwei Tage nach diesem ah. Erlaß starb
Wallner. Als der Kaiser dessen Tod
erfuhr, erbot sich Roschmann, die
Vormundschaft über die Hinterlassenen
zu übernehmen. In dem Schreiben,
welches nun der Hofrath an die Witwe
richtete, meldet dieser, daß Seine Majestät dem Anton Wallner eine lebens-
längliche jährliche Pension von 500 fl.
nebst einer augenblicklichen Unterstützung
von 400 fl. in Bancozetteln ertheilte.
Dieser Brief, ohne Datum, erwähnt der
kaiserlichen Schenkung des Landgutes mit

keinem Worte!!! Und die in den Quellen
angeführte Biographie unseres Tiroler
Landesvertheidigers, deren Verfasser
Anton Grill, zweiter Amtsbote bei der
k. k. General-Hofbaudirection in Wien,
ist, bemerkt: daß Roschmann mehrere
Documente Wallner's sich von der Familie angeeignet, welche dieselben nie
wieder zurückerhalten habe! Was nun
die Zurückgebliebenen Wallner's betrifft, so lebte die Witwe in Klagenfurt,
bis im Jahre 1814 Tirol wieder an
Oesterreich kam; nun nahm sie ihren
Wohnsitz in Innsbruck, wo sie die von
500 auf 900 fl. erhöhte Pension ihres
Mannes genoß. Die beiden, zugleich mit
dem Vater geächteten Söhne wurden
durch Panzl mühevoll gerettet, kamen
dann nach Wien, wo sie die Handlung
erlernten, aber Beide im Alter von
35 Jahren starben. Die drei Töchter
mußten durch Dienen ihren Unterhalt erwerben, im Jahre 1836 ertheilte Kaiser
Ferdinand jeder derselben eine jährliche Gratification von 80 fl. welche
später auf 100 fl. erhöht wurde. Der
einzige noch übrige Sohn Willibald
blieb schwächlich und war, wie Wallner's Biograph berichtet, gezwungen,
„in der Welt umherzuirren und sich selbst
und anderen zur Last zu leben". Das
sind die Geschicke einer Familie, die
Alles für das Vaterland geopfert; die
der vollsten Gnade des Monarchen theil-
haftig war, welche Gnade jedoch von dem
Vormunde in sonderbarer Weise geschmä-
lert wurde!

Leben und Thaten des ... Anton Wallner
(vulgo Aichberger), Wirth in Windisch-
Matrey und Landesvertheidiger der Salzburger Hochlande im Jahre 1809 u. s. w.
Verfaßt von A. G...l und herausgegeben
von Elise Wallner (Wien 1843, A. Pichler's sel. Witwe, 8⁰, XII und 262 S.). —
Kriegerische Ereignisse im Herzogthume

Salzburg in den Jahren 1800, 1805 und 1809. Von Anton Ritter von Schallhammer (Salzburg 1853, Mayr, gr. 8⁰.) S. 271—290: „Anton Wallner" und Beilagen S. 130, 132, 133, 136, 137, 140, 141, 142, 144, 145 b, 146, 148, 158, 174, 179, 195, 199, 206, 207, 208.

Porträt. Unterschrift: „Anton Wallner, vulgo Aichberger | Auf! Für Gott, den Kaiser und | das Vaterland". Gedruckt bei M. Toma (8⁰.), ganze Figur, ziemlich schlechte Lithographie.

Wallner, Franz (Schauspieler und Schriftsteller, geb. in Wien 1810, gest. zu Nizza am 19. Jänner 1876). Sein Familienname ist Leidesdorf — und nicht, wie hie und da vorkommt, Leibersdorf. Sein Vater war nach Einigen ein wohlhabender Börsensensal, nach Anderen ein angesehener Kaufmann. Die Vorliebe, welche Franz von früher Jugend für die Bühne zeigte, brachte ihm viel Verdruß im Elternhause, und als er nicht mit Erlaubniß des Vaters zum Theater gehen konnte, floh er, kaum zwanzig Jahre alt, heimlich nach Krems, und indem er seinen Familiennamen mit dem Namen Wallner vertauschte, den er auch zeitlebens beibehielt, betrat er dort im Jahre 1830 zum ersten Male die Bretter, welche die Welt bedeuten. [Da Wallner in seinen verschiedenen Werken ausführlich sein wechselvolles Leben beschrieben hat, können wir uns im Folgenden auf eine Skizze beschränken und im Uebrigen auf des Künstlers eigene Mittheilungen verweisen.] Mit der Wandertruppe, in welcher er sich befand, zog er dann mehrere Jahre umher und spielte in kleineren Städten und Marktflecken, wie in Wiener-Neustadt, Ischl, Helden- und Liebhaberrollen, ein Fach, das nichts weniger als zu des Künstlers Naturell und eigentlichem Wesen paßte. Durch

Nestroy's Verwendung kam er in das Theater an der Wien, wo er im Anfang ganz unbeachtet blieb. Durch den im September 1836 plötzlich erfolgten Tod des als Dichter und Darsteller zum Liebling der Wiener gewordenen Ferdinand Raimund [Bd. XXIV, S. 254] trat eine unerwartete Wendung in Wallner's Geschick ein. Das Repertoire der Bühne, an welcher Raimund so viele Jahre und mit beispiellosem Erfolge gewirkt hatte, war mit dem Tode desselben gestört und eine Abhilfe im Momente kaum denkbar. Da bot sich Wallner dem Director an, in Raimund's Manier den Valentin im „Verschwender" zu spielen. Wie war mit einem Male das Publicum überrascht und ergriffen, als ihm unerwartet auf den Brettern der Geist des unvergeßlichen Todten in der anmuthigen Gestalt eines unbekannten jungen Schauspielers erschien, der sofort in der ganzen Art seiner Rollendurchführung bekundete, daß er keineswegs ein blos mechanischer Nachäffer des Meisters sei, nicht etwa blos ein rare äußerliche Handgriffe ihm abgelauscht, sondern verständnißvoll die Poesie der Schöpfungen desselben in sich aufgenommen und mit selbständiger Kraft aus sich wiedergeboren hatte. Wallner's bisher auf einem ganz falschen Terrain verwendetes Talent war nun auf seinem richtigen Boden zur Geltung gekommen. Das bereits unter der persönlichen Mitwirkung des Dichters so oft gesehene Stück erlebte in Folge der überraschend gelungenen Copie wieder eine lange Reihe von Vorstellungen, und Wallner war, wie einst sein Vorbild, der gefeierte Liebling des Publicums. Bald trat er auch in den übrigen Rollen Raimund's mit gleichem Erfolge auf. Das zog, aber auf die Dauer würde dies Experiment bei dem Wiener Publicum, welches vielleicht mehr als jedes andere den Wechsel liebt, nicht wohl vorgehalten haben. Wallner aber hatte sich in diese gelungene Specialität so hineingespielt, daß er vorerst nicht leicht ein anderes Genre auf derselben Bühne übernehmen konnte und daher auf einen Antrag des Theaterdirectors Carl um so lieber einging, als sich da seinem Talente ein neues Feld zu eröffnen schien. Aber diesem Director war es um nichts weniger als darum zu thun, den neugewonnenen Darsteller in angemessener Weise zu beschäftigen; er wollte vielmehr nur dem Collegen im Theater an der Wien eine Zugkraft wegschnappen, und nachdem ihm dies gelungen, beschäftigte er unseren Künstler entweder in zweiten Rollen oder ließ ihn mit zwei tüchtigen Komikern um die Wette spielen, was bei der Beliebtheit derselben um so größere Schwierigkeiten hatte, als sich Wallner in andere Rollen nur schwer zu finden wußte. Nun aber, da er ja mit dem Raimund'schen Repertoire bisher nur in Wien aufgetreten, standen ihm noch alle besseren Bühnen Oesterreichs und Deutschlands offen, und so löste er den Contract mit Carl, der sich jedoch nur unter der Bedingung dazu verstand: daß sich Wallner verpflichtete, zwei Jahre hindurch in Wien nicht zu spielen. Wallner begab sich zunächst nach Lemberg, wo er so gefiel, daß er dort zwei Jahre blieb. Daselbst wurde Herausgeber dieses Lexikons mit ihm bekannt und verkehrte viel mit dem Künstler, der eine große Belesenheit besaß und für literarische Angelegenheiten ein nicht gewöhnliches Interesse zeigte. Von Lemberg aus unternahm Wallner seine Gastspielreisen, wie sie ursprünglich in seinem Plane gelegen hatten, und trat in seinen Raimundrollen in Frankfurt a. M., in Darmstadt, München, Stuttgart, Berlin, Leipzig, Hamburg u. s. w., überall mit so glänzendem Erfolge auf, daß er sich entschloß, keine feste Anstellung wieder anzunehmen und nicht mehr nach Oesterreich zurückzukehren. Aber durch ein ungemein vortheilhaftes Anerbieten, welches von der Petersburger Hofbühne an ihn erging, ließ er sich doch zum Engagement an derselben bewegen. Indeß blieb Wallner, der mittlerweile geheiratet hatte, daselbst nur ein Jahr lang. Dieses ruhelose Hin und Her — obgleich es, wie seine späteren Reisen bezeugen, in seinem ganzen Wesen lag — wollte ihm auf die Dauer nicht behagen, er sehnte sich immer mehr und mehr nach einer festen Existenz und plante die Gründung oder Leitung eines eigenen Theaters. Er hatte auch nach Abgang von der Petersburger Hofbühne auf eigene Hand eine Wirksamkeit als Theaterdirector in kleineren südbeutschen Städten, Freiburg und Baden-Baden, eröffnet und war von da für dieselbe Stellung nach Posen berufen worden. Wohl gestalteten sich die Anfänge mitunter ganz erträglich, aber zu einer Blüte sind diese stets mit künstlerischer Sorgfalt und geschäftlicher Solidität geleiteten Unternehmungen niemals gediehen. Er selbst erzählte, daß nach pünktlicher Auszahlung der Gagen und nach Bestreitung der Kosten für glänzende Vorstellungen er oft genug mit den Seinigen sich habe einschränken müssen und eine sorgenvolle financielle Bedrängniß seinem Hause nicht fremd geblieben sei. Da bot sich ihm mit einem Male Gelegenheit, in Berlin die Leitung einer Bühne zu übernehmen, wonach er immer Sehnsucht empfunden hatte. Cerf hatte 1848 daselbst im sogenannten „Gärtner- und Weberviertel" ein Theaterchen hergestellt,

das durch seine schmucklose und zwerg-
hafte Niedlichkeit unstreitig zu den
kleinsten Theaterbauten gehörte, die es
jemals gegeben hat. Auf diesen Brettern
spielte bis dahin ein aus dem Abhub der
kleinen märkischen Wandertruppen zu-
sammengerafftes Personal so erbärmlich,
daß selbst die Schusterjungen der Umgebung ihre Sonntagsgroschen nicht
dafür ausgeben wollten. Cerf, der
nicht, wie er gehofft, bei seinem Unternehmen Rechnung gefunden, sah sich gezwungen, sein Liliputtheater zur Ver-
pachtung auszubieten. Wer es übernahm, unterfing sich bei dem Berufe, in
welchem dieses Haus stand, dem man
schon von einem dicht nebenan gelegenen
Vergnügungslocale ungezwungenster Art
den Spottnamen „Die grüne Neune"
gegeben hatte, eines nicht geringen Wagnisses, und Wallner, in dem ein energischer Thätigkeitsdrang und ein begrün-
detes Selbstvertrauen lebte, unternahm
dieses Wagniß. Aus Posen hatte er einen
schon geschulten Stamm tüchtiger Schauspieler mitgebracht, seine ungemein schöne
Frau und auch treffliche Schauspielerin
war gleichfalls eine Zugkraft, und so
pachtete er 1854 das Cerf'sche Theater
und widmete sich mit hingebendem Eifer
der Leitung desselben. Es war keine
Kleinigkeit, was er unternommen, da er,
der vor einem Vierteljahrhundert während
eines Gastspiels und dann nicht wieder in
Berlin gewesen, daselbst gar keine Verbindungen und mit der Journalistik
keine Fühlung hatte. Er stand ganz
allein ohne jede kräftige Förderung in
einem obscuren oder doch als unfashio-
nable verpönten Winkel der Hauptstadt.
Es waren das schwere sorgenvolle
Wochen, die nun folgten. Aber mit der
Zeit, da Wallner in seinem Bestreben,
immer Gutes und in tüchtiger Form zu

bieten, nicht nachließ, kam doch der eine
und der andere Theaterfreund dahin und
fand, daß jetzt wesentlich Anderes geboten werde, als unter der Cerf'schen
Mißwirthschaft. Auch die Presse begann
das neue Unternehmen zu beachten.
Zuerst trieb die Neugierde das Publicum
dahin, und nachdem es einen Genuß gehabt, die Freude an dem Gesehenen.
Das Haus füllte sich mit jedem Tage
mehr und mehr. Binnen Kurzem sah allabendlich die öde Blumenstraße ein bisher niemals von ihr erlebtes Schauspiel
in den wimmelnden Schaaren, den zahlreich dahinrollenden Equipagen und
Droschken, deren Ziel das winzige
Theater neben der „grünen Neune".
Durch Beharrlichkeit war der Sieg über
alle Widerwärtigkeiten mißlicher Verhältnisse mit einem Male errungen. Es ging
bergauf mit täglich sich steigerndem Erfolge, der zu einem in der Theatergeschichte wohl beispiellos dastehenden
Glanze, einer wahrhaften Elektrisirung
der gesammten Bevölkerung sich gestaltete, als der anregende Schöpfer des
jungen Instituts für die jahrelang in
ihm lebende Idee einer echten Berliner
Volksposse in David Kalisch den rechten
Dichter, in seinen berühmt geworden:n
Komikern Helmerding, Reusche und
Anna Schramm Darsteller der durch-
schlagendsten Wirkung gefunden hatte.
Nach einer zweijährigen erfolgreichen
Thätigkeit kaufte er das von ihm bis
dahin nur gepachtete Theater und unterwarf es einem vollständigen Neubau.
Später begann er den Bau eines offenen
Theaters und zwei Jahre später den
einer eleganten Sommerbühne. Doch
auch das genügte ihm nicht, 1864 erbaute er das großartige Wallner-Theater,
nach welchem die Straße, wo es steht,
den Namen Wallner-Theaterstraße führt.

Doch hat es ihm dabei an Kampf, Sorge und Verdruß auch nicht gefehlt, aber er überwand mit seiner seltenen Energie Alles, und das Unternehmen gedieh glänzend. Allmälig aber begannen die Kräfte des in den letzten Jahren über Gebühr in Anspruch genommenen Mannes zu ermatten. Er fühlte, daß er der Ruhe bedürfe. „Wie der Schauspieler", sagt er, „so hat auch der Director genau darauf zu achten, daß er im rechten Augenblicke aufhöre. Ehe es ein Anderer merkt. muß er selber wissen, daß er die Zeit nicht mehr versteht und nahe daran ist, aus der Mode zu kommen". Und so verpachtete Wallner, der indessen ein stattliches Vermögen erworben hatte, das durch ihn auf seltene Höhe gebrachte Theater an den tüchtigen Schauspieler Director Lebrun, legte seine Direction nieder und nahm am 30. April 1868 Abschied vom Berliner Publicum. Er zog sich in die ersehnte Ruhe zurück, d. h. Ruhe, wie sie eben verstand, er begann zu schriftstellern und zu reisen. In schon vorgerücktem Alter — er zählte 58 Jahre — wurde er wieder der alte Tourist, wie er es früher gewesen, als er Jahre lang auf Gastspiele reiste, nur daß er jetzt reiste, um seinem Wanderdrange zu genügen, der jedoch nicht mehr durch den Umkreis der deutschen Bühne begrenzt war. sondern sich über den Continent hinaus erstreckte. Im Sommer kehrte er immer wieder heim, um Jahr um Jahr die Cur in Carlsbad zu gebrauchen, und wenn dies geschehen, einige Wochen bei den Seinen zu verweilen. Häufig kam er dann nach Wien, wo er in weiteren Kreisen wohl bekannt war und viele Freunde zählte. Mit dem Herbste zog er wieder hinaus und gab von seinem Aufenthalt Kunde in prächtigen, gern gelesenen Reisebriefen, die

bald aus Paris oder aus Rom, aus Neapel, von den Höhen des Vesuv, bald von den Ufern des Nil oder aus der Sahara, bald aus dem südlichen Frankreich oder Nizza, aus Spanien oder den skandinavischen Ländern u. s. w. datirt waren und in den gelesensten Journalen, „Gartenlaube", „Ueber Land und Meer" und anderen erschienen. Im Herbst 1875 trat er wieder eine Reise an und befand sich um Weihnachten in Nizza; aber da ging es ihm schon schlecht, sehr schlecht; mit einem Male ergriff ihn, wie in Ahnung seines nahen Endes, unendliches Heimweh, aber er fühlte sich nicht mehr stark genug, seine Rückkehr allein anzutreten. Nach einigen Tagen warf ihn sein sich verschlimmernder Zustand auf das Krankenlager, von dem er sich nicht mehr erheben sollte, denn er starb — auf fremdem Boden — 65 Jahre alt — in den Armen seines Sohnes, der, sobald er Kunde von der Erkrankung des Vaters erhalten hatte, herbeigeeilt war, ihm aber nicht mehr Hilfe leisten, sondern nur zu ewigem Schlafe die Augen zudrücken konnte. Wir erwähnten, daß Wallner auf seinen Reisen die Erlebnisse derselben in vielgelesenen Journalen veröffentlichte. Viele dieser Reisebriefe gab er dann gesammelt in Bänden heraus. Aber auch außerdem war er als Schriftsteller thätig. Die Titel seiner Werke sind: „Rückblicke auf meine theatralische Laufbahn und meine Erlebnisse an und ausser der Bühne" (Berlin 1864, Gerschel, 8°., VII und 286 S.); — „Wenn Jemand eine Reise thut. Flüchtige Reiseskizzen von der Spree bis zur Tiber. von der Tiber bis zum Vesuv" (Berlin 1867, Springer, 8°., VIII und 350 S.); — „Unter frohen Menschen. Komische Vorträge von erprobter Wirkung. Poesie und Prosa" 1. und 2. Aufl. (Berlin 1868, Janke, 16°., VIII und 324 S.. auch als

11. Band in das „Museum komischer
Vorträge für das Haus und die ganze
Welt" desselben Verlegers in 3. und
4. Aufl. aufgenommen; — „In ernster
Stimmung. Eine Sammlung von Declamations-
vorträgen ernsten Inhalts von erprobter Wirkung.
Im Anschluss zu der Sammlung heiterer Vorträge
unter dem Titel: „Unter frohen Menschen""
(ebb. 1869, VI und 195 S.); — „Ueber
Land und Meer. Reisebilder aus Nord und
Süd" (ebb. 1873, Jauke, 8⁰., 301 S.);
— „Von fernen Afern. Reiseskizzen aus Constantinopel, Aegypten und Sicilien" (ebb.
1872, 8⁰., VIII und 311 S.); — „Hundert Tage auf dem Nil. Reisebilder aus Unter-
und Ober-Aegypten und Nubien. Im Anschluss
an das Buch desselben Verfassers. Nach dessen
ringesandten Tagebüchern herausgegeben von
C. I. Dempwolff" (ebb. 1873, 8⁰.,
VIII und 413 S.; — in Gemeinschaft
mit Alexander Wagner: „Aus Süd und
Nord. Reiseplaudereien und Studien" (ebb.
1876, 8⁰., 301 S.) und in dem Sammelwerke „Bibliothek für Haus und
Reise": „Aus meinen Erinnerungen";
— „Aus der Theaterwelt" und „Aus
meinem Wanderbuche. Italia". Wallner war für seine erfolgreichen Bemühungen um die Hebung des Theaters in
Berlin nicht unbelohnt geblieben. Der
König von Preußen verlieh dem von
Seiner Majestät dem Kaiser von Oester-
reich früher schon mit dem Franz Joseph-
Orden Decorirten außer dem Titel eines
königlichen Commissionsrathes auch einen
seiner Orden. Auszeichnungen, nach
denen der nicht geringe Ehrgeiz des
Künstlers stets gestrebt und die ihm eine
Freude ohne Gleichen machten. Aber ein
Schatten fällt doch auf den Charakter
Wallner's, der ein Oesterreicher, ja
ein geborener Wiener war. Wir citiren
hier wörtlich das Wiener Journal
„Presse", aus dessen Nummer 166 vom

denkwürdigen Jahre des unglückseligen
Bruderkrieges 1866: „Daß Franz
Wallner, Besitzer des österreichischen
Franz Joseph-Ordens, derselbe, der heute
noch wienerisch spricht, als zehn Ler-
chenfelder, daß dieser Wallner unter
dem Aufruf steht, der mit den Worten
schließt: „Gott verleihe Preußen ruhmvollen Sieg!" ist eine Thatsache, die auch
für die Wiener einiges Interesse hat und
und die sie sich jedenfalls wohl merken
sollten". Und diese That, wollen wir
lieber sagen Unthat, wird nicht abge-
schwächt durch Wallner's vom 14. Juni
1866 aus Berlin datirte und in der
nämlichen Nummer der „Presse" enthal-
tene Erklärung, in welcher er an alle
Autoren der Bühne die Bitte stellt, sich,
da er ein geborener Oesterreicher sei und
liebe Verwandte und Angehörige in
beiden Lagern habe, in den ihm für seine
Bühne anvertrauten Arbeiten aller politischen Ausfälle zu enthalten, da dieselben, sobald sie die Grenzen des harm-
losen Scherzes überschreiten, in dieser
tiefernsten Zeit bei dem gebildeten Publicum Berlins keinen Anklang finden. Das
ist ein Januskopf, der ganz gut in der
Mythologie der Römer seine Stelle hat,
aber nicht auf den Rumpf eines ehren-
haften Oesterreichers paßt. — Wie wir
in der Biographie schon erwähnten,
war Wallner verheiratet. Seine Frau
Agnes (geb. in Leipzig 22. December
1826), eine geborene Kretschmar, von
zwölf Geschwistern die jüngste, verlor,
als sie zwei Jahre zählte, den Vater
durch den Tod. Von ihrer Mutter wurde
sie in eine Tanzschule gebracht, und Director Ringelhardt nahm sich des
talentvollen Mädchens an und ließ es in
Kinderrollen auftreten. Robert Blum,
damals Theatersecretär in Leipzig, gewann das gelehrige Kind lieb und nahm

es gar in sein Haus auf, wo seine Gattin der Halbwaise eine treue Pflegemutter wurde und den Sinn für Häuslichkeit in ihr wach erhielt. Im Alter von sechzehn Jahren bezog Agnes vier Thaler Monatsgage; das war freilich wenig, und so half sich die Schauspielerin durch Schneiderei, womit sie ihr Einkommen für das Rothwendigste ergänzte. Run verließ sie Leipzig, spielte in Chemnitz, Altenburg, Plauen, heute die Griseldis, Louise, Johanna d'Arc, morgen den Pariser Gamin. Endlich für das Königsstädter Theater in Berlin gewonnen, blieb sie daselbst bis zum Tode des Directors Cerf und folgte dann einem Rufe Ringelhardt's an das Stadttheater in Riga. Dort traf sie mit Franz Wallner, der sie schon von seinen Gastspielen in Leipzig und Berlin her kannte, wieder zusammen und wurde seine Braut. Wallner ging indessen nach Petersburg, und erst nach anderthalbjähriger Trennung fand am 8. Mai 1848 die Trauung in Halle statt. Run machte sie mit ihrem Gatten eine Gastspielreise, trat in Aachen, Düsseldorf, Leipzig, Petersburg, dann wieder auf den besten deutschen Bühnen auf und folgte ihm nach Posen und später nach Berlin, wo sie auf seiner Bühne eine Hauptstütze derselben bildete. Ihr Repertoire umfaßte einen Rollenkreis von großem Umfange, so zog das Publicum in Schaaren in das Theater in der Blumenstraße, wenn sie in den Stücken von Dumas: „Eine neue Magdalena" die Margot, in „Pariser Sitten" die Susanne d'Ange, in „Diane de Lys" die Sione spielte, oder in den kleinen Bluetten, die ausschließlich auf dem Dialog beruhen, wie „Komm her", „Im Wartesalon", „Ich esse bei meiner Mutter", ihr heiteres Talent entfaltete,

oder in humoristischen Rollen, wie Julie in „Die Schwäbin", die Frau von Schönberg in „Eine Frau, die in Paris war", sich als Meisterin bewährte, die wenige ihres Gleichen hat. Etwa ein Jahr nach dem Tode ihres Gatten — am 19. December 1876 — soll sich Frau Wallner, die sich von der Bühne zurückgezogen hatte und in Berlin ein sehr gastliches, von Schriftstellern und Künstlern gern besuchtes Haus führte, mit einem reichen Grafen Z., einem Manne in den besten Jahren, verlobt haben. Ob es zur Vermälung gekommen, ist dem Verfasser dieses Lexikons nicht bekannt.

A. Quellen zur Biographie von Franz Wallner. Blätter für literarische Unterhaltung (Leipzig, Brockhaus, 4°.) 1864, Seite 537. — Bloch's Charivari (Berlin) 1868, Rr. 21. — Gartenlaube. Von Robert Keil, 1876, S. 564: „Ein Abasver der Kunst". — Illustrirtes Wiener Extrablatt, 1872, Rr. 100 im Feuilleton: „Der schreibselige Wallner". — Illustrirte Zeitung (Leipzig, J. J. Weber) 1876, Rr. 1702 — Kaiser (Friedrich). Unter fünfzehn Theaterdirectoren. Bunte Bilder aus der Wiener Bühnenwelt (Wien 1870, Waldheim, 12°) S. 105 und 106. — Presse (Wiener polit. Blatt) 1866, Rr. 166 und 167. — Walter (Julius). Neue Sprudelsteine. Ein Carlsbader Bilderbuch (Wien 1876, Rößner, kl. 8°.) S. 258. — Wiener Theaterchronik, 1868, Rr. 26, im Feuilleton. — Wiener allgemeine Musik-Zeitung. Herausgegeben von Dr. August Schmidt, 1846, Rr. 1. — Weser-Zeitung, 1863, Rr. 6236, im Feuilleton; 1864, Rr. 6542: „Berliner Brief von M. R.". — Wigand's Conversations-Lexikon, Bd. XV, S. 40. — Der Zwischenact (Wiener Theaterblatt) IV. Jahrg., 11. März 1861: „Wie die Verdienste des Directors Wallner in Berlin auch von seinen Feinden anerkannt werden".

Porträts. 1) Unterschrift: Facsimile des Ramenszuges: „Franz Wallner". Ohne Angabe des Zeichners und Lithographen (Druck von A. Waldow sen., Berlin, 8°.). — 2) Unter-

schrift: „Franz Wallner". Nach einer Photo-
graphie auf Holz gezeichnet von Adolph
Neumann in der „Gartenlaube" 1876,
S. 564. — 3) Unterschrift: „Franz Wallner".
Mayerhofer lith. [Wallner auf einem
Kameel sitzend, das ein Beduine am Zügel
führt.] — 4) Holzschnitt aus W. Haase's
X.(pl.) A.(nst.) nach einer Zeichnung von
August Neumann [mit dem Orden im
Knopfloch]. — 5) Unterschrift: Facsimile des
Namenszuges: „Franz Wallner". Auguste
Hüssener sc. (4°.), auch in der „Leipziger
Moden-Zeitung" von Baumgärtner [sieht
wenig ähnlich]. — 6) Poenicke exc. Ganze
Figur in Costüm (Fol.). — 7) Von Wall-
ner erhielt ich zur Zeit, als derselbe in Lem-
berg spielte, eine Lithographie, mit folgenden
von dem Künstler eigenhändig geschriebenen
Zeilen: „Geliebt war einst das Original
(Raimund), Drum duldet die Copie, | Die
dem erlosch'nen Lebensstrahl Erborgte Funken
lieb; | Vom wack'ren Raimund doch
und dehr | Bin ich der Schatten nur
allein, | D'rum kann für Sie dies
Bild nicht mehr | Als eines Schattens
Schatten sein. | Franz Wallner". [Die
Lithographie stellt Wallner in
seinem besten Mannesalter von etwa 32 bis
34 Jahren dar.]

B. **Quellen zur Biographie von Agnes Wallner.**
Teutsche Schaubühne von Martin Be-
rels (Leipzig, 8°.) 1866, S. 69. — Bet-
tinger. Brecht-Album für Theater und
Musik S. 33.

Porträts. 1) Unterschrift: Facsimile des
Namenszuges: „Agnes Wallner". Lithogra-
phie von Jäger, Druck von A. Hölzer,
Verlag von Reitz, Bötze und Comp. in
Berlin (Fol.). — 2) Unterschrift: Facsimile
des Namenszuges: „Agnes Wallner | als
Griseldis". Stich, Druck und Verlag der
englischen Kunstanstalt von A. H. Payne,
Leipzig und Dresden (gr. 4°.). — 3) Fac-
simile des Namenszuges Lithographie und
Druck von W. Jab. Berlin (8°.). —
4) Holzschnitt in der Leipziger „Illustrirten
Zeitung" ohne Angabe des Zeichners und
Xylographen, Nr. 735, 1 August 1857.

Da Franz Wallner Schriftsteller war, erwähnen wir, um einer Verwechslung vorzu-
beugen, daß ein **Fr. Wallner** schon im
Jahre 1811 als Mitarbeiter des von J. F.

Castelli herausgegebenen „Selam. Ein Almanach für Freunde des Mannigfaltigen"
(Wien bei Anton Strauß, 12°.) S. 109 mit
einer Erzählung nach angegebenen Capitel-
überschriften (eine in den Flegeljahren der
deutschen Belletristik beliebte Spielerei), betitelt: „Wie der Schelm ist, so denkt er"
auftrat. Franz Wallner kann der Verfasser nicht sein, da er damals erst drei Jahre
zählte. — Aber auch ein **Andreas Wall-**
ner machte in jenen Jahren die Almanache
unsicher, denn in der „Aglaja" für 1817 befinden sich von ihm zwei Gedichte, durch
deren Fehlen dieser Almanach nicht schlechter geworden wäre.

Wallner Vincenz (Tonsetzer, geb.
zu Laibach im Jahre 1771, gest. in
Wien 1799). Sein Vater Franz Wallner stand zu Laibach im Dienste eines
Handlungshauses und erhielt später die
Anstellung eines Waarenbeschauers bei
dem k. k. Hauptzollamte in Wien. Vincenz widmete sich dem Studium der
Arzeneikunde und erwarb sich 1793 an
der Wiener Universität die Doctorwürde.
Die Praxis, in die er nun trat, war von
kurzer Dauer, denn schon im Alter von
28 Jahren wurde der junge Arzt durch
den Tod dahingerafft. Neben seinem Berufsstudium trieb Wallner mit
Lust und Eifer Musik. Er spielte trefflich
Violin und Violoncell und besaß eine
angenehme Baritonstimme. Ohne ein
eigenes Studium der Composition gemacht
zu haben, lernte er meist aus den Unter-
weisungen, die ihm Raphael Kaudela,
Thaddäus Weigl und Franz Krom-
mer gesprächsweise ertheilten, und bildete
sich dann mehr als Autodidakt weiter aus.
Er schrieb: mehrere Arien, Duette u. s. w.
für das Liebhabertheater im Hause der
Gräfin Stockhammer, gebornen
Gräfin Hadik; auch mehrere für den
seinerzeit berühmten Baßsänger Mauter,
der dieselben in Concerten und auf der
Bühne mit großem Erfolge vortrug.

einige Gelegenheitscantaten, eine Oper in zwei Acten unter dem Titel: „Der erste Kuß"; fünf mit ungemeinem Beifall aufgenommene Notturnen auf vier Stimmen, mit Begleitung der Flöte, des Clarinets, des Hornes und Fagots; einen Canon mit Variationen; ein Adagio und einen Marsch, componirt im November 1796. Ein großes Notturno auf vier Stimmen mit Begleitung der vorerwähnten Instrumente ist eigentlich nur eine Folge von sieben Notturnen, welche eine ganze Serenade bilden, und von denen das siebente, ein Marsch, Abschiedsworte an die Personen enthält, welchen das Ständchen gewidmet war. Von allen diesen Compositionen sind aber einige Jahre nach seinem Tode (1802) nur „Notturni a 4 voci con Cembalo" in Stich erschienen.

Gerber (Ernst Ludwig). Historisch-biographisches Lexikon der Tonkünstler u. s. w. (Leipzig 1792, Breitkopf, gr. 8°.) Bd. IV, Sp. 500.

Noch sind folgende Personen des Namens Wallner bemerkenswerth: 1. Alfred Wallner (geb. zu Dobromil in Galizien am 12. October 1846). Er kam 1862 aus dem Cadeteninstitute zu Eisenstadt in die Wiener-Neustädter Militärakademie und aus dieser am 9. Mai 1866 als Lieutenant minderer Gebühr zu Goulai-Infanterie Nr. 33. Mit dem Regimente rückte er in den Feldzug 1866 gegen die Preußen in Böhmen und fand am 3. Juli bei Königgrätz den ehrenvollen Soldatentod für Kaiser und Vaterland. — 2. Andreas Wallner siehe Wallner Franz S. 292 in den Quellen. — 3. Ein anderer Anton Wallner, der im Anfang der Dreißiger-Jahre als Miniatur- und Oelmaler auf den Wiener Ausstellungen erschien. So finden wir von ihm auf der Jahresausstellung 1830 in der k. k. Akademie der bildenden Künste bei St. Anna in Wien: „Maria mit dem Jesuskinde und Johannes" Miniatur nach Andrea del Sarto — und ein zweites Miniaturbild nach Rubens; — und in der Jahresausstellung 1834 Bildnisse

in Oel, eines davon ein weibliches, eine Diana. Später stellte er nicht wieder aus. Weber Nagler, Tschischka, Siebler, Müller und Klunzinger, noch Andere erwähnen ihn. — 4. Ferdinand Fr. Wallner, ein Componist, welcher um die Mitte der Sechziger-Jahre in Lemberg lebte, wo er eine „Fantaisie brillante sur des thèmes polonais" bei Milikowski als Op. 12 erscheinen ließ. Seine früheren und späteren Opera sind unbekannt. — 5. Franz Wallner diente 1813 im kaiserlichen Dragoner-Regimente Nr. 12, damals Riesch-Dragoner, und machte als Oberlieutenant die Völkerschlacht bei Leipzig mit. Das Regiment hielt im heftigsten Geschützfeuer mit wunderbarer Standhaftigkeit aus, und Oberlieutenant Wallner that sich bei dieser Gelegenheit so hervor, daß Feldzeugmeister Graf Colloredo in seiner Relation ihn deßhalb ausdrücklich belobte. [Thürheim (Andreas Graf). Gedenkblätter aus der Kriegsgeschichte der k. k. österreichisch-ungarischen Armee (Wien und Teschen 1882, Prochaska, Ler. 8°.) Bd. II, S. 108, Jahr 1813] — 6. Ein anderer Franz Wallner zeichnete sich in neuerer Zeit im Felde aus. Derselbe diente 1859 als Lieutenant im Infanterie-Regimente Nr. 47, damals Graf Kinsky, mit welchem er in Italien stand. Für sein tapferes Verhalten in der Schlacht bei Solferino am 24. Juni 1859 wurde ihm die allerhöchste Belobung zutheil. [Thürheim (Andreas Graf). Gedenkblätter aus der Kriegsgeschichte der k. k. österreichisch-ungarischen Armee (Wien und Teschen 1882, Prochaska, Ler. 8°.) Bd. I, S. 472, Jahr 1859.] — 7. Georg Wallner (geb. 1828, gest. in Reichenau nächst Wien am 20. März 1876) studirte an der Wiener Universität Medicin, erwarb sich daselbst aus dieser Wissenschaft die Doctorwürde und richtete in der Reichenau nächst Wien auf der Besitzung der Gebrüder Waißnir [s. d. S. 153 und 154] um die Mitte der Fünfziger-Jahre das Rudolfsbad, eine Kaltwasser-Heilanstalt, ein, deren Leiter er bis zu seinem Tode blieb. Um das große Publicum mit den Verhältnissen dieser Anstalt bekannt zu machen, veröffentlichte er die Schrift: „Die Kaltwasser-Heilanstalt Rudolfsbad in Reichenau nächst Gloggnitz. Ein Führer für Curgäste und Fremde. Mit mehreren Ansichten, Plänen und Karten". (Wien 1867, Sallmayer und Comp. 8°., S. 61). — 8. Georg Wallner. Unter dem irrigen Taufnamen Georg mit dem Beisatze „insgemein Eichberger", erscheint in Hormayr's „Lebensbildern" unser wackerer Windisch-Matreyer Wirth **Anton Wallner**, dessen auf S. 281 in ausführlicherer Lebensskizze gedacht wurde. [Lebensbilder aus dem Befreiungskriege. I. Ernst Friedrich Herbert Graf Münster (Jena 1845, Frommann 8°.) zweite vermehrte Auflage, I. Abtheilung, S. 404). — 9. **H. R.** von Wallner ist ein zeitgenössischer Componist, von dem wiederholt Gesangs- und Tanz-Compositionen zu Wien im Druck erschienen sind, und zwar 1865 bei Glöggl „Der Schäfer" von Uhland: „Der schöne Schäfer zog so nah" Lied für eine Singstimme mit Begleitung des Piano. Op. 2, und 1867 bei Haslinger: „Cythera, Polka française". Für Pianoforte zu zwei Händen. — 10. **Johann Peter** Wallner (geb. zu Murau im Judenburger Kreise der Steiermark am 23. October 1744, Todesjahr unbekannt). Derselbe stand im kaiserlichen Staatsdienste als Rechnungsofficial bei der k. k. Provincial-Staatsbuchhaltung in Graz und ist Verfasser folgender Schriften: „Chronik der fürstlich Schwarzenberg'schen Stadt Murau" und „Genealogie der Herren von Liechtenstein zu Murau und ihrer Descendenz der Nicolsburg'schen Linie", beide ungedruckt. Die Handschriften dürften sich im Schwarzenberg'schen Archiv zu Murau oder doch in einem anderen der fürstlichen Archive befinden. Wann Wallner starb, ist nicht bekannt, doch dürfte er 1810 noch gelebt haben, da Winkler das Todesjahr desselben nicht angibt. [Winklern (Johann Bartül von). Biographische und literarische Nachrichten von den Schriftstellern und Künstlern, welche in dem Herzogthume Steiermark geboren u. s. w. (Gratz 1810, Franz Zortl, kl. 8°.) S. 248.] — 11. **Joseph** Wallner diente in der kaiserlichen Armee und war 1843 Unterlieutenant höherer Gebühr bei Stephan-Infanterie Nr. 58. Am 10. October 1848, damals Oberlieutenant, befand er sich auf der Schönbrunner Schloßwache. Am Nachmittag dieses Tages erhielt er die bedenkliche Nachricht, daß sich in Meidling eine große Anzahl bewaffneten Pöbels in der Absicht versammle, den k. k. Munitionstransport, welcher denselben Vormittag mit leeren Wagen durch Meidling gefahren, auf seiner Rückkehr mit der Ladung zu erwarten, aufzufangen und derselben sich zu bemächtigen. Nachdem sich Wallner durch vertraute Individuen von der Wahrheit dieser Angabe überzeugt und erfahren hatte, daß der Pöbelhaufe wohl an 2000 bis 3000 Menschen stark sei, traf er sofort Anstalten, um das Vorhaben desselben zu vereiteln. Er berieth sich darüber mit dem gleichfalls auf Wache befindlichen Nationalgarde-Hauptmann Joseph Martin, dessen treue Gesinnung ihm bekannt war. Dieser schlug vor, statt des Weges durch Meidling, den der Transport des Morgens genommen, den zweckmäßigeren und allem Anscheine nach gefahrlosen einzuschlagen, welcher durch Schloß und Garten von Schönbrunn bei dem grünen Thore über die Felder nach dem Neugebäude führe. Wallner befragte nun mehrere mit den örtlichen Verhältnissen vertraute Bewohner des Lustschlosses und erhielt von allen Seiten Angaben, welche mit jenen des Hauptmanns Martin übereinstimmten. Hievon gab er sofort dem eben anwesenden Hauptmann des Generalquartiermeisterstabes, welcher die Marschroute über Meidling und Gaudendorf mit sich führte, Nachricht und bestimmte ihn, daß der Munitionstransport, welcher aus etwa 70 Wagen und einer Escorte von 2 Bataillons Infanterie und einer Escadron Cavallerie bestand, von der erstbezeichneten Route abweiche und seinen Weg durch das grüne Thor nehme. Der Plan gelang vollkommen, der Transport gelangte ungefährdet an seine Bestimmung, während der Pöbelhaufe denselben bis zwölf Uhr Nachts erwartete und um die angehoffte Munitionsbeute kam, wobei es aller Wahrscheinlichkeit nach zu einem sehr blutigen Conflicte zwischen Pöbel und Militär gekommen wäre. Wallner wurde später Hauptmann, erscheint aber bereits im Jahre 1863 nicht mehr in der kaiserlichen Armee [Dunder (W. G.). Denkschrift über die Wiener October-Revolution u. s. w. (Wien 1849, 8°.) S. 271.] — 12. Eines **Joseph Wallner** gedenkt auch August Neilreich in seiner „Geschichte der Botanik in Niederösterreich" S. 64 der Abhandlungen (V. Jahrgang 1855) des zoologisch-botanischen Vereines in Wien. Er bezeichnet ihn als Beamten der österreichischen Nationalbank und nennt ihn unter jenen Botanikern, welche sich um die Flora von Wien und des Kreises unter dem Wiener Wald verdient gemacht haben, gibt jedoch die Verdienste Wallner's in besagter Richtung nicht näher an. — 13. **J. R.**

Wallner ist nur durch eine von ihm verfaßte statistische Arbeit bemerkenswerth, welche, wenn auch heute vergessen und vielleicht kaum oder doch nur sehr schwer aufzufinden, als ein interessanter Beitrag zur Geschichte des Constitutionalismus im Kaiserstaate angesehen werden muß. Als nach den Octobertagen des Jahres 1848 der Reichstag auf kaiserlichen Befehl von Wien nach Kremsier übersiedelte und am 22. November 1848 sich daselbst versammelte, erschien von W. A. Neumann und Eduard Edlen von Meyer zusammengestellt ein Büchlein, betitelt: „Erinnerung an Kremsier" (Kremsier 1849, Hof- und Staatsdruckerei, 8°.), welches (auf 35 Seiten) eine Beschreibung der Stadt Kremsier und ihrer Umgebung und Gedächtnißtafeln aus der Geschichte von Kremsier enthält. Diesem Büchlein sind unter besonderer Paginirung (37 Seiten) beigefügt: „Statistische Daten über die österreichische constituirende Reichsversammlung zu Kremsier. Zusammengestellt von (oben genanntem) J. R. Wallner". Diese Daten aber enthalten das alphabetische Verzeichniß der Abgeordneten, ein zweites nach den Provinzen geordnetes, ein alphabetisches der Wahlbezirke, eine Uebersicht der Abgeordneten nach Stand und Beschäftigung mit dazu gehöriger Tabelle; eine Zusammenstellung der Ausschüsse, der Reichstagsbeamten und Stenographen. Außerdem sind der Schrift beigegeben eine Ansicht von Kremsier (von E. Hennig), ein von Wallner gezeichneter, von Zelinka lithographirter Plan dieser Stadt, ein höchst interessanter Wegweiser im Schlosse zu Kremsier während der Dauer des constituirenden Reichstages 1849 und die Sitzordnung der Reichstagsmitglieder (Mitte Jänner 1849), die letzten zwei Beilagen gleichfalls von Wallner entworfen. — 14. **Romanus a S. Placido** Wallner, aus Wien gebürtig, war in der zweiten Hälfte des vorigen Jahrhunderts Mitglied des Ordens der frommen Schulen. Er beschäftigte sich mit Naturwissenschaft, namentlich mit der durch die Entdeckungen Galvani's in den Vordergrund gedrängten Elektricität. Er veröffentlichte durch den Druck: „Schreiben eines Naturforschers an den k. k. Herrn Hofrath von Greiner von der Beschaffenheit des immerwährenden Elektrophoros" (Wien 1776, Th. Trattner, 8°.). [*Horányi (Alexius).* Scriptores piarum Scholarum liberaliumque artium magistri, quorum ingenii

monumenta exhibet — (Budae 1803, 8°.) Pars II, p. 820] — 15. **Victor** Ritter von (geb. in Wien 19. März 1827, gest. 22. October 1872), ein Sohn des k. k. Hofrathes und Ehrencurators der ersten österreichischen Sparcasse, Franz Ritter von Wallner (geb. 3. März 1785, gest. 4. März 1839) aus dessen Ehe mit Amalie Opitz (geb. 1793, gest. 1862). Victor trat in das Pioniercorps der kaiserlichen Armee und wurde 1848 Oberlieutenant, 1863 Hauptmann erster Classe, 1870 Major. Für sein ausgezeichnetes Verhalten vor dem Feinde in der Kriegsepoche 1848 und 1849 erhielt er das Militär-Verdienstkreuz mit der Kriegsdecoration. Er starb, erst 30 Jahre alt, als k. k. Major. Den Adel erlangte sein Vater Franz als Ritter des Ordens der eisernen Krone dritter Classe mit Diplom vom 24. Juli 1834. Von Victors Brüdern Richard, Franz und Heinrich ist nur noch Letzterer am Leben. Richard (geb. 30. October 1823, gest. 24. September 1837) war zuletzt Official im k. k. Ministerium des Aeußern; Franz (geb. 29. August 1831, gest. 12. September 1853) diente als k. k. Lieutenant im Flotillencorps. Er und der Vorige sind unvermält geblieben. Der dritte Bruder, Heinrich (geb. 29. April 1830), ist zur Zeit Archivar des Herrenhauses des österreichischen Reichsrathes. Er vermälte sich am 3. October 1859 mit Walburga gebornen Dore (geb. 26. November 1839), und stammen aus dieser Ehe: Helene Isabella (geb. 5. October 1860), Victor Moriz (geb. 1862, gest. 1870) und Maria Theresia (geb. 6. Juni 1867). [Wappen. Ein nach der Länge und halb quer getheilter Schild. Rechts ruht über ein blankes Schwert am goldenen Griffe mit einem natürlichen Aeskulapstabe ins Schrägkreuz gestellt. Das obere linke Feld zeigt in Gold einen braunen Eberkopf, dessen offener Rachen mit einem Hirschfänger durchstochen, in schräggerechter Richtung; im unteren linken Felde ist in Blau eine aus erdigem Boden natürlich hervorwachsende Kornähre zu sehen. Auf dem Schilde ruhen zwei goldgekrönte Turnierhelme; aus der Krone eines jeden erhebt sich ein geschlossener Adlerflug, welcher auf dem rechten Helme vorn silbern, hinten blau, auf dem linken vorn golden, hinten auch blau ist. Die Helmdecken sind blau, die des rechten Helmes silbern, jene des linken golden unterlegt. — 16. **Vincenz** Wallner (gest. zu

Brünn 1729), Abt der Prämonstratenserabtei Bruck an der Thaya, Nachfolger des 1712 verstorbenen Abtes Gregor Klein. Vincenz, welcher Doctor der Theologie, Magnat von Ungarn und Geschichtsforscher war, gehört zu den hervorragenderen Aebten seines Stiftes. Er erbaute die noch stehenden Kirchen zu Mißlitz und Lechwitz und den Pfarrhof zu St. Niclas in Znaim. Wesentliche Verdienste erwarb er sich um Ludwig Hugo's „Annalen

des Prämonstratenser-Ordens", wobei die gründlichen Vorarbeiten des Brucker Chronisten Otto Ehmel gebührendermaßen ans Licht traten. Nach siebzehnjähriger Regierung segnete er das Zeitliche. [Die Prämonstratenserabtei Bruck an der Thaya. Von Joseph Gollinger, Pfarrverweser zu Znaim. In Hormayr's „Archiv für Geographie, Historie u. f. w." 1822, Nr. 134, S. 716.]

Ende des zweiundfünfzigsten Bandes.

Alphabetisches Namen=Register.

Die mit einem * bezeichneten Biographien kommen bisher noch in keinem vollendeten deutschen Sammelwerk (Encyklopädie, Conversations-Lexikon u. dgl.) vor und erscheinen zum ersten Male in diesem biographischen Lexikon, in welchem übrigens alle Artikel nach Originalquellen, die bisherigen Mittheilungen über die einzelnen Personen entweder berichtigend oder ergänzend, ganz neu gearbeitet sind; m. B. = mit Berichtigung oder doch mit Angabe der divergirenden Daten; m. G. = mit genealog. Daten; m. M. = mit Beschreibung des Grabmonumentes; m. P. = mit Angabe der Porträts; m. W. = mit Beschreibung des Wappens; die Abkürzung Qu. bedeutet Quellen, worunter der mit kleinerer Schrift gedruckte, jeder Biographie beigefügte Anhang verstanden ist.

Namen=Register nach den Geburtsländern
und den Ländern der Wirksamkeit.

Namen=Register nach Ständen
und anderen bezeichnenden Kategorien.

Musiker.

Naturforscher.